DE SMAAK TE PAKKEN

SOLO

Van Jill Mansell zijn verschenen:

Solo*
Open huis*
Tophit*
Kapers op de kust*
Hals over kop*
Geknipt voor Miranda*
De boot gemist*
Millies flirt*
Niet storen!*
Kiezen of delen*
Gemengd dubbel*
Geluk in het spel*
De prins op het verkeerde paard* ⓔ
Schot in de roos* ⓔ
En de minnaar is...* ⓔ
Ondersteboven* ⓔ
Scherven brengen geluk* ⓔ
Eenmaal andermaal verliefd* ⓔ
Versier me dan ⓔ
De smaak te pakken ⓔ
Drie is te veel ⓔ

*Ook in POEMA POCKET verschenen
ⓔ Ook als e-book verkrijgbaar

Jill Mansell

De smaak te pakken

Solo

SIJTHOFF

MIX
Papier van verantwoorde herkomst
FSC® C009076
www.fsc.org

Uitgeverij Sijthoff en drukkerij Bariet vinden het belangrijk om op milieu-vriendelijke en verantwoorde wijze met natuurlijke bronnen om te gaan.

In deze uitvoering:
Eerste druk januari 2012

De smaak te pakken

Oorspronkelijke titel: *To the Moon and Back*
Vertaling: Marja Borg

Solo

Oorspronkelijke titel: *Solo*
Vertaling: Ytje Holwerda

Omslagontwerp: T.B. Bone
Omslagfotografie: HillCreek Pictures

ISBN 978 90 218 0611 2
NUR 343

www.boekenwereld.com
www.uitgeverijsijthoff.nl
www.watleesjij.nu
www.jillmansell.nl

INHOUD

DE SMAAK TE PAKKEN

1

‘Wat zou je zonder mij toch moeten beginnen?’

Ellie, die net onder de douche vandaan kwam, keek vanuit de deuropening in de slaapkamer verlekkerd de kamer in. Er ging toch echt niets boven de aanblik van een superaantrekkelijke man van achtentwintig, gekleed in slechts een boxershort, met in zijn ene hand een stoomstrijkijzer en in zijn andere een zwarte rok.

En dan te bedenken dat hij van haar was, helemaal alleen van haar. Ze had hun trouwboekje om het te bewijzen.

‘Nee, geef maar geen antwoord. Ik weet al hoe het zonder mij zou zijn.’ Jamie bukte zich om de stekker van de strijkbout uit het stopcontact te trekken. ‘Je zou gewoon met een rok vol kreukels de deur uit gaan.’

‘Waarschijnlijk wel.’ Ze trok de limoengroene badhanddoek stevig om haar bovenlichaam. ‘Maar dat hoeft nu niet, hè? Omdat ik jou heb.’ Over de strijkplank heen plantte ze een kus op de mond waar ze nooit genoeg van kreeg.

‘Dus je bent me wel dankbaar?’ Speels trok hij even aan de handdoek.

‘Ja. Heel erg dankbaar. Ontzettend gewoon.’

‘Want ik weet anders wel een manier waarop je me terug kunt betalen, mocht je dat willen.’

Spijtig tikte Ellie op haar horloge. ‘Daar hebben we geen tijd voor. Moet je mijn haar zien. En ik moet me nog aankleden en opmaken… Nee, hou op, laat me los!’ Ze griste de rok uit zijn hand en maakte zich uit de voeten voordat Jamie haar kon verschalken. Vanavond zouden ze onafhankelijk van elkaar uitgaan. Zelf ging ze met een stel vrienden van werk naar een voorstelling van *The Rocky Horror Show* waarbij het verplicht was verkleed te komen. Vandaar de zwarte rok, die ze vorig jaar voor een Halloweenfeest in een tweedehandswinkel had gekocht en te lijf was gegaan met een tuinschaar om een zigzagzoom te fabriceren. De rok had daarna achter in de kast gelegen, maar was nu perfect voor het Rocky Horror-uitje, samen met een krankzinnig kapsel, heel veel oogpotlood en netkousen.

'Oké dan. Welk overhemd zal ik aantrekken?' Jamie wees naar de overhemden die hij had gestreken terwijl zij onder de douche had gestaan. 'Het blauwe? Of het witte?' Hij had een schoolreünie in Guildford.
'Wat denk je van het roze?' vroeg ze. Ze zag zijn mondhoeken wat naar beneden gaan, iets wat altijd gebeurde wanneer hij verlegen werd.
'Ik weet niet. Niet vanavond.'
'Waarom niet?'
'Omdat... Nou, gewoon. Ik trek vanavond liever mijn blauwe overhemd aan.'
Ze pakte het fuchsiaroze overhemd uit de kast en hield het uitnodigend voor hem op. 'Maar dit is hartstikke mooi! Moet je die kleur eens zien! Waarom zou je dit niet aantrekken?'
'Omdat ik er geen zin in heb om straks van iedereen te moeten horen dat ze niet wisten dat ik homo was.'
'Doe normaal, zeg. Alleen omdat het roze is?'
Jamie trok een gezicht van: moet ik dat echt uitleggen? 'Het is heel erg homoroze.'
Goed, dat was misschien wel zo, maar hij kon het hebben. 'Ik heb het je met kerst gegeven! Waarom heb je het toen niet meteen geruild dan?' Ze schudde ongelovig haar hoofd. 'Je zei dat je het heel mooi vond!'
'Ik wilde je niet beledigen.' Aarzelend vervolgde hij: 'Bovendien vind ik het wel mooi om te zien. Alleen niet om te dragen.'
'Maar die kleur zou je echt heel goed staan.'
'Ik trek het binnenkort wel een keer aan. Echt waar.' Hij nam het blauwe overhemd van het hangertje en trok het aan.
Allemachtig, mannen! 'Mij best. Maar de volgende keer geen cadeau met kerst. Helemaal niets. Dat krijg je ervan als je het toch niet leuk vindt wat ik voor je uitzoek.'
Jamie grijnsde. 'Hoef ik dan ook niks voor jou te kopen?'
'Waag het niet, hè? Nee, blijf van me af!' Gillend van de lach liet ze zich door hem een hoek van de kamer in drijven. 'Ik zei toch dat we daar geen tijd voor hadden!'
Hij sloeg zijn armen om haar middel en trok haar tegen zich aan. 'Soms moet je gewoon tijd maken voor dingen die echt

belangrijk zijn,' fluisterde hij vol overredingskracht in haar oor.
Trrrrriiiinnnnggggg! De deurbel.
Jamie greep naar zijn hart en stapte struikelend naar achteren alsof hij was neergeschoten. 'O nee, dat is niet eerlijk...'
'Hè, wat jammer nou. Net nu ik bijna van gedachten was veranderd.' Ze glipte langs hem heen en keek uit het raam naar de stoep beneden.
Todd zwaaide naar haar. Ze zwaaide terug.
'En dan te bedenken dat hij vroeger mijn vriend was.' Jamie gooide het raam open en riep: 'Je bent te vroeg!'
'Ik weet het.' Todd spreidde zijn armen, zo te zien erg ingenomen met zichzelf. 'Dat is omdat jij had gezegd dat ik niet te laat mocht komen.'
Jamie rolde met zijn ogen. 'Dat is echt de eerste keer in twintig jaar dat hij ergens te vroeg komt.' Naar beneden riep hij: 'Eh, we zijn nog niet klaar. Doe me een lol en ga even tien minuten een blokje om.'
'Val dood.'
'Ja, dat zou je ook kunnen doen.'
'Nee hoor. Hou op met dat gezeik en doe open.' Energiek met zijn voeten stampend en in zijn handen wrijvend, riep Todd naar boven: 'Het is ijskoud. Zo meteen vriezen mijn ballen er nog af!'

'Wauw,' zei Todd verbaasd. Hij begroette Ellie met een kus toen ze eindelijk de slaapkamer uit kwam, klaar om te gaan. 'Je zult heel wat bekijks hebben zo. Mooi. Ga je soms naar de kerk?'
'Ha ha.' Ellie was dol op Todd, wat maar goed was ook, want hij was Jamies beste vriend. De twee jongens waren bijna twintig jaar onafscheidelijk geweest. Hun karakters vulden elkaar aan en ze hadden hetzelfde gevoel voor humor; de grappen vlogen altijd over en weer, iets waar ze nooit genoeg van kregen. Jamie en Todd stonden bekend als dubbelact en Ellie maakte zich nu al zorgen dat Todd een vriendin zou krijgen met wie ze het niet kon vinden, want iets ergers kon ze zich niet voorstellen. Hoe moesten ze dat overleven? De gedachte dat dat alles zou verpesten, vond ze onverdraaglijk. Maar het

enige wat erop zat, was hopen dat hij een leuke vrouw zou uitkiezen.

'Zo, zijn we er klaar voor?' Jamie zou rijden vanavond. Met zijn sleutelbos rammelend dreef hij hen in de richting van de voordeur. 'Dan gaan we. Ellie, waar moeten we jou afzetten?'

Om het helemaal af te maken spoot ze nog even een flinke dot glitterspray op haar naar achteren gekamde haar. 'Bij het metrostation is prima. We hebben afgesproken in de Frog and Bucket.'

'Je gaat in die outfit niet in je eentje met de metro.' Hij kneep in haar kont toen ze langs hem heen de trap af liep. 'We brengen je wel even naar de kroeg.'

'Getver.' Todd smakte geschrokken met zijn lippen. 'Ik heb haarspray in mijn mond.'

'Doe eens open.' Ellie keek in zijn mond. 'Oeps, er zit glitter in.'

Jamie grinnikte. 'Komt goed uit. Dan zien de meisjes op wie hij vroeger op school verliefd was, eindelijk eens wat voor schitterende persoonlijkheid hij heeft.'

Ellie veegde wat glitter van Todds wang. 'Arme meisjes.'

Tegen de tijd dat Ellie bij hun flat in Hammersmith arriveerde, was het al bijna één uur. Ze had pijn in haar keel van het zingen en zere voeten van het dansen, zo leuk had ze het gehad bij de *Rocky Horror Show*. De hele voorstelling lang hadden ze meegedanst en uit volle borst meegezongen met de teksten die iedereen uit het hoofd kende. Na afloop, op weg naar de Frog and Bucket voor een laatste rondje, hadden ze de hele tijd 'The Time Warp' gedaan.

'Dat is dan tien pond vijftig.'

Ze betaalde de taxichauffeur, stapte uit en keek of Jamie al thuis was. Ze zag zijn auto nergens staan, maar misschien had hij om de hoek moeten parkeren. De ramen waren ook donker, maar dat kon zijn omdat hij al uitgeteld in bed lag.

Toen ze de flat binnenliep, merkte ze aan de rust die er heerste dat ze de eerste was die thuiskwam. Oké, dat maakte haar niet uit, ze stond nog stijf van de adrenaline. Als Jamie niet al te laat terugkwam, zou ze hem misschien verleiden, om af te maken waar ze niet aan toe waren gekomen door Todds vroege komst. *Toddus interruptus*, ha. Hun eigen persoonlijke voorbehoedmiddel. Glimlachend deed ze de lamp in de huiskamer aan. Ze zou een tosti maken en een dvd opzetten. O, het lampje van het antwoordapparaat flikkerde. Ze drukte het knopje in en luisterde naar het bericht van iemand van wie ze de stem niet kende, maar wiens naam ze eerder had gehoord. 'Hé, Jamie, wat is er aan de hand, man? Je spreekt met Rodders. Waar waren Todd en jij nou? Jullie zeiden toch dat jullie ook zouden komen? Bel me. Je hebt een te gekke avond gemist.'

De verbinding werd verbroken. Dat was het. Rodders was Rod Johnson. Hij had de reünie in Guildford georganiseerd. En hij had een uur geleden gebeld, wat helemaal nergens op sloeg, tenzij Jamie en Todd vroeg waren aangekomen, een blik door het raam hadden geworpen en zich stiekem weer uit de voeten hadden gemaakt voordat iemand hun aanwezigheid opmerkte.

Want een andere verklaring kon ze niet verzinnen voor het feit dat ze hun gezicht niet hadden laten zien.

Het enige geluid in de kamer, het getik van de klok die Jamies grootmoeder hun voor hun trouwen had gegeven, leek luider dan anders. Ellie pakte haar mobieltje uit haar tas, dat ze vijf uur geleden bij het betreden van de schouwburg had afgezet.

Zeven oproepen gemist. Eén ingesproken bericht. Het hart klopte haar in de keel, en ze kreeg het gevoel dat haar bewustzijn in tweeën werd gespleten. De ene hersenhelft hield haar voor dat dit niet waar kon zijn, dat het een foutje was, dat alles weer goed zou komen en dat Jamie elk moment thuis kon zijn.

Tegelijkertijd luisterde haar andere hersenhelft echter naar de kalme vrouwenstem die het bericht doorgaf dat Jamie Kendall betrokken was geweest bij een auto-ongeval en of ze zo snel mogelijk het volgende nummer kon bellen...

En nu leek de grond onder haar voeten te verdwijnen terwijl een andere stem, van een man deze keer, haar aanraadde om zo snel mogelijk naar het Royal Surrey County Hospital in

Guildford te komen. Jamie lag in kritieke toestand, legde de stem aan de andere kant van de lijn uit – nee, nee, dat kan niet, gilde het andere stemmetje in haar hoofd – en hij werd op dit moment van de afdeling Spoedeisende Hulp overgebracht naar de intensive care.

2

Biep. Biep. Biep. Biep.

Het geluid van de hartmonitor vulde Ellies oren. Zolang het bleef piepen, zou alles goed komen. Met heel haar wezen maande ze het apparaat aan om niet te stoppen met piepen.

Het was vier uur 's ochtends, maar de intensive care baadde in blauwwit licht. De meeste verpleegkundigen waren bezig met een oudere patiënt aan de andere kant van de zaal; ze riepen instructies en liepen met rammelende karretjes vol apparatuur rond. Ellie sloot zich af voor het kabaal dat ze maakten. Ze moest zich voor de volle honderd procent concentreren op de piepjes. En op Jamie, die eruitzag als een wassen beeld van zichzelf, zoals hij daar op bed lag.

Dit kan niet waar zijn. Dat kan gewoon niet.

De linkerkant van Jamies hoofd was opgezet en paarsachtig blauw. Hij lag in een diep coma en reageerde nergens op. Zijn huid was warm, maar als ze zijn vingers beetpakte, krulden zijn vingers zich niet om de hare. Als ze zijn naam zei, kwam er geen enkele reactie. Zelfs toen de arts hard met zijn knokkels over Jamies borstbeen had gewreven, had Jamie niet op de pijn gereageerd.

Allemachtig nog aan toe, hij kon niet eens zelfstandig ademen. Dat deed het beademingsapparaat voor hem. Er verdwenen plastic buisjes in zijn lichaam. Al zijn functies werden elektronisch gemonitord. Het leek net iets uit een film, maar dan met superrealistische special effects. Alleen was het echt. Ellie, die al stijf stond van angst, schrok zich dood toen er ineens een hand op haar schouder werd gelegd.

'Sorry,' zei de verpleegster. 'Maar we moeten je verzoeken om even weg te gaan.'
'Kan ik niet blijven? Ik wil blijven.'
'Dat begrijp ik.' De verpleegster, van het soort dat niet met zich liet sollen, schudde haar hoofd en gebaarde naar de toegenomen activiteiten bij het bed aan de andere kant van de zaal. 'Toch moet het even. Ga maar een kopje thee drinken, we roepen je wel wanneer je er weer bij kunt.'
Dit was geen verzoek meer, dit was een gebod. Met knikkende knieën liep Ellie de zaal uit, net toen drie artsen in witte jassen kwamen binnenstormen.
Ze moest nodig Jamies vader bellen. O god, hoe moest ze het hem vertellen? Toch kon ze er niet onderuit.
O, laat het allemaal gewoon ophouden!
Buiten werd ze overvallen door de ijzige kou, en ze begon te klappertanden. Op de grond lag ijzel, en de plassen waren bevroren. Hoe had Jamie zich gevoeld toen de auto was gaan slippen? Welke gedachten waren er allemaal door hem heen geschoten toen hij de macht over het stuur had verloren? Hoewel het te erg was om aan te denken, kon ze toch niet anders. Voor haar geestesoog speelde zich steeds dezelfde afgrijselijke film af. Kon ze maar een knopje indrukken om die beelden stop te zetten. Had hij geschreeuwd toen ze de vangrail hadden geraakt? Als hij weer bij bewustzijn was, zou hij zich dan alles tot in detail herinneren of zou hij er helemaal niets meer vanaf weten? Oké, doe het nou maar, bel Tony in L.A. en zeg hem wat er is gebeurd. Zou hij kunnen komen of zou hij filmverplichtingen hebben waar hij niet onderuit kon?
Met trillende handen vond ze zijn nummer op haar mobieltje. Tussen L.A. en Londen bestond acht uur tijdsverschil, dus daar was het halfnegen 's avonds. Wat zou ze zeggen wanneer hij opnam? In welke bewoordingen kon ze het hem het beste vertellen? Oké, druk nou maar gewoon op Bellen. Hoe eerder ze dit achter de rug had, hoe eerder ze weer terug kon naar Jamie.
Een paar seconden later al hoorde ze zijn vertrouwde stem aan de andere kant van de lijn. Zeg het!
'Tony?' Haar stem klonk hees van verdriet, want ze wist dat

ze op het punt stond zijn hart te breken. 'O Tony, ik vind het zo erg, maar Jamie heeft een ongeluk gehad.'

Een kwartier later kwam de verpleegster haar halen uit de wachtkamer voor familieleden. Toen ze terugkwam op de intensive care, waar de rust inmiddels was weergekeerd, zag ze dat de gordijnen waren dichtgetrokken om het bed van de oudere man aan de andere kant van de zaal, waar het net nog een drukte van belang was geweest.

'Dus dat is weer in orde?'

'We hebben hem helaas niet kunnen redden,' zei de verpleegster zacht.

Niet kunnen redden?

Bedoelde ze dat daar achter die gordijnen een dode man lag? O nee, dat soort dingen gebeurde alleen op tv, op veilige afstand. Niet hier, in het echte leven, in haar aanwezigheid.

'Ga maar even zitten.' De verpleegster duwde haar behendig op de stoel naast Jamies bed. 'Een paar keer diep ademhalen. Ik zal een glas water voor je gaan halen. Je moet sterk zijn.'

Sterk? Ellie slikte, ze voelde zich ongeveer net zo sterk als een pasgeboren katje. Jamie lag hier, op een zaal waar mensen doodgingen en waar alles even verschrikkelijk was. En ze had ook nog een Rocky Horror-outfit aan, wat heel ongepast was, maar ze kon niet naar huis om zich te verkleden, want ze wilde Jamie niet alleen laten...

O Jamie, word wakker, doe alsjeblieft je ogen open en zeg tegen me dat alles weer goed komt...

De dode man werd op een afgesloten metalen kar gelegd en door twee brancardiers van de zaal gereden. Er werden twee nieuwe patiënten binnengebracht, een broodmagere, gelige vrouw en een jonge jongen. De snikkende familieleden aan hun bed keken bevreemd naar Ellie in haar afgeknipte rok en netkousen. Toen de verpleegsters even niet hadden gekeken, had ze Jamies gezicht gekust, maar dat had helemaal niet aangevoeld als zijn gezicht, en nu zaten er ook nog glitters op zijn voorhoofd en wang.

'Sorry voor die glittertjes,' zei Ellie tegen de verpleegster toen die terugkwam om alles te controleren.

'Dat geeft niks. We vegen het er wel even af met een vochtig watje, zodat het niet in zijn ogen komt. Goed, wat zullen we doen? Zal ik kijken of ik hier nog iets heb liggen wat je kunt aantrekken of wil je een vriendin bellen om wat kleren te komen brengen?'

Ellie had nog steeds het gevoel alsof het midden in de nacht was, maar op de klok aan de muur zag ze dat het halftien was. En buiten was het licht. Met een schokje drong tot haar door dat ze eigenlijk op haar werk hoorde te zijn. Buiten, in de echte wereld, ging het leven gewoon door alsof er niets was gebeurd.

'Eh, ik bel wel een vriendin.'

Eenmaal weer buiten belde ze haar werk. Paula nam op en riep met gespeelde verontwaardiging: 'Luilak, ik heb gisteren veel meer gedronken dan jij, maar ik was wel op tijd!'

'O Paula, ik ben in het ziekenhuis, ik heb je h-hulp nodig...'

Ellie bleef aan Jamies bed zitten, met wallen onder haar ogen van slaapgebrek en overmand door verdriet. De chemische antiseptische geur op de zaal drong langzaam haar huid binnen. Artsen kwamen en gingen. Er werden allerlei medische tests uitgevoerd. Paula kwam met een taxi, huilend, met kleren en toiletspulletjes en een in allerijl gekochte beterschapskaart voor Jamie van iedereen op het werk. Omdat ze de zaal niet op mocht, greep ze in de gang Ellies handen beet en snikte het uit.

'Ik vind het zo erg voor je, ik kan het gewoon niet geloven. Maar het komt toch wel weer goed, hè? Ik bedoel, hij gaat toch niet dood?'

Ellie liet het allemaal gelaten over zich heen komen, maar het was een opluchting voor haar toen Paula zich eindelijk weer van haar losmaakte en vertrok. Het enige wat Ellie wilde, was bij Jamie zijn en naar de piepjes luisteren.

Nadat er nog een paar uur was verstreken, kwam de verpleegster haar vertellen dat Todd op de gang stond. Omdat hij Jamies oudste en beste vriend was en er verder geen familie bij was, mocht hij van haar de zaal op.

Toen Ellie Todd zag komen aanlopen, kneep haar maag zich samen. Zijn hoofd en handen zaten onder de blauwe plekken en sneetjes. Ze hadden hem ter observatie een nachtje in het ziekenhuis gehouden, maar behalve dat hij mank liep, mankeerde hij niets. Hij sloeg zijn armen om haar heen, en ze voelde dat ze achteruitdeinsde. Ze wilde niet worden aangeraakt en omhelsd; haar huid was te gevoelig. Het was net als wanneer je de griep had, dan deed het zelfs pijn om je haren te kammen. Hoe was het mogelijk dat van de twee mensen die in dezelfde auto hadden gezeten en hetzelfde ongeluk hadden meegemaakt, één ervan er bijna heelhuids van af was gekomen?

Het was niet eerlijk. Helemaal niet eerlijk. Hoe gek ze ook op Todd was, waar had hij het aan verdiend om er vrijwel zonder kleerscheuren van af te komen? Waarom moest het Jamie zijn die gewond in bed lag? Dit kon ze natuurlijk nooit hardop zeggen, want dat zou onbeleefd zijn en misschien ook wel kwetsend voor Todd. Maar ja, zo was het leven nou eenmaal, nooit echt eerlijk. De beste mensen overkwamen de akeligste dingen, en de slechtste mensen juist fantastische dingen.

Niet dat Todd slecht was natuurlijk. Maar van hen tweeën was hij nu eenmaal niet degene van wie ze met heel haar hart hield. Hij hield echter ook van Jamie. Ellie ging weer zitten en keek naar Todd, die een hand op Jamies blote schouder legde. In zijn kaak bewoog een spiertje terwijl hij met een lijkbleek gezicht naar zijn beste vriend keek.

Biep. Biep. Biep.

Biep. Biep.

Bieppppppppppppppp.....

'O god, wat is dat? Nee nee nee...'

'Geen paniek.' De verpleegster kwam meteen aanzetten om de elektrodedraad weer vast te zetten die was losgeraakt toen Todds mouw langs Jamies sleutelbeen was gegleden. 'Ziezo,' zei ze, toen het regelmatige gepiep weer werd hervat. 'Al geregeld.'

'Sorry.' Zichtbaar geschrokken deed Todd een stap naar achteren en veegde het zweet van zijn bovenlip.

Toen de verpleegster hen weer alleen had gelaten, vroeg Ellie: 'Hoe is het gebeurd?'

'Ik weet het niet.' Een hulpeloos schouderophalen. 'We reden niet te hard. We namen gewoon een bocht en toen slipten we. Het leek net slow motion, maar tegelijkertijd ook versneld afgedraaid. Ik zei: "Shit," en Jamie zei: "Fuck."' Het kostte hem zoveel moeite niet te gaan huilen, dat hij witte knokkels kreeg. Toen vervolgde hij: 'We merkten pas dat er ijzel lag toen het al te laat was.' Zijn stem brak. 'En toen... toen gebeurde het gewoon.'

Todd was weggegaan. Er werden nog meer testjes gedaan. Jamies blauwe plekken werden donkerder. Het werd avond. Jamies vader arriveerde. Tony had de afdeling gebeld om te zeggen dat hij net op Heathrow was geland en inmiddels op weg was naar het ziekenhuis. De verpleegster die hem aan de lijn had, herkende zijn stem en wist toen het verband te leggen. Binnen een paar minuten tijd wist het hele ziekenhuis dat Jamie de zoon was van Tony Weston... je weet wel, de acteur! Achter de professionele blikken groeide de opwinding. Ellie, die dat niet ontging, klampte zich aan de laatste strohalm vast en vroeg zich af of ze nu beter hun best zouden doen voor Jamie. Want als ze soms een extra prikkel nodig hadden om hem te redden, dan zou ze hun misschien ook wel wat geld kunnen geven.

Heel even glimlachte ze toen ze voor zich zag dat Jamie, ontslagen uit het ziekenhuis, vol ongeloof naar hun bankrekening staarde en wilde weten waarvoor ze die had geplunderd... Nou, leg dat dan maar eens uit.

Veertig minuten later kwam Tony binnen. Hij was midden vijftig, gebruind en aantrekkelijk, en werd onmiddellijk herkend door het personeel als de gerespecteerde acteur die naar Amerika was verhuisd en het daar helemaal had gemaakt als de typische upper class Engelsman, hoewel hij was geboren en opgegroeid in een rijtjeshuis in Basingstoke. Iedereen op de afdeling was waarschijnlijk stiekem opgetogen om hem in levenden lijve te zien, maar Ellie voelde alleen maar opluchting. Eindelijk kon iemand anders de leiding nemen. Jamies vader was er, en hij was een echte volwassene. Tranen van uitputting stroomden over haar wangen toen hij haar een kus gaf.

'Och, liefje toch.' Dat was alles wat Tony zei. Meer hoefde hij ook niet te zeggen. Hij rook naar vliegtuigen en koffie en overhemden die door een dure wasserij waren gewassen; hij was ook ongeschoren. Terwijl hij zwijgend naar Jamie keek, leek hij te beven van verdriet. Na een tijdje fluisterde hij: 'Och, mijn jochie toch.' Zijn stem brak.

Binnen enkele minuten maakte de specialist zijn opwachting en stelde zichzelf voor. Ellie keek naar hem terwijl hij allerlei neurologische testjes deed die de andere artsen ook om de zoveel tijd hadden gedaan sinds Jamie op de intensive care lag. Ze hield het gezicht van de man nauwlettend in de gaten, op zoek naar aanwijzingen, wachtend op het moment waarop hij wat minder somber zou kijken en er een glimlach van opluchting zou doorbreken, terwijl hij zei: 'Hij is aan de beterende hand. Nog een paar uurtjes, en dan wordt hij weer wakker.'

Toe dan, zeg het dan.

Zeg het, alstublieft!

De glimlach verscheen niet. Samen met Tony zat ze zwijgend aan Jamies bed, terwijl de nog steeds ernstig kijkende arts aantekeningen maakte. Toen hij hen na een tijdje aankeek, had Ellie het gevoel dat haar stoel ineens onder haar vandaan werd getrokken. Haar oren begonnen te suizen; was dit de manier waarop de natuur de woorden overstemde die ze al kende maar niet wilde horen?

Het gesuis klonk luid, maar helaas niet luid genoeg om de woorden te overstemmen. De angst lag haar als een betonblok op de maag. Naast haar schudde Tony zachtjes zijn hoofd, maar de rest van zijn lichaam was in steen veranderd. Een van de oudere verpleegsters kwam bij hen staan, met een blik vol medelijden.

Niet doen, zeg het alsjeblieft niet, anders hoort Jamie u misschien...

'Het spijt me heel erg, maar de tests die we hebben uitgevoerd zijn eensluidend. Er is geen hersenactiviteit meer.' Hij zweeg even. Toen vroeg hij: 'U begrijpt wat dat inhoudt?'

Nee, nee, neeeeeeee...

'U zegt dat hij hersendood is.' In Tony's stem klonk een oneindig verdriet door. 'Hij is dood. Mijn zoon is dood.'

De arts knikte zwaarmoedig. 'Helaas.'

3

Vijftien maanden later

'Heb je echt geen zin om mee te gaan naar de film?' Het was vrijdagmiddag vijf uur en Paula was de rotzooi van haar bureau aan het opruimen. Ze propte haar make-upspullen weer in haar oversized tas, samen met haar werkschoenen plus een halfvol flesje grapefruitsap en een zak chips voor in de bus naar huis. 'Want we zouden het echt heel leuk vinden als je meeging, hoor.'

Ellie was ontroerd. Het was net zoiets als twee ballonnen die een stekelvarken meevroegen op hun avondje uit. En dan twee pas verliefde ballonnen op een romantisch uitje ook nog. Het was natuurlijk attent van Paula om haar te vragen, maar ze peinsde er niet over om op het aanbod in te gaan. Paula en Dan hadden pas drie weken iets met elkaar, en hoewel Paula haar best deed om te doen alsof ze niet totaal stapelgek op hem was, was het overduidelijk dat ze straalverliefd was. Het was weer een van die 'geheimen' waar Ellie zogenaamd niets vanaf wist, zowel om haar eigen gevoelens als die van alle anderen te sparen.

'Heel aardig aangeboden, maar ik wil even bij B&Q langs om het behang op te halen dat ik had besteld.' Klonk dat saai? Nou ja, maakte niet uit, saai maar waar.

Paula bleef even staan en keek haar met de medelijdende blik aan die ze inmiddels zo goed kende. Toen zei ze opgewekt: 'Nou, dat is leuk toch? Ik bedoel, als het af is. Is dat het behang voor de huiskamer?'

Ellie knikte. Er zat zwarte schimmel op de muren in de huiskamer. Aangezien boenen en schilderen niet had gewerkt, leek alles behangen de volgende logische stap.

'Als je morgen soms hulp nodig hebt, dan kunnen Dan en ik je wel een handje komen helpen, hoor. Ik bedoel, ik heb nog nooit behangen, maar zo moeilijk zal dat toch niet zijn?'

Jezus, het lukte Paula zelfs nog niet om haar lippenstift goed op te doen.

'Nee, dat hoeft niet. Het lukt me wel.' Ellie hing haar tas over

haar schouder en bedankte Paula met een kus voor het aanbod. 'Ik ga het trouwens toch niet meteen morgen doen. Tony is een paar dagen hier en hij heeft me uitgenodigd voor de lunch.'
'Echt waar? O, wat fantastisch!' Opgelucht dat ze niet hoefde te helpen, zei Paula enthousiast: 'Wat een bofkont ben je ook!' Meteen sloeg ze geschrokken haar hand voor de mond. 'God, sorry. Wat stom van me.'
Het was al tientallen keren gebeurd. Misschien wel honderden keren. Hoe vaak Ellie ook zei dat ze zich daar niet zo druk om moest maken en zich niet steeds hoefde te verontschuldigen, Paula bleef het doen. Op het werk gold dat voor iedereen; het was een soort pavlovreactie waar niemand controle over had.
'Ik ben ook een bofkont. We hebben afgesproken in The Ivy.'
'Wauw.'
'Ja, en daarna eten bij McDonald's.'
Paula keek haar met grote ogen aan. 'Echt?'
Zo lief, zo vol goede bedoelingen, zo makkelijk in de maling te nemen. 'Nee, niet echt,' zei Ellie glimlachend. 'We zullen ook wel in The Ivy lunchen, neem ik aan.'

'Verdomme... Verdomme... Wat een klotetroep!' Tegen middernacht kon Ellie het behang wel wurgen. Terwijl ze zich vastklampte aan de huishoudtrap en woest tegen de rechterbovenkant van de baan behang stompte waar ze al veertig minuten mee in de weer was, had ze geen handen vrij om de baan ernaast tegen te houden toen die weer losliet en van de muur rolde.
'Nou heb ik er genoeg van!' Een schreeuw slakend wierp ze zich tegen het eerste stuk, miste en sloeg toen zo hard tegen de muur dat haar hand ervan tintelde. Jezus, ze begon op Basil Fawlty te lijken. Tijd om te stoppen. Maar het was niet haar schuld, ze hadden haar gewoon niet mee te behangen of nietplakkend behang verkocht of zo. Nou, van haar mocht de hele rotzooi er afvallen. Zij liet het slagveld voor wat het was en ging lekker een KitKat uit de koelkast pakken.
Weer terug in de kamer keerde ze het hopeloze tafereel de rug toe – het was er nu allemaal af gevallen – en liet zich op de

bank zakken. Ze haalde de wikkel van de KitKat en begon te zappen. O leuk, *Sleepless in Seattle*, hoe lang was die al bezig? Toen kwam Jamie de kamer binnen en ging naast haar op de bank zitten. Hij droeg zijn oude spijkerbroek en het roze overhemd dat hij niet had willen aantrekken naar de reünie. Hij droeg het tegenwoordig vaak. Ze vond het leuk als hij het aanhad en wist dat ze gelijk had gehad wat de kleur betreft, die stond hem echt fantastisch. Ze wist beter dan Jamie zelf wat bij hem paste.

'Wat kun jij goed behangen, zeg.' Hij keek haar grijnzend aan, met zijn ene been over het andere geslagen en zijn blote voet vlak bij haar blote knie.

'Ja, goed ben ik, hè?' Ze nam elk detail van zijn gezicht in zich op, de glinsterende blauwe ogen, het door de zon gebleekte blonde haar, zijn bruine teint.

'Je zou beroeps moeten worden. Mensen hebben veel geld over voor deze look. Je weet toch wel hoe deze look heet?' Hij knikte ernstig naar de kale muren en naar het verkreukelde behang op de grond. 'Dat heet postmodern shabby chic.'

'Als je me een handje had geholpen, was het me misschien wel gelukt,' zei ze.

'Maar het is veel leuker om naar jouw inspanningen te kijken.'

'Je bedoelt dat je te lui bent om te helpen.'

Met een droevig lachje keek hij haar aan. 'O schatje, als ik kon, zou ik je heus wel helpen. Dat weet je best.'

Ellie voelde de vertrouwde hete prikkeling achter haar ogen. Natuurlijk wist ze dat. Ze hadden samen zo hun best gedaan om iets van deze flat te maken. En ze zou niet huilen! 'Oké, zo kan ie wel weer. Je mag wel weer gaan. Ik wil deze film zien.'

Hij wierp, niet ten onrechte, een achterdochtige blik op de tv. 'Is dat zo'n jankfilm?'

Wat kende hij haar toch goed. Ze knikte. 'Zeker weten.'

Vol afschuw stak hij zijn handen op. Hij was meer van de sciencefiction-, horror- en oorlogsfilms. 'Nou, dan laat ik je maar in alle rust kijken. Dag schoonheid.'

'Dag.'

Toch kon de film haar vanavond niet echt boeien. Na tien minuten staakte ze haar poging om erin te komen en zette de tv

uit. Ze zou Jamie weer terug kunnen halen, maar dat deed ze niet. Ze begon zich een heel klein beetje zorgen te maken over wat ze het afgelopen jaar had gedaan. Want dat was niet helemaal normaal. Omdat Jamie er niet meer was. Maar hij was ook geen geestverschijning. Het enige wat ze deed, was hem voor haar geestesoog oproepen, met hem praten en hem laten terugpraten alsof hij echt was. Op school hadden haar leraren altijd al tegen haar gezegd dat ze een levendige fantasie had. Nou, dat hadden ze goed gezien. En nu maakte ze daar nuttig gebruik van. Want ze had ontdekt dat het echt heel troostend was om te doen alsof Jamie er nog steeds was. Net zoiets als duimzuigen of op een smoezelig babydekentje sabbelen. Ze voelde zich dan gewoon... beter. Tenminste, zolang ze het aan het doen was. Na afloop voelde ze zich soms rotter, eenzamer en verdrietiger dan ooit. Maar meestal voelde het goed. Kon Jamie maar eens als een echt spook aan haar verschijnen... Tja, dat zou natuurlijk fantastisch zijn, maar zo behulpzaam was hij nog niet geweest, en bovendien geloofde ze toch niet in spoken. En ze bleef zo ook mooi de baas over zijn kleren. Als ze wilde dat hij een smokingjasje of een tutu aantrok, dan kon hij daar niets aan doen, behalve zich beklagen.
Ze wreef met de rug van haar hand langs haar ogen; soms merkte ze niet eens dat ze huilde totdat de tranen over haar kin liepen en langs haar hals gleden. Ze miste Jamie soms zo erg dat ze zich afvroeg hoe ze het klaarspeelde om verder te leven, maar het was inmiddels vijftien maanden geleden, en op de een of andere manier was het haar gelukt. Misschien werd ze wel een beetje gek met dat tevoorschijn toveren van Jamie en die zogenaamde gesprekken die ze met hem voerde, maar het was haar manier om met zijn dood om te gaan, en ze was er nog niet aan toe om ermee te stoppen.

Ellie verheugde zich altijd op de lunches met Jamies vader wanneer hij in Engeland was. Omdat ze allebei de belangrijkste persoon in hun leven moesten missen, hadden hun afspraken gemakkelijk heel droefgeestig kunnen zijn, maar Tony liet dat nooit gebeuren. Natuurlijk was het verdriet er nog, maar in het openbaar bleven ze daar niet bij stilstaan. In plaats daarvan hadden ze het over Jamie, ze haalden herinneringen op aan gelukkiger tijden en proostten op hem. Ze lachten veel, aten goed en sloegen vele flessen wijn achterover van het soort dat ze zelf nooit zou kopen, en het eindigde er dan mee dat ze elkaar kleine nieuwe dingetjes vertelden over de man van wie ze allebei hadden gehouden.

Dat was het mooiste gedeelte; net alsof je een begraven schat vond. Vandaag, onder het drukke geroezemoes in The Ivy, had Tony haar al vergast op een verhaal over een verjaardagsfeestje van Jamie, toen hij zes was geworden. Een van de uitgenodigde meisjes had een kus van hem willen hebben in ruil voor het cadeau dat ze hem had gegeven, maar de dodelijk geschrokken Jamie had haar toen gauw het nog onuitgepakte cadeau teruggeven.

'Al dat sociale gekus was nooit zo aan hem besteed.' Ellie grinnikte, want door dit verhaal moest ze zelf ook ineens ergens aan denken. 'De eerste keer dat hij mijn collegaatjes ontmoette, gaf een van hen hem aan het eind van de avond een kus op de wang. Je had zijn gezicht eens moeten zien. Je zou denken dat ze hem had gelikt!' Ze deed voor hoe Jamie had gereageerd, de manier waarop hij een gezicht had getrokken en achteruit was gedeinsd. Toen ineens tot haar doordrong dat de ober die hun glazen bijvulde, dacht dat ze een gezicht naar hem trok, proestte ze het uit.

'Nu we het daar toch over hebben, is er nog iets gebeurd op dat gebied?'

Het was niet voor het eerst dat Tony dat onderwerp aansneed. Hij trok zijn wenkbrauwen op en knikte veelbetekenend om aan te geven dat hij het over haar had. Om preciezer te zijn: hij wilde weten of ze al met een andere man had gezoend.

'Nee, nee. Niets.' Ze schudde haar hoofd.

'Dat komt vanzelf wel,' zei hij met een geruststellend lachje. 'Vroeg of laat.'

Liever laat dan maar. Ze was daar nog lang niet aan toe. Van de gedachte alleen al werd ze misselijk. Alle andere dingen daar gelaten, wat als Jamie haar in de gaten hield via een of andere hemelse bewakingscamera? Wat als hij het niet goedvond? Ellie doopte een tijgergarnaal in de hollandaisesaus. Dat ze niet in spoken geloofde, was één ding, maar de hemel was heel wat anders. Je kon nooit helemaal uitsluiten dat ze ergens daarboven waren en naar beneden keken. Hardop zei ze: 'Dat weet ik. Maar nu nog niet.'

Als Tony ergens goed in was, dan was het in timing. Hij nam goedkeurend een slokje witte wijn – de fles had vijfentachtig pond gekost! – en veranderde moeiteloos van onderwerp. 'Hoe is het thuis? Zijn die lawaaiige buren van je al verhuisd?'

'Ja, gelukkig wel. Twee weken geleden.' Ze glimlachte, maar ging er verder niet op in. Hij hoefde niet te weten dat de nieuwe bewoners honderd keer erger dreigden te worden. De vorige buren hadden heel vaak, heel hard, Eminem gedraaid, maar bij de nieuwe vergeleken leken ze achteraf wel een stelletje amateurs. De afgelopen twee weken waren er een stuk of vijf grote ruzies geweest, de politie had bijna elke avond op de stoep gestaan, en de honden blaften continu. Het ergste was nog dat Eminem was vervangen door Céline Dion en Josh Groban.

Als Ellie het voor het zeggen zou hebben, had ze Eminem met alle liefde terug verwelkomd. Maar dat maakte niets uit, aangezien het erg onwaarschijnlijk was dat ze het ooit voor het zeggen zou krijgen. Voordat Tony vragen kon stellen over de nieuwe buren, zei ze: 'O, dat had ik je nog niet verteld, ik ben de kamer aan het behangen!' Zo, hij was heus niet de enige die moeiteloos van onderwerp kon veranderen. Ze vertelde hem over haar rampzalige gevecht gisteravond met het behang; ze maakte er een grappig verhaal van en liet het stukje weg waarin Jamie zijn opwachting had gemaakt, want dat was haar eigen kleine geheimpje. Er waren heel veel mensen die met een overleden geliefde praatten. Dat wist ze omdat heel vaak tegen haar was gezegd dat dat heel normaal was. Minder normaal was het dat de overleden geliefde terugpraatte.

Zack McLaren had een lunchafspraak geregeld met de directeur van een IT-bedrijf waar hij misschien een lucratieve deal mee kon sluiten. Gewoonlijk kon hij zich altijd heel goed concentreren bij dit soort gelegenheden, maar vandaag was dat anders. Toen hij voor zijn afspraak buiten voor het restaurant had staan telefoneren, was zijn blik gevallen op een meisje in een roze jas dat zijn kant uit kwam lopen. Ze had lang, donker haar, lichtbruine ogen en een blosje op haar wangen, en ze had een bijzonder opvallende uitwerking op hem; hij kon zijn ogen niet van haar af houden. Wie ze ook was, hij wilde meer te weten komen. Allemachtig, wat een raar gevoel; zoiets had hij nog nooit meegemaakt.

Toen ze langs hem heen was gelopen, had hij de geur van haar parfum opgesnoven, iets fris en kruidigs, een geur die hij niet kende, maar die meteen indruk op hem maakte. Hij had zich omgedraaid om haar na te kijken, de achterkant van haar glanzende haar, de nauwsluitende jas en de lange benen in de zwarte panty. Ongelooflijk mooie benen ook. Idioot genoeg had het hart hem in de keel gebonsd. Wat gebeurde er met hem? Toen vervolgens tot hem was doorgedrongen waar ze op die mooie benen naartoe ging, was het gebons in gebonk veranderd; ze liep The Ivy in...

Nadat hij haastig zijn telefoontje had beëindigd, was hij haar naar binnen gevolgd. Net op tijd om te zien dat ze hartelijk werd begroet door iemand die hij herkende.

En nu, anderhalf uur later, kostte het hem nog steeds moeite om zijn aandacht bij zijn gesprekspartner te houden. Aan de andere kant van het restaurant zat het meisje in de roze jas, nu zonder roze jas, maar in een dun wollen jurkje in de kleur van maartse viooltjes. Hoewel ze niet het allermooiste meisje was dat hij ooit had gezien, gaf ze hem het gevoel dat ze dat wel was. Als ze had zitten lunchen met een vriendin, was hij gewoon op haar af gestapt, dan had hij zichzelf voorgesteld, een beetje met haar gepraat – God mocht weten waarover, want hij had echt nog nooit zoiets gedaan – en uitgevist wie ze was. Hij zou haar zijn kaartje hebben gegeven en hebben gevraagd of ze hem wilde bellen, nee, hij zou hebben gevraagd of hij haar mocht bellen, hij zou hebben geprobeerd uit te vinden of ze binnenkort een keertje met hem uit eten zou willen gaan, hopelijk heel erg binnenkort...

Alleen was ze niet met een vriendin. Dat zou al te mooi zijn geweest. Nee, ze zat heerlijk te lunchen met de acteur Tony Weston. Ze kletsten met elkaar en lachten veelvuldig, en het

was wel duidelijk dat ze elkaar goed kenden en van elkaars gezelschap genoten.
Wat inhield dat ze het vast niet zouden waarderen als hij op wat voor manier dan ook toenadering zocht. Dus zat hij hier vast, te ver weg om hun gesprek te kunnen afluisteren of te kunnen horen hoe haar stem klonk, terwijl de directeur tegenover hem maar doorzeurde over financiële vooruitzichten en...
'Dus hoe denk je erover?'
Shit. Had hij dat weer. Snel richtte Zack zich weer op de reden van zijn komst naar The Ivy. Nou ja, de oorspronkelijke reden dan.
'Het lijkt mij... interessant.' Hij knikte bedachtzaam.
'En hoe luidt het vonnis? Hebben we een deal?'
Dit was belachelijk; hij was een professional. Zoiets als dit was hem nog nooit overkomen.
'Ian, ik kan vandaag nog geen besluit nemen.' Voornamelijk niet omdat hij geen flauw idee had waar Ian het het afgelopen halfuur over had gehad. 'Ik moet de cijfers nog een keer bekijken, nog met wat andere mensen praten. Maar ik laat het je maandagmiddag weten, dat beloof ik je.'
Ian leunde naar achteren, nam een slokje water en keek hem onderzoekend aan. 'Gaat het? Je lijkt een beetje... afwezig vandaag.'
Wat zou Ian zeggen als hij zich ineens over tafel naar hem toe zou buigen en zou zeggen: 'Er zit daar een meisje, een meisje dat ik helemaal niet ken, maar door alleen maar naar haar te kijken, voel ik iets wat ik nog nooit eerder heb gevoeld.'
Hoe zou de blozende, openhartige Ian daarop reageren?
Alleen was het een retorische vraag, want ze waren zakenmannen die hier bijeen waren gekomen om het over zaken te hebben, dus hij peinsde er niet over om zoiets te zeggen.
'Niks aan de hand. Gewoon nog een beetje last van een jetlag.' Hij wierp Ian een kort, geruststellend lachje toe, want hij moest per slot van rekening ook aan zijn goede naam denken. Hij had geen zin om achter zijn rug te worden uitgelachen.

Tegen de tijd dat ze het restaurant verlieten, was het halfvier.

Op West Street hield Tony een taxi aan, en Ellie gaf hem een kus. 'Hartstikke bedankt voor de lunch. Het was zo leuk om je weer eens te zien.'
'Ja hè?' Hij trok het portier open en zei: 'Instappen jij. Ik breng je even naar huis.'
'Maar het is een heel andere kant uit.' Ze schudde haar hoofd. 'Ik ga met de metro. Ik red me wel. Echt waar.'
'Het regent, dus niet tegenstribbelen.' Geamuseerd voegde hij eraan toe: 'Bovendien kan ik het me heus wel permitteren.' Gebarend dat ze als eerste moest instappen, zei hij: 'Alsjeblieft?'
Goed, hij had gelijk wat de regen betrof. En het ging steeds harder regenen ook. Omdat ze zich door de wijn heel ontspannen voelde, gaf ze zich met een bevallig knikje gewonnen en stapte – wat minder bevallig – in. Pas toen ze al onderweg naar Hammersmith waren, zei Tony: 'Bovendien wil ik dat rampbehang van jou wel eens zien.'
'O nee, je mag niet mee naar binnen!' Ze flapte het eruit. Ze had zich al voorgenomen om de taxi aan het eind van de straat te laten stoppen. Steeds wanneer Tony en zij elkaar de afgelopen vijftien maanden hadden gezien, was dat in restaurants geweest. Zo was het toevallig uitgekomen, en hij was al bijna twee jaar niet meer in de flat geweest. Haar huid tintelde van schaamte, want ze wist dat hij zou schrikken van hoe het er bij haar uitzag.
'Dat is ook niet aardig,' merkte hij kalm op.
'Sorry, zo bedoelde ik het niet.' Beschaamd schudde ze haar hoofd. 'Maar het is... nou ja, het is gewoon een beetje rommelig.'
Hij glimlachte. 'Je bedoelt dat je de afwas niet hebt gedaan?'
'Nee, erger.' Ze voelde dat ze bloosde. 'Het is gewoon allemaal... God, het is allemaal nogal... smerig. Ik zou het echt fijner vinden als je niet mee naar binnen ging.'
Tony Weston zou het echter niet zo ver hebben geschopt als hij iemand was geweest die snel opgaf. Hij klopte op haar hand en zei: 'Ik zal je echt niet veroordelen, lieverd. Ik ben toch geen monster? Ik wil gewoon even naar dat lastige behang van je kijken.'
'Dat hoeft echt niet. Ik heb het gewoon verknald, meer niet.'

'Toen ik pas van de toneelschool kwam en geen werk kon vinden als acteur, hielp ik wel eens een vriend van me die schilder en behanger was,' vertelde hij.
'O? Dat wist ik niet.'
Hij glimlachte. 'Ik zit vol verrassingen.'
'Hm.' Ellie wist dat hij had gewonnen en ze liet zich tegen de rugleuning van de achterbank zakken. Vol verrassingen? Nou, dat zat haar flat ook.

4

'Jezus,' zei Tony. 'Dus daarom wilde je me liever niet binnen hebben.'
'Tja. Nou weet je het.' Met nieuwe ogen – en oren – erbij begreep een mens ineens weer in wat voor gribus hij woonde. Terwijl ze naar Tony keek, die door de huiskamer ijsbeerde, schaamde ze zich dood dat ze zo lang zo armoedig had geleefd, en veelal zelfs zonder te beseffen dat het wel heel erg was geworden. Een jaar geleden was haar aardige huisbazin, Moira, overleden aan een hartaanval, waarna haar zoon de zaakjes had overgenomen. Ron, die een stuk minder aardig was, had algauw allerlei dubieuze figuren in de flats ondergebracht. Het had even geduurd voordat Ellie had ontdekt dat de gemeente hem meer dan de normale huurprijs betaalde om gezinnen te huisvesten die elders voor zoveel overlast hadden gezorgd dat ze uit hun huis waren gezet. Dit was dus hun laatste toevluchtsoord, maar in plaats van zich een beetje te gedragen, leken ze wel een wedstrijdje te houden in wie de luidruchtigste en asociaalste huurders in Hammersmith, zo niet heel Londen, waren.
En alsof ze dat meteen wilden bewijzen, was er op dit moment bij de bovenburen zo te horen een rugbywedstrijd aan de gang. Op een kale vloer, want dat ouwe tapijt van hen lag op dit moment in de voortuin ter grootte van een postzegel. Josh Groban zette een enorme keel op; de twee honden gingen als gek-

ken tekeer, en de matriarch van het gezin, een vrouw van in de vijftig met het gezicht van een buldog en een stem als een cementmolen, bulderde: 'Klootzakken, hou daarmee op, anders gooi ik jullie dat kloteraam uit.'
'Heeft ze het tegen de honden?' vroeg Tony.
'Misschien. Of tegen haar zoons. Ze heeft er vier.'
'En zet die klote-tv uit, stelletje junkies!'
'Dat zal tegen de jongste twee zijn,' legde Ellie uit.
Tony was verontwaardigd. 'Dit is gewoon verschrikkelijk.'
'Je went eraan.' Meestal slaagde ze er wel in om zich af te sluiten voor het allerergste lawaai.
'En hoe komt dat?' Hij wees naar de kringen op het plafond.
'Ze waren vergeten om de kraan van het bad dicht te draaien.'
'Alsof het hier al niet vochtig genoeg is.' Terwijl Tony de schimmellucht opsnoof die ze niet had kunnen verdrijven met Fébrèze, keek hij naar de muur die ze gisteravond had proberen te behangen. 'Als het je wel was gelukt om over die schimmelplek heen te behangen, dan was het er binnen de kortste keren toch weer af gevallen. Jezus, deze flat is gewoon een gevaar voor de volksgezondheid. Heb je je huisbaas nooit gevraagd om er wat aan te doen?'
Ach, een stuk of duizend keer maar. Maar waarom zou hij de moeite nemen? Ze wist dat Ron haar het liefst vandaag nog zag vertrekken; als hij hier weer zo'n gezin in propte, kon hij meteen de huur verhogen. Schouderophalend zei ze: 'Dat heb ik wel gevraagd, maar...'
'Hou je bek, klotewijf!' blafte een mannenstem, gevolgd door het geluid van een deur die dichtsloeg en zware voetstappen op de trap. Daarna werd ook de buitendeur dichtgeslagen.
Tony keek uit het raam naar een magere, lijkbleke jongen die in elkaar gedoken op de stoep telefoneerde. Niet veel later kwam er een glanzende BMW met verduisterde raampjes met gierende banden tot stilstand. Er ging een raampje naar beneden, er werd geld overhandigd in ruil voor een klein pakje, en toen scheurde de auto weer weg.
'Pas op dat hij je niet ziet,' zei Ellie snel.
Te laat natuurlijk. De jongen had zich al omgedraaid. Toen hij Tony achter het raam zag staan, grijnsde hij vuil, stak zijn mid-

delvinger naar hem op en spuugde op de grond. Daarna ging hij weer naar binnen. Toen hij langs de deur op de eerste verdieping liep, schreeuwde hij: 'Klotebemoeial!'
Met een blik op het voortuintje, dat voornamelijk in beslag werd genomen door gescheurde volle vuilniszakken en een vlekkerig tapijt, zei Tony vol ongeloof: 'Daar liggen naalden.'
'Ik weet het.' Van schaamte gingen Ellies nekhaartjes rechtovereind staan. Haar huis stak wel heel erg af bij zijn miljoenenpaleisje in de Hollywood Hills.
Hij veranderde van toon. 'Ellie, waarom heb je me in vredesnaam niet verteld hoe erg het hier is?'
Ze haalde haar schouders op, niet in staat het uit te leggen. Op de schaal van ellende was het overlijden van Jamie een tien. Daarmee vergeleken scoorden vervelende buren nauwelijks een twee. En als dat belachelijk was, nou, dan was dat maar zo.
'Ach, je raakt eraan gewend. Het is voornamelijk lawaai.' Om zichzelf wat afleiding te geven, was ze begonnen om Jamie tevoorschijn te toveren en een beetje met hem te kletsen. Het was gewoon een kwestie van de rest uitschakelen, het geschreeuw, het slaan met deuren, de eeuwige Céline Dion.
'Er liggen gebruikte naalden in je voortuin. Daar zou de gemeente iets aan moeten doen. Het is gewoon levensgevaarlijk. Je kunt hier niet blijven wonen.'
'Hé klootzak, dat is mijn laatste blikje!'
Ellie klemde haar lippen op elkaar. Ze wist dat Tony gelijk had. En als ze een vriendin was, zou ze zichzelf precies hetzelfde vertellen. Maar wat hij niet begreep, was dat dit het huis was waar Jamie en zij samen hadden gewoond. Ze hadden de flat samen gevonden, waren er als dolgelukkig pasgehuwd stel ingetrokken, hadden er liefgehad en gelachen en er meer dan drie jaar de beste tijd van hun leven gehad. De kamers zaten vol herinneringen, en ze wist niet of ze die wel achter zich zou kunnen laten...
'Oké, ik ben natuurlijk niet achterlijk,' zei Tony zacht, toen hij zag dat haar ogen zich met tranen vulden. 'Dit gaat om Jamie, hè?'
Haar keel kneep zich samen. 'Ja.' Tot haar schaamte kwam het eruit als een hoog piepje.

'Dus vroeger was het hier niet zo. Maar nu wel.'
Ze knikte.
'Je weet vast al wat ik ga zeggen, hè?'
Lusteloos knikte ze weer. 'Waarschijnlijk wel.'
'Als Jamie dit zou zien, zou hij het afgrijselijk vinden.' Tony sprak zacht, maar op vastbesloten toon. 'Hij zou ook willen dat je verhuisde.'
'Klootzak! Ik ga je krijgen!' Een brul, een klap en toen een regen van glas langs het raam, samen met een schuimend, buitelend blikje bier.
'Hij zou ook willen dat je veilig was,' zei Tony. Met een blik op het plafond voegde hij er droog aan toe: 'Hoewel je buren wel gevoel voor timing hebben, dat moet ik ze nageven.'

Waarschijnlijk was dit ook een reden waarom ze had geprobeerd om haar situatie voor Jamies vader verborgen te houden.
Drie dagen na hun lunch in The Ivy stond Ellie voor een imposant victoriaans hoekhuis in Nevis Street, vlak bij Regent's Park Road, hartje Primrose Hill. De buitenkant van het huis was lichtgeel geschilderd, de schuiframen waren glanzend witgelakt en het voortuintje was goed onderhouden. En nergens een smerig tapijt te bekennen.
Dit was nou wat je een heel goede buurt noemde.
'Nou?' Tony stond naast haar. 'Wat vind je ervan?'
'Wil je dat echt weten? Ik ben misselijk. Ik kan er gewoon niet over uit dat je dit doet.'
'Hoor eens, ik doe het niet per se voor jou alleen. Het is gewoon een goede investering. Iedere keer als ik naar Engeland kom, logeer ik in een hotel. Het is weliswaar een erg prettig hotel, maar het is geen thuis.' Wijzend op het gebouw voor hen, vervolgde hij: 'Ik heb een pied-à-terre nodig, en dit ziet er goed uit, vind ik. Maar als het continu leegstaat, betaal ik me blauw aan de verzekering. En maak ik me ook de hele tijd zorgen of het niet gekraakt wordt. Maar als er iemand zou wonen, een oogje in het zeil zou houden, hoefde ik me nergens zorgen over te maken. Lijkt mij allemaal heel logisch.'
De makelaar arriveerde en liet hen binnen. De flat bevond zich

op de eerste verdieping, net als de flat waarin Ellie de afgelopen vier jaar had gewoond, maar daar hielden de overeenkomsten ook mee op. Er waren twee ruime slaapkamers, elk met eigen badkamer. Verder was er nog een kleine derde badkamer, een enorme, luchtige huiskamer en een ultramoderne keuken. Alles was schoon en droog, pas geschilderd, en het rook er lekker. Kortom, smetteloos.
'Geen schimmel,' zei Tony. 'Geen vocht. Geen Céline Dion.'
'Terwijl ik haar net leuk begon te vinden,' zei ze.
'Vind je het mooi?'
'Natuurlijk vind ik het mooi.' Hoe kon ze dit nou niet mooi vinden? Ze stopte haar handen in de zakken van haar rode jasje om niet te laten zien dat ze trilden.
'Kunt u ons even alleen laten?' Tony wachtte totdat de makelaar weg was. 'Liefje, luister naar me. Ik kan het me veroorloven. We doen elkaar hier een plezier mee.' Na een korte stilte vervolgde hij: 'Jamie was mijn enige kind. Wat moet ik anders met al mijn geld?'
Ze knikte. 'Dat weet ik. En ik ben je ook dankbaar. Maar... het is gewoon te veel.'
'Oké, wat denk je hier dan van? Stel dat ik de flat toch koop. Jij wilt er niet wonen, hij wordt gekraakt, de krakers maken de boel kapot en zorgen voor overlast en de hele buurt gaat naar de haaien.' Hij haalde zijn schouders op. 'En dat is dan allemaal jouw schuld. Iedereen in Primrose Hill zal je haten.'
Ze glimlachte. 'Ik merk het al, je wilt beslist geen druk op me uitoefenen. Eh, vind je het goed als we elkaar zo buiten weer treffen? Ik wil graag nog even in mijn eentje rondkijken.'
Tony verliet samen met de makelaar het huis. Ellie wist dat het belachelijk was, maar dit was iets wat ze gewoon nog even moest controleren. Ze deed haar ogen dicht, concentreerde zich en deed ze weer open.
'Je hebt weinig vertrouwen in me, hè?' klonk een geamuseerde stem achter haar.
Toen ze zich omdraaide, zag ze Jamie tegen de gesloten huiskamerdeur staan. Wit overhemd, schone spijkerbroek, armen over elkaar geslagen, ongelovig maar vriendelijk zijn hoofd schuddend.

Godzijdank.
'Dacht je echt dat ik me hier niet zou laten zien?'
Ze slaakte een zucht van verlichting. 'Ik wilde het gewoon even zeker weten.'
'Nou, ik ben er.' Hij spreidde zijn armen. 'Ta-daa!'
'Je vader is echt te gek.'
'Ik weet het. Dat heeft hij van mij.'
Ze keek hem onderzoekend aan. 'Wat vind je ervan?'
'Van deze flat? Fantastisch.'
'Moet ik dan ja zeggen?'
'Ik zou het stom vinden als je nee zei,' zei Jamie.
Wat eigenlijk vals spelen was, want de woorden kwamen uit haar eigen hoofd. Zij liet hem ze zeggen.
Nou ja. Hij leek het niet erg te vinden.
'Oké dan.' Ze knikte. 'Dan doe ik het.'
Jamie knipoogde en schonk haar dat bemoedigende lachje van hem dat ze het meest miste. 'Mooi zo.'

5

'Jezus, wat een mooi huis, net een sprookje! Wat een bofkont ben je ook... O nee, sorry sorry!' Paula sloeg een hand voor haar mond. 'Nou zeg ik het weer. Je bent helemaal geen bofkont. Sorry hoor.'
'Van nu af aan zal ik je iedere keer met een kussen op je kop slaan als je nog één keer sorry zegt.' Ellie legde het grijze fluwelen kussen weer op de bank en gaf er als een echte huiseigenaar trots een klapje op. Was het echt pas een maand geleden dat ze met Tony naar deze flat was komen kijken? Dat was nou de macht van geld; omdat Tony geen hypotheek nodig had, had hij gewoon zijn notaris opdracht gegeven om de flat te kopen, en toen was de zaak binnen de kortste keren beklonken.
En daar stond ze dan in haar nieuwe huis, omringd door verhuisdozen, zonder haar flat in Hammersmith ook maar een seconde te missen.

Nou ja, ze was hier dan ook pas drie uur.
'Oké, zeg maar wat ik moet doen.' Met grootse gebaren stroopte Paula haar mouwen op, waarbij ze zo efficiënt mogelijk probeerde te kijken. 'Ik wil je helpen. Zullen we met deze beginnen?' Zonder het antwoord af te wachten trok ze het plakband van een van de dozen en zei: 'Zeg maar waar je alles hebben wilt, dan... O. O nee, zijn die van Jamie?' Ze wist niet hoe snel ze de stapel overhemden en truien weer in de doos moest stoppen. 'Sorry, dat was echt niet de bedoeling! Hoe kon ik dat nou weten?'
Paula ging om vijf uur weg. Ze hadden samen heel wat dozen uitgepakt. Het was natuurlijk aardig van haar geweest om op haar vrije dag te komen helpen en Ellie was haar daar ook dankbaar voor, maar het was wel dodelijk vermoeiend geweest. De snel geëmotioneerde Paula was drie keer in tranen uitgebarsten. Toen ze een zilveren fotolijstje had uitgepakt met daarin een foto van Ellie en Jamie op huwelijksreis in Cannes, had ze gejammerd: 'O god, ik snap gewoon niet hoe je het overleeft!'
En toen ze vanuit de deuropening had toegekeken terwijl Ellie wat van Jamies lievelingskleren achter in de kast legde, had ze met trillende stem verklaard: 'O Ellie, ik vind je zo moedig!'
Alsof ze een keuze had. Het was niet de eerste keer dat Ellie zich genoodzaakt had gezien Paula te troosten.
Ook niet de honderdste keer trouwens.

De volgende ochtend werd Ellie pas na elven wakker, deels omdat ze doodmoe was, maar voornamelijk omdat haar wekker nog ergens in een van de onuitgepakte verhuisdozen zat. Het goede nieuws was dat ze drie dagen vrij had, dus het maakte niet uit. In haar witte badjas, nippend aan een kop thee, stond ze voor het raam de straat in te kijken. De zon schitterde in de glanzende ramen aan de overkant. Er stonden potplanten op de kleine gietijzeren balkons en goed verzorgde plantenbakken op de vensterbanken. Zelfs de lucht leek hier in Primrose Hill schoner. De straat stond vol glimmende auto's uit het duurdere segment. Een chique brunette van in de vijftig, gekleed in een ultrastrakke spijkerbroek, stapte uit een zwarte SUV, hing

een duur uitziende tas over haar schouder en liep heupwiegend in de richting van de winkels. Een jammie-mammie duwde een hypermoderne buggy over het trottoir. Een eindje verderop in de straat werd voorzichtig een zwart-met-gouden chaise longue uit een flesgroene bestelbus geladen.
Bij zichzelf vergeleek Ellie dit alles met haar oude straat. Gisteren, tijdens de verhuizing, had ze een gebruikt condoom bij het tuinhekje zien liggen. In plaats van walging had ze echter opluchting gevoeld, want het was altijd goed als mensen eraan dachten om een condoom te gebruiken.
Leunend tegen de raamlijst bewonderde ze de schone, zwerfvuilvrije straat. Er stopte nog een bestelbus, een roze deze keer, die een enorm boeket lelies afleverde bij het huis naast dat van de chaise longue.
Jemig, zou ze hier wel passen of zou ze zich ongemakkelijk voelen, ontheemd? Wat als het hier te deftig en te volmaakt was?
Nu zag ze een taxi stoppen. Bij het huis recht tegenover haar zwaaide een smaragdgroene deur open en iemand met blond haar kwam naar buiten rennen. Heel even dacht Ellie dat het een magere jongen in een wit T-shirt en een lage heupbroek was, een kapper misschien, met dat zilverwit geblondeerde ultrakorte haar. Maar nee, het was een vrouw, want Ellie zag ineens felrode lippenstift, oorhangers en een schoudertas bezet met glimmende steentjes toen de gestalte zich omdraaide. Goed, dat was nog niet het ultieme bewijs natuurlijk, maar als het toch een jongen was, dan was het er wel eentje die de moeite had genomen om zijn beha met sokken op te vullen.
Terwijl Ellie toekeek, bleef het meisje ineens als door een wesp gestoken staan, gebaarde de taxichauffeur nog even te wachten en rende naar binnen, om twintig seconden later weer te verschijnen, triomfantelijk met haar mobieltje zwaaiend. Ze sloeg de deur met een klap achter zich dicht. Daarna ging ze achter in de taxi zitten en verdween uit zicht.
In het slot van de voordeur was iets kleins en glanzends achtergebleven.
Oeps.

Voelden de bewoners van Primrose Hill zich echt net zo veilig als dorpsbewoners in de jaren vijftig?
Voor het geval het hier toch niet zo veilig was, zette Ellie haar kopje op de vensterbank, trok de ceintuur van haar badjas wat strakker aan en rende naar buiten.
Het leek haar beter om het zekere voor het onzekere te nemen. De jaspanden van haar badjas wapperden om haar heen toen ze zich de straat over haastte. Het asfalt voelde koud aan onder haar blote voeten. Een jonge jongen in een grijze *hoodie* die de sleutel ook in het slot had zien bungelen, zette zijn fiets op de stoep en ging op weg naar de smaragdgroene voordeur.
Ellie rende langs hem heen en griste de sleutels weg, een fractie van een seconde sneller dan hij. Blijkbaar verschilde Primrose Hill toch niet zo van Hammersmith.
Geschrokken flapte de jongen eruit: 'Ik wilde er echt niks mee, hoor. Ik wilde ze naar de politie brengen.'
Hij was bleek, had stekels en alles aan hem zei: ik ben schuldig!
'Natuurlijk. Maar dat hoeft dus niet meer.' Terwijl ze de sleutels in haar zak liet glijden, wierp ze hem een koel lachje toe. Ze voelde zich net Wonderwoman. Nou ja, Wonderwoman in een badjas en met een heel eng net-uit-mijn-bed kapsel. 'Ik pas wel op de sleutels van mijn buurvrouw. Bij mij zijn ze veilig.'
De jongen keek haar afwerend aan, meer als een gelegenheidsdief dan als een doorgewinterde inbreker. 'Dat waren ze bij mij ook heus wel.'
'Heel fijn om te horen.' Ze klopte op haar zak, draaide zich triomfantelijk om en stak de straat weer over. Ha, moest je haar eens zien, nog geen dag in Primrose Hill en nu al onmisbaar! Als ze niet had ingegrepen, had dat meisje van de overkant bij thuiskomst misschien wel een leeg huis aangetroffen.
De inbreker in spe racete met piepende banden weg. De twee mannen een eindje verderop die de chaise longue inmiddels hadden afgeleverd, konden wel bewondering opbrengen voor haar half ontklede staat. De jongste van de twee floot goedkeurend en riep: 'Aan het slaapwandelen, schatje? Erg hè, om midden op straat wakker te worden?'

Ellie zwaaide grijnzend naar hen en ging toen gauw weer naar binnen. Nu ze in zo'n chique straat woonde, kon ze zich natuurlijk niet meer met het volk onderhouden.
Eenmaal boven nam ze een douche en trok een zwarte spijkerbroek aan, een donkergrijs sweatshirt en roze teenslippers. Voordat ze verderging met uitpakken, zou ze de sleutels even op het politiebureau afgeven.
Alleen wist ze niet waar het dichtstbijzijnde politiebureau zat. En waarschijnlijk was het ook handiger als het meisje de sleutels bij haar kon afhalen wanneer ze thuiskwam en merkte dat ze er niet in kon.
Ellie schreef een briefje. Helaas kon ze het plakband niet vinden, dus was ze genoodzaakt het briefje met een paar pleisters naast de bel op de deur te plakken.
Tevreden over haar eigen inventiviteit liep ze terug naar haar flat.
Om twee uur belde Paula vanaf het werk om te vragen hoe het ging.
Om drie uur hield Ellie even pauze en at een donut en een zak chips.
Om halfvier lag er een hele stapel kartonnen dozen, leeg en in elkaar gevouwen, klaar om naar de papierbak te brengen.
Twintig minuten later, toen ze net in een moeizaam gevecht was verwikkeld om haar dekbed in de hoes te krijgen, ging de bel. Op haar knieën schoof ze moeizaam achteruit de hoes uit, zette een vrolijk lachje op en ging opendoen. Tijd om het overbuurmeisje te leren kennen en verwelkomd te worden in Primrose Hill. Bovendien zou ze dan natuurlijk meteen vertellen over haar ontmoeting met de inbreker in spe en hoe ze die te snel af was geweest en...
'Hoi, heb jij mijn sleutels?' De stem door de intercom klonk buiten adem.
'O, hallo. Ja, die heb ik! Ik zal even op de zoemer drukken, dan kun je bovenkomen. Maar let alsjeblieft niet op de rommel, ik ben hier gisteren pas komen wonen, dus het...'
'Sorry, maar ik heb haast. Kun je ze niet even naar beneden gooien?'
O. Van haar stuk gebracht nam Ellie haar vinger van de zoe-

mer en liep naar het schuifraam in de kamer. Nadat ze het raam omhoog had geschoven, leunde ze naar buiten. Ze zag dat het meisje met het korte blonde haar ongeduldig op de stoep stond te wachten. Zodra ze Ellie opmerkte, stak ze haar armen in de lucht en gilde: 'Gooi maar. Snel!'

De sleutels lagen op de salontafel, bijeengehouden door een veelkleurige sleutelring van Swarovski. Ellie deed wat haar was opgedragen en gooide ze naar het meisje, dat ze natuurlijk niet kon vangen en een kreetje slaakte toen ze wegschoten over straat, bijna een afvoerputje in.

Nadat het meisje de sleutels had opgeraapt, stak ze een hand op en riep: 'Helemaal te gek.' Daarna haastte ze zich langs de wachtende taxi en liet zichzelf binnen.

Een dankjewel kon er dus niet af.

Nou ja.

Ellie slaakte een zucht en ging weer naar de slaapkamer om haar gevecht met het dekbed te hervatten. Vijf minuten later ging de telefoon in de huiskamer. Terwijl ze opnam, zag ze het blonde meisje weer naar buiten komen, nu in een felrode jurk met bijpassende schoenen met naaldhakken.

'Alles goed daar?' Het was Tony, die vanuit L.A. belde.

'Heel goed.'

'Zijn de inboorlingen een beetje aardig?'

'Ik zou het niet weten.' Ellie keek naar het meisje dat in de taxi stapte zonder ook maar een blik op Ellies raam te werpen. 'Ik ken nog niemand.'

Die avond werd ze overvallen door een gevoel van leegte, en zelfs een bezoekje van Jamie hielp niet.

'Je hebt bijna niets gegeten vandaag,' zei hij op die gekmakende manier van hem. 'Niet zo somber, hè? Maak een beetje pasta of zo.'

Ze keek hem aan. 'Je hoeft me niet te commanderen.'

'Ik commandeer niet. Ik doe heel behulpzaam een suggestie. Waarom maak je dat sausje niet dat ik zo lekker vond?'

Haar maag rammelde. Hoewel ze hem vond zeuren, wist ze dat hij gelijk had. Ze maakte de tomatensaus met rode wijn en gebakken uien en knoflook en liet hem op het gasfornuis staan pruttelen. God, er was helemaal niets op tv. Ze voelde zich

zwak worden, haar blik dwaalde af naar de doos met dvd's, die tegen de muur stond.
'Niet doen,' zei Jamie, die altijd wist wat er in haar hoofd omging. Ja, natuurlijk wist hij dat, hij zat er immers zelf ook in.
'Waarom niet?'
'Omdat je dan moet huilen.'
'Nou en?'
Hij keek haar hoofdschuddend aan. 'Ik vind het vreselijk als je huilt.'
'Nou, jammer dan.' Ze doorzocht de stapel en pakte de dvd die ze wilde afspelen. 'Soms heb ik daar gewoon zin in. Je hoeft niet te kijken als je niet wilt.'
Jamie haalde zijn schouders op en verdween.
Ze bukte zich om de dvd in de dvd-speler te stoppen.
Was dit louterend of puur een vorm van zelfkwelling? Ze zorgde dat er een doos zakdoekjes binnen handbereik stond, drukte op Play en zakte onderuit om te kijken naar Jamie en haarzelf op het strand in Cornwall, twee jaar geleden. Geen denkbeeldige Jamie, maar de echte Jamie, op het tv-scherm, door Todd vastgelegd met zijn camcorder, terwijl ze in de branding speelden. Ze joegen elkaar het water in en uit, en het eindigde ermee dat ze door het zand rolden. Dat was vroeger, toen ze nog gewoon gelukkig waren geweest, omdat het geen moment in hen was opgekomen dat er zomaar een einde aan dat leven zou kunnen komen en...
Pppppprrrrrrpppp.
De deurbel. 's Avonds om halftwaalf. Jemig, ze had nog niet eens de tijd gehad om te gaan huilen.
Pppppprrrrrrrpppp.
Was dit een grap of zo? Ongelovig stond ze op van de bank en liep naar de intercom. Kortaf vroeg ze: 'Ja?'
'Ben je nog wakker?'
Ze deed haar ogen dicht. 'Wat?'
'Sorry, ik weet dat het een beetje aan de late kant is, maar ik zag je licht nog branden. Je sliep toch nog niet?'
'Nee.'
'Gelukkig. Eh, zeg eens, was ik vanmiddag soms een beetje onbeleefd?'

Ellie leunde tegen de deurpost. Ze hoorde de bezorgdheid in de stem van het meisje. 'Een beetje wel, ja.'
'O shit, ik wist het! Ik heb je zeker niet eens bedankt voor de sleutels, hè?'
'Nou je het zegt, nee, je hebt me niet bedankt.'
'Oké, maar mag ik even uitleggen hoe dat komt? Ik moest namelijk zo ontzettend nodig plassen dat ik dacht dat mijn blaas uit elkaar zou knappen. Ik kon nauwelijks praten, laat staan de trap op lopen. Toen je de sleutels naar beneden gooide en ik me bukte om ze op te rapen, plaste ik echt bijna in mijn broek! Echt, ik overdrijf niet. Ik heb nog nooit zo nodig moeten plassen. Dus daarom ben ik vergeten je te bedanken. En het spijt me echt heel erg als je me onbeleefd vond.'
Ellie glimlachte en voelde zich meteen al wat beter. 'Oké, zand erover.'
'Hoera!' jubelde het meisje opgelucht. 'En ik heb ook iets voor je. Kan ik even bovenkomen?'
'Alleen als je denkt dat je blaas dat aankan.'

6

Nadat Ellie op de zoemer had gedrukt, deed ze de voordeur vast open en wachtte op haar bezoekster.
Een paar seconden later al kwam het meisje met het korte witblonde haar de trap op klepperen. 'Hoi, ik ben Roo! Ik heb iets voor je gekocht, als dank. Gewoon uit een avondwinkel, hoor, maar verder was alles al dicht.' Van dichtbij zag ze er gebruind, maar ook kippenvellerig uit in haar rode jurk met bandjes, blote benen en torenhoge hakken. Ze stormde de flat in en riep meteen: 'Wat ruikt het hier lekker!' Daarna zette ze haar plastic tassen op de salontafel en pakte er twee bossen oranje rozen uit. 'Hier, voor jou.'
'Dank je wel.' Ellie was geroerd. 'Dat had je echt niet hoeven doen.'

'Hou je mond. Hier, deze is ook voor jou.' Met een groots gebaar toverde ze een fles chablis tevoorschijn, gevolgd door een doos chocoladetruffels. 'En die ook.'
Ellie schudde haar hoofd. 'Dat is echt veel te veel.'
'Niet waar, het is om me te verontschuldigen en om je te bedanken. En de reden waarom ik je alles meteen vanavond wilde geven, is dat ik anders thuis alles in mijn eentje ga zitten opdrinken en opeten.'
De stem van het meisje kwam Ellie gek genoeg bekend voor. Zich afvragend waar ze die stem eerder gehoord kon hebben, pakte ze de gekoelde fles en stelde voor: 'Zullen we hem dan nu maar meteen openmaken?'
'Te gek, daar hou ik nou van, als mensen dat doen!' Enthousiast volgde Roo haar de keuken in. 'O, pastasaus. Ruikt heerlijk, zeg.'
Ze had geen opvallend accent of zo, maar Ellie meende de stem nog steeds ergens van te kennen. En nu ze stiekem het gezicht van het meisje bestuurde, kreeg ze sterk het gevoel dat ze elkaar al eerder hadden ontmoet. Roo, die waarschijnlijk begin dertig was, en slank en gespierd, met grote donkere ogen in een hartvormig gezicht, was opvallend mooi onder de dikke laag make-up die ze ophad.
'Ik kan je gewoon horen denken.' Roo pakte de kurkentrekker uit Ellies hand en begon energiek de kurk uit de fles te draaien. 'Ben je er al achter?'
'God, ik schaam me dood. Ik wist gewoon dat ik je ergens van kende.' Tijd voor een wilde gok. 'Oké, ik werk bij Brace House Business Centre in Twickenham. Ben je soms klant bij ons?'
'Nee.'
Shit.
'Nee, dat wist ik ook wel. Eh, even denken... Heb je wel eens in een winkel gewerkt?'
'Bah, nee, dank je wel zeg. Dan moet je veel te hard werken.' Roo schonk onbeheerst twee glazen vol wijn. 'En dodelijk voor je voeten. Tenzij het zo'n soort winkel is waar je kunt zitten. Dan valt het misschien nog wel mee.'
'Oké, even denken nog.' Ellie wist het eerlijk gezegd niet meer.

'Tandartspraktijk? Ziekenhuis? Kapper? Of kennen we elkaar misschien van een feest? O, kom je soms wel eens in de Frog and Bucket in Hammersmith?'
'Nee, en daar wil ik ook nooit heen. Wie noemt zijn kroeg nou Kikker en Emmer? Nee, je bent ijskoud.'
'Ik geef het op. Of je moet me een hint geven.' Het werd nu echt gênant.
Roo tikte vrolijk met haar glas tegen dat van Ellie. 'Oké. Probeer je mij eens voor te stellen met lang zwart haar tot hier. Op tv. Rondhuppelend in een superstrak glitterjurkje met tieten tot hier, en ondertussen heel slecht playbackend in de microfoon,' eindigde ze.
'O mijn god, ik weet het al!' Terwijl ze wijn op het aanrecht morste, wist Ellie ineens het verband te leggen. 'Jij bent een van de Deevas!' God, dit was wel heel gênant, ze hadden elkaar nog nooit in het echt ontmoet, ze kende Roo alleen maar van de tv.
'Je hoeft je heus niet te schamen, hoor. Ik word liever helemaal niet herkend.' Roo draaide aan haar korte witblonde pony. 'Vandaar dit kapsel. Hoe dan ook, dat was heel lang geleden. We zijn volwassen geworden.' Ze rolde met haar ogen. 'Nou ja, zo'n beetje. En we zijn verder gegaan met ons leven.'
Jemig, de Three Deevas waren zeven à acht jaar geleden enorm populair geweest. Ze waren gepresenteerd als meisjesgroep met ballen, energiek, uitbundig en hondsbrutaal, de logische opvolgers van de Spice Girls. Hun liedjes waren overal te horen en hun eerste album was een groot succes geweest. Een donker meisje met blond haar, een wit meisje met zwart haar en een Aziatisch meisje met ultralange wimpers en helemaal geen haar.
Ellie zocht in haar geheugen naar andere details. Dolly, Daisy en Mya Deeva, zo heetten ze toen. Hun eerste single 'If I Loved You, I'd Remember Your Name' was een enorme hit geweest. Op tv en radio was de regel 'Men are good for a shag and a new handbag' vervangen door bliepjes.
Maar de muziekindustrie was keihard. Acht maanden later had Dolly Deeva een steek laten vallen toen ze haar tieten had laten zien in een kinderprogramma. Daarna was Mya

Deeva tijdens een benefietoptreden van het podium gevallen en had allebei haar benen gebroken. En toen had Daisy Deeva ook nog eens dronken een interview gegeven op MTV, waarin ze had verklaard dat ze geen toon kon houden, dat Dolly Deeva helemaal geen vegetariër was en dat die dikke klootzak van een manager van ze maar eens uit de kast moest komen.
Daarna was de magische formule sneller opgedroogd dan hondenpoep. Een jaar na hun doorbraak was het alweer voorbij geweest. De Three Deevas gingen uit elkaar en verdwenen in de vergetelheid, en hun fans hadden binnen de kortste keren weer andere idolen gevonden.
Gefascineerd zei Ellie: 'Jij was Daisy.'
'Als je me maar niet vraagt of ik wat wil zingen.' Roo trok een gezicht. 'Want dat kan ik echt niet. Maar eerlijk gezegd wil ik het liever over jou hebben.'
Eerst moest er echter spaghetti gekookt worden, voor bij de saus. Zodra dat was gebeurd, gingen ze weer naar de kamer. Toen Roo op de tv het stilgezette beeld van een azuurblauwe zee en een wit zandstrand zag, riep ze: 'O, waar keek je naar? Naar *Mamma Mia!*?'
Voordat Ellie iets kon zeggen, had ze de afstandsbediening al gepakt en op Play gedrukt.
Te laat zei Ellie: 'Nee, het is...'
'Oké, geen *Mamma Mia!* dus.' Roo keek ingespannen naar de beelden waarop Jamie Ellie het water injoeg en haar voor de grap in een soort romantische Hollywood-greep pakte terwijl er een golf over hen heen spoelde. Todd riep, op een veilig afstandje vanachter de camcorder: 'Jezus, bewaar dat maar voor in jullie kamer!'
'Maar dat ben jij.' Roo keek even naar Ellie en toen naar de doos zakdoekjes op de bankleuning. Langzaam drong tot haar door waar ze naar zat te kijken. 'O, je zat in je eentje huilend naar oude video's te kijken. Wie is die man? Nee, zeg maar niks. Ik weet het al, jullie zijn niet meer bij elkaar.'
Ellie stond even met haar mond vol tanden. 'Eh, nou, nee...'
'Zie je wel, ik wist het! En hij is degene die ervandoor is, anders zou je hier niet naar kijken. Weet je, dat helpt je geen reet

verder, hoor.' Roo klakte met haar tong, pakte de doos zakdoekjes en zette hem op de grond, buiten handbereik. 'Geloof me, mannen zijn het niet waard. Je moet gewoon verder gaan met je leven. Goed, hij was wel een stuk.' Ze keek weer naar de tv en drukte op Pause, om het beeld stil te zetten toen Jamie net een sprong maakte tijdens een potje beachvolleybal. 'Maar aangezien hij jou heeft laten zitten, moet je juist niet bij de goede kanten blijven stilstaan. Je moet kritisch zijn. Je afvragen wat voor kerel nou een T-shirt aantrekt in de kleur van babypoep! En dan die benen! Veel te mager! En ik durf te wedden dat hij nog snurkte ook.'
Ellies gedachten buitelden over elkaar heen, ze aarzelde even. Ze kon Roo nu niet meer de waarheid over Jamie vertellen, daar was het te laat voor, Roo zou zich doodschamen. Bovendien zou ze dan ook niet meer zo oneerbiedig en grappig durven zijn en haar als een normaal mens behandelen. Want dat gebeurde iedere keer, zonder uitzondering. Zodra mensen te horen kregen dat ze weduwe was, veranderde hun houding tegenover haar op stel en sprong.
Sorry, Jamie.
Hardop zei ze: 'Oké, hij snurkte af en toe.'
'Ik wist het wel!' Roo klapte in haar handen. 'En magere spillebeentjes ook, net slierten spaghetti. Richt je nou maar gewoon op zijn slechte kanten, dan ben je hem zo vergeten. Echt waar, ik kan het weten, ik heb daar heel veel ervaring mee. Ik zou wel zo'n vraag- en antwoordrubriek in een vrouwenblad kunnen doen.'
'Je hebt gelijk, dat ga ik doen. En ik begin er meteen mee.' Ellie pakte Roo de afstandsbediening af en zette met een zwierig gebaar de dvd-speler uit. Ze ging zitten en wees op de bank tegenover haar. 'Zo, ik voel me meteen al een stuk beter. En nu ben jij aan de beurt. Ik wil van je weten hoe het is om in Primrose Hill te wonen.'

'Spillebeentjes? Net spaghetti?'
Het was twee uur 's nachts en Roo Taylor was net weg. Ellie had te horen gekregen dat ze single was, maar op het ogenblik vaag iets had met ene Niall die een beetje op Simon Cowell

leek en heel goed was in bed. Ze was dol op wijn uit Nieuw-Zeeland, op klusprogramma's op tv en op cosmetica van MAC. Ze heette eigenlijk Rosalind, maar haar vader was haar Roo gaan noemen omdat ze zo'n drukke baby was geweest. Ze werkte nog steeds in de muziekindustrie en schreef songs voor mensen die wel konden zingen.
'Sorry, maar spillebenen?' Jamie droeg zijn turkooizen surfbroek. Kwaad wees hij naar beneden. 'En jij hebt haar niet eens tegengesproken! Er is helemaal niks mis met mijn benen. Ze zijn atletisch.'
Ellie bracht de glazen naar de keuken. 'Nou, je hebt wel een beetje knokige knieën.'
'Dat hoort zo! Het zijn knieën, die horen knokig te zijn. Als we geen knieën hadden, zouden we onze benen niet kunnen buigen. En je hebt ook gezegd dat ik snurkte.'
'Ik zei af en toe.'
'Soms,' protesteerde hij. 'Heel soms snurk ik. Zoals iedere normale man. En ook nog een beetje mijn T-shirt beledigen...'
'Ik ga niet zeggen dat ik je nog heb gewaarschuwd.' Ze herinnerde zich nog levendig hun ruzie in de surfshop toen Jamie per se dat T-shirt had willen kopen en zij had gezegd dat het een smerige kleur was, iets tussen kaki en de kleur van banaan in. Na een korte stilte zei ze: 'Maar dat is wel zo.'
Hij haalde zijn schouders op. 'En je vond het niet de moeite om even te vermelden dat ik dood ben?'
'Sorry. Vind je het heel erg?'
'Liefje, als dat makkelijker is voor jou, vind ik het prima.'
Dat was het voordeel van praten met iemand die er niet echt was; je kon hem laten zeggen wat je wilde. Het was natuurlijk vals spelen, maar tegelijkertijd heel troostend.
'Ik vertel haar een ander keertje wel hoe het zit,' zei Ellie nadat ze de glazen had omgespoeld.
'Doe dat. Ga je nu naar bed?'
Ze droogde haar handen en knikte. 'Ja.'
'Oké, dan ga ik maar weer. Welterusten, liefje. Tot morgen.'
'Trusten.'
Ze vond het prettig als hij echt afscheid nam; het lukte haar niet om zich hem naast zich in bed voor te stellen en boven-

dien zou ze dat niet aankunnen. Ze hing de handdoek op het rekje en keek Jamie na, die de keuken uit liep.
O Jamie, waar ben je echt? Heb ik het al niet lang genoeg zonder jou moeten doen?
Kom alsjeblieft terug.

7

'Godallemachtig, je luistert echt niet naar me, hè?'
In de zonnige badkamer trok Ellie de wc door en waste haar handen. Toen ze de gang in kwam, stond Roo daar te zwaaien met de huwelijksreisfoto in het zilveren lijstje.
'Die heb je van mijn nachtkastje gepakt,' zei Ellie.
'Dat weet ik ook wel. Jij en die vent met de magere beentjes! Het helpt echt niet, hoor, om tegen die dingen aan te blijven kijken. Je maakt het jezelf zo alleen maar moeilijker.'
'Wat moest je in mijn slaapkamer?'
'Mijn nieuwsgierigheid bevredigen. Zo ben ik nou eenmaal. Maak je niet druk, ik trek heus geen laden open of zo, ik wilde alleen kijken hoe je je slaapkamer had ingericht. Heel leuk dus,' zei Roo. 'Op dít na dan.'
Nou ja, ze woonde hier inmiddels al tien dagen; ze had het nog lang uitgehouden. 'Die is genomen op onze huwelijksreis,' vertelde ze.
'Ben je getrouwd geweest? Dat had je me niet verteld.' Met een blik op de foto vervolgde Roo: 'Maar goed dat jullie geen kinderen hebben gekregen – dan hadden ze die benen misschien wel geërfd.'
'Er is nog iets wat ik je niet heb verteld.' Ellie haalde diep adem. 'We zijn niet uit elkaar.' Nog een keer diep ademhalen, want het viel haar nog steeds zwaar om het hardop te zeggen. 'Hij is gestorven.'
Stilte.
Een nog langere stilte.
Toen zei Roo: 'O god. Wanneer?'

'Vorig jaar januari.'
'O god.' Roo keek nog eens naar de foto. 'En ik heb nog wel zulke stomme dingen over zijn benen gezegd.'
Weer in de huiskamer liet Roo zich op de bank vallen en pakte een handvol zoutjes. 'Oké, sorry voor wat ik allemaal over hem heb gezegd, maar nu wil ik wel alles van hem weten.'
Kende ze Roo echt pas negen dagen? De eerste avond hadden ze urenlang met elkaar zitten praten; sindsdien was Roo bijna iedere dag even langsgekomen en inmiddels voelde het alsof ze elkaar al jaren kenden. De timing was precies goed geweest; het zou waarschijnlijk niet zijn gebeurd als Roo's beste vriendin Marsha niet onlangs naar Nieuw-Zeeland was verhuisd, zodat het Roo in haar leven aan een hartsvriendin ontbrak. Ellie was er echter blij mee. Roo was gezellig, grappig, impulsief en had een rampzalige geschiedenis met mannen. Het was ook leerzaam geweest om te doen alsof ze allebei single waren, twee vrouwen die een luxeleventje leidden in Primrose Hill, met als enige zorg waar ze de beste push-upbeha's konden kopen en of de lippenstift van Chanel nu wel of niet beter was dan die van Dior.
Dus zette ze twee koppen thee en vertelde een uur lang over Jamie. Ze vertelde Roo alles, over hoe ze elkaar hadden leren kennen en hoe hij was gestorven. Roo wilde nog meer foto's zien en samen bekeken ze een fotoalbum.
Toen ze waren uitgekeken, wendde Roo zich tot Ellie en vroeg geëmotioneerd: 'Waarom heb je me het niet eerder verteld?'
'Oké, hou je gezicht even zo. Niet bewegen.' Ellie stond op en pakte de geslepen spiegel boven de haard van het haakje en liep ermee naar de bank. 'Kijk.' Ze hield de spiegel voor Roo's gezicht. 'Daarom niet.'
Verbijstering, medeleven, medelijden... dat alles was aan Roo's gezicht af te lezen. Zelf zag ze het ook, en ze zei: 'O. Oké. Sorry.'
'Maakt niet uit. Ik ben het inmiddels wel gewend. Maar het was zo leuk om eens als een normaal mens behandeld te worden. Op mijn werk heb ik soms het gevoel dat iedereen op zijn tenen door een mijnenveld loopt wanneer ze met me praten.'
'Dat zal ik echt niet doen,' zei Roo meteen.

‘Zij doen het ook niet expres, maar toch behandelen ze me anders.’
Roo schudde verwoed haar hoofd. ‘Ik beloof je dat ik dat niet zal doen. Zo zit ik gewoon niet in elkaar.’
‘Je hebt anders wel net een heel fotoalbum bekeken zonder ook maar één keer commentaar te leveren op hoe we eruitzagen,’ wees Ellie haar terecht.
‘Nou ja, dat is omdat het niet eerlijk zou zijn. Misschien zou ik je er wel mee kwetsen.’ Roo trok een gezicht, want ze wilde dat Ellie begreep wat ze bedoelde. ‘Ik zou me echt vreselijk voelen als ik iets zei waarmee ik je kwetste na alles wat je al hebt meegemaakt...’
‘Pff, dat bedoel ik nou.’ Ellie dronk haar tweede kop thee leeg. ‘Ik heb liever dat je normaal doet.’ Ze tikte op haar horloge. ‘Had jij om acht uur geen afspraak met Niall? Het is al zeven uur.’
Roo sprong op alsof ze een elektrische schok had gekregen. ‘Wat? Maar ik heb nog helemaal niks gedaan!’ Ze bevond zich nog in het stadium waarin de voorbereiding op een afspraakje uren duurde. Nadat ze even ongemakkelijk was blijven dralen, zei ze: ‘O god, ik vind het vreselijk dat ik je nou alleen moet laten.’
‘Pff.’
‘Oké, sorry, ik ga al.’ In de deuropening draaide ze zich nog even om. ‘Maar weet je echt zeker dat je het redt?’
‘Pff!’
‘Ja, ik weet het, maar...’
‘Ik ben geen drie meer, hoor,’ zei Ellie. ‘Ik red me wel. Ga nou maar iets leuks doen met Niall, dan kun je me morgen alles vertellen.’
Ze zag dat ze eindelijk doordrong tot Roo. Godzijdank.
‘Alles?’ vroeg Roo met een opgetrokken wenkbrauw en glinsterende ogen.
‘Je mag wel selectief te werk gaan, het plastische gedeelte hoef ik niet te weten.’ Ellie voelde zich alweer wat beter; het enige wat ze wilde, was als normaal mens behandeld worden. ‘Dat vieze gedoe ben ik helemaal vergeten inmiddels.’

De volgende dag, tijdens de lunch, kreeg Ellie een e-mail. Aan haar bureau bij Brace House Business Centre probeerde ze een stapel rapporten weg te werken die moesten worden uitgetypt. Paula had haar een kop koffie gebracht, en ze at een broodje dat ze niet had besteld, met smerige plakjes komkommer erin. Ze zou echt nooit van haar leven begrijpen dat er mensen waren die van komkommer hielden. Komkommer smaakte nat. En groen. En... nou ja, gewoon... komkommerig. Brr. Terwijl ze de grootste stukjes er met haar ene hand uit viste en in de prullenbak gooide, klikte ze het mailtje aan van Michael, haar baas. Hij wilde weten of ze vanavond een paar uur langer kon blijven om het achterstallige werk weg te werken.

Verdomme, hoe moest ze hier nou weer onderuit komen? De laatste keer dat ze had geweigerd, had Michael haar een ellenlang verhaal verteld over dat hij toen hij midden in zijn rotscheiding zat, juist veel had overgewerkt, om niet aan zijn verdriet te hoeven denken.

Meteen kreeg ze nog een mailtje, en haar hart sloeg even over. Het onderwerp was 'Hallo', zodat het nog een geheim was waar het over ging. En de afzender was Todd.

Ellie legde het broodje neer, dat ze sowieso niet wilde. Ze kreeg een droge mond, want ze voelde zich deels schuldig en deels bezorgd. Waarom nam Todd nu ineens weer contact met haar op? De laatste keer was vier maanden geleden geweest, toen Jamie een jaar dood was. Hij had haar toen een kort, vormelijk mailtje gestuurd, en zij had een nog vormelijker mailtje teruggestuurd.

Het was allemaal haar eigen schuld en ze haatte zichzelf erom. Todd en Jamie hadden zo'n nauwe band gehad; Jamie had van Todd gehouden als van een broer. En ook met z'n drieën hadden ze een hecht clubje gevormd. Het was toen ondenkbaar geweest dat ze niet hun hele leven lang bevriend zouden blijven.

Maar dat was toen, voordat het ondenkbare was gebeurd dat hun leven voorgoed had veranderd. Overspoeld door oude emoties slikte ze moeizaam. Na Jamies dood waren ze allebei overweldigd geweest door gevoelens van schuld en verdriet. Todd had zichzelf de schuld gegeven; dat uitgerekend hij, die erom bekendstond altijd en eeuwig te laat te komen, juist die avond te vroeg was gekomen... Dus was het allemaal zijn schuld; als ze op de juiste tijd – te laat dus – waren vertrokken, dan zouden ze geen ongeluk hebben gekregen. Dat had hij haar vlak voor de begrafenis verteld. Tot op dat moment was het geen seconde bij Ellie opgekomen dat dat iets zou hebben uitgemaakt. Maar zodra hij die woorden had uitgesproken, waren de zaadjes gezaaid en was haar wrok gaan groeien. Omdat Todd te vroeg was gekomen, waren Jamie en zij gestoord bij hun bezigheden. Door Todd waren ze de laatste vrijpartij misgelopen die ze ooit nog zouden hebben gehad. En hij had ook gelijk met zijn bewering dat het ongeluk niet zou zijn gebeurd als ze een halfuur later waren vertrokken, want dan – en dat was gewoon een feit – zou de strooiwagen al langs zijn geweest.

Tegen de tijd dat ze weer helder kon denken en wist dat Todd er natuurlijk helemaal niets aan kon doen, was het al te laat. Er was al onherstelbare schade aangericht; ze voelden zich niet meer op hun gemak bij elkaar en hadden onafhankelijk van elkaar gerouwd. Drie maanden na het ongeluk was Todd tot Ellies grote opluchting naar de Verenigde Staten verhuisd. Ze kon de gedachte dat ze liever had gehad dat Todd was gestorven nog steeds niet van zich af zetten.

Dat was beschamend en oneerlijk en ze vond het ook vreselijk van zichzelf dat ze zo dacht, maar zo voelde ze het nu eenmaal. Het kwam erop neer dat ze gewoon een afschuwelijk mens was. Toch kon ze het mailtje niet wissen zonder het te hebben gelezen, dus klikte ze op Todds naam, zodat zijn mail op haar scherm verscheen.

> Hoi Ellie,
> Dat is lang geleden, hè? Ik hoop dat het goed met je gaat, ook op je werk. Ik wilde je vertellen dat ik ontslag heb genomen in Boston en volgende week weer thuiskom om voor het filiaal in Londen te gaan werken. Een jaar was lang genoeg. Zullen we iets afspreken als ik terug ben? Ik zou het leuk vinden om je weer te zien, samen herinneringen ophalen.

Ik hoop dat je mij ook wilt zien. Laat het me weten.
Woon je nog steeds in Hammersmith?
Liefs, Todd.
PS. Je moest eens weten hoe lang ik erover heb gedaan om dit mailtje te schrijven. Ik gun je echt het beste, Ell. Ik heb je gemist.

Ellie zakte iets onderuit. Daar was het weer, die knoop van angst in haar maag die haar vertelde dat er iets ging gebeuren, of ze dat nu wilde of niet. Net als wanneer je je post openmaakte en een uitnodiging vond om een uitstrijkje te laten maken.

Maar wat kon ze eraan doen? Doen alsof het mailtje ergens onderweg in de lucht was kwijtgeraakt? Haar e-mailadres veranderen? Todd wist niet waar ze nu woonde...

O, hou op. Ze loste er niets mee op als ze zich voor hem verstopte. Bovendien zou hij haar binnen vijf seconden kunnen vinden, mocht hij dat willen, gewoon door...

'Hard aan het werk, Ellie?'

Shit, Michael stond vlak achter haar. Die stomme Hush Puppies van hem ook, waarmee hij zonder geluid te maken door het kantoor sloop.

'Sorry.' Ze klikte het mailtje gauw weg, maar waarschijnlijk had hij het toch al gelezen.

'Je weet wat ons beleid is qua privémail.' Michael had de irritante gewoonte om lucht naar binnen te zuigen door zijn ondertanden wanneer hij 'de baas' speelde. Ellie kromp ineen toen hij het deed, en ze kromp nog verder ineen toen hij ook nog zijn hand op haar schouder legde. 'Maar gezien de omstandigheden zal ik het hierbij laten. Todd, dat is toch die vriend van Jamie, hè?' zei hij.

Ze knikte, zich schrap zettend voor het onvermijdelijke kneepje. Michael vond zichzelf waarschijnlijk heel aardig en gevoelig, maar zijn aanhaligheid werkte haar eerlijk gezegd behoorlijk op de zenuwen. Een van de ergste dingen van weduwe zijn was dat je werd onderworpen aan ongewenste aanrakingen. Michael voelde zich genoodzaakt haar te troosten, en het zou onbeleefd en onaardig zijn om daarover te klagen. Arme man,

hij bedoelde het goed. Wat moest ze doen, hem van seksuele intimidatie beschuldigen? 'Dus denk je dat het je lukt, een paar uurtjes extra vanavond?' *Knijp.*
Bovendien was hij heel gehaaid.
'Eh, het punt is... ik had eigenlijk iets... iets anders.' Ach, het had geen enkele zin, ze kon heel slecht liegen wanneer ze onder druk stond. 'Nou ja, een uurtje lukt wel,' gaf ze zich gewonnen.
Michael zoog weer door zijn tanden. 'We hebben echt heel wat in te halen. Als je er twee van maakt, breng ik je naar huis.'
Aarzelend keek ze naar buiten. De hele dag goot het al van de regen. Op de Northern Line waren ze met werkzaamheden bezig. En als ze op de bus moest wachten, zouden haar roze suède schoenen eraan gaan. 'Oké dan, afgesproken.'
Michael straalde. 'Je bent een schat.' *Knijp knijp knijp.*
Zodra hij haar kamer uit was, klikte ze weer op haar e-mail. Vooruit, ze kon het maar beter achter de rug hebben, dan hoefde ze daar niet meer aan te denken.

> Hoi Todd,
> Fijn te horen dat het goed met je gaat. Ik hoop dat je een prettige vlucht hebt. Met mij gaat het goed. Nou ja, niet beter of slechter dan te verwachten viel. Ik zorg dat ik het flink druk heb. Op het ogenblik veel overwerken, dus weinig vrij 's avonds. Misschien kunnen we afspreken wanneer het wat minder hectisch is.
> Liefs, Ellie

Ze drukte op Verzenden. Zo, dat was gebeurd. Wanneer Todd haar afstandelijke, vormelijke antwoord las, zou hij wel begrijpen dat ze er nog niet aan toe was om hem te zien.
Todd was niet gek; hij zou het haar echt niet kwalijk nemen. Hij snapte het wel.

8

Om halfnegen bracht Michael zijn auto tot stilstand voor de flat in Nevis Street. De regen die op het dak van de Honda Civic roffelde, klonk als een eeuwigdurende drumsolo. De straat was uitgestorven. Niemand was zo stom om met dit hondenweer de deur uit te gaan.

De lift naar huis was fijn geweest, het gesprek minder. Terwijl ze door de stad reden, gezellig met z'n tweetjes in de liefdevol verzorgde auto waar Michael zo trots op was, had hij openhartig over zijn eenzaamheid gepraat. Het was zelfs behoorlijk ontroerend geweest. Na zijn scheiding had hij moeten aanzien dat zijn ex was verdergegaan met haar leven, opnieuw was getrouwd en het leven had geschonken aan een meisjestweeling. Zijn eigen zelfvertrouwen daarentegen was gekelderd en zijn enige poging om iets van een sociaal leven op te bouwen, was ermee geëindigd dat hij op de vrijgezellenavond van een vriend in een club had gedanst met een meisje dat later een jongen bleek te zijn. 'Dus niemand snapt hoe ik me voel.' In het licht van de straatlantaarn was zijn gezicht bleek en ernstig. 'Alleen jij, Ellie. Wij zitten in hetzelfde schuitje. Jij begrijpt hoe ik me voel.'

Ellie maakte haar gordel los. Ze wist wel zeker dat zij nooit had gedanst met een meisje dat een jongen bleek te zijn. 'Ja, maar het komt vanzelf allemaal wel weer goed. Je vindt wel weer iemand. Maar nog bedankt voor de lift en...'

'Wacht!' Michael greep onverhoeds haar hand beet. 'Ellie, jij bent alleen. Ik ben alleen.'

Getver, hij aaide haar knokkels.

'We verdienen het toch om gelukkig te zijn?' vervolgde hij. 'Dus waarom zouden we niet samen gelukkig worden? Ik zal je nooit verdriet doen, echt niet.' Hij hyperventileerde en schoof steeds dichter naar haar toe.

Stomverbaasd zag Ellie dat hij zijn lippen tuitte en zijn mond naar de hare bracht als een hittezoekende raket, terwijl hij zijn andere hand om haar middel legde en...

Klik. Oef, gered door de gordel. Jammerlijk uit vorm als het ging om vrouwen versieren, was Michael vergeten de zijne los te maken.

'Nee, Michael. Hou op.' Zijn gezicht betrok, toen ze hem wegduwde. 'Dat kan ik niet.'

'Nee?' Ze zag dat hij deze nieuwe afwijzing optelde bij alle andere die hij in zijn leven had ondergaan.

'Sorry, maar ik wil dit niet. Maar het is... eh... aardig aangeboden.' God, zijn kin begon te trillen. Hij ging toch niet huilen, hè?

'Oké, prima, ik snap het al.' Hij leunde iets naar achteren, met tranen in zijn ogen. 'Helemaal duidelijk. Ik ben je type niet.' Een zucht slakend veegde hij met zijn hand over zijn gezicht. 'Ik ben vijfendertig en er is nog nooit iemand verliefd op me geweest. Het lijkt wel of ik helemaal niemands type ben.'

Hoewel ze medelijden met hem had, was dat medelijden ook weer niet zo groot dat ze hem persoonlijk zou willen bewijzen dat hij het bij het verkeerde eind had. 'O, maar dat is niet waar, Michael,' zei ze. 'Je vrouw is toch wel verliefd op je geweest?'

Hij schudde droevig zijn hoofd. 'Ze zei dat ze alleen maar met me was getrouwd omdat ik een vierkamerwoning had.'

'Bah, dat is echt walgelijk.' Roo was even komen aanwaaien voordat ze naar een *comedy night* in O'Reilly's Bar in Camden ging. Ze rilde theatraal. 'Wat een griezel.'

'Hij is geen griezel, dat is nou net het punt. Hij is alleen maar eenzaam en depressief.' Ellie zweeg even. 'Het was maar een heel klein beetje walgelijk.'

'Je hebt hem afgewezen, en hij is je baas. Dat zal lastig worden op het werk.'

Daar zat wat in. Een onhandige, kleffe toenaderingspoging afwijzen en daarna je huilende manager moeten troosten was niet echt ideaal. Haar had het niet echt uitgemaakt, want ze was niet bang voor hem geweest, maar ze wist dat Michael zich zou doodschamen.

'Misschien is het tijd om eens iets anders te zoeken.' Die gedachte was de afgelopen twee weken wel vaker bij haar opgekomen. Ze had zes jaar bij het business centre gewerkt en nu ze in Noord-Londen woonde, was de reis naar Brace House

een stuk ingewikkelder geworden. Maar het had geen haast. Ze zou wel zien hoe alles liep. Toch zou het voor de verandering wel eens leuk zijn om voor iemand te werken die niet constant zijn hand op je schouder legde om er dan troostend in te knijpen.
'Ik moet gaan.' Roo stond op bij het geluid van een lopende dieselmotor buiten. 'Zeker weten dat je niet meewilt?'
'Ja. Heb je wel gezien wat voor weer het is?'
'Daarom heb ik ook een minitaxi besteld. Toe, ga nou mee. Het wordt vast hartstikke leuk.'
Ellie schudde haar hoofd. 'Ik ben kapot. Het is heel vermoeiend om een soort aanzoek te krijgen. Ik ga in bad en dan lekker vroeg onder de wol. Maar bedankt.'
'Ik vind het zo rot om je alleen te moeten laten.'
Alsof ze een zielige ouwe vrijster was.
'En ik vind het rot dat je zegt dat je het rot vindt om me alleen te laten. Zo zielig ben ik nou ook weer niet, hoor.'
'Zo bedoelde ik het niet. Maar weet je zeker dat het gaat?'
'Je begint al precies als Paula te klinken. Het gaat wel, oké?'
Zodra Roo weg was, zou ze eens lekker uitgebreid met Jamie gaan kletsen. Of was dat al te maf? Nee toch?
'Ja, maar...'
'Ga nou maar.'
Alleen gaf Jamie vanavond niet thuis. Ellie merkte dat het haar deze keer niet lukte om hem tevoorschijn te toveren, om welke reden dan ook. Waarschijnlijk omdat ze te moe was. Het was heel inspannend om het goed te doen. Nadat ze in bad was geweest, probeerde ze het nog een keer, maar het ontbrak haar gewoonweg aan concentratie.
Maar toen, als om haar ongelijk te bewijzen, maakte hij ineens zijn opwachting toen ze net op het punt stond om in slaap te vallen, terwijl ze het niet eens meer had geprobeerd.
'Je bent niet eerlijk.'
Haar ogen vlogen open toen ze Jamies stem hoorde. En daar had je hem, gezeten op het voeteneinde van haar bed, haar onderzoekend aankijkend.
'Hè?'
'Je weet best waar ik het over heb.'

'Niet waar.'
Hij keek haar veelbetekenend aan. 'Ik weet gewoon dat je het weet.'
'En je wilt me dwingen om het hardop te zeggen? Oké, jij je zin. Todd. Hij heeft me een mailtje gestuurd en ik heb er eentje teruggestuurd. Een heel beleefd mailtje.'
'Je bent niet eerlijk,' zei hij.
'Nou, weet je wat? Dat kan me geen moer schelen.'
'Echt wel.'
'Ben je soms mijn geweten?' Goed, stomme vraag. Ze mocht dan niet in topvorm zijn, zelfs zij wist het antwoord op die vraag.
'Je kunt Todd niet de schuld geven van wat er is gebeurd. Hij kon er niets aan doen.'
'Ik luister niet naar je.' Ze deed haar ogen dicht, ging op haar buik liggen en trok het dekbed over haar hoofd.
'Je snapt toch ook wel dat hij zich al rot genoeg voelt?'
'Hou je mond.'
'Hij was mijn beste vriend.' Jamies stem klonk vriendelijk.
Een warme traan gleed over Ellies wang. 'Ga weg,' mompelde ze. 'Ik slaap.'

Roo kwam graag in het blauw met witte cafeetje dat tussen de winkels van Regent's Park Road lag verscholen. Ze zat er dan een uurtje of zo op inspiratie te wachten, tenminste, dat was haar smoes om ernaartoe te gaan. Ze beweerde altijd dat ze op zoek was naar ideeën voor teksten terwijl ze tegelijkertijd melodieën in haar hoofd uitprobeerde, maar in werkelijkheid genoot ze gewoon van de drukte, de mensen, de koppen warme chocolademelk en de toast met kaas en gekruide champignons.
De stortregen van gisteren had de straten schoongespoeld; vandaag was de lucht kobaltblauw en scheen de zon volop, zodat het warm genoeg was om in een T-shirt buiten te zitten. Roo, die haar nieuwe zonnebril voor het eerst uitliet, had zich geïnstalleerd aan een van de ijzeren tafeltjes langs het trottoir en tikte er lustig op los op haar laptop. Een toevallige toeschouwer zou niet anders kunnen dan haar zakelijke en efficiënte

uitstraling bewonderen. Niemand zou kunnen bevroeden dat ze eigenlijk foto's van Richard Armitage zat te bekijken en dat ze haar horoscoop en de laatste schunnige roddels over Popbitch las.

Maar het ging erom dat ze efficiëntie uitstraalde.

'Dus het besluit is gevallen. We verhuizen naar Albufeira!'

De donkerharige vrouw aan het tafeltje naast Roo vertelde het grote nieuws trots aan haar vriendin. De beide vrouwen, gebogen over een kop thee en een stuk citroenkwarktaart, waren eind vijftig en vrij onopvallend en slonzig gekleed naar de maatstaven van Primrose Hill. 'Roy gaat de hele dag golfen en ik ga lekker helemaal niks doen!'

'O, wat fantastisch! Wat zullen jullie het daar heerlijk krijgen! Ik bedoel, we zullen jullie natuurlijk wel missen.' Haar grijsharige vriendin knikte verwoed. 'Maar jullie hebben vast wel een logeerkamer, dus dan kunnen Jim en ik bij jullie komen logeren! We zouden om de paar weken wel even kunnen overvliegen!'

'Ja, nou...'

Roo moest een glimlach verbijten om de weinig enthousiaste reactie van de donkerharige vrouw. Gesprekken afluisteren was een van haar favoriete bezigheden; ze vond het gewoon zalig om te zien hoe mensen met elkaar omgingen.

'Heb je al ontslag genomen?'

'Nog niet. Zack zit vandaag in Manchester. Ik vertel het hem morgen. Hij zal het natuurlijk vreselijk vinden dat ik wegga. We kunnen zo goed samenwerken. Vind jij ook niet dat de kwarktaart wat citroeniger smaakt dan anders?'

'Zou kunnen. Maar het is voor hem toch niet moeilijk om iemand anders te vinden? Ik bedoel, hij is wel Zack McLaren. De meisjes zullen in de rij staan om voor hem te mogen werken!'

De donkerharige vrouw haalde luidruchtig haar neus op. 'Maar dat is niet wat hij zoekt, hè? Hij wil iemand die capabel is, betrouwbaar, trots op haar werk. Niet een of ander onnozel wicht in een minirok.'

Roo, die een heel korte rok droeg, typte de naam voor de lol in op Google Images en keek naar de reeks foto's die op het scherm verscheen. Zack McLaren bleek een zakenman te zijn. Godsamme zeg, werkte die ouwe kenau voor hem? Hij was echt een stuk! Roo wierp een steelse blik op de vrouw, op haar verstandige instappers, het permanentje uit de jaren zestig, het lichte snorretje. Hoe haalde hij het in zijn hoofd?

Tien minuten later veegde de vrouw met een sierlijk gebaar de kruimeltjes van haar mond, dronk haar kopje leeg en stond op. 'Zo, aan de slag maar weer. Ontzettend veel te doen vandaag op kantoor. Ik kan je één ding zeggen,' voegde ze er met een zelfvoldaan lachje aan toe. 'Het zal Zack nog moeite kosten om iemand te vinden die aan mij kan tippen.'

Haar vriendin knikte. 'Daar heb je helemaal gelijk in, Barbara.'

'Ik heb altijd gelijk.' Barbara straalde. 'Ik bel je nog wel. Doei!'

Hoe kon Zack McLaren in vredesnaam iemand in dienst hebben die 'doei' zei? En die enkels had die als slappe pudding over haar schoenen vielen? Roo schoof haar zonnebril even omhoog om Barbara na te kijken, die als een soldaat wegmarcheerde.

Vlak voordat ze uit zicht zou verdwijnen, kreeg Roo ineens een idee. Door de adrenaline begonnen haar vingers gewoon te tintelen. Ze sloeg snel haar laptop dicht, stond op en zette de achtervolging in.

Barbara was inmiddels de hoek om. Tegen de tijd dat Roo haar weer in zicht kreeg, was ze al halverwege Ancram Street. Daar bleef ze staan, pakte een sleutel uit haar tas en liep de stoep op van een witgepleisterd *Georgian* huis met een donkerrode voordeur met pilaren ervoor.

Dat moest Barbara's kantoor zijn. Tenzij ze had gelogen en helemaal niet terugging naar haar werk, maar een afspraakje had met haar geheime minnaar voor een middagje vurige, hartstochtelijke seks.

Oké, het was waarschijnlijk haar kantoor.

Toen Roo bij het pand was aangekomen, belde ze aan. Uit de intercom naast de donkerrode deur klonk een piep en een overdreven formeel: 'Wat kan ik voor u doen?'

'Barbara? Ik heb een vraag voor je.'

'Wat voor vraag?'

'Nou ja, meer een voorstel. Kan ik even binnenkomen?'
Even later ging de deur open. Barbara stond in de deuropening en nam Roo van top tot teen op. Toen zei ze: 'Jij zat net naast ons op het terras.'
'Inderdaad! Wat opmerkzaam!' Roo straalde; een beetje vleierij kon geen kwaad. 'En toen hoorde ik dat je zei dat je ontslag ging nemen.'
'Zo.' Barbara vroeg niet of ze soms binnen wilde komen. 'En waar leidt dit toe?'
'Nou, denk je ook niet dat je baas het fijn zal vinden als je hem meteen een vervangster kunt voorstellen nadat je hem hebt gezegd dat je vertrekt? Vast wel, toch?' zei Roo. 'En volgens mij heeft het gewoon zo moeten zijn dat we vanmiddag naast elkaar op dat terras zaten.'
Barbara kneep haar lichte ogen samen. 'Nou, dat is heel aardig van je, maar ik geloof niet dat je het type bent dat we zoeken.' Ze keek naar Roo's ultrakorte rokje, haar zilveren Uggs en turkooisblauwe T-shirt met de tekst *I've Had Your Dad* erop.
'O god, nee, het gaat niet om mij! Goh, het idee alleen al!' Roo wapperde geschrokken met haar handen. Het was niet duidelijk wie van hen beiden het meest geschokt was. 'Nee, iemand anders. Echt helemaal het tegendeel van mij. Ze werkt bij een business centre in Twickenham, maar dit zou veel handiger voor haar zijn. En ze typt als een tierelier...' Ze bewoog als een idioot met haar vingers om het voor te doen. 'Je zou haar echt moeten uitnodigen. Ze is geknipt voor de baan.'
'Hoe oud?'
'Bijna dertig.'
'Dat is jonger dan wat we zoeken,' zei Barbara.
'Ik weet het. Maar ik hoorde wat je daarstraks zei over meisjes die hier graag zouden willen werken. En zij is juist helemaal niet zo. Ze draagt geen korte rokjes. Ze is efficiënt en werkt hard en ze zal heus niet gaan zitten slijmen tegen jouw baas. Echt, je zou gek zijn als je haar niet nam,' zei Roo.

9

'Je hebt wát?' Het was voor Ellie niet echt eenvoudig geweest om thuis te komen. Omdat de metro van de Circle Line vertraging had opgelopen, waren de forenzen als sardientjes in blik in de wagons gepropt, en Ellie had klem gestaan tussen twee mannen die duidelijk nog nooit van deodorant hadden gehoord. Omdat ze ervan overtuigd was dat hun lichaamsgeur in haar jasje was gaan zitten, trok ze het meteen uit en stopte het in de wasmachine.
'Ik heb een baan voor je gevonden.' Roo had zitten wachten tot Ellie thuiskwam. Ze zette haar laptop aan. 'Waarschijnlijk. Nou ja, mogelijkerwijs. Maar jij hebt zelf gezegd dat het tijd was voor verandering, dus heb ik dit voor je gevonden.' Ze pakte een kaartje uit haar linker behacup en wapperde ermee. 'Je hoeft alleen maar dit nummer te bellen en een afspraak te maken voor een sollicitatiegesprek.'
'Waar is het?'
'Gewoon hier in Primrose Hill. In Ancram Street. Vijf minuten lopen.' Om haar over te halen, voegde Roo eraan toe: 'Nooit meer dat gore zweet van anderen in je neusgaten.'
'Je weet het mooi te brengen.'
'Ja hè? Daarom ben ik ook zo'n goede songwriter. Nooit meer dat gore zweet,' begon ze voor de vuist weg. 'Van een griezel uit de metro in je neus, liever een stuk uit de buurt in je reet...'
'God, aan jou is echt een groot dichter verloren gegaan.'
'Ja nou, zoveel rijmt er ook weer niet op zweet. Hoe dan ook, over stukken gesproken, moet je deze eens zien.' Roo draaide de laptop om zodat Ellie het scherm kon zien.
'Wie is dat?'
'Zack McLaren. De man die een nieuwe secretaresse zoekt. Ik zou zelf wel op die baan willen solliciteren, maar je moet er allerlei handige typisteachtige dingen voor kunnen. Maar wat vind je van hem? Behoorlijk indrukwekkend, hè? Hij is zakenman! Moet je die ogen eens zien...'
Ellie bestudeerde de foto. Ze kon niet ontkennen dat hij een aantrekkelijke man was met dat glanzende donkere haar en die

jukbeenderen als van een filmster. En onder dat maatpak ging zo te zien een atletisch lichaam schuil. Mooie ogen ook. Naast haar zat Roo zichtbaar te kwijlen.
'Het punt is dat dit net zoiets is als een vegetariër vragen om enthousiast te worden over een biefstuk. Ik zie dat hij aantrekkelijk is, maar het is aan mij niet besteed. Dat soort dingen is op dit moment gewoon niet belangrijk voor me. Ik heb geen belangstelling.'
'Dat weet ik, dat weet ik, maar hij wil juist ook iemand die niet helemaal wee van hem wordt. Daar gaat het nou net om. Hij wil niet iemand die met haar tieten schudt en hem als een debiele koe aanstaart. Dat is nou net zo fantastisch eraan. Want dat zou jij allemaal niet doen. Jij zou volmaakt geschikt zijn.'
'Nou...'
'En als het met mij en Niall niks wordt, kan deze hier mijn eerste reserve worden.' Roo streelde liefdevol het beeldscherm. 'Volgens mij is hij fantastisch in bed.'

Twee uur later pakte Ellie het visitekaartje van de salontafel. Voordat Roo was vertrokken, had ze er nog eens bij Ellie op aangedrongen om er goed over na te denken, en dat had ze gedaan. Ze had ook haar pasgewassen paarse jasje uit de wasmachine gehaald en eraan gesnuffeld, en ze had nog steeds de zweetgeur kunnen ruiken. Dat was het nadeel van te veel fantasie hebben. Ze wist gewoon dat ze van nu af aan alleen al bij de aanblik van het jasje zou moeten kokhalzen.
Terwijl ze hier in haar handen de mogelijkheid van een nieuwe baan hield, vlakbij ook nog, op een kantoor waar niemand iets over haar verleden wist, en iedereen dus normaal tegen haar zou doen.
Dat was dus eigenlijk geen vergelijk.
Het was pas negen uur. Dan kon ze toch nog wel bellen? Ze pakte de telefoon en toetste het nummer in.
Daar gaan we dan...

Zack deed net de voordeur open, toen de telefoon begon te rinkelen. Na een lange dag vol vergaderingen gevolgd door een autorit van drie uur vanuit Manchester, had hij alleen nog maar

zin in een koud biertje, een uurtje geestdodende tv en dan naar bed.
Alleen zat dat er niet in. Hij moest nog een gedetailleerd businessplan opstellen en een paar brieven dicteren. Nadat hij zijn jasje had uitgetrokken en de deur van zijn kantoor had opengeduwd, liet hij zijn aktetas op zijn bureau vallen en nam de telefoon op, die nog steeds rinkelde.
'O hallo. Spreek ik met meneer McLaren?'
Het was een onbekende vrouwenstem. Zack schopte zijn schoenen uit en pakte een pen. 'Ja, spreekt u mee.'
'Hallo! Ik bel voor de baan.'
'Baan?'
'Ja. Ik heet Ellie Kendall en mijn vriendin zei dat ik u beslist moest bellen. Ik hoop dat u wilt overwegen om mij te nemen, want ik denk echt dat we goed bij elkaar zouden passen. Ik woon in de buurt, werk hard, ben goed in steno, kan heel snel typen en ik...'
'Ho eens even. Ik begrijp er niets van. Ik heb geen idee waar u het over heeft,' zei Zack.
'O!' Zo te horen was het meisje in verwarring.
'Op welke baan solliciteert u precies?'
'Nou, op die van secretaresse.'
'Dan denk ik dat dat een misverstand is. Ik heb al een secretaresse en daar ben ik volkomen tevreden over.'
'O. Oké, maar... Nee, laat ook maar. Sorry. Dan heb ik me vergist.' Snel voegde ze eraan toe: 'Sorry dat ik u heb gestoord. Dag.'
'Wacht...' Het was echter al te laat, ze had al opgehangen. Bovendien, wat voor zin had het gehad om het gesprek te rekken? Zacks maag rammelde, wat hem eraan herinnerde dat hij nog wat moest eten voordat hij aan het werk ging. Een ijskoud biertje en een gemeen hete curry, dat was nu het voornaamste. Daarna zou hij de belangrijkste brieven dicteren, zodat Barbara die morgenvroeg meteen kon uittypen en versturen.

'Dus zo zit het. Ik weet dat het een schok voor je moet zijn, maar je hoeft je echt nergens zorgen om te maken. Ik laat je

heus niet zomaar aan je lot over.' Barbara sprak op troostende toon. 'Ik zal persoonlijk een waardige vervangster voor je zoeken.'
Zack keek naar de officiële ontslagbrief die ze hem had overhandigd alvorens haar korte toespraak af te steken. 'Dank je. Nou, ik vind het natuurlijk jammer dat je weggaat, maar voor jou is het vast heel opwindend. Misschien ga je zelf ook nog wel golfen.'
Barbara rilde. 'Ik weet wel zeker van niet.'
Hij glimlachte. 'In elk geval is er nu één raadsel opgelost.'
'Hoezo?'
'Ik werd gisteravond gebeld door iemand die aanbood om mijn secretaresse te worden.'
Vertwijfeld sloot Barbara even haar ogen. 'Dat vreselijk opdringerige meisje. Dat spijt me echt. Ze wíst dat ik het je vandaag pas zou vertellen.'
Lichtelijk geamuseerd vroeg Zack: 'Maar je hebt het haar dus gisteren al verteld?'
'Natuurlijk niet! Ze heeft een privégesprek zitten afluisteren! Daarna is ze me naar kantoor gevolgd en zei dat haar vriendin mijn baan wel kon overnemen. Ze drong heel erg aan, en toen heb ik haar uiteindelijk maar jouw kaartje gegeven om er vanaf te zijn.'
'Nou, het is in elk geval heel ondernemend.' Barbara's reactie amuseerde hem. 'En die vriendin die ik aan de telefoon had, leek ook erg graag te willen. Misschien moet ik maar eens met haar praten.'
'O, nee nee nee.' Toen Barbara verwoed haar hoofd schudde, trilden al haar onderkinnen mee. 'Nee, geloof me, dat is echt niet het soort vrouw dat je in dienst zou willen nemen.'
'Maar... wacht eens even. Snap ik het goed? Je hebt die vriendin toch niet gesproken?'
'Dat was nergens voor nodig, Zack. Dat meisje dat me aansprak, zag eruit als een punker, met dat korte geverfde haar van haar. En daarbij droeg ze ook nog eens zilveren laarzen!' Barbara rilde weer. 'Haar hele uitdossing was gewoon bizar. En op haar T-shirt stond een obscene tekst. Geloof me, je wilt geen meisje aannemen dat met zo iemand bevriend is. Nee, nee,

laat het nu maar aan mij over. Ik vind wel een goede vrouw voor je.'
Om haar te plagen zei Zack: 'Of man.'
'Ik kan je verzekeren dat het een vrouw zal zijn.' Niemand zou Barbara kunnen betrappen op gevoel voor humor. Met een neerbuigend snufje zei ze: 'Mannen kunnen niet *multitasken*.'

Het was donderdagavond. Barbara had woord gehouden en een lijstje opgesteld van zes prima geschikte kandidates voor de functie van secretaresse. Zack had drie uur lang sollicitatiegesprekken gevoerd, en hij kon wel zeggen dat het niet een van de opwindendste middagen uit zijn leven was geweest.
De dames waren stuk voor stuk superefficiënt, ongelooflijk georganiseerd en enorm ervaren. Maar als er zoiets bestond als een overdosis kreukvrij, dan leed hij daar nu aan. Zelfs al hadden ze misschien niet echt kreukvrije kleren gedragen, ze straalden toch van top tot teen kreukvrij uit. Hun leeftijd had gevarieerd van midden vijftig tot eind vijftig, ze hadden verstandige kapsels en een minimum tot geen make-up. Keurige sollicitatiekleding. Rokken tot onder de knieën. Schoenen met platte hakken. Kortgeknipte, ongelakte nagels. Kortom, Barbara had hem opgezadeld met zes klonen van haarzelf. Zack wist waarom ze dat had gedaan, en in theorie was hij het met haar eens, maar het vooruitzicht een van die vrouwen te moeten uitkiezen, vervulde hem op zijn zachtst gezegd niet met vreugde.
Een kwartier later kwam hij onder de douche vandaan met een handdoek om zijn middel geslagen. Hij liep de trap af naar zijn kantoor, waar hij door zijn agenda bladerde tot hij had gevonden wat hij zocht.
Daar had je het, het nummer van de vriendin van het ongeschikte meisje waar Barbara vorige week zo van was geschrokken. Glimlachend bij de herinnering aan haar reactie belde hij het nummer. Hij wist helemaal niets van het meisje af, behalve dat ze niet klonk alsof ze kreukvrij gekleed ging.
Na drie keer overgaan werd er opgenomen. 'Hallo? Oeps!' Er klonk gekletter, gevolgd door een harde bons. 'Sorry. Hallo.'
'Wat was dat?'

'Toen ik mijn arm uitstak om de telefoon te pakken, viel ik van de bank. Met wie spreek ik?'
'Met Zack McLaren.'
'O. Mag ik eerst even mijn excuses aanbieden voor vorige week? Ik was nogal opdringerig, hè? Ik hoop maar dat je niet kwaad bent geworden op die arme secretaresse van je.'
Geamuseerd antwoordde hij: 'Ik word nooit kwaad. Maar luister, je klonk vorige week behoorlijk enthousiast en ik vroeg me af of je morgenvroeg langs zou willen komen voor een gesprek.'
'Echt waar? Wauw. Fantastisch. Maar ik kan morgen niet. Ik moet de eerste trein naar Glasgow halen.' Zo te horen speet het haar echt. 'Mijn oma wordt tachtig en we hebben een surpriseparty voor haar georganiseerd en daar moet ik echt bij zijn. Maar zondagavond ben ik weer terug.' Hoopvol voegde ze eraan toe: 'Kan het ook volgende week?'
Verdomme. 'Het spijt me, maar ik heb de andere sollicitanten al gesproken en ik heb hun beloofd om het ze morgen te laten weten.'
'O.' Een korte stilte. 'Nou, ik ben nu eigenlijk niet echt iets aan het doen. Behalve van de bank vallen dan. Zal ik snel even wat kleren aanschieten, dan kan ik over een halfuur bij je zijn.' Weer een korte stilte. 'Eh, dat klonk alsof ik naakt ben, maar dat is niet zo. Ik heb mijn pyjama aan. O god, dat is veel te veel informatie. Dus wat doen we, over een halfuur, volledig gekleed?'
Zack ving een blik van zichzelf op in het raam van het kantoor. Hij zei niet dat hij, behalve de handdoek om zijn middel, ook niets aanhad. Bovendien, daar ging het niet om. 'Dat gaat niet. Ik heb vanavond een zakendiner.' Hij had haar nummer in een opwelling gebeld en was niet van plan om iemand aan te nemen die hij nog nooit had gezien. En aangezien hij vanavond de belangrijkste spreker was, kon hij ook niet te laat komen. 'Nou ja, we hebben ons best gedaan, maar ik denk dat het hierbij moet blijven. Gewoon een geval van slechte timing.'
Toen hij een blik op zijn horloge wierp, zag hij dat het acht uur was. Zijn auto zou over tien minuten voorrijden, dus hij moest nu echt opschieten. 'In elk geval bedankt.'
'Oké.' Het meisje, Ellie, klonk teleurgesteld. 'Nou ja, jij ook

bedankt dat je aan me hebt gedacht. Heel aardig dat je hebt gebeld. Jammer dat er geen tijd was voor een afspraak.'
Ze had een mooie stem, helder en melodieus, een genot om naar te luisteren. Als je tijd had voor dat soort dingen. 'Ik vind het ook jammer. En veel succes bij het vinden van een andere baan,' zei Zack. 'Dag.'

10

'Hoe doet die nieuwe het?' Louisa, die naast Max in de auto zat, klapte de zonneklep naar beneden en controleerde haar lippenstift in de spiegel. 'Is ze al een beetje gewend?'
Zack knikte. Van de zes sollicitanten had hij uiteindelijk Christine gekozen, en die bleek net zo efficiënt te zijn als Barbara. Christine was eind vijftig en toonde geen enkele belangstelling voor mode; aan haar dikke wenkbrauwen en voorkeur voor plooirokken was te zien dat zoiets als stijl niet aan haar was besteed. Maar ze kon zo snel typen dat haar worstvingertjes gewoon in een waas veranderden wanneer hij ernaar keek. Ook nam ze een lunchtrommeltje mee naar het werk; gezeten achter haar bureau at ze boterhammen met ei en mayonaise, die ze wegspoelde met een soort kruidenthee die heel vreemd rook.
'Nog steeds aan de boterhammen met ei?'
'Iedere dag weer.'
'Nou ja, misschien dat ze ooit eens overstapt op kaas en tomaat. Kun je daar even stoppen?' Louisa gebaarde naar een rij winkels in de verte. 'Dan kan ik wat bladen kopen voor onderweg.'
De moed zonk Zack al een beetje in de schoenen. Hij had nu bijna drie maanden iets met Louisa en ze had veel pluspunten – ze was zelfverzekerd, glamoureus en opvallend mooi – maar uit ervaring wist hij dat bij een sigarenboer stoppen inhield dat ze hem de komende paar uur hardop uit tijdschriften zou gaan zitten voorlezen. Om de een of andere reden dacht ze dat hij het net zo boeiend vond als zij om alle roddels over beroemd-

heden te horen, de raadgevingen van relatiedeskundigen en welke merken mascara je wimpers het langst deden lijken. Ze zouden via de M4 naar de bruiloft van een vriendin van Louisa in Bristol rijden, en als hij zou proberen om naar de radio te luisteren, zou ze om de haverklap het geluid zachter zetten wanneer ze dacht iets interessants te lezen. Had hij bijvoorbeeld al gehoord dat Victoria Beckham aan het breien was geslagen? En of hij soms snapte waarom Russell Brand met Kate Winslet was gaan lunchen?
Hij remde af en dubbelparkeerde zijn Mercedes naast een blauwe Volkswagen. Louisa, in haar chique lichtgrijze trouwpakje met roze blouse met ruches, stapte uit en verdween de sigarenwinkel op Regent's Park Road in.

Ellie stond in de rij om haar krant en een zakje Rolo's af te rekenen toen haar blik ineens op de schappen met bladen viel. Op een van de omslagen was een grote zwarte vrouw in een goudkleurige bikini en met een asblonde pruik op afgebeeld, met als schreeuwerige kop erboven: DOLLY DEEVA, GROTER, BETER EN TERUG MET EEN KNAL.
Gisteravond nog had Roo zich hardop afgevraagd hoe het tegenwoordig met Dolly zou gaan, dus Ellie wipte snel de rij uit om het blad te pakken, het laatste van de stapel. Ze zou het voor Roo kopen.
'Oeps, sorry!' Iemand stootte tegen haar elleboog aan, en het blad viel bijna op de grond. Terwijl Ellie het stevig tegen haar borst klemde, glimlachte ze verontschuldigend naar de elegante roodharige vrouw in de roze met grijze outfit, hoewel het niet haar schuld was geweest. De roodharige vrouw accepteerde de verontschuldiging met een deftig knikje en vroeg: 'Waar heb je dat blad vandaan?'
'Daarboven.' Ellie wees naar de lege plek.
De roodharige vrouw slaakte geërgerd een zucht. 'Je bedoelt dat dat het laatste was?'
'Dat weet ik niet.' Die vrouw dacht toch niet echt dat ze haar dat blad zou geven? Vriendelijk zei ze: 'Ergens anders hebben ze hem vast nog wel.'
Een paar minuten later had ze afgerekend. Ze liep de zaak uit

en bleef even op de stoep staan om het blad door te bladeren. Er stond een interview in van twee pagina's met Dolly, die beweerde dat ze de tijd dat ze met haar tieten zwaaide achter zich had gelaten en dat ze nu een wedergeboren christen was die de deur niet uit ging zonder de Bijbel. Zich langs een donkergrijze Mercedes en een hemelsblauwe Volkswagen persend, stak Ellie over en liep de omhooglopende straat richting Nevis Street op. Ze wist nu al dat Roo in een deuk zou liggen om het verhaal, want die had haar heel andere dingen over Dolly verteld.
'O, je bent er toch! Ik dacht dat er niemand meer in de auto zat.'
Zack ging weer rechtop zitten. 'Ik heb het handschoenenvakje uitgemest. Daar lagen cd's in die ik helemaal was vergeten.' Hij liet haar zien wat hij allemaal had opgediept. 'En een zak drop!'
'Bah, die zou ik maar niet opeten als ik jou was. Ze zijn vast beschimmeld.' Louisa stapte in. 'Ik kon het blad dat ik eigenlijk wilde niet krijgen. Een meisje graaide het net voor mijn neus weg. Heel irritant. Maar ik heb gelukkig een paar andere gevonden.' Ze klopte op de drie glossy's op haar schoot. 'Daar red ik me wel mee tot Bristol.'
'Mooi.' Zack stopte zijn lang verloren gewaande cd van Gogol Bordello in de cd-speler, drukte op Play en startte de motor van de auto. 'Ken je dit? Echt fantastisch.'
Nog geen twee minuten later zette Louisa het geluid zachter. 'O, moet je horen! Wat een liegbeest!' Ze tikte met haar vinger op de foto van een goed geconserveerde voormalige bondgirl. 'Minstens vijfenvijftig, maar ze beweert dat ze nog nooit botox heeft gebruikt!'

'Zack, het spijt me verschrikkelijk, maar ik kan het niet meer aan. Ik dacht van wel, maar het gaat gewoon niet. Het is me te veel.'
'Echt?' Zacks eerste reactie was verbazing, zijn tweede opluchting. Het was niet eerder bij hem opgekomen dat hij een veeleisende werkgever was. Aan de andere kant: geen boterhammen met ei en mayonaise meer.
Godzijdank.

'Het is mijn man.' Christine aarzelde even, en er verschenen tranen in haar lichte ogen. 'Hij is... hij is niet helemaal zichzelf meer, weet je. Hij gaat naar de dagopvang als ik werk, maar 's nachts is hij juist op zijn ergst. Hij dwaalt maar door het huis, want hij wil naar buiten. Dus ik krijg gewoon te weinig slaap en ik ben echt kapot. Vandaar dat de huisarts heeft gezegd dat ik beter kan stoppen met werken. Ik vind het echt heel rot om je in de steek te laten, want je was echt een fijne baas.'
O, nu schaamde hij zich dood; wat een egoïst was hij ook. Hoofdschuddend zei hij: 'Je hoeft je daar echt niet rot over te voelen. Ik vind het heel erg van je man. Ik wist dat helemaal niet. Natuurlijk kun je beter al je energie aan hem besteden.'
Schuldbewust bedacht hij dat ze er inderdaad uitgeput uitzag; ze had donkere wallen onder haar ogen. 'En je hoeft je ook geen zorgen te maken over je opzegtermijn, ik red me wel.'
Ze keek hem aan. Toen haar tranen dreigden te overstromen, pakte ze een zakdoek uit haar mouw. 'O Zack, dat is erg aardig van je, maar dat gaat echt niet. Ik kan je toch niet zomaar aan je lot overlaten?'
'Ach, wat is er nu belangrijker? Wat typen en archiveren of je gezondheid? Ik heb een idee, ga maar meteen naar huis.' Hij stond op en pakte zijn autosleutels. 'Kom, dan breng ik je even.'

'Oké, ik weet dat het een gok is.' De stem van Zack McLaren echode door de telefoon. 'Want je hebt inmiddels vast al een andere baan gevonden, maar voor het geval dat dat niet zo is, de vrouw die ik had aangenomen, heeft moeten opzeggen. Dus ik zoek iemand anders, en dat wilde ik je even laten weten.'
Zack McLaren. Was dit soms het lot? Ellie, die in kleermakerszit op de bank zat, zette haar mok thee neer en vroeg: 'Ze heeft na twee weken al opgezegd? Ben je zo'n rotbaas dan?'
'Nee, echt niet.' Hij klonk geamuseerd.
'Dus nu nodig je me uit voor een sollicitatiegesprek?'
'Als je nog belangstelling hebt.'
Ellie glimlachte. Twee weken geleden was ze vastbesloten geweest om te ontsnappen aan de vriendelijke, maar claustrofobische sfeer bij Brace House. Vooral omdat ze ertegen op had

gezien om Michael weer onder ogen te komen, maar toen die horde eenmaal was genomen, had het gewoon gemakkelijker geleken om te blijven waar ze was. Volgens haar huisarts hoorde een gevoel van lethargie bij het rouwproces. Soms wist je wel dat er iets moest veranderen, maar had je er gewoon de puf niet voor.

Nu werd ze echter zelf gebeld door Zack McLaren, die haar een tweede kans gaf, een kans die ze met beide handen aangreep. 'Natuurlijk heb ik nog belangstelling. Wanneer zullen we afspreken?'

Ze hoorde hem zeggen: 'Wanneer je maar wilt. Nu meteen?'

'Deal.' Ellie stond al op van de bank. Ze schudde met haar linkerbeen, dat sliep. Het zou best kunnen dat ze als ze daar aankwam, meteen zou weten dat ze niet voor deze man wilde werken. Maar intuïtief wist ze dat het wel goed zat.

Verdomme.

Verdomme nog aan toe.

Zij was het.

Zack, die uit het raam boven had gekeken, deinsde geschrokken achteruit. Hij had het gevoel alsof hij een stomp in zijn maag had gekregen... Nee, alsof iemand hem van achteren had beslopen en zonder enige waarschuwing de Heimlich-greep op hem had toegepast. Het meisje dat door Ancram Street kwam aanlopen, was het meisje dat hij bij The Ivy had gezien. Ze had toen – wanneer was het precies geweest? Meer dan twee maanden geleden al – zoveel indruk op hem gemaakt dat hij zich nog steeds elk detail van die lunch kon herinneren. Hij had er toen zelfs voor gezorgd dat hij min of meer tegelijk met haar het restaurant kon verlaten door op precies het goede moment een einde te maken aan zijn lunchbespreking. Toen hij haar buiten in een taxi had zien stappen met Tony Weston, had het hem grote moeite gekost om niet gewoon het portier open te rukken en haar er weer uit te trekken.

Natuurlijk had hij zich weten te beheersen. Al was het alleen maar omdat je voor dat soort gedrag zomaar kon worden opgepakt.

Dus had hij in de regen de wegrijdende taxi staan nakijken,

denkend dat Tony Weston oud genoeg was om haar vader te kunnen zijn.
En nu kwam ze naar zijn huis toe lopen, terwijl hij had gedacht haar nooit weer te zullen zien, en de kans was groot dat ze zo meteen bij hem zou aanbellen. Want dat meisje, in haar witte blouse en strakke blauwe rok tot op haar knieën, was helemaal gekleed op een sollicitatiegesprek.
Hetgeen betekende dat zij Ellie Kendall moest zijn.
Zack kreeg een droge mond. Het allerlaatste wat hij bij zijn werk kon gebruiken, waren emotionele complicaties. Wat met je secretaresse beginnen, was vragen om moeilijkheden. Dat was algemeen bekend.
Dus wat moest hij doen?

11

Wie ooit had gezegd dat het geluk bracht als je duivenpoep op je kop kreeg, moest knettergek zijn geweest. Toen Ellie de paar treetjes naar de voordeur op liep, zag ze een wit kwakje met een pets op de grond vallen, slechts een paar centimeter van haar rechtervoet. Dat ze nog net op tijd naar links was gesprongen, beschouwde ze dan ook maar als een goed voorteken. Net níét op je kop worden gepoept door een duif zou toch vast ook wel een heel klein beetje geluk brengen?
Ze belde aan en wachtte. Toen de deur openging, wist ze wat haar te wachten stond, want ze had de foto's op Roo's laptop gezien, maar in het echt was hij langer dan ze had gedacht. En bijzonder indrukwekkend. Hij zag er nog beter uit dan op de foto die Roo had gegoogeld. Mooie ogen, en inderdaad jukbeenderen om je lippen bij af te likken. Hopelijk had hij ook gevoel voor humor. Vooral als Roo haar niet al te subtiele verleidingskunsten op hem wilde gaan uitproberen. Nou ja, zolang Niall nog in beeld was, zou dat gelukkig niet gebeuren.
'Hoi Ellie, ik ben Zack.' Hij aarzelde een fractie van een se-

conde en gaf haar toen een hand. 'Leuk om je eindelijk te leren kennen. Kom verder.'
Oké, denk aan je manieren en ga hem niet meteen vertellen dat je bijna duivenpoep op je kop had gehad. Terwijl ze haar schoudertas stevig beetgreep, liep ze achter hem aan naar het kantoor op de benedenverdieping. Hij droeg een spijkerbroek en lichtgrijs T-shirt. En Roo zou ook vinden dat hij een lekker kontje had. Ellie mocht zelf dan wel immuun zijn voor mannen, ze was niet blind.
'Ik heb mijn cv bij me.' Ze pakte het uit haar tas en gaf het hem. 'Ik weet heel goed wat kantoorwerk inhoudt. Ik type snel en kan goed met de computer overweg. Ik wil dat anders wel even laten zien, hoor. En ik werk ook echt heel hard.'
'Fijn om te horen.' Zack lachte even. Hij deed er twintig minuten over om haar uit te leggen wat haar werk precies zou inhouden. Hij dicteerde een brief, die ze in steno noteerde en daarna uitschreef. Hij liet haar het archiveringssysteem zien, dat niet erg ingewikkeld was. Hij vroeg haar naar Brace House Business Centre, en ze zei dat ze daar weliswaar zes jaar met veel plezier had gewerkt, maar dat ze toe was aan verandering, en ook dat het leuk zou zijn om ergens te werken waar ze lopend naartoe kon.
'O, en mag ik nog iets zeggen?' Ze wist dat hij de vraag zelf niet mocht stellen, maar ze had hem wel naar haar ringloze linkerhand zien kijken. 'Ik ben niet getrouwd.' Als het zou helpen om deze baan te bemachtigen, dan wilde ze hem best vertellen dat hij niet bang hoefde te zijn dat ze zwanger zou raken en ouderschapsverlof wilde. 'En ik ben ook niet van plan om een kind te krijgen. Dat gebeurt gewoon niet.'
'Oké.' Hoewel hij opgelucht leek, keek hij haar nog steeds onderzoekend aan.
Aarzelend overwoog ze haar opties. Nee, ze moest hem niets over Jamie vertellen. Ze wilde juist een nieuwe baan om een frisse start te kunnen maken en niet anders behandeld te worden dan andere mensen. Dan andere normale mensen...
'Dus zo zit het. Ik ben single.' Nu ze had gezegd wat ze wilde zeggen, veranderde ze van onderwerp. 'Mag ik ook vragen wat er met de vorige secretaresse is gebeurd?'

Zack legde het haar uit van Christine. Toen hij klaar was met zijn verhaal, eindigde hij opgewekt: 'Dus als je geen invalide man hebt om voor te zorgen, is dat wat mij betreft een pre.'
Dit was een goede oefening in normaal doen. Ellie toverde een vrolijke glimlach tevoorschijn en zei: 'Nou, die heb ik dus echt niet!'
Daarna bood hij haar een kop koffie aan en nam haar mee naar de keuken, die helemaal in grijsgroen en gestroomlijnd roestvrij staal was uitgerust en uitkwam op een kleine ommuurde tuin achter het huis.
Aangezien het die dag echter niet zo warm was, liepen ze de trap op naar de woonkamer, die was ingericht in donkerrood en grijs, en er gelukkig wel uitzag alsof er ook echt in werd geleefd. Er lag een slordige stapel kranten op een rek, op de salontafel stond een leeg colablikje, en een jasje was over een van de stoelen gegooid.
'Ga zitten.' Zack wees naar de bank en ging zelf in een van de stoelen ertegenover zitten. Hoewel hij beleefd was, charmant zelfs, en haar mee naar boven had genomen voor een kop koffie, vond ze toch dat hij iets gereserveerds over zich had. Ellie vroeg zich of ze de baan al in haar zak had, of dat hij het misschien nog niet wist.
'Dank je.' Ze lette goed op dat ze niet met haar koffie morste.
'Dus je woont in Nevis Street. Leuke plek.'
'Ja. En dat ik zo dichtbij woon, betekent ook dat ik heel flexibel ben.' Het ging haar meestal niet zo goed af om zichzelf te verkopen, maar ze wilde deze baan erg graag.
'Prima.' Na een korte stilte vroeg hij: 'Deel je je flat met andere meisjes?'
'Eh, nee.'
'O.' Hij haalde zijn schouders op. 'Ik vroeg het me alleen maar af. Ik bedoel, de hypotheek op zo'n soort huis zal niet mis zijn.'
'Ik heb geen hypotheek.' Overvallen door de wending die het gesprek nam, probeerde ze snel iets te bedenken. Dit soort vragen was haar nog nooit eerder gesteld tijdens een sollicitatiegesprek.
'De huur dan. Je zult wel een hoge huur moeten betalen. Red je dat wel, op het salaris dat ik betaal?'

'Eh, ja.' Ze voelde dat ze bloosde onder zijn onderzoekende blik. Als ze hem over Tony vertelde, zou dat de boel er alleen maar ingewikkelder op maken, maar hij keek haar nu zo aandachtig aan, dat ze toch iets moest zeggen. 'Nou ja, ik... eh... ik huur de flat ook niet echt. Ik eh... ik woon er alleen maar. Als een soort oppas.' Ze slikte duidelijk hoorbaar.
Er volgde een ongemakkelijke stilte. Ze had het idee dat ze nog roder werd. Na nog een paar steeds ongemakkelijker minuten, knikte Zack en zei: 'Oké.'

Wat had hij gedaan? Jezus, hoe kwam hij erbij?
Net zoals hij eerder uit het raam naar haar had gekeken toen ze was komen aanlopen, stond hij haar nu na te kijken, terwijl ze wegliep over Ancram Road.
Hij was tegen al zijn principes in gegaan. Hij had Ellie Kendall de baan aangeboden, en ze had hem opgetogen aangenomen. Als Barbara erbij was geweest, had ze hem de oren gewassen.
Hij had er echter niets aan kunnen doen, puur om hoe ze zich had gedragen in zijn gezelschap. De reden waarom hij vrouwen was gaan aannemen als Bazige Barbara en Kreukvrije Christine was voornamelijk omdat zijn twee eerdere secretaresses verliefd op hem waren geworden, verliefdheden die hij niet had beantwoord en die hij kon missen als kiespijn.
Het verschil was dat híj deze keer degene leek te zijn die het gevaar liep om dat soort gevoelens te ontwikkelen.
Daarbij kwam nog dat het heel waarschijnlijk was dat Ellie gratis in een flat woonde die was betaald door de acteur Tony Weston, een man die oud genoeg was om haar vader te kunnen zijn.
Zack zag dat Ellie aan het eind van de straat was aanbeland, waar ze even in de oranje gloed van een straatlantaarn bleef staan, alvorens links af te slaan en uit zicht te verdwijnen. Toen hij haar niet meer kon zien, voelde het bijna alsof het licht doofde. O god, dit was belachelijk. Hij had haar die baan nooit moeten geven. Als hij echt dit soort gevoelens voor haar had, dan zou hij iemand anders in dienst moeten nemen en haar gewoon bellen om te zeggen waarom het onverstandig zou zijn

om haar aan te nemen en haar in plaats daarvan mee uit eten te vragen.

Maar hij kon een meisje alleen maar bellen voor een eetafspraak als er eerst een vonk was overgesprongen, het teken dat er sprake was van wederzijdse aantrekkingskracht.

En dat was dus precies de reden waarom hij haar niet kon bellen. Terwijl hij zijn handen in de kontzakken van zijn spijkerbroek stopte, draaide hij zich weg van het raam. Hij kon dat niet doen omdat er van Ellie Kendalls kant geen enkele sprake was geweest van een vonk. Gewoon helemaal niet. Hetgeen betekende dat ze hem hoogstwaarschijnlijk beleefd zou afwijzen als hij haar belde om haar uit eten te vragen.

Hetgeen betekende dat hij geen reden zou hebben om haar weer te zien.

Hetgeen gewoon... ondenkbaar was.

Blijkbaar zo ondenkbaar dat hij haar in plaats daarvan toch maar die baan had gegeven.

'Weet je?' vroeg Roo twee dagen later toen Ellie na haar werk met haar had afgesproken in Café Rouge.

'Wat precies?' Aan Roo's gezicht te zien was het geen goed nieuws dat ze te vertellen had.

'Als een man te mooi klinkt om waar te zijn... en ook te mooi is om waar te zijn... dan is de kans groot dat...'

'Hij te mooi is om waar te zijn.' Even overviel Ellie een gevoel van paniek. Doelde Roo soms op Zack McLaren? O god, en ze had al ontslag genomen. Was Roo iets over hem te weten gekomen en wilde ze haar dat nu vertellen? Was hij een oplichter, een terrorist, een fraudeur die al eens had gezeten?

'Precies. Je slaat de spijker op de kop.' Roo dronk rode wijn en droeg een witte spijkerbroek, wat misschien niet zo verstandig was gezien haar opgewonden toestand. 'Maar ja, waarom zou het me eigenlijk ook moeten verbazen? Per slot van rekening hebben we het wel over mijn leven.'

Roo's leven. Niet dat van haar. Ellie slaakte een zucht. 'Heeft het met je werk te maken?' Ze gebruikte de term in het algemeen; Roo's idee van werk bestond uit afspraken met medesongwriters waarbij ze af en toe een regel zongen, een paar uur

wat akkoorden aansloegen, vervolgens besloten dat het er die dag muzikaal gezien niet in zat, en dan afdropen naar de kroeg.
'Nee, het heeft te maken met het feit dat ik heb ontdekt dat mijn vriend getrouwd is.'
'Niall?' O god, en ze was nog wel zo gek op hem. Geschokt vroeg Ellie: 'Weet je het zeker?'
Roo draaide aan de zilveren armbanden om haar smalle pols. 'Behoorlijk zeker, ja. Want hij heeft het me zelf verteld.'
'Bedoel je dan dat ze uit elkaar zijn? Dat ze gaan scheiden?' Dan was het toch goed? Of niet?
'Nee.' Roo schudde haar hoofd. 'Ze zijn nog steeds bij elkaar.' En daar draaiden de armbanden weer die Niall haar vorige week nog had gegeven.
'Wat een klootzak!' Ellie leefde met haar mee. 'Dat is Sally van mijn werk een paar jaar geleden ook overkomen, alleen ontdekte die het pas toen de echtgenote 's nachts ineens op de stoep stond. Ze was er echt kapot van. Het was vreselijk. Hoe komt het toch dat mannen denken dat ze er wel mee weg kunnen komen?'
'Omdat het mannen zijn.' Roo nam nog een forse slok wijn.
'Nou, jammer voor hem dan. En jij bent beter af zonder hem,' zei Ellie troostend. 'Dat soort gedoe kun je missen als kiespijn. Echt, je komt vanzelf wel weer iemand tegen die duizend keer aardiger is. Wat een smeerlap, zeg. Nou, opgeruimd staat netjes.'
Roo kromp ineen. 'Dat moet je niet zeggen.'
'Dat zeg ik wel, verdomme! Hij is een smerige viespeuk en het is maar goed dat je van hem af bent.'
'Maar je kent hem niet eens.'
'Blij toe! Vooruit, zeg.' Ellie kneep Roo over de tafel heen even in haar arm. 'Het komt wel goed. Het stikt van de leuke mannen die niets liever willen dan jou leren kennen. Schatten van mannen, mannen die niet liegen, die niet getrouwd zijn... O, ik weet het al, je vond die Zack McLaren er toch zo leuk uitzien? Als ik volgende week begin, kom er ik gauw genoeg achter of hij single is en dan...'
'Sst.' Roo schrok toen haar mobieltje overging. Ze griste het van tafel, duwde het tegen haar oor en fluisterde: 'Ja? Ja. Nee. Nee, ik weet het. Ik ook. Oké. Goed. Ja. Dag.'

Aan haar steelse blik kon Ellie gewoon zien wie er had gebeld.
'Dat was Niall, hè?'
'Ja.'
'En?'
'Niks.'
'Wat wilde hij?'
'Gewoon... weten hoe het met me ging.' Nu deed ze niet alleen meer stiekem, maar ook nog eens opstandig.
'Was dat alles?'
'Zo'n beetje.' Stiekem, opstandig én schuldbewust. Roo nam nog een slok wijn, waarbij ze erg veel aandacht aan haar glas besteedde.
'Dus je spreekt hem nog wel.' Ellie voelde zich net een officier van justitie die een verdachte aan een kruisverhoor onderwerpt.
'Dat heb je toch gemerkt?'
'En zien jullie elkaar ook nog?'
'Misschien.' Stilte. 'Ja.'
'O god.' Ellie schudde haar hoofd. 'Waarom in godsnaam?'
'Je hoeft me niet zo aan te kijken,' jammerde Roo. 'Ik hou van hem!'
Dus daarom mocht ze Niall geen smeerlap noemen van Roo. Verbaasd over de macht die hij over haar had, zei ze: 'Maar hij is getrouwd!'
'Maar ze zijn niet gelukkig!'
'Maar nog steeds getrouwd.'
'Hij kan er niks aan doen,' verdedigde Roo hem. 'Ze heeft hem in de val laten lopen.'
Ellie keek haar aan. 'Een hele grote mannenval, bedoel je?'
'Nog veel erger.'
'Je bedoelt dat ze kinderen hebben.'
Roo kreeg felrode blosjes op haar wangen. 'Eentje maar. Eén kind. Hij is echt geen slechte man,' legde ze uit. 'Hij wilde gewoon doen wat goed was. Hij stond net op het punt om het uit te maken toen ze hem vertelde dat ze zwanger was. Toen had hij ook gewoon weg kunnen lopen, maar dat heeft hij niet gedaan. Hij is bij haar gebleven voor het kind. Maar ze bleek gewoon een wandelende ramp te zijn. Ze maakt hem doodongelukkig...'

'Wie, de baby?'
'Nee, zijn vrouw! Yasmin.' Roo trok smalend haar lip op. 'Zo heet ze. Echt een prinsessennaam, vind je ook niet? En ze is een ontzettende bitch, je moest eens weten. Hij heeft echt heel erg zijn best gedaan om er iets van te maken, maar het is hem gewoon niet gelukt.'
'Dus nu gaat hij bij haar weg?'
'Nou, ja, natuurlijk.'
'Wanneer?'
'Binnenkort.'
'Waarom niet nu?'
'Dat kan nog niet, daar is de baby nog te klein voor. Hij moet het zien vol te houden tot het kind één is. Anders maakt het zo'n slechte indruk, snap je?' Ze zweeg even. 'Je vindt het maar niks, hè? Je gaat me toch niet vertellen dat het fout is wat ik doe? Ga alsjeblieft niet tegen me zeuren.'
'Maar als het allemaal fout afloopt, mag ik dan wel zeggen dat ik niet anders had verwacht?'
'Het loopt niet fout af. Hij is echt te gek. Hier heb ik jaren op gewacht, op iemand die me zo gelukkig maakt!'
'Maar...'
'Zeg nou maar niks meer,' smeekte Roo. 'Als je hem leert kennen, snap je het wel. Ik hou van hem!' Ze legde haar hand op haar borstkas. 'En ik kan er toch niks aan doen dat hij getrouwd is.'

12

Als je de chagrijnige Londenaars aan de praat wilde krijgen, moest je gewoon met een enorm boeket bloemen over straat gaan, ontdekte Ellie toen ze van haar werk kwam.
'Zijn die voor mij, schat?' vroeg de kioskhouder voor Brace House toen ze op haar laatste werkdag het gebouw verliet.
'O, dat had je echt niet hoeven doen!' schreeuwde een taxichauffeur uit zijn raampje.

'Dank je wel, schatje, dat zijn mijn lievelingsbloemen,' zei een man die bij de metro werkte.
'Hoe wist je dat ik jarig was?' vroeg een voorbijganger op straat stralend.
Het was net alsof je in Mary Poppins-land woonde.
Toch was het leuk dat ze na haar laatste werkdag op zo'n vrolijke manier naar huis kon. Misschien zouden ze het verplicht moeten stellen om met bossen bloemen rond te lopen. Toen ze in Nevis Street de voordeur opendeed, wist ze onmiddellijk dat Tony er al was. Ze rook zijn Acqua di Parma.
Hij kwam haar meteen begroeten. 'Hallo lieverd. Zijn die voor mij? Dat had je echt niet hoeven doen.' Opgetogen over zijn eigen grap nam hij de bos van haar over en omhelsde haar. 'Je ziet er goed uit.'
'Jij ook.' Tony was een paar dagen in Engeland voor een afspraak met een filmproducer en een paar interviews. Het was leuk om hem weer te zien.
'Al helemaal gewend hier?'
'Helemaal. Het is hier fantastisch. En maandag begin ik bij Zack.'
'Mooi. Hoe was je afscheidsfeestje?'
Ellie begon het cellofaan van de bloemen te trekken. 'Emotioneel. Paula huilde tranen met tuiten. Ze gingen allemaal herinneringen ophalen. En ze waren bang dat ik me zonder hen niet zou redden. Ik voelde me gewoon schuldig, omdat het mijn eigen beslissing was om weg te gaan en ik ook echt zin heb in mijn nieuwe baan.' Hoewel ze hem dat allemaal al door de telefoon had verteld, kon het geen kwaad om het nog eens te herhalen. 'Hij weet het trouwens nog steeds niet van Jamie. Ik ga het hem ook niet vertellen.'
'Dat geeft niks.' Tony schudde zijn hoofd. 'Kijk niet zo bezorgd. Je moet doen wat je het beste lijkt.'
Terwijl Ellie de bloemen verzorgde, zette Tony koffie. Voordat hij vertrok voor zijn afspraak met de producer, vertelde hij haar over het project. 'Ze brengen het als een kruising tussen *Lock, Stock* en *Gavin & Stacey*. Ze willen dat ik een charmante gangster speel die een linedanceclub bestiert, chihuahua's heeft en mensen die hem ergeren laat doodschieten.'

'Daar zou ik wel naartoe gaan.' Ze knipte een paar centimeter van de stengel van een gele gerbera. 'Dus je denkt dat je het wel gaat doen?'
'Misschien. Ze filmen op locatie in Londen, Cardiff en Reykjavik. Ach, we zullen wel zien.' Hij deed een schepje suiker in zijn koffie en begon te roeren. 'Trouwens, ik kreeg onlangs een mailtje van Todd. Hij woont weer hier.'
Ze hield haar aandacht op de bloemen gericht. 'Dat weet ik. Hij heeft mij ook gemaild.'
'Heb je hem al gezien?'
'Nee.'
'Waarom niet?'
'Dat weet ik niet precies.' Schouderophalend knipte ze een stukje van een andere steel af. 'Gewoon.'
'Heb je een hekel aan hem?'
'Natuurlijk niet!'
Tony nam meteen gas terug. 'Oké, relax. Ik vroeg het alleen maar. Maar wanneer stel je me eens voor aan die nieuwe vriendin van je? Je overbuurvrouw?'
'Zodra ze zich kan losrukken van haar nieuwe vriend. Of als hij andere bezigheden heeft.' Niet in staat haar afkeuring te verbergen, voegde ze eraan toe: 'Met zijn vrouw en baby.'
'Och jee,' zei Tony droog.
Verdomme, wat had ze nou weer gezegd? Ze kon haar tong er wel af bijten; het was algemeen bekend dat Tony was vreemdgegaan toen hij met Jamies moeder was getrouwd. Snel zei ze: 'Roo heeft niet veel geluk met mannen gehad. Dus ik wil gewoon niet dat ze nog een keer wordt gekwetst.'
'Hoe is hij?'
'Geen flauw idee. Volgens Roo fantastisch. Wie zal het zeggen?' Tot haar grote opluchting werd er aangebeld; geen ongemakkelijke ogenblikken meer, geen gepraat over Todd. 'Dat zal je auto zijn.'

Zaterdag, rond lunchtijd, nam Ellie de metro naar Camden en wandelde daarna in de zon over Parkway. Toen Tony eerder die ochtend de deur uit was gegaan, had hij gezegd: 'Ik heb trouwens een tafel voor ons gereserveerd bij de York and Albany. Om één uur.' En toen ze had geprotesteerd dat dat niet hoefde, dat ze thuis wel iets in elkaar kon flansen, had hij zijn hoofd geschud. 'Als ik in een hotel zat, zouden we toch ook samen gaan lunchen in een leuk restaurant? Dus laten we dat gewoon blijven doen.' Met zijn gezicht in de plooi had hij eraan toegevoegd: 'Niet dat jouw gebakken eieren niet heerlijk zijn, hoor.'

Daar zat iets in. Tony hield van goed eten, en ze vonden het allebei leuk om uit eten te gaan. Toen Ellie bij het restaurant aankwam, voelde ze haar maag rammelen. Ze was tien minuten te vroeg, maar misschien was Tony er ook al.

Nee dus. Ze ging de trap af naar de wc's, frunnikte wat aan haar haren en deed opnieuw lippenstift op.

Toen ze weer bovenkwam, zag ze een nieuwe gast bij het raam zitten. Haar nekhaartjes gingen overeind staan, en ze kreeg een droge mond. O god nee!

Todd, die het getik van hakjes op de houten vloer had gehoord, draaide zich om om te kijken waarom het geluid ineens was opgehouden.

Aan zijn gezicht was te zien dat hij ook geen flauw idee had gehad. Hij was net zo geschokt als zij. Hij zag er ouder uit, volwassener. En hij droeg een donkergroen overhemd en een donkerblauwe broek die niet echt bij elkaar pasten.

Ellie probeerde zichzelf weer onder controle te krijgen. Toen liet ze de trapleuning los en liep naar hem toe. 'Hallo, Todd.' Zag zij er ook ouder uit?

'Hoi, Ellie.' Hij kwam onhandig in de benen. 'Wat toevallig.'

'Nou, volgens mij is het helemaal geen toeval. Tony had me uitgenodigd voor de lunch.'

Todd stond zich zichtbaar af te vragen of hij haar wel of niet zou omhelzen. 'Mij ook.'

Typisch iets voor Tony om de touwtjes in handen te nemen. En zelf was hij er nog steeds niet. Ellie pakte haar mobieltje om hem te bellen.

'Hallo schat. Is hij er?'

'Ja. Kom jij ook nog?'

'Ellie, ga nou gewoon met hem lunchen. Doe het voor mij. En

je hoeft je geen zorgen te maken om de rekening.' Hij sprak op geruststellende toon. 'Dat is allemaal geregeld.'
'Daar zou je wel eens spijt van kunnen krijgen,' zei ze. 'Ik ga de allerduurste wijn bestellen die ze hebben.' Ze hing op en keek Todd aan. 'Hij komt niet. Niet te geloven dat hij dit heeft gedaan.'
Todd keek haar omzichtig aan. 'En wat nu?'
'Weet ik veel.' Ze deed even haar ogen dicht, want ze vond het vreselijk dat Tony haar zo voor het blok had gezet. Ze wilde dit niet. De laatste keer dat ze zich in een situatie had bevonden waarin ze niet wilde zijn, was op de begrafenis van Jamie geweest. Toen had ze alleen maar de kerk uit willen vluchten en rennen rennen rennen. Dat was toen echter geen optie geweest, nu wel. Als ze het echt wilde, kon ze gewoon weglopen...
'Wat is dat voor geluid?' Todd keek haar vol ongeloof aan. 'Is dat je maag?'
Die stomme maag van haar ging weer tekeer als een cementmolen. Ze had expres niet ontbeten. 'Ik denk dat ik maar naar huis ga,' zei ze.
'Wat zei Tony net?'
'Hij wil dat ik met je lunch.'
Op kalme toon vroeg Todd: 'En waarom wil jij dat niet?'
Ze schuifelde ongemakkelijk heen en weer. 'Ik... ik...'
'Hallo!' De hoofdober kwam op hen af. 'Als u wilt meekomen, uw tafel is klaar.'
Todd stak zijn hand op. 'Wacht even, misschien dat de plannen zijn veranderd.'
Oké, dit was gewoon stom. Todd keek naar haar. De hoofdober stond te wachten. Een stelletje aan de bar stond te kijken en luisteren...
Kkknnnorrr.
Jemig, zouden ze dat hebben gehoord? Iedereen in de bar?
'Oké dan maar.' Ze legde een hand op haar maag in een vergeefse poging om het geknor te dempen. 'Laten we dan maar een hapje gaan eten.'
De eerste vijf minuten hielden ze zich alleen met de menukaart bezig. Toen Ellie die ongeveer uit haar hoofd kende en

er geen seconde langer naar kon kijken, zei ze zuchtend: 'Sorry.'
'Geeft niks.' Todd legde zijn kaart ook neer. 'Sorry waarvoor trouwens?'
'Je weet wel. Alles.' Ze kreeg een enorme brok in haar keel en staarde naar het bestek. 'Vandaag. De mailtjes. Dat ik je niet wilde zien. Alles.'
'Weet je ook waarom je me niet wilde zien?'
'Omdat ik een afschuwelijk mens ben.'
Hij schudde zijn hoofd. 'Doe normaal. Dat ben je niet.'
'Wel waar.' De brok in haar keel werd steeds groter, en nu kwam die leuke serveerster ook nog aanlopen om de bestelling op te nemen. Terwijl Ellie haar stoel naar achteren schoof, zei ze snel: 'Ik neem de eend met risotto. Ik ben zo terug...'
Voor de tweede keer klepperde ze de trap af. Ze sloot zich op in een wc en huilde stilletjes tot de enige andere aanwezige vrouw de wc-ruimte verliet, en ze in alle rust kon snikken. Het was een luidruchtig, snotterig, weinig deftig gebeuren en duurde ook een tijdje, maar stoppen zat er gewoon niet in. Ze was net een kleuter die zichzelf volledig liet gaan en er zat niets anders op dan wachten tot het vanzelf overging.
God, wat zag ze eruit. Toen ze na een tijdje in de spiegel keek, kromp ze ineen van ellende. Dikke ogen, vlekkerige wangen, net als vroeger. Zo beroerd had ze er in geen tijden uitgezien. Ze rommelde in haar tas tot ze haar poederdoos en beproefde lipgloss had gevonden.
Goed, ze zag er nog steeds een beetje angstaanjagend uit, maar zo moest het maar. Als ze van tevoren had geweten dat dit zou gebeuren, had ze ook haar mascara meegenomen.
'Zeg maar niks,' zei ze toen ze weer tegenover Todd aan tafel ging zitten. 'Ik weet het.'
'Het spijt me.' Hij leek gegeneerd.
'Nergens voor nodig. Het zat er al een tijdje aan te komen, dat is alles. Maar ik voel me alweer beter. Heb je besteld?'
Hij knikte.
Ze keek om zich heen door het restaurant en zag dat de andere gasten snel hun blik afwendden. 'Ze doen net alsof ze me niet zien. Ze vragen zich vast af wat er met ons aan de hand is.'

Het lukte hem een klein lachje tevoorschijn te toveren.
Ellie nam een paar slokjes water. Het had geen zin, ze moest het zeggen. 'Mag ik je vertellen waarom ik een afschuwelijk mens ben?'
'Laat me eens raden. Jamie is dood en ik ben er nog steeds. Als er dan toch een van ons had moeten doodgaan, dan had je liever gehad dat ik het was.'
O god. Hij wist het.
'Ja.' Ze knikte beschaamd, met haar knieën stijf tegen elkaar gedrukt onder tafel.
'Ellie, je denkt toch niet dat ik dat niet snapte? Ik wist het al vanaf het eerste moment.'
'Sorry. Ik probeerde het niet te denken.' Ze voelde zich net een uitgewrongen vaatdoek. 'Maar ik kon er niks aan doen.'
'En ik heb me al die tijd schuldig gevoeld omdat ik nog leefde. Want waarom ik? Dat voelt niet fijn,' vertelde hij. 'Ik wist dat ik geen beter mens was dan Jamie. Ik verdiende het niet om degene te zijn die het had overleefd. Die vraag heb ik mezelf ontelbare keren gesteld. Waarom ik?' Aan zijn verdrietige ogen kon ze zijn leed aflezen. 'En het punt is dat er geen antwoord op die vraag is. Dus het schuldgevoel blijft. Mijn beste vriend is er niet meer en ik mis hem zo erg... en ik denk nog steeds: als ik die avond te laat was gekomen in plaats van te vroeg, of als ik gewoon een ommetje was gaan maken zoals Jamie me voorstelde, dat we dan geen ongeluk zouden hebben gekregen.'
Had hij zichzelf ook met die vraag gekweld? Nu was het Ellie die zich schuldig voelde. Over de tafel heen pakte ze zijn hand beet. 'O Todd, ik mis hem ook. Maar jij kon er niks aan doen.' Toen ze hem in zijn vingers kneep om hem te laten merken dat ze het meende, zag ze iets van opluchting op zijn gezicht. 'Echt niet. En ik beloof je dat ik niet meer zo'n trut zal zijn.'
Het voorgerecht kwam eraan, en de stemming verbeterde aanzienlijk. Nu Ellie had toegegeven dat ze hem dood had gewenst en Todd haar dat had vergeven, loste de spanning tussen hen zich op wonderbaarlijke wijze op. Hoewel het eten heerlijk was, hadden ze het te druk met de verloren tijd inhalen om er echt van te genieten. Todd vertelde haar over zijn leven in Mas-

sachusetts en deed haar zijn Bostonse accent voor; hij klonk als de verwarde liefdesbaby van Lloyd Grossman en Dick van Dyke. Hij zei dat het werk weliswaar interessant was geweest, maar dat hij er alleen maar naartoe was gegaan in een poging om aan zijn verdriet te ontsnappen. Het bleek echter niet de oplossing te zijn, dus was hij teruggekomen om zijn leven in Londen weer op te pakken, alleen zonder Jamie dan.

Toen was het Ellies beurt om hem te vertellen over de schok die Tony had gekregen toen hij bij haar langs was geweest in de flat in Hammersmith en over zijn besluit om het appartement in Nevis Street te kopen. 'Ik voel me schuldig omdat ik in een leuk huis woon alleen maar omdat Jamie dood is.' Ze had dit nog niet eerder hardop gezegd; zo voelden mensen die een luxeleventje konden leiden nadat de levensverzekering van hun geliefde was uitgekeerd zich vast ook, dacht ze.

'Tony heeft dat gedaan omdat hij het wilde. Het geeft hem vast een goed gevoel,' zei Todd.

Misschien. Nee, ze wist dat dat waar was. Nadat de hoofdgerechten op tafel waren gezet, vertelde Ellie hoe opgesloten ze zich had gevoeld bij Brace House. 'Iedereen deed aardiger tegen me dan ik verdiende. Ik voelde me nooit meer gewoon. Het was net alsof ik rondliep met het woord WEDUWE op mijn voorhoofd gespoten. Dus vanaf maandag nieuwe baan, nieuwe baas en nieuwe start.'

Ze gingen verder met eten en praten. Ze vertelde Todd over Roo. Todd op zijn beurt deed uit de doeken hoe gênant het was geweest om een Engelsman in Amerika te zijn wanneer er misverstanden ontstonden omdat sommige woorden nu eenmaal net iets anders betekenden.

Hun wijnglazen werden bijgevuld.

'Vind je me er ouder uitzien?' Ze boog zich naar voren en stak haar kin iets omhoog zodat hij haar beter kon zien.

'Nee.' Hij glimlachte. 'Je bent geen spat veranderd. Hoezo?'

'Omdat jij er wel ouder uitziet. Sorry.' Ze trok een gezicht. 'Misschien is het je kapsel. Je ziet er... volwassener uit.'

'Ik ben ook volwassener. Wijzer. Ik kijk zelfs niet meer naar *SpongeBob SquarePants*.'

Aangemoedigd door deze opleving van zijn oude gevoel voor

humor vroeg ze plagend: 'En hoe waren de meisjes in Boston? Heb je nog leuke leren kennen? Iemand die maf genoeg was om met jou uit te willen gaan?'
'Wil je het echt weten? Meer dan je zou denken.' Hij grijnsde. 'In elk geval meer dan ik had verwacht. Het komt blijkbaar door het Engelse accent. Dat vinden ze verschrikkelijk chic.'
'Je wilt dus zeggen dat je de vrouwen van je af moest slaan.' Logisch, Todd was echt een goede partij. Vrouwen vielen nu eenmaal op zijn innemende lach en opgewekte, nonchalante houding.
'Vrouwen.' Hij knikte zonder iets prijs te geven.
'Wat wil je daarmee zeggen?'
'Wil je het echt weten? Goed, ik ben met één meisje uit geweest. Een paar keer. Ze was... aardig. Niks mis mee. Maar ik kon het niet. Omdat ik me schuldig voelde. Het was gewoon niet eerlijk dat ik die dingen nog kon doen terwijl Jamie dat niet kon.' Hij haalde zijn schouders op. 'Dus deed ik het ook niet.'
'Dingen?'
'Ja.'
'Je bedoelt seks hebben?'
'Je slaat de spijker op de kop.'
'Heb je het zelfs niet eens geprobeerd?'
'Daar had ik geen zin in.'
'En hoe vond dat meisje dat?'
'Ze was er kapot van, dacht dat het haar schuld was. En toen ik haar over Jamie vertelde, dacht ze dat ik misschien homo was.' Todd nam een slokje. 'Dus toen moest ik uitleggen dat ik dat niet was. En daarna beschouwde iedereen me als een uitdaging. De vrouwen stonden gewoon in de rij om mij te verleiden. En hoe meer ze hun best deden, hoe meer ik de boot afhield. Over maf gesproken.' Hij schudde zijn hoofd. 'Ik ben nog nooit zo populair geweest. Echt weer iets voor mij dat ik daar geen gebruik van kon maken. Ik durf te wedden dat Jamie daarboven in zijn broek pieste van het lachen.'
Hoe was het mogelijk dat ze Todd zo lang had genegeerd? Hij had net zoveel van Jamie gehouden als zij. 'Dat denk ik ook.'

Hij boog zich naar haar toe en vroeg zacht: 'Praat jij wel eens tegen hem?'
Haar maag kneep zich even samen. Ze knikte. 'Ja.'
'Ik ook.'
Ze legde haar vork neer. 'Praat hij dan terug?'
'Nee.' Hij keek haar verbijsterd aan; dat idee was blijkbaar nog nooit bij hem opgekomen. 'Hoe kan dat nou? Hij is dood.'

'Dus je praat nog wel tegen me?' Toen ze in de flat aankwamen, werden ze begroet door Tony.
'Je hebt er heel goed aan gedaan.' Ellie kuste hem. 'Dank je wel.'
Hij klopte haar op de schouder. 'Ik ben blij dat het heeft gewerkt en dat je me geen achterbakse manipulator vindt. Todd, kom eens hier. Wat fijn om je weer te zien.'
Terwijl de mannen elkaar begroetten, verdween Ellie naar de keuken om water op te zetten voor de koffie. Toen ze zich bij haar voegden, zei ze: 'Ik vind je eerder de goede fee, zoals je al mijn problemen oplost.'
'Ik zou er maar flink van profiteren als ik jou was, ik ben er nog maar tot woensdag.' Tony pakte een koekje uit het koekblik. 'O ja, je nieuwe baas heeft gebeld. Of je hem terug wilt bellen.'
'Hij is van gedachten veranderd. Hij wil je niet meer. Je bent nu al ontslagen,' zei Todd.
Ellie zette eerst koffie en belde daarna Zack.
'Hallo. Ik wilde je alleen even vertellen dat ik maandagochtend een ontbijtafspraak in het Savoy heb, dus in plaats van om negen uur hoef je pas om tien uur op kantoor te komen. Dan ben ik zeker weer terug.'
'Oké, prima.' Dat soort dingen hoorde ze graag.
Zack schraapte zijn keel. 'Wie kreeg ik eigenlijk aan de lijn toen ik daarstraks belde?'
Ze aarzelde; waarom wilde hij dat weten? En dan te bedenken dat ze altijd zeiden dat vrouwen nieuwsgierig waren. Hij kon Tony's stem niet hebben herkend, zo opvallend was die niet. Kalmpjes zei ze: 'Gewoon een vriend van me. Goed, maandagochtend tien uur. Is er verder nog iets wat ik moet weten?'

'Ik dacht het niet.' Even was het alsof hij nog iets wilde zeggen, maar zich inhield. 'Oké dan, geniet van de rest van je weekend,' zei hij abrupt. 'Tot maandag.'

13

Het was maandagmiddag, een zachte zomerdag, en de hele menselijke soort was hierbuiten op Primrose Hill aan te treffen.

Nou ja, niet de héle menselijke soort. Maar genoeg om je urenlang mee te vermaken. Na een ochtend van interviews geven was Tony blij dat hij zijn stem even rust kon gunnen. Vanaf zijn bankje keek hij in zuidelijke richting over de stad uit, waarschijnlijk het spectaculairste uitzicht op Londen. De zon schitterde aan de bijna onbewolkte hemel. Hij zag hordes mensen die hun hond uitlieten en ouders met kinderen die op het gras speelden. Ook was er een groepje volwassenen dat tai chi beoefende. Zonaanbidders, nog slechts gekleed in het allernoodzakelijkste, lagen zo veel mogelijk zonnestralen op te slorpen. Verder zag hij nog peuters die aan ijslolly's likten en madeliefjes aan een onderzoek onderworpen, tieners die samen voetbalden, en een grootvader die zijn best deed om zijn kleinzoon te leren vliegeren.

Kleinkinderen. Tony, die dat genoegen nooit zou mogen smaken, werd ineens weer overspoeld door verdriet. Hij keek naar de man die tevergeefs de vlieger in de roerloze lucht probeerde te houden.

Niet aan denken.

Er zoefde een rolschaatser langs met een labrador aan een rollijn. Op een bankje wat lager op de heuvel zat een oude man vogels te voeren uit een zakje zaad. Achter een ezel zat een vrouw, met kaarsrechte rug en in opperste concentratie, het uitzicht te schilderen. Ze had heel kort haar en een mokkabruine huid, en ze droeg een lange felrode katoenen jurk waaronder een wulps lichaam schuilging. Tony keek naar haar terwijl ze haar penseel zelfverzekerd over het papier liet glijden; haar blote arm leek bijna te dansen terwijl ze de lucht inkleurde. Het ene moment concentreerde ze zich voorovergebogen op een of ander ingewikkeld detail, het volgende moment leunde ze wat naar achteren om het resultaat te bekijken. Op een gegeven ogenblik glimlachte ze tevreden, en hij merkte dat hij ook glimlachte, want het plezier waarmee ze schilderde, werkte aanstekelijk. Hij had de indruk dat ze erbij neuriede, hoewel hij dat van deze afstand niet goed kon zien.

Over de heuvel achter haar kwam een tienermeisje aanlopen dat een buggy voortduwde en tegelijkertijd een bal naar voren probeerde te schoppen voor een klein jongetje. De baby in de buggy huilde, het jongetje rende vooruit.

'Trap dan, trap dan!' schreeuwde hij.

Het lukte het meisje om de bal naar het jongetje toe te trappen, waarna ze haar aandacht meteen weer op de huilende baby richtte. Het jongetje schopte de bal woest weg. De bal zeilde door de lucht, en in een flits zag Tony voor zich wat er zou gebeuren. De bal volgde zijn onvermijdelijke weg, het jongetje rende erachteraan, het meisje merkte niets... en toen knalde de bal tegen de rug van de vrouw in het rood.

Oei. Zelfs van deze afstand kon Tony zien dat het penseel *pets* tegen de gouache sloeg en daarna uit de hand van de vrouw vloog. Het jongetje, dat begreep dat dit wel eens nare gevolgen voor hem kon hebben, bleef met een angstig gezicht staan. Toen de vrouw zich had omgedraaid en zag wie de boosdoener was, brak er echter een prachtige glimlach door op haar gezicht, en ze boog zich voorover om de bal onder haar vouwstoel vandaan te vissen. Ze gebaarde het jongetje bij haar te komen, gaf hem de bal terug en legde even een hand op zijn schouder terwijl ze samen de gouache bespraken. Binnen de kortste keren stond het jongetje te giebelen en naar haar te kijken alsof ze zijn lievelingsjuf was.

Terwijl Tony naar hen keek, dreef er een grijze wolk over en voelde het ineens wat kouder aan. Een paar minuten later vielen de eerste regendruppels al. Het tienermeisje riep het jongetje, en hij rende met zijn bal naar haar terug. Voordat ze over de heuveltop verdwenen, bleef hij nog even staan om naar de vrouw in het rood te zwaaien. De vrouw zwaaide terug en riep: 'Dag.'

De wolk bevond zich nu recht boven hen, en het begon steeds harder te regenen. De vrouw had haar ezel al half ingeklapt om haar gouache te beschermen, maar ze pakte haar spullen niet in en zocht ook geen plek om te gaan schuilen.

Tony stond op en liep naar de beschutting van een boom. Toen hij de vrouw passeerde, vroeg hij: 'Zal ik je helpen je spullen te dragen?'

'Nee hoor, nergens voor nodig. Het is zo weer droog.'

Ze had een mooie stem, fluweelzacht en melodieus. Tony zei: 'Je wordt nat.'

Haar glimlach werd breder en haar gezicht leek op te lichten. Terwijl ze over haar blote arm wreef, zei ze nonchalant: 'Nee hoor, ik ben waterproof.'

Het bleek al snel dat ze gelijk had gehad; nog geen vijf minuten later was de wolk alweer overgedreven; het stopte met regenen en de zon scheen weer volop. Iedereen die had staan schuilen, kwam weer de heuvel op. Zodra de vrouw haar ezel weer rechtop had gezet en het deksel van haar schilderskist opende, liep Tony naar haar toe.

In haar korte haar glinsterden druppeltjes. Hij schatte dat ze eind veertig was, maar door haar mooie Afro-Caraïbische jukbeenderen en rimpelloze gezicht was het moeilijk te zeggen. Ze had geen make-up op. Haar ogen hadden een opvallende kleur, het goudbruin van lichte stroop.

Niet dat ze zich al helemaal omdraaide om hem aan te kijken. Al haar aandacht was gericht op de gouache voor haar. En dan naar alle waarschijnlijkheid op de rode vlek die te danken was aan de bal die ze tegen haar rug had gekregen.

De rest van de gouache was een genot om naar te kijken, met veel verve en stijl gemaakt. Ze had niet alleen het uitzicht op Londen geschilderd, maar ook de verhalen van de mensen op de heuvel. Tony glimlachte toen hij de tai chi-beoefenaars op leeftijd zag, de jogger en de rolschaatser met zijn opgewonden labrador, die met elkaar in botsing kwamen toen de rollijn van de hond zich om een van de lantaarnpalen langs het pad wikkelde.

'Heeft hij het verknald?'
'Dat jongetje? Ach gossie, hij moest bijna huilen.' De vrouw schudde haar hoofd. 'Ik heb tegen hem gezegd dat het helemaal niets uitmaakte, dat de gouache er misschien zelfs wel beter van zou worden.' Ze pakte een potlood en tekende even bedreven om de vlek heen. Toen ging ze wat naar achteren zitten. 'Kijk. Wat zeg je me daarvan?'
Tony boog zich naar de gouache toe. In de linkeronderhoek was een mollige dame verschenen die achter een ezel zat. Ze keek ontzet naar haar eigen schilderij met de rode vlek erop, terwijl boven haar een schuldbewust kijkende meeuw met in zijn bek een scheef hangende pot verf overvloog.
'Heel slim.' Hij kon zijn ogen bijna niet van de gouache af houden. Diep onder de indruk vroeg hij: 'Verkoop je je werk ook?'
'Soms. Hoezo? Zou je deze willen kopen?'
'Misschien. Ik hou wel van schilderijen die een verhaal vertellen. Hoeveel vraag je ervoor?'
'Honderdvijftig pond.'
Hij knikte. 'Dan zou ik hem graag van je willen kopen.'
'Echt? Wat lief van je.' Glimlachend voegde ze nog een paar details toe. 'In dat geval hoef je hem niet te kopen. Ik schenk je hem.'
'Hoe bedoel je?' vroeg hij verrast.
'Heb je ooit wel eens een cadeau gekregen dat je niet mooi vond?'
Hij aarzelde. 'Jawel.'
'Dat is echt vreselijk, hè? En heb je iemand wel eens iets gegeven waarvan je zeker wist dat hij of zij het prachtig vond?'
'Eh... ja.' Hij knikte weer.
'En is dat geen heerlijk gevoel?'
'Een heerlijker gevoel kan ik niet bedenken.'
Toen ze hem eindelijk aankeek, glinsterden haar gouden ogen. 'En daarom vind ik het dus fijn om jou mijn gouache te geven. Als je hem mooi genoeg vindt om ervoor te willen betalen, dan mag je hem hebben. Van de zaak. Een cadeautje van mij voor jou. Als hij klaar is natuurlijk.'
Toen ze hem had aangekeken, was er geen enkele blik van her-

kenning geweest. En uit ervaring wist Tony precies wanneer mensen alleen maar deden alsof ze hem niet kenden. Deze vrouw, met haar onschuldige lach en haar ongedwongen houding, speelde geen spelletjes.
'Wat ongelooflijk aardig van je. Dank je wel.' Hij schudde zijn hoofd. 'Maar zo zul je nooit Zakenvrouw van het Jaar worden.'
'Nee, maar ik weet wel dat mijn gouache een goed tehuis krijgt. Je zult hem op waarde schatten.' Ze bracht wat topaasgeel aan op een dun penseel. 'En daar gaat het me om.'
'Geef je ze altijd weg?'
'Alleen als ik ervoor in de stemming ben.'
'Is je werk wel eens ergens te zien?'
'Ja, maar niks hoogdravends, hoor. Af en toe op een beurs. En online.' Ze boog zich naar de ezel toe om het zomerjurkje van een kind te schilderen.
'Hoe heet je?'
'Martha.'
'Als je wilt dat ik je op internet kan vinden, zul je me ook je achternaam moeten vertellen,' zei hij.
Ze schoot in de lach. 'Sorry, ik ben echt een hopeloos geval. Martha Daines. Maar woon je hier in de buurt? Zou je morgenmiddag anders hiernaartoe kunnen komen?'
'Na tweeën is het geen enkel probleem.' Hij had om halfeen een interview.
'Nou, tot morgen dan. Ik zal hem meenemen. En jij heet?'
'Tony.' Ze had echt geen flauw idee.
'Tony. Het was leuk om je te leren kennen. Ik ben blij dat je mijn werk mooi vindt.' Toen ze met haar penseel naar hem zwaaide, rinkelden de armbanden om haar pols. 'Tot morgen dan maar!'

14

Ellies eerste werkdag zat er bijna op. Ze had zoveel nieuwe informatie te verstouwen gekregen dat ze het gevoel had dat haar hoofd elk moment uit elkaar kon barsten. Zack was dan weer wel en dan weer niet thuis geweest; hij had cliënten ontvangen en was daarna weer vertrokken naar afspraken met andere. Hij had chaotisch werk, en zijn telefoon stond gewoon geen moment stil. Ellie typte rapporten uit, hield telefoontjes af, organiseerde zijn trips naar Zürich en Madrid en probeerde zichzelf vertrouwd te maken met de o zo belangrijke zakenagenda en met de dagelijkse gang van zaken op kantoor.

Toen er om tien over vijf werd aangebeld, zat Zack boven telefonisch te vergaderen. Ellie ging opendoen en kwam oog in oog te staan met een tot in de puntjes verzorgde roodharige vrouw in een strak grijsgroen linnen jurkje.

'O, hallo. Dus jij bent de nieuwe.' De vrouw knipperde met haar dik aangezette wimpers terwijl ze Ellie van top tot teen opnam. 'Alice, was het?'

'Ellie.'

'Oké. Heel wat anders dan Barbara. Ik ben Louisa, ik denk dat Zack het wel over me heeft gehad.'

Dat was niet zo, maar Ellie was zo diplomatiek om dat niet te zeggen. Ze herkende Louisa van vorige week bij de sigarenboer, maar het verbaasde haar helemaal niet dat Louisa haar niet herkende. Ze leek daar gewoon niet het soort vrouw voor. En ze nam aan dat Louisa Zacks vriendin was. Jammer dan voor Roo, die heel benieuwd was geweest of hij single was.

Ze hoorden voetstappen op de trap en toen kwam Zack de hal in. Blijkbaar was het telefoongesprek afgelopen.

'Hallo schat.' Louisa liep naar hem toe om hem te begroeten met een kus, waarmee ze luid en duidelijk te kennen wilde geven dat hij van haar was. Tenminste, dat was de bedoeling, maar Zack deinsde een beetje achteruit en wendde zijn hoofd af om dit openbare vertoon van liefde – van bezitterigheid – te vermijden. Ellie vroeg zich af of ze niet veel gedoe zou kunnen

voorkomen door gewoon te zeggen: 'Je hoeft je over mij geen zorgen te maken, hoor. Ik wil hem toch niet.'
Maar nee, zoiets zei je niet. Dus zei ze: 'Ik heb de vluchten en de hotels geboekt, en de brieven zijn ook klaar, dus die kun je ondertekenen.'
'Fijn, dank je wel. Kom verder.' Terwijl Zack hen meenam naar de keuken, zei hij: 'Het is tijd dat je iemand leert kennen met wie je veel te maken zult krijgen.'
'Wie dan?'
Hij grijnsde. 'Mijn grote liefde.'
Ellie kon aan de manier waarop Louisa met haar ogen rolde wel raden wie het was. Tijdens het sollicitatiegesprek had Zack aan haar gevraagd hoe ze over honden dacht. Daarna had hij haar verteld van Elmo, hoewel ze die nog niet te zien had gekregen. Dat zou nu dus gebeuren.
'Geraldine is bij vrienden in Brighton geweest en ze heeft net gebeld om te zeggen dat ze terug is en dat hij eraan komt.' Ergens buiten hoorden ze een ritmisch gekletter. Na een korte stilte zei Zack: 'Vijf... vier... drie...'
'Ik hoop maar dat hij niet onder de modder zit,' waarschuwde Louisa.
'Twee... één...'
Nog meer gekletter, nu wat dichterbij, en toen vloog het hondenluik in de achterdeur open. Louisa zocht meteen dekking in een hoek van de keuken toen een slonzige hond kwam binnenstormen. Jankend van vreugde danste hij enthousiast even om Zack heen en wierp zich daarna in zijn armen.
'Ik ben heus niet bang, hoor, maar dit is een achtdenier panty. Hartstikke duur,' zei Louisa.
Dus dit was Elmo, Zacks grote liefde. Elmo, een eigenwijze ruigharige terriër van drie, leek nog het meest op een puber die een weekend lang in de modder bij een popfestival had gebivakkeerd. Hij had ronde kraaloogjes, scheve oren, borstelige wenkbrauwen en een warrige baard. Verder was hij de vrolijkheid zelve. Terwijl hij in Zacks armen kronkelde, leek hij bijna uit elkaar te spatten van vreugde.
Hm, geen wonder dat Louisa zo geïrriteerd keek.
'Ik wacht boven wel even,' verkondigde ze. 'Maar wel een beet-

je opschieten, hè? We hebben om kwart over zes afgesproken met de Drewetts.'
'Ik kom zo naar boven.' Verbeeldde Ellie het zich, of leek Zack zich meteen wat te ontspannen zodra Louisa weg was? Hij draaide zich om, wees en zei: 'Elmo, zeg Ellie eens gedag.'
Het zou extra indrukwekkend zijn geweest als Elmo ook echt dag had gezegd, maar hoewel dat uitbleef, was Ellie toch gecharmeerd van de manier waarop hij kwispelde en aan haar snuffelde en op alle mogelijke manieren liet merken dat hij het fantastisch vond om haar te leren kennen. Zack zette hem op de grond, en Ellie knielde om het hondje naar behoren te begroeten.
'Wat een schatje! Dag Elmo, ik wil vriendjes met je worden! Je bent echt te gek!' Ze blies hem een kusje toe toen Elmo zijn voorpoten in haar handen zette en opgewonden haar hals likte. 'Is het niet verwarrend voor hem om in twee huizen te moeten wonen?' vroeg ze, terwijl ze opkeek.
Elmo was namelijk een deeltijdhond. Twee jaar geleden had Geraldine, Zacks buurvrouw, gezegd dat ze heel graag een hond zou willen, maar dat dat niet ging omdat ze zo slecht ter been was. Zack op zijn beurt had haar verteld dat hij ook altijd al een hond had willen hebben, maar dat dat niet eerlijk was tegenover het dier, omdat hij zulke lange dagen maakte en zo vaak in het buitenland zat. Als een echte ondernemer was hij de dag erna met een oplossing gekomen en een week later was Elmo ten tonele verschenen.
'Het werkt prima. Zo heeft hij het voor het kiezen. Geraldine is bijna altijd thuis. We hebben allebei een hondenluik in onze keukendeur.' Zack knikte door het raam naar het speciaal verlaagde gedeelte van de muur tussen de twee tuinen. 'Elmo hoeft daar alleen maar overheen te springen als hij weer eens aan verandering toe is. Als ik te lang aan het werk ben, zoekt hij de gezelligheid op bij Geraldine. Als hij een wandeling wil maken, komt hij weer hierheen. We delen de rekening van de dierenarts en houden goed bij wie hem voert, anders zou hij tonnetjerond worden.' Zijn blik verzachtte zich terwijl hij als een trotse vader naar Elmo keek, die door Ellie achter de oren werd gekrabbeld. 'Hij vindt je leuk.'

'Mooi dan, want ik vind jou ook leuk.' Ellie gaf een kus op de snorhaarachtige wenkbrauwen van Elmo en kreeg als dank een likje over haar kin. 'Je bent zo... zo knuffelbaar!'
'Zack?' Louisa's stem klonk van boven aan de trap. 'Kom, je moet je nog verkleden voordat we gaan. We mogen niet te laat komen.'

'En, hoe was je eerste werkdag?'
'Best wel goed. Druk.' Ellie lag in bed; ze legde haar boek weg en keek naar Jamie, die op zijn zij dwars over het voeteneinde lag, steunend op een elleboog. 'Ik denk dat ik het heel leuk ga vinden.'
'Dus je gaat eindelijk verder met je leven.' Zijn blik was onderzoekend.
'Dat zei je vader ook al. Maar zo voelt het niet.' Het was moeilijk uit te leggen, maar een deel van haar wilde niet verdergaan; bij het vooruitzicht alleen al voelde ze zich schuldig. 'Ik hou nog steeds van je. Dat zal nooit ophouden. Het is alleen een nieuwe baan, meer niet. Met mensen die me niet anders zullen behandelen vanwege wat er is gebeurd.'
'Zack klinkt wel aardig,' zei Jamie rustig.
'Hij is best oké.'
'Hoe is zijn vriendin?'
'Louisa? Op het eerste gezicht zelfverzekerd, maar daaronder onzeker. Ze had liever gehad dat ik dertig jaar ouder was. Gek, ze vertrouwt me niet. Ze moest eens weten.'
Jamie grinnikte en streek zijn door de zon gebleekte haar naar achteren. 'Ze moest eens weten wat voor seksmaniak jij bent!'
'Nee, hoe celibatair ik ben. Bij een lesbische non zou Zack niet beter af zijn.'
'Ik kende vroeger een leuke grap over een lesbische non.'
Ze trok een gezicht. 'Dat geloof ik meteen.'
'Ik weet alleen niet meer hoe hij gaat. Dat zul je aan Todd moeten vragen.'
'Mooi niet, want dan vertelt hij me die misschien ook nog.'
'Niet zo flauw doen. Mijn grappen zijn altijd hartstikke leuk.'
Jamie deed alsof hij haar voeten onder het dekbed wilde grijpen, want vroeger zou hij haar voor straf gekieteld hebben tot

ze niet meer kon. Maar aangezien dat nu niet zou gebeuren, kon hij alleen maar doen alsof.
'Todd komt dit weekend langs.'
'Leuk. Ik ben blij dat jullie weer met elkaar praten.'
Ellie voelde zich warm en getroost; natuurlijk was hij blij. Daarom had ze het contact ook weer hersteld, in de veilige wetenschap dat Jamie dat ook had gewild.
'Het kwam door je vader. Die had het georganiseerd.'
'Maar jij hebt ook je steentje bijgedragen. Ik ben trots op je.'
'Zo meteen ga ik nog huilen.'
'Ach liefje toch, ik hou van je.'
'Ik ook van jou.' Ze veegde de traan weg die uit haar ooghoek druppelde.
'Je doet het goed. Ga nu maar lekker slapen. Welterusten, liefje.'
Ze deed haar ogen dicht en voelde de pijnlijke eenzaamheid opborrelen in haar borst. 'Welterusten.'

15

Tony kon zich niet herinneren wanneer hij zich er voor het laatst zo op had verheugd om iemand terug te zien. Hij moest zichzelf gewoon dwingen om niet harder te gaan lopen toen hij de heuvel op ging. Hij wilde zien of ze er was, maar tegelijkertijd wilde hij niet hijgen en buiten adem op de top aankomen. Of een rode kop hebben. Want behalve dat dat stom was, zou het ook nog eens vloeken bij zijn paarse overhemd. Toen stak hij het laatste stukje heuvel over, en daar was ze. Ze zat op dezelfde plek als gisteren, maar haar ezel stond nu iets meer naar het westen gericht. Tony bleef even naar haar staan kijken en voelde dat zijn hart oversloeg. Deze keer droeg ze een lange smaragdgroene jurk, met een of andere felroze ketting om haar hals en platte roze sandaaltjes aan haar voeten. Haar houding, de manier waarop ze zich volmaakt op haar gemak leek te voelen in haar lichaam, was ontzettend verleide-

lijk. Hij moest al glimlachen als hij alleen maar naar haar keek. Niet omdat ze hem een gouache zou schenken...
Martha zag hem toen hij naar haar toe begon te lopen. Ter begroeting zwaaide ze met haar penseel en riep: 'Hoera, je bent gekomen!'
Haar stem was betoverend, warm, fluwelig en geurde naar de Caraïben.
'Dacht je dan dat ik niet zou komen?' Van dichtbij zag hij dat haar ketting uit grote, kiezelsteenachtige kralen bestond die knalroze waren geschilderd.
'Nee, ik dacht wel dat je zou komen.' Ze glimlachte. 'Ik hoopte het tenminste. Anders had ik dit ding helemaal voor niets meegesleept.' Ze pakte een platte canvas-tas die naast haar in het gras lag.
Tony's hart begon sneller te slaan toen ze de gouache, die ze op ivoorkleurig afgeschuind karton had geplakt, met een gladde bruine arm tevoorschijn haalde.
'Ik vind het echt ongelooflijk van je. Je had hem toch niet op karton hoeven laten plakken?'
'Ach, dat was geen enkele moeite. Ik heb het zelf gedaan.' Haar ogen glinsterden. 'Ik kan heel goed met een stanleymes overweg. Bovendien maakt dat het echt af. Je kunt zelf een lijst uitzoeken. Hier. Bekijk hem maar eens goed. Hij is nu van jou.'
Door de met pen en inkt toegevoegde details kwamen de eigenzinnige typetjes die ze gisteren op de heuvel had waargenomen, extra goed uit. Het resultaat was charmant en betoverend.
'Ik weet gewoon niet hoe ik je kan bedanken.' Hij schudde zijn hoofd. 'Je moest eens weten hoeveel dit voor me betekent.'
'Ik ben alleen maar blij dat je hem mooi vindt. En ik begrijp best wat het voor je betekent.' Ze legde haar hand op de roze ketting en zei: 'Toen mijn zoon deze voor mij had gemaakt, voelde ik precies hetzelfde.'
Goed, dat verklaarde de bobbelige roze kiezelstenen. Hij vroeg zich af hoe oud ze was. Had ze soms pas een kind gekregen toen ze al begin veertig was?
'Maar dat is natuurlijk al een hele tijd geleden,' beantwoordde ze zijn niet uitgesproken vraag. 'Hij is nu achtentwintig, hij

is strafjurist. Hij schaamt zich dood dat ik de ketting nog steeds draag. Wat ik op mijn beurt weer grappig vind. Maar iedere keer dat ik deze ketting aanraak, zie ik hem weer aan de keukentafel zitten, in zijn korte broek, balletjes rollen van klei en ze beschilderen met mijn nieuwe nagellak.'
Hij knikte, zich ineens iets herinnerend wat hij dacht vergeten te zijn. Jamie die thuis was gekomen uit school en hem een potje van klei had gegeven. Gloeiend van trots had hij gezegd: 'Het is een vingerpot, papa! We hebben het met onze vingers gemaakt! Het is om je manchetknopen in te bewaren!'
Waar was dat grappige blauwe potje eigenlijk gebleven? Hij had geen flauw idee. Oké, nu niet aan Jamie denken, hem niet ter sprake brengen, niet zeggen dat je ook een zoon hebt gehad, maar dat hij is gestorven. Dat zou de stemming bederven, en ze zouden zich alleen maar ongemakkelijk voelen.
Dus zei hij: 'Het is een prachtige ketting. Een ketting met karakter. Ik heb trouwens even op je website gekeken.'
Even gekeken. Dat klonk alsof hij er een korte blik op had geworpen, enkele seconden nonchalant wat pagina's had aangeklikt. Terwijl hij er in werkelijkheid bijna twee uur aandachtig naar had gekeken. Het was niet echt een flitsende website; eigenlijk nogal een bescheiden, zelfgemaakt geval, zonder foto's van Martha, en met maar een heel korte introductie op haar werk, maar wel met een hele reeks gouaches van vroeger en nu. Potentiële klanten konden een e-mail sturen. De gouaches waren stuk voor stuk een lust voor het oog, net zo persoonlijk en hartverwarmend als de gouache die hij nu in zijn handen had.
'En?' Met gespeelde schrik greep ze naar haar borst. 'Ik word altijd zenuwachtig als mensen dat zeggen. Net als vroeger op school, als een leraar zei dat hij je opstel had gelezen.'
'Nou, ik geef je een tien. Ik ben nu officieel een fan van je werk.' Na een korte stilte voegde hij eraan toe: 'En ik zou nog wel wat meer van je willen kopen. Maar dan moet je me gewoon laten betalen.'
'Echt?' Ze keek hem verrukt aan.
'Echt.'
'Ik voel me nu net een drugshandelaar. Je er eerst gratis van

laten proeven, zodat je terugkomt voor meer.' Ze keek hem onderzoekend aan. 'Ik meen het, ik wil niet dat je het uit beleefdheid doet.'
'Ik doe bijna nooit iets uit beleefdheid,' zei hij ernstig.
Ze glimlachte. 'Weet je al welke je zou willen?'
'De zwemmers in de Hampstead Ponds. Die ene met het vuurwerk aan de Theems. En misschien de bruiloft.'
'Sorry, maar die is al verkocht.'
'O.'
'Maar ik heb er thuis nog veel meer.' Ze klaarde op. 'Ik ben er alleen nog niet aan toegekomen om ze op mijn website te zetten. Ze moeten nog gefotografeerd worden.'
'Oké.' Hij knikte bedachtzaam. 'Nou... die zou ik dan erg graag willen zien.'
'Fantastisch.' Ze ging verder met schilderen.
Wat bedoelde ze daarmee? 'Bedoel je dat je ze op je website zult zetten?' vroeg hij. 'Of kan ik ze in het echt komen bekijken?'
Ze ging iets naar achteren zitten om naar het onaffe tafereel op de ezel te kijken. 'Zou je dat liever doen?'
'Ja.'
'Als je wilt, kunnen we nu wel gaan kijken. Als je tijd hebt tenminste.'
'Ik heb wel tijd.' Hij had nog nooit zo graag iets gewild. 'Weet je het zeker?'
Ze glimlachte. 'Als ik het niet zeker wist, zou ik het niet voorstellen.'
Ze pakten samen haar spullen in. Hij klapte de ezel en de vouwstoel op. Martha stopte de andere spullen in haar canvas-tas. Toen ze de heuvel afliepen, zei ze: 'Het is ongeveer twee kilometer lopen. Red je dat?'
En Tony, die in L.A. nooit ergens te voet naartoe ging omdat... nou ja, omdat niemand dat deed, zei: 'Waar zie je me voor aan? Voor een ouwe man soms?'

Ze woonde aan Lanacre Road in Tufnell Park, in een rood bakstenen rijtjeshuis met fleurige bloembakken aan weerszijden van de lichtgele voordeur.

'Ik kan niet zeggen dat het me verbaast dat je een gele voordeur hebt,' zei hij.
'Tja, ik ben van de kleuren.' Ze maakte de voordeur open. 'Kleur is een van de vreugden van het leven. Kom verder.'
Hij ademde haar lichte zomerse geur in terwijl hij achter haar aan naar de huiskamer liep. Ze was wel zo slim geweest om daar niet al te veel kleur te gebruiken. Drie muren waren wit, één blauwgroen. De bank was bekleed met flesgroen fluweel en op de glanzende houten vloer lagen witte kleden. De boekenkasten puilden uit. Aan de muren hingen schilderijen, en overal stonden vazen met pluimen.
'Die zijn niet van jou.' Hij wees naar de ingelijste schilderijen.
'Ik kan mijn eigen werk toch niet in de huiskamer hangen? Dat zou al te gek zijn.' Ze trok een gezicht, en terwijl ze haar tas uitpakte zei ze: 'Net zoiets als een schrijver die zijn eigen boek gaat zitten lezen.'
Tony keek nog een keer om zich heen. 'Heb je geen tv?'
'Al jaren niet meer. Ik luister wel naar de radio. En ik zing af en toe.' Ze glimlachte. 'Nou, wat zullen we doen? Zal ik alles hiernaartoe slepen of gaan we naar boven om daar de gouaches te bekijken?'
Ze had echt geen idee wie hij was. Betoverd door haar houding, door haar karakter... nou ja, door alles zo'n beetje, zette Tony de ezel en de opgeplakte gouache die ze hem had geschonken neer en zei: 'Laten we maar naar boven gaan.'
De slaapkamer aan de voorkant was omgetoverd tot atelier. De gouaches stonden tegen de vier muren, en sommige ervan herkende hij van de website, maar andere waren nieuw voor hem. De zon stroomde naar binnen door de ramen, het tapijt werd bedekt door witte lakens vol verfspetters en midden in de kamer stond nog een ezel.
Martha verontschuldigde zich voor de lakens op de grond. 'Het kan niet anders, want ik ben zo'n smeerpijp. Pas op dat je er niet over struikelt. Goed, dan zal ik je nu de gouaches laten zien die je nog niet kent.' Met haar hand op zijn arm nam ze hem mee en zei op een vertrouwelijk toontje: 'Weet je wat? Jij moet raden wat mijn lievelingsgouache is.'
Vanaf dat moment was Tony verloren. Hij kon zich bijna niet

meer concentreren op wat ze zei. Hij kon alleen maar denken dat ze zo dicht bij hem was, dat ze zo heerlijk rook, dat het zo ongelooflijk was dat ze hem dit gevoel gaf. Gisteren had hij haar nog niet eens gekend. En nu... Ze had een honingzoete stem en een glimlach die iedere ruimte zou kunnen verlichten.
'Nou?'
Oké, hij moest er wel met zijn kop bij blijven. 'Wat precies?'
Ze nam hem geamuseerd op. 'Heb je überhaupt wel naar me geluisterd?'
'Die daar. Dat is je lievelingsgouache.' Hij wees naar een gouache van een picknick op het strand.
'Ik vroeg je welke kleur jouw muren hadden. Waar je ze gaat ophangen.'
'O sorry. Ik ben nogal afgeleid.' Zou hij het zeggen? Kon hij het zeggen? Terwijl hij zich schrap zette, zei hij: 'Door jou.'
'Door mij? Waarom?'
'Omdat je zo'n heerlijke verrassing bent.' Klonk dat niet al te belachelijk? Nou ja, het was zo. Hardop zei hij: 'Je moest eens weten hoe blij ik ben dat ik je heb leren kennen.'
Ze wendde even haar blik af en keek hem toen weer aan. Ze zuchtte. 'Ik ben ook blij. Je bent een erg aardige man.'
'Dus ik ben niet de enige die het voelt?'
Ze schudde haar hoofd en slikte. 'Nee, ik voel het ook.'
'Je moet wel weten dat dit niet iets is wat ik vaak doe.' Hij pakte haar hand en streelde de bruine vingers zonder ringen. 'Maar ik wil het nu wel.'
Nog geen seconde later lag ze al in zijn armen en kuste hij haar, en het was net alsof hij weer twintig was. Haar zachte lichaam duwde zich tegen het zijne aan, en haar zilveren armbanden rammelden toen ze een hand door zijn haar haalde. Ze trilde van emotie. Hij zou haar het liefst voor altijd in zijn armen houden en kussen. God, ze was zo mooi...
'Tony?' Buiten adem maakte ze zich van hem los om zijn gezicht te bestuderen. 'Ben je single?'
Hij knikte. 'Jaren geleden gescheiden. Ik ben al heel lang alleen.'
'Ik ook.' Hij voelde haar droefheid, maar die loste zich meteen weer op. 'En ik wil dat je weet dat ik dit ook nooit doe.'

Nog een kus, en toen nam ze hem mee het atelier uit, de kleine overloop over. Haar slaapkamer was kleiner en heel vrouwelijk ingericht in de tinten roomwit en goud.
Tony draaide haar om zodat ze elkaar aankeken. Een beetje verbaasd streelde hij haar gezicht. 'Weet je zeker dat je dit wilt?'
Haar gouden ogen stroomden over van emotie. Met onvaste stem fluisterde ze: 'Ik heb nog nooit iets zo graag gewild.'

16

Er was een uur verstreken. Mogelijkerwijs het allermooiste uur van zijn hele leven. Tony zei: 'Ik moet je iets vertellen.' Meteen zag hij een flits van angst over haar gezicht trekken.
'Wat dan?'
'Ik had het je waarschijnlijk al eerder moeten vertellen. Maar het maakt niet uit, we vinden er wel iets op.'
Haar hele lichaam leek te verstijven. 'Zeg het me.'
'Ik woon niet in Londen. Ik woon in Los Angeles.'
Ze liet zich in de kussens zakken. 'O. Dat is ver weg.'
'Maar we kunnen wel iets regelen. Ik wil je blijven zien. Ik hoop dat je mij ook wilt blijven zien. Ik kan om de paar weken hiernaartoe komen. Ik weet niet, misschien kun jij daar komen wonen. Er valt daar genoeg te schilderen, dat kan ik je wel zeggen.'
'Werk je daar?' Ze keek hem onderzoekend aan. 'Wat doe je precies?'
'Ik ben acteur.'
Haar wenkbrauwen schoten omhoog. 'Echt? Ben je goed?'
'Redelijk.'
'Succesvol?'
'Ja.'
Ze dacht even na en vroeg toen: 'Ben je beroemd?'
Hij knikte.
Er brak een brede lach door op haar gezicht. 'Nou, dat verklaart een boel! Toen we hiernaartoe liepen, zag ik een paar

mensen naar je kijken. Maar niet op de gewone manier, snap je. Met meer belangstelling dan normaal. Ik dacht dat dat was omdat je zo aantrekkelijk bent. Maar het was omdat ze je herkenden. O mijn god, hoe heet je dan?'
'Tony Weston.'
'Daar heb ik wel eens van gehoord!' Ze sloeg een hand voor haar mond. 'Je bent echt beroemd! Je zat in die film over die twee broers... Toe, hoe heette hij nou? *Mr and Mr Black*!'
'Dat klopt.'
'Ze hadden het er op de radio over. Ze zeiden dat je erg goed was.'
Hij glimlachte. 'Daar hadden ze gelijk in.'
'Ik ben eeuwig van plan om naar de bioscoop te gaan, maar het komt er nooit van. Je vindt me vast een enorme sukkel. Ik had moeten weten wie je was!'
'Doe niet zo raar.'
'O god!' Nu greep ze de zijkant van haar hoofd beet. 'Ik heb net seks gehad met een filmster!'
'Fantastische seks,' verbeterde hij haar.
'Fantastische seks. Helemaal. God, sorry, ik voel me ineens zo opgewonden. Dit is gewoon bizar.'
'Zal ik je eens iets vertellen?' Hij liet zijn vingertoppen langs haar sleutelbeenderen glijden. 'Dit is het mooiste wat me in jaren is overkomen.'
Ze knikte en haar ogen vulden zich met tranen. 'Mij ook,' fluisterde ze. 'Wanneer ga je terug naar Amerika?'
'Overmorgen. Waarom ga je niet met me mee?'
Nog voordat hij was uitgesproken, had ze haar hoofd al geschud. 'Ik kan niet. Maar aardig dat je het vraagt. O god, is het echt al zo laat? Dat had ik helemaal niet door.' Terwijl ze een witte badjas aantrok, zei ze: 'Ik moet om zes uur ergens zijn. En je hebt de andere gouaches nog niet goed bekeken...'

'Wauw, wat mooi! Ze zien er zo... vrolijk uit!' Ellie, die terugkwam van haar werk, zag de vier gouaches op een rijtje op de bank staan. Ze wees naar de gouache van Primrose Hill. 'Over die heb je me gisteren toch verteld? Heeft ze je die allemaal gegeven?'

Tony schudde zijn hoofd. 'Nee, voor die andere heb ik gewoon betaald. We zijn naar haar huis gegaan en daar heeft ze me haar werk laten zien. En toen heb ik die gekocht.' De rest hield hij voor zich. Hoe graag hij ook over Martha wilde praten, hij was wel Ellies schoonvader, geen sprake van dat hij haar kon vertellen wat hij die middag nog meer had uitgespookt.
'Je zou vaker kunst moeten kopen.' Ellie keek hem lachend aan. 'Je glundert helemaal.'
Inwendig begon hij te zingen van geluk. Ze moest eens weten. 'Misschien ga ik dat ook wel doen.'

De volgende ochtend had hij allemaal zakelijke afspraken, gevolgd door een lunch met een oude vriend, ook een acteur, die hij echt niet kon afzeggen. Om halfdrie, in de taxi naar Tufnell Park, ging Tony's hart als een mallemolen tekeer. Vijfenvijftig, en hij voelde zich als een tiener op zijn eerste afspraakje. Het was echt ongelooflijk. Hij had nooit gedacht dat zoiets nog zou kunnen gebeuren. En dat op zijn leeftijd. Liefde – of iets wat er gevaarlijk veel op leek – op het eerste gezicht. Martha, Martha, als hij haar naam alleen maar uitsprak in zijn hoofd, begon hij al helemaal te tintelen.
In Lanacre Road aangekomen betaalde hij de taxichauffeur. Hij draaide zich om om naar de lichtgele voordeur te kijken. Martha. Hij had die nacht nauwelijks een oog dichtgedaan, omdat hij steeds aan haar had moeten denken en iedere seconde van zijn samenzijn met haar had herbeleefd. Hij belde aan. Wat zou ze vandaag aanhebben? Na vanmiddag zouden ze elkaar weken niet zien; zou ze het goedvinden als hij vannacht bij haar bleef slapen? Dan zou hij wel Ellie moeten bellen met een of andere aannemelijke smoes over waarom hij niet thuiskwam.
De deur ging open, en daar stond Martha. Ze droeg een paarse hemdjurk en zag er... totaal anders uit. Alsof hem op de stoep zien staan wel het allerlaatste was wat ze wilde. Ze schudde zelfs een beetje met haar hoofd, terwijl ze zei: 'O hallo, komt u voor de gouaches? Het komt helaas niet zo goed uit.'
'Wie is daar, Martha?' Achter haar verscheen een andere vrouw. Ook Afro-Caraïbisch, maar ouder, langer en mager-

der, met grijs haar en verstandige schoenen aan. Over Martha's schouder heen nam ze hem kalm op, met ogen die alles zagen.
'Gewoon iemand die belangstelling heeft voor mijn werk...'
Wat was hier aan de hand?
'Ik heet Tony.' Hij schudde Martha de hand en stak toen zijn hand uit naar de andere vrouw. 'Hallo. Tony Weston,' zei hij vriendelijk.
Gedwongen hem de hand te schudden, knikte de grijsharige vrouw even naar hem. Haar greep was hard en knokig, en ze knipperde als een uil voortdurend langzaam met haar ogen.
'Kan ik even binnenkomen? Ik heb mijn taxi net weggestuurd.'
Martha slikte en zei angstig: 'Oké, maar niet meer dan vijf minuutjes.' Hoewel ze het duidelijk geen prettig vooruitzicht vond, deed ze toch een stap opzij.
Tony liep achter de andere vrouw aan de huiskamer in.
'Ik haal de gouaches wel even naar beneden.' Terwijl Martha zich de trap op haastte, zei ze tegen de andere vrouw: 'Eunice, zou jij even thee willen zetten voor mr. Weston?'
Eunice trok een wenkbrauw op. 'Zijn we nu ook al een café?'
'Doe geen moeite, ik hoef niet.' Het was wel duidelijk dat ze niet voor zijn charme viel, maar toch glimlachte Tony nog een keer naar haar. Geen enkele reactie. 'Ik ben een groot liefhebber van het werk van mrs. Daines. Bent u een vriendin van haar?' Want als dat zo was, dan zette hij vraagtekens bij Martha's smaak wat vriendinnen betrof.
'Schoonzus.'
'O.' Wilde dat zeggen dat ze de zus van Martha's ex-man was? Of was ze getrouwd met Martha's broer? Kon hij haar dat eigenlijk vragen? Nee, natuurlijk kon dat niet.
Nog geen halve minuut later was Martha alweer terug met een stapel opgeplakte gouaches. Eén ding was duidelijk: ze was dodelijk nerveus. Iedere minuut dat hij hier was, was voor haar een minuut te lang. Zodra ze de gouaches had uitgespreid op tafel, zei ze: 'Zo, dat zijn ze. Welke zou u willen hebben?'
De spanning in de kamer was gewoon tastbaar, als een overdosis luchtverfrisser. Beseffend dat hij de strijd toch zou ver-

liezen, verloste hij haar uit haar lijden en zei, terwijl hij op een gouache wees: 'Ik neem die.'
'Prima.' Martha perste er een lachje uit en slaakte een zucht van opluchting. 'Een heel goede keus.'
En dat was dat. Nog geen vier minuten nadat hij had aangebeld, stond hij weer op straat. Met een gouache onder zijn arm en plannen die volkomen in duigen lagen. Op weg naar buiten zei hij nog wanhopig: 'Mag ik je nummer, voor het geval ik er nog eentje wil kopen?'
Op besliste toon antwoordde Eunice: 'Ze geeft haar telefoonnummer niet aan onbekenden. Toch, Martha?'
Martha slikte. 'Als u contact met me wilt opnemen over mijn werk, dan kunt u mijn e-mailadres op mijn website vinden.'
'Goed, dan doe ik dat.' Met nadruk zei hij: 'Ik ben de komende paar weken niet in het land, maar begin juli ben ik weer terug.'
'Goed, nou, aardig dat u bent langs geweest, mr. Weston.' Martha, die blijkbaar niets liever wilde dan de deur dichtdoen, eindigde snel met: 'Veel plezier van uw gouache. Dag.'
'Of zal ik je anders mijn nummer geven?' Dat was zijn laatste wanhoopspoging; hij wilde haar zo graag nog even spreken voordat hij vertrok.
'Dat lijkt me niet nodig,' kwam Eunice koeltjes tussenbeide. 'Waarom zou ze u willen bellen?'
Omdat we gistermiddag samen in bed hebben gelegen, akelige bemoeizuchtige ouwe heks. En omdat ik verliefd op haar ben. Maar natuurlijk zei hij dat niet hardop.

17

'Kun jij even gaan?' Ellie stond op zaterdagochtend net haar favoriete plastic teenslippers te boenen in de gootsteen, toen er werd aangebeld.
Todd drukte op de knop van de intercom en wachtte af.
'Hoi, ik ben het.' Roo's stem echode blikkerig door de spea-

ker. 'Ik ga zo een geheime missie uitvoeren en vroeg me af of je zin had om mee te gaan.'
'Wat een aanbod.' Todd haalde zijn Sean Connery-imitatie van stal. 'Zullen we met mijn vintage Aston Martin gaan?'
Een fractie van een seconde was het stil, toen vroeg Roo: 'James Bond, ben jij dat?'
'Liefje, dat is helaas geheime informatie. Ik zou het je wel kunnen vertellen, maar dan moet ik je eerst versieren.'
'Laat haar nou maar binnen.' Ellie spoelde de zeep van haar roze teenslippers. Dit beloofde interessant te worden: zouden haar oude vriend en haar nieuwe vriendin het samen kunnen vinden of niet?
Gekleed in een zwart-wit geruite blouse en een witte denim rok en op zwarte Uggs kwam Roo binnendenderen. 'Ik kan wel raden wie jij bent.' Ze wapperde met haar vingers naar Todd. 'Maar heb je echt een Aston Martin?'
'Helaas. Sorry.'
'Kijk, nou ben ik zwaar teleurgesteld. En je lijkt ook helemaal niet op Sean Connery.'
'Maar ik ben jonger dan hij. En grappiger,' zei Todd. 'En bovendien heb ik haar.'
'Over wat voor geheime missie had je het?' Ellie depte haar teenslippers droog met keukenpapier en trok ze weer aan.
'Nou, Niall was gisteravond bij me. En toen hij op de wc zat, vond ik toevallig een boodschappenbriefje in zijn jaszak. Niks opwindends, hoor, alleen maar luiers en babydoekjes en dat soort dingen. Maar het was in een meisjesachtig handschrift geschreven op een post-it met de naam van een schoonheidssalon erop.' Roo kneep haar ogen samen op een detectiveachtige manier. 'Nu heeft Niall me nooit willen vertellen waar zijn vrouw werkt, maar vanochtend heb ik die salon gebeld en gevraagd of Yasmin er ook was... en ja hoor! En weet je wat, ik heb toen meteen een afspraak voor vanmiddag gemaakt. Dus dan zouden we mooi samen kunnen gaan!'
Ellie trok een gezicht. Hoe kwam Roo erbij dat dit een goed idee was?
'Wie is Niall?' wilde Todd weten.
Roo keek hem aan. 'Mijn vriend.'

'Is hij getrouwd?'
'Ja, maar zijn vrouw is vreselijk.'
'En hij heeft ook een kind?'
'Dat is de enige reden waarom hij nog bij zijn vrouw is.'
'Waarom heb je in vredesnaam een relatie met een getrouwde man?'
'Ik hou van hem. En hij houdt van mij.'
'Heb je geen enkel zelfrespect dan?'
Roo verstijfde. 'Heb je er een probleem mee soms?'
Ellie probeerde de situatie te redden. 'Zullen we het ergens anders over hebben?'
'Nee, waarom?' Todd wendde zich tot Roo. 'Toen ik klein was, had mijn vader iets met een andere vrouw. Hij heeft mijn moeder en mij in de steek gelaten. Dus toevallig vind ik het nogal min om iemands huwelijk te verknallen.'
Afwerend zei Roo: 'Nou, Nialls huwelijk was al verknald, lang voordat ik ten tonele verscheen, hoor.'
'Waarom heb je precies een afspraak bij die salon gemaakt?' vroeg Ellie.
'Omdat ik wel eens met eigen ogen wil zien hoe ze is. Ik ga heus niks doen, hoor,' verdedigde ze zichzelf. 'Ik vertel haar echt niet wie ik ben. Toe, ga met me mee,' smeekte ze. 'Het is veel gemakkelijker om een gesprekje met haar aan te knopen als we met ons tweeën zijn. En dan kun je dinges hier daarna ook vertellen dat ik me keurig heb gedragen.'
'Dinges hier kan wel voor zichzelf uitmaken wat hij vindt,' zei Todd kil.
Nou, die twee vrienden van haar leken prima met elkaar overweg te kunnen, dacht Ellie.

De schoonheidssalon was in Hampstead. Buiten was alles zachtroze en roomwit geschilderd, binnen rook het hemels. Ellie was nog nooit in een schoonheidssalon geweest; voor de dertig pond die een behandeling haar zou kosten, kocht ze liever een fles badschuim en een topje. En waxen en haar nagels lakken had ze altijd gewoon zelf gedaan. Maar daar ging het nu niet om. Ze waren hier op een missie. Roo was zenuwachtiger dan ze wilde laten merken. En de vrouw achter de re-

ceptie met het angstaanjagende ijskoninginnengezicht en het naar achteren geschraapte haar was misschien Nialls vrouw wel.
'Halfeen... even kijken...' Met een gevaarlijk roodgelakte nagel gleed ze langs de lijst afspraken. 'Ja, hier. Ga maar even zitten. Yasmin komt zo bij jullie.'
Dus het was niet de ijskoningin.
Ze gingen zitten en keken naar een andere klant die een pedicure kreeg. Nog geen twee minuten later werd de deur van de salon opengegooid en kwam er een vrouw van in de twintig binnenstormen met onder haar ene arm een multipak luiers en in haar andere hand een plastic tasje van een drogisterij.
Nadat ze de spullen had opgeborgen in de achterruimte, kwam ze terug. 'Hallo, sorry dat ik jullie heb laten wachten. Ik moest snel even wat kopen. Ik ben Yasmin. Goh, als je haar anders zat, zou je precies op die ene zangeres van jaren geleden lijken. Hoe heet ze... eh... dinges... Daisy Deeva.'
'Dat zeggen ze altijd.' Roo trok een gezicht. 'Ik heb haar een keertje in Selfridges gezien. Toen kocht ze echt een verschrikkelijk hoedje.'
'Nou, ik zou haar geld wel willen hebben, jij niet?' Yasmin leek helemaal geen ramp, ze glimlachte en ze was vriendelijk en ze had golvend honingblond haar en mooie ogen. 'Ik hoorde dat je speciaal naar me had gevraagd. Ken je soms een van mijn vaste klanten?'
Roo voelde zich een beetje overvallen, misschien wel door Yasmins vriendelijkheid. 'Eh...'
Ellie schoot haar te hulp. 'We zaten gisteren in een wijnbar en een meisje aan de tafel naast ons zat haar vriendin te vertellen dat je zo goed bent in manicures. Ze had heel mooie nagels, dus toen hebben we haar gevraagd waar je werkte.'
'O. Wauw. Fantastisch! Ik vraag me af wie het was.' Stralend vervolgde Yasmin: 'Hopelijk ben jij straks net zo tevreden.'
De eerstvolgende minuten, terwijl Yasmin aan de slag ging met Roo, ging het gesprek alleen over nagels. Onder het toeziend oog van Ellie werden Roo's nagels grondig gereinigd en met vochtinbrengende crème behandeld, vervolgens werden

de dode schilfers verwijderd en daarna werden de nagels en de nagelriemen ingesmeerd met een verzachtende olie.
Na een tijdje vroeg Roo: 'Ik zag je net met luiers. Wil dat zeggen dat je een baby hebt?'
Yasmin grijnsde. 'Voor mij zijn ze een beetje te klein. Ja, we hebben een baby, een jongetje, Benjamin. Hij is nu zeven maanden. Echt zo'n schatje.' Haar ogen glansden. 'Ons leven is er zo door veranderd. Ongelooflijk gewoon. En jij?'
'Of ik kinderen heb? Nee.' Roo schudde haar hoofd, maar bedacht blijkbaar ineens dat een kind wel handig kon zijn, want met een blik op Ellie vervolgde ze: 'Zij heeft wel een kind.'
O fijn. Dank je wel.
Yasmin keek Ellie aan. 'O ja? Te gek, hè? Jongen of meisje?'
'Meisje.' Ellie knikte en hoopte met heel haar hart dat ze geen verhalen over de bevalling zouden moeten gaan uitwisselen. 'Alice. Ze is vijf maanden.'
'Leuk.' Vrolijk zei Yasmin: 'Maar wel zwaar, vind je ook niet? Heb je wat aan je man of is hij net zo'n hopeloos geval als die van mij?'
Gelukkig was al haar aandacht op Roo's nagels gericht, dus zag ze niet dat Roo verontwaardigd met haar wimpers knipperde.
'Ik heb weinig aan hem. Ach, ze zijn eigenlijk allemaal behoorlijk hopeloos, toch?' zei Ellie.
'Breek me de bek niet open! Gisteren had mijn man luiers zullen kopen, en wat gebeurt er? Hij komt om twaalf uur 's nachts thuis en zegt dat hij moest overwerken, maar dat is gewoon gelogen. Hij was helemaal niet aan het werk. Ik weet precies waar hij was!'
Roo slikte.
'Waar dan?' vroeg Ellie.
'Met zijn vrienden uit natuurlijk! Dat doen die mannen op vrijdagavond toch allemaal? Hij wil dat gewoon niet opgeven. Ik bedoel, ik zou het niet eens zo erg vinden, maar dat hij dan zonder luiers en babydoekjes thuiskomt, terwijl hij beloofd had die te kopen...' Yasmin schudde haar hoofd. 'Typisch mannen. Die kunnen niet multitasken.'

Ellie keek naar de smalle trouwring die aan Yasmins linkerhand blonk. 'Kan hij wel luiers verschonen?'
Glimlachend antwoordde Yasmin: 'Hij heeft één keer driekwart luier verschoond. Nou, dat was wat. Het leek net alsof hij een bom onschadelijk probeerde te maken. Ik heb me gek gelachen. Zo, en nu een warme handdoek om je nagels zodat de vochtinbrengende crème kan intrekken. En welke kleur nagellak wil je zo meteen?'
'Maar soms zal hij het toch wel doen?' vroeg Ellie fronsend. 'Ik bedoel, zoals vandaag, als jij werkt.'
'O, maar hij past nu niet op.' Nog meer geamuseerde berusting. 'Niall wil op zaterdag altijd graag uitslapen. Ik breng Benjamin dan naar mijn moeder voordat ik naar mijn werk ga.'
'Interessant allemaal,' fluisterde Ellie toen Yasmin zich wijdde aan een andere klant. Ze dacht dat Roo zich wel rot zou voelen nu ze had ontdekt dat de vrouw van haar vriend zo aardig was.
'Ik zei toch dat ze een ramp was,' fluisterde Roo terug. 'Ze is gewoon een complete controlfreak.'

Todd zat in de kroeg op hen te wachten. Hij keek naar tennis op het reusachtige scherm aan de muur. 'Nou, hoe ging het?'
'Ik heb mijn nagels laten doen.' Roo liet hem haar handen zien. 'En ik moet zeggen dat ze goed is.'
'Nou, gelukkig maar.' Todds stem droop van het sarcasme. 'Hoe was ze?'
'Heel aardig,' zei Ellie.
'Alsjeblieft zeg, dat is niet eerlijk.' Roo schudde haar hoofd. 'Ze deed alsof ze aardig was, omdat ze mijn nagels deed. Het is haar werk, ik ben haar klant, dus natuurlijk doet ze aardig. Maar je kon aan alles merken hoe ze in werkelijkheid is.'
'Ze was echt leuk,' hield Ellie vol. 'Vrolijk, warm, hardwerkend. Wil je echt weten wat ik denk?'
'Nee.' Roo speelde met haar zonnebril.
'Volgens mij is Niall een klootzak.'
'Jij bent bevooroordeeld.'
'Ja, omdat hij gewoon een klootzak is.'
'Ik heb er spijt van dat ik je heb meegenomen.'

'En Yasmin is net een alleenstaande moeder,' ging Ellie verder. 'Zij doet alles en hij doet niks.' Waarom begreep Roo dat nu niet?
'Ja, omdat als hij een keer wel wat doet, zij meteen zegt dat hij het helemaal verkeerd doet!'
'Hij zei tegen haar dat hij gisteravond moest overwerken. Maar dat was niet zo, hij was bij jou.'
'Als hij naar huis gaat, zit ze alleen maar aan zijn kop te zeuren,' verdedigde Roo hem.
'Dat is dan waarschijnlijk omdat ze doodmoe is van in haar eentje voor de baby zorgen!'
'Ze was gewoon aan het overdrijven, ze wilde alleen maar dat we medelijden met haar kregen, daarom deed ze alsof ze het zo moeilijk had.'
Todd, die van de een naar de ander keek, zei: 'Dit is nog leuker dan het tennis. Maar vertel, ga je het nu uitmaken met die kerel?'
'Doe niet zo rottig! Ik hou van hem!'
Geïrriteerd zei hij: 'Die man is een leugenaar en een bedrieger.'
'Iedereen liegt wel eens.' Hun drankjes waren gearriveerd, en Roo nam een slok van het hare. 'Je had Ellie eens moeten horen over haar baby.'
'Wat voor baby?'
Roo spreidde haar armen. 'Dat bedoel ik.'
De grap ontging Todd totaal; hij had het te druk met naar Ellie kijken. 'Ben je zwanger?'
Ellie proestte bijna in haar glas wijn. 'Nee! Hoe kan ik nou zwanger zijn? We deden alleen maar alsof ik een baby had, om iets gemeen te hebben.' Ze zag de opluchting op zijn gezicht. 'Het was een leugentje om bestwil. Meer niet. Heel onschuldig.'
Roo keek ineens op haar horloge, dronk de rest van haar wodka in één teug op en haalde een hand door haar korte asblonde haar. 'Ik heb een afspraak om mijn uitgroei te laten behandelen, dus ik moet ervandoor. Nog veel plezier bij de tenniswedstrijd.' Ze keek Todd aan. 'Ik zou kunnen zeggen dat het leuk was om je te leren kennen, maar dan zou ik weer liegen.'

Opgewekt zei hij: 'Dat komt omdat je weet dat ik gelijk heb en jij niet.'

De tenniswedstrijd bleek een spannende vijfsetter te worden, en de hele kroeg ging uit zijn dak. Na afloop gingen Todd en Ellie pizza eten, om daarna naar een club in Camden te gaan waar een band optrad die ze wilden zien.
'Dat was... hard,' zei Ellie drie uur later toen ze via Chalk Farm terugliepen naar Primrose Hill. 'Mijn oren suizen ervan.'
Todd knikte. 'Het was zo hard dat ik niet eens kon horen of ik ze goed vond. Betekent dat dat we oud worden?'
'We zijn al oud. Misschien kunnen we de volgende keer beter buiten op de stoep blijven staan en er uit de verte naar luisteren.'
'Waarom staan? We zouden ligstoelen mee kunnen nemen. Lekker een beetje hangen, onze broekspijpen oprollen.'
'Zakdoeken om ons hoofd knopen,' vulde Ellie aan. 'Er gaat niks boven een geknoopte zakdoek op je hoofd. Maar waarom zouden we überhaupt nog naar een popconcert gaan? Het is toch veel leuker om naar volksdansen of zo te gaan kijken?'
'Zo mag ik het horen, oudje. Een fantastisch idee. En dan nemen we een thermoskan thee mee en wat boterhammen met ham.' Hij zweeg even om te kijken of alles in orde was.
Ellie wist er een lachje uit te persen om hem te laten merken dat het oké was. Dit was iets van hem en Jamie geweest, met een ingeving aan de haal gaan, personages verzinnen en een soort geïmproviseerde sketch doen. Af en toe had zij het ook met Jamie gedaan, maar tussen haar en Todd was het nog niet eerder voorgekomen. Het was een vreemde ervaring, zoiets als je tandenborstel in de verkeerde hand houden. Je wist dat je je tanden poetste, maar het voelde heel raar.
'God, wat mis ik hem,' zei Todd.
Ze knikte, terwijl de haar maar al te vertrouwde leegte in haar maag werd opgeblazen als een ballon. Ze liepen verder over Gloucester Avenue. Het was een zachte avond, en uit open ramen klonk muziek. In een deuropening stond een verkleed stel dronken ruzie te maken, de vrouw in nonnenoutfit be-

schuldigde een als Frankenstein verklede man er luidruchtig van dat hij met iemand anders had geflirt. ('Zij is geen Superwoman, ze is gewoon een dikke slettebak!') Verderop in de straat stond een ander stelletje elkaar hartstochtelijk te kussen. Boven hen, aan de fluweelzwarte hemel, fonkelden sterren, en een bijna volle maan hing vlak boven de daken. Dichtbij hoorden ze ineens keiharde soulmuziek. Onder andere omstandigheden zou dit een romantische avond zijn geweest. Het lege gevoel in Ellies maag nam toe. Als Jamie hier nu was, zou ze zo gelukkig zijn. Als hij hier was, zou hij haar hebben beetgepakt en dansend met haar over straat zijn gegaan, terwijl hij à la Dot Cotton een tranentrekkende ballade had gezongen.

Toen ze in Nevis Street waren aangekomen, pakte ze haar huissleutels. 'Dank je, het was een leuke dag.'

'Dat vond ik ook.'

'Je had me echt niet naar huis hoeven brengen. Nu heb je de laatste metro gemist.'

Todd haalde nonchalant zijn schouders op. 'Maakt niet uit. Ik neem de bus wel.'

Helemaal naar zijn moeders huis in Wimbledon. Dat was nog een lange rit.

'Oké.' Ze kuste hem op de wang.

'Ik bel je. Als je volgend weekend tijd hebt, kunnen we misschien weer iets samen gaan doen. Kijken welke bands er spelen, oordopjes kopen.' Hij aarzelde. 'Maar alleen als je wilt. Niks hoeft.'

Wilde ze dat? Ze dacht van wel. De afgelopen zeventien maanden was ze er zo aan gewend geraakt om niet uit te willen gaan en sociaal te doen dat ze overal automatisch nee op had gezegd. Zodra iemand voorstelde om iets te gaan doen, begon ze altijd als een gek smoezen te verzinnen waarom ze niet kon.

Vandaag was het echter anders geweest. Ze had er niet stiekem naar verlangd om weer alleen thuis te zijn. Wat toch bemoedigend was, of niet?

Ze keek naar Todd. Hij was Jamies oudste vriend, en nu ze over haar stomme wrokkige fase heen was, vond ze het pret-

tig om bij hem te zijn. 'Ja, bel maar. Dat zou ik leuk vinden.'
Nou, zo moeilijk was dat toch niet, hè?
'Te gek.' Hij klonk blij. 'Ik koop de oordopjes wel.'
Ze glimlachte. 'En dan neem ik de thermosfles mee.'

18

Elmo was als een gek aan het rondspringen terwijl hij achter zaadpluisjes van paardenbloemen aan zat die als kleine parachutes boven zijn kop zweefden. Met een blik op de twee herdershonden die onder aan de heuvel speelden, stak Zack zijn vingers in zijn mond om Elmo terug te fluiten. Als een derderangs beroemdheid die paparazzi in het vizier kreeg, spitste Elmo zijn oren en rende terug.
'Die twee daar zijn veel groter dan jij.' Zack veegde de zaadpluisjes uit Elmo's borstelige wenkbrauwen en deed hem de riem weer om. 'Ze lusten je rauw. Kom, we moeten naar huis.'
Ze liepen de heuvel af en keerden terug naar Ancram Street. Later die ochtend zou hij naar Amsterdam vliegen voor een bespreking met een mede-investeerder. Om acht uur zou hij weer thuis zijn. Morgen was hij op een schoenenfabriek in Derby. De dag daarna zat vol afspraken met mogelijke zakenpartners, en hij moest nog belachelijk veel onderzoek verrichten naar al die bedrijven.
Zo zag zijn leven er echter uit. Het werk ging voor; dat was altijd zo geweest. Zijn zaken kwamen op de eerste plaats, zijn persoonlijke relaties op de tweede. Hij zag vrouwen wanneer hij tijd had, en natuurlijk genoot hij er dan ook van, maar zijn hart was nog nooit sneller gaan slaan van welke vrouw dan ook, iets wat bij het vooruitzicht van een goede zakendeal wel altijd gebeurde.
Tenminste, zijn hart was nog nooit sneller gaan slaan van een vrouw totdat Ellie Kendall in zijn leven was verschenen.
Elmo was druk bezig de wikkel van een ijsje, die op de grond lag, te onderzoeken, en Zack trok hem weg van het gras de

stoep op. Hij bevond zich in een belachelijke situatie, ronduit belachelijk. Nog nooit eerder was het hem overkomen dat hij tijdens belangrijke vergaderingen alleen maar kon denken aan een vrouw. En dan ook nog aan een vrouw die totaal geen belangstelling voor hem had.

Alsof dat nog niet erg genoeg was, was de vrouw in kwestie ook nog bij hem in dienst. En hij kon haar ook niet ontslaan, want anders zou hij haar nooit meer zien.

'Elmo, laat dat.' Hij trok aan de riem toen Elmo aan de enkels begon te snuffelen van een oude man in een slobberige korte broek en op Birkenstocks. Op hetzelfde moment begon zijn mobieltje te rinkelen.

Op het schermpje zag hij Louisa's naam oplichten. Zou hij wel of zou hij niet?

Oké, hij kon het maar beter achter de rug hebben. Anders zou ze blijven bellen.

'Hai.' Ze zette expres haar zwoele telefoonstem op. 'Wat dacht je ervan als ik vanavond naar je toe kwam?'

Zack wist dat het verkeerd was dat haar voorstel hem niet met vreugde vervulde. Hun relatie was zo goed begonnen; het had een tijdje geduurd voordat hij besefte dat de Louisa die hij had leren kennen een façade was, een verleidelijk personage bedoeld om een goede indruk te maken. In de loop der tijd was ze veranderd en was haar baziger, bezitteriger kant steeds meer naar voren gekomen. Ze bleken ook minder gemeen te hebben dan hij eerst had gedacht. 'Ik denk dat ik kapot ben wanneer ik terugkom uit Amsterdam.' Een leugen, maar een noodzakelijke leugen.

'Dat weet ik, daarom stel ik het ook voor. Ik ga voor je koken, je eens lekker verwennen. Dan voel je je zo weer beter. Toe,' fluisterde ze liefjes in zijn oor. 'Je weet best dat je het wilt.'

Hij wilde het echt niet, niet vanavond. 'Ik wil je avond niet in de war schoppen. Misschien moet ik na afloop nog wat gaan drinken met Van der Berg. God mag weten hoe laat ik thuis ben.'

'Ach, schat, wat attent van je, maar dat maakt mij echt niet uit.'

En nu deed ze nog aardig ook, waardoor hij zich nog rotter voelde. 'Maar mij maakt het wel uit. Het is niet eerlijk tegenover jou.' Schuldbewust eindigde hij: 'Dus vanavond liever niet, oké?'

'O, nou, goed dan. En morgenavond?'

'Morgen. Prima,' zei hij wat zachter. Alles om de lieve vrede te bewaren. Hij vond haar nog steeds leuk wanneer ze relaxed was en zichzelf niet zo serieus nam; alleen werden die momenten steeds schaarser. Als hij eerlijk was, zou hij het waarschijnlijk beter kunnen uitmaken, maar hij wist dat dat moeilijk zou worden. Louisa was zo theatraal, ze zou er een enorme toestand van maken. Dat vooruitzicht schrikte hem zo af dat hij de beslissing steeds voor zich uit schoof. Wanneer je je het liefst alleen maar op je werk concentreerde, was de gedachte aan al dat verdriet en gedoe op zijn zachtst gezegd vervelend.

Zack beëindigde het gesprek, trok Elmo weg bij een kippenpootje dat voor de ingang van een winkel lag en liep naar huis. Het was tien over negen, dus Ellie zou er nu wel zijn. Hij wist ook dat het verkeerd was om iets met Louisa te hebben terwijl hij gevoelens voor een andere vrouw koesterde. Hoewel dat er eigenlijk niet toe deed, aangezien Ellie compleet onverschillig tegenover hem stond. Ze zou heus niet ineens van gedachten veranderen en op hem vallen wanneer hij het uitmaakte met Louisa. Zo werkte dat gewoon niet.

Als het wel zou werken, had hij het allang uitgemaakt.

Ellie was er inderdaad al. Ze rook heerlijk, en ze had haar haren met een grijsfluwelen elastiekje in een paardenstaart gebonden, zodat haar nek zichtbaar was. De post lag al op stapeltjes, en ze was nu bezig het oerwoud van planten op de vensterbank water te geven – een erfenis van Barbara.

'Sommige beginnen er een beetje raar uit te zien,' waarschuwde ze hem over haar schouder. 'Ik heb je al gewaarschuwd dat ik ze niet in leven zou kunnen houden. Ik ben echt een plantenseriemoordenaar. Moet je de bladeren van deze eens zien.'

Ze droeg een grijs jersey truitje met een vierkante hals en driekwartmouw en een rood rokje. Toen Zack naar haar toe liep, snoof hij opnieuw haar frisse, citroenachtige geur op. Terwijl hij keek naar de manier waarop haar donkere haar glansde in

het zonlicht dat naar binnen stroomde, zei hij: 'Ja, dat lijken me inderdaad bladeren.'
'Maar de randen worden helemaal geel en raar.' Gefrustreerd draaide ze de blauwe stenen pot om zodat hij het kon zien. 'Ik dacht dat hij meer water nodig had, dus toen heb ik gisteren heel veel gegeven, maar nu zien ze er nog beroerder uit. Wat denk je, zal ik eens proberen om de grond te laten uitdrogen?' Toen ze bezorgd haar wenkbrauwen optrok, had hij zin om haar te kussen. De plant was een doodgewone *Chlorophytum*, een soort onkruid eigenlijk, maar ze vond het echt erg dat hij het niet goed deed. Omdat hij haar echter niet kon kussen, vroeg hij: 'Hoe wou je dat aanpakken?'
'Ik dacht met een föhn misschien.' Ze tilde de pot op en prikte voorzichtig in de doorweekte potgrond.
'Probeer maar. En als het niet werkt, zijn de bladeren tenminste stijlvol gekapt.'
Ze stopte met prikken. 'Lach je me soms uit?'
Hij lachte; één ding wist hij zeker, hij moest niet met haar gaan flirten. 'Ik probeer gewoon niet somber te worden van het feit dat we allebei geen flauw idee hebben van planten verzorgen.'
'Het is maar goed dat we geen kinderen hebben.' In zalige onwetendheid van het effect dat deze woorden op hem hadden, vervolgde ze: 'Goed, ik zet hem wel buiten. Misschien vrolijkt hij wel op van een beetje zon. O, trouwens, iemand heeft een berichtje ingesproken. Ene... Huggy?' Ze keek hem bevreemd aan. 'Kan dat?'
'Huggy Hill.' Zack hield de deur voor haar open en keek toe terwijl ze de pot voorzichtig op een zonnig plekje tegen de muur zette. 'Mijn allereerste zakenpartner.'
'Je allereerste? Hoe ging dat dan? Was dat toen je nog studeerde?'
Hij knikte en liep achter haar aan weer het kantoor in. 'Ja. Ik studeerde toen businessmanagement. Huggy was een vriend van me, op zijn manier wel intelligent, maar een totale onbenul als het om zaken ging. Hij had een bedrijfje opgezet waar hij mobieltjes verkocht en hij begon me om raad te vragen. Na een paar maanden zag ik de mogelijkheden van wat hij probeerde te doen – dat was nog voordat mobieltjes zo'n big

business werden – en toen nam ik een aandeel in zijn bedrijf in ruil voor al het werk dat ik voor hem deed. Voornamelijk omdat hij blut was en dat de enige manier was waarop hij me kon betalen. Maar toen begonnen de zaken ineens te lopen, en ik besefte dat ik veel liever met Huggy werkte dan dat ik mijn studie afmaakte.'

'Dus toen ben je gestopt met je studie.'

Hij wist dat Ellie een groot deel van het verhaal al kende, want ze had zijn cv doorgenomen. Maar hij vond het geen straf om met haar te praten; misschien kon hij op deze manier zelfs wel indruk op haar maken. 'Ja. We hebben de zaak verder uitgebouwd en toen twee jaar later voor idioot veel geld verkocht. Tegen die tijd was ik al met meer dingen tegelijk bezig. Ik had ontdekt dat ik een neus voor zaken had, ik zag waarom sommige bedrijven niet liepen en wist ook wat ervoor nodig was om ze te redden. Ik heb wat dingen geregeld voor een computerondersteuningsbedrijf en het daarmee van de ondergang gered.'

Ze knikte. 'En toen kwam die ijsfabriek.'

Hij lachte. 'Ja, die was leuk.'

'En het vakantiepark in Dorset.'

'Jij hebt je huiswerk goed gedaan.'

'En het restaurant met de thuisbezorgservice. Is die Huggy ook in andere bedrijven gaan investeren?'

'Nee, hij is naar de Caraïben verhuisd om te surfen en de hele dag op het strand te liggen. Dat doet hij nog steeds. Hij heeft een fantastisch leventje daar.'

'Denk je wel eens dat jij dat eigenlijk ook wel zou willen?'

'Nee, nooit. Ik ben hier gelukkig.' Klonk hij nu saai? Alsof hij getrouwd was met zijn werk? Was hij saai en getrouwd met zijn werk? Hij vroeg: 'Zou jij dat wel doen dan?'

Ze dacht even na. Toen zei ze: 'Hangt ervan af met wie ik zou zijn. Op de perfecte plek wonen met een verkeerd iemand zou vreselijk zijn.'

Zack kon het niet laten. 'En hoe zit het dan met op een vreselijke plek wonen met de perfecte man?'

Even flakkerde er iets in haar ogen. Toen antwoordde ze met een klein lachje: 'Als het de perfecte man is, dan is het overal perfect.'

Wat betekende dat lachje precies? Dacht ze aan die acteur van haar, Tony Weston? Dacht ze soms dat ze met die vent in een of ander krot zou kunnen wonen en toch gelukkig zijn, maar gelukkig hoefde dat niet, want – hoera! – hij had een liefdesnestje van een half miljoen pond voor haar geschapen in Primrose Hill?
De paar keer dat hij subtiel had gevraagd naar haar privéleven, was ze steeds van onderwerp veranderd. Hij had haar de kans geboden om hem over Tony Weston te vertellen, maar ze had ervoor gekozen om dat niet te doen. Dus wilde hij niet aandringen. De enige manier om verder te komen bij haar, was zich gedeisd houden en haar haar eigen leven te laten leiden. Als ze privacy wilde, dan gaf hij haar dat. Instinctmatig wist hij dat er op dit moment niets anders voor hem op zat dan koel te blijven en af te wachten. Het zou niet gemakkelijk zijn, maar hij redde het wel, al zou het zijn dood worden. Want dankzij datzelfde instinct van hem dat hem nooit in de steek liet, wist hij ook dat Ellie totaal geen belangstelling voor hem had. Wat inhield dat hij niet anders kon dan zich koest houden. Verboden te flirten! Zelfs een beetje flirterig gedrag was te allen tijde verboden. Ze werkte voor hem, hij was de baas en niets was erger dan ongewenst opdringerig gedrag van een collega. Hij had er zelf wel eens last van gehad en wist dat het een totale afknapper was. En voor een vrouw moest het nog veel erger zijn om het slachtoffer van dergelijk gedrag te zijn.
Dus dat was dat. Hij zou helemaal niets laten merken. Alleen maar zo charmant en aardig mogelijk doen. Zonder ook maar een seconde te flirten. Dat zou niet gemakkelijk worden, maar het lukte hem wel. Hij zou wel moeten. Want dit was te belangrijk om te verknallen.
'Oké. Ik kan me maar beter gaan omkleden en dan moet ik weg.' Zack droeg nog steeds het sweatshirt en de spijkerbroek waarin hij Elmo had uitgelaten. Hij wees naar de dossiers op zijn bureau. 'Er valt voor jou genoeg te doen. Mochten er problemen zijn, dan kun je me bellen. Als ik mijn mobieltje heb uitgeschakeld, gewoon een bericht inspreken, dan bel ik je terug.'
'Oké. Prima. O stoute jongen, niet doen!'

Praatte ze maar zo tegen hem. Ze had het echter tegen Elmo, die als een gek tussen de snoeren onder het bureau aan het krabbelen was. Waarschijnlijk had hij een spin gezien of zo. Nog net op tijd wierp Ellie zich over het bureau heen om de printer te pakken voordat die op de grond kon vallen.
'Heel goed gedaan. Hier, ik neem hem wel van je over.' Toen hij de printer in veiligheid wilde brengen, streek zijn hand langs haar arm. Meteen racete de adrenaline door zijn aderen. God, dit was echt belachelijk, net alsof hij weer veertien was. 'Zo, geregeld. Elmo, pas op, hè?' Hij tilde de hond op tot voor zijn gezicht. 'Vanaf nu gedraag je je, hè? Ellie zal je straks nog een keertje uitlaten.'
Hij had het u-woord niet moeten zeggen. Elmo keek hem net als altijd overdreven verbaasd aan en kefte het toen uit van opwinding.
'Nee, nee, rustig maar, we zijn net geweest.' Zack vroeg zich af of Ellie stiekem niet dacht dat hij gek was met al dat gepraat tegen Elmo. 'Oké, dan ga ik maar. En lief zijn.'
Ellie was bezig de post te openen. Ze keek op en zei vrolijk: 'We zullen ons best doen.'
Zelfs de vorm van haar mond was onweerstaanbaar; toen ze het woord 'doen' zei, had ze haar lippen heel mooi getuit. En nu glimlachte ze weer, maar nog steeds zonder die speciale belangstelling.
Terwijl Zack het kantoor uit liep, zei hij: 'Dan zie ik je morgen weer.'
Allemachtig, dit niet-flirten en proberen gewoon vrienden te zijn zou nog verdomd moeilijk worden.

19

Wat was er aan de hand? Tony had geen flauw idee, maar hij wist dat hij het moest uitzoeken. De afgelopen twee weken had hij Martha een stuk of tien mailtjes gestuurd. Alleen de eerste keer had hij een kort berichtje terug ontvangen waarin ze zich

verontschuldigde en zei dat ze een grote fout hadden begaan. Ze konden elkaar niet meer zien, het speet haar als ze hem een verkeerde indruk had gegeven en of hij alsjeblieft haar privacy wilde respecteren en geen contact meer met haar wilde opnemen.
Dat was het, dat was alles. Daarna waren al zijn mailtjes onbeantwoord gebleven. Bovendien bleek ze ook nog een geheim nummer te hebben. Tony, die vastzat in Hollywood voor een oninteressante rol in een afschuwelijke film, had de dagen geteld, maar meer op een wanhopige dan op een hoopvolle manier. Want hij kon dan wel naar Londen vliegen en proberen uit te zoeken wat er aan de hand was, het was maar de vraag of het hem zou lukken om Martha op andere gedachten te brengen.
Hoe dan ook, hij was weer terug. Een nieuwe dag, een nieuwe taxi. Geen sprake van dat hij zich zou houden aan haar verzoek om haar privacy te respecteren. Toen de taxi Lanacre Road in reed, kneep zijn borstkas zich samen. Hij wist niet eens of ze thuis was, maar de behoefte om haar terug te zien was overweldigend.
De taxichauffeur vroeg: 'Waar moet ik stoppen?'
'Iets verderop. Het is het huis met de gele voordeur, daar links.'
Toen de taxi afremde, vervolgde hij: 'Stop maar achter die blauwe bestelbus.'
Het volgende moment ging de gele voordeur open en kwam de kritische Eunice naar buiten zetten. Gevolgd door Martha.
'O god, doorrijden.'
'Maar u zei...'
'Doorrijden!' Tony deinsde weg bij het raampje en beet de man nog een keer toe dat hij moest doorrijden. Jezus, over slechte timing gesproken. En wat deed die Eunice daar? Woonde ze er soms? Diep weggezakt op de achterbank ving hij een glimp op van Martha's profiel toen ze zich omdraaide om de deur dicht te doen.
De taxi reed langzaam naar het einde van de straat en stopte voor de kruising. 'En wat nu?'
'Eh...' Toen Tony achteromkeek, zag hij de twee vrouwen de andere kant uit lopen. 'Keren en afwachten. Kijken of ze in die auto stappen.'

'En dan?' De taxichauffeur draaide zich naar hem om. 'Wil je dat ik ze volg? Man, ik heb altijd al gewild dat iemand dat een keer tegen me zou zeggen!' Grinnikend draaide hij aan het stuur en keerde de auto. 'U bent toch Tony Weston?'
'Ja.'
'Mag ik ook weten wat er aan de hand is?'
'Liever niet,' antwoordde Tony.
'Ze stappen niet in een auto. Zo te zien gaan ze lopen.'
Tony dacht snel na. Dikke kans dat ze gewoon naar de supermarkt gingen. Maar ach, hij was hier nu toch en verder had hij ook niets te doen. 'Laten we ze maar volgen.'
'Zeker weten? Want wij zitten in dit ding.' De chauffeur gebaarde naar zijn taxi. 'En zij zijn te voet.'
'Dan moet je gewoon maar stapvoets gaan rijden, hè? En zorg ervoor dat ze je niet zien.'
Gelukkig keken Martha en Eunice niet om. Met een slakkengangetje volgde de taxi hen op veilige afstand. Toen ze de drukke doorgaande weg bereikten, werd het wat lastiger, want de taxichauffeur moest voortdurend afremmen en optrekken en proberen om niet vast te komen zitten op de busbaan.
'Ik had het me een stuk spannender voorgesteld,' mopperde hij. 'Met gierende banden, piepende remmen, politie erbij en al dat soort gedoe.'
'Wees maar blij, want als dat gebeurt, eindigt het er meestal mee dat de taxichauffeur naar zijn geld kan fluiten,' wees Tony hem erop.
Martha en Eunice waren niet aan het winkelen. Ze hielden er flink de pas in; dit was een uitje met een doel. Na een tijdje verlieten ze de doorgaande weg en liepen verder door lommerrijke straten. Ze spraken niet met elkaar, maar wandelden samen stevig door. Waar naartoe mocht God weten. Een bijeenkomst in de kerk misschien. Op bezoek bij een vriendin. Een afspraak bij de tandarts.
'Aha,' zei de taxichauffeur toen de twee vrouwen uiteindelijk de oprit op liepen van een pand dat iets van de straat af lag.
Tony boog zich naar voren. Waarschijnlijk een tandartspraktijk. Toen de taxi dichterbij kwam, kon hij het bord bij de ingang lezen.

STANSHAWE HOUSE, stond er op het bord. Een verpleeghuis.
'Het geheim ontrafeld.' De taxichauffeur klonk opgelucht; de afgelopen vijfentwintig minuten moesten wel tot de allersaaiste van zijn leven hebben behoord. 'Ze gaan op bezoek bij een of ander oud omaatje.'
'Misschien. Misschien ook niet. Het kan ook iemand anders zijn.'
'Of anders werken ze hier.' De taxichauffeur was van gedachten veranderd. 'Maar wat nu? Ga je ze achterna?'
'Nee.' Tony zakte weer onderuit; hij had zich de rest van deze dag heel anders voorgesteld. 'Breng me maar terug naar Primrose Hill.'

Ellie was nog op haar werk. Terug in de flat zocht Tony het nummer van Stanshawe House op in het telefoonboek en noteerde het. Daarna dwong hij zichzelf om een tijdje te wachten, want het laatste wat hij wilde, was bellen terwijl Martha en Eunice daar misschien nog waren.
Hij belde om vijf uur. 'Hallo, ik bel over een van uw bewoners. Daines.' Het was een slag in de lucht, maar verder had hij ook geen ideeën.
'Sorry, wie?' vroeg de vrouw afwezig.
'Daines.'
'Kunt u mij de voornaam geven?'
Tony aarzelde. Nee, dat kon hij niet, want hij wist de voornaam niet. Hij wist niet eens of het om een man of een vrouw ging. 'Eh, nou...'
'O, bedoelt u soms Henry Daines? Sorry, ik werk hier pas. Ik heb hem net op de lijst gevonden.'
Bingo. 'Ja, die is het. Henry Daines.' Tony vroeg zich af of een echte privédetective ook het zweet in de handen stond wanneer er een doorbraak was.
'En waar belt u precies voor? Moet ik een boodschap doorgeven?'
'Nee, nee, geen boodschap. Ik belde alleen om... om te horen hoe het met hem ging.'
'Wacht even. Ik schrijf het even op. Wat zei u?'
God, wat een dombo. 'Ik heb Henry al een tijdje niet gezien.

Ik hoorde dat hij bij u zat,' zei Tony. 'Kunt u me ook vertellen waarom?'
'O nee, dat mogen we niet! Sorry! Weet u wat, waarom belt u zijn familie niet? Die kunnen u alles vertellen wat u wilt weten.'
Typisch. 'Oké, maar kunt u me dan vertellen wie...'
'O, god nog aan toe, er begint een rood lampje te knipperen! Wat betekent dat nou weer? Sorry, ik moet ophangen, belt u zijn familie maar. Dag!'

De volgende ochtend om negen uur belde Tony aan. Binnen hoorde hij het geluid van voetstappen.
De lichtgele voordeur ging open en voor het eerst sinds twee weken stond hij oog in oog met Martha. Zijn hart sloeg over van verlangen; het was zo heerlijk om haar weer te zien, maar tegelijkertijd zo onverdraaglijk om naar haar bezorgde gezicht te moeten kijken.
Zacht vroeg hij: 'Ben je alleen?'
Ze deed even haar ogen dicht en knikte toen. 'O Tony, waarom doe je dit nou? Je had niet moeten komen.'
'Ik kon niet anders. Je kunt niet zomaar zeggen dat ik je met rust moet laten en dan van me verwachten dat ik me daaraan houd. Ik dacht dat we iets hadden samen...'
'Alsjeblieft. Niet doen.' Martha schudde vol wanhoop haar hoofd en ze greep de voorkant van haar donkerroze blouse vast.
'Mag ik binnenkomen?'
'Nee.'
'Waarom niet?'
'Ik heb toch gezegd dat we elkaar niet meer kunnen zien.' Aan de overkant van de straat sloeg een deur dicht, en Martha stak trillend haar hand op naar wie het dan ook was die net zijn huis uit was gekomen. Een beetje moeizaam ademend zei ze: 'Ga nou maar gewoon weg, Tony. Denk je soms dat het voor mij gemakkelijk is? Want dat is het heus niet, hoor.'
'Dat weet ik ook wel, maar we moeten praten.' Na een korte stilte vroeg hij: 'Wie is Henry?'
Ze bevroor in haar bewegingen en greep met haar andere hand stevig de deur beet.

‘Van wie heb je dat gehoord?’
‘Is hij je schoonvader?’
‘Nee.’
‘Je zwager?’
Ze schudde haar hoofd.
‘Dus dan is het je ex.’ Zoveel had Tony al begrepen; hij hoefde haar niet eens aan te kijken om te weten dat hij het bij het rechte eind had.
Alleen keek hij toch; hij kon zijn blik niet van haar gezicht af houden.
‘Hij is niet mijn ex,’ zei ze na een poosje.
‘Dus jullie zijn nog getrouwd.’
Ze kneep haar lippen op elkaar en knikte beverig.
‘Zal ik toch maar even binnenkomen?’ stelde hij voor. En nu deed ze wel een stap opzij om hem erlangs te laten.
In de keuken wreef Martha over haar gezicht om het bloed weer te laten stromen. ‘Ik snap nog steeds niet hoe je het weet. Heeft Eunice het je verteld?’ Ze schudde haar hoofd. ‘Nee, dat zou Eunice nooit doen.’
In plaats van haar te vertellen dat hij hen had gevolgd, zei Tony: ‘Vertel me nou maar over Henry.’
‘Hoeveel weet je al?’
‘Nog helemaal niets.’
‘We zijn drieëndertig jaar getrouwd. Het was een gelukkig huwelijk. Heel gelukkig.’ Haar stem begon te beven. ‘Nou ja, tot zes jaar geleden dan. Oké, nou moet ik huilen. Niks zeggen, gewoon niet op letten.’ Ze scheurde een paar velletjes papier van de keukenrol en leunde met haar heup tegen een keukenkastje. ‘Hij heeft alzheimer. Nou ja, officieel heet het preseniele dementie. Het is zeven jaar geleden begonnen, hij was toen pas vijfenvijftig. Het gaat heel langzaam, weet je, het begint met sleutels kwijtraken, namen vergeten. Eerst maakten we er nog grapjes over. Totdat hij op zijn werk een ernstige fout maakte en het ineens niet meer grappig was.’ De tranen stroomden haar over de wangen, bijna alsof ze zelf niet wist dat ze huilde. ‘En toen is hij naar de dokter gegaan en zijn er allerlei tests gedaan... Nou ja, de rest kun je wel raden. Ze vertelden ons wat de diagnose was. We waren er al-

lebei kapot van, en ik heb hem beloofd dat ik voor hem zou zorgen. Henry was een accountant met een hoge functie, maar nog geen jaar nadat hij met zijn werk was gestopt, kon hij zelfs al geen boodschappenbriefje meer schrijven.' Ze zweeg even om haar tranen weg te vegen. 'Het ging allemaal veel sneller dan ik had verwacht. Hij begon zijn schoenen in de oven te zetten. Hij wilde onze magnetron aan de postbode geven. En in plaats van zijn avondeten op te eten, verstopte hij het op zolder.'

Ze zweeg weer om zichzelf onder controle te krijgen, en Tony had haar het liefst in zijn armen genomen. Toch bleef hij waar hij was, aan de andere kant van de keuken.

'En daarna ging het verder bergafwaarts,' vertelde ze rustig. 'Ik heb mijn best gedaan, echt. Maar het was veel zwaarder dan ik ooit had kunnen denken. Ik was eenentwintig toen ik met Henry trouwde. Een betere man had ik me niet kunnen wensen. Ik hield zoveel van hem... en hij kon echt alles, weet je. Hij was intelligent, hij was praktisch, als iemand een probleem had, was hij degene die met de oplossing kwam. Een van onze buren was een keer de wanhoop nabij toen de loodgieter haar had laten stikken. Ik vertelde dat aan Henry toen hij thuiskwam van zijn werk en toen heeft hij diezelfde avond nog haar wc aangelegd.' Ze schudde haar hoofd. 'Maar dat was toen. Later veranderde alles en werd ik degene die voor hem moest zorgen. Hij begon last te krijgen van stemmingswisselingen en kreeg vervolgens woedeaanvallen. Hij kon er niks aan doen, hij was gewoon bang en gefrustreerd. Maar het was alsof ik met een lastige peuter van één meter tachtig te stellen had. Hij was niet... makkelijk. En al die tijd weet je dat het alleen nog maar erger wordt. Ik moest hem voeren. En wassen. Zijn tanden poetsen.' Haar stem brak. 'Het was afschuwelijk. Mensonwaardig. En ik weet dat ik had beloofd om voor hem te zorgen, maar het was gewoon de ondankbaarste taak ter w-wereld...'

'Dus daarom zei je tegen mij dat je al een hele tijd alleen was,' zei Tony.

Ze knikte, terwijl ze haar best deed om zich te vermannen. 'Ja. Maar het was niet eerlijk van me om dat te zeggen. Ik liet je in de waan dat ik gescheiden was. Dat was helemaal verkeerd van me.'

'Maar compleet begrijpelijk.'

'Nee, het was... walgelijk. Ik heb me nog nooit zo geschaamd voor mezelf.'

'Maar ik heb je onderbroken. Ga verder met je verhaal.'

'Verhaal.' Ze trok een gezicht. 'Het verhaal dat niet gelukkig eindigt. Goed, ik heb het zo lang mogelijk proberen vol te houden. Met behulp van Eunice,' gaf ze toe. 'Ze is zijn zus. Heel hardwerkend, heel serieus. Ik heb veel aan haar te danken. Hoe dan ook, een jaar geleden is het me allemaal te veel geworden. Ik was kapot, ik kon gewoon niet meer. Ik heb ons grote huis in Notting Hill verkocht en dit kleine hier gekocht. Dankzij Henry heb ik geen geldzorgen. En wat was de dank die hij daarvoor kreeg?' Ze slaakte een zucht. 'Dat ik hem in een verpleeghuis heb gestopt. Aardig van me, hè? Want weet je, als het andersom was geweest, dan had hij dat nooit gedaan. Ik weet zeker dat Henry wel voor mij zou hebben gezorgd.'

'Dat weet je niet.'

'Jawel.'

'Hij krijgt de best mogelijke zorg. Je gaat bij hem op bezoek... Wie zegt dat dat niet beter is?'

Martha keek hem echter bevreemd aan. Tony stak zijn handen op. 'Sorry, maar ik ben je gistermiddag gevolgd,' bekende hij. 'Ik moest het gewoon weten.'

Ze knikte langzaam. 'Het was stom van me om te denken dat je vanzelf wel weg zou blijven als ik je negeerde. Maar snap je nu waarom we elkaar niet meer kunnen zien?'

'Het is een vreselijke situatie.' Het enige wat hij wilde, was haar troosten en ervoor zorgen dat ze geen verdriet meer had. 'Hoe gaat het nu met hem?'

'Hij is in de war. Soms bedroefd. Maar hij herkent me nog steeds. Hij weet wie ik ben. Hij noemt me zijn mooie vrouw.' Haar gezichtsuitdrukking veranderde. 'En in ruil daarvoor heb ik hem bedrogen.'

'Toen ik je die dag op de heuvel zag, leek je me zo'n zorgelo ze vrouw,' zei hij. 'Je zag er zo gelukkig uit. Dat was wat me in je aantrok.'

'Ik was ook gelukkig.' Ze knikte even. 'Toen Henry pas in het verpleeghuis zat, was ik opgelucht. En iedere keer dat ik me opgelucht voelde, voelde ik me meteen ook weer schuldig. Mijn leven was er gemakkelijker op geworden, maar dat van hem niet. Maar in de loop der tijd begon het schuldgevoel minder te worden. De afgelopen maanden voelde ik me ontspannen en tevreden met mijn leven. En, ik weet niet, maar soms lijkt alles samen te komen. Ik was buiten, op een prachtige zomerdag, met de zon op mijn gezicht. Mijn gouache werd mooi. En toen dat schattige jongetje met die voetbal nog. Ik besefte ineens dat ik volmaakt tevreden was. Het was zo'n heerlijke ervaring, net alsof er een zware last van mijn schouders viel.' Ze keek strak naar de muur. 'En toen jij ook nog, en jij was zo'n schat. Het was alsof je deel uitmaakte van al dat moois.'
Dus daarom had ze hem die gouache willen geven. Op dat moment deed geld er voor haar niet toe; dat hij haar werk mooi vond, was het allerbelangrijkste.
'En de dag erna was een gevolg daarvan,' stelde hij vast.
Ze knikte. 'Ik kan nog steeds nauwelijks geloven dat ik dat heb gedaan. Maar je was zo... zo volmaakt. Het was net alsof ik vakantie nam van mezelf. Een paar uur lang kon ik iemand anders zijn. Ik voelde me normaal. Nee, dat klopt niet, ik voelde me fantastisch!' Weer sprongen de tranen haar in de ogen. 'Het was net een mooie droom.' Ze duwde haar nagels in haar handpalmen. 'En toen was het voorbij en werd ik wakker.'
'Maar het was geen droom.'
'Dat weet ik ook wel. Ik wou dat het een droom was geweest. Ik ben mijn man ontrouw geweest en daar haat ik mezelf om. En daarom moet je me met rust laten en geen contact meer zoeken. Want het zal niet weer gebeuren.'
Tony wilde haar dat niet horen zeggen. 'Ik vind het helemaal niet verkeerd wat we hebben gedaan.'
'Natuurlijk was het wel verkeerd!' Ze keek hem bedroefd aan. 'Je probeert het alleen maar goed te praten.'
'Het vált ook goed te praten.'
'In voor- en in tegenspoed. Dat heb ik bij ons trouwen gezegd.'
'Maar dat...'
'Zeg het niet.' Ze hield haar hand op om hem het zwijgen op

te leggen. 'We hebben het wel over mijn man. Wil je soms aan Eunice vragen of het goed valt te praten? Wat denk je dat zij ervan zal vinden? Trouwens, ze woont hiertegenover. Die middag dat ik je meenam naar mijn huis, was ze bij vrienden in Stockport, dat wist ik. En toen je de volgende dag weer kwam, was ze hier. Ze was wat eerder teruggekomen. En Eunice is niet achterlijk. Haar ontgaat niets. En daarom moet je nu ook weg.'

Dit was onverdraaglijk. 'Ik hou van je,' zei hij.

Ze kromp ineen, alsof de woorden pijlen waren die hij op haar had afgeschoten. 'En dat moet je ook niet zeggen. Het kan gewoon niet. Wat we hebben gedaan, was verkeerd. En het gebeurt niet weer. Jij bent een acteur uit Hollywood en ik ben een gewone getrouwde vrouw uit Tufnell Park.'

'Je bent niet gewoon.'

Ze klemde haar lippen op elkaar en liep de keuken uit. In de hal trok ze de voordeur open. 'Ik kan dit niet. Jij hebt jouw leven en ik heb het mijne.' Ze klonk alsof haar hart brak, maar haar blik was vastbesloten. 'Als je echt om me geeft, ga je weg. Nu.'

20

Bij een akelige val van een paard, zeven jaar geleden, had dr. Geraldine Castle een heup gebroken, die nooit meer goed was hersteld. Bovendien had ze ook nog artritis gekregen, waardoor alles nog lastiger was geworden. Het was, zoals ze zelf zei, zwaar klote. Lopen deed pijn, paardrijden kon niet meer. En naar hoge hakken kon ze tegenwoordig alleen nog maar kijken.

Dat weerhield haar er echter niet van om ze te kopen.

Eens een schoenenverslaafde, altijd een schoenenverslaafde.

De postbode, die het pakje niet bij de buren had kunnen afgeven, had het bij Ellie achtergelaten. En Geraldine, terug van een lunch met een ex-collega, kwam het nu afhalen.

'Moet je eens kijken!' riep ze uit. 'Ze zijn echt om te zoenen!' Dat ze mank liep en een ebbenhouten wandelstok meetroonde, deed niets af aan de glamour die ze uitstraalde. Hoewel ze eenenzestig was, keek iedereen nog steeds op wanneer ze ergens binnenkwam, want ze had een aangeboren gevoel voor stijl en het lichaam van een model. Na vele jaren als huisarts te hebben gewerkt, was ze vorig jaar met pensioen gegaan.

Ze ging in het kantoor zitten en maakte het pakje open. 'Kijk nou toch eens! Hallo!' Nadat ze het deksel van de schoenendoos had gehaald, begroette ze de schoenen als verloren gewaande kinderen. 'Wat zijn jullie mooi!' Ze pakte ze eruit en streelde liefdevol het boterzachte lila leer.

'Als een patiënt je zou vertellen dat hij tegen schoenen praatte, zou je hem doorverwijzen naar een psychiater,' wees Ellie haar erop.

'Waarschijnlijk wel. Maar dit zijn geen gewone schoenen.' Geraldine keek bewonderend naar de zilveren leren bloemen op de schoenen. 'Dit zijn kunstwerkjes. Die verdienen het om bewierookt te worden!'

Ze was echt gek op haar schoenen met hoge hakken. Soms trok ze ze zelfs aan, maar alleen wanneer ze zat.

Ellie, die toekeek terwijl Geraldine de schoenen eerbiedig teruglegde in de doos, zei: 'Geef mij maar teenslippers.'

'Ja, omdat je een barbaar bent,' zei Geraldine. 'Waar hangt Zack vandaag uit?'

'Northampton. Hij zou rond zessen terug zijn.'

'Je werkt hier nu bijna een maand.' Geraldines ogen glansden terwijl ze Ellie onderzoekend aankeek. 'Bevalt het een beetje?'

'O ja! Nooit meer worden platgedrukt in de metro,' zei Ellie vrolijk. 'Zalig!'

Geraldine trok een wenkbrauw op. 'Is dat alles?'

'En dat ik Elmo iedere dag zie.'

'Dat spreekt.' Geraldine keek haar geamuseerd aan. 'Ik dacht eigenlijk meer aan Zack. Is het geen extraatje dat je hem ook iedere dag te zien krijgt?'

Nu Geraldine niet meer werkte, had ze veel te veel tijd en haar nieuwsgierigheid kende dan ook geen grenzen. Ze was net iemand met een vraag- en antwoordrubriek, die problemen zocht om te kunnen oplossen. En ze schaamde zich niet om welke vraag dan ook te stellen, waarschijnlijk omdat ze huisarts was geweest. Het was niet de eerste keer dat ze probeerde te ontdekken of Ellie niet stiekem een oogje op Zack had.

'Hij is een heel aardige man om voor te werken,' zei Ellie geduldig.

'En niet te vergeten aantrekkelijk.'

'Het gaat niet alleen om uiterlijk.'

'Maar je hebt geen vriend.' Dat had Geraldine haar al weten te ontfutselen. 'Dus dan moet je hem toch wel aantrekkelijk vinden?'

'Oké, hij ziet er goed uit. Maar meer ook niet.' Ellie haalde haar schouders op. 'Echt.'

'Je meent het ook nog, hè? Ik vind dat zo teleurstellend.' Ineens kreeg Geraldine een nieuw idee. 'O,' zei ze opgewekt. 'Je bent lesbisch!'

De opmerking riep een bitterzoete herinnering bij Ellie op; wanneer Jamie zin had gehad in seks en zij niet, had hij steevast dezelfde grap gemaakt: 'Hoe kun je me nu niet willen? Ben je soms lesbisch of zo?'

Maar dat was toen. En dit was nu. Met een klein lachje zei Ellie: 'Nee hoor.'

'O, wat jammer! De dochter van een vriendin van me is lesbisch. Anders had ik jullie aan elkaar kunnen voorstellen.'

'Sorry.'

'Ik zeg alleen maar dat Zack een schat is.'

'Vast wel. Louisa vindt dat ook.'

'O, die.' Geraldine had het op laatdunkende toon gezegd; ze kon weinig enthousiasme opbrengen voor iemand die niet net zo dol was op Elmo als zij. 'Hij kan veel beter krijgen. Vorige week was ik in de tuin en toen hoorde ik dat ze een paniekaanval kreeg omdat er hondenharen op haar rok zaten. Goh, je zou nog denken dat het slangengif was zoals ze tekeerging.' Na een korte stilte voegde ze eraan toe: 'Jij bent veel leuker dan Louisa. En ook mooier.'

'Maar ik heb nog steeds geen oogje op Zack,' wees Ellie haar erop. 'En dat weet hij. Daarom heeft hij me ook aangenomen.'

'Je hebt helemaal gelijk, schat.' Geraldine gaf zich gewonnen.

Ze deed het deksel op de schoenendoos en stond op. 'Helemaal gelijk.'

'Ik wou dat je niet getrouwd was,' fluisterde Roo.
Niall verstevigde zijn greep om haar middel en trok haar dichter tegen zich aan. 'Ik ook.'
Roo sloot haar ogen. Het was woensdagmiddag en hij had tussen de middag gebeld om te zeggen dat hij naar haar toe kwam. Dankzij haar overactieve fantasie had ze zichzelf ervan weten te overtuigen dat er iets groots was gebeurd, dat hij tot het besef was gekomen dat hij niet zonder haar kon, dat hij bij Yasmin wegging... of, nog beter, dat Yasmin had besloten dat ze wilde scheiden, want dan hoefden ze zich zelfs niet schuldig te voelen... Maar zoals dat met mooie fantasieën ging, bleek het niet te kloppen. Toen Niall binnen was gekomen, had ze ademloos gevraagd: 'Wat is er aan de hand?'
Niall had haar hand gepakt, haar mee de trap op genomen naar de slaapkamer en gezegd: 'Dit heb ik de hele dag al willen doen.'
Wat vleiend was, natuurlijk was het vleiend. Dat hij zo graag met haar naar bed wilde, was heerlijk en ook wel romantisch. Alleen was het niet wat ze had verwacht; ze had de opwinding die ze in zijn stem had gehoord verkeerd geïnterpreteerd en had zich... nou ja, grootsere dingen in het hoofd gehaald.
Toch was het leuk geweest.
'Hé, alles goed?'
Eén ding was zeker, ze kon hem niet vertellen wat er mis was. Dan zou ze heel zielig overkomen.
'Ja hoor, fantastisch.' Een van de redenen waarom Niall zich tot haar aangetrokken voelde, was dat ze zo zelfverzekerd was. Terwijl ze speels met haar nagels over zijn borst schraapte, liet ze even haar tong langs zijn mond glijden. Toen zei ze: 'Ik ben gisteravond begonnen aan een song over jou.'
'Echt waar?' Hij leek opgetogen. 'Laat eens horen.'
Ze schraapte haar keel en begon te zingen: 'Het voelt zo echt als één en één twee is... Ik ben het beste wat je is overkomen...' Ze schudde haar hoofd. 'Ik ben er nog mee bezig. Je zult moeten wachten tot het af is.'

Hij kuste haar. 'Klinkt te gek. Je bent fantastisch.'
'Ik weet het.' De lichtgrijze gordijnen fladderden even in de bries, en alle goede voornemens van Roo vlogen het raam uit. 'Wanneer ga je bij je vrouw weg?'
'Hé.' Hij hield haar gezicht naar hem op en schudde even zijn hoofd. 'Ik dacht dat we dit niet meer zouden doen.'
Geduld was nooit Roo's sterkste kant geweest. 'Ik wil gewoon echt samen zijn.'
'Dat komt ook nog wel. Ik hou van je,' zei hij. 'Maar het is lastig nu. We moeten niets overhaasten.'
'Waarom niet?' Het kwam er schel uit, maar Roo kon er niets aan doen; ze hield ook van hem.
'Omdat dat tegen me zou werken. Het zou koren op de molen van haar advocaat zijn.' Hij keek op zijn horloge, over haar schouder heen. 'Ik moet weer aan het werk.'
'Vertel eens hoe Yasmin is?'
'Dat heb ik je al verteld. Moeten we het er nu al weer over hebben?'
Op onschuldige toon vroeg ze: 'Waar werkt ze?'
'Schat, hou op. Het is nergens voor nodig dat je dat weet.'
Alleen weet ik het al, dacht ze. Toen hij zich van haar losmaakte en uit bed stapte, kreeg ze een knoop in haar maag. 'Misschien is ze wel heel aardig.'
'Dat is ze niet.'
'Als je vanavond thuiskomt, wat ga je dan doen?'
'Wil je dat echt weten?' Hij begon zijn broek aan te trekken. 'Oké, dan krijg je de hele riedel. Ik kom thuis en kijk of er iets te eten is. Soms neemt ze de moeite om iets te koken, meestal niet. Dan bak ik een omelet voor mezelf, of trek een of ander blik open, of pak een magnetronmaaltijd. Maar wat ik ook doe, Yasmin zal erover gaan zeiken. Daarna speel ik even met Benjamin en daar zeurt ze dan ook weer over. Als ik spullen in de vaatwasser stop, zegt ze dat ik het helemaal verkeerd doe. Als ik tv wil gaan zitten kijken, kun je er donder op zeggen dat ze ineens wil dat ik de vuilnisbak buiten zet. Kortom, ze heeft continu kritiek op me. Dus dat is ons sprookjeshuwelijk in een notendop.' Hij had inmiddels zijn overhemd aan en was bezig zijn jasje aan te trekken. 'Geloof me, mijn leven is echt geen

lolletje.' Voordat hij wegging, liep hij nog even naar het bed om haar een kus te geven. 'Behalve als ik bij jou ben.'

Waarom was alles zo ingewikkeld? Waarom was hij geen vrijgezel? Verdrietig omdat alles zo oneerlijk was, klampte ze zich even aan hem vast. 'Wanneer zie ik je weer? Zaterdag misschien?'

'O god, ik wou dat ik kon.' Hij streelde haar korte, verwarde haar. 'Maar dan is Yasmin jarig. Ze heeft het er de hele tijd over om even een paar dagen weg te gaan. Niet dat ik dat wil,' vervolgde hij. 'Maar ik kan er niet onderuit.'

Ze werd misselijk. 'Ga je op vakantie?'

'Geen vakantie. Gewoon een weekendje naar Norfolk.'

'In een hotel?'

'Nee, naar vrienden. Die hebben ook kinderen, dus ik neem mooi oordopjes mee.' Hij trok een gezicht. 'Het wordt echt een ramp. Maar wat kan ik eraan doen?'

Ze keek hem aan. Een deel van haar had medelijden met hem, maar een ander deel was jaloers.

Hoewel Niall haar had verzekerd dat hij en Yasmin niet meer samen sliepen, moest ze het toch vragen. 'Als ze jarig is, zal ze je dan vragen om seks met haar te hebben?'

'Voor de verandering, bedoel je?' Hij schoot in de lach. 'Weinig kans. En mocht ze het wel vragen, dan doe ik net alsof ik slaap. Maar ze vraagt het echt niet. Nou, ik hoop dat je een leuk weekend hebt, ik sleep me wel door dat van mij heen en dan bel ik je maandag. Ik zou 's avonds wel langs kunnen komen. Wat denk je ervan?'

Het was pas woensdag. Als je ontzettend graag iedere minuut van iedere dag bij iemand wilde zijn, dan was vijf dagen moeten wachten een helse straf.

Ze had echter geen keus. Hij was haar grote liefde en die vijf dagen zou ze wel overleven. Liever vijf dagen wachten dan hem helemaal nooit meer zien.

En ze zou er heel cool over zijn, om haar gesmeek van daarnet goed te maken. Met een vage blik mompelde ze: 'Maandag... maandag... Het zou wel eens kunnen dat ik dan iets heb...'

'Oké, dan wordt het volgende week donderdag dus.'

Jemig, dat was pas over een week! Ze bezweek meteen weer en sloeg haar armen om zijn nek. 'Doe dan maar maandag.' Tussen een paar kussen door zei ze: 'Ik zeg het wel af, dat van maandag.'
Hij glimlachte. 'Mooi zo.'

21

Vanavond was anders dan anders geweest. Dat was maar heel langzaam tot Ellie doorgedrongen; eerst had ze gedacht dat ze het zich verbeeldde. Maar dat was niet zo.
Nou ja, dat was nu wel duidelijk.
Bovendien leek ze een uittreding te hebben. Todd Howard kuste haar, maar geestelijk was ze er niet bij; ze beschouwde haar reactie op de kus met de afstandelijkheid van een examensurveillant.
Waarschijnlijk viel de kus in de middencategorie. Niet te nat, niet te droog. Niet te hard en niet te zacht. Hoewel het heel bizar voelde, kon ze het niet onplezierig noemen. En ze wilde zich ook niet loswurmen en verschrikt bah sputteren en haar mond afvegen als een kind dat door een besnorde oudtante werd gekust.
Maar nu had het lang genoeg geduurd. Ze maakte zich los en opende haar ogen. Todd zat haar al aan te kijken, haar reactie peilend. Had hij zich hier de afgelopen uren soms op voorbereid?
'Sorry.' Hij hijgde behoorlijk. 'Gaat het?'
'Jawel.' Ze voelde zich nog steeds een toeschouwer. Omdat ze het gezellig hadden, was het gewoonte geworden om de weekenden samen door te brengen. Vandaag was niet anders dan anders geweest; winkelen in Portobello Road, 's middags ergens wat drinken, daarna een wandeling door Regent's Park, gevolgd door een bezoekje aan een comedyclub in Camden en daarna op weg naar huis langs een afhaalpizzeria. Thuis, op de bank, hadden ze de pizza weggewerkt met wit-

te wijn en daarna de dvd van *Ocean's Eleven* opgezet.
En toen, halverwege de film, had Todd zich ineens naar haar toe gedraaid en gezegd: 'Ell? Ik wil je kussen.'
Ze was zo verbaasd geweest dat ze had gezegd: 'Echt?'
'Ja.'
'O.' En toen had ze zichzelf verstrooid horen zeggen: 'Oké.' Maar dat was voornamelijk uit beleefdheid geweest.
Todds mond had zich meteen op de hare gestort, en toen zaten ze te kussen! Dat was het moment geweest waarop dat split-screeneffect was opgetreden. De ene helft van haar had de druk, het vochtigheidsgehalte, de smaak van de kus, de geur van zijn huid en het geschraap van baardstoppels op haar huid geëvalueerd, de andere helft had zich net een etalagepop gevoeld.
Maar het was logisch dat het raar voelde. Het was achttien maanden geleden dat Jamie was gestorven, achttien maanden geleden dat ze haar laatste mond-op-mondcontact had gehad. Bovendien was dit nog een onbekende mond ook.
Die mond zei nu ook iets. Oeps, ze was zo druk geweest met bedenken hoe het had gevoeld dat ze niet had geluisterd. Ze schudde haar hoofd. 'Sorry, ik lette even niet op.'
'Ik vroeg of je zeker weet dat het gaat.'
'Ja hoor.' Die arme Todd, hij keek zo bezorgd. Ze glimlachte om hem gerust te stellen. 'Ik voel me prima.'
'Had je echt geen flauw idee dat ik dit wilde doen? Je verwachtte het helemaal niet?'
'Nee.'
'Maar je vond het ook niet afschuwelijk?'
'Nee.'
Hij leek opgelucht. 'Ik heb al een tijdje moed zitten verzamelen.'
'O?' Wat kon ze nog meer zeggen?
'Ja.' Hij knikte, terwijl hij haar gezicht bestudeerde. 'Ik mag je erg graag, Ellie. Toen jij en Jamie samen waren, heb ik nooit op deze manier over je gedacht. Maar de afgelopen weken... Ik weet niet, het was alsof er iets veranderde. Ik vind het gewoon erg fijn om bij jou te zijn.' Zijn ogen glansden. 'Ik vind je lief.'

'Is dat zo?' Het was bizar om hem dat te horen zeggen.
'O ja.' Met al wat meer zelfvertrouwen voegde hij eraan toe: 'Ik kan ook lief zijn, hoor, als ik wil.'
Haar glimlach werd breder, want dit was precies het soort vrolijke plagerijtjes dat Jamie en hij altijd hadden uitgewisseld. Voor je het wist, zouden ze aan het bekvechten zijn geweest over wie van hen tweeën nou precies de liefste was.
'Ik ga nu,' vervolgde Todd. 'Ik zal geen druk op je uitoefenen.' Hij liet een heel korte stilte vallen om haar de gelegenheid te geven te zeggen dat hij nog niet weg hoefde. Toen ze niets zei, stond hij op. 'Je hebt tijd nodig om erover na te denken. Jij bent aan zet, oké? Je kunt me altijd bellen. Ik weet dat het vast een beetje raar voelt. Maar volgens mij passen we goed bij elkaar. We zouden het kunnen proberen, kijken hoe het gaat. Als je wilt.'
Ze stond op. 'Oké, dank je.' Dit was echt heel gek, net een sollicitatiegesprek. Moesten ze elkaar nu een hand geven?
Todd loste dat dilemma op door haar even vriendschappelijk te omhelzen. 'Ik wacht tot jij belt.'
Ze beantwoordde zijn omhelzing met een net zo vriendschappelijke kus op zijn wang. 'Goed, dank je.' Het voelde nog steeds surrealistisch. Ze klopte op zijn arm. 'Dag.'

'Zo zo, wie had dat kunnen denken?'
Ellie zat met opgetrokken knieën op bed en bestudeerde Jamies gelaatsuitdrukking. Ze moest weten wat hij vond van wat er eerder die avond was gebeurd. Gelukkig leek hij niet boos. Hij leek volledig relaxed.
Maar ja, dat bedacht ze natuurlijk allemaal zelf.
'Tja. Ik was echt compleet verrast. Ik heb helemaal niet geflirt.'
Jamies blauwe ogen fonkelden. 'Je hoeft niet meteen in de verdediging te schieten. Het is niet verboden om te flirten, hoor.'
'Vind jij het niet een beetje raar dan?' Dat kon toch haast niet anders.
'Oké, wel een beetje.' Hij leunde tegen de muur en haalde zijn schouders op. 'Maar misschien is het wel beter dat het iemand is die ik ken. Ik vertrouw hem. Todd zal je hart niet breken. Dat is toch positief?'

'Waarschijnlijk wel.'
'Beter dan dat je na een avondje uit in bed belandt met iemand die misbruik maakt van je dronkenschap en de volgende ochtend niet eens meer weet hoe je heet.'
'Verdomme,' zei ze. 'Daar zat ik me nou al tijden op te verheugen.'
Hij grinnikte. 'Daar ken ik je te goed voor.'
'Hoe dan ook, we hebben het hier niet over seks.' Het vooruitzicht om zich uit te kleden en het echt te doen, was zo bizar dat ze er niet eens aan wilde denken. 'Dat gebeurt echt niet.'
'Oké. Gewoon rustig aan doen.' Hij knikte. 'Een paar kussen, handjes vasthouden, dat is voorlopig meer dan genoeg. Kijken hoe je je daarbij voelt.'
'Ik weet al hoe ik me voel. Ik voel me raar.'
'Het is achttien maanden geleden.'
'O, echt?' Gespeelde verbazing. 'Zo lang al? Dat was me niet opgevallen.'
'Nog één ding: kan hij goed kussen?'
'Ja hoor.'
'Beter dan ik?'
Ze deed alsof ze over de vraag moest nadenken. 'Hm, even denken.'
'Waag het niet te zeggen dat hij beter is dan ik,' zei Jamie. 'In kussen of handjes vasthouden.'
Ze keek naar zijn lange, gebruinde vingers en herinnerde zich hoe ze hadden aangevoeld en hoe goed ze bij de hare hadden gepast. Ze zou er alles voor overhebben om zijn hand weer vast te kunnen houden. O lekker, daar had je de tranen weer, hield dit nu nooit eens op?
'Niet huilen,' zei hij.
'Ik weet het.' Ze trok een tissue uit de doos op het nachtkastje.
'Wil dat soms zeggen dat hij echt beter is?'
Hij probeerde haar aan het lachen te maken door geschokt te kijken.
Lachend veegde ze haar tranen droog. 'Geen paniek. Jij bent nog steeds de beste.'
'Godzijdank.' Hij ontspande zich weer en stopte zijn handen

in de achterzakken van zijn favoriete lage spijkerbroek. 'Maar echt, ik vind het niet erg van Todd. Je zou het een stuk slechter kunnen treffen.'

22

'Sorry, Zack is er vandaag niet. Hadden jullie een afspraak?'
Het stel op de stoep keek teleurgesteld. Het meisje, klein en donkerharig, zei: 'We dachten, we proberen het gewoon. Ach, wat jammer nou! We hebben laatst dat stuk over hem gelezen in de *Telegraph* en dachten dat hij precies was wat we zochten.'
'Niet bang om af en toe een gokje te wagen, als er een goed voorstel op zijn weg komt.' De man was lang, mager en zag er een beetje uit als een schoolmeester, maar dan in de goede zin van het woord. Hij had lichtblond haar, een enthousiaste manier van doen en leek op een slordig geklede tennisser. 'En we denken dat we dat voor hem hebben.'
'Nou, kom dan maar even binnen, dan zal ik kijken wat ik voor jullie kan doen.' Ellie nam hen mee naar het kantoor. Nadat ze de agenda over het bureau naar zich toe had getrokken, zei ze: 'Morgenvroeg is er een afspraak afgezegd, zie ik. Ik zou jullie om elf uur kunnen inplannen. Lijkt jullie dat wat?'
'Dan kunnen we wel. Fantastisch.' Ze keken elkaar stralend aan.
'Dan zal ik jullie namen even noteren.' Ze pakte een pen.
'Kaye en Joe Kerrigan.'
'En wat houdt dat voorstel precies in?' Ze wees naar de bubbeltjesenvelop op A4-formaat die Joe als een schat aan zijn borst koesterde. 'Als jullie die hier laten, dan kan Zack er van tevoren even naar kijken. Dat scheelt weer tijd.'
'O, maar...' begon Kaye bezorgd. Na een korte stilte vervolgde ze: 'We zouden het het liefst samen met hem doornemen...'
Joe legde een knokige hand op haar arm. 'We laten het gewoon hier, als dat handiger is voor mr. McLaren. We spreken hem

morgen toch.' Hij wierp Ellie een verontschuldigende blik toe. 'Sorry, maar dit is erg belangrijk voor ons. Je moest eens weten.'
'Het is echt alles voor ons,' viel Kaye hem op verlangende toon bij. 'Als iemand dit voor elkaar kan krijgen, dan is het Zack McLaren wel. We zitten de hele week al van alles over hem te lezen.' Haar ogen glansden. 'Wat een bofkont ben je. Het is vast fantastisch om voor hem te werken.'
'Hij is een ramp.' Ellie begon te lachen. 'Nee hoor, hij is te gek. Ik zal ervoor zorgen dat hij dit krijgt.' Ze pakte de bubbeltjesenvelop aan. 'En tot morgen dan maar.'
'Wacht!' Kaye griste de envelop uit haar hand. 'Sorry, maar ik wil er nog even een kusje op geven, dat brengt geluk...'

Zack kwam om vier uur terug. Ellie bracht hem op de hoogte van alles wat er op kantoor was gebeurd. Daarna gaf ze hem de map die in de envelop had gezeten.
Zack bladerde wel twintig seconden door het voorstel, sloeg toen de map weer dicht en wierp hem als een frisbee op het bureau.
'Je moet het wel lezen,' zei Ellie.
'Dat heb ik net gedaan.'
'Alles!'
'Dat hoeft niet. Als ik maar een idee krijg.'
'En?'
'Het is een filmscript.'
'Dat weet ik ook wel!'
'Ze willen mij als geldschieter. Ze willen dat ik het geld op tafel leg om deze film te realiseren.' Geamuseerd schudde hij zijn hoofd. 'Totaal geschift. Helemaal niks voor mij. Geen sprake van.'
'Maar als die film aanslaat...'
'Dat doet hij niet. Het is de meest riskante business die je maar kunt bedenken. Ik zou zo'n project nog met geen tang willen aanraken.'
Voor haar geestesoog verschenen de ernstige, met hoop vervulde gezichten van Kaye en Joe Kerrigan. Ze zouden er kapot van zijn. 'En *Mamma Mia!* dan?'

'Een uitzondering op de regel.'
'*Titanic*?'
'De andere uitzondering op de regel.'
'*E.T.*?'
'En hoeveel van je eigen geld zou je erom willen verwedden dat dit script net zo goed is als dat van *E.T.*? Ik ga deze mensen echt niet financieren. Dat zou gekkenwerk zijn. En je hoeft me heus niet zo aan te kijken. Ik ben geen monster. Ik wil alleen mijn zuurverdiende geld niet in een reusachtige vuurpijl stoppen en boven Londen laten ontploffen.'
'Je hebt het script niet eens gelezen,' protesteerde ze.
'Dat is ook nergens voor nodig. Dat heeft geen enkele zin.'
'Toe zeg, je bent een zakenman. Misschien wordt het wel prachtig. Dat kun je gewoon nog niet weten.' Met haar pen spelend, vervolgde ze: 'Dit stel heeft er zo hard aan gewerkt. Dat jij niet eens naar het script kijkt, is net zoiets als... als een loterijlot op de stoep zien liggen, maar te beroerd zijn om het op te rapen omdat de kans om de jackpot te winnen sowieso erg klein is!'
Zack gaf zich gewonnen. Met opgestoken handen zei hij: 'Oké, oké, ik snap 'm al. Dus je wilt echt dat ik dit script lees?'
'Ja.'
'Oké dan, jij wint. Ik zal het lezen.'
'Beloofd?'
'Beloofd.' Zijn mobieltje ging en hij nam meteen op. 'Robert, fijn dat je terugbelt. Heb je nu even tijd om die cijfers door te nemen? Mooi. Wacht, mijn aantekeningen liggen boven...' Terwijl hij het kantoor verliet, wees hij naar de map, legde zijn hand op zijn borst en zei geluidloos: 'Beloofd.'
Toen hij weg was, sloeg Ellie de map open en pakte het script eruit. De rest van de papieren liet ze erin liggen. Het waren iets meer dan honderd A4'tjes. Ze liep naar het kopieerapparaat, legde de stapel papier erop en drukte op Print. Ze mocht dan geen zakenman met miljoenen op de bank zijn, het enthousiasme van Kaye en Joe Kerrigan had wel haar nieuwsgierigheid aangewakkerd.
Wat Zack deed moest hij zelf weten, maar zíj zou het script wel lezen.

'Nou?' wilde Ellie de volgende ochtend weten.
'Wat nou?' Zack gooide de rubberen bal van Elmo door de keuken. De bal stuiterde tegen het aanrechtkastje, en Elmo stoof glibberend over de crèmekleurige marmeren vloer. Hij was zo net een hond uit een tekenfilm.
'Heb je het gelezen?'
'Wat?'
'Dat script.'
'O, dat. Ja.'
'*Waf.*' Elmo blafte ongeduldig, want hij wilde dat Zack nog een keer met de bal gooide.
'Hoe was het?'
'Eigenlijk best goed.' Hij gooide de bal.
Bij de gootsteen deed Ellie water in de ketel, maar ze moest opzij springen toen Elmo opgewonden kwam aanstormen om de bal te pakken. 'En?'
'Ik doe het nog steeds niet.'
'*Waf waf waf.*' Elmo kwispelde fanatiek terwijl Zack de bal net iets eerder dan hij onder tafel weggriste.
'Wie was die priester?' vroeg ze.
'Welke priester?'
Ha, betrapt! 'Die aan het eind ineens opdook in dat script.'
Zack kwam weer overeind; zijn rode poloshirt was uit zijn broek geschoten en in de knie van zijn Levi's zat een nieuwe scheur. 'O, díé priester.' Hij kneep geconcentreerd zijn ogen samen en zei toen op onschuldige toon: 'Sorry. Die kan ik me niet goed herinneren.'
Ze schudde haar hoofd. 'Je had het beloofd.' Het laatste wat ze van hem had verwacht, was dat hij zijn belofte niet na zou komen.
'Ik had het gisteravond erg druk.' Hij keek haar aan om te zien hoe ze dat vond. 'Hoe weet jij trouwens dat er een priester in voorkomt?'
'Ik heb het script gekopieerd en gisteravond thuis gelezen.' Op veelbetekenende toon voegde ze eraan toe: 'Sommige mensen máken tijd.'
'Ben je nu teleurgesteld in mij?' Hij gooide de bal over Elmo's kop naar haar toe. 'Vang.'

Ze ving hem met haar linkerhand, terwijl Elmo in de lucht sprong. 'Ja.'
'Mooi gevangen.' Hij knikte goedkeurend. 'Wat vond je ervan?'
Ze gooide de bal naar hem terug, waardoor Elmo steeds opgewondener raakte. 'Ik vond het fantastisch. Echt fantastisch. Het is grappig, ontroerend en origineel. Als er een film van werd gemaakt, zou ik zeker gaan kijken.'
'Echt?'
'Ja.'
Zack plaagde Elmo door de bal net buiten zijn bereik heen en weer te zwaaien. 'En zou je bij de droevige gedeeltes dan ook huilen?'
'Misschien. Nou, oké dan, waarschijnlijk wel,' bekende ze.
'Zoals dat moment waarop Mary eindelijk de zoon die ze ter adoptie heeft afgestaan leert kennen en ontdekt dat het priester Dermot is?'
'O ja!' Ze verstarde. Zack gooide de bal in de lucht, maar ze deed geen enkele poging om hem te vangen. Elmo, die bijna buiten zinnen op de bal dook en hem triomfantelijk in zijn bek nam, stootte met veel kabaal een kruk om.
Met een klein lachje zei Zack: 'Ik herinnerde me het ineens weer.'
'Dus je hebt het wel helemaal gelezen?'
'Ik was het niet van plan. Maar ik durfde je anders niet onder ogen te komen.'
'Mooi zo.' Ellie voelde dat ze bloosde van plezier. 'En, ga je ze financieren?'
'Nee, dat niet.' Hij keek haar spijtig aan. 'Ik investeer niet in films, de risico's zijn gigantisch, en ik heb ook geen contacten die dat soort dingen kunnen meefinancieren. Maar het script vond ik goed,' vervolgde hij. 'Heel goed zelfs. Ik zal mijn afwijzing dan ook omzichtig omkleden als ze er zijn.'
'O.' Nou ja, ze had het in elk geval geprobeerd.
'En mocht die film toch worden gemaakt, dan gaan we samen naar de bioscoop om hem te bekijken,' zei hij. 'Ik trakteer.'
Elmo liet de bal voor Zacks voeten vallen, in de hoop het spel weer te hervatten.

Ellie vroeg: 'Mag ik dan wel zeggen: "Ik zei het je toch?" '
'Natuurlijk,' reageerde hij opgewekt.

Om twee minuten voor elf werd er aangebeld. Ellie deed open en zag de onverbloemd hoopvolle blik in de ogen van Kaye en Joe Kerrigan.
Toen ze hen binnenliet, fluisterde Kaye opgewonden: 'Heeft hij het script gelezen?'
'Ja.'
'We hebben vannacht geen oog dichtgedaan! En onderweg hiernaartoe zagen we twee eksters! Twee! Dat brengt geluk, wist je dat?'
Och hemel. En dankzij Zack zou hun droom zo meteen in duigen vallen. Ellie nam hen mee naar boven en klopte aan op de deur van de huiskamer.
'Misschien gaat het nu eindelijk gebeuren.' Joe Kerrigan, die een paar keer diep ademhaalde, raakte even Ellies arm aan, terwijl ze op Zack stonden te wachten. 'Wens ons maar succes.'
Ze waren bijna een halfuur bij Zack. Ellie, die met gespitste oren aan het typen was, hoorde de deur boven opengaan, gevolgd door het geluid van voetstappen op de trap. Als het gesprek een halfuur had geduurd, betekende dat dan dat Zack van gedachten was veranderd?
Maar toen hoorde ze Joe zeggen: 'Nou, in elk geval bedankt.' Dus Zack was niet van gedachten veranderd.
Zack stak zijn hoofd om de hoek van de deur. 'Ik moet nog wat telefoontjes plegen, maar Joe en Kaye willen je nog even spreken voordat ze gaan, dus dan kun jij ze zo uitlaten.'
'Hij kan niks voor ons doen,' legde Joe uit nadat Zack weer naar boven was verdwenen. 'Maar we willen je bedanken voor wat je voor ons hebt gedaan.'
'Hij vertelde dat jij hem aan de kop had gezeurd dat hij het beslist moest lezen.' Kaye probeerde zich groot te houden, wat hartverscheurend was om te zien. 'En hij zei dat jij het ook had gelezen.'
'Ik vond het fantastisch.' Ze waren zo'n leuk stel.
'Dat vinden we heel fijn om te horen.' Kaye glimlachte naar haar.

'Jullie moeten het niet opgeven.'
'Dat doen we ook niet. Dat kunnen we niet,' zei Joe. 'Want wij vinden het ook fantastisch.'
'Bovendien is hij erg bescheiden.' Kaye stootte hem even aan. 'Ik kan er toch niks aan doen dat ik dat vind? Dit is onze grote droom. En al heel lang.'
'Alleen hebben we langzamerhand weinig opties meer.'
Joe schudde zijn hoofd. 'We moeten gewoon doorgaan.'
Ellie zei: 'Ik weet niks over hoe films gemaakt worden, maar moeten jullie dit echt allemaal zelf doen? Kun je het script niet beter naar alle grote filmmaatschappijen sturen? Misschien dat er daar een van toehapt!'
'Dat hebben we al geprobeerd. Alle filmmaatschappijen, alle agenten. Ze hebben ons stuk voor stuk afgewezen.'
'O.' Ellie voelde zich behoorlijk stom.
'We hebben zoveel afwijzingsbrieven ontvangen dat we er ons hele huis mee zouden kunnen behangen. Het is gewoon hartstikke frustrerend.' Kaye klonk inderdaad bijzonder gefrustreerd. 'De meeste nemen niet eens de moeite om het script te lezen. Ik ben op een gegeven moment haren tussen de bladzijden gaan leggen om te kijken of ze het überhaupt hadden opengeslagen. Nee dus!'
Lekker zeg. Ellie vroeg zich af hoe prettig een potentiële producer het zou hebben gevonden om een dot haar in een script tegen te komen.
'Niet heel veel haar, hoor,' zei Joe grijnzend. 'Gewoon één haar per manuscript.'
'Gelukkig maar.' Joe had een open, vriendelijk gezicht en een ontspannen manier van doen. Ze pasten echt goed bij elkaar, vond Ellie.
'Maar we willen je niet langer van je werk houden,' zei Kaye. 'We wilden je gewoon even bedanken voor je enthousiasme en omdat je je best voor ons hebt gedaan bij Zack.'
'Niet opgeven, hoor,' zei Ellie terwijl ze de deur voor hen openhield.
'Maak je daar maar niet druk over.' Joe bleef even op de stoep staan en stak toen zijn hand op. 'Dat doen we echt niet.'

23

Tony, terug van drie dagen Wales, zat *Deal or No Deal* te kijken toen Ellie thuiskwam van haar werk.
'Ik heb Indiaas besteld.' Hij wuifde naar haar vanaf de bank. 'Het komt over twintig minuten. Hoe was je weekend?'
Ellie wachtte tot het eten er was voordat ze hem vertelde wat ze wist dat ze hem moest vertellen. Tony vloog morgenochtend terug naar L.A., en hij hoorde gewoon te weten wat er aan de hand was.
Tenminste, als ze niet uit elkaar was geknapt voordat ze het kon zeggen.
'Heb ik te veel besteld?'
'Misschien wel een beetje.' Tony stond erom bekend dat hij altijd veel te veel bestelde wanneer hij zijn keuze moest maken uit een afhaalmenu. Overal waar je keek in de keuken, zag je bakjes van aluminiumfolie en plastic dekseltjes.
'Ik kan er niets aan doen. Ik ben altijd bang dat ik iets lekkers misloop.' Hij schepte zichzelf nog wat lams-*jalfrezi* op, samen met *peshwari naan*, *saag aloo*, *bindi bhaji's* en rijst met champignons. 'Weet je nog die keer dat ik dé kip tandoori had besteld en dat ze toen dachten dat ik drie zei?' Grinnikend bij de herinnering vervolgde Tony: 'Jamie wilde zich nooit laten kennen, hè? Hij at altijd alles op.'
O nee, nu had hij het gesprek op Jamie gebracht. Zuchtend zette ze het bakje *bhuna*-garnalen neer. Hoe moest ze het zeggen? Ze haalde diep adem. 'Tony, denk je dat Jamie het erg zou vinden als ik... als ik een relatie met iemand anders begon?'
Tony, die net mangochutney op zijn lamsvlees schepte, bevroor in zijn bewegingen. Er viel heel even een stilte terwijl hij zichzelf onder controle probeerde te krijgen. 'Ach liefje, natuurlijk zou hij dat niet erg vinden. Het is al anderhalf jaar geleden. Het is logisch dat je verdergaat met je leven. En ik weet zeker dat Jamie blij voor je zou zijn. Ik ben ook blij voor je. Als het tenminste een aardig iemand is, iemand die jou verdient.' Hij keek haar van opzij aan. 'Is het een aardig iemand?'

'Ja.' Zeg het hem, zeg het hem...
'Volgens mij weet ik het al.' Hij keek haar met een lief lachje aan. 'Hebben we het hier over mr. McLaren?'
Wat? God, wat een rare opmerking. 'Zack? Nee, niet Zack!'
'O sorry, mijn fout. Wie is de gelukkige? Over welke man hebben we het dan wel?'
Ze zette zich schrap. Zeg het nou gewoon.
'Tenzij het een vrouw is,' zei Tony snel. 'Dat is ook prima. Het hoeft niet per se een man te zijn.'
Ellie schoot in de lach, en de spanning was meteen verbroken. 'Dat gezicht van jou!'
'Ik weet het, sorry.' Hij schudde zijn hoofd. 'Dat komt omdat je tegenwoordig altijd zo politiek correct moet zijn. Natuurlijk wil ik liever dat het een man is.'
'Nou, dat komt dan goed uit, want het is een man.' Jemig zeg, gooi het eruit! 'Het is Todd.'
Weer een stilte. Toen brak er een brede lach door op zijn gezicht, en hij zei: 'Echt waar? Dat is helemaal mooi! Liefje, wat fantastisch. Ik had geen flauw idee.' Hij leek oprecht blij.
'Ik ook niet. Ik dacht dat we gewoon vrienden waren. Maar nu lijkt het erop dat het misschien... nou ja, je weet wel, iets anders kan worden.' Om hem gerust te stellen vervolgde ze haastig: 'Maar het is nog heel pril allemaal, hoor. Hij heeft het me zaterdag pas verteld. Er is nog niks gebeurd.' Ze gaf waarschijnlijk veel te veel informatie, maar ze wilde dat Tony wist dat ze niet stiekem van alles had uitgespookt in de flat.
'Jamie zou ook willen dat je verder ging met je leven, neem dat maar van mij aan.'
Hopelijk had hij gelijk. 'Ik doe mijn best.'
'En je hoeft je echt niet schuldig te voelen,' zei hij met enige nadruk. 'Je bent hem niet ontrouw.'
'Dat weet ik.' Ze kwakte een schep rijst op haar bord. 'Maar toch voelt het raar.'
'Logisch.'
Ellie merkte dat ze niet meer kon ophouden met praten nu ze eenmaal was begonnen. 'Het voelt een beetje als een gearrangeerd huwelijk.'
'Ach lieverd, je moet gewoon aan het idee wennen. Als de aan-

trekkingskracht er maar is, dan komt het vanzelf wel goed.'
Hm, dat was nog iets wat ze niet goed wist. Was er wel sprake van enige aantrekkingskracht? Hoe moest ze dat nou weten nadat ze zo lang uit de running was geweest? Sinds zaterdagavond had ze er veel over nagedacht. De gedachte iets met Todd te beginnen had haar niet met afschuw vervuld, net zomin als zijn kus dat had gedaan. En als ze hem afwees, zou ze hem kwetsen. Dus had ze besloten er voorlopig aan mee te doen. Al was het alleen maar omdat het fijn zou zijn om weer eens deel uit te maken van een stel, om weer het gevoel te hebben normaal te zijn.
Nou ja, betrekkelijk normaal dan.
Hoe dan ook, ze zou het langzaam aan doen, kijken hoe het ging. En in elk geval had ze het nu aan Jamies vader verteld. Eén horde was genomen.
Ze hadden allebei hun borden vol geschept. Hoewel Ellie helemaal geen trek meer had, pakte ze het hare en zei: 'Zullen we op de bank gaan zitten?'
Omdat ze graag van onderwerp wilde veranderen, begon ze in de huiskamer te vertellen over het weinig succesvolle gesprek tussen Zack en Kaye en Joe Kerrigan.
Tony knikte. 'Het is moeilijk. Je hebt nog meer kans om door de bliksem te worden getroffen dan dat je script wordt verfilmd. Droog vervolgde hij: 'In L.A. heb je nog meer kans om door de bliksem te worden getroffen dan om iemand tegen te komen die géén script heeft geschreven.'
'Maar dit script is echt goed.'
'Er zijn wel duizenden scripts die echt goed zijn. Tienduizenden zelfs.'
'Maar ze hebben het naar agenten en filmmaatschappijen gestuurd, en niemand heeft ook maar de moeite genomen om het te lezen!'
'Dat is omdat die lui ongevraagd duizenden scripts krijgen toegestuurd. Letterlijk duizenden. Als ze die allemaal zouden lezen, zouden ze nergens anders meer aan toekomen. Soms lezen ze de eerste bladzijde.' Hij zei het op een toon alsof dat het er beter op maakte.
Gefrustreerd zei ze: 'Maar dat is heel oneerlijk.'

'Tja, het is een keiharde business.'
Ze slikte een mondvol bhaji weg. 'Ik weet het. Maar het is dan wel ironisch eigenlijk dat er zoveel slechte films worden gemaakt.'

De volgende ochtend was Tony al vroeg op. Bepakt en bezakt stond hij te wachten op de auto die hem naar Heathrow zou brengen. Hij nam zijn kop koffie mee naar de huiskamer, waar hij in de stapel kranten en tijdschriften in de krantenbak op zoek ging naar iets om in het vliegtuig te lezen. Tv-gids, nee. *Cosmopolitan*, niet echt. Folders voor voordelige funvakanties, nee, dank u. Catalogus van een postorderbedrijf, maak me dan maar meteen dood. Toen zag hij het script liggen waar Ellie gisteravond de hele tijd over door had gezanikt. Ze had het op een gegeven moment zelfs uit de krantenbak gepakt en gezegd dat hij het beslist moest lezen. Wat ze tekortkwam aan gladde verkooppraatjes, maakte ze goed met haar enthousiasme, maar hij had haar de mond gesnoerd door te vragen of er een rol voor hem in die film was weggelegd. Haar gezicht was meteen betrokken, en ze had gezegd: 'Nou, niet echt.' Toen had hij opgemerkt: 'Nou, dat is dan net zoiets als aan een krokodil vragen of hij zin heeft in een broodje paardenbloem.'
Daarna had Ellie haar campagne gestaakt. Ze waren samen naar *The Apprentice* gaan kijken en hadden grapjes gemaakt over de deelnemers. Ook hadden ze het gehad over zijn weekend in Wales met de cast van de nieuwe film met Gavin & Stacey Lock, Stock and Two Smoking Barrels-film.
Toen Tony een auto hoorde stoppen, keek hij uit het raam. Het was de zijne. Goed, dan zou hij in de vertrekhal wel een paar tijdschriften kopen. Voor onderweg in de auto zou hij echter ook wel iets willen hebben, want hij had gezien dat hij de pech had dat Malcolm achter het stuur zat; een beste man, maar zijn eeuwige vrolijkheid, praatzucht en zijn beroerde imitaties van beroemdheden waren meer dan hij zo vroeg op de dag kon verdragen.
Hij dronk zijn kop koffie leeg, pakte het script uit de krantenbak en las de titelpagina: *My Long-Lost Irish Daddy*, door Kaye en Joe Kerrigan. Het verbaasde hem niets dat de filmbu-

siness het niet serieus hadden genomen. Het was echt een afschuwelijke titel.
Oké, hij zou het meenemen en op weg naar Heathrow doornemen. Dan zou die luidruchtige Malcolm hem misschien met rust laten en niet aan zijn imitaties van Tom Jones beginnen. Hij stopte het script in zijn handbagage. In de deuropening bleef hij even staan, zich afvragend of hij op Ellies deur zou kloppen. Zou hij haar wakker maken om gedag te zeggen?
Zijn gezonde verstand won het. Het was zes uur. In de maanden na Jamies dood had Ellie vreselijke last gehad van slapeloosheid, en vaak als ze wel in slaap was gevallen, was ze om vier uur 's ochtends alweer wakker geworden en had daarna dan niet meer verder kunnen slapen. Het was pas sinds kort dat haar slaapritme weer enigszins normaal was.
Het zou wreed zijn om haar wakker te maken.
Hij ging gewoon weg.

Weer weekend, weer op zaterdagavond uit met Todd, weer een ongemakkelijk moment aan het eind.
En dit keer drie – drie! – kussen; eentje toen hij kwam, eentje toen ze door Regent's Park wandelden en nu deze, de afscheidskus bij haar op de stoep aan het eind van de avond.
Ellie deed haar best om haar spieren wat losser te krijgen. Hoewel ze echt probeerde om er gewoon ontspannen in mee te gaan, voelde het nog steeds raar. Haar hele lichaam voelde ongemakkelijk aan. En het ergste was nog wel dat ze het idee niet uit haar hoofd kon zetten dat Jamie ergens daarboven naar hen zat te kijken en vreselijk moest lachen om haar onkunde en gebrek aan betrokkenheid.
Het was allemaal zo verwarrend. Geen wonder dat ze zich niet kon concentreren.
'Ik vond het echt een heel leuke avond.' Todd streelde haar wang en veegde een lok haar uit haar gezicht.
'Mm. Ik ook.'
'Zeker weten?' Dat was Jamies stem in haar hoofd. Luid en duidelijk. 'Want mij kuste je wel anders.'
Hou je mond, hou je mond, hou je mond.
'Als je vergeten bent hoe het moet, kun je je misschien in-

schrijven voor een avondcursus,' voegde Jamie er behulpzaam aan toe.
Allemachtig nog aan toe, was het een wonder dat ze zich niet kon ontspannen?
Todd zat nog steeds aan haar haren te prutsen. 'Gaat het?'
Kon hij daar niet mee ophouden? 'Ja hoor, prima. Ik ben alleen een beetje moe, meer niet.'
'O, o.' Jamie schudde geamuseerd zijn hoofd. 'Dat is dus echt niet zo.'
Rot op!
'Moe,' herhaalde Todd, blijkbaar net zo weinig overtuigd als Jamie.
'Sorry.' Aan zijn gezicht zag ze dat hij wist wat ze bedoelde. Mocht hij al de hoop hebben gekoesterd om te blijven slapen, dat ging mooi niet gebeuren. Al weer niet.
'Geen probleem.' Net als anders wist Todd zijn teleurstelling goed te verbergen. 'Ga maar lekker slapen dan.' Hij omhelsde haar nog een laatste keer. 'Ik bel je morgen. En vergeet de barbecue bij mijn moeder niet.'
Ze moest opnieuw een gevoel van ongemak onderdrukken. Haar allereerste uitnodiging voor een sociaal gebeuren als Todds vriendin. Zijn moeder werd over anderhalve week zestig. Ze zouden een groot tuinfeest geven, met een barbecue, dansen in de achtertuin, en overal vandaan zouden vrienden en familie komen om het te vieren. Toen Todd zijn moeder had verteld dat hij en Ellie iets hadden, had Maria Howard blijkbaar in haar handen geklapt en uitgeroepen: 'O, wat fijn! Ik ben zo blij voor jullie!'
Dus dat was dat; over elf dagen zou Ellie aan iedereen worden voorgesteld en officieel welkom worden geheten in de familie. Bovendien hoefde ze echt niet in de zenuwen te zitten, want ze had uit betrouwbare bron vernomen dat ze allemaal even aardig waren en zich erop verheugden om haar te leren kennen.
'Woensdag over een week.' Ze knikte en schonk Todd een geruststellend lachje. 'Ik zal het in mijn agenda schrijven. Ik zal het echt niet vergeten.'
'Ik verheug me er zo op om je aan iedereen voor te stellen. Het

wordt hartstikke leuk.' Todd gaf haar nog een laatste kus op de mond.

'Mwah.' Nou ja, ze hield van feesten en ze hield van mensen. En misschien was het wel goed om te worden voorgesteld als Todds vriendin, dan voelde het misschien allemaal wat... echter.

24

'Wat is dit? Ik heb jou dit niet gestuurd.' Tony's agent was langsgekomen bij Tony in Beverly Hills omdat er een stapel contracten moest worden getekend én om te pronken met zijn nieuwe limoengele Ferrari die net van de dealer kwam. Zolang hij er 'de vrouwtjes' – Marvins eigen walgelijke woordgebruik – maar mee kon oppikken, maakte het hem niet uit dat de kleur vloekte met zijn knalrode gezicht. Op dit moment, gezeten op het beschaduwde terras, richtte hij zijn aandacht op het script dat naast de kan water op tafel lag. 'Hoe kom je daar nou weer aan, Tone? Jezus, wat een klotetitel.'

'Zeg dat wel. Maar het script is verdomd goed. Briljant zelfs,' zei Tony. 'Afblijven.'

'Verdomd goed, verdomd goed, briljant.' Marvin grinnikte; hij vond het altijd bijzonder grappig om Tony's Engelse accent na te bootsen. 'Wie heeft het geschreven?'

'Niemand die je kent. Laat nou maar. Hier, neem wat te drinken. Heb je honger?' Het was zo eenvoudig om Marvin op te fokken. Omgekeerde psychologie was een prachtuitvinding. Tony keek heimelijk toe terwijl zijn agent het script oppakte en het opensloeg op de eerste bladzijde.

Eerlijk was eerlijk, het was niet de allerbeste eerste bladzijde in de geschiedenis. Negenennegentig procent van de agenten zou het meteen opgeven. Maar ja, negenennegentig procent van de agenten had ook geen Tony Weston die zei, op een toon alsof hij het meende: 'Ik meen het, Marvin, leg neer, het gaat je helemaal niks aan.'

Verleidelijker kon het niet, toch?
Tony ging verder met het tekenen van de contracten die Marvin had meegenomen. En hij wachtte. Toen er een paar minuten waren verstreken, vroeg hij: 'Nou?'
'Interessant. Anders.' Marvin had zijn Prada-zonnebril op zijn glanzend rode voorhoofd geschoven. Als het fysiek mogelijk was geweest, had hij gefronst. 'Maar er zit geen rol voor jou in.'
'Dat weet ik. Maar ik heb echt een goed gevoel bij dit script. Dat heb je soms, dat weet jij ook. En het kan nooit kwaad om degene te zijn die het juiste script voorlegt bij de juiste producer. Ik heb wel een paar contacten die...'
'Hallo? Bent u daar nog? Wie heeft er nou meer contacten in deze business? Jij of ik?'
'Ja, maar...'
'Precies.' Marvin wees met een dikke vinger naar hem. 'Ik. Wie werkt er voor een agentschap dat de meeste talenten in zijn stal heeft? Nou, Tony, het is raar maar waar, weer ik! Tone, doe nou geen gekke dingen. Laat mij het afhandelen, laat mij het meenemen naar kantoor, dan laat ik het aan Stephen zien. Als iemand iets in gang kan zetten, is hij het wel.'
Tony verborg een glimlach. Hij kon er zelf ook wat van, dat bleek wel weer. Maar zo ging het in deze business. Als je wanhopig deed, kon je het schudden. Als je iemand zei dat hij iets niet mocht hebben, dan rukten ze je het uit de hand. Marvin zat nu al met een begerige, kooplustige blik door het script te bladeren.
Welkom in Hollywood, baby.

'Schat, zeg nou maar gewoon ja. Je weet dat je het wilt.'
Oké, het was zover. Zack bereidde zich voor op het ophanden zijnde uitmaakmoment. Hij was niet echt van plan geweest om het vanavond te doen, bij Louisa thuis, maar ze dwong hem er min of meer toe. Onder het eten had ze het alleen maar over de vakantie gehad. Vrienden van haar hadden voor eind augustus een luxe villa gehuurd in Toscane en wilden graag dat Zack en zij ook kwamen, maar dat wilden ze dan wel uiterlijk morgen weten, waarschijnlijk om nog op tijd een ander stel te

kunnen uitnodigen, voor het geval Zack en Louisa niet kwamen.
Zack nam ook aan dat Louisa niet echt boven aan hun lijstje had gestaan, aangezien het nu al half juli was.
Louisa was echter opgetogen geweest over het aanbod van haar vrienden en wilde heel graag gaan. Om hem over te halen, keek ze hem met een van die speelse, bemoedigende blikken van haar aan. 'Het wordt vast helemaal te gek. En het mooiste is nog wel dat er alleen volwassenen zullen zijn. Geen krijsende kinderen die de sfeer verpesten en het zwembad vol opblaasspullen gooien.' Blijkbaar waren opblaasspullen net zo erg als gebruikte condooms. 'Alleen maar zalige rust, heerlijk eten, goede gesprekken en lekkere wijn. Idyllischer kan toch bijna niet?'
Met goede gesprekken bedoelde ze natuurlijk eindeloos geklets over welke beroemdheid de beste facelift had gehad. Oké, daar gaan we dan. Zet je maar schrap. 'Wil je echt weten wat ik ervan vind?' begon hij. 'Ik vind het helemaal niet zo idyllisch. Mijn idee van een leuke vakantie is naar Cornwall gaan, naar huis, en daar met mijn neefjes en nichtjes op het strand spelen. Volleyballen en kuilen in het zand graven, ijsjes eten, elkaar in zee gooien en heel veel – en dan bedoel ik echt heel veel – herrie maken.'
'O!' Louisa deinsde geschrokken naar achteren. 'O sorry, dat wist ik niet.' Terwijl ze haar ideeën bij probeerde te stellen, zei ze gauw: 'Maar dat klinkt ook erg leuk! We zouden toch eerst even bij jouw familie langs kunnen gaan en dan door naar Italië?'
'Ik denk eerlijk gezegd niet dat je het daar leuk zult vinden,' zei hij. 'Ze hebben daar baby's, honden, scheetkussens. Ze hebben er patat en spelletjes op het strand en draaimolens.' Hij schudde zijn hoofd. 'En nauwelijks een fatsoenlijk gesprek.'
'Maar...'
'Het gaat zelfs zo ver dat als iemand ook maar probeert om zo'n klein beetje,' hij hield zijn duim en wijsvinger een paar millimeter van elkaar, 'een goed gesprek te voeren, hij in zeewier wordt gewikkeld en hup de zee in wordt gekieperd.'
'Oké, oké, ik snap het al. Jij houdt van lawaaiige vakanties.

Dus wat doen we nu?' Ze keek hem aan met een glimlach die wilde zeggen: laat de onderhandelingen maar beginnen.
'Volgens mij moet jij gewoon naar Toscane gaan,' zei Zack. 'Dat wordt vast heel leuk.'
De glimlach werd een aarzelend lachje. 'Je bedoelt... in mijn eentje?'
'We houden gewoon niet van dezelfde dingen.'
Louisa's wenkbrauwen waren omhooggeschoten. 'In mijn eentje?'
'We moeten praten.' Zack legde zijn kaasmes neer. God, hij vond dit gedeelte altijd vreselijk. 'Ik denk eigenlijk dat je gelukkiger zult zijn met iemand anders.'
'Ik zou gelukkiger zijn met iemand anders?' echode ze stomverbaasd. 'Op vakantie?'
'Niet alleen op vakantie. In het algemeen. Je leven.'
'Je bedoelt... in plaats van met jou?'
'Nee, nee... Nou ja.' Hij was hier echt heel slecht in. Hoe deden andere mensen dat toch? Als ze maar niet ging huilen.
'Dus je maakt het uit.'
'Niet uit! Ik denk gewoon dat het beter is als we... nou ja, je weet wel, als we er een streep onder zetten.'
Ze legde haar lepel neer. 'Maar voor mij zou dat niet beter zijn. Ik wil er geen streep onder zetten.'
Zo kwamen ze nergens. Zack haalde diep adem en zei vastbesloten: 'Maar ik wel.'
Ze slaakte een jammerkreet. 'Zacky, waarom?'
Hij kromp ineen. Ze had hem Zacky genoemd! Mocht hij dat als eerste reden aanvoeren?
Nee, dat zou wreed zijn. En hij wilde niet wreed zijn. 'Luister, je bent een fantastische vrouw. Het ligt niet aan jou, het ligt aan mij. Ik werk te hard. Je verdient een man die je gelukkig kan maken.'
'Maar jij maakt me gelukkig.'
Hij schudde zijn hoofd. 'Op de lange duur niet.'
'Maar ik dacht dat dit voor de lange duur was!' Ze huilde inmiddels en probeerde over de tafel heen zijn hand vast te pakken. 'Ik ben vijfendertig, Zack. Dit was onze toekomst. Ik dacht dat we samen kinderen zouden krijgen en de hele rataplan.'

Dat was voor het eerst dat hij dat hoorde. 'Maar je houdt helemaal niet van kinderen,' wees hij haar erop. 'Je wilde juist naar Toscane omdat daar geen kinderen zouden zijn die je vakantie konden verpesten.'

'Andermans kinderen. Dat is heel wat anders. Ik wil wel een stuk of wat kinderen van mezelf!'

Een stuk of wat?

'Sorry.' Hij stond op. 'Ik kan beter gaan. Je overleeft het wel...'

'Echt niet te geloven. Ik heb nota bene voor je gekookt!' Ze gebaarde wild in de richting van de keuken. 'Aardappels uit de oven en lamsrib! Van een echte slager!'

'Ja, en het was overheerlijk.' Misschien moest hij haar morgen als bedankje een bos bloemen sturen. God, wat was dit ingewikkeld en lastig. Waarom was het eenvoudiger om van een onzekere zakendeal weg te lopen dan uit een relatie die geen toekomst had?

'Is er soms iemand anders?' Ze keek hem onderzoekend aan.

Hij zorgde dat zijn gezicht niets prijsgaf. 'Nee.'

'Echt niet? Want dan zou ik het snappen. Want hier snap ik namelijk niks van, dat je ineens zegt: hé, we houden van een ander soort vakanties, dus laten we het maar uitmaken.'

'Er is niemand anders.'

'Ook niet hoe heet ze? Die schattige secretaresse van je? Ellie?' Er lekte mascara in de rimpeltjes om haar zorgvuldig opgemaakte ogen.

'Nee.' Hij schudde zijn hoofd. Ellie was er bijna iedere dag. Maar niet op de manier die Louisa bedoelde. Hoewel het hem zwaar viel om Ellie te zien zonder iets te kunnen doen, wist hij dat het nog zwaarder zou zijn om haar helemaal niet te zien.

Gelukkig waren ze bij Louisa thuis, zodat hij gewoon weg kon gaan. In de gang probeerde ze zich nog in zijn armen te storten. Hij omhelsde haar verontschuldigend een laatste keer.

'En Disneyworld dan?' fluisterde ze vochtig tegen zijn schouder. 'Als je dat leuk vindt, kunnen we daar wel naartoe gaan.'

Hij reageerde niet.

Ze maakte zich van hem los en keek hem ongelukkig aan. 'Niet dus?'

'Sorry.' Hij schudde weer zijn hoofd; het was hoog tijd om te gaan. 'Dag.'

25

Oké, dit was vast achterbaks. Normaal gesproken nam hij niet zijn toevlucht tot dit soort tactieken. Maar als het werkte, waarom niet?
Nadat Zack Elmo's riem had losgemaakt, duwde hij de voordeur achter zich dicht. Elmo liep kwispelend de gang door om Ellie te begroeten.
'Dag schat! Heb je fijn gewandeld?'
Zou het niet fijn zijn als ze hem zo begroette?
'Goedemorgen.' Tegen de tijd dat Zack het kantoor betrad, zat Elmo al bij Ellie op schoot. 'Ben je op dieet?'
'Nee.' Ze keek hem bevreemd aan.
'Mooi. Dan mag je er eentje uitzoeken.' Hij deed het deksel van een gebaksdoos open en liet haar de inhoud zien. 'Ik kon ze gewoon niet laten liggen. We liepen langs de bakker en daar zagen we ze in de etalage staan.'
'En ze riepen je.' Ze grinnikte. 'En ze smeekten je fluisterend om ze te kopen. Dat doen ze soms. Vooral die stoute aardbeiengebakjes.'
Hij vond het prachtig om te zien hoe ze onwillekeurig het smeken en fluisteren voordeed, zonder te beseffen dat ze dan onweerstaanbaar was. Hij zou eeuwig naar haar kunnen kijken.
'Dus je vindt ze lekker?'
'Nou en of!'
'Ik pak even een paar schoteltjes.'
'Dank je,' zei ze toen hij terugkwam uit de keuken. Ze wipte Elmo van haar schoot, pakte een aardbeiengebakje uit de doos en beet er met smaak in. 'Mmm. Verrukkelijk.'
Het kon nooit kwaad om iemand om te kopen. Zack pakte zelf ook een gebakje en ging tegenover haar zitten.
'Ik wou je nog even zeggen dat je Louisa hier niet meer zult

zien. We hebben het uitgemaakt.' Hij zei het terloops, maar hield nauwlettend in de gaten hoe ze reageerde; zou het niet fantastisch zijn als haar hele gezicht opklaarde en alle gevoelens die ze angstvallig voor hem verborgen had proberen te houden, erop te lezen waren?
'Ach, wat erg.' Ze zette haar gebakje neer. 'Ben je bedroefd?'
Geen verborgen gevoelens dus.
'Nee.'
'Wie heeft het uitgemaakt? Zij of jij?'
Ze leek oprecht bezorgd. Heel even overwoog hij om te proberen haar medelijden op te wekken. Maar nee, dat zou al te achterbaks zijn. Met een klein lachje antwoordde hij: 'Ik.'
'O, nou. Als dat zo is, dan ben ik blij.'
'Echt?' Zijn hoop flakkerde op.
'Ze was niets voor jou.' Ellie pakte haar gebakje weer op en nam een lik van de dot slagroom bovenop. 'En ze was echt helemaal niets voor Elmo.'
'Dat weet ik.'
'En ze wantrouwde mij ook. Alsof ze dacht dat ik een oogje op je had, alleen maar omdat ik voor je werk.' Ze zoog de aardbeienmousse van haar wijsvinger. 'Ik bedoel, dat was gewoon gênant.'
Oké, zo kon ie wel weer...
'Nou ja, je zult haar in elk geval niet meer zien.' Hij trok de agenda over het bureau naar zich toe. 'Maar als zij niets voor mij was, wie zou dan wel iets voor me zijn?' Hij leunde achterover alsof het antwoord hem eigenlijk weinig kon schelen. 'Wat voor soort meisje moet ik de volgende keer nemen?'
'Wil je dat echt weten? Een grappig meisje. Met gevoel voor humor. Sociaal. Iemand die van honden houdt.'
'En die niet van drop houdt.'
'Precies. Want dan zouden jullie maar ruzie krijgen over wie de laatste uit de zak mag hebben. Veel beter als ze niet van drop houdt.'
'Nou, het heeft echt je volle aandacht, hè?'
Ze slikte nog een mondvol gebak weg. 'Het is in mijn eigen belang dat je een leuke vrouw krijgt. Dan hou je misschien eens op met dat gemopper.'

‘Ik mopper nooit!’ protesteerde hij. Hoe durfde ze!

‘Ja, dat zeggen mopperkonten altijd over zichzelf.’

‘Nou, mij best, dan ga ik op zoek naar een drop hatende, honden minnende vijftig jaar jongere versie van Lucy Ball. Maar in de tussentijd...’ Hij sloeg zonder iets te lezen een paar bladzijden van de agenda om. ‘In de tussentijd zou ik jou willen vragen of je iets voor me wilt doen.’

Ze aarzelde geen seconde. ‘Geen probleem. Zeg het maar.’

God, wat was hij goed. Dit kon wel eens het hele verschil maken. Pas vanochtend had hij bedacht dat hij de situatie misschien in zijn voordeel zou kunnen ombuigen... Als Ellie hem buiten kantoor meemaakte, zou ze misschien wel anders over hem gaan denken.

En wie weet zou de vonk dan overspringen.

‘Er zijn bepaalde sociale gelegenheden waar ik ’s avonds naartoe moet. En soms heb ik dan een partner nodig. Gewoon omdat iedereen met zijn partner komt, dus als je dan in je eentje komt opdagen, is de hele boel in de war... Hoe dan ook, meestal zijn het best leuke dingen, niet al te saai...’ Hou op, moet je jezelf nou eens horen, je klinkt als een debiel. ‘Dus wat denk je ervan? Zou je dat af en toe voor me willen doen?’ Jezus, ‘debiel’ was nog zacht uitgedrukt, hij klonk als een volslagen idioot.

‘Waarom niet? Klinkt wel leuk. Ja, te gek.’ Ze glimlachte naar hem alsof hij geen idioot was. Maar helaas niet alsof ze hem onweerstaanbaar vond.

‘Te gek.’ O nee, zij had net ook al ‘te gek’ gezegd, dus dan was het heel onnozel om dat te herhalen. ‘Oké, nou, dit is de eerste. Ik zal je er iets over vertellen.’ Hij tikte op de bladzijde die hij had opengeslagen. ‘Het is in het Dorchester, volgende week woensdag, en...’

‘Woensdag?’ Ze sloeg haar hand voor haar mond. ‘Dan kan ik niet! Sorry!’

‘O. Jammer.’ Hoewel het niet echt noodzakelijk was om iemand mee te nemen, was hij toch teleurgesteld. Daar ging zijn mooic plannctjc.

‘Typisch weer. Het enige ding dat ik niet kan afzeggen. Als het een andere avond was geweest, was ik meegegaan.’

'Geeft niets. Ik red me wel. Heb je iets leuks die avond?'
Ze aarzelde, alsof ze bij zichzelf overlegde of ze het hem wel of niet zou vertellen. Toen zei ze: 'Hopelijk wel. Het is het verjaardagsfeest van de moeder van mijn vriend.'
Nou. Dat was nog eens een donderslag bij heldere hemel. Een beetje geschrokken vroeg Zack zich af waarom ze hem dat nu ineens vertelde. Wilde ze hem echt na al die tijd over haar relatie met Tony Weston vertellen?
Bovendien, als ze het echt over hem had, hoe oud moest die moeder dan wel niet zijn? Honderdveertig?
Hardop zei hij: 'Ja, daar moet je naartoe.' En omdat ze zelf het onderwerp had aangesneden, vond hij dat hij best door mocht vragen. 'Waar is dat feest?'
'Bij haar in de tuin. Een barbecue.' Ellie was druk aan het spelen met Elmo's scheve oren. 'Dus je zult zien dat het dan gaat regenen, maar oké.'
'Hoe oud wordt ze?'
'Zestig.'
Dan was het dus niet de moeder van Tony Weston. Zacks hart bonkte tegen zijn ribbenkast. 'Heeft die vriend van je ook een naam?'
Ze bloosde. 'Todd.'
'Je hebt het nooit eerder over hem gehad.' Het kostte hem moeite om gewoon te blijven doen.
'Nee. Nou ja, het is ook allemaal behoorlijk vers. We gaan pas een paar weken met elkaar.'
'En gaat het goed?'
Ze knikte en zei vrolijk: 'Fantastisch!'
Hij vervloekte die Todd, wie het ook was. 'En had je daarvoor ook een vriend?' Stelde hij nu te veel persoonlijke vragen? Waarschijnlijk wel, maar hij moest beleefd blijven.
Ze aarzelde. 'Hoe bedoel je, ooit of pasgeleden?'
'Sinds je in Primrose Hill woont, bedoel ik.'
Ze schudde haar hoofd. 'Nee, dit is voor het eerst sinds tijden weer.' Ze keek hem verbaasd aan. 'Hoezo?'
Leugens konden maar het beste zo dicht mogelijk bij de waarheid liggen. 'O, omdat ik van iemand hoorde dat hij dacht dat hij je met Tony Weston had gezien,' zei hij.

Ze werd nog roder. 'O.'
'En later besefte ik dat hij dus degene was die had opgenomen toen ik je een tijdje geleden thuis belde.'
'Ja, dat klopt.' Ze knipte in haar vingers naar Elmo, om hem weer bij haar op schoot te lokken. Typische afleidingsmanoeuvretactiek.
Omdat hij nu toch was begonnen, kon hij het net zo goed afmaken. 'Bovendien vertelde je me dat je gratis in de flat van een vriend woonde.'
'O god!' Half lachend, half beschaamd begroef ze haar gezicht in Elmo's donzige oren. 'Hij is gewoon een vriend! Niet míjn vriend. Niet te geloven dat je dat dacht!'
'Sorry. Sorry.' Hij had dus duidelijk de verkeerde conclusie getrokken. 'Ik kan zelf ook niet meer geloven dat ik dat heb gedacht. Het zal wel door Michael Douglas en Catherine Zeta-Jones komen.' Oké, dus het goede nieuws was dat Ellie nooit iets had gehad met Tony Weston. Het slechte nieuws was dat hij zijn kans had laten liggen en dat ze nu ontzettend gelukkig was met iemand anders.
Was de hele wereld soms tegen hem?
'Nee, hij is gewoon een vriend.' Ellie zat nog steeds gegeneerd haar hoofd te schudden.
'Leuk zo'n vriend.' Om van onderwerp te veranderen vroeg hij: 'Hoe heb je hem leren kennen?'
Ze slikte en staarde uit het raam. Het was duidelijk dat ze zichzelf moed in probeerde te spreken. 'Nou eh...'
De telefoon op het bureau begon te rinkelen.
'Niet opnemen.' Hij hield haar tegen toen ze de hoorn wilde oppakken. 'Als het belangrijk is, bellen ze wel terug. Ga verder.' Hij vond het een veel te interessant verhaal worden om haar nu te onderbreken. Want dat er een verhaal achter stak, wist hij zeker.
De telefoon stopte met rinkelen. Ellie klampte zich nog steeds aan Elmo vast alsof haar leven ervan afhing. Elmo, genietend van alle aandacht, lag inmiddels loom als een kleine harige Cleopatra in haar armen.
'Tony is mijn schoonvader. Nou, dat was hij,' verbeterde ze zichzelf.

'Dus je bent getrouwd geweest.' Hij had het nog niet gezegd, of hij legde ineens het verband. Hij wist het! Per slot van rekening had hij Tony Weston meteen gegoogeld toen hij hen die dag samen in The Ivy had gezien. En toen had hij gelezen dat Tony Weston eigenlijk Tony nog wat heette. Maar op dat moment was de achternaam Kendall niet belangrijk genoeg geweest om te onthouden, en daarom was er ook geen belletje gaan rinkelen toen Ellie uiteindelijk in zijn leven was gekomen.

En had hij toen ook niet iets gelezen over de tragische dood van Tony's enige zoon, die was omgekomen bij een verkeersongeluk?

O god.

'Ik ben getrouwd geweest, ja.' Ze knikte om hem te laten merken dat ze snapte dat hij het doorhad. 'Hij heette Jamie. Hij was... te gek.' Ze bleef Elmo's kop aaien. 'Maar hij is gestorven.'

'Wat erg.' Het moest onvoorstelbaar erg voor haar zijn geweest. 'Dat wist ik niet.' Hij keek naar haar vingers die met Elmo's oren speelden.

Ze haalde haar schouders op. 'Ik had het je al veel eerder moeten vertellen, maar ik wilde zo graag met een schone lei beginnen.'

'Heel begrijpelijk.' Was dat de verklaring voor het feit dat ze zich niet tot hem aangetrokken leek te voelen, of was hij gewoon haar type niet?

'Mag ik nog iets zeggen? Ik wil niet dat je nu ineens aardig tegen me gaat doen.'

'Hoe bedoel je: nu ineens? Heb ik al die tijd dan soms niet aardig tegen je gedaan?'

Ze keek naar het lege schoteltje en lachte even. 'Je weet best wat ik bedoel. Ik wil gewoon dat alles blijft zoals het was.'

'Oké,' zei hij, hoewel hij natuurlijk helemaal niet wilde dat alles bij het oude bleef. Hij wilde toch wel dat hun situatie ergens in de toekomst zou veranderen. Want nu hij haar verleden kende, durfde hij zichzelf voor het eerst een kleine flakkering van hoop toe te staan.

Maar jammer van die Todd.

'En vindt die schoonvader van je het leuk dat je een nieuwe vriend hebt?'

Zeg alsjeblieft nee!

'Tony? O, die is dolblij. Je zou bijna zeggen dat hij het zelf heeft bedacht. Hij is echt dolgelukkig.' Haar ogen glansden.

'O. Nou, mooi.' Zack knikte alsof hij ook dolblij was.

Verdomme.

'Maar had je zo geen bespreking?' Om het gesprek af te ronden, vervolgde ze: 'Wat volgende week woensdag betreft, ik zou Roo wel kunnen vragen of ze tijd heeft om met je mee naar het Dorchester te gaan. Zou je daarmee geholpen zijn?'

Die maffe vriendin met dat rare verleden en een afschuwelijke smaak in T-shirts?

'Nee, dat lijkt me niet,' zei hij vastbesloten. 'Maar aardig aangeboden.'

Oef. Nou, dat was eruit. Nadat Zack het kantoor had verlaten, slaakte Ellie een zucht van opluchting. Hoewel ze het niet zo gepland had, was ze blij dat het was gebeurd. Hopelijk was de werkrelatie die Zack en zij inmiddels hadden opgebouwd, sterk genoeg om niet te veranderen nu hij had gehoord wat ze had meegemaakt. Bovendien waren er nog twee goede dingen gebeurd. Ze had niet gehuild, wat toch echt een stap voorwaarts was.

En ze had Todd haar vriend genoemd. Dat was een beetje een experiment geweest, om het hardop te zeggen, gewoon om te voelen hoe het woord op haar tong lag. En eerlijk gezegd had het nogal maf gevoeld. Maar ja, dat was logisch voor een eerste keer. Ze moest het maar beschouwen als een generale repetitie voor volgende week woensdag, wanneer ze Todds familie zou ontmoeten. Nadat ze daar was voorgesteld als zijn vriendin en zelf een paar keer het v-woord zou laten vallen in een gesprekje, zou het – hopelijk – normaal gaan voelen en niet meer zo maf als, bijvoorbeeld, 'vis'.

'Zoals ik laatst tegen mijn vis zei...'

'O, vertel mij wat. Mijn vis is ook gek op rugby...'

'Mijn vis en ik vonden die film fantastisch...'

'O ja, ik heb zaterdag een overhemd gekocht voor mijn vis...'

Nou ja, het punt was dat ze het binnenkort heel gewoon zou vinden om 'vriend' te zeggen. Gewoon niet meer aan denken. Maar jammer van de slechte timing. Een avondje met Zack in het Dorchester zou vast heel leuk zijn geweest. Nou ja, niets aan te doen.

De verjaardagsbarbecue zou hopelijk ook leuk worden.

Ineens begonnen haar ogen te prikken, en ze knipperde de tranen weg. Soms gebeurde dat nog steeds, zonder enige waarschuwing.

Niet huilen, niet huilen.

O Jamie, waar ben je? Ben je daar nog? Doe ik het goed?

26

Langzaam masseerde Tony zijn bonkende slapen; dit was beslist een bijeffect van ouder worden dat hij kon missen als kiespijn. Vroeger zou hij nauwelijks last hebben gehad van een stuk of vijf glazen whisky. En hij zou er al helemaal niet zo'n gigantische kater als nu aan over hebben gehouden.

Hij had vanochtend echter wel grotere zorgen dan zijn koppijn.

Wat was dat precies voor uitvinding waar hij over had gehoord? Een of ander vaardigheidstestje dat je op je computer kon installeren en moest uitvoeren voordat je toegang kreeg tot internet. Als je 's avonds dan bijvoorbeeld na vijf whisky's ineens de aandrang voelde om een mailtje te sturen dat je van zijn leven niet zou sturen als je nuchter was, werd dat je door dat programma gewoon onmogelijk gemaakt als je niet eerst dat testje goed had uitgevoerd.

Alleen zou je natuurlijk altijd wel een manier vinden om een mailtje te versturen, want dit was Beverly Hills. Je kon iemand bellen, iemand van Blok-Unblok! bijvoorbeeld, die dan langskwam om tegen een kleine vergoeding het testje voor je uit te voeren zodat je weer bij je mail kon.

Maar aangezien hij die uitvinding niet had geïnstalleerd, had

hij zelfs dat niet hoeven doen. Hij had gewoon zijn laptop geopend, Martha's e-mailadres ingetypt, zijn bericht geschreven en op Zenden gedrukt.
Zo. Klaar. Simpel als wat.
Akelig simpel.
En hij was ook niet weer zo bezopen geweest dat hij zich niet kon herinneren wat hij precies had geschreven. Misschien dat zijn woorden geen hoog literair gehalte hadden gehad, ze waren wel rechtstreeks uit zijn hart gekomen. Zijn zielige, eenzame, wanhopige en dronken hart.

> O Martha,
> Ik weet dat ik dit niet zou moeten doen, maar ik kan niet anders. Ik mis je. Ik mis je zo erg, Martha. De hele tijd. Ik weet dat het niet goed is, maar dat maakt het alleen maar erger. Ik doe mijn best om je te vergeten. Maar helaas, dat lukt me niet al te best.
> Ik hoop dat het goed met je gaat. Heb je nog veel gouaches verkocht? Ik hoop dat je niets meer hebt weggegeven. En hoe gaat het met Henry? Gaat het een beetje met je? Ik zal niet vragen of je mij ook mist.
> Oké, ik ga nu naar bed. Ga je dit eigenlijk wel lezen? Of wis je mijn mailtjes zonder er ook maar een blik op te werpen? Maakt niet uit. Ik verwacht toch geen reactie. Sorry. Maar ik moest dit gewoon even kwijt.
> Ik hou van je en ik mis je, mijn mooie Martha, meer dan je ooit kunt weten. Maar ik begrijp het wel.
> Wees gelukkig.
> Liefs,
> T x

Tony keek naar het computerscherm, dat flikkerend tot leven kwam. Was hij deze keer te ver gegaan? Misschien lag er in zijn inbox wel een brief van Martha's advocaat, waarin ze hem waarschuwden dat dit werd opgevat als poging tot intimidatie en dat er bij een volgend mailtje zou worden overgegaan tot arrestatie.
Toen sloeg zijn hart echter over, want tussen de vannacht bin-

nengekomen post zat een bericht van Martha. Voor het eerst sinds weken had ze geantwoord. Hij probeerde zijn ademhaling onder controle te houden. Een paar seconden lang kon hij zich er niet toe zetten om het mailtje te openen, bang voor een reactie die hij niet wilde lezen. Als ze verklaarde dat ze zijn adres zou blokkeren, zou hij moeten accepteren dat hij nooit meer contact met haar zou kunnen opnemen.
Dat zou onverdraaglijk zijn.
Met trillende hand bewoog hij de muis.
Klik.
En daar stond Martha's mailtje al op zijn scherm.
Kort en krachtig had ze geschreven:

Ik mis jou ook.

'O, ik heb je zo gemist!'
'Ik krijg geen adem.' Niall lachte naar Roo, met zijn haar nat van de regen. 'Ik stik.'
Roo maakte zich iets van hem los. Toen hij binnen was gekomen, had ze zich als een aapje op hem gestort. 'Ik kan er niks aan doen. Ik ben zo blij. Heb jij ook zo'n rotweekend gehad?'
'Wat dacht je?' Hij had zijn weekend noodgedwongen doorgebracht in Southampton, waar hij een conferentie had bijgewoond. 'Ik kan de woorden "uitbreidingsstrategieën" en "verkoopdoelstellingen" niet meer horen! Laten we het alsjeblieft ergens anders over hebben. Over jou bijvoorbeeld, je ziet er fantastisch uit.' Hij maakte behendig haar donkerblauwe satijnen beha los.
'Je mag er zelf ook zijn.' Roo op haar beurt begon zijn jasje uit te trekken en zijn das af te doen. Ze ging hem echt niet vragen hoe het met Yasmin en Ben was. Ze wilde zelfs niet aan hen denken. Het was maandag tussen de middag, Niall was snel uit zijn werk langsgekomen, en ze hadden maar veertig minuten de tijd voordat hij weer terug moest. Ze wilde geen seconde verspillen. Vandaar dat ze hem zo luchtig gekleed had ontvangen...
Het halfuur dat volgde, was heerlijk. Roo's huid glansde van het zweet toen ze zich op bed tevreden uitrekte als een kat. In

de badkamer aan de andere kant van de overloop stond Niall al onder de douche. Over tien minuten zou hij alweer op weg zijn naar zijn werk, maar ze zou er niet over klagen. Morgenavond zou hij weer langskomen. Ze zou opgewekt en begripvol doen, het gedrag vertonen waardoor hij altijd weer bij haar terug zou willen komen, en dan misschien over een paar maanden...

Ding-dinge-dong.

Roo stopte met ademhalen en draaide haar hoofd. Het was een gedempt geluid, zacht maar onmiddellijk herkenbaar, het teken dat er een sms'je was binnengekomen op Nialls mobieltje.

Wat op zich niet ongewoon was. Maar in alle maanden dat ze hem kende, was het de eerste keer dat Niall zijn mobieltje onbeheerd had achtergelaten. Normaal gesproken nam hij het overal mee naartoe. Zelfs naar de badkamer. Niall en zijn mobieltje waren onafscheidelijk. Toen Roo uit bed stapte en op zoek ging naar het toestel, voelde ze zich net een kind dat stiekem alvast een blik kan werpen op de kerstcadeautjes.

Daar was het, in de zak van zijn broek, die hij een halfuur geleden zo gehaast had uitgetrokken. Ze zag dat het sms'je afkomstig was van een contact dat genoteerd stond als V.

V... V... Zo uit haar hoofd was Vivica, een vroegere collega van hem, de enige die ze kon bedenken. Vivica was een paar maanden geleden weggegaan bij het bedrijf; Niall was nog naar haar afscheidsfeestje geweest. Hij had haar terloops ook verteld dat ze een verdomd goede verkoopmedewerker was, single en hardwerkend.

Roo stond naakt met het mobieltje in haar hand. Haar hersens draaiden op volle toeren. Gedeeltelijk omdat het voor het eerst was dat ze zijn mobieltje in handen had. Maar ook omdat ze intuïtief wist dat ze dit bericht gewoon móést openen.

Haar duim aarzelde boven de toets. Als ze die indrukte, zou het sms'je verschijnen.

Als ze hem indrukte, zou Niall merken dat ze hem had ingedrukt.

Op dat moment werd in de badkamer de douchekraan dichtgedraaid. Een scheut adrenaline joeg door haar heen, want ze

wist dat ze minder dan een minuut de tijd had. Als ze de toets wilde indrukken, dan moest dat nu gebeuren.
Aan de ene kant, Niall haatte het als ze hem controleerde. Hij zou woedend worden.
Aan de andere kant, ze móést gewoon weten wat er in dat sms'-je stond.
Dat moest.
O, laat het alsjeblieft niets ergs zijn...
Ze drukte de toets in.

> Allerbeste weekend ooit! Wanneer weer? En weer en weer en weer!!!! Bel me z.s.m. Veel liefs, V xxxxx

O nee. Alsjeblieft niet. Roo slaakte een jammerkreetje van ellende, terwijl ze met haar verstand de betekenis van die woorden probeerde te begrijpen. Ze voelde zich beroerd... alsof ze moest kotsen. Aan de overkant van de overloop hoorde ze Niall de douchedeur openen en op de tegeltjesvloer stappen. Ze kon hem nog niet onder ogen komen; haar hoofd was er nog niet klaar voor. Haar oren suisden, over nog geen veertig seconden zou hij de badkamer uit komen, ze hadden nu nergens tijd voor, hij moest weer aan het werk...
Oké, eerst dat sms'je wissen. Ademloos friemelde ze aan het mobieltje. Met vingers die ineens wel dikke worstjes leken, drukte ze de noodzakelijke toetsen in. Ze hield het mobieltje stijf tegen haar borst om de piepjes te dempen die haar handelingen met zich meebrachten. Eindelijk was het bericht gewist, verdwenen, voor eeuwig weg. Bijna alsof ze het zich alleen maar had ingebeeld, behalve dan dat ze wist dat dat niet zo was. Onhandig en nog net op tijd liet ze het toestel weer in Nialls broekzak glijden. Toen ging de badkamerdeur open en kwam Niall tevoorschijn. Hij was zich fanatiek aan het droog boenen met haar lievelingshanddoek, de paarse.
'Ik moet plassen,' flapte ze eruit, terwijl ze zich langs hem heen haastte.
Toen ze de badkamer weer uit kwam, was hij al helemaal aangekleed en klaar om weg te gaan.
'Ik heb helemaal geen zin om te gaan.' Hij plantte een plicht-

matig kusje op haar mond, tegelijkertijd op zijn jaszakken kloppend. 'Maar het moet echt. Shit, waar is mijn mobieltje?'
Ze wachtte tot hij het had gevonden, zag de bezorgdheid op zijn gezicht veranderen in opluchting toen hij op het schermpje keek. Geen nieuwe sms'jes. Alles onder controle. Met een zelfverzekerd lachje zei hij: 'Dan ga ik maar. Ik zie je morgen, oké?'
'Ja.' Haar stem klonk hoog en raar, maar Niall leek het niet te merken. Hij haalde even een hand door haar haren en rende toen de trap af, liep het gebouw uit en stapte in zijn auto, *zoef boink klik*.
Als bevroren stond Roo naar het geluid van de wegrijdende auto te luisteren. Haar hersens draaiden nog steeds op volle toeren, waardoor verstandig denken onmogelijk leek. Nog geen tien minuten geleden had ze een vriend gehad die ze aanbad. Goed, hij had een vrouw en een kind, maar verder was hij zo goed als volmaakt geweest.
Maar nu, dankzij één kort berichtje, was haar hele wereld op de kop gezet. Want hoe ze ook haar best deed, het kostte haar grote moeite om een overtuigende verklaring te vinden waardoor het misschien niet was wat het leek.
Vijf minuten later, nog steeds zwetend, was het haar gelukt om Vivica op Google op te sporen. Weer zo'n voorbeeld van de wonderen der techniek die zo veel mogelijk maakten, maar waarvan je soms wilde dat ze dat niet deden. Het leven was toch echt een stuk eenvoudiger en minder pijnlijk geweest voor de komst van internet.
Door Vivica + Broughton and Wingfield Associates in te typen op Google Images had ze drie foto's gevonden van Vivica Mellon die een trofee kreeg uitgereikt wegens uitmuntende verkoopcijfers vorig jaar. Ze zag er ook echt uit als iemand van de verkoop. Haar glanzende, donkere haren waren in een gemakkelijke, korte coupe geknipt, ze had rode lippenstift op en droeg een donkerblauw Trevira broekpak.
Oké, dat van die Trevira klopte waarschijnlijk niet, maar het gaf Roo een beter gevoel om te denken van wel. De triomfantelijke blik op Vivica's gezicht zei: ik laat mij door niemand tegenhouden, dus Roo wist meteen hoe ze in elkaar stak. Als ze

in een winkel werkte en je kwam voor een pak melk, dan zou ze zich in je vastbijten tot je het hele koelvak had leeggekocht.
Was zij het?
Deed zij het met Niall?
Gebeurde het allemaal opnieuw?
Trillend zette Roo haar laptop uit. Het was onverdraaglijk. Haar hele leven al was ze op mannen gevallen die in het begin perfect leken, maar zich vervolgens ontpopten tot echte klootzakken. Steeds opnieuw was ze op wat voor manier dan ook teleurgesteld geëindigd, met een gebroken hart. Een hart waar overheen was gewalst.
Toen ze Niall had leren kennen, had ze echt gedacht dat hij een lot uit de loterij was. Deze keer zou alles eindelijk anders gaan.
Maar toen hij haar eenmaal had veroverd, had hij haar verteld dat hij was getrouwd.
Wat natuurlijk niet zo fijn was, maar er waren heel goede redenen waarom hij zijn vrouw bedroog.
Of niet soms?
En nu dit.
Ze wist het niet zeker, maar het zag ernaar uit dat Yasmin niet de enige was die door Niall werd bedrogen.
Roo werd overspoeld door een gevoel van paniek. Ze werd misselijk en voelde zich vreselijk eenzaam. Ze zou hoe dan ook moeten uitzoeken hoe het zat.

27

Toen Nialls naam op het schermpje verscheen, zette Roo zich schrap. Dit was het. Ze nam op en zei: 'Hallo?'
'Hoi, met mij.' Hij klonk behoedzaam. Wat haar bevestigde in haar ergste vermoedens.
'O, hoi.' Ze probeerde zelf zo opgewekt mogelijk te doen. Afgelopen nacht had ze nauwelijks een oog dichtgedaan. Ze voelde zich vandaag nog steeds misselijk en had bijna geen hap

door haar keel kunnen krijgen. Maar het was belangrijk om gewoon te doen... gewoon, gewoon, gewoon...
'Alles oké?'
'Ja hoor. Waarom vraag je dat?'
'Zomaar.' Stilte. 'Eh, heb je gisteren op mijn mobieltje gekeken?'
'Je mobieltje?'
'Ja, want iemand zei dat hij me voor de grap een sms'je had gestuurd, maar dat heb ik niet ontvangen.'
Hij had het dus allemaal al uitgezocht en wist precies hoe laat het was verzonden. Roo wachtte even en zei toen kalm: 'O, je bedoelt dat sms'je van ene V? Dat eindigde met kusje kusje kusje?'
Zijn stilte vertelde haar alles wat ze moest weten. Dus dat was het dan.
'Het was gewoon een grapje,' zei hij. 'Een van de jongens op kantoor wilde een geintje uithalen, om me te stangen...'
'Niall, het was geen grapje. Wees een man en geef toe dat je het met Vivica Mellon hebt gedaan.'
Nog meer stilte. De ultieme bevestiging.
'Het zal wel komen omdat sommige mensen gewoon nooit tevreden zijn,' vervolgde ze. 'Waarom genoegen nemen met maar één minnares als je er ook twee kunt krijgen?'
'Hoor eens, met haar is het heel wat anders. Ze is gewoon een ex-collega van me. Meer niet.'
'En nu doe je het met haar.'
'Eén keertje maar. Eén weekend, meer niet. Zíj nam het initiatief. Zij zat achter mij aan.'
Hij loog nog steeds. Ineens wist ze het helemaal zeker. Het was net alsof een spiegel als door een wonder was veranderd in een raam, zodat plotseling alles zichtbaar werd. 'O mijn god,' zei ze. 'Je bent echt ongelooflijk.'
Weer een stilte.
'Nou, oké dan.' Van het ene op het andere moment veranderde zijn houding. 'Dus dat was het. Je wilt me niet meer zien. Het is uit.'
Golven van angst en paniek overspoelden haar. Angst en paniek en... een heel krachtig déjà vu. Natuurlijk, dit was het ou-

de vertrouwde bluffen. Een tactiek die ze vaker was tegengekomen, bedoeld om je bang te maken zodat je terugkrabbelde. En ze was ook altijd teruggekrabbeld, omdat het net zoiets was als een redelijk leuke tas in een etalage te zien staan, je het hoofd breken over of je hem wel of niet zou kopen, en dan iemand anders horen roepen: 'O wauw, wat een te gekke tas. Die moet ik hebben!' De dreiging iets kwijt te raken boezemde angst in en vervulde je met wanhoop...

Maar vandaag niet. Ze zou er niet weer in trappen. Deze keer zou ze doen wat ze moest doen.

'Ja, het is uit.'

'Roo.' Zijn stem werd meteen zachter. 'Schatje, je weet best dat je dat niet meent.'

'Ik meen het wel.' Hoewel ze beefde, was ze vastbesloten.

'Wil je echt opgeven wat we samen hebben, alleen vanwege zo'n stom... foutje? Dat is belachelijk. Echt, Vivica betekent niets voor me. Luister, ik kan nu niet weg van mijn werk, maar ik kom vanavond naar je toe. Ik ben er om acht uur, dan kunnen we het erover hebben, het uitpraten.'

'Je hoeft niet te komen. Ik wil je niet meer zien. En ook niet meer spreken. Niet te geloven dat ik je ooit heb vertrouwd. Maar ja, zo stom ben ik nou eenmaal.'

'Roo, we moeten...'

'En ik verander heus niet meer van gedachten.' Ze moest nu ophangen, voordat hij de touwtjes weer in handen kreeg. 'Dag, Niall. En zeg maar tegen Vivica dat die lippenstift haar helemaal niet staat. En misschien kun je vanavond eens gewoon naar huis gaan, naar je vrouw, voor de verandering.'

'Hoe staat het?' Ellie kwam de slaapkamer uit zetten en draaide een rondje om haar nieuwe rode jurkje met spaghettibandjes en wijde rok te showen. Ze had het bij Wallis gekocht, speciaal voor morgenavond. 'Mooi genoeg voor jouw familie?'

'Perfect.' Met uitgestoken armen kwam Todd op haar aflopen.

O god, daar gaan we weer, nu wil hij me weer gaan kussen. Ze wist eronderuit te komen door haar lippen te tuiten en er een soort grappig kusje van te maken. 'Mwah! En als het kil wordt, kan ik er mijn paarse zijden jasje bij dragen. Oké, ik ga me nu even verkleden, dan kunnen we daarna weg.'

Hem ontwijkend liep ze terug naar de slaapkamer. Een heel stel meiden van Brace House ging vanavond naar een voorstelling. Paula, die het avondje had georganiseerd, had erop gestaan dat Ellie meeging en vannacht bij haar op de bank bleef slapen, zodat ze niet midden in de nacht de hele stad door hoefde. 'Ellie, je moet echt meegaan, het is zo lang geleden dat we je hebben gezien! Hoe gaat het daar? Hoe gaat het met jou?'

Die Paula, ze was net een jonge moederkloek. Maar ze bedoelde het goed en had een hart van goud. Bovendien zou het ook leuk zijn om iedereen weer eens te zien en de laatste nieuwtjes te horen. Ellie verheugde zich erop. En Todd, die was langsgekomen om haar zijn nieuwe auto te laten zien, zou haar naar West End brengen.

Ellie verruilde haar jurk voor een witte spijkerbroek en een kakikleurig hemdje. Toen ze de spaghettibandjes om de kleerhanger aan het haken was, ging de bel, en ze riep: 'Wil jij even kijken wie het is?'

Even later riep Todd terug: 'Het is Roo. Ze komt naar boven.'

'Maar ik moet zo weg. Zei ze ook wat ze wilde?'

'Niet echt. Volgens mij huilde ze.'

Ellie legde de kleerhanger neer. 'Wat?'

Roo huilde inderdaad, hoewel ze hard tegen haar tranen vocht. Haar gebleekte witte haar zag er net zo verward uit als zijzelf, en haar ogen waren opgezet. Toen ze zag dat Ellie helemaal klaar was voor haar avondje uit met de meiden, zei ze: 'O, je gaat uit...'

'Kom, ga zitten. Wat is er gebeurd?'

'Het is Niall.' Roo kneep in het verfrommelde zakdoekje in haar hand. 'Het is uit.'

Todd trok een wenkbrauw op. 'Heeft hij het uitgemaakt?'

Mannen! Ellie schudde haar hoofd om zijn gebrek aan tact.

Maar Roo zei: 'Nee, ik heb het uitgemaakt. Ik kan het zelf nauwelijks geloven. Weet je? Hij had nog iemand.'

Ellies mond viel open. 'Je bedoelt behalve jou en Yasmin?'

'Ja. Een of andere ex-collega. Ze zijn dit weekend samen weg

geweest.' Ze veegde langs haar ogen toen er nog wat tranen uit druppelden. 'Wat een klootzak.'
'Maar dat wist je al,' verklaarde Todd. 'Opgeruimd staat netjes, zou ik zeggen. Je bent veel beter af zonder hem.'
'Dat weet ik.'
'Nou, dan snap ik niet waarom je huilt.' Hij leek oprecht verbaasd.
'Omdat ik van hem hield. Omdat ik dacht dat hij ook van mij hield.' Ze snufte en vervolgde ongelukkig: 'Omdat dit weer eens bewijst dat mijn hele leven stom, zielig en nutteloos is.'
'O Roo...' Ellie voelde zich verscheurd. Ze keek op haar horloge; ze zouden nu echt moeten gaan.
'En ik ben bang dat hij langskomt om te proberen me om te praten,' ging Roo verder. 'Dus ik wil niet thuis zijn. Maar jij gaat uit.' Ze keek Ellie smekend aan. 'Mag ik hier niet een paar uurtjes blijven? Zou dat kunnen?'
Ellie nam een besluit. 'Weet je wat, ik zeg het wel af. Ik bel Paula even, dan leg ik het haar uit en dan blijf ik bij jou.'
'Nee, nee.' Roo schudde verwoed haar hoofd. 'O nee, dat is niet eerlijk. Je hoeft voor mij echt niet thuis te blijven, hoor. Dan voel ik me nog rotter.'
'Nou, ik laat je hier niet in je eentje achter.' Ellie sloeg vastbesloten haar armen over elkaar. 'Dat kan ik niet.'
'Weet je wat, ik blijf wel bij haar.' Todd pakte de sleuteltjes van zijn beminde nieuwe Toyota en wendde zich tot Roo. 'Oké?'
Ze knipperde verbaasd met haar ogen. 'Jij?'
Ellie was zich altijd bewust geweest van de enigszins gespannen sfeer tussen Todd en Roo. Todd had er nooit een geheim van gemaakt dat hij Roo's relatie met Niall afkeurde. Roo, op haar beurt, had daarop gereageerd door zich tegenover hem spottend en afwerend op te stellen.
'Ik weet niet of dat wel zo'n goed idee is,' zei Ellie.
'Een andere oplossing is er niet. Ik rijd je even naar Shaftesbury Avenue en dan ga ik weer terug om Roo gezelschap te houden.'
Voorzichtig vroeg Roo: 'Ga je me dan de hele avond aan de

kop zeiken? Want ik heb echt geen zin om naar een preek van jou te gaan zitten luisteren.'
'Hij gaat niet preken. Hij zal heel aardig zijn, hè?' Ellie wees met een waarschuwend vingertje naar Todd. Hij had echter wel gelijk; zij was de belangrijkste reden waarom Paula dit avondje had georganiseerd. Het zou niet eerlijk zijn om haar nu teleur te stellen.
Kalm zei Todd: 'Natuurlijk zal ik aardig doen.'
Roo begon opnieuw te huilen en ze frummelde aan een los draadje uit de scheur op de knie van haar spijkerbroek. Dat ze hem helemaal niet vertrouwde, werd wel duidelijk toen ze zei: 'En je mag ook niet zeggen: "Ik heb het toch gezegd..." '
Todd reageerde niet.
'O god.' Roo slaakte een wanhoopskreet. 'Ach wat, ik verdien het om ongelukkig te zijn. Dus zeg het maar gewoon.' Ze schudde verslagen haar hoofd. 'Het is allemaal mijn eigen schuld.'

Het was elf uur en er gebeurde iets heel raars en heftigs. Roo had in haar hele leven nog nooit zoiets meegemaakt. De afgelopen drie uur hadden Todd en zij non-stop zitten praten. Hij had haar verteld over zijn jeugd met Jamie, over hun hechte vriendschap, zijn vroegere vriendinnen, zijn familie en zijn carrière. Op haar beurt had ze hem verteld over haar muziek, haar jeugd en haar beklagenswaardige ervaringen met het andere geslacht. En op de een of andere manier was haar beeld van Todd Howard in de loop van de avond helemaal gekanteld.
Of... of... zijn beeld van haar was veranderd, en omdat hij haar nu met andere ogen bekeek, kon ze zich ontspannen en hoefde ze niet meer zo kregel en afwerend te doen.
Of zoiets. Hoe dan ook, er had een complete metamorfose plaatsgevonden. Uit het niets was iets elektrificerends opgedoken. Iedere keer dat ze naar hem keek, voelde ze dat gewoon. En zo te zien voelde hij het ook, want hij keek haar de hele tijd diep in de ogen.
Niet dat een van beiden er iets over had gezegd. Maar het was er, het hing als smog in de lucht tussen hen in.

En net als smog benam het je de adem. Ze vond het in toenemende mate moeilijk om te ademen.

'Oké.' Todd verbrak abrupt de stilte die er was gevallen. 'Wacht je soms tot ik begin?'

'Wat?' Hoewel haar glas leeg was, deed ze net alsof ze een slokje nam, zo nerveus was ze. Haar tanden kletterden tegen de rand.

'Je weet best wat ik bedoel.' Hij pakte het glas af en zette het op de salontafel. Toen nam hij haar gezicht tussen zijn koele handen en zei: 'Ik had nooit gedacht dat ik dit nog eens zou doen, echt helemaal nooit niet, maar ik kan niet anders.'

Hun monden waren vlak bij elkaar; nog even en ze zou er scheel van gaan kijken. Op de terugweg had Todd een fles wijn gekocht en die hadden ze samen opgedronken. Roo wist dat ze niet dronken kon zijn van een halve fles, maar ze had zich nog nooit zo krachteloos gevoeld.

'En Ellie dan?' Haar stem leek vast te zitten in haar keel, en ze klonk schor.

'Ik weet het. Ik wil haar ook geen verdriet doen. Maar... het is niet goed.'

'Ik weet ook wel dat het niet goed is! We kunnen dit echt niet maken! Ik moet weg... Ja, ik ga naar huis.' Roo probeerde zich van hem los te maken, terwijl ze stuntelig overeind kwam.

Todd schudde echter zijn hoofd. Hij stond ook op, maar liet haar niet los. 'Zo bedoelde ik het niet. Ellie en ik... Onze relatie is niet goed. Ik heb echt mijn best gedaan, maar het werkt gewoon niet. Het is niet eens echt wat.'

'Maar toch zouden we dit nog steeds niet moeten doen.'

'Ik weet het.' Hij trok haar dicht tegen zich aan, sloeg zijn armen om haar heen en hield haar alleen maar stevig vast. Zonder zich te verroeren. Ze bleven zo'n twintig, dertig seconden zo staan. Hoe langer het duurde dat Todd haar niet kuste, hoe meer ze ernaar verlangde. Haar huid tintelde, haar hele lichaam leek te bruisen van energie. Na een tijdje liet hij haar eindelijk los en terwijl hij haar diep in de ogen keek, zei hij: 'Nou? Zullen we ermee stoppen?'

Roo kon geen woord uitbrengen. Zou het zo voelen als je ter dood was veroordeeld en te horen kreeg dat je allerlaatste gratieverzoek was afgewezen? Het enige wat ze kon doen, was hem verwonderd aankijken, alle details van zijn gezicht in zich opzuigen, de gelaatstrekken die eerder nog zo gewoontjes hadden geleken, maar nu, in een paar uur tijd, bijzonder opvallend waren geworden... het brede voorhoofd, de gekrulde wimpers en de grijze ogen waarin, als je van dichtbij keek, vlekjes amber fonkelden. Zijn gezicht had precies de goede vorm voor zijn gelaatstrekken, zijn mond was onweerstaanbaar... O god, ze moest maken dat ze wegkwam, maar dat kon ze niet, ze kon het gewoon niet...

'Nee dus.' Todd, die haar gedachten had gelezen, glimlachte even. 'Dat wil ik ook niet.' Hij pakte haar hand weer – elektriciteit, meer elektriciteit dan ze aankon – en nam hij mee naar de deur. 'Kom, we kunnen hier niet blijven.'

Ze verlieten samen de flat en staken de straat over. Roo's huid tintelde nog steeds. Ze had het gevoel dat ze droomde... Ze was niet meer verantwoordelijk voor wat ze deed.

Allemachtig, wat een zielige onzin, natuurlijk was ze verantwoordelijk. Aan wie zou ze anders de schuld moeten geven? Op de stoep voor haar huis bleef ze stokstijf staan en zette haar hakken in het zand. 'Dit is verkeerd. We doen dit niet.'

'Roo.' Todd haalde diep adem. 'Ik wil dat je weet hoe het zit. Tussen Ellie en mij.'

Ze sloeg haar handen voor haar gezicht; dit was dus weer precies hetzelfde als met Niall en Yasmin. 'Ik wil het niet horen.'

'Je zult wel moeten. Wat heb ik nou gezegd, luister naar me. Het is geen echte relatie. Er is geen seks,' zei Todd. 'Geen intimiteit. Het is niet echt, het werkt niet. Ik dacht dat het kon werken, maar dat is niet zo. En nu zit ik vast. Ik heb me in een situatie gemanoeuvreerd waar ik niet meer uit kan komen.'

'Dus wat je wilt zeggen, is dat je niet meer met Ellie wil zijn.' Roo greep het zwarte ijzeren hek beet. 'Maar zij wel met jou.'

'Dat weet ik niet. Ik denk van wel. Maar ik zou het eerlijk gezegd niet weten.' In zijn ogen was oprecht verdriet te lezen. 'Ik ben degene die ermee is begonnen, dus wat moet ik doen? Op papier passen we perfect bij elkaar. Jamie was onze gemene deler. Ik wist hoe erg ze hem miste en ik wilde haar een goed gevoel geven. En ik heb mijn best gedaan, ik heb echt mijn best

gedaan, maar het zit er gewoon niet in.' Hij haalde hulpeloos zijn schouders op. 'Als het om iemand anders ging, had ik het al lang uitgemaakt, maar dat kan ik Ellie toch niet aandoen? Ze heeft al zoveel meegemaakt. Ik wil haar geen verdriet doen.'
Nou, dat was dus op het nippertje. Godzijdank was ze op tijd weer bij haar positieven gekomen. Vol zelfhaat zei ze: 'Natuurlijk niet. O jezus, als je nagaat wat we vanavond bijna hadden gedaan. Onverdraaglijk gewoon.'
'Maar Nialls vrouw heb je hetzelfde aangedaan.'
Dacht hij zo over haar? Als het laagste van het laagste? Ze greep het hek zo stevig beet dat haar vingers er pijn van deden. 'Dat is anders.' Zelfs al was het een rotstreek. 'Ellie is mijn vriendin.'
'Maar het is niet alleen seks... jij en ik.' Hij keek haar geëmotioneerd aan. 'Dat tussen jou en mij. Ik weet dat het uit de lucht komt vallen... maar het voelt echt.'
'Vergeet het maar. Het is niet echt en het gaat niet gebeuren. Jij gaat nu weg en ik ga naar bed.' Overspoeld door schaamte vervolgde ze: 'Ga je het aan Ellie vertellen?'
Wat net zoiets was als aan prins Charles vragen of hij gekookte katjes lustte. Vol ongeloof antwoordde Todd: 'Natuurlijk niet.'
'Oké. Nou, tot ziens dan maar.' Ze keek hem na. Haar schuldgevoel was zo groot dat ze het zelf misschien wel aan Ellie zou vertellen. Maar dat zei ze niet tegen hem.

28

'Wat ben je aan het doen?' vroeg Todd.
Ellie ging verder met haar sms'je. Ze waren op weg naar de barbecue van zijn moeder in Wimbledon. 'Ik probeer Roo de hele dag al te bereiken. Ze neemt niet op. Ik hoop dat alles goed is.'
'Vast wel. Je ziet er leuk uit.'
'Hm?' Met vingers die over de toetsen vlogen, maakte ze haar

berichtje af: 'Roo, bel me. Alles goed? Maak me zorgen! Liefs, Ellie xxx.'
Ze drukte op Zenden, keek op en zei afwezig: 'O, je bedoelt deze jurk? Dank je.' Waarom keek hij haar zo aan? Had ze iets verkeerd gedaan? Even snel nadenken... Oké, ze was zijn vriendin, misschien verwachtte hij ook wel een complimentje van haar. Met een vrolijke lach raakte ze even zijn gesteven katoenen mouw aan en zei: 'Ik vind jouw overhemd ook erg leuk!'

'Daar zijn ze! Ach, moet je ze nou eens zien!' Het enthousiasme van Maria Howard, die een gebloemde blouse droeg, kende geen grenzen toen ze hen door de openslaande deuren de achtertuin in zag lopen. Toen ze haar armen zo wijd als engelenvleugels spreidde, morste ze een minigolf champagne in de plantenborder. 'Mijn prachtzoon met zijn mooie vriendin! Kom, kom... O, Ellie, wat heerlijk om je weer te zien! En wat zijn jullie toch een mooi stel samen!'
'Sorry,' mompelde Todd in Ellies oor. 'Maar ik had je gewaarschuwd.'
Dat was waar, maar er was echt geen ontkomen aan. Ellie werd bijna verstikt in Maria's naar Estée Lauder geurende omhelzing. Hoewel ze een beetje het gevoel had dat ze de boel oplichtte, ontroerde de hartelijke ontvangst haar ook. Iedereen zou denken dat zij en Todd een normaal paar waren, met een normale relatie. Terwijl ze zich in werkelijkheid steeds meer een buitenaards wezen voelde dat zijn best deed om voor mens door te gaan.
'Jullie moesten eens weten hoe gelukkig jullie me hiermee maken.' Maria hield haar op een armlengte afstand om trots een blik over haar te laten glijden. 'Om jullie zo samen te zien. Die arme Jamie, we hielden allemaal zoveel van hem. Maar hij zou ook willen dat je verder ging met je leven.'
Ellie knikte. Met een brok in haar keel zei ze: 'Dat weet ik.' De laatste keer dat ze Todds moeder had gezien, was op Jamies begrafenis geweest en aan die dag had ze alleen maar wazige herinneringen. En hoewel ze elkaar daarvoor ook al een paar keer hadden ontmoet, vond ze het een beetje intimiderend dat Maria haar nu opnam met de verrukte blik van een toe-

komstige schoonmoeder. Ze gaf haar dan ook snel het cadeau en de kaart die ze had meegebracht en veranderde van onderwerp. 'Hartelijk gefeliciteerd met je verjaardag! Je ziet er heel goed uit!'

'O ja? Ach, wat lief van je!' Maria omhelsde haar nog een keer. 'We zullen het zo leuk krijgen samen... We kunnen samen gaan shoppen! Kom, dan zal ik je aan iedereen voorstellen. Ze verheugen zich er allemaal erg op om je te leren kenen. Todd, haal eens even wat te eten en drinken voor Ellie... Sue, Sue, waar is Tanya? Kijk eens wie er is!'

Het daaropvolgende uur verliep in een werveling van nieuwe gezichten, namen die ze moest onthouden, mensen die haar keer op keer vertelden dat zij en Todd zo'n mooi paar vormden. Ze keken haar ook vol medeleven aan, zeiden dat ze zoveel had meegemaakt en mompelden wat over dat ze zo moedig was, waarna hun gezichten weer opklaarden en ze verder babbelden over de toekomst die zoveel gelukkiger zou zijn. Maria's zussen, nichten en neven, vrienden en vriendinnen en buren bedoelden het natuurlijk allemaal goed, en het waren ook aardige mensen. Er werden veel grapjes gemaakt over haar en Todd en er werd lachend gespeculeerd over of het al tijd was om een nieuwe hoed te kopen. Toen Ellie een hap had genomen van een kippenpootje en aan Maria vroeg wat er in de marinade zat, had Tanya uitgeroepen: 'O, dus je houdt van koken! Wat een bofkont is die Todd toch!'

Toen ze Sue's ketting had bewonderd, had Sue opgewonden haar arm beetgepakt en gezegd: 'Die heb ik in Venetië gekocht. Ben je daar wel eens geweest? O, daar zouden Todd en jij echt heen moeten gaan! Vreselijk romantisch!' Waarop Dave en Hazel, de overburen, hadden verteld dat ze daar op huwelijksreis waren geweest, wat Rita, de buurvrouw van ernaast, met een woeste bos blond haar, ertoe had gebracht om stralend tegen Ellie uit te roepen: 'Dat is nog eens een idee, hè?'

Ellie glimlachte en probeerde het af te doen als onschuldige plagerijtjes, maar daar was het eigenlijk te weinig subtiel voor en gebeurde het ook veel te vaak. Het was net alsof ze in een soap uit de jaren zeventig zat. Als Todd en zij een echt paar waren geweest, zou ze misschien hebben genoten van de dubbelzinnigheden en het gepraat over trouwen. Misschien zou ze zich hier dan heerlijk op haar gemak hebben gevoeld. Maar nu gaf het haar alleen maar een claustrofobisch gevoel. Ze konden zo niet verder gaan; ze zou er echt iets aan moeten doen. Maar niet nu, niet op Maria's verjaardagsfeest. Dat zou de avond voor iedereen verpesten.

Dus deed ze haar best om vrolijk te zijn, probeerde ze van het eten te genieten, danste ze met iedereen op de muziek en maakte ze plezier.

Om twaalf uur 's nachts nam ze samen met Brendan en Judy, vrienden van Maria die in Hampstead woonden, een taxi. Bij het afscheid omhelsde Maria haar nog even en zei aangeschoten: 'Hoe mooi ik die armband ook vind die je me hebt gegeven, jij bent zelf mijn allermooiste verjaardagscadeau! Ik ben zo blij dat Todd en jij elkaar hebben gevonden!'

Ellie had niet gewild dat Todd haar naar huis bracht, want ze vond dat hij gewoon ontspannen een glaasje moest kunnen drinken. Toen ze afscheid namen, kuste hij haar en fluisterde: 'Dank je. Ik bel je morgen.'

In de taxi terug naar Primrose Hill was Ellie gedwongen om naar een hele reeks wazige fotootjes van de drie kleinkinderen van Brendan en Judy te kijken, die Judy op haar mobieltje had staan. 'O ja, ze zijn echt ons alles, hè?' Judy keek Brendan dromerig aan. 'We zouden echt niet meer zonder ze kunnen, hè? Die schat van een Maria vraagt ook altijd naar ze; ze wil zo graag grootmoeder worden.'

Allemachtig.

'Toen Todd in Boston ging wonen, was ze doodsbang dat hij daar iemand zou ontmoeten en dan voor altijd in Amerika zou blijven,' bemoeide Brendan zich met het gesprek. 'Ze was zo opgelucht toen hij weer hier kwam wonen.'

'En nu heeft hij jou,' zei Judy. 'Geen wonder toch dat ze in de zevende hemel is? Ik kan je één ding vertellen, jullie zullen nooit om een babysitter verlegen zitten zolang Maria er is.'

Help...

Het was al na middernacht, en Roo had een enorme knoop in haar maag. Van schuldgevoel had ze eigenlijk nooit erg last ge-

had. Tot vandaag, vanochtend, toen het schuldgevoel haar in een ijzeren greep had genomen en alles had veranderd. O ja, de verloren tijd werd met grote stappen ingehaald.
Maar zij, Roo Taylor, ging ook veranderen.
En het belangrijkste was nog wel dat dit geen opwelling was. Het was niet zoiets als op een goede dag wakker worden en dan besluiten aan de voorjaarsschoonmaak te beginnen of op dieet te gaan. Het was veel meer dan dat. Want tot vandaag had ze een prettig, stressvrij, egocentrisch leventje geleid. Het ergste was nog wel dat ze dat zelf niet eens had doorgehad, dat ze gewoon almaar door was gegaan, op zoek naar pleziertjes, waarbij ze dingen had gedaan die het in zich hadden om anderen verdriet te doen. Ze had te veel gedronken, te veel drugs gebruikt, met mannen geslapen met wie ze nooit had moeten slapen. En als die mannen toevallig een vrouw of vriendin thuis hadden... nou, dan deed ze het toch, want waarom niet, verdomme? God, nu ze erop terugkeek, was ze een walgelijk, verachtelijk mens geweest. Ze had afgrijselijk gedrag vertoond en ze had zich dood moeten schamen.
Terwijl ze uit het raam naar de lege, donkere straat keek, zette ze haar nagels in haar handpalmen. Nou, ze schaamde zich ook dood. En ze was vastbesloten om het van nu af aan goed te doen. Haar oude leventje had ze achter zich gelaten en haar nieuwe zou nu beginnen.
Ze had vandaag zelfs geen koffie gedronken. Alleen kraanwater. Zo serieus vatte ze het op.
En ook geen alcohol meer. Nooit meer.
Alleen maar heel veel bezoekjes aan... de kerk. O ja, als dat ervoor nodig was, dan deed ze dat gewoon. Ze was vanmiddag al geweest, in de hoop dat God tot haar zou spreken. In de kerk was het koel geweest en er had een beetje een schimmelgeur gehangen, een geur die overstemd werd door die van boenwas. De houten banken waren glad en ongemakkelijk geweest. In de gekleurde stralenbundels die door de glas-in-loodramen naar binnen vielen, hadden stofdeeltjes gedanst. Een vlieg had om haar heen gezoemd als een ministraaljager. God had niet tegen haar gesproken, maar dat maakte niet uit. Want haar geweten had wel gesproken. Bovendien, ze zou het waar-

schijnlijk doodeng hebben gevonden als God echt tegen haar was gaan praten, dus ze was blij dat dat niet was gebeurd. Zo was het beter. Ze zou het zelf oplossen.

Ze verstijfde toen koplampen de hoek om kwamen en de straat verlichtten. Toen de taxi aan de overkant stopte, hield ze haar adem in.

Ellie was terug.

Laat haar alsjeblieft alleen zijn. Ja, ze was alleen.

Roo gooide het raam open, stak haar hoofd eruit en riep: 'Ellie?'

Ellie draaide zich om en keek omhoog, terwijl de taxi de straat uit reed. 'O schat, ik heb me zo'n zorgen om je gemaakt. Hoe gaat het?'

Zou ze zo meteen haar vriendschap met Ellie voor altijd kwijt zijn? Was het eigenlijk wel goed wat ze wilde doen?

Ja, ze moest eerlijk zijn. Dat was de enige manier.

Terwijl haar borstkas zich samenkneep van angst, antwoordde Roo: 'Ja hoor, prima. Maar eh... ik weet dat het al laat is, maar zou je even boven kunnen komen?' Haar stem begaf het bijna.

29

'Dus zo zit het. Todd wilde niet dat ik het jou zou vertellen, maar ik kon niet anders. En je moet hem echt niet de schuld geven, hoor. Het kwam allemaal door mij. Maar het zal echt nooit meer gebeuren. Zeg me alsjeblieft wat ik voor je kan doen om het goed te maken. Ik weet best dat je me nu haat. Ik haat mezelf ook. Maar ik ben veranderd, ik ben een ander mens geworden. Ik zal alles weer goedmaken, wat ik ook verkeerd heb gedaan. Maar echt, je moet weten dat het me heel erg spijt.'

Ellie schudde haar hoofd. Ze had zwijgend naar Roo's bekentenis zitten luisteren. Ze had wel eerder iets kunnen zeggen, maar Roo wilde zo graag schoon schip maken dat het niet goed zou zijn geweest om haar spraakwaterval te onderbreken.

Nu zei ze: 'Niet te geloven.'
Roo liet haar hoofd hangen. 'Sorry.'
'Godzijdank.'
'Wat?'
'Dit is het beste nieuws dat ik in maanden heb gehoord.'
Roo, die helemaal op het verkeerde been werd gezet, vroeg: 'Hoe kan dit nou goed nieuws zijn?'
'Omdat het niks werd tussen ons. Het voelde helemaal verkeerd en ik deed steeds alsof dat niet zo was, maar het was wel zo. Maar ik wilde Todd geen verdriet doen. Ik kon het ook aan niemand vertellen, zelfs niet aan jou. In het begin dacht ik nog dat het kwam omdat ik al een tijdje geen oefening meer had gehad, maar dat was het niet. Tussen Todd en mij kan het alleen maar vriendschap zijn. En hij beseft dat dus ook. O, godzijdank, je moest eens weten hoe fantastisch dit is!'
Roo's gezicht was gewoon een plaatje. 'Dat zeg je niet voor mij?'
'Nee.'
'En je bent echt niet kwaad op me?'
'Nee!'
'Maar ik heb iets heel ergs gedaan.'
'Hallo? Heb ik iets gemist soms?' vroeg Ellie. 'Heb je seks met hem gehad?'
'Nee!'
'Heb je hem zelfs maar gekust?'
'Nee, maar dat wilde ik wel. Ik had hem bijna gekust.'
'Nou, vanaf nu kan dat. Je mag met hem doen wat je wilt. Zo vaak je maar wilt.'
'Nee.' Roo schudde verwoed haar hoofd.
'Wat nee?' Werkelijk, hoe vaak konden ze dat woord nou nog zeggen?
'Ik ga niks met hem beginnen.'
'Maar ik wil juist dat je iets met hem begint.'
'Ellie, ik zei toch dat ik ben veranderd. Ik heb vandaag een pact met mezelf gesloten.' Roo begon op haar vingers af te tellen: 'Ten eerste: geen leugens meer. Ik moest je de waarheid vertellen, zelfs al zou me dat onze vriendschap kosten. Ten tweede: als het me niet onze vriendschap zou kosten, zou ik

alles voor je doen om het goed te maken. En ten derde: er gebeurt sowieso niks tussen Todd en mij.'
'Maar dat is stom. Je vindt hem leuk. En hij vindt jou leuk.'
'Daarom juist. Dat is mijn straf. Als ik van mezelf zou eisen dat er niets tussen mij en Woody Allen mocht gebeuren, zou dat geen echte straf zijn.'
'Maar waarom zou je jezelf straffen?' Ellie fronste. Was ze niet duidelijk genoeg geweest soms? 'Ik ben blij dat het is gebeurd.'
'Dat kan zijn, maar daar gaat het niet om. Ik kon niet weten dat je blij zou zijn, toch? Maar toch heb ik het gedaan.'
'Maar je hebt helemaal niets gedaan!'
'Ik vond het goed dat hij zijn armen om me heen sloeg.'
'Goh.'
'Oké, wat als het niet Todd was geweest? Als het Jamie was geweest, zou je dat niet zeggen,' verklaarde Roo botweg.
Ellie keek haar aan. Daar zat wat in. Maar aan de andere kant, hopelijk zou Jamie zijn armen niet om haar heen hebben geslagen.
Of wel soms?
Natuurlijk niet. In geen duizend jaar. Zelfs niet als we op de Noordpool hadden gezeten.
Je hoeft ook weer niet zo te overdrijven, hoor.
Hoe dan ook, over echtgenoten gesproken...
'En dat met Niall? Je gaat me toch niet vertellen dat je van plan bent om Yasmin te vertellen dat je wel heel wat meer hebt gedaan dan je armen om haar man heen slaan?'
'Ik zat er wel over te denken.'
'Niet doen!'
Roo leek verscheurd. 'Geen goed idee?'
'Een verschrikkelijk slecht idee. Dat kun je echt niet maken, geen sprake van.' Ellie rilde bij de gedachte. 'Ze heeft een baby en een man die haar bedriegt. Dat lijkt me al erg genoeg. Je moet het haar niet vertellen.'
'O. Oké.'
'Zweer het.'
'Ik zweer het.'
'Mooi zo. Oké, kom eens hier.' Ellie stond op en omhelsde haar. 'Het komt allemaal wel goed.'

Roo barstte meteen in huilen uit. 'Je bent zo aardig en dat verdien ik helemaal niet. Ik ben zo'n vreselijk mens.'
'Dat ben je helemaal niet.' Roo's korte stekeltjeshaar met gel erin voelde aan als kunstgras. 'Je hebt een fout gemaakt en je lesje geleerd. Ik ben blij dat je hebt besloten om Niall niet meer te zien. En ik ben nog blijer dat Todd en ik niet meer hoeven te doen alsof we een stelletje zijn. We kunnen weer gewoon vrienden worden. Kijk me aan.' Ellie maakte zich iets los en keek naar Roo's ongelukkige, betraande gezicht. 'Niet huilen. Ik zou het hartstikke leuk vinden als jullie samen iets kregen.'
Roo schudde echter al haar hoofd, er zo te zien erg op gebrand om zichzelf te straffen. 'O nee! Dat gebeurt niet. Dat laat ik echt niet gebeuren.'

'Hoe was het feest gisteravond?' Zack kwam tussen twee afspraken door even het kantoor in lopen, met een stuk toast in zijn hand.
Tja, een logische vraag. Ellie antwoordde: 'Te gek! Geen regen, iedereen was aardig, het eten was heerlijk. Ik heb zeven kippenpootjes gegeten. En hoe was jouw chique gedoetje in het Dorchester?'
'Waarschijnlijk een stuk saaier dan jouw barbecue. En helaas ook zonder kippenpootjes.' Hij at zijn toast op. 'Maandagavond heb ik weer iets in het Claridge's. Zou je dan kunnen, denk je?'
In het Claridge's? Joepie!
'Maandag? Geen probleem.' Terwijl ze enthousiast zat te knikken, werd er aangebeld door de volgende afspraak van Zack.
'Fijn. Prima. Ik doe wel even open.' Met een tevreden blik liep Zack het kantoor uit om zijn cliënt binnen te laten en mee naar boven te nemen.
Ellie ging verder met typen. Ze had zich er niet toe kunnen zetten om het Zack te vertellen van Todd. Pas vorige week had ze het voor het eerst over hem gehad en had ze tegen hem opgeschept over hoe gelukkig ze waren. Dan zou het toch echt heel idioot overkomen als ze hem een paar dagen later alweer vertelde dat het uit was? Als ze zou proberen uit te leggen dat ze heel blij was, zou Zack haar niet geloven. Hij zou denken

dat ze keihard was gedumpt. En dan zou hij medelijden met haar krijgen, wat nog erger was. Dan was ze weer terug bij af, de arme weduwe die met fluwelen handschoentjes moest worden aangepakt.

Nee, het was veel simpeler om het hem gewoon niet te vertellen. Er was ook geen enkele reden waarom hij de waarheid zou moeten weten.

Over de waarheid gesproken, ze moest het er nog steeds met Todd over hebben. O, en die arme moeder van hem. Maria zou er kapot van zijn wanneer ze hoorde dat haar zoon weer vrijgezel was.

Des te meer reden om Roo van gedachten te doen veranderen.

Todd kwam meteen na zijn werk langs. Hij deed vreselijk berouwvol. 'Het spijt me zo.'

'Begin jij nou ook nog? Ik zei toch dat ik het goed nieuws vond! Het werkte gewoon niet. Dat wisten we allebei. We waren alleen te beleefd om het hardop te zeggen. Nu kunnen we weer gewoon doen. We hoeven niet meer onze best te doen en we kunnen ook ophouden met dat smerige gekus!'

Todd ontspande zich zichtbaar. 'O god, wat was dat raar, hè? Ik wist niet dat het zo kon zijn. Ik snapte maar niet waarom het zo voelde, zo... zo...'

'Vies,' zei ze behulpzaam. 'Maar trek het je niet aan, het lag niet aan jou.'

'Ook niet aan jou.'

'Het klopte gewoon niet. Net een boterham met Marmite en aardbeienjam. We zijn allebei aardige mensen, maar we passen gewoon niet bij elkaar.'

Todd knikte. 'Piccalilly en chocolade.'

'Drop en bacon.' Ze wapperde met haar handen. 'Ophouden, anders moet ik nog overgeven.'

'We worden weer gewoon vrienden.'

'Ik voel me meteen een stuk beter.' Ze trok een gezicht. 'Je moeder zal het vast heel erg vinden.'

'Dat denk ik ook, maar ze komt er wel weer overheen.'

'Ja, zodra je Roo meeneemt.'

Todd haalde een hand door zijn haar. 'Echt, ik had geen flauw idee dat dat zou gaan gebeuren. Ik probeer me alles weer voor de geest te halen, maar echt, er was geen enkele aanwijzing voor.'

'Ik weet het. Ongelooflijk hè, dat het zomaar ineens kan toeslaan? Ik wist niet eens dat je haar zo aardig vond.'

'Maar dat is het nu net.' Hij maakte een ongelovig gebaar. 'Ik vond haar helemaal niet aardig. Omdat ze het met een getrouwde man deed. Maar toen op dinsdag... ik weet het niet... ze was zo hard voor zichzelf, en toen leek alles te veranderen. Die gevoelens kwamen uit het niets. En voor haar was het precies hetzelfde. We wisten het allebei. Ik wilde niet dat ze het jou vertelde, omdat ik je geen verdriet wilde doen.'

'Wat lief van je! Maar ik ben blij dat Roo het me wel heeft verteld, anders hadden we nog maanden met zijn tweeën doorgesukkeld, terwijl we niet bij elkaar passen.' Ze wapperde met haar hand voor haar gezicht uit opluchting. 'En eigenlijk zou je nu naar haar toe moeten gaan.'

Hij aarzelde. 'Ze heeft gezegd dat het beter was om elkaar niet meer te zien.'

'Ja, maar dat was toen. Daar is ze inmiddels wel overheen. Kom, dan ga ik even met je mee, dan weet ze dat het in orde is.'

Hij keek haar ongemakkelijk aan. 'Kun je haar niet even bellen om dat te zeggen? Dan ga ik daarna wel in mijn eentje naar haar toe.'

'O nee! Ik wil dit met eigen ogen zien. Al die chemie die ineens op wonderbaarlijke wijze is opgeborreld. Dat laat ik me niet ontnemen.' Smekend vervolgde ze: 'Toe, laat me meegaan. Het wordt vast heel romantisch. Ik kan bijna niet wachten!'

'Nee.'

Ellie probeerde het opnieuw. 'Toe Roo, doe open.'

Vanuit het raam, boven, schudde Roo haar hoofd. 'Nee.' Haar haren stonden alle kanten uit, ze leek net een geëlektrocuteerde witte kat, en op haar gezicht zaten vieze vegen. Ze richtte zich helemaal op Ellie en weigerde Todd aan te kijken. 'Hij komt er niet in.'

'Maar het is oké. Doe mij een lol, en begin iets met hem.'

'Dat gaat echt niet gebeuren. En eerlijk gezegd vind ik het nogal pijnlijk dat je denkt dat ik zo snel zal toegeven. Dit is niet een of andere gril van me, hoor. Ik ben een compleet nieuw mens, met een moraal, en scrupules.'
'En een smerig T-shirt,' zei Ellie, want ze zag ook grijze vlekken op de voorkant van het shirt. 'Wat ben je daar in vredesnaam aan het doen?'
'Aan het opruimen. Alle troep gaat eruit. Ik ben van mijn leven aan het afkicken. Trouwens, is hij met de auto?'
'Ik ben erbij, hoor,' wees Todd haar erop. 'En ja, ik ben met de auto.'
'Oké. Wacht even.' Roo verdween uit zicht.
'Zie je nou wel?' zei Ellie bemoedigend. 'Ik zei toch dat het goed zou komen. Ze komt naar beneden.'
'Niet waar.' Roo stak haar hoofd weer uit het raam. 'Naar achteren jullie, want ik kan niet zo goed mikken.'
'Wat ben je van plan?' vroeg Ellie. 'Wil je ons neerschieten?'
Plof. Plof. Plof. Drie volle vuilniszakken landden op de stoep. Uit een ervan, die niet goed dichtzat, stak een spijkerbroek in luipaardprint. 'Doe eens wat nuttigs jullie, en breng die even naar de liefdadigheidswinkel,' riep Roo naar beneden.
Ellie bukte zich om het label aan de spijkerbroek te bekijken. 'Wat is er aan de hand? Dit is je lievelingsbroek!' Bovendien was het een Vivienne Westwood.
'Ik weet het. En nu mag het de lievelingsbroek van iemand anders worden.'
Haar geliefde paarse suède jasje, het zwarte kanten topje met het roodfluwelen randje, de witte rok, de zilveren leren riem. Terwijl Ellie in de zak rommelde, zei ze: 'O Roo, dit zijn al je lievelingskleren! Dat kun je echt niet maken.'
Plof, plof, plof. Ellie sprong opzij toen de volgende lading door de lucht kwam aanzeilen. Het was net alsof je werd gebombardeerd door reusachtige meeuwen.
'O jawel, hoor,' reageerde Roo. 'Het moet.'
'O mijn god,' mompelde Todd. 'Twee dagen geleden ben ik verliefd geworden op het meisje van mijn dromen en vanavond ontdek ik dat ze krankzinnig is.'
'Ben je verliefd op haar?' Ellie draaide zich verbaasd om.

Toen tot Todd doordrong wat hij er net had uitgeflapt, kreeg hij knalrode oren. Hij wist niet hoe snel hij terug moest krabbelen. 'Zo bedoelde ik het niet, ik bedoelde dat ik toen ontdekte dat ik haar lief vond. Je moet er niet meteen van alles achter zoeken.'
'Het was je onderbewuste dat sprak. Dat betekent dat je hersens weten wat je voelt.' Ze pakte zijn arm beet. 'Daar hoef je je toch niet voor te schamen? Je moet er gewoon aan toegeven.'
'Zoals ik al zei, dat was voordat ik tot de ontdekking kwam dat ze krankzinnig was.'
'Roo? Laat Todd binnen. Hij is verliefd op je!'
'Hij komt er niet in. Ik wil dat hij weggaat.'
Ellie bleef voor Todd pleiten, maar Roo gaf niet toe. Haar besluit stond blijkbaar vast. Aangezien er weinig anders op zat, laadde Todd de vele vuilniszakken in zijn auto en reed weg.
Roo zei: 'Je hoeft niet te proberen om me op andere gedachten te brengen, want dat gebeurt toch niet. Hier, probeer deze eens.' Ze richtte de verstuiver van een parfumflesje in de lucht en kneep erin.
De nevel dwarrelde als poedersneeuw om Ellies gezicht. Het was een heerlijke geur, mediterrane citroenen in een flesje. 'Dat is je Annick Goutal.'
'Je mag hem hebben als je wilt. Kom boven, ik heb nog heel veel spullen hier.'
Ze meende het. Toen Ellie bovenkwam, zag ze dat het hele huis vol dozen en halfvolle tassen stond. 'Je mag al mijn make-up hebben,' zei Roo met een nonchalant gebaar. 'Ik heb het niet meer nodig.'
Ze had inderdaad geen make-up op en droeg alleen het stoffige oude T-shirt en een versleten spijkerbroek.
'Dit gaat echt te ver,' zei Ellie. 'Je kunt niet zomaar al je make-up gaan weggeven.'
'Als jij het niet wilt, dan vind ik er wel iemand anders voor. En ik ben ook gestopt met drinken. Als je wilt mag je de flessen van de Nieuw-Zeelandse sauvignon blanc uit de koelkast hebben.'
'Roo, dit is toch nergens voor nodig.'
'Ik wil het. Het geeft me een goed gevoel. En ik heb ook een baan.' Ze straalde. 'Morgen begin ik.'

Och hemeltje. 'Wat voor baan?'
'Als vrijwilligster bij de liefdadigheidswinkel op Ormond Road. Dat opvanghuis naast het reisbureau.'
'Maar dan moet je de hele dag staan. Daar krijg je hartstikke zere voeten van.'
'Als oude dametjes het kunnen, kan ik het ook.'
Dat viel te bezien; oude dametjes die als vrijwilligster in een liefdadigheidswinkel werkten, waren meestal uit steviger hout gesneden dan Roo. Roo was meer een tere orchidee.
'Heb je nog van Niall gehoord?'
'Nee, ik heb zijn nummer geblokkeerd.'
'Je kunt een beter mens zijn en toch iets met Todd hebben, dat snap je toch wel?'
'Hou er nou maar over op. Dat ik niets met Todd mag hebben, is mijn straf voor het feit dat ik slecht ben geweest. Ik verdien het om gestraft te worden,' zei ze.
'Oké, mij best.' Ellie zweeg even. 'Zullen we dan nu de kroeg in gaan?'
'Dat is heus niet grappig!' Roo sloeg naar haar met een goudkleurige broek. 'Nee!'
'Gaat die ook naar de liefdadigheid?'
'Waarschijnlijk wel.'
'Gelukkig maar,' zei Ellie, en ze maakte dat ze wegkwam.

30

'Jamie? Ben je daar?' Ellie zei het niet hardop, alleen in haar hoofd. Maar hij hoorde haar toch.
'Ik ben er altijd.' Hij kwam de huiskamer binnen, grijnzend en blootsvoets. 'Ik ben net Lurch uit *The Addam's Family*. Heeft u gebeld?'
'Je ziet er een stuk beter uit dan Lurch.' Ze wachtte even. 'En nu hoor jij te zeggen dat ik er ook goed uitzie.'
'Maar dat weet je al. Dat is mijn lievelingsjurk.'
Ze hadden hem drie jaar geleden in de etalage van een win-

keltje in Totnes gezien. Het was een eenvoudig jurkje van soepel vallende matte zijde, pauwblauw met een dessin van smaragdgroene krullen, en met om de hals en zoom een handgeverfd gouden randje. Het was een prachtige jurk en ze had hem aangehad toen ze uit eten waren geweest op zijn laatste verjaardag.

'Ja, voornamelijk omdat je ontdekte dat je de rits met één hand kon losmaken.'

Opgewekt zei hij: 'Dan is het maar goed dat ik vanavond thuisblijf. Je wilt vast niet dat je rits ineens opengaat terwijl je met je baas op dat chique etentje bent.'

Ellie kneep in haar tubetje lipgloss. 'Ik vind het vervelend om het je te moeten vertellen, maar je bent geen spook. De tijd dat jij ritsen losmaakte, ligt achter je.'

'Ik weet het.' Hij keek naar haar terwijl ze een laagje lipgloss opdeed. 'Is dat die naar abrikozen smaakt?'

'Ja.' Ze kreeg een brok in haar keel; hij had de lipgloss er altijd af gekust om de smaak te proeven.

'Niet huilen. Dan loopt je make-up uit.'

Makkelijker gezegd dan gedaan. Ze stopte de lipgloss in haar avondtasje en zei: 'Ik ga.'

'Veel plezier.' Hij keek haar vertederd aan. 'Ik meen het. Ik wil dat je een leuke avond hebt.'

Een chic diner in het Claridge's in Mayfair. Ze zou er heel wat voor overhebben om de avond daar met Jamie te kunnen doorbrengen.

Oké. Hou op. Niet aan denken nu.

'Dat zal wel lukken. Dag.'

Hoewel Zack natuurlijk geen Jamie was, zag hij er behoorlijk indrukwekkend uit. Terwijl de taxi wegreed over Brook Street, ving ze hun spiegelbeeld op in de etalage van Vidal Sassoon tegenover het Claridge's. Zelf leek ze net een verbeterde versie van zichzelf, vond Ellie, maar Zack, in zijn donkere pak, was letterlijk de blikvanger. Een meisje dat op de stoep liep, had het zo druk met naar hem kijken dat ze bijna van de stoeprand in de goot viel.

Zack, die niet doorhad waarom het meisje was gestruikeld,

legde beschermend zijn hand op Ellies rug en zei: 'Pas op, dit zijn rotstoepen.' Hij nam haar over straat mee naar het hotel, waar ze opnieuw een blik opving van henzelf in een ander raam.

Joehoe, moet je ons eens zien, op weg naar de ingang van het Claridge's als een of ander glamoureus stelletje in een advertentie van Chanel – als meisjes in Chanel-advertenties tenminste goedkope schoenen en haarkammetjes met nepbriljantjes droegen. Ach, je kon nooit weten, misschien deden ze dat ook wel.

Voor het hotel bleef ze even staan om naar de rij vlaggen boven de ingang te kijken. Hier logeerden staatshoofden. Koningen en koninginnen, prinsen en prinsessen. Hoeveel beroemde mensen waren er wel niet door die draaideur naar binnen gegaan?

'Hé hallo! Jij bent toch Ellie? Grappig, ik stond net je jurk te bewonderen en toen zag ik ineens dat ik je kende. Jij was laatst toch met je vriendin bij mij in de salon?'

Het was Yasmin Brookes. Terwijl Ellie nadacht, leek de tijd zowel sneller te gaan als langzamer, wat wel vaker gebeurde in dit soort pijnlijke situaties. Ze had Niall nooit ontmoet, maar Roo had haar een keer een foto van hem laten zien. En de man die Yasmin bij zich had, was beslist Niall. Hemeltje, met zijn eigen vrouw op stap, dat mocht wel in de krant.

'O ja, hoi.' Omdat Ellie zag dat Yasmin naar Zack keek, en ze niet wilde dat ze voorbarige conclusies trok, zei ze snel: 'Dit is mijn baas; we hebben een zakendinertje.'

'In het Claridge's, te gek zeg! Maar je hebt echt een fantastische jurk aan. Trouwens, dit is Niall, mijn man.'

Terwijl Niall vriendelijk naar hen glimlachte, zei Yasmin tegen hem: 'We hebben zo leuk met elkaar gepraat in de salon. Ik had je toch verteld over Ellies vriendin? Die precies op die popzangeres leek, Daisy Deeva? Je weet wel, van de Three Deevas, van jaren geleden. Ze was het natuurlijk niet, maar ze was toch heel aardig!'

Nialls gezicht leek als verstijfd; zijn ogen schoten van Yasmin naar Ellie, en toen tot hem doordrong wie ze was, vertrok er een spiertje in zijn kaak en kreeg hij rode vlekken in zijn hals.

Ellie glimlachte naar hem, genietend van zijn ongemak. Was dit leedvermaak? Heerlijk.
Hardop zei ze: 'Ja, ze is ook erg aardig.' Ze zag Nialls adamsappel op- en neergaan als een rubber eendje op een woelige zee.
'Past ze soms op je baby vanavond?'
Oei. Leedvermaak was leuk, maar niet als je er zelf het slachtoffer van dreigde te worden. 'Ja, ja,' zei Ellie snel. 'En wat gaan jullie vanavond doen?'
'O, we hebben gewoon met wat vrienden afgesproken in een kroeg in Molton Street. Het is echt verwennerij, hè, om 's avonds eens uit te kunnen gaan. Ellie heeft een meisje,' legde Yasmin uit aan Niall. Toen wendde ze zich weer tot Ellie. 'Sorry, maar ik weet even niet meer hoe ze heet...'
O shit, shit en nog eens shit. Ellies hart sloeg op hol; ze kon het zich echt niet meer herinneren en nu keek Zack haar ook nog vragend aan... Help! Allemachtig, hoe heette haar baby ook alweer?
'O ja! Alice!' De opluchting die Yasmin uitstraalde, was niets vergeleken bij de opluchting die Ellie voelde. 'Ik haat het als ik iets vergeet. Dat krijg je, hè, als je een kind hebt gekregen, je hersens lijken dan soms wel net zo zompig als natte luiers.'
Hoewel ze door het oog van de naald was gekropen, voelde Ellie zich toch een beetje beroerd. Alice, dat was het, godzijdank dat een van hen het nog had geweten. Ze toverde een lachje tevoorschijn en zei vrolijk: 'Vertel mij wat! Soms kan ik me zelfs mijn eigen naam niet meer herinneren!' Ze wees naar Zack. 'Of die van dinges hier!'

Eenmaal binnen zei Zack: 'Ik neem aan dat Roo vanavond niet aan het babysitten is.'
'Nee.' Kon hij horen dat haar hart nog steeds tekeerging als een aap die aan de tralies van zijn kooi rammelde?
'Ik hoop maar dat dat niet wil zeggen dat je Alice alleen thuis hebt gelaten.'
'O, die redt zich wel. Geef haar een fles rum en de afstandsbediening, dan hoor je haar de hele avond niet. Ze is erg wijs voor haar leeftijd.' Ellie keek nog even over haar schouder om

er zeker van te zijn dat Yasmin en Niall hen niet door de draaideur waren gevolgd. Nee, de kust was veilig. Ze haalde opgelucht adem en zei: 'Bedankt dat je me van hen gered hebt.'
'Graag gedaan.' Zack was handig tussenbeide gekomen door te zeggen dat ze te laat zouden komen als ze nu niet naar binnen gingen. 'Hoewel ik even niet wist hoe ik het had. Ik vroeg me een ogenblik af of dit soms weer zo'n familielid van je was dat je tot dusverre voor me verborgen had gehouden.'
'Ik heb geen kind. Echt niet.'
'Zoveel snapte ik ook toen je niet op de naam kon komen.'
'O god.' Ellie kromp ineen. 'Viel het erg op?
'Alleen voor iemand die zeker wist dat je geen kind had. Volgens mij hadden zij niks in de gaten.'
'Gelukkig. Nou ja, ik hoef ze toch nooit meer te zien.' Ze keek op haar horloge. 'Zijn we echt te laat? Moeten we al naar boven?'
'We hebben nog een paar minuten.'
'En in die tijd wil je zeker ook horen hoe het me is gelukt om een denkbeeldig kind te hebben?'
' "Willen" is nog zacht uitgedrukt.'
'Goed, ik zal het je vertellen, maar het is geen prettig verhaal.' Ze haalde diep adem. 'Niall is de getrouwde man met wie Roo iets had. Ze ontdekte waar zijn vrouw werkte en ik moest van haar mee om te kijken of Yasmin echt zo'n ramp was als Niall beweerde. Het leek toen wel een goed idee om te doen alsof ik ook een kind had, dan zouden we iets hebben om over te praten. En het werkte ook best goed, totdat ze het over de bevalling wilde hebben.'
'Ik heb gehoord dat die nogal pijnlijk kan zijn,' zei hij ernstig.
'Ja, maar ik was heel moedig. Hoe dan ook, je hebt haar net gezien. Yasmin is heel leuk. Maar Roo wilde dat gewoon niet toegeven. Maar vorige week ontdekte ze dat ze niet Nialls enige minnares was. Toen heeft ze hem gedumpt, en ze is nu hard op weg om zichzelf in een non te veranderen.'
'Hij is dus een van die mannen die pas gelukkig zijn als ze hun partner kunnen bedriegen. Heel leuk.' Aan zijn gezicht was te zien hoe hij daarover dacht. 'Ik hoop maar dat die vriend van jou niet zo is.'

'Nee, dat is hij niet.' Aangezien ze nog niet had gezegd dat het uit was met Todd, kon ze hem moeilijk vertellen over het fiasco tussen Todd en Roo.
'Vindt hij het niet erg dat je vanavond met mij uitgaat?'
'Nee, dat vindt hij echt niet erg.' Dat was in elk geval waar.
'Gelukkig. Nou, dan kunnen we maar beter naar boven gaan.' Toen Zack naar de lift gebaarde, raakte zijn hand even haar arm.
Haar huid begon te tintelen. Gek, dat was haar nog niet eerder overkomen. En toen de liftdeuren opengingen en Zack haar met een glimlach te kennen gaf dat ze als eerste moest instappen, kreeg ze even een raar gevoel in haar buik. O god, dat wilde ze niet. Ze had geen enkele ervaring meer op mannengebied, en haar eerste poging tot een comeback was op een ramp uitgelopen. Het kon toch niet zo zijn dat ze zich uit wanhoop om die misser in een verliefdheid stortte op – uitgerekend – haar baas? Wat gênant. Wat zielig. Wat vreselijk ongepast. Oké, dat zou ze niet toestaan. Zíj had het toch zeker zelf voor het zeggen?
Gewoon niet aan beginnen!

31

Het etentje bleek gezelliger te zijn dan ze had verwacht. Bob Nix was een grote, schaamteloze multimiljonair uit Texas met wie Zack al vaker zaken had gedaan. Hij had een stuk of tien zakenlui met hun partners uitgenodigd voor een drankje en een hapje in de Clarence Room, in de hoop zijn kring van zakenrelaties wat uit te breiden.
De sfeer was ontspannen en luidruchtig. Bob was het prototype van een Texaanse miljardair, een J.R. Ewing waar lucht in was gepompt. Hij had een rood gezicht, leek bijna uit zijn kleren te knappen en maakte met veel kabaal grappen en grollen. Hij was achter in de vijftig, droeg geen Stetson, maar had wel lichtgevende tanden, en hij torende met zijn gestalte van bijna

twee meter hoog uit boven zijn vrouw Bibi, die jong was, en superglamoureus à la Dolly Parton. Maar ze was net zo hartelijk als Bob. Ze complimenteerde Ellie met haar haarkammetjes en ontdekte al binnen een paar minuten dat ze even oud waren; het duurde niet lang of ze zaten gezellig te kletsen over mode, muziek, schoenen en make-up.
'Dus jullie zijn allemaal stelletjes?'
'Nee, nee, ik werk alleen maar voor Zack.' Gelukkig was Zack diep in gesprek bij de haard.
'Nou, je kunt ook samenwerken en toch een stel zijn,' zei Bibi met flonkerende ogen. 'Zo heb ik Bob ook leren kennen! Ik was zijn personal trainer.'
Ellie probeerde niet te denken aan Bob in een strak kort broekje die moeizaam zijn push-ups deed. 'Nou, bij ons zal dat niet gebeuren. Hij heeft me juist aangenomen omdat hij dat wist. Bovendien heb ik al een vriend.'
'O. Oké. Sorry. Maar Zack is wel een lekker ding.'
Dat weet ik ook wel, dacht ze. Hardop zei ze: 'Mijn vriend ook.'
Bibi lachte. 'Ach, let maar niet op mij, ik ben gewoon hopeloos romantisch! Ik ben zo gelukkig met Bob dat ik de hele tijd andere mensen aan elkaar probeer te koppelen.' Toen ze Ellies blik van verbazing opving, vervolgde ze: 'Aha, jij dacht dus ook dat ik op zijn geld uit ben, hè? Maar dat is niet zo. Hij is mijn grote liefde. En we zijn op huwelijkse voorwaarden getrouwd. Als we uit elkaar gaan, heb ik alleen nog mijn trots.'
'Heel goed.' Ellie voelde raar genoeg tranen achter haar ogen prikken. O god, wat een hopeloos geval was ze ook.
'En de sleutel van de kluis! Nee hoor, grapje!'
Tijdens het eten vroeg de vrouw van een andere zakenman aan Ellie of ze ook een goede botoxkliniek in Harley Street kende.
'Sorry, ik heb nog nooit een botoxbehandeling gehad,' zei Ellie.
De vrouw, die Kara heette, zei: 'Jezus, waarom niet?'
'Ik ben pas negenentwintig.'
'Je kunt niet vroeg genoeg beginnen! Ik heb mijn eerste al op mijn twintigste gehad!' Kara, die een gezicht had als van een wurgslang, boog zich over tafel heen en sperde moeizaam haar

neusgaten. 'Toen ik zo oud was als jij nu bent, had ik al zes operaties achter de rug... ogen, oren, plus een hele facelift!'

'En je hebt ook iets aan je knieën laten doen,' bemoeide haar man zich ermee. 'Wat zeg je altijd ook alweer? Niets zo erg als een vrouw met mollige knieën.'

'Inderdaad.' Kara deed alsof ze moest kokhalzen. 'Ik bedoel, met Pasen waren we in Toscane met de Mainwarings, en je had Kizzy's knieën eens moeten zien. Zo mollig en lelijk. Iedere keer als ik ernaar keek, moest ik bijna overgeven!'

'Oké, schat, wind je niet zo op,' zei haar man. 'Sommige mensen vallen meer op puur natuur.'

'Nou, dat is dan stom van ze.' Kara rilde. 'Het is gewoon verkeerd. Ze zouden meer rekening moeten houden met een ander.'

Ze meende het ook nog. Ellie had zin om aan Kara's man te vragen of hij ook iets aan zijn knieën had laten doen. Toen ze naar Zack keek, die aan de andere kant van de tafel zat, kostte het haar moeite om haar gezicht in de plooi te houden.

Ze praatten verder over Toscane, waar iedereen op vakantie leek te zijn geweest. Een paar van de aanwezigen hadden er zelfs een villa.

Bob vroeg: 'En jij, Ellie? Waar ga jij het liefst naartoe op vakantie?'

'Zijn jullie ook in San Gimignano geweest?' Kara was niet meer te stuiten; haar slangenogen met de bijna geheel afwezige oogleden schoten over tafel. 'Dat ligt vijftig kilometer van Florence. Een middeleeuws stadje met een dikke muur eromheen. We verbleven in een boerderij er vlak bij en hebben een hele maand helemaal niets gedaan. Idyllisch gewoon.'

'Ellie?' herhaalde Bob.

Ze glimlachte naar hem. 'Ik ga het liefst naar Cornwall.'

'Cornwall?' Met zijn Amerikaanse accent was het net alsof hij het over heel iets anders had. 'Linksonder op de kaart toch? Nee, nooit geweest.'

'Je zou er echt eens heen moeten gaan.' Ellie zette haar wijnglas neer. 'Het is er prachtig. Mijn lievelingsplaats is Looe, daar is...'

'Looe?' Bibi, die het bijna uitsprak als 'lui', klapte in haar handen. 'Wat een grappige naam! Te gek, zeg!'

'Nou, lui is een heel toepasselijke naam,' zei Kara. 'We waren daar een keertje uitgenodigd. Wat een ramp. Vol van wat je gewone lui noemt.'
Ellie had net een stukje vis met saffraansaus aan haar vork geprikt. De verleiding was groot. 'Ik kom er ook.'
'Nou, dan heb je ze vast wel gezien. Van die kerels met geknoopte zakdoeken op hun kop die blikjes bier drinken op het strand. Jankende baby's, kinderen die hun ijsjes laten vallen, souvenirwinkeltjes...' Kara probeerde haar bovenlip omhoog te krullen, maar dat lukte niet erg.
'Nou, ik ben nooit in Italië geweest.' Ellie keek naar Zack, zich afvragend of ze dat wel moest zeggen. 'Maar ik weet bijna zeker dat ze in Florence ook souvenirwinkels hebben. En jankende baby's.'
'Nou ja, smaken verschillen.' Een klein lachje spreidde zich uit over Kara's gezicht. 'Ik denk dat sommigen van ons gewoon beter bij Toscane passen.'
Bibi zei: 'Wij zijn er ook een keer geweest, hè Bob? We hebben ons er dood verveeld. Geef mij maar Disneyworld.'
Ellie had haar wel kunnen kussen. Kara keek alsof ze door een kat was gebeten. De ober kwam de glazen bijvullen. Aan de andere kant van de tafel trok Zack met zijn mondhoeken.
Hopelijk betekende dat niet dat ze ter plekke was ontslagen.
Aan het eind van de avond gaf Bibi haar een afscheidskus. In een opwelling trok Ellie de haarkammetjes met nepbriljantjes, die Bibi zo mooi had gevonden, uit haar haren. 'Hier, voor jou, omdat je zei dat je ze zo mooi vond.'
'Ach, wat vreselijk lief van je! Wacht...' zei Bibi. 'Dan geef ik jou ook wat.'
Ellie hield haar snel tegen. 'Nee, nee, dat kan echt niet.'
Nou ja, het kon natuurlijk wel, maar het cadeautje dat Bibi haar wilde geven, was een zoveel-karaats diamanten armband, wat een beetje een bizarre ruil zou zijn met een paar haarkammetjes van één vijftig per stuk.

Om kwart over elf verlieten ze het hotel. In de taxi zei Ellie: 'Sorry voor dat met Kara. Ik hoop niet dat je er last mee krijgt.'
Zack kon zijn blik bijna niet van haar af houden. In dit licht

leken haar ogen enorm groot. Haar gezicht werd omlijst door haar haren, die nu niet meer in een knotje zaten, en ze had haar kin koppig naar voren gestoken. Ze keek vastberaden; ze verontschuldigde zich ervoor dat ze hem misschien moeilijkheden had bezorgd, maar niet voor wat ze had gezegd.
'Maakt helemaal niets uit. Ze is een vreselijke snob, en ik vond haar man ook niet veel soeps. Ik wist trouwens niet dat je zo gek was op Cornwall.'
'O ja! Ik kom er al van kinds af aan. We huurden altijd een caravan op een camping tussen Looe en Polperro. En later ging ik er kamperen met vriendinnen, soms aan de zuidkust, soms in Newquay. Hoewel andere mensen naar Spanje en Griekenland gingen, ben ik Cornwall altijd het leukst blijven vinden.' De taxi maakte een scherpe bocht, en Ellie moest de handgreep van het portier beetpakken om niet tegen Zack aan te vallen.
Zack wilde dat ze wel tegen hem aan was gevallen. 'En toen leerde je Jamie kennen.'
'Ja. En hij was ook gek op Cornwall. We gingen er wel drie of vier keer per jaar naartoe. We zijn er ook op huwelijksreis geweest. Toen zaten we in een fantastisch hotelletje in St Ives. We hadden het er vaak over dat we daar later wilden gaan wonen. Dat was onze droom.' Ze zweeg even. 'Maar het is anders gelopen.'
Het liefst zou hij haar nu troosten. Maar hoewel problemen oplossen zijn vak was, wist hij dat dit iets was wat hij niet kon oplossen. Toen Ellie haar haren naar achteren schudde en hij de inmiddels vage lucht van haar parfum opsnoof, vroeg hij zich af wat ze zou doen als hij haar nu kuste.
Uit de taxi springen waarschijnlijk.
Beter van niet dus.
Hardop zei hij: 'Wat je zei over Florence klopt precies. Het mag dan wel een prachtige stad zijn, het is er bloedheet en het stikt er van de toeristen.'
'Echt waar?'
'O ja. En je wordt voortdurend lastiggevallen door bedelaars. Die heel erg stinken ook nog.'
Ze reden nu over Portland Place. Het was hem gelukt om haar

weer aan het lachen te maken. Gelukkig dat hij genoeg zelfbeheersing had gehad om haar niet te kussen. Dat zou alles hebben verpest.
Met een scheef hoofd vroeg ze: 'En jij? Ben jij wel eens in Cornwall geweest?'
'Ja.'
'Oké, dat was een stomme vraag, iedereen is er wel eens geweest. Vond jij het er wel leuk?' Ze maakte een verontschuldigend gebaar met haar hand. 'Sorry, dat kwam er een beetje bot uit. Maar ik word altijd zo kwaad als mensen als Kara kritiek hebben op een plek waar ik zoveel van houd.'
'Ik vond het er wel leuk, ja. Ik vind het er nog steeds leuk. Ik ben er namelijk opgegroeid.' Hij zag haar gezichtsuitdrukking meteen veranderen. Haar mond viel open.
'Dat meen je niet! Dat heb je me nooit verteld!'
'Ik wist niet dat dat moest.' Iets in hem ontspande zich; eindelijk een band, een band die er al die tijd al was geweest. 'Mijn familie woont er nog steeds. Ik ga er zo vaak mogelijk naartoe.'
'Waar precies?'
'Perranporth.'
'Ik ken Perranporth! Dat is vlak bij Newquay! O mijn god, ik ken Perranporth!' Haar ogen glansden, en haar hele gezicht was opgeklaard.
'En ik ken Newquay. Soms kwam ik weken achtereen op Fistral Beach.'
Ze legde een hand op haar borst. 'Hoe dol ik ook op Looe ben, Fistral Beach is het beste om te surfen. Maar het stikt er natuurlijk wel van de gewone luitjes.'
'O, ik vind het helemaal niet erg om een gewoon luitje te zijn.'
'Ik ook niet. Beter een gewoon luitje dan een hagedis.' Ze vertrok haar gezicht om Kara's strakgetrokken huid en reptielachtige gelaatstrekken te imiteren.
Zack zei: 'Zal ik je eens vertellen waarom ik het uiteindelijk heb uitgemaakt met Louisa? Omdat ze met mij naar vrienden met een villa in Toscane wilde, voor een geheel kindvrije, lolvrije en luitjesvrije vakantie.'
'O nee!' Ellie schoot in de lach. 'Is ze soms familie van Kara?'

'Dat zou me niets verbazen. Maar dat was het. Dat was voor mij het breekpunt.'
'Nou, daar ben je dan mooi op tijd aan ontsnapt. Als je eenmaal aan dat soort vakanties begint, eindigt het er nog mee dat je boeken van Salman Rushdie gaat lezen. Oké, dat was flauw. Zeg maar dat ik mijn mond moet houden.'
'Je gaat ze niet alleen lezen,' zei hij. 'Je moet het er nog over hebben ook. Tot in detail.'
'Als je het tenminste niet hebt over wijnproeven en wijnjaren en over dat je lievelings-Montepulciano ondertonen van Marmite heeft en boventonen van Weetabix.'
'Ja, met een zweempje pindakaas en een vleugje deodorant.'
'Moet je ons nou eens horen.' Haar ogen straalden. 'Typisch gewone luitjes.'
'Gelukkig maar.'
'Vertel me eens wat over je familie in Perranporth.'
'Mijn ouders wonen nog steeds in het huis waar we allemaal zijn opgegroeid. Het is nu veel te groot voor ze, maar ze willen er niet weg.'
'Met uitzicht op zee?'
'O ja.'
'Dan zou ik er ook niet weg willen. Hoe heten ze? Sorry.' Ze wapperde met haar hand. 'Ik ben veel te nieuwsgierig. Dat hoef je me niet te vertellen.'
Hij wilde het haar echter vertellen, net zoals hij wilde dat deze taxirit eeuwig zou duren. 'Waarom zou ik je niet over mijn familie willen vertellen? Ze zijn natuurlijk gênant, maar ook weer niet zó gênant. Mijn moeder heet Teresa, maar iedereen noemt haar Tizz. Mijn vader heet Ken. Tot hun pensionering een paar jaren geleden hadden ze een tuinontwerpbedrijf. En ik heb drie zussen, die allemaal in Cornwall wonen. Claire in St Ives, ze is getrouwd en heeft drie kinderen. Steph woont met haar vriend in St Austell, ze hebben een tweeling, meisjes. En Paula woont in Heston met haar twee kinderen, een jongen en een meisje.'
Het maakte duidelijk indruk op Ellie. 'Wauw, dus je bent oom. En niet zo'n beetje ook.'
'Ach, dat valt wel mee. Vijf meisjes en twee jongens in de leef-

tijd tussen drie en elf. Wanneer we allemaal samen zijn, is het niet wat je noemt erg vredig.' Zack merkte dat hij glimlachte; die uitwerking had de gedachte aan zijn grote, luidruchtige, hyperactieve familie altijd op hem. 'En dan zijn er nog de honden. Je zou ons eens moeten zien als we met z'n allen naar het strand gaan.'
'Ik hoop maar dat jullie oordopjes uitdelen aan al die arme mensen die rustig in hun Salman Rushdie willen lezen.'
'Op Fistral Beach leest niemand Rushdie, dat maakt het nou net zo leuk daar. Alleen maar gewone luitjes onder elkaar.'
'Misschien heb ik je daar wel eens gezien.' Ellie schudde haar hoofd, verwonderd over dat idee. 'Misschien zijn we er wel eens tegelijkertijd geweest. Maf idee, hè? Misschien heb je wel eens de bal naar ons teruggegooid nadat die op je zandkasteel was beland.'
'Ja, of heb ik zand over je picknick geschopt.' Zack geloofde het geen seconde. De eerste keer dat hij haar had gezien, voor The Ivy, had hij zo heftig op haar gereageerd dat hij vrijwel zeker wist dat hun wegen elkaar nooit hadden gekruist. Maar het idee dat ze misschien in elkaars nabijheid hadden verkeerd, was toch heel bedwelmend. Oké, niet bedwelmend, want zij zou dan met haar man zijn geweest, en hij had dan vast ook een of ander vriendinnetje bij zich gehad. Toch was het, zoals ze al zei, een surrealistisch idee.
Alsof ze zijn gedachten kon lezen, zei ze: 'Ik heb thuis heel veel foto's van onze vakanties daar. Zou het niet maf zijn als jouw familie ergens op de achtergrond stond?'
Ze waren nu bijna thuis, want ze reden door Albany Street; over een paar minuten zouden ze weer in Primrose Hill zijn. Hoewel Zack zich helemaal niet ontspannen voelde, kwam het er gelukkig wel zo uit toen hij zei: 'Ik weet helemaal niet hoe Jamie eruitzag.'
Ze glimlachte. 'Hij zag er heel leuk uit. Ik kan je wel wat foto's laten zien.'
'Graag.' Terloops, ontspannen, geen druk uitoefenen.
'Morgen, bedoel je? Of vanavond? Want als je wilt, kun je best even met me mee naar huis gaan, hoor. Dan pak ik mijn fotoalbums en dan kun je zien hoe hij was.'

'Is dat niet moeilijk voor je? Ik wil niet dat je je onder druk gezet voelt.'

'Ik nodig je toch zelf uit?' Haar gezicht kreeg iets zachts. 'Ik vind het heerlijk om over Jamie te praten, om mensen wat over hem te vertellen. Hij was mijn man, hij heeft bestaan, ik was er zo trots op dat ik met hem getrouwd was. Dat hij er niet meer is, wil nog niet zeggen dat ik hem zomaar kan uitwissen en doen alsof hij er nooit is geweest.'

Jezus, wat was ze mooi.

'Als je het zeker weet,' zei hij.

Ze knikte. 'Maar je moet me één ding beloven. Je mag geen grapjes maken over zijn dunne beentjes.'

32

Het was de eerste keer dat hij haar flat zag. Nou ja, de flat van Tony Weston dan. Ellie had hem al verteld dat Tony in L.A. zat. Ze verontschuldigde zich voor de snoeppapiertjes op de salontafel, voor het lege colablikje op de armleuning van de bank en voor de verzameling schoenen die ze had gepast en afgewezen voor hun avondje uit. Nadat ze haar smaragdgroene schoenen had uitgeschopt en koffie had gezet, gebaarde ze naar de bank en gaf hem een klein grijsleren fotoalbum.

'Hier. En ook geen grappen over mijn haar.'

De vage geur van haar parfum hing nog in de lucht. Hij wist niet eens wat het was. Terwijl hij de bladzijden omsloeg, nam hij alle details van de foto's in zich op. Dit was haar leven geweest. Ellie en Jamie op een bruiloft. Ellie en Jamie die samen dansten op een feest. Jamie die in een zwembad sprong, Jamie die op het tapijt lag, een bierblikje balancerend op zijn blote borst, Ellie en Jamie die voor een zonnig restaurant zaten, samen met Tony Weston, alle drie gezondheid, vrolijkheid en geluk uitstralend.

Jamie had door de zon gebleekt blond haar, een open, vriendelijk gezicht en een enorm verleidelijke lach.

‘Hij ziet er goed uit.’ Wat moest hij anders zeggen? Hij kon haar toch moeilijk vragen of ze ook wel eens op mannen met donker haar viel?
‘Ja, dat is omdat je zijn benen nog niet hebt gezien.’ Ellie streek haar haren achter haar oor. ‘En even voor de goede orde, ík mag er grapjes over maken. Jij niet.’
‘Ik zou niet durven.’ Zack zei maar niets over zijn eigen knieën; het zou wel heel goedkoop zijn om met een dode man de strijd aan te gaan over eigenaardigheden op kniegebied. ‘Maar mag ik je wel iets vragen?’
‘Vraag maar raak.’ Ze leunde over de armleuning van de bank heen om te kijken welke foto hij aanwees.
‘Wie is dat puberjongetje met die rok aan?’
‘Hé, wat had ik nou gezegd? Geen grappen!’ Ellie probeerde het album van hem af te pakken. ‘De kapper zei dat kort me goed zou staan.’
Hij grinnikte. ‘Sorry. Het stond ook goed. Maar ik vind dat iets langer je beter staat.’
Hoe deed hij het eigenlijk? Vriendelijk, maar niet flirterig, ironisch, maar niet idioot? Hij leunde wat naar achteren met zijn koffie, terwijl Ellie op de armleuning bleef zitten. Vanuit zijn ooghoeken kon hij haar gebruinde blote voeten zien met de parelmoerroze teennagels. God, zelfs haar teennagels waren onweerstaanbaar...
‘Kijk, dit zijn wij twee jaar geleden,’ zei Ellie. ‘Op Fistral Beach.’
Zack keek naar de foto van een fanatieke volleybalwedstrijd. Ellie droeg een citroengele kaftan over een witte bikini, en Jamie sprong in de lucht om de bal over het net te slaan, vlak over het hoofd van zijn tegenstander heen.
Zack wees naar de man. ‘Wie is dat?’
‘Todd.’
Todd. De man die Jamies plaats had ingenomen. Zack moest erkennen dat hij er goed uitzag in zijn grijze T-shirt van Superdry en zijn rode surfbroek. Hij had kort, stevig bruin haar en een brede lach op zijn gezicht.
‘Wie zijn die andere mensen?’
‘Geen idee, ze deden gewoon met ons mee. De vriendin van Todd, Anna, heeft de foto’s gemaakt.’

'Wat is er van haar geworden?'
'Een paar weken later was het uit. Anna wilde nooit meedoen met volleybal, omdat ze dan onder het zand kwam te zitten.' Glimlachend sloeg ze de bladzijde om. 'O kijk, deze is grappig...'
Een grote hond kwam vanuit zee naar de camera toe rennen. De foto was onscherp en uit een rare hoek genomen.
'Hij schudde zichzelf uit, boven Anna. Gillen dat ze deed,' vertelde Ellie. 'Water vond ze ook al niet fijn.'
'Misschien is een vakantie in Toscane iets voor haar?' opperde Zack.
Op de volgende foto's was Jamie te zien, die met Ellie op zijn schouders over het strand naar zee rende. Hij had inderdaad magere benen. Ellie en Jamie gilden het allebei uit van het lachen, en het was duidelijk dat ze een sterke band hadden. Op de laatste foto, een close-up, was te zien hoe ze elkaar liefdevol aankeken, terwijl Jamie teder een lok nat haar van Ellies wang streek.
Het was een blik van pure liefde, en Zack besefte met een schokje dat hij nog nooit een relatie had gehad die zo diep ging. Dus dit had hij al die jaren gemist.
'Dat was het.' Ze sloeg het album dicht. 'Nou heb je in elk geval een idee. Dat was Jamie. Je weet nu hoe hij eruitziet.'
Hij zag dat ze terloops een eenzame traan bij haar ooghoek wegveegde. 'Ik kan zien dat jullie heel gelukkig waren.'
Ze knikte. 'Dat waren we ook.'
'Nooit ruzie?'
'O ja, de hele tijd. En om de stomste dingen. Dat is nog iets wat ik mis. We maakten altijd ruzie om geroosterd brood. Jamie wilde boter op zijn warme geroosterde boterham, ik wilde dat de boterham eerst afkoelde, zodat de boter niet zou smelten. Als hij voor mij geroosterde boterhammen met boter maakte zonder ze eerst te laten afkoelen, sprong ik echt uit mijn vel. En hij werd altijd kwaad als ik niet naar het navigatiesysteem wilde luisteren omdat ik dacht dat ik een snellere route wist. En dat mis ik.' Haar stem brak, en ze deed haar best om zichzelf weer onder controle te krijgen. 'Ik mis al die stomme dingen echt. En weet je, we hadden een camcorder waarmee we alle

leuke dingen vastlegden, maar het is nooit bij ons opgekomen om het gekat en geruzie op te nemen omdat een van ons wel eens gauw dood kon gaan en de ander dan zin zou hebben om dat nog eens te bekijken.' Ze stopte om een keer diep adem te halen. 'Sorry, let maar niet op me. Stom, hè? En eigenlijk heb ik nog geluk, want honderd jaar geleden waren er geen fototoestellen of camcorders, en als er dan iemand doodging, kon je alleen maar in je hoofd beelden van ze oproepen.'

Zack wilde haar zo graag troosten. 'Wanneer het om zo iemand gaat, om iemand die zo belangrijk is, dan vergeet je hem niet.'

'Waarschijnlijk niet.' Ze haalde haar schouders op. 'Maar soms maak ik me er wel zorgen over.'

'Heb je na Jamie nog wel eens ruzie gehad met iemand?'

Ze dacht even na. Langzaam veranderde haar blik. 'Daar heb ik tot nu toe helemaal niet bij stilgestaan, maar nee, ik heb nog met niemand ruziegemaakt. Iedereen doet altijd veel te veel zijn best om aardig voor me te zijn... Ik heb geen enkele ruzie gehad. Jezus, dat is toch maf? Dat is abnormaal.'

'Zelfs niet met Todd?'

Ze schudde verbaasd haar hoofd. 'Nee, zelfs niet met Todd. Na het ongeluk was ik kwaad op hem, maar we hebben er nooit ruzie om gemaakt.'

Zack nam het zichzelf kwalijk dat zijn hoop weer opflakkerde. 'Waarom was je dan kwaad op hem?'

'O, ik gaf hem overal de schuld van.'

'Was het dan ook zijn schuld?'

'Nee, natuurlijk niet. Ik gaf mezelf ook de schuld.'

'Goed, je hebt dus iemand nodig om ruzie mee te maken. Heb je al eens overwogen om de belastingdienst te bellen? Of die lui van de wielklemmen? Of misschien moet je naar het stadhuis gaan om eens flink je beklag te doen over alle wegomleggingen.'

Ze leek even na te denken. 'Je bedoelt om mezelf er langzaam weer aan te laten wennen. Oefenen op mensen die ik niet ken. Beginnen met een beetje loos gevloek.'

'Als je wilt, kunnen we op kantoor wel een beetje gaan bekvechten.'

'Heel aardig aangeboden. Maar dan moet je beloven dat je me niet zult ontslaan.'
'Ik zal je niet ontslaan.' Hij stond op. Hoewel hij het liefst wilde blijven, was het tijd om te gaan. 'Bedankt voor vanavond. En voor de foto's.'
'Jij bedankt voor de belangstelling.'
Bij de deur wilde hij haar kussen, maar ook dat ging niet. Zelfs een kus op de wang zou al ongepast zijn. Hij vroeg: 'Waar zijn die haarkammetjes van je eigenlijk gebleven? Ben je ze verloren?'
'Nee.' Ze deed de deur open. 'Dag. Tot morgen.'
Toen Ellie weer alleen was, ging ze bij het raam staan om Zack na te kijken die de straat uit liep. Ze had de haarkammetjes in een opwelling aan Bibi gegeven omdat ze wist dat die ze mooi vond, maar nu vroeg ze zich af of ze dat wel had moeten doen. Het waren zulke goedkope dingen, Bibi had het waarschijnlijk alleen maar uit beleefdheid gezegd. Ze zou ze wel nooit in doen.
Je hebt jezelf weer lekker voor schut gezet.
Nou ja, gelukkig wist Zack er niets van.
'Jamie?'
'Ik ben hier.'
Ze draaide zich om, en daar was hij, uitgestrekt op de bank.
'Hoi. Ik mis je.'
Hij keek haar liefdevol aan. 'Ik weet het, liefje. Maar je hebt wel een leuke avond gehad, hè?'
'Ja, het was leuk.'
'En je hebt een aardige baas.'
'Dat weet ik. Hij is ook gek op Cornwall. Hij is daar opgegroeid. In Perranporth. Haal je voeten eens van de bank.'
'Waarom?'
'Omdat je gympen aanhebt. Ik wil niet dat de kussens vies worden.'
'Maar mijn gympen zijn schoon!' viel hij boos uit.
'Jemig, doe nou maar gewoon wat ik zeg, oké?'
'Maar ik lig net zo lekker.'
'En het maakt je natuurlijk weer niks uit dat je de hele boel vies maakt, omdat ik toch degene ben die alles moet schoon-

maken. Altijd hetzelfde, je gaat er gewoon vandoor, en ik zit met de gebakken peren.'

'Wat krijgen we nou? Zoek je soms ruzie of zo?'

'Lach me niet uit.'

'Je zoekt echt ruzie, hè? Je hebt al in geen tijden ruziegemaakt, dus nu ga je tegen mij lopen katten. Maar ik heb geen zin in ruzie. Ik doe er niet aan mee.'

'Lekker egoïstisch weer. Ik kan toch niet in mijn eentje ruzie gaan zitten maken?'

Hij haalde zijn schouders op. 'Sorry.'

'Echt zo typisch. Jij doet altijd precies waar je zin in hebt en wat ik doe, kan je geen bal schelen.'

'Dat kan me wel wat schelen. Dat weet je best.'

Dit werd helemaal niks. Het was alsof er in haar borstkas een ballon vol verdriet zat, als een onontplofte granaat. Ze keek hem aan. 'Als het je wat kon schelen, dan zou je er nog zijn. Dan zou je nog leven, dan zou je me niet alleen hebben gelaten, het is gewoon niet eerlijk...' Ze stopte toen iets in de buurt van haar ribbenkast losschoot. Hoewel haar jurk niet echt strak had gezeten, leek hij ineens een stuk losser te zitten. Haar handen gingen naar de rits, die op de een of andere manier open was gegaan. Hij was niet kapot; hij was alleen naar beneden getrokken.

Ze staarde Jamie aan. 'Heb jij dat gedaan?'

Hij haalde slechts zijn schouders op, de onschuld zelve. 'Ik weet van niks.'

33

Tony had getwijfeld tussen het Claridge's en het Berkeley, maar had uiteindelijk gekozen voor het Berkeley. Ellie had er zelfs geen flauw idee van dat hij in Engeland was; voor zover zij wist, zat hij nog in L.A. Hartstikke maf natuurlijk om een pied-à-terre in Londen te kopen en daar dan geen gebruik van te maken, maar hij wilde Ellie en Todd niet voor de voeten lopen nu hun relatie nog in zo'n pril stadium verkeerde. En mocht hun relatie zich al hebben ontwikkeld tot de volgende fase, dan wilde hij hun al helemaal niet voor de voeten lopen...

Dat waren zijn altruïstische redenen. De derde reden was iets meer uit eigenbelang: als tijdens zijn bezoek hier alles naar wens verliep, dan wilde hij niet dat Ellie zich ongemakkelijk zou voelen.

Op deze manier hadden ze allemaal hun privacy.

Goed. Hoe laat was het? Zou hij alvast naar beneden gaan?

Zou hij nog wat eau de cologne opdoen of had hij het al overdreven?

Zou ze te vroeg zijn? Te laat? Had hij zich ooit puberaler gevoeld?

Beneden, tien minuten later, stokte de adem hem in de keel toen ze de lobby in kwam lopen, precies op tijd. O god, en ze was nog mooier dan hij zich herinnerde, hoewel ze zo'n beetje continu in zijn hoofd bivakkeerde. Terwijl hij alle details in zich opsloeg, spreidde hij zijn armen.

Martha, die een citroengele jurk met bijpassende schoenen droeg, nam zijn gezicht tussen haar handen en zei aarzelend: 'Dit is verkeerd, dit is helemaal verkeerd. De vorige keer was het niet gepland, maar dit wel.'

Wat hem veelbelovend in de oren klonk. Terwijl hij zich erover verbaasde dat hij zo heftig reageerde op de aanraking van hun huid, zei hij: 'Het is zo fijn om je weer te zien.'

Fijn was wel het understatement van het jaar. Het was alsof hij nu pas echt leefde. Toen hij in haar handen kneep, zag hij de werveling van gevoelens in haar lichtbruine ogen.

'O Tony.' Haar stem klonk onvast. 'Wat heb je toch met me gedaan? Ik dacht altijd van mezelf dat ik een goed mens was. Eerlijk en fatsoenlijk.'

'Dat ben je ook. Hé, zoveel stelt dit toch niet voor? We hebben alleen maar een lunchafspraak.'

'Ik weet het. Alleen maar een lunch.' Ze zuchtte.

'Twee vrienden die met elkaar hebben afgesproken, die wat willen bijpraten.' Dat was de afspraak geweest, maar natuurlijk hoopte hij op meer. Als het echter hierbij zou blijven, was het ook goed. Hij wilde geen druk op haar uitoefenen. Dat hij

haar weer zag, haar in de ogen kon kijken en haar stem kon horen, was voldoende.
Bijna dan.
O, we zijn zoveel meer dan twee vrienden die wat willen bijpraten.
'Ik heb al tegen Eunice moeten liegen. Ze wilde dat ik vanmiddag met haar meeging naar Henry. Ik zei dat ik niet kon, dat ik een afspraak had met een eventuele koper.'
'Nou, dat is toch niet gelogen? Het klopt, ik ben een koper. Ik ben je grootste fan.' Hij probeerde het allemaal wat luchtiger te maken, om haar schuldgevoel weg te nemen. 'Wil je dat ik nog iets van je koop? Ik koop gewoon nog een gouache van je. Ik koop er zoveel als je maar wilt.'
Het werkte; ze glimlachte. 'O Tony, wat doe je toch met me?'
Daar waren allerlei antwoorden op te verzinnen, maar die zei hij niet hardop. In plaats daarvan kneep hij even in haar hand. 'Kom, dan gaan we naar het restaurant. Ik trakteer.'
De daaropvolgende drie uur vlogen voorbij. Ze dronken prosecco – maar niet te veel – en aten heerlijke gerechten – wat nauwelijks tot Tony doordrong – en praatten onafgebroken. De band was er nog steeds, sterker dan ooit tevoren. Ze waren alleen, ze konden zich ontspannen, en hij wilde dat er nooit een einde aan zou komen. Toen het restaurant dichtging, verhuisden ze naar de Blue Bar, waar ze verder praatten, omhuld door hun eigen wolk van geluk. Boven had hij een kamer met een bed erin, maar ze bleven waar ze waren. Het was goed zo. Geen druk uitoefenen. Hij zou hier drie dagen blijven. O, wat een ogen. Wat een volmaakte mond. De kuiltjes in haar wangen wanneer ze glimlachte. Hij vond alles aan haar even mooi, iedere caramelkleurige ronding. En de wetenschap dat ze hem net zo erg had gemist als hij haar, vervulde hem met hoop. Ooit, ergens, zouden ze toch samen moeten kunnen zijn zonder een spoortje schuldgevoel...
'Luister je eigenlijk wel?' Martha tikte op zijn arm.
'Sorry. Ik kan me heel moeilijk concentreren als jij bij me bent.'
Hij nam haar vingers tussen de zijne en vroeg zich af of hij haar zou kunnen kussen voordat ze wegging. Zou ze dat toestaan? 'Wat zei je dan?'

'Ik had het over vorige week, toen ik dvd's wilde kopen. Henry is dol op *Dad's Army*, maar hij was op de dvd's gaan zitten, dus wilde ik nieuwe halen. Ik was net bij de kassa toen ik jou hoorde zeggen: "Wat doe jij hier?" Ik schrok me rot. Echt, ik dacht dat je achter me stond. Ik kreeg bijna ter plekke een hartaanval!' Ze wapperde zichzelf wat koelte toe bij de herinnering. 'Dus toen draaide ik me om en daar was je, op de tv, in die film die je vorig jaar hebt gedaan. Ik voelde me zo stom... O wacht, dat is die van mij.' Ze pakte het rinkelende mobieltje uit haar tas en trok een gezicht. 'O god, Eunice.'
'Niet opnemen.' Tony wist echter al dat ze dat toch wel zou doen.
'Ik moet wel. Een ogenblikje.' Ze stond op en liep de Blue Bar uit, weg van het geroezemoes.
Tony keek haar na. Hij zag dat ze opnam en meteen bevroor in haar bewegingen. O fijn, wat nu weer? Hopelijk oefende Eunice geen druk op haar uit door op haar geweten te spelen. Nu sloeg Martha haar hand voor de mond. Er was iets aan de hand. Uitgerekend vanmiddag. Waarom?
'Henry is weg.' Ze was terug en zocht geagiteerd naar haar tas. 'Ze is hem kwijtgeraakt op Hampstead Heath. Ze kunnen hem niet vinden... Er kan hem wel van alles overkomen... Sorry, maar ik moet weg.'
Hij kon haar onmogelijk alleen laten gaan. Voor het Berkeley hield de portier een taxi voor hen aan, en ze stapten in. Ze hadden binnen niet eens gemerkt dat het inmiddels was gaan regenen, maar de ruitenwissers van de taxi die hen naar Hampstead Heath reed, konden hun taak bijna niet aan. Het onweerde, de lucht was donkergrijs en boven hen knetterden bliksemflitsen.
'Het heeft geen enkele zin dat je meegaat.' Martha's gezicht stond strak van de spanning. 'Je kunt toch niet mee gaan zoeken. Eunice mag je niet zien.'
'Ik zorg wel dat ze me niet ziet.' Het liefst wilde hij haar in zijn armen nemen en troosten, maar daar was het niet het moment voor. 'Maar hoe is het precies gebeurd?'
'Henry is altijd al gek geweest op het park. Soms gaan we daar met hem wandelen. Eunice heeft hem vandaag ook meegeno-

men. Toen ze er aankwamen, was het nog zonnig. Ze zijn op een bankje gaan zitten en toen is ze ingedut.'

'Ingedut?'

'Ze is doodmoe. Dat kun je haar niet kwalijk nemen; ze gaat altijd maar door. Hoe dan ook, het heeft hooguit een paar minuten geduurd, maar toen ze wakker werd, was Henry verdwenen. Hij was nergens te bekennen. En toen begon het nog te regenen ook. O god, dit is mijn straf omdat ik niet met ze ben meegegaan, maar naar jou toe ben gekomen. En nu is hij verdwaald.'

'Hou op, geen paniek. Er overkomt hem heus niets,' zei Tony op ferme toon. 'We vinden hem wel, echt.'

Maar toen ze eindelijk bij Hampstead Heath aankwamen, was Henry nog steeds vermist. De taxichauffeur stopte bij het begin van Millfield Lane, vlak bij de vijvers van Highgate. Martha belde Eunice en kreeg te horen dat die bij de noordelijkst gelegen vijver was.

'Ik ga ook die kant uit. Ze is helemaal van streek. De parkwachters zoeken ook naar hem.' Ze stapte uit en was binnen de kortste keren doorweekt. 'Eunice mag je niet zien. Laat dit maar aan mij over. Ga jij maar naar huis. Alsjeblieft.'

'Oké, dan doe ik dat. Bel me zodra je iets weet.' Omdat wat voor soort kus dan ook op dit moment vreselijk ongepast zou zijn, liet hij haar zonder kus gaan. Zodra ze uit zicht was verdwenen, betaalde hij de taxichauffeur en stapte ook uit. Op de plek waar Martha rechts af was geslagen, keek hij even of hij haar citroengele jurk nog door de bomen heen zag en sloeg toen zelf links af.

Het regende zo hard dat het leek alsof hij door een vuursalvo liep, en door de harde windvlagen zwiepten de boomtakken woest alle kanten uit. Verder was er niemand op de been. Martha had hem verteld dat Henry was weggelopen op Parliament Hill, maar dat hij de vijvers het mooiste gedeelte van het park vond. Dus liep Tony in de richting van de vijvers. Hij raakte algauw doorweekt. Zijn schoenen waren niet bedoeld voor dit soort terrein, en glibberend en slippend baande hij zich een weg door de modder en de stenen en het struikgewas. Er viel nog steeds niemand te bekennen, en de vijvers zagen er weinig aanlokkelijk uit, grijs en koud, gegeseld door de wind. Zelfs de eenden waren zo verstandig geweest om dekking te zoeken. Grashalmen, lang en ruw, kleefden als zeewier aan zijn broekspijpen. Ineens bleef hij geschrokken staan. Midden in de vijver dreef iets donkers. O nee, het was geen hoofd, het was een plastic tasje. Weg paniek. God, het hart bonsde hem in de keel. Het had zomaar Henry kunnen zijn. Terwijl hij doorploeterde, knipperde hij de druppels uit zijn ogen en bleef om zich heen kijken. Op een gegeven moment zag hij, in de verte, iemand op de heuvel staan die, nauwelijks hoorbaar, Henry's naam riep.

Tien minuten later vond hij hem. Hij wist zelf niet of hij iets had gehoord of dat hij zich toevallig omdraaide, maar plotseling zag hij, op zo'n tien meter afstand, blote voeten uit het struikgewas steken. En daar stak zijn angst weer de kop op, want wat hij zag, kon maar één ding betekenen. Terwijl hij strompelend naar de struik toe liep, zag hij de benen die aan de voeten vastzaten, gekleed in een doorweekte bruine broek. Daarna een lang, mager lijf, het hoofd, ja, hij was het...

'Hallo?' Voorzichtig liep Tony verder. Henry hing onderuitgezakt tegen een boom, met zijn ogen dicht en zijn mond iets open. Hij leek net een houten beeld dat was achtergelaten in de regen.

Toen gingen de ogen open, en Henry keek hem aan. 'Ik ben nat.'

Hij leefde dus. Hij was niet dood.

'Henry? Alles goed met je?'

'Ja, dank u. Ik ben nat.'

'Dat zie ik. Wat is er met je schoenen gebeurd?'

Henry keek verbaasd naar zijn knokige blote voeten. 'Dat weet ik niet. Sorry. Maar ik ben behoorlijk nat.'

'Kun je staan?'

'Ik ben behoorlijk uitgehongerd. Is het al tijd voor het ontbijt?' Henry's stem was vriendelijk, verward, keurig. Gehoorzaam stak hij zijn handen uit en liet toe dat Tony hem overeind hielp. Zijn kleren waren zo doorweekt dat het leek alsof hij in de vijver was geweest. Misschien was dat ook wel zo.

'Heb je gezwommen?' vroeg Tony.

Henry knipperde langzaam met zijn ogen. 'Ik ben nat.'
In de regen keken ze elkaar even aan. Toen haalde Henry een grijze sok uit zijn broekzak, die hij als een handschoen over zijn linkerhand trok. Dit was Martha's man; hij was accountant geweest. God, wat was alzheimer toch een wrede, walgelijke ziekte. Even schoot het door Tony heen dat ze hier moederziel alleen waren. En dat ook niemand wist dat hij hier was. Als hij een personage uit een film was geweest, zou hij misschien in de verleiding zijn gekomen om Henry mee te nemen naar de oever en hem het water in te duwen. Het was hier diep. Hij zou er niet uit kunnen klauteren. Hij zou zomaar verdwenen kunnen zijn, uitgewist, weg...
Dit was echter geen film. En hoewel hij in zijn leven dingen had gedaan waar hij niet trots op was, was hij geen moordenaar.
Met een flauw lachje pakte hij zijn mobieltje.
'Ik zou graag een kop thee willen,' zei Henry, die het water uit zijn springerige grijswitte haar veegde.
'Die krijg je zo.' Tony's vinger aarzelde boven een toets. 'Henry, weet je wie Martha is?'
Hij zag iets van herkenning flitsen in de bruine ogen met de zilveren randjes. 'Martha? Is dat niet de buurvrouw?'
Vriendelijk zei Tony: 'Martha is je vrouw.'
'O ja. Ja, dat is waar ook.' Henry keek naar de sok om zijn hand. 'Een kopje thee met een koekje.'
'Hou je van Martha?' Was het heel gemeen van hem om dat te vragen? 'Henry, hou je van haar? Van je vrouw?'
'O ja. Waar zijn mijn schoenen? Ik hou heel veel van haar.' Hij knikte ernstig. 'En een boterham met ham. Dat zou ook lekker zijn. Ik heb behoorlijk veel trek.'
Tony belde. 'Ik heb hem, alles is oké.'
'O, godzijdank!' Martha snikte het uit van opluchting. 'Waar ben je?'
Hij vertelde het haar, eraan toevoegend: 'Niks tegen Eunice zeggen, gewoon meteen hiernaartoe komen.'
Binnen vijf minuten was ze er al. Het was iets minder hard gaan regenen, maar ze waren inmiddels allemaal zo doorweekt dat het niet meer uitmaakte.

'Hallo!' Henry's gezicht klaarde op toen hij Martha door de struiken naar hen toe zag komen lopen.
'Hoe heet ze?' vroeg Tony.
'Och hemeltje, dat weet ik wel. Even nadenken... Ze is mijn mooie vrouw.'
'O Henry, we hebben ons zulke zorgen gemaakt. We wisten niet waar je was.' Martha pakte zijn handen beet, waarvan er een nog steeds werd omhuld door de grijze gebreide sok. 'Waar zijn je schoenen?'
'Bij Harrods, denk ik. Of anders bij Sainsbury's. Ik ben nat.'
'Dat weet ik, schat. Maar dat geeft niets, we gaan naar huis.' Ze keek Tony aan en zei: 'Dank je wel. Je moet nu weg, maar dank je wel.'
Tony had zich nog niet omgedraaid, of Martha was Eunice al aan het bellen om te zeggen dat alles in orde was, dat ze Henry had gevonden.
Henry, die nauwkeurig de sok om zijn hand bestudeerde, zei tegen niemand in het bijzonder: 'Of gebraden kip, dat zou ook lekker zijn.'

34

Het verbaasde Roo niets dat het Niall was die 's ochtends om acht uur bij haar aanbelde. Ellie had haar al verteld over de ontmoeting met hem en Yasmin voor het Claridge's.
Om haar bereidwilligheid te tonen, vroeg ze echter: 'Wat doe jij hier?'
'Je hebt mijn nummer geblokkeerd. Ik moet met je praten, ik wil weten wat er aan de hand is.' Hij liet er geen gras over groeien. 'Je bent bij Yasmin geweest.'
'Ja, en?'
'Ik wil weten waarom.'
'Gewoon uit nieuwsgierigheid, geloof ik. Ik wilde weten hoe ze echt was. En wat bleek? Dat ze heel leuk is. Veel beter dan jij verdient, dat is een ding dat zeker is.'

'Nou, als je het maar niet nog eens doet, oké? Laat haar met rust.'
'Jij kunt mij niet vertellen wat ik wel of niet mag doen,' zei Roo.
Niall zuchtte. 'Goed dan, wil je er alsjeblieft niet meer heen gaan? Als je het haar vertelt, breek je haar hart.'
Nou ja, zeg. Zíj was degene die het hart van zijn vrouw brak? Hardop zei ze: 'Denk je?'
'Roo. Alsjeblieft.'

Misschien was het niet erg glamoureus om in een liefdadigheidswinkel te werken, het was wel heel dankbaar werk. Mensen gaven dingen weg die ze niet meer wilden, en die werden dan weer gekocht door mensen die ze wel wilden, en het geld ging naar een goed doel.
Alleen jammer dat mensen dingen weggaven die ze niet wilden zonder er eerst voor te zorgen dat die dingen schoon waren. Dit was pas Roo's eerste ochtend in de winkel, maar ze wist nu al dat ze niet zonder rubberhandschoenen kon. Toen ze een paar plastic tassen die 's nachts op de stoep waren gezet, had uitgepakt, had ze er een spijkerbroek uit gehaald met de onderbroek er nog in. Geen van beide was gewassen. Al heel lang niet. Als ze ooit al gewassen waren.
Maar dat maakte niet uit, want ze was hier om te boeten voor een leven van hedonisme en egoïsme. Ze zou echt niet als een diva stampvoetend om gemakkelijker en minder vies werk gaan vragen.
Bovendien was deze hele baan al de moeite waard door de uitdrukking op Nialls gezicht toen ze hem had weggestuurd met de woorden: 'Maar ik moet nu weg, anders kom ik te laat op mijn werk.'
'Hoe bedoel je, werk?' had hij stomverbaasd gevraagd.
En ze had het echt een kick gevonden om te kunnen zeggen: 'O, heeft Ellie je dat niet verteld? Ik heb een nieuwe baan.'
Het andere voordeel van een nieuwe weg inslaan was de ontdekking hoe bedrijvig en helder je je voelde als je niet meer dronk. Het was niet eerder tot haar doorgedrongen dat het echt heel veel uitmaakte als je geen kater had.

'Sorry, maar heb je deze ook in maat 44? Deze is te klein.'
De klant was in de veertig en had zo'n geruit boodschappenkarretje bij zich. Met een hoopvolle blik hield ze een roze vest op.
De oude Roo zou hebben gezegd: 'Hallo? Dit is een liefdadigheidswinkel, schat. Niet Harvey Nicks.' Of ze zou hebben gezegd: 'Als je een paar kilo zou afvallen, zou het misschien wel passen.'
Maar ze was niet meer de oude Roo, ze was de nieuwe Roo, zonder make-up, zonder brutale mond. Ze deed een oprechte poging om zich het leven van deze klant voor te stellen; straatarm, ongelukkig in de liefde, de hele dag tv-kijken... O god, dit gaat over mij, dacht ze ineens. Op die armoede na dan.
'Nee, helaas,' zei ze. 'Maar ik heb wel een mooi lichtgroen vest dat vanochtend net is binnengekomen. Ik weet bijna zeker dat het maat 44 is en die kleur zou u ook heel goed staan. Zal ik achter even gaan kijken of ik het kan vinden?'
Pat, de vrouw die de zaak bestierde, zei dat het vest zesenhalve pond moest kosten. Roo nam het vest mee de winkel in, en het paste de vrouw inderdaad precies. Wat de kleur betreft, had ze ook gelijk gehad; die stond heel goed bij de kleur van haar ogen.
'Oei, zesenhalve pond.' De vrouw aarzelde. Het was duidelijk dat ze niet wist wat ze moest doen. 'Dat is te duur voor mij.'
Jemig. Roo kon zich nauwelijks voorstellen hoe het moest zijn om je geen vest van zesenhalve pond te kunnen permitteren. Ze boog zich naar de vrouw toe en zei: 'Dan mag u het hebben voor anderhalve pond.' Ach, wat kon haar het bommen, ze zou het verschil wel uit eigen zak bijleggen.
'Goed.' De vrouw straalde. Terecht natuurlijk. Het was een lamswollen vest van Jaeger, in prima staat. 'Dan neem ik hem!'
Drie minuten later, toen de vrouw naar de uitgang liep, keek Roo op en zag nog net dat ze behendig een paar schoenen van Russell and Bromley van een schap pakte en in haar geruite boodschappenkarretje liet glijden. Roo knipperde verbaasd met haar ogen toen de schoenen werden gevolgd door een armvol sjaals en handtassen.

'Hé!' schreeuwde ze woedend.
De vrouw keek op, stak haar middelvinger op en racete de winkel uit, sneller dan Usain Bolt, met het geruite boodschappenkarretje achter zich aan denderend. Roo, die zichzelf wel voor de kop kon slaan omdat ze vanochtend zo dom was geweest om haar zebrasandaaltjes met hoge hakken en heel veel riempjes aan te trekken, gilde: 'Houd de dief!'
Het was echter wel duidelijk dat niemand dat zou doen. Roo was de enige in de winkel van onder de tachtig. Tegen de tijd dat ze de vele riempjes zou hebben losgemaakt en haar schoenen had uitgeschopt, was de dievegge met haar geruite boodschappenkarretje al in Camden.
Pat, die van achteren de winkel in kwam lopen, keek haar afkeurend aan. 'Waarom ben je niet achter haar aan gegaan?'
Ten antwoord wees Roo naar haar sm-schoenen.
Een minachtend snufje, en toen zei Pat: 'Trek in het vervolg iets aan waarop je kunt hardlopen. En wat hoorde ik je zeggen over dat ze het vest wel voor anderhalve pond mocht hebben?'
Jezus, zat er soms afluisterapparatuur onder de toonbank of zo? Roo voelde zich genoodzaakt op haar onderlip te bijten, heel hard. 'Dat was ik echt niet vergeten. Ik pas zelf die vijf pond wel bij.'
Na zes uur de bedompte lucht van de liefdadigheidswinkel te hebben ingeademd – het was duidelijk een domme zet geweest om geen vrijwilligster te worden in een van de vele schone winkels die er bestonden – was het gewoon hemels om de schoonheidssalon te betreden. De luxe, de heerlijke dure geuren, de ontspannen sfeer, de afwezigheid van ondankbare winkeldieven...
'Ach, die arme nagels van je!' zei Yasmin vol medeleven nadat ze ze had bestudeerd. 'En deze is nog afgebroken ook. Doet dat geen pijn? Hoe komt het?'
Roo haalde haar schouders op. 'Zware dozen getild. Plakband van een gigantische kroonluchter afgepeuterd. Een elektrisch fornuis de trap op gesjouwd.'
'Hier lukt het wel mee.' Yasmin had haar aandacht al bij haar manicurespullen. Terwijl ze de gescheurde nagel nauwkeurig

bekeek, vroeg ze: 'En waarom was dat? Ben je soms aan het verhuizen?'
'Nee. Ik ben net begonnen als vrijwilliger in een liefdadigheidswinkel. En als ik soms raar ruik, dan weet je ook meteen hoe dat komt.'
'O, je ruikt helemaal niet raar! En dat je dat doet, voor niets ergens werken... Wat aardig van je. Je bent vast een goed mens.'
Aan de ene kant was dit precies wat Roo wilde horen. Aan de andere kant: Yasmin moest eens weten...
Ze ging het haar echter niet vertellen. Niall kon gerust zijn; dat was niet de reden waarom ze hier weer was. Ze had ook iets goed te maken met Yasmin, al wist die dat dan zelf niet.
'Ach, er zijn zoveel mensen die vrijwilligerswerk doen.' Ze liet Yasmin haar zebraschoenen zien. 'Ik had helemaal de verkeerde schoenen aan. Daar heb ik nog voor op mijn kop gekregen.'
'Maar ze zijn wel heel mooi.'
'We hadden een winkeldief.'
'Een winkeldief?' Yasmin trok een gezicht. 'Dat is echt laag, zeg.'
Over laag gesproken...
'Hoe gaat het trouwens met je man en kind?'
'Goed. Heeft je vriendin je nog verteld dat we haar laatst tegenkwamen?'
'Ja, dat zei ze.'
'Hoe ging het babysitten?'
'Met Alice?' Roo was niet achterlijk; ze had zich de naam goed ingeprent. 'Geen probleem! Het was hartstikke leuk.'
'Nog tandjes erbij?'
'Sorry?'
'Tandjes. De baby.'
'O... nou, zou kunnen, een paar.' Shit, hier had ze dus echt geen verstand van. 'Ik heb ze niet geteld. Baby's zijn niet echt mijn ding.'
Yasmin glimlachte. 'Dus je krijgt door Alice geen zin in zelf een kind?'
'Bah, nee.'

'Ja, dat zeg je nu.' De ogen van Nialls vrouw schitterden. 'Maar je verandert nog wel van gedachten. Je zult zien, over een paar jaar wil je ook. Heb je een vriend?'
Terwijl Roo's nagelriemen vakkundig werden teruggeduwd met een oranje staafje, voelde Roo de warmte van Yasmins vingers op haar hand. 'Nee, nee. Ik ben helemaal alleen.'
'Nou, daar zul je dan wel voor gekozen hebben. Je bent zo mooi dat je elke man zou kunnen krijgen.'
Nu niet aan Todd denken. En al helemaal niet aan Niall.
'Maar zo werkt het toch niet? Zo simpel is het niet. Eerlijk gezegd heb ik weinig geluk gehad met mannen,' flapte ze eruit.
'Ach, dat komt nog wel. Je komt vanzelf de ware wel tegen en dan gaan jullie samenwonen, krijgen jullie een kind. O sorry, heb ik iets verkeerds gezegd? Hier, neem een tissue. Sorry, ik wilde je niet van streek maken.'
'Nee, nee, niks aan de hand.' Het kwam door het schuldgevoel en de schaamte; snel veegde Roo met haar vrije hand de onverwachte tranen weg. 'Maar het klinkt zo mooi. Is het met jou ook zo gegaan?'
'Hoe bedoel je, met mijn man?' Yasmin zweeg even. Toen zei ze een beetje spijtig: 'Nou, mijn zwangerschap was niet gepland, maar ja, zulke dingen gebeuren, en dan moet je er gewoon maar het beste van zien te maken, hè? En nu Ben er eenmaal is, zou ik hem voor geen goud willen missen.'
Toen Roo's nagels klaar waren, vakkundig gerepareerd en gepolijst en korter dan ooit in verband met haar nieuwe baan, betaalde ze de rekening en gaf nog eens twintig pond fooi.
'Wauw!' Yasmin keek er met grote ogen naar. 'Weet je het zeker?'
'Natuurlijk weet ik het zeker. Je hebt me ertussen weten te proppen en ze zijn heel mooi geworden,' zei Roo. 'Je verdient het.'
'Nou, dank je wel.' Yasmin grijnsde. 'En kom vooral terug.'
Het gekke was dat Roo dat ook heel graag wilde. Ze pakte een glanzende roze-beige brochure op waarin alle behandelingen stonden en vroeg zich af welke ze de volgende keer zou nemen. 'Dat doe ik zeker.'

Toen Ellie die avond naar bed wilde gaan, ging de telefoon.
'O hai. Spreek ik met Ellie? Hai Ellie, is Tony er ook?' Tamara, Tony's assistente uit Hollywood, had zo'n zangerige, superzachte stem die je het gevoel gaf dat je door stroop waadde.
'Nee, hij is hier niet.' Ellie fronste; wat een rare vraag. 'Hij is niet in Engeland. Hij is in L.A.'
'Nee hoor, hier is hij niet. Hij is echt bij jou.'
'Nee, echt niet. Bovendien zou hij het me wel hebben verteld als hij kwam.'
'Nou, ik heb de reis zelf voor hem geregeld. Ik heb de tickets gekocht en hem naar het vliegveld gereden. Maar maak je niet druk, ik wilde alleen even aan hem vragen of hij nog een interview kan doen, maar zijn mobieltje staat uit. Geen probleem, ik blijf het gewoon proberen. *Bye, bye*!'
Nou, dit was dus echt heel raar. Ellie probeerde Tony's nummer. Tamara had gelijk; zijn mobieltje stond uit. Ze sprak een berichtje in met de vraag of hij haar wilde bellen en zei: 'Als je echt hier bent, waarom heb je dat dan niet gezegd?'
Heel raar. Er zou toch niets aan de hand zijn? Nee, er was vast een eenvoudige verklaring voor.
Ze gaapte, poetste haar tanden en ging naar bed.

35

Hij belde Ellie de volgende dag toen ze op haar werk was.
'Tony! Alles goed?' Ze was zich echt zorgen gaan maken toen zijn mobieltje vanochtend nog steeds uitgeschakeld was geweest.
'Ja hoor.'
'Waar ben je?'
'Thuis, in L.A.'
Jemig, acteurs! Die konden echt liegen alsof het gedrukt stond.
'Niet waar,' zei ze. 'Ik heb Tamara gesproken. Je bent hier.'
'Verdomme. Oké, je hebt gelijk. Ik wist wel dat ik beter eerst Tamara had kunnen bellen.'

'Je mobieltje stond uit!'
'De batterij was leeg. Ik ben vergeten mijn oplader mee te nemen.'
'Waarom ben je niet naar de flat gekomen?' Ze wist dat hij daar een reserveoplader had liggen, die het prima deed.
Na een korte stilte antwoordde hij: 'Ik dacht dat jij en Todd liever alleen wilden zijn. Ik wilde discreet zijn, jullie wat ruimte geven.'
'Dat meen je niet!'
'Jawel, maar het geeft niks. Ik heb een kamer in het Berkeley genomen. Het is voor jou en Todd vast niet leuk als ik...'
'O Tony, het is uit, het werd gewoon niks. Het was gewoon niet goed.' Ze ging wat zachter praten; Zack was in de keuken en ze wilde niet dat hij het hoorde. 'We hebben het geprobeerd, maar we vinden het fijner om gewoon vrienden te zijn.'
'Ach liefje, dat spijt me voor jullie.'
'Nergens voor nodig. We vinden het allebei prima zo. Dus je kunt de kamer annuleren en hiernaartoe komen. Je loopt echt niemand voor de voeten, we zijn gewoon met zijn tweetjes.'
'Maar ik vlieg morgen al terug. Het was gewoon een kort bezoekje. Het is nauwelijks nog de moeite waard.'
Hij klonk... bedroefd. 'Heb je vanavond wat te doen?' vroeg ze.
'Nee, nee, ik heb niets gepland...'
Er was echt iets. 'Nou, kom dan maar naar mij toe. Ik heb je al tijden niet gezien. Ik kook,' bood ze aan. 'Ik weet nu hoe je Thaise groene curry moet maken.'
'Echt waar?' Het was zijn lievelingseten.
'Echt waar!'
'Is het ook lekker?'
Omdat ze daar eerlijk gezegd niet zeker van was, draaide ze er een beetje om heen. 'Misschien wel.'
'Maar misschien ook niet?'
'Ik ben nog aan het oefenen. Kom nou maar, dan zal ik het nog een keertje proberen te maken. En als het helemaal misloopt, bestellen we gewoon wat.'
Al wat vrolijker zei hij: 'Zal ik dan meteen maar wat bestellen?'

Een paar minuten later kwam Zack het kantoor binnen, gekleed in een pak en met zijn sleutelbos in zijn handen. 'Gaat het hier? Ik heb een lunchafspraak in Piccadilly. Kun jij Elmo tussendoor even uitlaten? Ik ben op zijn laatst om vier uur terug.'
'Oké, geen probleem.' Hij droeg een nieuw turquoise overhemd, en het lag op het puntje van haar tong te zeggen dat die kleur hem goed stond, maar aan het snelle kloppen van haar hart merkte ze dat ze hem alweer zo aantrekkelijk vond. Verdomme, terwijl ze zo haar best had gedaan om die gevoelens te onderdrukken. Ze had echt gedacht dat ze alles onder controle had. Goed, gewoon niks zeggen, mondje dicht.
Waarschijnlijk was aan haar gezicht te zien geweest dat ze iets had willen zeggen, want Zack bleef in de deuropening staan en keek haar verwachtingsvol aan. 'Verder nog iets?'
Ja, die kleur staat fantastisch bij je zongebruinde huid, je bent echt een stuk en door jou denk ik dingen die ik niet zou moeten denken...
'Nee.' Ze wierp hem haar druk-druk-drukglimlach toe. 'Nee, niets. Veel plezier!'
Om halfdrie belde ze Geraldine. 'Hoi, met mij. Wil je Elmo hiernaartoe sturen?'
'O hallo, lieverd. Ja, natuurlijk! Liefje, opstaan, het is voor jou.'
Toen Ellie gesnuffel aan de andere kant van de lijn hoorde, zei ze: 'Elmo? Ga je mee een eindje wandelen?'
'Zo,' zei Geraldine tevreden. 'Hij is al onderweg.'
Toen Ellie even later uit het keukenraam keek, zag ze Elmo over het muurtje springen. Hij denderde door het hondenluik naar binnen, onstuimig kwispelend en uitglijdend over de stenen vloer.
'Kom schatje.' Ze wilde zich net bukken om hem de riem om te doen, toen er werd aangebeld. Elmo maakte van de gelegenheid gebruik om weg te glippen. Toen ze hem eindelijk weer te pakken had, ging ze met de hond in haar armen de deur opendoen.
'O.' Louisa, die op het bovenste treetje stond, deinsde naar ach-

teren toen ze onverwacht van zo dichtbij met Elmo werd geconfronteerd. 'Ik kom voor Zack. Is hij boven?'
'Hij is er niet.'
'Ik geloof er niks van.'
'Toch is het zo.' Waar ging dit over?
'Zijn auto staat daar.' Louisa wees naar de overkant.
'Hij heeft een taxi genomen. Hij is er echt niet. Had je dan met hem afgesproken?'
'Nee, maar ik moet met hem praten.' Louisa's haar en make-up zaten onberispelijk; ze droeg een lichtoranje linnen jurkje en superhoge, superpuntige crèmekleurige schoenen.
'Nou, hij heeft nu een lunchafspraak. Waarom bel je hem straks niet?'
'Ik heb al geprobeerd om hem te bellen. Maar dat is niet hetzelfde, en de helft van de tijd neemt hij niet eens op.' Louisa's stem begon te trillen. 'Kan ik niet even binnenkomen?'
Elmo wriemelde als een paling in Ellies armen; hij wilde doen waarvoor hij was gekomen. Ellie aarzelde: 'Nou, ik stond eigenlijk net op het punt om Elmo uit te laten.'
'Oké, dan loop ik wel even met je mee.'
'Maar...'
'Alsjeblieft. Ik wil het even met je over Zack hebben. O, wat een brave hond!' Louisa klopte Elmo voorzichtig op zijn kop, wat waarschijnlijk nog nooit was voorgekomen. Zelfs Elmo keek verbaasd. 'Hij is eigenlijk best lief, hè?'
'Wie, Zack?'
'Nee, de hond.' Terwijl Louisa naar Ellie keek die Elmo op de grond zette en de riem aan de halsband vastmaakte, zei ze: 'Ik heb echt vreselijke weken achter de rug. Ik heb hem zo gemist.'
'Wie, Elmo?'
'Zack!' Toen de voordeur op slot was gedraaid, liep ze achter Ellie de treetjes af. 'Hoe gaat het met hem?'
'Goed. Zelfde als altijd eigenlijk.' O, was dat soms ongevoelig? 'Hij heeft jou ook vast wel gemist,' zei Ellie snel. 'Maar je weet hoe mannen zijn. Die laten niks merken.'
Het was echter al te laat; Louisa's gezicht betrok. 'Het is zo oneerlijk, ik ben nog nooit zo ongelukkig geweest. Heeft hij het wel eens over me?'

'Eh... niet echt.'
'Vast wel, toch? Hij zal toch wel íéts hebben gezegd? We pasten zo goed bij elkaar!'
Ze vormden een eigenaardige optocht terwijl ze langs de winkels aan Regent's Park Road liepen. Elmo ging voorop; hij trok aan de riem omdat hij zo snel mogelijk bij gras wilde zijn. Ellie kwam daarna, bijna rennend op haar glinsterende teenslippers. De achterhoede werd gevormd door Louisa, die een beetje strompelde en het tempo nauwelijks kon bijbenen op haar hoge hakken.
'Hij heeft tegen mij niks gezegd,' riep Ellie over haar schouder. Ze zwaaide naar Briony, die bij de banketbakker werkte.
'Heeft hij al iemand anders?' vroeg Louisa.
'Nee.'
'Hoe kun je dat nou zo snel zeggen? Hoe weet je dat?'
'Hij heeft niks tegen me gezegd over dat hij iemand heeft. Bovendien ben ik vorige week met hem mee geweest naar een of ander etentje, omdat hij...'
'O god, dat diner in het Claridge's! Heeft hij jou daarvoor gevraagd? Wat oneerlijk!'
Ellie versnelde haar pas; ze vond het erg ongemakkelijk worden allemaal. Louisa was steeds harder gaan praten, en er draaiden zich al mensen om om naar hen te kijken. Toen ze eindelijk bij Primrose Hill waren, kon ze Elmo's riem losmaken. Ze pakte een stok, gooide die zo ver als ze kon en keek Elmo na, die erachteraan scheurde.
'Ik durf te wedden dat je blij bent dat het uit is tussen ons, hè?' Met haar handen op haar heupen probeerde Louisa weer op adem te komen. 'Nu heb je Zack helemaal voor jezelf.'
Niet blozen, niet blozen! 'Ik werk voor hem, meer niet.'
'Jakkes!' gilde Louisa paniekerig toen Elmo terug kwam racen met de stok in zijn bek. Toen ze een sprongetje opzij maakte, zakten haar hakken in de grond en het kostte haar grote moeite om haar evenwicht te hervinden. Op beschuldigende toon zei ze: 'Maar je valt vast wel op hem.'
'Oké, zo kan ie wel weer. Ik val niet op Zack.' Ellie hoopte met heel haar hart dat haar neus niet ineens een halve meter langer werd. 'Ik heb al een vriend. Todd.' Todd vond het vast

niet erg dat ze hem weer even gebruikte; het was voor een goed doel. 'En ik weiger om deze onzin nog langer aan te horen, dus loop me niet meer achterna. Dag.'
Meteen sloeg Louisa haar handen voor haar gezicht en schudde verslagen haar hoofd. 'O god, sorry. Zo bedoelde ik het niet. Maar ik w-weet gewoon n-niet meer wat ik moet doen...'
Nu lette echt iedereen op hen. Een klein meisje trok aan haar moeders arm en vroeg luid: 'Mama, moet die oude mevrouw huilen?'
Wat ertoe leidde dat Louisa nog harder ging huilen. Met gebalde vuisten jammerde ze: 'Ik ben niet oud!'
'Kom.' Ellie nam haar mee naar een lege bank. 'Ga zitten. Ik heb nog wel ergens een zakdoekje.'
Alle make-up, zo zorgvuldig aangebracht voor Zack, werd weggeveegd met het zakdoekje. Een paar minuten lang snikte Louisa luidruchtig. Ellie zat naast haar en liet haar uithuilen, terwijl ze de stok zo'n twintig keer weggooide voor Elmo, die er steeds opnieuw vrolijk achteraan rende en hem dan weer terugbracht. Elmo was eigenlijk net een meisje dat op de verkeerde mannen viel en dat haar hart steeds opnieuw liet breken zonder ooit ook maar op de gedachte te komen dat het allemaal zinloos was.
'Heb je nog een zakdoekje?' mompelde Louisa na een tijdje.
'Nee.'
'Ik zie er zeker niet uit.'
Nou, dat was nog zacht uitgedrukt. Hoe kon ze dat diplomatiek zeggen? 'Valt wel mee.'
'O god...' Louisa stond op. 'Ik moet mezelf even opknappen. Mag ik jullie badkamer niet even gebruiken als we zo naar huis gaan?'
Ellie aarzelde, maar ze kon het niet over haar hart verkrijgen om het te weigeren. Nou ja, ze zou het straks wel goedmaken met Elmo door een echt lange wandeling te maken. Nadat ze hem terug had geroepen en gefloten, maakte ze zijn riem weer vast. 'Oké, dan gaan we.'
Elmo liet zijn ongenoegen over de korte wandeling blijken door pas een grote drol op de stoep te deponeren toen ze alweer in Ancram Street waren.

'Dat je dat kunt!' Louisa huiverde toen Ellie zich bukte en de drol met een poepzakje opschepte. 'Wat smerig!'
Dacht ze soms dat Ellie voor haar lol drollen raapte? Kalm antwoordde ze: 'Leuk is anders. Maar het moet gebeuren.'
'Hoe laat zei Zack dat hij terug zou zijn?'
'Dat heeft hij niet gezegd.' Oeps, weer gelogen. 'Hij kan nog wel uren wegblijven.'
'Of niet. Ik wacht wel even.'
'Dat lijkt me beter van niet, ik moet nog werken,' zei Ellie.
'Van mij zul je geen last hebben. Ik wacht boven wel.'
'Dat lijkt me echt geen goed idee.'
'Jezus zeg, jij leeft ook niet erg met me mee, hè?' Louisa's gezicht werd rood toen ze geëmotioneerd raakte. 'Je wilt gewoon niet snappen hoe belangrijk dit is! Ik hou van Zack en ik wil hem terug. Hij is echt alles voor me. Ik ga kapot van verdriet. Je snapt niet half hoe klote ik me voel!'
Een fractie van een seconde verscheen Jamie; hij leunde tegen een geparkeerde auto, met zijn armen nonchalant over elkaar geslagen, zijn blonde haar glansde in de zon. Hij nam Louisa geamuseerd op. Toen, alsof hij voelde wat Ellie wilde zeggen, draaide hij zich om, schudde zijn hoofd en zei: 'Niet doen.'
Hij had gelijk. Het zou de goedkoopste manier zijn om Louisa te overtroeven. Ellie zuchtte. Toen stopte er een taxi, en Jamie, in zijn spijkerbroek en roze T-shirt, verdween simpelweg. Elmo begon als een gek te blaffen toen Zack uit de taxi stapte.

36

'Goh, wie had dat kunnen denken?' zei Louisa smalend tegen Ellie. 'Je hebt tegen me gelogen.'
'Ik heb alleen maar gezegd dat ik niet wist hoe laat hij thuis zou komen,' stoof Ellie op. Zack mocht het nu met alle plezier van haar overnemen.
'O? Denk je soms dat ik achterlijk ben? Je probeerde alleen

maar van me af te komen, zodat je hem lekker voor je alleen had.'

Ellie had zin om te zeggen dat ze niet dácht dat Louisa achterlijk was, maar dat ze dat zeker wist. Gelukkig had Zack inmiddels de taxi betaald; hij liep met grote passen de straat over. Na één blik wist hij al wat er aan de hand was. 'Wat is dit? Wat is er gebeurd?' Hij wendde zich tot Ellie. 'Gaat het?'

Dat was natuurlijk in zekere zin aardig van hem, maar het leidde er wel toe dat de jaloezie van Louisa tot ongekende hoogte steeg. 'Zacky, ik heb je zo gemist! Ik moest je gewoon zien.'

Zacky? Allemachtig zeg, noemde ze hem echt zo?

'Even serieus.' Zack bleef tegen Ellie praten. 'Gaat het wel?'

'Ja, prima.' Zijn hand lag op haar arm. Het voelde heerlijk...

'Zacky? We moeten praten!'

Hij draaide zich om naar Louisa. 'Dat heeft echt geen enkele zin.'

'O jezus, niet te geloven! Moet je jullie nou eens samen zien. En waarom neem je háár in bescherming?' Met haar opgezwollen varkensoogjes keek ze Ellie vernietigend aan. 'Toen ik vroeg of jullie iets hadden, zei je van nee. Vieze vuile leugenaar.'

'Ik ga weg.' Ellie beende langs haar heen naar de voordeur. Zack hield haar arm stevig vast en liep met haar mee. Louisa begon te brullen van woede en haalde woest uit om hen uit elkaar te halen. De dunne handvatten van het poepzakje werden uit Ellies hand gerukt en het zakje landde met een natte plof op Louisa's enkel. Haar reactie was oorverdovend; haar gegil echode door de hele straat, terwijl ze achteruitdeinsde en het zakje als een voetbal in de lucht schopte.

'Getver!' Het zakje was niet kapot, maar het feit dat ze het had aangeraakt, was voldoende. Louisa hopste op en neer en keek alsof ze minstens een beenamputatie nodig had. Elmo, die het meteen als een spelletje zag, schoot over de stoep naar het zakje toe en nam het bij de handvatten in zijn bek. Daarna liep hij ermee terug naar Louisa, legde het voor haar voeten neer en wachtte tot ze het nog een keer zou doen.

'Smerig rotbeest! Ga weg!'

'Zo kan ie wel weer.' Zack opende de voordeur, duwde Ellie

naar binnen en floot Elmo. 'Dit moet ophouden. Gaan jullie maar naar binnen.'
Ellie trok de deur achter haar en Elmo dicht en liep door naar de keuken, waar Elmo luidruchtig water uit zijn waterbakje begon te slobberen. Even later ging de telefoon.
'Nou, dit heeft echt mijn hele dag opgefleurd,' zei Geraldine. 'Net *Sex and the City*! En dat gewoon bij mij op de stoep!'
'Elmo komt die kant uit,' zei Ellie.
'Ben je in de keuken dan? Waarom kijk je niet hoe het verder gaat? Kom op, pak je verrekijker! Louisa zit inmiddels op haar knieën. Zonde van die mooie schoenen van haar. Je kunt anders ook wel bij mij komen kijken... O hallo, liefje, wilde die vervelende mevrouw niet met je spelen?'
'Ik kan niet komen,' zei Ellie. 'Ik moet nog van alles inhalen.' Dat was niet zo, maar ze had voor vandaag wel genoeg ellende gezien.
'Jammer. Waar gaat het eigenlijk over?'
Uit de toon waarop Geraldine het vroeg, kon Ellie opmaken dat ze dat allang wist. 'Heb je je raam niet open dan?'
'Natuurlijk wel! Wat moet ik anders? Liplezen? Ze is ervan overtuigd dat jij en Zack iets hebben.'
Ellie kreeg een droge mond. 'Dat weet ik. Maar het is niet zo.'
Toen twintig minuten later de voordeur dichtsloeg, gingen haar vingers op het toetsenbord in overdrive... Grachte mr. Mackenzie. Ik dank Y coor yw bried... Shit. Ellie wiste de fouten snel voordat Zack ze kon zien.
Zack had echter geen oog voor het computerscherm. Hij stak zijn hoofd om de hoek van de deur en verzuchtte: 'Kom, ik denk dat we allebei wel iets te drinken kunnen gebruiken.'
Hij pakte een fles uit de koelkast en Ellie zorgde voor de glazen. Toen liepen ze de trap op, naar de huiskamer. Hoewel Ellie merkte dat ze zich door de koude witte wijn al snel wat ontspande, kreeg ze de gevoelens die met Zack te maken hadden niet onder controle. Ze nam nog een slok. Gelukkig wist hij niet dat ze die gevoelens had.
Zack haalde zijn hand door zijn haar en zei: 'Nou, sorry van daarnet.'
'Jij kon er niks aan doen.'

'O nee? Ik haat het om een relatie te beëindigen. Dat is echt het ergste van het ergste. Misschien heb ik het verkeerd aangepakt.' Hij zweeg even en wreef over zijn voorhoofd. 'Maar ik had deze reactie totaal niet verwacht. Niet van Louisa. Ze lijkt daar helemaal het type niet voor.'

'Nee hè? Te koeltjes, te volwassen.' Arme Louisa, Ellie had zowaar medelijden met haar; als Louisa later aan deze dag terugdacht, zou ze zelf geschokt zijn over het verlies aan decorum.

'En ik vind het ook rot dat ze al die dingen tegen jou heeft gezegd. Ze heeft zich echt in het hoofd gehaald dat we iets met elkaar hebben.' Zack keek haar strak aan. Een beetje verbaasd vervolgde hij: 'Waar ze dat vandaan heeft...'

Beschuldigde hij haar soms ergens van? Wilde hij laten doorschemeren dat híj Louisa beslist niet op dat idee had gebracht, maar dat iemand anders dat dan wel moest hebben gedaan en of zij dat toevallig niet was? Beledigd zei ze: 'Nou, niet van mij! Waarom zou ik? De enige reden waarom je me hebt aangenomen, is omdat je wist dat ik geen belangstelling voor je had, en dat is de waarheid, dat zweer ik je.'

Het was niet gelogen; het was waar. Toen ze had gesolliciteerd, had ze geen belangstelling voor hem gehad. Het was echter nergens voor nodig om te melden dat er op dat punt een en ander was veranderd.

'Dat weet ik, dat weet ik ook wel. Ik bedoelde echt niet te zeggen dat jij iets tegen haar zou hebben gezegd.' Zack was minstens zo geschrokken als zij. 'Het komt gewoon door Louisa, ze is van streek en zoekt iemand die ze de schuld kan geven. Maar hoe dan ook, het is voorbij. Ze is weg en ze zal niet meer terugkomen. Maar toch vind ik het rot dat ze jou ermee lastig heeft gevallen.' Hij sloeg zijn laatste slok wijn achterover. 'Zie je Todd vanavond nog? Ik hoop maar dat hij het niet vervelend vindt.'

'Ik zie hem vanavond niet.' Ze zat haar hoofd al te schudden nog voordat ze de laatste zin uitsprak. 'Maar hij zit er echt niet mee.'

'Mooi. Toch vind ik dat ik iets goed te maken heb.' Hij dacht even na. 'Als je toch niets anders hebt, zullen we dan samen

een hapje gaan eten vanavond?' Hij spreidde zijn handen. 'Gewoon om het goed te maken en je te bedanken. Hoe lijkt je dat? Is dat een goed plan?'
Als alles anders was geweest, als de situatie niet was geweest wat ze was, dan zou Ellie niets liever hebben gewild. Als ze niet voor Zack had gewerkt en als ze elkaar net zouden hebben leren kennen, dan had ze meteen toegehapt.
Maar ze werkte wel voor hem en ze kenden elkaar al langer, dus zou ze niet toehappen, al was het dan ook een verleidelijk aanbod.
Bovendien kon ze niet.
'Heel aardig van je, maar ik kan niet. Ik zou vanavond voor Tony koken.'

Op de een of andere manier had er, tegen alle verwachtingen in, een klein wonder plaatsgevonden. De Thaise groene curry was gelukt. De kip was mals, de jasmijnrijst gaar, en de kruiden brandden hun de mond uit, maar dan op een goede manier. Nadat Ellie eindelijk haar angst voor vissaus had overwonnen, had ze er een flesje van gekocht en dat had het hele verschil gemaakt. Het resultaat was een betoverend lekkere curry.
Wat maar goed was ook, want Tony moest nodig opgevrolijkt worden. Eerst had hij haar naar Todd gevraagd, en ze had hem verteld dat het een opluchting was om niet meer bang te hoeven zijn dat ze vastzat in een relatie die niet goed voor haar was. Tony was bedroefd, maar hij begreep het wel. Daarna had ze hem verteld over de aanvaring die ze die middag had gehad met Louisa, en hij had geknikt en een paar keer 'arm kind' gezegd en nog eens een biertje gepakt.
Oké, genoeg nu. 'Tony?' vroeg ze. 'Ga je me nog vertellen wat er aan de hand is?' Ze wachtte terwijl hij zijn bier langzaam in zijn glas schonk. 'Want anders ga ik me nog zorgen maken dat je ziek bent.'
Tony zette het flesje neer. De lachrimpeltjes om zijn ogen hadden vandaag niet veel te doen. Zijn lijden was gewoon tastbaar. 'Ik ben niet ziek, lieverd.'
Hij was acteur, dus ze keek hem onderzoekend aan. 'Zeker weten?'

'Zeker weten. Echt, dat is het niet.' Hij steunde met zijn ellebogen op tafel. 'Oké, dan zal ik het je vertellen. Weet je nog die gouaches die ik maanden geleden heb gekocht? Van die kunstenares die ik op Primrose Hill heb leren kennen...'

37

Ellies keel stond in lichterlaaie, haar lichaam was een dood gewicht en ze moest aldoor rillen. Omdraaien in bed deed al bijna te veel pijn. Je voelde je vast ook zo beroerd als je de Kilimanjaro beklom. O god, Jamie, dit is vreselijk, waar ben je als ik je nodig heb? Kun je me zelfs niet even een glas water brengen?

Drie uur later werd ze opnieuw wakker. Buiten scheen de zon, het licht deed haar pijn aan de ogen. Het kostte haar zelfs al moeite om haar hoofd iets op te beuren om op de wekker te kijken. Halfnegen. O nee! Haar werk! Maar ze kon vandaag met geen mogelijkheid werken; dit was geen verkoudheid, dit was een echte griep. Ze had al twee keer eerder de griep gehad, en dit was dus driemaal scheepsrecht. In elk geval hoefde ze niet in gewetensnood te komen, want werken zat er gewoon niet in. Dit was geen mannengriep, dit was de echte. Ze moest Zack bellen.

Er was een bovenmenselijke inspanning voor nodig om uit bed te klauteren. Gek genoeg had ze zich gisteravond alleen maar een beetje moe gevoeld, en ze had het ook een beetje warm gehad, maar nu lukte het haar nauwelijks om naar de badkamer te komen voor een paracetamolletje, een glas water en een plas. En daarna door naar de huiskamer om haar mobieltje te pakken.

Weer in bed, buiten adem en uitgeput, drukte ze toetsen in totdat ze Zacks naam zag verschijnen. Daarna hoorde ze zijn stem, die zei dat hij niet kon opnemen en dat ze een bericht kon inspreken.

'Zack, met mij. Sorry, maar ik... eh... ik heb de griep.' De telefoon vasthouden slorpte al haar energie op, en haar hoofd deed onbeschrijflijk zeer. 'Ik kan niet komen werken.' Ze had ook keelpijn en haar stem klonk alsof er een kikker in haar keel zat. Ze klonk echt belachelijk, als de eerste de beste simulant die een zwak stemmetje opzette van: hoor mij nou eens ziek zijn. Daar was nog nooit iemand in getrapt. 'Sorry, maar ik kan echt niet, ik voel me echt beroerd. Ik heb de griep... Oké. Dag.' Nadat ze de verbinding had verbroken, draaide ze zich moeizaam op haar zij. Haar ogen vielen dicht, wat op zich fijn was. Want als ze sliep, zou ze geen pijn hebben.

Toen ze weer wakker werd, was het vier uur, en haar hele lichaam deed zo'n pijn dat ze het dekbed nauwelijks op haar huid kon velen. Zelfs haar botten deden pijn, en ze had het ook bloedheet. Maar een paar minuten nadat ze het dekbed opzij had geschoven, lag ze ineens te klappertanden. Ze had ook een droge mond en ongelooflijk veel dorst. Ze veegde wat klamme lokken haar uit haar gezicht, en zelfs dat deed pijn. Dit was nog erger dan de Kilimanjaro op torenhoge hakken beklimmen. Goed, pak het glas, neem een slok water. Het lukte haar zonder al te veel te morsen. Pas toen het glas leeg was, bedacht ze dat ze vergeten was om de volgende twee paracetamolletjes in te nemen. Droog doorslikken ging niet. Dus zou ze moeten opstaan om nog wat water te pakken. De tranen prikten haar in de ogen. Op dit soort momenten miste ze Jamie het meest. En ze had ook helemaal een verkeerd moment uitgekozen om ziek te zijn; Tony was vorige week teruggevlogen naar L.A., Todd had een zakencongres in Edinburgh en zelfs Roo was een paar dagen weg, om eindelijk eens bij haar moeder in Marbella langs te gaan. Als ze echt wanhopig was, kon ze altijd Paula nog bellen, maar dat wilde ze niet, dat zou niet eerlijk zijn.

Jamie? Jamie, ben je daar?

Maar haar hersens waren beneveld van de pijn en uitputting; ze leken vol watten te zitten, zodat ze hem niet tevoorschijn kon toveren. En zelfs als het haar wel lukte, dan zou hij haar nog geen glas water kunnen brengen. De harde waarheid was dat ze alleen was. Als ze iets wilde, dan zou ze het zelf moeten halen.

Ze schuifelde naar de keuken, waarbij ze haar hoofd zo min mogelijk probeerde te bewegen, en vulde een glas met kraanwater. Ze wist dat in de koelkast een pak sinaasappelsap stond. Toen ze zich bukte om dat te pakken, stootte ze de fles olijfolie om. Omdat ze de reactiesnelheid van een slak had, kon ze alleen maar hulpeloos toekijken hoe de fles stukviel op de witte tegelvloer, waar zich een plas extra *vergine* olijfolie met glinsterende stukjes glas erin verspreidde.
Ze hield zich aan de koelkast vast, terwijl ze de ravage bekeek. Ze had niet eens de puf om 'shit' te zeggen. Dan moest ze wel heel erg ziek zijn.
Aangezien ze de troep met geen mogelijkheid kon opruimen, pakte ze het glas water en schuifelde terug naar haar bed. Ze nam nog twee pijnstillers in. Nadat ze haar ogen had gesloten, viel ze in een rusteloze slaap waarin haar koortsachtige brein onsamenhangende, niet erg ontspannende dromen fabriceerde...
Ineens stikte ze; een grote grizzlybeer drukte haar plat en de telefoon begon te rinkelen rinkelen rinkelen...
Oké, het was geen beer. Ellie bevrijdde zichzelf van het dekbed en het lukte haar om haar mobieltje na vijf keer overgaan te traceren.
Slaperig zei ze: 'Hallo?' Haar stem klonk hees.
'Heb ik je wakker gemaakt?' Het was Zack. 'Ik wilde gewoon even horen hoe het met je gaat.'
'O.' Ze had het gevoel alsof haar keel door een reusachtige vuist werd omklemd, zo moeilijk vond ze het om adem te halen. Belde hij haar soms om te kijken of ze wel echt ziek was? Hij klonk bezorgd, maar dat was misschien een truc om haar te betrappen. 'Eh... ik denk dat ik morgen ook niet kan komen werken...' Ze begon zwakjes te hoesten. Het voelde alsof er messen in haar hoofd staken. 'Au... sorry.'
'Je hoeft je heus niet te verontschuldigen. Natuurlijk kun je zo niet werken. Is er al een dokter bij je wezen kijken?'
'Nee...' Stom genoeg had ze zich nog niet ingeschreven bij een dokterspraktijk in de buurt, en de kans dat haar oude huisarts helemaal uit Hammersmith hiernaartoe zou komen, leek haar bijzonder klein.

'Heb je iemand die voor je zorgt?'
Een nieuwe hoestbui. 'Nee.'
'Waar is Todd?'
'Op een zakencongres.'
'Kun je uit bed komen?'
'Ja...'
'Oké, dan kom ik er nu aan.'
'Nee, nee... ik red me wel. Anders steek ik je nog aan.'
Zack negeerde haar. 'Heb je nog iets nodig?'
Ja, Jamie. Ze sloot haar ogen en fluisterde: 'Pijnstillers. Sterke. Die van mij zijn op.'
'Ik heb er nog wel wat. Ik ben al onderweg.'
Ze wreef over haar gezicht; zo beroerd als nu had ze er vast nog nooit uitgezien. Nou ja, omdat ze zelfs te ziek was om zich daar druk om te maken, zei ze moeizaam slikkend: 'Dank je.'
Zoals beloofd belde hij een kwartier later aan. Ze drukte de zoemer in om hem binnen te laten en liet zich weer op bed vallen.

Toen Zack de flat betrad, hoorde hij een stem zwakjes roepen: 'Ik ben hier.'
Haar slaapkamerdeur stond open, de gordijnen waren dicht. In de lucht hing de vage geur van haar parfum. Ellie lag ineengedoken onder het dekbed te rillen. Ze was lijkbleek. Terwijl ze met de vingers van haar linkerhand naar hem wapperde, mompelde ze: 'Niet dichterbij komen.'
'Ik word nooit ziek.' Haar woorden negerend liep hij naar het bed toe. 'Lig je hier de hele dag al in je eentje?'
Ze knikte wat en kromp meteen ineen. 'Het is gewoon de griep.'
'Ik heb ibuprofen voor je, paracetamol en codeïne.' Hij zette alles op het nachtkastje en pakte de lege glazen. 'Ik zal nog wat water voor je halen. Of heb je meer zin in een kop thee?'
Ze schudde haar hoofd. 'Alleen water is goed.' Ze verstijfde toen ze zich plotseling iets herinnerde. 'Uit de badkamer. Niet de keuken in gaan, daar is het een puinhoop. Ik heb een ongelukje gehad.'
Het liefst had hij haar opgetild uit bed en haar mee naar zijn huis genomen. Dat deed hij echter niet, hij liep de slaapkamer

uit en ging naar de keuken. Toen hij de keukendeur openduwde en de goudkleurige plas op de grond zag, schrok hij even, want hij dacht dat ze zó'n soort ongelukje had gehad. Maar toen hij de glasscherven zag, besefte hij dat het olijfolie was.
'Hier.' Hij kwam terug met een glas water. 'En dan zal ik nu eerst je kussens eens goedleggen.'
Ze ging op haar zij liggen en hij schudde haar plat geworden kussens op. Daarna hielp hij haar iets overeind zodat ze de twee tabletjes kon innemen met water. Zo lichamelijk waren ze nog nooit met elkaar geweest, en het voelde heerlijk. Ellie was ziek en hij vond het fijn om haar te kunnen helpen. Hij vond het helemaal niet erg dat haar huid klam en bleek was en dat haar touwachtige haar alle kanten uit stond. Ze droeg een donkerblauw jersey nachthemd dat steeds van haar schouder schoof, maar hij wilde er niet eens aan denken dat ze daaronder misschien wel helemaal naakt was.
Toen hij twintig minuten later terugkwam in de slaapkamer, vroeg hij: 'Heb je zin in sap?'
Ze schudde nauwelijks waarneembaar haar hoofd. 'Niet de keuken in gaan.'
'Dat is allemaal al opgeruimd.'
'Wat?' Ze fronste. 'De olijfolie? O nee, dat meen je niet.'
Het was inderdaad een hels karwei geweest; hij had de vloer keer op keer geboend en droog geveegd, om vervolgens tot de ontdekking te komen dat de tegels nog steeds net zo glad waren als een ijsbaan. Maar omdat hij graag een goede indruk op haar wilde maken, zei hij op nonchalante toon: 'Geen probleem.'
'Niet te geloven dat je mijn keukenvloer hebt schoongemaakt,' zei ze beschaamd.
'Ach, het is al gebeurd. Maak je er nou maar niet druk over.'
Hij pakte de doos tissues van het nachtkastje. 'Deze is bijna leeg. Heb je nog?'
'Nee, maar dat maakt niet uit. Ik gebruik wel wc-papier.'
'Geen sprake van. Ik koop wel een nieuwe doos voor je. Ik moet nu weg, maar ik kom over een paar uur terug.'
'Dat hoeft echt niet.'
'Ik laat je niet alleen aanmodderen. Je bent ziek. Probeer nu

maar wat te gaan slapen.' Hij boog zich over het bed heen om kussens recht te leggen die niet recht gelegd hoefden te worden. 'Mag ik anders je sleutel hebben, zodat ik niet hoef aan te bellen?'
Ze knikte. 'Ze zitten in mijn tas in de huiskamer. Mag ik ook een... Ach, laat ook maar.'
'Zeg het maar. Je kunt alles krijgen wat je maar wilt.'
Er verscheen een flauw lachje om haar mond. 'Fijn, doe me dan maar een rode Mercedes en een diamanten tiara.'
'Oké.' Op dat moment wist hij dat hij van haar hield. Hij hield van haar! 'Nou, het duurt misschien een paar dagen om dat te regelen, maar als je in de tussentijd nog iets anders nodig hebt?'
'Een blikje cassis zou wel lekker zijn.'
'Nou word je wel erg inhalig. Maar vooruit dan maar, omdat je ziek bent.'
Nog een lachje. 'Dank je wel.'

38

Ellie viel weer in slaap. Twee uur later werd ze wakker van het geluid van Zack die zichzelf binnenliet. God, wat moedig van hem om terug te komen. En ook zo aardig. Er gleed een dankbare traan uit haar ooghoek; als je er zo beroerd aan toe was, was het heerlijk om je niet ook nog eens eenzaam en alleen te voelen.
Waarschijnlijk kon ze wel een douche gebruiken, maar dat was onmogelijk; bij de gedachte alleen al dat haar huid zou worden afgeranseld door waterdruppels, deed alles haar zeer. Ze hoopte maar dat ze niet stonk.
Toen Zack even later echter de slaapkamer in kwam met een blikje cassis waar een roze rietje uitstak, zodat ze niet zou morsen, kreeg ze niet de indruk dat hij zijn adem inhield. Misschien viel de stank dus wel mee. Hij schudde haar kussens weer op, trok het dekbed glad en stopte het onderlaken in, dat door al haar gewoel was losgeraakt.

'Het is al donker buiten.' De ijskoude cassis was een genot voor haar keel.
'Het is ook al tien uur. Tijd voor nog wat ibuprofen.' Hij drukte ze uit de strip en gaf ze haar. Daarna maakte hij de nieuwe doos Kleenex voor haar open. 'Denk je dat je iets kunt eten?'
Ze sloot haar ogen, dacht aan eten en schudde toen haar hoofd. 'Nee, dank je. Ik heb geen trek. Cassis is voldoende.'
'Mooi. Wil je niet liever op de bank liggen, zodat je een poosje tv kunt kijken?'
Tv. Dan moest ze zich concentreren. Haar ogen openhouden. 'Nee, ik ben te moe.'
'Oké, ga dan maar weer slapen. Ik heb mijn laptop bij me, dan ga ik wel een paar uurtjes werken. Als je iets nodig hebt, roep je me maar.'
'Je hoeft echt niet te blijven. Ik red me wel.'
'Nu gaat het misschien nog wel, maar wat als het verergert? Het is echt geen probleem. Of ik nou hier werk of thuis, dat maakt mij niet uit. En even voor de goede orde, je koelkast ligt vol cassis.'
Hij was zo aardig, zo attent. Terwijl hij dat allemaal helemaal niet hoefde te doen. Ze ging op haar zij liggen en dutte weer in, getroost door de gedachte dat er iemand bij haar was, voorlopig tenminste.
Het was halfvijf toen ze weer wakker werd, daartoe aangezet door haar blaas. Even wist ze niet of het ochtend of middag was. Nog steeds donker buiten, dus dan moest het ochtend zijn. Ze stond op en zocht zich tastend een weg door de slaapkamer naar de badkamer. Zo, dat was al beter. En nu ze toch op was, kon ze misschien meteen even een blikje cassis uit de keuken pakken.
Toen ze door de gang schuifelde, zag ze dat de kamerdeur op een kier stond. Ze duwde hem verder open. Het licht was gedimd en Zacks laptop stond open op de salontafel. Zack lag languit op de bank, diep in slaap.
Hoewel ze zich licht in het hoofd voelde en bijna niet op haar benen kon staan, moest ze gewoon even naar hem blijven kijken; het was letterlijk onmogelijk om haar blik van hem los te maken. Ze had Zack nog nooit zien slapen. In de warme gloed

van de tafellamp zag zijn gezicht er ontspannen, zacht uit. Zijn donkere wimpers wierpen schaduwen onder zijn ogen en zijn jukbeenderen kwamen daardoor extra goed uit. Hij had stoppeltjes op zijn kin. Hij lag op zijn rug, met zijn enkels over elkaar geslagen, en met één hand op zijn borst. Zijn ademhaling was gelijkmatig. Het mooiste was nog dat hij geen geluid maakte.

Een niet-snurker. Altijd fijn om te weten.

Hou op! Je bent ziek.

Ze draaide zich om en liep naar de keuken. Zack had de vloer mooi schoongemaakt; hij was helemaal niet meer glad. Al iets wakkerder en ook iets minder beroerd trok ze de deur van de koelkast open en pakte nog een blikje cassis. Pas na drie pogingen lukte het haar om het lipje los te trekken. Zack had ook bekertjes yoghurt, aardbeienmousse en gelatinepudding gekocht en een paar flessen vers vruchtensap. Ze deed de deur weer dicht, en voordat ze terugging naar bed kon ze het niet laten nog even een blik in de huiskamer te werpen.

Deze keer waren Zacks ogen open. Blijkbaar was hij wakker geworden van haar koelkastonderzoek. Hij keek haar aan en zei slaperig: 'Je zou me roepen als je iets nodig had. Ik had dat voor je kunnen pakken.'

'Ach, ik moest toch een plasje doen.' O god, heb ik dat echt gezegd?

'Hoe voel je je?'

Steun zoekend bij de deur antwoordde ze: 'Stom, omdat ik net "een plasje doen" heb gezegd waar mijn baas bij is.'

Hij lachte. 'Nergens voor nodig, mijn zusjes zeggen dat ook allemaal. Ik ben er wel aan gewend.'

'Ik dacht dat je al lang naar huis zou zijn.'

'Ik kan overal slapen. En dit is een lekkere bank. Je ziet er trouwens al iets beter uit.'

'Daar geloof ik niks van.' Ze haalde haar hand door haar haren en keek even of haar nachthemd nog wel tot op de knie hing. Ja, gelukkig, want ze wilde niet dat hij onverhoopt in een flits haar roze onderbroek zou zien. Als ze had geweten dat hij er nog zou zijn, had ze een ochtendjas aangetrokken. Maar daar was het nu te laat voor, hij had haar al aanschouwd in

haar weinig glamoureuze nachthemd en met blote benen.
Zack rekte zich uit en ging rechtop zitten. 'Is er nog iets wat ik voor je kan doen?'
Ze aarzelde. Ze voelde zich zowaar al wat beter na al dat slapen. 'Eh... misschien zou je een tosti voor me kunnen maken?'
Hij stond grijnzend op en wees naar de bank. 'Ga zitten. En hoe bedoel je "misschien"? Denk je soms dat ik geen tosti kan maken?'
Met een flauw lachje zei ze: 'Het is niet erg, hoor, als je dat niet kunt. Dan neem ik wel gewoon een Weetabix.'
Ze ging op de bank liggen, met haar hoofd op de kussens waar Zacks hoofd net nog had gelegen. Buiten was het stil. Het was midden in de nacht en het voelde alsof ze de enige mensen in Primrose Hill waren die wakker waren.
Zack kwam weer binnen, met twee volmaakt gegrilde tosti's. Die van haar sneed hij in smalle punten zodat ze hem gemakkelijker kon eten. Hij had ook een kop sterke koffie voor zichzelf gezet, en in een vreemd vertrouwelijke bijna-stilte genoten ze samen van hun mini-picknick. Toen ze de tosti ophad, haalde Zack een bekertje aardbeienmousse voor haar. Ergens in de verte hoorden ze een sirene. Bij zonsopkomst begonnen de vogels in de achtertuinen te zingen. Het autoverkeer kwam ook langzaam op gang. Ellie voelde haar oogleden zwaar worden, en de vermoeidheid sloeg opnieuw toe. Als van heel ver weg merkte ze nog dat Zack de kussens verschoof om het haar wat gemakkelijker te maken. Het voelde alsof ze weer vijf was en werd verzorgd en vertroeteld. Haar hoofd bonkte, maar dat maakte niet uit. Glimlachend mompelde ze: 'Dat voelt lekker... Je bent zo lief.'

... en toen weer wakker, met een schok, uren later. Nog steeds op de bank, alleen in de flat en met een vreselijke flashback.
Dat voelt lekker... Je bent zo lief...
O god, had ze dat echt gezegd? Waren die woorden echt haar mond uit gekomen toen ze in een verzwakte, bijna-slaaptoestand had verkeerd? Ze had ze echt niet willen zeggen, ze had waarschijnlijk gedacht dat het lekker voelde en hij was ook inderdaad lief voor haar geweest, en al die dingen waren door

elkaar gaan lopen in haar hersenen, maar het was echt niet haar bedoeling geweest dat hij ze te horen kreeg.
Nu ze wat wakkerder was, merkte ze ook dat ze onder haar dekbed lag. Zack moest het uit de slaapkamer hebben gehaald en over haar heen hebben gelegd. En op de salontafel, op zijn plek gehouden door haar mobieltje, lag een briefje in zijn opvallende handschrift:

> Goedemorgen. Hoe gaat het? Ik ga Elmo uitlaten en nog wat achterstallig papierwerk doen. Ik ben op zijn laatst om elf uur terug. Als je iets nodig hebt, bel me dan.
> Tot gauw,
> Z.

De Z eindigde in een rare krul die misschien een kruisje was, of een visje of een kus. Toen Ellie merkte dat ze de krul nauwlettend bestudeerde om te ontdekken welke van de drie hij bedoeld kon hebben, riep ze zichzelf tot de orde. Doe normaal, hij had haar geen liefdesbrief geschreven. Het was gewoon een krul.
Op de salontafel bevonden zich verder haar wekker, het doosje ibuprofen, een glas water, een ongeopend blikje cassis. Hij had echt aan alles gedacht. Na haar krankjorume geleuter van afgelopen nacht mocht het een wonder heten dat er geen dwangbuis bij lag.
Ellie nam de pijnstillers in en dronk wat water. Alles deed nog steeds zeer, en het was verleidelijk om weer weg te soezen. Maar het was al halftien, Zack kwam misschien over een uur al terug, en ze wilde zich opfrissen.
Het was alsof de waterstralen haar huid geselden; de pijn was intens, en ze had niet geweten dat rechtop onder de douche staan zo vermoeiend kon zijn. Ze werd zelfs al moe van haar armen omhooghouden om de shampoo in haar haren te masseren...
Oké, concentreer je, even doorbijten, je moet de shampoo er nog uit spoelen. Ze kreeg slappe benen, en door de warmte van het water leek het net alsof ze beneveld raakte... O, nu dansten er ook nog stippeltjes voor haar ogen... Dit was niet goed,

stippeltjes die steeds groter werden... Oké, maken dat je wegkomt, ergens gaan zitten voordat je omvalt... Wegwezen...

'Jezus, hoe is dat gebeurd? Wat heb je gedaan?' Zack keek haar ontzet aan.
Ellie hield zichzelf voor dat het veel erger had kunnen zijn. Ze had wel helemaal buiten bewustzijn kunnen raken. En dan had Zack haar bij terugkomst in een naakt hoopje op de vloer van de badkamer aangetroffen. In elk geval droeg ze nu een ochtendjas en had ze de veiligheid van de bank weten te bereiken.
'Ik ben flauwgevallen onder de douche. Nou ja, half uit de douche.' Ze drukte het handjevol tissues tegen haar slaap; de bult was indrukwekkend dik geworden, maar het bloeden was gelukkig gestopt. 'En toen kwam ik met mijn hoofd tegen de radiator. Maar het valt wel mee, het hoeft niet gehecht of zo.'
Zack onderzocht de wond nauwkeurig. 'Toch lijkt het me beter om er even een dokter naar te laten kijken. En hoe haal je het in je hoofd om te gaan douchen! Je hebt de griep!'
'Sorry. Maar ik wilde me gewoon beter voelen.'
'Nou, dat heeft dan niet gewerkt. Voor hetzelfde geld had je een hersenschudding opgelopen. Ik kan je hier gewoon niet meer alleen laten.'
'Ik red me echt wel. Ik zal me niet meer gaan douchen.'
Hij zou het waarschijnlijk niet willen horen, en ze peinsde er ook niet over om het hem te vertellen, maar hij was echt heel aantrekkelijk wanneer hij geïrriteerd was. Ze ging liggen toen hij naar de keuken verdween en luisterde naar het kabaal dat hij maakte terwijl hij iets in de vriezer zocht.
Even later kwam hij terug met een zakje diepvriesmais dat hij in een schone theedoek had gewikkeld. 'Hier. Nee, stil blijven liggen. Ik doe het wel. Je bent echt lijkbleek.'
'Ben je altijd zo bazig?' Ze deed haar ogen dicht toen het ijskoude pakketje op de bult ter grootte van een ei werd gelegd.
'Ja, altijd.'
'Maar je kunt hier niet de hele tijd blijven.'
'Dat weet ik. Maar er zal toch voor je gezorgd moeten worden.' Hij veegde een straaltje water uit haar hals weg. 'En daarom neem ik je mee naar Ancram Street.'

Zack kwam terug met de auto, die hij dubbelparkeerde voor de flat. Hij wilde niet dat ze zelf de trap afliep, maar hij tilde haar op en droeg haar naar beneden.
De griep had dus ook zo zijn voordelen.
'Het lijkt wel of ik ontvoerd word.' God, wat voelde dit fantastisch. Ze moest haar blik gewoon neerslaan, anders zou hij misschien zien wat er door haar heen ging.
'We kunnen niet hebben dat je van de trap valt en je nek breekt,' zei hij kortaf.
Voor hem was het gewoon iets praktisch dus. Haar hoofd leek net een bowlingbal; het kostte haar moeite om het rechtop te houden. Uiteindelijk gaf ze het op en legde ze haar hoofd op zijn schouder. Dat voelde nog beter. Het was gewoon heerlijk om het zachte katoen van zijn overhemd tegen haar warme wang te voelen.
'Hopelijk ben ik niet te zwaar.'
'Het gaat prima zo. We zijn er bijna. Pas op je voeten.' In de hal manoeuvreerde hij haar voorzichtig naar buiten.
Twee minuten later waren ze al in Ancram Street, waar het hele proces zich in omgekeerde volgorde herhaalde. Ellie deed haar ogen dicht en dacht aan die keer dat Jamie haar plechtig over de drempel van hun flat in Hammersmith had gedragen. Hij had gedaan alsof hij bezweek onder haar gewicht, en zij had hem toen een por tussen de ribben gegeven, en ze hadden zo moeten lachen dat hij haar bijna had laten vallen.
Niet aan denken. Ze had gewoon de puf niet om geëmotioneerd te raken. Dit was een heel andere drempel, een heel andere trap. En dan de deur aan het einde van de gang door.
Twintig minuten later werd er op de deur geklopt, die meteen daarna openging.
'Ik ben het maar.' Het was Geraldine die binnenkwam, steunend op haar wandelstok. 'Och lieverd, wat zie je eruit. Zack heeft me gevraagd om even naar je te kijken. Dat is een aardige bult die je daar op je hoofd hebt.'
Omdat Ellie helemaal kapot was, stond ze toe dat Geraldine haar onderzocht. Zacks lichtgroene met witte logeerkamer met groene gordijnen die wapperden in de wind, had iets zomers,

vond ze, en het grote bed was comfortabel. Haar slaap klopte. 'Lastig ben ik, hè?'
'Je kunt er toch niets aan doen? Zo, gebeurd. Niks ergs. Gewoon veel rusten en genoeg drinken. Dan komt het vanzelf weer goed.'
'Die arme Zack, zit hij mooi met me opgescheept.'
'Sommige mensen vinden het fijn om voor iemand te zorgen. Dan zijn ze op hun best. En het is ook leuk om Zack zo bezig te zien.' Geraldine trok veelbetekenend haar wenkbrauwen op. 'Een man die goed is met vrouwen die in bed liggen, dat is altijd mooi.'

39

Was dit verkeerd? Had hij het beter niet kunnen doen? Zack wist alleen dat hij zich compleet voelde nu Ellie bij hem logeerde. Zonder ook maar een moment te aarzelen had hij voor vanmiddag een paar afspraken afgezegd. Het kon hem gewoonweg niet schelen. Hij had al zo lang alles gegeven voor zijn bedrijf, hij had er zo'n beetje zijn hele leven aan gewijd. Nu leek het allemaal echter niet meer belangrijk.
Nee, dat klopte niet. Het werk was nog steeds belangrijk. Het kwam alleen niet meer op de eerste plaats.
Hij klopte aan en vroeg: 'Mag ik binnenkomen?'
Ellie zat rechtop in bed, gekleed in een schoon wit T-shirt. Ze zag heel bleek en ze had donkere wallen onder haar ogen, maar voor hem was ze nog steeds heel mooi.
'Hoi. Dank je.' Ze pakte de mok tomatensoep aan die hij haar had gebracht. 'Gek hè, dat ik zin had in soep toen ik wakker werd?' Glimlachend nam ze een slokje. 'Heerlijk. Nou, dan heb ik het ergste wel gehad, denk ik.'
Wat natuurlijk fijn was om te horen. Een klein deel van hem wilde echter niet dat ze het ergste had gehad. Tot vanavond was Ellie zo ziek geweest dat het niet meer dan logisch was geweest dat ze bij hem logeerde, maar zodra ze weer beter was,

zou ze weer naar huis gaan. En Todd zou ook terugkomen van zijn congres in Glasgow. Hoewel Zack het niet hardop had gezegd, vond hij dat Todd wel iets meer moeite had mogen doen; zijn vriendin was ziek, maar je kon niet zeggen dat hij haar nou overspoelde met telefoontjes. Kon het hem dan niks schelen hoe het met haar ging? Interesseerde het hem überhaupt wel? En zoveel moeite was het nou ook weer niet om een bos bloemen te sturen.

Maar misschien was het ook wel een hoopvol teken, een teken dat hun relatie toch niet zo stormachtig was. Terwijl hij de lege glazen van het nachtkastje pakte, vroeg hij terloops: 'Heb je vandaag nog iets van Todd gehoord?'

'Ja, hij heeft gebeld.' Ze knikte en keek een beetje afwerend. 'En hij heeft ook sms'jes gestuurd.' Ze gebaarde naar haar mobieltje, dat met de voorkant naar beneden op het dekbed lag. 'Heel veel.'

Schaamde ze zich er soms voor dat Todd zo weinig aandacht aan haar schonk? Prima. 'En hij vindt het niet erg dat je bij mij logeert?'

Ze schudde haar hoofd. 'Helemaal niet. Hij is je dankbaar, omdat je voor me zorgt.'

'Graag gedaan. Als je weer beter bent, kun je misschien ook iets voor mij doen.' Met een flauw lachje voegde hij eraan toe: 'Ik wil je namelijk nog iets vragen.'

'O? Nou, zeg het maar.' Ellie was duidelijk aan de beterende hand; ze dronk met smaak van de soep.

'Ik heb net een mailtje van Steph gehad.'

'Je zus, degene die in St Austell woont,' zei ze. 'Met de tweeling.'

Het ontroerde hem gek genoeg heel erg dat ze dat nog wist.

'Ja, die. Nou, Steph en Gareth zijn al zeven jaar bij elkaar, maar ze hebben net besloten om te gaan trouwen.' Hij zweeg even. 'In september.'

'Aankomende september? Wauw.'

'Typisch Steph. Totaal geen geduld. Als die eenmaal iets in haar kop heeft... Het komt erop neer dat ze hoorden dat er een huwelijksplechtigheid was geannuleerd in de dorpskerk, en toen hebben ze die kans meteen aangegrepen.'

'Net zoiets als een lastminutevlucht nemen,' zei Ellie. 'Ach, waarom ook niet?'
'En de receptie wordt bij mijn ouders gehouden. Honderd gasten.'
'Jemig.'
'Dat komt wel in orde. Mijn moeder is helemaal in haar element. Claires trouwfeest is ook thuis gegeven; het was een doorslaand succes.'
Ellie dronk haar mok soep leeg. 'En wat heb ik er precies mee te maken? Kan ik je op een of andere manier ergens mee helpen? O, de uitnodigingen misschien, moet ik...'
'Nee, niet dat soort hulp. Het is iets persoonlijkers.' Hij ging aan het voeteneinde zitten. 'Het punt is dat Steph haar vriendin Mya als bruidsmeisje heeft gevraagd. En jaren geleden heb ik wat met Mya gehad. Nee, ze lijkt totaal niet op Louisa,' voegde hij er gauw aan toe. 'Mya is net een labrador, springerig en enthousiast. Volgens Steph is ze nu al door het dolle heen omdat ze mij dan zal zien. Dus als ik alleen ga, zal ik haar de hele tijd van me af moeten slaan. Dat wordt heel gênant. Ze is een aardige meid en ik wil haar niet kwetsen.' Na een korte aarzeling vervolgde hij: 'Dus het zou heel handig zijn als ik iemand anders kon meenemen. Dan zou ze het snappen en me verder met rust laten. Zonder gedoe.' Dit was niet iets wat hij verzon; het klopte allemaal. Maar hij buitte de situatie natuurlijk wel uit. En met een beetje geluk zou hij er beter van worden. 'Dus het is aan jou. Ik weet dat het veel gevraagd is, maar je zou me er echt enorm mee helpen. En het wordt een leuk feest.' Weer een stilte. 'Als je denkt dat Todd het niet erg vindt tenminste.'
Zack McLaren, jij durft, dacht hij.
Ellies ogen straalden en ze had ook weer wat kleur op haar wangen. Ze dacht een paar seconden na, toen slikte ze en zei: 'Ik leg het hem wel uit. Hij vindt het vast niet erg.'
'Oké, fijn. Dank je.' Het hart klopte hem in de keel. Ellie had er net in toegestemd hem te vergezellen naar de bruiloft van zijn zus in Cornwall.
Dat was wat je noemde een klinkend resultaat.

Hoe fijn het ook was om door Zack verzorgd te worden, Ellie wist dat ze hem nu lang genoeg tot last was geweest. Het was inmiddels zondag, ze was hier al drie dagen, en echt ziek kon je haar niet meer noemen. De pijn, de rillingen, de koorts, dat was allemaal over. Ook had ze haar eetlust terug, ze zag er niet meer uit als een wandelend lijk en ze was ook niet meer zo uitgeput. Ze voelde zich weer mens, maar dan een beetje zwakke uitvoering ervan.

'Weet je zeker dat je het redt?' Zack had haar per se de paar honderd meter naar huis willen rijden. 'Hoe laat komt Todd terug?'

'Zo meteen.' Ze stapte uit; het was drie uur 's middags. 'Hij kan elk moment komen. Bedankt voor al je goede zorgen.' Ze hield haar weekendtas stevig beet toen ze zag dat hij hem van haar wilde overnemen. 'Nee, ik kan het zelf wel. Enne... nog bedankt voor alles. Zodra ik helemaal beter ben, kom ik weer werken. Ik denk woensdag of donderdag.' Hij had zoveel voor haar gedaan dat ze niet goed wist hoe ze hem moest bedanken. Gelukkig hoefde ze niet te overwegen om hem een kus op de wang te geven, want ze wilde hem niet aansteken.

En bovendien was hij haar baas. Zij was zijn werkneemster. Het zou verkeerd zijn om hem te kussen.

Dus zei ze alleen maar gedag en wuifde nog een beetje verlegen alvorens ze haar sleutel in het slot stak om zichzelf binnen te laten.

'Waarom heb je me niet gezegd dat je ziek was? Dan was ik meteen teruggekomen! Dan had ik voor je kunnen zorgen!'

O jeetje, Roo was beledigd.

'Maar je was bij je moeder,' wees Ellie haar erop. 'En je zou het ook vast niet zo fijn hebben gevonden als ik je had aangestoken.'

Roo stoof op. 'Maar ik had het wel gedaan. Je hebt ook genoeg voor mij gedaan. Hoe kan ik mijn schuld nou ooit inlossen als ik niks voor je mag doen?'

'Je bent me niks verschuldigd, hoe vaak moet ik dat nu nog zeggen? Je hebt me juist geholpen.' Ellie zuchtte; Roo had zich helemaal vastgebeten in haar eigen heiligheid. Geen coffeïne,

geen alcohol, geen make-up, eeuwig goede daden verrichten en koppig weigeren om Todds telefoontjes en sms'jes te beantwoorden. Eerlijk gezegd zat Ellie met smart te wachten op de terugkeer van de oude, vrolijke, brutale Roo.
'Oké, dan maken we een lijstje.' Roo haalde een notitieboekje uit haar tas. 'Zeg maar wat je nodig hebt, dan ga ik het halen. Eten, toiletspulletjes... wat je maar wilt.'
'Nou, vooruit dan maar.' Ellie keek naar Roo, die met de pen in de aanslag op de bankleuning zat. 'Ik heb bijna geen deodorant meer, dus je zou een spuitbus voor me kunnen kopen.'
'Welk merk?'
'Maakt niet uit.'
Dat was duidelijk niet naar mevrouws zin. 'Maar welke zou je het liefst hebben?'
'Nou, Dove dan maar.'
Roo schreef het op. 'En verder?'
'Appelsap. En brood. Wit, gesneden.'
De pen vloog over het papier. 'Oké. Verder?'
'Todd bellen.'
De pen stopte abrupt. 'En wat moet ik dan zeggen?'
'Dat je hem graag wilt zien. Verlos die man nou gewoon uit zijn lijden. Je zit jezelf alleen maar dwars als je zo koppig blijft.'
Roo stak haar kin naar voren. 'Misschien verdien ik dat wel.'
'Je zei dat ik mocht vragen wat ik maar wilde.' Ellie was verzwakt door de griep; ze wist dat ze qua overredingskracht niet in topvorm verkeerde. 'En ik wil dat jij en Todd iets met elkaar beginnen.'
'Dan kun je lang wachten.'
'Maar dan voel ík me schuldig. Als ik er niet was, zouden jullie allang iets hebben. Dus het is allemaal mijn schuld!'
'Leuk geprobeerd,' zei Roo. 'Maar het antwoord blijft nee. Trouwens, je haar ziet er een beetje slonzig uit. Zal ik mijn kapster bellen en vragen of ze hier komt om je te knippen en föhnen?'
Altijd leuk om te horen dat je haar er slonzig uitzag. 'Nee, dank je.' Ellie was nog nooit met een tevreden gevoel een kapsalon uit gelopen nadat ze haar haren hadden geföhnd; ze vond altijd dat ze er dan uitzag als een Stepford Wife.
'Een manicure dan?'

'Nee.'
'Massage?'
'Nee, echt niet.'
'Zonnebankje?'
'Nee!'
Roo keek haar met samengeknepen ogen gefrustreerd aan. 'Koppig.'
'Pot. Ketel,' zei Ellie.
'Maar ik wil je alleen maar helpen!'
'Ik jou ook!'
'God, wat ben jij vervelend, zeg,' riep Roo uit.
Ellie hield haar gezicht in de plooi. 'Moet je horen wie het zegt.'

Nadat Roo Ellie de boodschappen had gebracht, ging ze naar haar werk in de liefdadigheidswinkel in Ormond Road. Ellie ging op de bank liggen soezen. Een uur later schrok ze wakker van gelach op straat.
Het was Jamies lach. Geen twijfel mogelijk. Ellie luisterde verbaasd. Hij was het echt... O god, hij was terug... Ze stond op en strompelde naar het raam. Haar huid tintelde van vreugde en ongeloof. Jamie, ik ben hier...
Omdat ze te snel was opgestaan, tolde haar hoofd. De man die op de stoep stond, was in de veertig, stevig gebouwd, kaal als een biljartbal en had een indrukwekkende buik. Terwijl hij in zijn auto stapte, bleef hij in zijn mobieltje praten met degene die hem net op die enge Jamie-achtige manier aan het lachen had gemaakt.
Doe niet zo stom. Hoe heb je ook maar een seconde kunnen denken dat hij het was?
De auto reed weg en Ellie liet zich weer op de bank zakken. Het was altijd extra moeilijk om de realiteit te aanvaarden wanneer ze even op het verkeerde been was gezet. Ze pakte haar mobieltje en toetste het vertrouwde nummer in.
'Hallo, ik kan je op het ogenblik niet te woord staan.' Deze keer was het wel de echte Jamie die dat zei.
'Nou, dan moet je maar wat beter je best doen,' zei Ellie.
'Maar als je een bericht achterlaat na de piep, dan bel ik je zo snel mogelijk terug. Dag!'

Ellie wachtte op de piep en zei toen: 'Hoi Jamie, beloof je dat echt? Want ik blijf maar berichtjes inspreken... Ik heb al ontelbaar veel berichtjes ingesproken en ik zit nog steeds op je telefoontje te wachten.' Ook dat had ze hem al vaker verteld. Ze slikte moeizaam toen haar ergernis weer plaatsmaakte voor schuldgevoel. Die arme Jamie, hij kon er niets aan doen dat hij haar niet terug kon bellen. 'Sorry, ik wilde gewoon je stem even horen. Ik hou van je, oké? Ik mis je. Dag.'

Ze verbrak de verbinding en begon te huilen. Omdat ze geen zin had om een zakdoekje te pakken, veegde ze haar natte gezicht af met haar mouw. Er was toch niemand die het zag.

'Bah.' Jamie kwam de huiskamer in drentelen toen ze haar neus afveegde. 'Dat is ook niet erg damesachtig.'

'Nou en? Wat kan mij dat nou schelen.'

'Och schatje, ik dacht dat je je al wat beter voelde.'

Ellie sleepte zichzelf van de bank om de doos met tissues te pakken. Qua griep voelde ze zich misschien wel wat beter, maar qua Jamie kon ze weinig hebben, want al haar emoties liepen door elkaar heen en ze voelde zich ook schuldig. 'Ik wilde dat jij voor me zorgde. Maar je was er niet.'

'Sorry. Maar Zack heeft je toch geholpen? En behoorlijk goed ook, hè?'

'Dat wel. Maar hij was niet jij. Hij is mijn baas.' Ze snoot luidruchtig haar neus en ging weer liggen. Jamies haar was vandaag wat langer; het moest nodig geknipt worden. En hij droeg zijn beige teenslippers bij zijn spijkerbroek en Ramones-T-shirt.

'Maar je vindt hem wel leuk. Daarom voel je je ook schuldig, toch?'

Ellie gooide het in elkaar gefrommelde zakdoekje met een boogje naar de prullenbak. Waar het naast belandde. 'Weet ik veel. Misschien wel.'

'En over een paar weken ga je met hem naar Cornwall voor de bruiloft van zijn zus. Daar voel je je ook vast een beetje raar over.'

'Niet waar.'

'Echt niet?' Hij keek haar lichtelijk verbaasd aan. 'Dus je vindt het niet raar om te moeten spelen dat je zijn vriendin bent, ter-

wijl je stiekem een oogje op hem hebt en zou willen dat het echt zo was?'
'O...' Ellie deed haar ogen dicht; het had geen zin om te proberen iets verborgen te houden voor Jamie, want hij zat natuurlijk gewoon in haar hoofd. 'Oké, ja, dat wordt vast raar. Maar ik kan nu niet ineens zeggen dat ik niet meewil. Zack heeft alleen maar een marionet nodig, een stand-in, omdat het anders heel lastig voor hem wordt. En zolang hij niet weet wat ik voor hem voel, is er niets aan de hand.'

40

'Ja, dank u, ik zal het doorgeven. Dag!' Nadat Ellie had opgehangen, krabbelde ze de boodschap op het notitieblok naast de telefoon. Zack zat boven telefonisch te vergaderen. Ze was inmiddels weer helemaal beter; het was donderdag en ze was al een volle week weer aan het werk. De griep leek zo lang geleden dat de gedachte dat ze te beroerd was geweest om een slok water te drinken, bijna absurd was.
Net toen een piepje op de telefoon aankondigde dat de telefonische vergadering boven was afgelopen, werd er aan de deur gebeld.
Ellie ging opendoen. Toen ze zag dat het Joe en Kaye Kerrigan waren die op de stoep stonden, voelde ze zich een beetje moedeloos worden. Zack had hun al verteld dat hij niets voor hen kon betekenen. Het was niet eerlijk van ze om hem weer te komen lastigvallen.
'Hoi,' zei Kaye enthousiast. 'Daar zijn we weer!'
Oké, het was de taak van een secretaresse om het leven van haar baas wat te verlichten. Hoe aardig ze Joe en Kaye ook vond, ze moesten leren dat nee ook echt nee was.
'Hallo,' zei ze met een kort lachje. 'Eerlijk gezegd heeft Zack het razend druk op dit moment en...'
'Dat maakt niet uit, we zijn niet voor Zack gekomen.' Joe Kerrigan wilde haar met een zwierig gebaar een bos grote ge-

le orchideeën overhandigen die hij achter zijn rug had verstopt. 'Deze zijn voor jou. Want het is echt fantastisch wat je hebt gedaan. We weten gewoon niet hoe we je moeten bedanken.'
'Wacht eens even.' Ellie deed een stap naar achteren toen hij met de orchideeën zwaaide, want er dreigde feloranje stuifmeel op haar witte blouse terecht te komen. 'Wat heb ik dan precies gedaan?'
'We hebben ons script verkocht. Er hebben twee studio's om de rechten gevochten.' Het leek alsof Kaye elk moment uit elkaar kon knappen van enthousiasme. 'Onze lievelingsregisseur wil met ons samenwerken aan dit script, en ook aan toekomstige projecten. En dat hebben we allemaal aan jou te danken. Jij hebt ons script aan Tony Weston laten lezen en dat heeft ons leven veranderd!'
Ellie was zo van slag dat ze Zack niet eens de trap af had horen komen. Hij kwam naast haar staan en zei: 'Daar wist ik niets van.'
'Ik ook niet.' Ellie schudde haar hoofd. 'Ik had geen idee dat Tony naar het script had gekeken. Ik wilde wel dat hij het las, maar hij zei dat hij geen belangstelling had als er geen rol voor hem in zat. Het ligt nog steeds ergens thuis... in de krantenbak, geloof ik...' Ze maakte haar zin niet af toen ze zag dat Kaye en Joe haar allebei grijnzend en hoofdschuddend stonden aan te kijken.
'Nou, hoe het ook is gebeurd, het is fantastisch nieuws. En jullie kunnen niet hier op de stoep blijven staan. Kom binnen, dan kunnen jullie ons alles vertellen,' zei Zack.
En zo hoorde Ellie dat het script niet meer in de overvolle krantenbak thuis lag. Joe en zijn vrouw vertelden dat Tony het had meegenomen als leesvoer voor onderweg, dat hij daarna de belangstelling van zijn eigen agent Marvin had weten te wekken, die op zijn beurt de belangstelling had weten te wekken van Stephen, een belangrijke scriptagent van het talentenbureau waar ze allebei werkten. Samen hadden ze een soort fluistercampagne in gang gezet, waarna verschillende studio's een optie hadden willen nemen op het script, en vervolgens was er koortsachtig onderhandeld.

'Echt ongelooflijk,' riep Kaye uit. 'Ze lieten ons zelfs overkomen! Businessclass! We kregen champagne en van die kleine slippers en alles!'
'En daarna allemaal besprekingen. Echt onvoorstelbaar gewoon. Ze hadden het over budgetten en ideeën en supersterren... Ze vinden ons script briljant!'
'Ik wist het wel!' flapte Ellie eruit. 'Ik wist wel dat het briljant was!'
Joe had witte en schattig scheve tanden; hij zag er nog steeds uit als een slonzige tennisser, maar vandaag was hij een slonzige tennisser die net een Grand Slam-toernooi had gewonnen en zijn geluk niet op kon. Hij wreef over de gouden stoppeltjes op zijn kaak en zei met lachrimpeltjes om zijn ogen: 'Dat weten we. Maar het contract is dus getekend. We hebben nauwelijks iets van L.A. gezien, en nu zijn we alweer terug in Londen. Maar je snapt dus waarom we je wilden zien.'
Ellie was overweldigd. 'Ik ben blij dat jullie zijn gekomen.'
'Ellie?' In Kayes ogen blonken zowaar tranen van geluk. 'Mag ik je even omhelzen?'
Lachend liet Ellie zich uitbundig omhelzen. Ondertussen schudden Joe en Zack elkaar de hand, daarna liet Kaye Ellie weer los om Zack te omhelzen. Daarna volgde even een ongemakkelijk moment toen Ellie haar armen uitstak in de veronderstelling dat Joe haar ook zou omhelzen, maar hij had slechts oog voor Kaye die Zack omhelsde.
Nou ja. Het was wel schattig eigenlijk. Ze waren zo verliefd.
'Oké,' zei Kaye toen ze klaar waren. 'Dat is het dan!' Ze tikte Joe even op de arm. 'Ik wacht buiten wel op je.' Zich tot Ellie wendend voegde ze eraan toe: 'Joe wil je even spreken, als je het niet erg vindt.'
Joe keek Zack aan. 'Even privé, heel kort, als dat mag. Gewoon iets over Tony Weston... een beetje privé...'
'Natuurlijk. Geen enkel probleem.' Zack deed de deur van het kantoor open en gebaarde Joe's vrouw om voor te gaan. 'Dan laat ik Kaye even uit.'
De deur ging achter hen dicht.
'Ik heb gelogen,' zei Joe.
'Hoezo?' Ellie hoopte maar dat hij dat hele verhaal over het

verkochte script niet had verzonnen. Dan zou Kaye hem vierendelen.
'Het gaat niet over Tony Weston.'
'O nee?'
'We wilden je natuurlijk wel echt komen bedanken. Maar ik had nog een reden om je te willen zien.' Hij zuchtte. 'Ik heb je die bloemen gegeven om je te zeggen dat ik je te gek vind en dat ik meteen straalverliefd op je werd de eerste keer dat ik je zag.'
Ellie wist niet wat ze hoorde. Meende hij dat? 'Wat?'
'O ja. Dus wat denk je ervan? Zullen we een keer iets afspreken?' Na een korte stilte voegde hij er met een ontspannen lachje aan toe: 'Je kijkt nogal geschokt. Zo erg ben ik nou ook weer niet, toch?'
Waren alle mannen zo? Ellie voelde dat ze een rood hoofd kreeg van woede. 'En Kaye dan?'
'Wat heeft die ermee te maken?'
'Je bent getrouwd!'
'Ik ben helemaal niet getrouwd! Met wie zou ik getrouwd moeten zijn? Met Kaye?' Zijn wenkbrauwen verdwenen onder zijn slordige blonde pony. 'O mijn god, niet te geloven dat je dat dacht. Kaye is mijn zus!'
O.
O.
Nou ja.
'Oeps,' zei Ellie. 'Dan heb ik me vergist. Ik ben er gewoon van uitgegaan dat dat zo was. Omdat jullie dezelfde achternaam hadden. En jullie zien er ook getrouwd uit.'
Schrik vermengde zich met afschuw. 'Hoe dan?'
'Ik bedoel, jullie lijken totaal niet op elkaar.' Het was toch een begrijpelijke fout die ze had gemaakt? Joe had warrig blond haar en groene ogen; hij was lang, mager en slungelig. Kaye was klein en donker en netjes. Bovendien droeg ze een trouwring. En ze heetten allebei Kerrigan.
'Ik lijk op mijn moeder, Kaye op mijn vader. Kaye is wel getrouwd. Ze heeft geen kinderen. We schrijven samen, meer niet. Ik ben echt helemaal single. Dus zal ik de vraag nog een keer herhalen?'
'Wacht. Laat me even denken.' Ze moest even wennen aan het

idee dat alles anders in elkaar stak dan ze had gedacht. Joe Kerrigan was niet met Kaye getrouwd. Hij had net aan haar gevraagd of ze een keertje met hem uit wilde gaan. Hij was aantrekkelijk, maar niet op een voor de hand liggende manier. Hij had een scherpe neus, maar een leuke lach en een nonchalante, relaxte manier van kleden die haar wel beviel. Kortom, hij was niet van het intimiderende soort.

'Even voor de goede orde,' zei hij. 'Ik begin nu een beetje zenuwachtig te worden.'

'Echt waar?'

'Ja, echt waar. Het ergste is dat Kaye al zei dat je me zou afwijzen. En ik haat het als ze gelijk heeft.'

'Is ze heel erg?'

Hij schudde bedroefd zijn hoofd. 'Kaye is iemand die zich heel goed kan verkneukelen. Daar zou ze eigenlijk haar beroep van moeten maken. Het is echt niet makkelijk om haar als zus te hebben. En eerlijk gezegd heb ik mijn portie lef helemaal opgebruikt. Kunnen we niet doen alsof dit nooit is gebeurd? Ik trek me liever terug dan dat ik word afgewezen.'

'Mag ik je eerst nog iets vragen?'

'Ga je gang.'

'Hoe weet je dat ik single ben? Voor hetzelfde geld heb ik al iemand,' zei ze. 'Voor hetzelfde geld woon ik samen met iemand.'

'Dat is niet zo. Ik heb het aan Tony Weston gevraagd. Je hebt het onlangs met iemand uitgemaakt. Maar daar lijd je niet erg onder,' zei hij. 'Dat heb ik nog gevraagd.'

Ze voelde zich alweer wat meer op haar gemak. Joe was grappig, niet bedreigend en leuk in de omgang. Nu ze de voors en tegens afwoog, kostte het haar zelfs moeite om tegens te vinden. Hoe langer ze erover nadacht, hoe aantrekkelijker zijn voorstel was. En hoe aantrekkelijker Joe Kerrigan leek te worden. Die ondefinieerbare vonk waar het zo jammerlijk aan had ontbroken tussen Todd en haar, leek plotseling een teken van leven te vertonen.

Het mooiste was nog dat Joe niet haar baas was. En één ding wist ze zeker: dit was dé kans om over die gênante verliefdheid op Zack heen te komen.

Dit was de perfecte afleiding.

'Oké,' zei ze.
Hij keek haar behoedzaam aan. 'Oké wat? Dat jij ook vindt dat ik me beter nu kan terugtrekken? Of oké ik ga met je uit?'
'Dat laatste.'
'Echt waar? Wauw. Fantastisch.' Zijn hele gezicht klaarde op. 'Wanneer zou je kunnen?'
'Wanneer je maar wilt.' Roekeloos voegde ze eraan toe: 'Ik zou vanavond wel kunnen.'
Hij schudde bewonderend zijn hoofd. 'Kijk, dat vind ik nou leuk aan een meisje. Ik wist wel dat je te gek was. Ha, nu is het mijn beurt om me te verkneukelen. Wacht maar tot Kaye dit hoort.'
In de hal stonden Zack en Kaye over honden te praten.
Kaye draaide zich om. 'Nou?'
Trots antwoordde Joe: 'Ze heeft ja gezegd.'
'Echt?' Kaye keek Ellie stralend aan. 'Is dat zo? Verdomme, ik zei dat je nee zou zeggen.'
'Sorry.' Ellie was zich bewust van Zacks blik op haar.
'Sorry voor wat?' vroeg Zack.
'Ik heb Ellie mee uit gevraagd,' legde Joe vrolijk uit. 'Kaye dacht dat ik geen kans zou maken. Maar we gaan vanavond al wat doen samen.'
Zack keek alsof hij stiekem was geëlektrocuteerd. In zijn kaak bewoog zich een spiertje. 'Aha.'
Het drong toen pas tot Ellie door dat ze zo was afgeleid, dat ze Todd door de hele toestand helemaal was vergeten.

Kaye en Joe vertrokken. Zack ging naar de keuken om koffie te zetten. Toen hij een paar minuten later het kantoor in kwam, vroeg hij kalm: 'Mag ik ook weten wat er aan de hand is? Ben je soms een verzameling aan het aanleggen of zo?'
Ellie stopte met typen. Ze voelde zweetdruppeltjes in haar nek parelen. Ze had hem voorgelogen; logisch dat hij niet al te blij klonk. Wat nog erger was, ze had hem voorgelogen om niet voor paal te staan...
'Ga je het Todd nog vertellen, of wil je liever niet dat hij het weet? Niet dat het me wat aangaat, maar ik ben wel verbaasd,' vervolgde Zack.

'Het is uit met Todd. Het werd gewoon niks. We hebben het uitgemaakt, maar we zijn nog steeds goede vrienden. Sorry dat ik je dat niet heb verteld.' Ze had geen spiegel nodig om te weten dat ze knalrood was geworden. 'Ik wilde je niet lastigvallen met mijn privéleven.'

'O. Nou.' Het beviel hem duidelijk niets dat ze het hem niet had verteld; misschien vroeg hij zich wel af of ze überhaupt te vertrouwen was. 'Dus nu ga je uit met Joe Kerrigan. Vanavond. Weet je het zeker?' Hij fronste. 'Ik bedoel, gaat het niet een beetje snel allemaal?'

Oké, hij vond dus dat het een wanhoopsdaad van haar was. En misschien was dat ook wel zo, alleen niet om de reden die hij dacht. Ze rechtte haar rug en zei: 'Waarom mag het niet snel gaan? Jij bent toch ook vast wel eens iemand tegengekomen met wie je meteen een klik voelde? Want dat is wat er vandaag is gebeurd. Ik vind Joe echt heel leuk. En volgens mij vindt hij mij ook heel leuk. Wie weet, misschien moest het wel zo zijn dat hij met dat script hiernaartoe kwam.'

'Ik wil alleen maar...'

'Nee,' onderbrak ze hem, 'laat me even uitpraten. Ik heb geen ja gezegd omdat ik wanhopig verlegen zat om een afspraakje. Ik heb ja gezegd omdat ik denk dat dit wel eens speciaal zou kunnen zijn. Ik verheug me erop. Ik kan bijna niet wachten zelfs,' eindigde ze met nadruk.

Zack liep naar boven, zogenaamd om aan een zakelijk voorstel te werken voor de vergadering van morgen in Milaan.

In werkelijkheid kon hij maar één ding denken: shit, shit, shit... Hoe was dit nu weer gebeurd? Hoe had het kúnnen gebeuren? Waarom had Ellie hem niet eerder kunnen vertellen dat het uit was met Todd? En nu was het te laat, want ze was in de greep van een onmiddellijke klik die ze had gevoeld, en hij kon er helemaal niets tegen doen.

Shit.

41

Ellie steunde met haar handen op de wastafel om naar haar spiegelbeeld in de badkamerspiegel te kijken.

Dus dit was het. Ze wilde dat het zou gebeuren en nu zou het ook gebeuren. Haar besluit stond vast.

Wie had dat ooit kunnen denken? Als ze erop terugkeek, leek het niet te bevatten dat haar leven zo drastisch was veranderd. De afgelopen zeven dagen waren een wervelwind van activiteiten geweest. Het was net alsof ze in een sneeuwbol zat die plotseling was opgeschud. Vorige week om deze tijd was ze gewoon een van de vele vriendjesloze secretaresses geweest die wanhopig verliefd was op haar baas. Maar toen had Joe Kerrigan zijn opwachting gemaakt en was alles veranderd. Voor hun eerste afspraakje had hij haar meegenomen op een boottochtje over de Theems. Bij hun tweede afspraakje waren ze gaan rolschaatsen in Hyde Park. Het derde afspraakje was een picknick in Kensington Gardens geweest, het vierde een ritje in de London Eye. Joe was leuk, hij was grappig, en ze hadden het fantastisch samen, en wanneer hij haar kuste, genoot ze ervan om hem terug te kussen. De chemie die zo pijnlijk afwezig was geweest tussen haar en Todd, was er met Joe in overvloed. Haar libido was, na negentien maanden diepgevroren winterslaap, weer helemaal terug.

En nu was het moment aangebroken om de volgende stap te zetten.

Hier, vanavond, over een paar minuten al.

Ellie tuurde nog wat aandachtiger naar haar spiegelbeeld. Zag ze er al anders uit? Waren haar pupillen groter dan normaal? Deed ze er echt goed aan?

Vaak wanneer ze in deze spiegel keek, zag ze Jamie achter zich in de badkamer staan. Maar vanavond was hij in geen velden of wegen te bekennen, en de gedachte hem tevoorschijn te toveren zette ze snel van zich af. Wat had het voor zin? Om hem te vragen of het goed was? Om hem te laten zeggen dat ze zich nergens druk over hoefde te maken, dat hij het niet erg vond, dat het prima was?

Nee, dit was haar avond. Het was niet meer dan eerlijk dat Jamie zich niet liet zien, dat hij haar haar gang liet gaan.
Even doorbijten.
Nee, dat was niet eerlijk. Het was emotioneel gezien gewoon een grote stap. Zodra de eerste keer na Jamie eenmaal gebeurd was, zou alles gemakkelijker worden.
Bovendien was het fijn om dit soort gevoelens weer te hebben. Een deel van haar had zich stiekem wel eens bezorgd afgevraagd of die gevoelens misschien voorgoed waren verdwenen.
Er werd zacht op de deur geklopt.
'Hallo?' vroeg Joe aan de andere kant van de deur. 'Ben je daar nog? Of ben je uit het raam gesprongen?'
Glimlachend opende ze de deur. 'Ik ben er nog.'
Hij sloeg zijn armen om haar heen. 'Zenuwachtig?'
'Een beetje.'
'We hoeven niks te doen als je dat niet wilt.'
'Maar ik wil het wel.'
'Nou, dat is fijn. Want ik wil het ook.' Hij kuste het puntje van haar neus en leunde toen met zijn voorhoofd tegen het hare. 'En eerlijk gezegd ben ik ook een beetje zenuwachtig.'
Misschien had ze hem niet moeten vertellen dat hij de eerste na Jamie zou zijn. Logisch dat hij druk voelde. Ze nam hem door de gang mee naar de slaapkamer. 'Kom, laten we het gaan doen.'
Hij grijnsde. 'Ja, dan hebben we het maar gehad.'
Zie je nou wel, hij begreep haar.
'Precies.'
En daarna konden ze het misschien gewoon nog een keer doen.

Het was een prachtige ochtend, zonnig en warm, met een onbewolkte lucht, het soort ochtend waarop je blij was dat je leefde.
Zack, die Elmo aan het uitlaten was, voelde zich echter helemaal nergens blij over. De afgelopen week was echt een van de rotste weken uit zijn leven geweest. Tussen zijn reisje naar Milaan en nog een korte trip naar Dundee door, had hij met lede ogen moeten aanzien dat Ellie verliefd werd op een andere man. Of misschien was het alleen maar lust die ze voelde.

In elk geval vond hij het vreselijk. Haar ogen straalden, ze leek continu te glimlachen en er hing een aura om haar heen dat er eerst beslist niet was geweest, een aura als een bruistablet.
Bovendien lukte het haar niet om haar nieuwe geluk voor zich te houden. Voortdurend zocht ze naar mogelijkheden om Joe's naam in de mond te kunnen nemen. Toen Zack iets had gezegd over zijn reisje naar Milaan, was Ellie meteen iets grappigs gaan vertellen wat Joe was overkomen toen hij in L.A. was. Als Zack koffie voor haar zette, had ze een anekdote over koffie paraat die met Joe te maken had. Toen hij haar had gevraagd of ze gisteravond ook naar *Dragons' Den* had gekeken, had ze geantwoord: 'Nee, we zijn uit geweest. Joe heeft me meegenomen naar een salsabar. Het was fantastisch.'
Alsof hem dat interesseerde. Ieder nieuw detail was als citroensap in een open wond, maar Ellie kon het gewoon niet laten; ze bleef hem bestoken met verhalen over Joe Kerrigan, en dan zat er voor hem niets anders op dan te luisteren en knikken en glimlachen alsof hij blij voor haar was.
Elmo huppelde aan het eind van zijn riem en snuffelde aan een snoeppapiertje op de stoep. Zack trok hem weg, liep door en keek op zijn horloge. Halfnegen.
Normaal gesproken bracht de wandeling van Primrose Hill tot Ancram Street hem niet door Nevis Street. Maar vandaag, zo maakte hij zichzelf wijs, had hij toevallig zin om die kant uit te lopen. En heel toevallig was dat gisteren ook het geval geweest. Oké, en eergisteren ook.
Nou ja, een beetje extra lichaamsbeweging kon geen kwaad, toch?
Maar precies zoals dat ging met luistervinken die nooit iets goeds over zichzelf te horen krijgen, zag Zack twee minuten later precies datgene wat hij beslist niet had willen zien. Hij liep met Elmo aan het begin van de straat toen Ellies voordeur openging en Joe naar buiten kwam zetten.
Joe, die eruitzag alsof hij de hele nacht seks had gehad.
Zacks kaken verstrakten. Het was alsof hij een stomp in zijn maag kreeg. Was het een wonder dat Joe's haar door de war zat en dat hij eruitzag zoals hij eruitzag? Hij verliet om halfnegen 's ochtends Ellies huis. Natuurlijk hadden ze seks gehad.

Joe draaide zich om en keek omhoog naar de eerste verdieping. Op zijn gezicht brak een lach door en hij riep: 'Tot later!'
Er werd een raam opengegooid en Zack hoorde Ellie vragen: 'Wat zei je?'
'Ik zie je later.' Joe's lach werd nog breder en hij blies haar een kusje toe. 'Ik mis je nu al.'
Goed, Zack had genoeg gehoord. Hij liep weg voordat Joe de kans kreeg zich om te draaien en hem te zien.
Terug naar huis.
Eigen schuld, dikke bult, had hij maar niet die route moeten nemen.

Ellie kwam om klokslag negen uur op kantoor, met nog natte haren van het douchen. Ze droeg een lichtroze hemdjurkje, roze met zilveren sandaaltjes en een smal zilveren armbandje dat Zack nog niet eerder had gezien.
'Mooi.' Terwijl hij een nieuwe afspraak in de agenda schreef, knikte hij naar het armbandje.
'Dit? O, dank je! Heb ik van Joe gekregen.'
Nog een stomp in de maag. Fijn. Hardop zei hij: 'O.'
'Echt mooi, hè?' Ellie draaide haar pols alle kanten uit zodat het armbandje schitterde in het licht. 'Ik heb het gisteravond van hem gekregen. Ik ben er zo blij mee!'
O Joe, rot alsjeblieft op!
'Leuk. Nou, ik ga dinsdag naar Monte Carlo, dus ik wil dat je een vlucht naar Nice voor me boekt. De bespreking is 's middags.'
'Oké, ik doe het nu meteen wel.' Haar ogen straalden; misschien dat ze vannacht niet veel slaap had gehad, maar de adrenaline hield haar op de been. 'Komt in orde.'
Halverwege de middag begon haar gebrek aan slaap echter zijn tol te eisen. Zack betrapte Ellie erop dat ze gaapte iedere keer dat hij toevallig het kantoor even binnenliep. Ook kwamen er drie sms'jes binnen op haar telefoontje en dan onderbrak ze haar werk om de berichtjes te lezen en te beantwoorden.
Toen Zack iemand probeerde terug te bellen en ontdekte dat ze het nummer verkeerd had opgeschreven, was dat de druppel.

'Hoor eens, sorry dat ik je wakker houd, maar je moet echt beter opletten.' Toen hij het kantoor in beende, zag hij dat ze weer een sms'je zat te versturen. 'Dit is een heel belangrijk telefoontje, maar het is het verkeerde nummer.' Hij schoof het papiertje over het bureau naar haar toe, waarbij zijn ergernis tot nog grotere hoogte steeg omdat Ellie eerst haar sms'je afmaakte en toen pas naar het nummer keek dat ze had opgeschreven.
'Ik probeer het zelf wel even. Dit is echt het nummer dat hij me heeft opgegeven.' Ze stak haar hand uit naar zijn telefoon en lepelde de nummers op. 'Nul-twee-zes-zeven-drie...'
'Nee, je hebt 02073 opgeschreven.'
'Dat is een zes.' Ellie wees naar het cijfer.
Geërgerd zei hij: 'Het lijkt een nul.'
'Misschien dat het op een van jouw nullen lijkt, want jij maakt het rondje niet altijd helemaal dicht,' diende ze hem van repliek. 'Ik die van mij wel. En deze is niet dicht, omdat het geen nul is, maar een zes.'
Helaas begon het cijfer inderdaad steeds meer op een zes te lijken. Zack pakte zijn mobieltje terug, niet van plan zijn nederlaag te erkennen. 'En je zit de hele dag al te gapen.'
'Het kan zijn dat ik een paar keer heb gegaapt,' zei ze afwerend. 'Maar mijn werk heeft er niet onder geleden.'
'Misschien niet onder dat gegaap, maar wel onder al die sms'jes die je stuurt. Ik wil alleen maar zeggen dat het niet erg professioneel is om je werk om de paar minuten te onderbreken om een nieuw sms'je van je vriend te lezen en er eentje terug te sturen.'
'Jezus, dus je bent boos op míj omdat ik een nummer goed heb opgeschreven, maar jij het fout hebt gelezen?' Haar ogen spogen vuur. 'En oké, ik heb misschien twee keer gegaapt, maar dat was omdat ik het te druk heb gehad om een kop koffie voor mezelf te zetten.'
'Vergeet die sms'jes niet,' zei hij.
'Oké. Hier, kijk zelf.' Ze pakte zijn linkerpols en duwde haar telefoon in zijn hand. 'Kijk maar eens goed, lees de sms'jes maar die ik heb gestuurd. Lees ze.'
'Nee.'

'Jawel.'
'Ik wil jouw sms'jes niet lezen.'
'Het maakt mij niet uit of je het wilt of niet.' Ellie ademde zo snel dat haar borstkas op- en neerging terwijl ze het toestel weer uit zijn hand griste, een paar toetsen indrukte en het hem weer in de hand duwde. 'Je moet.'
Dus was hij genoodzaakt de sms'jes te lezen.
Geen ervan was van Joe Kerrigan. Ellie had gesms't met de secretaresses van de twee zakenmannen met wie hij in Monaco had afgesproken. Dankzij haar onderhandelingen zou hij de reis van het vliegveld van Nice naar Monaco niet per auto hoeven afleggen; er zou een helikopter voor hen klaarstaan.
'O god. Het spijt me.' Hij gaf haar het toestel terug.
'Mooi zo.'
'Ik bedoel, het spijt me echt.'
'Oké. Je bent vandaag een beetje prikkelbaar. Een beetje in een rare bui.'
'Ik weet het.'
Ze keek hem aan. 'Is er wat?'
Wat kon hij zeggen? Ja, er is wat, en dat is allemaal jouw schuld.
'Nee.' Hij schudde zijn hoofd. 'Ik had niet zo tegen je moeten uitvallen. Dat is niks voor mij.'
'Dat weet ik. Maar toch bedankt.'
'Dat ik me heb verontschuldigd, bedoel je? Dat is wel het minste.'
'Nee, niet daarvoor, maar voor de ruzie,' zei ze. 'Mijn eerste echte ruzie sinds tijden.'
'O.' Hij voelde zich al wat beter. 'Heb je ervan genoten?'
'Heel erg. Vooral van dat gedeelte waarin ik gelijk had. Maar...'
'Wat maar?' vroeg hij toen hij merkte dat ze hem onderzoekend aankeek.
'Hoorde dat bij het plan? Je wist dat ik ruziemaken miste, heb je daarom soms expres ruzie gezocht?' Er verspreidde zich langzaam een lach over haar gezicht. 'O god, echt waar? Heb je het expres gedaan?'
Zack overwoog even zijn mogelijkheden. Over een moreel dilemma gesproken. Dat stomme fatsoen ook altijd!

Na een tijdje zei hij: 'Ik zou heel graag zeggen dat dat zo was. Maar helaas. Ik ben gewoon een chagrijnige ouwe zak.'
Haar lach werd nog breder. 'Ja, dat zeg je nu. Maar ik weet niet of ik je wel geloof.'
Zack kon geen woord uitbrengen. Hij wilde haar alleen maar kussen.
En dat mocht ook al niet.

42

De ironie van de situatie ontging Roo niet. Daar lag ze dan, op haar rug in een ligstoel, om gepijnigd te worden door de vrouw van haar ex-minnaar.
Pijn was goed.
Wat haar betrof mocht de pijn zelfs erger zijn, maar Yasmin was een professional. Snel en vakkundig trok ze er met de twee draadjes kleine haartjes uit om volmaakt gebeeldhouwde wenkbrauwen te creëren. Tenminste, dat hoopte Roo. Stel je voor dat ze straks in de spiegel keek en dat dan de ene wenkbrauw een boogje was en de andere helemaal recht. Of gewoon helemaal weg was.
'En, hoe gaat het met je?' vroeg Yasmin opgewekt.
'Wel goed.' Tussen de vlijmscherpe *ting ting tings* door van de haartjes die eruit werden getrokken, bracht Roo haar op de hoogte van de laatste ontwikkelingen in de winkel. Gisteren had een man een schilderij gebracht van de lelijkste vrouw ter wereld. Vanochtend was hij teruggekomen en had hun uitgelegd dat het een portret van zijn overleden vrouw was en dat hij haar zo miste en of hij het alsjeblieft terug kon krijgen? Zijn opluchting toen bleek dat het schilderij nog door niemand was gekocht, had iedereen in de winkel ontroerd. En toen ze hem het portret hadden gegeven, had hij tranen van vreugde gehuild.
'En hoe gaat het met jou?' veranderde Roo van onderwerp.
'Met mij? O, ik ga scheiden.'

'Wat?' Roo's ogen vlogen open. 'Je bedoelt, jij en je... man?'
'Zo gaat dat meestal, ja.'
'Maar... waarom?' Klonk ze niet overdreven geschrokken? O god, dit was vreselijk. Maar ze moest het weten.
'Niks nieuws onder de zon. Het aloude verhaal. Ik heb ontdekt dat hij een verhouding had.' Yasmin stopte met plukken, deed de rug van de stoel iets omhoog en gaf Roo een spiegel. 'Zo. Kijk maar eens en zeg me wat je ervan vindt.'
Roo keek in de spiegel en zag een egoïstische, huwelijken kapotmakende snol met prachtige wenkbrauwen.
'Is het zo goed, of wil je ze nog wat dunner?' vroeg Yasmin.
'Nee, het is prima zo.' Omdat Roo zichzelf nauwelijks kon aankijken, legde ze de spiegel neer.
'Je huid is wel een beetje rood. Ik zal er ter verkoeling wat *Aloë vera*-gel op doen. Ga maar weer liggen en ontspan je een beetje.'
Nadat de gel was aangebracht, vroeg Roo: 'Wie was het?'
'Wie was wat?'
'Die andere vrouw.'
'O, een ex-collega van hem. Een vertegenwoordigster die nu voor een ander bedrijf werkt.'
'Wat erg voor je.' Wat pas echt erg zou zijn, was als ze zich per ongeluk Vivica's naam zou laten ontvallen. Roo kneep haar lippen stijf op elkaar om dat te voorkomen.
'Ja, het is ook erg, maar ik red me wel. Ach, je bent helemaal geschokt, hè? Lief dat je zo met me meeleeft.' Yasmin kneep even in Roo's schouder. 'Maar je bent hier gekomen om in de watten te worden gelegd, niet om naar mijn gemekker over mijn huwelijk te luisteren.'
'Het is geen gemekker.'
'Als het saai wordt, zeg dan maar gewoon dat ik het ergens anders over moet hebben.'
Roo moest het weten. 'Wat is er precies gebeurd? Hoe heb je het ontdekt?'
'Goh, dat is zo'n cliché! Ik kwam een keertje onverwacht thuis en toen heb ik ze betrapt.'
O god, dat had ik ook kunnen zijn. Hoewel dat natuurlijk niet zo was, want ze was nooit bij hen thuis geweest, maar toch

sloeg Roo ontzet een hand voor haar mond. Moeizaam slikkend vroeg ze: 'En toen?'
'Eigenlijk ben ik best trots op mezelf.' Yasmin kreeg kuiltjes in haar wangen. 'Ik heb hem een spuitbus supersterke haarlak naar de kop gesmeten. En meestal ben ik heel slecht in gooien, mijn vriendinnen zeggen bij darts altijd dat het wel lijkt alsof ik met harpoenen gooi, maar ik raakte hem midden op zijn voorhoofd. Een van die briljante momenten waarop je zou willen dat iemand het had gefilmd. Ik had het graag op YouTube gezet.'
Ze leek het ongelooflijk goed op te nemen. Veel beter dan Roo, van wie het hart bijna uit elkaar knapte. 'En heb je hem er toen uit geschopt?'
'Nee, ik wilde daar niet meer blijven. Ben en ik wonen nu bij mijn moeder.' Terwijl Yasmin weer kuiltjes in haar wangen kreeg, vervolgde ze: 'En dat is heel leuk.'
'Je lijkt helemaal niet erg van slag.'
'Zal ik je eens wat zeggen? Dat ben ik ook niet. Bij Niall voelde ik me toch al een soort alleenstaande moeder. Hij voerde echt nooit een reet uit. Hij is een grote egoïst. Ik moest altijd alles alleen doen. Ik zal je een geheimpje verklappen.' Yasmin ging wat zachter praten toen er een andere klant langsliep op weg naar de zonnebank. 'Ik weet bijna zeker dat dit niet de eerste keer was. Volgens mij heeft hij nog meer verhoudingen gehad.'
Een angstaanjagende seconde lang voelde Roo de tranen achter haar ogen prikken. Ga weg, ga weg... Waag het niet, beval ze de tranen snel.
'Echt?'
'O ja. Nou ja, doet er ook niet toe. Het is mijn eigen schuld. Ik wist best dat Niall niet geschikt was voor het huwelijk of het vaderschap, maar ik heb mezelf een rad voor ogen gedraaid.'
Afwezig smeerde ze nog wat *Aloë vera*-gel op Roo's wenkbrauwen. 'Mijn vriendinnen hadden me al gewaarschuwd, maar ik wilde niet naar ze luisteren. Stom hè? Ik dacht echt dat ik hem kon veranderen. Ik dacht dat mijn liefde voor hem genoeg zou zijn. Maar dat was niet zo. En hij wilde ook helemaal niet veranderen. Waarom zou hij, als hij fijn van twee walletjes kon blijven eten?'

Roo slikte. Zij was dat andere walletje geweest.
'Heeft hij nog steeds wat met die andere vrouw?' vroeg ze. 'Met die ex-collega?'
'Geen idee. Hij zegt van niet. Maar ja, we hebben het hier wel over Niall; die beweert altijd van alles. Op een gegeven moment luister je gewoon niet meer. Zo, het wordt al minder rood. Wil je rechtop zitten?'
Roo deed wat er van haar werd verlangd. Hield Yasmin zich groot of stapte ze er echt zo gemakkelijk overheen?
'Mag ik je iets vragen?' vroeg Yasmin.
Roo voelde de wereld kantelen. O god, wat nu?
'Zeg het maar.'
'De eerste keer dat je hier was, had je echt heel veel make-up op. Maar daarna helemaal niets meer. Het is geen kritiek, hoor,' zei Yasmin snel. 'Je bent nog steeds heel mooi. Maar ik vroeg me gewoon af waarom je ermee was gestopt, meer niet.'
Eindelijk kon ze een eerlijk antwoord geven.
'Ik wilde veranderen. Iemand anders zijn.' Ze stond op en liep Yasmin achterna naar de kassa, waar ze haar portemonnee pakte. 'Het beviel me niet wie ik was geworden. En make-up was voor mij een soort harnas. Ik gaf altijd enorm veel geld uit aan oogschaduw en mascara... Het was gewoon belachelijk. Dus toen besloot ik er helemaal mee te stoppen en gewoon weer mezelf te zijn.'
'Wauw, stoer zeg! Goh, dank je wel.' Yasmins ogen werden als schoteltjes zo groot toen Roo haar het geld voor het epileren gaf plus nog een fooi van twintig pond. 'Weet je dat wel zeker?'
Ze probeerde er natuurlijk haar schuld mee af te kopen, zo simpel was het. Maar toch gaf het haar een goed gevoel. En ze had nog heel wat meer af te betalen.
'Absoluut,' zei Roo.

Zack zat in Monte Carlo. Ellie had net een sms'je van hem gekregen: 'Helikopter te gek. De enige manier om te reizen. Dank je. Alles oké op kantoor? Z.'
Glimlachend stelde ze hem voor in de helikopter, rondcirkelend boven Monte Carlo, opgewonden als een kind, terwijl hij

naar de schreeuwend dure jachten keek die op het glinsterende blauwe water dobberden.
Ze sms'te terug: 'Heb je bedrijf verkocht, ben er met de opbrengst vandoor naar Barbados. Dag.'
Ze drukte op Verzenden en begon meteen aan een tweede berichtje: 'O nee, toch niet. Wist wel dat je helikopter leuk zou vinden. Geen dank, ik ben je fantastische secretaresse. Hier alles oké. Veel plezier!'
Terwijl ze het bericht verzond, hoorde ze aan het geklepper van de brievenbus dat de post er was. Ze ging kijken. Als het iets zakelijks was, maakte ze de post open en handelde het af. Als het er persoonlijk uitzag, liet ze het voor Zack liggen. Maar tussen de post van vandaag zat een ansichtkaart, met voorop een tekening van boksende kangoeroes. Het vrouwtje, compleet met lippenstift op en een schort om, hield zegevierend haar voorpoten omhoog. Het mannetje, met een blikje bier in zijn hand en een tropenhelm op, lag uitgevloerd op de grond. Achter op de kaart was wat geschreven.

> Ha, Zack! Ik kom weer naar huis! Ben mijn mobieltje kwijt, dus heb je nummer niet. Je kunt me na 29 aug. bij mijn moeder bereiken. Heb je heel erg gemist en verheug me erop je weer te zien. Liefs, Meg xxxxx

Meg. De mengeling aan gevoelens waar Ellie inmiddels maar al te vertrouwd mee was geraakt, trok weer door haar heen. Toen ze het een keer over eerdere relaties hadden gehad, had Zack haar naam laten vallen. Hij was druk bezig geweest met zijn bedrijf op poten te zetten, Meg had als journaliste voor een glossy gewerkt, en ze hadden een paar maanden een soort knipperlichtrelatie gehad, totdat een vriendin Meg had overgehaald om een jaar vrijaf te nemen en een wereldreis te maken. En dat had ze gedaan.
Toen Zack het Ellie had verteld, had ze gevraagd: 'Miste je haar heel erg?'
En hij had geantwoord: 'Ja, best wel.'
'Wat zou er zijn gebeurd als ze hier was gebleven?'
Zack had zijn schouders opgehaald. 'Wie zal het zeggen?'

Ellie staarde naar de ansichtkaart en vroeg zich af wat er zou gebeuren nu zijn ex-vriendin weer terugkwam. Hoe zou ze zijn? Was ze veranderd in dat jaar? Verdiende ze hem wel?

Zou Zack terloops zeggen: 'O, trouwens, je hoeft dat weekend niet meer mee naar de bruiloft van mijn zus. Ik neem Meg mee.' Alleen bij de gedachte al dat hij dat zou zeggen, kreeg Ellie gewoon zin om haar vingers in haar oren te stoppen en te roepen: 'La-la-la ik hoor lekker toch niet wat je zegt!' Het idee maakte haar misselijk van teleurstelling, want Joe of geen Joe, ze had zich echt verheugd op dat weekend met Zack in Cornwall. Iets wat ze nooit aan wie dan ook zou vertellen.

Ook niet aan Jamie.

Trrrriiiiinnnggg.

Blij met de afleiding mikte ze de ansichtkaart in Zacks postbakje. De kaart cirkelde door de lucht, schoot over de enveloppen heen die al in het bakje lagen en eindigde toen achter de radiator.

Móést dit soms gebeuren? De verleiding om de kaart daar te laten liggen, om te doen alsof ze niet had gezien dat hij was gevallen, was groot. Stel je voor dat het lot hiermee wilde laten merken dat Zack en Meg niet voor elkaar bestemd waren?

Oké, eerst de voordeur. Toen Ellie opendeed, kwam ze oog in oog te staan met een kleine, stevige vrouw van achter in de vijftig, met bleke ogen en rupsachtige wenkbrauwen. Ze droeg een lichtoranje blouse van kreukvrije stof en een blauwe plooirok, en waarschijnlijk kon Ellie er gevoeglijk van uitgaan dat ze geen ex-vriendin van Zack was.

Ze hoopte tenminste van niet.

43

'Hallo, is Zack er ook?'

'Nee, sorry. Maar misschien kan ik u helpen.'

'Ik hoop het! Ik ben Christine, Zacks vorige secretaresse.'

Ellie had al over haar gehoord. Zack had haar de bijnaam

Kreukvrije Christine gegeven en had Ellie verteld dat haar rokken steevast reageerden op het nylon van haar panty's en onderrok, zodat er iedere keer dat ze zich bewoog, statisch geknetter klonk. In volle ernst had Zack gezegd dat het gewoon levensgevaarlijk was geweest om haar een hand te geven. En de arme Elmo was blijkbaar zo bang voor haar geweest dat hij zich niet in het kantoor had gewaagd.
'Kom verder. Ik ben Ellie. Wat leuk om u te leren kennen!' Tenminste, zolang ze hier maar niet was om haar oude baan terug te vragen.
'Ah, daar staat hij. Gelukkig, je hebt hem nog steeds!'
Christine wees naar de grootste plant op de vensterbank, een of ander lastig geval met felle roze-oranje bloemen en glanzende hartvormige bladeren, die voortdurend op het punt leek te staan om te kapseizen en het te begeven.
Ellie liep ernaartoe. 'Deze? Is hij van u?'
'Niet de plant. De pot. Ik heb hem met kerst van mijn bazige zus gekregen,' legde Christine uit. 'Je moest eens weten hoe vervelend ze is. En nou komt ze morgen naar Londen en blijft ze een paar dagen bij me logeren. Toen ze belde, zei ze aan het eind van het gesprek: "Ik hoop dat je die prachtige pot die ik je heb gegeven, wel gebruikt en dat hij niet ergens achter in een kast staat." Nou, ik kreeg bijna een hartverzakking.' Ze wapperde ontzet met haar worstvingers. 'Eerst kon ik me echt totaal niet herinneren wat ik ermee had gedaan, maar toen wist ik het ineens weer. Ik had hem mee naar kantoor genomen. Dus, ik weet dat het een beetje brutaal is, maar denk je dat Zack het erg zou vinden als ik hem meenam?'
Het lukte Ellie om haar ervan te overtuigen dat Zack dat helemaal niet erg zou vinden. Opgelucht begon Christine erop los te kletsen. Ze vroeg Ellie of ze het leuk vond om voor Zack te werken en vroeg of het nog steeds aan was met Louisa. Voordat Ellie goed en wel doorhad wat er gebeurde, had Christine al thee gezet, en installeerde ze zich voor een gezellig gesprek. Nou ja, zo druk had Ellie het ook weer niet. Ze had wel tien minuutjes tijd.
Ellie vond het fijn om te merken dat Christine ook blij was dat het uit was met Louisa. Christine leunde naar voren en zei op

vertrouwelijke toon: 'Ik had altijd het gevoel dat ze op me neerkeek. Op een keer had ik zelfgebakken koekjes bij me en toen bood ik haar er eentje aan. Mijn hemel, je zou denken dat ik haar wilde vergiftigen of zo!'

Ellie vond haar steeds aardiger worden. 'Tegen mij deed ze ook een beetje raar. Ze beschuldigde me ervan dat ik een oogje op Zack had.'

Christines bleke ogen begonnen te glanzen. 'En is dat zo?'

'Nee!'

'Ik zou het je niet kwalijk nemen, hoor. Hij heeft echt wat, hè? Als ik vijfentwintig jaar jonger was, wist ik het wel!'

Oei. Misschien kwam het niet alleen door de kreukvrije stof dat de vonken van Christine af waren gespat.

'En hoe gaat het met u?' Ellie veranderde van onderwerp, want het was haar opgevallen dat Christine zo vrolijk was. 'Zack vertelde me dat het niet zo goed ging met uw man. Het is zeker een stuk makkelijker, hè, nu u niet meer fulltime werkt?'

'Eerlijk gezegd werk ik weer.' Toen Christine iets verschoof op haar stoel en het schoteltje op haar schoot liet rusten, klonk er onmiskenbaar statisch geknetter. 'Ik heb echt geluk gehad. Het zat zo: de dagopvang kon Eric niet meer aan, en hoewel ik zielsveel van mijn man houd, was het verschrikkelijk om elkaar de hele dag op de lip te zitten. Je voelt je dan heel eenzaam, dat kan ik je wel vertellen. Nou, in ieder geval, de huisarts stelde voor om hem tijdelijk te laten opnemen en toen ben ik een beetje gaan rondkijken. Toen we in een verpleeghuis vlak bij ons waren, zag ik daar toevallig een papier op het prikbord hangen waarop stond dat ze parttimers zochten. Toen ben ik met de directrice daar gaan praten en toen zijn we tot overeenstemming gekomen. Ik werk er nu drie dagen per week, en dan gaat Eric met me mee. En een paar keer per week blijft hij daar ook slapen, zodat ik eens een avondje voor mezelf heb, om uit te gaan of gewoon wat bij te komen en eindelijk eens lekker te slapen. Al met al gaat het heel goed zo.' Met een moedig lachje vervolgde ze: 'Het is ook fijn om andere mensen te leren kennen die in dezelfde situatie verkeren. En Eric vindt het er ook fijn. Dat hij zijn geheugen kwijtraakt, wil nog niet zeggen dat hij niet graag mensen om zich heen heeft. Ja, Stanshawe

House is een goed verpleeghuis. Het personeel is erg aardig en begripvol. Niemand vindt het erg als Eric halverwege een partijtje schaak ineens wegloopt.'
Stanshawe House, Stanshawe House, waarom klonk haar dat toch zo bekend in de oren? Een paar seconden later wist Ellie het. Zou ze het zeggen? Of zou ze gewoon haar mond houden?
'Ik geloof dat een vriend van me iemand kent die daar zit.' Even kon Ellie zich de achternaam niet herinneren; ze moest het beeld oproepen van de gouache in de huiskamer, boven de haard. Toen ze hem voor zich zag, concentreerde ze zich op de ondertekening rechtsonder in de hoek. Martha Daines, ja, dat was het.
Christine nam een slokje thee. 'Een van de bewoners? Wie dan?'
'Mr. Daines.'
'Henry?'
'Ja.'
'Och hemeltje, dat spijt me nou. Heeft die vriend van je het je niet verteld? Henry is een paar weken geleden overleden.'
Ellie ging rechtop zitten. 'O. Nou. Dat wist ik niet. Nou, dat is... naar. Hoe is het gebeurd?'
'Niets dramatisch.' Christine haalde haar schouders op. 'Die arme man, hij was zo aardig. Hij is gewoon in zijn slaap overleden, wat geen slechte manier is om te sterven natuurlijk. Hij heeft geen pijn geleden. Denk je dat die vriend van je al weet dat hij dood is?'
Ellie schudde haar hoofd. Ze had Tony toevallig gisteravond nog een hele tijd aan de telefoon gehad, en hij had er niets over gezegd. 'Volgens mij niet.'
'Och hemeltje, dan hoop ik niet dat ik mijn mond voorbij heb gepraat.' Met een bezorgde blik vervolgde ze: 'Misschien moet hij de familie maar bellen... Henry's vrouw...'
'Martha.' Ellie wilde echt honderd procent zeker weten dat ze het over dezelfde man hadden.
'Ja, Martha. Die arme vrouw, ze heeft het er erg moeilijk mee.'
'Dit moet een vreselijke tijd zijn voor haar.' Ellie knikte. 'Ik zal het hem vertellen, en dan neemt hij vast wel contact met haar op.'
Ze hadden het nog even over Zack, en toen droeg Ellie de blauwe pot met de plant erin naar Christines kleine auto.

'Nou, tot ziens dan maar. Heel erg bedankt voor de plant. En ik ben blij dat je hier al helemaal bent gewend. Doe Zack de groeten van me.' Met een onverwachte schittering in haar ogen voegde ze eraan toe: 'Maar je mag hem ook een kus van me geven als je wilt.'

Wat een beetje alarmerend was en ook wel ironisch, als je bedacht dat Zack Christine had aangenomen om veilig te zijn, terwijl het steeds duidelijker werd dat Christine al die tijd een beetje verliefd op hem was geweest.

Zo zag je maar weer, zelfs onder een onopvallend uiterlijk kon een flirt schuilgaan.

Terug in het kantoor leunde Ellie even tegen de deur en keek naar de radiator.

Een hele tijd.

Nee, het had geen zin, ze kon het niet. Zo zat ze gewoon niet in elkaar.

Verdomme.

Ze boog zich over het bureau heen en porde met de plastic vliegenvanger achter de radiator tot de kaart uit Australië op de grond viel. Op handen en voeten kroop ze onder het bureau, pakte de kaart, ging weer staan en legde hem in Zacks postbakje.

In de knie van de panty die ze net vanochtend nieuw had aangetrokken, zat een ladder doordat ze was blijven haken aan een splinter van de eikenhouten vloer.

Heel fijn weer.

Deed je eens een keer iets goeds, was dit je dank.

44

Tja, soms deed je je best en ging het allemaal precies zoals je wilde.

En soms liep het ook helemaal mis.

Ellie gaf de schuld aan de alcohol. Of om preciezer te zijn, aan het gebrek eraan. Toen ze Roo te eten had gevraagd, was dat met het plan om haar met zachte hand te laten inzien dat het tijd was haar koppigheid te laten varen. En met een paar flessen Barolo had dat ook best eens kunnen lukken. En dan zou er worden aangebeld, Todd zou binnenkomen, de denkbeeldige vioolmuziek zou klinken en nog jarenlang zou er vertederd worden teruggekeken op de avond waarop Ellie hen had laten inzien dat ze voor elkaar waren bestemd.

En bovendien zou ze dan ook nog bruidsmeisje mogen zijn.

Maar in werkelijkheid, zonder de alcohol, bleef Roo dus broodnuchter en was Todd ten einde raad.

'Ik ga wel.' Roo zette haar glas water neer.

'Nee.' In de deuropening schudde Todd zijn hoofd. 'Ik ga wel.'

'Jullie kunnen toch gewoon allebei blijven?' Ellie voelde zich net een relatietherapeut. Gefrustreerd vervolgde ze: 'We kunnen er toch wel een leuke avond van maken?'

Todd keek Roo aan. 'Ik heb je brieven gestuurd en sms'jes en e-mails en die heb je allemaal genegeerd. Maar nu ik hier eenmaal ben, kunnen we toch op zijn minst praten?'

'Over ons, bedoel je? Liever niet.' Roo's ademhaling ging snel. 'Dat heeft geen zin.'

De lucht stond bol van de seksuele spanning, als een soort superknisperend cellofaan. Ellie zei: 'Nou goed, dan blijven jullie gewoon allebei en dan hebben we het niet over dat soort dingen.' Ze wendde zich tot Todd. 'Jij bent een van mijn oudste vrienden. En jij bent mijn nieuwste,' vervolgde ze tegen Roo. 'Ik heb geen zin om hier de dupe van te worden. Dus zullen we het maar gewoon proberen?'

Stilte.

Gevolgd door nog meer stilte. Behalve dan dat bijna hoorbare geknetter van seksuele spanning.

'Alsjeblieft,' probeerde Ellie het nog een keer. 'Want waarom zou ik eronder moeten lijden? Alsof ik al niet genoeg heb meegemaakt.'

O ja, als ze wilde, kon ze echt schaamteloos zijn. Jamie zou het niet erg vinden.

'Niet te geloven dat je dat zegt,' zei Roo.

Todd schudde zijn hoofd. 'Over gemeen gesproken.'

'Nou en? Blijven jullie of niet?'

'Ik wel.'
De eerste paar uur waren echter niet gemakkelijk. De spanning nam geen seconde af. Oppervlakkig gezien waren Roo en Todd aan het eten en praten, maar hun gevoelens voor elkaar bleven als een donderwolk om hen heen hangen.
Todd was de eerste die het niet meer aankon. 'Dit is belachelijk.' Hij zette zijn biertje neer en vroeg abrupt: 'Roo, kan ik even met je praten, in de keuken?'
'Nee.'
'Een minuutje maar.' In zijn stem klonk emotie door.
'Nog geen seconde,' zei Roo.
Over de tafel heen keken ze elkaar kwaad aan. Ellie kon het bijna niet aanzien. Ze schoof haar stoel naar achteren. 'Ik moet naar de wc...'
'Niet weggaan!' riep Roo haar toe.
'Hallo? Ik moet plassen, en nee, je mag niet met me mee,' zei Ellie, terwijl ze opstond.
Hoewel ze helemaal niet hoefde te plassen, bleef ze een paar minuten in de badkamer rondhangen. Jemig, wat een belachelijke toestand.
Na een tijdje werd er op de deur geklopt.
'Als je toonbaar bent, mag je er nu wel uit komen,' zei Todd.
Ellie kwam de badkamer uit.
De huiskamer was leeg.
'Waar is ze?'
'Weg.'
'O god, sorry.' Ellie liet zich weer op haar stoel vallen.
Todd wreef over zijn hoofd. 'Ik moest je van haar nog bedanken voor het eten.'
'O.'
Todd gebaarde naar de tafel met de borden en de restjes tiramisu erop. 'En ook bedankt van mij.'
'Graag gedaan.' Ze zou de overgebleven tiramisu wel als ontbijt nemen.
'En ook bedankt dat je het hebt geprobeerd.'
'Het zou beter zijn geweest als het ook had gewerkt.'
'Ik ga hier echt aan onderdoor.' Todd zag er verslagen uit.
'Ik weet het. Sorry.'

'Ik voel me verdomme net Bridget Jones,' zei hij met een geërgerd snufje, terwijl hij nog een flesje bier opende. 'Ik ben net een meisje met liefdesverdriet. Echt, ik krijg er gewoon koppijn van.'
'Ik ook.' Ellie knikte.
'Klink ik nu als een meisje?'
'Een beetje wel.'
Todds mondhoeken gingen omhoog. 'Als Jamie er nu was, zou hij me er ongenadig mee pesten. Oké, kappen.' Hij deed alsof hij zijn mond op slot draaide. 'Genoeg over mij. Laten we het over jou hebben. Gaat het nog steeds goed tussen jou en Joe?'
Ellie glimlachte en knikte; het was een herhaling van zetten, want Roo had haar dat eerder ook al gevraagd. Alleen was het minder waarschijnlijk dat Todd ook nog zou vragen of de seks lekker was.
'We hebben het leuk samen. Ik voel me weer een normaal mens.'
'Fantastisch. Heel goed.' Het was duidelijk dat hij het meende. 'Ik wil hem heel graag leren kennen.'
Ellie knikte; ze wist dat Todd en Joe het goed met elkaar zouden kunnen vinden. 'Ik regel wel wat.'
Todd vertrok om elf uur. Er waren twee dingen die ze hem niet had verteld. Allereerst wat ze vandaag van Christine te horen had gekregen. Tony had haar in vertrouwen verteld over Martha, en Todd wist er niets van, dus ze had ook geen enkele reden gehad het hem te vertellen.
Ellie had echter het gevoel dat ze er wel iets mee moest doen. Alleen wist ze nog niet precies wat.
Ze ruimde de tafel af en zette de afwas in de vaatwasser, daarna ging ze op de bank zitten en deed haar laptop aan.
Ze kon beslist geen mailtje naar Tony sturen. Het zou helemaal verkeerd zijn om hem te vertellen dat de man van zijn minnares was gestorven. Als Martha had gewild dat hij het wist, had ze zelf wel contact met hem opgenomen.
En dat had ze niet gedaan. Natuurlijk niet. Haar schuldgevoel was vast even groot als haar verdriet.
Ellie typte de naam Martha Daines in bij Google en kwam uit bij de link naar haar website.

Daar had je haar homepage al, en daar de galerij met gouaches. En daar het e-mailadres.
Ellie schreef gewoon wat er in haar opkwam, zonder ook maar één keer te stoppen.

> Beste Martha,
> Ik heb net van iemand die in Stanshawe House werkt, gehoord dat je man, Henry, is gestorven. Ik vind het heel erg voor je en wil je hierbij condoleren met je verlies. Mijn schoonvader Tony is een groot bewonderaar van je werk. Ik heb het hem niet verteld van Henry. Ik ben echter getrouwd geweest met zijn zoon Jamie en weet hoe het is om je man te verliezen, dus ik begrijp een beetje hoe je je nu voelt. Je kunt me altijd mailen of bellen, mocht je daar behoefte aan hebben.

Ellie vermeldde haar telefoonnummer en adres en de link naar een forum voor weduwen waar ze vorig jaar zelf veel aan had gehad toen haar verdriet te overweldigend was geweest. Ze eindigde met: Liefs, Ellie Kendall. PS, ik meen het dat je altijd contact met me kunt opnemen. Het hoeft niet als je niet wilt, maar erover praten helpt.
Daarna zakte ze onderuit op de bank en liet Jamie de kamer binnenlopen.
'Zal ik het versturen of niet?'
Jamie bleef bij de deur staan. Zijn haar lichtte wittig op door de ganglamp achter hem. Hij droeg een zachtgeel overhemd en zijn gebruikelijke spijkerbroek.
'Doe maar.' Hij haalde nonchalant zijn schouders op. 'Want het is wel duidelijk dat je dat wilt.'
Als ze haar best deed, kon ze zelfs zijn geur oproepen. 'Ja, maar doe ik er ook goed aan?'
'Liefje, je wilt haar helpen. Jullie hebben iets gemeen.' Jamie zweeg even. 'En dan bedoel ik niet alleen het voor de hand liggende. Doe het nu maar gewoon.'
Met niet alleen het voor de hand liggende bedoelde hij het schuldgevoel.

Hij wist het. Natuurlijk wist hij het.
Ellie drukte op Verzenden en het mailtje verdween in vliegende vaart in cyberspace. Misschien dat Martha haar terug zou mailen. Misschien ook niet.
Jamie keek haar nu ondeugend aan.
'Over dat andere wil ik het niet hebben,' zei Ellie.
'Zeker weten?'
'Ja, dank je.'
Met een speels grijnsje zei hij: 'Oké. Maar ik weet het toch wel.'
'Ja, logisch.'
'Maak je geen zorgen, ik zal het niet doorvertellen. Dag!'
Jamie vertrok met een zwierige pas. Ellie deed haar ogen dicht. Dat was het tweede geheim dat ze niet met Todd had gedeeld. En Roo wist het ook niet, want dit was iets wat ze helemaal nooit tegen iemand zou zeggen. Tenminste niet zolang ze een relatie had.
Hoe moest een zichzelf respecterende man zich wel niet voelen als hij zou ontdekken dat zijn nieuwe vriendin tijdens het liefdesspel deed alsof hij iemand anders was?

45

'Je vriendje staat buiten te wachten.'
Was er een reden voor dat Zack daar een beetje pissig over leek? Ellie keek op haar horloge. Drie minuten voor vijf.
'Hij heeft me gevraagd hoe laat ik hier klaar zou zijn. Je vindt het toch niet erg dat hij me komt afhalen?' Ze hoorde zelf dat het klonk alsof ze zich moest verdedigen; Zack was de laatste tijd nogal humeurig. 'Moet ik nog iets doen, of kan ik weg?'
Hij wierp haar een ongeduldige blik toe, vermengd met iets wat leek op met de ogen rollen.
Voor straf zette ze meteen haar computer uit en schoof haar stoel naar achteren. 'Oké, dan ga ik maar. Tot morgen. En nog een prettige avond!' Om te verbergen dat haar hart zoals al-

tijd weer op hol sloeg wanneer ze langs hem heen liep, wierp ze hem een extra opgewekte glimlach toe.
Dat interesseerde Zack zo te zien echter al niet meer; hij keek naar de kalender aan de muur. 'Van hetzelfde.'
Buiten spreidde Joe zijn armen en omhelsde haar lang. 'Ik sta al tijden te wachten.'
'Ik weet het. Zack zei dat je er was.'
'Ik zag hem boven achter het raam staan. Ik dacht dat hij me misschien wel binnen zou vragen.'
De lucht boven hen was loodgrijs en het miezerde. Ellie, die zich een beetje schaamde omdat Zack Joe niet had gevraagd binnen te komen, zei: 'Sorry, hij doet de laatste tijd een beetje bizar.'
'Over bizar gesproken, ik moet je iets vertellen.'
'O god, bedoel je mijn haar?' Ze wist wel dat ze haar pony gisteravond beter niet zelf had kunnen bijknippen! Terwijl ze eraan trok, vroeg ze: 'Zit hij scheef?'
Hij schudde zijn hoofd. 'Nee, het gaat niet over je haar. Het is behoorlijk belangrijk.'
Waar ging dit heen? Ellie had geen flauw idee. 'Goed belangrijk of slecht belangrijk?'
'Goed.' Hij keek haar met zijn scherpe blik aan. 'Tenminste, ik geloof van wel.'
Het was inmiddels echt gaan regenen. Ze stonden nat te worden op de stoep voor Zacks huis. Zou Zack, met zijn rotbui, naar hen staan kijken en zich afvragen wat er aan de hand was?
'Kom, dan gaan we naar mijn huis.' Ellie begon te lopen. 'Vertel het me onderweg maar.'
'Oké.' Joe kwam naast haar lopen en sloeg zijn arm om haar schouders. Zijn wijde beige jasje wapperde om hem heen. 'Stephen heeft me net vanuit L.A. gebeld.'
Stephen was van het agentschap in L.A. waarbij ze een contract hadden getekend. 'En?'
'Mac Zeller heeft contact met hem opgenomen.'
'O,' zei Ellie. Mac Zeller was de producer/regisseur die het filmscript van Joe en Kaye had aangekocht.
'Hij wil dat we exclusief met hem aan een nieuw script gaan werken...'

'Wauw, dat is te gek!'
'Hij is de producer van een serie waarvan de eerste reeks in Amerika op het ogenblik alle records verbreekt. *The Afternooners*. Het moet nog groter en beter worden dan *Friends*.' Hij struikelde bijna over zijn woorden. 'En Mac wil ons in het team dat voor die serie schrijft. Kaye en mij! Het is echt ongelooflijk! Ik kreeg bijna geen lucht meer toen Stephen dat vertelde... Het idee dat hij zoveel vertrouwen in ons heeft...' Joe bleef staan en pakte haar handen beet; zijn zilveren bril zat onder de druppeltjes.
'Dat is fantastisch.' Ze veegde zijn bril schoon zodat hij weer wat kon zien. 'Dus dan zul je daar een tijdje naartoe moeten.'
'Meer dan een tijdje.' Toen hij slikte, ging zijn adamsappel op en neer. 'Een hele tijd zelfs. Minimaal een halfjaar. Maar het liefst een paar jaar. Het is gewoon onmogelijk om het van hieruit te doen. We zullen naar L.A. moeten verhuizen.' Zijn handen trilden. 'Ellie, we kunnen dit aanbod gewoonweg niet afslaan. Het is de kans van ons leven. We kunnen echt geen nee zeggen.'
Hij nam haar onderzoekend op. Ze knuffelde hem. 'Natuurlijk niet! Dus jullie gaan naar L.A. om samen te werken met Mac Zeller? Echt super. Jullie verdienen het.'
Joe maakte zich van haar los. Aan zijn gezicht was niet te zien wat hij dacht. 'Meen je dat?'
'Ja, natuurlijk!' Waarom zou ze het niet menen?
'O, nou, eerlijk gezegd had ik gehoopt dat je een beetje zou schrikken, zodat ik dan zou kunnen zeggen: "En ik wil dat je met me meegaat." '
'O.'
Zijn scheve lachje was als een flakkerende lamp die zijn best doet om niet uit te gaan. 'Nou? Wat zou je ervan vinden?'
Vijftig meter verderop, vanuit de huiskamer op de eerste verdieping, keek Zack naar Ellie en Joe die tegenover elkaar stonden, zonder acht te slaan op de regen. Hij zou beter zicht hebben als hij het raam opendeed en naar buiten leunde, of als hij zo'n handige periscoop had gehad, zo eentje die hij vorig jaar kerst voor zijn neefjes had gekocht zodat ze om hoeken konden kijken.
Maar dat ging natuurlijk niet. Hij kon niet horen wat ze zei-

den, maar Ellie had Joe net omhelsd en Joe streelde nu haar wang. Ellie glimlachte naar hem. Omdat Zack zichzelf een beetje verachtte om zijn gespioneer, draaide hij zich om. Op dat moment ging zijn mobieltje in zijn zak.
Toen hij opnam, zag hij de naam van degene die belde. Meg.

Thuis, in Nevis Street, trok Ellie haar natte jasje uit en zette water op, onderwijl bedenkend wat voor uitvlucht ze kon verzinnen.
Joe was echter niet gek. Hij wist het al. 'Dus je voelt er niets voor?'
Ze draaide zich om en keek hem aan. 'Sorry, ik kan niet mee.'
'Heel jammer. Want ik moet er echt naartoe,' zei hij. 'Dat snap je toch?'
Ze knikte. 'Ja hoor.'
'Ik zal je heel erg missen.'
'Ik zal jou ook missen.'
'Maar niet zo erg.' Het scheve lachje was weer terug. 'Anders zou je wel meegaan.'
Oké, daar gaat ie dan. 'Joe, de afgelopen weken waren echt te gek. We hebben het hartstikke leuk gehad.'
'Dat wil zeggen dat je niet van gedachten zult veranderen.' Hij zei het op een bedroefde, gelaten toon.
'Dat zou je niet eens willen. Luister, ik wil dat we helemaal eerlijk tegen elkaar zijn. Als je een cijfer van één tot tien mag geven aan wat je voor me voelt, wat zou het dan worden?' Ze stak haar handen op. 'En geen "tien" zeggen. Je moet echt totaal eerlijk zijn.'
Hij haalde een hand door zijn natte haren. 'Negen. Nee, oké, geen negen. Een achtenhalf. Maar dat is goed, dat is heel goed.'
'Dank je. Nu ik.' Ze was van plan geweest "acht" te zeggen, maar om aardig te zijn zei ze: 'Jij bent ook een achtenhalf.'
'Nou, dat vind ik behoorlijk hoge cijfers.'
'Dat is ook zo. Maar niet hoog genoeg. Als je met iemand wilt samenwonen, moet het echt een tien zijn.'
Hij trok zijn wenkbrauwen op. 'Je zei dat ik geen tien mocht zeggen.'
'Omdat dat niet eerlijk zou zijn geweest.' Ze pakte zijn han-

den beet. 'Maar je hebt me mijn zelfvertrouwen teruggegeven en dat is het allermooiste cadeau ter wereld. Dankzij jou voel ik me weer normaal, kan ik weer alle dingen doen die normale mensen doen, zoals seks hebben en ervan genieten.'

'Ja, dat is een speciaal talent van me,' verklaarde hij ernstig. 'Ik ben altijd heel goed geweest in seks.'

Alles zou goed komen. Ze voelde zich al wat beter. 'Je bent fantastisch in bed. En daarbuiten ook.'

'Op een achtenhalfachtige manier dan.'

Ze schoot in de lach. 'Als je de vrouw ontmoet die een tien verdient, wil ik dat je me belt en zegt: "Nu snap ik het, Ellie. Sorry, jij had gelijk en ik had het mis." '

'Kom eens hier.' Hij trok haar tegen zich aan. 'Het is al goed, ik weet nu al dat je gelijk hebt. Maar ik zal je wel missen. We hebben het leuk gehad, hè?'

'Heel leuk.' Ze gaf hem een liefdevolle kus op de mond. 'Dank je. Voor alles.'

Hij kreeg een zachte blik in zijn ogen. 'Graag gedaan. Het was me een genoegen.'

'Mij ook.' Het was inmiddels gestopt met regenen. Ellie zei: 'Kom, we hebben iets te vieren! Jij gaat naar Hollywood! Ik trakteer.'

'Je voelt je weer normaal.'

'We zijn een fantastisch tussendoortje voor elkaar geweest,' beaamde ze vrolijk.

'Met fantastische seks,' bracht hij haar bescheiden in herinnering.

Glimlachend gaf ze hem nog een kus. Het was fijn geweest, maar in haar hoofd was het niet altijd Joe geweest met wie ze die fantastische seks had gehad.

Dat zou ze hem echter niet vertellen. Dat was nergens voor nodig.

46

Nadat Yasmin de oude nagellak van Roo's teennagels had verwijderd, begon ze haar voeten te masseren met een peelingcrème. 'Ga door. Vertel me nog eens wat.'
Roo glimlachte; Yasmin vond het heerlijk om naar haar verhalen over het reilen en zeilen in de liefdadigheidswinkel te luisteren. 'Gisteren kwam er een meisje binnen. Begin twintig, mager, zulke tieten, blonde extensions, grote blauwe ogen. Ze gaf ons twee enorme tassen vol kleren. Echt goede spullen, allemaal maatje 36. Ze zei dat ze hoopte dat we er een goede prijs voor zouden krijgen.'
Yasmin keek verwachtingsvol op. 'En?'
'Nou, vanochtend vroeg stond ze alweer op de stoep. Alleen was ze nu in een rotbui. Ze was echt laaiend. Ik wuifde naar haar en toen vroeg ze: "Is die trut hier geweest?" En toen zag ze ineens een van haar jurkjes hangen en toen ging ze helemaal over de rooie, ze begon te krijsen en vloeken en probeerde het van de etalagepop te rukken...'
'Hoezo?' vroeg Yasmin verbaasd.
'Ze had gisterochtend een gigantische ruzie met haar tweelingzusje gehad,' zei Roo. 'Haar eeneiige tweelingzusje.'
'O...' Yasmin schoot in de lach. 'Dat is echt om te gillen! Vorig jaar kwam hier ook een tweeling. Het waren gepensioneerde schooljuffrouwen, maar ze kibbelden nog steeds over welke kleur nagellak ze zouden nemen. De ene wilde parelmoerroze, en de andere wilde per se donkerrood, maar...'
'Yas?' Jackie, een van de andere schoonheidsspecialistes, die op het ogenblik achter de balie stond, keek uit het raam. 'Sorry dat ik je onderbreek, maar hij is er weer. Hij komt hiernaartoe.'
Roo bevroor in haar bewegingen; iets aan de manier waarop Jackie het had gezegd, had het verraden. Ook Yasmin leek bevroren. Dat kon toch niet... dat hij het was... En als het wel zo was, wat moest ze dan doen?
'Hij heeft bloemen bij zich!' Jackie ging snel weg bij het raam. 'Oké, daar heb je hem...'

Roo hoorde de deur achter zich opengaan.
Yasmin stond gauw op.
O gottegot, dit was een ramp, Roo's hart sloeg op hol, haar hoofd tolde, ze werd misselijk...
En toen werd alles zwart om haar heen, en een surrealistische fractie van een seconde lang dacht Roo dat ze was flauwgevallen. Alleen kon dat niet, want haar hersens werkten nog steeds. Het daaropvolgende moment voelde ze de zachte plooien van een handdoek die op haar gezicht werd gelegd, alsof ze net een ontspannend stoombadje had gehad.
Wat niet zo was.
Wat inhield dat...
Nee, dat kon gewoon niet.
'Niall, dit is echt belachelijk.' Terwijl Yasmin doorging met de handdoek om Roo's hoofd te wikkelen om ervoor te zorgen dat ook haar haren niet te zien zouden zijn, zei ze: 'Ik heb je al eerder gezegd dat je niet zomaar hier kunt langskomen. Ik ben aan het werk.'
De paarden die in Roo's hart op hol waren geslagen, maakten zoveel kabaal dat Roo bang was dat ze er elk moment uit konden springen. Ze lag languit in een ligstoel met haar spijkerbroek opgerold tot aan haar knieën, haar voeten vol gesmeerd met korrelige drab en haar hoofd gewikkeld in een donkerblauwe handdoek. Op nog geen twee meter afstand van Niall. Ze kon zijn aftershave ruiken. Zijn wanhoop voelen. De trilling in zijn stem horen.
'... maar ik mag ook niet bij je moeder komen en je weigert thuis te komen, dus wat moet ik dan? Yas, het spijt me.' Hij begon te ratelen. 'Ik heb je al duizend keer gezegd dat ik een fout heb gemaakt en dat ik daar de rest van mijn leven spijt van zal hebben. Maar ik hou van jóú, van jou en van Ben. We zijn een gezin, we horen bij elkaar te zijn... Hier, je kunt toch op zijn minst deze bloemen aannemen, het zijn je lievelingsbloemen.'
Door de zachte handdoek heen hoorde Roo het geritsel van papier en cellofaan.
'Leg maar op de balie, Niall.' Yasmin klonk alsof Niall haar even weinig interesseerde als een koerier die een pakje kwam

afgeven. 'Ik wil niet dat je dit doet waar mijn klanten bij zijn. Het is niet professioneel. Bovendien zet je jezelf voor schut.'
'Yas, snap het dan! Dat maakt me niet uit! Ik wil dat je het me vergeeft.' Nialls stem brak van emotie. 'Ik probeer je terug te krijgen en ik denk niet dat iemand me die paar minuten misgunt.'
Toen er een hand op Roo's schouder werd gelegd, schrok ze zo dat ze zichzelf hard tegen de stoel drukte, die begon te kraken. 'Toch?'
Hoewel het nog steeds lastig was om logisch te denken, wist Roo ook dat dit iets was wat Yasmin moest afhandelen. Yasmin werkte hier, zij had de touwtjes in handen. En bovendien was zij degene die een handdoek op Roo's gezicht had gelegd. Wilde dat zeggen dat ze... o jezus... dat ze het wist?
Hoe dan ook, het was niet aan haar om nu rechtop te gaan zitten en haar identiteit te onthullen door de handdoek van haar gezicht te rukken.
Wat waarschijnlijk maar beter was ook.
Dus schudde ze een beetje haar hoofd en zei ze met een soort gesmoord plat accent: 'Nee, is al goed.' Jemig, het klonk alsof ze zware bronchitis had.
'Luister, we zijn een gezin.' De hand werd van Roo's schouder genomen; Niall had het weer tegen Yasmin. 'Ik mis je zo. Ik mis Ben. Ik zal alles doen wat je maar wilt.' Op smekende toon vervolgde hij: 'Ik zweer je dat ik Vivica nooit meer zal zien. Baby, ik heb gewoon één keer een fout gemaakt, meer niet. Dus geef me alsjeblieft nog een kans.'
'Oké, drie dingen.' Yasmin bewaarde haar kalmte. 'Ik heb er een hekel aan als je me baby noemt. Daar heb ik altijd al een hekel aan gehad.'
Oei.
'Sorry, sorry.' Niall klonk alsof hij zijn hoofd schudde.
'Ten tweede wil ik je geen kans meer geven.'
'Maar...'
'En ten derde,' vervolgde Yasmin alsof hij niets had gezegd, 'ten derde lieg je zelfs nu weer tegen me. Eén fout, zei je. Maar dat is niet zo, hè? Vivica is niet de enige met wie je een verhouding hebt gehad.'

O gottegottegot. Roo's oren suisden zo hard dat ze het gevoel had dat er een jumbojet naar binnen was gevlogen. Daarom had Yasmin haar gezicht met een handdoek bedekt, zodat ze nu tot het moment van de grote onthulling kon overgaan. Een deel van Roo kon niet anders dan haar erom bewonderen. Het zou een groots moment worden, de genadeklap die het einde van hun huwelijk zou inluiden. Het enige wat er nog aan ontbrak, was tromgeroffel...

'Ik zweer je dat er niemand anders is geweest,' beweerde Niall glashard.

Roo beet op haar lip.

'Niall, je weet dat het wel zo is.'

'Baby... eh, Yas, echt, ik lieg niet!'

Oké, nu was het zover. Roo duwde haar nagels in haar handpalmen. Nu krijgen we de grote onthulling...

'Is dat zo? Nou, als jij het zegt. Maar ons huwelijk is nog steeds voorbij,' zei Yasmin. 'En ik ben aan het werk. Dus kun je ons nu alsjeblieft verder met rust laten, nu je je zegje hebt gedaan?'

Hè? Watte? En ik dan?

Er viel een lange stilte. Toen hoorde Roo Niall verslagen zuchten, gevolgd door voetstappen toen hij de zaak uit liep. De deur ging open en weer dicht.

Iedereen wachtte af.

Na een tijdje verklaarde Jackie: 'Hij is in zijn auto gestapt. Hij rijdt weg. En hij is weg.'

En toen werd ook de handdoek van Roo's gezicht getrokken. Yasmin keek haar aan. 'Oeps.'

Roo's mond was zo droog als de Sahara. Ze maakte haar tong los. 'Hoe ben je erachter gekomen?'

'Nou,' bemoeide Jackie zich ermee, 'ten eerste ben je Daisy Deeva.'

'Wat?' Vliegensvlug draaide Roo haar hoofd om; Jackie stond achter de balie met haar armen over elkaar geslagen onder haar opgekrikte borsten. 'Weten jullie het allemaal dan?'

'Natuurlijk.' Jackie klonk koeltjes. Ze wierp weer een blik uit het raam. 'Yas, daar heb je mrs. Simpson voor haar afspraak. Ze is net de taxi aan het betalen.'

'Goed dan.' Yasmin wees naar Roo's ongelakte teennagels. 'Zal

ik de boel maar schoonmaken? Dan stoppen we voor vandaag. Na de volgende afspraak heb ik lunchpauze. Zullen we afspreken in het café een eindje verderop? Dan zie ik je daar over twintig minuten.'
Haar gezicht verraadde niets. Roo slikte en zei: 'Oké.'
Een andere keus had ze niet.

Het waren geen twintig minuten, eerder veertig. Veertig minuten die aanvoelden als veertig uur. Roo zat de hele tijd te rillen, en ze had ook maagpijn. Zat ze soms in het verkeerde café? Hoe moest ze dat nou weten?
Eindelijk ging de deur open, en kwam Yasmin binnenzetten. Ze kletste even met de barjuffrouw, bestelde een latte en liep toen naar het tafeltje in de hoek waaraan Roo zat.
'Het spijt me zo,' flapte Roo eruit. 'Echt waar. Ik haat mezelf erom. En ik weet dat het ten eerste helemaal niet had mogen gebeuren, maar het is nu echt voorbij, echt waar.'
'Dat weet ik,' zei Yasmin.
Het zweet stond Roo in de handen; ze veegde ze stiekem af aan haar spijkerbroek. 'Hoe ben je erachter gekomen?'
'Zal ik maar bij het begin beginnen? In de loop der jaren heb ik mijn man aardig goed leren kennen. En ik weet dat hij heel goed kan liegen. Op één ding na. De leugens mogen dan goed zijn, hij heeft geen controle over zijn hals.' Yasmin klopte even op haar eigen hals. 'Misschien is het jou ook wel opgevallen. Zijn hals wordt dan vlekkerig. Daar verraadt hij zichzelf echt mee. Hoe dan ook, de eerste keer dat je hier kwam, dachten we dat je Daisy Deeva was, hoewel je zei dat dat niet zo was. Dus diezelfde avond vertelde ik Niall over jou en raad eens wat er toen gebeurde? Zijn hele hals werd vlekkerig!'
Jezus nog aan toe, meende ze dat? 'Dus dat was het? Zijn hals?'
'Nou ja, ik wist het nog niet zeker. Maar jij had ook gelogen,' wees Yasmin haar erop. 'Dus dat waren al twee dingen die verdacht waren. En toen nog die avond dat we uitgingen en die vriendin van je, Ellie, tegen het lijf liepen. Ik vond het een beetje eigenaardig dat ze zich de naam van haar eigen kind niet kon herinneren.'
Roo gleed met haar tong langs haar lippen. Ze had nog steeds

geen flauw idee waar dit naartoe moest. 'Dus toen wist je het zeker.'
'Tja, dat met die hals gebeurde toen ook weer. Nog erger zelfs. Het was wel duidelijk dat Niall zich afvroeg wat er in vredesnaam aan de hand was.'
'Maar toen was het al uit. Ik had het al uitgemaakt.'
'Oké.' Yasmin knikte, terwijl ze de puzzelstukjes in elkaar probeerde te passen. 'Had hij toen soms ook al iets met Vivica?'
'Ja.'
'En heb je het daarom met hem uitgemaakt?'
Roo bloosde en knikte, overspoeld door schaamte.
'Puur uit belangstelling, heeft Niall je verteld waar ik werkte?'
'Nee, ik vond een boodschappenbriefje van je met spullen die hij moest kopen. Daar stond de naam van de schoonheidssalon op.'
'Aha. Dat klinkt logischer.' Yasmin nam een slok koffie.
'Waarom heb je me niet eerder verteld dat je het wist?'
'Eerlijk gezegd zou ik het niet weten. Ik was gewoon nieuwsgierig. Je bleef steeds terugkomen in de salon. En je leek me echt aardig, wat heel verwarrend was. Ik had geen flauw idee waar je mee bezig was. Niemand van ons snapte het. Maar ik wilde je niks zeggen, want dan zou je verdwijnen.' Yasmins mondhoeken gingen iets omhoog. 'En het klinkt misschien uitgekookt, maar ik heb nog nooit zulke hoge fooien gekregen als van jou.'
Roo hield zich druk bezig met het omvouwen van de randen van het blauw-witte tafelkleed. 'Je zult me wel heel erg haten.'
'Dat zou je denken, hè? Maar dat is nou juist het gekke. Ik haat je niet. Nooit gedaan ook.'
'De eerste keer dat we kwamen, wilden we gewoon zien hoe je was.'
'Of ik net zo verschrikkelijk was als Niall beweerde, bedoel je. Een zeurwijf met een pesthumeur dat altijd afgepeigerd is? Ik kan me ongeveer wel indenken wat hij heeft gezegd. En soms klopte het ook wel.' Droogjes vervolgde ze: 'Werken, voor een baby zorgen en een huishouden bestieren heeft soms die uitwerking op je als je man helemaal geen reet uitvoert.'
'Sorry.'

'Hoe vaak ga je dat nog zeggen?'
'Ik had hem meteen moeten dumpen toen ik ontdekte dat hij getrouwd was. Ik ben een slecht mens.' Roo's ogen vulden zich met tranen. 'Ik doe mijn best om het goed te maken, echt waar.'
'Jezus, ga nou alsjeblieft niet huilen! Ik wilde je niet van streek maken.' Yasmin schoof snel een papieren servetje naar haar toe. 'Je hebt toch gehoord wat ik zei toen Niall vanochtend op mijn werk was? Ik wil hem niet terug! Zo is het veel beter. Mocht hij nu nog wat met Vivica hebben, dan kun je er donder op zeggen dat hij tegen kerst alweer achter een of ander wijf aan zit. Hij zal nooit genoeg hebben aan één vrouw. Hij zal altijd op jacht blijven gaan naar de volgende adrenalinestoot.'
Het papieren servetje was ruw. Roo depte haar tranen en probeerde haar zelfbeheersing te hervinden. 'Ik denk dat je gelijk hebt. Maar ik heb er nog steeds spijt van. En ik zal het echt nooit weer doen.'
'Hoe ontdekte je dat eigenlijk, dat van Vivica?'
'Toen hij in de badkamer was, heb ik een sms'je van haar gelezen.'
Yasmin schudde haar hoofd en klakte met haar tong. 'Wat een beginnersfout! Nou ja, hij zal er wel van geleerd hebben.'
'Ik dacht dat je de handdoek van mijn gezicht zou rukken toen hij in de zaak was.'
'Ik heb wel even met die gedachte gespeeld. Maar dan zou Niall jou er de schuld van geven dat zijn huwelijk op de klippen is gelopen.' Ze glimlachte even. 'Nee, ik heb het liever zo. Op deze manier blijf ik hem een stap voor. En ik wil ook dat je gewoon bij ons blijft komen.' Ze keek op haar horloge. 'Ik moet terug. Als je wilt, kan ik je die pedicure nu wel geven.'
Roo keek ook op haar horloge. Kwart over één. 'Ik kan niet. Ik moet om twee uur beginnen.'
'Kijk, dat is iets wat we nog steeds niet snappen.' Yasmin keek verbaasd. 'Jij bent Daisy Deeva. Waarom werk je in een liefdadigheidswinkel?'
'Dat heb ik toch gezegd? Ik wil een beter mens worden. Ik doe boete voor alle verkeerde dingen die ik heb gedaan.'
'Echt?' Yasmin bedacht opeens iets. 'Ben je daarom... Nee, sorry, laat maar.'

'Ben ik daarom wat?'
'Dat je geen make-up meer draagt.'
Roo knikte. 'Ik heb alles weggegeven. En mijn mooie kleren ook.'
'Jezus.'
Over Jezus gesproken... 'En ik ben ook naar de kerk geweest. Twee keer.' Na de tweede keer was ze ermee gestopt, omdat een bazige vrouw haar een standje had gegeven voor het getik van haar hakken op de stenen vloer, dat door de hele kerk heen echode.
'Jemig.' Yasmin leek diep onder de indruk. 'En dat allemaal vanwege Niall.'
'Niet helemaal. Er was nog iets. Ik had bijna Ellies vriend gekust.' Zo, ze had het gezegd. Nu wist Yasmin alles, al haar slechte dingen.
Yasmin keek haar met grote ogen aan. 'Weet ze dat?'
Roo knikte vermoeid. 'Ja, ik heb het haar verteld.'
'Werd ze kwaad?'
'Nee, ze was opgelucht.' O god, daar had je de tranen weer. 'Ze wilde het al langer met hem uitmaken, maar wist niet hoe. Maar dat doet er niet toe. Ik wist daar op dat moment niks van. En toch had ik hem bijna gekust.'
Yasmin stond op en pakte haar lichtblauwe leren tas. 'Nou, als ik ooit een nieuwe vriend krijg, dan weet ik zeker dat ik hem niet aan jou voorstel.'
Roo werd overspoeld door een nieuwe golf van schaamte. 'Ik zou niks doen, echt niet. Dat probeer ik je de hele tijd te vertellen.' Ze wilde het wanhopig graag uitleggen voordat Yasmin wegging. 'Ik wil alles doen, echt alles, om het goed te maken en...'
'Roo,' onderbrak Yasmin haar geratel. 'Rustig maar. Het was gewoon een grapje.'

47

Little Venice. Klein Venetië. Uit de onbewolkte blauwe lucht scheen een felle zon die het water deed schitteren, en Ellie had er nog meer spijt van dat ze gisteravond op haar zonnebril was gaan zitten.

Ze was van Camden Lock langs Regent's Canal gewandeld, en nu was ze er dan eindelijk, op het punt waar het Grand Union Canal en het Paddington Basin samenkwamen. Tussen de felgekleurde aken die op het water deinden, zwommen zorgeloos wat eenden rond, en op de dekken van de schepen zaten mensen wijn te drinken. Het was een prachtige middag; op de trekpaden wemelde het van de toeristen en buurtbewoners die van het onverwacht mooie weer genoten. Door de takken van de treurwilgen heen waren nog vaag de omtrekken te zien van de wit gestuukte huizen die door Nash waren ontworpen. Met haar hand boven haar ogen nam Ellie alles in zich op en liet daarna haar blik over de andere oever glijden.

Daar had je haar, gekleed in een wijde smaragdgroene jurk, met haar ezel opgesteld langs het trekpad. Ellie stak de blauwe gietijzeren brug over. Zou het raar zijn om Martha te ontmoeten? Zouden ze elkaar wel iets te zeggen hebben?

Ellie was stomverbaasd geweest toen Martha had gereageerd op haar impulsieve e-mail. Ze had haar kort en krachtig bedankt en benadrukt dat ze inderdaad niet wilde dat Tony te horen zou krijgen dat haar man was overleden. En dat was alles.

Tot er twee dagen later, als een donderslag bij heldere hemel, nog een mailtje was gekomen.

> Beste Ellie,
> Ik ben misschien een beetje onbeleefd geweest. Een beetje kortaf. Het spijt me. Dank je wel voor je aardige aanbod. Ik vind het niet gepast om naar jouw huis te komen, maar zondagmiddag ben ik in Little Venice om te schilderen. Als je dan toevallig niets te doen hebt en

in de buurt bent, zou ik het leuk vinden om je te ontmoeten.
Vriendelijke groet,
Martha

Van dichtbij zag Ellie dat de ezel wel stond opgesteld, maar dat Martha niet aan het werk was. Ze zat op haar krukje, maar hoewel ze een stuk houtskool in haar hand had, waren er op het papier alleen maar wat grove lijnen uitgezet. Tony had haar beschreven als weelderig en stralend. Nou, dat was ze nu niet. Ellie kon zien dat Martha een aantrekkelijke vrouw was met haar opvallende jukbeenderen en mooi gevormde hoofd, maar nu maakte ze de indruk dat ze oververmoeid was. Ze had donkere wallen onder haar ogen en straalde in de verste verte niet.
Toen ze zich echter omdraaide en Ellie op een paar meter afstand naar haar zag kijken, brak er een lach door die haar gezicht totaal veranderde. 'Hallo. Ben jij Ellie?'
'Ja,' beaamde Ellie.
'Dat dacht ik al. Leuk je te leren kennen.' Martha zuchtte en gebaarde een beetje hulpeloos naar de paar lijnen die ze op papier had gezet. 'Ik denk dat ik het maar opgeef. Zullen we ergens een kop thee gaan drinken?'
'Kunnen we niet hier blijven?'
'Maar waar moet je dan zitten?' Een ogenblik lang brak de gastvrouwenpaniek uit. 'O, ik heb hier duidelijk niet goed over nagedacht.'
'Hallo, ik ben nog niet zo oud en krakkemikkig dat ik niet op de grond kan zitten, hoor.' Ellie droeg een oude spijkerbroek en een witte blouse waarvan ze de mouwen had opgerold. Ze ging in kleermakerszit rechts van Martha zitten, net naast het trekpad. 'Ik zit prima zo.'
'Zeker weten? Wel zeggen als je geen gevoel meer in je achterste hebt, hoor,' zei Martha. Op bedroefde toon vervolgde ze: 'Ik blijf proberen om te tekenen, maar het lukt me gewoon niet meer. Ik wil het wel, maar het gaat niet. Misschien kan ik wel nooit meer tekenen.'
'Hoe gaat het met je? Je kunt het mij wel vertellen. En dan bedoel ik echt vertellen,' zei Ellie. 'Daarvoor ben ik hier.'

'Dat weet ik. En ik vind het ook heel aardig van je.' Martha zweeg even en rolde de houtskool tussen haar duim en wijsvinger. 'Als je het echt wilt weten: ik voel me als een konijn dat is aangereden door een auto en in de berm voor dood is achtergelaten. Ik voel me als een leeg huis waarvan alle ramen openstaan zodat de koude wind vrij spel heeft. Ik voel me schuldig en alleen en soms vraag ik me af of Henry niet beter af is, maar dan haat ik mezelf weer om die gedachte... Eerlijk gezegd haat ik mezelf bijna continu. En ik mis hem, ik mis hem zo vreselijk dat ik mijn eigen hart eruit zou kunnen rukken en dat zou minder pijn doen dan dit verdriet. Nou, hoe klinkt dat?'

'Als je het echt wilt weten,' herhaalde Ellie Martha's woorden, 'dan klinkt dat heel bekend.'

'Weet je het van Tony en mij? Vast wel, hè?'

'Ja, hij heeft het me verteld.' Wist Martha zelf wel dat ze de hele tijd aan haar trouwring draaide? De ring zat los om haar vinger; blijkbaar was ze flink afgevallen.

'Toen jij met Jamie getrouwd was, heb je toen wel eens een verhouding met een andere man gehad?'

'Nee.' Ellie schudde haar hoofd. 'Dat heb ik niet.'

'Nou, dan hoefde je je daar in elk geval niet schuldig over te voelen.'

'Ik snap wat je bedoelt, en het is vast heel erg, maar je gaat je sowieso wel schuldig voelen. Ik heb mezelf er de schuld van gegeven dat ik Jamie niet heb gedwongen om met de trein te gaan in plaats van met de auto.'

'Ja, dat hoort allemaal bij het rouwproces.' Martha leunde naar achteren. 'Ik heb alle folders gelezen. Maar ik heb een echte reden om mezelf te haten.'

'Je man was niet meer dezelfde als vroeger.'

'Dat is nog geen reden.'

'Ik kan niks zeggen waardoor je je beter voelt.' Ellie keek naar twee zwanen die langszwommen. 'Maar het is pas een paar weken geleden. In de loop der tijd wordt het gemakkelijker.'

'Dat zeggen ze allemaal. Maar ik kan me dat gewoon niet voorstellen.'

'Toch is het zo. Neem mij nou. Ik kon me niet voorstellen dat

ik ooit iets met een andere man zou krijgen. En toch is dat gebeurd,' zei Ellie.
'O ja, dat heeft Tony me verteld.' Er trok een lachje over haar gezicht. 'Hij was zo blij voor je. Jamies beste vriend. Ja, hij heeft me alles verteld. Wat fijn voor je.'
Oeps. 'Nou, eerlijk gezegd is dat nooit een echte relatie geweest. Het werkte gewoon niet. Maar toen leerde ik iemand anders kennen en dat was fantastisch. Ik voelde me weer normaal,' vertelde ze.
Martha keek haar belangstellend aan. 'Heb je nog steeds wat met hem?'
'Eh... nee...'
'Hoezo niet? Wat is er gebeurd?'
'Hij gaat naar Amerika verhuizen.'
'En toen heeft hij jou gedumpt?'
'Nee, hij heeft me gevraagd om met hem mee te gaan. Maar dat wilde ik niet.'
'Waarom niet?'
Tja, waarom eigenlijk niet?
'Omdat hij bijna de ware was,' zei ze. 'Maar niet helemaal.'
'Weet je wat het inhoudt kunstenaar te zijn?' vroeg Martha opeens. 'Dat houdt in dat geen enkel detail je ontgaat. Details die andere mensen misschien niet opvallen.' Ze zweeg even. 'Dus wat ik graag zou willen weten is waarom je daarnet heel snel met je ogen begon te knipperen.'
Ellie slikte. 'Je bedoelt toen ik naar het water keek en mijn ogen begonnen te prikken door de zon?'
'Nee. Toe, wat verzwijg je voor me?' Martha wees met de houtskool. 'En dat slikken van je? Dat heb ik ook gezien, hoor.'
Jezus zeg, was ze een heks of zo?
Nou ja, ze waren hier om eerlijk tegen elkaar te zijn. Ellie veegde haar pony uit haar ogen en zei: 'Vroeger werden vrouwen daarvoor op de brandstapel gegooid, hoor. Maar goed, even tussen ons, er is iemand anders. Maar dat is gênant en het wordt toch nooit wat.'
'Waarom niet? Is hij getrouwd?'
'Nee! Hij... Nou ja, hij is mijn baas.' Zo, dat was eruit. Ze had het gezegd.

'Dat is wel vaker voorgekomen. Dat geeft niks. O,' zei Martha toen ze ineens nog iets bedacht. 'Is hij soms homo?'
Ellie glimlachte; het zou misschien gemakkelijker zijn geweest als dat zo was. 'Hij is geen homo.'
'Nou, wat let je dan?'
'Hij heeft geen belangstelling voor me. En hij heeft al helemaal geen zin in dat soort complicaties. Hij heeft me alleen maar aangenomen omdat ik hem meteen duidelijk heb gemaakt dat er niks zou gebeuren tussen ons. En dat was toen ook zo. Ik voelde helemaal niets,' vertelde Ellie kalm.
'En nu denk je daar anders over. Je bent voor hem gevallen. Maar dat is toch mooi?' Martha keek haar hoopvol aan. 'Misschien is hij ook van gedachten veranderd.'
'Nee, echt niet. En hij mag ook nooit te weten komen wat ik voor hem voel, want dan zou ik daar niet meer kunnen werken.' Ellie schudde haar hoofd. 'En dat zou vreselijk zijn, want hij is een fantastische baas. En ik vind het ook een hartstikke leuke baan. Op die rottige kriebels na dan, hè? Wat doe je?'
O god, Martha was opgestaan om haar ezel in te klappen en al haar spullen in te pakken. Had ze haar soms van streek gemaakt?
'Je hebt me helemaal opgevrolijkt. En van tekenen komt vandaag toch niets meer,' zei Martha. 'Ik ben niet echt een grote drinker, maar nu heb ik wel zin in een glas champagne. Ik vind het zo leuk dat ik je heb leren kennen. Kom, ik trakteer.'

'Je bent te laat.' Roo trok de voordeur open. 'Ik zei dat je om zes uur moest komen. Het is al halfzeven.'
'Ik weet het. Sorry.'
'Waar ben je geweest?' Roo snufte even en vroeg toen: 'Ben je dronken?'
'Nee!' protesteerde Ellie. 'Ik heb gewoon een leuke middag gehad.'
'Ja, en je hebt gedronken! Ik ruik het.'
Dat Roo geheelonthouder was geworden, had zo zijn nadelen; ze liep het gevaar om te veranderen in de moraalpolitie. 'We zouden eigenlijk ieder een glas nemen, maar het was goedkoper om een fles te nemen. We hebben heerlijk op een terrasje

in Little Venice zitten kletsen. Ik was de tijd helemaal vergeten.'
'Met wie was je dan?'
Het rook in huis naar rosbief en jus. Ellies maag begon al te rammelen van genot; over dit gedeelte van Roo's poging tot zelfverbetering zou ze zich niet beklagen. Ze was echter niet van plan Roo te vertellen wat ze had gedaan. Dat was nergens voor nodig. Haar ontmoeting met Martha was eenmalig geweest en zou zich niet herhalen. Ze had beloofd dat ze Tony nooit zou vertellen dat Henry dood was, en Martha op haar beurt had beloofd om het verhaal over de gênante verliefdheid voor zich te houden.
'Het eten ruikt lekker, zeg. Heb je yorkshirepudding gemaakt?'
'Ja, maar die ziet er een beetje aangebrand uit.' In de keuken tuurde Roo kritisch door de glazen ovendeur. 'Maar dat is jouw schuld, had je maar niet te laat moeten komen.'
'Sorry.' Ellie keek naar de pannen op het fornuis. Er waren worteltjes en tuinboontjes, en op het granieten aanrecht stonden schalen met gebakken aardappels, uien gesmoord in balsamicoazijn en iets wat leek op... Nee toch?
'Wat is dat?' Ze wees naar de schaal.
'Salie-en-uivulling.'
'Bij rosbief?'
'Ik vind salie-en-uivulling lekker!' verdedigde Roo zich.
'Ik ook.' Ellie onderdrukte een lachje; met haar blauw-wit gestreepte schort en haar haren alle kanten uit, leek Roo half een huishoudelijke godin, half een dronken kip.
'Waarom wil je niet zeggen met wie je was?' Onder het praten pakte Roo een garde en ze begon fanatiek de jus te kloppen.
Ellie dacht even na. Todd was altijd verzot geweest op jus; Jamie en hij hadden een keer voor een weddenschap een halve liter naar binnen gewerkt. Ze zei: 'Ik was met Todd.'
Een straal jus spoot tegen de spatplaat aan.
'O ja. Niks zeggen. Laat me eens raden,' zei Roo kribbig. 'Hij heeft natuurlijk de hele middag weer zitten zeiken over dat ik niet zo koppig moet zijn, zodat we een relatie kunnen beginnen.'
Het mooie aan alcohol was dat het de gave bezat om je denk-

processen overhoop te gooien zodat je anders tegen de dingen aan keek dan je normaal misschien zou doen.
'Nee hoor. Hij heeft het zelfs niet één keer over je gehad.' Ellie pakte een gebakken aardappel uit de blauwe schaal. 'Volgens mij hoef je je nergens meer druk om te maken. Hij is eroverheen.'
Pets deed de jus. Een heel klein beetje maar. Zonder Ellie aan te kijken zei Roo terloops: 'O ja?'
'Mm. Mmm.' Ellie wapperde met haar hand om aan te geven dat ze niet kon praten met volle mond. Roo's kookkunsten mochten dan nogal wispelturig zijn, aardappels bakken kon ze als de beste. Ellie kauwde en slikte en zag dat Roo nog steeds wachtte tot ze verderging.
'Hij heeft iemand anders leren kennen,' zei Ellie. Dit was fantastisch; net als bij een goochelaar die lintjes uit zijn mond trok, tuimelden bij haar de leugentjes om bestwil eruit. 'Dus daar hebben we het de hele tijd over gehad. Hij kon gewoon nergens anders over praten. Ze heet Lisa. Hij is echt tot over zijn oren verliefd!'
'O. Nou, fijn voor hem... Fantastisch.' Roo lachte haar toe alsof ze wilde zeggen: dit is het beste nieuws dat ik ooit heb gehoord!
'En volgens hem is ze ook heel mooi.'
'Wil je me de juskom even aangeven? In de kast achter je.'
'Ze is wiskundelerares. Gek, hè? Toen jij op school zat, heb je toen ooit een mooie wiskundelerares gezien? Nou, bij ons zag je die niet.'
'Oké, het is bijna klaar.' Als een hyperactief konijntje hupste Roo door de keuken. 'Ga jij maar vast naar de kamer. Ik kom alles zo brengen.'
'En hoe ze elkaar hebben leren kennen, dat is pas een verhaal,' zei Ellie. 'Je raadt het nooit.'
'Nee, vast niet, Hier, neem jij mijn glas water vast mee.'
'Ze kreeg autopech in Fulham. Ze stond voor het stoplicht te wachten, en toen dat op groen sprong, wilde haar auto gewoon niet meer starten. Iedereen toeterde en raakte hartstikke geïrriteerd. En het regende ook nog. Hoe dan ook, niemand die haar hielp. Maar Todd was net de supermarkt uit gekomen en

toen hij zag wat er aan de hand was, zette hij zijn boodschappentassen op de grond en duwde haar auto de hoek om, zodat ze niet meer in de weg stond...'

'Denk je dat dat genoeg rosbief is? Wil je er mosterd bij?'

'Nou, en toen ging hij terug om zijn boodschappen te halen, en weet je wat, iemand was ermee vandoor gegaan! Niet te geloven toch? Maar het grappige is dat dat juist heel goed uitpakte, want toen hij dat aan Lisa vertelde, was het ijs meteen gebroken! Hij heeft samen met haar gewacht tot de wegenwacht kwam, en ze stonden met z'n tweetjes wat te kletsen in de regen, en toen zei Lisa dat ze hem op een etentje wilde trakteren, aangezien het haar schuld was dat zijn boodschappen waren gestolen. Dus zo is het gegaan en vanaf dat moment was het aan! Wat romantisch, hè?'

'Ja, nou en of. En kunnen we het nu misschien ergens anders over hebben?' Roo duwde Ellie zo'n beetje de keuken uit. 'Want eerlijk gezegd interesseert het me niet zo.'

Het mocht een wonder heten dat haar neus niet als een telescoop was uitgeschoven en tegen de muur was geknald. Tevreden over zichzelf nam Ellie de glazen water mee naar de huiskamer. Het was genoeg zo, geen woord meer. Klus geklaard.

48

Ellie zat achter haar computer een ingewikkeld reisschema voor Zacks komende reisjes naar Kopenhagen en Zuid-Afrika te regelen. Het grootste probleem dat ze tegenkwam, was dat er al twee besprekingen vaststonden en dat Zack ongeveer twintig minuten de tijd had om van Kaapstad naar Johannesburg te komen.

Het kwam erop neer dat hij eigenlijk een raket nodig had, en geen vliegtuig.

Zack kwam van boven het kantoor in lopen. 'Heb je het mailtje van Bob Nix al gezien?'

'Nee, maar we moeten hier iets aan doen. Kom eens kijken.'

Ze tikte op de lijst met vertrektijden en -data op het notitieblok naast de computer. 'Jij hebt deze bespreking georganiseerd, en zij die daar. Wil je dat ik probeer om die in Kaapstad te verzetten?'
'Ah, ik zie het.' Met één hand steunend op het bureau boog Zack zich over haar schouder om het reisschema te bestuderen. 'Ja, bel Anika maar en vraag of we het naar 's ochtends kunnen verzetten. Zo meteen. Ik wil je eerst iets laten zien.' Hij pakte de muis en minimaliseerde de site op het scherm. Toen opende hij snel zijn e-mailaccount en klikte op het bericht dat een paar minuten geleden was binnengekomen.
Ellie probeerde haar aandacht bij het beeldscherm te houden. Ze kon zich nauwelijks concentreren wanneer Zack zo dicht bij haar stond. Hoewel ze eigenlijk al aan zijn lichamelijke nabijheid gewend zou moeten zijn, leek haar innerlijke onrust alleen maar groter te worden. Oké, nu niet denken aan zijn geur, aan de warmte van zijn lichaam, aan het spel van de pezen en spieren in zijn hand terwijl hij de muis bewoog en aanklikte...

> Ha Zack,
> Goed gedaan die deal vorige week met Spenserinc – ik hoorde het van Ted. Diep onder de indruk.
> Ik moest je bijgevoegde foto van Bibi sturen. De groeten van haar, en of je de foto aan Ellie wilt laten zien?
> Hopelijk werkt ze nog steeds voor je!
> Bob.

'Toe dan.' Ellie knikte om aan te geven dat hij de bijlage moest openen.
Het scherm werd gevuld door een pagina uit een tijdschrift. Bob en Bibi waren gefotografeerd op een chic liefdadigheidsbal in Dallas. Hun tanden waren oogverblindend wit. Bob leek net een joviale beer in zijn smoking. Bibi droeg een zilveren lamé jurk waarin haar spectaculaire boezem en smalle taille goed uitkwamen. Haar groenblauwe ogen straalden. Haar haren, een werveling van lokken en krulletjes boven op haar hoofd, waren vastgezet met zilveren haarkammetjes.

Onder aan de foto had Bibi gekrabbeld: 'Ellie! Ik heb nog nooit zoveel complimentjes gehad!'
Ellie glimlachte, maar was zich tegelijkertijd sterk bewust van Zacks warme adem in haar nek.
'Die dingetjes in haar haren...' Hij klonk verbaasd. 'Die lijken op die jij in had, die avond dat we met hen uit waren.'
'Wel een beetje, hè?'
Zack keek nog wat beter, waarbij zijn arm haar schouder raakte. 'Het zijn precies dezelfde.' Hij schoof iets opzij om Ellie aan te kunnen kijken. 'Zijn het soms die van jou?'
'Ja.'
'Heb je ze dan aan Bibi gegeven?'
Ellie bloosde. Was hij daar kwaad om? Vond hij het gênant dat ze de vrouw van een miljardair zulke goedkope kammetjes had gegeven? 'Ze zei dat ze ze mooi vond. Ik had niet verwacht dat ze ze ook echt zou gaan dragen.' Ze wees naar de foto op het scherm. 'Vooral niet bij zo'n gelegenheid.'
'Hé, ik vind het niet erg, hoor.' Zack ging rechtop staan en draaide haar stoel om zodat ze elkaar beter konden zien. Haar onderzoekend aankijkend vroeg hij: 'Dacht je dat soms?'
'Dat weet ik niet precies.' Ze voelde dat ze in de war raakte; wanneer Zack haar op deze manier aankeek, kon ze zich nooit meer zo goed concentreren. 'Toen ik thuiskwam, dacht ik dat ik het misschien beter niet had kunnen doen.' Jezus, ze kon zich echt niet meer concentreren! 'Ik bedoel, het waren zulke ongelooflijk goedkope dingen... Ik hoop maar dat niemand haar dat vertelt... Misschien lachen ze haar wel uit met die dingen in haar haren, en dan schaamt ze zich dood.'
'Mag ik ook iets zeggen?' onderbrak Zack haar geratel. 'Bibi is een slimme tante die heel goed weet wat ze doet. Ze draagt wat ze wil dragen, en ik denk niet dat er iemand is die het in zijn hoofd durft te halen om haar uit te lachen. Al was het maar omdat ze de zwarte band in karate heeft.'
'Dan is ze niet de enige.'
Hij keek haar verrast aan. 'Jij ook, bedoel je?'
'Dat is voor jou een vraag en voor mij een weet.' Ze had weliswaar geen zwarte band, maar ze had het wel tot een groene

gebracht toen ze veertien was. En als je eenmaal zo ver was gekomen, kon je de rest er gewoon bij verzinnen.
'Oei, je maakt me bang.' Hij glimlachte even. 'Maar het was aardig van je om dat te doen. Bob en Bibi vonden je erg leuk.'
'Ik hen ook.' Ze verschoof iets op haar draaistoel; was de stemming veranderd? De afgelopen weken had Zack zich afstandelijk en zakelijk gedragen, maar nu leunde hij tegen het bureau, met zijn been vlak bij het hare, en het was net alsof alle spanning was opgelost. Hij leek zachtmoediger, het was een terugkeer van de ontspannen Zack die voor haar had gezorgd toen ze de griep had gehad en bij wie ze zich op haar gemak had gevoeld.
Misschien was er zelfs meer aan de hand. Verbeeldde ze zich het nu of keek hij haar echt aan alsof hij iets wilde zeggen, maar niet goed wist hoe? Of wilde ze dat alleen maar? O god, nou deed ze het weer, van alles bij elkaar fantaseren als de eerste de beste Take That-fan.
'Je weet nooit waar zoiets toe kan leiden.' Zack pakte de agenda en begon er wat in te bladeren. 'Bob zoekt een partner voor een nieuw elektronicabedrijf. Misschien dat hij mij wel vraagt om mee te doen. Als dat zo is, moet ik een week of twee naar Texas, waarschijnlijk in december.' Hij fronste, diep in gedachten verzonken. 'Dat wordt vast heel hectisch. Veel te doen, zowel qua werk als qua contacten. Ik zou je daar best bij kunnen gebruiken.'
Yes, piepte een stemmetje in Ellies hoofd. Een reisje naar Texas met Zack! O god, stel je voor dat ze een nachtvlucht namen en in het vliegtuig naast elkaar moesten slapen!
Maar zo zou het vast niet gaan. Hij zou waarschijnlijk heerlijk in businessclass vertoeven, terwijl zij hutjemutje in economyclass zat, achter in het vliegtuig, omringd door krijsende kinderen.
Hardop zei ze: 'Oké.'
Hij nam haar aandachtig op. 'Gooit dat je plannen dan niet overhoop?'
Hij dacht dat ze nog steeds iets met Joe had. Was dit het moment om hem te vertellen dat het uit was? Maar als ze dat deed, dacht hij vast dat ze weer was gedumpt. Ze schudde haar

hoofd. 'Het is mijn werk. Geen probleem, geen enkel probleem.'
'Mooi, mooi.' Hij bleef in de agenda bladeren. Ze zag dat hij de afspraken van september bekeek. Aan het eind van de maand was het weekend van de bruiloft van zijn zus. Hij sloeg de bladzijde om zonder er iets over te zeggen. Ze hadden het er helemaal niet meer over gehad sinds hij haar had gevraagd om met hem mee te gaan. Was hij vergeten dat hij haar had uitgenodigd? Hoopte hij soms dat zíj het vergeten was? Had hij intussen iemand anders gevraagd?
Was hij daarom plotseling in een betere stemming? Haar maag kneep samen van schrik. Dat Zack het er niet meer over had, wilde nog niet zeggen dat het niet doorging.
Oké, vraag het hem gewoon.
'Eh...' Shit, haar keel deed raar en ze had ook een droge mond. Terwijl ze haar stoel naar achteren duwde, vroeg ze: 'Thee?' Het was gemakkelijker om het te vragen wanneer hij niet vlak naast haar stond.
'Graag.'
Toen ze naar de keuken liep, volgde hij haar echter. Oké, gewoon vragen. Ze gooide theezakjes in de mokken. 'Hoe zit het met de bruiloft van je zus?'
'Complete chaos.' Hij ontspande zich zichtbaar. 'Nog duizend dingen te doen, en te weinig tijd. De tweeling wil geen bruidsmeisje zijn, tenzij ze lichtgevende gympen mogen dragen. Bovendien willen ze dat de honden met hen mee naar het altaar lopen. Steph wordt er helemaal gek van. Maar uiteindelijk komt het vanzelf wel goed, denk ik.'
De theezakjes bruisten en vulden zich met lucht toen Ellie er kokend water op schonk. 'Als je me niet meer nodig hebt voor die bruiloft, moet je het gewoon zeggen, hoor.'
'Hè? Hoezo?' Zack verstijfde. 'Wil je niet meer mee dan?'
'Nee... Ik bedoel ja...' Ze roerde zo verwoed in de thee dat ze op het aanrecht morste.
'Heeft het met Joe te maken?'
'Nee, ik dacht alleen dat je misschien liever iemand anders mee zou willen nemen.' Wist hij wel hoe moeilijk het was om dat terloops te zeggen terwijl hij haar op die manier aankeek?

'Zoals wie?'
Ze kon het nu net zo goed zeggen. 'Ik heb de ansichtkaart gelezen die je laatst kreeg. Uit Australië. Niet uit nieuwsgierigheid, hoor, maar ik zag de tekst gewoon,' voegde ze er haastig aan toe.
'O, die van Meg.' Ze ving iets van een glimlach op. 'Waarom denk je dat ik haar zou willen meenemen naar Stephs bruiloft?'
'Nou ja, ze is je ex. En zo te merken wilde ze je erg graag zien.' God, ze klonk echt heel nieuwsgierig. 'Sorry, maar het is gewoon gemakkelijker als ik weet wat er precies aan de hand is.'
'Er is helemaal niks aan de hand.' Hij pakte de melk uit de koelkast en gaf hem aan haar. 'En je hebt gelijk, Meg wilde erg graag. Ik heb laatst iets met haar gedronken in de Queen's Head. Het was leuk om haar weer te zien, alle verhalen te horen, maar meer ook niet. Geen sprake van dat ik weer iets met haar wil beginnen.'
'O. Oké.'
'En ik zal haar zeker niet vragen om mee te gaan naar de bruiloft van Steph.'
Melk. Knoeien. Melk. Nog meer knoeien. Oeps. Zenuwachtig vroeg ze: 'Dus je wilt mij nog steeds?'
O god, had ze dat echt gezegd?
Na een korte stilte antwoordde hij kalm: 'Ja, als jij ook nog wilt.'
Oef. Lag het aan haar of werd het hier echt bloedheet?
'Ja hoor. Ik verheug me erop.' Haar knieën reageerden heel raar op hoe hij naar haar keek. 'Om je familie te leren kennen.'
'Het wordt vast leuk. Misschien dat je oordopjes nodig hebt, maar ik weet zeker dat je ze aardig zult vinden,' zei hij. 'Jullie kunnen vast prima met elkaar overweg.'
En nu keek hij naar haar mond. Voelde het soms zo wanneer je werd gehypnotiseerd? Ellie kon nauwelijks meer denken. 'Ze klinken heel leuk,' mompelde ze, en toen vroeg ze zich meteen weer af of dat er wel goed uit was gekomen, want het voelde alsof haar lippen helemaal slap waren geworden en geen woorden meer konden vormen. Begreep hij nog wat ze zei of was

het allemaal blabla voor hem? En nog steeds keek hij haar aan alsof hij...
Waf! Waf-waf!

49

Ellie sprong een halve meter in de lucht toen het hondenluik klapperde en Elmo de keuken binnenstormde. Ze hoorde Zack zuchten. Uit frustratie misschien? Of was dat weer iets wat ze alleen maar hoopte? Terwijl ze zichzelf terug sleurde naar de werkelijkheid, pakte ze een vaatdoekje en veegde de melk van het aanrecht.
'Het is nog geen tijd voor uitlaten,' zei Zack tegen Elmo, die nog steeds blafte en als een vis op het droge spartelde. Hij schudde zijn hoofd naar de hond, gaf toen meteen toe en zei: 'Ach, wat maakt het ook uit. Kom.' Hij pakte de rode riem die aan een haakje naast de achterdeur hing. Dat was voor Elmo zoals altijd het teken om te stoppen met springen zodat Zack de riem aan zijn halsband kon bevestigen. Maar toen Zack zich bukte, deed Elmo snel een paar stapjes naar achteren, draaide zich vliegensvlug om en vloog het hondenluik weer uit.
'Wat wil hij nou?' Fronsend hing Zack de riem weer op.
Ellie liep naar het raam. Elmo stoof rond in de tuin, hij sprong op het muurtje en meteen er weer af. Daarna stormde hij, nog steeds luid blaffend, weer door het luik de keuken in. Ellie pakte de telefoon en belde Geraldine.
'Er wordt niet opgenomen.' Ze keek van Elmo naar Zack. 'Heeft ze tegen jou gezegd dat ze wegging?'
Hij schudde zijn hoofd. 'Nee.'
'Waar is de reservesleutel?'
'Die heeft ze vorige week zelf meegenomen, toen haar zus kwam logeren. Ze heeft hem nog niet teruggegeven.'
'Ik ga even kijken of ze thuis is.' Ellie deed de keukendeur open. Met z'n drieën sprongen ze over het lage muurtje. Hoewel er door Geraldines keukenraam niets was te zien, bleef Elmo hys-

terisch blaffen. Toen ze Geraldine riepen, kwam er geen reactie.

'Ik probeer het gewoon.' Ellie trok haar roze katoenen vest uit en gaf het aan Zack, terwijl ze het hondenluik in Geraldines achterdeur bestudeerde.

Denk jezelf dun, denk jezelf dun.

'Denk je dat je erdoor kunt?' Zack keek weifelend; het luik was bedoeld voor een middelgrote hond.

'Dank je voor je vertrouwen,' zei ze verwijtend. 'Als ik vast kom te zitten, is het jouw schuld. Had je maar niet zo vaak op donuts moeten trakteren. En je neemt het ook niet op om op YouTube te zetten!' Ze schopte haar schoenen uit. 'Jij zult dat met die sensor moeten doen.'

Het was vast ontzettend onverstandig wat ze ging doen. Als ze vast kwam te zitten, zou de brandweer misschien de hele deur moeten ontmantelen. Of misschien zouden ze haar met een koevoet moeten bevrijden. Ellie ging op haar hurken zitten en wachtte tot Zack de sensor had losgemaakt van Elmo's halsband. Hij hield hem rechts naast het luik zodat ze het kon openduwen.

'En waag het niet om me uit te lachen.' Ze had haar armen al door het gat gestoken en probeerde nu haar schouders erdoor te wringen, dus ze kon hem niet meer in de gaten houden.

Boven haar hoorde ze Zack zeggen: 'Ik zou niet durven.'

Ze wist nu zeker dat hij haar uitlachte. Ze hoopte maar dat haar rok niet omhoog was geschoven. Oké, ze was halverwege. Nu waren haar heupen en achterste aan de beurt. Het zou heel krap worden. Terwijl ze zich schrap zette voor het laatste stukje, zei ze: 'Als het me niet lukt, wil ik niet dat je de brandweer belt. Laat me hier maar gewoon zitten tot ik genoeg ben afgevallen.'

Uiteindelijk kreeg ze het voor elkaar om door het luik te kruipen. Toen ze opstond, bedacht ze dat het misschien wel een ietwat overdreven reactie van hen was. Waarschijnlijk was Geraldine gewoon op visite bij een vriendin. Of lag ze boven in bad of deed ze een dutje, en had Elmo zijn act van superhond die te hulp schiet, gewoon voor de lol gedaan.

'Geraldine?' Toen Elmo ook door het luik binnen kwam stormen, riep ze wat harder: 'Hallo? Geraldine?'

Ineens hoorde ze Geraldine roepen, heel zacht: 'Ellie? Godzijdank. Ik ben boven.'
Ellie deed de keukendeur van slot om Zack binnen te laten. 'Ze is boven.'
Ze liepen achter Elmo aan de trap op. Geraldine lag in de deuropening van de slaapkamer, met een opgerold exemplaar van het tijdschrift *World Medicine* rechts van haar en de wandelstok links.
'Ha, daar heb je de hulptroepen.' Het lukte haar er een glimlachje uit te persen toen ze hen zag. 'Raak me niet aan. Ik heb mijn rechterdijbeen gebroken.'
Zack was al een ambulance aan het bellen. Elmo likte aan Geraldines hand, en ze aaide hem dankbaar achter zijn oren. 'Slimme jongen. Heb je soms in morse naar ze geblaft?'
'Laten we het erop houden dat het heel nuttig is geweest om hem al die dvd's van *Lassie* te laten zien.' Ellie hurkte naast haar neer. 'Hoe is het gebeurd?'
'Op de muur zat een reusachtige spin en die probeerde ik met mijn blad dood te slaan. Maar hij ontsnapte en toen sloeg ik nog een keer en toen verloor ik mijn evenwicht en viel gewoon om, als een gevelde boom.' Geraldine klonk geërgerd.
'Dat is je straf omdat je die spin wilde doodslaan,' zei Ellie.
'Vertel mij wat. Ik lig hier nu twintig minuten en al die tijd heeft dat beest naar me zitten grijnzen.'
Ellie volgde Geraldines blik en slaakte een gilletje; er zat inderdaad een spin op de muur, een boosaardig uitziend geval van wel zeven centimeter in doorsnee.
Zack beëindigde het telefoontje. 'De ambulance is al onderweg.'
'Bedankt voor jullie hulp. O god, nou beland ik ook nog in het ziekenhuis.' Geraldine zuchtte en keek Ellie aan. 'Zou jij zo lief willen zijn om een tas voor me in te pakken?'
'Natuurlijk. Zack, wil jij dan die spin doodmaken?'
'O nee, zo meteen eindig ik nog als Geraldine. Laat dat beest toch leven. Ik ga vast naar beneden om die lui van de ambulance binnen te laten.'
Toen hij weg was, mompelde Geraldine geamuseerd: 'Net mijn man. Doodsbang voor spinnen, maar nog liever doodgaan dan het te willen toegeven.'

Heel even stond Ellie in dubio; zou ze Geraldine in vertrouwen kunnen nemen? Maar toen ze de ondeugende glans in haar ogen zag, stond ze meteen weer met beide benen op de grond. Het zou stom zijn haar gevoelens voor Zack aan Geraldine op te biechten; Geraldine bezat de discretie van een in de steek gelaten voetbalvrouwtje.
'Je hoeft je geen zorgen te maken om Elmo. Wij zorgen wel voor hem.' Terwijl Ellie opstond en denkbeeldig haar mond op slot draaide, zei ze: 'Zeg maar waar ik je weekendtas kan vinden en wat je wilt meenemen.'

Zack vergezelde Geraldine naar het University College Hospital en wachtte met haar tot ze was onderzocht en naar een zaal gebracht. De pijn was onder controle, en de volgende dag zou de breuk gezet worden. Toen hij weer op weg was naar huis, ontving hij een sms'je van Ellie:

> Reisschema geregeld, afspraken verzet. Ga met Elmo rennen, ben om zes uur terug. Liefs van ons voor Geraldine x x

De kusjes waren natuurlijk ook voor Geraldine bedoeld, en niet voor hem. Toch weerhield het hem er niet van om het bericht drie keer te lezen. Toen de taxi Primrose Hill en Regent's Park Road bereikte, vroeg Zack de chauffeur in een opwelling om te stoppen. De heuvel baadde in het zonlicht en er waren nog steeds veel mensen op de been. Terwijl hij naar de top liep, keek hij of hij Ellie ergens zag. Hij had durven zweren dat haar houding tegenover hem vanmiddag anders was geweest dan anders; wanneer hij alleen maar dacht aan het ongelooflijke verlangen dat hij had gevoeld, kwam alles weer naar boven. Hij had haar zo graag willen kussen, hij had zelfs op het punt gestaan om dat te doen, maar toen was Elmo ineens binnen komen stormen door het hondenluik.
En toen zag hij haar. Boven aan de heuvel aangekomen, zag hij een roze flits. Daar waren ze, Ellie met haar donkere haren die alle kanten uit wapperden en Elmo die kwispelend afwachtte tot ze de rode bal in de lucht zou gooien en hij er-

achteraan kon rennen. Nadat Ellie de bal had gegooid, wachtte ze even tot Elmo hem had, en toen rende ze snel de andere kant uit. Tegen de tijd dat Elmo haar had ingehaald, lag ze al in het gras en deed ze alsof ze sliep. Met een grote sprong landde Elmo op haar buik en liet de bal op haar maag vallen. Lachend tilde ze hem op, en Elmo begon vrolijk te blaffen terwijl hij fanatiek met zijn poten door de lucht peddelde. Meteen daarna gooide Ellie de bal weer weg, en ze renden er allebei achteraan.

Ze had geen flauw idee dat hij hier stond. Zack wilde eigenlijk niet verder lopen. Het liefst bleef hij hier voor eeuwig naar haar staan kijken; haar speelse gedrag was gewoon onweerstaanbaar. Overspoeld door een golf van verlangen, nam hij een besluit. Na wat er vandaag was gebeurd, was het niet meer dan logisch dat hij haar zou vragen om bij hem te komen eten. Dan konden ze het over Geraldine hebben, over hoe ze de zorg voor Elmo in de komende weken zouden regelen, en misschien dat moment weer doen herleven van voordat die stomme Elmo de keuken in was komen stormen. Toen hij Ellie had gevraagd of ze voor Elmo kon zorgen, voor het geval het in het ziekenhuis lang zou duren, had ze gezegd dat het geen punt was, dat ze toch niets met Joe had afgesproken voor vanavond. Wat dus alleen maar goed kon zijn. Wat Joe vanavond ook zonder haar uitspookte, eigen schuld, dikke bult.

'Hé!' Ellie begon woest met haar armen te wapperen toen ze de gestalte haar kant uit zag komen lopen.

Toen ze elkaar hadden bereikt, zei ze: 'Niet te geloven dat ik dit voor je doe.'

'Doe niet zo flauw. Het wordt hartstikke leuk.'

'Het wordt helemaal niet leuk! Je zei zelf dat het vreselijk zou zijn. Je wilt me alleen maar mee hebben om de ellende met iemand te kunnen delen.'

Ondanks alles moest Ellie toch lachen. Roo had haar twintig minuten geleden gebeld, met een smeekbede om steun. Brian, eind veertig en hopeloos lijdend aan roos, was zo'n man van wie je hoopte dat hij niet naast je zou gaan zitten in de bus. Hij was een collega van Roo in de liefdadigheidswinkel, hield geen seconde zijn mond en was enigszins excentriek; bovendien maakte hij iedereen gek met zijn enthousiasme voor.... Nou ja, voor alles wat je maar kon bedenken eigenlijk.

'Oké, dat is zo,' gaf Roo toe. 'Maar hij heeft helemaal geen vrienden. Hij is bij dat amateurtoneelgezelschap gegaan in de hoop daar wat leuke mensen te leren kennen, maar dat heeft niet gewerkt. Ik kon toch moeilijk nee zeggen?'

Het was de première van Brians eerste toneelstuk, dat werd opgevoerd in een vervallen zaaltje van een kerk in Crouch End. Vanmiddag had hij Roo trots twee kaartjes voor de voorstelling overhandigd. 'Dat zijn de kaartjes die de spelers aan familie en vrienden kunnen geven,' had Roo uitgelegd tijdens haar smeektelefoontje. 'Maar hij heeft verder niemand. Dus ga alsjeblieft met me mee!'

Het was heel mooi dat Roo zo haar best deed om een beter mens te worden, maar ze zag er blijkbaar geen been in om anderen mee te slepen in haar val. 'Want als ik alleen ga, denkt Brian misschien dat het een soort date is,' had ze gezegd. 'En dan wil hij me na afloop naar huis brengen.'

Met haar hand boven haar ogen tegen de zon keek Ellie naar Elmo, die speels om zijn bal aan het vechten was met een paar terriërs, wat ermee eindigde dat hij de helling af rolde. 'Hoe laat moeten we er zijn?'

'Het begint om acht uur. Maar volgens Brian kunnen we beter om zeven uur komen als we goede plaatsen willen hebben.' Met een scheef hoofd vroeg ze ineens: 'Is dat wie ik denk dat het is?'

Ellie volgde haar blik, en meteen voelde ze haar hart overslaan. Dat gebeurde altijd wanneer ze Zack onverwachts zag.

Hoewel, het was haar ook wel eens overkomen wanneer het niet onverwachts was.

Ze knikte. 'Ja, dat is Zack.'

'Dat dacht ik al. Wat een lekker ding, zeg.' Roo trok ondeugend een wenkbrauw op. 'Kijk niet zo geschokt. Ik ga hem heus niet versieren of zo.' Ze grijnsde. 'Ik wilde je er alleen even op wijzen, voor het geval je dat nog niet had gezien.'

Voor het geval dat ze dat nog niet had gezien. God, was dat maar waar. Dan zou haar leven een stuk gemakkelijker zijn.

'Hoi!' zei ze overdreven opgewekt toen Zack vlakbij was. 'Hoe gaat het met Geraldine?'
'Aardig goed, alles in aanmerking genomen.' Hij knikte naar Roo. 'Jij moet Roo zijn. Leuk om je eindelijk te leren kennen. Ik heb al zoveel over je gehoord.'
'Ik ook over jou.' Roo schoof haar zonnebril naar boven en keek Zack stralend aan.
Op dat moment kwam Elmo aanrennen, met zijn tong uit zijn bek en zijn staart ronddraaiend als een propeller.
'Je had gezegd dat je hem ging uitlaten,' zei Zack. 'Dus ik dacht, ik loop jullie tegemoet.'
'Daar ben ik heel blij om,' riep Roo uit. 'Want als je niet op tijd terug was geweest, had Ellie misschien gezegd dat ze thuis moest blijven om op je hond te passen. Maar je bent er, dus nu kunnen we vanavond gewoon uitgaan!'
'Lekker dan.' Ellie keek Zack aan. 'Je wordt bedankt.'
Na een heel korte stilte vroeg Zack: 'Waar gaan jullie naartoe?'
'Naar toneel. Het wordt heel erg.'
'Dat weten we niet zeker.'
'Een beetje wel.' Ellie schudde haar hoofd. 'Je zei dat Brian de rol speelt van een zingende Spaanse jongleur. En je hebt me ook verteld dat hij lijkbleek is, geen wijs kan houden en niet kan jongleren.'
'Nou ja, we gaan toch, punt uit.' Roo zette haar zonnebril weer op. Ze pakte Elmo's riem uit Ellies hand en gaf hem aan Zack. 'Maar we moeten eerst naar huis om ons om te kleden. Dus tot ziens dan maar.' Ze wierp hem nog een glimlach toe.
'Je bent vast jaloers, hè?' Ellie rolde met haar ogen naar Zack. 'Als we een kaartje over hadden gehad, had je meegekund, maar blijkbaar was er een grote run op de kaartjes.'
'Het is uitverkocht,' riep Roo over haar schouder, terwijl ze de heuvel af begon te lopen.
Ellie bukte zich even om Elmo achter zijn oren te krabbelen. 'Dag liefje, tot morgen.'
Weer een plannetje dat de mist in ging.
'Dag,' zei Zack.

50

'We proberen manieren te verzinnen om geld in te zamelen voor de St Mark's Hospice,' zei Yasmin. 'Mijn tante heeft daar gezeten toen ze doodging. Het is een fantastische hospice, maar ze hebben heel hard geld nodig. Als ze met kerst hun doelstellingen niet hebben gehaald, moeten ze misschien sluiten.'
'Wat erg,' zei Roo. Au! Yasmin was erg goed in benen ontharen, maar ook weer niet zo goed. Het deed nog altijd zeer.
'Sorry! We hebben besloten om hier in de salon een loterij te houden. En aangezien jij een van onze beroemde klanten bent, vroegen we ons af of je een prijs zou willen doneren.'
Nog meer pijn. Roo kromp ineen. 'Natuurlijk wil ik dat, maar ik ben echt niet beroemd, hoor.'
'Dat weet ik, maar vroeger wel. Misschien kun je ons een gesigneerde foto geven of zo. Of een jurk waarin je vroeger hebt opgetreden. Het maakt niet uit.' Yasmin ging vrolijk verder met het uittrekken van de haartjes op Roo's benen. 'We willen gewoon zo veel mogelijk geld inzamelen. De laatste keer dat we hier een loterij hielden, hebben we tweehonderdtachtig pond opgehaald!'
Roo voelde zich rot. Ze had geen kleren meer die ze kon doneren. En wie zou er nou een gesigneerde foto van haar willen? Zou ze niet op een andere manier kunnen helpen? Au!
'Aan wie vraag je het nog meer?'
'Goh, aan iedereen zo'n beetje. We verloten behandelingen hier in de salon. En aardig wat klanten hebben beloofd om dozen bonbons te schenken, of zelfgebakken taarten, dat soort dingen. Iedereen is hartstikke aardig,' vertelde Yasmin. 'Ze willen allemaal hun steentje bijdragen.'
Wat natuurlijk allemaal goed en aardig was, maar je kon er geen hospice mee redden dat op de rand van de afgrond balanceerde. 'Wie zijn jullie andere beroemde klanten?'
'Nou...' Yasmin trok een gezicht. 'We zijn niet echt het soort salon dat beroemde klanten trekt.'
Jackie, de eeuwige optimist, zei: 'Vorige week zag ik Gary Barlow nog voorbijlopen.'

'Dat telt niet,' vond Yasmin.
'O, en we hadden hier een keer die vrouw die weermeisje is geweest op tv. Hoe heet ze... dinges.' Jackie draaide rondjes met haar pen alsof dat haar zou helpen om op de naam te komen. 'Je weet wel, die later zo dik werd. Ze kwam hier voor een bodywrap, maar toen raakte de folie op.'
'Goh, zou ze daarom nooit terug zijn geweest?' Yasmin ging verder met epileren.
Jackie dacht even na. 'Of anders die actrice die altijd gekkinnen speelde? Thelma nog wat. Met van die knokige ellebogen en rare tanden. O nee, ik weet het alweer, die is naar Canada verhuisd.'
Yasmin rolde met haar ogen. 'Het verbaast me niets dat al onze beroemdheden emigreren.'
'Sorry. Maar we hebben altijd Ceecee Milton nog!'
Roo veerde op bij het horen van die naam. Ze had Ceecee Milton een paar keer ontmoet, in de tijd dat ze allebei succes hadden gehad. Net als Roo had Ceecee korte tijd in het felle licht van de spotlights gestaan, om daarna weer te verdwijnen in de sepiakleurige vergetelheid. Bij Ceecee was dat voornamelijk te wijten geweest aan het feit dat haar man, een enge glibber die tevens haar manager was, het had klaargespeeld om de meeste belangrijke mensen in de business tegen zich in het harnas te jagen. Ceecee mocht dan een fantastische stem hebben, als je haar optredens moest regelen met een lastig mannetje dat overal wat op aan te merken had, was het gemakkelijker om gewoon iemand anders te boeken. Dus weer een veelbelovende carrière in de kiem gesmoord.
'Wie nog meer?' vroeg Roo.
'Eh, nou, dat is het eigenlijk wel.' Yasmin keek haar verontschuldigend aan.
'Alleen Ceecee en ik?' Och hemeltje, ze hadden ze echt bij elkaar moeten schrapen dus. 'Een paar oude *has-beens*.'
'Maar ze is heel aardig. Ze geeft ons vast iets heel moois voor de loterij.'
Enigszins paranoïde vroeg Roo zich af wat Yasmin daarmee wilde zeggen. Dat Ceecee aardiger was dan zij?
'Ik geef ook wel wat, ik weet alleen nog niet wat precies.' Au.

'Is ze nog steeds getrouwd?'
'Ja, maar niet meer met die rotzak. Die heeft ze een tijdje geleden gedumpt. Ze heeft nu een heel aardige man.' Er verscheen een lach op Yasmins gezicht. 'Er is dus nog hoop voor ons.'

Het regende pijpenstelen toen Roo het metrostation uit kwam. Binnen een paar seconden plakten haar haren tegen haar hoofd en was haar T-shirt doorzichtig geworden. De mensen op straat leken zelfs voor haar terug te deinzen, wat waarschijnlijk betekende dat ze eruitzag als een gekkin, maar dat kon Roo niets schelen. Haar lichaam was uitgeput, maar haar hart zong en haar hersens bruisten van opwinding. Het was tien voor negen 's ochtends, ze had nauwelijks geslapen en dit was iets wat haar niet eerder was overkomen. Tenminste niet zonder behulp van alcohol of andere geestverruimende middelen.
'Jezus.' Toen Yasmin kwam aanlopen om de schoonheidssalon te openen, zag ze Roo voor de deur staan wachten. 'Wat is er gebeurd? Wat heb je?'
'Niks.' Roo veegde haar natte haar uit haar gezicht en liep achter Yasmin aan de zaak in. 'Ik ben de hele nacht opgebleven. Ik heb geschreven.'
Yasmin gaf haar een handdoek. 'Hier, kun je je afdrogen. Ik wist niet dat je tegenwoordig schreef. Wat precies? Je autobiografie?'
'Nee, niet dat soort schrijven. Ik heb een nummer geschreven. Echt heel erg goed.' Roo schudde haar hoofd en probeerde het opnieuw. 'Nee, nog beter. Briljant.'
'O, te gek! Zing eens?'
Op zijn best klonk Roo's stem als die van een kat in de wachtkamer van de dierenarts. 'Dat kan ik niet. Dat moet Ceecee voor me doen. Kun je me haar nummer geven?'
Yasmin was duidelijk verbaasd. 'Ceecee Milton? Hoezo?'
'Omdat dit de beste song is die ik ooit heb geschreven. Ik kan het zelf nauwelijks geloven, maar het is echt zo. En ik wil er een single van maken voor jullie goede doel,' zei Roo. 'Voor de hospice. Als we het goed aanpakken, moet het lukken. Dan wordt het iets heel groots.'
'Echt? Meen je dat? O god, hoe dan?'

'Leuren. Zeuren. Alle contacten gebruiken die we hebben.' Roo's hoofd barstte bijna uit elkaar van alle mogelijkheden. 'Zorgen dat erover gepraat wordt.'
'En hoe doen we dat?'
'Nou, ik denk dat we voornamelijk een mix van geruchten, roddels en technologie moeten gebruiken.' Glansden haar ogen? Roo had het gevoel van wel. 'En een paar leugentjes.'

Ellie had nog nooit zoiets gezien. Het was acht uur 's avonds toen ze arriveerde bij het opgegeven adres in St Johns Wood. Het was een villa waarvan de enorme uitbreiding achter het huis was omgetoverd tot opnamestudio; er waren allerlei technische types die technische dingen deden achter mengpanelen, en de opwinding die in de lucht hing, was bijna tastbaar. Roo bevond zich in het midden van dit alles, op de been gehouden door Diet Coke en adrenaline. Ze had alle kruiwagens gebruikt die ze maar kon bedenken en zo een team samengesteld dat het wonder moest verrichten. Het krioelde er van de musici, producers en achtergrondzangeressen die luisterden, meedachten en contact opnamen met anderen die misschien ook een bijdrage zouden kunnen leveren. En daar zat Yasmin, met haar zoontje op schoot, te kletsen met de statige Ceecee Milton, een mooie donkere vrouw, die zelf haar dochtertje op schoot had.
'Hoi!' Toen Yasmin Ellie zag, gebaarde ze haar te komen. Ze zei: 'Niet te geloven, hè, wat er allemaal gebeurt. Dit is trouwens Ceecee.'
'Hallo.' Ceecee had een prachtige lach. 'Jij moet de vrouw met de onzichtbare baby zijn.'
'Sorry nog daarvoor,' zei Ellie met een blik op Yasmin. 'Maar het mooie daaraan is dat de luiers ook onzichtbaar zijn.' Ze zweeg toen iemand een schakelaar overhaalde en openingsmaten de ruimte vulden. 'Te gek, zeg.'
'Wacht maar tot je het hele nummer hoort.' De muziek stopte weer. 'Ceecee heeft zo'n mooie stem. Ik kan er nog steeds niet over uit dat ze dat allemaal in één dag hebben gedaan. En het nummer zelf...'
Iemand stak een hand op om tot stilte te manen, de muziek begon opnieuw, en iedereen luisterde aandachtig. Al na dertig se-

conden wist Ellie dat het heel bijzonder was. Ze kreeg gewoon kippenvel van Ceecee's hartverscheurende stem. De achtergrondzangeressen vielen in en Ceecee's stem rees tot grote hoogten. *'You're the light in my life... you're everything... when it's dark you're my light, you're my world, all I believe in...'*

O god, de tekst was zo gevoelig dat Ellie zich moest omdraaien. Wat gênant, ze moest er gewoon van huilen. Heimelijk pakte ze een minipakje Kleenex uit haar tas. Een seconde later had Yasmin ook een zakdoekje nodig. Toen Ellie om zich heen keek, zag ze dat ze niet de enigen waren. Het was onmogelijk weerstand te bieden aan de obsederende, krachtige en gevoelvolle muziek; ze greep je bij de strot en liet je niet meer los. Volwassen mannen hadden tranen in hun ogen. Yasmins zoontje, Ben, zalig onwetend van alles, kronkelde op Yasmins schoot, trok aan haar haren en schopte een van zijn wollen sokjes uit. De magere man met het sikje die achter het mengpaneel zat, legde zijn arm om Roo's schouders en kneep er even in toen het nummer zijn hoogtepunt bereikte...

Ellie wist alleen maar dat het niet vaak voorkwam dat een nummer dat je voor het eerst hoorde, zo'n grote indruk maakte. Toen de laatste tonen waren weggestorven, viel er een paar seconden een absolute stilte. Toen depte Ceecee haar ogen en zei hees: 'Verdomme, wat ben ik goed,' waarna iedereen in de studio begon te juichen en te joelen en te klappen.

Verbluft zei Roo: 'Het is ons gelukt, hè? Volgens mij is het ons gelukt.' Ze liet zich op een kastanjebruine leren bank vallen en sloeg haar handen voor haar gezicht.

Om haar heen bleven mensen het vieren. Roo viel binnen een halve minuut in slaap.

Tegen elven was de videoclip klaar. Ze hadden het heel snel gedaan. Er was iemand naar de Chinees gestuurd om een stapel bruine papieren zakken te halen. Daarna werd het opnameproces vastgelegd, terwijl iedereen een bruine zak over zijn hoofd had, met gaten erin voor de ogen om ongelukken te voorkomen. Ook Ceecee en de achtergrondzangeressen droegen ze. Iedereen die aan de single had meegewerkt, zou anoniem blijven.

Om middernacht werd de laatste hand aan de clip gelegd en werd hij op YouTube gezet. Daarna kwam de fluistercampagne op gang. Iedereen zette links op websites, Twitter, MySpace en Facebook, met speculaties over wie er misschien hadden meegewerkt aan de clip: Bono, Jay-Z, Elton John, Beyoncé... Vervolgens werden er mensen benaderd die bij hen in het krijt stonden, journalisten, mensen van de tv, andere contacten in de muziekbusiness, wie ze ook maar konden bedenken. Aan iedereen die werd benaderd, werd gevraagd om in elk geval één keer naar het nummer te luisteren en vervolgens naar buiten te brengen dat het a: voor een goed doel was en b: de track van het jaar.

Om één uur 's nachts ging het al als een lopend vuurtje rond, de clip op YouTube was al bijna een half miljoen keer bekeken en er werd lustig op los gespeculeerd wie erachter kon zitten. De jongen met het sikje belde Bono, Jay-Z, Elton en Beyoncé om hun te vragen zich in raadselen te hullen, om noch te ontkennen noch te bevestigen dat ze er iets mee te maken hadden, allemaal voor het goede doel.

Om halftwee ging Ceecee met haar slapende dochtertje naar huis. Yasmin was al voor middernacht vertrokken met Ben. Om twee uur legde Ellie een hand op Roo's schouder en schudde haar wakker. 'Ik heb een taxi besteld. Als je wilt kun je meerijden. Maar van Denny mag je ook hier blijven slapen.'

Roo knipperde met haar ogen en keek haar even verbaasd aan. Toen sloeg ze haar benen over de rand van de bank en hees zich overeind. 'Nee, ik ga wel met jou mee.' Ze wreef in haar ogen en wierp een blik op haar horloge. 'Ik moet morgenochtend in de winkel werken. Ik mag niet te laat komen.'

51

Was het echt pas tien dagen geleden? Roo kon nauwelijks geloven dat het allemaal zo snel was gegaan. Elf dagen geleden had het nummer nog niet eens bestaan, zelfs niet in haar eigen hoofd, maar nu kenden miljoenen, misschien zelfs wel miljarden mensen over de hele wereld het. Over surrealistisch gesproken.

Roo zat in de kantine te wachten tot ze op de set werd geroepen. Live-tv was altijd doodeng. Nou ja, vroeger niet, want toen was ze meestal compleet van de wereld geweest en had ze het allemaal bijzonder grappig gevonden, maar nuchter voor de camera verschijnen was heel wat anders. Stel je voor dat ze ineens rare dingen ging roepen.

Met haar verstand wist ze dat dat niet zou gebeuren, maar diep vanbinnen was er die knagende angst dat ze in de camera zou kijken en dan zou schreeuwen: 'Fuck, fuck, kut-klote, fuck!'

'Alles in orde hier?' Een van de aardige assistentes kwam naar haar toe lopen. 'Wil je misschien een glas wijn?'

'Nee, dank je.' Dat was natuurlijk hartstikke gelogen; ze zou dolgraag een glas wijn nemen. Alleen deed ze het niet. Vooral niet omdat ze al één belofte had verbroken; toen ze het verbijsterde meisje van de make-up had proberen uit te leggen dat ze geen make-up droeg, was dat verspilde moeite geweest.

'Maar ik moet je opmaken! Dit is tv!' Het meisje had voet bij stuk gehouden. 'Je wilt er toch niet als een oud lijk uitzien? Dat kunnen we echt niet maken, hoor, daar schrik je de kijkers mee af!'

IJdelheid had met uitputting om de voorrang gestreden. Uiteindelijk had Roo haar verzet gestaakt, omdat ze wist dat ze hier was om een goed doel te promoten en ze dus een goede indruk moest maken. En één enkel keertje kon toch geen kwaad?

En nu de schandelijke zonde toch al was begaan, moest ze toegeven dat het fijn was om zich weer mooi te voelen.

De deur ging open, en Ceecee, die geen last had van zulke gewetensvragen, kwam terug van de make-up. Ze zag er fantastisch uit in haar donkerrode fluwelen jurk met bijpassende lippenstift. Terwijl ze met haar glanzende gouden oogleden en extravagante valse wimpers naar Roo knipperde, draaide ze een rondje zodat Roo haar kon bewonderen. 'Moet je ons nou eens zien, voor een paar ouwe ex-beroemdheden hebben ze ons aardig weten op te kalefateren!'

'Mij wel,' zei Roo. 'Maar jij ziet er nog een beetje armetierig uit, als je het mij vraagt.'
'Heb je mijn wimpers gezien? Ik zie er echt superhot uit!' Ceecee, die heel gelukkig was in haar tweede huwelijk, schudde met haar brede heupen. 'Die Nathan van mij zal niet weten wat hij meemaakt als ik vanavond thuiskom!'
Ze moesten over vijf minuten op. Morgen hadden ze, samen met Yasmin, een reeks interviews met kranten en tijdschriften. Van het idee dat iedereen anoniem zou blijven, was weinig terechtgekomen; binnen vier dagen was al bekend wie er hadden meegewerkt aan de single. Die vier dagen waren echter precies lang genoeg geweest om hun doel te dienen: de belangstelling opwekken en een stortvloed aan speculaties ontketenen. Tegen de tijd dat ze waren ontmaskerd, was het plan al geslaagd. 'The Light in My Life' was naar de top van de downloadchart geschoten. De clip op YouTube was zeven miljoen keer bekeken en het nummer zelf werd nu al gerekend tot een van de beste songs aller tijden. Toen duidelijk was geworden dat het niet geschreven en gezongen was door supersterren, had het grote publiek besloten om het nog mooier te vinden. Deze week stond het op nummer één en was het de best verkopende single ooit.
Op Roo en Ceecee werd grote druk uitgeoefend om naar Amerika te vliegen om daar in de belangrijkste praatprogramma's te verschijnen. De afgelopen dagen was het een compleet gekkenhuis geweest. Roo had geen idee hoe het verder zou gaan; het enige wat ze wist, was dat sinds bekend was geworden dat ze het nummer had geschreven, niemand de liefdadigheidswinkel nog in had gekund vanwege de vele paparazzi voor de deur. De situatie in de winkel was er niet beter op geworden toen de leiding had ontdekt dat ze geld inzamelde voor een ander goed doel dan het hunne. En toen er vervolgens drommen mensen in de winkel kwamen om met hun mobieltjes foto's te maken en een handtekening aan Roo te vragen, was de maat vol geweest. Dit soort ordeverstoringen kon niet worden getolereerd.
Roo werd verzocht haar spullen te pakken en te vertrekken. Op staande voet ontslagen.

Als vrijwilligster bij een liefdadigheidswinkel. Dat was je dank als je probeerde om een goed mens te zijn.
Ondanks haar verzet ertegen, merkte Roo dat haar gedachten zoals altijd weer naar Todd afdreven. Wat deed hij nu? Met wie was hij? Zat hij gezellig met Lisa op de bank tv te kijken? Als zij in beeld kwam, zou Todd haar dan stilzwijgend vergelijken met het vrolijke, mooie wiskundegenie in zijn armen en de hemel danken dat hij de goede keus had gemaakt?
En keek de vrolijke Lisa hem dan aan en zei: 'Dat is ze, hè?' Onderwijl denkend: ja, ik ben veel leuker dan zij.
Oké, ho! Niet aan denken nu. Op de tv's was te zien dat het eerste interview werd afgerond, en een assistente met een koptelefoon op kwam door de kantine naar haar toe lopen. Tijd om te gaan.

Ellie had gewinkeld in Oxford Street, op zoek naar iets wat ze kon dragen voor de bruiloft van Zacks zus. Omdat ze Roo's tv-optreden niet wilde missen, had ze in haar haast drie outfits gekocht zonder ze te passen. Hoewel ze van plan was geweest om iets felblauws te kopen, voor bij haar nieuwe schoenen, was ze thuisgekomen met een donkerrood omslagjurkje, een lichtgrijs topje plus rok met een zilveren kanten bovenrok, en een flesgroene jurk met bijpassend zwierig jasje met een knalroze zijden voering.
Want iets voor een bruiloft kopen kon natuurlijk nooit eens in één keer goed gaan.
Nadat ze de gordijnen in de huiskamer had dichtgedaan en de tv aangezet, trok ze haar kleren uit, op haar beha en slipje na, en probeerde eerst het omslagjurkje. Zoals verwacht stond het haar wel goed, maar het was ook een beetje een veilige keuze. Behalve wanneer ze zich vooroverboog, dan viel de jurk open, wat helemaal niet veilig was en zeker niet iets wat je op een bruiloft kon gebruiken.
Nee dus. Terug in de tas.
Dan de zilveren outfit. O jezus, hoe kwam het toch dat iets wat in de winkel heel leuk leek en waarvan je dacht dat het je goed zou staan, je in werkelijkheid veranderde in een overjarige kermispop?

Ellie trok het topje en de rok uit en stopte ze terug in de andere plastic tas. Soms nam ze echt vreselijk verkeerde besluiten wanneer het om kleren uitkiezen ging. Oké, ze pakte de derde en laatste outfit en hoopte met heel haar hart dat het wat zou zijn. Shit, de jurk had zo'n rits aan de achterkant waarvoor je minstens een Houdini moest zijn.

En daar had je, net wanneer je hem het minst kon gebruiken, Jamie. Hij lag languit op de bank, met zijn arm achter zijn hoofd.

'Wat een moeite allemaal,' merkte hij op.

'Het is voor een bruiloft. Ik wil er leuk uitzien.' Nadat ze in de jurk was gestapt, trok ze de rits zo ver mogelijk omhoog. Jemig zeg, ze had maat 38, als dit een 38 was, dan was zij een bonenstaak.

Jamie trok een gezicht. 'Misschien valt het mee met het jasje erover.'

Ja, vast. Ze trok het jasje aan en keek in de spiegel boven de haard.

'Je lijkt net iemand die heeft meegedaan aan zo'n afvalprogramma,' zei hij behulpzaam. 'Je weet wel, als je je oude kleren aantrekt om te laten zien hoeveel je bent afgevallen.'

'O god.'

'Maar wel mooie kleuren.' Alsof dat het minder erg maakte.

'Het is een ramp,' zei ze. 'Ik zal alles moeten terugbrengen.' Het was zo frustrerend! 'Wat moet ik nou aan?'

'Waarom trek je mijn lievelingsjurk niet aan? Je weet wel, die we op onze huwelijksreis hebben gekocht.'

'Die heb ik al een keer aangehad. Toen we naar het Claridge's gingen.'

'Zijn we naar het Claridge's geweest? Daar herinner ik me niks van.' Jamies ogen glansden ondeugend; hij deed het expres.

'Met Zack.' Ellie trok de veel te grote kleren weer uit.

'En dat betekent dat je hem niet nog een keer kunt dragen?'

'Ik wil gewoon iets anders aan.'

Hij leek verbaasd. 'Waarom?'

'Omdat mensen nou eenmaal niet de hele tijd in dezelfde kleren willen rondlopen totdat ze uit elkaar vallen van ellende.' Ze keek veelbetekenend naar zijn gerafelde spijkerbroek, waar uit een scheur een gebruinde knie tevoorschijn kwam.

'Misschien dat dat de reden is,' gaf hij grijnzend toe. 'Maar misschien is het ook wel zo dat je je huwelijksreisjurk niet wilt aantrekken tijdens een weekendje uit met een andere man.'
Had hij gelijk? Was dat de echte reden? Ellie verzamelde de plastic tassen met kleren en beende langs hem heen. Nadat ze de tassen in de hal had gezet, liep ze naar de slaapkamer om een sweatshirt en een korte broek aan te trekken. Toen ze terugkwam in de huiskamer, was de reclame net afgelopen en zou het tweede gedeelte van het praatprogramma beginnen.
'En nou moet je je mond houden,' verklaarde ze. 'Ik wil dit zien. Roo zit erin.'
'Dus je kijkt liever naar haar dan dat je naar mij luistert?' Jamie deed alsof hij zich beledigd voelde, hij had het altijd leuk gevonden om het middelpunt te zijn.
'Zij is echt,' zei Ellie. 'En jij niet.'
'Van has-beens tot helden!' Vince Torrence, die zichzelf altijd vreselijk grappig en brutaal vond, stelde zijn volgende gasten voor. 'Van losers zonder geluk tot alle records verbrekende sensaties! Van de goot naar de sterren... En nu bij ons in de studio, dames en heren, een warm applaus voor Ceecee Milton en Daisy Deeva!'
Thuis op de bank, in Primrose Hill, zat Ellie met een blikje fris en een grote zak chips bij de hand naar het programma te kijken. Onder het gladde uiterlijk van Vince Torrence bleek een intelligente man en scherpe interviewer schuil te gaan.
Ellie pakte haar mobieltje en drukte een toets in. Toen er werd opgenomen, vroeg ze: 'Zit je te kijken?'
Hij wist dat het nu op tv was. Ze had het hem gesms't. 'Nee,' antwoordde Todd.
'Zet aan.'
'Wat denk je dat ik ben, een masochist?' Maar de zucht die hij slaakte, klonk niet echt geërgerd, maar meer als die van iemand die zich gewonnen gaf. Meteen daarna hoorde ze het geluid van de tv door de telefoon echoën.
'Wat ziet ze er goed uit, hè?' Het was ongelooflijk, maar Roo had zich blijkbaar laten overhalen om zich te laten opmaken.
'Ja, inderdaad. En leg jij me maar eens uit waarom ik me daardoor beter zou moeten voelen.'

'Sst, anders kan ik niet horen wat ze zeggen.' Ellie richtte haar aandacht weer op de tv, waar Vince grapjes maakte over Roo's werk in de liefdadigheidswinkel.
'... en wat je vanavond aanhebt...' Hij knikte naar Roo's zwarte jasje en smalle witte broek. 'Dat komt daar zeker ook vandaan?'
Roo knikte. 'Inderdaad.'
'Ah! Oké.' Volkomen op het verkeerde been gezet begon hij te lachen. 'Nou, dat is bewonderenswaardig. Maar vergeef me dat ik het zeg, je hebt dan een behoorlijke transformatie ondergaan. Vroeger was je echt een wilde meid. Dat mag ik toch wel zeggen?'
'O ja, dat was ik ook.'
'En vanwaar deze verandering?'
'Ik vond mezelf niet zo aardig,' antwoordde Roo. 'Dus besloot ik om een beter mens te worden.'
'En nu? Ben je ook een beter mens geworden?' Vince leek oprecht geïnteresseerd.
Roo ging met haar vingers door haar asblonde stekels en haalde haar schouders op. 'Ik hoop het. Ja, ik denk van wel.'
'En nu heb je dat fantastische nummer geschreven, waarvan de opbrengst naar de St Mark's Hospice gaat. Dat is ook iets om ongelooflijk trots op te zijn. Je zult wel in de wolken zijn.'
Zichtbaar verlegen schoof Roo heen en weer op haar stoel. 'Nou ja, we zijn natuurlijk heel blij dat het zo'n succes heeft.'
'Dan is dit zeker wel de gelukkigste tijd van je leven, hè?' Vince keek haar aandachtig, indringend, aan. 'Vast wel. Je moet ongelooflijk gelukkig zijn!'
Heel even verschenen er tranen in Roo's grote bruine ogen; ze deed haar hoofd iets omhoog, keek naar het plafond en toen weer naar Vince. 'De hospice zou gesloten worden, en nu hoeft dat niet meer. En dat is niet alleen mijn verdienste, maar ook die van Ceecee en alle anderen die hebben bijgedragen aan onze campagne. En het heeft gewerkt; we hebben alles gekregen wat we wilden en nog veel meer.' Ze wierp Vince een stralende lach toe, maar als je haar beter kende, zag je dat de lach haar ogen niet bereikte. 'Dus natuurlijk ben ik gelukkig,' eindigde ze.

Ellie en Todd schreeuwden door hun telefoon eendrachtig naar het scherm: 'Liegbeest!'

52

Na afloop waren er drankjes in de kantine. De eerste gast, een cabaretier, eiste alle aandacht op; hij sloeg het ene glas wodka na het andere achterover alsof het limonade was en probeerde luidruchtig de grappigste te zijn.

'Hoi, gaat het?' Vince kwam bij Roo staan, die leunend tegen de muur haar mobieltje controleerde. Heel veel berichtjes, maar niemand erbij die ze per se terug wilde bellen.

'Ja hoor, prima.'

'Sorry van die vraag over je kleren. Ik dacht echt dat ze van een of andere ontwerper waren.'

'Maakt niet uit.' Ze stopte haar telefoontje weg.

'Dat weet ik, en het publiek zal daardoor alleen maar nog meer van je gaan houden.' Na een korte stilte voegde hij eraan toe: 'Zeker weten dat het goed gaat?'

'Ja, echt.'

'Je zult weer een grote ster worden. Van nu af aan kun je doen wat je maar wilt.'

Roo haalde onverschillig haar schouders op; het laatste wat ze wilde, was weer een beroemdheid worden. Want dan kon ze juist niet doen wat ze wilde.

'Hé, wat zou je ervan zeggen als we er samen stiekem vandoor gingen?' Vince's hand gleed zacht over haar rug. Waarschijnlijk vond hij dat een verleidelijk gebaar. Hij wierp haar zijn bekende uitdagende blik toe en bracht zijn mond wat dichter naar haar oor. 'Waar wil je heen? Zeg het maar. Mag ik je iets zeggen? Je bent echt heel hot,' fluisterde hij.

Kijk, dat was nou een van de redenen waarom ze helemaal geen zin had om weer in dat wereldje verzeild te raken. De oude Roo zou meteen met hem mee zijn gegaan; ze zou er geen seconde bij stil hebben gestaan dat hij een slijmjurk was met een enorm ego. De enige van wie Vince Torrence hield, was hijzelf; als je één nacht met hem doorbracht, zou dat morgen op Twitter staan.

En ooit zou ik dat nog komisch gevonden hebben ook, dacht ze.

'Nee, dank je.' Een golf van schaamte over wie ze was geweest, overspoelde haar. 'Ik ga maar eens.'

'Nee, dat kun je niet maken... De avond is net begonnen.'

Zijn hand ging nu naar haar middel. Terwijl ze hem van zich af schudde, zei ze: 'Die van mij niet. Ik ga naar huis.'

'Nou ja, moet jij weten.' Het was wel duidelijk dat hij er geen traan om zou laten. 'Ik dacht alleen dat je wel in zou zijn voor een lolletje, maar oké, dan niet. Tom regelt wel een auto voor je.'

Hij gebaarde naar Tom, gaf haar een vluchtig kusje op de wang en liep naar de cabaretier, die nog steeds hof hield in het midden van de kantine.

Roo voelde zich al ietsepietsie beter over zichzelf. Ze zette haar glas bubbeltjeswater neer en pakte haar tas toen Tom, de man van het transport, naar haar toe kwam lopen.

Ze had zich nog nooit zo eenzaam gevoeld als op dit moment.

De auto sloeg Nevis Street in en stopte voor Roo's huis. Het was halfelf. Aan het eind van de straat hing een maansikkel in de lucht en het wemelde van de sterren. Roo stapte uit, bedankte de chauffeur en keek de wegrijdende auto na.

Zou Ellie thuis zijn? Was ze nog op? De lampen in de huiskamer waren aan, maar toen Roo haar twintig minuten geleden een sms'je had gestuurd met de mededeling dat ze op weg was naar huis, had ze geen reactie gekregen.

Het gevoel van overweldigende eenzaamheid kwam weer terug; het was net alsof er een zwartfluwelen dekbed om haar heen zat. Roo pakte haar mobieltje om Ellie te bellen, maar stopte toen ze iets achter het raam zag bewegen. Het gordijn ging verder open, en Ellie verscheen. Ze zwaaide, gooide het raam open en leunde naar buiten.

'Hé, ik ken jou! Jij bent die songwriter die net op tv was!'

Roo voelde zich meteen beter. Zonder Ellie had ze de afgelo-

pen maanden niet overleefd. En dan te bedenken dat ze elkaar misschien niet eens zouden kennen als ze die dag haar sleutel niet in het slot had laten zitten. In grote steden woonden genoeg mensen jarenlang tegenover elkaar zonder elkaar zelfs maar te groeten.
Aan de andere kant, zonder Ellie had ze ook niet van Todds bestaan geweten. Oké, dat deed er nu niet toe. Gewoon niet aan hem denken.
Roo hield een hand boven haar ogen tegen het licht van de straatlantaarn. 'Deed ik het goed?'
'Je was fantastisch. Maar één ding.' Ellie leunde met haar ellebogen op de vensterbank. 'Waarom is dit niet de gelukkigste tijd van je leven?'
Roo, die net aan het oversteken was, bleef midden op de weg staan. 'Wat?'
'Je hebt me best gehoord. En we weten allebei het antwoord. Het komt omdat je nog steeds gek bent op Todd.'
Roo's maag draaide zich in een strakke knoop. Dit was niet eerlijk; ze had echt geen zin in weer een preek, niet vanavond.
'Je hoeft me niet zo aan te kijken, hoor.' Toen Roo niet reageerde, vervolgde Ellie wat zachter: 'O Roo, heb je jezelf nu nog niet genoeg gestraft?'
Roo voelde de tranen achter haar ogen prikken. Ze beet op haar lip.
'Oké, je hebt een paar slechte dingen gedaan,' ging Ellie verder. 'Maar nu heb je iets goeds gedaan. Je hebt het meer dan goedgemaakt. Echt waar.'
Er gleed een eenzame traan over Roo's wang en kin. Meer dan goedgemaakt. Was de weegschaal eindelijk weer naar de goede kant uit geslagen? Terwijl ze Ellie hoopvol aankeek, vroeg ze: 'Vind je dat echt?'
'Ja.' Ellie knikte. 'Dat vind ik echt.'
Voor het eerst durfde Roo zichzelf te bekennen dat Ellie heel misschien wel eens gelijk kon hebben. Ze schuifelde wat heen en weer op haar voeten. Toch was er nog steeds dat met Todds vriendin; het was dus ook weer niet zo dat ze zomaar van gedachten kon veranderen over hem.
'Maar waarom sta ik hier eigenlijk nog als de eerste de beste

idioot op straat?' Ze liep verder. 'Doe open, ik kom naar boven.'
'Nee, dat kan niet.'
Verrast bleef Roo staan. Deze afwijzing had ze niet verwacht.
'Sorry, maar ik ben echt kapot,' vervolgde Ellie. 'En Zack heeft me gevraagd om morgen extra vroeg te beginnen. Dus ik moet nodig naar bed.'
'O.' Een beetje gepikeerd zei Roo: 'Oké.' Vijf minuutjes konden er toch wel af?
'Maar wacht even.' Ellie ging rechtop staan. 'Ik heb nog iets voor je.'
'Wat dan?'
'Wacht.' Ellie verdween uit beeld.
Roo, die zich nog steeds een beetje aan de kant gezet voelde, bedacht dat Ellie wel weer cupcakes gebakken zou hebben. Even later ging de voordeur open.
En daar was Todd. Hij keek haar aan. Met iets vastbeslotens in zijn ogen.
O god...
Roo kon zich niet verroeren. Het kostte haar moeite om op haar benen te blijven staan. En nu kwam hij ook nog naar haar toe lopen, en zij bewoog haar mond als een goudvis, wat er waarschijnlijk niet zo aantrekkelijk uitzag.
'Sst.' Todd schudde zijn hoofd. 'Niks zeggen. Hou op,' waarschuwde hij toen er een verstikte kreet uit haar mond kwam. 'Geen woord.'
Toch lukte het Roo om er een zinnetje uit te persen. Het moest gewoon. 'W-waar is Lisa?'
'Lisa.' Hij schudde weer zijn hoofd. 'Daar hoef je je niet meer druk om te maken. Die is weg.'
Weg, ja, godzijdank...
En toen stond hij voor haar en nam haar in zijn armen. Zijn gezicht, het gezicht dat ze maar niet had kunnen vergeten, was nu op een paar centimeter van het hare. In het licht van de straatlantaarn kon ze de amberkleurige vlekjes in zijn ogen zien, de wimpers die in de hoeken opkrulden, het littekentje onder zijn linkerwenkbrauw. En daar was zijn mond... O god, mocht het echt?

'Kom hier,' fluisterde hij, terwijl hij een hand in haar nek legde.
En toen was het dan zover. Hun monden vonden elkaar eindelijk en ze begon ongecontroleerd te beven, omdat dit... omdat dit de kus was waar ze zo lang op had gewacht. Alleen verpestte ze hem helemaal, want de emoties waren te heftig en ze moest bijna huilen, en als er twee dingen waren die je echt niet tegelijkertijd kon doen, dan waren het huilen en kussen...
Ze maakte zich net op tijd los om een grote, balkende kreet te kunnen slaken. Iemand die het hoorde, zou nog denken dat er een ezel op straat rondliep.
'Hé hé.' Half lachend hield hij haar vast. 'Zo erg ben ik nou ook weer niet.'
'S-sorry. Maar ik ben z-zo gelukkig.' De spanning die zich de afgelopen maanden had opgehoopt, moest er op de een of andere manier uit. Ze klampte zich aan hem vast, overweldigd en overspoeld door emoties. 'Ik kan gewoon niet geloven dat je er bent...'
'Ik ook niet.' Hij wreef haar zacht over de arm, alsof ze een verkeersslachtoffer was dat in shock verkeerde. 'Dit was niet zo gepland, hoor. Ellie had me gevraagd te komen. Het was helemaal niet de bedoeling dat je wist dat ik boven was.'
Ze kuste hem snel op de mond, glimlachte toen en kuste hem nog een keer. Het was niet erg, de huilbui was al overgedreven. Ze keek omhoog naar het raam. Het was dicht; Ellie had zich diplomatiek teruggetrokken.
'Ik ben gek op die meid,' zei ze.
Todd grinnikte. 'Ik ook.'
'Wat is er met Lisa gebeurd?' Ze moest het weten; hadden ze een knallende ruzie gehad of was de relatie simpelweg doodgebloed? Had Lisa het uitgemaakt, of Todd?
'Ah, Lisa. De wiskundelerares,' zei hij. 'Met de onbetrouwbare auto.'
Met ingehouden adem wachtte ze af. Was hij tot het inzicht gekomen dat er maar één vrouw voor hem was, en dat Lisa dat niet was?
'Ze is verdwenen,' vervolgde hij ernstig. 'Terug in Ellies hoofd.'
Dat moest ze even verwerken.

'Bedoel je dat het niet waar was?' Ze keek hem onderzoekend aan.
'Alles verzonnen. Door Ellie. Dat hele verhaal is door haar bedacht. Persoonlijk zal ik nooit meer een woord geloven van wat ze vertelt.'
'Ik ook niet.' Het ironische was dat ze het een fantastisch verhaal zou hebben gevonden als het niet over Todd en een andere vrouw was gegaan.
'Maar dat ze zei dat jij niet gelukkig was, klopte wel. Ze zag het op tv. Nou ja, wij allebei.'
Verwonderd streelde ze zijn haar. 'En ze heeft me ook laten inzien dat ik genoeg heb gedaan. Eindelijk. Dus eigenlijk is ze heel slim.'
'Ik hou van je.'
'Ik ook van jou.' Ze ging dichter tegen hem aan staan. Hun neuzen raakten elkaar bijna. Hoe vaak zouden ze elkaar in de toekomst nog kunnen kussen? Het was een duizelingwekkende gedachte. En het bleef niet bij kussen alleen natuurlijk...
'Ik ben zo trots op je.' Hij keek haar teder aan. 'Je bent bewonderenswaardig.'
'Ik heb een paar heel grote fouten gemaakt.' Ze kon zijn lichaamswarmte voelen.
'We maken allemaal fouten. Maar jij hebt dat ingezien en er toen iets aan gedaan. Dat is iets wat de meeste mensen niet doen.'
Op dat moment kwam een witte BMW Nevis Street inrijden die hen met zijn koplampen bescheen. Toen de auto langs hen heen reed, gingen de raampjes naar beneden en werden ze bestookt door een heel koor van vrolijk gefluit, behulpzame opmerkingen en dubbelzinnig gejoel.
'En dan te bedenken dat dit vroeger altijd zo'n keurige buurt was.' Roo klakte met haar tong. 'Het gaat echt hard achteruit hier.'
'Maar ze hebben wel gelijk,' zei Todd.
Ze draaiden zich om en liepen samen naar haar huis. Roo verstrengelde haar vingers met de zijne en kneep er even in. Ze kon bijna niet wachten.
Hardop zei ze: 'Inderdaad.'

53

Het was de laatste week van september en Ellie had de vakantiekriebels in haar buik. Aan de zomer leek maar geen einde te komen, de lucht was onbewolkt en stralend blauw, en Zack en zij waren op weg naar Perranporth. Eindelijk was het zover, en het moeilijkste was nog wel om niets van haar opwinding te laten merken. Als Zack eens wist hoe ze zich hierop had verheugd... Nou, hij zou zich rot schrikken. Waarschijnlijk zou hij in paniek het portier aan haar kant van de Mercedes opengooien en haar uit de auto duwen.

Hij wist het echter niet en hij zou het niet te weten komen ook. Genietend van de zon op haar gezicht, nestelde Ellie zich nog eens goed in haar stoel en keek naar het landschap dat aan hen voorbijzoefde terwijl ze over de M4 reden. Elmo lag op de achterbank te slapen. Geraldine, die inmiddels uit het ziekenhuis was ontslagen en goed herstelde, was bij haar zus in Exeter gaan logeren. Roo en Todd waren zo verliefd dat ze hun handen bijna niet van elkaar af konden houden; ze waren net twee magneten voor wie het technisch gezien onmogelijk was om elkaar los te laten. Het mooiste was nog wel dat Todds moeder en Roo het meteen heel goed met elkaar hadden kunnen vinden. Maria was net zo dol op de nieuwe vriendin van haar zoon als Todd zelf, en ze was al plannen aan het maken voor een feest waarop ze Roo zou kunnen voorstellen aan iedereen die ze maar kende.

Ze lieten Berkshire achter zich. Achter haar lag Elmo in zijn slaap te snuffelen; hij trok met zijn poten terwijl hij in zijn droom achter Londense duiven aan zat. Echt een stadshond.

Ellie pakte een zakje winegums uit haar tas en hield het op voor Zack. 'Wil je er eentje?'

'Lekker. Een groene graag.'

'Een groene? Meen je dat?' Ze kromp ineen. 'Zeker weten?'

'Ja. Hoezo?'

'Niemand lust die groene. Die neem je pas als de rest op is. Als je echt heel wanhopig bent.'

'Nou, ik vind de groene het lekkerst,' zei hij.

'Nou, dan ben je dus officieel niet goed bij je hoofd. Maar ook wel handig om in de buurt te hebben.' Ellie pakte een groene en gaf hem aan Zack. 'Als je wilt, mag je ook alle gele hebben.'
Hij keek even naar haar. 'Welke vindt Joe het lekkerst?'
'Geen idee. Ik heb hem nog nooit een winegum aangeboden.'
'Ik heb eigenlijk al een tijdje niet gevraagd hoe het tussen jullie gaat.'
'Goed hoor.' Ellie pakte voor zichzelf een rode. Die waren echt verreweg de lekkerste.
'Heb je hem gisteravond nog gezien?'
Ze knikte, blij dat ze een zonnebril op haar neus had en een snoepje in haar mond. 'Mm.'
'Dat mag dan wel een wonder heten.' Zack zweeg even. 'Want vanochtend heeft hij op Twitter een foto geplaatst van zichzelf op een feest in het Beverly Hills Hotel.'
Ellie stopte met kauwen. Shit.
Behulpzaam voegde Zack eraan toe: 'En dat staat in Beverly Hills.'
Tja, het zat er natuurlijk in dat dit een keer moest gebeuren. Ze kauwde nog even op het snoepje en slikte het toen door.
'Ik wist niet dat je op Twitter zat.'
'Dat zit ik ook niet. Joe stuurde me gisteren een mailtje. Gewoon voor de aardigheid, om me te vertellen hoe het hem in L.A. verging. Dus je snapt dat ik daarna toch wel nieuwsgierig werd. Je hoeft zelf niet op Twitter te zitten om iemand te kunnen opzoeken,' eindigde hij droog.
Ze zuchtte en friemelde wat aan de gesp van haar tas. Het was een leugentje om bestwil geweest, maar het leek verdorie wel of haar leugens altijd uitkwamen.
'Ik heb een handige tip voor je,' zei Zack. 'In het vervolg kun je degene over wie je liegt beter op de hoogte stellen, zodat diegene ook weet wat hij wel of niet moet zeggen.'
'Ik zal eraan denken.' Het landschap zoefde nog steeds voorbij; ze reden nu door Wiltshire.
'Je had het me anders best kunnen vertellen, hoor.' Ze voelde dat hij weer een blik op haar wierp. 'Waarom heb je dat eigenlijk niet gedaan?'
Omdat ik verliefd op je ben en mezelf niet voor schut wil zet-

ten. Omdat het gewoon handiger is als je denkt dat ik een vriend heb.
Hardop zei ze: 'Het was gewoon... gênant.' Ze vond het moeilijk om de juiste woorden te vinden. 'Het was altijd net alsof je het er niet mee eens was dat ik iets met Joe had. En dat voelde heel naar. Net alsof je zestien bent en je moeder je waarschuwt voor een foute jongen. Dus dan begin je toch iets met hem, en dan blijkt dat hij echt een totale ramp is, een meisjesgek die jou als oud vuil behandelt en het ondertussen aanlegt met andere meisjes. Maar dat wil je dan weer niet toegeven aan je moeder.'
Zack leek het helemaal niet grappig te vinden. 'Heb je verdriet om hem gehad?'
'O nee! Helemaal niet! Het was leuk zolang het duurde, maar het was gewoon niet goed. Niet goed genoeg.' Zou hij haar begrijpen als ze het zei? Ze waagde het erop. 'Hij was een acht.'
'Ik had geen hekel aan Joe. Hij was een goeie kerel.' Zack knikte even. 'Dat is hij nog steeds. Maar ik zag gewoon dat hij niet bij je paste.'
'O.' Ze schoot meteen in de verdediging. 'Hij heeft me niet gedumpt, hoor. Hij heeft me gevraagd om met hem mee te gaan naar L.A.'
'En wat hield je tegen?'
'Nou ja, ik heb een baas die een behoorlijk hopeloos geval is. Zonder mij komt er niks van hem terecht.' Dat was beter, ze had hem aan het lachen gemaakt. Ze voelde zich al een stuk minder gespannen. 'Nee, als je het echt wilt weten, het zat er gewoon niet in. Je kunt niet naar de andere kant van de wereld verhuizen voor iemand die geen tien is.'
Weer een zijdelingse blik, een opgetrokken wenkbrauw. 'En wat moet iemand doen om een tien te zijn?'
Ze stak haar kin naar voren; nu was hij haar aan het plagen. 'Hij hoeft helemaal niets te doen. Gewoon zichzelf zijn, en dan precies goed.' Het werd tijd om de rollen om te draaien. 'Maar nou jij, hoe ziet jouw volmaakte vrouw eruit?'
Ze haalden net een tankwagen in. Daarna zoefde het landschap weer aan hen voorbij. Zacks mondhoeken vertrokken iets. 'Het scheelt al een heleboel als ze me geen Zacky noemt.'

'Nou, zet je maar schrap.' Het was vijf uur 's middags, de lange reis zat erop en ze waren bijna in Perranporth. Zack zei: 'Soms kan mijn familie een beetje overweldigend zijn. Als mijn moeder impertinente vragen stelt, moet je haar gewoon negeren.'

Ellie had een knoop in haar maag; ze had in de veronderstelling verkeerd dat Zacks familie dacht dat ze gewoon goede vrienden waren, maar toen ze de snelweg achter zich hadden gelaten, had Zack haar verteld dat het nu eenmaal eenvoudiger was geweest om tegen zijn familie te zeggen dat ze zijn nieuwe vriendin was. 'Dat was gewoon logischer. Ik snap niet waarom ik dat niet eerder heb bedacht. Bij mij thuis kan niemand een geheim bewaren, dus iemand zou het vast aan Mya doorvertellen. Op deze manier weten alleen wij tweetjes hoe het echt zit.'

Een door angst aangevuurde adrenalinestoot zocht nu bruisend zijn weg door Ellies aderen. Ze kende dit scenario van laten we doen alsof we een stelletje zijn alleen uit romantische films, en dat was dan alleen in het begin van een film, wanneer het stel in kwestie elkaar niet kon uitstaan. Maar om die rol te spelen terwijl je stapelverliefd was op je baas en hij op zijn beurt totaal niet op jou, was een stuk lastiger.

Een paar minuten later sloegen ze een hoek om, en toen zag ze het huis liggen, aan het eind van een kronkelende oprijlaan. Het was een langgerekte Georgian boerderij van grijze steen, bedekt met klimop, met een zilvergrijs leien dak en aan een kant een ouderwetse serre. De tuin eromheen was prachtig, maar niet al te formeel. De voordeur was smaragdgroen geschilderd, en bijna alle schuiframen op de benedenverdieping stonden open. Achter het huis was een roze-wit gestreepte tent te zien. Het zag er allemaal ongelooflijk gastvrij uit...

'Zie je dat, alle ramen staan open,' zei Zack. 'Ik durf te wedden dat mijn moeder een taart heeft laten aanbranden.' Hij bracht de auto tot stilstand.

Elmo, die inmiddels bij Ellie op schoot zat, begon te blaffen toen hij zag waar ze waren, en hij krabde aan het portier. Vlak daarna ging de felgroene voordeur open en kwamen er allemaal mensen en honden naar buiten stormen.

Was dit hoe het voelde als je Beyoncé was?
'Nou, welkom in de familie,' zei Zack droog. 'Wat denk je? Gaat het ons lukken?'
Als Jamie haar nu kon zien, zou hij zich een breuk lachen om de toestand waar ze door haar eigen schuld in verzeild was geraakt. Het enige wat er eigenlijk nog voor haar op zat, was zich erin storten en haar rol met overgave spelen.
Ze keek hem grijnzend aan. 'Zacky, geen paniek, het komt wel goed.'
'Lieverd, wat heerlijk, het is veel te lang geleden!' Nadat Teresa McLaren haar zoon enthousiast had omhelsd, wendde ze zich tot Ellie. 'En jij moet Ellie zijn. Het is nog heerlijker om jou te zien!'
Zack zei: 'Mam, je moet haar Knorretje noemen, dat doet iedereen.'
'Niet waar.' Ellie keek Teresa hoofdschuddend aan. 'Let maar niet op hem. Hij verzint dat ter plekke.'
'Dat soort dingen doet hij altijd. Maar ik word wel door iedereen Tizz genoemd, dus ik wil dat jij dat ook doet.' Tizz straalde; ze was midden zestig, had bruin haar dat aan alle kanten uit een haastig in elkaar geflanst knotje piekte, Zacks donkere ogen en een veeg meel op haar voorhoofd. Ze droeg een blauw-wit gestreepte blouse en een verkreukelde spijkerbroek en had een mager, jongensachtig postuur. 'We hebben ons er zo op verheugd. Kom, dan zal ik je aan iedereen voorstellen...'
'Mam, waarom staan alle ramen open?' vroeg Zack.
'Dat weet je donders goed, schat. Te veel aan mijn hoofd, te veel geklets om me heen, en toen heb ik vergeten de timer van de oven aan te zetten. Dus is die stomme taart aangebrand,' vertelde ze zonder een spoortje van spijt.

Om acht uur 's avonds had Ellie het gevoel dat ze Zacks familie al jaren kende. Behalve dan dat ze nog niet alle namen en gezichten van de jongere garde aan elkaar kon koppelen. Binnen was het huis ruim en comfortabel, ingericht in een eclectische mengeling van gotisch, burgerlijk en verlopen chic. Zacks vader, Ken, die terugkwam van de supermarkt met een niet-aangebrande taart en nog wat extra flessen gin, was lang en zongebruind en had een luide, bulderende lach, glinsterende lichtgrijze ogen en een grote bobbelige neus die Zack niet van hem had geërfd.

Zacks zussen waren al net zo gastvrij; stuk voor stuk beschikten ze over een herkenbare mix van de genen van hun ouders en een scherp gevoel voor humor. Claire was de blondste van het stel, Paula degene met de meeste humor. En Steph, die over nog geen achtenveertig uur ging trouwen, was de meest ontspannen bruid die je je maar kon voorstellen, vooral als je in aanmerking nam dat haar tweelingdochters Joss en Lily er nog steeds op stonden om hun gympen aan te trekken bij hun bruidsmeisjesjurken.

Oké, Joss en Lily, eeneiige tweeling, genoteerd.

Gareth, Stephs aanstaande echtgenoot, genoteerd.

De kinderen van Paula heetten Tom en Zaylie, steil donker haar, krullend donker haar, genoteerd.

Claire en haar man Paul – nee, Phil – hadden twee dochters en een zoon, Suki en Belle en... eh, wacht even, Lewis, ja, dat was het. Genoteerd.

En wat de honden betreft, dat was een bonte, luidruchtige verzameling van labradors, vuilnisbakkenras en terriërs, en Ellie was niet eens van plan om uit te zoeken welke hond bij welke tak van de familie hoorde. Voorlopig was het genoeg dat Elmo de tijd van zijn leven had.

Ze waren met zijn allen voor zonsondergang naar het strand geweest om de honden lekker te laten rennen en hadden daarna fish-and-chips gehaald bij de beste cafetaria van Perranporth. Eenmaal weer thuis hadden ze buiten op de verlichte veranda vis en patat gegeten, gin gedronken en de plannen voor de bruiloft doorgenomen.

Tot Ellies grote vreugde was het gesprek na een tijdje op Zack als kind gekomen.

'Ik moest een keer van hem over een muurtje springen,' vertelde Claire smakelijk. 'En toen bleek het daarachter te stikken van de brandnetels.'

Zack kneep zijn ogen tot spleetjes. 'Dat was omdat jij levende krabben in mijn kaplaarzen had gegooid.'

'Dat was je eigen schuld,' bemoeide Paula zich ermee. 'Want jij had harinkjes in haar schooltas gestopt.'
'O god, dat was ik helemaal vergeten.' Claire was opnieuw verontwaardigd. 'Wat een stank!'
De kinderen gierden het uit. Joss, die aan Ellies voeten zat, gilde: 'Dat met die krabben ga ik morgen in mijn klas doen!'
'Dat moet je niet doen.' Zack wees met een frietje naar haar. 'Want het is niet grappig en ook niet erg snugger.'
Belle schudde haar hoofd. 'Ik vind het wel grappig. En ook behoorlijk snugger.'
'Op het moment zelf was het wel om te lachen,' zei Zack met een ernstig gezicht. 'Maar toen ik de volgende dag mijn laarzen aantrok en de krabben me in mijn tenen beten, was het een stuk minder leuk.'
'Als ik het doe, komen ze er toch niet achter dat ik het was,' zei Zaylie. 'Want ze vinden me allemaal aardig!'
'En dan te bedenken dat ik deze kinderen vroeger leuk vond.' Zack tilde Zaylie op zijn schoot en begon haar blote voeten te kietelen.
Algauw kon ze niets anders meer dan hulpeloos giechelen. 'Is Ellie jouw vriendinnetje?'
'Ja, ze is mijn nieuwe vriendinnetje.'
De adem stokte Ellie in de keel. Was dat maar waar.
'Heeft ze jou wel eens zonder kleren aan gezien?'
O jemig, het idee alleen al. Gelukkig was het behoorlijk donker. 'Nee, dat heb ik niet.' Toen iedereen begon te lachen, vervolgde Ellie vol afschuw: 'Echt niet. Bah!'
'Ik weet wel een foto van oom Zack waarop hij helemaal naakt in een pierenbadje zit,' vertelde Zaylie triomfantelijk. 'Die foto zit in een fotoalbum in oma's slaapkamer. Ze heeft hem ons pas nog laten zien. Zal ik hem voor je halen?'
'Mam, ik had je toch gezegd dat je die foto moest weggooien,' zei Zack beledigd.
'Dat kon ik echt niet, hoor. Je staat er zo schattig op.'
Ellie hield haar gezicht in de plooi toen ze vroeg: 'Is die foto kortgeleden genomen?'
'Heel grappig. Ik was twee. En je wilt hem echt niet zien,' zei Zack.

Sommige kansen waren te mooi om te laten lopen. En bovendien was ze toch zogenaamd zijn vriendin? Met een onschuldige blik zei ze: 'Eerlijk gezegd wil ik hem heel graag zien.'

54

'Welterusten, Ellie. Slaap lekker. We zijn heel blij dat je er bent.' Tizz gaf haar een dikke zoen op de wang. Claire en Paula waren al eerder met hun gezinnen vertrokken. Steph en Gareth, die tot de bruiloft zouden blijven, hadden de tweeling al uren geleden in bed gestopt. Het was inmiddels middernacht en iedereen ging naar boven.

'Bedankt voor alles. Welterusten.' Door het open raam konden ze Zack en Gareth horen, die de honden nog een laatste keer door de tuin lieten rennen. Als dit een film was geweest, dan zou dit het moment zijn waarop Zacks moeder vrolijk had aangekondigd: 'We hebben geen logeerkamers meer over, dus jullie zullen een kamer moeten delen! Dat vind je toch niet erg?' En dat zou dan onvermijdelijk tot allerlei gênante en komische situaties hebben geleid.

Dit was echter een groot huis, met in totaal zes slaapkamers, en Tizz had eerder al gezegd: 'Ik heb Zack gevraagd of jullie op één kamer wilden slapen, maar hij zei dat jullie liever aparte slaapkamers wilden. Dit is de jouwe.' Daarna had ze zich naar Ellie toe gebogen en er op een samenzweerderig toontje op laten volgen: 'Slim, trouwens. Heel goed!'

Wat betekende dat ze dacht dat Ellie deed alsof ze moeilijk te krijgen was, iemand die haar vriendje op afstand hield om hem des te gretiger te maken. Wat behoorlijk beschamend was, maar wat kon ze eraan doen?

In elk geval was haar nachtrust nu verzekerd.

Toen ze vijf minuten later de badkamer verliet, kwam Zack net de trap op lopen.

'Vermaak je je een beetje?' vroeg hij.

'Ja.' Het voelde heel intiem om in haar pyjama voor hem te

staan; dat was niet meer gebeurd sinds ze grieppatiënt was geweest.

'Je doet het fantastisch.' Hij sprak op zachte toon. 'Behalve dan dat met die naaktfoto.'

Hij rook nog vaag naar aftershave, en ook naar cognac en strand. Ellie sloeg de heerlijke geur op in haar geheugen. 'De kinderen vonden het anders om te brullen.'

Gareth, die de honden in de keuken hun manden had aangewezen, kwam ook de trap op. Ellies hart sloeg over toen Zack een stap in haar richting deed om Gareth te laten zien dat ze een stelletje waren dat elkaar goedenacht kuste. Niet een kusje op de wang, nee, een echte, diepe kus. Heel even dacht ze ook dat dat echt zou gebeuren, maar toen deed Zack weer een stap naar achteren, alsof hij Gareth ineens opmerkte, en riep naar hem: 'Welterusten!'

'Jullie ook.' Gareth liep langs hen heen, stak een hand op en verdween in een kamer aan het eind van de overloop, zodat ze weer alleen waren.

Oké, dit werd echt belachelijk. Ze stond hier een beetje te aarzelen alsof ze werkelijk een kus van hem verwachtte. Zichzelf losrukkend uit haar wezenloze trance deed ze expres een stap naar achteren en zei: 'Goed, tot morgen dan maar.'

Zack keek haar diep in de ogen en kwam toen ook in beweging. 'Ja, morgen. Slaap lekker.'

Ellie sloot de slaapkamerdeur achter zich, liet zich ertegenaan vallen en hoopte met heel haar hart dat zoiets nooit meer zou gebeuren. Wat een kwelling! Als Zack wist hoe graag ze door hem gekust wilde worden, zou ze hem nooit meer onder ogen durven komen. O god, maar stel je voor dat het echt zou zijn gebeurd? Hoe zou dat hebben gevoeld?

Oké, daar ging ze weer met haar eeuwige gefantaseer. Hou op, stel je niet aan. Ga slapen.

In Londen, wanneer Zack hard aan het werk was en naar Cornwall verlangde, klikte hij vaak de webcam van Perran Sands aan op zijn favorietenlijst om herinneringen aan thuis op te halen. Vandaag hoefde dat niet; hij kon het strand in levenden lijve aanschouwen.

Het was vrijdagmiddag, er stond een briesje en het was zonnig, de school was uit en vanwege het mooie weer was het druk op het strand. De Atlantische Oceaan glinsterde en het stikte van de surfers die waren aangelokt door de hoge golven.
Om twee surfers in het bijzonder moest Zack glimlachen. Joss, in haar kleine surfpak, verkeerde in een kleine crisis. Ellie had haar het afgelopen halfuur geholpen, ze had haar laten zien hoe je je evenwicht moest bewaren op de plank, ze had haar steeds bemoedigend toegeschreeuwd wanneer ze een nieuwe golf probeerde en haar getroost wanneer ze weer van de plank af was gevallen.
Thuis hielden zijn ouders zich bezig met de laatste voorbereidingen voor de bruiloft, en ze hadden Zack en Ellie aangemoedigd om met Steph, Gareth en de tweeling een paar uur naar het strand te gaan. Vanochtend had Tizz Zack even terzijde genomen om hem niet al te subtiel toe te fluisteren: 'Deze moet je zien vast te houden. Ze is fantastisch.'
Hij had zich op vele manieren verscheurd gevoeld, want aan de ene kant vond hij het vreselijk om zijn moeder voor te liegen, maar aan de andere kant wist hij dat ze een ongeneeslijke roddeltante was.
Bovendien had ze gelijk. Hij wist maar al te goed dat hij Ellie moest zien vast te houden. Maar hij was ook bang om zijn gevoelens kenbaar te maken en zo misschien een vriendschappelijke werkrelatie te verpesten. Nee, erger nog, om het risico te lopen álles te verpesten. Angst hield hem in zijn greep, hoewel dat een gevoel was waar hij niet erg vertrouwd mee was. Gisteravond had hij haar zo graag willen kussen dat hij bijna voor de verleiding was bezweken. Maar omdat hij bang was voor haar afwijzing en voor de onhandige situatie die dat met zich mee zou brengen, had hij het niet gedaan. Hij had niet toegegeven aan zijn gevoelens.
Ellie en Joss kwamen nu over het strand naar hem toe rennen, met hun surfplanken onder hun armen en de anderen in hun kielzog.
'Ik heb het ijsk-k-koud,' zei Joss klappertandend. Ze liet zich op het picknickkleed vallen en trok de rits van haar surfpak los.

'Wat was ze goed, hè?' Ellie pakte een turquoise handdoek en begon Joss energiek af te drogen.
'Ja nou!' Zack vond Ellies enthousiasme hartveroverend, het licht in haar grijze ogen, de manier waarop haar huid gloeide en het puntje van haar neus glanzend roze was geworden van de kou. 'Kom, ga jij jezelf maar afdrogen, dan doe ik Joss wel.' Wat heel edelmoedig van hem was, want hij wist wel wie hij liever zou afdrogen.
'Ellie, kijk, ik heb het helemaal niet koud!' Lily, die niet vies was van wat zusterlijke rivaliteit, kwam aanhuppelen. 'Zullen we zo meteen gaan volleyballen? Dat vind ik de allerleukste sport die er is!'
'Dadelijk, liefje.' Ellie stond fanatiek haar haren te drogen; toen ze zover was dat ze eruitzag als een vogelverschrikker trok ze een gekke bek naar de twee kinderen en keek hen scheel aan.
'Zack, ik kan ook heel goed volleyballen, hè?' Joss wendde zich briesend van verontwaardiging tot Zack. 'Ik kan veel beter opslaan dan Lily.'
'O!' Lily wees over Zacks schouder.
'Wat is er?' Zack draaide zich om om te kijken wat er achter hem gebeurde. En toen werd hem alles zwart voor de ogen.

Dus dit was Mya. Ellie had haar zien komen aanlopen over het strand, met ondeugend een vinger voor haar mond. Ze had zwart haar, een aantrekkelijk, welgevormd lichaam, gehuld in een witte kanten blouse en een strakke zwarte spijkerbroek, en had voor een dagje aan zee een verbazingwekkende hoeveelheid make-up op, idioot veel zilveren sieraden om en... goh, zo te ruiken minstens een halve fles Chanel No. 5 op.
Nou ja, het was óf Mya óf het veel jongere zusje van Elizabeth Taylor.
Maar te oordelen naar de manier waarop ze met een grijns van oor tot oor achter Zack neerknielde en haar handen voor zijn ogen hield, kon Ellie wel raden wie van de twee ze was.
'Verrassing!' Eindelijk liet Mya hem weer los. 'Hoi! Ik was net even bij je moeder en die zei dat jullie allemaal hier waren, dus ik dacht, ik loop er even naartoe.' Ze gaf Zack een enthousiaste, vriendschappelijke kus en omhelsde hem even voordat

ze de rest van het gezelschap met een vrolijke glimlach begroette. 'Ha kids, al opgewonden voor morgen?'
'Ellie, dit is Mya.' Zack stelde hen aan elkaar voor. 'Mya, mijn vriendin Ellie.'
'Ja, Steph vertelde me al dat je op de bruiloft zou komen. Hallo.'
Hoewel Mya vriendelijk en opgewekt deed, wist Ellie dat ze haar van top tot teen had opgenomen en waarschijnlijk allerlei tekortkomingen had ontdekt. Nou ja, niks aan te doen. Terwijl ze een hand door haar warrige haar haalde, zei ze: 'Hoi.' Ze keek Mya daarbij aan met een glimlach die zoveel moest betekenen als: ja, en wat vind ik het toch fijn om zijn vriendin te zijn.
'Kom!' Lily krabbelde ongeduldig overeind, waarbij het zand iedereen om de oren vloog. 'Dan gaan we volleyballen! Mya, jij mag ook meedoen.'
Het sierde Mya dat ze niet kinderachtig was en gewoon meedeed. Met armbanden en kettingen die rammelden als de sleutels van een gevangenbewaarder en een stormvast kapsel dankzij scheutig gebruik van Elnett *super-strength*, wierp ze zich dolenthousiast op het spel en meerdere keren ook per ongeluk expres voor Zacks voeten. Toch vond Ellie haar leuk; toen Zack Mya had beschreven als een labrador, had hij de spijker op de kop geslagen.
Het wedstrijdje was leuk, luidruchtig en onstuimig. Na afloop sloeg Zack zijn arm om Ellies schouders en gaf haar een vriendjeskus op haar voorhoofd. 'Goed gedaan. Als jouw team niet vals had gespeeld, hadden wij gewonnen.'
Hij had het natuurlijk alleen voor de show gedaan, maar toch voelde het fantastisch; stel je voor hoe het zou voelen als het echt was! Ellie porde hem als een echte vriendin tussen zijn ribben en zei: 'Had je gedacht. Jullie maakten geen schijn van kans.'
Onderweg naar huis kwam Mya naast Ellie lopen, terwijl Zack de honden onder controle probeerde te houden. 'Hoi, sorry als ik daarnet een beetje overdreven deed tegen Zack. Steph zei dat ik te ver ben gegaan. Maar echt, dat is helemaal niet mijn bedoeling. Ik kan er alleen niks aan doen. Mijn lichaamstaal

verraadt me gewoon. Als je al zo lang verliefd op iemand bent, is dat moeilijk te verstoppen.'

'Maakt niet uit. Geen probleem.' Ellie vond haar eerlijkheid wel charmant.

'Je hoeft je echt geen zorgen te maken, ik zal echt niks met hem proberen te beginnen. Niet zolang hij nog met jou is.' Mya schudde fanatiek haar hoofd. 'Zo zit ik gewoon niet in elkaar. Maar hij is zo'n stuk,' verzuchtte ze toen. 'Jij hebt echt geluk met hem.'

'Ik weet het.' Ellie verplaatste de gestreepte strandtas naar haar andere schouder. 'Hij is te gek.'

'En jullie zien er samen ook zo gelukkig uit.'

'Dat zijn we ook.' Zij wel tenminste. Vooral wanneer hij zijn arm om haar schouders legde en haar als een echt vriendje op haar voorhoofd kuste.

'Was je net zoals ik? Ik bedoel, toen je net ontdekte hoe gek je op hem was? Verraadde jouw lichaamstaal je toen ook? Moest je toen ook de hele tijd naar hem kijken en wilde je hem ook steeds aanraken?' Mya maakte aanraakgebaren in de lucht, waarbij haar armbanden galmden als de bellen van een arrenslee. 'Was jij ook zo bij Zack of wist je je te beheersen?'

'Ik denk dat ik het waarschijnlijk beter verborgen heb weten te houden.' Zack en Steph kwamen nu vlak achter hen lopen, wat op zijn zachtst gezegd nogal afleidend was. 'Ik was bang om het te laten merken, omdat ik voor hem werkte,' vervolgde Ellie. 'Ik bedoel, als het niks werd, zou ik het risico lopen mijn baan kwijt te raken. En dat zou heel erg zijn geweest.'

'O god, ik wist het! Jij hebt gewoon niets laten merken, waardoor je juist zijn belangstelling hebt gewekt. Terwijl ik als het ware op en neer sprong en gilde: "Ik ik ik!" Ik ben echt een totale mislukkeling.' Mya zag er verloren uit. 'Ik heb het voor mezelf verpest.'

'Misschien, maar lichaamstaal is gewoon een kwestie van eerlijk zijn. Dat is de natuur: zo laat je anderen merken wat je voelt. En ik denk dat die manier wel eens de beste kan zijn.' Maar duidelijk alleen in theorie.

'Echt? Wat aardig van je om dat te zeggen.' Zonder zelfs maar

te merken dat ze het deed, gaf Mya Ellie een dankbaar kneepje in haar arm. 'Maar ik ga toch proberen mezelf een beetje in toom te houden. Gewoon om te kijken hoe dat gaat.' Onder de lagen mascara keken haar amberkleurige ogen Ellie vastbesloten aan. 'Per slot van rekening heeft het bij jou ook gewerkt.'
Ze werden ingehaald door Elmo, en even later kwam Zack naast Ellie lopen. Tussen neus en lippen door vroeg hij: 'Waar hebben jullie het over?'
'Over dat Ellie bij jou heel cool bleef en niks heeft laten merken van hoe gek ze op je was.' Mya gaf hem voor Ellie langs even een duwtje. 'En ik durf te wedden dat jij ook niks hebt laten merken van je gevoelens, hè?'
'Nee,' zei Zack met een klein lachje. 'Inderdaad niet.'
'Ha, ik wist het wel! Jullie zeiden geen van beiden iets, geen lichaamstaal die iets verraadde, al die onder de oppervlakte smeulende heftige emoties. Moet je nagaan, al die opwinding, de adrenaline, de elektriciteit!' Mya slaakte een jaloerse zucht. 'Wat romantisch.'
Even zei niemand wat. Ellie durfde Zack niet aan te kijken. Uiteindelijk zei ze vaag: 'Ja ja, dat wel.'
'Ellie!' Joss pakte ineens haar hand beet. 'Kom, we doen een wedstrijdje wie het eerste thuis is en we moeten van Zack en Lily winnen.' Joss probeerde al op haar rug te klauteren. 'Schiet op, hou mijn benen vast, ik moet bij je op de rug!'

55

Lily en Joss liepen op hun gympen die als een kameleon van kleur veranderden achter hun moeder aan door het gangpad van de kerk. De tweeling had gewonnen, maar op zo'n slimme manier dat niemand hun de overwinning misgunde.
Ellie, die naast Zack in een van de eerste rijen stond, glimlachte bij de herinnering eraan. Toen ze eerder die dag in de keuken koffie aan het zetten was, hadden de meisjes mismoedig naar hun lila satijnen schoentjes staan staren. Na een tijdje had Joss

gevraagd: 'Mam, waarom heb je die jurk uitgekozen voor je bruiloft?'
Steph, die er prachtig uitzag in haar nauwsluitende oesterwitte trouwjurk, had geantwoord: 'Omdat ik deze de mooiste vond, lieverd.'
Waarop Joss op een droevig toontje had gezegd: 'O. Ik vind mijn kameleongympen het mooist.'
Ellie en Steph hadden elkaar even aangekeken. En op dat moment had Steph toegegeven. Per slot van rekening, zo had ze de rest van de familie uitgelegd, waren de kinderen de belangrijkste reden geweest om te gaan trouwen.
En nu was het dan zover. Ze gingen trouwen. In een mooie veertiende-eeuwse kerk, omringd door familie en vrienden. De dienst werd geleid door een vrolijke dominee, die Steph al kende sinds ze zeven was. Hij wees de aanwezigen er dan ook op dat Steph waarschijnlijk heel graag kameleongympen aan had willen hebben als die in haar jeugd al hadden bestaan.
Tijdens de dienst hing er een ontspannen en feestelijke sfeer. Mya, met bloemen in haar haren, zag er bijzonder mooi uit in haar lila jurk, waarin haar ronde vormen goed uitkwamen. Toen de trouwgeloftes waren afgelegd en de dominee verkondigde dat Gareth de bruid mocht kussen, zei Lily geërgerd: 'Maar dat doen ze de hele tijd al!' En toen Gareth daarop zei dat hij het toch nog een keer ging doen, begon iedereen te lachen en te klappen.
Zack keek Ellie glimlachend aan. Hij pakte haar hand en kneep er even in. Meteen daarna werd hij door een knokige vinger op zijn schouder getikt.
'We zeiden net dat jullie wel eens de volgenden zouden kunnen zijn,' fluisterde een oudere vrouw met een bomexplosie van pauwenveren op haar hoed.
Na de dienst verzamelde iedereen zich buiten in de zon. Ellie gleed met haar hoge hakken uit op een treetje. Zack wist op het nippertje te voorkomen dat ze een buiteling zou maken.
'Gaat het?' vroeg hij met zijn arm om haar middel.
Wat voelde dat heerlijk! 'Ja, hoor. Trouwens, ik gleed echt uit. Het was geen Mya-achtige actie.' Ze wilde niet dat hij dacht dat ze het expres had gedaan.

'Dat weet ik wel.'
'Verdorie, moet je mij nou eens zien.' Tizz depte haar ogen met een papieren zakdoekje. 'Ik sta gewoon te huilen, wat kinderachtig van me. En ik ben ook niet gewend aan al die make-up. Zit het nog goed?' vroeg ze, terwijl ze haar gezicht ophield voor Ellie. 'Of lijk ik nou net een pandabeer?'
Omdat ze geen van beiden een spiegeltje bij zich hadden, pakte Ellie het zakdoekje en veegde voorzichtig de uitgelopen mascara weg. 'Zo, klaar.'
'Dank je.' Tizz boog zich naar haar toe en fluisterde niet al te discreet: 'Wie weet, misschien zijn Zack en jij wel de volgenden!'
'Mama!' zei Zack.
'Wat? Ik zeg alleen maar dat dat best zou kunnen.'
'De fotograaf wil je daar hebben.' Hij wees naar een mollige man, behangen met camera's, die probeerde de belangrijkste gasten te groeperen.
'Hij wil ons allemaal daar hebben. Kom mee jullie.'
Dit werd een beetje gênant. Ellie probeerde zich eraan te onttrekken. 'Maar het is een familiefoto. Daar willen jullie mij toch niet bij?'
'Doe niet zo raar, natuurlijk willen we je erbij.' Terwijl Zack al door een van de kinderen werd meegetrokken, pakte Tizz Ellies elleboog beet en vervolgde: 'Ik heb zo'n goed gevoel over jullie. Echt, lieverd. Ik verwacht er veel van. We hebben zo lang moeten wachten totdat Zack de juiste vrouw had gevonden, en volgens mij is het nu eindelijk zover.'
Dit was echt vreselijk. Ellie vond het een ramp om te moeten liegen. 'Maar het is nog veel te vroeg om daar iets over te kunnen zeggen...'
'Misschien, maar ik zie toch hoe hij naar je kijkt.' Ze waren nu vlak bij de fotograaf. 'En ik kan je één ding zeggen, Zack is behoorlijk weg van je. En ik ben zijn moeder,' zei ze met sprankelende ogen. 'Dus ik kan het weten.' Toen werd ze vastgegrepen door de fotograaf en op de haar toegewezen plek geduwd.
Zack fluisterde in Ellies oor: 'Wat heeft ze nu weer gezegd?'
Zijn mond raakte per ongeluk de bovenkant van haar oor, wat

een nieuwe aanval van tintelingen veroorzaakte. Toen die waren weggeëbd, fluisterde ze terug: 'Het komt erop neer dat je het goed doet.'
'Wat bedoel je precies?'
'Je moeder is ervan overtuigd dat je me heel leuk vindt. Ze zegt dat zij het kan weten.' Ellie verbaasde zich er zelf over dat ze zo geamuseerd kon klinken. 'Ik ben diep onder de indruk; ik wist niet dat je zo'n goede acteur was. Misschien krijg je er nog wel eens een Oscar voor.'

Om drie uur waren ze weer thuis, en was het feest in volle gang. Een zigeunerpunkband uit St Austell speelde ongelooflijk pakkende muziek in Russische stijl, waarbij de violen en balalaika's elkaar de loef probeerden af te steken, ondersteund door de hypnotiserende beat van de drums. Er werd woest gedanst, er werd gezongen, zelfs de honden deden mee. Daarna was het tijd om te gaan eten. Op weg naar hun tafel in de feesttent werd Ellie staande gehouden door de dominee.
'Hallo. Vermaak je je een beetje?'
'Ja nou!'
'Jij bent toch Zacks vriendin?'
Als je loog tegen een dominee, zou God dan onmiddellijk straffen door een bliksemschicht op je af te vuren? Ellie knikte en zei opgewekt: 'Ja, dat ben ik!'
Er volgde geen bliksemschicht. De dominee keek haar stralend aan. 'Misschien zijn jullie wel de volgende die gaan trouwen!'
Nee, ze kon het gewoon niet. Tegen een dominee liegen was helemaal fout. 'Nee, dat gebeurt niet. Zo zit het niet tussen Zack en mij. We zijn alleen maar goede vrienden.' Zo, ze had het gezegd.
'Hahahahaha!' De dominee gooide zijn hoofd in zijn nek, waarbij een heleboel amalgaamvullingen zichtbaar werden. 'Heel grappig, hahaha. Zo, eens kijken wat mijn tafel is. O, ik zie het al, daar...'
De gefestonneerde witte tafellakens waren bestrooid met bloemen en zilveren confetti. Het afgelopen uur had de wijn al rijkelijk gevloeid en iedereen voelde zich dan ook aangenaam ontspannen. Terwijl de ingehuurde cateraars de eerste gang

opdienden, stelde Zack Ellie voor aan de andere gasten aan hun tafel: twee buren die al heel lang naast de familie woonden, drie oude schoolvriendinnen van Steph en een goed geklede man van begin zestig die vertelde dat hij Gareths peetvader was.

'Zijn jullie de volgenden?' Zacks oude buurvrouw stootte hem lachend aan.

'Wie zal het zeggen? Zou kunnen.' Hij wierp Ellie een glimlach toe die iedereen zou overtuigen.

God, hij was hier echt heel goed in, dacht ze. Maar als hij het kon, dan kon zij het ook.

'Dan zul je me eerst opslag moeten geven,' zei ze ondeugend.

Hij schudde zijn hoofd. 'O, gaan we nu onderhandelen?'

'Waarom niet?' Ze keek hem heel diep in de ogen. 'Ik ben het waard.'

Een van Stephs vriendinnen, die tegenover hen zat, zei vrolijk: 'Zeg, waarom nemen jullie geen kamer?'

Waardoor Ellie weer in één klap met beide voeten op de grond kwam te staan, en ze richtte haar aandacht snel op de jakobsschelpen in Pernod.

Tegen de tijd dat de borden werden weggehaald, was Zack aan de praat geraakt met Gareths peetvader, die Paul heette. Even later kwam Elmo langs, die te kennen gaf dat hij graag bij Zack op schoot wilde.

'Sorry,' zei Zack tegen Paul. 'Nee, Elmo. Zit!'

'Ach, dat geeft toch niks. Ik vind het niet erg, hoor. Ik ben dol op honden.' Paul krabde vriendelijk aan Elmo's oren en schoof de leren halsband goed, die in alle drukte scheef was gaan zitten. 'Maar als jij McLaren heet, waarom staat er dan Castle op zijn naamplaatje?' Hij keek Ellie aan. 'Of heet jij zo?'

Ellie schudde haar hoofd. 'Elmo is een deeltijdhond. Zack en zijn buurvrouw zorgen samen voor hem. Ze hebben geen van beiden tijd om fulltime voor een hond te zorgen. Zack laat Elmo meestal uit als hij thuis is, en als hij op zakenreis is, gaat Elmo bij Geraldine wonen.'

Paul knikte. 'Logisch. Slim bekeken.' Toen wreef hij Elmo glimlachend over zijn kop. 'Geraldine Castle. Ik heb jaren geleden iemand gekend die zo heette.'

'Als het onze Geraldine is, dan zou je haar nooit vergeten. Dat is me er eentje, hoor,' zei Zack.
'Die ik kende ook. Wat een vrouw.' Paul leunde naar achteren om ruimte te maken voor de serveerster die nu het hoofdgerecht opdiende. 'Op ons studentenbal heeft ze een keer met een skelet gedanst.'
Ellie en Zack keken elkaar even aan. Toen zei Ellie: 'Onze Geraldine is arts.'
Paul zette zijn wijnglas neer, terwijl de zoete herinneringen langzaam overgingen in een dagend besef. 'Ik ook.'
Er viel een korte stilte. Zouden ze het echt over dezelfde Geraldine hebben? Ellie vroeg: 'Waar heb je medicijnen gestudeerd?'
'In Edinburgh.'
'Nou, dat klopt dan.' Ellie knikte. 'Zij ook. Ze heeft me een keertje verteld dat ze met een heel stel studenten een kruiwagenwedstrijd in Princess Street hebben gehouden. Met echte kruiwagens.'
'Ik kan niet zeggen dat dat me verbaast,' merkte Zack op.
'Heeft ze ook verteld dat ze toen slechts gekleed ging in een bikinitopje en een rieten rokje?' Paul schudde zijn hoofd. 'Ongelooflijk gewoon. Ik was daar ook bij. We waren op een verkleedfeest geweest. Het was midden in de nacht, er werd aan de weg gewerkt, en ze hadden de kruiwagens laten staan, dus toen besloten we om daar eens wat leuks mee te gaan doen...'
'Geraldine en jij! O, wauw!' Ellie klapte in haar handen; het was altijd zo leuk als er zoiets gebeurde. 'Hadden jullie wat samen?'
'Nee, nee, zo was het helemaal niet. Ik had al een vriendin. En Geraldine had een vriend. Hoewel ik moet bekennen dat ik stiekem een beetje verliefd op haar was. Ze was toen echt een heel mooie meid.'
Ellie kon haar ogen niet van hem af houden; hoewel zijn haar inmiddels met zilvergrijs doorspikkeld was en zijn kaaklijn niet meer zo strak en hij rimpeltjes om zijn ogen had, durfde ze te wedden dat hij vroeger ook een stuk was geweest.
Snel voegde Paul eraan toe: 'Je moet haar niet vertellen dat ik dat gezegd heb, hoor.'

‘We moeten haar bellen,’ zei Ellie. ‘Dit is echt te gek.’

‘Nee…’ Hij begon een beetje paniekerig te kijken.

Zack had zijn mobieltje echter al gepakt. Hij drukte een paar toetsen in en wachtte. De rest van de tafel was inmiddels stilgevallen. ‘Geraldine? Hoi. Ja, met Elmo gaat het prima. Nee, niks aan de hand. Maar luister, even over die keer dat je in een kruiwagen door Princes Street reed.’ Hij drukte de handsfreetoets net op tijd in, zodat iedereen Geraldines gilletje kon horen.

‘O mijn god! Hoe weet jij dat? Niet te geloven!’

‘En wat had je ook alweer aan? Niet erg veel, heb ik gehoord.’

‘Een bloemenslinger, een rode bikini en een rieten rokje. En ik kan je wel vertellen dat het heel moedig van me was om dat in Edinburgh te doen. Maar hoe jij dat weet, is me echt een raadsel.’

‘We zijn hier met iemand die je toen kende.’ Zacks donkere ogen hadden een geamuseerde glans. ‘Hij heet Paul.’

‘Paul Fletcher,’ voegde Paul er gegeneerd aan toe. Hij verwachtte blijkbaar niet dat ze hem alleen van zijn voornaam zou herinneren.

‘O, dat meen je niet! Paul Fletcher? Hij heeft het nooit geweten, maar ik was stiekem zo verliefd op die jongen! We noemden hem altijd de Griekse god. Hij was echt beeldschoon!’ riep Geraldine uit.

Alle aanwezigen waren er getuige van dat een arts van in de zestig diep bloosde. Zack zette de handsfree uit en luisterde naar wat Geraldine nog meer te zeggen had. Na een tijdje zei hij: ‘Nee, natuurlijk vertel ik hem niet dat je dat hebt gezegd. Wacht, ik ga hem even voor je zoeken en dan kunnen jullie een beetje met elkaar kletsen.’ Hij legde zijn hand op zijn mobieltje.

Iedereen aan tafel keek Paul hoopvol aan.

Paul zat zichtbaar te trillen. ‘Ik kan dat niet. Ze vindt me een Griekse god.’

‘Het is geen Skype.’ Ellie gaf hem een troostend klopje op de arm. ‘Ze kan je niet zien. En bovendien zie je er nog steeds best goed uit.’ Oei, niet zo’n handige opmerking.

‘Dank je,’ zei hij met een spottend lachje.

‘En Geraldine heeft haar kruiwagenwedstrijddagen ook al lang achter zich gelaten,' viel Zack Ellie bij. 'Ze is op het ogenblik herstellende van een gebroken been.' Hij gaf zijn mobieltje aan Paul. 'Doe nou maar.'

Terwijl Paul het toestel aanpakte, schoof hij zijn stoel naar achteren. 'Ik kan niet met haar praten als jullie allemaal meeluisteren. Jullie hebben geen idee wat dit met me doet. Het is net zoiets als van me vragen om even met Barbra Streisand te gaan babbelen.'

Hij liep weg, zich tussen de tafels door een weg banend naar de tuin, waar hij het mobieltje naar zijn oor bracht.

56

Twintig minuten later was het hoofdgerecht van Paul koud geworden op zijn bord en hadden alle anderen hun bord leeg. De aardbeienschuimtaarten arriveerden. Aan tafel werd gezellig gepraat en veel gelachen. Ellie kon Pauls toetje nog net weggrissen uit de handen van Tara, een vriendin van Steph.

Meer dan veertig minuten later, net toen ze met de speeches zouden beginnen, kwam Paul eindelijk weer opdagen. Het was duidelijk dat hij zijn uiterste best deed om niet te laten merken hoezeer hij in zijn nopjes was.

'Zo.' Hij ging hoofdschuddend zitten.

'Zo te merken hadden jullie weinig om over te praten, hè?' Zack wilde hem wijn bijschenken.

'Nee, dank je, ik bedoel ja.' Verbijsterd legde Paul een hand op zijn glas. 'Geen wijn. Het was echt ongelooflijk. Wat een vrouw... Ja graag, neem maar mee.' Hij gebaarde naar zijn onaangeraakte bord en glimlachte afwezig tegen de serveerster. 'Sorry, het was vast heel lekker... Goh, wie had dit ooit kunnen denken. We hadden elkaar zoveel te vertellen. Nee, ik niet.' Nu probeerde de serveerster zijn glas bij te vullen. 'Alleen water graag. Wisten jullie dat ze in Exeter zit?'

'Ja.' Ellie knikte. 'Ze logeert bij haar zus. Die woont in een bungalow vlak bij de universiteit.'

'Dat is nog geen honderdvijftien kilometer rijden. Geraldine heeft me te logeren gevraagd.' Hij keek op zijn horloge. 'Ik kan er over een uur zijn.'

'Wil je nú weggaan?'

'Ik kan nog wel rijden. Ik heb maar een half glas wijn gehad. En Gareth vindt het vast niet erg als ik eerder wegga. God, het was zo fijn om haar stem weer te horen.' Hij haalde een hand door zijn zilvergrijze haar. 'Kan ik er zo mee door?'

Hij was verbluft, blij, verliefd als een tiener.

'Je ziet er fantastisch uit.' Ellie glimlachte; zijn opwinding had iets van die van een kind op kerstochtend.

Aan de hoofdtafel stond de getuige op en tikte met een lepeltje tegen zijn glas om iedereens aandacht te vragen.

'Ze gaan speechen,' zei Paul. 'Ik wacht wel tot die geweest zijn.' Hij klonk alsof hij het liefst wilde dat ze daar binnen vijf minuten mee klaar waren. 'En dan ga ik.'

Hij hield zich aan zijn woord. Een halfuur later, toen de speeches waren afgelopen en het dansen zou beginnen, nam hij afscheid van Gareth en Steph. Daarna kwam hij Zack nog even de hand schudden en gaf hij Ellie een kus op de wang.

'Ben ik even blij dat ze me bij jullie aan tafel hebben gezet.'

'Rij voorzichtig.' Ze gaf hem ook een kus. Ze vond het fantastisch dat hij dit deed.

'Dat zal ik doen.'

Toen hij de feesttent had verlaten, merkte een van Stephs vriendinnen aan de andere kant van de tafel op: 'Nou, die oudjes laten er ook geen gras over groeien, zeg!'

Tara, die naast haar zat, zei: 'Dat kunnen ze zich niet veroorloven. Waarom zou je tijd verspillen als je elk moment kunt doodgaan?' Ze wendde zich tot Zack. 'Je moet ons wel op de hoogte houden van hoe het verder gaat, hoor. Ik wil weten of dit verhaal een happy ending heeft.'

'Dat zullen we doen.' Zack legde zijn arm op de rugleuning van Ellies stoel en vroeg met een scheef hoofd: 'Nou? Gaan we nog dansen of wat?'

'O ja, zeker weten.' Maar de wijn begon zijn tol te eisen; Ellie moest eerst naar de wc. Ze schoof haar stoel naar achteren en zei: 'Twee minuutjes maar.'

Buiten waren de bomen versierd met slingers vol lampjes en het was fris en koel. Ellie liep naar het huis. Omdat de wc beneden bezet was, bleef ze in de gang staan wachten. In de keuken hoorde ze een paar mensen kletsen. Ze luisterde er met een half oor naar, tot ze ineens Mya's stem herkende en besefte dat ze het over haar hadden.
'Ik bedoel, ze is best aardig en zo. Ik vind haar echt leuk, hoor. Maar de tweeling vertelde me dat ze aparte slaapkamers hebben! Nou, dat is toch maf, of ligt dat aan mij?'
'Maar haar man is overleden.' Ellie herkende de tweede stem niet, en de deur stond maar op een klein kiertje; waarschijnlijk was het ook een van Stephs vriendinnen. 'Misschien dat het daar iets mee te maken heeft.'
'Zou kunnen, maar ik heb ze in de gaten gehouden. Ze doen nou wel alsof ze zo dol op elkaar zijn, maar hij heeft haar nog geen één keer gekust,' zei Mya. 'Niet echt, niet op de mond. En dat is pas echt maf, dat zul je toch moeten toegeven?'
De wc-deur ging open. Gareths moeder kwam naar buiten zetten. Ze glimlachte naar Ellie op de manier waarop vrouwen altijd naar de volgende in de rij bij de wc glimlachen.
Een minuut later trok Ellie door en waste haar handen. Het was een mooie wc, ruim, in zilver en wit, met een zwart-witte marmeren vloer in diamantpatroon en een Venetiaanse spiegel boven het fonteintje.
En met Jamie, gereflecteerd in de spiegel, gekleed in zijn lichtgrijze poloshirt en roze surfbroek.
Ellie was niet verbaasd toen ze hem zag. Ze had hem zelf laten verschijnen. Jamie was haar eigen creatie, vanaf zijn warrige door de zon gebleekte haar en de geur van zijn aftershave tot aan zijn magere benen en het dunne laagje zand op zijn gebruinde blote voeten.
'Het is een bruiloft.' Jamie gebaarde naar zichzelf. 'Als je me hier dan toch naartoe haalt, waarom trek je me dan niet iets chiquers aan?'
'Je houdt niet van pakken. En je komt toch de wc niet uit. Maar luister, wat vind jij? Moet ik Zack nou wel of niet kussen?'
'Wil je hem kussen?'
'Natuurlijk wil ik dat! Ik ben alleen bang dat ik dan niet meer

kan ophouden! Wat als het een soort tekenfilm wordt, je weet wel, dat mijn mond hem niet meer wil loslaten en hij me dan als zo'n plopper van zich af moet trekken?'
Jamie keek haar bedachtzaam aan. 'Wil je dat ik meega?'
'Nee!' Dat wilde ze absoluut niet hebben.
'Maar waar komt dit ineens vandaan?'
Ze zuchtte. 'Paul en Geraldine. Hij verspilt geen tijd omdat ze allebei in de zestig zijn en niemand weet hoe lang ze nog hebben. Maar neem ons nou.' Ze voelde haar hart bonken als een basspeaker. 'Niemand weet toch hoeveel tijd hij nog heeft? Misschien ga ik morgen wel dood. Dus dat is dat, ik doe het gewoon. En als het allemaal verkeerd afloopt, mag je me gerust uitlachen.'
'Hé, weet je nog hoe wij elkaar hebben leren kennen?' Hij keek haar ondeugend aan. Natuurlijk wist Ellie dat nog, hoe zou ze dat ooit kunnen vergeten? Ze waren elk met hun eigen groepje vrienden in een club in Piccadilly geweest. Toen een vriendin van haar, Lisa, haar had zien kijken naar Jamie, had ze gezegd: 'Je moet gewoon naar hem toe gaan en hem zonder iets te zeggen kussen. Als hij tegen je probeert te praten, moet je gewoon doen alsof je geen Engels spreekt.'
Dus dat had ze gedaan.
Het was een heerlijke kus geweest. Toen die was afgelopen, was ze koeterwaals tegen hem gaan praten. '*Ke, mi andzengo. Vamesjki.*'
Zonder ook maar een seconde te aarzelen had hij geantwoord: 'Vamesjkiola! Daarna had hij haar grijnzend een klopje op haar wang gegeven. '*Laksadi ja, pelodria. Tibo!*'
En dat was dat; in die paar wonderbaarlijke seconden hadden ze allebei geweten dat dat het was; dat ze voor altijd bij elkaar zouden blijven. Zo snel was het gegaan.
Tot de dood ons scheidt.
Maar dat was toen. En dit was nu. Ze was tegenwoordig een andere persoon.
'Liefje, grijp je kans.' Jamie herinnerde zich die avond ook; dat zag ze aan zijn glimlach. 'Voor mij heeft dat ook heel goed uitgepakt.'
Ze wou dat ze hem even kon aanraken. 'Ik weet dat we dit niet

meer zo vaak doen als vroeger. Maar ik mis je nog steeds.'
'Hé, je hoeft je echt niet schuldig te voelen, hoor. Ik zal er altijd voor je zijn als je me nodig hebt.' Hij keek haar teder aan. 'Al is het over vijf, tien, twintig jaar... dat maakt niet uit. Nou ja, op één ding na dan.'
'Wat dan?'
De oneerbiedige grijns was er weer. Jamie zei: 'Jij zult oud en gerimpeld worden, liefje. Terwijl ik er altijd even goed zal blijven uitzien als nu.'

Alleen pakte een plan soms anders uit dan je had bedacht. Tegen de tijd dat Ellie terugkwam in de feesttent had een andere vastbesloten vrouwspersoon misbruik gemaakt van haar afwezigheid door Zack mee de dansvloer op te slepen.
Fijn toch, die vrouwelijke solidariteit.
Ellie ging zitten en schonk zichzelf nog een glas wijn in. Toen keek ze naar Zack, die lachte en grapjes maakte met haar rivale. En haar hart kneep zich even samen van liefde, want er was natuurlijk niets zo onweerstaanbaar als een man die het niet uitmaakte dat hij zichzelf voor schut zette, omdat het hem er alleen maar om ging dat zijn danspartner gelukkig was.
Zack en Lily dansten met overgave op 'Single Ladies'. Joss kwam over de dansvloer aanscheuren om mee te doen. Ze stampten met hun voeten, zwaaiden met hun heupen, klapten in hun handen en schudden met hun hoofden, allemaal à la Beyoncé. Het draaide allemaal om houding. Met zijn drieën vormden ze een team. En toen was het nummer afgelopen, iedereen applaudisseerde en Zack nam onder elke arm een meisje. Hij deed alsof hij wankelde van uitputting. De dj, die medelijden met hem kreeg, zette iets langzaams op. En toen Zack, die door de tent keek of ze al terug was van de wc, haar aan tafel zag zitten, brak er een brede lach door op zijn gezicht.
Och hemeltje, en daar had je hem al, hij stond met uitgestoken hand voor haar. 'Nu is het onze beurt. Sorry van daarnet. Ze hadden me ontvoerd.'
'Dat zag ik. Maar maak je geen zorgen, we hebben het allemaal gefilmd. Het wordt vannacht nog op YouTube gezet.'
Op de dansvloer nam hij haar in zijn armen. Heerlijk. Ze be-

gonnen langzaam te bewegen op de maat van de muziek. Nog heerlijker. Ellie haalde een keer diep adem en zei toen: 'Er is iets wat we moeten doen.'
'Wat dan?'
Ze hield van hem. Alles wat ze nu voelde, was liefde. 'Toen ik in de gang stond te wachten, hoorde ik Mya iets zeggen in de keuken. Ze vertrouwt het niet.'
'Hoezo niet?'
Zijn ogen. De manier waarop hij naar haar keek. Zijn handen, een die op haar heup rustte, de ander op haar rug.
'Ze heeft ons goed in de gaten gehouden. We hebben elkaar niet gekust.' Zo, ik heb het gezegd, dacht ze. Ze keek hem aan zonder met haar ogen te knipperen. 'Ik denk dat we elkaar moeten kussen.'
'Denk je dat?' Aan zijn gezicht was niets af te lezen, maar ze voelde de spanning in zijn schouders. O god, had ze hem nu erg laten schrikken?
'Het hoeft niets... groots te zijn. Gewoon... een kleintje, je weet wel.' Ze vertrouwde zichzelf niet meer; iets wat meer was dan een kleintje kon ze vast niet aan.
'Een kleintje. Je bedoelt... hier en nu?'
'Dat zou waarschijnlijk het beste zijn. Dan hebben we het maar gehad.' Ze had het gevoel alsof haar hart uit haar borstkas zou barsten; geen sprake van dat ze nu zou opgeven. 'Het spijt me, maar het moet echt. Kijk, Steph en Gareth doen het ook.'
'Ik weet niet...' Hij draaide eromheen, leek nee te willen zeggen en haar op een armlengte afstand te houden zodat ze niet dichterbij kon komen. Nee, dit was echt onverdraaglijk, hij mocht zich er nu niet aan onttrekken, ze móést het gewoon doen...
'Doe niet zo kinderachtig. Het is maar een kus, het duurt hooguit twee seconden.' Ze legde haar hand op zijn achterhoofd. Toen ze iets van weerstand meende te voelen, fluisterde ze een beetje wanhopig: 'Doe nou maar gewoon alsof, oké?' Meteen na die woorden ging ze op haar tenen staan en hief haar gezicht naar hem op. Toen haar mond langs de zijne streek, kreeg ze een elektrische schok en haar lippen gingen als vanzelf uiteen...

O god, dit voelde echt hemels. Hun monden pasten precies bij elkaar, en door een teveel aan adrenaline werd ze duizelig en waar ze bang voor was geweest, gebeurde nu echt, want nu ze eenmaal was begonnen, kon ze met geen mogelijkheid meer ophouden. Dat leek er echter niet meer toe te doen, want Zack leek ook niet meer te willen stoppen. Hij had blijkbaar besloten zich niet langer te verzetten en het spel gewoon mee te spelen. Zijn linkerhand woelde door haar haren, zijn rechter lag op haar rug en hun lichamen waren tegen elkaar aan gedrukt... Wauw, dit was precies zoals ze het zich had voorgesteld en nog veel meer... behalve dan dat ze zich midden op de dansvloer bevonden.

'Oké, we staan behoorlijk te kijk.' Zack maakte zich van haar los, wat haar bijna een kreet van wanhoop ontlokte, pakte haar hand beet en trok haar mee naar de uitgang. Keken er mensen naar hen? Ja. Lukte het haar om min of meer normaal te lopen? Nou ja, zo'n beetje. Was Mya er? Ja, daar stond ze, aan de andere kant van de dansvloer, naar hen te kijken, met iets van teleurstelling in haar blik.

Buiten nam Zack haar mee naar de achterkant van het huis, waar niemand hen meer kon zien. En toen kusten ze elkaar opnieuw... Het leek wel alsof ze er verslaafd aan waren, en Ellie verlangde zo wanhopig naar nog veel meer dat ze zelf niet meer wist wat het allemaal te betekenen had.

Wat ze wel begreep, was dat Zack het gek genoeg allemaal net zo heftig leek te voelen als zij. Zijn ademhaling was onregelmatig, hij hield haar gezicht in zijn handen – hemeltjelief, wat kon hij goed kussen – en het ging maar door, hoewel er geen achterdochtige ex-vriendinnen meer in de buurt waren om het te zien.

Wat heel misschien wel betekende dat...

Nee, ze kon zichzelf niet toestaan om dat te denken.

Eindelijk maakte hij zich van haar los. Hij keek haar aan. Het was donker, maar niet zo donker dat ze zijn gezicht niet kon zien.

'Nou?' vroeg hij. 'Hoe was dat?'

Over een beladen vraag gesproken. Hijgde ze soms? 'Het was... wel goed.'

'Nou ja, dat is beter dan slecht, neem ik aan.'
Ze kon nauwelijks slikken. 'Ik weet niet goed wat ik moet zeggen.'
'Waarom niet?' Zijn ogen begonnen te glanzen, een aanduiding dat hij moest lachen. 'Jij bent begonnen.'
'Ik had niet verwacht dat je zou meedoen.'
'Was dit alleen voor Mya bedoeld?'
'Deels. Ze was niet de enige reden.' Oké, gewoon met de billen bloot maar. 'Ik wilde het zelf ook graag.' Ze zweeg even, terwijl ze op adem probeerde te komen. Toen vervolgde ze in een opwelling: 'Ga je me nu ontslaan wegens seksuele intimidatie?'
Zijn handen lagen op haar schouders, zijn duimen streelden zacht haar hals, waardoor er golven van begeerte door haar lichaam trokken.
'Je moest eens weten...' Zack schudde zijn hoofd. 'Je moest eens weten hoe lang ik dit al wilde doen.'
Meende hij dat? 'Niet waar.'
'O jawel.'
'Echt? Daar geloof ik niks van.'
'Waarom niet?'
'Daarom niet! Omdat je een secretaresse wilde die níét helemaal voemelig tegen je zou gaan doen. Je wilde een professionele relatie. Geen gedoe.'
'Dat is waar,' gaf hij toe. 'Tot jij kwam. Jij deed me iets.' Hij zweeg even. 'Voemelig?'
'Dat kwam er gewoon uit. Soms dekt alleen een verzonnen woord de lading.'
Haar hersens werden aangevallen door eierkloppers; het was een wonder dat ze überhaupt nog een woord kon uitbrengen. Ze klampte zich ongelovig aan hem vast. 'Echt waar? Deed ik je iets?'
'O ja. En dat was nog voordat je me überhaupt kende. Weet je nog die keer dat je met Tony ging lunchen in The Ivy?' In het halfduister glansden zijn ogen. 'Je liep op straat langs me heen in die roze jas van je, en toen voelde ik iets. Hier.' Hij legde zijn hand op zijn borst. 'Zoiets was me nog nooit overkomen. Maar die dag wel.'

Ze stond te trillen op haar benen. 'Maar dat heb je me nooit verteld. Je hebt nooit iets laten merken.'
'Je was er niet klaar voor.' Hij raakte haar gezicht aan. 'Met niemand. Maar dat vond ik niet erg, ik wilde best wachten. Maar toen had je ineens wat met Todd. En het kostte me moeite om dat te verwerken, dat kan ik je wel vertellen. En toen was het uit met Todd...'
'En schaamde ik me te erg om het je te durven vertellen. Ik voelde me zo stom en hopeloos, zo'n mislukkeling.'
'En vervolgens kwam Joe.' Hij trok een wenkbrauw op. 'Ik vond het zo ongelooflijk dat ik al weer mijn kans had gemist.'
Het trillen werd steeds erger en haar knieën knikten. Ze kon het nauwelijks verwerken dat deze woorden uit Zacks mond kwamen.
'En al die tijd heb ik wanhopig mijn best gedaan om je niet te laten merken wat ik voelde. Ik dacht dat je het vreselijk zou vinden.' Ellie schrok van een langpootmug die onder de verlichte takken van de plataan voorbijdanste.
'Ik moest de hele tijd aan je denken, maar op de een of andere manier was je steeds onbereikbaar.' Hij trok haar zo dicht tegen zich aan dat ze de warmte van zijn borst voelde. 'Ik denk dat ik van je hou.'
Droomde ze? 'Echt waar?'
'Nee, dat is niet waar. Ik wéét dat ik van je hou.'
Het duizelde haar. Hoewel ze haar uiterste best had gedaan, had het tussen Todd en haar nooit echt goed gezeten. En daarna was Joe gekomen, en dat was al wat beter geweest, hoewel verre van volmaakt.
En nu dit. Je kon het natuurlijk nooit zeker weten, maar dit zou best eens volmaakt kunnen zijn.

In de feesttent had de dj in zijn Status Quo-T-shirt zijn plaats op het podium ingenomen. Hij zette zijn favoriete band op, en iedereen stroomde de dansvloer op, onder luid gejuich en veel gestamp.
'Rocking' All Over the World!' werd door mensen met drank op luidruchtig meegezongen. In de achtertuin maakte Ellie zich op voor nog zo'n verrukkelijke kus. Zack kon het echt erg

goed. Toen ze echter voetstappen op het tuinpad hoorden, maakten ze zich snel van elkaar los. Iets te laat.
'Oeps... sorry...' Tizz was op weg van het huis naar de feesttent. Ze bleef staan en keek hen stralend aan. 'Wat zien jullie er gelukkig uit!'
Zack keek Ellie aan. Ellie keek Zack aan, die probeerde zijn gezicht in de plooi te houden. De stilte duurde voort. Verbaasd zei Tizz: 'Nou, zeg het dan! Wat is er aan de hand?'
'Oké, ik vertel het haar wel,' zei Zack, terwijl hij een arm om Ellies middel sloeg. 'We hadden je een leugentje verteld. Ellie en ik hadden voor vandaag niks met elkaar. Maar nu wel.'
'Nee? Ja? Maar dat is fantastisch! Waarom hebben jullie niet meteen aan mij gevraagd of jullie bij elkaar pasten?' Tizz' ogen schitterden. 'Ik had jullie zo kunnen zeggen dat jullie voor elkaar gemaakt zijn!' Ineens bedacht ze iets. 'Aha, dus daarom wilden jullie aparte slaapkamers!'
'Sorry.' Ellie grinnikte. 'En jij dacht vast dat ik deed alsof ik *hard to get* was.'
'Och lieverd, je hoeft je niet te verontschuldigen, ik vind je er alleen maar leuker om. Kom, dan gaan we weer naar het feest! Zijn jullie ook niet dól op Status Quo?'
Er stiekem samen vandoor gaan zat er voorlopig dus niet meer in. Tizz wilde per se dat ze met haar meekwamen, en uiteindelijk maakte het ook niets uit. De voorpret werd er hooguit nog groter door. De daaropvolgende drie uur waren Ellie en Zack aan het dansen, aan het feesten en gezellig doen met familie en vrienden, onderwijl genietend van de seksuele spanning die al zo lang tussen hen had bestaan, maar waaraan ze nu pas konden toegeven. De adrenaline bruiste door Ellies aderen. Het was moeilijk om ergens anders oog voor te hebben dan voor Zack. Steeds opnieuw dankte ze haar goede gesternte, want stel je voor dat ze elkaar niet hadden gevonden?
Eindelijk, net toen ze zich begon af te vragen hoe lang ze het nog zou uithouden, fluisterde Zack in haar oor: 'Oké, we moeten nu echt gaan. Het was hartstikke leuk, maar ik ben ook maar een mens.'
Hoera!
Hand in hand glipten ze discreet weg, de tent uit en terug naar

het huis. Via de krakende achterdeur, door de verlaten hal en de halfronde trap op.

Ellie duwde de deur van haar slaapkamer open. 'Ze vragen zich vast af waar we gebleven zijn.'

'Ze merken niet eens dat we weg zijn,' zei Zack, terwijl het *bonk-bonk-bonk* van de muziek om hen heen bleef galmen. 'Ze vermaken zich prima zonder ons.'

'En wij vermaken ons denk ik ook wel zonder hen.' Of het nu wel of niet op iets zou uitlopen, ze wist dat ze er geen spijt van zou krijgen. Soms moest je gewoon de gok wagen. Misschien zou het een korte, maar heerlijke romance zijn, misschien zou het hun hele leven duren. Ze stak haar hand uit naar Zack en schopte de deur achter zich dicht. 'Ik wil niemand beledigen, maar ik weet wel waar ik liever ben, en dat is niet daar, dansend op Coldplay.'

Op dat moment hoorden ze de dj zeggen: 'Oké, en dan nu Eminem, de gekuiste versie. Dit was een verzoekje van Ellie, maar ik zie haar nergens op de dansvloer. Kom Ellie, waar ben je? Laat jezelf eens zien?'

'Oeps.' Ellie trok een gezicht. 'Dat was ik helemaal vergeten. Moeten we nu terug?'

Door de luidsprekers brulde de dj: 'En Zack? Waar ben jij? Laat eens wat van je horen, man – we staan allemaal op je te wachten!'

'O god.' Zack verstevigde zijn greep en glimlachte meesmuilend. 'Maar we gaan echt niet.'

'Gelukkig maar,' zei ze.

In de tent zorgde het besef dat ze allebei van het feest waren verdwenen voor veel gelach en dubbelzinnige opmerkingen.

'Nee? Allebei nergens te bekennen? Ik moet zeggen dat ik dat behoorlijk schokkend vind,' zei de dj. 'Om er zo vroeg al vandoor te gaan. Wat bezielt die mensen? Ik vind het gewoon een schande! Maar oké, als ze er toch niet zijn om mijn inspanningen te waarderen, dan draai ik ook geen Eminem. We doen gewoon nog wat Status Quo!'

EPILOOG

Elf maanden later
Ellie leunde uit het raam op de eerste verdieping en keek naar het gedoetje beneden. Daar was Todd die voetbalde met een appel, hij dribbelde langs Zacks neefjes terwijl hij over het gemaaide gazon zigzagde en de appel door de croquetpoortjes schopte. Daar waren Tizz en Ken, die met Paul en Geraldine stonden te praten terwijl ze de bloembedden bewonderden. En daar Steph, die zich bukte om Lily's schoenveters opnieuw te knopen. Geen kameleongympen deze keer. Lily had haar schoenen zelf uitgekozen. Ze waren felgroen met vlinders van pailletten erop; ze bevond zich op het ogenblik in een extreem glitterige fase, waar Joss ongelovig haar neus voor optrok.
Raar te bedenken dat de bruiloft van Steph en Gareth alweer bijna een jaar geleden was. En nu was het die van haar. Wat was er in de afgelopen elf maanden veel veranderd.
Haar mobieltje ging en ze keek er even naar voordat ze opnam. 'Ben je er over vijf minuten? Fijn. Ja, alles is in orde. Tot zo.'
Ze liep weg bij het raam en keek opnieuw in de spiegel of haar kapsel nog goed zat. Het was nu bijna zover. Het was Zacks idee geweest om de bruiloft hier te houden, in het Colworth Manor Hotel, waar ze afgelopen november zo'n idyllisch weekend hadden beleefd. Dat was vlak nadat hij Roo om ideeën voor een romantisch aanzoek had gevraagd en Roo opgewonden had uitgeroepen dat hij de diamanten verlovingsring in een glas champagne moest stoppen. Dat had ze in een film gezien, had Roo tegen Zack gezegd, en het was zo romantisch geweest dat ze tranen met tuiten had gehuild.
Ellies ogen glansden bij de herinnering. Zack had ook bijna moeten huilen toen ze een te grote slok had genomen en de ring bijna had doorgeslikt.
Maar het gevoel was goed geweest. Het ging om het idee, en de drie oogverblindende diamantjes hadden sinds die dag trots aan haar vinger geschitterd. Ze twijfelde er geen moment aan dat Zack de juiste man voor haar was; nee, hij was meer dan

dat, hij was volmaakt. Ze waren nog net zo gek op elkaar als op die eerste avond. Tegenwoordig lachten ze met elkaar, bedreven ze de liefde en maakten ze ruzie, en iedere dag was weer een feest. Het ellendige verdriet dat ze na Jamies dood had gevoeld, was afgenomen, en kleiner geworden dan ze ooit voor mogelijk had gehouden.
Ook zag ze Jamie niet zo vaak meer tegenwoordig. De behoefte was verdwenen. Af en toe toverde ze hem nog tevoorschijn, gewoon om weer even gedag te zeggen, maar hij hield haar niet meer zo bezig als vroeger. Hun lange gesprekken behoorden tot het verleden. Het was genoeg om te weten dat Jamie het eens was met haar keuze voor Zack en met de stap die ze zo meteen zou nemen.
Ze staarde naar zichzelf in de rijkelijk bewerkte manshoge spiegel. O, moest je haar nou toch eens zien, op en top de bruid! Haar haren waren opgestoken, maar wel een beetje warrig en niet alsof haar knotje was vastgelijmd. Ze droeg een ivoorkleurige zijden jurk, schuin gesneden en tot op de grond. Zacks zus Paula had haar make-up gedaan en ze hadden samen heldhaftig stand gehouden tegenover Lily, die per se roze glitter had willen aanbrengen. Al met al zag ze er behoorlijk goed uit, al zei ze het zelf.
'Maar goed ook,' zei Jamie, die achter haar in de spiegel verscheen en haar zijn gebruikelijke glimlach toewierp. 'Anders zet Zack het nog op een lopen, en dat zou heel gênant zijn.'
Ze glimlachte. Het was niet meer dan logisch dat hij uitgerekend vandaag nog even aanwipte.
'Nou?' Ze hield haar handen op en ging als een model staan. 'Kan ik er zo mee door?'
Hij bekeek haar even. 'Je ziet er fantastisch uit. Ik ben zo trots op je.'
'Dank je.' Ze zou niet gaan huilen. Vandaag niet. 'Ik hou nog steeds van je.' Ze moest het zeggen, want ze wilde dat hij het begreep. 'Dat ik weer ga trouwen, wil nog niet zeggen dat ik jou zal vergeten.'
'Dat weet ik wel. Maar nu heb je Zack.' Jamie keek bedachtzaam. 'Het enige wat me niet aan hem bevalt, zijn zijn benen. Die zijn lang niet zo mager als die van mij.'

'Dat weet ik. Maar hij heeft knokige knieën. Dus dan staan jullie weer quitte.'
'Fijn om te horen. Goed, ik ga nu. Wees gelukkig, liefje.'
Oké, misschien één traantje. 'Dank je. Dag.'
Voorzichtig depte ze haar ogen met een papieren zakdoekje. Toen ze weer opkeek, was Jamie verdwenen.
Even later werd er op de deur geklopt. 'Binnen,' riep ze, en meteen daarna kwam Tony de kamer in.
Ze omhelsden elkaar stevig.
Na een tijdje liet hij haar los en nam haar trots op. 'O lieverd, ik mis mijn jongen zo. En ik had nooit gedacht dat ik dit zou zeggen, maar vandaag zal een heel mooie dag worden. Een... een fantastische dag.'
Ontroerd schikte ze zijn lichtgrijze das. Hoewel Tony nog steeds goed gekleed ging, had het afgelopen jaar zijn tol geëist. Zijn haar was grijzer geworden, de rimpels in zijn gezicht dieper. Hij deed zich stoer voor, maar ze wist dat hij hard aan meerdere projecten had gewerkt om niet te hoeven denken aan de leegte in zijn leven. Nadat ze bij Zack was ingetrokken, had hij de flat in Nevis Street weliswaar aangehouden, maar hij kwam er tegenwoordig nauwelijks meer, omdat zijn werk zich voornamelijk in Amerika concentreerde.
En Ellie wist wel bijna zeker waarom dat zo was.
'Dat wordt het ook.' Ze veegde een pluisje van zijn jacquet. 'Je ziet er goed uit.'
'Ja, vlei me maar.' Als acteur wist hij zijn eenzaamheid erg goed te verbergen onder die snelle, charismatische lach van hem. Terwijl hij uit het raam keek, vroeg hij: 'Trouwens, mogen zwangere vrouwen wel als een idioot rondrennen?'
Hij doelde op Roo, die, achternagezeten door Lily, Joss en Elmo, blootsvoets over het gazon rende met haar indrukwekkende buik van zeven maanden in een strakke topaasgele jurk geperst. In haar ene hand had ze haar schoenen en in haar andere Elmo's nieuwe favoriete piepspeeltje, waarmee ze fanatiek piepte, zodat Elmo totaal over zijn toeren raakte. Even later sprongen ze alle vier over een bloembed. Het was net een kleuteruitvoering van een paardenrace.
'Het gaat prima met Roo, een beetje lichaamsbeweging is goed

voor haar. Had ik je al verteld dat ze Todd zover heeft gekregen om iedere zaterdag vijf kilometer met haar te gaan hardlopen?' Ellie had hun vriendelijke aanbod om mee te doen van de hand gewezen, hoewel ze veel respect had voor hun inspanningen. Roo had haar zinnen gezet op de marathon van Londen zodra het kind er eenmaal was. Ellie wendde zich weer van het raam af en keek Tony aan. 'Zou je iets voor me willen doen?'

'Natuurlijk, zeg het maar,' zei hij teder.

'Iedereen kent zo'n beetje iedereen hier. Maar ik heb een vriendin uitgenodigd die hier helemaal niemand kent.' Ze trok een gezicht. 'Dus die zal zich wel een beetje ongemakkelijk voelen. Ik hoopte eigenlijk dat jij je een beetje om haar kon bekommeren. Zou je dat erg vinden?'

'O god, moet dat echt?' Het was wel duidelijk dat Tony er niet om zat te springen, maar algauw kregen zijn goede manieren weer de overhand. 'Sorry, natuurlijk wil ik dat doen. Is het soms een oud-collega van je?'

Ellie keek op haar horloge. 'Kom, ik denk dat ze al beneden zit te wachten. Laten we haar gaan zoeken, dan stel ik je aan haar voor.'

Ze liepen samen de indrukwekkende trap af. Ellie probeerde als oefening als een bruid te lopen zonder van haar hoge hakken te vallen. Over twintig minuten zou het beginnen. Tony, haar geliefde schoonvader, zou haar naar de met eikenhouten panelen betimmerde salon begeleiden, waar de plechtigheid zou worden gehouden, en haar weggeven.

Maar voordat het zover was, moest ze nog een klein dingetje regelen.

Een klein opwindend dingetje hopelijk.

Ze nam Tony mee een kamer in aan hun linkerhand, en daar zat Martha, magerder, maar nog steeds heel mooi. Ze droeg een wijde paarse jurk met bijpassend jasje en friemelde nerveus aan een zilveren cadeautas met krullerige zilveren en witte lintjes eraan.

Tony bleef stokstijf staan toen hij haar zag. Ellie liet zijn arm los en deed discreet een stapje opzij. Martha deed haar uiterste best om naar haar te glimlachen, maar al haar aandacht

ging uit naar Tony, die op zijn beurt zijn blik niet van haar af kon houden.
'Martha... mijn god, wat doe jij hier!'
'Ellie heeft me uitgenodigd. We hebben samen gepraat.' Haar stem was nog net zo melodieus en warm als vroeger. 'Ze heeft me doen inzien dat het goed is. Hiervóór kon ik het niet. Nu wel. Het is een ramp van een jaar geweest.' Ze zweeg met een weifelend lachje. 'Maar ik ben aan de beterende hand.'
Tony zette een aarzelend stapje in haar richting. 'Ongelooflijk.'
'Ze was bang dat je misschien verder zou zijn gegaan met je leven,' vertelde Ellie behulpzaam. 'Met iemand anders.'
'Nee. Nooit.' Hij schudde zijn hoofd. 'Ik vind het heel erg voor je, van Henry.'
'Dank je.' De ketting met de roze kleikralen deinde tegen haar hals.
'En hoe gaat het met Eunice?'
'Heel goed. Ze woont nu in Carlisle, vlak bij haar dochter.' De twinkeling in haar ogen gaf te kennen dat het maar te bezien viel of Eunice' dochter zo blij was met deze ontwikkeling. 'En mijn zoon heeft een heel aardig meisje leren kennen, dus laten we hopen dat het wat wordt. Ik maak hem helemaal naar met mijn toespelingen op dat ik het zo leuk zou vinden om oma te worden.' Ineens herinnerde ze zich de zilveren tas met lintjes in haar hand. Ze gaf hem aan Ellie met de woorden: 'Sorry, dit is voor jou.'
'Wat lief. Dat had echt niet gehoeven.' Ze omhelsden elkaar even.
'Ach schat, ik ben blij dat ik in de gelegenheid ben om je een cadeau te geven.'
'Goed, dan laat ik jullie nu vijf minuten alleen.' Ellie wees naar Tony. 'En daarna moet jij de bruid weggeven.'
Aan zijn gezicht was te zien dat ze er goed aan had gedaan om Martha uit te nodigen. 'Dank je.'
'Je vindt het dus niet erg om je met haar bezig te houden?'
Tony kneep in haar hand. 'Ik zal mijn beste beentje voorzetten.'
Ellie trok de deur achter zich dicht. In de hal pakte ze het cadeau uit de zilveren tas.

Het was een gouache van een zonnige zomerdag in Little Venice. Martha was teruggekeerd naar de plek waar ze elkaar voor het eerst hadden ontmoet om te laten zien dat ze het tekenen nog niet was verleerd. Net zomin als ze het had verleerd om te leven.

Even later ging er een deur in de hal open, en een fractie van een seconde voordat Zack de salon uit kwam lopen waar de plechtigheid zou worden gehouden, hoorde ze zijn stem.

'Niet kijken,' riep ze snel.

Zack verscheen in de hal, met zijn donkere haar glad achterovergekamd en zonder stoppeltjes op zijn gebruinde kaken. Hij had zijn ogen dicht.

'Het brengt ongeluk als je de bruid voor de plechtigheid ziet,' bracht Ellie hem in herinnering.

'Ga dan weg,' zei hij. 'Je zult zelf weg moeten gaan, want ik kan zo niet zien waar ik loop.'

Sommige situaties vroegen er gewoon om om misbruik van te maken. Ze liep door de hal naar hem toe en plantte een kus op zijn mooie, nietsvermoedende mond.

'Hoe weet ik nou of jij het bent?' vroeg hij met zijn ogen nog steeds dicht. 'Het kan iedereen wel zijn.'

'Ik ben het echt.'

'Ik weet niet zeker of ik je wel kan geloven.' Zijn mooie mond vertrok iets.

'Laten we het zo stellen.' Ze drukte zich tegen hem aan en kneep in zijn bil. 'Als het iemand anders is, dan zwaait er wat voor je.'

Hij raakte haar gezicht aan. Zijn hand gleed over de verschillende rondingen en hoeken, en toen kuste hij haar weer. 'Oké, jij bent het. Nu herken ik je wel.' Er brak langzaam een glimlach door op zijn gezicht. 'Ellie Kendall, je moest eens weten hoeveel ik van je hou. Wil je met me trouwen?'

Zou ze zich ooit gelukkiger kunnen voelen? Speels streek ze met een vinger over de voorkant van zijn crèmekleurige jacquet en zei: 'Misschien wel, als je het slim aanpakt.'

WOORD VAN DANK

Heel veel dank aan mijn prachtzoon Cory, die de volmaakte titel voor dit boek heeft verzonnen.

SOLO

Voor mijn broer Paul,
omdat ik trots op hem ben.
En omdat hij dit boek nu
wel zal moeten lezen...

1

Tessa vond party's met veel vreemden altijd stierlijk vervelend.

'Nou, maar je gaat verdorie deze keer wel mee,' zei Holly ongeduldig. 'Je bent in geen weken de deur uit geweest, en dit wordt fantastisch. Iedereen komt. En gebruik je verstand, benut je kansen... laat een stukje been zien... een stukje boezem... dan vind jij vast net zo'n man als ik.'

Tessa veegde haar handen aan haar toch al met verf besmeurde sweatshirt af en pakte de fles belachelijk dure chablis die Holly altijd met alle geweld wilde kopen omdat ze het etiket zo mooi vond en die ze geen van zeiden echt lekker vonden. Ze schonk haar mok nog eens vol, trok een gezicht bij de kildroge smaak van de wijn en zei: 'Ik heb nauwelijks boezem.'

'Wat God niet geeft, geeft Sellotape,' verklaarde Holly. 'Dat hebben ze immers op de televisie laten zien.'

'En ik ben in geen weken de deur uit geweest,' zei Tessa, Holly's vertwijfelde toon imiterend, 'omdat ik hard gewerkt heb. Daar verdien ik de huur mee. En soms ook nog een hap eten. Ik kan me echt niet permitteren me in jouw kringen te bewegen.'

'Je kunt je niet permitteren erbuiten te blijven,' weerlegde Holly. 'Je komt er mensen tegen die straatarme kunstenaars opdrachten geven om overdreven geflatteerde portretten van hun klierige kinderen te schilderen.'

'Bovendien,' vervolgde Tessa, terwijl ze het bijna voltooide doek voor zich kritisch bekeek en begreep dat ze er deze keer niet onderuit zou komen, 'ben jij helemaal niet getrouwd.'

Holly lachte breed en vulde haar eigen mok nog eens zwierig bij. 'Ah! Ik heb niet gezegd dat ik een man had, ik heb gezegd dat ik hem gevonden had. Het enige dat ik nu nog moet doen, is een beetje tactvolle druk uitoefenen.'

'En hij is er vanavond zeker ook.'

'Dat zou best eens kunnen,' beaamde Holly zelfvoldaan. 'Hij geeft dat feest tenslotte.'

Tessa kon vanuit haar huisje, op de helling van de op het noorden gelegen heuvels die uitkeken op de stijlvolle schoonheid van de stad Bath, in de verte het even stijlvolle en chique Charrington Grange Hotel zien liggen.
Zelfs al zou Holly er de afgelopen twee maanden niet hebben gewerkt en er niet eindeloos over hebben uitgeweid, dan nog zou Tessa ervan hebben gehoord. Iedereen kende het Charrington Hotel, eigendom van de gebroeders Monahan, die het in vijftien jaar van niets – nou ja, bijna niets – hadden opgebouwd tot een van de meest gerenommeerde hotels in Engeland. Het was oorspronkelijk een vroeg negentiende-eeuws landhuis dat, gebouwd op de top van de op het zuiden liggende heuvels boven Bath, een adembenemend uitzicht op de stad bood. Helaas was het gedurende de veertig jaar dat het door een ongetrouwde tante van de Monahans werd bewoond deerlijk verwaarloosd. Toen de tante eindelijk stierf, stond het dak op instorten, vertoonden de muren van de ruime vertrekken grote vochtplekken en werd het hele huis in beslag genomen door de grote liefde van de lichtelijk geschifte oude vrouw – een paar honderd beslist niet-zindelijke katten.
De roemruchte gebroeders Monahan, Ross en Max, hadden met inspanning van hun gezamenlijke krachten kans gezien het enorme kapitaal bijeen te brengen dat nodig was om het vervallen huis te veranderen in een luxueus hotel dat de allerrijksten tot zijn gasten mocht rekenen.
De pers had er haar hart aan kunnen ophalen. Het idee dat de humeurige en onberekenbare Max Monahan en Ross, die zich tot dan toe had onderscheiden door feesten, harten breken en misdragingen op elk gebied, iets dergelijks zouden klaarspelen, was te gek om los te lopen. Max, twee jaar ouder dan Ross, was van Oxford weggestuurd na een meer dan schandalige streek met een als non verklede prostituee en een vakbondsleider die kwam spreken, en had zich vervolgens razendsnel ontwikkeld tot een succesvolle beursmakelaar. Zes maanden later, de dag na zijn eenentwintigste verjaardag, had hij die schitterende nieuwe carrière eraan gegeven, was naar het Caribische gebied vertrokken en anderhalf jaar later teruggekomen met de complete manuscripten van niet één maar twee

dikke romans. Die thrillers, met hun populaire combinatie van seks, geweld, spanning en esprit hadden een daverend succes, maar Max betwijfelde of hij er ooit nog een zou schrijven. Het was leuk geweest om te ontdekken dat hij dat kon, maar het was niet bepaald wat hij echt werken noemde.

Toch bezweek hij uiteindelijk voor de enorme bedragen die hem geboden werden, voor de luxe van het eigen baas zijn, het kunnen werken wanneer het hem uitkwam en het gemak waarmee hij nieuwe plots bedacht. Schrijven was voor Max Monahan een fluitje van een cent en de opbrengsten waren te groot om er zijn neus voor op te halen. Hij werd al spoedig een van die weinige fortuinlijke schrijvers wiens boeken door iedereen worden gelezen. Hij was met de jaren evenwichtiger geworden en werd nu, met zijn scherpe zakenverstand en onwrikbare voornemen om succes op succes te stapelen, beschouwd als de meest pragmatische van de twee broers. Het Charrington Grange Hotel was hun gezamenlijke eigendom en ofschoon Max er niet fulltime werkte, had hij de hand in alle belangrijke beslissingen en woonden Ross en hij er nog altijd. Dikke bestsellers bleven zijn voornaamste – aanzienlijke – bron van inkomsten, maar het hotel functioneerde als een tegengif tegen de eenzaamheid die schrijven nou eenmaal met zich meebrengt. En omdat hij niet acht uur per dag achter een tekstverwerker hoefde te zitten zwoegen, zoals sommige schrijvers van wie hij had gehoord, hield hij tijd genoeg over voor de leuke dingen van het leven.

Ross Monahan daarentegen wijdde zijn hele leven aan de leuke dingen. Zelfs Tessa die nooit de roddelrubrieken las, wist dat hij een slechte reputatie had. Deze Ross, weggestuurd van een ontelbaar aantal scholen, was berucht om zijn liefde voor plezier maken die slechts werd geëvenaard door zijn opvallend knappe uiterlijk en zijn overdonderende charme. Niet in staat het langer dan een paar weken op een en dezelfde plaats uit te houden, was hij als twintiger het prototype van een playboy, wiens buitensporigheden bijna elke week de kranten haalden. Mannen verachtten en benijdden hem en vrouwen – behalve degenen wier hart hij had gebroken – aanbaden hem.

Hoewel iedereen verbaasd was geweest toen hij zichzelf als manager van het Charrington Grange aanstelde, was men met stomheid geslagen toen duidelijk werd hoe voortreffelijk hij zich van die taak kweet.

En nu, vijftien jaar later, runde Ross Monahan het hotel nog altijd met zoveel zwier en plezier dat het nauwelijks werken leek. Aangezien hij zich altijd in uitermate chique en mondaine kringen had bewogen, had hij van het Grange een soort open huis gemaakt voor degenen die net zo zorgeloos door het leven dartelden als hij. Dit was het hotel waar je naar toe moest als je echt plezier wilde maken en daarvoor de middelen bezat. En volgens Holly was Ross Monahan onweerstaanbaar voor elke vrouw.

'Een stuk, zeg, een stuk!' had ze tegen Tessa gezegd kort nadat ze bij hem in dienst was getreden. 'Maar beslist gevaarlijk. Ik heb me vanaf de eerste dag heilig voorgenomen om niet verliefd op hem te worden.'

'Maar dat ben je toch geworden,' giste Tessa bij het zien van de verlegen blik in de ogen van haar vriendin. Holly had haar schouders opgehaald en geglimlacht. 'Als ik de kans had gekregen wel,' had ze bekend. 'Maar die rotvent werkt niet mee, Jezus, Tessa, hij behandelt me kameraadschappelijk.'

En nu was Holly van plan hem als een zwager te behandelen. Ze was dolverliefd op Max, alleen wist Max dat nog niet. Tessa, die dol op Holly was maar soms de kriebels van haar kreeg, was bang dat het allemaal zou uitdraaien op verdriet dat op haar eigen, al te smalle schouders uitgehuild zou worden.

Intussen zou Holly over nog geen twee uur terugkomen om haar mee te tronen naar die afschuwelijke party. En ze had letterlijk niets behoorlijks om aan te trekken.

Toen ze twee uur later somber de andere vrouwen op de party gadesloeg, zag Tessa dat het nog erger was dan ze had gevreesd.

'Ik heb het je toch gezegd,' siste Holly, terwijl ze haar bij de arm greep en probeerde haar achterwaarts door de openslaande deuren het terras op te trekken. 'Hoor eens, niemand heeft ons nog gezien. Laten we gauw even naar mijn huis gaan en iets behoorlijks voor je zoeken. Zo kun je hier echt niet blijven.'

'Geen paniek.' Tessa zette zich schrap en wrong Holly's hand

van haar elleboog. 'Ik ben niet iemand die zich opdirkt. Als iemand een aanmerking maakt, zeg ik dat designerlabels uit zijn.'
'Niks hoor,' kaatste Holly verontwaardigd terug. Om zichzelf gerust te stellen wierp ze een snelle blik in een nabije spiegel, tevreden over haar smaragdgroene, strapless creatie van David Fielden die haar weelderige borsten goed deed uitkomen – sellotape was hier overbodig – en haar iets te brede heupen vakkundig verdoezelde. Ten wendde ze zich weer naar Tessa, wier jurk van zwartkatoenen jersey met de minuut gewoner leek. Holly vond dat het eenvoudige model Tessa absoluut niet flatteerde. Het omhulde haar van hals tot knieën en verborg het benijdenswaardige slanke figuurtje eronder volkomen. En wat nog erger was, ze droeg helemaal geen sieraden en haar nagels waren, al was de verf eraf geboend, niet gelakt. Ze begreep soms totaal niets van haar vriendin.
'Nou ja,' zei Tessa, met een vage hoop, 'misschien kan ik maar beter naar huis gaan.'
'Ben je betoeterd!' riep Holly zo heftig dat haar borsten in hun omhulsels schudden. 'Ik heb je hier gekregen en nu sla je niet op de vlucht. Leger des Heils-jurk of niet, jij blijft.'
Tessa schoot in de lach. 'Hoe wist jij dat die jurk uit de Leger des Heils-winkel komt?'
Holly trok haar wenkbrauwen op. 'Omdat jij nooit ergens anders koopt, suffie.'

Ross Monahan deed wat hij het beste kon: een beetje rondlopen, lachen en praten en zich terloops afvragen met wie hij aan het eind van de avond naar bed zou gaan. Het was een spelletje dat hem hooglijk amuseerde, vooral omdat zoveel vrouwen zich zo blootgaven. Jennifer Johnson, die zich, terwijl haar rijke-maar-domme verloofde geen drie meter verderop stond, tegen hem aan had gedrukt en haar tong zowat in zijn oor had gestoken. Sally Paige-Latimer, die hem nadrukkelijk had verteld dat ze pas morgenavond in Londen terug moest zijn, en die stomme trut van een Clarissa Fox die nota bene zijn hand had gepakt en in de halsopening van haar jurk had geduwd zodat hij – uit de eerste hand zogezegd – het wonder van haar dure nieuwe siliconen implantaten kon ervaren.

Terwijl hij een nieuw glas champagne van het blad van een passerende kelner nam, deed Ross zijn vlinderdasje los en liep naar de schouw aan het eind van de zaal. Vanaf die strategische positie kon hij precies zien wat zich in de balzaal en de zaal erachter afspeelde. Het feest was in volle gang, de tweehonderd-en-zoveel gasten amuseerden zich uitstekend, te oordelen naar het gelach en het lawaai dat ze voortbrachten, en vooral Max scheen het geweldig naar zijn zin te hebben. Hij werd op dit moment belaagd door Holly King die eruitzag als een overladen kerstboom, maar aan wier fantastische borsten geen siliconen te pas waren gekomen. Terwijl hij keek hoe ze in nog geen minuut voor de derde keer haar roodblonde haar naar achteren gooide en onder het praten haar hand op Max' arm legde, zag Ross geamuseerd zijn vermoedens bevestigd. Holly was smoorverliefd op zijn broer. En een stevige, spraakzame rossige vrouw met rondingen was wel het laatste type vrouw waar Max ooit op zou vallen.

Heel even had Ross bijna medelijden met Holly, die hij bijzonder graag mocht. Ofschoon hij, toen ze naar een baantje bij de receptie solliciteerde, een ogenblik had geaarzeld vanwege haar afgrijselijk rammelende curriculum en het feit dat de rijkdom van haar ouders betekende dat ze alleen maar hoefde te werken als ze zin had. Maar toen ze zijn aarzeling merkte, had ze beloofd dat ze 'als een bezetene' zou werken, en op dat moment had ze Ross zo aan zichzelf doen denken dat hij was gezwicht. Hij had het erop gewaagd en Holly had hem niet teleurgesteld. In de twee maanden dat ze nu in het Grange werkte, had ze een paar ontstellende *faux pas* begaan, maar haar gevoel voor humor, haar nauwgezetheid en haar bereidheid om te leren hadden die dubbel en dwars goedgemaakt. En de gasten waren dol op haar, in weerwil van haar wansmaak wat kleding betrof.

Toen verstijfde hij. Clarissa-beter-dan-echt-Fox kwam opnieuw regelrecht op hem afgestevend en hij had nu even geen zin in haar. In geen van dat soort vrouwen. Hij moest, hoe dan ook, zien te ontsnappen.

Hij draaide zich haastig om, nam zijn doelbewuste ik-ben-de-manager houding aan en liep door de openstaande deuren het terras op. Paren, overal paren. Als hij niet gauw weg was, zou Clarissa hem inhalen en zich hier buiten nog idioter aanstellen. De herinnering aan haar doordringende parfum en haar dwingende hand maakte hem opeens bijna misselijk.

Tessa, die alleen op het glooiende gazon achter het terras zat, sloeg haar armen om haar knieën en vroeg zich af of dit nu echt de vervelendste avond van haar leven was of dat er nog een was geweest die ze vergeten was. Misschien had ze niet de juiste instelling, dacht ze onbekommerd. Afgezien van het prachtige panorama voor zich, kon ze geen enkele, zelfs maar vaag steekhoudende reden bedenken waarom ze hier was. Holly was verdwenen met Max, ze kende hier verder niemand en niemand had ook maar de geringste neiging vertoond om een gesprek met haar te beginnen. Holly vond natuurlijk dat ze zich tussen hun kliekige groepjes moest dringen en theatraal verkondigen: 'Ik ben beeldend kunstenares! En zeer begaafd! Wilt u soms een portret van uw vrouw... man... kroost... huisdieren?'

Maar dat kon ze niet. En stilletjes weggaan was het beste idee dat ze in jaren had gehad.

Op hetzelfde moment schrok ze zich wild toen iemand een hand op haar schouder legde.

'Sstt,' zei Ross, terwijl hij naast haar kwam zitten en zijn arm om haar middel legde. Achter zich hoorde hij het snelle, neurotische getik van Clarissa's veel te hoge hakken toen ze het terras afzocht. Ross boog zijn donkere hoofd naar dat van Tessa en mompelde: 'Ik moet gered worden.'

'Dat heb ik gehoord.' Ze had hem onmiddellijk herkend en moest onwillekeurig glimlachen. 'Ofschoon ik de indruk had dat je niet meer te redden was.'

Ross gaf een bestraffend kneepje in de binnenkant van haar elleboog. 'Niets dan leugens. Ik ben al vanaf mijn twaalfde een ongerepte jongeling. Van ongerept gesproken...' Hij nam met zijn vrije hand Tessa's slanke vingers en bracht ze naar zijn lippen. 'Ik geloof niet dat ik het genoegen heb gehad. Jij bent?'

'Ik ben een gast op het feest van je broer,' zei Tessa, niet in staat haar bewonderende blik van zijn fraai gevormde mond

af te wenden. 'En jij bent een mooiprater, meneer Monahan. Maar ik waarschuw je, ik ben volslagen immuun voor mooie praatjes.'
Ross begon te lachen. Clarissa's voetstappen verdwenen in de verte, maar Clarissa deed er opeens niet meer toe. Dit meisje, deze gast-op-zijn-broers-party, was bepaald mooi. Ze was ook een echte blondine met schuinstaande groene ogen en lange, zijige wimpers, die nagenoeg geen make-up gebruikte, geen doordringend parfum en niet die walgelijke lak waarmee zoveel vrouwen hun haar op zijn plaats houden. Ze zag er met haar hooggesloten, eenvoudige zwarte jurk, haar blote, bruine benen en platte, zwartleren schoenen aantrekkelijker uit dan al die veel te blote, veel te zwaar opgemaakte vrouwen die hij vanavond had gezien.
Hij zag het lege wijnglas naast haar op het gras staan. 'Kan ik iets voor je halen?'
'Een taxi, graag.' Tessa, die de vrouwelijke voetstappen ook had horen verdwijnen, maakte aanstalten om op te staan. Ross trok haar geschrokken weer naast zich neer.
'Dat kun je niet menen! Afgezien van het feit dat het nog geen negen uur is, kennen we elkaar nog maar pas.'
'Misschien wordt de opwinding me gewoon te machtig,' antwoordde ze op een toon die een binnenpretje verraadde. 'Misschien kan ik niet wachten om naar huis te snellen en alle spannende bijzonderheden in mijn dagboek te schrijven. Of misschien vind ik party's gewoon vervelend.'
'Misschien vind je mij gewoon vervelend,' zei Ross, die zich merkwaardig bedremmeld voelde. Hij was niet gewend om te worden uitgelachen, ook al was het goedmoedig. En hij was zeker niet gewend om te worden afgewezen. Maar dit meisje speelde geen spelletje, begreep hij, ze meende het.
Tessa haalde haar schouders op. 'Ik ken je niet.'
'Geef me dan tenminste een kans.' Nu was het zijn beurt om op te staan en haar, stevig bij de hand houdend, mee omhoog te trekken. Ze droeg geen ringen en haar ongelakte nagels waren kortgeknipt. 'Je zou kunnen beginnen met me je naam te zeggen.'
'Waar gaan we naar toe?' wilde Tessa weten. Hij liep zo snel

dat ze bijna moest rennen om hem bij te houden. 'Als je van plan bent me je etsenverzameling te laten zien, vergeet het dan maar.'
'Waar zie je me voor aan?' zei hij quasi beledigd, maar realiseerde zich dat het niet helemaal quasi was, terwijl hij haar meetrok naar de serre. 'We gaan elkaar leren kennen. In de niet-Bijbelse betekenis van het woord, uiteraard.'

Drie uur later gaf Ross in stilte zijn nederlaag toe. Hij wist nog steeds niets meer over haar dan toen hij haar alleen op het gazon achter het terras had zien zitten. Ze had elke vraag ontweken, elke poging tot toenadering resoluut afgewezen. Wat hij ook had geprobeerd, het had allemaal niets uitgehaald. Hij had haar zowat zijn hele levensgeschiedenis verteld en hij wist zelfs haar naam nog niet.
Hij had nog nooit in zijn leven een vrouw zo fel begeerd.
'Je zou hier eigenlijk niet met me moeten zitten,' zei Tessa, terwijl ze hem haar glas nog eens liet vullen uit de fles die hij uit een verborgen hoekje achter een enorme tropische varen tevoorschijn had gehaald. De serre, met zijn glazen koepeldak, zijn zijwanden van gebrandschilderd glas en strategisch geplaatste amberkleurige lichtspots, was net een klein oerwoud. En aangezien Ross uit voorzorg de deur op slot had gedaan, zaten ze er ongestoord en onbespied, omringd door weelderig gebladerte en de geur van exotische bloemen. De geluiden van het feest, dat ook zonder hen voortging, drongen gedempt tot hen door.
Ross leunde achterover in de zijden kussens van zijn witte smeedijzeren stoel en legde zijn voeten op tafel. 'Waarom niet?'
'De mensen zullen zich afvragen waar je bent.'
Hij knipoogde. 'Het is mijn party, en als ik me wil verstoppen dan doe ik dat. Hoezo, verveel ik je?'
Om een antwoord te vermijden nam Tessa nog een slokje champagne. In weerwil van haar koele houding voelde ze zich helemaal niet zo op haar gemak als Ross dacht. Aanvankelijk had ze, zich bewust van zijn afgrijselijke reputatie, alles wat hij zei met grote korrels zout genomen. En ofschoon ze dat nog steeds deed, begon ze hem toch aardig te vinden. Deze kant van Ross

Monahan, de kant die charmant was en geestig en mensen ongedwongen voor zich wist in te nemen, was verdraaid moeilijk te weerstaan. Vooral, dacht Tessa met spottend zelfbeklag, omdat het hem was gelukt haar champagneglas twee keer zo vaak bij te vullen als het zijne.

'Ontwijk me nou niet aldoor,' zei Ross, terwijl hij een varentak afbrak en met de punt Tessa's hand streelde. 'Ik heb je iets gevraagd. Vervéél ik je?'

'Stierlijk,' zei ze glimlachend haar hand terugtrekkend. 'Maar ga vooral door. Voorlopig wel, tenminste.'

2

Ik ben vast dronken, dacht Tessa, toen ze haar schoenen uitschopte en zich op de rand van het enorme hemelbed liet zakken. Wanneer een man als Ross Monahan je nadrukkelijk uitnodigde om de nacht bij hem door te brengen en je verzekerde dat jij in het bed mocht liggen – hij zou *met genoegen* op de bank slapen – dan wist je dat je met vuur speelde.

Dronken of gek, zei ze bij zichzelf terwijl ze haar jurk over haar hoofd trok, hem in de richting van een roodpluchen fauteuil gooide en de badjas aantrok die Ross voor haar had neergelegd. Maar ze wist dat ze niet zó dronken was. Ze had plezier in het spel dat een paar uur tevoren was begonnen. De handschoen was haar toegeworpen en ze had hem opgenomen. Ze zou het maar wat leuk vinden om de enige vrouw in de geschiedenis te zijn die in haar eentje in Ross Monahans bed had geslapen.

Zijn suite op de bovenste verdieping van het hotel was net zo luxueus ingericht als ze had vermoed, vooral nadat ze eerder op de avond de rest van The Grange had gezien. Ze hadden als verstekelingen in de serre gezeten tot het feest afgelopen was en de laatste gasten waren verdwenen, hetzij in hun snelle auto's weggescheurd hetzij zich teruggetrokken op hun kamers in het hotel.

Toen had Ross haar bij de hand genomen en rondgeleid door

de stijlvolle zitkamers, het restaurant, de squashbanen, de goed ingerichte gymzaal, het magnifieke zwembad in een tweede, grotere serre, beschenen door onderwaterverlichting en aan drie kanten omringd door nog meer tropische vegetatie. Ross was zo trots op het hotel als een jonge vader op zijn kind. Tessa was geroerd door zijn enthousiasme. Maar als hij had gedacht dat ze zo van dit vertoon van zijn succes onder de indruk zou zijn dat ze met hem naar bed zou gaan, zou hij lelijk op zijn neus kijken.

Nee zeggen was veel, veel leuker.

Ze knoopte de ceintuur van de badjas stevig om haar middel, sloeg het bed open en gleed tussen de koele witte lakens, precies op het moment dat er zacht op de deur werd geklopt.

'Kom maar, ik ben helemaal bedekt.'

'Jammer,' zei Ross luchtig. Hij was nog aangekleed en droeg een opgevouwen deken over zijn ene arm.

Tessa maakte een handgebaar over het bed. 'Hartelijk bedankt dat ik hier mag slapen. Jij zal vast vreselijk ongemakkelijk liggen op die bank.'

'Dat denk ik ook.' Hij keek haar treurig aan en schoot toen in de lach. 'Maar ik zal het wel overleven.'

Ze keek hoe hij de deken op de smalle leren Chesterfield uitspreidde. 'En het is al halfvijf. Toch bijna tijd om op te staan.'

'Ik moet er niet aan denken.'

'Ik vind dit echt aardig van je.'

'Graag gedaan.'

Tessa trok de dekens op tot haar kin en glimlachte tegen hem. 'Je bent een echte heer.'

'*Ik* geloof je,' zei Ross. 'Duizenden zouden er anders over denken.'

Ze zag dat hij naast de bank bleef staan, zich ongetwijfeld afvragend of ze misschien van gedachte zou veranderen. Maar ze glimlachte nog eens tegen hem, bolde de kussens op en draaide zich om. 'Mmm, enfin, nogmaals bedankt. Welterusten.'

Tessa wist niet hoe laat het was toen ze in haar slaap ging verliggen en merkte dat ze niet langer alleen in het bed lag. Haar blote been lag tegen een ander bloot been, dat beslist niet het hare was. Ze stak half slapend haar hand uit en voelde een

gladde, warme rug. Ze werd zich bewust van een flauwe geur van aftershave en tandpasta, en van de zachte, regelmatige ademhaling van iemand die vast en rustig slaapt.
Tot haar verwondering was Tessa noch geschokt noch geërgerd over deze inbreuk op haar privacy. Het was tenslotte zijn bed, en een smalle, gladde leren bank was even weinig bevorderlijk voor een goede nachtrust als een zinken bad.
Eigenlijk, realiseerde ze zich doezelig, was ze vergeten hoe prettig het voelde om naast een ander lijf te liggen, af en toe langs een arm of een heup te strijken, elkaars warmte te delen en doodgewoon van het samenzijn te genieten.
Een vlijmend schuldgevoel maakte haar klaarwakker. Want haar vingertoppen gleden helemaal niet per ongeluk langs Ross' rug. En haar eigen linkerbeen had zich, zonder dat ze er erg in had, in de ronding van zijn rechter gevoegd met het gemak van een ontbrekend stukje in een legpuzzel.
Hiermee ging het plezier van elkaars warmte delen net iets te ver.
Ze trok haar been met een gevoel van spijt naar haar eigen kant van het bed en nam haar hand van zijn rug. Toen sloot ze haar ogen en probeerde haar gedachten van hun verraderlijke dwaalwegen af te houden. Ze had altijd gedacht dat fysieke intimiteit – niet alleen seks – net zoiets was als een videorecorder of een keukenmachine; wat je niet had miste je niet, je dacht er gewoon niet meer aan en het werd onbelangrijk.
Haar laatste relatie was nu bijna een jaar geleden geëindigd. In het begin had ze de kussen en het geknuffel – en de seks – natuurlijk wel gemist, maar niet genoeg om door Bath te gaan struinen op zoek naar een man, wie dan ook, bij wie ze haar behoefte aan lichamelijk contact kon bevredigen.
En ze was vrij gauw aan het weer alleen zijn en alleen slapen gewend geraakt. De ontwenningsverschijnselen waren nogal goedaardig geweest. Omdat knuffelen en kussen en seks niet verslavend werkten, zoals heroïne. Ze waren heel prettig, maar je kon er best zonder leven.
Toch was een jaar wel lang.
Enigszins ontsteld over haar eigen zwakheid besefte Tessa dat

datgene wat ze nu voelde een opwelling van seksuele begeerte was. Haar vingers waren weer naar Ross' schouder gedwaald en de behoefte om hem aan te raken was toegenomen, dwingend geworden.
Lieve help, ik ben een nymfomane, dacht ze, in het donker om zichzelf glimlachend, maar tegelijkertijd bijna bang van de heftigheid van haar gevoelens. Haar buik was strak van spanning, haar ademhaling oppervlakkig. De adrenaline stroomde door haar lichaam, zowel opgewekt door haar verlangen als door haar durf, toen ze een heel klein eindje dichter naar dat warme, volmaakte, lekker ruikende en o zo verboden lijf schoof dat maar een paar centimeter van het hare lag. En natuurlijk zou ze juist voor dat lijf niet zulke gevoelens moeten koesteren, want Ross Monahan stond bekend als de grootste versierder van de wereld.
Ze had het de hele avond zo leuk gevonden om hem te bewijzen dat ze immuun was voor zijn legendarische charme. En kijk mij nou eens, dacht Tessa, hulpeloos en innerlijk verteerd door begeerte. Een zielig wrak, een prooi van haar hormonen. Soms, een enkele keer, was de natuur een gemeen kreng.
'Ik hoop dat je beseft hoeveel zelfbeheersing ik de laatste twintig minuten heb moeten opbrengen,' mompelde Ross bijna onhoorbaar, 'en dat je me erom bewondert.'
Tessa slaakte een gil en schoot terug of ze een elektrische schok had gekregen. Geschrokken en dodelijk verlegen bij het idee dat hij aldoor wakker was geweest, verborg ze haar gezicht in het kussen en rilde van schaamte. Wat zou hij haar nu uitlachen.
Hij draaide zich heel langzaam om en zei vriendelijk: 'Ik heb niet gezegd dat je moest ophouden.'
Tessa, nog steeds met haar gezicht in het kussen, kon niets zeggen. Toen zijn hand haar haren streelde, bleef ze stokstijf liggen. De vernedering was onverdraaglijk.
'Voor het geval het je interesseert,' vervolgde Ross, bijna op conversatietoon, 'ik zou diezelfde twintig minuten tot de meest erotische van mijn leven willen rekenen.'
'Hou toch op,' zei Tessa gesmoord en doodongelukkig, zich des te erger schamend omdat het verlangen nog steeds in haar

binnenste woelde. Zijn vingers gleden nu over de gevoelige huid van haar nek en ze duwde hem niet weg. Dat kon ze niet. De gewaarwordingen die hij opriep waren veel te zalig.
'Weet je,' fluisterde hij een paar minuten later, 'dat seksuologen dit voorschrijven als therapie voor impotentie?'
Met een kleine opleving van haar gewone gevatheid vroeg Tessa: 'Hoe weet jij dat eigenlijk?' en hapte even naar adem toen zijn magische vingers de lijn van haar sleutelbeen volgden.
'Dat heb ik gelezen.' In zijn stem klonk een glimlach door. 'Het paar raakt uiteindelijk zo opgewonden door al dat strelen dat ze nog maar één ding willen en hup! probleem opgelost.'
'Is het heus?' fluisterde Tessa, die zo gauw niets anders wist te zeggen.
'Ja, heus.' Ross draaide haar om zodat ze hem eindelijk moest aankijken. Ze zag in het donker zijn ogen glanzen toen hij de badjas opendeed en zacht van haar schouders schoof. 'Ik begin te denken,' zei hij, de omtrek van haar mond met zijn wijsvinger volgend, 'dat die seksuologen best eens gelijk konden hebben.'
Het was net of je een ingewikkelde dans moest uitvoeren met een wereldkampioen, dacht Tessa vaag, en dan opeens ontdekte dat je alle passen kende. Elke reactie, elk ritme was een hoogtepunt op zich. Ze waren zo volmaakt op elkaar afgestemd dat er geen verlegenheid, geen aarzeling... geen twijfel was. Na deze lange voorbereiding waren ze allebei zover dat er geen voorspel meer nodig was, maar ze gingen toch door, zwijgend, om de verrukking te rekken, geen moment eerder dan nodig te laten eindigen. Toen Ross haar mond kuste, voelde Tessa zich week van verlangen, haar handen liefkoosden hem, haar lichaam drukte zich tegen het zijne. Toen het wachten ten slotte niet langer uit te houden was, kwamen ze op precies hetzelfde moment samen en ze hapte even naar adem toen hij bij haar binnenkwam. Met haar ogen dicht, zodat hij de tranen van geluk die onder haar wimpers drupten, niet zou zien, kon ze alleen nog maar denken: dit is volmaakt. En op het moment dat ze dat dacht, zei Ross diezelfde woorden hardop.

'Hè, dat was fijn,' zei Ross na afloop, terwijl hij zich op een elleboog omhoog drukte en lachend op haar neerkeek. God, wat was ze mooi. Hij streek voorzichtig een vochtige sliert blond haar uit haar gezicht. Hij was een man met een ruime, bijna panoramische ervaring met vrouwen, maar hij was verbijsterd over de diepte van de gevoelens die hij voor dit meisje koesterde. Dit was niet zomaar een goed nummer geweest. En dat wat het wel zou zijn, bracht hem van zijn stuk. Het was een nieuw, onontdekt gebied.

Omdat hij zich geen houding wist te geven, nam hij zijn toevlucht tot scherts. 'Wat denk je, zal ik die seksuoloog schrijven dat ik genezen ben?'

'Het zal een hele opluchting voor je zijn na al die jaren van onthouding,' zei Tessa, de blik in zijn ogen verkeerd uitleggend. De pret was afgelopen, hij had gekregen wat hij wilde en nu wist hij niet wat hij moest beginnen met dat meisje waar hij mee opgescheept zat.

Wees eerlijk, we wilden het allebei, hield ze zichzelf voor. En het was tenslotte fantastisch goed geweest.

Maar het bleef een goedkoop avontuurtje, meer niet, en nu moesten ze ervoor boeten met schutterigheid, met beleefd tegen elkaar zijn en net doen of ze geen volslagen vreemden waren die allebei gewoon zin in een vluggertje hadden gehad...

In het koude licht van de dageraad, die inmiddels was aangebroken, drong het tot haar door dat datgene wat een paar minuten geleden nog iets bijzonders, iets heerlijks had geleken, nu alleen maar triest en een beetje armoedig leek.

En Ross maakte het er niet beter op door juist op dat moment te zeggen: 'Zeg, ik weet nog steeds je naam niet. Nu móét je me toch zeggen hoe je heet.'

Tessa keek uit het raam naar de grauwe hemel en de nevelige heuvels in de verte. Toen sloot ze haar ogen. 'Ik dacht dat je dat wel wist. Ik ben je speeltje van de nacht.'

'Ik wil het weten,' drong hij aan. Maar ze schudde haar hoofd, vol afkeer over het spelletje dat hij meende te moeten spelen.

'Waarom in vredesnaam?'

'Zodat ik je kan bellen.' Zijn toon was half schertsend, half ernstig. Hij begreep niet waarom ze ineens zo afstandelijk deed. Dit was een situatie die hij nooit eerder had meegemaakt.

'O, hou toch op,' zuchtte Tessa wanhopig. Er was niets aan te doen. Uit bed stappen, haar kleren bijeen zoeken en de vijf kilometer naar huis lopen was te vernederend, te goedkoop en werkelijk veel meer dan ze op dit moment aankon.
Dus koos ze het enige alternatief dat haar overbleef, ze draaide zich om – met haar rug naar Ross – en ging weer slapen.
Na een tijdje onrustig gedoezeld te hebben, stond Ross om halfacht op. Hij keek naar het meisje in zijn bed met haar lange, glanzende blonde haar uitgespreid op het kussen, haar kleine maar mooie borsten half bedekt door haar linkerarm, maar durfde haar niet wakker te maken. Hij zou het afschuwelijk vinden als ze weer op die ik-ben-je-speeltje toer ging.
Wat moest hij verdomme doen?
Hij mocht onder geen voorwaarde zijn bespreking met een buitengewoon invloedrijke Amerikaanse zakenman in Bath missen. En omdat ze gisteravond had gezegd dat de vriendin die haar mee naar de party had genomen, weg was gegaan en ze niet genoeg geld had voor een taxi naar huis, stak Ross een opgerold biljet van twintig pond in de hals van de bijna lege champagnefles die hij gisteravond mee naar boven had genomen. Hij zette hem op het nachtkastje, schreef haastig een briefje en zette dat tegen de fles.
Toen haalde hij, terwijl hij haar veel liever wakker had gekust, om nog eens met haar te vrijen en haar te vertellen wat de afgelopen nacht werkelijk voor hem had betekend, zijn kleren uit de kast en ging geruisloos de kamer uit.

> Sorry, moest weg. Dringende zakelijke bespreking.
> Bel gerust room service voor je ontbijt. En laat alsjeblieft je telefoonnummer achter – ik bel je in elk geval. R.
> PS Geld voor taxi naar huis.

Het loon der zonde, dacht Tessa, terwijl ze het opgerolde briefje van twintig in de fles duwde en keek hoe het langzaam doordrenkt werd met het restje champagne. Dat hij zich verplicht had gevoeld geld voor haar achter te laten, zei meer dan genoeg.

Holly's donkergroene sportwagen kwam die middag met gierende remmen voor Tessa's huis tot stilstand, precies zoals Tessa had verwacht.

'Waar was jij gebleven?' Holly, die nooit zoiets gewoons als een spijkerbroek en een T-shirt droeg, zag eruit als een explosie in een bloembed. De knalrode, zachtpaarse en hardroze jurk en het bijpasende jasje waren nieuw en hadden zo te zien een bom duiten gekost. Tessa vermoedde dat het een aankoop uit teleurstelling was, hetgeen betekende dat het met Max niet volgens plan was verlopen.

'Ik had hoofdpijn,' zei ze, terwijl ze een stapel nog niet geprepareerde doeken van de bank nam zodat Holly kon gaan zitten. 'Ik had je wel willen vertellen dat ik wegging, maar ik kon je nergens vinden.'

'Hoe laat was dat?'

Tessa deed of ze nadacht. 'Uur of tien. Ik heb een taxi genomen.'

'Leugenaarster!' riep Holly triomfantelijk. 'Ik ben hier om halftwaalf langs gekomen en toen was je niet thuis.'

'Toen sliep ik zeker al.' Tessa pakte een stapel oude kranten op en bracht ze naar de keuken.

'Liefje, ik heb steentjes tegen je slaapkamerraam gegooid.'

'O, daarom zat er een barst in.'

'Toe, vertel het me nou,' smeekte Holly, terwijl ze Tessa achterna liep naar het keukentje en haar tegen de ijskast klem zette. 'Je hebt vast een stoot van een vent ontmoet. Wie is het?'

'Wat is er met Max gebeurd?' vroeg Tessa om tijd te winnen.

Holly trok een gezicht en plukte veelbetekenend aan haar nieuwe kleren. 'Die rotzak heeft me driehonderd pond gekost. Hij is bijna tien minuten alleraardigst geweest en toen heeft-ie me aan die Franse griet voorgesteld, Dominique weet-ik-veel. Ze is doctor in het een of ander. En even later waren ze samen aan het dansen en ik mocht muurbloempje spelen. En ze had een tatoeage op d'r dij,' besloot Holly verachtelijk. 'Nou ja, die heeft Max natuurlijk de rest van de avond van héél dichtbij willen bekijken.'

'Het is in elk geval een erg leuke jurk.'

'En het is erg aardig van je om dat te zeggen, lieverd.' Holly schudde glimlachend haar hoofd. 'Maar daarmee ben je toch niet van me af. Dus vertel me nu maar ter plekke waar jij vannacht bent geweest, Tessa Duvall, of er komt een hoop gedonder.'

3

Op de dag dat Tessa achter elkaar vier dubbele boterhammen met banaan opat, wist ze dat ze zwanger was. Ze had namelijk zevenentwintig jaar lang geen bananen kunnen zíén.

Het was een schok, maar ook weer niet zo'n grote schok. Het gekke was dat op die noodlottige nacht in september het onderwerp voorbehoedmiddel niet één keer bij haar was opgekomen. Pas de volgende dag – toen Holly, tegen wie ze koppig had geweigerd de naam van de man te noemen, een terloopse opmerking over condooms had gemaakt – had ze beseft welk risico ze had genomen. Daarna was de mogelijkheid dat ze zwanger zou kunnen zijn niet meer geworden dan dát – een knagende maar kleine mogelijkheid. Dat kon haast niet, zei ze aldoor tegen zichzelf; ze hadden het maar één keer gedaan. En om de een of andere reden was ze er ook nog van overtuigd dat het jaar van onthouding dat aan die ene nacht vooraf was gegaan, in haar voordeel zou werken.

Maar de weken waren verstreken, er was niets gekomen en geleidelijk was de zekerheid gegroeid dat datgene wat ze had gevreesd inderdaad zou gebeuren.

Tessa verwenste zichzelf om haar domheid. Ze wist dat ze die nacht uit haar geheugen moest bannen, maar het ging niet. Al deed ze nog zo haar best, toch moest ze aldoor aan zijn lach denken, aan zijn twinkelende donkere ogen, aan zijn absurde gevoel voor humor en de manier waarop hij haar had laten geloven dat hij echt niet zo slecht was als hij werd afgeschilderd...

Trouwens, dat was immers ook flauwekul. Wanneer ze het rationeel bekeek, moest ze dat wel toegeven. En Tessa was bovenal rationeel. Wanneer het erop aankwam, kon ze de situatie met ijskoude objectiviteit beredeneren.

Ross en zij waren tegenpolen. Koningin Victoria en Mick Jagger zouden een geloofwaardiger paar vormen dan Ross en zij. Tussen hen zou het nooit iets kunnen worden.
Het zou alleen zo ontzettend moeilijk zijn. Iemand vergeten die onvergetelijk was, was al moeilijk genoeg, en nu zou ze een voortdurende herinnering aan hem hebben...
Wanneer ze bedacht hoe ze op het punt had gestaan Holly de identiteit van haar éénnachtsvriend te onthullen, huiverde Tessa van opluchting. Dat had ze goddank niet gedaan. Holly was het type dat een geheim niet langer dan dertig seconden kon bewaren. Met Ross naar bed gaan was een ongelooflijke stommiteit geweest, en op deze manier tegen de lamp lopen was een stommiteit die alle geloof te boven ging. De identiteit van de vader van haar kind was iets dat Tessa, wat er ook gebeurde, aan niemand zou onthullen.

De twee kerstbomen aan weerszijden van de balie glinsterden als buikdanseressen wanneer iemand er langsliep. Honderden zilverkleurige sliertjes weerkaatsten het licht van de luchters die erboven hingen.
Holly was dol op Kerstmis en al die versieringen, maar vandaag was ze te opgewonden om zelfs maar het laatste venstertje in haar adventskalender open te doen.
Ze was totaal verbijsterd geweest toen Tessa gistermiddag aan de lunch had gezegd: 'O, dat is waar ook, ik heb een nieuwtje voor je.' Zo geschrokken en vol afgrijzen en verbazing dat ze een flinke bel cognac nodig had gehad om weer op verhaal te komen.
Tessa daarentegen was de kalmte zelf geweest. Ze had geamuseerd om Holly's overdreven reactie geglimlacht en kalmweg gezegd dat zij al twee weken had gehad om aan het idee te wennen en er nu blij mee was. Het zou niet makkelijk worden, maar ze zou zich wel redden.
Net iets voor Tessa om zich zo flink voor te doen en met een luchtig gebaar elke suggestie dat het niet zó makkelijk zou zijn, weg te wuiven. Ze was een meisje met een sterk karakter, het meest onafhankelijke meisje dat Holly ooit had gezien, en het laatste dat ze zou doen was in paniek raken.

Bij de *fettucine alla vongole* en een glas rode wijn had Holly nog eens geprobeerd de identiteit van de vader aan de weet te komen – tevergeefs. Tessa had haar hoofd geschud en evenmin over hem willen praten als over haar overige problemen. Hij was volkomen onbelangrijk, had ze nadrukkelijk verklaard. Ze wilde onder geen voorwaarde contact met hem opnemen en hem van de situatie op de hoogte stellen.
Tessa voelde er totaal niets voor om een nagenoeg vreemde man als vader aan te wijzen en voor de rechter te slepen om er geld uit te slaan. Dit was háár baby en háár verantwoordelijkheid en ze zou het best alleen klaarspelen.
Holly had haar vriendin in stilte voor gek verklaard. Hardop had ze omstandig verklaard dat ze zou doen wat ze kon om Tessa te helpen.
En toen had ze midden in de nacht opeens een fantastisch idee gekregen. Ze had het in gedachten overwogen en had, verbaasd over haar eigen vindingrijkheid, nauwelijks kunnen wachten tot het tijd was om naar haar werk te gaan. Nu kon Ross elk ogenblik verschijnen en ze wilde hem ermee overvallen voor hij de kans kreeg zijn kantoor binnen te gaan. Holly krabbelde gedachteloos een tekeningetje in de linkerkantlijn van het hotelregister en glimlachte geheimzinnig en zelfvoldaan. Ze had tussenpersoon altijd zo'n leuk woord gevonden en nu sloeg dat woord eigenlijk op haarzelf!

'Dus jij hebt een vriendin,' zei Ross. Hij deed moeizame pogingen om kop en staart aan Holly's opgewonden relaas te ontdekken en wilde wel dat hij die nacht meer dan drie uur had geslapen. 'Een vriendin die in de problemen zit. Zo een is meestal een blok aan je been,' vervolgde hij, in de stoel achter zijn bureau ploffend en Holly beduidend dat ze ook moest gaan zitten. Haar knalgele jurk en haar doordringende parfum leken zijn kater nog erger te maken dan hij al was.
'Nou, dat is Tess beslist niet,' verklaarde ze fier. 'Tess is een schat. En daar gaat het nou juist om. Jij zou haar helpen en tegelijkertijd bewijst zij jou een dienst. Ze is namelijk een buitengewoon begaafde schilderes.'
'En jij wilt dus dat wij haar werk in het hotel exposeren,' zei

Ross, in een poging Holly af te remmen. 'Als ze zo goed is, waarom verkoopt ze dan niet via een galerie?'
Holly zag dat haar baas nog niet op volle toeren functioneerde. Dus zei ze overdreven geduldig: 'Dat doet ze natuurlijk ook, maar de enige mensen die bij galeries binnenkomen zijn degenen die toch al schilderijen willen kopen.'
'Ja... eh' Hij kon het niet goed meer volgen. 'Holly, zou je niet even gauw een kop koffie voor me willen halen...?'
'Dat doe ik zo.' Als Holly ergens goed in was, dan was het wel in het benutten van een bepaalde situatie. Ze zou zijn wankele geestesgesteldheid in haar eigen voordeel benutten. 'De kwestie is, als Tessa's schilderijen aan jouw muren hangen, dan worden ze gezien door mensen die helemaal niet van plan waren om iets te kopen! Dus wanneer ze ze zien en ze mooi vinden en dan beseffen dat ze ze kunnen kopen, zullen ze nog meer in hun schik zijn dan wanneer ze toch al een schilderij hadden willen kopen. Snap je dat niet...?' Ze schudde haar hoofd in haar ijver om het hem aan zijn verstand te brengen. 'Iedereen wil graag zeggen dat hij iets heeft gezien dat hij gewoonweg móést hebben. Dat is een onstuimig, romantisch gebaar... dat geeft ze het gevoel dat ze jong en spontaan zijn...!'
'Oké, oké.' Ross stak een hand op om haar woordenvloed te stuiten. 'En wat krijgen wij ervoor terug, afgezien van spontane gasten die alsmaar onstuimige, romantische gebaren maken en nog gearresteerd worden op de koop toe?'
'Tien procent,' antwoordde Holly prompt.
Ross had nog nooit zo naar een kop koffie gesnakt. 'Als je maar niet denkt dat we er prijskaartjes aan gaan hangen,' mopperde hij, al half zwichtend.
'Lieve help, nee. Alleen een discreet lijstje op de balie,' verzekerde Holly hem sussend. Ze was vast van plan om elke gast die de balie binnen een straal van drie meter passeerde, op Tessa's schilderijen opmerkzaam te maken.
'En ik moet haar werk eerst zien voor ik ergens mee akkoord ga.' In stilte wekte het echter zijn verwondering en nieuwsgierigheid dat Holly, met haar rijke familie en haar roerig uitgaansleven, zo dik bevriend was met een zwangere, straatarme schilderes. Hij had een paar van haar vrienden ontmoet en

als hij die een stuk houtskool aangeboden had, zouden ze waarschijnlijk hebben geprobeerd het op te roken. 'Wie is het eigenlijk? Moet ik haar kennen?'
'God, nee,' riep Holly. 'Ze is totaal niet geïnteresseerd in het soort sociale contacten dat ik heb. We zijn al boezemvriendinnen vanaf ons achtste, toen haar moeder bij mijn moeder kwam werken, maar als je ons zag, zou je dat nooit denken. Ze is precies het tegenovergestelde van mij.'
'In dat geval vind ik haar nu al aardig,' zei Ross met een halfslachtige poging tot een grapje. 'Zij zou misschien zo lief zijn om een kop koffie voor me te halen.'
'Ze zou je eerder een luie niksnut noemen en zeggen dat je het zelf maar moest doen,' antwoordde Holly. 'Bij Tessa hoef je niet aan te komen met het geslijm dat je op anderen loslaat. Zij is immuun voor mooie praatjes.'
Ergens diep in Ross' herinnering rinkelde een belletje. Maar het was te ver weg om erover na te denken. Holly ratelde alweer verder, popelend om de kwestie te regelen. 'Ik heb haar wel mee naar hier kunnen krijgen voor dat feest van Max, een paar maanden geleden,' vervolgde ze, met haar knie wippend van ongeduld om hem 'ja' te horen zeggen, 'maar ze is niet lang gebleven. Je hebt haar waarschijnlijk niet eens gezien...'
Ross dacht niet meer aan koffie. Hij hield zelfs even zijn adem in. Het belletje was nu niet meer ver weg maar rinkelde luid en duidelijk.
Naar een punt op de muur ergens achter haar hoofd starend, ging hij in gedachten Holly's woorden na: 'Ze is precies het tegenovergestelde van mij... Zij is immuun voor mooie praatjes.' En: 'Ik heb haar wel mee naar hier kunnen krijgen voor dat feest van Max.'
Jezus, dat moest ze zijn. Dat kon niet anders.
'Nou?' Holly knipte met haar vingers om zijn aandacht te trekken. 'Mag ik haar zeggen dat we het doen?' Ross was wel erg duf vanmorgen, dacht ze. Gewoonweg wezenloos.
'Nee, dat mag je niet. Komt dit plan van haar?' Zijn kater was vergeten en hij probeerde de kwestie te doorzien. Of er althans iets van te begrijpen.
'Natuurlijk niet!' Holly keek hem verontwaardigd en fier aan.

'Ze heeft er zelfs geen vermoeden van. Ik heb je toch gezegd dat het míjn plan was. Ze heeft me pas gisteren verteld dat ze zwanger is en toen ben ik vannacht op dit luisterrijke idee gekomen.'
'Die baby,' zei Ross, verbaasd dat hij zijn stem gewoon nieuwsgierig kon laten klinken terwijl de vraag die hij ging stellen zulke wereldschokkende gevolgen kon hebben. 'Wie is de vriend?'
'O,' Holly maakte een verachtelijk handgebaar, 'niks vriend. Zomaar een vent voor één avond die van het toneel verdwenen is. Eigenlijk is het nogal toevallig, omdat het kennelijk op de avond van Max zijn feest is gebeurd...'

4

Het Grosvenor House Hotel, uitermate chic en krioelend van de beroemdheden die er voor deze gelegenheid waren neergestreken, kon de drukte aardig aan.
Max, die samen met iemand het script had geschreven voor een film die vandaag voor een aantal onderscheidingen op de nominatie stond – onder andere voor het beste script – vond het allemaal stomvervelend.
Hij had een hekel aan dit soort gedoe met een heleboel opgedirkte, zelfvoldane mensen uit de showbusiness en vroeg zich af waarom hij geen voet bij stuk had gehouden en nee had gezegd. Hij wilde hier niet zijn. Hij had wel wat anders te doen. En wie kon het eigenlijk een bliksem schelen of hij hier wel of niet was? In een zaal met zeshonderd mensen maakte één meer of minder immers geen verschil.
Hij zou later tot de conclusie komen dat dat wel degelijk verschil maakte.
Francine Lalonde, de voluptueuze ster van tientallen films, zowel Franse als Engelse, koos precies dat moment om haar gebruikelijke late entree te maken. Op het podium ontving een grijsharige jongeman zijn onderscheiding voor het beste kostuumontwerp van een nog oudere, kalende man, maar niemand schonk er enige aandacht aan.

'O, jee,' teemde Francine Lalonde met de hese stem en het ontspannen timbre die een onderdeel van haar succes waren. 'Ze zijn al zonder mij begonnen.'

Ondanks het feit dat Max talloze malen over liefde op het eerste gezicht had geschreven, had hij die dubieuze filosofie nooit serieus genomen. Dat was immers te gek om los te lopen. Hoe kon je nu verliefd worden op iemand die je niet kende?

Maar nu begreep hij het opeens, zonder het te kunnen verklaren. Hij wist alleen dat alles wat die ander zei, dacht, voelde of deed, in elk opzicht *goed* zou zijn.

En toen Francine Lalonde, die zijn blik opving, knipoogde en op zijn tafel af kwam, wist hij zeker dat alles wat zij deed inderdaad goed zou zijn.

'Ik wil geen opschudding veroorzaken,' fluisterde ze, terwijl ze op de lege stoel aan Max' linkerkant glipte. 'Dus ik zal maar heel stilletjes doen, anders word ik er nog uitgezet.'

Max, die anders nooit om een weerwoord verlegen zat, knikte alleen maar. Meer kon hij niet. Hij had in de loop der tijd een aantal van haar films gezien en haar schoonheid op een afstandelijke manier bewonderd, maar niets had hem kunnen voorbereiden op deze ontmoeting in levenden lijve. Ze riep herinneringen op aan een volmaakte, net gerijpte vrucht en rook naar honing. Haar glanzende, kastanjebruine haar, amandelvormige bruine ogen en pruilende koraalrode mond dreven op zachtzinnige wijze de spot met de graatmagere blondines die tevergeefs probeerden het soort zinnelijke uitstraling te verwerven die aangeboren is en nooit gemaakt kan worden. Nee, Francine Lalonde had de kunstmiddelen niet nodig die zovelen in hun streven naar glamour moesten aanwenden. Haar haar danste vrij van lak op haar schouders, ze droeg geen opzichtige sieraden en haar eenvoudige abrikooskleurige jurk voegde zich naar haar vrouwelijke vormen in plaats van andersom. Zij was een echte vrouw. Zij hoefde niet te doen alsof.

Max daarentegen voelde zich opeens weer een vijftienjarige jongen.

Hij kon echter onmogelijk verzaligd stommetje blijven spelen. Francine Lalonde was een van de eregasten op deze plechtig-

heid en haar plaats was aan een van de tafels vooraan, vlak bij het toneel. Maar toen de organisator verscheen om haar mee te nemen, wendde ze zich tot Max en legde even haar hand op de zijne.
'Doodjammer dat ze me komen halen,' fluisterde ze. 'U lijkt me zo vindingrijk, zo interessant. Ik hou van vindingrijke mannen. *Bonne chance, m'sieur...*'
De rest van de avond ging in een waas aan Max voorbij met hier en daar een flits van helderheid. Hij kon haar vanaf zijn plaats achterin de zaal niet meer zien, maar toen ze onder donderend applaus het toneel op kwam, eerst om de onderscheiding uit te reiken aan de meest veelbelovende jonge acteur en toen om haar eigen onderscheiding voor de beste actrice in ontvangst te nemen, merkte hij dat hij zijn adem inhield om zich volledig te concentreren op alles wat ze zei en deed. Hij zon koortsachtig op een mogelijkheid om haar nog eens te ontmoeten. Hij móést haar nog eens zien. En hij moest ervoor zorgen dat die tweede ontmoeting haar zo goed zou bevallen dat hij automatisch gevolgd zou worden door een derde... en een vierde...
'Waar ga je naar toe?' siste de man aan zijn rechterkant, de regisseur van de film waarvoor Max een deel van het script had geschreven. 'Ze gaan zo dadelijk de Beste Film aankondigen, je kunt nu niet weglopen!'
'Het spijt me,' zei Max zonder een zweem van spijt. 'Een spoedgeval. Ik moet weg. Succes...'

De plechtigheid sleepte zich voort en liep een eind uit, zoals dat soort dingen gewoonlijk doet. Tegen de tijd dat Francine vriendelijke woorden en vluchtige kussen had uitgewisseld met een paar honderd oude collega's en verre vrienden, wilde ze alleen nog maar in haar wachtende limousine ploffen en zich op een rustige avond in haar hotel verheugen. Een warm bad, een lekker drankje, misschien een kundige massage, of...
'Iemand heeft mij gevraagd u dit te geven, madame,' zei Tomkiss, haar gewichtig doende chauffeur. Francine bezag het fraai gepresenteerde pakket met enige nieuwsgierigheid. Het vooruitzicht van een warm bad was echter aanlokkelijker.

'Wat aardig. Maar zou er soms een bom in zitten, Tomkiss?'
'Het tikt niet, mevrouw,' antwoordde hij stijfjes, haar het pakket nog steeds voorhoudend.
Ze verbeet een lachje. Tomkiss had totaal geen gevoel voor humor. 'Nou, dat is al een goed teken. Gooi het maar in de kofferruimte, dan maak ik het straks wel open.'
'De heer in kwestie heeft me verzocht erop toe te zien dat u het meteen open maakte, mevrouw.'
Francine, die haar lach niet langer kon inhouden en de afleiding eigenlijk wel leuk vond, zei: 'Bedoel je dat hij je geld heeft gegeven om zich van je medewerking te verzekeren? Hoeveel? Twintig pond?'
'Eh... vijftig, mevrouw.'
'Pas toch op, Tomkiss! Je weet toch hoe makkelijk ik verliefd word op rijke mannen. Enfin, ik zal dat pak in de auto openmaken. Mag dat of moet ik op het trottoir staan rillen om aan de wensen van de goede gever te voldoen?'
'In de auto mag ook wel, mevrouw,' zei Tomkiss, die het vermoeden kreeg dat ze hem uitlachte.
'Dat is heel aardig van je,' antwoordde Francine ernstig. 'Wat ben je toch een goeierd.'
De meeste van haar bewonderaars gaven haar bloemen, juwelen, parfum. Toen ze de rode linten had losgemaakt en het donkerblauwe cadeaupapier verwijderd, begon Francine te glimlachen. Sommigen gaven haar bonbons, anderen schilderijen. Eén had haar zelfs een Rolls Royce Silver Shadow cadeau gedaan. Maar niemand had haar ooit een mand gestuurd met daarin zes bussels verse asperges, een half dozijn artisjokken en twee kreeften.
Ze deed de enveloppe open die tussen de kreeften stak en haalde er een opgevouwen stukje krant uit. De ingevulde kruiswoordpuzzel van de *Time*, befaamd om zijn hoge moeilijkheidsgraad. In de kantlijn eronder stond: 'Vindingrijk genoeg?'
Het portier naast haar ging open. 'En?' zei Max. Zijn donkere ogen twinkelden, maar hij hield zijn gezicht in de plooi. 'Ben ik dat?'
'Dat ben je zeker,' zei Francine liefjes en klopte op de plaats naast haar. 'Ik vind het geweldig. Ga mee naar mijn hotel, vin-

dingrijke man. Ik heb een suite in het Ritz. Misschien dat je daar nog meer goede invallen krijgt.'

Max voelde zich alsof hij gestorven was en regelrecht naar de hemel gegaan. Naarmate de avond verstreek raakte hij meer en meer in de ban van Francine Lalonde. Ze was alles wat hij ooit in een vrouw had gezocht. Zelfs de dingen die hij bij andere vrouwen niet kon uitstaan – zoals kettingroken – deerden hem bij haar niet. Dat hoorde net zo bij haar als haar expressieve handen, haar verrukkelijk droge humor en haar Engels met een licht accent. Hij kon zich eenvoudig niet indenken dat ze niet zou roken. Dat zou helemaal verkeerd zijn...

Hij had plezier in haar gezonde eetlust, de manier waarop ze genietend in een malse asperge hapte en lachte toen de gewelde boter langs haar vingers droop. Ze peuterde de kreeftenpoten tot het laatste stukje leeg met een triomfantelijk gebaar dat haast kinderlijk aandeed. Maar toen ze even later haar tongpunt wellustig langs haar even geopende lippen liet glijden, bracht dat hem weer tot het besef dat ze een veertigjarig sekssymbool was, begeerd door duizenden mannen en zich terdege bewust van haar seksuele aantrekkingskracht.

'Ik heb nog nooit zo lekker gegeten,' verklaarde Francine ten slotte, haar handen omhoog stekend. 'Maar ik geloof,' voegde ze er met een lome glimlach aan toe, 'dat ik ook nog nooit zo heb geknoeid. Kijk eens, ik zit onder de botersaus. Ik denk dat ik maar eerst in bad zal gaan. Wil jij mijn rits even los doen, Max?'

Het ging steeds beter, dacht Max, terwijl hij zijn eigen handen aan een servet afveegde en opstond toen Francine hem haar rug toekeerde.

De rits gleed langzaam en moeiteloos van haar nek naar haar middel en onthulde een oesterkleurige body. Hij weifelde een moment met zijn vingers vlak bij haar rug, overmand door emoties. Toen was het te laat. Francine was, over haar schouder naar hem glimlachend, al op weg naar de badkamer.

'Ik zit altijd heel lang in het bad. Zul jij je niet vervelen?'

'Misschien. *Mon Dieu*! Is dat misschien wel of misschien niet? Toe Max, niet mokken. Dat is zo verdomd Engels!'

Hij nam zijn smokingjasje en strikje van de sofa en liep naar de deur. Terwijl hij hem opende draaide hij zich nog eens om en nam haar van onder tot boven op, keurend, alsof ze een bizar abstract schilderij in een galerie was.
'Gewoon misschien,' zei hij zo achteloos mogelijk. 'En trek niet zo pruilmond, Francine. Dat is zo verdomd Frans.'

5

Toen ze de voordeur opendeed, voelde Ross weer die schok van verlangen. Ze zag er in haar witte katoenen slobbertrui en lichtgele legging, haar blonde krullen in een slordige dot boven op haar hoofd en ook nu zonder make-up, net zo overweldigend knap uit als in zijn herinnering.
Tegelijkertijd had hij zin om haar eens flink door elkaar te rammelen. Wat voor spelletje speelde ze eigenlijk?
'Hallo, Tessa,' zei hij kalm. En wachtte.
Tessa kon haar ogen niet geloven. Wat kwam hij doen? Hoe had hij haar gevonden? Hoeveel wist hij en hoe was hij iets aan de weet gekomen?
Ze begreep dat Holly hier iets mee te maken had. Maar ze begreep niet op welke manier, want Holly wist tenslotte niets. En Ross, vermoedde ze met toenemend onbehagen, zou haar niet de tijd geven om haar gedachten te verzamelen.
'Hai.' Ze veegde haar verfhanden af aan een zakdoek en deed een stap opzij om hem binnen te laten, aangezien dat duidelijk zijn bedoeling was. Ze keek op haar horloge. 'Wil je iets drinken?'
'Nee.' Ross had een paar uur de tijd gehad om zijn eigen gedachten te verzamelen en hij had aangenomen dat hij daardoor in het voordeel zou zijn, maar nu hij hier was wist hij vreemd genoeg niet wat hij moest zeggen. Hij wist niet eens meer wat hij had willen zeggen.
'Ik schilder,' zei Tessa onnodig, met een hoofdknik naar de ezel naast het raam. Ross keek naar de pot met penselen op de ven-

sterbank, de onbeschilderde doeken tegen een stoel, het palet dat tegen de leuning stond en de stuk of zes, zeven ingelijste doeken die aan de witgekalkte muren hingen. 'Is het heus?' zei hij met een nauwelijks merkbaar vleugje sarcasme.
'Sorry dat het hier nogal een troep is...'
'Ach, klets niet.' Hij stak zijn handen in zijn zakken en kwam tegenover haar staan. Zijn donkere ogen fonkelden, zijn vastberadenheid was teruggekeerd. 'Tessa, waarom heb je dat verdomme gedaan?'
'Wat gedaan?' Van haar stuk gebracht door zijn uitval liep ze naar het raam en keek naar buiten of ze nog een bezoeker verwachtte. Maar daar stond alleen Ross' auto, een dure witte Mercedes, glanzend in het koude decemberlicht, als het symbool van hun verschil in levensstijl.
'Alles.' Hij maakte een gebaar waarbij hij bijna het doek van de ezel stootte. 'Waarom ben je er die morgen vandoor gegaan zonder je telefoonnummer achter te laten? Waarom heb je dat geld in die fles geduwd? Waarom wilde je me niet eens je naam zeggen?'
Tessa haalde haar schouders op. 'Geen van die dingen leken me op dat moment van belang.'
'Waarom niet?' riep hij ongeduldig. 'Wat kon nu van groter belang zijn dan me laten weten waar ik je kon bereiken? Ik had je verdomme toch gezegd dat ik je weer wilde ontmoeten.'
'Maar dat zou immers geen zin hebben,' probeerde ze uit te leggen. Zijzelf vond dat vanzelfsprekend, maar naar Ross' gezicht te oordelen snapte hij er niets van. Maar dat kwam natuurlijk, dacht ze, omdat hij niet gewend was dat een vrouw hem liet zitten. Zijn trots was gekwetst. Zij was niet bezweken voor zijn beroemde charmes en nu daagde hij haar uit om te bekennen dat ze daar verkeerd aan had gedaan. Zijn zelfvertrouwen moest hersteld worden.
En aangezien hij niets van de baby scheen te weten, vond ze dat ze hem wel een beetje tegemoet mocht komen.
'Nee, het zou echt geen zin hebben gehad,' zei ze op redelijke toon. 'Je ziet toch hoe verschillend we zijn. Ik ben arm en jij bent rijk. Jij hebt het helemaal gemaakt, en ik moet het nog maken. We zijn in alle opzichten verschillend...'

'Ik weet niets over je,' onderbrak hij haar. 'Jij wilde me in al die uren dat we samen geweest zijn, geen bliksem over jezelf vertellen.'
'Neem nou maar van mij aan,' zei ze rustig, 'dat we verschillend zijn. En ook al waren we met elkaar blijven omgaan, dan zou er verder toch niets gebeurd zijn – écht gebeurd zijn, bedoel ik. Jij kunt verdraaid nog toe elke vrouw krijgen die je wilt hebben. Ik wist dat ik daar toch niet tegenop kon. Dus heb ik ons beiden een hoop narigheid bespaard en ben er stilletjes tussenuit geknepen. Begrijp je nu niet dat dat het beste was wat ik kon doen?'
'Nee, dat begrijp ik niet,' verklaarde Ross, zijn vuisten gebald. 'En als al die zogenaamde verschillen dan zo belangrijk waren, waarom ben je dan verdomme met me naar bed gegaan?'
Voor het eerst sinds hij er was, kon er bij Tessa een lachje af. Haar groene ogen vernauwden zich en ze hield haar hoofd een tikje scheef toen ze over het antwoord nadacht. En ondanks zichzelf, ondanks het feit dat dit knappe, eigenzinnige meisje hem tot het uiterste irriteerde en van zijn stuk bracht, glimlachte Ross ook.
'Oké, ik weet het wel.' Hij streek door zijn donkere haardos. 'Dat was de stomste vraag die ik ooit in mijn leven heb gesteld.'
'Het was fijn.'
'Een fijne vraag?' Hij lachte, haar opzettelijk verkeerd begrijpend. En opeens waren de irritatie en de spanning tussen hen vervlogen.
'Die vraag was stom. Met je naar bed gaan was fijn.'
'Vond je dat heus?' Nu plaagde hij haar openlijk. 'Zeg je dat niet om aardig te zijn?'
'Eigenlijk wel. Je weet hoe het met jullie mannen en je kwetsbare ego gesteld is. We willen tenslotte niet dat je weer impotent wordt.'
Ross deed een stap naar haar toe. Hij zou haar het liefst in zijn armen nemen, haar die slobbertrui uittrekken en met haar in bed duiken. Maar hij deed niet meer dan die ene stap voorwaarts. Hij begon – misschien – te leren hoe hij Tessa Duvall moest aanpakken.

'O nee?' daagde hij haar voorzichtig uit.
Tessa begreep onmiddellijk waar hij op aanstuurde en ze schrok van de heftigheid waarmee ze ernaar verlangde. Het begon allemaal weer opnieuw, de stroom adrenaline, de opwelling van seksuele begeerte, zo sterk dat haar knieën ervan knikten, het verlangen om te tasten en te strelen, om genot te schenken en te ontvangen...
Maar deze keer zou ze niet toegeven. De redenen die ze Ross had genoemd om de kennismaking niet voort te zetten, waren geen voorwendsels geweest, ze had de waarheid gesproken. En het was zelfs na die ene nacht al moeilijk genoeg geweest om niet meer aan hem te denken. Als ze nu toegaf, zou dat alles alleen maar moeilijker maken. Ze moest met hem breken voor de zaak uit de hand liep.
Deze keer zou ze nee zeggen.
Dat zou ze althans gedaan hebben als Ross niet juist dat moment had gekozen om haar zacht maar beslist in zijn armen te trekken.

Niet gewend afgewezen te worden kon Ross niet geloven dat Tessa dat wéér deed. Erger nog, ze had niet eens het fatsoen om hem serieus te nemen.
'Wat is er zo grappig?' wilde hij weten, terwijl hij in de kussens terugviel en naar haar lachende gezicht keek.
'Jij.' Tessa boog zich naar hem over en kuste hem op het puntje van zijn neus. 'Ik wil wedden dat je dat tegen alle meisjes zegt. Je moet echt voorzichtiger worden. Vandaag of morgen zal iemand je aan je woord houden.'
'Ik heb nog nooit eerder iemand gevraagd om met me te trouwen,' riep Ross verontwaardigd. 'En ik had niet gedacht dat ik, als het ooit zover zou komen, uitgelachen zou worden. Hoe zit het, trouw je met me, ja of nee?'
'Nee!' lachte Tessa. Ze wilde wel dat hij het van de grappige kant kon bekijken. 'Ach, Ross, dit is echt te gek. Je vraagt iemand toch niet ten huwelijk omdat het zo leuk is om met haar naar bed te gaan. Je hoeft je geen zorgen te maken,' vervolgde ze, en fluisterde in zijn oor: 'Ik zal het aan niemand vertellen. Je reputatie blijft intact.'

'Ah,' zei Ross, eveneens fluisterend. 'Maar hoe zit dat met jouw reputatie? Jij bent tenslotte degene die zwanger is.'
Hij zag haar verstarren. Ze schoof met een ruk bij hem weg en verborg haar gezicht in haar handen. Toen ze niets zei, vervolgde Ross: 'Holly heeft het me verteld. Ze zei dat je één avond op stap was geweest met iemand die je op Max' feest had ontmoet en dat je niet meer met hem omging omdat hij van het toneel verdwenen was. Maar ik ben niet van het toneel verdwenen, of wel soms? Ik ben hier en jij bent zwanger en ik heb je gevraagd om met me te trouwen. Waarom wil je dat verdomme niet?'
'Dat heb ik je toch gezegd,' zei Tessa onbewogen, halsstarrig. 'Het zou niets worden, en het is dom om net te doen of het wel iets zou worden.'
'Maar je krijgt een kind van me.' Opnieuw aarzelde hij tussen haar omhelzen en haar door elkaar rammelen. Hij werd opeens getroffen door een gedachte. 'Je neemt dat kind toch, nietwaar?'
'Natuurlijk.'
'Waarom mocht ik het dan niet weten?'
'O, zeur niet!' riep Tessa uit. Haar groene ogen fonkelden. 'Wat had ik dan moeten doen, het hotel binnenstappen en je om geld vragen?'
'Dat zouden de meeste meisjes in jouw omstandigheden gedaan hebben.'
'Nou, ik ben niet zoals de meeste meisjes,' zei ze vinnig. 'En ik zal niemand om geld vragen. Ik kan me best zelf redden.'
'Een kind moet een vader hebben.' Ross wist dat het ontstellend oubollig klonk, maar hij ging toch door. 'Het is niet eerlijk om het een van zijn ouders te ontzeggen alleen omdat jij te obstinaat bent om het te willen delen. En hoe zal het zich voelen als het opgroeit en tot de ontdekking komt dat het buitenechtelijk is? Moet jij het dat stempel opdrukken?'
Hij had totaal niet op Tessa's reactie gerekend. Ze draaide zich om en gaf hem zo'n harde draai om zijn oren dat hij even echte sterretjes zag.
'Jezus,' mompelde hij, zijn slaap betastend en half verwachtend bloed te zien.

'Precies.' Tessa beefde van woede, haar toon was ijskoud en vol verachting. 'Dat was ook een buitenechtelijk kind. Net als ik. En ik geloof niet dat we er een van beiden minder door zijn geworden.'
Nu hij dat hoorde, was hij ontzet over zijn eigen grofheid. Hij trok haar met gevaar voor lijf en leden in zijn armen, begroef zijn gezicht in haar lange haar en zei oprecht: 'Het spijt me. Het spijt me heel erg. Ik zei het alleen omdat je elk ander argument dat ik kon bedenken de grond in boorde. Maar ik meende er niets van, hoor.'
Tessa staarde een tijdje zwijgend naar het Pruisisch blauwe plafond van haar slaapkamer. Ten slotte klopte ze hem met een merkwaardig moederlijk gebaar op zijn arm.
'Het spijt mij ook. Ik had je niet zo'n dreun mogen geven.' Toen begon ze te lachen. 'Maar denk je eens in hoe kwaad ik zou zijn geworden als ik echt een buitenechtelijk kind was.'

Holly was druk in de weer aan de receptie toen Tessa gearmd met Ross langs wandelde. Ze wierp haar een vragende blik toe maar Tessa, die kraai, knipoogde alleen maar en liep door, terwijl Holly haar handen vol had aan een gezelschap opgewonden Maffia types die schenen te denken dat Holly, als ze maar langzaam en knalhard op haar inpraatten, hun onbegrijpelijk Siciliaans dialect op wonderbaarlijke wijze zou verstaan.
Brandend van nieuwsgierigheid moest ze nog een uur vol chaos en frustratie doorworstelen voor Tessa eindelijk alleen uit het restaurant kwam. Er stond wonder boven wonder niemand aan de receptie en de telefoon hield zich koest. Holly schoot achter de balie vandaan en trok Tessa mee het damestoilet in.
'En nu vertel je me alles,' gebood ze met een blik op haar horloge. 'En in minder dan dertig seconden. Ross slaat me dood als hij merkt dat ik niet achter de balie sta – hij heeft vreselijk rare opvattingen over vrouwenblazen.'
'Oké,' zei Tessa, Holly's ratelende manier van praten imiterend. Ze stak een hand op en begon op haar vingers af te tellen. 'Hij kwam aan de deur. We hebben een nummertje gemaakt. Hij heeft me ten huwelijk gevraagd. Ik heb hem afgewezen. Ik heb hem een klap in zijn gezicht gegeven. Ver-

hip, ik heb geen vingers meer. Nou ja, geeft niet. En hij vindt het goed dat ik mijn schilderijen in het hotel verkoop.'

Tessa had plezier in de stilte die op haar relaas volgde. Ze had Holly nog nooit met een mond vol tanden zien staan. 'Hij kwam, en jullie... wát!' riep Holly. 'Kom nou, mij neem je niet in de maling. Vertel me wat er werkelijk gebeurd is.'

'Zou ik ooit tegen jou liegen?' vroeg Tessa met een onschuldig schouderophalen. Ze bekeek zich in een van de vergulde spiegels aan de muren, likte aan haar wijsvinger en streek haar wenkbrauwen glad. 'Laat ik dan alleen maar zeggen,' besloot ze achteloos, 'dat je baas een echte versierder is.'

Holly kende de uitdrukking paf staan. Nu wist ze voor het eerst in haar leven precies wat die betekende.

'Jezus Mina,' barstte ze los. 'Je bent echt met hem naar bed geweest. Tessa, zeg eens eerlijk. Ben je dronken?'

'Ik?' Tessa keek haar vriendin in de spiegel met een gekwetste blik aan. 'Natuurlijk niet.'

'Maar je bent zwanger! Je weet dat je zwanger bent en Ross weet dat ook. Ik wist dat hij een rotzak was, maar ik had nooit gedacht dat hij zoiets ongelooflijk lulligs zou doen.'

Tessa, die zich in jaren niet zo had geamuseerd, greep Holly's pols, keek op het smalle gouden horloge en schudde haar hoofd. 'Je dertig seconden zijn om, Hol. En omdat ik niet wil dat je slecht van je baas denkt, zal ik je een geheimpje verklappen. Het was niet lullig... het was fantastisch.'

Tot het uiterste gefrustreerd deed Holly wat Ross eerder die middag had willen doen. Ze greep Tessa bij de schouders en rammelde haar hard door elkaar.

'Hou op!' gilde ze. 'Wat is dit allemaal? Vertel op, voor ik mijn verstand verlies!'

Tessa begon te lachen. Ze kon er niets aan doen. En Holly had gelijk. Als ze haar het geheim niet toevertrouwde liep haar vriendin inderdaad gevaar ernstig gestoord te raken.

'Kalm maar. Als het je geruststelt, Ross kwam alleen daar waar geen andere man vóór hem was geweest. Althans het laatste jaar niet.'

De schok was te veel voor Holly. Ze plofte op een met rozerood velours bekleed stoeltje neer en stamelde: 'Je bedoelt....?

'Hij is de vader,' bekende Tessa met een hoorbare zucht van opluchting. Als je het je beste vriendin niet kon vertellen, wie kon je het dan wel vertellen? 'Maar niemand weet het nog, dus vertel het niet verder.'

'Ross? Jij en Ross? O, Tessa, wat heb ik gedaan?'

Zoals ze daarstraks op Ross' arm had geklopt, zo deed Tessa dat nu bij Holly. 'Ja ja, het is allemaal jouw schuld. Het is praktisch jouw baby. Maar maak je geen zorgen, ik zal je niet om onderhoudsgeld vragen.'

Toen Tessa in het restaurant terugkwam, vond ze Max aan hun tafeltje. Ross was verdwenen.

'Hij moest een of ander probleem over een dubbele boeking oplossen,' zei Max, terwijl hij een sigaret aanstak en Tessa niet bepaald vriendelijk aankeek. 'Onze receptioniste was verdwenen. O, ja, mijn naam is Max.'

'Dat weet ik,' zei Tessa. 'En ik ben Tessa Duvall.'

'Dat heb ik gehoord.' Hij keek hoe ze op haar gemak ging zitten, blijkbaar niet afgeschrikt door zijn onvriendelijk gezicht, en wist dat hij gelijk had. Hij had eerder die dag tijdens een hoogst ongewoon gesprek van broer-tot-broer met stijgende verbazing naar Ross' verhaal geluisterd. Aan het eind ervan had hij tegen Ross gezegd dat hij wel niet wijs leek. Hij was niet verliefd, hij was ten prooi gevallen aan een gewiekste, geraffineerde tante die onmiddellijk door had waar wat te halen viel. En dan nog een die het spelletje buitengewoon gewiekst speelde. Ross mocht dan zo gek zijn geweest om haar ten huwelijk te vragen, maar als ze meteen had toegehapt zou hij haar gauw genoeg hebben doorzien. Daarom ging Tessa met overleg te werk, wees zijn aanzoek af om zijn belangstelling te prikkelen en hem te sterken in zijn voornemen om met haar te trouwen.

Ross had er geen woord van willen geloven, maar Max verkeerde in de voordelige positie dat hij niet verblind werd door een onschuldige glimlach, een dikke, blonde haardos, een paar prachtige groene ogen en een perfect beheerste verleidingskunst.

Tessa, die op haar beurt de humeurige man tegenover zich aandachtig opnam, kwam tot de conclusie dat hoewel Ross en Max maar twee jaar scheelden, Max wel tien jaar ouder leek. Zijn steile zwarte haar had grijze strepen, zijn donkere ogen, die dezelfde vorm en kleur hadden als die van zijn broer, werden omkranst door rimpels en keken allesbehalve vriendelijk, en de grote, goed gevormde mond was bij de hoeken omlaag getrokken.

Hij deed haar al met al denken aan een reusachtige, kwaaie tijger. Om de een of andere reden, en ze vermoedde dat ze wist welke, was Max Monahan vanavond niet in een feestelijke stemming.

'Wat denk je?' vroeg ze, hem over de rand van haar waterglas aankijkend. 'Of kan ik dat wel raden?'

De beroemde donkere ogen vernauwden zich. 'Ik denk dat je dat wel kunt, ja.'

'Maak je maar geen zorgen. Ik trouw echt niet met hem.'

'Goed geraden,' zei Max ijzig. 'Met name als het aan mij ligt. Maar ik wil voor alle duidelijkheid stellen, dat ik precies weet waar jij op aanstuurt. Ross is dan misschien smoorverliefd op je, verrukt van het idee van een overhaast huwelijk en het vaderschap, maar dat ben ik niet. En ik zal ervoor zorgen dat hij beseft wat jij voor iemand bent voor hij zich onsterfelijk belachelijk maakt.'

Het was wel mal, dacht Tessa, dat Max en zij aan dezelfde kant stonden maar dat hij weigerde dat te accepteren. Het zou bijna grappig kunnen zijn, maar grappig of niet, ze had nog altijd haar trots. En om ervan beschuldigd te worden dat ze Ross in de val had gelokt om hem tot een huwelijk te dwingen, was niet bepaald plezierig.

'En wat ben ik dan voor iemand?' vroeg ze tartend. Als Holly's bizarre wens ooit vervuld werd en ze met deze ijskoude, cynische inquisiteur trouwde, vertikte zij het om bruidsmeisje te zijn.

'Een geldgeile tante,' zei hij grof.

'Hoor eens,' zei Tessa, terwijl ze haar ellebogen op tafel plantte en zich aangordde voor de strijd. 'Het kan me niets schelen wat jij van me denkt omdat dit hypothetische huwelijk toch niet doorgaat en we dus nooit familie van elkaar worden. Maar

ik ben pisnijdig omdat jij plompverloren het ergste van me denkt terwijl je me niet eens kent.'
'Maar ik weet genoeg.' Max keek haar verachtelijk aan en drukte zijn sigaret uit.
'Dan zou je ook moeten weten dat ik nooit de geringste bedoeling heb gehad met je broer in contact te komen. Het was louter toeval dat hij me gevonden heeft.'
'Ach ja, natuurlijk!' riep hij schamper. 'Louter toeval. Je beste vriendin heeft Ross toevallig alles over je verteld. Kom nou, juffrouw Duvall. We zijn geen van beiden van gisteren. En als je mijn eerlijke mening wilt, ik betwijfel ten zeerste of dat kind, als het al bestaat, eigenlijk wel van mijn broer is.'
Dat was te veel. Tessa sprong bevend van woede op. Ze kon veel hebben, maar Max Monahans grove beledigingen waren slagen beneden de gordel.
'Beoordeel niet iedereen naar je eigen weerzinwekkende normen,' zei ze met gedempte stem, terwijl ze de halfvolle fles rode wijn die tussen hen in stond opnam. Hun tafeltje stond in een hoek. Ze liep eromheen, zodat het aan de blikken van de andere gasten in het volle, rumoerige restaurant onttrokken werd, en goot de inhoud van de fles in Max' kruis. 'Doe het maar niet in je broek uit bezorgdheid om je broer,' zei ze liefjes glimlachend. 'Jullie zijn tenslotte allebei volwassen kerels.'

6

Ross vond het niet moeilijk om doof te blijven voor alles wat Max over het onderwerp Tessa zei, maar een relatie onderhouden met iemand die halsstarrig weigerde hem te zien, was heel wat moeilijker. Woedend als ze was op Max, koelde ze die woede ten onrechte op Ross. Wanneer hij belde, herhaalde ze de beledigende, bijna lasterlijke opmerkingen die Max haar had toegevoegd. Wanneer hij naar haar huis reed en een gesprek met haar eiste, zei ze onomwonden dat ze daar niets

voor voelde – wat een regelrechte leugen was – en weigerde hem binnen te laten.
Het was een belachelijke situatie. Hij had gedaan wat hij kon om Max en Tessa tot rede te brengen, maar zolang ze koppig bij hun mening bleven, zat hij muurvast.
Toen Antonia hem op kerstavond belde, liep hij dermate met zijn ziel onder de arm dat hij haar uitnodiging onmiddellijk aannam. Als hij dan toch geen stap verder kwam bij Tessa kon hij net zo goed het plezier nemen dat hem geboden werd.

'Lieveling, zit nu niet langer over mij in!' Antonia, die naakt voor haar toiletspiegel zat, peuterde aan de stugge clip van een oorbel.
Richard Seymour-Smith stond in de deuropening naar zijn vrouw te kijken en rammelde met zijn autosleutels op de nerveuze manier die ze zo irritant vond. 'Ik zit niet over je in. Ik vind het alleen geen prettig idee dat je alleen thuis bent, en dat op kerstavond. Zou je je toch maar niet bedenken en mee naar vader gaan? Hij zal het zo fijn vinden als je ook komt.'
'Ik vind het helemaal niet erg om alleen te zijn,' zei Antonia overtuigend. Richards vader was een opgeblazen ouwe zeur die haar stilzwijgend maar duidelijk zijn afkeuring liet blijken. Ze stak haar hand naar haar man uit en hield haar hoofd schuin zodat hij een kus op haar gepoederde wang kon drukken. 'Dan kunnen jullie gezellig over zaken en politiek praten, daar heb ik toch geen verstand van. Ik ga lekker naar de televisie kijken en me volstoppen met bonbons en cognac zodat ik alsmaar dikker word.'
'Jij hebt een volmaakt figuur,' zei Richard, precies zoals ze verwacht had. 'Goed, dan ga ik maar. Ik ben op zijn laatst om twaalf uur terug. En wees voorzichtig, liefste. Geen vreemden binnenlaten, hoor.' Er was de laatste tijd nogal eens ingebroken in de omgeving en hun afgelegen huis was een ideaal doelwit.
'Nee, dat doe ik niet,' zei Antonia naar waarheid. 'Dag, schat. De groeten aan je vader.'
Ross was zoals gewoonlijk laat. Tegen de tijd dat zijn witte Mercedes voor de deur stopte, was Antonia al halverwege een

fles witte wijn. Aangezien het al donker was, brandde het buitenlicht en toen ze naar de deur liep glimlachte ze bij de gedachte aan zijn gezicht wanneer hij haar in de deuropening zou zien, met alleen een witsatijnen body en hooggehakte schoenen aan.

'Heilige hopsefie,' verzuchtte Ross. Dat vond hij zo plezierig aan Antonia, je wist altijd wat ze wilde. Naar bed, gewoonlijk. 'Ga gauw naar binnen. Stel dat iemand je ziet!'

Ze keek spottend langs hem heen naar de besneeuwde, met bomen omzoomde oprit die zich honderden meters in het donker uitstrekte. 'Och, er zitten daar vast niet meer dan een paar honderd mensen verborgen. Doe niet zo preuts, Ross. Heb jij ooit in de sneeuw gevrijd?'

Ze liet haar hand langs de voorkant van zijn overhemd glijden, voelde de warmte van zijn lijf, de harde spieren van zijn tors.

'Heb jij ooit gevrijd met een man die een piemel had ter grootte van een eikeltje?' kaatste hij terug. Zijn vage voornemens om Tessa trouw te blijven, smolten weg als de sneeuwvlokken in zijn haar. Tessa scheen niets meer met hem te maken te willen hebben en hij was tenslotte ook maar een mens. Wanneer iemand als Antonia je omhelsde dacht je er niet aan om nee te zeggen.

Ze vrijden in de zitkamer, voor de open haard, op de ontspannen, ervaren manier van twee mensen die al meer dan een jaar intiem met elkaar omgaan en weten hoe ze het maximum aan genot kunnen geven en ontvangen.

Na afloop, toen Antonia in zijn armen lag met één glad, bruin been tussen de zijne en haar hoofd tegen zijn schouder, werd Ross overmand door zo'n hevige vlaag van teleurstelling dat het leek of hij een stomp in zijn maag kreeg.

Niet vanwege de seks, die was prima geweest. Technisch perfect. Maar om de een of andere reden was seks alleen niet genoeg meer.

Antonia was niet degene met wie hij had willen vrijen, realiseerde hij zich. Zij was Tessa niet. En dat deel van hem dat van Tessa was gaan houden, protesteerde nu omdat het over het hoofd was gezien.

Fijn, dacht Ross met een bijna komische wanhoop. Ze vond het niet genoeg om me de bons te geven, nee, ze moest ook nog zo nodig mijn seksuele leven bederven.

Holly werd, niet voor het eerst, wanhopig van Tessa. Het was nu kerstdag en Ross had de hele week rondgelopen als een wandelende graftak, had de jongere diensters doodsbang gemaakt en een sfeer van troosteloosheid en treurnis geschapen. En vandaag scheen daarop geen uitzondering te zijn.
Holly begreep niet dat Tessa hem niet meer wilde zien. Ze had natuurlijk het volste recht om kwaad op Max te zijn, maar als puntje bij paaltje kwam, was zijn mening toch volslagen onbelangrijk.
Als Holly in Tessa's plaats was geweest zou ze haar geluk met beide handen hebben aangegrepen en Ross niet meer hebben losgelaten.
Wat haarzelf betrof, zij was geen stap verder gekomen bij Max. Die was ervan overtuigd dat zij en Tessa alles samen bekokstoofd hadden en wilde nu zelfs niet meer tegen haar praten. De grote bos mistletoe die ze had gekocht en vol hoop boven haar bureau had gehangen, was weggegooid geld geweest.
Als ze bedacht hoe chagrijnig hij was – en zijn stemming was er bepaald niet op verbeterd sinds hij zonder onderscheiding van die chique bedoening in Londen teruggekomen was – begreep Holly niet dat ze nog steeds zo gek op hem was. Maar ja, constateerde ze triest, zo ging het altijd bij haar. Hoe groter rotvent, hoe gekker ze op hem was.
Halverwege de middag begon Ross tekenen van opleving te vertonen. Twee opvallend knappe dochters van een Ierse renpaardentrainer sleepten hem zonder veel tegenstand mee naar de balzaal waar onder grote hilariteit woordraadsels plaats vonden waarbij volop gesjoemeld werd. De vijfentachtig gasten, die een lunch van zes gangen en sloten champagne achter de knopen hadden, schenen geen van allen zin te hebben in een middagdutje.
Holly's dienst liep om halfvier af en ze popelde om naar huis te kunnen. Haar ouders, die de winter altijd in het Caribisch gebied doorbrachten, hadden haar een enorm kerstpakket gestuurd, dat ze, wonder boven wonder, niet voortijdig open had

gemaakt, en Tessa zou druk in de weer zijn om een late lunch voor hen tweeën te bereiden. Sinds de dood van Tessa's moeder, vijf jaar geleden, brachten ze de kerstdagen altijd samen door. Ze was dan ook alles behalve in haar schik toen Sylvie Nash, de receptioniste die haar zou aflossen, belde dat ze ziek was. Ze was niet eens zo netjes om zelf te bellen. Holly luisterde knarsetandend naar de dronken smoes van Sylvie's vriendje dat Sylvie een aanval van migraine had en met knallende hoofdpijn in bed lag, te beroerd om aan de telefoon te komen. Dat Sylvie in bed lag betwijfelde Holly geen moment, maar ze geloofde niet dat dat vanwege de hoofdpijn was.
'Het spijt me ontzettend, schat,' probeerde Ross haar te troosten toen ze hem de boodschap overbracht. Holly sloeg zijn hand weg.
'Ik kan onmogelijk blijven,' jammerde ze. 'Ik heb verdorie andere plannen.'
'Maar je kunt ons toch niet laten zakken. En dit is heus niet zo'n ongezellige plaats om Kerst te vieren. We hebben vanavond een steengoeie party... '
'Ach, vlieg op, Ross. Tessa zit in mijn flat te wachten. Afgezien van het feit dat ze urenlang bezig is geweest om een lunch voor ons tweeën klaar te maken, ben ik niet van plan om haar met Kerstmis in haar eentje te laten zitten.'
Holly wist niet dat Max, die haar luide protesten had gehoord, achter haar was komen staan.
'Hoor eens,' zei Ross, opeens geïnteresseerd, 'zou Tessa niet hier willen komen? Zou ze komen als jij het haar vroeg en de situatie uitlegde?'
'Natuurlijk wil ze dat niet,' barstte Holly uit. 'Vanwege die rotvent van een broer van je wil ze hier geen voet meer binnen zetten, en ik kan het haar niet kwalijk nemen.'
'Zo'n vreselijke rotvent ben ik nou ook weer niet,' weerlegde Max met een lachje. Holly schrok zich een ongeluk bij het horen van zijn stem maar begreep meteen dat het te laat was om haar woorden terug te nemen. Ze draaide zich met een ruk om, keek hem met fonkelende ogen aan en snauwde: 'Ja, dat ben je wel. Je hebt je tegenover haar schandalig gedragen en dat heeft ze beslist niet verdiend.'

Gelukkig was Max in een goede bui. Hij begreep dat als Tessa niet naar het hotel kwam, Holly hen zou laten zitten. En een hotel kan nu eenmaal niet op volle kracht functioneren zonder een receptioniste, zelfs niet op eerste kerstdag.
'Geef me je adres maar,' zei hij. Holly had er maanden naar verlangd hem dat te horen zeggen, maar om een heel andere reden. 'En kijk in godsnaam een beetje vrolijk. Ik zal haar zelf gaan halen.'

Tessa zat met gekruiste benen in de vensterbank van Holly's zitkamer en tekende het gezicht op *The Circus*, de beroemde volle cirkel van smalle georgian huizen, die bijzonder moeilijk goed in perspectief waren te krijgen. Achter de verlichte ramen van de andere huizen zag ze feesten in volle gang, schitterende kerstbomen, vrolijke mensen. Tessa was als alleenwonende vrouw gewend aan eenzaamheid, maar Kerstmis was anders. Holly's dure, stijlvolle appartement rook heerlijk naar gebraden kalkoen, dennengroen en waskaarsen en de nieuwste James Bond-film zou straks op de televisie komen, maar Tessa voelde zich onverklaarbaar gespannen. Ze wou maar dat Holly thuiskwam, ze was al een kwartier over tijd.
Vanaf haar hoge zitplaats kon ze niet zien dat Max drie verdiepingen lager de voordeur binnenging. Toen ze Holly's sleutel in de deur van de flat hoorde omdraaien, gleed ze uit de vensterbank en liep naar de hal om haar te begroeten.
Dat ze opeens tegenover Max Monahan stond, was niet bepaald de kerstverrassing waar ze op had gewacht.
'Ho, ho, ho,' zei hij zacht, terwijl hij haar een gekoelde fles Veuve Cliquot overhandigde. 'Ik heb maar geen rode wijn meegebracht. Dit leek me veiliger.'
'Wat kom jij in vredesnaam doen?' vroeg Tessa. Ze hoorde zelf hoe onhebbelijk het klonk maar was te verbluft om iets anders te zeggen. 'En waar is Holly?'
Max ontkurkte de fles champagne en schonk, zonder acht te slaan op haar protesten dat ze geen alcohol meer dronk, haar glas half vol. Intussen vertelde hij van Holly's dilemma.
'Ze heeft me een rotvent genoemd,' besloot hij. 'Ik heb tegen haar gezegd dat als ik jou kon vergeven dat je vorige week mijn

pak bedorven hebt, jij mij misschien kon vergeven dat ik mijn mening heb gezegd.'

'Juist ja,' zei Tessa koel, 'maar ben je ook van mening veranderd, of vind je me nog steeds een geraffineerde, leugenachtige, geldgeile tante?'

Max dronk zijn eigen glas leeg, liep de keuken in en zette de oven uit. 'Het kan zijn dat je dat bent, maar ik ben bereid te erkennen dat ik, aangezien ik je niet ken, dat soort opmerkingen niet had mogen maken. Dus zal ik mijn oordeel maar opschorten. Wat vind je daarvan?'

'Je bent nog steeds een rotvent,' zei Tessa. 'Maar daar kan ik mee leven. Kom mee, dan gaan we.'

'Gelukkig kerstfeest,' zei Ross, zich afvragend of hij Tessa een kus zou durven geven. Hij was niet gewoon zich te voelen als een verlegen tiener bij zijn eerste afspraakje – hij had integendeel zorgeloos van zijn tienerjaren genoten – maar toen hij Tessa met Max het hotel had zien binnenkomen had hem dat wonderlijk ontroerd. Daar was ze dan, in een eenvoudige rode wollen trui en dito korte rok, en haar in donkere kousen gestoken benen waren net zo prachtig als in zijn herinnering.

Hij weifelde, maakte toen een gebaar naar de rode strik die haar glanzende haar in een dot boven op haar hoofd bijeen hield. 'Je ziet er... fantastisch uit.'

'Eerder hongerig,' zei Tessa, die zich opgelaten voelde als ze een compliment kreeg. 'Mijn lunch staat bij Holly in de oven. Is er misschien nog een kalkoenpootje over?'

Daar had Ross al voor gezorgd. Toen hij haar het nu verlaten restaurant binnenleidde zag ze dat er maar één tafel, in het midden van de zaal, gedekt stond. Er stonden zilveren vazen met kunstig geschikte rode en witte rozen op. Zes dikke kaarsen wierpen een zachte gloed over het verblindend witte tafellaken en verhoogden de schittering van het zilveren bestek en de kristallen glazen. In een beslagen ijsemmer stond alweer een fles champagne.

De tafel was gedekt voor twee personen. Nadat hij Tessa in haar stoel had geholpen, ging Ross tegenover haar zitten.

'Je had dus niet gedacht dat ik zou komen,' zei ze met een zweempje ironie.
'Ik kon het alleen maar hopen. Als je niet was gekomen, was ik je zelf komen halen. Maar het was aan Max om de eerste stap te doen en zijn verontschuldigingen aan te bieden.' Hij zag de uitdrukking in haar groene ogen en zei scherp: 'Hij heeft zijn verontschuldigingen toch aangeboden, is het niet?'
'Op zijn manier.' Tessa snoof de geur van de rozen op en hield zichzelf voor dat Ross' onweerstaanbare charme nu juist de reden was waarom ze niet verliefd op hem wilde worden. Bezwijken voor die charme, dat knappe uiterlijk, dat goed gevormde lichaam, zou alleen maar tot tranen leiden, misschien niet voor het slapen gaan maar ongetwijfeld in de zeer nabije toekomst.
Op dat soort complicaties zat ze beslist niet te wachten.
Ross maakte het haar niet makkelijker door achterover in zijn stoel te leunen, haar met een verleidelijke glimlach aan te kijken en te zeggen: 'Onze eerste Kerstmis samen. Ben je nu niet blij dat je gekomen bent?'
Zijn twinkelende donkere ogen biologeerden haar. Hij deed weer zijn uiterste best om haar in te pakken, dacht Tessa. Ze glimlachte terug.
'Ik weet het nog niet,' antwoordde ze bedachtzaam, terwijl ze haar vork opnam en achtjes op het linnen tafellaken begon te tekenen. 'Dat hangt helemaal van het eten af.'

7

Halverwege de avond was de balzaal stampvol kerstvierders in diverse stadia van uitgelatenheid.
Antonia, haar zwartgekouste benen over elkaar geslagen, zodat het dijhoge split in haar zwart-met-bronskleurige jurk zover mogelijk openviel, rookte een sigaret en keek met een koel geamuseerde blik naar het gebeuren aan de voorste tafel.
Inwendig vond ze het echter allesbehalve amusant. Haar nieuws-

gierigheid vermengde zich met een onmiskenbaar gevoel van onbehagen. Ze was zo gewend in alles haar zin te krijgen dat ze haast niet meer wist hoe het was om ergens naast te grijpen, en nu realiseerde ze zich via een ondefinieerbaar zesde zintuig dat haar plezierige levenspatroon gevaar liep verstoord te raken.
En hoe aandachtig ze het meisje dat naast Ross zat ook opnam, ze begreep op geen stukken na wat hem bezielde.
Goed, dacht ze voor de zoveelste keer, ze is knap. Maar er zijn duizenden knappe meisjes, en die maken dan nog werk van hun uiterlijk. Deze gebruikte niet eens make-up. Haar warrige blonde haar, oordeelde Antonia met een kennersblik, was in geen maanden zelfs maar in de nabijheid van een kapsalon geweest. Het rode angora pakje was eenvoudig maar kon ermee door, al was het niet geschikt voor een avond als deze. En die platte, zwartleren pumps, dacht Antonia, waren absoluut *passé*. Zijzelf had, zoals alle trouwe *Vogue*-lezeressen, al haar schoenen van dat soort model een jaar geleden weggedaan, ze in een doos gestopt en ze door haar hulp naar Oxfam laten brengen. Dit meisje had kennelijk geen flauw idee van eigentijdse modestijlen.
En toch... toch zat Ross haar aan te kijken of hij zichzelf moest bedwingen om van dit te eenvoudig geklede, onelegante meisje af te blijven. Dit was niet de Ross die Antonia kende, zo ongeïnteresseerd dat hij geen vinger voor een vrouw uitstak, Ross die zich openlijk geamuseerd toonde wanneer vrouwen zich aanstelden om zijn aandacht te trekken.
Deze keer was hij wel degelijk geïnteresseerd, Antonia zou bijna zeggen, smoorverliefd. Ze realiseerde zich met een gloeiende steek van jaloezie dat haar eigen geluk nog ernstiger werd bedreigd dan ze aanvankelijk had gedacht.
Terwijl ze haar wodka en tonic dronk en hoorde hoe de ijsblokjes in haar glas rammelden omdat haar hand trilde van woede en angst, kwam Antonia tot de conclusie dat ze iets moest doen. Ross en zij hadden een prima regeling. Hij vond het niet erg dat zij getrouwd was en zij maakte geen drukte over de eindeloze stroom vrouwen met wie hij zich amuseerde. Zolang het bij amusement bleef.
Het probleem was, ze had altijd het idee gehad dat ze Ross

goed genoeg kende om erop te kunnen rekenen dat hij zijn manier van leven niet zou veranderen. Ze had nooit rekening gehouden met de mogelijkheid dat hij wel eens verliefd zou kunnen worden.
Dat was de grote dreiging. En wanneer Antonia zich bedreigd voelde, werd ze vals.

Ross' stemming was sinds Tessa's komst aanmerkelijk verbeterd, zodat hij zich niet meer gedroeg als een slavendrijver. Holly, die mee mocht feesten, als ze ondertussen maar met één oor naar de telefoon luisterde, had het reusachtig naar haar zin en flirtte dat de stukken eraf vlogen met een Franse filmproducent, wiens gevoelige bruine ogen haar verleid zouden hebben als ze niet zo waanzinnig verliefd op Max was geweest. Ze moedigde hem alleen aan in de hoop dat Max het zou zien, overmand zou worden door een golf van romantische jaloezie en haar in zijn armen zou trekken. Het enige dat ze er tot nu toe mee had bereikt was dat hij lachend tegen haar had geknipoogd toen hij langs hun tafeltje danste met mevrouw Ellis, de slanke, mysterieuze gescheiden vrouw van kamer 12, maar het was in elk geval een begin. Ze had hem vanmiddag nog een rotvent genoemd. Een man had tenslotte ook zijn trots.
Holly glimlachte tegen het nieuwe dienstertje dat Grace heette en nam een canapé van het blad waarmee Grace als een verdwaald kind tussen de tafels door manoeuvreerde. Op dat moment zag ze voor het eerst Antonia Seymour-Smith die, juist aan het andere eind van de zaal van haar stoel opstond. Verdorie, dacht Holly en keek geschrokken naar Tessa en Ross. Ze had niet gedacht dat Antonia er vanavond ook zou zijn. Holly erkende beklemd de ironie van het feit dat zij, die zo slecht geheimen kon bewaren, nog geen geschikt ogenblik had gevonden om Tessa van Antonia's slechts half geheime relatie met Ross te vertellen. Haar man scheen wonderlijk genoeg van niets te weten, maar verder was het algemeen bekend dat die twee al heel lang een niet erg discrete verhouding hadden.
De Franse producent mompelde een compliment in de richting van haar decolleté, maar Holly luisterde niet meer. Het dienstertje Grace stond roerloos naast haar en ze keken allebei in de-

zelfde richting. Terwijl Antonia, haar ogen strak op Ross en Tessa gericht, zich een weg door de volle zaal baande, kreeg Holly een angstig voorgevoel. Ze wist niet wat Antonia van plan was, maar ze wist wel dat het iets zeer onaangenaams zou zijn.

Tessa, die eerder die avond de fout had gemaakt op de achterkant van een stuk cadeaupapier een karikatuur van de Ierse renpaardentrainer te tekenen, werd inmiddels overstelpt met verzoeken om snelle schetsen van andere gasten.

'Duidelijk signeren,' instrueerde Ross haar terwijl ze in een paar lijnen de korte, dikke – maar ook weer niet al te korte, dikke – gelijkenis schetste van T.J. Henderson, een Texaanse oliebaron die Engeland bezocht met zijn niet erg snuggere maar royaal met rondingen begiftigde negentienjarige dochter. 'En vraag er een kapitaal voor, anders waarderen ze het niet.'

Tessa schudde glimlachend haar hoofd. Die vluchtige schetsjes waren leuk maar niet om er iets aan te verdienen. T.J. Henderson bulderde van het lachen en sloeg op zijn dikke knie.

'Maak een knappe knul van me, schat. Kan me niet schelen wat het kost, ik betaal het!'

'Goeie hemel,' protesteerde Antonia, die plotseling naast Tessa opdook. 'U zegt het net of ze een soort prostituee is.'

Ross kneep zijn ogen half dicht. Antonia en hij hadden een stilzwijgende overeenkomst en ze had die tot nu toe nooit geschonden. Ze keek doorgaans van een afstand toe en plaagde hem later. Maar natuurlijk moest ze juist deze avond kiezen, en van alle vrouwen met wie ze hem ooit had gezien, Tessa, om zich ermee te gaan bemoeien. Hij zag met toenemende ergernis hoe ze haar vingers met de bronskleurig gelakte nagels op Tessa's schouder legde.

'Antonia,' zei hij, deels om haar voor te stellen, deels om haar te waarschuwen niet buiten haar boekje te gaan, 'dit is Tessa Duvall. Zij gaat via het hotel haar schilderijen verkopen.'

'Dan heeft ze vast een bijzonder talent,' zei Antonia, met een glimlach naar T.J. Henderson, en op een toon waarvan de dubbelzinnigheid alleen door Ross werd gehoord.

'Waar is Richard?' vroeg hij, ofschoon hij Antonia het liefst had bevolen op te hoepelen.

Ze richtte haar glimlach op hem en hij zag de ijskoude vastberadenheid in haar donkerblauwe ogen. 'O, die zit in de bar. Kerstmis of niet, hij vindt altijd wel iemand met wie hij over zaken kan kletsen. Ik vermoed dat hij op dit moment over het bevriezen van privé-inkomens wauwelt, of over de schommelingen van de D-mark. Daarom,' besloot ze liefjes, terwijl ze zijn woedende blik met een schouderophalen afdeed, 'kom ik liever bij jullie zitten. En wie zou me dat kwalijk kunnen nemen?'

In de tijd die Antonia nodig had gehad haar verveeldheid over haar man te etaleren, had Tessa zowel de situatie ingeschat als de schets afgemaakt. Deze geraffineerde blondine met haar dure kapsel en haar slanke lijf was een van Ross' beroemde rij exen. Ze zette met een gereserveerd lachje en bewonderenswaardige tegenwoordigheid van geest in grote, duidelijke letters haar signatuur onder de tekening en zei tegen de olieman: 'U krijgt hem cadeau. Ik ben gelukkig geen prostituee – ik zou binnen een week failliet zijn.'

'Dat moet je niet zeggen.' Antonia glipte in de stoel naast haar. 'Ik geloof dat je bijzondere kwaliteiten hebt. Pas maar op dat onze Ross er geen misbruik van maakt.'

Ross was niet gewend zich hulpeloos te voelen. Hij keek om zich heen en zag dat Holly aan het andere eind van de zaal net zo angstig keek als hij.

'Dat doet hij niet,' zei Tessa tegen Antonia.

'Wees daar maar niet zo zeker van,' antwoordde Antonia. Ze wist dat ze het niet zou moeten zeggen, maar ze deed het uit pure wanhoop toch. 'Ross doet niets liever. Hij heeft mij gisteravond nog een keer gepakt. Ik zou het natuurlijk niet moeten zeggen, maar het lijkt me niet eerlijk tegenover jou om je niet te vertellen hoe hij zich gedraagt zodra je je hebt omgedraaid...'

'Dat is verleden tijd,' verklaarde Holly met een strijdlustige vonk in haar ogen. 'Die trut kent gewoon geen fatsoen en je moet je niets van haar aantrekken. Als je dat doet, ben je niet goed snik.'

'Ik ben best goed snik,' zei Tessa vanaf de zachte achterbank van Max' auto. 'Maar ik heb nog wel een paar scrupules. Als

er iemand onfatsoenlijk is, dan is het Ross Monahan. En het is eens te meer gebleken,' vervolgde ze met vaste stem, 'dat mijn besluit om hem links te laten liggen van het begin af aan het juiste was.'
Max, die voor Tessa's huis stilhield, werd bestormd door tegenstrijdige gevoelens. Zijn mening omtrent Tessa stond nog steeds niet vast, maar hij moest toegeven dat ze de pijnlijke situatie van die avond met bewonderenswaardige waardigheid had aangepakt. Hij had Antonia tot nu toe met goedmoedige verachting beschouwd en begrip gehad voor een relatie die hij niet goedkeurde, maar waarvan hij zichzelf aanpraatte dat die op de lange duur niets te betekenen had.
'Het spijt me van vanavond,' zei hij, de handrem aantrekkend. Tessa was de auto al uit.
'Hoeft niet,' zei ze kortaf. 'Ik ben alleen blij dat iemand me de ogen heeft geopend. Ook al was dat Antonia Seymour-Smith.'
'Zo is hij nu eenmaal.' Max maakte een machteloos handgebaar. 'Ik dacht dat je dat wist.'
'Dat wist ik inderdaad,' antwoordde Tessa door het open portierraam. 'Maar hij heeft mijn vunze verwachtingen nog overtroffen. Bedankt voor het thuisbrengen.'

'Kom je nog even binnen voor een kop koffie?' vroeg Holly toen ze voor haar flat stonden. 'Er is kalkoen, als je daar soms zin in hebt,' voegde ze er vertwijfeld aan toe. Dit was de eerste keer dat Max en zij buiten het hotel samen waren en ze wilde de gelegenheid zo veel mogelijk uitbuiten.
'Een andere keer misschien.' Max luisterde nauwelijks, deed alles werktuiglijk. Holly was een efficiënte receptioniste, maar verder interesseerde ze hem geen zier.
In zijn gedachten begon een plan om Francine Lalonde weer te zien, vaste vorm aan te nemen. Aangezien hij haar niet uit zijn hoofd kon zetten, had hij besloten tot actie over te gaan. De kunst was natuurlijk om te verdoezelen dat het een plan was. Als ze ook maar één ogenblik dacht dat hij haar als een filmgekke fan achterna liep, zou het mislukken.
'Toe nou,' flapte Holly eruit. 'Je hebt toch zeker wel tijd voor een drankje!'

‘Ik moet nog rijden. En ik moet heus...’
‘Dat weet ik! Maar ik heb vers sinaasappelsap. Neem dat dan, met een stukje koude kalkoen met walnotenvulling...’
‘Echt niet, Holly,’ zei hij resoluut. ‘Ik moet terug. We zijn je erg dankbaar dat je vandaag zo hard hebt gewerkt.’ Hij boog zich naar haar over en gedurende één ademloos moment dacht Holly dat hij haar zou kussen. Maar in plaats daarvan opende hij het portier voor haar.
‘Graag gedaan. Het was me een genoegen,’ zei ze met een dappere glimlach. Maar ze voegde er bij zichzelf aan toe: ‘Nou ja, dat had het kunnen zijn.’

Het was bijna middernacht toen Grace thuiskwam. In de huiskamer brandde nog licht, dus haar moeder was nog op en zat ongetwijfeld naar een of andere film te kijken en ondertussen de doos bonbons leeg te eten die Grace haar die morgen had gegeven.
Terwijl ze haar moeders stokoude Fiat – roestig maar betrouwbaar – achteruit in het enige vrije parkeerplaatsje reed, realiseerde Grace zich hoezeer ze zich erop verheugde haar moeder over haar dag te vertellen. Matties onverzadigbare nieuwsgierigheid had haar vroeger vaak geïrriteerd. Grace, van nature een stil en in zichzelf gekeerd meisje, had het altijd als een inbreuk op haar privacy beschouwd, maar sinds ze als dienster in het Charrington Grange Hotel werkte vond ze het heerlijk om over haar werk te praten. Ze deed in feite niets liever. Tijdens haar laatste jaar op school had ze zich groen en geel geërgerd aan de meisjes die voortdurend over hun vriendjes rebbelden en elke zin begonnen met: ‘Darren zegt...’ en ‘Colin vindt...’ Nu begreep ze echter hun gerichtheid op één onderwerp en hun behoefte om over de belangrijkste persoon in hun leven te praten. Nu zij ook verliefd was geworden, begreep ze het volkomen. Bladzijden lang over hem uitweiden in haar dagboek was op zich wel leuk, maar de drang om die bijzondere naam hardop uit te spreken was onweerstaanbaar...
Mattie Jameson zat inderdaad naar de televisie te kijken, naar een oude zwart-witfilm van Bing Crosby die ze vast wel tien keer had gezien maar waar ze des te meer van genoot omdat

ze wist dat hij een happy ending had. Het leven was te kort, verkondigde ze altijd, om naar trieste films te kijken. Ze vond dan ook niets aan films van Ingmar Bergman.

Gemakkelijk bij de haard gezeten, in haar oude wit-met-roze badjas gehuld en met haar lichtbruine haar om haar gezicht golvend, zag ze er jonger uit dan haar veertig jaar. Toen Grace binnenkwam keek ze glimlachend op, zette haar kop koffie verkeerd neer en stak haar armen uit voor hun gebruikelijke omhelzing. Ze rook heerlijk naar de magnoliazeep en -schuimbad die Grace haar die morgen had gegeven.

'Wat ben je laat. Hoe was het op je werk?'

'O, goed.' Grace kuste haar moeders zachte wang. 'Druk, natuurlijk.'

'Dat is het in hotels altijd om deze tijd van het jaar. Ik begrijp nooit waarom sommige mensen Kerstmis in een hotel willen vieren in plaats van in hun eigen huis, maar enfin...'

'Waarschijnlijk om zelf niet zo te hoeven sloven.' Grace deed haar jas uit, nam een mandarijntje van de fruitschaal en ging aan haar moeders voeten zitten, met haar rug tegen de fauteuil, zodat ze naar de televisie kon kijken en praten zonder echt oogcontact te hebben.

Er was niet veel dat aan Matties opmerkzame grijze ogen ontging en Grace vond dat het makkelijker praatte wanneer ze niet onderworpen werd aan hun stilzwijgende ondervraging. Ze wilde zichzelf niet helemaal blootgeven.

'Neem een bonbonnetje.' Mattie hield haar de doos voor die al voor tweederde leeg was. Na jaren van halfslachtige pogingen om te lijnen had ze zich eindelijk neergelegd bij het feit dat een maatje veertig en honger lijden niets voor haar was. Nu ze een gezellige dikkerd was geworden, at ze alles wat ze lekker vond en genoot er met volle teugen van. 'Zo. En wie waren er vandaag, interessante mensen?'

'Die Texaanse oliebaron heeft me vijf pond fooi gegeven. De Franse filmregisseur waar ik je van verteld heb, heeft geprobeerd me in mijn achterste te knijpen,' vertelde Grace, dromerig in de ruimte starend. 'Ik goot net cognacsaus op zijn bord en de helft kwam in zijn wijnglas terecht. Toen ik het aan Ross vertelde zei die dat ik er niet over in moest zitten, dat alle Fransen aan MKK leden en dat ik de volgende keer de saus over zijn hoofd moest gieten.'

'MKK?'

'Moet Kontje Knijpen.' Grace glimlachte bij de herinnering. 'En toen zei Ross dat het misschien mijn eigen schuld was omdat ik zo'n verleidelijk achterste heb.'

Mattie keek over de rand van haar koffiekopje naar haar dochters achterhoofd en zei: 'Ik hoop in elk geval dat híj zijn handen wel thuis weet te houden.'

'Maar mam!' zei Grace geschokt. 'Hij is de grote baas! Trouwens, hij had vanavond zelf genoeg problemen. Hij had een nieuwe vriendin meegebracht en die maîtresse van hem, Antonia Seymour-Smith, was er met haar man Richard. Nou, Antonia was blijkbaar stikjaloers, want ze stevende recht op die nieuwe vriendin van hem af en vertelde haar – in het bijzijn van Ross en een stel gasten – alles over hun relatie.'

Sommige mensen veranderen ook nooit, dacht Mattie. Maar ze zei: 'En toen?'

'Ik heb het niet allemaal kunnen horen, ik stond te ver weg. Die nieuwe vriendin zei niet veel, maar Ross sleepte Antonia mee naar de bar en deponeerde haar bij Richard met de mededeling dat zijn vrouw dronken was en dat het tijd werd dat ze naar huis ging. Antonia kon daar natuurlijk niets tegenin brengen omdat Richard niets van hun relatie afweet, dus ze moest haar mond houden. Vijf minuten later gingen ze weg. Ross' vriendin verdween met Max. Holly, een van de receptionistes, is met hen meegegaan.'

'Het lijkt wel een televisieserie,' merkte Mattie achteloos op. 'Was Ross kwaad?'

'Des duivels,' vertelde Grace met duidelijk genoegen. 'Hij wilde het meisje beletten om weg te gaan, maar ze wilde niet eens met hem praten. En hij was zo nijdig op Antonia dat hij niets meer van haar moet hebben...'

'Tjonge, jonge, wat maken sommige mensen toch een potje van hun leven.' Mattie vond dat ze voor één avond wel genoeg over Ross Monahan had gehoord. 'Kijk, de film is afgelopen. Wil je nog iets eten voor je naar bed gaat, lieverd? Een lekker stukje kerstham met augurkjes?'

8

De sneeuw zag er zo prachtig uit, dacht Tessa, maar waarom moest hij zo verduveld koud zijn?
Ze wreef in haar gehandschoende handen, blies op haar polsen en keek de smalle landweg af, waar de sneeuw aan weerszijden was opgewaaid tot hoge, bevroren golven, zodat een bobslee hier beter van pas zou komen dan de fiets die haar enige vervoermiddel was.
Maar ze hoefde alleen maar met die fiets aan de hand het pad af te lopen. Zodra ze aan de grote weg kwam, troostte ze zich, was er geen probleem meer. En naar het centrum van Bath fietsen was heel wat makkelijker dan lopen of wachten op een streekbus die misschien nooit zou komen.
Tessa zag tot haar vreugde dat ze gelijk had gehad. De fiets de heuvel af duwen ging als vanzelf en toen ze bij de kruising kwam, zag ze dat er op de grote weg royaal gestrooid was. De sneeuw was er veranderd in een grauwgrijze prut, minder pittoresk maar makkelijker te befietsen. Haar tenen waren gevoelloos van de kou en haar adem kwam als wolkjes uit haar mond, maar ze stapte dapper op en voegde zich in het verkeer.
Twee minuten later vloog de fiets, bijna onherkenbaar geplet en gemangeld, de greppel in. De vrachtauto met oplegger kwam, onbeschadigd, tien meter verderop schuivend tot stilstand.
Toen de chauffeur merkte dat hij begon te slippen, had hij nog net op tijd kunnen claxonneren. Tessa had omgekeken, het gevaarte achter zich gezien, gevoeld hoe de bumper haar achterwiel raakte en was met een noodsprong in de besneeuwde berm beland.
Toen ze later haar gevoel voor humor hervond, zag ze in hoe mal het was dat ze op een haar na was overreden door een vrachtwagen met enige duizenden blikjes hondenvoer. Op het moment zelf was moeilijk te zeggen wie het meest geschrokken was, zij of de chauffeur.
'Alle donders,' bracht hij doodsbleek en bevend uit. 'Ik dacht dat je d'r onder kwam. Alles in orde, meid? Ik begon te slippen. Alle donders.'

Tessa had een zachte, zij het nogal koude landing gemaakt. Ze trok zich aan de uitgestoken hand van de vrachtrijder overeind, knikte en zei met een flauw lachje: 'Ik geloof dat alles in orde is. Niets gebroken, in elk geval. En zit er maar niet over in, u kon er niets aan doen.' Ze vroeg zich af of ze niet even naar haar huisarts moest gaan. Wanneer dergelijke dingen in televisieseries gebeurden stortte de aanstaande moeder steevast neer, greep naar haar buik en krijste: 'O, God, de baby!'
In werkelijkheid echter voelde ze zich prima. 'Maar m'n fiets is behoorlijk verkreukeld,' merkte ze op, terwijl ze haar handen in de zakken van haar verschoten spijkerbroek stak en begon te rillen. 'Ik denk niet dat ik er ver mee zal komen. Als u me een lift naar het huis van mijn vriendin wilt geven, zou ik dat erg fijn vinden.' Die vrachtwagen zou zich nooit in het smalle, door sneeuwhopen versperde pad naar haar huis kunnen wringen, maar Holly zou haar hopelijk straks wel naar huis kunnen brengen.
'Tuurlijk wil ik dat, meid. Kom, geef me een arm. Alle donders. Ik dacht echt dat je d'r geweest was. Ik ben me doodgeschrokken.'

Tessa wilde blijkbaar niet anders dan op haar eigen manier haar eigen leven leiden en Holly, ofschoon overtuigd dat haar vriendin stapelgek was, had haar tot nu toe maar laten begaan. Maar de kalmte waarmee Tessa het relaas had gedaan van haar ongeluk, dat zo makkelijk tragische, zelfs fatale gevolgen had kunnen hebben, had Holly furieus gemaakt.
En toen ze later die middag in The Grange kwam en Ross bij de receptie aantrof, verdiept in een verre van zakelijk tête-à-tête met de pruilerige Zweedse vriendin van een rockster die in het hotel logeerde, kende haar woede geen grenzen. De aanblik van Ross, in een antracietgrijs pak dat honderden ponden moest hebben gekost, een groen-met-grijs gestreept overhemd en glanzende Italiaanse schoenen, met zijn voor veel geld gebruinde huid en zorgvuldig nonchalant gekapte hoofd, en van het Zweedse meisje in haar enkellange jas van zachtgroen leer, maakte dat ze alles opeens vreselijk oneerlijk vond. Holly zou de laatste zijn om zichzelf een socialiste te noemen, maar op

dit moment had ze plotseling zin om Ross van zijn zorgeloze, bevoorrechte leefstijl en zijn puissante rijkdom te beroven en zijn geld uit te delen onder al diegenen die het zoveel harder nodig hadden dan hij.

Terwijl ze het tweetal gadesloeg, keek Ross op en zag haar. Normaal zou hij Holly hebben begroet met een lach en een kwinkslag, een plagerige opmerking over een nieuw pakje of een opvallend kapsel. Op dat moment echter boog het meisje in de leren jas zich naar voren en ging op haar tenen staan om hem iets in het oor te fluisteren. Aan de hand die ze op zijn borst legde, flonkerden enorme diamanten. Ross was een en al oog voor haar en negeerde Holly, en dat was de beslissende klap in haar gezicht, de vonk in het kruitvat. Bevend van woede omwille van Tessa, omdat Tessa nooit of te nimmer een scène zou maken omwille van zichzelf en daarom gevangen zat in een wereld die zozeer van die van Ross verschilde, trok Holly haar frambooskleurige kasjmier jasje uit, smeet het op de balie en stevende op Ross en het meisje af.

'Holly! Goeie hemel, wat kijk jij kwaad. Weer problemen met die Italianen in de Berkeley Suite?'

Ze haalde diep adem. 'Ik wou alleen maar even zeggen, menéér Monahan, dat terwijl jij hier in alle comfort plezier maakt en schárrelt...' Ze siste het woord 'scharrelt' tussen opeengeklemde tanden, '... ik bij Tessa ben geweest. Ze is vandaag bijna doodgereden toen ze op haar fiets door een vrachtwagen werd geschept. Ze mag van geluk spreken dat ze nog leeft...' Holly begon te hakkelen toen ze zich realiseerde dat ze haar donderpreek niet had ingestudeerd. Spontaniteit was prachtig, maar nu wist ze niet hoe ze verder moest. De geschrokken uitdrukking op Ross' gezicht deed haar echter veel genoegen.

'Enfin, ik vond dat je het moest weten,' besloot ze triomfantelijk toen ze hem onder het bruin zag verbleken. Ze wendde zich tot de Zweedse en besloot op veelbetekenende toon: 'Ze zijn tenslotte erg intiem met elkaar – geweest.'

Toen Ross voor het kleine huisje stilhield dacht hij eerst dat Tessa niet thuis was. Opeens zag hij echter, hoewel er geen licht brandde, een zachtgele gloed achter de ramen van de zitkamer. Ze zat zeker in het donker televisie te kijken.

'Och God, ben jij het weer,' zei Tessa toen ze zag wie het was.

'Ik ben ook blij jou weer eens te zien,' zei hij, gegriefd door haar gebrek aan enthousiasme. Toen hief hij verontschuldigend zijn handen. 'Het spijt me. Ik kwam alleen even kijken hoe het met je was. Mag ik binnenkomen?'

'Die goeie Holly.' Tessa, die begreep dat ze onhartelijk overkwam, maar met alle geweld haar ware gevoelens wilde verbergen – een pervers soort genoegen – deed een stap opzij om hem binnen te laten. 'Je kunt je jas maar beter aan houden. Ik krijg het vuur niet goed aan. Het hout is nat.'

Ross zag het. Het vuur in de haard was op sterven na dood. Het maakte hem heel even nieuwsgierig dat het amberkleurige licht niet van de televisie kwam maar van een groot aantal kaarsen, tot hij zich ontzet realiseerde dat ze die kaarsen niet had aangestoken om een romantische sfeer te scheppen maar omdat de stroom uitgevallen was.

'Godallemachtig,' barstte hij los. 'Dit is te gek, zeg. Eerst word je bijna doodgereden en nu zit je hier moederziel alleen in een steenkoud huis. Waarom heb je goddomme geen elektra?'

'De sneeuw van gisteren heeft een storing veroorzaakt,' zei Tessa met een lachje. 'Hebben jullie in The Grange nooit last van energiestoringen?'

'We hebben een noodaggregaat.'

Ze haalde haar schouders op. 'Nou, ik niet, dus ben ik er misschien beter op ingesteld dan jullie. Maar ga toch zitten. Heb je honger?'

'Nee... ja,' verbeterde hij haastig toen hij begreep dat ze hem uitnodigde om te blijven eten. Die kleine vooruitgang in hun wankele relatie deed hem belachelijk veel plezier.

'Nou, ga dan zitten,' beval Tessa, terwijl ze in het door kaarsen verlichte keukentje verdween. 'Ik kom zo.'

Maar Ross ging niet zitten. Hij liep rond en bewonderde de manier waarop ze het L-vormige vertrek had herschapen in een sfeervolle, comfortabele zitkamer. Het donkerrode plafond stak prachtig af bij de witgesausde muren, die op hun beurt weer een ideale achtergrond vormden voor haar schilderijen.

In de diepe vensterbanken vonden kommen met nonchalant geschikte droogbloemen een plaatsje naast handbeschilderde zijden kussens en een kunstig geglazuurde kat van oranje aardewerk. Het donkerrode tapijt was oud en hier en daar verkleurd, en de witte vitrages waren aan de randen gerafeld, maar de originele mengeling van koperen kandelaars, foto's in zilveren lijstjes, gebrandschilderde glazen bakken en kommen met knikkers, handbeschilderde eieren, zijden bloemen en hangvarens deed zo gastvrij aan dat Ross zich onmiddellijk thuis voelde. Rariteitenverzamelingen waren bepaald niet zijn stijl, maar Tessa had een omgeving gecreëerd waarin je je onmogelijk onbehaaglijk kon voelen.

Nadat hij het vuur had opgepord en het zover had gekregen dat het opvlamde, richtte hij zijn aandacht op haar schilderijen, iets waar hij bij zijn vorige bezoek niet aan toegekomen was.

Ze waren het zoveelste bewijs van Tessa's weigering om in een hokje te worden gestopt. Geboeid en geïmponeerd bekeek Ross eerst het grootste van de olieverfschilderijen, dat boven de schouw hing. Het stelde in diepe, donkere tinten een bergstorm voor in al zijn allesoverheersende pracht.

Rechts van dit knappe, magnifieke werkstuk hing een impressionistische aquarel. Nog verder naar rechts hing een olieverfschilderij van bescheiden afmetingen dat een party in een galerie voorstelde en waarop gelaatsuitdrukkingen, indiscrete momenten, spanning en vreugde, lachende en steelse blikken met veel humor en ondeugende nauwgezetheid waren vastgelegd.

Hij had schilders altijd bewonderd omdat ze iets konden wat hij zelf nooit zou kunnen, maar deze bewijzen van Tessa's talent maakten wel een bijzonder diepe indruk op hem. En de diverse stijlen die ze hanteerde, en beheerste – overtuigden hem eens te meer dat ze uitzonderlijk begaafd was.

Verder door de kamer lopend glimlachte hij om een ingelijst portret van Holly, dat haar voorliefde voor opzichtige kleren en plezier maken duidelijk deed uitkomen. Tessa had haar niet onnodig geflatteerd weergegeven, maar elke penseelstreek getuigde van haar genegenheid voor haar onderwerp. Holly was, in een hardblauwe en goed gevulde strookjesjurk en met een knalroze anjer achter haar oor, afgebeeld als een vrolijke *saloon-girl* die de harten van alle cowboys brak en daar met volle teugen van genoot.

Tessa, die met een blad in haar handen binnenkwam, zag dat Ross het portret stond te bekijken.

'Je mag van geluk spreken dat je geen kerstkaart van Holly hebt gekregen met dat portret erop,' zei ze met een wrang lachje. 'Ze wilde er driehonderd laten drukken, zodat ze ze naar al haar vrienden kon sturen met de vermelding dat die zich voor een luttele tweehonderd pond ook door Tessa Duvall konden laten vereeuwigen.'

Hij nam het blad van haar aan en zette het op de lage zwarte salontafel voor de haard. Twee borden met romige lasagne verspreidden een verrukkelijke geur van knoflook en kruiden. Ernaast stond een geopende fles Valpolicella. Ross, die wist dat Tessa geen alcohol meer dronk, was geroerd door haar gastvrijheid.

'Het is een prima idee. Dat moet je niet zomaar van tafel vegen,' vond hij. 'Iets dergelijks zou veel succes kunnen hebben.'

Tessa haalde haar schouders op. 'Dat weet ik. Maar zoals iemand vorige week opmerkte...' Ze noemde geen naam en Ross besloot de duidelijke toespeling op Antonia te negeren omdat hij liever niet aan haar werd herinnerd. '... dat lijkt te veel op klanten lokken. Ik zou het gevoel krijgen dat ik een prostituee was, mezelf verkocht... Nee, ik vind zoiets bepaald gênant.'

Ze wilde met alle geweld dat hij de fauteuil nam, zijzelf ging met gekruiste benen op de vloer zitten. Het hout was inmiddels droog geworden en het vuur brandde helder. De gloeiend hete lasagne smaakte verrukkelijk, de wijn had precies de goede temperatuur en het kaarslicht was knus. Tessa, eenvoudig gekleed zoals gewoonlijk, in een witte spijkerbroek en een donkerblauwe trui met v-hals, met haar lange, donkerblonde haar loshangend en wangen die gloeiden door de warmte van het vuur, zag er onzegbaar verleidelijk uit.

'En vertel me nu eens wat er vanmorgen gebeurd is,' zei Ross, terwijl hij dergelijke verraderlijke gedachten resoluut uit zijn hoofd zette. 'Je schijnt vlot weer op verhaal gekomen te zijn. Heeft het ziekenhuis je zo weer laten gaan?'

Tessa at haar mond leeg en schudde haar hoofd. 'Ik mankeerde niets. Dus ik hoefde helemaal niet naar een dokter. Ik ben alleen maar met een grote boog in een greppel vol sneeuw terecht gekomen.'

'Dus je was nota bene gaan fietsen!' viel Ross uit, zijn donkere wenkbrauwen hoog opgetrokken. 'Dat is bij dit weer om narigheid vragen. Wat héb jij, zelfmoordneigingen?'

Ze lachte ondeugend. 'Nee, een sportfiets. Tenminste, dat was het tot vandaag.'

'En wat wou je nu doen?' vroeg hij, met zijn vork een gebaar naar het raam makend, waarachter de sneeuwhopen zichtbaar waren.

Tessa hield haar hoofd scheef, alsof ze over de kwestie nadacht. 'Ik wilde hem maar een naam geven,' zei ze tenslotte. "Deuk" of "Boing", en hem in de Tate Gallery exposeren.'

'Hoor eens hier,' zei Ross, haar strak aankijkend in een poging haar tot ernst te dwingen, 'je kunt grapjes maken zoveel je wilt, maar of je het prettig vindt of niet, ik ben bezorgd om je. Je draagt mijn kind en ik mag niet werkeloos toezien hoe jij met je leven speelt. Met jullie beider leven.'

Geroerd door zijn bezorgdheid, maar tegelijkertijd verontwaardigd omdat hij haar voor onnadenkend versleet, keek Tessa boos terug. 'Ja, hoor, ik weet het. Ik had in mijn nieuwe Lamborghini naar de stad moeten gaan,' snauwde ze. 'Ik geloof dat jij er niets van begrijpt, Ross. Zodra ik het kan betalen, koop ik een auto, maar tot die tijd zal ik me met een minder duur vervoermiddel moeten behelpen. Grote genade, naar je gezicht te oordelen heb ik geblinddoekt een parachutesprong gemaakt. En het ongeluk kwam niet door mijn fiets maar door die vrachtwagen.'

'Is met de baby echt alles in orde?' vroeg hij, abrupt van onderwerp veranderend.

Tessa, die begreep dat de betekenis van haar woorden tot hem was doorgedrongen, knikte. 'Prima, voor zover ik weet.'

'Je bent nu bijna vier maanden zwanger; is er al iets te zien?'

Ze moest onwillekeurig glimlachen. Hij leek wel een vroedvrouw. Dadelijk haalde hij nog een stethoscoop tevoorschijn en ging naar de harttonen luisteren. 'Ja, ik ben een paar pond aangekomen en mijn jeans willen niet meer dicht,' zei ze. 'Vandaar die slobbertrui, die een heleboel verbergt.'

'En je boezem is groter,' zei Ross, terwijl hij met onverholen nieuwsgierigheid naar haar borsten keek.

Tessa begon te lachen. 'Ja, mijn boezem wordt groter. Binnenkort heb ik net zo'n mooi gleufje als Holly. Zwanger zijn heeft ook zijn voordelen.'

Toen ze klaar waren met eten, zei Ross: 'Vertel me nu eens iets over je mysterieuze verleden. Waar ben je op de kunstacademie geweest?'

'Niks mysterieus.' Tessa, die nog steeds op de vloer zat, pelde een sinaasappel en verdeelde hem in partjes. 'En niks academie. Mijn moeder heeft me vanaf mijn jeugd aangemoedigd om te gaan schilderen en me, zodra ik oud genoeg was om dat aan te kunnen, opbouwende kritiek gegeven. Ze was zelf een liefhebber van schilderkunst en ze wist er ook veel van – uitsluitend door zelfstudie. Ze heeft me leren kijken... ze heeft me de bijzondere schoonheid leren zien van Van Dijck en Michelangelo, van Breughel en Canaletto, terwijl ik alleen geïnteresseerd was in Toulouse-Lautrec. Toen ik een kind was, brachten we hele dagen in de National Gallery door.'

'Woonden jullie in Londen?' Ross voelde dat ze in de stemming was om te vertellen. En hij wilde nu meer dan ooit alles over Tessa's achtergrond horen, alles weten over dit meisje met haar ontembare onafhankelijkheidsdrang.

'Mijn vader stierf toen ik een jaar was. Hij had een hersentumor en mijn moeder heeft ons dat jaar allebei moeten verzorgen. Daarna had ze alleen nog mij om voor te zorgen.' Ze staarde enkele ogenblikken in gedachten verzonken in de vlammen. Toen haalde ze haar schouders op en stak hem een partje sinaasappel toe. 'Toen ik zeven was, leerde mams een man kennen, een kunstschilder. Een grote knappe man met lang, blond haar en een donkere snor. Hij heette Tom Charteris. We waren allebei dol op hem. Maar hij was, zoals zoveel kunstenaars, erg egoïstisch. Arrogant. Mams mocht hem een paar maanden onderhouden, toen liet hij haar in de steek voor een vrouw die hem meer luxe te bieden had. Mams was kapot van verdriet, want ze had in hem geloofd, alles voor hem gedaan wat ze maar kon. Ze kon niet geloven dat hij haar had laten vallen. Toen zijn we naar Bath verhuisd. Ze kreeg een baan als inwonend huishoudster bij Holly's ouders, en zo heb ik Holly leren kennen. We waren in elk opzicht elkaars tegenpolen. Suzannah en Michael King waren steenrijk. Dat zijn ze trouwens nog, maar ook toen leefden ze in een stijl waar wij niet aan konden tippen. Holly reisde de hele wereld met hen af, terwijl mijn moeder hun huis schoonhield, hun zilver poetste en hun antieke meubels afstofte. Maar telkens wanneer ze terugkwam van Gstaad of Barbados of New York, namen Holly en ik de draad van onze vriendschap weer op. En dat moet ik haar ouders nageven, ze hebben nooit getracht dat te verhinderen. En ik was tenslotte maar het dochtertje van de huishoudster.'

'Dat is een belachelijk idee,' viel Ross in, nijdig over Tessa's victoriaanse opvatting.

'Niet zo belachelijk. Holly ging naar een dure school, waar ze vrienden kon maken uit vooraanstaande families. Ze wilden in alles het beste voor haar. Gelukkig weigerde Holly haar vrienden voor zich te laten kiezen en haar ouders waren zo verstandig om niet te proberen haar op andere gedachten te brengen. Ze waren mijn allereerste klanten, en de schilderijen die ze hebben gekocht toen ik twintig was, hangen nog steeds in hun zitkamer. Toen mams twee jaar later stierf, boden ze me een thuis aan.'

'Wat jij natuurlijk weigerde.'

'Ik was volwassen. Ik was heel goed in staat voor mezelf te zorgen,' antwoordde Tessa alsof het vanzelf sprak.

Ross haalde zijn schouders op. 'Het verwondert me dat je niet met Holly bent gaan samenwonen.'

'O, dat heeft ze natuurlijk wel voorgesteld, maar ik kon onmogelijk de halve huur betalen van het soort flat dat Holly op het oog had, en ik wilde niet dat zij voor mij meebetaalde. Nou, toen kon ik dit huisje krijgen – ik huur het van een boer die ginds in het dal woont – en dus heb ik me hier geïnstalleerd. En nu woon ik hier al weer vijf jaar.'

'En je kunt in je onderhoud voorzien met het verkopen van je werk? Waarom heb je die niet verkocht?' Ross wees naar de schilderijen aan de wanden. 'Ik zou dat partyschilderij graag kopen. Kan dat?'

'Tegenwoordig kan ik wel van mijn werk leven,' zei ze met een relativerend schouderophalen. 'Nét. Maar tot vorig jaar heb ik overal klusjes aangepakt om de huur te kunnen betalen. Ik heb een tijd als schoonmaakster gewerkt, daarna als croupier in het Casino in Bath. Ik heb af en toe als serveerster gewerkt en vaak op kinderen gepast en ik heb vijf afschuwelijke weken lang Japanse en Amerikaanse toeristen rondgeleid. Ik dacht dat ik blind zou worden. Al die flitslampen...'

'Ik vind het geweldig,' zei Ross. 'Maar ik zou nog steeds graag dat schilderij kopen. Heel graag zelfs.'

'Het is niet te koop. Ik had die schilderijen aan mijn moeder gegeven. Toen ze stierf, merkte ik dat ik er geen afstand van kon doen, dus ze blijven hier. Sorry.'

Hij wuifde haar verontschuldiging weg. Toen klaarde zijn gezicht op.

'Maar ik kan je een opdracht geven om iets voor mij te schilderen. Dat wil je toch wel, is het niet?'

'Natuurlijk.' Tessa schonk hem een zweem van een glimlachje. 'Wat zou je willen hebben? Een portret van Antonia Seymour-Smith?'

Daar had je het, dacht Ross. Hij had kunnen weten dat ze vroeg of laat toch over Antonia zou beginnen. Hoe men een volmaakte avond in precies drie seconden kan bederven, dacht hij bitter. Ze had zeker les gehad van Max.

'Hoor eens,' zei hij zo redelijk als hij kon, 'ik vind het heel vervelend wat er die avond gebeurd is, maar zoals ik je toen al heb geprobeerd te vertellen, het was maar een oppervlakkige relatie. Antonia betekende... betekent niets voor me. Als jij niet halsstarrig had geweigerd me te ontmoeten zou ik op kerstavond nooit naar haar huis zijn gegaan.'

Tessa, die geduldig naar zijn betoog had geluisterd, schudde haar hoofd.

'Ik heb jou ook niet beschuldigd van achterbaksheid – van ontrouw jegens mij, zo je wilt – en daarom ben ik ook niet weggegaan. Ik had je ronduit gezegd dat wij geen relatie hadden.

Als vrij man kon je doen wat je wilde en met wie je wilde...'
'Waarom ben je dan verdomme weggegaan?' riep Ross, die er nu geen touw meer aan vast kon knopen.
'Snap je dat dan niet?' Tessa boog zich naar hem toe en herhaalde langzaam en nadrukkelijk: 'Jij mag een relatie hebben met wie je maar wilt. Maar je mag Antonia niet eens – je hebt zelf gezegd dat ze niets voor je betekent. En dat vind ik zo raar, het feit dat je een relatie aanhoudt met iemand voor wie je niets voelt. Vooral,' vervolgde ze even later, net toen Ross zijn mond opende om te protesteren, 'omdat zij kennelijk stapelgek op jou is.'
'Ze is helemaal niet stapelgek op mij,' weerlegde hij heftig. 'We weten allebei dat het niet zo'n soort relatie is. Zij heeft haar man, ik heb mijn... vriendinnen, en af en toe maken we een afspraak. Geen complicaties, geen pijnlijke situaties en niemand die er nadeel van heeft.'
'Maar met kerst ontstond er wél een pijnlijke situatie,' bracht Tessa hem in herinnering, 'omdat Antonia in het begin misschien gedacht heeft dat ze niet verliefd op je zou worden, maar het toch werd. Dus kon het niet uitblijven dat er op een goeie dag gevoelens in het spel zouden komen, omdat vrouwen nu eenmaal zo zijn. En dat is nu gebeurd. Zij is gek op jou en jij niet op haar. En nu wordt de situatie verward en moeilijk en heel erg droevig.'
Iets in de klank van haar stem deed Ross opzien.
Hij vergat even dat hij zich zou moeten verdedigen en zei: 'Jij spreekt uit ervaring. Je hebt zelf zoiets meegemaakt.'
Tessa verwonderde zich in stilte over zijn domheid. Hij snapte er echt niets van.
'Nee,' zei ze en streek langs de rand van de rode kaars die tussen hen in stond. Ze voelde de korte pijn toen het gesmolten kaarsvet over haar vingertop vloeide, snel afkoelde en hard werd. De pijn zakte even vlug als hij opgekomen was. 'Nee, ik heb dit zelf niet meegemaakt. Ik ben te verstandig om op zo'n soort man verliefd te worden.'

Toen Ross kort nadien opstond om weg te gaan gaf hij haar een vormelijke kus op haar wang – het soort kus dat men een rimpelige ongetrouwde tante geeft – en bedankte haar beleefd voor het eten. Tessa, verstrakt in haar zelfbeheersing, bedwong de vernederende opwelling om haar armen om hem heen te slaan en stond met een gemaakte glimlach bij de deur, haar handen op haar rug ineengeklemd.

Pas toen Ross weg was en zij weer in de kamer kwam, zag ze zijn sleutels nog op de salontafel liggen, naast de nu bijna helemaal opgebrande rode kaars. Ze graaide ze van de tafel, vloog naar de voordeur en rende op blote voeten naar buiten. Ross' silhouet was vijftien meter verderop nog net op het besneeuwde pad zichtbaar.

'Je sleutels!' riep Tessa, hijgend toen een ijskoude windvlaag haar de adem benam. 'Je auto! Wat doe je nou toch?'

De donkere gestalte bleef staan en draaide zich om. 'Jouw auto. En wat ik doe is geloof ik jou proberen te bewijzen dat ik af en toe best wel een heer kan zijn.'

'Maar het is jouw auto,' herhaalde Tessa, verward en ontsteld. 'Het is een Mercedes.'

De duisternis verhulde Ross' glimlach. 'En jij had je zinnen op een Lamborghini gezet,' zei hij vriendelijk. 'Het spijt me.'

'Maar dat is belachelijk...' protesteerde ze klappertandend. De koude beet in haar voeten en zelfs ademen deed pijn.

'Heel wat minder belachelijk dan het feit dat jij in de sneeuw op een fiets rondtoert.'

'Maar...'

'O, zeur toch niet, Tess.' Ross was ook verkleumd. Heer zijn viel niet mee en zijn zelfbeheersing was niet onuitputtelijk. De aanblik van Tessa, haar blonde haar glanzend in het maanlicht, op haar blote voeten in de sneeuw, werd hem haast te machtig. Hij stak één hand groetend omhoog en draaide zich om. 'En als het je bezwaren kan wegnemen,' besloot hij, voelend dat ze nog steeds achter hem 'maren' stond te bedenken, 'ik doe dit niet voor jou. Maar we moeten tenslotte aan het kind denken.'

9

Holly, die aan de receptie bezig was een grote bos roze tulpen in een vaas te schikken, ging zo op in het uitstippelen van haar campagne – codenaam Verover Max – dat ze niet zag hoe Grace, in een uniform dat korter was dan gewoonlijk en met te rood gemaakte lippen, met een blad het directiekantoor binnenglipte. Ze was zo in gedachten verdiept dat het haar ook ontging dat dr. Timothy Stratton-Staines van kamer 7 met kwieke pas en een kleine leren koffer in de hand het hotel verliet.

Gezien het feit dat Max blijkbaar niet het type was voor liefde op het eerste gezicht en hij haar na al die maanden gewoon als receptioniste was gaan beschouwen en niet als mogelijke geliefde, had Holly besloten haar toevlucht te nemen tot een grondig geplande campagne. Max moest een beetje op weg worden geholpen, en daarvoor had ze allerlei trucs achter de hand. Geen gemene trucs, had ze Tessa uitgelegd toen ze die deelgenoot maakte van haar plannen, gewoon een paar handigheidjes om Max te laten beseffen dat ze meer kwaliteiten had dan hij op het eerste gezicht zou denken, en dat hij gewoon niet wist wat hij miste.

En daarom was ze, na enig serieus overwegen, vanmorgen gekleed in een ontstellend degelijk donkerblauw pakje van Jaeger en een eenvoudige witte, tot de hals dichtgeknoopte blouse. Ze droeg er dikke, donkerblauwe kousen bij en donkerblauwe, laaggehakte pumps, en haar haar was zo strak in een knotje getrokken dat haar slapen pijn deden. Aangezien ze zich zelfs aan de melkboer niet onopgemaakt vertoonde, had ze met make-up een middenweg gezocht en zich beperkt tot rookgrijze oogschaduw, een vleugje lipstick en een zweempje blusher.

Holly vond zelf dat ze eruitzag om op te schieten, maar ze had gisteren goed opgelet toen Caroline Mortimer, Max' ambitieuze en superelegante literair agente, bij hem was komen lunchen. Caroline Mortimer was achter in de dertig, had hoge jukbeenderen en het superslanke figuur van een ballerina. En ze had blijkbaar hoogstpersoonlijk de geraffineerde chic uitgevonden. Holly had alles aan haar aandachtig opgenomen, van het streng eenvoudige beige pakje tot de bijpassende beige nagellak en lipgloss. De onberispelijke zwarte chignon was een waar kunstwerk en ze droeg, afgezien van een matzwart horloge, geen enkel sieraad.

In Holly's ogen zag Caroline er afschuwelijk uit. Max daarentegen scheen haar onweerstaanbaar te vinden. En hij hoefde tegen juffrouw Mortimer heus niet te doen alsof; hij was dermate succesvol dat hij geen bewondering hoefde voor te wenden om bij haar in de gunst te komen. Dat bracht Holly tot de onafwendbare conclusie dat Max kennelijk van vrouwen hield die zich zakelijk kleedden. Als hij haar niet aantrekkelijk vond, zou hij de lunch nooit drieënhalf uur hebben gerekt en daarna nog twee uur met haar in zijn appartement zijn verdwenen.

Holly was op het moment zelf eerder geschokt dan verontrust geweest omdat de verhouding tussen agent en auteur naar haar idee heilig was, zoiets als die tussen arts en patiënt, waarbij seks verboden was.

Maar toen juffrouw Mortimer eindelijk het hotel verliet, was haar voorheen zo perfecte chignon lichtelijk verfomfaaid, en nu kon Holly alleen maar hopen dat haar eigen gedaanteverwisseling – alstublieft, lieve God – eenzelfde uitwerking op Max zou hebben. Ze hoopte het vurig, want dit truttige snertpak had een kapitaal gekost.

Ross zat aan zijn bureau te telefoneren toen Grace aanklopte en zonder op antwoord te wachten binnenkwam. Ze bleef echter, geschrokken van haar eigen overmoed, tussen de deur en het bureau besluiteloos staan, het volle blad in haar handen geklemd of het een dood beest was.

'Kan me niet schelen wat voor auto, Mike,' zei Ross in de telefoon, terwijl hij een vragende wenkbrauw optrok tegen Grace maar geen antwoord kreeg. 'Nou ja, je weet wel wat ik bedoel. Iets behoorlijks. Misschien weer een Mercedes. Of anders een Lamborghini? Nee, niks inruilen... die is naar een kennis gegaan. Ja. Ik was aan een verandering toe.'

Grace had al gezien dat Ross' auto niet op zijn gewone plaats

aan het begin van de oprijlaan stond. Verbluft over haar eigen durf – haar horoscoop had gezegd dat dit een dag was om iets te wagen – wachtte ze tot het gesprek met Mike Donelly, die een goede vriend van hem was en een van de chicste autoshowrooms in Bath had, afgelopen zou zijn. Toen zette ze het zware dienblad op een hoek van het met leer beklede bureau.
'Wat heeft dit te betekenen?' vroeg Ross fronsend. 'Heb ik een bespreking met iemand?'
'Nee... n...nou ja, ik geloof van niet,' hakkelde Grace blozend. 'Ik weet het niet. Ik dacht alleen dat u misschien trek in koffie had, en in iets te eten.'
Ross probeerde zich haar naam te herinneren, iets waar hij anders geen moeite mee had. Maar dit meisje, zo stil en doorgaans zo kleurloos – ofschoon ze op het moment knalrood zag – was iemand wier naam hem even ontglipt was.
Om dat goed te maken schonk hij haar een stralende glimlach. 'Natuurlijk. Wat een reusachtig goed idee. Ik moet Holly meestal op mijn blote knieën smeken om een kopje koffie, en zij denkt dat iedereen het zwart drinkt, zonder suiker.'
'Ik dacht...' zei Grace, helemaal hoteldebotel van zijn glimlach, 'dat ik u misschien elke morgen maar zo'n blad moest brengen. Alleen koffie en toast, misschien... of een stevig ontbijt, als u wilt. Ik kan altijd...'
'Alleen koffie is genoeg,' onderbrak Ross, die nooit ontbeet, haar woordenstroom. 'Maar ik vind het een prima idee.' Opeens schoot haar naam hem weer te binnen. Hij schonk zich een kop koffie in en deed er een heleboel suiker en room bij. 'Dank je, Grace. Het is een uitstekend idee.' Toen nam hij een map van de stapel op zijn bureau en sloeg hem open.
Grace, die begreep dat dit betekende dat ze kon gaan, maar licht in het hoofd was door de vage geur van zijn aftershave, raapte al haar moed bijeen.
'Ik heb een auto,' gooide ze eruit, moed puttend uit het feit dat hij haar naam nog wist. 'Als u vervoer nodig hebt, zal ik u met alle plezier overal naar toe brengen.'
Ross keek geamuseerd op. Hij mocht dan moeite hebben gehad zich haar naam te herinneren, haar auto herinnerde hij zich maar al te goed, omdat die hem een paar weken geleden

op de hotelparking was opgevallen. Hij had Hugh Stone, de adjunct-directeur, toen bij zich geroepen en hem erop gewezen dat roestbakken zoals de onooglijke Fiat van Grace op een onopvallend plaatsje achter de keukens hoorden. Een week geleden zou hij een dergelijk aanbod nog hebben beantwoord met een hatelijke opmerking. Hij moest naar Manchester, en de auto van Grace zag er niet uit of hij veel verder zou komen dan het eind van de oprijlaan. Maar hij dacht opeens aan de hatelijke opmerking waarmee Tessa hem had voorgehouden dat niet iedereen zich de dure sportwagens kon veroorloven die hij zo vanzelfsprekend vond.
'Dat is heel vriendelijk van je,' zei hij glimlachend tegen het jonge dienstertje, waarbij hem nu pas haar ingekorte rok opviel. 'Maar Max heeft een tweede auto. Die neem ik wel tot Mike iets voor me heeft. Nog één ding,' voegde hij eraan toe, terwijl zij zich omdraaide om weg te gaan. Grace wendde zich om, met rode wangen van verwachting en een bonzend hart.
'Ja, meneer Monahan?'
'Je uniform.' Hij maakte een hoofdbeweging naar haar magere benen. 'We willen tenslotte de bloeddruk van onze mannelijke gasten niet te veel laten stijgen. Zou je je rok tot de gewone lengte terug kunnen brengen?'

Max had zijn dag niet.
In tegenstelling tot gisteren, toen alles zo prettig verlopen was. Caroline had hem de verkoopcijfers van zijn nieuwste roman getoond en ze maakte goede vorderingen met een lucratief contract met de Amerikanen voor de verfilming van zijn vorige bestseller. Ze was net zo goed met geld als in bed en Max had een plezierige dag gehad waarin hij ruimschoots het bewijs van deze beide kwaliteiten had gekregen.
Maar dat maakte het verschil tussen gisteren en nu alleen nog maar groter. Toen hij zoals altijd om halfnegen achter zijn tekstverwerker ging zitten, had hij tot zijn onuitsprekelijke ergernis gemerkt dat er niets volgens plan ging. Door een ongelukje met zijn computer waren twee hoofdstukken volledig van de schijf gewist. Hij had een fatale vergissing in de intrige ontdekt. Zijn gebruikelijke taalbeheersing liet hem in de steek. En als klap

op de vuurpijl had het koffiezetapparaat kortsluiting gemaakt. Aangezien Max onmogelijk kon werken zonder een constante stroom van sterke zwarte koffie, stormde hij in een verre van zonnig humeur naar beneden op zoek naar een ander apparaat en – hopelijk – inspiratie.

Wat hij vond, aan de balie in een telefoongesprek gewikkeld dat duidelijk níét over zaken ging, was Holly. Max fronste zijn wenkbrauwen, weifelend of ze op een ongetrouwde bibliothecaresse leek of op een stripteasedanseres die zich verkleed had als een ongetrouwde bibliothecaresse.

Holly, die over bikini's en de prijzen van vliegtickets naar Barbados had staan ratelen, hield bij het zien van Max midden in een zin op, begon over het bezet zijn van de bruidssuite te rebbelen en gooide tien seconden later de hoorn neer. Terwijl ze haar mond open deed om iets tegen Max te zeggen ging de telefoon weer. Tegen de balie geleund luisterde hij, steeds dieper fronsend, hoe ze de beller op zakelijke toon meedeelde dat alle kamers in het hotel bezet waren en hem aanraadde het bij het Royal te proberen.

'Max!' Nadat ze de hoorn voor de tweede keer had neergelegd schonk ze hem een stralende glimlach. Toen herinnerde ze zich haar pas aangenomen imago van gesoigneerd raffinement en veranderde hem haastig in een aanstellerig half lachje. 'Max, waarmee kan ik je van dienst zijn? Neem me niet kwalijk, maar ik vind dat je een lichtelijk opgejaagde indruk maakt.'

'Lichtelijk opgejaagd?' echode hij, terwijl zijn ergernis tijdelijk plaats maakte voor ongeloof. Wat voerde Holly in vredesnaam in haar schild?

Ze bloosde. Het was de eerste keer dat hij haar zag blozen. Waarschijnlijk omdat hij haar voor het eerst zag zonder een dikke laag make-up op haar gezicht.

'Sorry, Max. Wat is er?'

'Dat kun jij mij beter vertellen. Toen ik daarnet uit mijn raam keek, zag ik die vent met dat vreselijke toupetje weggaan, compleet met zijn koffer. Is zijn kamer niet vrij?'

'Dr. Stratton-Staines? Die heeft zich niet uitgeschreven.' Holly deed haar best om niet zo geschrokken te kijken als ze zich voelde. De brave dokter mocht dan een pruik dragen, maar hij

wijdde zich volledig aan het helpen van kinderen met kanker, anders zou ze hem nooit hebben toegestaan zijn rekening aan het eind van de week te voldoen, wanneer zijn chequeboek zou arriveren, in plaats van vooruit zoals de hotelregels vereisten.
'Laat iemand dan maar even in zijn kamer gaan kijken,' zei Max, die met de minuut grimmiger keek. 'Zo te zien is hij met de noorderzon vertrokken.'
Dat was hij inderdaad, meldde Grace vijf minuten later, toen Max het verhaal van het vermiste chequeboek al uit Holly had gekregen.
'Jezus, wat ben je toch onnozel,' tierde hij. 'En wat was je in hemelsnaam aan het doen toen hij met zijn koffer langs je naar de deur liep? Aan het dagdromen, zeker.'
'Ja,' bekende Holly doodongelukkig. Max wist goddank niet – en zou het nooit weten – dat hijzelf het onderwerp van die dagdromen was. En hij was zo'n chagrijnige rotvent dat ze zich soms afvroeg wat ze in hem zag.
'Je bent hopeloos,' vervolgde hij met een nijdige blik op haar donkerblauwe mantelpakje en witte overhemdblouse. Hij vergeleek haar onwillekeurig met Francine Lalonde, die zo ongelooflijk veel vrouwelijkheid uitstraalde zonder er ooit moeite voor te doen. Die zou er niet over piekeren zo'n degelijk kloffie aan te trekken, dacht hij met een hernieuwd verlangen naar de mooie vrouw die hij al twee lange maanden niet meer had gezien. 'Efficiency zit tussen je oren, Holly. Niet in je kleren. En mijn koffiezetapparaat is kapot. Als het niet te veel gevraagd is, zou ik je bijzonder erkentelijk zijn als je onmiddellijk voor een ander kon zorgen. Er zijn hier namelijk mensen,' besloot hij hatelijk, 'die wel moeten werken.'

10

Het schilderij schoot goed op. Tessa deed een paar stappen terug en stond zichzelf een voldane glimlach toe. Na zeven uur hard werken was het voor driekwart af. Het tafereel, duidelijk

gesitueerd in de balzaal van The Grange, stelde, zoals Ross had verzocht, een feest voor dat in volle gang was, fleurig, kleurig en gonzend van gelach en vrolijkheid.
Ze was er echt tevreden over. De compositie, die erg lastig had kunnen zijn, was goed gelukt en ofschoon ze er geen herkenbare gezichten op had gezet, werd het oog als vanzelf naar die ene figuur getrokken die met een glas in de hand tegen de reusachtige schouw leunde. Een lange, donkerharige man in smoking, met een glas in de hand, van op de rug gezien, wiens nonchalante houding evenwel onmiskenbaar was, de schuine stand van het hoofd net zo herkenbaar als een gezicht zou zijn. Ross zou het grappig vinden, dacht Tessa, om zichzelf afgebeeld te zien als de donkere vreemdeling, een eenling in een menigte. Als hij zichzelf herkende, natuurlijk, het was tenslotte geen beeld waarmee hij vertrouwd zou zijn.
Het was middag voor de post kwam. De postbode kwam laat, met dit weer. Het had de laatste drie dagen niet meer gesneeuwd, maar de vorst had de wegen in levensgevaarlijke ijsbanen veranderd. Tessa had vooral met hem te doen omdat hij zijn moeilijke tocht naar haar afgelegen huisje moest maken met niets belangrijkers dan een paar bankafschriften.
Maar toen ze haar post uit de bus haalde, was ze blij dat hij het had gedaan. Toen ze de grijze envelop geadresseerd met opzichtige paarse inkt had opengescheurd waren de eerste woorden die ze zag: '... dus dan zie ik je donderdag om half één.'
Echt iets voor Dominic, dacht ze, half blij half geërgerd, om zichzelf voor onbepaalde tijd uit te nodigen zonder haar de kans te geven bezwaar te maken. Niet dat ze er bezwaar tegen had, maar het kwam gewoon niet bij hem op dat hij wel eens ongelegen zou kunnen komen. Zo werkten Dominics hersens niet.
Ze las haastig de rest van de brief die haar op de hoogte bracht van de nieuwtjes van het afgelopen jaar. Hij dacht erover om weer te trouwen, maar zijn huidige vrouw deed erg moeilijk en weigerde domweg om te scheiden. Er was veel vraag naar zijn levensgrote beeldhouwwerken die goed werden verkocht via een kleine maar toonaangevende galerie in Truro, Corn-

wall. Hij had bij een val van een ladder zijn been gebroken, wat erg vervelend was. Daarom had hij besloten er eens een tijdje tussenuit te gaan en op verhaal te komen bij het mooiste stuk in het zuidwesten... afgezien van de vrouw met wie hij ging trouwen, natuurlijk. Hij zou donderdag om halftwee per trein in Bath arriveren en van deze of gene een lift naar haar huis zien te krijgen. En als ze iets te eten in huis had, zou dat geweldig zijn. Zo niet, dan zou hij haar meenemen naar een goedkope, gezellige, rumoerige tent en dan konden ze samen dronken worden. Misschien dat hij dan zijn andere been zou breken...

Dominic Taylor was geen spat veranderd. Afgezien van het vuilwitte gips dat zijn linkerbeen van enkel tot dij omvatte, zag hij er nog precies hetzelfde uit. Met zijn helderblauwe, altijd lachende ogen, heel korte witblonde haar en zijn magere gebruinde gezicht beantwoordde hij aan alle jongemeisjesdromen van een Scandinavische god. Het verwonderde Tessa altijd dat hij, hoewel van gemiddelde lengte, de indruk wekte een lange man te zijn. Zijn versleten leren vliegersjack rook, toen ze hem omhelsde, vaag naar de zee.

'Tessa, je bent aangekomen!'

Dominic, zelf broodmager en even opmerkzaam als altijd, had onmiddellijk de paar pondjes meer gezien.

'En jij bent tijdelijk gehandicapt,' kaatste Tessa terug, met haar knokkels op zijn gipsbeen tikkend. 'Dus pas op je woorden. Vrouwen worden soms erg kwaad om dat soort opmerkingen.'

'Je ziet eruit om rauw in te bijten.' Hij kuste haar. 'En ik had niet gedacht dat je me zou komen afhalen. Ik hoop dat je me niet achterop de fiets mee wilt nemen.'

'Niks hoor! Ik heb tegenwoordig iets beters.'

'Een auto?'

Tessa glimlachte. 'Ja, een echte auto. En je hoeft niet zo verbaasd te kijken. Jij bent niet de enige grote en succesvolle kunstenaar in Engeland. Ik ben sinds mijn laatste solo-expositie rijker dan ik ooit had durven dromen.'

'Potverdorie!' riep Dominic toen ze het portier van de witte Mercedes ontsloot en hem beduidde in te stappen. 'Je méénde het!'

Tessa, die zijn krukken aannam en op de achterbank gooide, had het grootste plezier. 'Ja. Dacht jij dat ik niet begaafd genoeg was om succes te hebben?'
Dominic was op de passagiersstoel neergezakt en wierp haar een kushand toe. 'Natuurlijk ben jij begaafd genoeg,' zei hij, terwijl hij de quadrafonische stereo aanzette zodat Rachmaninoff op volle sterkte door het voertuig daverde. 'Ik kan alleen niet uitstaan dat jij meer succes hebt dan ik.'

Max, die heel gezellig met een paar vrienden bij Beaumont in Bath had geluncht, was eerst niet zo erg verbaasd toen hij de bekende witte Mercedes aan de andere kant van de straat langs een dubbele gele band geparkeerd zag staan.
Toen hij echter dichterbij kwam en de onbekende blonde man een sigaret rokend op de passagiersplaats zag zitten, werd zijn argwaan gewekt. Ross had de gewoonte om zijn auto twee of drie dagen ergens in de stad achter te laten wanneer hij hem niet nodig had, en nu scheen een stel joyriders misbruik van zijn argeloosheid te maken.
'Wie rijdt er in deze auto?' vroeg hij op hoge toon door het half geopende raam aan de blonde passagier.
Dominic, de onverstoorbare, beantwoordde zijn ijskoude donkere blik lichtelijk geamuseerd.
'Een elegante, bloedmooie, ontiegelijk begaafde meid. Waarom vraag je dat? Wou je soms meerijden?'
'Zeg eens even,' begon Max, van plan eerst tot daden over te gaan en pas achteraf onnodige vragen te stellen. 'Deze auto is van...'
'Hallo, Max,' zei Tessa, die juist kwam aanlopen en de situatie onmiddellijk juist inschatte. Max wist blijkbaar niet dat Ross haar de auto had gegeven.
'Tessa,' begroette hij haar met een kort knikje en woedend gefronste wenkbrauwen. Dus de auto was niet gestolen, begreep hij. Maar hij zou toch wel willen weten waarom Tessa ermee reed, en wie verdorie die vent was, die omhooggevallen, arrogante kwast.
Tessa, haar armen vol eetwaren uit de Italiaanse winkel aan de overkant van de straat, liet zich niet intimideren maar zocht

in gedachten de meest tactvolle manier om Ross' uitzinnig royale gebaar te verklaren. Tot ze zich opeens afvroeg waar dat voor nodig was. Wat Ross met zijn auto wilde doen, ging Max tenslotte niets aan.
'Hij wilde dat ik hem nam,' zei ze in antwoord op de onuitgesproken vraag die tussen hen in hing. Uit haar ooghoek zag ze Dominics triomfantelijke glimlach en wist dat het ook voor hem een opluchting was. Geen enkele kunstenaar vond het leuk dat een andere kunstenaar zoveel meer verdiende dan hijzelf.
'Heeft hij je die auto gegéven?' Max keek noch triomfantelijk noch opgelucht, zijn gezicht had een uitdrukking van openlijke afkeer. 'Dat is toch al te gek.'
Tessa was geen moment van plan geweest de auto te houden. Zodra de sneeuw weg was, wilde ze hem aan Ross teruggeven. Maar Max' onaangename, achterdochtige aard maakte haar hels.
'Ik heb in elk geval geweigerd met hem te trouwen,' zei ze, terwijl ze het achterportier opendeed en de zak boodschappen op de achterbank zette. 'Denk eens na, Max. Wat is belangrijker, je auto of je vrijheid? Ross is er makkelijk vanaf gekomen en jij zou in de eerste plaats blij moeten zijn. Met die Mercedes ben ik goedkoop afgekocht, vind je niet?'

'Je had je hand niet op mijn knie moeten leggen toen ik wegreed,' berispte ze Dominic een tijdje later, toen ze voor de haard zaten te eten.
'Waarom niet?' zei Dominic met een ondeugende glinstering in zijn ogen. 'Die vent is een bekakte mafketel.'
'Weet ik.' Tessa glimlachte. 'Maar toch had je het niet moeten doen. Nu heeft hij een verkeerde indruk gekregen en zal me tegen iedereen die het wil horen zwart maken.'
'En wie zal er naar hem luisteren? Iemand die Ross heet, waarschijnlijk. Doet die net zo lullig als zijn broer?'
Tessa staarde in het flakkerende vuur. 'Nee, niet altijd. Hij kan ook heel aardig zijn. Max is ervan overtuigd dat ik een doortrapt loeder ben, en dat denkt Ross in elk geval niet.'
'Weet je wel,' zei Dominic met een demonstratieve blik op zijn horloge, 'dat er al zes uur verstreken zijn sinds ons weerzien.

Ik ben erg braaf en geduldig geweest. Maar het wordt volgens mij tijd dat je me eindelijk vertelt wat er aan de hand is. Geef me mijn glas eens aan – nee, schenk het eerst nog eens bij – en begin dan maar bij het begin...'

Het was bijna middernacht voor Max in de bar van het hotel Ross tegen het lijf liep. Hij wachtte tot Ross zich had losgemaakt uit een groep luidruchtige theatertypes en ging toen naar hem toe.

'Ik heb vandaag je auto gezien.'

'En?' Ross keek hem uitdagend aan.

'En Tessa reed er toevallig mee. Jij gedraagt je als een grote stommeling, als je het mij vraagt.'

Ross zette zijn glas neer. 'En jij moet geen overhaaste conclusies trekken. Tessa moest een auto hebben. Ze is laatst met haar fiets aangereden. Ze mag van geluk spreken dat ze nog leeft. En zolang ze mijn kind draagt, zal ik zorgen dat ze een veilig vervoermiddel heeft. Ik wil niet dat ze doodgereden wordt. Oké?'

'Prima,' antwoordde Max. 'Alleszins loffelijk. Zolang je maar weet dat ze jouw levensreddende auto gebruikt om met haar verwaande vriendje door de stad te scheuren.'

Mattie kon zelf niet geloven dat ze dit deed, de kamer van haar dochter binnensluipen om het geheime dagboek te zoeken waarvan ze het bestaan kende, ofschoon ze het nooit had gezien.

Maar ze maakte zich ernstig zorgen om Grace. En toen haar dochter zich achteloos had laten ontvallen dat Ross in niet mis te verstane termen haar figuur had bewonderd, was Matties ongerustheid dermate toegenomen dat ze het nodig vond om in te grijpen.

Volgens Grace wilde Ross dat zij, en niemand anders, hem elke dag koffie bracht. Ze beweerde dat hij veel meer met haar praatte dan met de andere diensters. En dat hij een meer dan vluchtige belangstelling voor haar toonde.

Het duurde niet lang voor Mattie het in rood leer gebonden boek vond waarnaar ze op zoek was. Zelf hopeloos slordig, stond ze steeds weer verbaasd over haar dochters orde en netheid. Die maakten het ook ongelooflijk makkelijk om te vinden wat ze zocht. Het dagboek lag op de onderste plank van het nachtkastje, onder drie nummers van *The Caterer* en een doos lichtroze tissues.

Toen Mattie alles had gelezen, sloeg ze huiverend het dagboek dicht. Ze keek op en zag zichzelf in de spiegel van de kleerkast, bleek, ontsteld en opeens ouder lijkend dan haar veertig jaren.

Er zat niets anders op, ze moest maatregelen nemen. Tienerverliefdheden mochten dan een normaal verschijnsel zijn, maar nu ze had gelezen hoe waanzinnig verliefd haar dochter op Ross was, moest ze maatregelen nemen.

Ze moest Grace vertellen dat Ross Monahan haar vader was.

11

'Max!' riep Francine. Ze schoof haar breedgerande strohoed naar achteren en omhelsde hem zo enthousiast dat hij de warme rondingen van haar beroemde borsten tegen zijn borstkas voelde. 'Lieve God, wat heerlijk dat je me uit de narigheid helpt! Je bent echt een reddende engel.'

Hij moest zich gedwee laten omhelzen. Toen ze hem eindelijk losliet, deed hij langzaam haar zonnebril af. Haar lichtbruine ogen twinkelden. De andere leden van de filmploeg en een stel figuranten keken belangstellend toe.

'Ja, ik ben het heus,' verzekerde ze hem, terwijl ze nog steeds zijn arm vasthield. 'En ik beloof je dat ik me deze keer netjes zal gedragen. Ik ben veel te blij je te zien...'

Het was allemaal heel plezierig. Op stel en sprong te hulp geroepen worden om een kwaad weggelopen scenarioschrijver te vervangen was heel lucratief, maar niet iets waar Max op zat te wachten. Hij was niet geïnteresseerd in de intriges en nog minder in de conflicten die zich op de filmsets in overvloed

voordeden, vooral wanneer het filmen niet naar wens ging. De nieuwe schrijver raakte onvermijdelijk verwikkeld in het gekonkel, de ruzies en de machtsstrijd. Je kon veel beter zeggen dat je elders verplichtingen had en het aanbod beleefd afwimpelen.
Maar toen Jack Weston hem gisteren vanuit Amalfi had gebeld en hem had verteld dat de ster van de probleemfilm Max Monahan persoonlijk voor het karwei had aanbevolen, had hij niet lang tegengestribbeld. Verbaasd dat ze zowaar zijn naam nog wist en met gesterkt zelfvertrouwen omdat ze hem kennelijk hoog aansloeg, realiseerde hij zich hoezeer hij ernaar verlangde haar weer te zien.
En de gedachte dat zij hem weer wilde zien verhief hem helemaal in de zevende hemel. Of ze hem als scenarioschrijver wilde of als geliefde was een andere kwestie. In de hoop dat het beide zou zijn, beloofde Max onmiddellijk over te komen.
En nu stond hij hier aan de Napolitaanse Rivièra op een kleine, zonovergoten piazza met Francine in zijn armen, welwillend gadegeslagen door een gekwelde maar kennelijk opgeluchte regisseur met een roze baseballpet op.
'Jij bent dus Max.' Hij stak een klamme, behaarde hand uit. 'Bedankt dat je gekomen bent. Je verstaat zo te zien in elk geval de kunst om Francine op te fleuren,' voegde hij er wrang aan toe. 'Ze is de laatste tijd niet bepaald het zonnetje in huis geweest. Ze kon niet met de scenarioschrijver opschieten.'
'Opschieten?' echode Francine, haar donkere wenkbrauwen optrekkend. 'Als ik een geweer had gehad zou ik op hem hebben geschoten! Dat verwaande mietje,' riep ze woedend. 'Hij was jaloers omdat zijn vriend op mij viel. Ik moest niets van die lelijke vriend hebben, maar hij ging telkens wanneer die knul naar me keek uit zijn dak. En hij bleef het scenario maar veranderen zodat mijn tekst steeds stommer werd. Mijn personage zou dergelijke stommiteiten niet eens kunnen bedenken... O, Max! Hij is vanmorgen naar Londen teruggegaan en nu ben jij hier om alles in orde te brengen. Ik ben zo blij je te zien...!'
'Dat zien moet je nog even uitstellen, Francine,' zei Jack Weston kordaat. 'Het scenario gaat voor. Max en ik zullen er onder de lunch aan beginnen.'

Ze zaten aan een lange tafel van geloogd hout voor het Ristorante il Saraceno met slordige stapels vaak veranderd scenario voor zich, te midden van schalen dampende, naar knoflook geurende pasta, karaffen rode wijn en een heleboel glazen. Ver onder hen, onder de spectaculaire rotsen en roze en gele huisjes, lag de baai van Salerno. Het aquamarijnblauwe water glinsterde in de februarizon. Vissersbootjes tuften kalmpjes de haven in en uit. In alle cafés en restaurants van het pittoreske plaatsje zaten Italianen te eten en te drinken, ze ontmoetten er vrienden en genoten van hun lunchpauze.

Max had nauwelijks tijd om de schoonheid van zijn omgeving te zien, laat staan ervan te genieten. Er was geen tijd om rustig te eten. De wijn bleef onaangeroerd in zijn glas terwijl hij het rommelige scenario doorlas en Jack Weston hem de korte inhoud van de plot vertelde en de redenen uiteenzette waarom alles zo faliekant mis was gegaan.

Francine had de situatie er niet beter op gemaakt door het aan de stok te krijgen met de begaafde maar lichtgeraakte jonge schrijver, maar ze had gelijk gehad wat de veranderingen betrof die hij in de loop van het werk had aangebracht. Door kleine wijzigingen in haar personage was de vaart uit het verhaal genomen met als gevolg dat de geloofwaardigheid van de plot verloren was gegaan. Ruw geschat, berekende Jack Weston, terwijl hij zijn bord opzij schoof en zijn stukgekauwd stompje sigaar weer aanstak, lagen ze drie weken achter op het schema en een half miljoen boven het budget.

'Je kunt altijd tegenslag hebben,' zei hij tegen Max, zijn gebruind gezicht vertrokken van pijn, terwijl hij over zijn borst wreef, 'maar dat soort cijfers bezorgen me een maagzweer. Het probleem met Francine is dat ze zo verdomde koppig is. Als ze zich iets in het hoofd heeft gezet is ze er niet van af te brengen. En zij wil haar personage net andersom hebben, zodat het alle sympathie krijgt... dus dat werd heibel. Ze wil koste wat kost haar imago beschermen, maar ik ben degene die de film moet beschermen. Kun jij haar tot rede brengen, Max? Kun jij haar rol zo herschrijven dat we er allemaal tevreden mee zijn?'

'Dat weet ik niet, antwoordde Max eerlijk. Francine was een raadsel, waar hij hopeloos verliefd op was maar dat hij nog niet had kunnen oplossen. Hij nam een slokje van de sterke espresso en glimlachte geruststellend tegen de regisseur. 'Maar geef me de rest van de middag om aan het scenario te beginnen. Vanavond zal ik met Francine praten. We zullen hoe dan ook ons uiterste best doen.'

'Goed, ik begrijp het,' zei ze na een poosje, terwijl ze haar hoofd scheef hield en als een kind op haar onderlip beet. 'Ja, heus, Max. Jij vindt dus dat mijn personage soms een kreng moet zijn omdat ze anders te zoetelijk overkomt en het publiek daar kotsmisselijk van wordt.'

'Ja, zoiets.' Max, opgelucht maar zo wijs om niet te lachen, legde zijn jasje om haar schouders. De temperatuur was gezakt en Francine huiverde. 'Je publiek wil je niet zien als een doetje, dat alles neemt wat haar toegeworpen wordt. Daarvoor kennen ze je te goed. Ze weten dat je een echte vrouw bent, die krijgt wat ze wil hebben.'

'En jij bent nog intelligenter dan ik eerst dacht,' antwoordde Francine. Ze bukte zich bij de waterkant en trok haar platte schoenen van ivoorkleurig leer uit. Nonchalant, bijna alsof ze het gedachteloos deed, gooide ze ze in zee.

'Je zult je voeten bezeren,' zei Max. Er lag twintig meter kiezelstrand tussen hen en de glooiende gazons van de door spotlights beschenen exotische tuin van het hotel.

Ze streek haar glanzende haar naar achteren en keek glimlachend naar hem op. 'Ik ben een echte vrouw, die krijgt wat ze wil,' herinnerde ze hem zacht. 'En ik wil dat jij me van hier naar mijn bed draagt.'

De volgende week vloog voorbij. Max had het nog nooit zo fijn gehad met zo weinig slaap. Overdag wijdde hij zich volledig aan de taak om het krakkemikkige scenario om te werken tot een meeslepend verhaal. Het weer was prachtig, met temperaturen van ongeveer twintig graden, een plezierige verandering na het winterweer thuis, maar niet zo warm dat het hem de werklust benam.

De avonden waren een heel ander verhaal. Francine, dat wonder van een vrouw, verschafte hem iets anders dan werklust.

Soms aten ze 's avonds met de rest van de filmploeg, maar meestal glipten ze er samen tussenuit naar de achterstraatjes van Amalfi, op zoek naar kleine trattoria's, familiebedrijfjes waar ze met zijn tweeën konden zijn en onder het genot van verrukkelijk eten en eindeloze koppen cappuccino urenlang zaten te praten.

Francine had hem volkomen in haar ban gebracht. Zij kon hem in de loop van de avond aan het lachen maken, imponeren met haar mengeling van intelligentie, esprit en gevatheid, en razend maken met haar eigen vorm van vrouwelijke logica. Haar hese stem met dat charismatische Franse accent, dat duidelijker naar voren kwam wanneer ze zich opwond of geëmotioneerd raakte, biologeerde hem. De kleren die ze droeg, zijdezachte ensembles in zachte kleuren, waren net zo onopgesmukt als zijzelf. Ze gebruikte nauwelijks make-up en dat was ook niet nodig: ze straalde van zichzelf al glamour uit, gewoon omdat ze Francine Lalonde was.

En wanneer ze 's avonds tegen twaalf uur in hun hotel terugkwamen, duurde de zaligheid voort. Francine was een ervaren verleidster en een onverzadigbare minnares. Ze vrijden dat de stukken eraf vlogen. Hoe Francine het voor elkaar kreeg om elke morgen om halfzes op te staan en naar de make-up te gaan, was Max een raadsel.

'Het scenario is dus klaar!' zei Francine met een zucht. Ze nam een teugje van de feestchampagne en liet haar blote been tussen de zijne glijden. 'En het is een meesterstuk geworden. Max, je bent een genie. Deze keer winnen we alle onderscheidingen, dat weet ik zeker.'

'Ik weet niet of ze hier wel onderscheidingen voor zullen uitreiken.' Hij drukte een kus op haar schouder en keek op zijn horloge. 'Het wordt tijd dat we ons aankleden. Jack heeft Dino's restaurant afgehuurd en we worden om negen uur verwacht.'

'Maar schat,' protesteerde Francine, kronkelend van plezier toen zijn warme mond naar haar nek gleed. 'Dat is zonde van onze laatste avond. Ik vind dat we beter hier kunnen blijven en fijn vrijen.'

Om Max' mond verscheen een flauw glimlachje toen hij het

zijige kuiltje in haar hals kuste. 'En ík vind,' fluisterde hij traag, 'dat ik best nog een poosje kan blijven. Jij hebt nog twee weken filmen voor de boeg. Ik ben klaar met het scenario, maar er is geen enkele reden waarom ik nu naar Engeland terug zou gaan. Ik kan hier ook aan mijn roman werken, en dan kunnen we samen zijn...'

'Maar dat kan niet,' riep Francine uit, terwijl ze een eindje van hem af schoof. 'Je had toch gezegd dat je van plan was terug te gaan wanneer het scenario klaar was.'

'Ik ben van plan veranderd,' antwoordde hij luchtig, haar accent imiterend. 'Heel on-Engels van me, dat weet ik. Ik heb besloten nog een poosje te blijven. Dus je ziet, het kan wel.'

Francine ging glimlachend op haar zij liggen. 'Nou ja, je kunt natuurlijk wel blijven, maar je moet wel bedenken, schat, dat ik een paar andere plannetjes heb gemaakt.'

'Waar heb je het over?' Zijn blik werd donker. 'Wat voor andere plannen?'

'O, liefste, doe niet zo naïef,' zei Francine pruilend. 'Je begrijpt het toch wel. Ik dacht dat je morgen weg zou gaan, dus heb ik Jacques in Parijs gebeld. Hij komt me gezelschap houden. Ik kan nu eenmaal niet alleen zijn, *chéri*. Dat vind ik verschrikkelijk.'

Max voelde zich of er een deel van hem gestorven was. Het geluksgevoel van de afgelopen tien dagen was in één klap weggevaagd. Hij had helemaal geen zinvolle relatie opgebouwd; hij had als babysitter gefungeerd.

'O, Max, nu ben je boos op me,' zei Francine met een droevig hoofdschudden. 'Maar ik kan me niet verontschuldigen. Ik ben nu eenmaal zo. En dat wil niet zeggen dat ik geen heerlijke tijd met je heb gehad. Het was fantastisch, maar jij gaat nu weer naar huis en ik ga verder met mijn werk, eerst hier, dan in Normandië, daarna in New York. Zo is mijn leven nu eenmaal, liefste. Nogal afwisselend. En daarom houd ik ook van afwisseling. Ik vind je een schat, maar ik ben nu eenmaal geen type voor vastigheid.' Ze haalde haar schouders op en probeerde het hem te laten begrijpen. 'We zullen elkaar weerzien, Max. En dat is veel romantischer dan altijd bij elkaar zijn en op elkaar uitgekeken raken en proberen te doen of alles in orde is

omdat dat van vaste levensgezellen verwacht wordt. Toe, Max, kijk me niet zo aan. Begrijp je dan niet dat ik gelijk heb?'
Hij wendde zijn hoofd af, walgend van haar ijskoude logica, haar botheid, haar cynisme. De ironie van de situatie was dat hij tot voor kort dezelfde keiharde opvattingen had gehuldigd. Het was nooit bij hem opgekomen dat die hem nog eens in zijn gezicht gesmeten zouden worden.
'Als je er zo over denkt,' zei hij kalm, 'dan heb je inderdaad gelijk. En maak je geen zorgen, ik zal je niet in verlegenheid brengen door te blijven. Ik vertrek vanavond nog.'
'Maar Max,' gilde Francine, 'dat moet je niet doen! Je kunt toch niet zomaar weggaan. We zouden hier blijven en fijn vrijen...' Ze klemde zich aan hem vast, haar bruine ogen vol beloften, terwijl haar sensuele vingers zijn vlakke, gespierde buik streelden.
Max bracht een flauw glimlachje tevoorschijn. Zo'n aanbod afslaan zou rondweg masochistisch zijn. Hij ging op zijn rug liggen, snoof de vage honinggeur van haar weelderige naaktheid op en besloot zichzelf over te geven aan zuiver, onvervalst genot. 'Nou goed dan,' mompelde hij op verveelde toon, 'als je dat met alle geweld wilt...'

12

Toen lady Roberta McPherson, de organisatrice van het Midzomerbal in Clifton tot de ontdekking kwam dat de deelnemers voor het overgrote deel mannen waren, was ze in paniek geraakt. In een wanhopige poging om de situatie tenminste nog enigszins te redden (en zowel het bal als zichzelf voor eeuwigdurende schande te behoeden) had ze haar dochter onmiddellijk opgedragen om veertig van haar keurigste vriendinnen voor het bal uit te nodigen, gratis. Maar geen hippies, geen dikkerds en geen lelijke meisjes, had ze haar op het hart gedrukt; alleen knappe meisjes met een vriendelijk karakter, charmante glimlach en gevoel voor decorum.

Mattie Jameson was op haar tweeëntwintigste wel volslank maar niet dik. Ze had een lief, tamelijk rond gezichtje, schouderlang haar dat bijna blond was, een schuchtere maar charmante glimlach en een daarbij passend karakter.
Ze was bijna flauwgevallen van blijdschap toen de knappe maar verstrooide Corinne McPherson, die op hetzelfde reclamebureau als Mattie als persoonlijk assistente van de directeur werkte en voor wie Mattie als doodgewone typiste doorlopend stommiteiten rechttrok, haar voor het Midzomerbal had uitgenodigd. Het was het opwindendste dat haar ooit overkomen was, en ze had prompt een heel weekloon verbrast aan een lange, romantische Laura Ashley-jurk, zonnig geel met kleine blauwe vergeet-mij-nietjes, die ze als een gelukkig voorteken beschouwde. Wat er ook gebeurde, Mattie wist dat ze haar eerste bal nooit zou vergeten.
Halverwege de avond echter begon ze de moed te verliezen. Ze was zo dom geweest te veronderstellen dat, aangezien Corinne haar had uitgenodigd, ze toch minstens een tijdje bij elkaar zouden zijn. Het was geen moment bij haar opgekomen dat Corinne en haar even chique vriendinnen met elkaar plezier zouden maken aan een van de voorste tafels, terwijl Mattie weggedrukt zou zijn aan tafel zevenendertig, in het verste hoekje van de gigantische feesttent, met een gezelschap bankiers van middelbare leeftijd en hun opgedirkte vrouwen. Ze had haar uiterste best gedaan om te glimlachen en aan het gesprek deel te nemen, maar het was al een hele toer geweest om hun namen uit hen los te krijgen. En ofschoon ze niet veel over homo's wist, was de vrije man aan wie ze was toegewezen zo duidelijk een nicht, dat het weinig zin scheen te hebben haar charmes op hem los te laten.
Terwijl ze verlangend naar Corinne en haar gezelschap keek die nu over de dansvloer dwarrelden en zich zichtbaar – en hoorbaar – amuseerden, besefte Mattie dat ze, om het damestoilet te bereiken vlak langs hen heen moest. Het was niet veel, maar beter dan stokstijf blijven zitten en part noch deel aan de pret hebben. En er was altijd een kleine kans dat iemand haar zag, betoverd werd door haar glimlach en haar ten dans vroeg. Mattie had in haar tienertijd genoeg meisjes-

romans gelezen om te weten dat zulke dingen konden gebeuren...

Het probleem was natuurlijk dat er niets gebeurde. Helemaal niets, ondanks het feit dat ze zo langzaam langs de dansvloer liep dat een van de diensters haar vroeg of ze zich niet goed voelde.

Diep teleurgesteld in de meisjesromans keerde Mattie even later naar haar eenzame plaats terug – de bankiers waren allemaal aan het dansen – en troostte zich met een glas rode wijn. Toen er vijf minuten daarna een veldmuis over haar voet rende, slaakte ze een gil die luid genoeg was om de aandacht van gasten aan naburige tafels te trekken. Maar Mattie zag hen niet eens. Haar knie die van schrik en afkeer omhoog was geschoten, vloog tegen de onderkant van de tafel en kiepte haar wijnglas in haar schoot. Ze staarde ontzet naar de afschuwelijke rode vlek die zich als een zwam over haar dure nieuwe jurk uitbreidde.

Toen ze eindelijk opkeek zag ze de nieuwsgierige uitdrukking op de gezichten van degenen die haar gadesloegen, en begreep ze dat ze op zichzelf aangewezen was. Haar narigheid was een bron van vermaak, meer niet. Niemand hier zou haar helpen. Deze keer vloog ze als de weerlicht naar het damestoilet. Met gebogen hoofd, haar wangen gloeiend van vernedering en met haar wijde rok bijeen gefrommeld in de poging de vreselijk vlek te verbergen, baande Mattie zich een weg door de menigte die op een opwindende versie van een Rolling Stones-nummer danste. En de ultieme ironie wilde dat juist nu iemand haar wel de dansvloer op wilde trekken.

'Kom op, schatje, zin in 'n boogie?' lalde een ontzettend dronken en dikke vijftiger. Zijn gezicht was als gevolg van zijn inspanningen nog roder dan het hare en hij verspreidde een onaangename zweetlucht.

'Nee, dank u,' zei Mattie, die alles door een waas van ingehouden tranen zag. Zijn grijns veranderde abrupt in een sneer. 'Nou, graag of niet.' Zijn vochtige hand liet haar arm los. 'Ik wou alleen een beetje lol maken. Jij bent me trouwens ook niet knap genoeg...'

Toen Ross de deur van de damesgarderobe opendeed en Mattie druk bezig zag bij een van de wastafels, bleef hij even bewonderend staan kijken voor hij zijn aanwezigheid kenbaar maakte. Haar rug was hem onbekend, maar met haar gele jurk tot aan haar dijen opgetrokken, zodat er een paar mooie benen in vleeskleurige kousen en smalle witte jarretels te zien waren, zag ze er verleidelijk uit. Als hij haar nog niet kende, zou het misschien de moeite waard zijn om haar te leren kennen.

Bij zijn zachte kuchje draaide ze zich geschrokken om. De voorkant van haar jurk, die ze in de wastafel had staan spoelen, plakte tegen haar benen en het water droop in straaltjes op de grond.

'Dit is het damestoilet,' piepte Mattie, van haar stuk gebracht door het onverwachte verschijnen van zo'n opvallend knappe jongeman.

Ross grinnikte. Hij was behoorlijk dronken maar wist het goed te verbergen. 'Weet ik. Neem me niet kwalijk. Ik was eigenlijk op zoek naar Susie Rossiter. Heb jij haar soms ergens gezien?'

Mattie schudde haar hoofd. Ross, vermaakt door haar ongelukkige situatie en haar ontsteld gezicht, kwam naar haar toe. 'Rode wijn?' Hij maakte een hoofdbeweging naar haar jurk.

Ze stond nog steeds te druppen en keek hem verbijsterd aan. Ze had nog nooit in haar leven zulke ogen gezien, zo donker, met zulke dichte wimpers, en glanzend van zinnelijkheid. Hij was gewoon de mooiste jongen die ze ooit had gezien.

Tenslotte knikte ze en keek naar het plasje aan haar voeten. Het leek net of ze in haar broek had geplast. 'Er is een muis over mijn voet gelopen.'

'Juist ja,' zei Ross met een hoofdknik.

'Ik bedoel dat ik opgesprongen ben en mijn glas heb omgegooid,' legde Mattie haastig uit. Toen betrok haar gezicht. 'Ik weet niet wat ik moet beginnen. Ik kan moeilijk met die kletsnatte jurk weer naar binnen gaan.'

Ross glimlachte. Susie Rossiter was verdwenen, vermoedelijk weer naar haar aapachtige maar steenrijke vriend gegaan. Hij had schoon genoeg van zijn eigen partner voor het bal, een bloedmooie brunette die Cassandra heette, aldoor irritant giechelde en zo mal was te denken dat seks iets was dat je alleen met je wettige echtgenoot had.

En ofschoon hij aanvoelde dat dit meisje tot een andere maatschappelijke klasse behoorde dan de meeste aanwezigen hier, leek ze hem aardig genoeg om nader te leren kennen. Hij had trouwens de eerstvolgende paar uur toch niets anders te doen.

'Laten we een eindje gaan wandelen,' zei hij, haar hand nemend. 'Buiten. Dan is je jurk zo droog. O, ik ben Ross Monahan.'

'Ik heet Mattie.'

Het kwam geen moment bij een van beiden op dat ze zijn aanbod zou afslaan. Ross was met zijn achttien jaar nog nooit in zijn leven door een vrouw afgewezen.

En veel later, toen hij haar in een afgelegen hoekje onder een met sterren bezaaide nachthemel op het gras neervlijde, dacht Mattie er geen seconde aan om te protesteren toen Ross, de ervaren verleider, haar teder haar maagdelijkheid ontnam. Dat was haar geschenk aan hem, de enige manier waarop ze hem kon bedanken omdat hij het Midzomerbal tot de gelukkigste, verrukkelijkste, absoluut onvergetelijkste gebeurtenis van haar hele leven had gemaakt.

Mattie wist niet hoe ze de daaropvolgende week doorkwam. Terwijl de minuten zich tergend langzaam voortsleepten, verkeerde ze in een staat van zalige kwelling waarin ze elk moment met Ross in geuren en kleuren opnieuw beleefde. Ze kon de geur van het pas gemaaide gras weer ruiken, de verrukkelijke smaak van zijn mond op de hare proeven, ze wist nog precies hoe zijn zijige haar aanvoelde en zijn warme, gebruinde huid, ze kon zich de klank van zijn stem herinneren toen hij in haar oor had gefluisterd dat ze mooi was.

Maar het duidelijkst van al herinnerde ze zich hoe hij haar ten afscheid had gekust voor hij haar in de taxi hielp, en haar telefoonnummer had gevraagd zodat hij haar die week nog kon bellen. Bevend van puur geluk had ze zowel haar nummer thuis als dat op het werk op de achterkant van zijn pakje sigaretten gekrabbeld.

En het enige waar ze sindsdien voor had geleefd was het gerinkel van de telefoon, wat op de zaak niet gering was omdat de telefoons daar onophoudelijk rinkelden en ze iedere keer het idee had dat haar hart bleef stilstaan. Thuis, waar zij en haar ouders een rustig leven leidden, ging de telefoon haast nooit, maar Mattie, die nog geen paar minuten van huis durfde, stelde zich elke avond voor dat hij ieder moment kon overgaan.

En het was uitsluitend haar geheim. Niemand wist wat ze doormaakte. Corinne McPherson, die de volgende maandag om twintig voor tien het bureau was binnengewapperd, had met een glimlach naar Mattie gevraagd of ze zich op 'de fuif' had geamuseerd en was zonder zelfs op een antwoord te wachten verdwenen. Maar dat kon Mattie, die spierpijn in haar bovenbenen had van de ongewone activiteit, en brandende ogen van de make-up waaraan ze niet gewend was, maar die ze nu op had voor het geval Ross onverwacht zou komen en haar meenemen om in een chique gelegenheid met haar te gaan lunchen, hoegenaamd niets schelen. Het was geen droom geweest, het was echt gebeurd. En Ross kon haar elke dag – elke minuut zelfs – bellen, zoals hij had beloofd. Haar leven zou volkomen anders worden en ze kon nauwelijks wachten tot het zover was.

Haar leven werd inderdaad volkomen anders. De telefoon bleef rinkelen, maar het was nooit Ross die belde. De zeven dagen werden op de een of andere manier veertien, en die groeiden op onverklaarbare wijze aan tot achtentwintig. Tenslotte ging Mattie, in een opwelling van wanhoop en gekwetste trots, op een dag in de lunchpauze naar Corinne toe en vroeg haar zo achteloos mogelijk of ze toevallig een zekere Ross Monahan kende.

'Ross!' riep Corinne lachend en hoofdschuddend uit. 'Dat is een smiecht, liefje. De grootste versierder die er bestaat. Ross is een schat, zolang je maar geen woord gelooft van alles wat hij zegt. Als ik je zou vertellen met wie hij volgens de praatjes op het moment allemaal een verhouding heeft, zou je me gewoon níét geloven...'

Mattie realiseerde zich met een huivering van herkenning dat ook deze keer niemand haar te hulp zou komen. Had ze zich eerst nog vastgeklampt aan het idee dat hij het sigarettenpakje in een onbewaakt ogenblik had weggegooid, nu dwong ze zichzelf de keiharde waarheid onder ogen te zien. Ze had hem in de loop van de avond, toen ze gearmd over de smaragdgroene gazons hadden gedwaald, immers de naam verteld van het bureau waar ze werkte. Ze had laten doorschemeren dat ze een vriendin van Corinne McPherson was. Ze had hem ook haar achternaam verteld en hij had goed geluisterd, want hij had opgemerkt dat een van zijn favoriete restaurants Jameson in Clifton was.

Het kwam erop neer dat, als hij haar telefoonnummer kwijt was geraakt maar werkelijk contact met haar had willen opnemen, hij dat makkelijk had kunnen doen.

Maar dat had hij niet gedaan. En tegen de tijd dat Mattie dat feit onder ogen durfde te zien, wist ze ook dat ze zwanger was.

Een alleenstaande moeder had het niet makkelijk, maar Mattie maakte er het beste van. Eenmaal verzoend met het feit dat haar ouders niet van plan waren de dochter die zo'n onvergeeflijke schande over hun naam had gebracht te helpen, verhuisde ze van Bristol naar Bath. Ze woonde er in een klein zit-slaapkamertje en kwam pas een paar jaar later tot de ontdekking dat Ross en zijn oudere broer Max ook in Bath woonden.

Ze was danig van streek geweest toen ze voor het eerst in de krant las dat de gebroeders Monahan het vervallen Charrington Grange tot een luxehotel wilden verbouwen. Mattie had zich tijdens die eenzame, koude avonden met alleen haar dochtertje tot gezelschap, talloze malen een confrontatie voorgesteld tussen zichzelf en de man die haar in de banaalste val aller tijden had gelokt.

Het lukte haar echter met inzet van al haar wilskracht zichzelf aan te praten dat ze beter af was als alleenstaande moeder – misschien niet materieel maar wel emotioneel. Ross was het prototype van een playboy, hij dook met elke vrouw het bed in en wist er altijd zonder kleerscheuren af te komen. Hij zou haar bepaald niet met open armen ontvangen wanneer zij in deze fase van zijn leven – met hun dochter – voor zijn neus zou staan. Geleidelijk aan, bijna zonder het zelf te beseffen, en gewoon omdat ze geen andere keus had, legde Mattie zich neer bij het feit dat ze niets anders voor Ross was geweest dan een makkelijk en aardig pleziertje. Ze begon een pervers genoegen in haar pas verworven onafhankelijkheid te scheppen en voelde eerder medelijden dan wrok jegens Ross. Hij mocht er dan op het oog een mondaine, snelle levensstijl op nahouden, maar hij kon nooit gelukkiger en tevredener zijn dan zij, met haar lieve dochtertje.

En niemand had zich een zoeter kind kunnen wensen. Als baby sliep Grace de hele nacht door, ze huilde zelden en lachte veel. Op haar derde jaar was ze een vrolijke, aanhankelijke en gehoorzame peuter. Ze groeide op tot een rustig maar vlijtig schoolmeisje dat altijd uit zichzelf haar huiswerk maakte en in haar vrije tijd zat te lezen of haar moeder in het huishouden hielp.

Grace vroeg maar één keer naar haar vader, toen ze tien jaar was. Mattie, die zich jarenlang op dat moment had voorbereid, ging rustig bij haar dochtertje zitten en vertelde haar alles. Het was in werkelijkheid de korte inhoud van een liefdesroman die ze een paar jaar tevoren had gelezen, maar dat leek haar op dat moment de verstandigste en minst kwetsende oplossing. Dus vertelde Mattie haar dochtertje dat haar vader een Amerikaanse militair was geweest die ze had leren kennen toen hij met vakantie in Engeland was en van wie ze veel was gaan houden. Hij, Carl Shaunessy, was lang en donker geweest, een knappe jongeman met een verrukkelijk gevoel voor humor en een innemende glimlach. En natuurlijk had hij net zoveel van Mattie gehouden als zij van hem. Hij was na zes weken van onverdeeld geluk naar de Verenigde Staten teruggekeerd om alles voor hun huwelijk te regelen. Mattie zou hem een maand later nareizen. Twee dagen voor haar vertrek kreeg ze een telefoontje van zijn enige nog levende familielid, zijn liefhebbende grootmoeder. Carl was op tragische wijze om het leven gekomen, in een brandend huis waaruit hij, als toevallige voorbijganger, twee kinderen had gered. De kinderen, die in hun slaapkamer op de tweede verdieping waren, hadden hun leven te danken aan Carl Shaunessy's doortastendheid. Hij was, zon-

der aan eigen lijfsbehoud te denken, als een held gestorven. En Mattie had nooit meer van een andere man gehouden.
Het verhaal was zo aangrijpend dat Mattie aan het eind in tranen uitbarstte, terwijl Grace peinzend knikte, met het ernstige begrip van een tienjarige.
En ofschoon Mattie bereid was geweest verdere bijzonderheden te verstrekken, was dat nooit nodig gebleken. Grace had het onderwerp nooit meer aangeroerd. Het verleden was keurig afgesloten, als een dichte kast, en ze leek volkomen tevreden met de uitleg die ze had gekregen.

Toen Grace vertelde dat ze bij het Charrington Grange Hotel had gesolliciteerd, had Mattie haar gevoelens niet kunnen verbergen maar wel kans gezien ze in een andere vorm te gieten. Overmand door schrik en een vaag voorgevoel van onheil, had ze haar ongerustheid het aanzien van moederlijke bezorgdheid gegeven. Grace had het zo goed gedaan op school, ze was met vlag en wimpel voor haar eindexamen geslaagd en kon vast wel een betere baan krijgen. En al was het beroep van dienster alleszins respectabel, je kon er moeilijk een schitterende carrière in maken. Het werd slecht betaald, de werktijden waren lang en onregelmatig en de promotiekansen vrijwel nihil. Ze zou niets hebben aan alles wat ze op school had geleerd. Ze zou last van haar voeten krijgen. En de man voor wie ze zou werken, was een onverschillige, keiharde, immorele rotvent met een heleboel mooie praatjes.
Maar dat kon Mattie haar niet vertellen, en Grace was vastbesloten haar plan door te zetten. Kantoorwerk vond ze saai en ze had met veel plezier op zaterdagmiddag als dienster in een cafetaria in Bath gewerkt. Nu had ze zich voorgenomen om in het Charrington Grange te gaan werken en haar moeders nerveuze bezwaren lieten haar steenkoud.

13

Dominic had alles wat Tessa hem over haar huidige situatie had verteld, goed in zich opgenomen. Hij had vol aandacht geluisterd naar haar uiteenzetting waarom ze geen relatie met Ross Monahan wilde en haar tot zijn eigen verbazing volkomen gelijk gegeven. Dominic zelf voelde zich in zijn element bij onzekerheid en de romantiek van wisselende emoties. Hij was pas gelukkig als er een gevoelsuitbarsting dreigde. Maar Tessa was anders. Dat kwam gedeeltelijk door haar trots en haar onafhankelijkheidsdrang; ze wilde alles zelf in de hand houden, haar gevoelens inbegrepen. Ze zou nooit toestaan dat ze voor schut werd gezet, ze zou nooit vernedering of erkenning van haar eigen zwakheid kunnen verdragen. Gelukkig had ze wilskracht genoeg om zich er goed doorheen te slaan. In al die jaren dat Dominic haar nu kende, had Tessa haar zelfrespect weten te bewaren en daar bewonderde hij haar om.

Maar haar gevoelens jegens een uitermate begerenswaardige man onderdrukken alleen omdat 'het te zijner tijd toch mis zou gaan' was iets anders. Deze keer had Dominic het gevoel dat zelfs Tessa Duvall wel wat hulp kon gebruiken.

Toen Ross de volgende morgen kwam opdagen had hij geen ogenblik verwacht te worden ontvangen door een blonde man in een rode satijnen peignoir die hem veel te klein was. Verder zat zijn ene been in het gips en had zijn gezicht een uitdrukking van geamuseerde nieuwsgierigheid.

'Ik kom voor Tessa,' zei Ross, die zijn ogen half dichtkneep toen hij begreep dat die peignoir van haar was.

'Ze is naar Bath om inkopen te doen.' Dominic, die tegen de deurpost leunde, wist onmiddellijk wie de bezoeker was. Ondanks het feit dat hij door en door heteroseksueel was, zag hij meteen dat Ross Monahan net zo knap en goed gebouwd was als Tessa hem had beschreven. Dat moest het, dacht hij met enig medelijden, erg moeilijk voor haar maken. 'Ze zal wel zo terug zijn. Dus kom binnen en wacht op haar.'

Aangezien Ross was gekomen om zich van het ongelijk van zijn broer te overtuigen, was hij niet erg ingenomen met de situatie die hij aantrof, maar hij moest weten wat er aan de hand was. Dus stapte hij met een kort knikje naar binnen en ging naar Tessa's kleine zitkamer.

Ze was nog steeds bezig aan het schilderij waarvoor hij opdracht had gegeven en hij bekeek het bijna voltooide doek, meer om zichzelf de tijd te geven zijn gedachten te verzamelen dan om zich een oordeel te vormen. Maar ondanks zijn verstrooidheid raakte hij er onmiddellijk door geboeid. Het schilderij was ook erg goed. De indringende voorstelling, de levendige kleuren en de vlotte stijl creëerden een sfeer van plezier, je zou zo mee willen doen. Verrast en geamuseerd herkende Ross de gestalte bij de haard die zonder twijfel hemzelf uitbeeldde. Even later barstte hij bijna in lachen uit, want in het uiterst rechter hoekje van het schilderij was de even onmiskenbare gedaante van Max, in aandachtig gesprek en duidelijk smoorverliefd op het meisje met wie hij stond te praten. Het meisje, niet iemand die hij kende, was lelijk met een hoofdletter L, wanstaltig dik en met het gezicht van zo'n diepzeevis die niemand ooit zou lusten. Maar Tessa had Max afgebeeld als een verliefde man, volledig in de ban van dit afzichtelijk vrouwspersoon en duidelijk popelend om met haar naar bed te gaan.

'Ze is een begaafd meisje,' merkte hij op toen Dominic – zijn rivaal – moeizaam binnengestrompeld kwam met een sixpack bier onder zijn arm.

'Dat hoef je mij niet te vertellen,' antwoordde Dominic met een doelbewust ontwapenende glimlach. 'Ik ben stapel op haar, maar ik word spinnijdig omdat ze weigert zichzelf te verkopen. Een kunstenaar kan zich niet veroorloven bescheiden te zijn, die moet aan de weg timmeren...'

'Mijn broer...' zei Ross met een gebaar naar de figuur op het schilderij, '...zal dit niet grappig vinden. Het is fantastisch geestig, maar ik kan niet geloven dat ze hem zoiets wil leveren.'

'Geloof het maar gerust.' Dominic plofte op de bank neer en trok een blikje bier open. Hij was een talentvol beeldend kunstenaar, en ofschoon hij met hart en ziel beeldhouwer was, zou hij ook als kunstschilder een grote toekomst hebben gehad.

Tessa's stijl was niet moeilijk te kopiëren geweest, maar als ze thuiskwam en zag wat hij op het doek had gezet, zou ze het niet grappig vinden. Het was tenslotte bijna lasterlijk.
Maar wel nodig. En Dominic was in zijn schik dat hij zich Max Monahan na dat korte gesprekje zo precies herinnerde dat hij hem herkenbaar had kunnen uitbeelden.
'Neem een biertje,' zei hij, Ross een blikje toegooiend. 'Neem me niet kwalijk, ik heb me nog niet voorgesteld. Dominic Taylor.'
'Ross Monahan.' Ross schudde met tegenzin de uitgestoken hand en begreep dat hij Dominic niets vertelde wat die nog niet wist. 'En jij logeert hier bij Tessa?'
'Ja, een paar weken, misschien langer,' antwoordde Dominic monter. 'Zoals ik al zei, Tessa en ik zijn heel goed bevriend. Ze heeft me vanzelfsprekend alles over jou verteld.'
Ross voelde zijn gezicht verstrakken. 'En wat heeft ze je dan precies verteld?'
'O, gewoon de onfrisse bijzonderheden. Maar één keertje gedaan, onverwachte zwangerschap, dat soort dingen.' Terecht veronderstellend dat Ross een gehandicapte geen dreun zou durven geven, vervolgde hij: 'Ze weet dat je elk meisje pakt dat je kan krijgen en dat je niet bepaald een ideale echtgenoot zult zijn, dus wil ze de klus liever alleen klaren. Nou ja, zo goed als alleen. Toen ze me belde ben ik meteen gekomen, ook al viel het me niet makkelijk.' Hij klopte ter verduidelijking met zijn knokkels op het gips. 'Maar Tessa en ik hebben een heel bijzondere band met elkaar...' Zijn stem stierf weg en Ross vroeg zich bijna barstend van jaloezie af of hij zich bezwaard zou voelen als hij iemand met een gipsbeen een oplawaai verkocht.
'Ik pak niet elk meisje,' antwoordde hij ijzig, 'en Tessa heeft vreemde ideeën over onafhankelijkheid. Ik heb aangeboden met haar te trouwen, en dat is meer dan ik ooit voor een vrouw heb gedaan. Ik kan haar niet dwingen zich te bedenken. Maar ik geloof dat ze het wat mijn geschiktheid als echtgenoot betreft bij het verkeerde eind heeft.'
Dominic, die zich intussen kostelijk amuseerde, hoopte alleen dat Tessa nu nog niet terug zou komen en een hele grote spaak

in het wiel steken. 'Hoor eens hier,' zei hij op aartsvaderlijke toon, 'Tessa's besluit staat vast. Laten we eerlijk zijn, wie heeft ze gebeld toen ze in de problemen zat? Wat Tessa en ik samen hebben, is meer waard dan geld en status. Wij begrijpen elkaar. En ik ben niet het soort man dat zich druk maakt over zo'n kleinigheid als een buitenechtelijk kind. Als ik van een kind houd, interesseert het me geen zier of de moeder wel of niet getrouwd is. En als ik van een vrouw houd,' voegde hij er zo langzaam en veelbetekenend als hij kon aan toe, 'dan is het feit dat ze een kind van een ander heeft evenmin een probleem voor me.'

'En je bent niet gebleven tot ze terugkwam?' vroeg Holly ontzet. Ze had Tessa vroeger wel over Dominic horen praten, maar ze wist zeker dat ze nooit iets met elkaar hadden gehad. Inwendig popelde ze om de man te leren kennen die het moreel van haar baas zo'n knauw had gegeven.

'Hij blijft voor onbepaalde tijd bij Tessa, die maar één slaapkamer heeft, logeren,' snauwde Ross met een donkere blik. 'Hij had nota bene een peignoir van haar aan. En hij deelde me in niet mis te verstane bewoordingen mee dat Tessa en hij een heel "bijzondere" band met elkaar hebben. Nou, wat had ik dan moeten doen?'

'Maar je zei dat hij een gebroken been had,' weerlegde Holly, die tot haar verbazing iets als medelijden met hem voelde. 'Mijn vader heeft een paar jaar geleden op wintersport zijn been gebroken en toen zei de dokter tegen hem dat hij niet mocht... je weet wel... zolang hij in het gips zat. Mammie was geweldig in haar schik. Die Dominic kan nooit veel bijzonders doen.'

'Lulkoek,' riep Ross nijdig. 'Toen ik negentien was heb ik ook eens een been gebroken, en dat heeft me nergens van weerhouden.'

'Nou ja, kalm maar.' Holly klopte hem met een sussend gebaar op zijn hand maar Ross, niet gewend gesust te worden, keek haar woedend aan en trok met een ruk zijn hand weg.

'Ik vind het gemeen van haar dat ze dubbel spel speelt. Dat had ik nooit van haar verwacht.'

'Ik zal wel eens met haar gaan praten. Maak je maar geen zorgen,' zei Holly met een geruststellende glimlach, en vergaf hem zijn onhebbelijkheid omdat die haar de gelegenheid bood naar Tessa's huis te gaan en die 'verwaande kwast' in eigen persoon te ontmoeten. 'Ik zie gauw genoeg hoe de zaken staan.'

'Hij is in de badkamer,' zei Tessa nog voor Holly haar mond had kunnen opendoen. 'O, kijk maar niet zo verbaasd. Het roddelcircuit van The Grange strekt zich tot hier toe uit.'
'En?' vroeg Holly, terwijl ze haar vriendin onderzoekend opnam. 'Is het waar? Zijn jij en Long John Silver zo waanzinnig verliefd op elkaar als Ross denkt? Hij spuwt vuur, hoor.'
'Dat is wel eens goed voor hem.' Tessa nam haar plaats achter de ezel in het midden van de kamer weer in. 'En nee,' zei ze over haar schouder, 'dat zijn we beslist niet. Dominic heeft weer eens een van zijn geintjes uitgehaald – voor zijn eigen plezier de gekste dingen vertellen – en ik weet nog niet of ik hem moet uitfoeteren of erom lachen. Daarom heeft hij zich als de bliksem in de badkamer teruggetrokken.'
'Heel verstandig,' zei Holly liefjes. 'Denk je dat hij iemand nodig heeft om zijn rug te wassen?'
'Dominic kennende zou hij veel liever hebben dat je zijn voorkant waste. Ach, Holly, begin er niet aan. Je hebt verdorie weer die blik in je ogen en dat terwijl je verliefd bent op *Mad Max*.'
'Ben ik ook,' protesteerde Holly. 'Maar hij maakte laatst zulke misselijke opmerkingen over mijn nieuwe mantelpakje, dat ik heb besloten van tactiek te veranderen. Een beetje jaloezie kan nooit kwaad. Tenminste,' voegde ze er met een knipoog aan toe, 'het schijnt jou best goed van pas gekomen te zijn.'
'Spelletjes,' zei Tessa met een ongeduldig gebaar. 'Al die komedie... dat kan ik niet uitstaan. Het is zo zinloos. Waarom kunnen de mensen niet gewoon eerlijk tegen elkaar zijn?'
'Dat is lang zo leuk niet.'
'Maar ook niet zo ingewikkeld. Wil je eens zien wat Dominic aan dit schilderij heeft gedaan? Hij heeft tegen Ross gezegd dat ik het had gedaan. Dominic kan het fantaseren niet laten, zelfs al zou hij zijn mannelijkheid ermee op het spel zetten.'
'Heeft hij dat echt gedaan?' De boosaardige uitbeelding van Max monterde Holly nog verder op. 'Niet te geloven.' Inwen-

dig huiverde ze van nieuwsgierigheid. De overmoedige, onstuimige Dominic werd met de minuut aantrekkelijker.

Aantrekkingskracht was een vreemde zaak, dacht Dominic tien minuten later. Die nimmer falende, niet tegen te houden ring-door-de-neus had hem al vaker vastgelegd en problemen met de andere sekse bezorgd dan hij ooit voor mogelijk had gehouden, ofschoon het zolang het duurde altijd verrukkelijk was geweest.

En wat er nu gebeurde moest, veronderstelde hij, de keerzijde zijn. Afstotingskracht. Maar aangezien er kracht aan te pas kwam, was het misschien die van de leeuw tegenover de hyena. Hij vond, rondweg gezegd, alles aan Holly King onuitstaanbaar. Elk onderdeel van haar uiterlijk, haar stem en haar persoonlijkheid irriteerde hem onuitsprekelijk. Nog nooit in zijn leven had hij zo'n hartgrondige afkeer van iemand gevoeld. Als hij en dit vreselijke wezen de enige mensen op deze planeet waren, dacht hij met een huivering van afkeer, zou hij beslist als ongerepte jongeling sterven.

Hij zat languit in de enige fauteuil met zijn gipsbeen op de salontafel, zei zo weinig mogelijk en wilde wel dat hij een flinke wandeling kon gaan maken. Intussen staarde hij somber naar de gerafelde gaten in de enige broekspijp die zijn versleten Levi's nog rijk was.

Maar je kon onmogelijk Holly's aanwezigheid vergeten. De vertrouwde geur van Tessa's olieverf werd overstemd door haar opdringerig parfum. Haar ongetwijfeld dure kleren waren niet om aan te zien: hij was nooit een bewonderaar van Kandinsky geweest en zijn werk werd er, gedrukt op een zijden jersey tent, niet mooier op. Haar make-up was al even opzichtig (hij zou in het donker waarschijnlijk lichtgevend zijn) en haar zelfverzekerde, bekakte stem was veel te hard voor de kleine kamer.

Ze was het soort vrouw aan wie hij zijn beelden voor bespottelijk hoge prijzen verkocht, maar dan had hij uitsluitend zakelijk met hen te maken. Hij had nooit sociale contacten met hen gehad. En nu wist hij hoe verstandig hij daaraan had gedaan.

'En of we daar zin in hebben.' Tessa, die met een penseel tussen haar tanden praatte, kwam over als een slechte buikspreekster. Ze wendde zich naar Dominic, die het gesprek niet had gevolgd en voegde eraan toe: 'Nietwaar?'
'Waar hebben we zin in?'
'Holly vraagt of we vanavond bij haar komen eten. Je zult het vast lekker vinden, ze kan verrukkelijk koken.'
'Nee,' zei Dominic bot. 'Sorry, maar ik kan niet.'
'Waarom niet?' jammerde Holly, diep beledigd. Wilde ze verdorie alle zeilen bijzetten, een Chinese maaltijd klaarmaken waar ze úren voor in de keuken moest staan, en die knappe, onuitstaanbaar onbeschofte vent was niet eens zo beleefd om een aannemelijk excuus voor zijn weigering te bedenken.
'Omdat ik geen zin heb.' Dominic, egocentrisch van aard, nam niet de moeite om tactvol te zijn. 'Ik blijf liever hier. Mag het alsjeblieft?' voegde hij er met onverholen sarcasme aan toe.
'Je mag het niet alleen,' kwam Tessa snel tussenbeide, terwijl ze haar penselen aan een vod afveegde en in zijn schoot gooide, 'je *moet* het zelfs. Blijf jij maar thuis, egoïstische ellendeling, maak mijn penselen schoon en blijf met je vingers van mijn schilderijen af. Ik ga vanavond naar Holly. En ik hoop dat je je rot verveelt hier in je uppie.'

14

De lichtspots tussen het tropisch gebladerte hulden het zwembad in een zacht, amberkleurig licht dat Antonia's gebruinde lichaam mooi deed uitkomen en een lichtelijk decadente sfeer schiep, die goed bij haar stemming paste.
Ze streek haar natte haar uit haar gezicht, hees zich met één snelle beweging uit het water en ging op de rand van het bassin zitten. Een blik op haar horloge leerde haar dat het bijna tien uur was. Als Ross vanavond nog zou gaan zwemmen, wat hij vaak deed, kon hij elk moment hier zijn en zou ze hem voor het eerst in weken weer zien.

Het waren bovendien een paar heel vervelende weken geweest. Geschrokken omdat ze hem zo miste, had Antonia aanvankelijk gedacht dat afleiding zoeken de beste manier was om hem uit haar gedachten te bannen.
Ze had als een bezetene geflirt met een Zwitserse bankier die ze had ontmoet op een saai diner bij een van Richards nog saaiere zakenrelaties. De knappe bankier was er eerst met vleiend enthousiasme op ingegaan en haar zelfvertrouwen was met sprongen gestegen, maar de volgende dag had het een flinke dreun gekregen. Ze had met hem afgesproken voor de lunch in een intiem restaurant in Castle Combe, waarvoor ze zich urenlang had zitten opdoffen en Richard een hele reeks leugens had verteld om weg te kunnen, en toen was die rotzak doodkalm niet komen opdagen. Hij was zelfs nog te schijterig geweest om het haar zelf te zeggen, maar had haar door de gerant een briefje laten overhandigen.
Het speet hem, schreef hij, maar hij had zich bedacht. Ze was een bijzonder aantrekkelijke vrouw, maar hij had zich gerealiseerd dat hij te veel van zijn eigen vrouw hield om hun toekomst in de waagschaal te stellen voor een enkel moment van genot.
Enfin, als het bij hem niet langer dan een enkel moment duurde, dacht ze schamper, had ze niet veel gemist.
Maar de afwijzing had haar trots gekwetst, en aangezien ze niet veel anders aan haar hoofd had, begon Antonia steeds meer aan Ross te denken. Ten slotte, na een aantal lange weken waarin ze niet naar The Grange was geweest, was ze tot de conclusie gekomen dat ze hem gewoon moest zien. Ze zou hem haar excuses aanbieden voor haar gedrag op het kerstfeest. Ze zou Ross eraan herinneren – alsof hij dat vergeten kon zijn! – wat hij had gemist. En dan zouden ze hun oude relatie van wederzijds plezier en begrip hervatten.

Dominic verveelde zich dood. Enigszins beschaamd over zijn gedrag van die middag – maar meer omdat hij Tessa had geërgerd dan omdat hij de gevoelens van die afgrijselijke Holly had gekwetst – had hij de penselen schoongemaakt die ze hem had toegeworpen en zelfs de vele koffiemokken afgewassen die hij die dag had gebruikt.

Maar toen hij daarna met een schetsblok en houtskool bij de haard was gaan zitten, had de gevreesde verveling opeens toegeslagen. Die had Tessa over hem afgeroepen, dacht hij somber. Hij moest eruit, ergens naar toe... iets doen... en omdat het huisje geen telefoon had, zat hij in de val.

Nog geen halfuur later hees Dominic zich op een hoge kruk, zette zijn krukken tegen de bar en bestelde een feestelijk glas cognac. Ofschoon hij beter met zijn krukken overweg kon dan zelfs zijn vrouw vermoedde, was de tocht naar het eind van de landweg toch een koude en tamelijk hachelijke onderneming geweest. Maar hij had terecht aangenomen dat bijna iedereen voor zo'n duidelijk gehandicapte jongeman zou stoppen en hem een lift aanbieden, en dat had bijna iedereen, in de gedaante van een schapenfokker in ruste gedaan – helemaal naar de fraai verlichte ingang van het Charrington Grange Hotel.
Gehandicapt zijn, had hij ontdekt, had zo zijn voordelen.
Het was ook een prima aanleiding voor een gesprek. Overal waar hij kwam vroegen de mensen hem hoe hij zijn been had gebroken, en om hun dag wat op te fleuren had hij verscheidene wilde verhalen bedacht.
'Hoe is dat zo gekomen?' vroeg de man op de barkruk naast hem, precies zoals hij had verwacht. Het was een veertiger met vermoeide ogen achter een dure bril en een matte manier van doen, die wel aan een opkikkertje toe scheen te zijn. Dus begon Dominic aan de versie waarin een sportvliegtuigje voorkwam, een piloot met hartklachten, neerstorten in de Middellandse Zee en zesendertig uur in het water ronddobberen zonder eten of drinken, met als enig gezelschap een rondcirkelende haaienvin.
'En nu ben ik nog steeds aan het inhalen,' besloot hij, zijn lege glas heffend in de hoop dat zijn buurman de wenk zou begrijpen en hem nog een zou aanbieden.
'Je fantasie heeft er in elk geval niet onder geleden,' zei de man met een wrang lachje. 'Maar je krijgt evengoed nog een drankje van me.'
In het minst niet uit het veld geslagen maar lichtelijk nieuws-

gierig, stak Dominic zijn hand uit. 'Dominic Taylor. Hoe wist u dat ik zat te liegen?'
'Richard Seymour-Smith,' antwoordde zijn buurman, terwijl hij de barman wenkte nog eens in te schenken. 'En ik ben accountant, dus had ik u gauw door. Bovendien heb ik een vrouw die alles aan elkaar liegt. Zodoende ben ik bedreven geraakt in het doorzien van leugens.'
Daarna duurde het niet lang voor Dominic de hele situatie kon inschatten. Deze intelligente, bescheiden man hield mateloos veel van zijn vrouw en wist maar één manier om met haar ontrouw om te gaan: zijn ogen ervoor sluiten en net doen of er geen ontrouw bestond. Dat was makkelijker dan een confrontatie afdwingen. Hij mocht niet het risico nemen haar te verliezen. Hij kon zich een leven zonder Antonia niet voorstellen. Hij had nog liever een ontrouwe vrouw dan helemaal geen vrouw.
Bij het horen van Antonia's naam vielen alle stukjes op hun plaats. Dominic stond versteld over de ironie van de situatie. Met meer zelfbeheersing dan hij had gedacht te bezitten, wist hij zijn eigen plaats in de gecompliceerde driehoek voor zich te houden.
Toen Richard wegging om iemand op te bellen, besloot Dominic het hotel een beetje te gaan verkennen. Zich handig op zijn krukken voortbewegend passeerde hij de receptie en knipoogde breed lachend tegen Sylvie Nash, die late dienst had en die, met haar Barbiepopgezicht en -figuurtje voor hem meer het toonbeeld van de ideale receptioniste was dan Holly Hollewaai.
Hij stak zijn hoofd om de deur van het druk bezochte restaurant en trok het haastig terug toen hij Max aan een nabije tafel ontdekte. Hij had geen zin om er op dit uur en met dit weer uitgezet te worden. Hij had het juist zo naar zijn zin. En hij wilde veel te graag ontdekken waar de trouweloze, schaamteloze Antonia uithing.

Toen Ross in het zwembad dook, dacht hij dat hij alleen was. Pas toen hij bovenkwam om lucht te happen zag hij haar in de schaduwen zitten, waar ze hem zwijgend gadesloeg.

'Antonia,' zei hij gereserveerd, om haar te laten weten dat hij haar zag en aannam dat deze ontmoeting geen toeval was.
'Hallo, Ross,' zei ze bijna fluisterend. 'Ik heb je gemist.'
Toen hij geen antwoord gaf, keek ze op en begreep dat hij op iets meer wachtte. 'Ik kom mijn verontschuldigingen aanbieden,' vervolgde ze, luider nu, terwijl ze haar blik bewonderend langs zijn gebruinde, prachtig gevormde lichaam liet glijden en haar vingers van verlangen in elkaar strengelde. 'Ik heb tegen de regels gezondigd en dat spijt me. Maar nu ben ik er weer.'
'Dat zie ik.' Ross kon niet nalaten haar bewonderend op te nemen. Antonia wist hoe ze op haar voordeligst uitkwam. In die minuscule, topaasgele bikini, met haar natte haar naar achteren en met één teen achteloos over het wateroppervlak strijkend, zag ze er tegelijkertijd knap, onschuldig en uitdagend uit. Hij wist precies wat ze wilde, en dat was geen zwemles.
Hij dacht aan Tessa, die híj wilde.
Toen dacht hij aan Dominic die bij Tessa logeerde en die Ross met een mengeling van spot en verachting bezag en waarschijnlijk, aangezien Tessa maar één slaapkamer had, het bed met haar deelde.
Toen Antonia, die aanvoelde dat het juiste ogenblik daar was, geruisloos in het water gleed en met hypnotiserend trage bewegingen in zijn richting zwom, zwom Ross niet weg.
Dominic, die de zware, groenglazen deur juist zo ver openduwde om het gebeuren onopgemerkt te kunnen gadeslaan, vergunde zich een triomfantelijk glimlachje. De laatste paar dagen was de gedachte bij hem opgekomen dat Ross en hij op sommige punten veel gemeen hadden. Maar het feit dat hij zo op Tessa gesteld was, maakte de hulpverlener in hem wakker. Hier en nu en onder deze omstandigheden waren ze tegenstanders. Daarom wierp hij zwierig de deur open en wuifde met een van zijn krukken bij wijze van groet.
'Goedenavond, meneer Monahan!' Hij hield zijn hand boven zijn ogen om beter te kunnen zien, strompelde vervolgens overdreven moeizaam naar de rand van het zwembad en nam Antonia met zijn meest ontwapenende glimlach op.
'Nee maar, wat een verrassing. Daar hebben we zowaar me-

vrouw Seymour-Smith, gretig gebruik makend van de voorzieningen die het hotel biedt.'
'Wie bent u eigenlijk?' vroeg Antonia verontwaardigd, terwijl ze haastig het bovenstuk van haar bikini op zijn plaats trok en de hemel dankte dat hij niet vijf minuten later was gekomen.
'Een privédetective, mevrouw Seymour-Smith, ingehuurd door uw man. En ik moet zeggen dat ik zeer geschokt ben. Meneer Monahan heeft mij vanmorgen nog verzekerd dat hij niet alle bereikbare vrouwtjes pakt en nu tref ik u beiden hier in...'
'U bent wat?' gilde Antonia, maar Ross greep in.
'Geen paniek,' zei hij haastig, terwijl hij Dominics verdwijnende gestalte woedend nakeek en meer dan ooit wenste dat hij hem een dreun kon geven. 'Allemaal lulkoek. Hij is geen privédetective. Wind je nou maar niet zo op. Hij is al weg.'
'Ik ook,' bitste Antonia, die met weinig elegante haast naar de kant waadde en zich uit het water hees. 'Je vriend houdt er een raar soort humor op na dat ik bepaald niet grappig vind.'
'Ik ook niet,' antwoordde Ross grimmig met een duistere blik in de richting van de groene glazen deur waardoor Dominic verdwenen was. 'En noem hem alsjeblieft niet mijn vriend. Want míjn vriend is hij beslist niet.'

'Lieverd, kom even bij me zitten. Ik moet eens met je praten.' Grace was meteen op haar hoede en vroeg zich af waar haar moeder het over wilde hebben. Toch zeker niet weer over voorbehoedmiddelen? Daar hadden ze vorig jaar al uitgebreid over gepraat.
Mattie klopte, inwendig bevend, op de plaats naast haar op de bank. Hoe ze het ook inkleedde, Grace zou de schok van haar leven krijgen.
'Lieverd, ik moet je iets vertellen,' begon ze rad, terwijl ze haar dochters hand zo stijf vastpakte dat Grace een pijnlijk gezicht trok. 'Ik had niet gedacht dat het ooit nodig zou zijn, maar ik begrijp nu dat het toch moet, en het is allemaal mijn schuld. Je zult misschien wel kwaad op me zijn wanneer ik je vertel hoe ik het aan de weet gekomen ben, Grace.'
'Wat aan de weet gekomen?' Nu begreep Grace er niets meer

van. Dit werd geen preek over seksuele opvoeding. En Mattie zag gewoon grauw van ellende.
Toen haar moeder haar hand onder een van de kussens stak en het dagboek tevoorschijn haalde, slaakte Grace een kreet en greep ernaar.
'Dat is van mij. Daar mag je niet eens áánkomen!'
'Ik heb het gelezen, lieverd.' Mattie schoof een eindje terug. Ze had graag haar arm om haar dochter heen geslagen, maar ze wist dat ze dat nu niet moest doen. 'Ik heb het helemaal gelezen, en daarom moet ik nu met je praten.'
'Dat is persoonlijk!' riep Grace heftig, bevend van woede. 'Dat gaat je niets aan. Je mag mijn persoonlijke aantekeningen niet lezen...'
'Maar ik moest wel,' viel Mattie haar bedroefd in de rede, 'om een heel bijzondere reden, die ik je zal vertellen. Ik had het liever niet gelezen, schat, maar ik moet je iets over Ross vertellen dat waarschijnlijk hard zal aankomen.'
'Nou, begin dan maar,' zei Grace nors. Haar moeder zou waarschijnlijk een preek gaan houden over de gevaren van oudere mannen. Hè ja, daar zat ze nog net op te wachten.
'Goed.' Matties hart bonsde en het zweet stond in haar handen. Ze sloot haar ogen en zei: 'Lieverd, Ross Monahan was... is... je vader.'

15

De zon scheen en de sneeuw was eindelijk gesmolten. Tessa parkeerde de glanzende witte Mercedes aan het einde van de oprijlaan en klopte nog eens waarderend op de rode leren bekleding voor ze uitstapte. Ze deed de koffer open en haalde er voorzichtig het schilderij uit, verpakt in bruin papier, dichtgebonden met een touwtje.
'Lieve help, Tessa, ben je niet goed wijs? Zet neer.'
Ross, wiens kantoor op de oprijlaan uitkeek, kwam naar haar toe. Tessa's onverwachte komst fleurde hem enorm op en deed

hem even vergeten dat de dienster die hem altijd zijn koffie bracht, weer ziek was, zodat hij genoegen moest nemen met dat zwarte, bittere vergif waar Holly altijd mee aan kwam. Terwijl hij het grote, verrassend zware schilderij van haar overnam, wierp hij een blik op haar figuur, dat gedeeltelijk werd verhuld door een grijs-met-roze sweatshirt en roze legging, maar dat sinds hun laatste ontmoeting toch duidelijk veranderd was.

'Bedankt voor de auto.' Tessa liet de sleuteltjes in de zak van zijn jasje glijden. 'Het was een reuze kar.'

'Dat is het nog, hoop ik.'

Ze lachte en liep tot zijn grote opluchting naast hem mee. 'Ik ben er niet mee in sloten gereden, als je dat bedoelt. Ik heb hem gisteren zelfs gewassen.'

'Met de hand?' Ross keek stomverbaasd. Er waren immers machines voor dat soort dingen.

'Met de blote hand,' beaamde Tessa, hem met zijn verbazing plagend. 'En nu breng ik hem terug. De sneeuw is weg en ik heb gisteren een nieuwe fiets gekocht.'

Hij bleef met een ruk onder aan het bordes staan. 'Maar het is jouw auto,' zei hij fronsend. 'Ik heb hem aan jou gegeven. Ik wil niet dat jij op een fiets rondrijdt. Dat is gevaarlijk.'

'Dat is helemaal niet gevaarlijk,' antwoordde Tessa geduldig. 'En het verschaft me de nodige lichaamsbeweging. Ik heb jouw auto niet nodig, Ross. En als ik er een nodig heb, koop ik hem zelf wel.'

'Wat ben je toch een stijfkop...' Omdat hij zijn beide handen vol had moest hij wachten tot zij de deur voor hem open hield. 'En waar is je vriend vandaag eigenlijk? Die scheen die rotauto wel te waarderen.'

Deze keer bedwong Tessa haar glimlach. 'Dominic? O, zijn vrouw stond vanmorgen opeens bij mij op de stoep. Ze kwam uit Truro om eens ernstig met hem te praten.'

'Is ie getrouwd?' Ross zette het schilderij op zijn bureau en begon het touw los te maken. 'Daar heeft Holly niets van gezegd.'

Nu schoot Tessa wel in de lach. Ze viel in zijn bureaustoel en streek met haar vingers door haar pas gewassen, nog een beetje vochtige haar. 'Nee, waarom zou ze? En sinds wanneer heeft zo'n kleine hindernis als een huwelijk iemand belet te rotzooien?'

'*Touché*. Maar als ze met de juiste mensen getrouwd waren zouden ze niet hoeven te rotzooien. Als ik gelukkig getrouwd was,' voegde hij er langs zijn neus weg aan toe, 'zou ik er niet aan denken om met iemand anders naar bed te gaan.'

'Ja, zo kan-ie wel weer,' protesteerde Tessa, die het grootste plezier had. 'De gedachte dat jij een stralenkrans zou hebben, is meer dan iemand kan verdragen. Hou je mond nou maar en bekijk je schilderij.'

Ross, het prototype van de man-die-alles-had, staarde bijna een volle minuut naar het voltooide schilderij. Om de aandacht niet van het ingewikkelde tafereel af te leiden, had Tessa het afgewerkt met een simpele duifgrijze omlijsting. Het was precies wat hij had willen hebben, meer zelfs. De compositie was meesterlijk, de kleuren perfect, de details genadeloos accuraat en de humoristische trekjes subliem.

'Als je het niet mooi vindt,' zei ze tenslotte, 'kan ik altijd mijn oor afsnijden.'

Voor ze verder nog iets kon zeggen, had Ross haar gekust. De vluchtigste kus die er bestond, bijna voorbij voor hij was begonnen, en toch raakte hij hen beiden dieper dan ze ooit zouden toegeven.

'Je bent geweldig,' zei hij, terwijl hij opnieuw naar het schilderij keek en vol bewondering zijn hoofd schudde. Ze had abrikooskleurige lipgloss op en hij kon hem nog proeven. 'En veel mooier dan Van Gogh. Trouwens, als je je oor afsneed, zou je nooit een bril kunnen dragen.'

Tessa knikte peinzend, begrijpend dat ze allebei ijverig probeerden te doen of die kus niet had plaatsgevonden. 'Misschien dat Max het voor me doet als hij dit ziet.'

'Geen paniek. Hij heeft best gevoel voor humor.'

'Dat weet hij dan uitstekend te verbergen.' Ze trok een somber gezicht, en Ross, die zich moest bedwingen om haar niet nog eens te kussen, pakte zijn chequeboek.

'Je moet me niet zoveel geven.' Tessa staarde verbluft naar de cheque in haar handen.

'Ik geef je niets. Ik betaal je een redelijke prijs voor een verdomd goed schilderij.' Ross realiseerde zich met een diepe zucht dat ze weer moeilijk ging doen. Was er ooit een vrouw op de wereld geweest die meer bezwaar had tegen het accepteren van geld en hulp dan Tessa Duvall?
'Maar we waren van tevoren een prijs overeengekomen...'
'En honderdvijftig pond is een fooi, Tess. Als je iets wilt bereiken, moet je je prijzen verviervoudigen. Goedkope schilderijen worden gekocht door goedkope types die gewoon iets willen hebben om die lege plaats boven de haard op te vullen. Je moet de belangstelling van de echte verzamelaars wekken. En zodra die behoorlijke prijzen voor je werk gaan betalen, zullen ze je bij anderen aanbevelen om hun investering veilig te stellen. Dan wil iedereen je werk hebben, je prijzen zullen spiraalsgewijs stijgen, je zult steeds meer bewonderaars krijgen... en je hebt het gemaakt!'
Tessa schoot in de lach. Ross zei het net of het allemaal vanzelf ging.
'Zo makkelijk?'
'Zo makkelijk.' Hij knipte met zijn vingers. 'Jij verschaft het luxeobject en zolang daar op de goede manier reclame voor wordt gemaakt, willen de mensen het kopen. En wij zullen zorgen,' besloot hij, terwijl hij haar arm nam en haar het kantoor uit leidde, 'dát er op de juiste wijze reclame voor wordt gemaakt.'
'Waar gaan we naartoe?' vroeg Tessa aarzelend. 'Ik moet naar huis om scheidsrechter te zijn bij het gevecht tussen Dominic en zijn vrouw.'
'Misschien wurgt ze hem wel,' zei Ross onbekommerd. 'Laat ze nou maar begaan. Wij gaan samen lunchen om je komend succes te vieren.'

Het restaurant waar hij haar mee naar toe nam, gelegen in het centrum van Bath, was heel erg chic. Dat was geen bezwaar voor Ross in zijn antracietgrijze maatpak en zijden das van Dior, maar Tessa keek bedenkelijk. Verschoten sweatshirt, katoenen legging en gympen waren geen veelvoorkomende dracht bij Zizi.

'Niet zeuren,' gebood Ross toen ze haar mond opendeed om te protesteren, 'anders laat ik jou betalen. Ga lekker zitten en geniet. We hebben iets te vieren, weet je.'

Ik voel me net Assepoester, dacht Tessa, terwijl ze gehoorzaam ging zitten en het luisterrijke groen-met-gouden interieur bewonderde. Tiffany-lampen wierpen kleurige lichtkringen op de tafels, het mosgroene tapijt was zo dik dat je je tenen erin kon begraven en de matgroene wanden hadden strepen van bladgoud.

'Ben je hier al eens eerder geweest?' vroeg Ross, geen moment verwachtend dat ze 'ja' zou zeggen.

Maar Tessa knikte. 'Ja, vaak. Maar ik vind het nu ook weer smaakvol veranderd. Dat roze-met-zilver van vorig jaar vond ik te veel iets uit Barbara.'

Ross, wiens bedoeling het was geweest Tessa te verbazen en te imponeren, stoof onmiddellijk verontwaardigd op: 'Met wie kwam je hier dan? Wie kon zich permitteren je hier vaak mee naar toe te nemen?'

Tessa haalde haar schouders op, pakte het goudomrande menu en wijdde zich aan de zalige luxe van de keuze tussen grote garnalen in knoflookboter en wilde champignons in rode wijnsaus als voorgerecht.

'Ik denk dat ik die wilde champignons maar neem.' Ze keek op en zag dat Ross haar nog steeds gadesloeg en op antwoord wachtte. Daarom voegde ze er plagend aan toe: 'Die vond ik altijd al zo lekker.'

'Wie? Met wie kwam je hier vorig jaar?'

'Hoor eens,' zei Tessa na een korte stilte. 'Niet dat het je iets aangaat, maar ik kwam hier vorig jaar drie keer per week. Ik werkte hier namelijk in de keuken, als bordenwasser. Verduveld zwaar werk, zonder een greintje glamour.' Ze nam glimlachend een slokje gekoeld bronwater. 'Het loon stelde niet veel voor maar de restjes waren hemels.'

Ross had eigenlijk standwerker moeten worden, dacht ze twee uur later. Hij had gedurende de hele lunch enthousiast vrienden en zakenrelaties gegroet, ze aan Tessa voorgesteld en ze stuk voor stuk verteld dat Tessa Duvall een talent was dat ze in het oog moesten houden, een opkomende ster en een geweldige geldbelegging. Omdat ze zo in trek was voor portretwerk, was ze op het moment overladen met opdrachten, maar als geïnteresseerden contact opnamen met Ross in The Grange, zou hij er persoonlijk voor zorgen dat ze met voorrang aan de beurt kwamen.

Tessa, die zich een soort buiksprekerspop voelde, knikte glimlachend en beaamde alle schandelijke leugens die Ross Monahan opdiste. Maar het gekke was dat iedereen ze scheen te geloven.

'Bereken je me ook commissie?' vroeg ze toen ze eindelijk weer eens even alleen waren.

Zijn donkere ogen twinkelden ondeugend. 'Ik zal met genoegen betaling in natura aanvaarden.'

Tessa schudde haar hoofd. 'Ross, doe toch niet zo mal.' Ze kreeg op onverklaarbare wijze een brok in haar keel. Had hij enig idee hoeveel moeite ze moest doen om haar gevoelens in bedwang te houden als hij zo aardig was? En wat mankeerde haar in vredesnaam? Ze huilde nooit in het openbaar.

Gelukkig gebeurde dat ook nu niet. Ross deed een paar scheppen donkerbruine suiker in zijn koffie en zei met een quasi berouwvol lachje: 'Sorry, dat ontviel me. Ik ben ook maar een mafketel.'

Tessa's spanning ebde weg en ze beantwoordde zijn glimlach. 'Dat weet ik. Daarom wil ik dat we vrienden blijven. Dat zal iedereen een heleboel hartzeer besparen. Maar ik ben je dankbaar voor alles wat je voor me doet. Als die mensen...' Ze tikte met haar wijsvinger op het stapeltje zakenkaartjes. '...echt belangstelling voor mijn schilderijen krijgen, dan zal me dat een eind op weg helpen. En ik zou nooit in staat zijn geweest op eigen kracht een dergelijke interesse te wekken.'

Ross had bijna gezegd dat Tessa zijn interesse te allen tijde kon wekken, maar hij slikte de opmerking in en deed zijn uiterste best om haar gewoon als vriendin te zien. Ofschoon dat, wanneer je niets liever wilde dan met die vriendin naar bed gaan, verdraaid moeilijk was, dacht hij wrang.

'Ik probeer alleen mijn investering veilig te stellen,' zei hij dus maar. 'Ik heb nog een paar ideeën, maar die moeten eerst uitgewerkt worden. Vertel me intussen eens hoe het met je is. Is de dokter tevreden? Verloopt alles normaal?'

Hij gaat weer op de vroedvrouwtoer, constateerde Tessa met een binnenpretje.
'Meer dan tevreden,' antwoordde ze, onder tafel haar vingers kruisend. Ze had zo hard aan Ross' schilderij gewerkt dat ze de laatste twee afspraken had moeten afzeggen.
'En ben je nu op zwangerschapsgymnastiek?' vroeg hij verder, terwijl hij de ober wenkte om nog een kop koffie, zonder zich te bekommeren om het feit dat ze de laatst overgebleven gasten waren.
Tessa trok een gezicht. 'Mijn moeder zei altijd dat zwangerschapsgymnastiek een nieuwerwetse uitvinding was, bedoeld om zwangere vrouwen er nog belachelijker te laten uitzien dan ze al deden. En dat ben ik met haar eens. Bovendien krijg ik het straks zo druk dat ik er geen tijd voor zou hebben.' Ze haalde haar schouders op. 'Vrouwen hebben het er de laatste paar miljoen jaar goed afgebracht zonder ademhalingsoefeningen, dus ik weet zeker dat ik het ook wel zal redden als mijn uur gekomen is.'

Ervoor wakend niet zijn eigen glazen in te gooien, gedroeg Ross zich als de volmaakte gentleman toen hij Tessa naar huis bracht. Hij stopte voor het hek, hielp haar uit de auto en wachtte tot ze haar sleutel uit haar tas had opgediept. Met die uitdrukking van verzonken aandacht op haar gezicht wanneer ze zich, zoals nu, volledig op iets concentreerde, zag ze er hartveroverend uit. Ross sloeg haar geboeid gade. Het was toch wel frustrerend, dacht hij, dat ze, als Tessa niets van zijn reputatie had geweten, een fijne, waardevolle, normále relatie hadden kunnen hebben. Terwijl hij zich nu, verdomd nog toe, als een zorgzame oudere broer moest gedragen.
'Bedankt voor de lunch,' zei Tessa. Ze hield haar tas vóór zich vastgeklemd, of ze een schoolmeisje was. Hij keek naar de zachte ronding van haar buik en glimlachte.
'Jij bedankt voor je schilderij.'
Tessa schokschouderde, ze voelde zich opeens schutterig en probeerde haastig een antwoord te bedenken. 'Ik vond het erg gezellig. Het was... echt leuk.'
'Dat vond ik ook.' Ross wendde zich af om in de auto te stap-

pen, bang niet langer een behoorlijke afstand tussen hen te kunnen bewaren. Hij knikte in de richting van het huisje en zei: 'Ik ben benieuwd of je vriend dat ook zou vinden. Als hij nog leeft, tenminste.'
'Vast en zeker. Zijn vrouw is dol op hem. Ze kan zich er alleen niet bij neerleggen dat Dominic op een ander verliefd is geworden.'
Haar woorden bevatten een onuitgesproken les, en Ross wist dat die voor hem bedoeld was.
'Enfin, het wordt tijd dat ik weer eens naar het hotel ga.'
'En ik moet nodig aan een stuk of tien schilderijen beginnen,' zei ze glimlachend. 'Nogmaals bedankt voor je hulp, Ross.'
Hij startte de motor en zei ten afscheid: 'Ik ben altijd erg aardig voor zwangere vrouwen en kinderen. In het bijzonder,' besloot hij voor hij wegreed, 'als het kind in kwestie van mij is.'

16

Mattie maakte zich nog steeds zorgen over Grace.
Het was nu veertien dagen geleden dat ze haar dochter de waarheid omtrent Ross Monahan had moeten vertellen, maar ze kon er absoluut geen hoogte van krijgen wat dat in Grace had losgemaakt.
Grace had zwijgend naar Matties hakkelend relaas geluisterd. De verwachte tranen waren uitgebleven. Mattie, die zich had voorbereid op een uitbarsting van woede, hysterie en ontzetting, was volkomen verbluft geweest toen Grace, nadat ze alles had aangehoord, haar doordringend had aangekeken en alleen maar had gevraagd: 'Is dat echt waar?' Waarop ze, na haar moeders droevige bevestiging was opgestaan en de kamer uit gegaan.
En hoezeer Mattie ook probeerde om de situatie te bespreken, Grace weigerde halsstarrig om erover te praten. Ze ging elke morgen op de gewone tijd de deur uit. 's Avonds zat ze meestal alleen op haar kamer. Wanneer Mattie over neutrale on-

derwerpen als eten, wasgoed of televisieprogramma's begon, gaf ze passende antwoorden, maar ze begon zelden zelf een gesprek. Elke verwijzing naar Ross of het hotel stuitte op een ijzig, onwrikbaar zwijgen.

Uit pure wanhoop ging Mattie weer op zoek naar Grace' dagboek. Uiteindelijk vond ze de verkoolde resten van de omslag samen met wat verstrooide as in de vuilnisbak.

Haar dochter scheen de klap te willen verwerken door hem uit haar leven te bannen. Mattie, die er dermate over inzat dat ze drie kilo afviel, vond het geen gezonde reactie, maar ze had geen flauw idee hoe ze verbetering in de situatie zou kunnen brengen. Het feit lag er, en aangezien Grace weigerde erover te praten zou ze op haar eigen, zeer persoonlijke manier met haar gevoelens in het reine moeten zien te komen.

'Ga weg,' zei Holly. 'U bent dronken.'

'Kan zijn, kan zijn,' beaamde de man die tegen de balie leunde en haar de rode anjer uit zijn knoopsgat aanbood. 'Maar ik wil je toch uitnodigen om morgen met me uit eten te gaan. Nee heb ik, ja kan ik krijgen.'

'Goed.' Max was in de buurt en Holly wilde niet weer het verwijt krijgen dat ze haar tijd verlummelde. Ze begon een stapel post te sorteren en zei: 'Dan is het nee.'

'Maar ik ben bruidsjonker,' protesteerde hij. 'Je weet niet wat je mist.'

'Een kater, vermoedelijk. Hoe dan ook, u hoort in de balzaal te zijn om een speech te houden en ik hoor hier mijn werk te doen. Dus laat me alstublieft met rust en ga naar de bruiloft terug.'

Holly viel op gesoigneerde, donkere, gevaarlijk uitziende mannen – zoals Max. Deze man, bijna twee meter lang, met het postuur van een rugbyspeler, had een grote kromme neus, grijze ogen met wallen eronder, warrig rosblond krulhaar en een aanstekelijke glimlach. Zijn jacquet zat hem zo te zien niet lekker, hij was kennelijk meer het jeans-en-trui-type. Hij had een hese stem. En hij was behoorlijk aangeschoten.

Holly moest hem niet.

Ze keek vanonder haar wimpers hoe hij zich schouderophalend afwendde en terugkeerde naar de balzaal waar de luidruchtige bruiloft in volle gang was. Ze had toch wel pech, dacht ze geërgerd, dat Max niet had gezien hoe meesterlijk ze die zeur had afgepoeierd.

Een kwartier later kwam een van de bruidsmeisjes de balzaal uit en sprak Holly aan.

'Wilt u alstublieft even meekomen? Uw aanwezigheid is dringend gewenst.'

Holly ging bevreemd met haar mee. Toen ze op de drempel verscheen, begonnen de driehonderd gasten enthousiast te applaudisseren. En tot haar verbazing draaiden ze zich allemaal om op hun stoelen en keken naar háár. Gefluit en uitroepen van bewondering weerklonken door de zaal. De bruidsjonker, die aan de hoofdtafel stond, lachte breed en hief zijn glas naar haar op.

'Dames en heren, daar is ze. De vrouw die mijn hart heeft gebroken... de vrouw die mijn uitnodiging om mee uit eten te gaan heeft afgeslagen.'

'Hij is mijn broer,' fluisterde het bruidsmeisje te midden van nieuw gejuich. 'En hij is verschrikkelijk bedeesd.'

Holly, vuurrood van verlegenheid, had hem met plezier kunnen wurgen. Hij zou haar publiekelijk voor schut zetten om zich op haar te wreken, en de zware deuren waren achter haar gesloten, zodat ze niet kon vluchten. Waar was Ross, dacht ze wanhopig, wanneer je hem nodig had?

'Maar ik laat me niet afschepen,' bulderde de bruidsjonker. 'En ik neem zo nodig altijd mijn toevlucht tot chantage. Dus... ik begin niet aan mijn speech voor deze adembenemend mooie jongedame van gedachte verandert en belooft dat ze morgenavond met mij in een restaurant van haar keuze gaat eten.'

Holly had zich zo'n angstaanjagende reeks alternatieven voorgesteld, dat haar eerste reactie er een van hartgrondige opluchting was.

Haar tweede was in de lach schieten. Deze man was in elk geval een doordouwer. En als hij haar het restaurant liet kiezen had hij in elk geval geld, en misschien ook een zekere stijl.

De bruiloftsgasten wachtten. Ten slotte knikte ze, nog steeds blozend. Haar besluit oogstte een daverend applaus en een luid gejuich.

'Dank je,' zei de bruidsjonker, tevreden grijnzend. 'Als je zo goed wilt zijn je naam en adres en het restaurant van je keuze op te schrijven, zal mijn zusje alles regelen. En nu mag je naar je balie terug, want ik weet dat je het erg druk hebt. Ik zal mijn vurig verbeide speech houden. En ik kom je morgenavond om halfnegen afhalen.'

'Misschien komt hij niet eens opdagen,' zei Holly, terwijl ze nerveus door Tessa's kleine zitkamer ijsbeerde, waarmee ze Dominic grenzeloos irriteerde.

Tessa, die ijverig stond te schilderen, zei gelijkmoedig: 'Hij lijkt me een leuke vent, en ik denk dat hij wel komt opdagen. Waar wilde je naar toe?'

'Naar Zizi.' Dat was een van Holly's favoriete restaurants. 'Maar ik weet zijn naam niet eens,' voegde ze er bedrukt aan toe.

'King Kong,' mompelde Dominic.

'Hij kan in elk geval nooit zo'n lomperd zijn als jij,' was haar vinnige weerwoord. Ze was nog altijd gegriefd en verbijsterd over zijn duidelijke hekel aan haar en begreep niet hoe Tessa hem in huis kon dulden. 'Vind jij echt dat ik moet gaan, Tessa? Het wordt vast een ramp.'

'Ga toch,' zei Tessa. 'Het wordt vast leuk. En doe je rode zijden jurk aan.'

Holly glimlachte. 'Ik snap niet dat ik altijd jouw raad aanneem, terwijl jij de mijne altijd in de wind slaat.'

'Jij vráágt mij om raad,' zei haar vriendin kalm, 'dus geef ik je een verstandig antwoord. Terwijl jij mij altijd probeert te overreden om me in situaties te storten die elk zinnig mens zou mijden als de pest. Bovendien,' besloot ze, terwijl ze wat siënna op haar penseel tipte, 'heb ik jou nooit om je zogenaamde raad gevraagd. Die geef jij gewoon wanneer je daar zin in hebt. Meestal luister ik niet eens.'

'Nou, misschien zou je dat toch eens moeten doen,' kaatste ze terug. 'Want Ross is helemaal veranderd. Zo weet ik bijvoorbeeld dat hij niet meer met Antonia omgaat. Ze is zelfs sinds Kerstmis niet meer in het hotel geweest.'

Tessa trok een gezicht. Dominic had haar in geuren en kleu-

ren over zijn recente bezoek aan The Grange verteld, en nu deed hij net of hij de uitslagen van de paardenrennen las, maar intussen zat hij als een gek te ginnegappen.
'Bedankt, Holly, maar het interesseert me geen zier,' antwoordde ze haastig, verwonderd dat het zeggen van die woorden haar zoveel pijn deed. 'Ik wil niet afhankelijk zijn van een man, welke man dan ook, en ik kan me heel goed zelf redden. Net als mijn moeder vroeger. Goed?'

'O, fijn!' zei Ross nijdig. 'Daar zat ik nog net op te wachten.' Hij graaide de stapel pas getypte brieven van zijn bureau, maar het was al te laat. De hete koffie doorweekte alle pagina's en drupte nu op het ivoorkleurige tapijt.
'Blijf daar niet staan kijken,' snauwde hij tegen de dienster. 'Maak het schoon. En als je nog niet eens een blad kan dragen zonder iets te morsen, vraag ik me af waarom je eigenlijk weer bent komen werken.'
Grace vloog het kantoor uit, sloot zich op in het toilet en barstte in tranen uit. Dit was erger dan de ergste nachtmerrie.
Niet in staat Ross onder ogen te komen en evenmin in staat thuis te blijven, onderworpen aan haar moeders voortdurende pogingen om aan de weet te komen hoe ze zich voelde, had ze tegen haar dokter gezegd dat ze depressief was en een ziekenbriefje van hem losgekregen. En terwijl Mattie dacht dat ze op haar werk was, had Grace door de straten van Bath gezworven, eenzaam in cafetaria's vol toeristen gezeten, door musea gedwaald en soms zomaar urenlang in haar autootje zitten denken.
Ze blééf maar denken. Haar hersens bleven maar werken, maalden eindeloos door de chaos en verwarring tot de werkelijkheid bijna niet meer tot haar doordrong.
Grace, die het liefst alles wilde vergeten, had haar dokter gevraagd haar slaapmiddelen of tranquillizers voor te schrijven, en had alleen een donderpreek gekregen. En omdat ze jonger leek dan haar zeventien jaar was ze even resoluut afgeblaft door het personeel van diverse drankwinkels. Ten slotte had ze een kleine supermarkt gevonden waar ze, zwaar opgemaakt, wodka kon kopen zonder dat haar iets werd gevraagd. Als ze het

te schielijk dronk werd ze kotsmisselijk, maar ze ontdekte al spoedig dat kleine hoeveelheden op regelmatige tijdstippen het verdriet afstompten en haar tenminste in staat stelden om 's nachts te slapen.
Het was niet veel, maar beter dan niets.

En nu ze eindelijk genoeg moed bijeen had geraapt om weer aan het werk te gaan en hem weer onder ogen te komen, was dit gebeurd. De stevige slok wodka op haar nuchtere maag had niets geholpen, maar dronken was ze beslist niet. En omdat ze wist dat ze net moest doen of er niets, maar dan ook niets, gebeurd was, had ze haar tanden op elkaar gezet en was met het koffieblad zijn kantoor binnengegaan.
Maar bij het zien van Ross, zo lang en zo knap, zo gesoigneerd en zo *opwindend*, was ze vreselijk gaan beven. Hij straalde een waas van zinnelijkheid en succes uit, de moeiteloze charme van iemand die alles en iedereen kon krijgen die hij wilde hebben. En Grace had gevoeld hoe ze weer helemaal uit haar evenwicht raakte door het afschuwelijke visioen van Ross en haar moeder die... het... samen deden.
Dat was de genadeslag geweest. Het blad was op het bureau gevallen, de koffiepot was gekanteld en de koffie alle kanten heen gestroomd. Grace had, volkomen over haar toeren, zijn woede niet kunnen verdragen en was weggerend.
Het enige wat haar nu nog te doen stond, was het hotel uit glippen voor iemand haar in deze staat zag.
En ze moest een andere baan zoeken, liefst bij iemand op wie ze niet verliefd zou worden... en die niet achteraf haar vader zou blijken te zijn.

17

'Je ziet er verbazend knap uit.'
'Ik ben zelf ook verbaasd,' zei Holly, de onderkant van haar zorgvuldig gestreken zijden jurk omlaag trekkend. Dit is de eer-

ste keer dat iemand me in een Landrover mee uit eten neemt.' Adam Perry had een luide lach en liet die ongegeneerd schallen.

'Maar een Landrover laat je nooit in de steek,' verzekerde hij haar met een duidelijk hoorbare noordelijke tongval. 'Maar misschien vind je het een prettig idee dat ik je eigenlijk met de Rolls had willen afhalen, alleen heeft mijn zusje hem vanmorgen in de kreukels gereden. Tegen een bus gebotst.'

'Ja, dat is inderdaad een prettig idee,' antwoordde Holly somber, terwijl ze in de koude duisternis tuurde en zag dat ze het centrum van Bath achter zich lieten. 'Maar waar gaan we naar toe? Zizi is de andere kant uit.'

'Ik ben van jouw gedachten veranderd,' zei Adam onverstoorbaar. 'We gaan ergens anders heen.'

'O, God.' Holly verborg haar hoofd in haar handen. Ze begreep dat de avond nog erger zou worden dan ze had gedacht. 'Ik word gekidnapt.'

Het werd erger. Veel en veel erger.

Haar diamanten en paarlen armband, die onder het beschaafde lamplicht bij Zizi exotisch gefonkeld zou hebben, leek onder het schelle licht van de TL-buizen net een prul uit een knalbonbon. Haar make-up deed vast en zeker al even ordinair aan. En haar boezem, die in de laag uitgesneden vuurrode jurk goed tot zijn recht kwam, trok een heleboel ongewenste aandacht van vrachtwagenchauffeurs en forenzen op weg naar huis.

Het servicestation van Leigh Woods aan de M4 mocht dan goed genoeg zijn voor Adam Perry, die in zijn verschoten spijkerbroek en blauwe rugbyshirt met gele boorden zelf wel een vrachtrijder leek, voor Holly was het net iets te veel van het goede.

'Hoor eens...' begon ze, toen hij bij hun tafeltje (oranje formica besmeurd met ketchup) terugkwam met twee borden frites met worstjes en eieren en een pot thee.

'Och God,' zei Adam, haar woedend protest in de kiem smorend. 'Haar gevoel voor humor heeft haar in de steek gelaten. Holly, ik weet wat je wilt gaan zeggen en ik ben diep teleurgesteld. Toen ik je voor het eerst zag, dacht ik werkelijk dat jij

een meisje met gevoel voor humor was. En nu bederf je alles door zo kakkineus te doen. Lieve schat, dit is toch leuk...'
'Maar ik vínd het niet leuk,' riep ze kwaad. 'We zouden naar Zizi gaan en ik heb me helemaal opgetut en nou zitten al die akelige kerels naar me te loeren...'
'En jij hebt liever dat mannen in nette pakken naar je loeren,' merkte Adam droogjes op.
Tot haar afschuw deed hij zijn portefeuille open. 'Jij denkt dat ik het op een koopje wil doen, door je hier mee naar toe te nemen in plaats van naar een restaurant waar ze de rijst per korrel berekenen. Nou, ik ben diep teleurgesteld. Maar als jij het hier zo rot vindt, stop dat dan maar in je tas en ga met een vriendin naar Zizi.' Hij smeet twee biljetten van vijftig op tafel. Een ervan belandde in Holly's bord. 'Dat is wel genoeg voor een paar omeletten.'
Holly had zich nog nooit in haar leven zo vernederd gevoeld. Haar ogen schoten vol tranen toen ze haar stoel achteruit schoof en opstond.
'Ik had nooit met je uit moeten gaan. Ik wilde het ook helemaal niet, maar jij hebt me ertoe gedwongen. Je bent een gemene rotvent.'

De Landrover haalde haar in op het punt waar de oprit de autoweg bereikte. Holly, die zo hevig rilde dat ze maar met moeite op haar hoge hakken overeind bleef, probeerde hem eerst te negeren.
'Hang nou niet langer de beledigde onschuld uit en stap in,' beval Adam, gevaarlijk ver over de passagiersstoel hangend om haar ervan te overtuigen dat hij het meende. 'En je hoeft niet in paniek te raken. We kunnen toch nooit trouwen. Wie zou een vrouw met de naam Holly Perry ooit serieus nemen?'
Holly was woedend. Ze was in de gure noordenwind tot op het bot verkleumd. Ze was vernederd, ze had honger en haar schoenen knelden verschrikkelijk.
Maar bij die woorden schoot ze in de lach en gaf na veel aandringen haar verzet op.
Bij Zizi was het stampvol, maar de gerant, die Adam goed bleek te kennen, vond toch nog een plaatsje voor hen. Holly's dia-

manten herkregen hun weelderige fonkeling en haar goede humeur keerde (geheel en al tegen haar wil) geleidelijk terug.
'Ik snap niet waarom je zo opgewekt kijkt,' merkte Adam halverwege de maaltijd op. 'Jij betaalt het.'
'Ik heb dat geld dat je me toesmeet niet gepakt,' protesteerde ze, het laatste stukje kreeft aan haar vork prikkend.
'In dat geval heeft een van de diensters in dat servicestation vanavond geboft.'
'Heb je echt een Rolls-Royce?'
'Doet dat er iets toe? Is mijn persoontje niet genoeg?'
Holly glimlachte. 'Ik ben niet gewend aan mensen zoals jij. Ik weet niet eens wat je doet... of waar je op school bent geweest.'
'Is dat werkelijk belangrijk?'
Ze schudde haar hoofd over zoveel domheid. 'Natuurlijk is dat belangrijk!'
Hij haalde zijn schouders op. 'Is het belangrijk als ik je vertel dat ik uit Yorkshire kom, dat ik daar op een middelbare school ben geweest en van school ben gestuurd wegens gokken?'
'Gokte je echt?'
'O, niet om grote bedragen. De wiskundeleraar heeft me alleen verraden omdat hij zijn schulden niet kon betalen.'
Holly slikte. Dit was bepaald niet wat ze gewend was. 'En nu?'
'Nu?' Adam grinnikte, steunde zijn kin in zijn hand en imiteerde haar ongelovig gezicht. 'Nu heb ik een keten van bookmakerskantoren en overal in het land komen leraren me geld brengen. Daar geniet ik van. Ik heb nooit een voldoende voor wiskunde gehad en ik verdien in een week meer dan zij in een jaar. Is dat niet geweldig?'
'Geweldig,' antwoordde Holly werktuiglijk. Ze vond het eigenlijk maar ordinair. Ze had nog nooit iemand als Adam Perry ontmoet, maar hij was, zoals een vreemd insect dat in je glas drijft, merkwaardig fascinerend. Ze merkte dat ze haar ogen niet van hem af kon houden. En ze was nog steeds niet bekomen van het feit dat de kieskeurige gerant van Zizi hem in die verschoten, tot op de draad versleten jeans binnen had gelaten.

Adam had bij hun eerste ontmoeting met één oogopslag gezien

dat Holly King een lekker stuk was. Ze had stijl, daar hield hij van, maar een opzichtig soort stijl, wat hij veel aantrekkelijker vond. Die bekakte types met twinsets en parels waren niets voor hem; hij hield meer van vrouwen die er als vrouwen uitzagen en niet bang waren met hun bekoorlijkheden te pronken. Nou, Holly wist verdraaid goed hoe ze daarmee moest pronken. Nu moest hij alleen nog een manier zien te vinden om haar terughoudendheid te doorbreken en met haar op vertrouwelijke voet te komen.
'Als je klaar bent met eten, gaan we naar mijn huis,' zei hij terwijl hij de laatste champagne in zijn glas goot en opdronk of het bier was. 'Ik heb een waterbed, dat zal je vast leuk vinden.'
Holly wierp hem een verachtelijke blik toe. 'Al waren we in de Gobi woestijn gestrand, dan zou ik nog niet met jou op een waterbed willen liggen,' zei ze op vernietigende toon.

18

'Jij zegt dat ik moet werken,' protesteerde Tessa, terwijl ze haar palet terug probeerde te pakken. 'Je beveelt me te schilderen tot ik erbij neerval... en nu sleep je me weg terwijl ik net lekker bezig ben. Ik wil wedden dat Michelangelo zich zoiets niet hoefde te laten welgevallen.'
'Nadat die man zeven jaar plat op zijn rug aan dat rotplafond had liggen schilderen, zou hij wat blij zijn geweest als iemand hem er eens bij weg had gesleept,' antwoordde Ross kordaat en gaf Tessa haar jas aan. 'Bovendien was die niet zwanger. Zwangere kunstenaars hebben af en toe een verzetje nodig. Om nog maar te zwijgen,' voegde hij er met een onweerstaanbare glimlach aan toe, 'van een hap eten.'

Dat was een smoes geweest. Een gemene smoes om haar mee te krijgen, dacht Tessa twintig minuten later somber. Ze had alleen met hem mee gewild omdat ze honger had, en nu zat ze hier in dit afgrijselijke groen-met-beige zaaltje naar een walgelijke film te kijken en een heleboel ongewenste aandacht te trekken.

Zwangerschapsgymnastiek was in Bath blijkbaar een elitaire bedoening. Toen Tessa in het halfdonker rondkeek, zag ze voornamelijk elegante blondines, keurig opgemaakt, gehuld in exclusieve sportkleding, geurend naar dure parfums. Zelfs hun bijpassende nagellak was onberispelijk, dacht ze, naar haar eigen handen kijkend, die zoals altijd vol verfvlekken zaten.

Ze kon zich niets afschuwelijkers voorstellen dan naar een film – en nog wel een van bijzonder slechte kwaliteit – van een bevalling te moeten kijken. Het geheel kwam niet op haar over als een wonder, en ze prees zichzelf gelukkig dat ze, wanneer zij zover was, het zelf niet zou kunnen zien, vooral niet in zulke walgelijke kleuren.

Maar Ross hield haar hand stijf omklemd, dus weglopen was er niet bij.

Bovendien, dacht ze verbaasd, scheen hij wel vol aandacht naar de griezelfilm te kijken en niet te merken hoeveel opschudding zijn aanwezigheid hier verwekte.

Maar Ross Monahan was geen domoor. Tessa realiseerde zich terneergeslagen dat hij haar voor een *fait accompli* stelde. Ze had op haar eigen wereldvreemde manier weinig over de kwestie nagedacht, maar als vanzelfsprekend aangenomen dat de identiteit van de vader van haar kind min of meer geheim zou blijven, alleen bekend in de kleine kring van mensen die van de situatie op de hoogte waren.

Ross scheen daar echter anders over te denken. Bijna niemand keek naar het witte doek, waar de film nu het hoogtepunt naderde. Steelse blikken, sommige bescheiden, andere ronduit nieuwsgierig, waren van alle kanten op hen gericht. Iedereen kende Ross Monahan en niemand kon echt geloven dat hij werkelijk hier was. Tessa, die niet kon geloven dat zij beiden hier waren, zakte onderuit in haar ongemakkelijke stoel, sloot haar ogen en deed of ze in slaap viel.

'Dat was een ontiegelijk gemene streek van je,' zei ze een tijdje later tegen Ross terwijl ze het vlees van een kippenpootje trok en hem streng aankeek ten teken dat ze het meende.

Hij grinnikte voldaan en bediende zich rijkelijk van de aardappelsla met het air van een man die weet dat hij het grootste gelijk van de wereld heeft.
'Maar wel noodzakelijk. En leerzaam,' verkondigde hij, op de schilderijen aan de muren van de zitkamer wijzend. 'Je begint toch ook niet aan een nieuw schilderij zonder het doek te prepareren?'
'Dat is niet hetzelfde,' wierp Tessa tegen.
'Dat is precies hetzelfde. Als jij niet zorgt dat je bekkenspieren in goede conditie zijn, kun je later allerlei problemen krijgen.'
'Mijn bekkenspieren,' deelde ze hem liefjes mee, 'zijn jouw zorg niet.'
Ross keek haar aan. Met haar haar zoals gewoonlijk in een slordige dot boven op haar hoofd, de mouwen van haar witte lamswollen trui opgestroopt en haar ellebogen op tafel, terwijl ze het laatste kippenvlees van het botje trok, was haar lieflijke uiterlijk dermate in strijd met haar rebelse optreden, dat hij bijna in de lach schoot.
'Dat zouden ze wel kunnen zijn,' antwoordde hij nuchter, 'als jij niet zo verdomd koppig was.'
'Ik ben niet koppig, ik ben praktisch.'
'Ach, natuurlijk.' Zijn ergernis luchtte zich in sarcasme. 'Daarom heb je de laatste vijf jaar als noodlijdend schilderesje allerlei bijbaantjes moeten nemen. Kun je nu echt niet erkennen dat mijn ideeën om je carrière in de lift te brengen beter zijn dan de jouwe, of is zelfs dat nog te veel gevraagd?'
'Dat doe ik wel als het zover is,' kaatste Tessa terug, nijdig over zijn opstelling. Ze was heus blij met zijn hulp tot nu toe, maar ze vertikte het om Ross de weldoener te laten uithangen, haar er bij elke gelegenheid aan te herinneren en nederige dankbaarheid te eisen voor een schuld die nooit volledig kon worden ingelost. 'De enige aan wie ik tot nu toe iets heb verkocht ben jij,' bracht ze hem in herinnering. 'En,' voegde ze er hatelijk aan toe, 'je wilt toch niet zeggen dat ik met al je vrienden naar bed moet voor ze zich verwaardigen mijn schilderijen te kopen.'
Ross had de hele dag zijn geheim gekoesterd, wachtend op het juiste moment om met zijn verrassing aan te komen. Dit was

wel niet zoals hij het zich had voorgesteld, maar het was beslist een goed moment... min of meer...
'Als jij met Nico Coletto naar bed durft te gaan,' zei hij achteloos, 'doe ik je iets.'
Het kippenbotje viel kletterend op Tessa's bord. De boosheid trok uit haar gezicht weg. Ross prikte een champignon aan zijn vork en at hem met smaak op, in afwachting van haar reactie.
'Wat bedoel je?'
'Ik bedoel dat hij gisteren even bij me langs kwam. We zijn oude vrienden, zie je. Hij zag je schilderij in mijn kantoor hangen en vond je stijl mooi. Hij vertrekt volgende week voor een tournee door de Verenigde Staten, maar zodra hij terug is, wil hij dat je zijn portret schildert.'
'Wil Nico Coletto dat ik hem schilder?' Tessa was stomverbaasd. Sprakeloos van ontzag. Perplex. Dit zou haar waanzinnig veel publiciteit bezorgen. En Holly, die arme Holly, dacht ze met een binnenpretje, zou groen zien van jaloezie als ze het hoorde.
'Tweeduizend,' zei Ross, genietend van haar reactie. En tweehonderd extra als je het nog voor de verjaardag van zijn vrouw klaar kunt hebben.'
'Tweeduizend pond!' Ze vergat dat ze niet meer dronk, greep zijn glas en nam een grote slok koele witte wijn. Toen schudde ze verwonderd haar hoofd en zei: 'Ik kan het gewoon niet geloven.'
'Geloof het maar gerust. Nou, ben ik geweldig,' zei Ross bescheiden, 'of ben ik niet geweldig?'
Tessa had zich van de schok hersteld en lachte ondeugend. 'Nico Coletto is zelf ook niet mis. En voor dat geld wil ik alsnog met hem naar bed gaan.'
'Hij gaat nooit vreemd,' zei Ross haastig. Ze had het gewoon gezegd om hem te plagen, dat wist hij, maar alleen al het idee vervulde hem met angst. Jaloezie was een emotie die hem tot nog toe vreemd was geweest, maar Tessa kon die te allen tijde in hem opwekken, zowel ongewild als met opzet, en de gedachte aan haar met een andere man, vooral Nico, was onverdraaglijk. 'Hij heeft een van die gelukkige huwelijken waarvan je soms denkt dat ze niet meer bestaan.'

Ze haalde haar schouders op, amuseerde zich kostelijk. 'O, ik geloof best dat ze bestaan... een tijdje. Maar vroeg of laat kan iedereen voor de verleiding bezwijken. En Nico heeft in het verleden zijn deel aan avontuurtjes wel gehad... wie zal zeggen of hij, als het juiste meisje zou komen, niet...'
'Hou op!' Ross graaide zijn wijnglas terug en keek haar woedend aan. 'Hou op, wil je? Ik heb alles geregeld en jij hebt nog niet eens het fatsoen in je lijf om me te bedanken. Het enige dat ik krijg is een beschrijving van je plan om met een van mijn beste vrienden in bed te duiken, gewoon om de sensatie een goed huwelijk te verwoesten...!'
Tessa constateerde voldaan dat het haar gelukt was haar standpunt uiteen te zetten, ook al was Ross op dit moment te woedend om dat te zien. Hij kon met zoveel getrouwde vrouwen naar bed gaan als hij wilde, maar hij werd hels bij de gedachte dat iemand hem ontrouw zou zijn. Was het dan zo'n wonder, vroeg ze zich af, dat zij weigerde een relatie met hem aan te gaan?
'Ik maakte maar een grapje,' zei ze geruststellend.
'Nou, ik vond het niet grappig,' antwoordde Ross, terwijl de fonkeling in zijn donkere ogen geleidelijk doofde.
Tessa keek gepast berouwvol. 'Ik beloof je dat ik Nico Coletto niet zal verleiden.'
'Daar zal je de kans ook niet voor krijgen,' zei hij verbeten, met de achterkant van zijn mes kringetjes op haar handrug draaiend. 'Omdat je bij elke zitting gechaperonneerd wordt.'
'Wat?'
'Ik neem gewoon geen risico,' zei Ross zo serieus dat ze zelfs niet durfde te glimlachen. 'Dus ga ik met je mee.'

Het was iets dat hij zich al een paar dagen geleden had voorgenomen en dat hem volkomen ontschoten was, maar op de terugweg naar het hotel zag hij aan het eind van een rij duur uitziende winkels een kleine bloemenzaak, en aangezien er vlak voor de deur op dat moment een parkeerplaats vrij kwam, reed hij daar in. Toen hij in zijn portefeuille naar het papiertje zocht waar hij het adres van het meisje op had geschreven, bedacht hij zich bijna weer. Het was zomaar een opwelling geweest, gewekt door een schuldgevoel dat hem doorgaans vreemd was. Maar iets in haar bleke, vertwijfelde gezicht had hem geraakt en... ah, daar was het. En als hij zich niet vergiste, woonde ze hier niet ver vandaan. Misschien dat hij ze zelf even afgaf...

Mattie, koud en doodmoe, met twee zware tassen boodschappen, bleef aan het begin van de straat even staan om de zwaarste tas in haar andere hand te nemen. Ze was gelukkig bijna thuis en hard aan een kop thee toe. Nee, een hartelijke ontvangst door een lieve, glimlachende dochter, daar was ze het meest aan toe, verbeterde ze zichzelf, maar ze had zich maar neergelegd bij het feit dat een dergelijk wonder haar niet wachtte. Ze tuurde met half dichtgeknepen ogen in de nevelige schemering om te zien of het blauwe Fiatje voor de deur stond, wat zou betekenen dat Grace thuis was van haar werk.

Maar de Fiat was nergens te zien en de parkeerplaats voor hun rijtjeshuis werd ingenomen door een grote, witte, duur uitziende auto met zijn groot licht aan en het portier aan de bestuurderskant wijd open.

Het was een Mercedes, zag Mattie toen ze dichterbij kwam. Slordig geparkeerd en met draaiende motor.

Toen verstarde ze en greep haar plastic tassen zo stijf beet dat haar korte nagels zich in haar handpalmen groeven. Want zelfs in het halfduister was de lange, donkerharige man die uit haar portiek kwam en weer in de auto stapte, duidelijk te herkennen.

Het was achttien jaar geleden sinds ze hem voor het laatst had gezien, met hem had gesproken, in vreugde haar maagdelijkheid aan hem had gegeven en in angstige vertwijfeling op hem had gewacht. En nu stond Ross Monahan daar in eigen persoon voor haar huis.

Mattie had geen tijd om te overleggen. In de paar seconden waarin ze naar hem toe had kunnen gaan of had kunnen roepen om zijn aandacht te trekken, bleef ze als aan de grond genageld staan, met bonzend hart en een suizend hoofd, terwijl opgekropte woede, schaamte en het vaste voornemen haar dochter te beschermen als gal in haar opwelden.

Ze hoorde het loeien van een krachtige motor toen hij in haar richting reed. Ze knipperde met haar ogen toen het felle schijnsel van de koplampen haar verblindde. Een moment lang duizelig van verwarring en de hevigheid van haar emoties, wankelde ze en strompelde zonder het te beseffen van het trottoir af, in het pad van de naderende auto.

Hij moest scherp wegdraaien om haar te ontwijken. Gedurende een fractie van een seconde kon ze bij het oranje licht van de straatlantaarns zijn gezicht ontwaren, zag ze weer de nooit vergeten donkere ogen, de hoge jukbeenderen en de smalle, zinnelijke mond.

Hij zou haar op dit moment ongetwijfeld om haar domheid verwensen, mopperen op die verstrooide huisvrouw die niet eens het benul had om links en rechts te kijken voor ze de straat overstak. En ze twijfelde er evenmin aan dat hij dit incidentje, die kleine ergernis omdat hij had moeten uitwijken voor een huisvrouw met boodschappentassen, nu al zou zijn vergeten.

Maar dat was nu juist het grote verschil tussen hen, dacht Mattie, terwijl ze de wegscheurende Mercedes nakeek en nog een vleug uitlaatgas rook. Zij was het niet vergeten. Zij zou het nooit vergeten. En er zou een dag komen dat Ross Monahan moest leren dat hij sommige mensen wat fatsoenlijker moest behandelen dan hij tot nu toe had gedaan.

Het boeket van prachtige roze rozen, iets donkerder roze anjers en luchtig gipskruid stond rechtop tegen de voordeur. Toen Mattie zich bukte om het op te nemen, knisperde het glanzende cellofaan en sijpelde er een straaltje water van de stelen langs haar pols. Het witte envelopje dat aan het papier was geniet, was geadresseerd aan Grace.

Pas toen ze binnen was, merkte Mattie hoe hevig ze beefde. Ze moest aan de keukentafel gaan zitten en een paar keer diep ademhalen voor ze het envelopje kon openen.

'Neem me niet kwalijk,' luidde het ingesloten briefje. *'Ik had niet zo moeten uitvallen. Beterschap, en kom gauw terug. Ross Monahan.'*

Jij rotzak, dacht Mattie met tranen in haar ogen terwijl ze het briefje verscheurde.

Rotzak, dacht ze, terwijl ze de snippers in een bijna leeg koffieblik stopte en onder in de pedaalemmer duwde.

Gemene rotzak, dacht ze woedend, terwijl ze het cellofaan van de bloemen scheurde en hun weeïg-zoete geur opsnoof. Het boeket was te groot om in één keer weg te gooien. Ze zou het in gedeelten in een oude krant moeten rollen.
'Rotzak,' zei ze hardop, terwijl ze de in krantenpapier gerolde pakjes in de vuilnisbak stopte en tenslotte de inhoud van de pedaalemmer erop gooide.
Ze zou Grace hoe dan ook tegen die egoïstische, verwaande, onverschillige rotzak beschermen, nam ze zich heilig voor, terwijl ze het deksel van de vuilnisbak met een klap dichtsloeg. Ze zou haar koste wat kost beschermen.

19

Holly bladerde de krant door, vond wat ze zocht en ging op de stoelleuning zitten om op haar gemak te kijken wat het lot voor haar in petto had.
'Ik zal financiële problemen hebben, maar verder zal het een dag vol pret en genoegens worden,' verkondigde ze op theatrale toon tegen haar collega's terwijl ze met elkaar in de personeelskamer koffie dronken. 'Wat een flauwekul! Ik heb nog nooit in mijn leven een financieel probleem gehad, en hoe kan dit een dag vol pret en genoegens worden wanneer ik hier een dubbele, rottige, zestien-uurs dienst moet draaien?'
'Mevrouw Polonowski is waarzegster,' vertelde Lucy, een van de kamermeisjes. 'Ze heeft mij laatst de toekomst voorspeld uit mijn theeblaadjes, en ze heeft me verteld dat ik me met een knappe man zou verloven. Nou, en diezelfde avond,' vervolgde ze opgetogen, 'heb ik bij de Red Lion Derek ontmoet. En de volgende dag heb ik in Kamer Zes in een kussensloop die diamanten ring gevonden...'
Holly dacht terug aan de ring, een opvallende vierkant geslepen gele diamant, eigendom van een al even flamboyante Australische operazangeres, die het hele hotel op stelten had gezet toen ze haar ring kwijt was en Lucy vijftig pence beloning had

gegeven toen die hem gevonden had. Ze vond het verband ver te zoeken, maar dat van die knappe man was beslist veelbelovend. Dat soort waarzeggerij viel precies bij Holly in de smaak. Het kostte weinig moeite om Rosa Polonowski, die als bordenwasser in de hotelkeuken werkte, bij haar gootsteen weg te krijgen voor een kop thee en een proeve van haar handleeskunst in de personeelskamer. Ze was een praatzieke vrouw van achter in de zestig die na de oorlog naar Engeland was gekomen, waar ze haar kennis van het Engels gestadig had uitgebreid in de vijfentwintig jaar dat ze als waarzegster op de kermis haar kost verdiende. Al was ze niet langer Madame Rosa, ze bleef haar talent benutten: het was een feilloze manier om nieuwe vrienden te maken, en als die nieuwe vrienden zo attent waren haar voor haar moeite te belonen met een paar glaasjes zoete sherry, des te beter.

Ze keek een tijdlang naar Holly's hand, die ze tussen haar eigen ruwe vingers hield en bewonderde het elegante horloge dat de pols sierde.

'U bent fortuinlijk meisje,' zei ze met haar zwaar buitenlands accent. 'O ja, uw leven zal vol keluk zijn. Maar er is probleem, lieve kind. Kroot probleem voor u met de mannen.'

Vertel mij wat, dacht Holly met een flauw glimlachje, maar ze zei niets.

'Kroot probleem om te beslissen welke u moet kiezen,' vervolgde Rosa Polonowski terwijl ze haar kraalogen een ogenblik naar Holly opsloeg. 'Twee krote mannen, een donkere en een blonde. Zo verskillend en allebei in keheim verliefd op u. De donkere, hij klimlacht nooit. Hij laat niet merken. De ene is krote zwarte paard, de andere dikke bruine beer. En als u keus hebt kemaakt, u zal zo kelukkik zijn. U zal kinderen hebben, twee kinderen, en koede kezondheid.'

Holly, die nu zo opgewonden was dat ze nauwelijks kon praten, fluisterde: 'Maar welke kies ik? De donkere? Is hij werkelijk verliefd op me? Ga ik met hém trouwen? O, God, ik kan het haast niet geloven!'

Rosa Polonowski zei maar niet dat ze niet van een huwelijk had gesproken. Ze klopte op Holly's hand en glimlachte een aantal scheefstaande tanden met gouden vullingen bloot.

'Dat zeg ik niet. U moet zelf keus maken. U bent verstandige meisje. U doet koede keus, dat weet ik.'
'O, mevrouw Polonowski,' riep Holly, opgetogen over de veelbelovende vooruitzichten. 'Hoe is het mogelijk. En alles wat u me hebt verteld klopt precies, alleen wist ik niet – kon ik niet weten – dat hij al van me hield. Maar nu ik het weet...'
'Holly, wat voer je hier verdomme uit?' bulderde Max terwijl hij als een zwarte tornado de kamer binnenstormde en alle aanwezigen de stuipen op het lijf joeg. Alleen Holly, nog in de ban van mevrouw Polonowski's verrukkelijke voorspelling, vloog niet overeind. Max greep haar woedend bij de hand – dezelfde hand die zojuist haar zonnige toekomst had onthuld – en rukte haar zonder plichtplegingen van haar stoel.
'Godallemachtig,' tierde hij, terwijl hij haar naar de deur duwde. 'Er staat een rij gasten aan de receptie, de telefoon staat roodgloeiend en je koffiepauze was al een kwartier geleden afgelopen. Dus haal die lach van je gezicht, verman je en ga aan je werk. Als dit nog eens gebeurt,' besloot hij nijdig, 'vlieg je eruit.'
Hij houdt van me, dacht Holly, nog steeds verwezen. Hij is lang en donker en hij glimlacht nooit, maar dat geeft niet. Want ik weet nu dat Max Monahan onder dat donkere, angstaanjagende uiterlijk echt van me houdt...

Antonia staarde somber uit het raam van de salon naar de natgeregende oprijlaan waarlangs Ross niet langer aan kwam rijden. Hels was ze op die magere, blonde vreemde die hun hereniging bij het zwembad had verstoord. Ze had sindsdien rond het hotel gehangen als een meisje dat haar idool achtervolgt, maar Ross had haar telkens straal genegeerd. En het beroerdste was dat hoe meer hij haar negeerde, hoe meer ze zich tot hem aangetrokken voelde.
Verveeld en humeurig plofte ze languit op de met gele zijde beklede sofa en nam de krant op die Richard had laten liggen, zoals altijd opengeslagen op die vervelende pagina met de beursberichten. Gedurende enkele ogenblikken was het enige geluid in de kamer, afgezien van het trage getik van de staande klok, het geritsel van geïrriteerd omgeslagen pagina's. Opeens stopte het geritsel. Ross' naam vloog als een explosie uit

de roddelrubriek naar voren. Terwijl haar ogen langs de regels vlogen, voelde Antonia zich misselijk worden bij het lezen van de slijmerige bewoordingen waarin het artikel melding maakte van zijn aanstaande vaderschap en zijn opvallende zorgzaamheid voor de blonde schilderes Tessa Duvall, met wie hij in Bath een filmvoorstelling van de zwangerschapsgymnastiek had bezocht.

Antonia liet de krant op de grond vallen en staarde weer naar de verlaten oprijlaan. Dus dat meisje was zo gewiekst geweest om zich zwanger te laten maken, dacht ze, terwijl ze haar ogen sloot en zich de smakeloos geklede blondine met haar walgelijke bolle buik voor de geest haalde. En Ross scheen haar achterna te lopen, kennelijk in de wolken over zijn aanstaande vaderschap.

Antonia kende hem echter te goed om zich ernstig zorgen te maken over wat ze had gelezen. Ross mocht het dan prachtig vinden zolang het een nieuwtje was, maar het zou hem gauw genoeg de keel uit gaan hangen, daar twijfelde ze niet aan. Ross was gewoon niet het type voor dat soort verplichting. Het was een schok, dacht ze, toen de misselijkheid langzaam zakte, maar geen vreselijke schok. Het was niet iets waar ze zich echt zorgen over hoefde te maken, louter omdat ze Ross te goed kende. Over een paar maanden, dacht Antonia zelfvoldaan, zou hij moeten nadenken voor hij zich de naam van dat sletje kon herinneren.

Mattie wist niet of ze opgelucht was of kwaad toen ze het artikeltje in de krant had gelezen.

Ze had vanzelfsprekend medelijden met het zwangere meisje. Tessa Duvall, de blonde kunstschilderes, wist niet wat ze zich op de hals had gehaald. Mattie vroeg zich af of ze het met opzet had gedaan, in de hoop dat Ross haar ten huwelijk zou vragen.

Maar voor Grace zou het nieuws over de baby moeilijk te verwerken zijn. Het zou, gevoegd bij al het andere, haar gevoel van ontreddering nog vergroten en wat zou er door haar heen gaan wanneer ze moest meemaken dat Ross het geluk van het vaderschap zou ophemelen?

Aangezien Grace halsstarrig weigerde bij het hotel weg te gaan en ander werk te zoeken, scheen Mattie verder niets te kunnen doen om haar te helpen.

'Je bent beroemd,' kraaide Holly, de krant voor Tessa's neus heen en weer zwaaiend. 'Kijk eens, ze hebben zelfs je naam goed gespeld. Wat jammer dat er geen foto bij staat.'
'Van mij, plat op mijn rug met mijn benen in de lucht?' Tessa trok haar wenkbrauwen op. 'Nee, dat zou de lezers de eetlust benemen. Ik wist wel dat er zoiets zou gebeuren,' zei ze, terwijl ze okergeel op haar penseel deed en het met korte, luchtige stroken op het doek aanbracht. 'Ross zal er nu wel spijt van hebben.'
'Ross heeft me het artikel juist laten zien. Hij leest het iedereen voor. Tessa, hij is zo trots als... als een nieuwbakken vader!'
'Maak je maar geen zorgen,' zei Tessa, strak naar haar werk starend. 'Het nieuwtje zal er gauw genoeg af zijn. Dan wordt hij weer de oude.'
'Je moet je eens door Rosa Polonowski de hand laten lezen,' zei Holly zelfvoldaan. Ze had Tessa de bijzonderheden over haar eigen stralende toekomst al in geuren en kleuren verteld.
'Daar zou ze niets in kunnen zien,' kaatste Tessa terug terwijl ze haar handen omhoog stak. 'Mijn toekomst is bezegeld. Door verf.'

Grace zou het artikel in de roddelrubriek nooit hebben gezien als ze Sylvie Nash niet in die koffieshop in Bath tegen het lijf was gelopen.
'Grace, hoe is het met je?' riep Sylvie uit, haar arm stevig om haar vriend geslagen en met een superkort rokje aan dat een groot stuk gebruinde dij toonde. 'Het laatste nieuws over Ross al gehoord?'
Grace, die schrok bij het horen van de naam, slikte moeizaam en schudde haar hoofd. 'Nee, wat is het?'
'Het stond vandaag in de krant. Hij wordt vader! Boft dat kind even,' zei Sylvie, die haar jaloerse vriend graag een beetje ophitste. Ze glimlachte aanstellerig. 'Stel je voor dat je Ross Monahan als vader hebt!'

'Stel je voor,' echode Grace werktuiglijk, terwijl ze naar de deur liep, overmand door radeloosheid. Ze moest een borrel hebben, gauw. En een krant waar het nieuwtje in stond.
'Raar meisje,' mompelde Sylvie toen Grace met onzekere stappen de koffieshop verliet. 'Zo stilletjes. Ze ziet er nog steeds niet best uit, vind je wel?'
'Stille waters hebben diepe gronden,' antwoordde haar vriend grijnzend. 'Ik wil wedden dat ik haar best een beetje zou kunnen opvrolijken, een beetje kleur op haar wangen brengen.'
'Probeer het eens,' snibde Sylvie jaloers. 'Dan zal jij eens merken hoe het is om echt kleur op je wangen te krijgen.'

20

'Lieve help,' riep Holly boven het lawaai van de wentelende rotor terwijl de helikopter hoog boven de renbaan cirkelde. 'Kijk toch eens hoe gróót!'
'Die woorden,' zei Ross grinnikend, 'klinken mij als muziek in de oren.'
Holly schoot in de lach en Max bleef demonstratief uit het kleine zijraam staren, doof voor hun scherts, terwijl hij zich voor de zoveelste maal afvroeg hoe een dag waar hij met zoveel verlangen naar had uitgezien zo'n fiasco had kunnen worden. Wat zou er nu verder nog verkeerd kunnen gaan, dacht hij mismoedig.
Maar daar moest hij maar liever niet aan denken. Crazy Daisy, de gitzwarte vijfjarige merrie met het vurige temperament en de vastberadenheid van een kruisvaarder, betekende alles voor hem. Als haar tijdens de grote race van vanmiddag iets overkwam wist hij niet wat hij zou doen.
Hij had de helikopter, een glanzende rood-met-witte, schreeuwend dure Bell Jet Ranger, gecharterd voor Francine en hemzelf. Toen ze hem de vorige week had gebeld, waren al de oude gevoelens weer bovengekomen. Ze kwam een paar dagen naar Engeland, had ze gezegd, waarbij haar hese stem af en toe

hortend over de telefoonlijn met Normandië tot hem kwam, en ja, ze zou het heerlijk vinden om met Max naar Ascot te gaan en zijn paard te zien lopen in de race voor de felbegeerde Amerson Cup.

En toen, de dag voor de race, had hij niet eens een telefoontje, maar een onpersoonlijke telex van Francine gekregen, waarin hem bot werd meegedeeld dat ze toch niet naar Engeland kwam. Meer niet. Geen spijtbetuiging, geen verontschuldiging. Hij kon alleen maar bitter veronderstellen dat er een andere vrijer was komen opdagen die haar met een grotere en interessantere wortel had weggelokt.

Hij had zijn teleurstelling verbeten en Ross in haar plaats uitgenodigd. Maar toen Ross hoorde dat de helikopter een vijfzitter was had hij prompt gezegd: 'Fantastisch, dan nemen we Tessa ook mee.' En toen had Holly King gezorgd dat ze, om de een of andere reden die Max ontging, ook mee mocht, en zijn zorgvuldig gepland uitstapje *à deux* was volledig in duigen gevallen. Holly zat onafgebroken te rebbelen over waarzegsters en de betekenis van zwarte paarden. Ze ratelde aan één stuk door. Haar afschuwelijke jurk, met geraniumrode strookjes en een enorme, bijpassende hoed, zou misschien heel geschikt zijn voor Ladies' Day, maar op een winderige maartdag stond hij gewoon belachelijk.

Alles viel bitter tegen. Max wenste dat hij met de auto naar Ascot was gegaan. Alleen.

Maar toen de helikopter eindelijk op het plat gewaaide gras was geland en de deuren opengleden, werd zelfs Max' ergernis weggevaagd. De prikkelende sfeer van een racedag en de roes van opwinding en adrenaline waren onweerstaanbaar. Ross tilde Tessa uit de helikopter en Max wilde Holly helpen, die op knalrode naaldhakken op het trapje stond te wankelen. Haar opdringerig parfum zou in elk geval verwaaien nu ze in de open lucht waren, dacht hij met geamuseerde berusting, maar er was geen greintje kans dat ze haar, in die jurk, in de drukte zouden kwijtraken.

Holly klampte zich aan Max vast en sprong. Tegen de tijd dat haar voeten de grond raakten, was haar strookjesrok tot haar

middel opgeschoven waardoor er een smaragdgroen vlinderbroekje, mollige, blanke dijen en knalroze jarretels te zien waren.
Holly had zich voorgenomen indruk op Max te maken, maar ze was geen moment van plan geweest zó ver te gaan. Niet zo gauw, tenminste. Ze trok met een gegeneerde gil haar rok omlaag en rolde bijna om, omdat haar hakken in de zachte grond waren gezakt. Ross bulderde van het lachen.
'Als je een heer was, zou je haar je schoenen lenen,' zei Tessa.
'Als Holly een dame was,' repliceerde Ross, 'zou ze geen knalroze jarretelgordeltje hebben, laat staan het dragen.' En met een knipoog naar Holly: 'In het openbaar.'

Tijdens de lichte lunch in het Arundel Restaurant verbeterde Max' stemming nog verder. Hij was even gaan kijken bij Crazy Daisy, die uitstekend in vorm was en zich naar hartenlust liet vertroetelen. Ross praatte met een oude studievriend en dronk champagne, en Holly en Tessa bestudeerden de paardesportpagina's van de *Sporting Times* en deden net of ze wisten waar ze over praatten. Holly, nog steeds geobsedeerd door zwarte paarden, wilde in elk geval in de eerste race tien pond op Black Monday zetten. Tessa, die haar eigen mogelijke winnaars aankruiste, ging meer af op de kleuren die hun jockeys droegen dan op de prestaties van de paarden. Roze en lila, de kleuren van haar eigen gestreepte oversized blazer, wijde blouse en broek, hadden de overhand bij haar keuze. Vrouwen, dacht Max, hielden er toch een vreemde logica op na. Vooral Tessa Duvall. Hij wist nog steeds niet wat hij van haar moest denken.

Tessa had het, in weerwil van haar aanvankelijke bedenkingen, erg naar haar zin. Toen Ross haar had uitgenodigd om samen met Max en hem naar Ascot te gaan, had ze hardop gelachen om dat absurde idee. Een gewapende vrede was tot daar aan toe, maar Max, die naar ze veronderstelde meer om Francine Lalonde gaf dan hij liet merken, was sinds zijn terugkeer uit Amalfi niet in zijn zonnigste humeur geweest. De hatelijke opmerkingen en cynische blikken die hij af en toe tot haar richtte, moesten haar eraan herinneren hoe hij over haar dacht.

Maar terwijl ze op haar vingers alle redenen aftelde waarom haar aanwezigheid bij de races ieders dag zou bederven, was Holly tussenbeide gekomen.
'Maar dit is een vingerwijzing, Tess!' had ze uitgeroepen. 'Snap je dat niet? Toen Rosa Polonowski het over mijn zwarte paard had, wist ik nog niet eens dat Max Crazy Daisy had gekocht. En het heeft een dubbele betekenis omdat Max míjn zwarte paard is... O, Tess het zou mijn hele leven kunnen veranderen. We moeten gaan!'
'We?' had Tess gevraagd, met een snelle blik op Ross en vol bewondering voor Holly's lef. Maar Ross, die onmiddellijk begreep dat Tessa mee zou gaan als Holly meeging, was meteen akkoord.
'Geen probleem,' zei hij breed lachend tegen Holly. 'Het is een vijfzitter. En het is toch je vrije dag. Dus dat is dan afgesproken.'
Tessa fronste haar voorhoofd. 'Maar zou...?'
'Laat Max maar aan mij over,' zei Ross, de gedachte aan zijn broers gramschap zorgeloos van zich af zettend. 'Hij zal het vast begrijpen als ik hem vertel dat het zijn hele leven kan veranderen.'
Na de lunch baanden ze zich een weg door de drukte naar beneden waar de bookmakerskantoren waren. Tessa zette grote ogen op toen ze hoorde welke bedragen Ross inzette. Zij zette een pond op elk paard en hij schoof stapels briefjes van tien over de toonbank, maakte grappen met de kassier en propte de gokbriefjes in zijn achterzak of het buskaartjes waren.
En wat kende hij veel mensen, dacht ze verbijsterd. Ze waren hier nog maar anderhalf uur en hij had al meer dan een stuk of twintig oude vrienden en kennissen ontmoet.
Ze hadden nu eenmaal heel verschillende achtergronden, stelde ze vast, terwijl ze op weg gingen om de eerste race te zien. Heel verschillende levensstijlen en waarden. En vanwege die fundamentele verschillen konden ze nooit een duurzame relatie met elkaar hebben.
Dat was droevig maar niets nieuws. En omdat ze zich had voorgenomen hun dag door niets te laten bederven, liet ze zich door Ross bij de hand naar de drukke trap voeren.

'Zwangere vrouw,' kondigde hij aan, zodat iedereen het kon horen. 'Mensen, uit de weg voor een zwangere vrouw. Diep ademhalen schat en let op de duur van de weeën. En probeer alsjeblieft om niet tijdens de race te bevallen.'

Crazy Daisy liep in de derde race van de middag. Aangezien ze dat seizoen nog maar één race had gewonnen, werd ze met 66-1 als een outsider beschouwd. Max gedroeg zich als een doodnerveuze vader, vertelde aan ieder die het horen wilde dat, al zou ze natuurlijk niet winnen, er toch een kleine kans bestond dat ze geklasseerd zou worden. Toen Colin Eames, Daisy's trainer, hen even opzocht in hun loge hoog boven de eretribune, fluisterde hij Tessa in dat ze haar geld op Hard as Nails, de 7-4 favoriet, moest zetten.

'Maar Daisy maakt toch zeker wel een kans?' vroeg Holly loyaal. Ze was uit haar bol gegaan en had twintig pond op Max' allerbelangrijkst zwart paard gezet en bovendien nog tien op Secret Desire in de tweede race.

'Ieder paard maakt een kans,' antwoordde Colin diplomatiek. 'Maar je moet er nooit vast op rekenen. Daisy zal het tempo wel kunnen bijhouden maar ze heeft geen ervaring met afstanden boven de drie mijl. We hopen gewoon dat ze het er vandaag goed afbrengt, dan zijn we al heel tevreden.'

Toen Max voor de tiende keer tegen Tessa zei dat Daisy een goed paardje was maar dat ze niet mochten verwachten dat ze zou winnen, had ze bijna medelijden met hem. Hij zag er met zijn grauwe gezicht en bevende handen uit als iemand die een zware aanval van plankenkoorts heeft.

'En die verrekte Holly maakt me zo nerveus,' klaagde hij. 'Die is ervan overtuigd dat Daisy zal winnen.'

'Drink nog iets.' Tessa graaide de halflege fles uit Ross' handen en vulde Max' glas bij. 'Het bezit van renpaarden kan slecht zijn voor de gezondheid, geloof ik. En maak je niet zo druk, Max. We zullen heus niet kwaad op je zijn als Daisy als laatste eindigt. We zijn hier voor ons plezier.'

De eerste race was leuk, voor Tessa tenminste. De zon brak door, het publiek moedigde de paarden aan en een van de gedoodverfde winnaars, een zware appelschimmel genaamd De-

relict, stormde onder luid gejuich langs de finish, zijn jockey als een roze-met-witte veeg op zijn rug.
Tessa won twee pond. Holly's keus, Black Monday, was zevende. Ross verloor vijftig pond op een kastanjebruine merrie die haar berijder bij de derde ronde in het water kiepte.
Holly had het evengoed geweldig naar haar zin. Het kon haar niets schelen dat Black Monday niet had gewonnen – ze zag het als een teken dat Daisy wel zou winnen. En ze genoot van haar rol als bemoedigster van een alsmaar beveriger wordende Max die ze voorhield dat hij straks niet alleen de trotse winnaar van de Amerson Cup zou zijn, maar ook van de vette cheque die erbij hoorde. Met haar hoed stevig vastgezet met wel zes hoedenspelden en haar rok beschaafd over de knieën was Holly ervan overtuigd dat ze er helemaal als de vriendin van een renpaardbezitter uitzag. Ascot, dacht ze, was de plaats waar zij thuishoorde.
Op dat moment klonk er een schel gefluit, meteen gevolgd door een champagnekurk die, met feilloze precisie gelanceerd, van haar brede hoedrand butste en keurig in het gleufje tussen haar borsten terechtkwam.
'Goal!' brulde een stem onder luid mannengelach. 'Hé, Holly! Ik ben m'n kurk kwijt. Mag ik hem even komen zoeken?'
Holly grabbelde, zo hevig blozend dat het vloekte bij haar hoed, het aanstootgevende projectiel uit zijn landingsplaats en liep bij de balustrade weg. Die ellendige Adam Perry met zijn geblèr! Hoe durfde hij haar zo voor schut te zetten? En daar ook nog zo luidkeels om te lachen?
'Leuke vrienden heb jij, Holly,' mompelde Max, over de balustrade naar de menigte beneden kijkend. 'Wie is dat, een geliefde van je?'
'Nee, dat is hij niet!' riep Holly verontwaardigd. 'Hij is een onbeschofte vlerk. Ik zou nog niet met hem omgaan al was hij de laatste man op aarde.'
'Mmm,' zei Max vriendelijk. 'Hij werpt kushanden deze kant uit, en ik geloof niet dat die voor mij bedoeld zijn.'
'Het is een akelige vent,' zei Holly resoluut, terwijl ze haar programma greep en net deed of ze het bestudeerde.
'Nou, ik geloof anders dat hij naar boven komt om je te begroeten.'

'Nee toch zeker!' riep ze vol afgrijzen. Als Adam Perry haar grote kans bij Max verknalde, zou ze hem met haar blote handen wurgen.
Hoe hij langs de bewaking kwam, was haar een raadsel, maar een halve minuut later kwam Adam Perry hun loge binnen, tilde Holly op en omarmde haar zo stevig dat ze bang was uit haar jurk te zullen barsten.
'Holly, wat ben je mooi! Wat een lust voor het bloeddoorlopen oog! Ook toevallig dat ik jou hier tref. Hai,' wendde hij zich tot de rest van het gezelschap, waarbij hij Tessa een brede glimlach toewierp. 'Adam Perry. Prettig kennis met jullie te maken. Ik ben de man met wie Holly gaat trouwen,' vervolgde hij monter, 'zodra mijn naam bij eenzijdige akte veranderd is. Volgende week om deze tijd heet ik Adam Day en kort daarna zal deze schat van een meid, in voor- en in tegenspoed, mijn...'
Max, die de schaamte en verachting in Holly's ogen zag, viel hem in de rede. 'Pardon,' zei hij vriendelijk maar beslist. 'Deze dame hoort bij mij. En de volgende maand ook... én de maand daarna... dus als ik u was, dan zou ik maar van die trouwplannen afzien. Als er iemand trouwt, dan zijn het Holly en ik, begrepen?'
Ross, die buiten Adams gezichtsveld stond, had moeite om niet in lachen uit te barsten. Tessa hield haar adem in en hoopte vurig dat er niets naars zou gebeuren. Holly, bevrijd uit Adams stevige omarming, viel bijna flauw.
Maar Adam greep berouwvol Max' hand en schudde die. 'Dat spijt me geweldig, zeg. Ik had geen idee dat Holly... iemand had. Ik hoop niet dat ik iemand beledigd heb.'
'Absoluut niet,' zei Max hoffelijk.
Adam haalde met een opgelucht gezicht zijn schouders op. 'Nou, dan ga ik maar naar mijn eigen gezelschap terug. U bent, met permissie, een bofferd. Holly is een schat van een meid. Veel te goed voor iemand als ik.' Hij glimlachte weer, nu tegen hen allemaal. 'Maar ik blijf hopen. Misschien dat ik op een goeie dag een meisje vind dat net zo mooi is als zij. Tot ziens dan, meneer...'
'Monahan,' zei Max, hem opnieuw de hand schuddend.

'Meneer Monahan,' zei Adam met een knikje van herkenning. 'Natuurlijk. En Holly,' besloot hij, zich tot haar wendend, 'nogmaals, het spijt me. Wanneer we elkaar de volgende keer tegen het lijf lopen ben je misschien mevrouw Monahan. Hoe dan ook, ik hoop dat jullie erg gelukkig zullen zijn.'

'Dat zullen we ongetwijfeld,' zei Max, terwijl hij tegen Holly glimlachte en haar even teder in de arm kneep.

Holly, die geen woord kon uitbrengen, knikte alleen maar.

De tweede race ging in een waas aan haar voorbij. Ze merkte pas dat haar paard had gewonnen, toen Tessa voorzichtig haar hand open wrong en de verkreukelde gokbriefjes eruit haalde.

'Tess, ik kan het gewoon niet geloven,' fluisterde ze, naar Max' brede rug kijkend toen hij zich over de balustrade boog.

'Ik ook niet.' Tessa streek het verkreukelde briefje glad. 'Secret Desire, twee keer een tientje... met twintig tegen één... dat is meer dan tweehonderd pond!'

Holly glimlachte bij zichzelf. De nuchtere, praktische Tessa begreep er eenvoudig niets van. Maar het gebeurde echt, ja heus, eindelijk. Haar hele leven ging nu veranderen, precies zoals Rosa Polonowski had voorspeld...

21

Tegen de tijd dat de paarden aan de start stonden voor de Amerson Cup was Max aan het kettingroken. Hij had Crazy Daisy natuurlijk al eerder zien lopen, maar dit was haar eerste echt grote race, en hij had zich nog nooit in zijn leven zo gespannen gevoeld. Hij wist dat ze hoegenaamd geen kans had om te winnen maar toch... was het onmogelijk om niet te denken dat ze misschien, heel misschien, door het een of andere wonder...

'Het is een mooi paard,' zei Tessa naast hem. Ze keek door een verrekijker naar de start. Haar gezicht had een aandachtige uitdrukking, haar gezwollen buik rustte licht tegen de balustrade. 'En je jockey draagt een roze pet. Dan moet het goed gaan.'

'Winnen zal ze niet,' herhaalde Max werktuiglijk. 'Ik hoop alleen dat ze het goed zal doen. Ik hoop alleen dat...'
'Nou, ik hoop verdomme dat ze wel wint,' verkondigde Ross. Hij kwam tussen hen in staan en pakte de verrekijker. 'En ons personeel zal behoorlijk pissig zijn als ze het niet doet,' vervolgde hij breed lachend, 'aangezien ik de salarissen voor de volgende maand op haar heb gezet.'
Even later gingen ze van start. Holly, die haar stem teruggevonden had, gilde haar longen uit haar lijf. Tessa klemde zich aan Ross vast. Na de eerste ronde lag Daisy op de tiende plaats en het veld begon zich te spreiden. Max, nauwelijks in staat om te kijken, hield zijn adem in toen een van de voorste paarden bij de greppel ten val kwam. Daisy's jockey trok haar net op tijd naar links om het gevallen paard te ontwijken. Ze zweefde elegant over de sloot, haalde nog twee mededingers in en sprong met gestrekte achterbenen over de volgende hindernis. Daisy had er plezier in, wat meer was dan men van Max kon zeggen. Terwijl Ross en Holly Daisy nu luidkeels in koor aanmoedigden, sloot Max even zijn ogen.
'Max, kijk dan!' zei Tessa ademloos, zijn arm grijpend. 'Ze heeft Hard As Nails ingehaald. Ze *vliegt* gewoon!'
Hij snakte naar een sigaret maar omdat hij wist dat hij niet in staat was hem aan te steken, greep hij zich aan de balustrade vast. Daisy nam nog een hindernis... en nog een... en nu lag ze op de vierde plaats met nog maar zeshonderd meter af te leggen.
'HUP DAISY!' gilde Holly boven het enthousiaste gebrul van de menigte uit, en Max merkte opeens dat hij haar hand omklemde. Hij keek omlaag en zag dat hij hem zo stijf beet had dat haar vingers blauw waren.
Maar nu durfde hij niet meer naar de race te kijken. Als hij opkeek, zou Daisy vallen. Het publiek juichte oorverdovend, Holly stond naast hem te dansen van opwinding en de paarden naderden het laatste hek.
'Ze loopt in,' zei Tessa verbaasd. Toen, bemerkend dat Max nog steeds niet durfde te kijken, zei ze: 'Ze zijn over de laatste hindernis en ze heeft de favoriet ingehaald. Max, kijk nu toch eens!'

Hij hief zijn hoofd op, kneep zijn ogen tot spleetjes en keek hoe de paarden op de finish afstormden. Daisy was derde, een lengte achter de tweede en anderhalve lengte achter de voorste. En terwijl hij merkte dat hij niet kon roepen, geen enkel geluid kon voortbrengen, verhoogde Daisy haar snelheid, met een perfect gevoel voor timing, terwijl haar zwarte staart fier wapperde...
De toeschouwers gingen uit hun dak. Holly rukte haar hoed af, gooide hem in de lucht en keek niet eens hoe hij omlaag wentelde en beneden tussen het publiek belandde. Ze omhelsde Max en hij omhelsde haar, en ze was zo overmand door geluk dat ze bijna huilde.
Toen kuste Max, helemaal verwezen, Tessa terwijl Ross een magnum champagne ontkurkte, waarvan Max niet eens wist dat hij hem had gekocht.
'Op de lieve Daisy,' verklaarde Ross, terwijl hij hun elk een te haastig volgeschonken glas aangaf en zijn eigen glas hief. 'Nog vier meter en ze zou gewonnen hebben. Maar de tweede plaats is al een groter wonder dan waarop we hadden durven hopen. Op Daisy,' toostte hij, en ze klonken met hun schuimende glazen. 'God zegene haar en allen die op haar gewed hebben. Ik weet niet hoe het jullie is vergaan,' vervolgde hij, terwijl hij Tessa naar zich toe trok en een kus op het puntje van haar neus drukte, 'maar ik heb zojuist achteneenhalfduizend pond gewonnen.'

'We moeten naar haar toe,' zei Max. Zijn handen trilden toen hij zijn glas neerzette. Halfdronken van vreugde en champagne keek hij rond en merkte dat zijn arm op de een of andere manier rond Holly's middel was gegleden. 'Gaan jullie mee?'
Holly, die haar buik inhield en volledig in beslag werd genomen door de zalige gewaarwording van Max' hand op haar middenrif, nam zich heilig voor om op dieet te gaan. Ze rook zijn aftershave, voelde zijn warmte. Ze had bijna durven zweren dat er tranen in zijn donkere ogen stonden.
'We gaan met zijn allen,' verklaarde Ross, Tessa's hand grijpend. 'Ik wil haar ook zien. Maar ik waarschuw je,' vervolgde hij met een knipoog in Max' richting, 'Ik ben verliefd op dat paard. Als Crazy Daisy me ten huwelijk vraagt zeg ik ja.'

Tessa voelde zich niet lekker, maar omdat ze niet wist wat er mis was, hield ze haar ongerustheid voor zich. Het was zo'n fijne dag, ze had tot haar genoegen gemerkt dat Max ook een mens was, Holly was in de zevende hemel van geluk en Ross was aldoor in de allerbeste stemming geweest, attent en bezorgd voor haar, maakte haar aan het lachen en deed zijn best om te zorgen dat ze het naar haar zin had.
Toch voelde ze dat zijn geduld langzaamaan op raakte.
Het was niet makkelijk, dacht Tessa, om net te doen of je plezier had terwijl iedereen de hoogte kreeg en jij zo nuchter bleef als een kalf. Het was nog moeilijker wanneer iedereen feest vierde en jij je afvroeg waarom je, na zes heerlijke, probleemloze maanden, ineens zo'n dof, pijnlijk gevoel in je binnenste moest hebben. Ze was geen automonteur, maar ze had net een gevoel of de kop van haar drijfstang af was.
'Ik blijf maar hier,' zei ze tegen Ross toen Holly en Max de loge uit gingen. Hij keek haar niet begrijpend aan. 'Maar Tess, dat kun je niet doen! We gaan naar Daisy. Die heeft zojuist de race van haar leven gelopen.'
'En jij bent verliefd op haar geworden,' zei Tessa met een poging tot een grapje die hopeloos mislukte. 'Misschien ben ik wel jaloers. Echt, ik wil liever hier blijven. Ik zie jullie straks wel weer.'
'Voel je je wel goed?' vroeg hij bezorgd, maar tegelijkertijd had hij moeite een knagende ergernis te onderdrukken. Hij had alles gedaan om het haar naar de zin te maken en zij scheen het al niet meer te waarderen en zat er verveeld bij. Wanneer haar gezicht die gesloten uitdrukking kreeg die hem zo irriteerde, wist hij dat ze hem buitensloot en dat de plezierige, ontspannen intimiteit tussen hen verstoord was.
'Ik voel me prima,' antwoordde ze kortaf.
'Goed,' zei Ross, zich afwendend om weg te gaan. 'Tot straks dan. Maak niet te veel plezier in je eentje.'
Holly begreep dat er iets mis was zodra ze Ross en de dochter van Colin Eames in het verste hoekje van de stal zag staan. Ze wist niet waar ze over praatten maar er kwam veel lichaamstaal aan te pas die geen uitleg behoefde. Rachel Eames, huwbaar en negentien jaar oud, gooide haar dikke zwarte haar naar

achteren, likte langs haar bleke lippen en legde telkens wanneer ze Ross iets in het oor fluisterde haar hand op zijn arm. Ross maakte haar aan het lachen. Geen van beiden had ook maar één blik over voor Daisy die met haar witte deken op de rug parmantig over het stalerf stapte, genietend van de belangstelling van Max, Colin Eames, haar staljongen en diverse gelukwensers.

Aangemoedigd door de alcohol en haar eigen gelukzaligheid liep Holly een beetje wankel op haar naaldhakken over de kinderkopjes van het erf.

'Kan ik je even onder vier ogen spreken,' zei ze tegen Ross, waarbij ze echter tegelijkertijd een hautaine blik in de richting van Rachel Eames wierp.

'Je kijkt of je op het oorlogspad bent,' zei Ross toen ze alleen waren. Nu lachte hij niet meer.

'Wat krijgen we nou, zeg?' viel Holly met de deur in huis. 'Verdorie Ross, waarom doe je dit? Wat probeer je te bewijzen?'

Hij kneep zijn ogen half dicht. 'We stonden maar even te praten.'

'Lulkoek,' antwoordde Holly bot. 'Je stond met haar te flirten. En waar is Tessa?'

'Had geen zin om mee te komen,' zei hij lijzig. 'Was te veel moeite. En je weet zelf hoe koppig ze kan zijn wanneer...'

'Maar man, ze is zwanger!' barstte Holly uit. 'Misschien is ze moe. Is die mogelijkheid geen moment bij je opgekomen, of was je te druk op de versiertoer om daaraan te denken?'

Ross keek haar ongelovig aan. 'We hebben het toch over dezelfde Tessa Duvall, is het niet? Goeie genade, die is zo sterk als een paard! Ze kan urenlang lopen, gaat overal op die rotfiets naar toe, *weigert* mijn auto te lenen... ze heeft meer uithoudingsvermogen dan ik. Nee, Holly, Tessa vindt er allemaal gewoon niets aan.' Hij maakte een gebaar naar Daisy en haar bewonderaars. 'Ik wilde haar een fijne dag bezorgen. Ik wilde haar laten zien wat voor soort leven ze met mij kon hebben. Elke normale vrouw zou het geweldig vinden... vind jij dit alles niet geweldig?'

Het was een smeekbede om geruststelling die Holly niet kon weerstaan. Ross was niet gewend dat iemand hem iets in de weg legde, dat maakte hem onzeker. En ofschoon ze zich wel wachtte hem dat te vertellen, stond die onzekerheid hem goed. Ze glimlachte. Toen huiverde ze. Het bleke zonnetje verdween achter een dikke grauwe wolk en de wind werd kil. 'Tessa hééft een fijne dag. Maar ze is zwanger. En zwangere vrouwen moeten het soms even kalm aan doen. En dan is het wel prettig,' zei ze streng, 'als hun begeleider een beetje consideratie toont. Er vandoor gaan en het eerste het beste meisje dat ze tegenkomen met mooie praatjes proberen te versieren lost niets op. Evenmin,' besloot ze terloops, 'als het opschrijven van haar telefoonnummer.'

Ross grinnikte. Holly was geen kwaaie meid. En ze was ook niet achterlijk. Hij trok zijn donkerblauwe blazer uit en hing die om haar schouders, haalde een gekreukt gokbriefje uit de borstzak en stopte dat in Holly's hand.

'Ja, ze heeft me haar nummer gegeven,' zei hij. Zijn goed humeur was teruggekeerd. 'Maar maak je geen zorgen, ik was niet van plan het te gebruiken.'

'Dat wist ik wel,' antwoordde Holly zelfvoldaan, terwijl ze het papiertje verscheurde en keek hoe de snippers als confetti door de wind werden verstrooid. 'Ze is jouw type niet.'

'Daarom moesten we maar eens teruggaan,' zei Ross met een berouwvol glimlachje. 'Anders vraagt mijn type zich af waar we blijven.'

Tegen de tijd dat ze in de Pall Mall-bar de video-opname van Crazy Daisy's weergaloze race hadden gezien, door de helikopter naar een restaurant naast Windsor Great Park waren gebracht en aan het einde van een rumoerig feestmaal waren, was het negen uur. De doffe pijn in Tessa's buik was verdwenen. Van twintig minuten rustig zitten met haar benen omhoog was ze dermate opgeknapt dat ze niemand iets over de pijn had gezegd. En ze had zich ook niet bij Ross hoeven verontschuldigen voor haar weigering van daarstraks. Toen hij met Max en Holly in de loge terugkwam had hij haar hand een kneepje gegeven en gefluisterd: 'Ik was niet aardig. Sorry,' en had hij haar zo verlangend aangekeken dat haar knieën het dreigden te begeven.

'Dat kwam door mij. Ik was...' was ze begonnen, maar Ross had haar met zijn vinger op haar lippen het zwijgen opgelegd. 'Sst. Ik bied niet vaak mijn verontschuldigingen aan. Geniet ervan. Bovendien heb ik goed nieuws.'
'Wat?'
'Ik heb Daisy ten huwelijk gevraagd.' Hij zweeg even. 'Ze heeft me afgewezen. Zei dat ik haar type niet was.'
'Arme stakker!' riep Tessa uit. 'Maar waarom is dat goed nieuws?'
Ross knipoogde. 'Omdat dat betekent dat ik nog steeds vrijgezel ben en opensta voor aanbiedingen...'

'De fijnste dag van mijn leven,' verzuchtte Holly, toen Tessa en zij eindelijk alleen in het damestoilet waren. 'Tess, hoe is het mogelijk dat Max zo veranderd is.'
Tessa, die haar verwaaide haren kamde, vroeg: 'Bedoel je dat hij zijn horens heeft afgezaagd?'
'Nee, dat hij zo aardig tegen me is,' zei Holly vol trots. Ze tuitte haar lippen, boog zich naar de spiegel en bracht een dikke laag knalrode lipstick aan. 'Meer dan aardig. Hij heeft Adam netjes op zijn plaats gezet, hè? Toen hij zei dat we gingen trouwen viel ik bijna flauw.'
'Maak je niet blij met een dooie mus,' waarschuwde Tessa voorzichtig. 'Dat zei hij alleen om je uit een pijnlijke situatie te redden.'
Maar Holly, die parfum in haar decolleté en in grote kringen om haar hoofd spoot, liet zich niet ontmoedigen. 'Ach wat,' weerlegde ze triomfantelijk, 'hij denkt alleen maar dat hij dat zei om mij uit een pijnlijke situatie te redden. Maar diep in zijn binnenste meent hij het. Hij weet het alleen nog niet!'

Halverwege de thuisvlucht werd Tessa overmand door de eerste pijngolf. Echte pijn deze keer, die zich in haar buik klauwde en haar dermate overviel dat ze een kreet slaakte.
'Sorry,' zei Ross, die dacht dat hij per ongeluk met zijn elleboog in haar ribben had gepord. Toen zag hij dat ze haar buik vastgreep en dat haar ogen gesloten waren. 'Tess, wat is er?' vroeg hij geschrokken, maar ze schudde haar hoofd.

'Ik weet het niet. Ik heb pijn...'
'Jezus! Max, we moeten Tessa naar een ziekenhuis brengen. Zeg tegen de piloot dat hij landt. Waar zijn we in godsnaam?'
Holly beet op haar lip en sloeg een arm om Tessa heen. Max, die voorin zat, draaide zich om en zag haar van pijn vertrokken gezicht. Ze was doodsbleek en beefde, overrompeld door de onverhoedse pijnaanval en ongetwijfeld doodsbang voor wat die te betekenen kon hebben.
Maar de piloot verklaarde dat het geen zin had om zomaar ergens te landen. Ze waren nog twintig minuten van Bath verwijderd en konden daar op het terrein van het Royal United Hospital landen. Het enige dat Tessa tot dan kon doen was op haar tanden bijten en volhouden. En hopen dat de pijn niet erger werd.
De rest van de vlucht verliep in trieste tegenstelling tot hun vrolijke stemming van daarstraks. Ross hield Tessa in zijn armen. Zijn gefluisterde geruststellingen waren het enige dat de gespannen stilte doorbrak. Holly, die nooit nagels beet, knauwde ze nu tot op het leven weg. Max staarde uit het raampje naar het donkere landschap bestippeld met lichtjes en had een hekel aan zichzelf omdat hij zich afvroeg of een miskraam uiteindelijk geen geluk bij een ongeluk zou zijn.
Toen ze eindelijk midden op een cricketveld naast het ziekenhuis landden, tilde Ross Tessa voorzichtig uit haar stoel. Max en Holly zouden, op Tessa's verzoek, naar het hotel terugkeren waar Ross hen kon bellen zodra er iets te melden viel.
'Maak je geen zorgen,' probeerde Tessa hen gerust te stellen. 'Ik weet zeker dat het allemaal in orde komt.'
'Vast en zeker.' Holly zoende haar en glimlachte met een overtuiging die ze niet voelde.
'Ik bel wel,' zei Ross kortaf. Hij draaide zich om en begon met Tessa in zijn armen naar het ziekenhuis te lopen.
'Je jasje zal wel bedorven zijn,' zei ze zwakjes. 'Ik voel het. Het spijt me ontzettend.'
'Goeie genade,' zei hij, terwijl hij op haar neerkeek en vurig hoopte dat het goed zou gaan, want hij voelde ook de kleverige warmte van bloed tegen zijn arm. 'Wat kan jij toch domme dingen zeggen, Tessa Duvall.'

22

'Je zou denken dat we Elizabeth Taylor verwachten,' mopperde Sylvie toen ze haar dienst aan Holly overdroeg. 'Ik heb Ross nog nooit zo bazig meegemaakt, en dat wil wat zeggen! Je vriendin Tessa moet wel een reuze stuk zijn, zeg.'

'Op het moment is ze alleen maar reuze zwak,' zei Holly. Een blik op de lijst die Sylvie voor haar achterliet vertelde haar dat zij werd opgezadeld met alle stomvervelende klussen waar Sylvie nooit aan toe scheen te komen. 'En zij wilde hier helemaal niet logeren maar Ross stond erop. Ze moet volledige bedrust hebben en dat is bij haar thuis onmogelijk. Ross en ik hebben haar met vereende krachten moeten overtuigen dat dit de enige verstandige oplossing was.'

'Mmm,' zuchtte Sylvie. 'Ik moet zeggen dat ik er niet moeilijk over zou doen. Ik kan me ergere dingen voorstellen dan in bed liggen luieren en op mijn wenken bediend worden door Ross Monahan.'

Tessa kon dat niet. Tegen het eind van haar eerste dag in The Grange merkte ze dat ze gevaar liep stapelgek te worden. Als ze er niet zo van doordrongen was geweest dat ze absoluut in bed moest blijven, zou ze de benen hebben genomen. En het meest frustrerende van alles was dat ze niet eens woedend tegen Ross kon uitvallen omdat hij het allemaal voor haar deed.

Overal stonden bloemen, grote schalen met anjers in wel tien tinten roze, zwaar geurende witte rozen en hoge vazen met blauwe irissen.

Er stonden kannen vers geperst sinaasappelsap, manden fruit, er lagen stapels dure tijdschriften, blokken met dik, wit tekenpapier, dozen met potloden – van 3H tot 5B – en een Sony Walkman.

Er stond een enorme kleurentelevisie, een videorecorder en een stereotoren. Met bandjes.

Ze had niet alleen een telefoon maar ook een bel naast haar bed waarop ze maar hoefde te drukken om hulp te ontbieden. En beneden was een kok die ogenblikkelijk elk licht maar voedzaam gerecht zou bereiden waar ze trek in had.

Het was allemaal verschrikkelijk luxueus en verschrikkelijk fijn.
Maar Ross was er ook, en ze vroeg zich af waarom hij had gedacht dat ze die bel naast haar bed nodig had, aangezien hij er aldoor was. Aldoor op zijn post. Met vragen hoe ze zich voelde. Om haar het zoveelste glas ongewenst sinaasappelsap in te schenken. Waarbij hij, telkens als hij op het voeteneind van haar bed ging zitten, haar voeten plat drukte. En verschrikkelijk op Tessa's zenuwen werkte.
Het hotel scheen zonder hem ook wel te reilen en te zeilen, ofschoon ze dat maar op zijn woord moest aannemen. Nu zat hij in een verschoten spijkerbroek en lichtroze sweatshirt languit in de stoel naast haar bed, kennelijk van plan de hele avond te blijven met als enige werk het oplossen van een kruiswoordpuzzel.
Dit was nog erger dan in het ziekenhuis, dacht ze, waar ze tenminste enige afleiding had gehad aan druk in de weer zijnde verpleegsters, medepatiënten en een gezellige Ierse schoonmaakster, die Fidelma O'Flaherty heette en haar bewondering voor Ross openlijk had getoond.
Maar om het onderwerp van zijn onverdeelde aandacht te zijn was dodelijk vermoeiend. Ross bewaakte haar strenger dan een kidnapper zou doen. En Tessa, die een hekel aan overdreven aandacht had, wilde alleen maar met rust gelaten worden.

'Ik zal wel eens met hem praten,' zei Holly de volgende morgen dapper. Ross, die niet onder een lang geleden gemaakte afspraak uit kon, had Holly bij de patiënte achtergelaten. Al kon hij, had hij haar verzekerd, bij het eerste belletje toeschieten.
'Maar je moet rusten,' voegde ze eraan toe. 'En hij probeert het je alleen maar naar de zin te maken.'
'Dat is juist zo vermoeiend,' mompelde Tessa.
'Maar als hij niet naar me luistert, en dat doet hij doorgaans niet, zal je zijn ongewenste attenties lijdzaam moeten verdragen. En wees blij,' besloot Holly ernstig, 'dat met de baby alles in orde is.'
'Ja, ja natuurlijk. En ik waardeer zijn zorgen ook heus wel.' Ze goot haar vruchtensap – ananas vandaag – in de dichtst-

bijzijnde bloemenvaas. 'Ross is geweldig voor me. Het was echt een steun voor me dat hij die eerste dagen in het ziekenhuis bij me bleef. Ik weet niet hoe ik die zonder hem had moeten doorkomen.' Ze zweeg even, streek haar haar uit haar gezicht en staarde peinzend naar haar blote tenen. 'Maar dat is juist het probleem, zie je. Hij maakt zich onmisbaar en ik begin op hem te steunen. In elk opzicht, en dat maakt me bang.'

'Nou?' riep Ross toen hij een uur later de kamer binnenstormde. 'Wat heb jij tegen die trut van beneden gezegd?'
De angst sloeg Tessa om het hart toen hij zijn jasje op de dichtstbijzijnde stoel smeet, zijn das losrukte en op het voeteneind van het bed neerplofte. Ze kon nog net op tijd haar voeten wegtrekken.
'Ik heb alleen...'
'Je hebt tegen haar gezegd dat mijn zorg je benauwt,' viel hij haar ijzig in de rede.
Het was maar goed, dacht Tessa, dat Holly geen carrière bij het corps diplomatique had geambieerd. Omdat ze geen zin had in ruzie (haar bloeddruk mocht immers niet stijgen) legde ze haar hand op zijn arm. 'Het spijt me. Het was niet mijn bedoeling dat het zo overkwam. Maar je doet alles voor me, en ik ben gewend voor mezelf te zorgen. Het is reuze vreemd voor me, dat is alles.'
Ross draaide een beetje bij, zijn gezicht stond minder strak. 'Je moet nu goed verzorgd worden,' zei hij. 'Oké, misschien overdrijf ik een beetje, maar ik heb dit nooit eerder gedaan. En ik vind het fíjn om voor je te zorgen,' besloot hij met een scheef lachje.
'Ik vind het ook fijn,' zei Tessa zwakjes. De angst en de spanningen en de verwarde emoties van de afgelopen tien dagen schenen haar opeens klein te krijgen. Ze was bang dat ze in tranen zou uitbarsten. Haar verweer brokkelde af, ze had er geen greep meer op. Ze had niet meer de kracht om uitvluchten te verzinnen en was te moe om te liegen. 'Ik vind het fijn,' herhaalde ze langzaam, terwijl ze alles door een waas van tranen begon te zien. 'En dat maakt me bang.'
Ross, onuitsprekelijk geroerd door haar bekentenis en door

haar weerloosheid, schoof naar haar toe en trok haar in zijn armen op het moment dat de eerste traan langs haar wang gleed. Het lukte hem met bovenmenselijke zelfbeheersing zijn kussen niet verder te laten gaan dan haar slaap en haar voorhoofd. Pas toen ze ophield met huilen hief hij haar gezicht naar het zijne en beroerde met zijn mond vluchtig haar even geopende lippen. En toen hij merkte dat Tessa erop inging, haar vingers zijn schouder omklemden en haar lichaam iets verschoof om dichter tegen het zijne te vlijen, had hij het gevoel dat hij een veldslag had gewonnen. Die niet onder woorden te brengen aantrekkingskracht was er nog. Hij had het aldoor wel geweten, maar nu had hij Tessa eindelijk kunnen bewijzen dat hij nog bestond. En dat was te waardevol en te belangrijk om stilzwijgend aan voorbij te gaan.

'Weet je dat ik dat nooit eerder heb gedaan?' vroeg hij een paar minuten later. Tessa zat nog steeds tegen hem aan gevlijd, maar uit voorzorg om haar bloeddruk – en de zijne – dronk zij een glas grapefruitsap en had hij zich een glaasje whisky ingeschonken.

Ze keek vragend naar hem op. 'Wat gedaan?'

'Iemand op die manier gekust.' Hij zweeg even. Grinnikte. 'Met volkomen eerbare bedoelingen.'

Tessa streelde zijn hand. 'Arme schat. Al die moeite zonder dat het tot iets leidt. En nu zit je op bed met een kuise dame. Het leven is toch wel wreed, vind je niet?'

'Spot er maar niet mee,' zei Ross gegriefd. 'Zo is het helemaal niet.'

'Dat komt omdat het een nieuwtje is,' Tessa dwong zichzelf tot een flauw lachje, overtuigd dat het zo was. 'Maak je geen zorgen, dat gaat er gauw genoeg af.'

'Waarom kun je me niet serieus nemen?' vroeg hij, terwijl hij zijn glas neerzette en haar dwong hem aan te kijken. 'Het is helemaal niet vanwege het nieuwtje.' Hij zweeg even. Zijn donkere ogen hadden een ernstige uitdrukking, zijn hart bonsde. 'Er is niets veranderd. Ik hou nog steeds van je. En ik wil nog steeds dat je met me trouwt.'

Nu lachte Tessa niet meer. Dit was niet grappig meer. Ze begon te denken dat hoe hardnekkiger zij vocht om haar onaf-

hankelijkheid te bewaren, hoe vaster Ross zich voornam haar die te ontnemen. En ze wist op dit moment niet of ze genoeg wilskracht zou hebben om ervoor te blijven vechten.
Ze was er zelfs niet zeker meer van of dat wat zij deed wel goed was. Hoeveel meisjes zouden een man als Ross afwijzen? Hij was charmant, opvallend knap en een fantastisch goede minnaar. Hij was in elk opzicht geslaagd. En rijk. En hij kon haar aan het lachen maken.
En hoe meer Tessa zichzelf probeerde aan te praten dat zo'n relatie onmogelijk blijvend kon zijn, omdat hij ook wispelturig was, snel verveeld en een beruchte versierder, des te meer deed hij zijn best het tegendeel te bewijzen.
Het zou niet lang meer duren of ze zou geen been meer hebben om op te staan.
'Weet je,' zei Ross langzaam, 'dat die gewoonte van jou om geen antwoord te geven als ik je vraag om met me te trouwen, niet bepaald een opsteker voor mijn moreel is?'
'Ach.' Tessa keek glimlachend naar hem op. 'Maar wel voor het mijne.'
'En?'
Ze haalde haar schouders op. 'Kunnen we de zaak niet gewoon een tijdje aankijken?'
'Is dat een ja,' vroeg Ross ongeduldig 'of een nee?'
'Het is een laten-we-gewoon-een-tijdje-zien-hoe-het-gaat,' zei Tessa sussend.
Hij sloeg quasi wanhopig zijn ogen ten hemel. 'Heb je er ooit over gedacht in de politiek te gaan?'

Ross wilde juist zelf Tessa's lunch naar boven brengen toen Holly hem onder aan de trap tegenhield. Ze zette een telefoontje uit Florida over naar zijn kantoor, en dat kon niet wachten.
'Hier,' zei Ross, en gaf het volle blad aan Grace die juist langskwam. Ze was afstandelijker dan ooit en had hem niet eens bedankt voor de bloemen die hij voor haar deur had gelegd. Haar bleke gezichtje had voortdurend een opgejaagde uitdrukking en ze zag er nog steeds niet goed uit. 'Wil jij dit even naar Tessa brengen? Ze is in suite twaalf.'

Alsof Grace dat niet wist.

'Binnen,' riep Tessa toen Grace aanklopte. 'O, fijn. Wat lief van je. Wacht, even die troep opruimen...'

Ontwapend door Tessa's glimlach en haar verwoede pogingen de schetsen op te ruimen waarmee het bed bezaaid lag, vergat Grace haar verlegenheid.

'Laat maar.' Ze zette het blad op een nachtkastje, begon de schetsen bijeen te zamelen en hield even op om een van Holly te bewonderen. 'Hij lijkt sprekend.'

Tessa leunde in de kussens en keek vol bewondering naar het slanke figuur van het meisje. Ze had gemerkt dat ze mensen met een taille steeds meer ging benijden.

'Als je tien minuten tijd hebt, kan ik er ook een van jou maken. Nu ik hier lig, begin ik gebrek aan modellen te krijgen. Hebben jullie het erg druk beneden?'

Dat hadden ze inderdaad, maar Grace kon de onverwachte uitnodiging niet weerstaan. Omdat ze zo geheel en al was vervuld van Ross Monahan, stelde ze ook een allesoverheersend belang in degenen die hem na stonden. En als Tessa hem niet na stond, wist zij niet wie dan wel.

'Uw lunch...' begon ze, maar Tessa wuifde het aarzelend protest met een achteloos gebaar van haar potlood weg. 'Koude zalm en groene sla. Ik mag niet veel dikker worden, ik lijk nu al een Boeddha.'

Grace vond niet dat ze op een Boeddha leek. Het was warm in de kamer en Tessa zat op het bed, met haar benen voor zich uit gestrekt. Ze droeg een lang wit T-shirt en haar blonde haar hing los op haar schouders. Het zonnige vertrek stond vol bloemen, Tessa's ogen waren vriendelijk en haar glimlach was warm toen ze Grace beduidde te gaan zitten. Grace, die zich had afgevraagd of ze dit meisje zou kunnen haten – Tessa had tenslotte werkelijk beleefd waar zij maanden over had gefantaseerd – gaf zich volledig gewonnen.

'Meneer Monahan had u uw lunch willen brengen,' zei ze, terwijl ze nerveus op de rand van de makkelijke stoel ging zitten. 'Maar er was telefoon voor hem.'

'Gelukkig maar,' riep Tessa maar halfschertsend. 'Ik heb hem de laatste twee dagen al wel tien keer getekend. Jij vormt een

prettige afwisseling. Kun je je hoofd een beetje naar links draaien? Ja, zo.'
Zoals ze nu zat, kon Grace de stapel eerder gemaakte schetsen zien. Ze schoof de bovenste twee weg en nam de derde op. Ross, zijn spottende, fascinerende, dik omwimperde donkere ogen twinkelend van plezier, keek haar aan met een genegenheid die zijzelf nooit van hem ondervonden had. Grace voelde haar hart bonzen. Het kostte haar moeite om normaal te ademen. Niet in staat te zwijgen, zei ze: 'Hij is een knappe man.'
'Vertel eens iets nieuws,' zei Tessa droog, terwijl ze zich op Grace' jukbeenderen concentreerde. 'Nee, niet verstrakken. Beetje achterover leunen en ontspannen.'
Gebiologeerd door het portret van Ross zei Grace: 'Mijn vader was ook erg knap.'
'Was?' vroeg Tessa vriendelijk. 'Wat is er met hem gebeurd?'
Om Grace' mondhoeken verscheen een triest lachje. 'Hij is dood.'
'De mijne ook.' Tessa, die haar best deed om het lieve, droevige lachje weer te geven, zei het op nuchtere toon om vooral geen tranen uit te lokken. 'Je mag die wel houden,' zei ze, toen ze zag dat het meisje nog steeds de houtskoolschets in de hand had. 'Hang hem maar in de koffiekamer en gooi er pijltjes in wanneer hij te bazig wordt.'
'Godallemachtig,' riep Ross toen hij vijf minuten later de kamer binnenstormde en Grace woedend aankeek. 'Het restaurant zit stampvol mensen die niet op tijd bediend worden. Wat voer jíj hier in vredesnaam uit?'
'Word nou niet nijdig,' zei Tessa. 'En mopper niet op Grace, want het is mijn schuld. Ik heb haar gevraagd te blijven.'
'Ik zal mopperen op wie ik wil,' kaatste hij terug, maar al minder geërgerd. 'Dit is mijn hotel.'
'Ik zal maar gauw gaan,' zei Grace haastig. Ze kreeg een kleur en haar vingers bewogen zenuwachtig. Tessa gaf haar met een knipoog de voltooide schets aan.
'Maak je geen zorgen, ik sta niet toe dat hij het op jou afreageert.'
'Dank u.' Grace keek naar het portret, knap uitgevoerd en van een treffende gelijkenis. Ze stond op, wierp een nerveuze blik

op Ross en toen nogmaals op Tessa's gezwollen buik. Als kind had ze altijd naar een broertje of zusje verlangd. Nu kreeg ze er bizar genoeg een.
'Toe, schiet een beetje op.' Ross deed geen moeite zijn ongeduld te verbergen.
Ze had ook altijd graag een vader willen hebben.
'Het spijt me, meneer Monahan,' fluisterde Grace.
'Bedankt voor het poseren,' riep Tessa.
Ross fronste zijn wenkbrauwen. 'Je moet haar niet aanhalen,' zei hij toen Grace de deur achter zich had gesloten. 'Ze loopt de kantjes eraf. Er is iets vreemds aan dat meisje. Ik vertrouw haar voor geen cent.'

23

Ze boften echt; de weersomstandigheden waren ideaal. Een bleek zonnetje verlichtte een nog blekere hemel en een lichte nevel hing laag boven de grond. Het veld achter The Grange was bezaaid met een stuk of tien luchtballons, sommige verder opgeblazen dan andere, hun felle kermiskleuren vreemd afstekend bij de ernstige gezichten van degenen die moesten zorgen dat de luchtvaartuigen straks konden opstijgen. Tanks met vloeibaar propaangas werden gecontroleerd, zandzakken op de juiste plaats gehesen, ankertouwen getest en mogelijke windsnelheden berekend. Voor degenen die bereid waren voor het voorrecht te betalen, was een tochtje met een luchtballon uitsluitend een pretje, duur maar verkwikkend. De eigenaars van de luchtballons moesten hard werken om het zo te houden.
Het interesseerde Antonia totaal niets hoe de ballons in de lucht bleven, ze vond het gewoon leuk om mee te gaan. Vooral omdat het haar was gelukt in dezelfde ballon te komen als Ross. Met haar koude handen in de zakken van haar ski-jack leunde ze tegen de motorkap van Richards bronskleurige Audi en keek van een afstandje naar het tweetal dat de ankertouwen controleerde van de groen-met-blauw gestreepte Nizo ballon

die het gezamenlijk eigendom was van Richard en een foeilelijke Fransman Maurice Bertrand genaamd.
Alleen al het kijken naar Ross monterde Antonia op en bracht haar tot leven. Hij zag er in zijn verschoten spijkerbroek en witte gewatteerde jack, met zijn donkere haar over de kraag krullend en zijn handen nonchalant op zijn smalle heupen uit om rauw in te bijten. Ze moest hem terug hebben.
'Je ziet er goed uit,' zei ze een uur later tegen hem, toen ze eindelijk in de lucht waren. De gasbrander loeide terwijl Maurice, zijn gezicht vlekkerig van de kou, zijn kompas raadpleegde. Hij ging dermate op in het besturen van de ballon dat hij toch geen aandacht zou schenken aan wat Antonia zei. 'Het zal niet makkelijk voor je zijn,' vervolgde ze met gedempte stem, terwijl ze dichter naar Ross toe schoof.
'Wat zal niet makkelijk zijn?' Hij keek haar niet aan. Zijn donkere ogen zochten de horizon af. Onder hen lagen rijen speelgoedhuisjes met de kleur van gebleekt zand tegen de heuvels. Nu de gasbrander dicht was, leek de stilte overweldigend. Ze zweefden hoog boven de stad en dat was een extatisch erotische gewaarwording, vond Antonia.
'Het zal niet makkelijk voor je zijn,' vervolgde ze. 'Nu die arme Tessa bedlegerig is en het dus niet kan doen. Vind je dat niet... frustrerend?'
'Absoluut niet,' antwoordde Ross ergerlijk blijmoedig. Het was een regelrechte leugen, maar hij had onmiddellijk begrepen waar Antonia heen wilde en hij was niet van plan haar in de kaart te spelen. Hij zou haar niet de voldoening geven om wat dan ook te veronderstellen.
'Dat verbaast me.' Antonia blies in haar handen in een poging ze te warmen en bedacht hoeveel fijner het zou zijn als ze ze nu onder Ross' kasjmier trui kon stoppen. 'Ik heb jou nooit het type voor onthouding gevonden.'
'Zo zie je maar,' zei hij zelfgenoegzaam. 'Ik zit vol verrassingen.'
'Vorig jaar in elk geval wel.' Antonia wierp een snelle blik over haar schouder naar Maurice en dempte haar stem nog verder. 'De laatste keer dat we samen met deze ballon mee geweest zijn, hebben we ons aangesloten bij de kwart-mijl-hoog club. Weet je nog, lieveling?'

Hij glimlachte, ongevoelig voor haar weinig subtiele benadering. 'Misschien dat jij je er vorig jaar bij hebt aangesloten. Ik was een van de oprichters.'
'En je maakt mij niet wijs dat je veranderd bent,' fluisterde ze, nog dichter naar hem toe schuivend. 'Ross, het is gewoon onnatuurlijk. Ik weet dat die arme Tessa er niets aan kan doen maar zij kan je niet geven wat je nodig hebt, en aangezien Richard alweer een tijdje last van zijn rug heeft, hebben we...'
'Als ik jou was,' onderbrak Ross haar kortaf, 'zou ik haar niet aldoor "die arme Tessa" noemen. Ze maakt het prima, met de baby is alles in orde en we zijn erg gelukkig. En aangezien ik weinig belangstelling heb voor verhalen over jouw verstoorde seksleven, moest je daar maar over ophouden. Kijk,' hij wees omlaag op een eenzaam voertuig dat over een kronkelige, met bomen omzoomde weg reed, 'daar rijdt Richard in de Landrover, op weg naar Landsdowne.'
'O, wat kan mij Richard verdommen,' zei Antonia nijdig. 'Hij doet tegenwoordig niets anders dan mopperen over het vele geld dat ik aan kleren uitgeef. Als hij eens wist hoeveel ze werkelijk kosten...'
'En hoe vaak je ze uittrekt,' kon Ross niet nalaten hatelijk op te merken.
Het tochtje verliep niet zoals Antonia had gewild. Tot het uiterste getergd wendde ze zich naar hem om en keek hem woedend aan. 'Ga jij nu de zedenpreker uithangen? Ross, dat staat je niet.'
Hij haalde onverschillig zijn schouders op.
'Ik geef het twee maanden. Nee,' verbeterde ze onbarmhartig: 'zes weken.'
'Geef het zo lang als je wilt,' zei Ross met onverholen plezier. 'Maar zeur mij niet aan m'n kop. Vorig jaar hebben we het leuk gehad, maar dat is nu voorbij. Ik ga met Tessa trouwen.'
Nu moest Maurice wel meeluisteren, maar dat kon Antonia niets meer schelen. Naarmate ze de greep op zichzelf verloor, werd haar stem scheller. Het plotseling gesuis van de propaangasbranders kon haar toenemende agitatie niet overstemmen. 'Jezus, is die griet even gewiekst! Snap je dan niet hoe ze je te pakken neemt?'

'Aangezien ik je moeilijk uit deze mand kan gooien,' zei hij, terwijl zijn donkere ogen haar verveeld opnamen, 'vermoed ik dat ik het zal moeten aanhoren.'
'Het is de oudste truc van de wereld!' krijste Antonia, hels over de onbillijkheid van het leven. 'Zij heeft niets, jij hebt alles. Ze heeft met opzet gezorgd dat ze zwanger werd en is toen de ongenaakbare jonkvrouw gaan spelen. Goeie God, iedereen kan zo'n stunt uithalen... Dat had ik óók kunnen doen!'
Dat was te veel. Het leek ook gevaarlijk veel op Max' interpretatie van de gebeurtenissen. Ross, op het punt zijn kalmte te verliezen, had Antonia het liefst hard door elkaar gerammeld. In plaats daarvan omklemde hij de rand van de mand zo stijf dat zijn knokkels wit werden. 'Dat had je inderdaad,' beaamde hij grimmig. 'Dat is juist zo griezelig, en daarom dank ik God dat ik net op tijd Tessa heb ontmoet. Vrouwen zoals jij,' besloot hij opzettelijk grof, 'zijn een wandelende reclame voor condooms.'
'En jij bent een smerige huichelaar,' siste Antonia giftig, haar mond vertrokken tot een lelijke, smalle streep. 'Want het zal niet lang duren of je koopt ze bij de vleet. En dan zal je ze niet gebruiken voor Tessa Duvall.'

24

De Royal Academy nodigt elk jaar tegen het eind van maart kunstschilders uit hun beste werk in te zenden om in aanmerking te komen om te worden tentoongesteld in hun Summer Exhibition. Elk jaar passeren twaalfduizend schilderijen in een duizelingwekkend tempo een jury, bestaande uit eerbiedwaardige leden van de Royal Academy, die keurt, afwijst en ten slotte tussen de vijftienhonderd en tweeduizend van die schilderijen kiest om deel uit te maken van hun wereldberoemde tentoonstelling. De fortuinlijke kunstenaars wier werk wordt geaccepteerd verwerven enorm veel roem – het prestige, de publiciteit en de publieke belangstelling zijn gigantisch. Een groot aantal talent scouts die zowel voor alerte privé verzamelaars als voor vooraanstaande galeries in Europa en de Verenigde Staten werken, bekijken elk schilderij nauwkeurig om het talent van de kunstenaar en de commerciële levensvatbaarheid in te schatten. Niemand wil de mogelijke ontdekking van een nieuwe Hockney, Annigoni of Cook aan zijn neus voorbij laten gaan. Een succesvolle inzending voor de Summer Exhibition van de Academy kan, in de letterlijke zin van het woord, het leven van een kunstenaar veranderen.

Max, die de *Telegraph* doorkeek, las het artikel alleen omdat in de roman die hij aan het schrijven was een kunstzwendel voorkwam met een louche handelaar en drugmaffe vervalser. Dergelijke informatie was altijd de moeite van het weten waard en kon nog wel eens van pas komen.

Ross, die tegen lunchtijd de achtergelaten krant vond, opengevouwen op de betreffende pagina, las het artikel met veel meer belangstelling. De opmerking dat de schilderijen een jury passeerden vond hij vermakelijk. Het klonk als Miss World maar dan zonder de badpakken. Ross wist niets van de kunstwereld, maar zelfs hij had wel eens van de Royal Academy gehoord. Iedereen mocht drie schilderijen inzenden. Daardoor kon een onbekende kunstenaar, als zijn of haar werk werd gekozen, ineens een geweldige opgang maken.

Hij draaide in zijn stoel rond en keek naar Tessa's schilderij, een peinzende blik in zijn donkere ogen. Hij had nooit eerder voor het dilemma gestaan verliefd te zijn op een meisje dat weigerde hun relatie serieus te nemen omdat hij te veel geld had. Voor Tessa vormden zijn rijkdom en haar armoede een onoverbrugbare kloof tussen hen. Haar koppigheid maakte hem horendol. En hij piekerde er niet over om zijn geld weg te geven, zelfs niet voor Tessa. Zijn toch echt wel aangename levensstijl opgeven om in zalige armoede te leven met een mooie, obstinate medepauper lag beslist niet in zijn lijn.

Er scheen maar één oplossing voor zijn dilemma te zijn, namelijk Tessa, ongetwijfeld tegen haar zin, de echte wereld bin nen te slepen waar geld net zo belangrijk was als liefde.

En het hem gunstig gezinde lot wilde, dacht Ross glimlachend, dat de brave leden van de Academy morgen met hun beoordeling zouden beginnen.

Holly had geen moment haar vertrouwen in de krachten van Rosa Polonowski verloren, maar het kostte haar wel moeite om haar geduld te bewaren.
En natuurlijk zou ze het Tessa nooit kwalijk nemen dat ze tijdens hun terugvlucht uit Ascot de loop der gebeurtenissen zo drastisch had veranderd. Een dreigende miskraam was ten slotte niet niks.
Maar Holly was toch nog steeds teleurgesteld dat zo'n idyllische dag voor Max en haar op niets was uitgelopen. Het gedroomde onvermijdelijk besluit van die idylle was uitgebleven, weggevaagd. En niets wees er tot nu toe op dat het zich nogmaals zou voordoen. Het zo dramatisch veroverde terrein was verloren gegaan. Zij was terug bij af en Max gedroeg zich of die heerlijke dag en hun hartelijke verstandhouding nooit had bestaan.
Het was allemaal voorbestemd. Dat wist ze. Het kwam toch zoals het komen moest en Max had gewoon veel tijd nodig om zich te verzoenen met het besef dat hij hun gezamenlijke bestemming niet kon ontlopen. Zij wist dat ook. Maar daarom was het nog wel irritant dat ze zo lang moest wachten voor het eindelijk gebeurde.
Om nog maar te zwijgen over mensen als Adam Perry die telkens grote spaken in wielen kwamen steken.
Toen Holly naar het baantje van receptioniste bij The Grange solliciteerde, had Ross haar erop gewezen dat het een baan vol uitdagingen en afwisseling was en ze had opgewekt geantwoord dat ze zich in een dergelijke sfeer altijd het prettigst voelde.
Toch had ze zich daarbij niet voorgesteld dat ze nog eens op handen en voeten door de foyer zou kruipen op zoek naar een contactlens, terwijl de eigenares van de betreffende lens in een gemakkelijke stoel gin en tonic zat te drinken en geen enkele poging deed om te helpen met zoeken.
Adam, zijn armen vol bloemen, bleef even staan om Holly's fraai gevormde achterste te bewonderen toen ze op het ver-

moeden van de eigenares dat 'hij' misschien dichter bij de deur lag, achteruit kroop. Haar ronde dijen tekenden zich duidelijk af onder de dunne stof van haar krokusgele rok en toen ze zich naar voren boog, ving hij een verleidelijke glimp op van witte kousenboorden en blanke huid.
Het deed een mens machtig veel goed, dacht hij, om op een grauwe dinsdagmorgen zoiets moois te mogen zien. Holly was werkelijk een verdomd mooie meid.
Omdat ze voelde dat iemand naar haar keek, wierp Holly een blik over haar schouder en vloekte binnensmonds. Toen, beseffend dat Adam Perry openlijk naar haar achterste had staan lonken, ging ze op haar knieën zitten en keek hem woedend aan.
'Wat doe jij hier?' snibde ze, nog heviger geïrriteerd door zijn onnozele grijns. 'Ik heb het druk. En je stomme bloemen wil ik ook niet.'
'Die stomme bloemen zijn niet voor jou.' De onverstoorbare grijns werd nog breder toen ze overeind krabbelde en hem daarbij andermaal een blik op haar kousenboorden gunde. 'Dus wordt je de moeite bespaard om ze in de dichtstbijzijnde vuilnisbak te kieperen.'
Holly, die zich nu dubbel opgelaten voelde, begon de kammetjes in haar losgeraakte kapsel terug te duwen.
'Hoe zit het met mijn contactlens?' riep de vrouw in de fauteuil, terwijl ze met paarsrode nagels kribbig tegen haar glas tikte.
'Het spijt me,' zei Holly. 'Nergens meer te vinden.' Op hetzelfde moment gaf ze een gil toen Adam naar haar toe kwam, zijn in cellofaan gewikkeld boeket onder zijn linkerarm klemde en zijn vrije hand naar haar borsten uitstak.
Voor ze echter de beledigende hand weg kon slaan hadden zijn grote rugbyvingers al langs haar linkertepel gestreken. En toen zijn duim en wijsvinger een fractie van een seconde later dezelfde O vormden als Holly's mond, zei hij: 'Bofferd van een contactlens.'
Het hoogst belangrijke rondje plastic ging van de vinder naar de eigenares. Holly kon niet anders doen dan haar woede inslikken, al had ze Adam Perry het liefst een klap in zijn afgrij-

selijk zelfgenoegzaam lachend gezicht gegeven. Ze hervond haar waardigheid, veegde de tapijtpluizen van haar knieën en trok zich terug achter de balie, waar ze in een stapel facturen begon te bladeren.

'Het is dus niet waar,' begon Adam op conversatietoon, terwijl hij zich over de balie boog en naar haar trillende handen keek.

'Pardon?'

'Je bent niet verloofd met Mooie Max.'

'Nog niet,' antwoordde Holly koel, in stilte hopend dat Max niet dit moment zou uitkiezen om de receptie binnen te stormen en haar uit te kafferen. Ze keek veelbetekenend naar het boeket dat Adam bij zich had en vroeg: 'Kan ik iets voor je doen?'

'Meer dan je je ooit kunt voorstellen,' antwoordde Adam op trieste toon. 'Maar aangezien je prioriteiten elders liggen – nou ja, bijna – kun je me misschien zeggen waar ik Tessa kan vinden. Die bloemen,' voegde hij er quasi verontschuldigend aan toe, 'zijn namelijk voor haar.'

'Suite twaalf. Tweede verdieping,' antwoordde Holly een tikje nijdig. Ze had geen moment gedacht dat Adam hier voor iemand anders gekomen was. 'Maar waarom? Je kent haar nauwelijks.'

'Ik heb haar op Ascot ontmoet,' zei hij. 'En ik vond haar aardig. Ik had met haar te doen, toen ik hoorde wat er gebeurd was. Maar het komt allemaal in orde, hoop ik?'

Holly dwong zichzelf om gewoon te doen. Ze mocht Adam Perry ten slotte niet. En een groot boeket rode rozen was echt iets voor hem. Geen fantasie, geen smaak...

'Ze maakt het goed. Bedrust. Zal ik even doorbellen dat je hier bent?'

'Niet nodig.' Hij schudde zijn hoofd en zond haar weer die onuitstaanbaar stralende glimlach. 'Je kent me, schat. Ik vind het leuk om mensen te verrassen.'

'Wat prachtig,' riep Tessa uit, oprecht geroerd door Adams attentie. Ondanks Holly's afwerende houding had Tessa onmiddellijk sympathie opgevat voor de forse rosblonde man die zich nu voorzichtig in de stoel naast haar bed liet zakken.

'Ik ben blij te horen dat met jou en de baby alles in orde is,' zei Adam op zijn ongedwongen, directe manier. 'En ik weet dat Ross uitstekend voor je zorgt, maar als je iets nodig mocht hebben...'

'Ik heb meer dan ik nodig heb,' onderbrak ze hem met een handgebaar naar de televisie en video, de stapels boeken, het pas geïnstalleerde ijskastje naast het bed. 'Ik word schandelijk verwend, maar bedankt voor het aanbod. En hoe is het met jou?'

'Smoorverliefd,' antwoordde hij uit de grond van zijn hart. 'Gaat Holly werkelijk met Max trouwen?'

Al zou ze hem in een dwangbuis moeten hijsen en op een kruiwagen naar het altaar rijden, dacht Tessa, maar ze was wel zo verstandig om dat niet te zeggen. In plaats daarvan koos ze haar woorden zorgvuldig, ze haalde haar schouders op en zei: 'Als alles volgens plan verloopt.'

'Ze is een wilskrachtig type. Niet het soort dat makkelijk van gedachte verandert.'

'Koppig als een ezel,' zei Tessa, die met hem te doen had. En het feit dat ze wist dat Holly de verkeerde keus maakte was niet bepaald opwekkend. Adam en zij zouden een ideaal stel zijn, als ze hem maar de kans gaf zichzelf tegenover haar te bewijzen. Adam was echt, Max was een illusie. Dat zou Holly te zijner tijd, wanneer het te laat was, wel beseffen.

'Ik heb dus geen schijn van kans.' Hij staarde naar zijn handen, de grote vingers in elkaar gestrengeld als een roker die weet dat hij niet mag opsteken. Toen werden de lachrimpeltjes rond zijn ogen dieper in een glimlach vol zelfspot. 'Ik ben een grote jongen, Tessa. Vertel het me maar. Zachte heelmeesters enzovoorts...'

'Wie ben ik om het te zeggen,' begon Tessa peinzend, terwijl ze een potlood opnam en het tussen haar handen heen en weer rolde om haar gedachten af te leiden van wat haar mond ging zeggen. 'Maar het is soms makkelijker andermans fouten te zien dan je eigen, en ik geloof dat ze een vergissing begaat. Op het moment is ze te verliefd om helder te denken maar uiteindelijk zal ze... misschien... gaan inzien dat Max toch niet is wat zij zoekt. En dan...'

'Denk je heus dat ik dan een kans zou hebben?' vroeg hij zo gretig als een kleine jongen.
'Een klein kansje misschien,' antwoordde ze voorzichtig. 'En ik bedoel heel klein, dus reken er niet te vast op.'
Adam straalde. Ze dacht heel even dat hij haar zou omhelzen.
'Lieve meid, je hebt me helemaal opgemonterd. Ik wist dat ik op jou kon rekenen. Wij zullen haar met ons tweeën wel tot bezinning brengen -'
'Een héél klein kansje,' herhaalde Tessa nadrukkelijk. Maar Adams onverwoestbare glimlach was alweer verschenen.
'Kleine kansjes zijn de leukste! Zullen we wedden? Drieëndertig tegen één dat ik haar uiteindelijk toch krijg!'

25

'Ik geef een dinertje,' zei Holly, in een wanhopige poging het te laten overkomen of ze dat regelmatig deed. Aangezien Max er niet over scheen te denken háár mee uit te nemen, had ze besloten te doen wat de wereldwijze *Cosmopolitan* aanried en de rollen om te draaien. Een man met een beetje manieren zou er, volgens dat blad, dat ze onder dekking van de balie aandachtig las, niet over piekeren om een dergelijke uitnodiging af te slaan. 'Gewoon een paar vrienden, lekker eten, wat goeie wijn die ik speciaal heb bewaard...'
Max, tot over zijn oren in het werk, had geen tijd gehad om de *Cosmopolitan* te lezen. Hij zei zonder op te kijken: 'Dat is heel aardig van je, Holly, maar ik kan niet. Het spijt me.'
'Waarom niet?' jammerde Holly, en het vernis van wereldwijsheid vertoonde even een barstje. 'Verdorie, Max, ik heb je nog niet eens verteld wannéér ik het geef!'
Deze keer keek hij op en bezag haar met een blasé lachje in zijn donkere ogen, terwijl zijn gedachten zich bezig bleven houden met het ingewikkelde plot van de roman waar hij aan werkte.
'Wanneer dan?'
'Donderdag,' zei Holly, haar vingers achter haar rug ineen stren-

gelend. Toen, omdat ze hem zag aarzelen, riep ze haastig: 'Of vrijdag. Wat jou het beste uitkomt.'
'Het spijt me,' antwoordde Max, en richtte zijn blik weer op het flikkerende groene scherm van zijn tekstverwerker. 'Ik kan echt niet. Ik heb het razend druk.' Hij tikte op het scherm. 'Ik zal moeten overwerken.'
'Jij werkt nooit over,' zei ze verwijtend. 'Je werkt maar een paar uur per dag en je neemt vrij wanneer je zin hebt.'
Max, die dermate in dit nieuwe project opging dat hij totaal niet besefte hoezeer hij haar trots had gekwetst, haalde alleen even zijn schouders op. Hoe kon iemand verwachten dat hij zijn tijd verspilde aan vervelende dinertjes wanneer het filmscript dat alle andere scripts zou overschaduwen, op het punt stond het licht te zien? Bovendien, hoe eerder het af was, hoe eerder hij de liefde en eeuwige dankbaarheid van Francine Lalonde terug zou winnen...
'Ik moet werken,' zei hij beslist. 'Dit is iets heel belangrijks.'
Holly voelde tot haar schaamte tranen achter haar ogen prikken. Ze had de hoofdpunten van de plot op het scherm gelezen en onmiddellijk begrepen waarom Max zich met voorbijzien van al het andere, helemaal aan dit nieuwe project wilde wijden. Hij was kennelijk nog steeds smoorverliefd op Francine Lalonde, met wie ze nooit of te nimmer zou kunnen concurreren. Het was gemeen, frustrerend en werkelijk heel oneerlijk.
'Natuurlijk is het heel belangrijk,' zei ze, op haar lip bijtend om haar zelfbeheersing te bewaren. En terwijl ze zich omdraaide om weg te gaan voegde ze eraan toe: 'Ik hoop alleen dat het voor haar net zo belangrijk is als voor jou.'
'Dat is het beslist,' zei Max vergenoegd, zo verdiept in zijn eigen plannen dat het geen moment bij hem opkwam zich over Holly's toespeling op Francine te verwonderen. 'Maak je geen zorgen, Holly. Alles verloopt precies volgens plan.'

Toen hij Tessa's schilderij bij een van de portiers afgaf, voelde Ross zich een tikkeltje schuldig, alsof hij een pasgeboren baby op de stoep van een ziekenhuis legde.
In de Royal Academy heerste geroezemoes, het was er zo druk

als bij Harrods op de eerste dag van de uitverkoop. Het feit dat bijna iedereen met grote schilderijen zeulde, maakte alles nog rommeliger.

'Zorg er goed voor,' zei Ross, terwijl hij de man een briefje van tien pond toestopte.

De portier knipoogde. 'Wees maar gerust, meneer. Ik zal d'r voor zorgen of het mijn eigen kind was.'

Na een uitgebreide lunch met zijn oude vriend Nico Coletto en een paar dure uren winkelen in Regent Street en de Burlington Arcade, ging Ross naar de Academy terug. Gezichten die eerder die dag nog hadden gestraald van hoop, droegen nu het stempel van het fiasco. Gelatenheid streed om de voorrang met diepe teleurstelling. De gelukkigen wier werk was geaccepteerd hingen dat blijkbaar niet aan de grote klok. Voor zover Ross kon zien was er niemand die glimlachte. Het was louter toeval dat hij te midden van het gedrang in de hal dezelfde bruingejaste portier tegenkwam. De portier, die zich kennelijk niets van de sombere sfeer aantrok, begroette Ross met een opgestoken duim en een glundere grijns. 'Dik voor mekaar, maat. Het mag blijven.'

Ross, ofschoon blij, was niet verbaasd. Hij had er geen moment aan getwijfeld dat Tessa's werk waard was om te worden tentoongesteld. Het had geen 'deze kant boven' op de achterkant nodig, zoals het schilderij dat op dat moment narrig langs hem werd gezeuld.

'Fantastisch,' zei hij, terwijl hij zich afvroeg of de portier nu weer een fooi verwachtte om het schilderij bij hem terug te brengen. 'Moet ik het zelf halen, of doet u dat voor me?'

De man keek hem aan of hij niet goed snik was. 'Alle donders, waar hebt u uw hele leven gezeten? U komt hier zeker voor het eerst. Het blijft hier tot de tentoonstelling.'

'Verdorie, da's ook wat!' riep Ross uit. Hij was van plan geweest Tessa's schilderij hier heen te smokkelen terwijl zij het bed moest houden, en het veilig en wel weer op zijn plaats te hebben voor iemand het zou missen. En dan had hij een dag met Tessa naar Londen willen gaan om haar op de Summer Exhibition haar eigen werk te laten ontdekken.

Verdomme, dacht hij nijdig. Nu zou hij een smoes moeten bedenken voor het feit dat het schilderij verdwenen was.

'Neem me niet kwalijk,' zei Dominic, 'dat ik je niet geloofde toen je me laatst vertelde dat je beroemd was.' Hij bleef in de deuropening staan en maakte een buiging. Tessa begon te lachen. 'Hoe wist je dat ik hier was?'
'Uit de kranten, natuurlijk. Ze schrijven tegenwoordig meer over jou dan over de koninklijke familie. Dus ik vond dat ik maar eens moest komen kijken of je je nog verwaardigt met gewone stervelingen om te gaan.'
'Ik doe niets liever dan met gewone stervelingen omgaan,' verzekerde ze hem, terwijl hij op het bed afgestrompeld kwam en haar omhelsde. 'Vooral met jou. Ga zitten en vertel me alle nieuwtjes. Hoe verlopen de contacten met de vrouwen in je leven?'
Dominic trok een gezicht. 'Waarom denk je dat ik hier ben? Mijn vrouw heeft me 't huis uitgezet. Marina heeft me in de steek gelaten. Josie,' voegde hij er vol afkeer aan toe, 'is er vandoor met een ontiegelijk onbegaafde schilder uit St. Ives.'
'En ben je nu helemaal alleen?' stamelde Tessa quasi ontzet. 'Is er dan geen gerechtigheid meer in deze wrede wereld? Wat moet je nu in vredesnaam beginnen?'
Zijn hemelsblauwe ogen keken met droeve gelatenheid in de hare. Zijn gebruinde vingers streelden de binnenkant van haar polsen. 'Ik zal me in mijn werk begraven,' antwoordde hij klaaglijk. 'En een kuis leven leiden. Misschien dat ik in de toekomst – over zo'n jaar of zeven, acht – nog eens een vrouw ontmoet met wie ik na ernstig overwegen mijn leven zal willen delen, maar tot dan...'
'Toe, ga niet verder!' riep Tessa uit. 'Je maakt me zielsbedroefd. Dit is hartverscheurend.'
'Mijn hart is nog nooit zo verscheurd geweest,' verzuchtte Dominic met een tragisch gezicht. 'Ik smacht naar troost en begrip. Ik moet weten dat mijn ware vrienden nog van me houden. Ik heb...'
'Vertel het maar niet,' viel Tessa hem in de rede. 'Laat me raden. ... een dak boven je hoofd nodig.'

'Je bent niet alleen onuitsprekelijk dik,' antwoordde hij met een stralende glimlach, terwijl hij zijn hand licht over haar dikke buik liet glijden, 'maar ook onuitsprekelijk goed. Ik wist dat je me niet zou laten zakken. Oei, het schopt me.'

'Ik ben hard op weg om een oude vrijster te worden,' verklaarde Holly vrijdagmiddag. 'Al mijn vrienden en vriendinnen hebben een partner. Jij,' ze wees beschuldigend naar Tessa, 'ligt hier maar in dat bed, en het enige waar ik me op mijn vrije avond op kan verheugen is een diepvriesmaaltijd en *Coronation Street*.'
'Je hebt een hekel aan *Coronation Street*,' zei Tessa geduldig. Het scheen geen moment bij Holly op te komen dat zij inmiddels schoon genoeg had van dat bed waar ze nu al drie weken in lag, met als enige afleiding af en toe een uitstapje naar de badkamer. Wanneer Holly de pee in had, moest iedereen dat weten.
'Precies!' Holly graaide een perzikkleurige anjer uit een vaas en begon nerveus de blaadjes over het bed te strooien. 'Hij bemint me niet, hij bemint me niet, hij bemint me niet. Tessa, wat moet ik doen? Een avondcursus breien gaan volgen?'
'Adam is er ook nog,' opperde Tessa aarzelend. Ze wist dat dit niet het juiste moment was, maar waagde het er toch maar op.
Holly duwde de bloemloze anjerstengel in de vaas terug en stond op. 'Spaar me,' bitste ze. 'Ik ben nog niet ten einde raad.'
'In dat geval,' zei Tessa met een wrang lachje, 'hoor ik morgen wel van je hoe de zaken in *Coronation Street* staan.'

'Jezus, wat is dat huisje van jou afgelegen,' klaagde Dominic een half uur later.
'Het spijt me,' zei Tessa met een onderdrukte zucht. 'Ik zal gauw even overwippen en er een paar huizen en cafés omheen bouwen.'
Haar wrevel ontging Dominic niet. Hij glimlachte. 'Ja, je hebt gelijk, ik ben een ondankbare sodemieter. Alleen, ik voel me er zo eenzaam. De vorige keer was jij er.'
'En nu ben ik hier. Als ik nu thuis zou komen,' zei ze pesterig, 'zou je me op mijn wenken moeten bedienen. *En* de hele afwas doen.'

Dominic voelde de steek en trok een gezicht. 'Oké, ik ben een verpleger van lik-me-vestje. Maar, Tess, ik ken geen mens in Bath, en ik verveel me dóód...'

'Je moet goed begrijpen dat dit een idee van Tessa was, niet van mij,' viel Dominic met de deur in huis. 'Dus haal je niks in je hoofd.'
Holly, niet bepaald in een zonnig humeur, keek hem woedend aan. Sarcasme en beledigingen van een onverschillige vent konden er nu net niet meer bij.
'Verbeeld je maar niets,' zei ze kribbig. 'Zeg gewoon wat je wilde zeggen.'
Dominic trok een gezicht. 'Schattig. Oké, Tessa vertelde me dat je je verveelde en eenzaam voelde. En toen dacht ik dat je misschien zin had om vanavond uit te gaan.'
'Met jou?' Holly's wenkbrauwen schoten ongelovig omhoog.
'Volgens Tessa,' zei Dominic met een stalen gezicht, 'zijn er geen andere liefhebbers.'
'Ik heb ook tegen haar gezegd dat ik niet ten einde raad ben,' gaf ze lik op stuk.
'Nou, is het ja of nee?'
De gedachte aan *Coronation Street* gaf de doorslag. 'Nou, goed dan,' zei Holly, al wist ze dat ze er spijt van zou krijgen.
Dominic keek haar triomfantelijk aan. 'Is dat ja of nee?' herhaalde hij, plagend nu.
'Heb maar niet zoveel praats, verwaande kwast, het is: "nou, goed dan".'

26

Na jarenlang door vrouwen klem gezet te zijn, vond Ross zichzelf een volleerde leugenaar. Wanneer hij met bewijzen werd geconfronteerd, hield hij zich halsstarrig aan zijn motto: ontkennen, ontkennen en nog eens ontkennen. En tot nu toe had hij daar altijd resultaat mee geboekt. Liegen was doodeenvou-

dig. Als je lang genoeg voet bij stuk houdt, raken ieders argumenten op den duur uitgeput.
Tegen Tessa liegen was echter niet zo gemakkelijk. Om te beginnen kwam zij niet met tegenwerpingen. En als ze aan zijn woorden twijfelde, dan liet ze dat in elk geval niet merken.
En het probleem voor Ross was dat hoe vlotter ze zijn verklaringen accepteerde hoe meer hij begon te draaien.
'En omdat Nico zeker weet dat die vriend van hem belangstelling voor je werk heeft,' weidde hij nog verder uit, 'heeft hij me gevraagd of hij je schilderij mocht lenen.'
'Prima,' zei Tessa monter. 'En het is mijn schilderij niet meer. Het is jou schilderij.'
'Ja, eh, enfin... die vriend zit nu in Amerika, en zelfs Nico weet niet wanneer hij terugkomt. Maar zodra hij terug is en jou – mijn – schilderij heeft gezien, zal hij het teruggeven.'
'Mooi zo. Ross, wil je me dat boek eens aangeven, dat daar op de commode ligt?'
'Het kan wel een paar maanden duren,' zei hij aarzelend.
Tessa hield haar hoofd scheef en zei langzaam en nadrukkelijk: 'Het is van de bibliotheek. Tegen die tijd is het over tijd. Zou je het me nu niet willen geven?'
'Ik bedoelde het schilderij,' zei Ross korzelig.
'Hou op over dat schilderij,' riep Tessa, terwijl ze hem een kussen naar zijn hoofd gooide. 'Je doet er maar mee wat je wilt. Geef me alleen even dat boek aan.'

De avond was, na een behoorlijk stroef begin, veel beter geslaagd dan zowel Dominic als Holly voor mogelijk hadden gehouden. Aangezien Dominic geen vervoer had, had Holly hem bij Tessa's huisje afgehaald. Vastbesloten hem niet in de waan te brengen dat ze indruk op hem wilde maken, had ze zich zo onopvallend mogelijk gekleed in een doodsimpele groene katoenen overhemdblouse en een donkerder groene spijkerbroek van Fiorucci. Een minimum aan make-up, een minimum aan parfum en een afstandelijke houding voltooiden het geheel.
Dominic, die onmiddellijk begreep wat haar bedoeling was, schepte er genoegen in haar op alle punten te overtreffen. Zijn eigen gekreukte zwarte sweatshirt en gescheurde spijkerbroek

waren echt oud, hij droeg geen make-up en wat afstandelijkheid betreft was hij niet te overtreffen.
Maar je kon niet aldoor blijven kibbelen. Na een paar drankjes in een piepkleine, door kaarsen verlichte bodega in het centrum van Bath slaagde Dominic erin Holly's afwerende houding lang genoeg te doorbreken om, tot zijn stomme verbazing, te ontdekken dat ze dolgraag naar levende jazz luisterde.
Hij was drie uur later nog meer perplex te ontdekken dat ze niet alleen goed kon dansen, maar dat ze meer uithoudingsvermogen had dan de All-Blacks. Ze was met wapperende roodblonde haren, gloeiende wangen en wiegende heupen het middelpunt van de dansvloer, maakte grappen met de band en danste een reeks partners op apegapen.
En aangezien al die lichaamsbeweging in een warme, rokerige kelder haar ongelooflijk dorstig maakte, dronk ze ook een heleboel.
'Pizza,' zei ze, toen ze eindelijk weer naast hem neerplofte en zijn glas bier leegdronk. 'Ik moet een pizza hebben. Hier vlak om de hoek is een prima restaurant.'
'Best,' antwoordde Dominic. 'God mag weten hoe ik vanavond thuiskom, want jij kunt onmogelijk rijden. Jij bent dronken.'
'Ik heb plezier,' zei Holly verwonderd. 'En dat had ik nooit verwacht. Wat is het leven toch vreemd, niet?'
'Heel vreemd,' beaamde Dominic met een stalen gezicht, terwijl hij tot de conclusie kwam dat Holly eigenlijk helemaal niet zo vervelend was. 'Maar ik weet nog steeds niet hoe ik thuis moet komen.'
Ze zwaaide met haar lege glas. 'Geen probleem, je kan bij mij logeren. Mijn flat is hier vlakbij.' Toen begon ze te grinniken en gaf hem zo'n por in zijn ribben dat hij bijna van zijn stoel vloog. 'Maar ik waarschuw je, haal je niks in je hoofd. Ik heb het over een bed voor vannacht, verder geen geintjes.'
'Mijn idee,' zei Dominic, intens opgelucht. Hij nam haar arm en trok haar overeind. 'En nu een pizza. Als je niet gauw wat eet val je van de graat.'
Dominic had Holly nooit aantrekkelijk gevonden, ofschoon hij zich kon indenken dat ze iets had dat andere mannen wel zou aantrekken.

Maar nu ze in haar flat waren en hij ruim een halve fles chianti op had, moest hij toegeven dat ze echt niet lelijk was. Die lichtgroene blouse stond haar goed en het feit dat er juist weer een knoop van los gesprongen was, maakte dat hij haar nog leuker stond. Dominic, die zijn hele leven de voorkeur had gegeven aan vrouwen met kleine borsten en smalle heupen, vroeg zich af hoe het zou zijn om te vrijen met een meisje als Holly, met al die kussentjes en rondingen.

'Wat is er?' vroeg ze, terwijl ze langs hem heen naar een tweede stuk pizza margherita reikte.

Dominic glimlachte. 'Ik vroeg me af hoe je... aanvoelde.'

Holly voelde zich zalig roekeloos. Ze was het beu door Max genegeerd te worden, ze was hard aan een opkikkertje voor haar ego toe en ze was niet zo dronken dat ze niet begreep wat er in Dominics hoofd omging. Misschien was zo'n slippertje net wat ze nodig had.

Ze legde het stuk pizza weer in de doos, ging languit op de bank liggen en beantwoordde zijn glimlach.

'Ik geloof,' zei ze traag, 'dat ik nog wel een glas wijn wil.'

'Daar heb je morgen spijt van.' Dominic schonk haar glas nog eens vol en streek met zijn vingers langs de binnenkant van haar pols toen hij het haar aangaf. De blanke huid was zijdezacht, verrukkelijk warm en geurde naar abrikozen.

Max scheen haar niet te willen, op het moment niet, althans. Holly, die eenzaam was en naar genegenheid hunkerde, zette haar glas neer en boog zich naar voren om haar hand op die van Dominic te leggen. Terwijl ze keek hoe hun vingers zich in elkaar strengelden zei ze zacht, weloverwogen: 'Maak je geen zorgen. Ik heb de volgende morgen nooit ergens spijt van.'

'Nee, ik heb het vorige week verkocht.' Ross die aan het telefoneren was, merkte niet eens dat Grace schuchter, zijwaarts schuivend zijn kantoor binnenkwam. Hij draaide zich, louter uit gewoonte, met zijn stoel rond om naar Tessa's schilderij te kijken maar zag in plaats daarvan een lege muur tegenover zich. Hij draaide fronsend weer terug. 'Nou ja, ze zagen het, vonden het mooi en deden me een bod dat alleen een gek zou weigeren. Ik had het eigenlijk niet willen verkopen, maar winst is tenslotte winst.'

Hij richtte zijn gefronste blik op Grace die wel erg veel tijd nodig had om twee koffiekopjes af te ruimen. Harry Bradford, die Ross' zeiljacht had willen kopen, was nog steeds bezig zijn teleurstelling te betuigen en uit te vissen welke prijs Ross ervoor had gemaakt. Ross, die zich geweldig amuseerde, gaf steeds ontwijkende antwoorden.

'Gevoelswaarde? Natuurlijk had het gevoelswaarde,' riep hij uit, terwijl hij achterover leunde en door zijn glanzende haar streek. 'Maar we zíjn tenslotte zakenmensen, Harry. Je weet hoe het gaat...'

'Ik wist niet dat meneer Monahan uw schilderij had verkocht,' zei Grace een uur later toen ze Tessa haar avondeten bracht.

Tessa keek bevreemd op. 'Nee, dat wist ik ook niet. Weet je dat zeker?'

'Ik hoorde hem telefoneren. Hij zei dat hij het vorige week had verkocht omdat iemand hem een bod had gedaan dat hij onmogelijk kon weigeren,' vertelde Grace, die zich al had afgevraagd waarom het schilderij, dat ze erg mooi vond, uit het kantoor verdwenen was. 'Hij zei nog,' vervolgde ze met een verontwaardigd gezicht, 'dat het wel gevoelswaarde had, maar dat hij tenslotte zakenman was en dat geld vóórging. Maar ik dacht dat hij het u wel verteld zou hebben.'

'Misschien wilde hij mijn gevoelens niet kwetsen,' zei Tessa, terugdenkend aan de smoezen waarmee hij was komen aanzetten. Ze probeerde zich niet gegriefd te voelen. Het was Ross' schilderij, zoals ze hem van de week ongeduldig had gezegd, hij kon ermee doen wat hij wilde. Maar toch was ze teleurgesteld dat de kans om een flinke winst te maken meer voor hem betekende dan het bezit van een schilderij waarvoor hij zelf opdracht had gegeven. Het was weer zo'n pijnlijk bewijs van de grote verschillen tussen hen.

'Nou, ik vind het een rotstreek,' verklaarde Grace vol heilige verontwaardiging.

Ik ook, dacht Tessa, maar ik vertik het om Ross te laten merken hoe gegriefd ik me voel.

'Nu moet je eens een paar minuten je mond houden,' zei ze, terwijl ze haar rechterhand een paar maal boog en strekte en gemakkelijker ging zitten. 'Ik moet me op je mond concentreren.'
Nico's donkergroene ogen trokken zich geamuseerd samen. 'In dat geval,' antwoordde hij, 'zal ik me op jouw benen concentreren.'
'Dat zou ik maar niet doen.' Tessa trok een gezicht. 'Die zien er niet mooi uit. Ik wist echt niet dat ik zo dik kon worden.'
'Als alles achter de rug is krimp je wel weer,' zei Nico lachend. 'En ik kijk graag naar zwangere vrouwen. Hoever ben je nu, zeven maanden?'
Ze knikte, deed haar best die beroemde flauwe glimlach weer te geven. Ross had gelijk gehad. De bedenkingen die ze tegen het schilderen van Nico Coletto had gehad, waren een paar minuten na hun kennismaking verdwenen. Zijn ongedwongen charme en het feit dat hij geen spoor van kapsones vertoonde, hadden haar volledig ontwapend. Hij was geestig, attent, gezellig om mee te praten en duidelijk verknocht aan zijn vrouw en zijn gezin.
'Camilla was met zeven maanden enorm dik,' voegde hij er geruststellend aan toe. 'Ze zag eruit om rauw in te bijten, maar ze zei aldoor dat ze zich net een olifant voelde. Ik kon alleen maar foto's van haar nemen als ze niet wist dat ik het deed.'
In plaats van Nico eraan te herinneren dat hij eigenlijk niet mocht praten, vroeg Tessa: 'Was jij erbij toen de baby geboren werd?'
'Natuurlijk.' Nico keek verwonderd. 'Ik had het voor geen goud willen missen. En het was fantastisch,' vervolgde hij enthousiast. 'Ik kon het gewoon niet geloven... het ene moment was daar die grote bobbel in Cami's buik en het volgende moment legden ze een springlevende baby, onze eigen dochter, in mijn armen.'
Tessa keek hem aan, haar penseel in de lucht. 'Dat klinkt leuk.'
'Lieve schat, het is een wonder. Wacht maar tot het jouw beurt is.'
'Het probleem is,' bekende ze schoorvoetend, 'dat Ross erbij wil zijn, en ik wil het liever in mijn eentje doen.'

'Nee, dat wil je niet,' verklaarde Nico gedecideerd. 'Jij denkt misschien dat hij het akelig zal vinden. Camilla's eerste man was er ook niet bij toen zij hun twee kinderen kreeg, maar ik wilde er met alle geweld bij zijn toen Katharina geboren werd... en ze was er uiteindelijk blij om. Weet je wat,' besloot hij geestdriftig, 'laten we haar nu meteen bellen. Dan kun je het haar vragen en dan kan ze je zelf vertellen hoe zij het vond.'
'Nee, nee,' protesteerde Tessa, die begreep dat ze haar verzet zou moeten opgeven. 'Ik geloof het zo wel. En nu,' zei ze met hernieuwde vastberadenheid, 'moet je echt even je mond houden, anders zitten we hier vanavond nog.'

Toen Tessa de week tevoren, ontslagen van bedrust en benieuwd wat voor puinhoop Dominic zou hebben gemaakt, naar huis terugkeerde, had Ross zijn ontstemming niet onder stoelen of banken gestoken.
Maar aangezien hij haar niet tot andere gedachten had kunnen brengen – ze was nog steeds even onuitstaanbaar eigenzinnig – kon hij niet veel anders doen dan haar zo nauwlettend mogelijk in het oog houden zonder haar te laten merken dat hij dat deed.
'Pas op,' zei Tessa, terwijl ze na een snelle blik op haar horloge uit het keukenraam keek. 'Camoufleer het ontsnappingsluik en verstop de spaden. Herr Kommandant doet zijn avondronde.'
'En hij brengt een Rode Kruis-pakket mee,' zei Dominic, die achter haar was komen staan. 'Fijn. Ik hoop dat er weer gerookte zalm in zit.'
'Hallo.' Ross kwam binnen, drukte een vluchtige kus op Tessa's slaap en slaagde erin Dominic straal te negeren. 'Ik vond dat ik maar even langs moest komen om te zien hoe het met je is. Hoe ging het met Nico?'
'Prima.' Tessa glimlachte. Ross had gelukkig niet bij iedere zitting aanwezig willen zijn, zoals hij eerst van plan was geweest. 'Hij is erg aardig. Ik zat er vreselijk mee in dat ik niet naar Londen kon komen, maar hij zei dat dat helemaal geen probleem was. Hij werkt aan een cd met een vriend die ook aan muziek doet en die hier in de buurt een opnamestudio heeft, en hij kan de eerstvolgende zittingen daarbij aanpassen.'

In weerwil van hun meningsverschillen wisselden Ross en Dominic een snelle, wanhopige blik. Alleen Tessa kon Peter Gabriel omschrijven als 'een vriend die ook aan muziek doet', zonder zelfs maar te beseffen wie hij was.
'Enfin, laat me eens zien hoe het gaat,' zei Ross en liep naar de ezel die voor het raam van de zitkamer stond. 'Jezus, Tess! Zo kun je hem niet afbeelden. Nico gaat uit zijn bol als hij dit ziet!'
Tessa keek hem bezorgd aan. 'Dit is maar een eerste impressie,' betoogde ze. 'Ik maak de eerste ruwe schets altijd in bruin. Maar vind jij niet dat het een goeie gelijkenis is?'
Dominic, die de malle, nauwelijks herkenbare karikatuur van Nico in nog geen tien minuten had gemaakt, moest zich afwenden om zijn lach te verbergen. Tessa die er nu volkomen ontsteld uitzag – er blonken zelfs tranen in haar groene ogen – klampte zich aan Ross' arm vast en keek als om hulp zoekend naar hem op.
'Maar je vindt het toch wel mooi?'
'Nee, ik vind het een sof!' verklaarde hij bot. Hij was tenslotte degene die had doorgedrukt dat Nico zijn portret door Tessa liet schilderen. En niet voor een grijpstuiver. 'Het is net een spotprent getekend door een geestelijk gestoorde aap.'
'Het is neonimpressionistisch abstract dadaïsme,' zei Tessa benepen. 'Het is experimenteel.'
'Het is niet om aan te zien,' zei Ross nadrukkelijk. 'Je moet dit weggooien en opnieuw beginnen. Nico hoeft het niet eens te weten. Hij heeft dit toch nog niet gezien, is het wel?'
Ze schudde haar hoofd. Een eenzame traan drupte langs haar wang. 'Hij wilde wachten tot het af was.'
'Goddank.'
'Dus jíj vindt het niet mooi,' fluisterde ze hees. 'Maar je hebt me al tientallen keren gezegd dat je geen verstand van moderne kunst hebt. Wie weet, misschien vindt Nico het prachtig.'
'Geloof me nou maar,' antwoordde hij verbeten. 'Hij zal het afschuwelijk vinden.'
Tessa haalde haar schouders op. 'Dan kan hij het altijd nog verkopen.'
Maar Ross hapte niet. Hij streek afwezig door zijn haar en zei:

'Hoe is het mogelijk. Tessa, zeg in vredesnaam dat dit niet zo bedoeld is.'
'Oké,' zei Tessa met een knipoog tegen hem. 'Het is niet zo bedoeld.'
Hij staarde haar aan. 'Wat bedoel je nou?'
'Ik bedoel,' zei ze met een lachje. 'dat het niet zo bedoeld is.'

27

Veertien dagen en twee zittingen later had Tessa het portret eindelijk af. Ze bracht de daaropvolgende week luierend in de tuin door, zonnebadend en hopend dat de verf tegen zaterdag droog zou zijn.
Het weer was, na de stortregens van de afgelopen week, plotseling omgeslagen. En nu, op de eerste dag van juni, straalde de zon aan een wolkeloze, kobaltblauwe hemel en Tessa's zonnebril, glibberig van de Ambre Solaire, gleed aldoor van haar neus. Haar dikke buik was prachtig bruin, maar aangezien ze niet op haar buik kon liggen, was haar rug ettelijke tinten lichter. Dominic, die dat probleem niet had, was met zijn gezicht in een kussen in slaap gevallen en had niet gemerkt dat Tessa het Batman-logo uit een krant had geknipt en voorzichtig tussen zijn schouderbladen had gelegd.
Het was snikheet. Tessa sloot met een behaaglijke zucht haar ogen en dacht aan het feest van aanstaande zaterdag. Nico, Camilla en hun vier kinderen kwamen samen met Nico's twee knappe zussen en hun gezinnen naar The Grange om Camilla's verjaardag te vieren. Nico had erop gestaan dat Ross en Tessa ook op het feest kwamen, en ze wist dat hij en Ross vooraf een kleine persconferentie hadden belegd om haar werk te promoten. Het was allemaal heel spannend, om niet te zeggen doodgriezelig. Tessa had geen flauw idee hoe ze zou reageren wanneer ze journalisten te woord moest staan.
Even later ging de telefoon. Tessa, nog steeds niet aan het ding gewend, schrok zich een ongeluk en verwenste de dag waarop

Ross het in haar huis had laten installeren. Afgezien van het feit dat ze zich nooit de luxe van een telefoon had kunnen veroorloven, had ze het altijd prettig gevonden om onbereikbaar te zijn. Maar Ross had de aanleg van een telefoon als voorwaarde gesteld voor haar verlaten van het hotel.

'Je bent verdorie zwanger,' had hij gezegd, alsof ze dat nog niet wist. 'Je kunt niet in eenzame afzondering leven.'

'Dominic is er toch,' had ze betoogd, en Ross had haar veelzeggend aangekeken.

'En ik heb een blindedarm,' was zijn hatelijke weerwoord geweest. 'Maar dat wil niet zeggen dat ik daar iets aan heb.'

Toen ze eindelijk de draadloze telefoon onder de *Daily Mail* en een lege doos van Maltesers had gevonden, trok ze de antenne uit en zei: 'Hallo, Ross.'

'Het had iedereen kunnen zijn,' zei hij verwijtend.

'Maar jij en Holly zijn de enigen die weten dat ik telefoon heb,' zei ze, terwijl ze weer in de klapstoel ging liggen en de tuin overzag. Daar zou nodig iets aan gedaan moeten worden, maar ze kon er, net als met haar ongelijke bruining, op het moment weinig aan doen.

'Het had ook Holly kunnen zijn,' merkte hij op, en voegde eraan toe: 'De kwebbel.'

'Ik zal haar vertellen dat je dat hebt gezegd.'

'Maar ik moet je iets vertellen.' Zijn toon veranderde abrupt. 'Ik ben bang dat ik teleurstellend nieuws heb, Tess.'

'Teleurstellend nieuws?' echode ze. Ze had geen idee wat dat kon zijn. 'Wat dan?'

'Ik heb net een telefoontje van Nico gehad. Hij vroeg me of je het heel erg zou vinden als hij het schilderij toch maar niet kocht.'

Tessa's mond werd droog. 'Wat? Waarom? Wat mankeert eraan?'

'Het spijt me, schat. Ik weet dat het een klap is. Hij wilde het niet zeggen toen je eraan bezig was, maar hij vindt dat hij er te oud op staat.'

'Wil hij het niet hebben?' Ze staarde verslagen naar de neergegooide *Daily Mail*. In haar horoscoop had gestaan dat ze zich op een teleurstelling moest voorbereiden, maar ze geloofde niet in horoscopen. 'En zaterdag?'

'Gaat niet door, helaas.' De meelevende klank in Ross' stem was onmiskenbaar. 'O, ze houden het feest nog wel hier in The Grange, en hij zegt dat we natuurlijk welkom zijn, maar ik heb tegen hem gezegd dat ie kan opvliegen met zijn uitnodiging. En ik heb de fotografen natuurlijk ook afgezegd.'
'O, Ross, wat afschuwelijk,' zei Tessa beverig. 'Ik dacht echt dat hij het portret mooi vond.'
'Ach, schat, je weet hoe die rocksterren zijn,' zei hij troostend. 'Ze hebben geen greintje waardering voor echt talent. Toen hij tegen me zei dat zijn negenjarig zoontje een beter portret van hem zou kunnen schilderen, begreep ik dat hij geen flauw idee van...'
'Heeft hij dat gezegd?' riep ze, terwijl ze de zonnebril van haar neus trok en in het dichtstbijzijnde bloembed smeet. 'Dat méén je toch niet?'
'Nee,' zei Ross blijmoedig. 'Natuurlijk meen ik dat niet.'

'Het is prachtig,' riep Camilla uit toen ze haar mans portret voor het eerst zag. 'Tessa, hoe krijg je het voor elkaar? Je hebt hem precies weergegeven zoals hij is.'
'Dat weet ik.' Nico legde een arm om Camilla's slanke taille en knipoogde tegen Tessa. 'Ik ben maar een lelijke vent, hè?'
Camilla, gewend aan zijn gevoel voor humor, ging er niet op in. 'En die glimlach,' zei ze verrukt. 'Schat, het lijkt sprekend.'
'Vind je niet dat ik er oud op lijk?' vroeg hij, er nog even in slagend zijn gezicht in de plooi te houden. Toen barstte hij met een zijdelingse blik op Tessa in lachen uit. 'Sorry, Tess, Ross heeft het me verteld. Ik kan nog niet geloven dat je erin trapte. Je wist immers hoe fantastisch goed ik het portret vond.'
'Ik vermoed dat mijn wankele ego en de gedachte dat jij alleen maar beleefd was me parten heeft gespeeld,' zei Tessa met een quasi bescheiden lachje. 'Een schilderij voltooien is net zoiets als een baby krijgen: je wilt niet dat iemand tegen je zegt dat het lelijk is.'
'En van lelijke baby's gesproken,' zei Nico opgewekt, terwijl Ross met Katrina op zijn arm naar hen toe kwam. 'Geef mij mijn dochter eens terug, Monahan. Trini, geef je vader eens een dikke klapzoen.'

'Pappie,' zei Katrina stralend en sloeg een mollig bruin armpje om Ross' hals.
'Stt, Trini,' vermaande Nico. 'Er zijn verslaggevers bij. Ross is je pappie niet, dat ben ík.'
'Ik ben maar blij dat ze op Nico lijkt,' zei Camilla tegen Tessa, terwijl Nico zijn knappe dochtertje in de lucht gooide. 'Ze is erg ruim van opvatting. Ze noemt elke man die ze ziet "pappie" en dat kan wel eens enige consternatie verwekken.'
'Ze heeft Rod Stewart vorige week tenminste danig laten schrikken,' vertelde Nico lachend. 'Hé Trini, wat vind je hiervan? Wie is dit?' Hij zwierde haar rond tot ze vlak voor het portret stonden. Katrina's grote groene ogen richtten zich vol belangstelling op het portret en even later slaakte ze een kreet van blijde herkenning.
'Wie is dat, Trini?' vroeg Nico trots.
'Mammie!'

Tessa was dankbaar voor Nico's geruststellende aanwezigheid naast haar tijdens de beproeving van het antwoorden op de vragen die de drie journalisten, uitgekozen om haar te interviewen, haar stelden. Hij droeg er met zijn ongedwongen camaraderie en ervaring toe bij dat ze ontspannen overkwam toen ze bij het portret voor de fotografen poseerden. Voor hem was het natuurlijk gewoon de zoveelste vluchtige ontmoeting met de pers, dacht Tessa vol bewondering voor zijn gevatte antwoorden en hopend dat haar hartslag zijn normale tempo zou hernemen. Maar het was haar eerste ervaring op dit gebied en ze voelde maar al te goed dat ze meer belang in haar ongeboren kind stelden dan in het portret.
Gelukkig was het koel in de bibliotheek. Door de hoge ramen zag ze dat de rest van het gezelschap zonder hen aan het feest begon. Dertig of veertig van Nico's vrienden en familieleden amuseerden zich opperbest op het zonovergoten, met bloemen en planten versierde terras. Ze wilde wel dat ze er ook naar toe kon.
'Dus de baby wordt over vijf weken verwacht,' zei de journaliste van de *Express* met een samenzweerderig lachje. 'Vertel eens, hebben Ross en jij eigenlijk trouwplannen?'

'Toe, Sadie,' kwam Nico tussenbeide voor Tessa zelfs maar een antwoord kon formuleren. 'We zijn hier om Tessa's carrière te promoten. Ze is een hoogbegaafde kunstenares; heb je daar niet genoeg aan?'
'Een huwelijk met Ross Monahan zou opgevat kunnen worden als een reusachtige stimulans voor een carrière,' pareerde Sadie Labelle met een kokette glimlach naar Nico. 'Nog daargelaten dat het op zich al een aantrekkelijk voorstel zou zijn. Er zijn er tenslotte heel wat die erop hebben aangestuurd.' Ze verbreedde haar glimlach om Tessa er ook in te betrekken en besloot: 'En ik moet bekennen dat ik zelf geen "nee" tegen hem zou zeggen.'
'O, maar Ross zou nooit iets beginnen met zo'n ouwe tang als jij,' zei Nico opgeruimd. 'Er zijn tenslotte grenzen, Sadie.'
Sadie trok haar blonde, elegant geëpileerde wenkbrauwen tegen Tessa op. 'Let maar niet op hem, lieve kind. Nico's gevoel voor humor is op zijn zachtst gezegd nogal eigenaardig. Waarom vertel jíj me niet wat je plannen voor de naaste toekomst zijn?'
'Nou,' zei Tessa met een stalen gezicht, 'ik krijg een baby.'
'En wil Ross met je trouwen of net zo lief vader van een onwettig kind zijn?' Sadie Labelle stond bekend om haar keiharde persoonsbeschrijvingen en irritante houding. Haar drammerige vraagwijze had vaak tot gevolg dat de ondervraagden woedend uitvielen of hun mond voorbij praatten. Tessa glimlachte en dwong zichzelf kalm te blijven.
'Hij is erg blij dat hij vader wordt,' antwoordde ze liefjes. 'We willen geen van beiden trouwen enkel en alleen omdat er een kind komt.'
'Dus je hebt dit niet gepland met de vooropgezette bedoeling hem tot een huwelijk te dwingen?'
Tessa, die weigerde te happen, schudde haar hoofd. 'Ik heb niets gepland. Dat doe ik nooit.'
'Maar een kind moet geborgenheid hebben,' dramde Sadie door. 'Zonder Ross zou je situatie op zijn zachtst gezegd moeilijk zijn, terwijl je, als je met hem getrouwd was, alles kon krijgen wat je hart begeerde. Of is het misschien zo dat Ross je niet heeft gevraagd om met hem te trouwen?' besloot ze schalks.

'Dat zou kunnen,' zei Tessa met een peinzend gezicht. 'Maar het zou daarentegen ook kunnen zijn dat ik al getrouwd bén.'

'Waarom heb je niet gewoon gezegd dat we gáán trouwen?' vroeg Ross een uur later. Zijn ogen gingen schuil achter een zonnebril, maar zijn toon was strijdlustig. Sadie Labelle zou het Tessa niet in dank afnemen dat ze tegen haar had gelogen. Bovendien wilde hij niet dat de mensen zich gingen afvragen of er een of andere duistere reden was waarom Tessa zijn vrouw niet wilde worden.
'Mopper nou niet zo, Ross. Ze irriteerde me, dat is alles.' Tessa ging languit in de witte smeedijzeren tuinstoel zitten en schudde haar haar uit haar gezicht. 'Ze toonde geen greintje belangstelling toen ik over mijn werk praatte. Die anderen luisterden tenminste nog – met een half oor. En Nico moest er in elk geval om lachen.'
'Dat kan Nico zich veroorloven,' antwoordde Ross korzelig. 'Maar jij hebt misschien een geweldige kans verknald. Sadie Labelle kan een gemeen kreng zijn, Tess.'
'Maak je maar geen zorgen,' zei Tessa, terwijl ze haar platte, lichtroze schoenen uitschopte en tegen hem glimlachte. 'Dat kan ik ook.'

28

Toen Ross twee dagen later bij Tessa kwam zag hij tot zijn ongenoegen dat Tessa zich, met alleen een gele bikini aan, een bedenkelijk uitziende rugmassage van Dominic liet welgevallen.
'Als ik jou was,' zei hij gevaarlijk kalm, 'zou ik van haar afblijven.'
'Als jij om te beginnen van haar afgebleven was,' antwoordde Dominic minzaam, 'zou ze nu geen rugpijn hebben.'
Tessa zuchtte. Ze had een zeurderige pijn in haar rug en ze zat nu echt niet te wachten op een machtsstrijd tussen twee mannen die elkaar voor geen cent vertrouwden.

Ross gooide zijn jasje op de dichtstbijzijnde stoel en zijn sleutels op de salontafel. 'Ik ben gekomen om met Tessa te praten. Alleen.'

'Mij best,' zei Dominic met een onverschillig schouderophalen. 'Ik wou toch net weggaan.'

'Hij had al weken geleden weg moeten gaan,' tierde Ross toen Dominic tien minuten later het pad afslenterde. 'Daar moeten we ook eens serieus over praten.'

Hij twijfelde er geen moment aan dat zijn wantrouwen jegens Dominic gerechtvaardigd was. Tessa was zich totaal niet bewust van haar eigen begeerlijkheid. Naarmate haar zwangerschap vorderde, had ze aldoor grapjes over haar figuur gemaakt, wie haar hoorde praten zou denken dat ze een kamerolifantje was. Maar dat was ze niet. Haar houding was nog altijd even elegant, haar lange benen nog altijd even slank en haar sinds kort gebruinde huid deed de prachtige kleur van haar ogen nog beter uitkomen. Haar door de zon gebleekte haar, dat pas gewassen over haar schouders golfde, geurde naar shampoo en haar eertijds kleine borsten, die in haar zwangerschap wonderlijk weelderig waren geworden, bloesden over het kleine bovenstukje van de bikini en waren al even bruin.

In feite, dacht Ross met een nieuwe golf van jaloezie, was ze naar zijn zin te veel over haar hele lijf gebruind. Hij had van het begin af aan onmiskenbare punten van overeenkomst tussen Dominics karakter en het zijne ontdekt, en was zich maar al te zeer bewust van de gevaren die dat meebracht. Tessa besefte dan misschien niet hoe verleidelijk ze eruitzag, maar Dominic zou het wel degelijk zien.

Het werd tijd, dacht Ross, om eens te zeggen waar het op stond. Tessa ging intussen met een volgeladen blad de tuin in. IJsblokjes tinkelden, een eenzame bij zoemde. Het zou weer een zonnige dag worden, een mooie dag – tenminste, dacht ze, als Ross wat vriendelijker zou kijken.

'Ik ga niet met je steggelen over Dominic,' zei ze, terwijl hij achter haar aan naar buiten liep. Ze stak een prachtige rode aardbei in haar mond en hield hem de schaal voor.

'Goed,' zei hij kortaf, terwijl hij zijn hoofd schudde en een sigaret opstak. 'Gooi hem er dan uit.'

'Ross, hij is een vriend van me. Je bent onredelijk.'
'Nee, dat ben ik niet,' wierp hij tegen. 'Hij is degene die verdomd onredelijk is. Afgezien van het feit dat er in dit huisje geen muis meer bij kan, en afgezien van het feit dat je binnenkort een baby krijgt – ofschoon God mag weten waar je er een plaatsje voor kan vinden – is het gewoon niet netjes.'
'O, heden,' zei Tessa achteloos. terwijl ze weer een aardbei in haar mond stak. 'Wat zullen de buren wel denken?'
'Precies!' Ross gooide zijn pas opgestoken sigaret tussen de oudroze hortensia's. 'En denk maar niet dat dit een lachertje is. Wanneer je míjn kind verwacht, moet je daar rekening mee houden. Jezus,' tierde hij, 'snap je dan niet wat iemand als Sadie Labelle hiervan zou kunnen maken, als ze dat wilde?'
'Maar dat jij de afgelopen vijftien jaar met elke griet de koffer ingedoken bent, dat hindert zeker niet,' riep Tessa, die nu ook kwaad begon te worden.
'Dat is iets anders,' antwoordde hij resoluut. 'En dat weet je best. Toe nou,' vervolgde hij, in een poging een crisis te bezweren. 'Ik zeg dit alles alleen omdat ik bezorgd voor je ben.'
'Nee, dat ben je niet, je bent bezorgd voor jezélf,' antwoordde Tessa bitter. Ze had nog steeds pijn in haar rug en ze was niet in de stemming om zijn ongenoegen te sussen. 'Omdat twee mensen van verschillende sekse elkaar graag mogen, dan betekent dat nog niet zomaar dat ze ook seks met elkaar willen hebben. Ik kan me indenken dat dit een vreemd gezichtspunt is voor iemand zoals jij, maar je moet begrijpen dat Dominic en ik al jaren goede vrienden zijn, en als hij hier wil logeren, dan kan dat. En wat meer is,' besloot ze op een toon die geen tegenspraak duldde, 'het kan me geen bliksem schelen wat anderen daar misschien van denken.'
'Dus je wilt wel met hém samenwonen, maar niet met mij.' Ross had Dominic op dit moment met plezier kunnen wurgen. Een geluk dat die zo wijs was geweest om weg te gaan. 'Hoe kun je velen dat hij je aanraakt, Tessa? Je weet verdomd goed hoe hij is.'
'Hij is net zoals jij,' antwoordde ze, met een vonk van spot in haar groene ogen. 'En je zult me op mijn woord moeten geloven als ik zeg dat onze relatie zuiver platonisch is. Maar als je

me niet gelooft, zou het feit dat ik acht maanden zwanger ben je misschien...'
'Die zwangerschap is bijna afgelopen,' viel Ross haar in de rede. 'Wat gebeurt er wanneer de baby er is? Dan moet hij oplazeren!'
Tessa en Dominic hadden de kwestie al weken geleden besproken en waren overeengekomen dat Dominic meteen na de geboorte van de baby naar Cornwall terug zou gaan. Zijn vrouw, de lankmoedige Suzanne, was voor een lang bezoek aan haar familie naar Amerika gegaan, en hun huis stond leeg. Dominic kon er zo weer intrekken. Maar aangezien Ross niet het recht had haar op deze manier de wet voor te schrijven, vertikte ze het om hem dat te vertellen.
'Nee hoor, hij blijft,' zei ze luchtig. 'Er is hier immers plaats genoeg. In de jaren dertig woonde hier een boerenarbeider met zijn vrouw en drie kinderen.'
'Het is onfatsoenlijk,' verklaarde Ross, terwijl hij een nieuwe sigaret opstak en op zijn horloge keek. Hij had om twee uur een vergadering in Londen, en het was nu al bijna twaalf uur.
'Nee,' zei Tessa scherp. 'Jouw instelling wat betreft de leefwijze waar jij je goed bij voelt, is onfatsoenlijk. Dit is míjn huis, ik ben hier gelukkig, en ik heb geen tweehonderd vierkante meter leefruimte voor mij alleen nodig om dat te bewijzen. Goeie god,' barstte ze uit, niet langer in staat zich te bedwingen, 'jij hebt geen flauw idee hoe bevoorrecht je bent, en hoe anders wíj zijn! Jij leeft in je stomme ivoren toren...' Ze gebaarde heftig in de richting van het hotel, '... en je geeft geld uit als water... Is het geen moment tot je doorgedrongen hoe ik me voelde toen we op Ascot waren? Toen jij nota bene meer geld op één enkel paard zette dan ik ooit in veertien dagen had verdiend. Daar zit het verschil tussen ons!' besloot ze ijzig. 'En dat is pas echt onfatsoenlijk.'
Op dat moment haatte Ross haar bijna. Hij was hier vandaag gekomen met de bedoeling haar eindelijk te overreden met hem te trouwen – of tenminste met hem samen te wonen – en in plaats daarvan was hij geconfronteerd met het tafereel van haar en Dominic, vrijwel in *flagrante delicto*. Bovendien was het chagrijnige kreng erin geslaagd het gesprek in banen te leiden

van waaruit ze een onvergeeflijke aanval kon doen op zijn moraliteit en zijn zuurverdiende geld.
'Met dat verachtelijke geld koop ik allerlei spullen voor je,' zei hij, op vervaarlijk zachte toon.
'Maar ik wíl helemaal niet dat je allerlei spullen voor me koopt!' riep Tessa schel. 'Ik heb jouw spullen niet nódig. Trouwens, waar heb je het eigenlijk over?' vroeg ze op hoge toon, terwijl ze de draadloze telefoon van onder haar ligstoel opdiepte. 'Dit ding? Ik zal je laten zien hoe hard ik jouw rotzooi nodig heb!'
De telefoon vloog tegen de tuinmuur en deed 'ting'. Tessa zag met voldoening hoe het donkergrijze plastic versplinterde, de lucht invloog en in gruzelementen in een dicht overwoekerd bed vergeet-mij-nietjes neerdaalde. Het feit dat ze zich anders nooit aan zulke melodramatische uitbarstingen te buiten ging, vergrootte haar genoegen nog. Ross' gezicht was een studie waard.
'Je bent een ondankbaar kreng,' zei hij langzaam, zijn autosleutels van de ene hand in de andere gooiend. Het had geen enkele zin om hier te blijven zolang ze in een dergelijke stemming was. Op dit moment mocht Dominic haar hebben. 'Ik ga weg.'
'Hoera,' zei Tessa boosaardig. 'Je hebt het dus eindelijk gesnapt.'
Ross wierp haar nog een laatste vertwijfelde blik toe. 'Ja, dat heb ik,' zei hij langzaam, woedend dat ze weer eens had laten zien dat ze alles kon bederven. 'En als de baby er is, hoeven jij en je dierbare Dominic niet bang te zijn dat jullie mijn gevoelens kwetsen. Ik heb nooit aanleg gehad voor peetoom.'
Het trekkerige gevoel in haar rug ging een uur later over in echte pijn. Tessa beet zich op de lip en probeerde gemakkelijker in de ligstoel te zakken. De zon scheen nu fel en haar bovenlip stond vol zweetdruppeltjes. Te laat herinnerde ze zich waarom ze nooit glazen kapot had gegooid wanneer ze driftig was. Dan moest je naderhand de scherven opruimen. En zo was een kapotte telefoon een kapotte telefoon; die was er opeens niet meer wanneer je hem nodig had.
En terwijl de pijn erger werd, wist dat ze nog nooit in haar leven zo om een telefoon verlegen had gezeten.

'Ik vroeg hem hoe het met Tessa was en hij snauwde me af van wat heb ik jou daar,' zei Sylvia Nash, duidelijk ontsteld over Ross' onhebbelijkheid. 'Hij had een humeur om op te schieten.'
'Arme Ross,' zei Antonia meelevend, terwijl ze tegen de balie leunde en koortsachtig nadacht. 'En hij moest naar Londen?'
'Daar heeft hij om twee uur een vergadering,' zei Sylvie met een blik op de lijst die voor haar lag. 'In het Ritz. Dat kan wel laat worden, en ik denk niet dat hij voor acht uur terug is. Was het iets dringends?'
'O, nee,' verzekerde Antonia de blonde receptioniste, tegelijkertijd bedenkend dat, als het aan haar lag, Ross de hele nacht niet terug zou komen. 'Niets bijzonders. Ik bel hem morgen wel even.'
'Misschien dat hij dan ook wat opgewekter is.' Sylvie had een bijzondere gave voor loos gekwebbel. 'Ik snap niet waarom hij daarstraks zo bokkig deed. Ik denk dat Tessa en hij ruzie hebben gehad of zo.'
De aardigheid begint eraf te gaan, dacht Antonia, al bedenkend wat voor smoes ze zou opdissen wanneer ze Richard straks belde. Wat een geluk dat ze gisteren blonde strepen in haar haar had laten maken. En ze zou die nieuwe, walgelijk dure jurk van Bruce Oldfield kunnen dragen, met niets eronder. Deze keer zou Ross haar niet kunnen weerstaan.
'Me dunkt dat hij morgen wel opgefleurd zal zijn,' verzekerde ze Sylvie met een zelfvoldaan lachje. 'Dat weet ik in feite wel zeker.'

Tegen twee uur was Tessa in een staat van regelrechte paniek. Er was geen twijfel meer aan dat het zover was en dat ze in een netelige situatie verkeerde. Haar water was gebroken, en warm langs haar benen gestroomd, en de weeën werden krachtiger en langer. Nadat ze met veel moeite de kapotte telefoon uit het bloembed had gevist en had gezien dat hij inderdaad zo nutteloos was als ze had gevreesd, was het haar gelukt een vouwstoel naar het voorhek te slepen, zodat ze tenminste kon zitten terwijl ze wachtte of er iemand – wie dan ook – het smalle pad afkwam. Maar de zon bleef fel schijnen, haar hele li-

chaam was overdekt met zweet en het enige levende wezen dat zich liet zien was een konijn dat door de wei hupte.
De grote weg aan het eind van het pad bereiken was tegen die tijd onmogelijk geworden. De zonnehitte was bijna ondraaglijk, maar als ze naar binnen ging, liep ze het risico haar enig overblijvende hoop, een voorbijkomende auto, te missen.
Ze sloot haar ogen en verwenste in stilte haar domheid terwijl ze haar gespannen, pijnlijke buik omklemde en zich afvroeg of ze in staat zou zijn zonder hulp te bevallen. Dominic zou nog in geen uren terugkomen. Het verlaten pad bleef verlaten. Door in een ogenblik van blinde woede die telefoon kapot te smijten had ze mogelijk het leven van haar baby, en misschien ook haar eigen leven, in gevaar gebracht. De kans bestond dat ze met zijn tweeën hier, in die zonnige tuin, zouden sterven. Ze hapte naar adem toen een nieuwe pijnscheut haar in zijn klauwen greep. De drang om te persen werd steeds sterker, maar ze wist dat ze er niet aan toe mocht geven. Allemaal mijn eigen schuld, dacht Tessa wanhopig, terwijl ze haar blote hielen in het verdorde gras boorde. Hoe heb ik zo dom kunnen zijn...?

Sylvie, die niet wist wat ze de man aan de telefoon moest antwoorden, gaf het gesprek door aan Max. Hij reageerde al korzelig omdat hij gestoord werd, en werd nog korzeliger toen hij hoorde dat de beller Tessa moest hebben.
'Die logeert hier niet meer,' antwoordde hij kortaf, bang de draad te verliezen van de bijzonder lastige scène waar hij aan bezig was. 'En haar telefoonnummer thuis heb ik niet, maar dat zullen ze u bij inlichtingen ongetwijfeld kunnen geven.'
'Maar u bent toch meneer Monahan,' hield de man aan. 'We hebben opdracht om alle berichten rechtstreeks aan u door te geven.'
'Ik ben niet die meneer Monahan. Die is vandaag niet bereikbaar.' Max keek fronsend naar het beeldscherm en sprak geluidloos een regel dialoog, zich afvragend of de zin goed liep.
'In dat geval zal ik contact met juffrouw Duvall moeten opnemen,' zei de stem hoorbaar gegriefd. 'U wordt bedankt voor uw hulp.'
Nog geen kwartier later ging Max' telefoon weer.

'Ja?' blafte hij met toenemend ongeduld.
'Het spijt me zeer u nogmaals te moeten storen, meneer Monahan, maar de telefoon van juffrouw Duvall is op het moment defect. En aangezien het een nogal dringende kwestie is, zou ik graag weten of ik op een andere wijze contact met haar kan opnemen.'
Max was inmiddels helemaal uit zijn concentratie geraakt. Filmscenario's waren heel wat moeilijker dan romans, en als het niet voor Francine was geweest, zou hij er al lang de brui aan hebben gegeven. Maar hij was wel aan een pauze toe en hij vond dat hij best even naar Tessa kon rijden. Dat zou dan zijn goede daad voor die dag zijn.
'Geeft u mij uw nummer maar,' zei hij, minder wrevelig nu. 'Dan zal ik zorgen dat ze u vanmiddag belt.'
'Dat is heel vriendelijk van u,' antwoordde de beller, nu ook aanmerkelijk milder. 'Ik ben tot vijf uur te bereiken.'
Mooi, dacht Max, met een blik op zijn horloge. Dan ging hij eerst nog even zwemmen. En misschien nog een hapje eten voor hij op pad ging...

29

De enige manier waarop Ross zijn woede kon bedwingen, was door zich volledig in het werk van het moment te verdiepen. Nadat hij als een gek naar Londen was gereden – als een politieauto hem had gezien, had die hem vast niet kunnen inhalen – was hij in een afgrijselijk humeur in het Ritz gearriveerd, met zijn gedachten nog steeds bij de verschrikkelijke ruzie met Tessa en de beledigingen die ze elkaar naar het hoofd hadden geslingerd.
Maar een goede zakenman mocht zijn werk niet door zijn privéleven in de war laten sturen. Dan was het gauw met je afgelopen. Dus dwong hij zichzelf Tessa een paar uur te vergeten. Ross glimlachte, drukte de verzamelde directeuren een voor een de hand, babbelde opgewekt over koetjes en kalfjes tot de

vergadering voor geopend werd verklaard en concentreerde zich vervolgens zo intens op de besprekingen dat de tijd als door een wonder omvloog.

Ze dacht eerst nog dat het een droombeeld was, veroorzaakt door de hitte, pijn en opperste vertwijfeling. Een donkergrijs speelgoedautootje dat in de verte een witte stofwolk achter zich opjoeg, leek in haar richting te komen. Ze slaagde erin zich hijgend op haar elleboog op te richten, om het droombeeld duidelijker te kunnen zien. Toen het naderbij kwam, kon ze door het geklop van haar eigen bloed in haar oren heen ook het geronk van een krachtige motor horen. Het was inderdaad een auto. Ze hoopte nu alleen nog dat de bestuurder, als hij haar zag, zou stoppen.

Tessa, op dat moment aan het eind van haar krachten en op het punt de moed op te geven, had geen energie meer voor tranen toen de auto met gierende banden voor het hek halt hield. Gedurende één verward moment dacht ze dat het Ross was. Toen Max uit de auto stapte en 'Jezus Christus!' zei, nam haar verwarring toe en schudde ze verbijsterd haar hoofd.

'Wat zei je?' vroeg Max, met een vreemd schallende stem, terwijl hij zich voorover boog en haar in zijn armen omhoogtrok.

'Ver... verkeerde broer,' mompelde Tessa, terwijl ze haar ogen sloot en met vingers die weggleden van het zweet, zijn schouders omklemde. Even later voelde ze hoe ze achterin de auto werd gezet, net toen een nieuwe pijngolf bezit van haar nam. Ze greep Max' handen vast en beet op haar lippen om het niet uit te gillen. Toen de wee afnam deed ze haar ogen weer open, streek haar vochtige haar van haar voorhoofd en bracht een wrang, nauw merkbaar lachje tevoorschijn. 'Maar onder deze omstandigheden,' voegde ze er zwakjes aan toe, 'kun jij er ook mee door.'

'Wel, wel,' zei Antonia zacht, wetend dat ze gewonnen had. Als Ross toen hij haar zag was teruggedeinsd... tja, dan zou ze verloren hebben.

Maar dat had hij niet gedaan en de overwinning – vervuld van de plezierigste vooruitzichten – was aan haar. Ze sloeg haar gebruinde benen over elkaar zodat de glibberige zijden jersey nog wat verder omhoogschoof en zei met een samenzweerderig glimlachje: 'Wat is de wereld toch klein, Ross. Hoe is het met je?'

'Je zou niet zo in je eentje in een hotelfoyer moeten zitten,' zei hij bot, in een poging om tijd te winnen, maar terwijl hij dat deed al beseffend dat het geen zin had. Hij was in het verleden zo vaak grof tegen haar geweest dat ze hem te goed kende om zich daardoor te laten afschrikken.

Haar donkerblauwe ogen werden, zogenaamd van schrik, eens zo groot. 'Bedoel je dat iemand me mee zou kunnen nemen? Me oneerbare voorstellen zou doen? Een lange donkere vreemdeling? O, heden, wat een angstig idee!'

'Zeg dat wel,' zei Ross, met zijn hoofd knikkend, terwijl zijn donkere ogen haar aandachtig opnamen. 'Vooral voor de lange, donkere vreemdeling.'

Nu gooide Antonia haar hoofd achterover en lachte. De nachtblauwe jersey gleed opzij zodat er iets meer boezem te zien was, en hij ving een vleug van haar doordringend parfum op.

'In dat geval,' antwoordde ze, 'is het misschien maar goed dat ik jou tegen het lijf ben gelopen.'

'Misschien,' zei Ross, ofschoon hij het ernstig betwijfelde. Wat hij zou moeten doen en wat hij wist dat hij ging doen waren twee heel verschillende dingen en het was meer dan waarschijnlijk dat hij hier verschrikkelijk veel spijt van zou krijgen. Het probleem was echter, dat het hem op dat moment geen zier kon schelen. Terwijl hij de luxueuze, grijs-met-roze foyer rondkeek, liet hij alle schijn varen en zei: 'Wacht hier, dan ga ik een kamer bespreken.'

Antonia opende ten antwoord haar tas, haalde er een sleutel uit en hield hem die voor, waarbij ze met een zegevierend lachje fluisterde: 'Grote geesten denken hetzelfde, liefste. Dat heb ik al gedaan.'

Omdat ze het niet kon laten om hem te plagen vroeg ze, terwijl ze uit haar jurk stapte: 'Voel je je niet schuldig?'

Ze had precies het juiste moment voor die vraag gekozen. Hitsig door haar onverwachte naaktheid, beantwoordde Ross de vraag met een traag hoofdschudden. Hoe hij ook zijn best had gedaan, Tessa was het ergste van hem blijven denken, had bij alles wat hij deed zijn motieven in twijfel getrokken en geweigerd zelfs maar de mogelijkheid te overwegen dat zijn gevoelens voor haar oprecht waren. Hij had alles gedaan om haar te tonen dat hij veranderd was – nooit eerder had hij ook maar een fractie van de aandacht waarmee hij haar had overstelpt aan een andere vrouw geschonken – maar ze had haar vervloekte onafhankelijkheid zo met hand en tand willen beschermen, dat het alleen maar tijdverspilling was geweest. Hij had haar alles geboden, en zij had het gewoon niet willen hebben. En nu vond Ross dat hij wel een pleziertje had verdiend. Dat was niet meer dan billijk, vond hij. En al veel te lang geleden.

'Ik geloof niet in schuldgevoelens,' zei hij tegen Antonia, terwijl hij zijn vingers licht langs haar gebruinde borsten liet glijden. 'Dat is tijdverspilling.'

Hunkerend naar het moment dat hij haar in zijn armen zou trekken, zei Antonia: 'Me dunkt dat we al genoeg tijd hebben verspild. Hoe lang is het nu geleden, Ross? Zes maanden?'

Hij lachte. 'Ik zou het niet weten.'

Zij wist het natuurlijk wel. Vijf maanden en zestien dagen, op een paar uur na. Maar aangezien ze niet van plan was hem te laten weten hoe verbeten ze de weken had geteld, zei ze niets maar trok zijn das af en gooide die op de grond, waarna ze zijn witlinnen overhemd begon los te knopen.

'Nou?' vroeg hij, toen ze geen antwoord gaf.

'Zo lang,' zei Antonia toen het laatste knoopje los was, 'dat ik bijna vergeten ben hoe het moet.'

Toen deed hij eindelijk zijn overhemd uit en trok haar in zijn armen, zijn donkere ogen glinsterend van begeerte, terwijl zijn erectie hard tegen haar platte, stevige buik drukte. Zijn handen gleden van haar schouders en volgden de omtrekken van haar slanke taille en smalle, bijna jongensachtige heupen. Ze huiverde van opperste verwachting, en terwijl haar eigen handen zijn broekriem losgespten, tintelde haar hele lijf van een onbedwingbaar verlangen.

'Ah,' zei Ross een paar minuten later, toen Antonia hem boven op zich trok en haar benen om zijn middel sloeg. 'Ik wist wel dat het je weer te binnen zou schieten.'

Ze vrijden met een woeste vertwijfeling die voortkwam uit vele maanden van onthouding. Ross liet zich, zoals hij had gezegd, niet plagen door schuldgevoelens jegens Tessa. Hier was iemand die hem fysiek begeerde en de zaak niet nodeloos gecompliceerd maakte door zich af te vragen of het wel of niet goed was om daaraan toe te geven.
Bovendien was Antonia's onverbloemd enthousiasme voor zijn lijf hem dubbel welkom omdat hij wist dat ze pienter genoeg was om seks en gevoelens gescheiden te houden. Wat zij samen hadden was niets anders dan gezonde, ongecompliceerde lustbevrediging en het vermogen elkaar een intens genot te schenken.
En wat, dacht hij, terwijl zij op hem klom en als vanzelf de juiste houding vond, kon daar in vredesnaam verkeerd aan zijn?

30

'De bevalling zit er bijna op, de baby zal niet lang meer op zich laten wachten,' verkondigde de vroedvrouw, terwijl ze Max een papieren muts en een verkreukeld groen operatieschort overhandigde. 'U moet dit aandoen als u in de verloskamer wilt komen.'
'Dat wil ik niet,' riep Max vol afschuw. Hij stak haar het schort weer toe en schudde heftig zijn hoofd. 'Ik blijf wel in de wachtkamer.'
De vroedvrouw, die geen goed woord overhad voor mannen die hun partner zomaar even zwanger maakten maar geen getuige wilden zijn van het wonder van de geboorte, nam Max met een ijzige blik op.
'Hoor eens, meneer Monahan, u zou toch in de eerste plaats aan uw arme vrouw moeten denken. Denkt u niet dat ze u graag bij zich zou hebben om haar moed in te spreken en haar hier doorheen te helpen? Natuurlijk,' voegde ze er lichtelijk minachtend aan toe, 'als u bang bent dat u flauwvalt...'

'Ik ben de verkeerde Monahan,' zei Max verveeld, voor de tweede keer die middag. 'Ik ben niet de vader, alleen maar de chauffeur. En ik kan u wel zeggen dat Tessa onder geen beding zou willen dat ik daar bij haar stond en haar voorhoofd bette.'

Molly Richardson keek, na een zeventienjarige praktijk als vroedvrouw, nergens meer van op. 'In dat geval,' zei ze bruusk, 'kunt u beter naar de wachtkamer gaan. Komt de aanstaande vader zo dadelijk opdagen?' informeerde ze, met een snelle blik op het horloge dat boven haar rechterborst vastgespeld was. 'Want ik vrees dat we niet op hem kunnen wachten.'

'Hij is naar een vergadering in Londen. Hij...' Max' uitleg werd onderbroken door een gesmoorde kreet uit de verloskamer, gevolgd door een scheldwoord dat bepaald niet geschikt was voor jonge oren.

Molly Richardson glimlachte en liep naar de deur. 'Ik moest maar teruggaan. Zoals ik al zei, het zal niet lang meer duren.'

Holly was in de wolken toen ze thuis de telefoon aannam en Max' stem hoorde. Binnen twee seconden had haar verbeelding minstens zes fantasieën samengesteld, die stuk voor stuk uitmondden in een bruidsstoet, compleet met bruidsmeisjes in roze strookjesjurken en eeuwigdurend geluk.

'Max, wat leuk,' kon ze eindelijk uitbrengen, zo over haar toeren dat de telefoon bijna uit haar vingers gleed. En wat een geluk dat ze vanmiddag thuis gebleven was in plaats van te gaan winkelen... hoewel, als hij met haar uit eten wilde gaan, zou ze nog op een holletje een béëld van een jurk moeten kopen... als die iets te strakke, smaragdgroene jurk met dat baleinlijfje en die geschulpte zoom er nog was en ze die kocht en haar adem wist in te houden...

'Ik vond dat je moest weten dat Tessa aan het bevallen is,' deelde Max haar kortaf mee. 'Ze is op het moment in de verloskamer, maar daarna gaat ze naar de Deverell-vleugel.'

'Krijgt Tessa de baby?' herhaalde Holly onnozel. De woorden stonden zo ver van haar verrukkelijke fantasieën van een paar seconden geleden, dat het haar moeite kostte hun betekenis te laten doordringen. 'Is het een jongetje of een meisje?'

'Het kind is nog niet eens geboren,' riep Max, geërgerd over haar domheid. 'Goeie god, waarom Ross jou ooit die baan heeft gegeven gaat mijn verstand te boven!'
Gegriefd door zijn woorden, snauwde Holly terug: 'Misschien ben ik wel goed in bed.'
'Je zou al fantastisch goed moeten zijn,' zei hij hatelijk, 'om zo'n chronisch gebrek aan gezond verstand te compenseren. Nou, kom je nog of niet?'
Daar was hij dan, dacht Holly, tegen haar tranen vechtend. De uitnodiging waar ze zo lang op had gewacht.
'Natuurlijk kom ik,' zei ze verontwaardigd, terwijl ze haar tranen wegveegde. 'Tessa is mijn beste vriendin.'
Als Holly niet beter had geweten, had ze kunnen denken dat Tessa en Max meer om elkaar gaven dan een van beiden ooit had laten blijken.
Hoe was het mogelijk, dacht ze, dat Max het ene ogenblik zo klierig kon zijn en het volgende zo hartelijk en meelevend.
Het moment waarop de vroedvrouw kwam vertellen dat Tessa het leven had geschonken aan een flinke dochter was het moment geweest waarop Max zijn Jekyll en Hyde-nummer had opgevoerd, en nu stond hij verrukt naar het bundeltje in Tessa's armen te staren en gedroeg zich ten overstaan van iedereen als een dolgelukkige jonge vader. Hij had Tessa nota bene op haar wang gekust en haar bij zijn gelukwens zelfs even teder tegen zich aangedrukt. Holly's enige troost was Tessa's stomverbaasde gezicht toen hij dat deed.
'Je hoeft echt niet te blijven, Max,' zei Tessa, met een blik op de klok aan de muur. Het was bijna halfacht in de avond. 'Je bent hier al uren, en ik weet hoe druk je het hebt.'
'Geen probleem,' zei hij achteloos, terwijl hij vluchtig met zijn duim langs het neusje van de baby streek en triomfantelijk glimlachte toen de donkere Monahan-ogen verwonderd opengingen. 'Kijk toch eens. Wat is ze mooi.'
'Ah,' zei Tessa boosaardig. 'Maar weet je wel zeker dat ze het dochtertje van Ross is?'
Max had het fatsoen om beschaamd te kijken. 'Daar heb ik nooit echt aan getwijfeld, hoor. Ik heb alleen omwille van mijn broer enige voorzichtigheid betracht.'

Tessa had Ross tot op dat moment niet genoemd. Nu streek ze het zachte donkere haar van de baby glad en zei, heel nonchalant: 'Is hij in het hotel?'
Max schudde zijn hoofd. 'Toen ik daarstraks belde, was hij nog niet terug. Ik heb een boodschap voor hem achtergelaten; ik denk dat hij zo wel hier zal zijn.'
'Of niet. We hebben vanmorgen een beetje ruzie gehad. Hooglopende ruzie,' verbeterde ze zichzelf. 'En nu is hij er niet bij geweest.'
'Iedereen heeft wel eens ruzie,' zei Holly, die begreep hoe erg Tessa het in werkelijkheid vond en probeerde haar gerust te stellen. 'Het was alleen een ongelukkig tijdstip. En je had toch niet gewild dat hij bij je was terwijl je de baby kreeg, is het wel?'
'Och, het geeft niet.' Tessa haalde haar schouders op om een nonchalance voor te wenden die ze niet voelde. Niemand had haar verteld dat het zo zou zijn; een lawine van tegenstrijdige emoties, de machtige golf van liefde die uit het niets opwelde en zo allesoverheersend was dat ze niet goed wist wat ze ermee aan moest. Het maakte haar opeens zo bedroefd dat Ross er niet was, ze miste hem zo erg, dat ze het liefst in tranen was uitgebarsten. Ze drukte de baby, háár baby, tegen zich aan en boog haar hoofd, zodat haar haar voorover viel en de blik van verlatenheid in haar ogen verborg.
'We moesten maar gaan, dunkt me,' zei Holly, terwijl ze haar armen om Tessa heensloeg. 'Het bezoekuur is toch over tien minuten afgelopen. En als je telefoon kapot is, zal ik maar even langs je huis gaan en Dominic vertellen wat er gebeurd is. Hij zal wel ongerust zijn.'
'Zou je dat willen doen?' zei Tessa dankbaar. Sinds Holly's avondje uit met Dominic – waarover ze allebei opvallend zwijgzaam waren geweest – had Holly Tessa's huis gemeden wanneer ze wist dat Dominic er zou zijn. 'En zou je dan ook een tandenborstel en een paar nachthemden willen meebrengen?' Ze bracht een flauw lachje tevoorschijn. 'Ik ben hier nogal schaars gekleed aangekomen.'
'Zal ik je even brengen?' vroeg Max aan Holly op een toon die aanmerkelijk vriendelijker was dan daarstraks.

'O, graag.' Misschien dat dit haar grote kans was, hij was wel lang uitgebleven, maar het wachten was toch niet voor niets geweest. Ze schonk hem een stralende glimlach en fleurde zienderogen op.
'Sorry, ik dacht er niet zo gauw aan.' Hij tikte op zijn voorhoofd en wees op haar autosleutels die uit haar open handtas bungelden. 'Je bent met je eigen auto. Goed, dan kun jij Tessa's spullen halen en zal ik weer eens naar het hotel gaan. En maak je geen zorgen,' wendde hij zich met een geruststellende knipoog tot Tessa, 'zodra Ross terug is, komt hij naar je toe, dat verzeker ik je. Kijk alleen niet vreemd op als hij om drie uur in de nacht komt aanzetten – je weet hoe die vergaderingen kunnen uitlopen.'

De vergadering liep inderdaad uit. Ross kwam de hele nacht niet opdagen, ofschoon Tessa's hart, telkens wanneer ze een snelle mannenstap op de gang hoorde, een roffeltje sloeg. Om halfvijf in de morgen glipte ze, doodmoe maar klaar wakker, haar bed uit en liep op blote voeten naar de babykamer. De nachtzuster vond haar over de wieg van haar kindje gebogen, terwijl de tranen over haar gezicht stroomden.
'Stil maar, lieverd, een heleboel jonge moeders zijn over hun toeren als alles achter de rug is.' Ze sloeg een troostende arm om Tessa's schokkende schouders. 'Als de huilbuien aanhouden, zullen we straks eens met de dokter gaan praten, goed?'
Toen het ontbijt kwam, wist Tessa niet meer of ze moest lachen of huilen. Drie van haar medepatiënten en twee verpleegsters hadden haar verteld dat ze toch een geweldige bofferd was dat ze zo'n knappe, liefhebbende man had. Maisie Naylor, de veertigjarige kraamvrouw in het bed naast het hare, slurpte met smaak haar lauwwarme thee en zei met haar harde stem: 'Ja, het is mijn achtste, dus mijn Jack loopt niet meer zo hard. Maar ik heb gisteravond jouw man gezien en me ogen rolden zowat uit me hoofd. Wat 'n spetter! En die kleine lijkt sprekend op 'm. Ik heb niet zo geboft,' besloot ze somber. 'Acht kinders en allemaal hetzelfde gezicht als mijn Jack, de stakkers.'

In The Grange belde Max inlichtingen. Ross had natuurlijk overal kunnen overnachten, maar de kans bestond dat hij een kamer in het Ritz had genomen.

Toen om kwart over negen de telefoon ging, rolde Ross zich op zijn buik en stopte zijn hoofd onder het kussen. Een overdaad aan seks, twee flessen Montrachet en weinig meer dan drie uur slaap eisten hun tol.
Antonia nam, bevredigd en glimlachend, de hoorn op.
Vijf seconden later tikte ze hem op zijn blote bruine schouder. 'Voor jou.'
'Jij stomme rotzak,' brieste Max. 'Waar ben jij in godsnaam mee bezig?'
'Jij schrijft romans,' kaatste Ross terug, terwijl hij ging liggen en zijn voorhoofd vastgreep toen de kater met volle kracht bezit van hem nam. 'Gebruik je fantasie.'
'Dat hoef ik niet. Jezus, het lijkt wel of jij je verstand verloren hebt.'
'Geen paniek. Ik ben meerderjarig.' Ross, danig uit zijn humeur over Max' superieure toon, had veel zin de hoorn op de haak te smijten. 'Wat is er verdorie aan de hand? Is The Grange afgebrand, of is er iets veel ergers gebeurd, heb je gisteravond geen griet kunnen versieren?'
'O, er is niets belangrijks gebeurd,' zei Max op uiterst laatdunkende toon. 'Tessa heeft de baby gekregen, anders niets. Ik weet dat het belachelijk is, maar ik had echt gedacht dat je dat misschien had willen weten.'

31

'Was dát nou de vader?' informeerde Maisie Naylor nieuwsgierig toen Dominic de zaal uit was. Ze keek eerst verbaasd en gaf Tessa toen een enorme knipoog. 'Of denkt-ie alleen maar dat-ie het is?'
'Geen van beide.' Tessa kon ondanks haar knagende angst een

flauw glimlachje opbrengen. Ze wist niet wat ze had moeten beginnen als Maisies opgewekte geklets haar niet af en toe had afgeleid. 'Nee, dat is een vriend van me.' Ze dacht er even over om eraan toe te voegen dat Dominic de man was met wie ze samenwoonde, maar Maisie zou zo'n interessante mededeling niet voor zich kunnen houden, en Max had haar al gewaarschuwd dat de pers, zodra de geboorte van Ross Monahans dochter bekend werd, zou gaan rondsnuffelen.

Ross' argumenten, die ze altijd zo luchtig had weggewuifd, waren opeens geloofwaardig geworden en ze moest bekennen dat hij gelijk had gehad. Het vooruitzicht van vulgair geroddel in de kranten vervulde haar nu met schrik. Haar baby, zo klein en onschuldig, moest beschermd worden tegen onfrisse veronderstellingen.

Het was al elf uur en nog steeds taal noch teken van Ross. Tessa bedwong een nieuwe tranenvloed. Ze had nog nooit in haar leven zo naar hem verlangd, en in weerwil van Max' verzekeringen vreesde ze het ergste. Zijn hatelijke toespeling toen hij gisteren wegging, was nogal dubbelzinnig geweest. Misschien wilde hij werkelijk niets meer met haarzelf of de baby te maken hebben.

Toen Ross om halftwaalf de zaal binnengestormd kwam, vond hij Tessa's bed leeg. Nadat hij zo verlangend naar dit moment had uitgekeken, was het gevoel van anticlimax op zijn zachtst gezegd verpletterend. Hij wendde haastig zijn blik af van de vrouw in het aangrenzende bed die haar eigen kale zuigeling de borst gaf. Zij scheen zich echter in het minst niet opgelaten te voelen door zijn aanwezigheid.

'Jij bennet, hè?' kraaide ze verrukt.

'Pardon?'

'Jij ben hem!' constateerde Maisie, terwijl ze haar heftig zuigende baby van de ene enorme borst haalde en aan de andere legde. 'Nou, dat werd tijd.'

'Waar is Tessa?' vroeg Ross, vurig hopend dat er niets vreselijks gebeurd was. 'Is alles goed met haar? En waar is de baby?'

'We zijn hier,' zei Tessa zacht. Hij draaide zich haastig om,

met bonzend hart, en zag haar met het kind in haar armen achter hem staan.
Ross wist het eerste ogenblik niet wat hij moest zeggen. Op de zaal was het stil geworden; iedereen, ook de verpleegkundigen, sloeg hen vol belangstelling gade. Hij had zich nog nooit in zijn leven zo bekeken gevoeld, zo onzeker van zijn ontvangst... en zo ontzettend, afschuwelijk schuldig.
'Tess, wat moet ik zeggen?' Hij schudde zijn hoofd, probeerde de juiste woorden te vinden. 'Ik heb er zo'n spijt van. Ik kan je niet zeggen wat een rotvent ik mezelf vind...'
'Stil nou,' fluisterde Tessa, haar ogen glinsterend van tranen. 'Mij spijt het ook. Het was een domme ruzie en ik had evenveel schuld als jij. Ik ben alleen maar blij dat je er bent.'
Ze ging met hun dochtertje in de armen op haar tenen staan en kuste Ross op zijn mondhoek.
Hij sloeg opgelucht zijn arm om haar heen en ging met haar op het bed zitten, terwijl hij onafgebroken naar de donkerharige baby in haar armen bleef kijken.
'Mag ik haar eens vasthouden? Is alles goed met haar?'
'Prima,' verzekerde Tessa hem glimlachend, het hoofdje steunend toen ze hem hun dochtertje aanreikte. Daarna sloeg ze het dekentje open en Ross zag voor het eerst de getrouwe kopie van de Monahan-trekken. 'We maken het allebei prima, de hemel zij dank. Zij het,' besloot ze wrang, 'dat ik daar eigenlijk Max voor zou moeten danken.'
'Het was allemaal mijn schuld.' Ross, die zijn ogen niet van zijn prachtige dochtertje af kon houden, huiverde bij de gedachte aan de ramp die maar op het nippertje was afgewend. Als er iets met Tessa en de baby was gebeurd terwijl hij in Londen was... bij Antonia... dan zou hij niet weten wat hij had moeten beginnen.
Maar Tessa, verteerd door haar eigen schuldgevoel, wilde niet dat hij de schuld op zich nam.
'Nee, dat was het niet,' zei ze nadrukkelijk, al bijna weer in tranen. 'Je had gelijk, ik gedroeg me als een verwend kreng. En als ik die telefoon niet kapot had gegooid...'
'Stil,' zei Ross, terwijl hij een kus op haar kruin drukte zonder dat het hem nog iets kon schelen dat iedereen naar hen keek.

'Jezus, van dit stel zou de KGB nog wat kunnen leren. Ik laat je meteen naar een klassekamer brengen.'
'Geen denken aan,' zei Tessa gedecideerd. 'Ik vind het hier gezellig. Ze zijn alleen zo nieuwsgierig omdat ze denken dat Max de vader is en nu vragen ze zich af wie jij in vredesnaam bent.'
'Godallemachtig!' riep Ross woedend. En op dat moment werd de baby wakker, opende haar dicht omwimperde donkerblauwe ogen en keek slaperig verwonderd naar hem op. De uitdrukking op haar gezichtje zei zo duidelijk 'en wie ben jij dan wel?' dat Tessa en Ross allebei in lachen uitbarstten.
'Er is nog iets dat je me niet hebt verteld,' zei Ross enkele ogenblikken later.
'Wat dan?'
'De naam van mijn dochter.'
Tessa glimlachte. 'Olivia.'
'Dames en heren,' verkondigde Ross met verheffing van stem tegen de zaal in het algemeen. 'Mag ik u mijn dochter Olivia voorstellen. Mijn naam is Ross – ik herhaal, Ross – Monahan en ík ben Olivia's vader.' Te midden van het daaropvolgende gelach en applaus – want iedereen had de avond tevoren medelijden met Tessa gehad – gaf Maisie Naylor haar eigen motie van goedkeuring. Terwijl ze Ross met zichtbaar genoegen opnam zei ze opgewekt: 'En as je ooit nog 's een ander wilt, schat, dan zal ik je met plezier van dienst zijn...

'Antonia, we moeten eens praten.'
'Alleen maar praten?' vroeg ze luchtig, in een poging Ross' stemming te peilen, terwijl ze demonstratief langzaam haar benen over elkaar sloeg. 'Maar schat, we hebben de hele avond voor ons. En praten klinkt zo saai.'
'Hou daarmee op!' zei Ross kortaf. Hij schaamde zich diep over zijn gedrag eerder die week en was vastbesloten Antonia aan haar verstand te brengen dat het definitief afgelopen was tussen hen. 'Luister goed naar wat ik ga zeggen. Tessa en de baby betekenen alles voor me en ik wil niet het risico lopen hen te verliezen. Ik ben in het verleden een grote stommeling geweest, maar deze keer meen ik het serieus. Ik hou van Tessa, ik ben dol op Olivia en ik hoop alleen dat je daar begrip voor kunt opbrengen.'

Antonia stak een sigaret op. Ze bedwong haar teleurstelling en keek strak naar het blauwe rookspiraaltje dat naar het plafond kringelde. Toen Ross haar had gebeld en gevraagd of ze elkaar vanavond konden ontmoeten had ze al iets dergelijks vermoed, maar diep in haar binnenste had ze toch gehoopt dat hij hun relatie wilde voortzetten.

'Ik begrijp het,' zei ze peinzend, terwijl haar donkerblauwe ogen langs hem heen keken. 'Laat me het eens even samenvatten, schat. Jij bent op wonderbaarlijke wijze bekeerd en nu wil je erop kunnen rekenen dat ik mijn mond hou. Ligt het zo?'

Ross zuchtte. Hij kon zich niet veroorloven Antonia tegen de haren in te strijken, maar tegelijkertijd kon hij maar moeilijk geloven dat ze dit werkelijk zo kalm opnam.

'Ja, zo ongeveer,' zei hij ten slotte. 'Ik weet dat ik een rotzak ben geweest, maar dit betekent zo ontzettend veel voor me. Ik hoop dat je begrijpt hoe belangrijk dit voor me is.'

'Natuurlijk begrijp ik dat,' zei Antonia hartelijk. 'Ik heb toch zeker ook gevoel? En ik weet nog goed hoeveel jij voor mij betekende.'

Ross wierp haar een wantrouwende blik toe en ze begon te lachen. 'Kijk me niet op die manier aan, schat. Ik zei het immers in de verleden tijd. Ik wilde alleen zeggen dat jij en ik een fantastisch fijne relatie hebben gehad. En daarbij hebben we altijd allebei het feit dat ik met Richard getrouwd was, gerespecteerd. Discretie was een deel van de pret.'

Ross knikte instemmend, aangezien Antonia dat van hem leek te verwachten, al herinnerde hij zich maar al te goed dat discretie niet altijd een van Antonia's grootste deugden was geweest.

'We zijn allebei beschaafde volwassenen,' vervolgde ze, terwijl ze haar sigaret uitdrukte en weer achterover in haar stoel ging leunen. 'En natuurlijk heb ik begrip voor je huidige dilemma. Dus zit er maar niet meer over in, Ross, want ik zal geen woord loslaten over ons... slippertje van eergisteren... tegen niemand.'

Ze zweeg even en streek nadenkend met haar wijsvinger langs haar lippen. 'Maar je moet me één ding beloven.'

De moed ontzonk Ross. Het was ook te mooi geweest om waar te zijn, dacht hij.

'En dat is?' vroeg Ross, zich schrap zettend voor wat hij te horen zou krijgen.
'Zeg niet dat het tussen ons afgelopen is,' zei Antonia eenvoudig. 'Ik kan de gedachte dat we nooit meer zullen vrijen, eenvoudigweg niet verdragen. Ik wil geloven dat je op zekere dag misschien, heel misschien – als het tussen Tessa en jou niet goed meer gaat – bij mij terugkomt.'
Ross, die op zijn minst een akelig soort chantage had verwacht, was zo opgelucht dat hij haar had kunnen omhelzen.
'Afgesproken,' zei hij volmondig, vast overtuigd dat die omstandigheid zich nooit zou voordoen. 'En, Antonia, bedankt dat je zo begripvol bent. Dat waardeer ik ten zeerste.'
'Fijn,' zei ze, bedrieglijk luchtig. 'En vergeet nooit, schat, als je, wanneer dan ook, bij me terug wilt komen dan ben je welkom.'

'Hallo!' zei Tessa, en verborg haar verwondering achter een glimlach. 'Wat leuk je weer eens te zien. Heeft Ross je met die bloemen gestuurd?'
Grace, die met haar figuur verlegen aan het voeteneind van het bed stond, bloosde. 'Nee... nee, die zijn van mij. Ik wist nog dat je erg van witte rozen houdt...' Haar stem stierf weg toen ze naar de bloemenpracht keek die in ziekenhuisvazen op Tessa's nachtkastje stond. Roomwitte rozen, groot en weelderig, veel mooier dan de hare.
'Ze zijn prachtig,' zei Tessa gedecideerd, terwijl ze haar gezicht in Grace' boeket verborg en de geur opsnoof. 'En ze ruiken zo heerlijk! Wat lief van je, Grace. Toe, trek die stoel bij en ga zitten. En vertel me dan eens alle nieuwtjes die Ross niet weet... o, wat onaardig van me, je komt natuurlijk niet om te babbelen, is het wel? Je wilde Olivia zien!'
Terwijl Tessa uit bed kwam, naar de rijwieg liep en Olivia eruit tilde, stopte Grace haar plastic tas onder een stoel en haalde diep adem. Ze had een onbedwingbaar verlangen gehad om haar halfzusje te zien, maar nu ze hier was, begreep ze niet waar ze de moed vandaan had gehaald.
'Hier is ze,' zei Tessa trots, en het volgende ogenblik zat Grace met Olivia op schoot en keek in de ogen die zo op die van Ross

leken dat ze bijna verwachtte dat de baby zou eisen dat er verse koffie werd gebracht. Onmiddellijk.

'Wat een schatje,' zei Grace, haar tranen terugdringend. De baby leek, onnodig te zeggen, in geen enkel opzicht op haar.

Tessa glimlachte. 'Ze is sprekend Ross.'

'Ja.'

'Ik kan nauwelijks geloven dat ze er nu werkelijk is. Ross is niet bij haar weg te slaan, hij is helemaal weg van haar. Hij kan er nog steeds niet bij dat hij vader is.'

'Ja,' antwoordde Grace toonloos, de baby in haar armen, 'dat moet voor hem iets heel bijzonders zijn.'

32

Grace had dan wel al haar moed bijeen moeten rapen om Tessa en Olivia te bezoeken, maar dat was niets vergeleken bij de moed die Mattie had moeten opbrengen toen ze die avond de deur uitging.

Daarom had ze, toen ze een plaatsje had gevonden in de volle bar van het Charrington Grange Hotel, een grote gin-tonic besteld en zichzelf tien minuten gegund om haar niet bestaande kalmte te herwinnen.

Maar het ogenblik was aangebroken om zich aan Ross Monahan bekend te maken. Ze had als een struisvogel haar hoofd in het zand gestoken en gehoopt dat de zaak vanzelf in orde zou komen. Nadat ze zich had aangepraat dat Grace zo gesloten was omdat ze de grote klap in haar leven op haar eigen manier wilde verwerken, was Mattie haar dochter gaan aanmoedigen om meer uit te gaan, nieuwe hobby's op te vatten, nieuwe mensen te leren kennen. Grace had haar gelijk gegeven en Mattie had een zucht van opluchting geslaakt.

Maar nu ze haar gin-tonic dronk en probeerde haar hand niet te laten trillen, dacht Mattie huiverend terug aan de ontmoeting die ze gisteren in de supermarkt had gehad met Barbara Newcomb die op gore roddelpraat leefde, aangezien haar saaie gezin een voortdurende bron van teleurstelling voor haar was. Barbara's hoorbaar gefluisterde en triomfantelijk geuite relaas had Mattie kotsmisselijk gemaakt. Grace was blijkbaar – niet één, maar twee keer – duidelijk aangeschoten gesignaleerd. De eerste keer was geweest toen Babs met eigen ogen had gezien hoe ze op een bank in Bathampton Park een fles wodka aan haar mond zette. De tweede keer was geweest toen haar dochter thuisgekomen was met het verhaal dat Grace languit op het gras in hetzelfde park liggend een onsamenhangend gesprek met een duif had gevoerd.

'Ik vind dat het niet meer dan mijn plicht is om het je te vertellen,' had Barbara met zichtbaar genoegen gezegd. 'Mijn Tracey was helemaal uit haar doen, dat snap je, maar ja, dat is ook zo'n lief meisje, daar heb ik nooit problemen mee gehad.'

'Ja, je mag van geluk spreken,' beaamde Mattie, verdoofd van schrik, maar tegelijkertijd een opwelling bedwingend om een blik groente in dat zelfvoldaan lachende gezicht te smijten. 'En nu ze niet meer met die troep lijmsnuivers omgaat die altijd onder het viaduct rondhangt, ziet ze er ook een stuk beter uit...'

Maar natuurlijk had een inspectie van Grace' kamer die avond het bewijs opgeleverd dat ze liever niet had willen vinden. Helemaal achter in de kleerkast, verstopt in een schoenendoos, had ze een driekwart volle fles Smirnoff gevonden. En op dat moment had Mattie geweten dat ze iets moest doen.

Richard Seymour-Smith zag op zijn weg naar de bar Mattie niet in haar eentje aan een tafeltje voor twee zitten. Hij werd volledig in beslag genomen door de gedachte aan datgene wat zijn vrouw op dat moment aan het doen was.

Toen hij daarstraks onverwacht vroeg van een vergadering was teruggekomen en Ross' auto voor het huis had zien staan, was hij meteen omgedraaid en naar The Grange gereden, waar hij rustig een paar borrels kon drinken in de wetenschap dat de minnaar van zijn vrouw elders zijn handen vol had.

Maar de drank leek die avond zijn uitwerking te missen. Terwijl hij zijn vierde whisky betaalde, bedacht hij dat hij nog steeds volkomen nuchter was. Hij zag alles nog helder en dui-

delijk en het gevoel van vernedering was nog even schrijnend als daarstraks.
Maar toen hij naar zijn tafeltje terugging, liet zijn coördinatievermogen hem even in de steek. Met zijn glas in de ene en een sigaret in de andere hand was hij niet voorbereid op het achteruit schuiven van een stoel toen iemand wilde opstaan. Omdat hij een ogenblik uit zijn evenwicht raakte en zijn best moest doen om geen whisky te morsen, merkte Richard niet dat de gloeiende punt van zijn sigaret in contact kwam met iemands arm.
Mattie gaf een gil, trok bij de plotselinge brandende pijn met een ruk haar arm terug en gooide bijna haar glas om. Maar het was te laat, het kwaad was geschied. De brandwond op haar bovenarm zou binnen een week genezen zijn – daar zat ze niet over in – maar haar enige behoorlijk jurk was zonder twijfel voorgoed bedorven.
Richard vond het ellendig. Hij bood omstandig zijn excuses aan, begon hevig te transpireren toen hij merkte hoeveel ongewenste aandacht hij van de omringende tafels trok en wreef wanhopig met zijn zakdoek over de geschroeide stof. Zijn bril gleed van de zenuwen van zijn neus.
Ten slotte, omdat hij iedereen in de weg stond, nam Mattie hem zacht bij de arm en overreedde hem tegenover haar te gaan zitten.
'Maakt u zich alstublieft geen zorgen,' zei ze met een vriendelijke glimlach. 'Het was een ongelukje. En ik kan het vast nog wel repareren. Het is maar een klein gaatje.'
Richard was wel nerveus, maar zijn opmerkingsgave liet hem niet in de steek. De jurk, zag hij in één oogopslag, was niet nieuw en evenmin duur, en toch wilde die vrouw de moeite doen om hem zelf te repareren – in tegenstelling tot Antonia, die hem thuis meteen in de vuilnisbak zou hebben gegooid. Bovendien zou Antonia moord en brand hebben geschreeuwd en onmiddellijk schadevergoeding hebben geëist, terwijl deze vrouw hem geruststelde, zo min mogelijk ophef maakte en met geen woord over de brandwond op haar arm repte, die toch vast wel pijnlijk zou zijn.
'Ik kan u niet zeggen hoezeer het me spijt,' zei Richard, terwijl

hij zijn portefeuille opdiepte en er een stapel briefjes van tien pond uithaalde. 'Toe, mag ik u de schade vergoeden...'

'Welnee!' riep Mattie lachend en duwde het geld weg. 'Daar komt niets van in. Dit ouwe ding loopt toch op zijn laatste benen.'

Maar het ontging Richard niet dat de lichtroze katoenen jurk onberispelijk gestreken en kennelijk keurig onderhouden was. Overspoeld door een nieuwe golf van schuldgevoel – hij was beslist geen deskundige, maar hij wist wel zeker dat een brandgat niet eens gerepareerd kon worden – stopte hij de vrouw een handvol bankbiljetten toe.

'Ik neem geen geld aan!' zei Mattie nadrukkelijk en duwde het geld, nog steeds glimlachend, weg. 'Trouwens, wat zouden de mensen wel denken? Misschien wel dat ik een prostituee was!'

'O jee, het spijt me,' mompelde Richard geschrokken. Zijn bril gleed weer van zijn neus en hij schudde verlegen zijn hoofd.

'Als u dan met alle geweld iets wilt doen, geef me dan maar een gin-tonic,' zei Mattie vriendelijk. Ze keek op haar horloge en trok een gezicht. 'Ik ben gekomen om iemand te spreken maar ik wil me graag een beetje moed indrinken, voor ik dat doe.'

'Zou u hier iemand ontmoeten? Zou hij het niet vervelend vinden als hij mij bij u ziet zitten?'

'Het is niet zo'n soort afspraak,' antwoordde Mattie, en haar glimlach vervloog toen ze zich het doel van haar bezoek herinnerde. 'Ik wilde de directeur van het hotel spreken, maar ik weet niet eens of hij er vanavond is. Ik had natuurlijk een afspraak moeten maken, maar ik...'

'Hij is er niet,' zei Richard. Er kwam opnieuw een verdrietige trek om zijn mond. Hij mocht Ross graag; hij wilde alleen dat Antonia hem niet ook zo graag mocht.

'O,' zei Mattie, in haar stoel terugzakkend. Het was net zoiets als doodsbang naar de tandarts gaan en op het laatste moment te horen krijgen dat je afspraak verzet is. Ze wist niet of ze teleurgesteld was of opgelucht. 'Weet u dat zeker? Is hij er echt niet?'

Ze had een sympathiek gezicht, dacht Richard, en zo'n prettige, zachte stem. Zij zou het begrijpen.

'Ik weet het heel zeker,' antwoordde hij kalm. 'Op dit moment ligt hij waarschijnlijk in bed, ziet u. Met mijn vrouw.'

Hij was zo'n aardige man, dacht Mattie twee uur en verscheidene borrels later. Ze had niet geweten dat er nog aardige mannen bestonden.

Ze had er natuurlijk wel voor opgepast haar hart uit te storten, zoals hij had gedaan, maar alleen verteld dat ze zich zorgen maakte over haar dochter en dat ze had gehoopt dat Ross haar zou verzekeren dat op haar werk alles in orde was.

Ze hadden elkaar echter voornamelijk over zichzelf verteld. Na zijn spontane 'biecht' (want hij wilde met alle geweld de schuld voor Antonia's ontrouw op zich nemen en weigerde te erkennen dat Antonia of Ross fout konden zijn) had Mattie het gesprek op hemzelf gebracht. En het had niet lang geduurd of hij had haar verteld over zijn jeugd in een dromerig dorpje in Yorkshire, zijn schooltijd in Leeds, zijn studietijd in Oxford en zijn carrière als accountant. Ze kwam ook aan de weet dat hij van klassieke muziek hield en van Duke Ellington, van Chinees eten en van echte Yorkshire Pudding, van de natuur en van ballonvaren, van de boeken van Anthony Trollope en H.E. Bates...

'Je laat mij maar vertellen,' zei hij ten slotte met een wrang glimlachje. 'Hoe krijg je dat voor elkaar?'

'Waarheidsserum,' zei Mattie met een schouderophalen. 'Toen je even de andere kant opkeek, heb ik het in je drankje gedaan.'

'Ik praat anders nooit zoveel. Niet over mezelf althans.'

'Je verhalen interesseren me,' zei Mattie. 'Ik luister graag naar de belevenissen van anderen.' Ze glimlachte en nam een genietend teugje van haar borrel. 'Waarschijnlijk omdat die altijd veel interessanter zijn dan de mijne. Ik denk dat ik gewoon nieuwsgierig ben.'

Richard vond haar fantastisch. Hij had zich nog nooit in zijn leven zo behaaglijk, zo volkomen op zijn gemak gevoeld. En hoe meer hij naar Mattie keek, hoe meer ze van een iets te gezette, vermoeid uitziende huisvrouw met een onopvallend gezicht veranderde in een sprankelende, jeugdig uitziende vrouw met een onweerstaanbare glimlach en een weelderig figuur dat helemaal bij haar paste. Het vormde zo'n charmant geheel met

haar warme persoonlijkheid, dat hij zich haar niet slank kon voorstellen.
'Nu is het jouw beurt,' zei hij, zich over de tafel naar haar toe buigend. 'Vertel me nu eens alles over jouw leven. Ik wil weten waar jíj van houdt.'
'Ik ben om te beginnen heel anders dan jij,' antwoordde Mattie met een relativerend schouderophalen. 'Ik ben niet intellectueel, ik heb nog nooit in een vliegtuig gezeten – laat staan in een luchtballon – en ik heb nog nooit echt Chinees gegeten, alleen tjaptjoi van het afhaalrestaurantje op de hoek.'
'Dat zijn dus de dingen die je niet hebt gedaan,' zei Richard ernstig. 'Vertel me nu eens wat je graag wel doet.'
'Ik kijk graag naar oude films,' zei ze, terwijl ze haar kin in haar handen steunde en dromerig in de verte staarde. 'Fred Astaire en Ginger Rogers, Bing Crosby en Grace Kelly, dat soort. Ik ben dol op verse roomtaartjes, en Guy Fawkes Day, met al die vreugdevuren. En op kruiswoordpuzzels. En ik ben helemaal verslingerd aan liefdesromannetjes, van het soort waarvan je weet dat aan het eind alles goed komt. Ik ben dol op happy endings.' Ze bloosde bij de gedachte dat ze wel vreselijk onbenullig en oppervlakkig moest overkomen. 'Nou, dat is het,' besloot ze met een achteloos handgebaar. 'Ik had al gezegd dat ik geen intellectuele vrouw ben.'
'Je bent een romantische vrouw,' zei Richard, haar vergenoegd aankijkend. 'Daar hoef je je heus niet voor te schamen. En van happy endings houden is menselijk.'

Het gesprek met Antonia was niet bepaald aangenaam geweest, maar Ross had zich er schadeloos voor gesteld door het tweede gedeelte van de avond heel wat aangenamer door te brengen bij Tessa en Olivia. Overtuigd dat er nu niets meer mis kon gaan tussen hen, was hij in een opperbeste stemming.
Toen hij voor de hotelingang stopte, zag hij twee mensen in een taxi stappen. De lichten waren gedimd, maar hij had durven zweren dat de man die een vrouw in de taxi hielp, Richard Seymour Smith was.
Maar de vrouw zou zelfs met een overmaat van fantasie niet voor Antonia kunnen doorgaan...

'Ik kan niet geloven dat we dit werkelijk doen,' fluisterde Mattie, bang dat de taxichauffeur het zou horen.
'Stt.' Richard wilde niet dat ze zou gaan twijfelen. Hij legde zijn hand op de hare en kneep er even in. 'Vertel me wat je nog meer fijn vindt. Dat wil ik graag weten.
Ze giechelde. Ze waren allebei lichtelijk maar plezierig aangeschoten. 'Lang in bad zitten, in een lekker warm schuimbad na een drukke dag op mijn werk. En op zondagmorgen naar *The Archers* luisteren en... o, wat zit ik toch te kletsen. Je probeert me af te leiden en dat wil ik niet. We zouden dit echt niet moeten doen.'
'We hebben nog niets gedaan,' bracht Richard ertegenin, innerlijk verbaasd over zijn eigen durf.
'Je weet best wat ik bedoel,' zei Mattie hoofdschuddend. 'Dit is schandalig. Ik was van plan de problemen van mijn dochter op te lossen en nu heb ik zelf de hoogte. Wat ben ik voor een moeder?'
'Ik weet zeker dat je een schat van een moeder bent.' Richard sprak op zachte, geruststellende toon, maar Mattie schudde zo heftig haar hoofd dat haar borsten verleidelijk tegen zijn mouw wiebelden.
'Ik gedraag me schandalig.'
Bang dat ze van gedachte zou veranderen, zei Richard, en deze keer zeer gedecideerd: 'Nee, dat doe je niet.'
'Jawel! Want jij bent ook nog getrouwd.'
Tijdens de uren met Mattie was Antonia's ontrouw vervaagd tot een onbeduidend iets. Maar nu, dacht Richard, leek het opeens een geschenk uit de hemel.
'Dat telt niet meer,' verklaarde hij triomfantelijk, 'wanneer de man door zijn eigen vrouw bedrogen wordt.'
'O.' Mattie glimlachte in het donker. Ze was niet echt van plan geweest om van gedachte te veranderen, maar absolutie, dacht ze zweverig, was iets prachtigs. 'Goed. Maar we moeten wel eerst even langs mijn huis. Ik wil weten of met Grace alles goed is.'
Richard, die vurig hoopte dat dat het geval zou zijn, streelde Matties hand en zei: 'Natuurlijk.'

Grace was in een verrassend goede stemming. Haar bezoek aan Tessa en de baby had haar een heimelijk gevoel van gewichtigheid gegeven dat haar geweldig had opgefleurd. En aangezien ze nog geen borrel nodig had gehad, had ze nog niet ontdekt dat haar geheime wodkavoorraad verdwenen was.

Ze keek glimlachend op van de televisie toen Mattie de kamer binnenkwam en werd onmiddellijk getroffen door de uitdrukking – een mengeling van schuldbewustheid, opgetogenheid en verwondering – op haar moeders gezicht. Precies zo keek Holly wanneer Max zich een doodenkele keer verwaardigde om aardig tegen haar te zijn.

Mattie, die bij haar thuiskomst steevast haar handtas op de eetkamertafel gooide en in een stoel plofte, bleef midden in de kamer staan en drukte haar tas als een warmwaterkruik tegen haar buik.

'Hallo, lieverd! Alles goed?'

Grace, die zelf bij voorkeur wodka dronk omdat het reukloos was, merkte dat haar moeder met opeengeklemde tanden sprak in een poging de ginlucht binnen te houden. Ze klonk als een slechte buikspreker.

'Prima, mams. Heb je zin in thee?'

Grace stond op om naar de keuken te gaan. Mattie schoof verlegen opzij.

'Nee... nee. Eh...' Grace was in elk geval nuchter. Goddank. 'Umm... ik wilde eigenlijk weer weggaan. Pam en ik liepen vanavond iemand tegen het lijf, zie je... Janie Collins... een oude vriendin die we in jaren niet hebben gezien, en die vroeg of we nog bij haar thuis kwamen. Dus ik dacht... als jij het niet erg vindt... dat ik daar vannacht maar blijf slapen, dan kan Janie me morgenochtend terugbrengen.'

Kijk eens aan, dacht Grace, erin slagend haar gezicht in de plooi te houden. Mam heeft een man opgeduikeld! Nou, het werd tijd.

'Dat lijkt me een prima idee,' zei ze, terwijl ze weer in haar stoel neerstreek. 'Dat moest je maar doen.'

'Heus?' Mattie klonk nu nog meer als een jokkende tiener. 'Vind je het niet vervelend om alleen te zijn? Ik wilde eerst niet, maar Janie drong zo aan.'

'Ik red me wel, mams. Echt. Ik hoop dat je het gezellig hebt met Janie en Pam.'
In haar opwelling van opluchting en dankbaarheid vergat Mattie de ginwalm en boog zich voorover om Grace een kus te geven. 'O, dank je, schat.'
'Vergeet je niet iets, mams?' vroeg Grace net voor de deur dicht zou vallen.
Matties gezicht, met stralende ogen en rode wangen van verwachting, verscheen om de hoek. 'Wat dan?'
'Je tandenborstel.'

'Ik kan nog steeds niet geloven dat we dit echt doen,' verzuchtte Mattie, terwijl ze haar buik introk. Richard liet zijn hand over de zachte bolling glijden. Als hij haar had verteld hoe prettig hij haar gezetheid vond, zou ze hem nooit geloofd hebben. 'Ik kan gewoon niet geloven dat we hier zijn, dat we ons als de heer en mevrouw Robinson in dit hotel hebben ingeschreven en dat...'
'Dat het zo volmaakt kon zijn?' giste Richard, terwijl hij haar aangename geur opsnoof en haar schouder kuste. Haar gezicht vertrok even en hij begreep dat zijn kin langs de lelijke rode brandplek streek die hij haar die avond had toegebracht. 'Sorry. Sorry. Doet het erg pijn?'
'Het doet heerlijk pijn,' zei Mattie, hem omhelzend. 'En ik kan je niet vertellen hoe blij ik ben dat het gebeurd is. Ik weet dat een vrouw zulke dingen niet behoort te zeggen, maar ik vind dit de mooiste nacht van mijn leven.'
'Heus?' fluisterde Richard, overmand door trots en blijdschap. Hij, die Antonia nooit eerder ontrouw was geweest, begon nu te begrijpen wat haar naar Ross had getrokken. Overspel, dacht hij, was veel leuker dan hij ooit voor mogelijk had gehouden.
Mattie verdrong resoluut de herinnering aan haar ene nacht met Ross en knikte, waarna ze haar gezicht weer aan zijn borst verborg. Ross telde niet mee. Het fijne van die avond was zoiets als eenrichtingverkeer geweest. Terwijl dit hier met Richard iets heel anders was; ook al kenden ze elkaar nog maar een paar uur, ze wist dat hun gevoelens voor elkaar wederkerig waren.
En alsof hij haar gedachten kon lezen, zei hij met iets dringends

in zijn stem: 'Mattie, denk alsjeblieft niet dat ik dit doe om het Antonia betaald te zetten. Ik ben vanavond niet naar The Grange gegaan met de bedoeling een vrouw op te pikken... een volslagen vreemde... en die over te halen om met me naar bed te gaan. Geloof me, zoiets heb ik nooit of te nimmer gedaan.'
'Ik geloof je heus wel.' Ze streek de zorgelijke rimpels uit zijn voorhoofd en verbaasde zich opnieuw over zijn gave om haar gelukkig te maken. En hij was ook niet alleen maar een verschrikkelijk áárdige man. In zijn driedelige antracietgrijze pak was Richard het toonbeeld van de zakelijke accountant, maar hier, nu, zonder kleren en zonder die indrukwekkende bril was hij een begerenswaardige man met een slank, zij het niet bijzonder gespierd lichaam, tedere handen en onweerstaanbare grijze ogen. Bovendien was hij, tot Matties verwondering en verrukking, een echte man. Ze kon zich onmogelijk voorstellen waarom Antonia ooit die sterke, liefdevolle armen had verlaten om zich af te geven met zo'n lichtzinnige versierder als Ross Monahan.
'Waar ga je naar toe?' Richard greep Mattie bij de arm toen ze haar benen over de rand van het bed zwaaide.
'Ik heb dorst. Ik wilde in de badkamer een glas water gaan drinken. O, maar er staat hier een elektrische waterkoker,' riep ze uit, blij met de ontdekking van zo'n ongewone luxe. 'Ik zou een kop thee voor ons kunnen zetten.'
Richard trok haar glimlachend weer naast zich neer en greep de telefoon. 'Niets daarvan. Dit is een bijzondere gelegenheid. Hallo? Roomservice, alstublieft. Wilt u een fles champagne en twee glazen naar kamer honderdtien laten brengen?'
Hij had niet veel ervaring in dat soort dingen, maar hij zou er iets onder durven verwedden dat hun kamernummer overeenkwam met Matties royale borstomvang.
Zijn wenkbrauwen schoten ongelovig omhoog toen de receptionist hem meedeelde dat het halfvier in de morgen was en dat roomservice om middernacht ophield.
'Maar dat is ontzettend!' riep hij uit, met een knipoog naar Mattie. 'Als ik dat had geweten, waren we naar het Charrington Grange gegaan. Ik weet dat ze daar aan alle wensen van hun gasten voldoen.'
'Nou, ik ben er blij om,' zei Mattie tevreden, terwijl ze zich

over hem heen boog en de waterkoker aanzette. 'Ik had toch liever een lekker kopje thee.'

In hun respectievelijke huizen vroeg Grace zich af wie haar moeders nieuwe vriend zou kunnen zijn en hoopte dat het een aardige man was, terwijl Antonia urenlang aan Ross lag te denken en zich maar heel even vluchtig afvroeg waarom Richard die avond niet uit Birmingham terug was gekomen, zoals hij van plan was geweest.

33

Het centrum van Bath wemelde van de toeristen en Holly werd bijna net zo moe van het door de drukte zigzaggen als van het winkelen.

Maar geld verbrassen aan kleren was een van haar fijnste ondeugden, dus toen ze eindelijk op haar favoriete terrasje in een stoel neerplofte, werkte de aanblik van de berg glimmende plastic draagtassen en de gedachte aan hun schandelijk dure inhoud als een balsem op haar zere voeten.

Toen ze vijf minuten later achter een groot stuk bosbessenkwarktaart zat, zag ze Adam Perry de hoek om komen en koers zetten naar de bodega aan de overkant. Holly zette haastig haar zonnebril op en trok haar hoofd tussen haar schouders om kleiner te lijken. Als die troep druk fotograferende Japanners nu maar een paar meter naar rechts wilde opschuiven – en zich al kiekend een beetje uitrekken – zou ze veilig zijn.

Maar dat deden ze niet en zij was niet veilig. Een ogenblik later joelde Adam al: 'Hee, lekker stuk!' waarbij hij zo uitgelaten wuifde dat hij bijna een klein, bebrild Japannertje in de fontein keilde.

Holly kromp ineen, bracht een glimlachje tevoorschijn en legde haar vork neer. Ze besloot beleefd te blijven; misschien zou ze goed vinden dat hij een kop koffie voor haar bestelde, even met hem praten en zich dan excuseren en weggaan.

Maar Adam scheen andere plannen te hebben. Rood van verontwaardiging zag ze hoe hij zich omdraaide en in de richting van de bodega liep, zijn autosleutels zwierig rinkelend in de hand.
Hoe vind je zoiets, dacht Holly gepikeerd. Om haar verwarring te verbergen, greep ze haar vork en prikte woedend in de rest van haar taart. Wat verbeeldde die Adam Perry zich eigenlijk wel?

'En ze ruikt ook nog lekker,' schalde de bekende stem twee minuten later. Holly, die hem niet terug had zien komen, schrok zich een ongeluk toen hij een dikke klapzoen in haar nek drukte. Het was hem weer eens gelukt haar tot het middelpunt van de ongewenste belangstelling te maken. Zelfs de duiven schenen hen geamuseerd gade te slaan.
'Ga zitten,' siste ze, en hij bulderde van het lachen.
'Ik wil wedden dat jij je afvroeg waar ik gebleven was! Voelde je je genegeerd? Nou, wees maar niet bang, engel, hier ben ik. Moest alleen even naar de overkant om een paar vrienden te zeggen dat ik bij nader inzien niet meega. Dus nu ik vrij ben, kunnen we samen in een chique tent een hapje gaan eten.'
Hij viel verschrikkelijk uit de toon tussen de popperige, toeristische lieflijkheid van het plein. Zelfs het witte stoeltje scheen nauwelijks in staat zijn enorme gewicht te dragen. Holly keek naar de bizarre combinatie van een donkerroze kasjmier trui, een gekreukte witte cricketbroek, warrig haar en glimmende Gucci loafers, en verbaasde zich inwendig over het feit dat Adam het steeds weer klaarspeelde haar bij elke gelegenheid voor schut te zetten en dat kennelijk nog leuk vond ook.
'Het spijt me,' zei ze kalm, 'maar ik heb andere plannen. Wil je daar wel eens afblijven?'
Maar Adam was al in een van de glimmende plastic tassen gedoken. En natuurlijk in die met de lingerie.
'Tjee, Holly, jij hebt in de bus geblazen zeg. Nee maar...!'
De Franse schoolmeisjes aan het naburige tafeltje lachten zich slap toen hij een doorzichtige, nachtblauwe teddy omhoog hield en een bijpassende, kanten beha. 'Fantastisch! Werkelijk heel verleidelijk...'

'Laat dat!' Ze graaide de spullen uit zijn hand en stopte ze haastig in de zak terug, terwijl ze bedacht dat het veel erger had kunnen zijn. Onder in de tas van Marks & Spencer zat een superstevige step-in. Stel dat hij die omhoog had gehouden, dan zou ze zich helemaal opgelaten hebben gevoeld...

'Verander ze.'

'Wat?'

Adam grinnikte. 'Die vervelende "andere plannen" van je. Het is prachtig weer en we zouden er een gezellige middag van kunnen maken. Jij zou je nieuwe ondergoedje kunnen aantrekken en ik zou je heel langzaam kunnen uitkleden... in gedachten natuurlijk.'

Hij was werkelijk onmogelijk. Holly schudde haar hoofd. 'Ik heb geen zin om mijn plannen te veranderen. Ross haalt Tessa en de baby vandaag uit het ziekenhuis, en we hebben een klein feestje bij Tessa thuis.'

'Maar dat is geweldig,' zei Adam, niet uit het veld geslagen. 'Dan gaan we samen. Op één voorwaarde.'

Overrompeld door het feit dat hij zichzelf zo vlot had uitgenodigd, vroeg Holly bedremmeld: 'Wat dan?'

'Dat je dat beeldige nieuwe ondergoedje aantrekt, natuurlijk.'

Iemand daarboven speelde vast onder één hoedje met Ross, dacht Tessa achterdochtig. Omdat ze geen feestnummer was, had haar huisje altijd ruim genoeg geleken. Nou ja, klein, maar groot genoeg voor haar.

Maar vanmiddag barstte haar arme huisje uit zijn voegen van de mensen die hun gelukwensen kwamen aanbieden, en Ross had zo'n zie-je-nou-wel gezicht dat des te irritanter was omdat hij volkomen gelijk had.

'Ik wil dat ze met mij gaat samenwonen,' had ze hem tegen Holly horen zeggen toen ze zich moeizaam langs hem heen wrong op weg naar het keukentje, 'maar ze is zo verdomde koppig...'

'Maar woon jij dan niet in het hotel?' vroeg Adam, die evenveel plaats innam als drie mensen van normaal postuur. 'Hoeps, allemaal even de adem inhouden: kortgeleden zwanger geweeste vrouw probeert te passeren.'

Ik geloof dat ze allemaal tegen me samenspannen, dacht Tessa. Ross zal wel geweldig genieten.
'Ik heb tegen haar gezegd,' stond hij nu demonstratief geduldig uit te leggen, 'dat ik een huis voor ons zou kopen... een behoorlijk ruim huis... maar ze wil er zelfs niet over pràten. Heb je gehoord dat Hunter's Lodge volgende week onder de hamer komt, Adam?'
'Prachtig huis!' verklaarde Adam omstandig. 'Ik ken de vorige bewoners, ik heb er zelfs een paar keer gelogeerd. Magnifiek uitzicht, zes slaapkamers, zwembad.'
Het was een samenzwering, dacht Tessa moedeloos, toen ze zich op de terugweg weer langs hen heen worstelde. Ze hield zielsveel van haar huisje, en als Ross dacht dat hij haar kon overhalen met zes volkomen overbodige slaapkamers en een zwembad, had hij het goed mis.
'Tess,' zei Max, die Olivia in zijn armen had en zijn hoofd moest buigen om niet tegen de lage balken van het plafond te lopen, 'kun je misschien een doek uit de keuken halen? Ze heeft op mijn overhemd gespuugd.'
'Oei, daar gaat ze weer! Iedereen buik inhouden,' daverde Adam toen Tessa weer langs hen heen schoof. 'Ross, voor hoeveel zou Hunter's Lodge gaan, denk je? Jezus, wat is dit een klein huisje. Ik heb wel eens grotere caviakooien gezien...'
'Goed, best,' riep Tessa, beseffend dat ze niet langer tegen zoveel openlijke dwang op kon. 'Jullie zouden je allemaal moeten schamen... maar ik geef me gewonnen.' En zich tot Ross wendend zei ze: 'Ik weet wel niet wat we met zes slaapkamers aanmoeten, maar als je er dan zo je zinnen op hebt gezet...'
Holly omhelsde haar. Ross, die nog niet kon geloven dat hij eindelijk het pleit had gewonnen, kuste Tessa hartstochtelijk. Adam hief zijn champagneglas, streek het langs Olivia's gebalde vuistje en zei: 'Ik weet niet wat jullie met zes slaapkamers zouden doen, schat, maar als ik in jullie schoenen stond...' Hij pakte Holly enthousiast om haar middel. '...weet ik precies wat mij daarbij het duidelijkst voor ogen zou staan.'
'Griezel,' zei Holly. Ze dronk haar glas leeg en hoopte dat ze nu eindelijk naar de tuin mochten. Ross had hun op het hart

gedrukt om binnen te blijven en zich zo omvangrijk mogelijk te maken en zo veel mogelijk in de weg te staan.
'Dat is niet griezelig,' zei Adam, terwijl hij haar in haar achterste kneep. 'Dat is de menselijke natuur, wederzijdse aantrekkingskracht, de mysterieuze werking van de liefde...'

Hunter's Lodge werd met bijna onfatsoenlijke haast gekocht. Ross had zich moeiteloos van alle andere geïnteresseerden ontdaan door hen zo fanatiek te overbieden als alleen een vastberaden koper dat kon, en de tegenstand was letterlijk voor Tessa's ogen verschrompeld en vergaan.
'Het is van ons,' zei hij, terwijl hij haar omhelsde. 'We hebben een behoorlijk thuis voor Olivia. En kun je nu nog één enkele reden bedenken waarom we niet zouden trouwen?'
Het was de stomste reden die er bestond en Tessa vond het misselijk van zichzelf dat ze hem niet van zich af kon zetten, maar er bleef aldoor één bedenking knagen. Want ondanks alles wat Ross voor haar had gedaan en ondanks alles wat hij voor haar betekende had ze niet kunnen vergeten dat hij haar opdracht had gegeven om een schilderij te maken, en dat toen, terwijl hij schijnbaar meer dan tevreden was over het resultaat, doodkalm met winst had verkocht, alsof het niet meer gevoelswaarde had dan een stapel aandelen van British Telecom.
'Wel?' zei hij nu, terwijl hij haar aandachtig opnam. 'Zeg het me maar.'
Tessa schudde haar hoofd. Ze moest niet zo flauw zijn. Alle zakenlieden kochten en verkochten dingen en verdienden daar geld mee, en als zij een behoorlijk inkomen uit haar schilderen wilde halen, zou ze aan dat feit moeten wennen. Ze zou moeten leren dergelijke transacties niet als een persoonlijke belediging op te vatten.
'Ach nee, het is niets.'
Ross keek haar doordringend aan. 'Als het je ervan weerhoudt om met me te trouwen,' zei hij rustig, 'is het wel iets. En het heeft geen zin om het op te kroppen, want ik blijf vragen tot ik weet wat het is.'
Omdat ze wist dat hij zich toch niet zou laten afschepen, zei

ze haastig: 'Je hebt het schilderij verkocht dat ik voor je had gemaakt.'
Hij was heel even van zijn stuk gebracht. Ze zag een glimp schuldbesef in zijn donkere ogen en toen een pretvonkje, en ze wist dat hij zou proberen zich er met een grapje van af te maken.
'Wie heeft je dat verteld?'
'Dat doet er niet toe,' zei ze, omdat ze Grace er niet in wilde betrekken. 'Ik weet het gewoon. En ik weet ook dat het me niet dwars zou moeten zitten... maar dat doet het wel.'
Hij glimlachte flauwtjes, nam haar hand en gaf die een verzoenend kneepje. 'Lieve schat, ik heb het niet verkocht. Ik heb je toch verteld dat Nico het wilde lenen om het aan vrienden te laten zien. Het is bij hem thuis, in Londen.'
'Hou toch op,' zei Tessa moedeloos. 'Snap je niet dat ik dat nu juist niet kan verdragen? Ik wil niet dat je tegen me liegt.'
'Maar Tess...'
'En als je toch liegt,' vervolgde ze met een vleugje bitterheid, 'zou je je smoezen beter moeten inkleden. Toen Nico en zijn vrouw in The Grange waren heb ik Camilla gevraagd of ze het schilderij mooi vond. Ze wist niet eens waar ik het over had.'

34

'Ik dacht dat je tante in Bloomsbury woonde,' zei Tessa terwijl ze door Regent Street naar Piccadilly Circus reden.
Ross grinnikte. Hij had het grootste plezier. Sinds hij tante Dorothy vierentwintig uur geleden had bedacht – achterin de zestig, orthopedisch chirurg in ruste, met een vorstelijke houding, een glazen oog en een messcherp gevoel voor humor – was hij bepaald op de ouwe tang gesteld geraakt.
'Daar woont ze ook, maar ze wilde beslist met ons in dat nieuwe restaurant in Old Bond Street gaan lunchen. Daar treffen we haar.'
Dit was voor het eerst dat Tessa ervan hoorde. Ze draaide zich

om en keek naar Olivia die in haar reiswieg op de achterbank lekker lag te slapen. 'Ik hoop dat dat restaurant geen bezwaar tegen baby's heeft.'
'We zijn tante Dorothy's gasten,' zei Ross. 'Ze zouden niet durven.'
'Dan zijn we vlak bij de Royal Academy,' bedacht Tessa toen ze Swallow Street naderden. 'O, Ross... de Summer Exhibition wordt deze week gehouden. Zouden we daar na afloop nog even naar toe kunnen gaan? Ik zou zo dolgraag...'
'Sorry, Tess.' Hij schudde zijn hoofd en trok een gezicht. 'Tante Dorothy houdt niet van kunst. Vindt ze te onbenullig. Maar als ze je een rondleiding door het Museum voor Wetenschappen aanbiedt, weet je dat je bij haar in de smaak valt.'
'O, enig.' Tessa zuchtte toen ze langs de Royal Academy reden, waar het een komen en gaan van bezoekers was. Tante Dorothy leek haar een tiran. En ze begreep werkelijk niet waarom Ross met alle geweld naar dat bejaarde familielid wilde over wie hij tot gisteren zelfs nooit had gepraat.

Het was een geluk geweest dat Max Tessa die dag in een dermate vergevorderd stadium van barensnood had aangetroffen dat hij helemaal vergeten was iets over het telefoontje van de Academy te zeggen. En het was een nog groter geluk geweest dat hij het, toen het hem eindelijk weer te binnen schoot, niet aan Tessa maar aan Ross had verteld, en Ross had het probleem van de beschadigde lijst vlot kunnen oplossen. Zij het met weinig vriendelijke gedachten aan de portier die zijn dikke fooi had opgestreken met de verzekering dat het schilderij met de grootste voorzichtigheid zou worden behandeld.
Maar het schilderij, Tessa's schilderij, hing op dit moment in de Academy, en ze stonden er zowat op de stoep. 'Ach,' zei Ross met een blik op zijn horloge, 'tante Dorothy's motorfiets is nog nergens te zien, dus misschien moeten we toch maar even naar de tentoonstelling gaan kijken. Een paar minuutjes.'
Hij was gelukkig zo verstandig om Olivia over te nemen toen ze eenmaal binnen waren. Hij voerde Tessa haastig door de eerste zaal, bleef bij de ingang van de tweede staan en zei: 'Deze lijken me veel interessanter.'

Als Tess Olivia had gedragen was er een kans geweest – een héél klein kansje – dat ze haar had laten vallen.
Ze dacht eerst werkelijk dat ze aan hallucinaties leed. Toen dacht ze, terwijl de bezoekers om haar heen drongen en duwden, dat iemand anders door een toeval van één op de zoveel miljoen een schilderij moest hebben gemaakt dat een zo sterke gelijkenis met het hare vertoonde dat het van een afstand hetzelfde leek.
Ze liep er als een slaapwandelaarster naar toe, met bonzend hart, haar handen tot vuisten gebald omlaag hangend. Toen ze het tot op drie meter genaderd was, leek het nog steeds op haar schilderij. Zou de geheimzinnige koper misschien om een onbekende reden hebben besloten het tentoon te stellen? Had een andere kunstschilder haar werk gezien en het gekopieerd? Ze was te zeer in de war om verder te gissen... de schok was te groot.
En toen zag ze het kaartje eronder, met haar naam erop en de mededeling dat het schilderij niet te koop was, en terwijl de betekenis tot haar doordrong, vulden haar ogen zich met tranen van blijdschap.
Op dat moment, toen hij met Olivia in zijn armen naast haar kwam staan, wist Ross dat hij nog nooit zoveel van haar had gehouden. Haar gezichtsuitdrukking was van een wonderbaarlijke schoonheid. Ze was mooi en oprecht, trots en intelligent, begaafd en eigenzinnig, en ze had hem een dochter geschonken die volkomen nieuwe gevoelens in hem wakker riep.
Ze stak haar arm door de zijne en fluisterde: 'Ik weet niet wat ik moet zeggen.'
Hij glimlachte, zonder zijn blik van het schilderij af te wenden. 'Zeg maar ja.'
Tessa schudde, nog steeds perplex, haar hoofd. 'Ik kan gewoon niet geloven dat het waar is. Ik kan nog niet geloven dat jij mijn schilderij voor de Summer Exhibition hebt ingezonden... weet je wel hoeveel schilderijen er elk jaar worden ingezonden? En hoeveel er worden geweigerd?'
'Ja.'
'Maar... hoe kwam je ertoe om dat te doen?'
'Zou jij het zelf hebben gedaan?' was zijn tegenvraag, en ze

schudde opnieuw haar hoofd, waarbij ze afwezig de binnenkant van zijn pols streelde.
'Natuurlijk niet. Ik zou het niet gedurfd hebben.'
'Daarom heb ik het gedaan.'
'En ik dacht dat je het verkocht had.'
'Ja.'
Tessa slikte de brok uit haar keel weg en zei gesmoord: 'Ik weet nog steeds niet wat ik moet zeggen.'
'Zeg maar ja,' herhaalde hij zo geduldig dat Tessa glimlachte.
'Goed dan. Ja. En vertel me nu maar waar ik zojuist mee akkoord ben gegaan.'
'Je bent zo'n pienter meisje,' zei hij triomfantelijk, terwijl hij haar kin ophief en een kus op haar rode mond drukte. 'Ik weet zeker dat je dat wel kunt raden.'

'Deze keer,' zuchtte Holly opgetogen, kan er niets meer mis gaan. Het is een *fait accompli.*'
'Wat?' vroeg Tessa, die met de ene hand Olivia voedde en met de andere probeerde de post te openen. Het was ongelooflijk hoeveel verzoeken om inlichtingen ze over haar werk ontving. Maar ze was vooral blij dat het schilderij weer in Ross' kantoor hing en het, zodra Hunter's Lodge was opgeknapt, daar zou komen te hangen. Niet alleen om de grote zitkamer op te luisteren maar ook om Tessa er voortdurend aan te herinneren dat ze ooit aan Ross' absolute eerlijkheid had getwijfeld.
'Max is getuige,' legde Holly overdreven geduldig uit, 'en ik ben bruidsmeisje. Moet ik nog meer zeggen?'
'Dat doe je toch wel,' zei Tessa, terwijl ze een stapel enveloppen verfrommelde en in de richting van de prullenmand wierp. Dit leek haar niet het juiste moment om te vertellen dat ze Adam Perry op de bruiloft had gevraagd.
Holly bracht met een zwierig gebaar een tweede laag rode lipstick aan en wierp een kushand naar Olivia die haar donkere oogjes opende en met haar vuistjes zwaaide. 'Natuurlijk zeg ik nog meer,' verklaarde ze, zichzelf in de spiegel bekijkend. Ze had over tien minuten weer dienst. 'Ik zal zelfs een voorspelling doen: jouw huwelijksnacht wordt de nacht waarin ik eindelijk die spetter van een man in mijn bed krijg.'

Er waren zoveel voorbereidingen te treffen dat Tessa al spoedig waardering begon te krijgen voor de mensen die alles in de juiste volgorde afwerkten: eerst trouwen en dan pas een baby krijgen. Ross nam het leeuwendeel van de organisatie op zich, maar ze stond nog steeds versteld dat er toch nog zoveel te doen bleef, en Olivia was een schatje, maar wel een echt handenbindertje dat veel tijd en ruimte in beslag nam. Aan schilderen kwam Tessa uiteraard helemaal niet toe. Lege doeken lagen onder stapels Pampers en telkens wanneer het haar gelukt was een beetje ruimte in haar overvolle huisje te scheppen, kwam de een of andere dolverrukte volwassene – meestal Holly, Max of Adam – opdagen met het zoveelste enorme en onpraktische knuffelbeest voor Olivia. Toch was ze eindelijk echt gelukkig. In weerwil van haar vroegere twijfels en bange vermoedens wist ze nu dat ze niets liever wilde dan met Ross trouwen.

En aangezien ze niets had gevoeld voor een grootscheepse bruiloft en Ross daar juist zijn zinnen op had gezet, hadden ze een compromis bereikt; een eenvoudige plechtigheid op de Burgerlijke Stand, gevolgd door een grote, luisterrijke receptie in The Grange.

Het klonk simpel, dacht ze moedeloos, terwijl Olivia krijste van de honger en een stapel antwoordkaartjes van de genodigden op de grond gooide. Wie had ooit gedacht dat trouwen zo ongelooflijk gecompliceerd kon zijn?

Wie had ooit gedacht dat verliefd zijn zo gecompliceerd kon zijn, dacht Mattie, terwijl ze haar thee dronk en wachtte tot de telefoon zou bellen, in het veilige besef dat hij dat bijna zeker zou doen.

Zij, die zichzelf nooit in de rol van maîtresse had gezien, kon nog steeds maar moeilijk aan het feit wennen dat ze dat nu toch was. En dat je dat met de juiste man, zoals ze met enig schuldgevoel had ontdekt, akelig makkelijk kon worden.

Het was, op een beetje achterbakse wijze uiteraard, geweldig spannend. Maar juist die geheimzinnigheid werkte als een soort liefdesdrank, en wanneer ze samen waren hield Mattie zichzelf voor, zoals Richard haar had geleerd, dat het, omdat Antonia zelf al jaren slippertjes maakte, helemaal niet erg was. Het was immers niet zo dat hij een trouwe echtgenote bedroog die thuis op hem wachtte met liefdevolle conversatie en een met zorg bereide maaltijd.

Maar schuldbesef en vreugde en jonge liefde en de wetenschap dat wat ze deed verkeerd was... en tegelijkertijd zo fijn... was toch een schok voor het gestel. Ze was de afgelopen twee weken zonder enige moeite acht pond afgevallen. Ze dacht erover om het Seks-Plan Dieet aan de man te brengen. Gebrek aan zelfvertrouwen belette haar dat echter. Ondanks het feit dat iedereen zei dat ze er zoveel beter uitzag, en ondanks het feit dat Richard gisteravond (op het hoogtepunt van de liefdesdaad) tegen haar had gezegd dat hij van haar hield. Maar als het op dat moment gezegd werd, telde het dan wel? Hoe zou deze verrukkelijke relatie verder verlopen?

Want hoewel ze van Richard hield – veel, hartstochtelijk veel – spookte de angstaanjagende gedachte dat hij haar alleen maar gebruikte, nog steeds door Matties dagdromen. Als nuchtere vrouw was ze zich er maar al te zeer van bewust dat dit heel goed net zo'n soort affaire zou kunnen zijn als met Ross Monahan... alleen wat langduriger. Waarom zou Richard tenslotte anders een knappe, slanke, jonge vrouw laten zitten voor een oudere, gezette, niet-chique vrouw die hem niets anders te bieden had dan allesoverheersende liefde en zwangerschapsstriemen...

Francine Lalonde had ook zwangerschapsstriemen, maar dat kon Max niets schelen. Holly had, met zo'n afgrijselijke tint roze lipstick dat hij zin kreeg om haar mond met een tissue af te vegen, de hele morgen bepaald wulps naar hem gekeken. Om zich te wreken ging hij naar boven en vroeg een gesprek aan met Madrid, waar Francine aan het filmen was.

Ze was natuurlijk op de set en kon niet aan de telefoon komen.

Toen ze hem drie uur later eindelijk terugbelde, hoorde hij tot zijn teleurstelling dat het uitgesloten was dat ze voor de trouwerij van zijn broer naar Engeland kon komen. Ze kon onmogelijk weg.

En wat zijn teleurstelling nog vergrootte was dat ze hem beslist – Francine was nu eenmaal Francine – wilde uitleggen waarom niet. 'Lieveling ik ben dóódmoe. Deze rotregisseur laat me de hele dag en de halve nacht keihard werken, en dan vrijt Armand de andere helft van de nacht met me... heus, ik kan nog niet in bad gaan zonder dat hij me pakt. Misschien dat ik, als deze verschrikkelijke film klaar is, een paar dagen naar je toe kan komen, maar op het moment zit ik tot over mijn oren in het werk. Ahh!' Hij hoorde haar wellustig zuchten en vroeg zich nijdig af of de onbekende Armand – ongetwijfeld de een of andere geldbeluste gigolo – nu ook bij haar was. 'Je hebt geen idee, lieveling, hoe dodelijk vermoeiend dat allemaal is.' Hij hoorde zichzelf tot zijn ergernis zeggen: 'Ik heb het zelf ook behoorlijk druk. Het scenario is bijna af.'

Francine slaakte een juichkreet. 'Max, je bent geweldig! En is het echt zo fantastisch goed? Wat denk je, zou ik er een Oscar mee kunnen winnen?'

'Je zult het moeten lezen en je zelf een oordeel vormen,' antwoordde hij, in een poging afstandelijk en tegelijkertijd indrukwekkend over te komen. Aangezien de gedachte aan zijn lijf niet genoeg was om haar bij Armand weg te lokken, moest hij haar wel het aas van een ongezien, en nog onvoltooid, scenario voorhouden. 'Puttnam is er erg in geïnteresseerd,' voegde hij er nog nonchalanter aan toe. Nu verlaagde hij zich nota bene ook nog tot het vertellen van grove, schaamteloze leugens.

'David Puttnam!' riep Francine uit, hoorbaar onder de indruk. 'Max, ik beloof je dat ik je zo gauw mogelijk in je leuke hotelletje kom bezoeken.'

Nou ja, het was eigenlijk maar goed, dacht Max toen hij de telefoon neerlegde, dat het een leugen was. Als David Puttnam Francine in die film zou regisseren, zou ze ongetwijfeld minder tijd dan ooit voor de arme scenarioschrijver over hebben.

35

De dag voor de trouwerij beloofde een prachtige dag te worden. De wazige nevel was tegen acht uur opgelost en de eerst nog lichte hemel werd geleidelijk aan diepblauw zonder een enkel wolkje. De hotelgasten ontbeten op het terras, koesterden zich in de zon, genoten van het uitzicht en bespraken op hun gemak welke bezienswaardigheden ze die dag in het prachtige Bath wilden bezoeken. Dat wil zeggen, als ze zich konden losrukken van de schoonheid die hen nu al omringde.

Grace, die een gezelschap Duitsers – twee veel te dikke zakenlieden uit Düsseldorf en hun even dikke, roodverbrande vrouwen – hun ontbijt bracht, zag tot haar verwondering Antonia Seymour-Smith alleen aan een naburig tafeltje zitten. Het was haar opgevallen dat Antonia, die altijd een geregelde gast van het hotel was geweest, de laatste zes weken niet meer was komen opdagen. Degenen die van haar jarenlange relatie met Ross op de hoogte waren – en dat was iedereen die in het hotel werkte – hadden verondersteld dat Ross, die waarschijnlijk als jonge vader en aanstaande echtgenoot met een schone lei wilde beginnen, een eind aan de relatie had gemaakt en haar had verzocht uit de buurt van The Grange te blijven.

Terwijl ze de borden, volgeladen met gegrilde bacon, tomaten, champignons en roerei op de tafel van de Duitsers neerzette, wierp Grace een snelle blik op Antonia en hoopte maar dat ze niet was gekomen om problemen te maken. Haar eigen aarzelende vriendschap met Tessa betekende enorm veel voor haar. Ze was dol op haar halfzusje Olivia, en sinds Ross en Tessa hun huwelijksplannen hadden aangekondigd, was Ross een ander mens geworden. Grace' dagdromen draaiden nu om de hoopvolle gedachte dat ze op een goede dag voldoende moed bijeengeraapt zou hebben om Tessa te vertellen wie ze werkelijk was, en dat ze met open armen in de mondaine, hechte en geweldig interessante familie Monahan ontvangen zou worden.

Grace dacht terug aan de gebeurtenissen met Kerstmis, toen Antonia zich aan Tessa had voorgesteld en had geprobeerd haar relatie met Ross kapot te maken, en vroeg zich af of ze hem nu moest gaan zoeken en hem waarschuwen dat Antonia hier zat. Maar terwijl de gedachte bij haar opkwam, hoorde ze het bekende geluid van zijn auto en even later zag ze de witte Mercedes in de richting van de grote weg rijden.

Op dat moment stak Antonia haar hand op en wenkte haar, en Grace begreep dat ze zelf de honneurs zou moeten waarnemen.

'Koffie, graag,' zei Antonia. Haar gezicht ging schuil achter een enorme zonnebril, haar stem was toonloos. Grace was niet de enige wier oren het geluid van die bepaalde motor kenden, en ofschoon Antonia niet in de eerste plaats was gekomen in de hoop Ross te zien, kromp haar maag ineen van teleurstelling toen ze besefte dat ze daar eigenlijk wel voor gekomen was.

Maar dat gaf niet, troostte ze zichzelf, terwijl het dienstertje voor haar een blocnootje uit de zak van haar schortje opdiepte. Een huwelijk was niet het einde van de wereld. Zodra het nieuwtje eraf was, zou Ross bij haar terugkomen.

'Alleen koffie,' herhaalde ze nadrukkelijk geduldig, toen Grace met het potlood in de hand voor haar bleef staan. Was dat kind niet goed snik of zo?

'Gôh, sorry. We hebben het ook zo druk met de voorbereidingen voor de bruiloft van Ross,' zei Grace, 'dat mijn hoofd omloopt. Er is zoveel te doen, en iedereen is zo opgewonden.'

'Mmm,' zei Antonia met een blik op haar eigen trouwring. 'Tja, bruiloften zijn altijd opwindend. Dat moeten ze wel zijn, als compensatie voor de sleur die erop volgt.'

'O, voor Tessa en Ross zal het nooit een sleur worden,' verklaarde Grace vermetel, en Antonia verbeet een glimlach. Als het aan haar lag, zou het voor Ross zeker geen sleur worden.

'Ze passen zo goed bij elkaar,' vervolgde Grace, haar kans grijpend. 'Ik heb Ross nog nooit zo gelukkig gezien, en ik weet gewoon dat het een ideaal huwelijk wordt. Hij is helemaal veranderd,' voegde ze er veelbetekenend aan toe, haar gezicht rood aangelopen van haar eigen moed, 'en nu hij eindelijk van iemand is gaan houden, zal hij wel zorgen dat hij haar niet meer kwijtraakt en ...'

'Te veel goedkope romannetjes lezen is slecht voor de gezondheid,' snauwde Antonia, die zich, tot het uiterste getergd, moest

bedwingen om dat kind niet midden in haar domme gezicht te slaan. Ze stond abrupt op met de woorden: 'En hou die koffie maar.'
'Mooi zo,' fluisterde Grace triomfantelijk, terwijl ze Antonia nakeek, 'want jouw soort hebben we hier niet nodig.' En op zekere dag, op zékere dag zou ze Ross vertellen wat zij had gedaan om te zorgen dat zijn trouwdag zonder hindernissen kon verlopen.

Omdat de pers haar eigen wetten stelt, zijn journalisten altijd prat gegaan op hun vermogen om schokeffecten teweeg te brengen.
Sadie Labelle, die daarop geen uitzondering vormde, was buitengewoon tevreden over haar artikel, dat aan de vooravond van Ross Monahans huwelijk verscheen.
Als invloedrijke Fleet Street-journaliste was ze gewend met respect te worden bejegend door mensen die heel wat belangrijker waren dan Tessa Duvall, en de duidelijke onverschilligheid, om niet te zeggen spot, van die jonge vrouw had haar spinnijdig gemaakt.
Maar, zoals Ross Tessa al had gewaarschuwd, niemand kon Sadie Labelle ongestraft ergeren, en deze keer was de vrouw die bekend stond om haar keiharde artikelen, er extra hard tegenaan gegaan. 'Ik interview maar zelden onbekende mensen,' luidde de openingszin van de eerste alinea, en Holly, die met een mok thee, een lichte kater en het ochtendblad weer in bed was gekropen, voelde een vaag onbehagen in zich opkomen. 'Maar aangezien deze onbekende Tessa Duvall is, de aanstaande vrouw van de heerlijk slechte Ross Monahan, heb ik me laten overhalen om haar te ontmoeten.
En ik moet zeggen dat het een bijzonder leerzame ontmoeting was. Waarom, zo vroeg ik me af, zou een uitermate begerenswaardige man als Ross willen trouwen met een onbekende, onvriendelijke schilderes die geen behoorlijk gesprek kan voeren en wier belangstelling om deze eenvoudige journaliste te ontmoeten gelijkstond met haar vroegere financiële positie... nul komma nul?
Maar juffrouw Duvall is een gewiekst meisje en het antwoord

is, vanzelfsprekend, dat ze hem aan de haak geslagen heeft. En daarom zou ik haar tactiek onder de aandacht van alle ongehuwde, succesvolle mannen willen brengen. In de loop van het interview heeft ze me een paar leugens opgedist, en ik geloof niet dat het de eerste van haar leven waren. Ik zou juffrouw Duvall, en alle vrouwen die haar trachten na te volgen, er echter op willen wijzen dat ongehuwde, succesvolle mannen dat soort trucs uiteindelijk toch doorzien. Als Tessa werkelijk gelooft dat ze haar man voor het leven heeft gevangen, zou ik haar dringend willen adviseren dat niet voetstoots aan te nemen...'
Zo ging het nog een tijdje door, maar Holly had de telefoon al gegrepen en woedend het nummer van The Grange ingetikt. Even later had ze Max aan de lijn.
'O, Max, zorg alsjeblieft dat...'
'Tessa die krant niet ziet,' viel hij haar in de rede, wel wetend dat Holly, wanneer ze eenmaal begon te ratelen, niet te stuiten was. 'Niets aan de hand. Ze heeft hem al gezien. Ze moest erom lachen.'
Holly zonk in de kussens terug, verbluft, maar nog steeds woedend. 'Moest ze er werkelijk om lachen? Maar het is zo gemeen! Gaat ze een aanklacht indienen?'
'Welnee, natuurlijk niet. Je kent Tessa toch. Die maakt zich niet druk over zo'n kleinigheid. En ze is bepaald niet het soort dat zich iets aantrekt van wat anderen van haar denken, nietwaar?' Max dacht met een glimlach terug aan die keer toen ze een fles goeie rode wijn over zijn broek had leeggegoten. Holly was daar echter niet zo zeker van.
'Mensen doen soms alsof iets hen niet raakt,' zei ze, terwijl ze het beledigende artikel verfrommelde en in de richting van de prullenmand smeet. Aangezien ze met de jaren niet beter was gaan richten, belandde het echter in de rand van de grote hoed die ze morgen op de bruiloft zou dragen. 'Maar daarom voelen ze zich inwendig nog wel gegriefd.' De opmerking was volgens haar dubbel toepasselijk; ze hoopte dat hij Max over hun eigen relatie aan het denken zou zetten. Het werd tijd dat hij ging beseffen dat ze meer was dan een groot vloeiblad voor zijn beledigingen.
'Dat is soms inderdaad het geval,' beaamde Max, die meteen

begreep waar ze op doelde. 'Maar aan de andere kant,' vervolgde hij, omdat hij het nooit kon laten om Holly op stang te jagen, 'zijn sommige mensen pas gelukkig wannéér ze zich gegriefd voelen.'

Het krantenartikel had Tessa natuurlijk wel gegriefd, maar ze had zichzelf aangepraat dat het maar gewauwel was, en ze had haar ware gevoelens uitstekend kunnen verbergen.
Dat was ook wel nodig geweest om haar aanstaande man te kalmeren, want die had Sadie Labelle uitgemaakt voor alles wat lelijk was en gedreigd gigantische bedragen aan schadevergoeding te eisen. Het had een hele tijd geduurd voor hij uitgeraasd was en Tessa was dan ook hevig opgelucht toen ze hem eindelijk zover had gekregen dat hij naar Bath reed om nog een paar extra kratten champagne te halen.
'Maak je er toch niet druk om,' had ze gezegd toen ze hem bij zijn vertrek een kus gaf.
'Die griet is een gemeen kreng,' zei Ross, terwijl hij zijn arm om haar schouders legde, 'maar ik zal niets ondernemen. En ik laat onze trouwdag niet door Rondom Lelijk bederven. Hmm,' fluisterde hij, terwijl hij Tessa tegen zich aantrok en zijn handen langs haar slanke middel liet glijden. 'Ik weet eigenlijk veel leukere dingen dan naar de stad rijden en champagne halen. Als we eens een beetje gingen oefenen, gewoon om er zeker van te zijn dat we weten wat we morgenavond moeten doen...?'
'En als jij je eens een beetje oefende in zelfbeheersing?' opperde Tessa met een flauw glimlachje. 'We hebben nog zoveel andere dingen te doen vandaag... en het is eigenlijk jammer om voor de verleiding te bezwijken, nu we nog maar een dag moeten wachten.'
'Als ik had geweten dat je tegen seks vóór het huwelijk was,' fluisterde Ross, terwijl hij haar in haar hals kuste en de verrukkelijke geur van haar huid opsnoof, 'was ik een halfjaar geleden met je getrouwd.'
'Ik weet dat je dat wel had gewild,' antwoordde ze, met een ondeugend lachje, 'maar misschien mag ik je eraan herinneren, meneer Monahan, dat ik je toen heb afgewezen.'

36

Het huisje was nu bijna helemaal leeg. Tessa stond in de zitkamer met Olivia in haar armen en keek naar de witgesausde muren, waar de schilderijen afgenomen waren. Ze glimlachte voor zich heen toen ze bedacht dat huizen groter lijken wanneer ze leeg zijn, maar dit leek nog steeds even klein.
Maar dit was háár huis geweest. Ze had hier met plezier gewoond.
'En nu gaan we erop vooruit,' zei ze tegen Olivia. Maar die had veel meer belangstelling voor haar teentjes, die ze van haar mollige voetjes probeerde te trekken. 'Is dat niet fijn?'
Olivia slaakte een kreet van boosheid. Haar teentjes zaten erg goed vast.
'Hmm, laat Ross dat maar niet horen. Wanneer we in het nieuwe huis trekken, verwacht hij dat je je waardering op gepaste wijze uitdrukt. Dus denk erom, niet op die prachtige handgeweven tapijten spugen waar hij zo trots op is.'
Maar haar dochter luisterde niet, die had het te druk met haar teentjes. Tessa legde haar in de reiswieg, keek op haar horloge en zag dat het tijd werd om de laatste dozen met boeken, planten en schilderijen in de auto te laden. Ze moest om half één in The Grange terug zijn om de naaister te kunnen bedanken die de kleding voor haar en Holly had gemaakt. Het arme mens had zo hard gewerkt. De bruidsjurk had drie keer veranderd moeten worden omdat Tessa elke week slanker werd, naarmate ze haar 'pre-Oliviaans' figuur terugkreeg, en bovendien had ze heel wat te stellen gehad met Holly, toen een aanval van liefdesverdriet vijf centimeter aan haar taille had toegevoegd.

Antonia merkte dat ze autoreed omdat ze niet wist wat ze anders in vredesnaam met haar tijd moest doen. Ze voelde zich zo beverig en onzeker als een alcoholiste die na een ontwenningskuur toch weer op het punt staat voor de drank te bezwijken. Het was nog maar halftwaalf en ze wist niet hoe ze het volgende uur moest doorkomen, laat staan de volgende

twee dagen. Want hoe vaak ze ook tegen zichzelf zei dat Ross' huwelijk niet meer was dan een tijdelijk ongemak, de woorden klonken niet langer oprecht.
De paniek begon vat op haar te krijgen, en die hatelijke dienster in The Grange had, ondanks het feit dat ze waarschijnlijk door Tessa was betaald om al die dingen te zeggen, de onzekerheid alleen nog maar drukkender gemaakt. Het enige dat Antonia nu zeker wist, was dat Ross met iemand ging trouwen die totaal ongeschikt voor hem was... dat hij een vreselijke vergissing beging... en ze kon die gedachte niet verdragen, maar aangezien er niets anders was dat haar bezighield, kon ze niet verhinderen dat die ondraaglijke gedachte alsmaar door haar hoofd maalde...
Nadat ze zichzelf die morgen had aangepraat dat een bezoek aan The Grange gewoon een prettige manier was om de dag te beginnen, moest Antonia zichzelf nu bekennen dat ze uit een soort onbedwingbare impuls het pad naar Tessa's huisje indraaide, dat niets haar daarvan kon weerhouden.
Maar dat kon geen kwaad, hield ze zichzelf voor, even remmend toen achter de top van de volgende heuvel het geelbruine dak van het huisje in zicht kwam. Het huis was nu leeg, dus er zou niemand getuige zijn van het feit dat Ross Monahans afgedankte maîtresse zich gedroeg als een tiener met liefdesverdriet.
Toen ze echter zag dat het huisje niet leeg was, voelde Antonia haar hart in haar keel kloppen. Tessa was er nog, haar blonde haar glansde in de zonneschijn terwijl ze de eerste van een aantal dozen in de koffer van haar auto zette.
Antonia begreep in een flits dat ze in de val zat. Met de kap van haar auto omlaag was ze onmiddellijk te herkennen, zelfs als ze met een vaart van honderd kilometer voorbij zou rijden. Maar het pad was zo smal dat halverwege keren eenvoudigweg onmogelijk was. Maar dan zou ze toch al ontdekt zijn, want terwijl dit alles door haar hoofd ging, werd de afstand tussen Tessa en haar gestadig kleiner. Ze had de situatie niet meer in de hand. Ze zou hem maar op zijn beloop laten.
'Hallo,' zei Tessa gereserveerd toen Antonia's auto bij het hek tot stilstand kwam. Het was zes maanden geleden dat ze el-

kaar hadden gezien, maar Tessa herkende haar onmiddellijk, zoals Antonia wel verwacht had. Tessa kon goed gezichten onthouden, en Antonia, met haar gladde, steile donkerblonde haar en deskundig opgemaakte diepblauwe ogen, was totaal niets veranderd.

'Hai,' zei Antonia. Ze zette de motor af en nam Tessa kritisch op. Geen make-up, lichtroze T-shirt in de taille samengebonden boven een witte Levi's broek, vreemd bekende lichtroze leren pumps... 'Waar heb je die schoenen vandaan?'

Een beleefd gesprek was goed en wel, maar Tessa had nog een heleboel te doen. Terwijl ze een doos schilderijen opnam en achterin de auto – de auto van Ross – zette, zei ze: 'Leger des Heils.'

'Dat dacht ik al.' Antonia's stem had een vergenoegde klank. 'Die zijn van mij.'

Deze keer kon er een glimlachje af bij Tessa. 'Geweest.'

'Maar je trouwt morgen met Ross Monahan.' Antonia stak een sigaret op en blies een fraai kringetje. 'Dan hoef je toch zeker geen tweedehands schoenen meer te kopen? Zorgt hij niet voor je?'

Tessa wierp een blik op haar voeten. 'Ik kan nog steeds wel zelf mijn schoenen kopen.'

Ross was vroeger ook van mij, dacht Antonia, maar voor ze kon bedenken wat ze nu weer zou zeggen, werd de stilte verbroken door het gehuil van een baby. 'Is dat Olivia?'

Het zou moeilijk iemand anders kunnen zijn, maar Tessa knikte toch. 'Ik zal maar even naar haar gaan kijken.'

'Vind je het goed,' zei Antonia gretig, 'als ik even mee ga? Ik zou haar ook graag eens zien.'

'Tja, neem me niet kwalijk.' Tessa weifelde, haar handen op haar heupen. 'Maar ik vind dit een rare situatie. Ik begrijp werkelijk niet waarom je hier gekomen bent.'

Antonia haalde haar schouders op. 'Ik ook niet. Uit nieuwsgierigheid, denk ik. Maar als je bang bent dat ik je baby iets zal doen... dan ga ik wel.'

'Zo bedoelde ik het niet,' zei Tessa, onmiddellijk beschaamd over zichzelf. 'Ik wilde alleen maar zeggen dat het een beetje vreemd is. Maar als je Olivia wilt zien, dan mag je dat best, hoor.'

Antonia glimlachte. 'Dat vind ik fijn.'
'O, wat een schatje!' riep ze uit, en haar ogen kregen een zachte blik toen Olivia naar haar ketting greep. 'Wat ben jij een gelukkige vrouw... kijk toch eens naar die prachtige ogen... ze is sprekend Ross.'
'Maar dan kleiner,' zei Tessa lachend.
'Je bent een gelukkige vrouw,' herhaalde Antonia zacht, terwijl ze naar het raam liep en haar handen in de zakken van haar jasje stak. Ze draaide zich om, keek Tessa recht aan en zei: 'Denk je dat je gelukkig zult worden met Ross?'
Daar gaan we weer, dacht Tessa, die half en half had verwacht dat er iets dergelijks zou komen. Om de vrouw tegenover haar te plezieren deed ze net of ze serieus over de vraag nadacht.
'Ja,' antwoordde ze ten slotte. 'Als ik dacht dat het niet goed zou gaan, zou ik niet met hem trouwen.'
'Hij had vroeger wel een slechte reputatie,' zei Antonia. De knoop in haar maag kwam terug. Ze was niet van plan geweest het te zeggen, maar nu ze hier was, moest ze het gewoon. Tessa moest weten wat Ross voor iemand was, het zou niet eerlijk zijn om het haar niet te vertellen.
'Wat hij vroeger heeft gedaan is zijn zaak,' zei Tessa, en haar gezicht vertrok even.
'Ah, jij denkt dat hij veranderd is,' stelde Antonia vast. Haar stem had een triomfantelijke klank. 'Maar hoe zou je het vinden als ik je vertelde dat dat niet zo is?'
'Dan zou ik misschien denken dat jij niet wilt dat ik met hem trouw,' zei Tessa, uiterlijk kalm. Innerlijk echter voelde ze angst en woede opwellen.
'Als ik dacht dat je gelukkig zou worden, zou ik dit niet vertellen,' vervolgde Antonia met een oprecht gezicht. 'En ik doe dit niet uit boosaardigheid, echt niet. Maar ik vind dat je het recht hebt om te weten wat voor iemand Ross is.'
Ofschoon ze het afschuwelijk vond en zichzelf wel kon slaan omdat ze luisterde, mompelde Tessa toch: 'Nou, vertel het maar.' Wat Antonia te vertellen had, was immers niets anders dan de wensgedachte van een jaloerse vrouw. Ze hoefde zich er niet aan te storen, want het zou toch niet waar zijn.
'Hij kwam een tijd geleden bij me thuis en zei dat het tussen

ons afgelopen moest zijn – tijdelijk,' zei Antonia haastig. 'Maar hij beloofde me dat hij bij me terug zou komen. Het spijt me, Tessa, maar het is niet afgelopen tussen ons. Ross en ik hebben een heel bijzondere band met elkaar en...'
'Ik geloof je niet,' zei Tessa, terwijl ze Olivia van de ene heup naar de andere verplaatste en met trillende vingers de donkere haartjes gladstreek. Dit was afschuwelijk. Maar ze zou het niet geloven. Antonia stond te liegen.
'Zou je Max wel geloven?' vroeg Antonia. 'Misschien dat je mijn verhaal wel wilt aannemen als Max het bevestigt. Waarom vraag je hem niet waar Ross uithing toen jij Olivia kreeg?'
Tessa verstarde. Het zweet liep langs haar rug, en toch huiverde ze van de kou. Ze wilde dit verhaal niet horen.
'Max weet het wel,' vervolgde Antonia, die nu niet meer had kunnen ophouden ook al zou Ross met een geweer de kamer binnen zijn gestormd. 'Ik lag namelijk met Ross in bed toen hij Ross in het Ritz belde. We hebben er de nacht doorgebracht in Kamer Eén Acht Vier, en ik nam de telefoon aan toen Max de volgende morgen belde. Het spijt me héél erg, Tessa, maar ik zou het niet kunnen verdragen dat je met Ross zou trouwen in het valse geloof dat hij je trouw zou zijn, want hij is niet dat soort man en ik vind dat jij iets beters verdient.'
'En ik vind,' zei Tessa toonloos, 'dat het tijd wordt dat jij weggaat.'

Er was geen tijd om na te denken. Ze wilde niet nadenken. Over een uur moest Olivia gevoed worden en Ross zou zich gaan afvragen waarom ze niet naar het hotel was teruggekeerd. Ze moest snel handelen, zonder na te denken, en weggaan voor het tot haar doordrong hoe afschuwelijk dit wel was.

Het nummer bij Inlichtingen aanvragen en munten in de openbare telefoon doen was doodgemakkelijk. Tegen de receptioniste zeggen dat ze mevrouw Monahan was, en dat ze dacht dat ze misschien een gouden oorbel was verloren toen ze een nacht in... Kamer Eén Acht Twee... had doorgebracht... op vijfentwintig juni was ook gemakkelijk.
De receptioniste kon de reservering kennelijk op een compu-

ter nagaan, want ze was na enkele ogenblikken alweer aan de lijn. 'Het was Kamer Eén Acht Vier, mevrouw Monahan, maar uw oorbel is helaas niet gevonden.'
En die woorden deden meer pijn dan alles wat ze ooit in haar leven te horen had gekregen.

Omdat ze wist dat Holly inmiddels in The Grange zou zijn, belde Tessa haar flat. Het antwoordapparaat nam de vierde maal dat hij overging op. Dit zou niet makkelijk zijn, maar ook niet zo akelig als het vorige telefoontje. Alle pijn was betrekkelijk, dacht ze, terwijl ze naar Holly's overdreven opgewekte stem op het bandje luisterde. Toen de toon overging haalde ze diep adem en zei: 'Holly, met mij. Ik ga niet met Ross trouwen. Het spijt me, maar jij moet hem vertellen dat het huwelijk niet doorgaat. Olivia en ik gaan weg... naar Schotland... maar ik beloof je dat ik gauw iets van me zal laten horen. Sorry...'

37

'Als dit een grap is,' zei Ross langzaam, dan is het toch wel een verdomd flauwe grap.'
Holly verachtte zichzelf om haar zwakheid, maar ze wist dat ze dit niet zonder hulp zou kunnen klaren. Haar tanden klapperden tegen het bierglas toen ze nog een ferme slok wijn nam en de tranen sprongen in haar ogen. Hij wist toch wel dat ze over zoiets als dit nooit grappen zou maken... hij kon alleen niet geloven dat dit echt was. Ze kon het zelf immers ook nog niet geloven. Zoiets overkwam iemand niet echt, zeker niet iemand als Ross Monahan.
'Het is waar,' zei ze, en nam nog een grote slok wijn. 'Ze heeft een boodschap achtergelaten op mijn antwoordapparaat. Ze... ik moet tegen je zeggen dat het huwelijk niet doorgaat. O, Ross, waarom zou ze dat nou toch dóén?'
Op dat moment stoof Max het kantoor binnen. 'Is Tessa al ko-

men opdagen? Ik ben naar haar huis geweest, maar daar is niemand, en...'
'Ze is weg,' zei Ross toonloos. Max zag met één oogopslag dat Holly diep rampzalig moest zijn. Lila oogschaduw en zwarte mascara sijpelden langs haar gezicht en ze stond te slikken als een kind. Hij haalde werktuiglijk een schone zakdoek uit zijn zak en stopte haar die in de hand.
'Weg? Waar naar toe?'
Ross haalde zijn schouders op. Hij hield zijn ogen afgewend, zijn gezicht stond strak. 'Naar Schotland, blijkbaar.' En met een vaag handgebaar naar het grote, op het noorden uitziende raam: 'Vreemd, dat sommige mensen naar Schotland vluchten om te trouwen en anderen om niet te hoeven trouwen.'
'Maar waarom?' vroeg Max woedend. 'Wat is er gebeurd?'
Ross kon niets zeggen, haalde alleen zijn schouders op. Holly, die wanhopig had geprobeerd haar tranen in te slikken, barstte in een luid, onwelluidend gesnik uit.
'Er is niets gebeurd!' jammerde ze. 'Ik ben gisteravond nog bij haar geweest en alles was goed! Ik kan niet geloven dat dit gebeurt...'
'Begrijpt ze niet wat ze áánricht?' begon Max, maar viel zichzelf meteen in de rede. 'O, verdomme, natuurlijk begrijpt ze dat. Hoor eens, we hebben een heleboel te doen. Als we Tessa niet kunnen bereiken en deze crisis bezweren, moeten we de feiten onder ogen zien – de trouwerij moet afgezegd worden.'
De omvang van die gigantische taak deed een rilling langs Holly's rug gaan. De eerste bruiloftsgasten begonnen al in het hotel te arriveren. Ze wist dat een groep vrienden van Ross hun vakantie in Marbella onderbrak en per vliegtuig overkwam om het huwelijk van het jaar te kunnen bijwonen. En dan waren er al die dure cadeaus, de overvloed aan verfijnde gerechten waarvoor het hotelpersoneel dagenlang in touw was geweest... de wagonladingen bloemen... de gemene roddel en opgewonden gissingen van personeel en gasten... hoe zou Ross die vernedering kunnen verwerken? En – o, god – hoe moest dat met de horden verslaggevers die kwamen opzetten? Ze zouden hun geluk nauwelijks kunnen geloven; bruiden die de benen namen en bruidegoms die de bons kregen leverden veel smeuïger lees-

voer op dan sprookjeshuwelijken en ze-leefden-nog-lang-en-gelukkig.
Het was een nachtmerrie. En nu was haar glas ook nog leeg. Dat maakte de nachtmerrie nog akeliger.
'Ik ben ook wel aan een borrel toe,' zei Max met een blik op haar ongelukkig gezicht. Toen keek hij naar zijn broer. 'Ross?'
'Ik moet niks hebben.' Ross liep naar zijn bureau en greep de telefoon. Even later was hij verbonden met een van de belangrijkste Londense persagentschappen.
'Steve? Met Ross. Luister, ik heb geen tijd voor geouwehoer, dus ik reken erop dat jij het nieuws wilt doorgeven. Ik ga morgen niet trouwen. Ja, het is van de baan.' Hij luisterde even, zijn hand spande zich vaster om de hoorn. 'Sorry, makker, geen commentaar. Het gaat uitsluitend onszelf aan. Zorg alleen dat iedereen het aan de weet komt, oké? En zeg maar dat iedereen van de pers die de eerstkomende week binnen vijfhonderd meter van dit hotel wordt aangetroffen, door mijn waakhonden te grazen wordt genomen.'
'Ga zitten,' beval Max, toen hij met een fles whisky en twee glazen in het kantoor terugkwam, en Holly bepaald ruw in de dichtstbijzijnde stoel duwde.
'Maar ik moet gaan helpen...' protesteerde ze zwakjes, waarna ze het glas aanpakte en een grote slok van de amberkleurige drank nam.
'Ze zouden niet veel aan je hebben,' merkte hij op, terwijl hij zichzelf inschonk. 'Je ziet eruit om op te schieten. Het is in orde,' vervolgde hij tegen Ross. 'Ik heb hen op de hoogte gesteld. Sylvie weet dat ze tegen iedereen die een kamer heeft gereserveerd, moet zeggen dat ze hier gratis kunnen logeren als ze dat willen. Ze zegt de bloemen, de Burgerlijke Stand en de auto's af. Het enige dat we nu nog moeten doen, is zo veel mogelijk vrienden bellen en hun vertellen dat het niet doorgaat. En we moeten beslissen waar jij naar toe wilt. Je moet er een tijdje tussenuit,' zei hij, naar Ross' wezenloze gezicht kijkend. 'Je kunt goddomme niet hier blijven.'
'Ik werk hier,' antwoordde Ross kalm. 'Ik woon hier. En ik zal godnogtoe hier blijven. Wat moet ik anders doen? Naar Antigua vliegen voor een éénpersoons huwelijksreis?'

'Het is de schok,' zei Holly later die avond. Het was eigenlijk te gek om los te lopen dat Max en zij juist die avond hun meest vertrouwelijke gesprek tot nu toe moesten hebben. Ze hoopte alleen dat ze het zich morgenochtend nog allemaal zou herinneren, dacht ze doezelig, terwijl hij haar glas nog eens bijvulde. 'Ik heb Ross nog nooit zo gezien. Hij is net een robot.'
Ze zaten in een schemerig hoekje van de bar, zover mogelijk van de andere gasten vandaan. Men hoefde niet te kunnen liplezen om het onderwerp van hun gesprek te kunnen raden. En toch stond Ross te midden van hen, een glas Perrier in de hand, te praten en te knikken en te luisteren alsof er niets gebeurd was. Alleen zijn ogen, ondoorgrondelijk en minder helder dan anders, verraadden hem. Hij functioneerde, zoals Holly opmerkte, op de automatische piloot, waarbij hij iedereen woordeloos uitdaagde hem belachelijk te maken of te beklagen. Wanneer ze naar hem keek, zou ze zo weer in tranen kunnen uitbarsten omdat hij zo flink was, terwijl het helemaal niet hoefde. Hij zou dit niet moeten doen, het kon zijn verdriet alleen maar verergeren. En ze hadden nog steeds geen flauw idee waarom Tessa ervandoor was gegaan...
Max, die zag dat Holly weer op het punt stond te gaan huilen, nam haar hand. Haar kwetsbaarheid vandaag had hem meer getroffen dan geestigheid en vrijmoedigheid en sprankelende conversatie ooit hadden kunnen doen. Zoals ze daar nu zat, met haar make-up weggehuild – zijn zijden zakdoek droeg er de sporen van – en haar rosblonde haar zonder strikjes, glinsterende kammetjes en lak, zag ze er jonger, liever en vooral natúúrlijker uit dan de Holly die hij kende en altijd trachtte te ontlopen.
'Ross komt er wel overheen. Het is vanzelfsprekend een schok voor hem, maar die zal hij wel te boven komen. En je had je daarstraks heus niet tegenover hem hoeven te verontschuldigen,' voegde hij er met een vluchtig lachje aan toe. 'Hij weet wel dat jij het niet kunt helpen.'
Holly, haar ogen strak gericht op zijn hand die de hare omklemde, had moeite zich op zijn woorden te concentreren. Dit was voor het eerst dat Max haar bewust aanraakte. Eigenaardig, dacht ze, dat hij, na jaren van dure manicures en honder-

den flesjes nagellak, uitgerekend op die ene dag dat haar nagels niet gelakt waren, haar hand vasthield.
Maar de warmte en de tedere kracht van zijn aanraking, de vertroostende intimiteit van het gebaar was in elk geval net zo opbeurend als ze zich altijd had voorgesteld. Ze zou zo graag die gebruinde vingers kussen en tegen haar wang drukken... ze zou zo graag zijn hele lijf tegen haar hele lijf drukken...
'... kan de manier waarop die mensen naar ons kijken niet uitstaan,' zei Max. Holly zette haar fantasieën schuldbewust van zich af en trok een aandachtig gezicht. Heel even zweefden er twee Max Monahans als figuurdansers voor haar ogen.
'Sorry?'
'Waarom denkt iedereen dat wij weten waarom Tessa ervandoor is?' vroeg hij, terwijl hij woedend naar een groep fluisterende oudere vrouwen keek en de niets vermoedende Holly overeind trok. 'Kom mee, ik begin hier het gevoel te krijgen dat ik iets in een dierentuin ben. Laten we weggaan.'
'Waar naar toe?' fluisterde Holly, die zich steun zoekend aan hem vastklampte toen hij met snelle passen tussen de tafeltjes door laveerde. Lieve help, zolang ze zat, had ze zich niet zo duizelig gevoeld. Maar Max was zo heerlijk doelbewust dat ze ook als hij Siberië had gezegd gelukzalig zou hebben toegestemd.
'Naar boven,' zei hij achteloos, toen keek hij haar aan. 'Tenminste,' voegde hij er met een wrang lachje aan toe, 'als jij de trap nog op kunt.'

Max' kamers roken onmiskenbaar naar Max. Holly zou de geur van die ene, exclusieve aftershave overal herkend hebben. Terwijl ze in de diepte van de boterzachte, beige leren bank wegzonk, merkte ze dat ze nog steeds Max' hand vasthield. Toen hij naast haar kwam zitten, hoorde ze haar eigen hart bonzen. Ze wilde alleen dat ze zich kon herinneren of ze die morgen een schone beha had aangetrokken.
'Je ruikt lekker,' zei ze dromerig, geleidelijk naar hem toe schuivend, zodat hij niet zou merken dat ze dat deed. 'Heb ik je dat ooit verteld? Je ruikt altijd zo... heerlijk.'
Als ze zo naar hem toe bleef schuiven, zat ze dadelijk op zijn

schoot, dacht Max, maar op de een of andere manier was die gedachte niet afschrikwekkend meer. Holly, toegewijd en nooit klagend, was gewoon iemand die hij tot nu toe nooit serieus had genomen, maar hij vond dat hij nu wel een beetje genegenheid kon gebruiken. En aangezien Francine zich ongetwijfeld met Armand zou vermaken... of met Georgio... of Kurt... had hij geen zin om zichzelf op te zouten tot het moment waarop ze zich zou verwaardigen zich met hem te vermaken. Bovendien, als hij zijn ogen dicht deed, kon hij zich altijd verbeelden dat Holly Francine was; hun weelderige figuren hadden wel iets van elkaar weg.

Holly's ogen waren al dichtgevallen. Al die alcohol op een volkomen lege maag had zijn uitwerking niet gemist en ofschoon ze zich er vaag van bewust was dat dit het gelukkigste, allermooiste moment van haar leven moest zijn, de culminatie van alle fantasieën die ze ooit had gehad... nou ja, gefantaseerd, vond ze het toch vreselijk moeilijk om rechtop te blijven zitten. Ze voelde Max' arm om haar schouders glijden en probeerde zich naar hem toe te keren, maar ze wist niet precies meer waar hij was. Omdat haar ogen nog steeds dicht waren natuurlijk, berispte ze zichzelf. Dat was dom, ze moest ze opendoen om zich te kunnen oriënteren... maar die schat van een Max fluisterde heel in de verte haar naam en ze kreeg het gevoel dat ze in een tunnel was en hem machteloos ontglipte.

'Max,' riep ze zwakjes, haar armen uitstrekkend toen ze merkte dat de kamer begon te draaien, steeds sneller, en dat ze elk moment kon omduikelen, vallen. 'Max... hou me vast... laat me niet los... Max, ik hou van je.'

38

'Je bent net het kleine meisje met de zwavelstokjes,' zei Dominic toen hij de deur opende en zijn verbazing verborg achter zijn gebruikelijke luchthartigheid. 'Maar dan natter.'

Toen nam hij zonder iets te vragen Olivia, slapend in haar reis-

wieg, over en trok Tessa de grote, ongelooflijk rommelige zitkamer binnen. Even later lag haar doorweekte, lichtroze blouse op de vloer en trok hij een van zijn eigen truien (zwarte lamswol met een gele verfvlek op één mouw) over haar vochtige hoofd.
'Ga daar zitten,' zei hij, op het kleed voor de gashaard wijzend, terwijl hij haar een handdoek toewierp. 'Droog je haar. Wat wil je, koffie of een borrel?'
'K...koffie,' zei Tessa, onbedwingbaar klappertandend. 'Alsjeblieft.'
'En Olivia? Wat zou die willen... Beaujolais Nouveau? Cognac?'
Tot zijn opluchting bracht Tessa een flauw, nauwelijks zichtbaar glimlachje tevoorschijn. 'Ik zorg wel voor Olivia als ze wakker wordt, dank je.'
Dominic, die de volgende morgen voor de trouwerij naar Bath zou gaan, had geen melk in huis, dus pakte hij toch maar de cognacfles en goot bij wijze van vervangingsmiddel een scheut in Tessa's zwarte koffie. Toen ging hij zitten en wachtte tot ze haar koffie op had en haar tanden ophielden te klapperen voor hij weer iets zei.
'Ik weet dat ik geacht word tegen je te zeggen dat je er niet over hoeft te praten als je niet wilt,' begon hij, terwijl hij zijn eigen blikje bier opentrok en even zweeg om een ferme slok te nemen. 'Maar zo beleefd ben ik niet. Dus vertel me eens waarom je hier bent en niet daar.'
Zijn zakelijke toon was precies wat ze nodig had. Tessa wist dat ze bij het eerste teken van medeleven in tranen zou uitbarsten. Daarom nam ze zijn opstelling over en zei: 'Het oude, onfrisse verhaaltje, vrees ik. Hij ging nog met een andere vrouw om en ik was de laatste die het aan de weet kwam. Gelukkig heb ik het ontdekt voor het te laat was.'
Dominic dacht even na. 'Antonia.'
Ze knikte.
'Jezus, hij lijkt wel gek.'
'Ja, enfin... de kwestie is, kun jij een tijdje twee dames in huis hebben, alleen maar tot ik iets anders heb geregeld?' Ze haalde haar schouders op, streek door natte haarslierten. 'We heb-

ben geen referenties en een van ons tweeën is incontinent en schopt bij tijd en wijle een hoop herrie, maar we zullen proberen niet lastig te zijn en we beloven niet vaker dan twee keer per week nachtfeesten te geven.'

'Incontinente dames zijn de leukste inwoning die ik me kan indenken,' verklaarde hij weids. 'En jullie kunnen zo lang blijven als je wilt, dus ga alsjeblieft niet naar iets anders op zoek. En geef me nu de sleutels maar, dan zal ik jullie bagage uit de auto halen.'

Tessa, die nog bezig was haar haar droog te wrijven, zuchtte en zei: 'Hoe denk je dat ik zo nat geworden ben? Die auto is van Ross. Ik ben ermee naar het station van Bath gereden en heb hem daar langs een gele band geparkeerd... hij zal inmiddels wel weggesleept zijn. En ik heb niets meegebracht, dus je zult het tot ik hier ergens kan gaan winkelen zonder deze vast wel dure trui moeten doen.'

Ze had echter nog wel de tegenwoordigheid van geest gehad om de roze raffia plunjezak vol te stouwen met celstof luiers, schone kleertjes en andere babyspullen.

Toen Olivia gevoed en verschoond in de logeerkamer te slapen was gelegd, installeerden Tessa en Dominic zich met een fles rode Spaanse wijn weer bij het haardje. Ze sprak nog steeds onnatuurlijk kalm over de traumatische gebeurtenissen van die dag en Dominic, die besefte dat het tijd werd dat haar emoties loskwamen, zei zacht: 'Vertel me nu eens precies wat er gebeurd is, liefje. Vooruit, je moet het eruit gooien.' Tessa bleef echter haar zelfbeheersing bewaren. De wijn verwarmde haar en ze prees zichzelf gelukkig dat ze een vriend had als Dominic; ze was gewoon blij dat ze hier in Cornwall was, bij hem.

'Het was eigenlijk mijn eigen schuld,' zei ze bedaard, haar armen om haar knieën geslagen. 'Ik wist wat Ross voor iemand was... jíj wist dat ik dat wist!... maar ik was zo dom te denken dat hij veranderd was, terwijl ik me aan mijn oorspronkelijke besluit had moeten houden en bij hem uit de buurt blijven.'

'De kranten zullen er bol van staan wanneer het bekend wordt,' merkte Dominic op. Ze was té kalm. Hij merkte dat hij bijna opzettelijk probeerde een uitbarsting uit te lokken: alles was

beter dan deze versteende aanvaarding. 'Wat ga je zeggen wanneer ze jouw versie komen vragen?'
'Niets.' Tessa glimlachte. 'Ik blijf hier en Ross denkt dat ik in Schotland zit. Zeg, heb je honger? Zal ik ons iets te eten maken?'
'Lieve help, Tessa,' barstte hij los met een ongeduldig gebaar naar de voorkant van zijn overhemd. 'Hier is mijn schouder. Daar zou je op moeten uithuilen. Het is de avond voor je trouwdag en jij hebt de benen genomen... je zou moeten huilen en jammeren, en in plaats daarvan bied je verdomme aan te gaan koken!'
Ze boog zich naar hem over, lachend nu, en kuste hem op zijn gebruinde wang. 'Ik ben een goedgelovige tuttebel geweest. Ik heb iemand vertrouwd en hij heeft me laten stikken. Natuurlijk vind ik het erg, maar hoe kan ik er ooit spijt van hebben dat ik Ross heb leren kennen, want als hij er niet was geweest zou Olivia er immers niet zijn. Het hebben van een kind betekent veel meer voor me dan het hebben van een man. En verbeeld je maar niets,' besloot ze opstaand. 'Ik was helemaal niet van plan om te gaan koken. Ik wilde alleen een paar boterhammen met pindakaas klaarmaken.'

Het weer had een drastische verandering ondergaan. Na weken van onafgebroken zonneschijn en hoge temperaturen was er om twee uur die middag een waar noodweer losgebroken. De oren waren, na die eindeloze droogteperiode, het geluid van regen die tegen de ramen kletterde, gewoon ontwend. Dominic, die om halfvijf in de ochtend wakker werd, vermoedde slaperig dat dat het geluid was dat hem had gewekt.
Maar even later hoorde hij het geritsel van papier, en een soort zesde zintuig vertelde hem wat er gebeurde. Hij gleed geruisloos zijn bed uit, trok de eerste de beste broek aan en sloop naar de zitkamer.
Tessa zat geknield op de grond, haar blonde hoofd was gebogen, haar smalle schouders schokten. Voor haar lag het roodmet-wit gestreepte papier waarin zijn huwelijksgeschenk, zwierig geadresseerd aan de heer en mevrouw Monahan – verpakt was geweest.

Dominic, terecht trots op het kleine, eenvoudige beeldje waar hij bijna drie volle dagen aan had gewerkt, wilde nu wel dat hij een elektrische waterkoker had gekocht. Twee verstrengelde figuurtjes, een man en een vrouw, die elkaar omvat hielden in een innige omhelzing en met schrijnende duidelijkheid de liefde en het vertrouwen uitbeeldden die hen aan elkander bonden. Het beeldje lag op Tessa's schoot en terwijl hij keek, zich schamend over zijn onachtzaamheid maar tegelijkertijd opgelucht, viel een enkele traan op de ivoorkleurig geglazuurde figuurtjes en werden Tessa's snikken eindelijk hoorbaar.
Toen hurkte hij naast haar neer en trok haar zacht in zijn armen. 'Het spijt me, ik had het moeten opbergen.'
Hij had vele jaren ervaring met de grilligheid van het vrouwelijke gevoelsleven; het troostend gebaar maakte, zoals hij had verwacht, haar tranen los. Het enige dat hij nu moest doen, was haar vasthouden en wachten tot ze was uitgehuild. Wanneer die eerste uitbarsting van verdriet achter de rug was, zou ze zich een stuk beter voelen.

39

Het was, constateerde Holly somber, de afschuwelijkste dag van haar leven geweest. Toen ze op het belachelijk vroege tijdstip van tien uur in bed kroop huiverde ze opnieuw bij de herinnering aan het moment waarop ze in Max' bed was ontwaakt. De kater op zich was al erg genoeg geweest, maar vermengd met de geur van die aftershave had hij haar de genadeslag gegeven. Nog een geluk dat Max er niet was geweest om haar in bed te zien zitten terwijl ze in de dichtstbijzijnde vaas kotste.
En toen ze daarna eindelijk haar schoenen had gevonden en vanuit de slaapkamer de zitkamer binnen was gestrompeld, had hij daar, gedoucht en gekleed, achter zijn tekstverwerker gezeten, zijn ogen strak op het scherm gericht. Als een stoethaspel naar haar handtas grabbelend, die half tussen de rugleu-

ning van de bank was gezakt, had ze geprobeerd tegen hem te glimlachen, en een vluchtige, niet bepaald bemoedigende blik ten antwoord gekregen. De ontspannen, intieme sfeer van de vorige avond was kennelijk helemaal vervlogen. Ze voelde zich belabberd en zag er waarschijnlijk ook zo uit. Max zou nu wel zijn goede gesternte danken dat ze buiten westen was geraakt voor hij iets had kunnen doen dat hem later ongetwijfeld zou hebben gespeten. Assepoes had haar kans gehad en ze had hem verknald. En als ze niet gauw maakte dat ze wegkwam, zou ze misschien nog zijn leren bankstel onderkotsen. Zich diep schamend – hoe had ze zich ooit kunnen verbeelden dat ze een kans bij Max maakte in dit soort kleren en zonder make-up? – gaf ze de poging tot glimlachen op. Haar tanden deden toch te veel pijn, net als de rest van haar walgelijke lijf.
'Dan ga ik maar,' zei ze, terwijl Max een paar woorden typte, binnensmonds vloekte en ze wrevelig uitwiste.
'Mmm.'
'En eh... het spijt me van gisteravond.'
Hij keek nog steeds strak naar het scherm. 'Mmm.'
De schoft, hij had niet eens het fatsoen om haar aan te kijken. Niet dat ze dat zou willen, maar toch...
En de verschrikkingen van die morgen waren nog niet geëindigd. De nacht in Max' bed doorbrengen was een lang gekoesterde wens geweest, maar de herinnering zou ze niet koesteren. Evenmin als die aan de eindeloze, afgrijselijke seconden toen ze de hoofdtrap afkwam en heel de receptie moest doorkruisen om de voordeur te bereiken. Sylvie Nash, barstend van nieuwsgierigheid en ongeloof en tactloos als altijd, had uitgeroepen: 'Holly, wat zie jíj erúít! Wat heb je in vredesnaam uitgevoerd?' Waarna ze er, luider in plaats van gedempter, hatelijk aan had toegevoegd: 'En met wíé?'
Tegen die tijd waren alle ogen natuurlijk op haar gevestigd geweest. Holly, in elk opzicht zonder vernisje, had onbeschaamd geantwoord: 'Met Mel Gibson,' en was doorgelopen tot ze de veilige beslotenheid van haar auto had bereikt.
Alleen was die allesbehalve veilig gebleken. Tegen de tijd dat ze zich realiseerde dat de vuile donkerblauwe Rolls Royce haar volgde, was het te laat. Toen ze moe en ellendig voor haar flat

stilhield, zag ze in het spiegeltje dat Adam Perry achter haar parkeerde.

'Ik ben moe, ik ben niet in de stemming voor grapjes en ik wil alleen maar naar bed,' verklaarde ze, en omdat het Adam maar was, schaamde ze zich niet eens voor haar ontoonbaar uiterlijk.

Maar hij glimlachte nu eens niet. Tot haar verbazing ging hij niet eens op haar *double entendre* in. Hij nam haar sleutels uit haar trillende hand, legde een sterke arm om haar schouders en hielp haar de stoep naar de voordeur op. 'Dat weet ik, schat. Je ziet er afgepeigerd uit. Je zal wel een rotnacht hebben gehad.'

De hartelijke toon en het medeleven in zijn stem waren zo onverwacht dat Holly niets kon zeggen. Bijna voor ze wist wat er gebeurde, lag ze op haar onopgemaakte bed met een mok warme koffie verkeerd in haar hand en een bord warme, beboterde beschuitbollen op haar schoot.

'Dank je,' bracht ze eindelijk uit, terwijl de eerste regendruppels begonnen te vallen. Net tranen, dacht ze. 'Waar zou Tessa nu zitten?'

'Tessa is een verstandige meid,' stelde Adam haar gerust. 'Waar ze ook is, ze zal binnenkort heus wel contact met je opnemen. Je bent haar beste vriendin.'

'Ze moet doodongelukkig zijn. En het ergste is dat niemand ook maar een flauw idee heeft waarom ze dit heeft gedaan. Als ik zo'n goede vriendin van haar ben, waarom weet ík het dan niet?'

'Stil nou maar.' Hij brak een van boter doordrenkt stukje beschuitbol af en hield het haar voor. 'Vooruit, eten. En je moet je niet schuldig voelen, want wat er ook gebeurd is, het is iets tussen Tessa en Ross.' Hij zweeg even en zei toen peinzend: 'Maar volgens mij heeft het iets met Antonia Seymour-Smith te maken.'

Holly begon te eten, dankbaar dat de misselijkheid over was. De paracetamols die Adam haar tegelijk met de koffie had gegeven, schenen ook te werken. Haar hoofdpijn begon te zakken; het enige waar ze nu nog mee klaar moest komen, was haar eigen schande. Ze had zichzelf op een vreselijke manier voor schut gezet en Max zou waarschijnlijk voorgoed kwaad op haar zijn.

'Dat vroeg Ross zich ook al af,' erkende ze, haar gedachten weer bij het gesprek bepalend. 'Hij heeft haar gisteren nog gebeld, maar ze scheen nergens van te weten. Bovendien is Tessa niet het soort vrouw dat zich door geroddel laat afschrikken. Ze weet heel goed dat Ross dolveel van haar houdt en dat we allemaal weten dat hij niets verkeerds heeft gedaan. Hij heeft het maanden geleden al uitgemaakt met Antonia. En sinds hij met Tessa is, heeft hij zelfs niet naar een andere vrouw gekéken.'

Ze schoof het bord van zich af, niet in staat nog iets te eten. Adam dronk zijn koffie op en zei: 'Je ziet er nog steeds uit als een geestverschijning. Ik ga nu weg, dan kun jij wat slapen. Maar vanavond zul je ongetwijfeld weer opgeknapt zijn. Zullen we dan samen ergens rustig gaan eten? Ik kan je tegen een uur of acht komen halen.'

Hij was erg lief geweest, maar Holly was niet van plan in de dankbaarheidsval te lopen. Bovendien wist ze dat ze niet uit zou willen gaan. Ze had veel om over na te denken en ze wilde alleen zijn om haar rampzalige ervaring met Max te verwerken. Gegriefd en vernederd als ze was, wilde ze het liefst alleen zijn...

'Het is heel aardig van je om me uit te nodigen, maar nee, liever niet,' antwoordde ze. 'Ik wil thuis blijven voor het geval Tessa zou bellen.'

'Ik kan iets te eten meebrengen.'

'Nee, Adam.' Haar toon was beslist en ze schudde haar hoofd. Een hitsige man was wel het laatste waar ze op zat te wachten, zelfs al liet hij een nieuwe en onverwacht bezorgde kant van zijn karakter zien. 'Ik wil gewoon alleen zijn, heus.'

'Oké, schat. Nou, dan ga ik maar.' Hij stopte het donsdek om haar in voor hij naar de deur liep. 'Maar als je je mocht bedenken, bel me dan. Ik sta in het telefoonboek. Goed?'

Ofschoon ze zichzelf om haar zwakheid verachtte, gaf Holly zich om zeven uur die avond gewonnen. Zes uur broodnodige, herstellende slaap hadden wonderen gedaan en tegen de tijd dat ze uit een lang, warm Badedas-bad stapte was ze weer helemaal de oude. Haar monsterlijke kater was, zoals katers meestal doen, verdwenen zonder een spoor na te laten en zelfs de schande van de afgelopen nacht leek minder bedreigend. Misschien dat een rustig, vriendschappelijk etentje met Adam niet eens zo'n slecht idee was. En het zou prettig zijn met iemand te kunnen praten die Tessa kende en haar bezorgdheid voor Tessa deelde...

Adams nummer was, toen ze eindelijk belde, in gesprek. Terwijl ze wachtte tot de lijn vrij zou zijn, rommelde Holly in haar kleerkast en schoof een stuk of twaalf jurken en pakjes opzij voor ze de narcisgele zijden jurk koos die zo leuk bij haar haar vloekte en die Adam vast mooi zou vinden. Hij was zo aardig geweest vanmorgen, dat was al het minste dat hij verdiende.

Ze had lang werk met haar nagels; die nieuwe nagellak moest drie keer opgebracht worden voor de kleur en de glans eindelijk naar haar zin waren. Tussen het tweede en derde laagje belde ze Adam nog eens, maar hij was nog steeds in gesprek. Tegen kwart over acht was ze klaar en ze durfde zichzelf gerust te bekennen dat ze er ondanks de narigheden van de afgelopen zesendertig uur verdraaid goed uitzag. Als Max haar nu maar eens kon zien, misschien dat...

Maar ze zette die gedachte resoluut van zich af en tikte opnieuw Adams nummer in. Hoera, de telefoon ging eindelijk over.

Ze luisterde met toenemende ontsteltenis en boosheid toen het ding bleef bellen, alsmaar bellen in hetzelfde ritme als haar adem. Het was nog maar twintig over acht en die rotvent was al weggegaan. Hij had haar laten zitten, laten zakken, laten stíkken.

Holly gaf een harde schop tegen de salontafel. Nou, zijn vriendelijkheid en medeleven stelden niet veel voor. Ze greep haar agenda en ging de lijst telefoonnummers na. Ze vertikte het nu om thuis te blijven, er zou toch wel ergens iemand te vinden zijn die iets met haar wilde gaan drinken...

'We gaan allemaal naar die nieuwe cocktailbar op Pultney Bridge,' zei Jennifer opgewekt. 'En Sophie Kendall brengt een heel team polospelers mee, stuk voor stuk spetters, die ze vorige week in Landsdowne heeft leren kennen. O, Holly, je moet

gewoon komen... ze schijnen zulke fantastische benen te hebben... en ze zijn allemaal stéénrijk! Denk je eens in, wat een kansen,' besloot ze dromerig.
Holly, helemaal opgefleurd, zei: 'Ik kom.'

The Calypso, chic en mondain en een van de populairste trefpunten van Bath, was stampvol. Holly bleef even buiten op het natte trottoir staan om moed te verzamelen voor ze zich in de rumoerige drukte stortte. Vanavond zou ze haar best doen om Max en Adam en Tessa en Ross te vergeten; ze zou lachen en geestig zijn en plezier maken... ze zóú plezier maken...
Een nieuwe regenbui joeg haar naar de ingang, maar terwijl ze over de drempel stapte en tegen de muur van warmte en lawaai opliep, voelde ze een steek van ongewoon, bijna telepathisch, onbehagen.
Een ogenblik later wist ze waarom. Want daar aan de bar stond Adam. Met zijn arm om het middel van Clarissa 'Tiet' Fox.
Het was natuurlijk geen telepathie geweest, maar gewoon de bekende klank van zijn stem en het volume van zijn lach. Holly dook achter de dichtstbijzijnde roze marmeren pilaar weg, deed net of ze iets in haar tas zocht en wachtte tot haar hart minder hard zou bonzen.
Maar het hielp niet; ze voelde zich misselijk. En bedrogen. Een blik om de pilaar leerde haar dat ze het goed had gezien. Adam en Clarissa waren er met z'n tweeën en zijn arm lag nu innig om haar schouder. Terwijl zij, Holly, zich thuis voor Adam had zitten opdoffen – zelfs een jurk had gekozen die hij mooi zou vinden, goddorie – had hij haar domweg vergeten en was met een andere vrouw op stap gegaan. Een vrouw wier borsten nota bene niet eens van haarzelf waren. Waar ze het lef vandaan haalde om met die siliconen monstruositeiten te pronken, was Holly een raadsel.
Ofschoon Adam ze wel mooi scheen te vinden, dacht ze bitter, terwijl haar wrok zich vermengde met woede toen de omvang van deze nieuwe vernedering tot haar begon door te dringen. Wat verbeeldde die Adam Perry zich wel? Hoe durfde hij haar zo te behandelen, haar te laten zitten om met Clarissa Fox de hort op te gaan? En hoe durfde hij haar avond te bederven, net

nu ze ging denken dat hij achteraf toch niet zo'n kwaaie kerel was?
Holly draaide zich om en glipte onopgemerkt de deur weer uit.

40

Toen de schemering viel zwiepten grauwe regensluiers over het dal, waarbij zelfs de bomen onder de striemende vlagen schenen te bukken. Ross, die moederziel alleen in de onverlichte zitkamer voor het raam stond en het troosteloze schouwspel gadesloeg, dacht heel onlogisch dat als Tessa er geweest zou zijn – als de trouwerij toch door was gegaan – het weer vast mooi gebleven zou zijn.
Bah, zo moest hij niet beginnen. Hij streek door zijn haar, wendde zich van het venster af en pakte zijn glas. Gisteren was het om ondefinieerbare, persoonlijke redenen absoluut noodzakelijk geweest om nuchter te blijven, maar vandaag hoefde dat niet meer. Hij had iets nodig om de pijn te verdoven, zijn gedachten af te leiden van het feit dat het ongelooflijke gebeurd was. Hij moest uit dit huis weg, dit lege huis waar Tessa en hij hun huwelijksleven hadden willen beginnen... of dat althans in zíjn plannen voor hun huwelijksleven had gepast...
De duisternis begon hem te beklemmen. Hij goot zijn glas whisky in de dichtstbijzijnde bloempot leeg, greep zijn autosleutels en liep naar de deur. Hij zou niet zo stom zijn om in zijn eentje zijn verdriet te gaan verdrinken; al was hij dan een in de steek gelaten bruidegom, hij had nog wel een restje trots over.

Op de stoep van het hotel kwam hij Sylvie Nash tegen, die juist naar huis ging. Juist op dat moment besefte Ross dat hij eigenlijk niet in The Grange wilde zijn. Het was stom van hem om hierheen te komen; lef was allemaal goed en wel, maar pure zelfkwelling was nu ook weer niet nodig.
En op dat moment zei Sylvie voor één keer in haar leven precies de juiste woorden.

'O, Ross, je moet niet hier komen.' Haar ogen hadden een meelevende glans toen ze haar hand op zijn arm legde. Regendruppels die op haar haar daalden, weerkaatsten het licht van de hotelingang achter haar. Ross, al een beetje aangeschoten, vroeg: 'Waar zou ik dan heen moeten gaan?' en zag hoe ze aarzelde, om een antwoord verlegen.

'Ik weet het niet,' fluisterde ze ten slotte, met een blik op haar horloge. 'Maar je ziet er verschrikkelijk uit, en ik weet zeker dat de vrouw die vanmiddag in Kamer Veertien is gearriveerd journaliste is – ze vraagt iedereen het hemd van het lijf. Als je wilt,' voegde ze er in een vlaag van moed aan toe, 'kun je vanavond met mij mee naar huis gaan. Mijn vader en moeder zijn deze week in Benidorm en mijn vriend werkt in Liverpool, dus je zou van niemand last hebben...'

Ross' gezicht bleef ondoorgrondelijk, maar ze had nu eenmaal a gezegd, dus moest ze ook wel b zeggen. Ze drukte haar lange nagels in haar handpalmen en besloot zwakjes: 'Je hoeft niet eens te praten, als je geen zin hebt...'

'Gelukkig,' zei Ross mat, terwijl hij zijn hand in haar taille legde en haar naar zijn auto leidde. 'Want ik heb geen zin om te praten.'

Het huis waarin Sylvie met haar ouders woonde, was een kleine, moderne twee-onder-een-kapwoning. De brandschone huiskamer was ingericht in Laura Ashley-stijl, met veel strookjes, porseleinen beestjes, sierlijke asbakken en fraai ingelijste foto's van Sylvie.

Ross ging op de wit met roze beklede bank zitten en keek door de open deur naar Sylvie, die in de keuken thee zette en een pakje chocolade-volkorenbiscuits openmaakte. Toen ze terugkwam, ging ze tegenover hem zitten. Ze dronken zwijgend thee en luisterden naar het trieste huilen van de wind, die nog steeds in kracht toenam. Na een tijdje stond Sylvie op en legde een oude lp van Carly Simon op de draaitafel. Daarna verdween ze weer in de met grenen betimmerde keuken en kwam terug met een stoffige fles Poolse wodka en een glas.

'Ga je gang,' zei ze, hem het glas toestekend. 'Je bent zo te zien wel aan een borrel toe. Ik kan je helaas niets anders aanbieden, alleen Ribena.'

Ross nam het glas glimlachend aan en bedacht dat alleen Sylvie Nash zo volkomen onschuldig zo'n *double entendre* kon debiteren...

Twee uur later merkte hij dat hij zich vergist had; Sylvie was helemaal niet zo onschuldig. Ofschoon hij toen al behoorlijk dronken was, wist hij nog wel wat hij deed. Toen ze kalm, blijkbaar zonder aanleiding zei: 'We kunnen wel naar boven gaan, als je wilt,' had hij geen antwoord gegeven. Het was misschien weer zo'n typische Sylvie-opmerking en bedoelde ze gewoon dat het tijd was om te gaan slapen omdat ze morgenochtend weer vroeg op moest.

Maar toen was het haar beurt om te glimlachen. Ze stond bevallig op, kwam naar hem toe en stak een slanke hand naar hem uit.

'Ik wil best, Ross. Heus. En niemand hoeft het immers te weten, nietwaar?'

Gedurende een fractie van een seconde kwam hij bijna in de verleiding. Het was tenslotte zijn huwelijksnacht, en dan werd je immers verondersteld te vrijen dat de stukken eraf vlogen. Maar Sylvie was Tessa niet, en met haar naar bed gaan zou geen troost zijn. Niets kon hem vanavond troosten.

'Bedankt voor het aanbod,' zei hij, een flauw lachje tevoorschijn brengend om haar niet te kwetsen, 'maar toch maar niet. Ik geloof dat ik maar gewoon naar bed ga. Ik ben wel aan een beetje nachtrust toe.'

Verwonderd dat ze zich eerder opgelucht dan teleurgesteld voelde, knikte Sylvie alleen maar.

'Goed. Ik zal je je kamer wijzen.'

Grace, zwijgend en oplettend en intens verdrietig over Tessa's verdwijning, begreep onmiddellijk waar Ross de nacht had doorgebracht. Ze had de laatste paar weken de opvallende verandering in haar moeder niet gadegeslagen zonder die uitdrukking van 'ik-heb-een-geheim' op het gezicht van anderen te leren herkennen. En hoewel Sylvie zich uiterst correct gedroeg en telkens wanneer Ross uit zijn kantoor kwam haar ogen ingetogen neersloeg, kon niemand Grace iets wijsmaken. Ze was er dan ook vast van overtuigd dat Ross' immorele gedrag de reden was achter Tessa's besluit om weg te gaan.

Richard, die zijn lunchpauze allergenoeglijkst met Mattie in bed had doorgebracht, leunde in de stapel kussens en keek tevreden hoe ze haar kleren aantrok. Eerst het glanzende, donkergroene hemdje dat hij vorige week voor haar had gekocht, daarna het bijpassende vlinderbroekje. Mattie, al lang niet meer verlegen, draaide een pirouette en streek genietend over de satijnen stof. 'Het is beeldig,' zei ze. 'Ik heb nog nooit zulk mooi ondergoed gehad.' Ze pakte glimlachend haar jurk, ook een cadeau van Richard. 'Maar je moet niet zoveel geld voor me uitgeven... je verwent me.'

'Die jurk is in plaats van de jurk die ik die avond in The Grange heb bedorven,' bracht hij haar in herinnering. 'Bovendien,' vervolgde hij, terwijl hij zijn armen naar haar uitstak en eerst de ene en toen de andere borst kuste voor ze uit het gezicht verdwenen, 'vind ik het leuk om van alles voor je te kopen. En je bent de minst verwende vrouw die ik ooit heb ontmoet.'

Mattie zette, inmiddels geheel gekleed, nog een pot thee. Ze moest over een kwartier weer op haar werk zijn, maar tot dan wilde ze elke minuut met Richard ten volle genieten.

'Wat zei Antonia toen ze van die consternatie in het hotel hoorde?' vroeg ze, terwijl ze haar thee roerde en vergat dat ze geen suiker meer nam.

Richard zette zijn bril recht en leunde achterover in zijn stoel. 'Niet veel, maar ik heb toch de indruk dat ze meer weet dan ze loslaat. Wanneer het op bezittingen aankomt, is ze net een kind – ze wil ze niet afstaan – en het zou me niets verwonderen als ze iets had uitgehaald in een poging Ross vast te houden.' Toen nam hij Matties hand in de zijne en glimlachte. 'Maar eerlijk gezegd interesseert het me niet genoeg om erachter te willen komen wat. Antonia doet maar wat ze wil; zolang ik jou heb, laat het me steenkoud.'

Mattie zuchtte. Ze had op het punt gestaan hem over Ross en haarzelf te vertellen, maar ze wist nog steeds niet of ze het wel zou doen. Het was ten slotte evenzeer Grace' geheim als het hare, en terwijl Richard op zijn beurt een geheim voor Grace

was, vond ze toch dat ze het niet moest doen. 'Maar ik heb evengoed met dat meisje te doen,' zei ze peinzend. 'Je weet wel, Tessa. Ze heeft nu die baby, en al die verantwoordelijkheid... ik denk dat ze een erg moeilijke tijd doormaakt.'
Richard wierp een blik op zijn horloge en trok een gezicht. 'En wij moeten nu om onze eigen tijd denken. Het is vijf voor en jij moet om twee uur weer op je werk zijn. We moesten maar gaan, voor je ook nog medelijden met Ross krijgt.'
'Met hem heb ik geen medelijden,' verklaarde ze resoluut, terwijl ze opstond en haar tas pakte. 'Wat er gebeurd is, heeft hij aan zichzelf te wijten. Hij verdient niet beter.' Toen ontspande ze zich en omhelsde Richard. 'Neem me niet kwalijk, ik ben een vals kreng, geef me nog één kus, schat, en dan moeten we echt gaan.'
'Jij kunt niet vals zijn,' zei Richard, terwijl hij maar al te graag aan haar verzoek voldeed. 'Jij bent een schat!'

41

Heel voorzichtig, om niet op de losse stenen uit te glijden, ging Tessa het steile, nauwelijks zichtbare pad af dat naar het strand leidde. Perryn Cove, aan drie kanten ingesloten door akelig steile rotsen, was klein, maar de inspanning dubbel en dwars waard. Een halvemaanvormig, donkerblond zandstrand, blootgelegd door het afgaande water. De witgekuifde golfjes rolden op hypnotiserende wijze af en aan en de nog meer hypnotiserende blauwe kleur van de zee ging aan de horizon over in een wolkeloze hemel.
En Tessa was dank zij een wonder helemaal alleen.
Dominic woonde nu vier jaar in St. Ives en was dol op elke centimeter van het overvolle plaatsje. Hij was er trots op dat hij er inwoner was en geen toerist en genoot ten volle van het drukke, ongebonden leven dat hij er voor zichzelf had geschapen. Er waren altijd bevriende kunstenaars om mee te drinken, om mee te jammeren wanneer het werk niet verkocht werd en

om mee te feesten wanneer de zaken goed gingen. En de voorraad mooie meiden was vanzelfsprekend onuitputtelijk.
Maar terwijl Dominic zich pas lekker voelde in het gezelschap van anderen, hield Tessa meer van eenzaamheid. De eindeloze feestjes deden haar niets, ook al wist ze maar al te goed dat minstens de helft ervan ter wille van haar werd gegeven. Dominic probeerde een nieuw sociaal leven voor haar op te bouwen en stelde haar aan al zijn vrienden voor in een poging haar te helpen de traumatische ervaringen uit het recente verleden te vergeten.
Maar dat was haar helaas, zij het niet verwonderlijk, niet gelukt.
Vanmorgen echter paste Dominic op Olivia en had Tessa drie volle uren om na te denken. Toen ze eindelijk de voet van de rotsen bereikte, trok ze haar espadrilles uit en woelde met haar tenen in het warme, droge zand. Ze was eigenlijk van plan geweest te gaan wandelen en de vele rotsmeertjes te verkennen, maar de warmte had haar van haar energie beroofd. Nu ze eindelijk hier was, leek het haar verstandiger om even te gaan zwemmen en dan uit te rusten, gewoon lekker te zonnen en van de stilte te genieten.
Helaas werd de vredige stilte nog geen twintig minuten later verstoord door het lawaai van iets dat op een schoolreisje leek. Tessa, die op haar rug lag, deed haar ogen een beetje open en zag een stuk of twaalf kinderen en een aantal kleurig geklede volwassenen als vuurwerk over het lege strandje uitwaaieren. Ze hadden gebruik gemaakt van het laagtij om langs de voet van de rotsen te lopen.
In de hoop dat ze niet zouden blijven, sloot Tessa opnieuw haar ogen en dwong zich haar gedachten bij belangrijker zaken te bepalen. In weerwil van Dominics herhaalde verzekeringen dat Olivia en zij zo lang konden blijven als ze wilden, wist ze dat dat niet ging. Dat loste niets op. Ze moest zelf een onderkomen hebben, een veilig thuis voor Olivia, zoiets als haar eigen huisje aan de rand van Bath...
Ze ontwaakte een uur later uit een sluimer doordat er zand op haar blote buik werd gestrooid. Met een hand boven haar ogen tegen de zon keek ze op, zag Dominic – ongelooflijk vaderlijk

met Olivia in haar draagdoek voor zijn borst – en vroeg: 'Wat ben ik, een grote, dikke slaapkop?'
'Dik zou ik niet durven zeggen,' antwoordde hij droog. Ze was de laatste paar weken veel te veel afgevallen.
'Wat kom je eigenlijk doen?' informeerde ze, nog een beetje doezelig.
Dominic liet zich voorzichtig naast haar op het zand neer. 'Olivia en ik hebben een ernstig gesprek gevoerd.'
'Heus?'
'Erewoord,'verzekerde hij.
Tessa trok haar wenkbrauwen op. 'Dat verbaast me. Ik wist niet dat jij ernstige gesprekken kon voeren.'
'Nou ja, ik heb er wel een paar grappen tussendoor gegooid,' zei hij lachend, 'maar Olivia haalde me telkens op het rechte pad terug. Nietwaar, schat?'
Olivia blies een heleboel belletjes van instemming.
'Juist ja,' zei Tessa peinzend. Dominic had die lastige tocht naar Perryn Cove niet voor niets gemaakt; hij kwam met een reden. 'En waar hebben jullie dan wel over gepraat? Als je denkt dat ik je toestemming geef om mijn dochter naakt te schilderen, heb je het mis.'
Maar hij was nu ernstig. 'Over jou, Tess. Het is niet goed dat je je hier verbergt. Dat is jouw stíjl toch niet. Wat ben je van plan... je de rest van de zomer op het strand terugtrekken met als devies: "Ik wil alleen zijn"?'
'Ik weet het niet,' zei ze maar half naar waarheid. 'Ik heb mezelf daarnet die vraag ook gesteld. Ik geloof dat ik het liefst naar Bath terug wil – daar heb ik tenslotte mijn vrienden – maar dat zou wel eens pijnlijk kunnen worden. Ross is niet iemand die gewend is publiekelijk voor schut te worden gezet. En het ziet ernaar uit dat ik dat nu precies heb gedaan, dus hij zou wel eens niet erg met mijn terugkeer ingenomen kunnen zijn.'
'En had hij dat soms niet verdiend?' vroeg Dominic, geërgerd dat ze zelfs nu nog eerder Ross' gevoelens wilde sparen dan de hare. 'Lieve schat, hij weet best waarom je hem hebt laten zitten. Laat hem de zenuwen krijgen! Doe jij nu wat je wilt, en als hij moeilijk gaat doen, dan zeg je maar tegen hem dat-ie

oplazert. Bath is de plaats waar Olivia en jij wonen en jullie hebben evenveel recht om daar te zijn als hij.'

Het feit dat zijn geweten hem plaagde, zat Max dwars. Niet gewend zich schuldig te voelen, was hij zich er niettemin duidelijk van bewust dat hij Holly niet alleen heel onaardig, maar ook heel onbillijk had behandeld.
En daarom had hij, toen hij op het laatste nippertje hoorde dat Caroline Mortimer vrijdag niet voor het Mad Hatter's Ball uit Londen kon overkomen, besloten zijn schuldgevoel te sussen door Holly uit te nodigen met hem naar het bal te gaan.
'Kijk in mijn theeblaren, o, kijk alsjeblieft wat mijn theeblaren voorspellen,' had Holly Rosa Polonowski gesmeekt toen ze, door het dolle van opwinding, het Poolse vrouwtje in de hotelkeuken aanklampte. 'O, god, mijn handen trillen zo. Naar welke kant moet ik dat theekopje draaien? Verdorie, het zijn theezakjes! Rosa, we moeten nog wat thee zetten... Marco, waar is de losse thee? Je kunt Rosa wel vijf minuten missen, nietwaar? Ze moet me mijn toekomst voorspellen en dat is belangrijker dan een paar pannen schuren!'
'Ah, ik zien u met lange man,' verkondigde Rosa vijf minuten later, terwijl ze de inhoud van Holly's theekopje bestudeerde en haar lippen tuitte van concentratie. 'U draagt rode jurk, heel chic, heel mooi.'
Mooi zo, dacht Holly vastbesloten. Zodra haar dienst erop zat zou ze naar de stad scheuren en een rode jurk kopen.
'En u lacht en hebt zo'n plezier met uw knappe man, het wordt avond om nooit te vergeten.'
'Is hij verliefd op me?' vroeg Holly gespannen, terwijl ze met glanzende ogen in Rosa's gezicht naar aanwijzingen zocht. Als ze wist dat Max werkelijk van haar hield, zou dat alles zoveel eenvoudiger maken... dan konden ze al die malle, tijdverspillende plichtplegingen vergeten...
Maar Rosa schudde langzaam haar donkere hoofd, als een traag bewegende klokslinger. 'Ah nee, niet verliefd. Maar er is krote aantrekking die kan leiden tot liefde. Dit is nog maar begin. En zo krote aantrekking is veelbelovende teken, lieve kind. Die mag men niet versmaden of verkooien in moment van wanhoop.'

'Rosa, je bent een wonder!' zuchtte Holly, en haar tenen krulden van opwinding bij het vooruitzicht van vrijdagavond. 'En maak je geen zorgen, er zullen geen momenten van wanhoop zijn. Nu ik weet hoe alles in elkaar zit, kan ik de situatie volkomen in de hand houden. O, hoe moet ik toch de rest van de week nog doorkomen...?'

Je moest natuurlijk ruimschoots de tijd nemen om je voor te bereiden op de mooiste avond van je leven, dacht Holly een paar dagen later zielstevreden, terwijl ze op de sensuele klanken van Dire Straits in haar naar fresia's geurende schuimbad lag en loom haar borsten inzeepte.

Ze had zelfs een tijdsindeling gemaakt; om vier uur in bad, om halfvijf inwrijven met bodylotion, om vijf uur haar doen, om zes uur nagels lakken, om halfzeven opmaken, om kwart over zeven aankleden en dan nog een uurtje verder opdoffen tot Max haar om halfnegen zou afhalen. En ze zou zichzelf dwingen een paar boterhammen te eten, dacht ze met een berouwvol lachje. Ze wilde niet op een lege maag drinken en het risico lopen een tweede keer buiten westen te raken. Dit zou een volmáákte avond worden.

42

Het was druk in het hotel. Het enorm populaire Mad Hatter's Ball, dat jaarlijks in Shilton Court, een paar kilometer verderop, werd gehouden, begon om negen uur, en veel mensen die er naartoe gingen, kwamen eerst in de bar van The Grange een glas champagne drinken voor ze op weg gingen naar het de hele nacht durende bal en nog veel meer champagne.

'Zou jij me kunnen vertellen, lieve kind, waar ik Max Monahan kan vinden?'

Sylvie Nash keek op en glimlachte tegen de vrouw met de olijfgroene tulband en de donkere zonnebril die zich samenzweerderig over de balie boog. Haar hese stem met het buitenland-

se accent had iets vaaglijk bekends maar de zonnebril maakte haar gezicht moeilijk herkenbaar.
'Hij is boven,' antwoordde ze, terwijl ze het dure complet opnam en zag dat het een creatie van Donna Karan was. De *Vogue* was Sylvies bijbel. 'Als u me uw naam geeft, zal ik hem bellen en zeggen dat u er bent.'
De vrouw glimlachte, waarbij een prachtig gebit te zien kwam en schudde ondeugend haar hoofd. 'Ah, maar dan zou het geen verrassing meer zijn. Zeg alleen maar dat er een oude kennis van hem is die hem graag wil spreken. En als hij die trap af komt, zullen we eens zien wat voor gezicht hij zet, goed?'
Max' gezicht was, toen hij een paar minuten later de trap af kwam, inderdaad het aanzien waard. Er stond ongeloof op te lezen, vermengd met vreugde, en Sylvie keek vol belangstelling toe toen hij Francine Lalonde – want nu ze die donkere bril had afgezet bleek opeens wie ze was – in zijn armen trok.
'Ik kan het gewoon niet geloven,' mompelde hij, haar vage, exotische geur opsnuivend. 'Waarom heb je niet laten weten dat je kwam? Hoe lang kun je blijven? O, wat heerlijk dat je er bent.'
'Ik heb je gemist,' zei Francine. Ze keek glimlachend naar hem op en kuste hem opnieuw. 'En ik heb niets laten weten omdat ik je wilde verrassen. Maar ik geloof dat ik je op een ongelegen moment heb verrast,' vervolgde ze, terwijl ze een stap terug deed en quasi pruilend naar zijn smoking en loshangend strikdasje keek. 'Ik geloof dat je al een afspraak hebt. Laat je me soms voor een andere vrouw in de steek, Max?'
'Ben je mal?' riep hij uit, haar weer dicht tegen zich aantrekkend. 'Jou in de steek laten... ik laat je geen moment alleen... nee, nee, het was maar een los-vaste afspraak. Ik zal even bellen om het te regelen. Holly is een geschikte meid, die begrijpt het wel.'

'... dus je begrijpt het wel, hè,' vervolgde Max, zich totaal niet bewust van de narigheid die hij aanrichtte, de dreun die hij uitdeelde.
'Natuurlijk,' zei Holly, verbaasd dat ze nog iets kon uitbrengen. Haar hele lichaam, haar hersens inbegrepen, was als ver-

doofd. Ze begreep niet waar ze dit aan verdiend had. Wat verbeeldde Max zich verdomme wel? Rosa had hen samen op het bal gezien, blij en gelukkig, terwijl het echt tussen hen klikte...

'Het spijt me heel erg,' zei Max op een toon waarin geen greintje spijt klonk. 'En ik weet dat ik op het laatste nippertje afzeg, maar je kunt vast wel ergens een vriend opduikelen. Ik zal een taxi sturen met de kaarten en dan kun je zonder mij ook een fantastisch leuke avond hebben.'

Toen tien minuten later de bel ging, deed Holly, nu met ogen zo rood als haar jurk en buiten adem van het huilen, eerst net of ze hem niet hoorde.

Maar die taxichauffeur scheen niet weg te willen voor hij die kaarten had afgegeven en die bel bleef maar langs haar toch al rauwe zenuwen schuren. Dus ging Holly uiteindelijk maar naar beneden, half struikelend over de zoom van haar lange robijnrode jurk.

'Och mijn arme schat, kom hier,' zei Adam Perry terwijl hij haar in zijn stevige rugbyspelersarmen trok en haar tegen zijn smokingjasje liet uithuilen. 'Ik kwam net door de receptie toen ik Max met je hoorde bellen. Lieve troel, het wordt tijd dat je hem voor eens en altijd uit je hoofd zet... hij is al dit verdriet niet waard, echt niet.'

Toen ze eenmaal over de schok van Adams onverwachte komst heen was, begon Holly in paniek te raken. Hij scheen haar altijd op haar onvoordeligst te moeten zien, en ze kon niet uitstaan dat hij nu wist hoe erg Max haar had gegriefd.

'Die vent is een lammeling,' vervolgde hij toen ze in haar zitkamer kwamen. 'Ik weet dat je geen hoge dunk van mij hebt, maar ik ben niet zo'n lammeling als hij.'

'Ja, dat ben je wel,' hakkelde ze tussen twee snikken, en keek hem beschuldigend aan. 'Je hebt me vorige week laten stikken. Ik heb je in de Calypso gezien met Clarissa Fox. Dus je had vanavond niet naar me toe hoeven komen om je over mijn narigheid te verkneukelen,' vervolgde ze bitter, 'want ik ben gewend opzij te worden geschoven voor andere vrouwen. Niemand heeft daar meer ervaring mee dan ik.'

'Hier, droog je tranen en ga je opknappen,' zei Adam kalm, terwijl hij haar een doos tissues aangaf en haar naar de badkamer duwde. 'Ik heb zitten wachten tot je zou bellen, en toen je dat niet deed ben ik even de Calypso binnengewipt om gauw in mijn eentje een borrel te pakken. Nou, daar liep ik Clarissa tegen het lijf en je weet hoe die is – als ze die manzieke projectielen die ze achter de bloes heeft, op je richt, ben je verloren.'

Holly bleef bij de badkamerdeur staan. 'Ik wil me niet opknappen. Waarvoor zou ik? Je denkt toch niet dat ik alleen naar dat bal ga?'

'Zeur niet,' zei Adam bruusk. 'Ik ben er toch? En we hebben Max zijn liefdadigheid niet nodig, als je daar soms over inzit, ik heb zelf twee kaarten. Jij gaat met mij naar het bal, Holly, en je gaat je amuseren, of je wilt of niet.'

'Zie je nou wel,' zei hij vele uren later tijdens de laatste dans in de gelambriseerde, met bloemblaadjes bezaaide balzaal. 'Het is best meegevallen vanavond, niet?'

Holly glimlachte. Het was halfvijf in de morgen en overal lagen mensen op stoelen te slapen, zodat er nog maar een goeie driehonderd gasten over waren om tot het aanbreken van de dag te zingen, te dansen en te drinken, maar zij was niet afgeknapt. Ze was blijven lachen en met iedereen kletsen en dansen of ze een zieltje zonder zorg was en niemand, zelfs Adam niet, had kunnen raden hoe moeilijk het was geweest om die komedie vol te houden.

Toch moest ze bekennen dat het erger had kunnen zijn. Ze had zich, op een beetje verstrooide manier, best geamuseerd. Adam was buitengewoon plezierig gezelschap, zijn rumoerige vrienden, die in de eetzaal aan een stevig ontbijt zaten om nieuwe krachten op te doen, waren geestig, geweldig complimenteus en onderhoudend, en verscheidene van Holly's vriendinnen vonden dat ook van Adam.

'Wat een knappe vent,' had Sophie Kendall gedweept, gelukkig toen Adam buiten gehoorsafstand was. 'Jij boft toch maar, liefje! Is ie zonder kleren net zo'n stuk als met?'

Maar waar andere mannen oren hadden, daar had Adam sonar. Hij had zich vanaf zijn plaats aan de roulettetafel omgedraaid, breed gegrijnsd en verkondigd: 'Een nog groter stuk,

dat kan ik je verzekeren. En als je me niet gelooft, ga dan over vijf minuten maar even mee naar boven.' Waarna hij er met een knipoog in Holly's richting aan had toegevoegd: 'Je moet mijn spierbundels zien om het te geloven, nietwaar schat?'
Zijn opgewekte scherts had de avond tot een succes gemaakt. Holly, veilig in zijn sterke armen, legde onder het dansen haar hoofd tegen zijn brede borst en hield zichzelf voor de tiende keer voor dat het inderdaad veel erger had kunnen zijn. Ze was nog steeds verbaasd dat Sophie, Melissa en de anderen zo weg van Adam waren, maar enfin, over smaak viel niet te twisten. En ze was echt blij dat ze met hem naar het bal was gegaan in plaats van thuis te blijven kniezen.
Maar Rosa Polonowski had heel wat op haar geweten, dacht Holly met toch iets van spijt. Want ze zou zich toch veel, heel veel gelukkiger hebben gevoeld als ze hier met Max was geweest in plaats van met Adam.

43

Het nieuws dat Francine Lalonde in The Grange logeerde, had zich als een lopend vuurtje door het hotel verspreid en de andere gasten en een hele horde verslaggevers – die uit de hemel waren komen vallen – popelden om haar te zien. Daarom bleven Max en Francine de eerste drie dagen van haar verblijf voornamelijk in zijn suite, wat hun allebei uitstekend uitkwam. Francine, die moest bijkomen van de inspanningen van het filmen, bracht de meeste tijd door met eten, vrijen en slapen. Max, nog steeds helemaal verslingerd aan haar schoonheid en haar grillige karakter, at en vrijde en zat zogenaamd aan zijn nieuwe boek te werken, maar in werkelijkheid naar haar te kijken wanneer ze sliep. En omdat Francine alle drie die bezigheden zo vol overgave deed, kon hij zich geen fijnere wijze van samenzijn indenken.
Maar dinsdagochtend, toen Max de gordijnen openschoof en het heldere zonlicht de kamer binnenstroomde, kondigde Fran-

cine aan dat ze genoeg had 'geluierd' en dat ze die dag Bath wilde verkennen.

'En ik wil dit hotel bekijken,' zei ze, terwijl ze uit bed kwam en naar de badkamer ging. 'Zo lang in bed blijven is decadent. Nu ik uitgerust ben, wil ik nieuwe mensen ontmoeten en plezier maken.'

'Ik dacht dat we plezier hádden,' zei Max. Haar openhartigheid was soms bepaald verontrustend.

'Natuurlijk hadden we dat,' troostte Francine hem met een lach in haar sherrybruine ogen. 'Maar dat soort plezier kan op den duur gaan vervelen. En we willen ons niet gaan vervelen, nietwaar?'

'Nee maar!' riep Francine vol bewondering toen ze het zonovergoten terras op kwamen. Ross, die alleen aan een tafeltje zat met een pot koffie en een stapel papierwerk, stond op toen ze naderbij kwamen. 'Max, dat broertje van je mag gezien worden. Nou, het is maar goed dat ik jou het eerst heb ontmoet, anders zou ik misschien in de verleiding...'

'Hai,' zei Ross, terwijl hij Francine de hand schudde en meteen besefte dat ze had verwacht dat hij die zou kussen. 'Leuk je eindelijk te ontmoeten. We dachten al dat Max je boven in gijzeling hield.'

'Dat deed hij ook,' zei Francine met een zwoele klank in haar stem, 'maar nu ben ik ontsnapt. En ik begin te denken dat hij me opsloot opdat ik niet zou ontdekken dat zijn broer knapper is dan alle filmsterren die ik ken. Ross, ik weet dat ik dergelijke dingen niet zou moeten zeggen, maar Max heeft me verteld wat er gebeurd is, en ik moet zeggen dat dat meisje van je – Tessa, is het niet? – stapelgek moet zijn om niet met je te trouwen. Volkomen kierewiet.'

'Ga toch zitten, schat,' zei Max haastig, terwijl hij haar een vermanende blik toewierp. Francine installeerde zich in een stoel, drapeerde haar rok zo voordelig mogelijk en haalde lachend haar schouders op. 'Nu is hij kwaad op me omdat ik mijn gedachten niet vóór me houd, zoals een keurige Engelse zou doen,' zei ze tegen Ross. 'Maar waarom zou ik mijn mond houden, we weten immers allebei dat het wáár is wat ik zeg?'

'Ja, dat is zo,' zei Ross met een wrang lachje, 'en ik ben het volkomen met je eens.'
'Maar hou je nog steeds zoveel van haar, ook al heeft ze je zo gemeen behandeld?' dramde Francine door, haar ogen groot van medeleven. Max, die haar onbescheiden vragen niet langer kon aanhoren, liep weg. Misschien dat ze tegen de tijd dat hij het ontbijt had besteld en een paar lang uitgestelde telefoongesprekken had gevoerd, op een neutraler onderwerp van gesprek zouden zijn overgegaan.
'Ja,' zei Ross eenvoudig toen Max weg was.
'Maar wat is dat droevig! Daar zit je nu, een man die elke vrouw kan krijgen die hij wil hebben, eenzaam en ongelukkig vanwege één meisje dat te stom is om haar geluk te beseffen.'
Een dergelijk overdreven compliment was ongetwijfeld leuk om te horen, maar Ross was niet van plan om het naar zijn hoofd te laten stijgen. Hij had de ervaring opgedaan dat alle vrouwen komedie speelden en dat actrices het ergst komedie speelden. Hoe kon iemand ooit een woord geloven van wat ze vertelden?
Maar Francine scheen ook nog gedachten te kunnen lezen. 'Ja ja,' zei ze ongeduldig. 'Maar ik noem de dingen gewoon bij hun naam. Ik heb al te lang in bed gelegen en nu kan ik niet blijven zitten. Waarom laat je me die prachtige serre daar niet eens zien... groeien daar ook orchideeën in?... hè toe, Ross, kom nou! Ik ben dol op orchideeën en tegen de tijd dat we terugkomen zal het ontbijt er wel zijn. Goed?

In de serre heersten een tropische temperatuur en vochtigheid, maar Francine scheen daar geen last van te hebben. Met een opgetogen uitroep over het luisterrijke effect van de gebrandschilderde ramen greep ze Ross' hand en trok hem bij de deur weg.
'Lieve help, niet te geloven – of je in een regenboog staat! En die bloemen,' verzuchtte ze met een breed armgebaar maar de weelderige plantengroei boven hun hoofd. 'Dit is vast en zeker je lievelingsplekje.'
De serre herinnerde Ross te veel aan die eerste avond met Tessa om hem nu veel genoegen te verschaffen en hij kwam er lie-

ver niet, maar hij had geen zin om Francine dat te vertellen.
'Het is een trekpleister van het hotel,' zei hij zo neutraal mogelijk. Francine, die een paar knopen van haar witte tricot topje los deed, keek hem veelbetekenend aan.
'Maar niet zo'n bijzondere trekpleister als de directeur, denk ik. Ross, ik weet dat ik een openhartige vrouw ben. Ik zeg wat ik denk, en daar schrikken de mensen wel eens van, maar ik wil dat jij weet dat ik jou geweldig aantrekkelijk vind. Vind jij mij ook aantrekkelijk?'
Jezus, liep die even hard van stapel, dacht Ross. Daar zat hij nou nog net op te wachten.
'Ik denk,' zei hij voorzichtig, 'dat elke heteroseksuele man in Europa jou aantrekkelijk vindt. Zulke dingen hoef je toch niet te vragen, wel?'
'Maar ik wil het zo graag horen,' pruilde Francine, terwijl ze de pluizige bladeren van een buitengewoon tere varen tussen haar vingers door liet glijden. 'Dat is prettig voor het ego, vind je niet? En ik vind het leuk om te weten dat mijn belangstelling voor een man wordt beantwoord.'
Als de situatie niet zo netelig was, zou hij mal zijn geweest. Net iets voor Max, dacht Ross moedeloos, om verliefd te worden op een vrouw die je reinste nymfomane was. Maar intussen spreidde Francine nog steeds haar beroemde glimlach ten toon en kwam langzaam maar doelbewust op hem af. Het ogenblik was aangebroken om te zeggen waar het op stond.
'Hoor eens,' zei hij botweg, 'het doet er niet toe of ik jou aantrekkelijk vind of niet. Max is mijn broer en ik heb nog wel enige scrupules...'
'Nou en?' weerlegde Francine met een elegant schouderophalen. 'Ik ben toch zeker niet met Max getrouwd? We hebben een arbeidsovereenkomst, als je wilt – hij heeft een scenario voor me geschreven en als de film wordt gemaakt, speel ik er de hoofdrol in, dat is alles. Het feit dat we ook graag met elkaar naar bed gaan is... hoe zeggen jullie dat?... een plezierige bijkomstigheid. Best leuk, Ross, maar niet de grote liefde. En Max weet dat.'
'Kan zijn,' zei Ross, die wel beter wist. 'Maar toch vind ik niet...'
'Oké, oké,' onderbrak Francine hem, nog steeds glimlachend

en in het minst niet uit het veld geslagen. 'Maar neem dit van me aan, ik heb een instinct voor dit soort dingen. Voor de week om is, zijn wij minnaars, Ross, dat weet ik zeker.'

De hotelgasten waren niet de enigen die popelden om een glimp van Francine Lalonde op te vangen. Ook het personeel, toch wel aan beroemdheden gewend, was doodnieuwsgierig naar de beroemde actrice op wie Max, tegen zijn gewoonte in, zo smoorverliefd was.

Grace, die in de keuken het langste lucifertje had getrokken, lette goed op dat ze geen drupje koffie morste toen ze het blad voorzichtig naar het terras bracht, maar tot haar teleurstelling was Ross' tafeltje leeg.

Aan de papieren was echter te zien waar hij had gezeten, en dus zette ze het blad ernaast en zocht, tegen het felle zonlicht knipperend, met haar ogen de glooiende gazons achter het terras af. Geen spoor van Ross of hun illustere gast te bekennen. Maar toen ze even later weer naar binnen wilde gaan, zag ze een glimp wit te midden van de tropische oerwoudkleuren in de serre. Dan waren Ross en Francine zeker daar, dacht ze. En aangezien hun ontbijt niet koud mocht worden, moest ze even zeggen dat het buiten voor hen klaar stond.

'... voor de week om is zijn wij minnaars, Ross, dat weet ik zeker.'

Grace dook haastig bij de ingang weg en hield haar adem in terwijl ze naar de zwoele stem van Francine Lalonde luisterde. Lieve help, was Ross zo verdorven dat zelfs de vriendin van zijn broer niet veilig voor hem was?

Ze wachtte met bonzend hart op zijn antwoord, maar dat kwam niet. Toen ze eindelijk voorzichtig om een hoekje gluurde, zag ze dat het tweetal zich kennelijk niet druk maakte over luistervinken. Francine Lalonde ging op haar tenen staan, legde haar handen lichtjes op Ross' schouders, hief haar gezicht naar hem op en kuste hem op zijn mond. En toen Ross onmiddellijk terugdeinsde en zei: 'Kom nou, dit is te gek, ik kan niet...' glimlachte ze en legde hem met een nieuwe kus het zwijgen op.

'Ah, maar dat kunnen we wel,' hoorde Grace haar zacht antwoorden. 'Zodra Max weg is – en ik zal wel iets bedenken om hem vanmiddag kwijt te raken – kunnen wij doen wat we willen. En ik weet een heleboel dingen,' voegde ze er verlokkend aan toe, 'die ik met jou wil doen...'
Terwijl Grace onopgemerkt wegglipte, greep Ross Francine bij haar armen en duwde die stevig tegen haar zijden.
'Nee,' zei hij kordaat, terwijl hij haar doordringend aankeek. 'Dat gebeurt niet. Je speelt nu niet in een film en ik ben geen opgefokte fan van je. Je bent hier als gast van mijn broer en je hebt je fatsoenlijk te gedragen. Je houdt dan misschien niet van hem,' vervolgde hij, toen ze haar mond opende om te protesteren, 'maar je zou ten minste het fatsoen kunnen hebben om hem tot het eind van de week trouw te blijven.'
Francine was erg goed in pruilen. 'Ik had niet gedacht dat jij zo'n droogstoppel zou zijn,' zei ze met maar een vleugje boosaardigheid. 'Je hebt me erg teleurgesteld, Ross.'
'Soms,' antwoordde hij koud, aan Antonia denkend, 'stel ik mezelf nog erger teleur.'

Grace, die Ross nu met heel haar hart verachtte, ging niet zo snel opzij als ze had moeten doen toen hij op lunchtijd de klapdeuren van de keuken binnenkwam. Hij was een gemene kerel, dacht ze in de fractie van een seconde waarin ze opzij had kunnen gaan... en een overhemd vol kreeftsla was al het minste dat hij verdiende.
'Tjees,' zei Ross, naar de van zijn hemd druipende mayonaise en de stukjes kreeft en blaadjes sla aan zijn voeten starend. Toen keek hij op en zag de uitdrukking van schrik en afweer op het gezicht van de dienster – het meisje dat Tessa bij de geboorte van Olivia in het ziekenhuis had bezocht. Hij stak met een gebaar van overgave zijn handen omhoog en glimlachte.
'Sorry, mijn schuld.'
Het meisje bukte zich om de zilveren schaal op te rapen die hij haar per ongeluk uit de handen had gestoten. Niet in staat te geloven dat hij het goed had gehoord, zei Ross: 'Wat zei je?'
'Ik zei: "Ik had al zo weinig tijd,"' antwoordde Grace. Ze had

een kleur als vuur, maar ze liet zich niet kennen en daagde hem zwijgend uit haar woorden in twijfel te trekken. 'Tafel negen wil vlug eten.'
Ross keek haar even opmerkzaam aan, toen draaide hij zich zonder iets te zeggen om. Hij had durven zweren dat ze had gezegd: 'Dat is het immers altijd.'

44

Holly, die nooit goed een geheim had kunnen bewaren was hevig opgelucht toen de trein eindelijk tergend langzaam het station van Bath binnenreed.
Even later waren Tessa en Olivia uitgestapt en omvatte Holly hen allebei tegelijk in een hartelijke omhelzing.
'Ik kan je niet zeggen hoe erg ik je heb gemist,' zei ze, terwijl ze Tessa op een armslengte afstand hield. 'Het lijkt wel of je vijf jaar weg bent geweest in plaats van vijf weken. Je ziet er geweldig goed uit.'
Tessa, die haar glimlachend aankeek, zag er inderdaad geweldig goed uit. Slank en gebruind, haar blonde haar naar achteren in een vlecht, waardoor haar groene ogen extra duidelijk uitkwamen. Ze zag er zoals altijd oneerlijk elegant uit in zoiets doodgewoons als een slobberig wit hemd en kaki shorts, in de taille stevig vastgesnoerd met een rode sjaal. Tessa was de enige die spullen uit de dumpstore kon dragen, dacht Holly, en er toch leuk uitzien.
'En hoe is het met haar?' vroeg ze, terwijl ze Olivia met een verrukte lach van Tessa overnam. 'Wat heeft dat kind een ógen, Tess! Prachtig gewoon.'
Want de ogen in kwestie, donkerblauw bij de geboorte, waren nu diepbruin en leken griezelig veel op die van Ross. 'Ik weet het,' zei Tessa teder, 'ze lijkt helemaal niet op mij. Dominic zegt dat we nu maar moeten hopen dat ze niet ook het karakter van Ross heeft.'
Maar een stoffig perron was geen plaats om nieuwtjes uit te

wisselen en dus begon Holly, nog steeds met Olivia op de arm, in de richting van haar auto te lopen.
'Kom, bij mij thuis staat de lunch en een schandelijk grote aardbeientaart klaar.'
Tessa nam Olivia's reiswieg en de plunjezak met haar eigen spullen op en liep met haar mee. 'Heb je werkelijk niemand verteld dat ik terugkwam?' vroeg ze, eerder benieuwd dan bezorgd.'
'Natuurlijk niet,' zei Holly verontwaardigd. 'Waar zie je me voor aan?'
Tessa lachte, in het minst niet uit het veld geslagen. 'Voor iemand die nog geen geheim kan bewaren al hangt haar leven ervan af. Ik vind het geweldig van je, Holly, echt.'
'Dat mag je ook gerust, schat,' repliceerde Holly. 'Want het viel niet mee, hoor. Vooral niet omdat Ross zowat iedere dag vroeg of ik al iets van je had gehoord.'

Ze lunchten in de tuin en zaten lang aan de koffie, terwijl ze Tessa's terugkeer bespraken.
'Want dit is tenslotte mijn thuishaven,' zei Tessa, alsof ze haar besluit tegenover haar vriendin wilde rechtvaardigen. 'En ik weet wel dat Ross vroeg of laat zal horen dat ik terug ben, maar Olivia en ik moeten hier eerst rustig op verhaal komen.'
'En wat zou hij doen wanneer hij het hoort?' vroeg Holly. Ze schonk nog eens koffie in en trok haar rok tot boven haar knieën op zodat haar benen ook een beetje bruin zouden worden.
Tessa haalde haar schouders op. 'Geen flauw idee. Maar ik heb hem lelijk voor schut gezet, dus erg blij zal hij er niet om zijn.'
'Hij vraagt wel altijd naar je,' bracht Holly haar in herinnering.
'Ah, maar zegt hij ook iets over me?'
Holly trok een gezicht. 'Natuurlijk niet. Ik heb tegen hem gelogen dat ik zwart zag en hij wéét dat ik loog, maar hij kan er niets tegen doen. O, Tess, hij kan wel op me schieten!'
'Zo ken ik er nog een,' zei Tessa luchtig. 'En laten we nu over iets leukers praten. Vertel eens, hoe staan de zaken tussen jou en Max?'

Toen Tessa Fred Lennard, de eigenaar van het huisje, had gebeld, was hij aandoenlijk blij geweest iets van haar te horen, en bepaald in de wolken dat ze het huurcontract wilde vernieuwen. Daglonershuisjes met één slaapkamer waren niet zo in trek als hij had gedacht – vakantiegangers wensten comfort zoals ruimte en douches, modern sanitair en centrale verwarming – en huurders voor permanente bewoning, zoals Tessa, waren moeilijk te vinden. Natuurlijk kon ze terugkomen, verzekerde hij haar. Hij zou de sleutels bij de achterdeur onder de mat leggen, en de financiële kant zouden ze wel regelen wanneer het haar schikte.

Maar het was toch een vreemde gewaarwording, dacht Tessa, om in die vertrouwde omgeving terug te komen en er die ongewone leegte aan te treffen. Alleen het allernodigste was er nog. Al haar bezittingen waren bij Ross – als hij ze tenminste niet opgestookt had – en als Holly haar niet een ruim assortiment serviesgoed, keukengerei en beddengoed had kunnen lenen, zou ze met de handen in het haar hebben gezeten.

Holly was zo hartelijk en behulpzaam geweest dat Tessa zich nog steeds bezwaard voelde dat ze haar niet de ware reden voor haar overhaaste vertrek uit Bath had verteld. Maar ze hield zichzelf voor dat het voor Holly's eigen bestwil was, omdat Holly niet zou aarzelen Antonia Seymour-Smith eens flink de waarheid te zeggen. Dus had Tessa, om de enige baan die Holly ooit met plezier had vervuld, niet in gevaar te brengen, maar gezegd dat ze door het krantenartikel van Sadie Labelle, gevoegd bij haar eigen twijfels, volkomen in paniek was geraakt. Ze had doodgewoon de benen genomen, en het speet haar erg dat ze Holly met de onaangename taak had opgescheept om Ross op de hoogte te stellen.

'Maar wat ga je tegen hem zeggen wanneer je tegenover hem staat?' vroeg Holly, eerlijk bezorgd en tegelijkertijd enigszins achterdochtig. Ze kende Tessa te goed om te geloven dat Sadie Labelles boosaardige artikel haar ware reden geweest kon zijn om van het huwelijk af te zien.

'Ik weet het niet,' antwoordde Tessa naar waarheid. 'Ik hoop alleen dat hij me met rust laat. Het spijt me heel erg dat ik iedereen heb laten zakken, maar ik heb evenveel recht om hier te wonen als ieder ander, en ik blijf. Ik heb Olivia en mijn schilderen. En het enige wat ik nu wil,' besloot ze peinzend, 'is de draad weer oppakken. In alle rust.'

Teruggetrokken leven was echter geen garantie voor anonimiteit. Toen Tessa drie dagen later uit bad kwam, hoorde ze een auto bij het hek stoppen en ze hoefde niet uit het raam te kijken om te weten dat het Ross was.
Heerlijk, dacht ze, haar probleem in overweging nemend. Omdat ze zojuist haar hele povere garderobe had gewassen, die nu in de tuin hing te drogen, moest ze of de broek en het T-shirt weer aantrekken waar Olivia zojuist op had gespuugd of Ross in een badhanddoek ontvangen.
De reuk van babykots was overweldigend. Dus wikkelde Tessa, toen ze de voordeur open hoorde gaan, een lichtgroene badhanddoek stevig om haar lichaam, streek met haar vingers door haar natte haar en liep naar de trap.
Toen hij haar naar beneden zag komen, overdacht Ross de ironie van het feit dat stevig vrijen een van zijn favoriete bezigheden was, maar dat hij Tessa nu bijna een jaar kende en dat ze in die tijd maar twee keer samen hadden gevrijd. De omstandigheden waren hem slecht gezind geweest; de situatie was te gek om los te lopen. Maar het was ook, moest hij zichzelf bekennen terwijl hij haar slanke, gebruinde gestalte bewonderde en een plotselinge begeerte in zich voelde opkomen, ongelooflijk opwindend. Hij kon zich niet voorstellen dat hij Tess ooit níét zou begeren... hij had nooit eerder een vrouw ontmoet zoals zij...
'Ik had misschien moeten kloppen,' zei hij, zonder een zweem van berouw.
'Eigenlijk wel,' antwoordde Tessa effen. Ze had niet meer geprobeerd een actieplan voor deze ontmoeting te bedenken. Het leek haar het beste om gewoon op haar gevoel af te gaan. Inwendig werd ze echter opgevreten van de zenuwen. Ross in levende lijve voor zich zien was iets anders dan aan hem denken. Met een vaag gebaar naar de trap voegde ze eraan toe: 'Maar aangezien mijn minnaar tien minuten geleden is weggegaan, doet het er niet zoveel toe. Wil je koffie?'
'Je minnaar,' zei Ross peinzend, terwijl hij achter haar de keu-

ken binnenging, maar er wel voor zorgde op een behoorlijke afstand te blijven. 'Hmm, daar heeft mijn detective me niets van verteld.'
Tessa moest onwillekeurig glimlachen. Ross had haar altijd aan het lachen kunnen maken. Nou ja, bijna altijd, verbeterde ze zich haastig.
'Had jij een detective in de arm genomen? Ik vroeg me al af wie dat rare ventje in die kilt was die aldoor zijn doedelzak liet vallen. Heeft hij je verteld van die keer dat hij me naar Edinburgh is gevolgd en...'
'Nee,' viel Ross haar kalm in de rede. 'Alleen van die keer dat hij je naar St. Ives gevolgd is.'
Het feit dat het blijkbaar echt waar was, maakte het nog grappiger. Tessa merkte dat ze niet eens kwaad was; ze kende Ross voldoende om te weten dat ze zoiets had kunnen verwachten. Ze kende Ross voldoende, dacht ze, terwijl ze oploskoffie in twee mokken deed en er kokend water op goot, om zich nergens meer over te verbazen.
Ze gingen naar de kleine, schaars gemeubileerde zitkamer, waar Ross het zich zo gemakkelijk mogelijk maakte in de uitgezakte groene fauteuil, die er niet bepaald uitnodigend uitzag. Tessa ging in de vensterbank zitten, klemde haar mok in beide handen en keek hem over de rand heen aan.
'Dus je hebt me laten volgen,' verbrak ze ten slotte de gespannen stilte. 'Waarom?'
'Wat een stomme vraag. Ik wilde weten wat je uitvoerde. Ik wilde weten,' vervolgde Ross bars, 'waarom je ervandoor was gegaan.'
'En heeft hij je dat kunnen vertellen, of heb je het uiteindelijk zelf kunnen uitvogelen?' kon Tessa niet nalaten te vragen.
'Och,' ontweek Ross de vraag, 'hij heeft me verzekerd dat je niet met Dominic naar bed ging.'
'En hoe wist hij dat?'
'Hij heeft het je gevraagd.'
Tessa's ogen twinkelden. Ze zette haar halflege mok naast zich in de vensterbank, sloeg haar armen om haar lijf en zei: 'Wat?'
'Hij is op een van jullie feestjes geweest,' antwoordde Ross, die het wel leuk begon te vinden. 'Zijn naam is Henry.'

Dominic gaf eeuwig geïmproviseerde feestjes – dat was voor hem de gewoonste zaak van de wereld – en Tessa had tientallen mensen ontmoet op die vrolijke, ongedwongen bijeenkomsten waar alleen heel eenvoudig eten, zo het er al was, voorhanden was, maar altijd een overvloed aan drank. Ze dacht terug aan een bepaald feestje op een zondag en pikte er in gedachten Henry uit. Een klein, dik, opgewekt mannetje, helemaal niet het type van een detective, dat een discussie over het Franse impressionisme met haar begonnen was. Daarna was het gesprek op haar eigen werk gekomen – Henry had blijmoedig bekend dat hij een enthousiaste zondagsschilder was – en op haar toekomstverwachtingen. En hij had – hoe kon het anders – Tessa terloops gevraagd of Dominic en zij 'een stel' waren.
Ze had in antwoord op de tactvol gestelde vraag glimlachend haar hoofd geschud en gezegd: 'Nee, hoor, helemaal niet. We zijn gewoon vrienden.'
En nu zei ze, terwijl ze Ross recht aankeek: 'Wel, wel, dat was heel vernuftig, heel slim. Maar ach, míjn trouw is nooit het punt geweest, is het wel? Je weet donders goed waarom ik weg ben gegaan en ik vind het akelig dat ik zoveel ongemak heb veroorzaakt, maar ik heb er geen spijt van. Van dat huwelijk afzien was de verstandigste beslissing van mijn leven.'
Zoals ze daar zat, in die malle badhanddoek, haar tenen tegen de stenen muur, haar vochtige krullen op haar schouders, vond Ross haar trotser, vorstelijker dan een vorstin in staatsiegewaad. Ze had hem zo diep gegriefd, hem zoveel verdriet gedaan en vernederd... en toch had ze zoiets onkreukbaars over zich dat het onmogelijk was haar niet te bewonderen.
Hij was dan ook niet in staat geweest zijn liefde voor haar uit te bannen, nog geen moment.
En los van al het andere, was hij ten slotte degene wiens schuld het allemaal was geweest.
'Het spijt me,' zei hij, in stilte wensend dat hij ter plekke die handdoek van haar lijf kon rukken. Hij was niet erg goed in verontschuldigingen, omdat hij niet gewend was ze te maken. Zijn donkere ogen zochten haar gezicht af naar iets van bemoediging, maar Tessa gaf geen haarbreed toe. Haar gezicht

stond verbeten, haar mond was een strakke lijn. Hij troostte zichzelf met de gedachte dat ze hem tenminste geen verwensingen naar zijn hoofd slingerde.
'Ik wist eerst niet waarom je verdwenen was,' zei hij in een poging tot uitleg. 'Toen ik Antonia ernaar vroeg, ontkende ze er iets mee te maken te hebben. Pas een week later bekende ze wat ze had gedaan.'
Tessa moest zich met de grootste moeite bedwingen om hem niet iets naar zijn hoofd te gooien. Maar er was in het huisje zo weinig om mee te gooien.
'Dus wat jou betreft,' zei ze ijzig, 'gaat het niet om het feit dat je met haar naar bed bent geweest – het spijt je alleen dat het uitgekomen is.'
Hij kon niet tegen haar manier van argumenteren op. Hij schudde zijn hoofd en zei stuntelig: 'Nee... ja... nou ja, allebei. Tess, ik wéét dat ik verkeerd heb gedaan en ik wilde bij god dat ik het níét had gedaan, maar ik was zo woedend nadat we die ruzie hadden gehad, en jij scheen met alle geweld Dominic hier te willen houden en mij kwijt te willen, dat toen Antonia in Londen kwam opdagen, ik gewoon ben... geflipt.' Hij staarde naar buiten, naar de glooiende heuvels in de verte en een eenzame vogel, die moeiteloos langs de kobaltblauwe hemel scheerde. 'Als het er iets aan afdoet, ik had er daarna onmiddellijk spijt van. Ik hoopte alleen dat je het nooit aan de weet zou komen. En ik weet nu dat ik nooit weer zoiets zou doen. Nooit.'
Ook al wist ze het al een aantal weken, daarom was het nog niet prettig om aan te horen. Tessa gruwde ervan. Ze had het hart niet hem verder uit te dagen; Antonia had met zoveel woorden gezegd dat Ross hun verhouding wilde voortzetten, maar als ze daar nu over begon zou hij dat toch ontkennen.
'Hoe kan ik je geloven?' vroeg ze dus maar, op moedeloze toon. 'Hoe kun je ooit nog verwachten dat ik je weer vertrouw? Mijn leven delen met een man met wie ik geen ruzie durf te maken omdat hij dan misschien weer met de eerste de beste vrouw het bed in duikt, lijkt me niet zo leuk.'
'Ik zou nooit...' begon Ross in een gretige poging haar gerust te stellen, maar ze legde hem met een blik het zwijgen op.

'Zeg het maar niet. Ik zou je toch niet geloven, dus laat maar. Overigens kan Holly elk moment komen, dus moest je nu maar weggaan.'
Toen Ross daar geen aanstalten toe maakte, kwam ze uit de vensterbank en liep de tuin in. Toen ze even later weer binnenkwam met een gekreukt en nog enigszins vochtig hemd en lichtroze denim rok, kwam Ross juist met Olivia in zijn armen de trap af. Hun woordenwisseling scheen vergeten te zijn, toen hij met een verrukte klank in zijn stem zei: 'Ze heeft tegen me gelachen! Tess, ze heeft echt tegen me gelachen.'
Tessa, die hun woordenwisseling nog niet vergeten was, antwoordde kortaf: 'Groeistuipje.'
'Zo te zien was het een echt lachje.' Ross streelde het ronde wangetje van zijn dochter. Nu hij haar in vijf weken niet had gezien, was hij verbaasd over de verandering in haar uiterlijk en over de allesoverheersende liefde die hij voor haar voelde. Haar ogen, donkerbruin nu, waren groot en omkranst met dichte, donkere wimpers en wat Tessa zei kon hem niet schelen: Olivia lachte.
God, hij had hen beiden zo vreselijk gemist.
'Mag ik af en toe naar haar komen kijken?' vroeg hij, toen Tessa naar hem toe kwam om haar van hem over te nemen. Olivia's vingertjes graaiden in zijn grijs-met-wit gestreepte overhemd. Haar greep was verrassend stevig.
Tessa, die haar stem niet vertrouwde, knikte alleen maar.
'En je zult je spullen wel nodig hebben,' vervolgde hij, zomaar om iets te zeggen. 'Die zijn in het huis – ik kan ze morgen komen brengen als je wilt.'
'Graag.'
Hij had haar graag willen kussen maar wist dat hij dat beter kon laten.
'Heb je anders nog iets nodig? Geld?'
'Ik red me wel.'
'Goed. Dan ga ik nu maar.' Hij deed een stap terug en zag hoe ze Olivia's zijige haartjes gladstreek, haar hoofd beschermend over haar dochtertje gebogen, alsof ze haar tegen de rest van de wereld wilde beschutten.
'Tess, het spijt me echt heel erg.'

Ze keek hem aan, en in dat ogenblik zag hij de gegriefdheid, de teleurstelling en het verdriet in haar heldere groene ogen.
'Ja,' zei ze langzaam, 'mij ook.'

45

Hoewel Holly altijd graag nieuwe mensen leerde kennen, vroeg ze zich toch af waarom ze er in vredesnaam, in een ogenblik van zwakheid of krankzinnigheid of beide, in had toegestemd om kennis te maken met de ouders van Adam Perry. En nu, terwijl de donkerblauwe Rolls Royce met een snelheid van honderdveertig kilometer over de autoweg zoefde en het Noorden gestadig naderbij kwam, had ze vreselijk spijt van haar besluit.
'Ze zullen toch niet denken dat ik je vriendin ben, is het wel?' vroeg ze angstig, terugschrikkend voor de problemen die dat met zich mee kon brengen. Adam, die een aftandse Mini inhaalde en de zoveelste Rolo in zijn mond stak, keek haar breed lachend aan.
'Ik zal wel zorgen dat ze dat niet denken, engel. Wees maar niet bang.'
'Maar ik begrijp nog steeds niet waarom je me mee wilde hebben. Neem je elke vrouw die je leert kennen mee naar je ouders?'
Hij schudde, nog steeds glimlachend, zijn hoofd. 'Beslist niet. Ik neem er haast nooit een mee, maar het leek me wel leerzaam voor je om kennis met ze te maken.'
Ze kon er beter over ophouden. Hij deed opzettelijk zo onuitstaanbaar geheimzinnig, en ze zou geen enkel verstandig woord uit hem krijgen. Holly pakte de laatste Rolo uit, offreerde hem demonstratief niet aan Adam en stak hem in haar mond. Dit was de laatste keer, dacht ze wrevelig, de allerlaatste keer dat ze zich door Adam liet bepraten om iets te doen waar ze geen zin in had.

Little Tollerton, dat in een dal van de Yorkshire Moors lag, was net een dorpje uit *James Herriot*. Het kleine, maar ver uitgedijde dorp met zijn grijze huisjes met leien daken, kleurige voortuinen en smalle, bochtige straatjes werd aan alle kanten omsloten door de glooiende, rozig-lila heidevelden met hier en daar boerderijen en schapen. Op deze zonnige dag met een wolkeloos blauwe hemel, was het buitengewoon lieflijk, maar in de winter, had Adam verteld, gingen de wegen schuil onder een dikke laag sneeuw en was het dorpje soms wekenlang van de buitenwereld afgesneden. Dan werd het een wereldje apart, helemaal op zichzelf staand, en kon het alleen overleven dank zij de harde, nuchtere vastberadenheid van zijn inwoners.

'En ben jij hier de dorpsjongen die het helemaal gemaakt heeft?' vroeg Holly toen de Rolls Royce voor een rij huisjes stopte en een oude man die met zijn hond langs kwam ten teken van herkenning tegen zijn pet tikte.

'Nee.' Adam weigerde in het aas te happen. 'Ik ben gewoon de oudste zoon van Bill en Netta. Voor de mensen hier heb je het pas echt gemaakt als je een bloeiend boerenbedrijf hebt. En als je een fikse vrouw aan de haak slaat,' voegde hij er monter aan toe. 'Dat is meer waard dan een paar gokimporiums, zoals de ouwe Jethro Blanker ze altijd noemt.'

'Maar je hebt zoveel geld verdiend,' hield Holly vol, nog steeds proberend hem op te jutten. 'Miljoenen! Ik dacht dat mensen in jouw positie dan steevast mooie nieuwe huizen voor hun ouders kochten. Dan doen voetballers immers altijd.'

'Ah,' zei Adam, terwijl hij haar uit de auto hielp en nog een knoopje van haar blouse dichtdeed zodat er geen spaarpotje te zien was, 'maar ik ben een Yorkshireman, liefje. Wij gooien ons zuurverdiende geld niet over de balk. Trouwens, als ik voor Jan en Alleman huizen ging kopen, zou ik in een mum van tijd terug zijn bij af, en wat zou dat voor zin hebben?'

Maar het zijn je ouders, had Holly hem willen toeroepen. Op dat moment echter ging de deur van het huisje open en kwamen Bill en Netta met hun dochter Jeanette en een stel honden naar buiten gestormd.

'We wisten pas dat je er was, toen we toevallig naar buiten keken,' mopperde Netta, terwijl ze op haar tenen ging staan om haar zoon te omhelzen. Toen wendde ze zich tot Holly en zei

lachend: 'Toen hij die Ferrari nog had, hoorden we hem kilometers ver aankomen. Deze auto is veel te stil. Dag lieve kind, jij bent zeker Holly. Adam heeft ons zoveel over je verteld. Kom gauw binnen, dan ga ik een lekkere pot thee zetten.'
Holly moest denken aan die middag in Tessa's huisje toen Ross iedereen had gevraagd zich zo breed mogelijk te maken en zo rumoerig mogelijk te zijn. Terwijl ze naar binnen gingen, stelde Adam haar voor aan zijn vader, zijn jongere zusje en de honden. Netta, die voor hen uit naar de keuken draafde, vertelde Adam dat zijn auto nodig gewassen moest worden en dat Susie Ackerton vorige week een tweeling had gekregen. Jeanette herinnerde Holly eraan dat ze elkaar al eerder hadden ontmoet, op die bruiloft in The Grange, toen Adam haar publiekelijk de belofte had afgedwongen om met hem uit eten te gaan. Bill Perry, die zijn vrouw vriendelijk maar beslist de theepot afnam, zei: 'Laat die thee nou maar, meidje. We kunnen beter gezellig in de tuin gaan zitten en de kennismaking onder het genot van een fatsoenlijk drankje voortzetten. Wat mag het zijn, Holly? Me dunkt dat jij een meisje bent dat graag een gin-tonic drinkt. Of heb je liever een biertje?'
Een half uur later was iedereen nog steeds onafgebroken aan het praten. Holly, die zich bij haar tweede borrel, een verrassend stevige gin, lekker ontspannen begon te voelen, werd getroffen door de ongedwongenheid en de goedmoedige scherts die de sfeer in dit gezin bepaalden. Bill Perry, grijs haar en donkere ogen, flirtte openlijk met zijn knappe vrouw. Netta, die hetzelfde donkerblonde haar had als haar zoon, lachte en schertste en had steeds een gevat antwoord klaar. Hun liefde voor elkaar sprak uit elk woord, de blijheid die ze uitstraalden werkte aanstekelijk.
'We wonen hier nu vijfendertig jaar,' vertelde Netta aan Holly. 'Maar toen we pas getrouwd waren dacht iedereen dat het geen vijf minuten zou duren. Je zult het niet geloven, maar ik pakte zowat om de andere dag mijn koffer of ik gooide Bills kleren het raam uit. We maakten zoveel ruzie dat het een wonder mag heten dat Adam er ooit gekomen is. Het was verschrikkelijk...!'
'Scarlett O'Hara werd ze in het dorp genoemd,' vervolgde haar

man op een toon vol genegenheid. 'De vonken vlogen er soms af. Nou ja, dan hadden de buren tenminste iets om over te praten. En toen, toen we zeven maanden getrouwd waren, hadden we niets meer om over te kibbelen. We konden gewoon niets meer bedenken om over te ruziën. Dat was een rare gewaarwording, dat kan ik je wel vertellen. We waren uitgevochten en we hadden ons neergelegd bij het feit dat we aldoor van elkaar hadden gehouden zonder het zelf te beseffen.'

'Dus besloten we van de nood een deugd te maken,' vulde Netta blijmoedig aan. 'En nu zitten we na al die jaren echt met elkaar opgescheept. Want wie zou ons nu nog willen hebben?'

'Hmm, ik weet het niet,' zei Adam met een knipoog in Holly's richting. 'Jethro Black heeft altijd een oogje op je gehad. En die ouwe Ted Marston op Hillcrest Farm...'

'Ach, ga toch weg, man!' riep Bill Perry, terwijl hij Netta's hand greep en een kneepje gaf. 'Die twee ouwe snurkers hebben samen nog geen zeven tanden meer. Die zijn bij lange na niet goed genoeg voor mijn mooie vrouw.'

'Er wordt anders beweerd dat Ted Marston al zijn spaargeld onder zijn matras bewaart,' deed nu Jeanette een duit in het zakje. 'Hij schijnt steenrijk te zijn.'

'En sinds wanneer kan je met geld een hart veroveren?' riep Bill, terwijl Netta over die mogelijkheid scheen na te denken. 'Wie heeft er nou liever een stapel bankbiljetten dan een kus en een knuffel van een man met al zijn tanden? En bovendien,' voegde hij er met nadruk aan toe, 'is dit de vrouw die het aanbod van een snelle auto, een cruise rond de wereld en een groot modern huis op Tollerton Heights heeft afgeslagen. Ze zou nog niet naar geld talen al viel het bij bakken uit de hemel.'

Holly keek niet begrijpend. Jeanette boog zich naar haar over en vertelde lachend: 'Die arme Adam wilde paps en mams met alle geweld een luxueuze ouwe dag bezorgen, maar ze wilden hier niet weg.'

'Nee, waarom zouden we?' zei Netta tevreden, met een armgebaar naar de appelbomen, de liefdevol verzorgde ridderspoor, stokrozen en kamperfoelie in de border langs het onberispelijke gazon. 'We hebben ruim vijfendertig jaar nodig gehad om deze tuin naar onze zin te krijgen! En wat snelle auto's betreft, het zou toch geen gezicht zijn, twee ouden van dagen die rondscheuren in zo'n ding uit een James Bond-film. Het hele dorp zou zich doodlachen... Zeg, Holly, wil je nog een sandwich met kip of heb je liever een plak walnotencake?'

Terwijl Holly in de heerlijk malse cake hapte, boog Jeanette zich weer naar haar over en zei op duidelijk verstaanbare fluistertoon: 'Hebben Adam en jij echt iets serieus met elkaar of gaan jullie alleen maar samen naar bed?'

Holly verslikte zich. Adam vertoonde zijn meest onuitstaanbare grijns. Bill en Netta deden hun best niet verwachtingsvol te kijken, wat hopeloos mislukte.

'Helaas geen van beide,' zei Adam, terwijl Holly, rood aangelopen en woedend omdat hij haar in deze pijnlijke situatie had gebracht, hem een boze blik toewierp. 'Het is een trieste geschiedenis, afgezaagd maar waar. Ook al ben ik stapelgek op dit spetterende stuk, zij is smoorverliefd op een ander, die haar op zíjn beurt versmaadt voor een andere vrouw. Het enige wat nu nog rest om de keten te sluiten is,' besloot hij triomfantelijk, 'dat ik een verhouding met die andere vrouw begin, en dan kunnen we allemaal met elkaar ongelukkig zijn.'

'Wat spannend,' zei Netta met twinkelende ogen. Ze klopte Holly in een bemoedigend gebaar op haar onderarm. 'Nu ik zelf geen trauma's meer heb, ben ik hevig geïnteresseerd in die van anderen. Je moet ons er alles over vertellen, lieverd. Zo uitgebreid mogelijk. Misschien dat we je kunnen helpen een oplossing te vinden...'

'Het was van begin tot eind doorgestoken kaart,' brieste Holly, nog steeds ziedend, drie dagen later en zich niet bewust van het feit dat Tessa – in de kostbare en veel te schaarse vrije tijd die Olivia haar liet – probeerde te werken.

'Misschien probeerde hij je in werkelijkheid te helpen,' opperde Tessa, terwijl ze met half dichtgeknepen ogen het perspectief bekeek van het landschap dat ze in ruwe trekken op het doek zette.

'Zichzelf te helpen!' kaatste Holly terug, op de bank neerploffend. 'Die man heeft geen schaamte. En als hij dacht dat

ik door de kennismaking met zijn ouders van gedachte zou veranderen, heeft hij zich lelijk vergist.'
'Wat zijn het voor mensen?'
'Schatten. Zielsgelukkig. Na vijfendertig jaar huwelijk nog altijd dolverliefd op elkaar... ik had wel kunnen huilen toen ik hen zo zag. Ik wist niet dat er nog zulke huwelijken bestonden.'
Tessa ook niet. Maar ze begreep niet waarom dat Holly zo verdrietig maakte.
'Ik zou zeggen dat het je juist blij moest maken,' zei ze, terwijl ze weer begon te schilderen en elke gedachte aan Ross resoluut van zich af zette. 'Jij wilde toch altijd trouwen en lang en gelukkig leven.'
'Natuurlijk wil ik dat,' jammerde Holly, uit wanhoop met haar vuist tegen de zijkant van de bank beukend. 'Maar niet met die verrekte Adam. Ik wil met Max trouwen!'

Ross, die zijn eigen grote offensief bij Tessa had ingezet, was al even vastbesloten om haar terug te winnen. Het feit dat ze uit zichzelf naar Bath was teruggekeerd, was volgens hem een goed teken, maar hij maakte tot nu toe weinig vorderingen. Het onuitgesproken onderwerp van zijn onbezonnen, onzinnig, ondoordacht slippertje met Antonia stond als een slagboom tussen hen in. Hij had Tessa bedrogen, haar vertrouwen in hem verspeeld. En hoe graag hij ook zou willen, er was geen macht ter wereld die de klok terug kon zetten, zijn daad ongedaan kon maken.
Maar als er iets anders was wat hij kon doen – wat dan ook – dan zorgde hij dat het gedaan werd. Ondanks het feit dat hij de gedachte dat Tessa en Olivia de komende winter in het huisje zouden doorbrengen absoluut ondraaglijk vond, liet hij een efficiënt verwarmingssysteem installeren, zodat ze tenminste geen kou zouden lijden. Het vervangen van het oude fornuis door een eerste klas magnetron was de volgende stap, meteen gevolgd door het nieuwste model koelkastdiepvriezer, behoorlijke vloerbedekking en een telefoon – een onbreekbare deze keer. Met het argument dat ze betrouwbaar vervoer moest hebben, bracht hij haar de witte Mercedes terug. En telkens wan-

neer ze protesteerde, en dat was telkens wanneer hij weer kwam opdagen met iets dat toch zo efficiënt en handig was, sloeg hij haar tegenwerpingen onmiddellijk neer met dat onweerlegbare argument: Olivia.

'Ik doe het niet voor jou, ik doe het voor ons kind,' bauwde Tessa al nog voor hij het voor de twintigste keer in even zovele dagen had kunnen zeggen. 'Ross, ze is drie maanden. Ze kíjkt nog niet naar videofilms.'

Maar wat Ross niet besefte, was dat Tessa ongelooflijk veel moeite met de situatie had. Want ook al wist je dat een man geen aanleg had voor ideale echtgenoot, dan wilde dat nog niet zeggen dat je de gevoelens die je van het begin af aan voor hem had gekoesterd, ook zomaar kon uitschakelen. Natuurlijke aantrekkingskracht (of hoe je het ook wilde noemen, dacht ze in haar zwakke momenten) liet zich niet verdringen door gezond verstand, zoals die arme Holly ook maar al te goed wist. Weten wat verstandig was, maakte het niet gemakkelijker om voortdurend op haar hoede te moeten zijn voor de oneerlijke aanvallen waarmee Ross haar bestookte.

Maar naarmate de zomer verstreek en plaats maakte voor de herfst, leerde ze geleidelijk de situatie te aanvaarden. Het was nog steeds niet makkelijk, maar Ross deed zo zijn best en hij was zo stapeldol op Olivia, dat pogingen om zijn bezoeken te beperken alleen maar meer problemen zouden hebben veroorzaakt. Bovendien vond Tessa zelf ook dat aangezien Olivia een vader had, ze hem moest kennen en van hem leren houden, ongeacht zijn fouten.

En dus waren ze, bijna ongemerkt, teruggegleden in die ongedwongen vertrouwelijkheid die de band tussen hen altijd had gekenmerkt. Het enige verschil was nu dat, aangezien ze wist dat er absoluut geen toekomst in zat, de relatie louter platonisch bleef. Tessa zou geen weg weten met de emotionele crisis die zou ontstaan wanneer ze zwak werd en, al was het maar één keer, met Ross naar bed zou gaan. Kijk maar, hield ze zichzelf met boosaardige humor voor, wat er is gebeurd toen je dat de vorige keer hebt gewaagd.

46

‘Maar je zou vanavond naar huis komen,’ snauwde Antonia, gebelgd over Richards nonchalante toon. Zíj was degene die, verdomd nog toe, nonchalant mocht zijn, en het feit dat ze die avond naar de première van een toneelstuk in het Royal Theatre zouden gaan, verergerde haar boosheid nog. ‘En wat moet ik nu? Ik kan toch moeilijk in mijn eentje naar dat stuk gaan?’
Maar Richard bleef ijskoud. ‘Neem een vriend of vriendin mee.’
Ik heb geen vrienden of vriendinnen, dacht Antonia, humeurig naar de gin-tonic in haar hand kijkend. De vrouwen of vriendinnen van andere mannen waren altijd voor haar op hun hoede en zij gaf op haar beurt de voorkeur aan mannengezelschap, maar ze had nooit het soort platonische vriendschappen onderhouden die het aanvaardbaar maakten een man voor een avondje theater uit te nodigen. Ze had soms het gevoel dat ze in een ondoordringbare plastic ballon zat, en wel wist dat de mensen over haar praatten, maar de smadelijke opmerkingen nooit echt hoorde. Maar zolang ze Ross had gehad – en Richard – had dat haar in het minst niet gehinderd.
‘Hmm, misschien doe ik dat wel,’ zei ze, haar toon opzettelijk pesterig om te insinueren dat hij er spijt van zou krijgen dat hij haar had laten zitten.
‘Mooi zo,’ antwoordde Richard onbewogen, ‘je zult je vast wel amuseren. En nu ga ik gauw terug naar die bespreking.’
‘Doe Harvey de groeten van me,’ zei Antonia, bij zichzelf glimlachend. Harvey Russell was een buitengewoon geslaagde ondernemer en een beruchte versierder, wiens avances ze tot nu toe stelselmatig had afgeweerd. Maar misschien dat ze zich nu toch eens zou laten overreden om van gedachte te veranderen. Als de man rijk genoeg was, werd de omvang van zijn buik minder weerzinwekkend, ofschoon ze met Ross uiteraard verwend was; dat magere, maar gespierde atletenlijf was eenvoudig volmaakt.
‘Harvey.’ Richard zweeg even. Toen zei hij: ‘Ja, natuurlijk, dat zal ik doen. Hij is geweldig in vorm, sluit contracten af of het niets is. De Duitsers weten niet wat ze overkomt. Goeie gena-

de, je had moeten zien hoe hij Franz...'
'Goed zo,' onderbrak Antonia hem, terwijl ze de adrenaline opeens door haar bloed voelde schieten. 'Ga dan maar gauw weer naar je bespreking. Dáág.'
Het was nooit eerder bij haar opgekomen, dacht ze, toen ze de hoorn neerlegde en met haar glas in beide handen in haar stoel achterover leunde. Het zou ook nooit bij haar opgekomen zijn en ze kon ook niet geloven dat het echt waar was, maar die korte aarzeling, gevolgd door een omstandige, onnodige toelichting, waren overduidelijk; het waren de struikelblokken van de onervarene, onmiddellijk herkenbaar voor een ervaren bedrieger als zijzelf.
Richard was niet bij Harvey Russell. Hij was misschien niet eens in Londen. Hij, Richard, haar man, had een... verhouding. Het gaf haar zo'n schok dat ze even naar adem hapte, alsof de lucht uit haar longen was weggezogen. Ze greep de fles Gordon's, deed nog een flinke scheut in haar glas en dronk het in één teug leeg. Hoe durfde hij? Wat verbééldde hij zich wel? Waarom was het leven zo verdomd gemeen? En waarom, dacht ze kwaadaardig, zette Ross dat stomme sletje dat zichzelf kunstenares noemde, verdomme niet aan de kant en kwam hij bij haar terug?

Ross wurmde Olivia's mollige lijfje handig in een kruippak – hij had zijn angst dat ze bij de minste aanraking zou breken, overwonnen en gooide haar in de lucht in de hoop op die onovertroffen beloning van een glimlach. Olivia, kritiekloos aanhankelijk, schonk hem die onmiddellijk.
'Zie je wel?' zei hij tegen Tessa, die de laatste hand aan een impressionistische aquarel legde, 'Olivia vindt ook dat we moeten gaan. Ah, wat een mooie lach! En wat heb je een beeldschoon tandje, mijn schat! Kom es gauw naar haar tandje kijken, Tessa.'
'Daar kijk ik al vier dagen naar,' antwoordde Tessa geduldig, ofschoon zijn enthousiasme haar in stilte met blijdschap vervulde. 'Vanaf de dag dat het doorkwam. En aangezien jij minstens twee fotorolletjes en vier uur videotape hebt gebruikt om zijn bestaan vast te leggen, zullen we dat tandje de eerstvol-

gende vijftien jaar ongetwijfeld nog wel eens te zien krijgen.'
'Vijftien jaar?' Hij trok zijn wenkbrauwen op. 'Waarom geen vijftig?'
'Wanneer Olivia vijftien is zal ze, als ze ook maar een beetje pit heeft, al die bewijzen vernietigen voor jij de kans krijgt om haar tegenover haar vriendjes voor schut te zetten.'
Maar Ross liet zich niet uit het veld slaan. 'Ik zal de afdrukken in een bankkluis opbergen. Een eerste tand dient voor het nageslacht bewaard te blijven. En jij blijft het onderwerp maar vermijden,' vervolgde hij, vastbesloten zich niet te laten afleiden. 'Theo Panayiotou is een ontzettend aardige vent, dol op kinderen en dieren en door en door fatsoenlijk. Het feit dat hij biljonair is, zou ook een punt in zijn voordeel moeten zijn. Je hebt Nico's portret geschilderd, dus waarom zou je deze keer bedenkingen hebben? Het is een kans uit duizenden, Tess. Je zou wel gek zijn als je die voorbij liet gaan.'
Dat wist ze zelf maar al te goed, maar ze wist ook dat het schilderen van dat portret het punt niet was.
De valstrik, de valkuil, was dat Theo Panayiotou in Edinburgh verbleef en dat Ross wilde dat ze daar samen naar toe zouden gaan. Hij wilde daar naar een hotel gaan kijken, had hij verteld, en Theo voelde er wel wat voor om met hem in zee te gaan. Tussen de besprekingen door zou hij voor haar kunnen poseren, zodat zij zijn portret kon schilderen. Het klonk op het eerste gehoor allemaal uitermate logisch en onschuldig. Maar kon ze Ross werkelijk vertrouwen? En erger nog, dacht ze, terwijl ze net deed of ze zich volledig op de aquarel vóór zich concentreerde, kon ze zichzelf wel vertrouwen?
'Je moeder probeert tijd te winnen,' zei Ross doodernstig tegen hun dochter. 'Ik heb zo'n idee dat ze geen uitvluchten meer weet te verzinnen.'
'Ik heb hier brieven,' zei Tessa met een gebaar naar de schouw die als archief dienst deed, 'van wel tien mensen die door mij geschilderd willen worden.'
'Dat kun je altijd nog doen,' zei hij overdreven geduldig, 'maar Theo is maar een week in het Verenigd Koninkrijk. Bovendien, bedenk eens hoe geïmponeerd die mensen zullen zijn als ze weten dat je net zíjn portret hebt geschilderd...'

Hij was weer bezig haar onder te sneeuwen; ze herkende de aanwijzingen maar al te goed. Ze wist ook dat als ze protesteerde dat die overeenkomst een plan van Ross was, hij weer met dat onuitstaanbare argument kwam opdraven dat hij het niet voor haar deed, maar voor Olivia.

'Goed,' zei ze ten slotte, terwijl ze haar penselen neerlegde en zich naar hem omwendde. Ze voelde tot haar ontzetting dat ze knalrood werd. 'Als je het dan met alle geweld wilt weten, ik heb geen zin om een week met jou in een hotel te zitten. En daarom wil ik niet naar Edinburgh. Gesnapt?'

Ross grijnsde, zijn donkere ogen glanzend van triomf. 'Da's geen probleem,' zei hij, terwijl hij Olivia in een gemakkelijkere houding tegen zich aan vlijde en haar flesje opnam. 'Dan gaan we toch niet in een hotel, ik huur gewoon een tent.'

Mattie, die in haar lunchpauze op een holletje naar de drogist was gegaan, stond in gedachten verzonken voor de toonbank toen iemand achter haar ineens, en behoorlijk hard, aan haar haar trok. Geschrokken – en vurig hopend dat het Grace niet was – draaide ze zich om.

'Olivia, dat is heel stout,' berispte de blonde jonge vrouw wier baby de weinig vriendelijke daad had verricht. Ze glimlachte verontschuldigend tegen Mattie. 'Neem me niet kwalijk, ze is op het moment zo verrukt van haar. Ik begin nog maar pas te leren hoezeer kinderen je in verlegenheid kunnen brengen.'

Mattie herkende haar onmiddellijk, ofschoon haar levendige schoonheid op de krantenfoto's niet volledig tot zijn recht was gekomen. Met die heldere groene ogen en die bescheiden glimlach was Tessa Duvall veel knapper, charmanter, dan ze had gedacht. En de baby, met dat donkere uiterlijk en die ondeugende blik, was al net zo bekoorlijk. Olivia trappelde met haar beentjes en deed kraaiend een nieuwe uitval in Matties richting.

'Maakt u zich geen zorgen, u hebt nog jaren van verlegenheid voor de boeg,' zei Mattie opgeruimd. 'Het is een schatje.'

Tessa rolde quasi wanhopig met haar ogen. 'Ze zou eigenlijk moeten slapen.' Toen, terwijl ze aanstalten maakte om door te lopen, zei ze: 'Kom lieverd, laten we maar verder gaan voor je weer stout bent.'

Maar Mattie vond deze onverwachte ontmoeting te boeiend om hem zomaar af te breken. 'Overigens,' zei ze, toen Tessa zich wilde omdraaien en doorlopen, 'vind ik het leuk dat ik u nu eens ontmoet. Ik geloof dat u mijn dochter Grace kent.'

'Die in The Grange werkt?' Tessa keek verrast op, toen glimlachte ze. 'Natuurlijk ken ik die, het is zo'n aardig meisje. Ze heeft me in het ziekenhuis bezocht toen Olivia geboren is, maar ik heb haar sinds... nou ja, al een tijd niet gezien.' Omdat ze had willen zeggen dat ze Grace sinds de dag voor de trouwerij niet meer had gezien, stokte Tessa even. Maar dit was de moeder van Grace, en het was immers geen geheim. 'Ross en ik hadden wat problemen, zoals u wel zult weten, en ik ben niet meer in het hotel geweest. Maar ik zou Grace graag weer eens zien – ze was altijd zo aardig voor me. Ik vertrek morgen naar Schotland, maar wilt u haar zeggen dat ik na mijn terugkeer contact met haar zal opnemen?'

Mattie, die niet wist dat Grace met deze aardige jonge vrouw op zo'n vriendschappelijke voet stond, was verwonderd en opgelucht.

Na de onthulling dat Ross haar eigenlijke vader was, had Grace haar moeder nooit meer iets over de gang van zaken in het hotel verteld. Mattie had zich er veel zorgen over gemaakt, en ze was zelfs even bang geweest dat Grace iets met Tessa's plotselinge vertrek te maken had. Nu ze ontdekte dat haar dochter zich niet aan een dergelijke bemoeizucht had schuldig gemaakt – natúúrlijk zou ze nooit zoiets doen – was ze dubbel in haar schik.

'Dat zal ik doen,' zei ze met haar hoofd knikkend. 'En het doet me genoegen te zien dat jullie het allebei zo goed maken. Grace heeft me zoveel over u verteld dat ik erg leuk vond u nu eindelijk eens te ontmoeten.'

'Dat vond ik ook,' zei Tessa, terwijl ze gauw een stap achteruit zette omdat Olivia weer een uitval deed, deze keer kennelijk om een van Matties oorbellen te grijpen. 'Maar we zullen u nu rustig laten winkelen. Olivia en ik gaan een doos luiers kopen. Ik hoop alleen dat de man achter die toonbank geen toupet draagt...'

Later die avond bekeek Mattie het resultaat van haar bezoek aan de drogist. Wonderlijk genoeg – ze kon zich niet voorstellen hoe – betekende de kleine roze cirkel op het reepje wit karton dat de geschiedenis zich inderdaad had herhaald. Ze was zwanger. Ze was zwánger. Weer.
Haar gedachten gingen terug naar haar toevallige ontmoeting met Tessa, eerder die dag. Ze scheelden maar dertien jaar in leeftijd en toch leek haar eigen ervaring met het moederschap lichtjaren van haar verwijderd. Ofschoon ze het al een week of twee had vermoed, kon ze zich nog steeds niet indenken dat ze opnieuw die vreselijke, heerlijke beproeving moest doormaken. Ze was veertig jaar, bijna eenenveertig, en ongetrouwd nota bene.
Tegelijkertijd echter wist ze dat ze zich niet kon voorstellen dat ze het niét zou doen. Richard had een groot geluk in haar leven gebracht, maar hij was getrouwd. Ze mocht geen wonderen verwachten – ze wist uit bittere ervaring dat ze zelfs geen heel klein wondertje mocht verwachten. Maar dat deed er om de een of andere reden niet toe. Dank zij het feit dat ze het allemaal al eerder had doorgemaakt wist ze dat de moeilijkheden overwonnen konden worden. En nu ze weer zwanger was, wist ze ook dat dit kind meer voor haar zou betekenen, haar meer wáárd zou zijn dan wat ook ter wereld. Richard zou haar nooit echt toebehoren, maar op deze manier zou ze altijd iets hebben van de man die werkelijk haar grote liefde was...

47

Theo Panayiotou was zo charmant als Ross had gezegd, zoals alleen Grieken kunnen zijn, maar hij was ook akelig recht voor zijn raap. Zijn gewoonte om altijd zonder omwegen recht op zijn doel af te gaan, zou wel een van de redenen zijn dat hij biljonair was geworden, met wereldwijde belangen in olie, scheepvaart en hotels, maar Tessa vond zijn manier van doen bepaald angstaanjagend.

'Vertel me nu eens,' zei hij al meteen de eerste keer dat hij voor haar poseerde. 'Wat is het nut van "op zeker spelen", wanneer elk van ons morgen wel dood kan zijn. Ik zie in jouw ogen en in die van Ross dat jullie intens van elkaar houden, en toch zegt Ross dat jullie niet samen slapen. Ik vind dat erg... vreemd.'
Maar aangezien hij zo recht op de man af was, vond Tessa dat ze maar het beste even openhartig kon zijn.
'Hij kan niet trouw zijn,' zei ze, terwijl ze de schaduwen van het ronde, glimlachende gezicht schetste en er bedroevend weinig vond. Biljonair of niet, Theo moest nodig op dieet. 'Ik ben niet met hem getrouwd omdat hij met een ander heeft geslapen. Ik wil niet getrouwd zijn met een man die ik niet kan vertrouwen.'
'Weet ik, weet ik, dat heeft hij me verteld.' Theo wuifde haar motieven weg met een achteloos gebaar dat Tessa deed knarsetanden; ze was juist bezig geweest de houding van zijn korte dikke handjes te schetsen. 'Maar tussen mannen en vrouwen bestaan nu eenmaal verschillen en dit is er één van. Seks is makkelijk voor mannen, maar als het zonder liefde gaat, is het onbelangrijk. Het probleem met vrouwen is dat ze dat maar niet kunnen begrijpen, maar een keer in de kist duiken heeft niets te betekenen...'
'In de koffer,' verbeterde Tessa werktuiglijk omdat ze zijn handen klaar wilde hebben, voor hij weer begon te gesticuleren.
'En voor mij betekent het wel iets.'
'Maar ik zie, ik wéét,' riep Theo, heftig gebarend, 'dat als jullie getrouwd zouden zijn, hij nog niet naar een andere vrouw zou kíjken. Niet dat ik zoiets begrijp,' bekende hij met een medelijdend schouderophalen, 'maar we hebben het ten slotte over een Engelsman...'

'Mooie tent,' zei Tessa later die avond. Olivia, die midden in het hemelbed lag, bewoog zich even en zuchtte in haar slaap.
'Het was het enige dat ik op zo'n korte termijn kon regelen,' zei Ross, met heel zijn hart wensend dat Tessa en hij samen in dat bed lagen. 'En je hoeft me niet zo aan te kijken, hij heeft toch een dak, of niet soms?'
Tessa keek naar de talloze plooitjes van nachtblauw fluweel en

glimlachte flauw. Als Ross zou weten hoeveel moeite het haar kostte hem te weerstaan als hij zo aardig was, had ze zich doodgeschaamd.
'Het is inderdaad een dak,' beaamde ze effen. 'En je eigen bed, in je eigen kamer, heeft net zo'n dak. Probeer het, wie weet bevalt het je.'
'Tess.' Hij kwam in haar richting en zij deed meteen een stap terug. 'Hoe vaak heeft Theo je verteld dat mannen en vrouwen verschillend zijn? Ik houd dit niet uit, dat moet je toch begrijpen.'
'En hoeveel heb jij Theo betaald om die belachelijke macho-theorieën te verkondigen?' vroeg ze luchtig. 'Hij is een Griek, Ross. Hij zou niet weten wat een monogame relatie was, al werd hij er met zijn neus bovenop gedrukt. Hij heeft nog maar één keer voor me gezeten en hij heeft in dat ene uur al minstens drie vrouwen telefonisch zijn eeuwigdurende liefde verklaard.'
'Theo houdt van vrouwen,' antwoordde Ross met een achteloos schouderophalen, ofschoon de blik in zijn ogen veel serieuzer was. Terwijl hij de afstand tussen hen bewaarde – die vervloekte afstand waar Tessa op stond en die hen aldoor onverdraaglijk en onnodig van elkaar gescheiden hield – zei hij: 'Maar ik hou maar van één vrouw. En als die me één kans, één enkel kansje zou willen geven, zou ik het haar kunnen bewijzen.'
'Dat zal best, antwoordde Tessa koeltjes. Ze verjoeg met geweld de vlinders uit haar buik en dwong zichzelf om keihard te blijven. 'Ik weet zeker dat je op dat gebied net zo gewiekst bent als Theo. Maar we hebben het niet over het aantal vrouwen waar je van houdt, Ross. We hebben het over het aantal dat je trouw kunt blijven. En dat aantal is helaas,' besloot ze met een kloek, nonchalant gebaar dat door haar hart vlijmde, 'nog nooit tot één teruggebracht.'
Op dat moment wist ze dat ze werkelijk niet mee naar hier had moeten gaan. In haar eigen huis was ze in het voordeel omdat ze op bekend terrein was, maar dat voordeel viel hier weg en daar maakte Ross handig gebruik van. De blik in zijn ogen, de klank van zijn stem, zijn hele manier van doen, alles was erop

gericht om haar waakzaamheid te laten verslappen. Hij kwam nu bijna onmerkbaar dichterbij en zei: 'Maar dat zou het wel als jij me die kans maar wilde geven. Tess, ik wil niet ontkennen dat datgene wat er gebeurd is helemaal mijn eigen schuld was, maar je hebt me een verschrikkelijke dreun gegeven toen je op de dag voor ons trouwen verdween. Het feit dat ik je nog steeds wil hebben – jou, en niemand anders – moet je toch iets zeggen over mijn gevoelens. Dit is serieus, Tess. Wat ik voor jou voel, duurt een leven lang, en ik begrijp niet dat jij dat niet net zo duidelijk ziet als ik.'

Ze beefde van top tot teen, totaal van haar stuk gebracht door zijn nabijheid en de onmiskenbare oprechtheid van zijn woorden. Maar ze mocht beslist niet zwichten.

'Jij hebt het over seks,' zei ze beschuldigend en Ross – die goddank meteen toehapte – deinsde terug. Met zijn handpalmen naar boven en een blik van gekwetste onschuld in zijn donkere ogen zei hij: 'Nee, Tess. Daar heb ik het niet over.'

'Mooi zo,' antwoordde ze kortaf, terwijl ze haar peignoir greep en naar de badkamer liep. 'Dan wil je dat misschien wel meteen bewijzen. Door weg te gaan.'

Ze had vanavond bijzonder veel reden om Ross dankbaar te zijn, dacht Mattie met een lachje. Toen hij het dienstrooster onverwacht had omgegooid, was Grace nijdig geweest (omdat ze geen video hadden moest ze nu de zoveelste aflevering van haar favoriete tv-serie missen) maar Mattie had het huis nu tenminste vanavond voor zichzelf.

En ze had de privacy en geborgenheid van haar eigen huis broodnodig om Richard van de baby te kunnen vertellen. Dergelijk nieuws in een dorpscafé of in zijn auto te moeten vertellen, zou te veel van haar zenuwen vergen. Omdat ze niet wist hoe hij zou reageren – misschien werd hij kwaad en maakte een scène, of zette hij haar op een landweg, ver van de bewoonde wereld, uit de auto – mocht ze geen risico's nemen.

Niet dat ze verwachtte dat hij zoiets zou doen, maar ze bereidde zich op het allerergste voor, zodat het alleen maar kon meevallen. Want wat er ook gebeurde, Mattie realiseerde zich triest dat het een enorme schok voor hem zou zijn.

Mattie kreeg trouwens zelf ook een schok toen Richard tien minuten later arriveerde. Hij trok haar naar zich toe en kuste haar al in het portaal lang en innig, zonder zelfs de moeite te nemen de deur achter zich dicht te doen.

Terwijl ze de geliefde geur opsnoof die hem omringde, een mengeling van wol, aftershave en in de wasserij gewassen overhemden, beantwoordde Mattie zijn omhelzing met evenveel vuur. Toen, met een blik over zijn schouder, zei ze een beetje buiten adem: 'Je hebt de auto voor de deur geparkeerd! O, Richard, moet je meteen weer weg?'

Zijn ogen straalden van de draagwijdte van zijn besluit toen hij de deur dichtschopte en haar de zitkamer introk. 'Mattielief, ik ben niet van plan nog ooit weer om de hoek te parkeren. Het kan me niet schelen wie er ziet dat ik hier ben en ik wil ook niet dat jou dat iets kan schelen.'

'Maar...' begon Mattie met bonzend hart toen hij haar opnieuw kuste. 'm...'

Na een tijdje streek ze haar verwarde haren glad en deed een poging hem verstandige taal te laten spreken. Richards anders zo gespannen gezichtsuitdrukking had plaats gemaakt voor een van zelfvertrouwen. Ze vroeg zich af of eerst seks en dan het nieuws net zoiets zou zijn als een ter doodveroordeelde zijn galgenmaal geven.

'Maar liefste,' protesteerde ze, zich afvragend of hij misschien had gedronken. 'En Antonia dan?'

'Weet ik, weet ik,' zei hij geruststellend, opeens bedenkend dat hij eigenlijk een fles champagne mee had moeten brengen. 'Dit is geen overhaast besluit, echt niet. Ik heb de afgelopen week aan zowat niets anders gedacht. Maar ik hóú van je, Mattie, meer dan ik ooit van haar heb gehouden. Jij hebt me de laatste paar maanden zo gelukkig gemaakt dat de situatie gewoon steeds belachelijker is geworden, en nu heb ik besloten er iets aan te doen.' Hij nam haar warme handen in de zijne, zweeg even en slikte moeizaam. 'Ik ga bij Antonia weg. En als jij mij wilt... dan kom ik bij jou. Voor de rest van mijn leven.'

In de stijl van al die oude zwart-witfilms waar ze zolang ze zich kon herinneren naar had gekeken en bij had gehuild, haalde Mattie diep en sidderend adem en barstte prompt in tranen uit.

'Toe, zeg eens iets,' drong hij zacht aan, toen het snikken eindelijk bedaarde. 'Het is wat verwarrend niet te weten of je huilt omdat je blij bent of omdat je de situatie te akelig vindt om je in te verdiepen.'
Mattie droogde haar tranen met een papieren zakdoekje en schudde haar hoofd. 'O, Richard, ik weet het niet. Natuurlijk, natúúrlijk wil ik jou. Maar misschien wil jij mij niet meer.'
'Juist wel.' Hij kuste haar neus en haar natte oogleden en wist dat hij nog nooit zoveel van haar had gehouden. 'Dat heb ik immers zojuist gezegd.'
'Maar dat was voordat je het wist,' jammerde Mattie, terwijl haar tranen opnieuw begonnen te vloeien en de zo zorgvuldig voorbereide toespraak het raam uitvloog. 'Richard, het spijt me, ik had niet gewild dat dit zou gebeuren. Ik ben z... z... zwanger.'
Voor waarschijnlijk de eerste keer in zijn leven liet Richards snelle verstand hem in de steek. Het was bijna of hij kon voelen dat het vertraagde en ophield te functioneren, alsof het een injectie met een verdovend middel had gekregen. Hij staarde Mattie aan en vroeg met een gezicht waarop geen enkele emotie te bespeuren viel en een stem die net zo vlak was: 'Wát ben je?'
'Zwanger,' fluisterde Mattie, doodsbang en tegelijkertijd zielsgelukkig. Zo, ze had het hem verteld. En ofschoon het haar hart zou breken als hij haar nu in de steek liet, dan was de onzekerheid in elk geval voorbij en kon ze de draad van haar leven weer opnemen. Hij kon haar ten slotte niet dwingen een abortus te ondergaan. Niemand, zelfs Richard niet, kon haar beletten die baby te krijgen nu die eenmaal onderweg was.
Elke relatie is een kwestie van geven en nemen. Niemand wist dat beter dan Richard, die terdege besefte dat, als hij niet zo'n schitterende carrière had gemaakt en als gevolg daarvan steenrijk was geworden, Antonia nooit met hem had willen trouwen.
Maar dat besef deerde hem niet, omdat hij het had geaccepteerd als het vaststaande feit dat het ongetwijfeld was; hij had in ruil daarvoor een mooie, jonge, representatieve vrouw gekregen, die hij anders nooit had kunnen hopen te trouwen. En

om heel objectief jegens Antonia te zijn had hij – destijds niet wetend dat voortdurende ontrouw haar favoriete liefhebberij was – bepaalde aspecten van haar karakter alleszins aantrekkelijk gevonden. Ze had met haar ontspannen, roekeloze instelling het perfecte tegenwicht gevormd voor zijn introverte en enigszins verbeten persoonlijkheid. Richard maakte zich vaak zorgen over wat anderen van hem dachten, terwijl Antonia dat steenkoud liet. Gedurende de eerste twee jaar was hij gefascineerd geweest door wat hij voor haar charme hield, maar wat hij langzaam en ten koste van veel verdriet was gaan herkennen als louter zelfzucht.

Terwijl hij werkte, spendeerde Antonia haar tijd en zijn geld aan dingen die zij leuk vond. En de vurig gewenste kinderen waarop hij had gehoopt waren nooit gekomen, gewoon omdat zijn elegante, vlotte vrouw ronduit had geweigerd ze te krijgen. Zwangerschap was volgens Antonia een gemene streek van de natuur om een vrouw levenslange narigheid te bezorgen, en ze was niet van plan in die walgelijke val te lopen. Richard, die tot de trieste conclusie was gekomen dat hij, zolang er anticonceptiepillen in de handel waren, geen zeggenschap had in de kwestie, had zichzelf gedwongen haar beslissing te begrijpen en te accepteren. Hij had trouwens niet veel anders kunnen doen.

Maar terwijl zijn huwelijk met Antonia nooit een rustpunt voor hem had betekend, had hij bij zijn ontmoeting met Mattie het gevoel gehad dat hij thuiskwam. Haar zuivere goedheid verwarmde hem als edele oude cognac. Alleen bij Mattie kon hij zich waarlijk ontspannen en zichzelf zijn.

En nu hij haar verbazingwekkende nieuws hoorde wist hij zonder de minste twijfel dat zij de vrouw was die hij boven alles liefhad. Hij nam haar in zijn armen en zei eenvoudig: ‘Huil maar niet langer. Ik ben nog nooit in mijn leven zo gelukkig geweest.’

48

Nadat al haar pogingen om een soort programma met Theo Panayiotou overeen te komen – vergaderingen, mensen en vliegtuigen bleken op hém te wachten – hadden gefaald, begreep Tessa dat er niets van het beloofde poseren terecht zou komen. Theo, altijd onderweg of niet thuis, had maar zelden langer dan een paar minuten tijd voor haar. Ze begon zich ook af te vragen of zijn draagbare telefoon misschien aan zijn oor was vastgenaaid.

'Het spijt me,' zei hij schouderophalend en met zijn charmante glimlach, 'maar zo werk ik nu eenmaal, Tessa. En ik moet tegen het eind van de week weer in Athene zijn. Als je werkelijk zoveel tijd voor me nodig hebt, zul je overal met me mee naar toe moeten gaan en me tussen de besprekingen opvangen.'

Het was bepaald niet ideaal, maar Tessa wist dat hij gelijk had. Het was geen onwil van hem, hij kwam gewoon altijd tijd te kort. 'Maar Olivia dan?' vroeg ze. 'Die kan ik niet alleen laten.'

'Neem haar mee,' antwoordde Theo met een weids gebaar. 'Geen probleem, ruimte genoeg. Bovendien,' voegde hij er met een knipoog aan toe, 'misschien wil ze haar vader in het hotelwezen opvolgen. Dan is dit een goede oefening voor haar, denk je ook niet?'

Zodoende stond Tessa de volgende morgen tegen de borstwering van Drumlachan Castle geleund terwijl Theo, die Olivia droeg met het gemak van een man die veertien neefjes en nichtjes heeft, beleefd vroeg: 'En wat denk jij, Olivia, zou dit een goede investering zijn? Wat is jouw mening dienaangaande?'

Olivia trok een boos gezichtje en zette een keel op. Tessa had een binnenpretje omdat haar dochter haar zo haastig werd teruggegeven. Theo wilde zich alleen omringen met vrouwen die hem op hun beurt openlijk adoreerden.

Op dat moment verscheen Ross onder aan de brede stenen trap. 'De rivier krioelt van de zalm,' zei hij opgewekt. 'En op de andere oever grazen herten. Dit gebied is de droom van elke toerist.'

'Maar het sanitair niet,' merkte Theo met een grimas op. 'Die

tent hier moet grondig gerenoveerd worden, Ross. En wat meer is, er zal iemand moeten zijn die daar toezicht op houdt. We moeten hier iemand *in situ* hebben. Had jij daar al iemand voor op het oog?'
'Ja, ikzelf,' antwoordde Ross, terwijl hij een sigaret opstak en met half dichtgeknepen ogen het rookspiraaltje nakeek.
'Wat?' vroeg Tessa, zo geschrokken dat ze het had gezegd voor ze er erg in had. Nadat ze de afgelopen anderhalf uur met Theo en Ross Drumlachan Castle had bekeken, wist ze maar al te goed hoeveel werk er verzet zou moeten worden om alles op te knappen. Het omringende landschap mocht dan weergaloos zijn, het kasteel zelf, tot voor kort familiebezit, was deerlijk in verval. 'Maar dat gaat máánden duren.'
Ross knikte. 'Acht of negen, denk ik. Misschien zelfs een jaar als het weer tegenzit.' Hij haalde zijn schouders op. 'Maar er moet iemand zijn die weet wat hij doet en Max kan tijdens mijn afwezigheid The Grange runnen. Volgens mij ben ik de aangewezen man voor deze klus.'
Tessa wendde zich zwijgend af. Ross' woorden hadden haar getroffen als een hamerslag en ze had tot haar schrik gemerkt dat ze niet wilde dat hij zo lang wegging. Ze was eraan gewend geraakt hem altijd in de buurt te hebben en de mogelijkheid dat hij – eigener beweging – uit haar leven zou verdwijnen, was nooit bij haar opgekomen.
Lieve god, dacht Ross, die nog juist haar gezicht zag toen ze zich afwendde en de fiere houding van haar schouders herkende. Ze vindt het echt erg. Dit doet haar iets. Er gebeuren dus toch nog wonderen...
'Nou ja, het is niet alsof ik ga emigreren,' vervolgde hij met een nauw merkbaar knipoogje naar Theo. 'Ik zou om de zoveel weken voor een paar dagen naar Bath kunnen komen. Ik zou ten slotte niet graag willen dat Olivia vergeet wie ik ben.'
'Nee,' mompelde Tessa, die haar stem niet meer vertrouwde. Ze had een gevoel alsof er opeens een deel van haar was afgehakt. Het was een afschuwelijke gewaarwording. Maar wel een die haar op zijn eigen verwrongen manier iets deed inzien. Ze gaf kennelijk veel meer om Ross dan ze had durven bekennen, zelfs aan zichzelf.

'Neem me niet kwalijk,' zei Richard, bleek maar vastberaden. 'Maar ik wil scheiden.'

Gek genoeg was Antonia's eerste gedachte dat alleen Richard zo beleefd, zo pietluttig zou zijn om zich te verontschuldigen voor hij de dolkstoot toebracht. Dat was weer echt iets voor Richard.

Haar tweede gedachte was dat hij het natuurlijk niet méénde. 'Wat krijgen we nu,' zei ze met een toegeeflijk lachje. 'Ben je dronken?'

Maar Richard schudde alleen zijn hoofd. 'Natuurlijk ben ik niet dronken. Laten we de feiten eens onder ogen zien, Antonia. Ons huwelijk is geen succes. Ik wil niet de rest van mijn leven zitten kniezen omdat ik niet de moed heb gehad dat te erkennen of er iets aan te doen. Ik wil scheiden.'

Ze zaten aan tafel. Richards lunch van gepocheerde zalm en broccoli stond onaangeroerd voor hem. Terwijl hij de moed had verzameld om zijn mededeling te doen, constateerde Antonia, had hij geen hap door zijn keel kunnen krijgen. Haar eigen bord was bijna leeg. Het was net een van die typisch Engelse toneelstukken, dacht ze. Noel Coward zou in zijn nopjes zijn geweest.

'Maar lieveling,' zei ze beleefd, terwijl ze nog een aardappel nam en haar best deed om geen botersaus op het smetteloos witte tafellaken te morsen, 'ik begrijp werkelijk niet waarom. Ik dacht dat we een heel genoeglijk huwelijk hadden. Als het jou geen voldoening schenkt, waarom heb je dat dan niet eerder gezegd?'

De andere vrouw was natuurlijk de reden achter deze plotselinge opstandigheid. Richard, die nog nooit eerder een verhouding had gehad, was helemaal hoteldebotel. En nu stelde hij haar op de proef.

Antonia herademde, schonk haar waterglas nog eens vol en keek hem glimlachend aan. Nu ze over haar eerste verbazing heen was en de situatie juist inschatte, wist ze dat ze die aankon. In tegenstelling tot die arme Richard, dacht ze met iets dat bijna aan medelijden grensde; hij transpireerde hevig en was nog steeds zo wit als een doek.

'Ik zeg het nú,' zei hij. 'En je hoeft me niet zo aan te kijken, Antonia, want ik méén het.'

Ze schudde haar blonde hoofd zonder zelfs een poging haar geamuseerdheid te verbergen en genietend van het feit dat ze hem doorhad. 'Nee, Richard. Je bent gewoon smoorverliefd op de een of andere vrouw en je hebt voor één keer in je welgeordend leven de remmen losgegooid. Ik weet namelijk alles over dat verhoudinkje van je,' voegde ze er allervriendelijkst aan toe, 'en ik begrijp het best. Deze dingen gebeuren nu eenmaal. De enige fout die je niet moet maken, is zoiets serieus te nemen. Maak gerust wat plezier, lieveling, geniet ervan zolang het kan. Maar scheiden is zo'n ingrijpende – en vooral dure – liefhebberij dat ik het je niet zou aanbevelen. Het zou op narigheid en tranen uitdraaien, dat kan ik je verzekeren. En ik vind het afschuwelijk,' besloot ze een tikje boosaardig, 'om een volwassen man te zien huilen.'
Richard, die met een ruk opstond, wist dat hij geen minuut langer in dit huis kon blijven. Niet in staat Antonia met haar scherpe geest en venijnige tong van repliek te dienen – en nog meer van zijn stuk gebracht doordat ze van Matties bestaan scheen te weten – moest hij hier zo gauw mogelijk weg.
'Ik ga weg,' zei hij. 'Ik zal mijn advocaat opdracht geven onmiddellijk een echtscheidingsprocedure op gang te brengen. En maak je geen zorgen, ik pieker er niet over om Ross erbij te betrekken; de scheiding zal op grond van mijn overspel zijn.'
Op dat moment drong de rauwe werkelijkheid van de situatie tot Antonia door en haar maag kromp ineen. Richard was geen Paul Newman, maar hij had haar altijd de geborgenheid geschonken waar ze niet zonder kon. Hij was de nooit klagende, goedige vaderfiguur, die haar al haar zijsprongen vergaf en haar het vangnet verschafte dat ze nodig had om het leven te genieten zoals het genoten moest worden. Zonder hem zou ze vreselijk, griezelig alleen zijn.
'Richard, het spijt me.' Ze rende achter hem aan de trap op, haar spotternijen van daarstraks bitter berouwend, en probeerde zijn arm te pakken. Toen hij zich losrukte, nam haar angst toe. Hij meende het echt. Hij wilde werkelijk scheiden.
'Lieveling, ik had al die dingen niet moeten zeggen,' begon ze, 'en ik weet best dat ik een kreng ben, maar ik hou echt van je. Je kunt toch niet zomaar...'

'Je hebt volkomen gelijk,' antwoordde hij kortaf, terwijl hij de kastdeur opendeed en met een voor hem ongewone slordigheid overhemden, kostuums en truien op het bed smeet. 'En ik kan wel zomaar weggaan. Ik ga weg. Ik wíl weg.'
Hij had al pratend de kleren in twee koffers gepropt en zeulde die naar de trap. Antonia staarde naar de lege kast – want hij had niet eens de deuren meer gesloten – en wist niet wat ze nu verder nog kon doen. Lichte spot had geen effect gehad. Vriendelijkheid was een regelrecht fiasco geworden. Richard ging bij haar weg – hij ging werkelijk weg – en ze wist niets te bedenken om hem ervan te weerhouden.
Ze zat nog steeds op de rand van het bed toen ze de voordeur hoorde dichtslaan. De knal ontstak haar in woede en joeg haar overeind. Ze rende naar het open slaapkamerraam, keek naar buiten en voelde haar woede toenemen tot razernij.
Richard, die de koffers in de bagageruimte van de auto hees, keek niet naar boven.
'Jij rotzak, jij vuile smerige rotzak,' krijste Antonia, zich aan de raamstijl vastklampend om steun. 'Hier zal je spijt van krijgen. Ik zal zorgen dat je spijt krijgt als haren op je hoofd!'
Richard bleef haar straal negeren. Hij sloeg het deksel van de kofferbak dicht en schoof zijn bril omhoog. Hij transpireerde zo hevig dat die van zijn neus gegleden was. Toen liep hij met afgemeten pasjes om de auto heen en deed het portier open.
'Ik zal je wel krijgen,' tierde zijn vrouw van boven. 'Ik zal dit rothuis in de brand steken... ik zal je kaalplukken tot je geen cent meer bezit... tegen de tijd dat ik met je klaar ben, zal je raar opkijken!'
Maar hij keek nog steeds niet op. Antonia greep het eerste zware voorwerp binnen handbereik – een presse-papier van Caithness glas – en smeet het omlaag, in de hoop dat het de voorruit zou verbrijzelen en dat Richard het huis weer binnen zou stormen. Hij mocht niet weggaan... hij moest blijven en vechten... voor háár...
Maar de presse-papier kwam, glinsterend in het zonlicht, op het dak van de auto terecht en stuiterde eraf. Hij liet alleen een deukje in het dak achter en een paar glassplinters op de motorkap. Richard, die deed of er niets gebeurd was, startte de

auto en zette hem in de versnelling. Toen reed hij, zonder ook maar één keer omhoog te kijken, de oprijlaan af.
Hij kwam echter niet ver. De scène had hem te zeer aangegrepen. Zijn handen waren klam en Antonia's venijnige woorden klonken hem nog in de oren, ze drukten op zijn geweten en vervulden hem tevens met opluchting. Hij voelde zich tegelijkertijd warm en koud en zijn adem kwam met horten en stoten.
Toen de druk op zijn borst dermate toenam dat de spieren in zijn schouders stijf werden, begreep hij dat het een soort vertraagde schokreactie moest zijn. Zijn adem ging steeds moeizamer. Hij moest langs de weg gaan staan en een paar minuten rusten om op verhaal te komen en te kalmeren voor hij bij Mattie kwam. Ofschoon hij popelde om haar te vertellen dat hij het echt had gedaan – dat hij voorgoed bij Antonia was weggegaan.
Maar hij moest stoppen voor hij een ongeluk veroorzaakte. Hij zag een parkeerplaats op de top van de heuvel en dwong zijn pijnlijke armen de nodige handelingen te verrichten; richting aangeven, terugschakelen en het stuur naar links draaien. God, wat ging dat moeilijk... maar eindelijk stond de auto veilig geparkeerd. Het enige dat hij nu moest doen was zijn adem weer tot regelmaat brengen en wachten tot het krampgevoel in zijn borst afnam. Als hij de stoel kon verstellen, als hij even plat zou kunnen liggen, zou hij zich wel beter voelen.
En toen werd de kramp heviger, vlijmde door hem heen, en hij begreep dat dit helemaal geen stress was. Er was iets heel erg mis. Een pijnscheut flitste door zijn linkerarm. Zijn hele lichaam was koud en toch baadde hij in het zweet. Het pianoconcert van Rachmaninoff kwam helemaal vervormd uit de autoradio, het geluid zwol aan en ebde weg boven het suizen in zijn eigen oren uit. Richard, zijn gezicht verwrongen door het geweld van de pijnaanvallen, wist dat hij uit de auto moest zien te komen, iemands aandacht trekken, om hulp roepen... maar hij had er de kracht niet meer voor. Antonia's hatelijke woorden vermengden zich in zijn radeloze brein met Rachmaninoff, en ofschoon zijn ogen gesloten waren, kon hij duidelijk Mattie zien, lieve, zachte Mattie in haar roze jurk, die glimlachend

tegen hem zei dat het niet erg was, het was maar een brandgaatje, niets om je druk over te maken...

Antonia bekeek haar gezicht in de badkamerspiegel en constateerde met trots en opluchting dat haar tranen van daarstraks geen sporen hadden nagelaten. Ze had toch al een hekel aan huilen, dus het had niet langer dan een paar minuten geduurd – net lang genoeg om haar woede en frustratie kwijt te raken. Meer verdiende Richard niet.

En nu ze zich beter voelde, en haar ogen in het minst niet rood of gezwollen waren, kon ze tegen haar spiegelbeeld lachen en een passende wraakoefening uitbroeden. Als ze Richard werkelijk op zijn meest gevoelige plaats wilde treffen en tegelijkertijd zichzelf opmonteren, stelde ze met ijskoud plezier vast, kon ze het beste als een bezetene met haar bankkaarten gaan goochelen. Hoeveel walgelijk dure jurken zou ze kunnen kopen voor ze bij American Express in de rode cijfers zou komen?

49

Gesterkt door de wetenschap dat Tessa, hoewel nog steeds op haar hoede, begon te zwichten, verdubbelde Ross zijn pogingen om haar voor zich te winnen. En nu hij ook het middel had ontdekt waarmee hij dat kon, voelde hij zich dichter dan ooit bij zijn doel. Want met een beetje jaloezie – zolang daar geen andere vrouwen bij te pas kwamen – kwam hij blijkbaar een heel eind bij Tessa.

'Vertel me nu eens, wat vind jij van Drumlachan Castle,' zei hij toen ze die avond in een rustig hoekje van de eetzaal aan het diner zaten. 'Denk je ook niet dat het magnifiek zal zijn wanneer het gerenoveerd is?'

Zijn donkere ogen leken bij het topaasgele kaarslicht nog fascinerender dan anders. Het was toch wel vreselijk oneerlijk, dacht Tessa, dat Ross juist wanneer ze heel erg sterk moest staan er op zijn best uitzag; blakend van gezondheid, charme, enthousiasme... en dat hij een overrompelende sexappeal uitstraalde.

Tessa stond in tweestrijd. Ze was iemand die altijd recht voor haar mening uitkwam, maar ze wist dat ze dit nu juist niet moest doen. Want die persoonlijke mening was dermate misplaatst dat alleen al het denken eraan een onbedwingbaar, fladderend verlangen in haar binnenste wekte. En Ross mocht het bestaan van dergelijke gevoelens zelfs niet vermoeden.

Daarom dwong ze zich te glimlachen en zei: 'Ik weet niet hoe je dat oude, vervallen kasteel ooit in een luxehotel zult kunnen veranderen, maar ik weet zeker dat het schitterend zal worden.'

Ze luisterde maar half naar zijn gedetailleerde uitleg. Aangezien hij hetzelfde destijds ook met The Grange had gedaan, was hij kennelijk opgetogen over deze nieuwe uitdaging. Hij zat vol ideeën, wist oplossingen voor schijnbaar onoverkomelijke problemen, en naarmate zijn enthousiasme toenam, werd zijn uitleg omstandiger. Maar intussen, zelfs terwijl hij op de achterkant van het menu plattegronden schetste – zou de maître d'hotel leuk vinden – voelde Tessa hoe hij haar steeds verder ontglipte. En nu hij dat deed, was ze er niet meer zo zeker van dat ze dat wilde.

'... dus zoals ik al zei, het zal een tijdje duren. Als we toestemming krijgen om ook een golfbaan aan te leggen, moet ik erop rekenen dat ik ruim een jaar van The Grange weg ben. Maar dat is het wel waard.' Hij leunde in zijn stoel achterover. 'Vind je ook niet?'

'Het lijkt me niet billijk,' begon Tessa voorzichtig, 'dat jij je eigen hotel in de steek moet laten om je hiervoor in te zetten, terwijl Theo alles op jou laat neerkomen.'

'Tja, dat is het voorrecht van een biljonair. Hij verschaft de financiële ruggensteun, ik zorg dat alles uitgevoerd wordt. Jij maakt schilderijen, ik verander bouwvallen in begerenswaardige vakantieadressen. Daar ben ik goed in, Tess. Het is verdomd hard werken, maar wel leuk.'

Ze had hem nog nooit eerder zo gezien, zo volkomen opgaand in een plan, dat hij niet eens meer met haar flirtte. Ze zei, harder dan haar bedoeling was: 'Het zal anders niet zo leuk zijn in februari, wanneer de sneeuw een meter hoog ligt en je veertien dagen zonder elektriciteit zit.'

'Dat is de reden,' antwoordde hij onvervaard, 'waarom we een eigen generator moeten hebben. Kijk, zoiets máákt het juist zo leuk. Het gaat allemaal om de juiste aanpak, moeilijkheden overwinnen, slagen. Zullen we nu koffie bestellen, of wil je die liever op je kamer laten brengen?'

Hij had niet eens gezien dat ze extra haar best had gedaan om er leuk uit te zien, dacht ze met een zweem van nooit gekende wrevel. Ze was niet bepaald trots op zichzelf omdat ze zich zo had uitgesloofd, en het feit dat hij het niet eens had gezien, maakte haar dubbel kwaad.

Kalm aan, kalm aan, dacht Ross, terwijl hij alle zelfbeheersing die hij bezat aanwendde en op een, naar hij hoopte, broederlijke manier tegen haar glimlachte. Ze droeg de zwarte jurk waarin hij haar voor het eerst had gezien, nu ruim een jaar geleden, en de elegante eenvoud ervan maakte haar mooier dan ooit. Hij accentueerde de opvallend groene kleur van haar op dit moment bezorgde ogen evenals het glanzende goudblonde haar dat nu in zulke weelderige krullen op haar schouders viel dat hij zich moest bedwingen om het niet te strelen.

'Ik denk dat ik maar eens naar Olivia moet gaan kijken,' zei ze, haar toon opzettelijk neutraal. Ze was nu niet direct in de stemming om om tien uur met een pot koffie naar bed te worden gestuurd, maar als Ross haar kwijt wilde...

Voor ze de kans had om hem aan zijn woord te houden, greep hij haar arm. 'Dat is toch niet nodig, wel?' zei hij vleiend. 'Laat toch. De babysitter blijft immers tot twaalf uur en je weet best dat we gewaarschuwd zouden worden als er problemen waren. Toe, lach eens lief tegen me. Dan bestel ik nog een fles wijn.'

De uitstekende rode wijn gleed zo makkelijk naar binnen, hij verwarmde haar en vermurwde haar. Toen Ross het laatste uit de fles in hun glazen had geschonken, stelde ze eindelijk de vraag die haar de hele avond al had gekweld. 'En wie gaat dat nieuwe hotel runnen als het klaar is?'

Ross nam een slokje wijn en haalde zijn schouders op. 'Weet ik nog niet. Ik misschien.'

'Maar waarom?'
'Waarom niet?' vroeg hij op zijn beurt, met iets uitdagends in zijn stem. 'Er is in Bath niets wat me bindt. Ik heb ten slotte geen vrouw om wie ik me zorgen moet maken.'
Ze voelde zich opeens minder warm, minder ontspannen. Met gedempte stem, zodat de gasten aan de andere tafeltjes het niet zouden horen, zei ze: 'En Olivia dan?'
'Die zou ik telkens als ik naar Bath kom immers kunnen zien. Dat heb ik je vanmiddag nog gezegd, Tess,' antwoordde hij effen. 'Ze is mijn dochter. Je weet dat ik haar nooit in de steek zou laten.'
Maar nu haar weerstand begon af te brokkelen, kon ze zich niet langer inhouden. Inwendig vol afgrijzen over de klank van zelfmedelijden in haar stem, zei ze: 'Dat is niet hetzelfde.'
Ross ademde langzaam uit en glimlachte. 'Neem me niet kwalijk als ik een beetje verwaand overkom, Tessa, maar betekent dit dat je mij zou missen als ik niet altijd in de buurt was?'
Ze dronk haar glas leeg en keek hem strak aan, woedend omdat hij haar ertoe bracht het te zeggen, maar tegelijkertijd opgelucht. Het moest immers een keer gezegd worden.
'Verdomme, Ross, natuurlijk zou ik je missen. Niet dat je dat verdient...'
'Stt.' Hij greep haar hand om haar verder spreken te beletten. Zijn glimlach, die ondeugende, hypnotiserende glimlach die haar indertijd zo in de problemen had gebracht, werd breder. 'Bederf het nu niet. Die eerste verklaring was perfect. Je weet niet hoe lang ik erop heb gewacht je dat te horen zeggen... of iets in die geest,' zei hij, zich wat verder naar haar overbuigend. 'Besef je wel, Tess, dat je nooit iets aardigs over me zegt?'
Ze wist dat ze gevaar liep te zwichten, haar lang gekoesterde principes te vergeten en zich heerlijk op golven van louter ongecompliceerde zaligheid weg te laten drijven. Maar het was ook zo lang geleden dat ze zichzelf een dergelijke luxe had gepermitteerd... en het was zo fijn als iemand om je gaf, met je flirtte, je begeerde...
'Dat komt misschien omdat je niet verdient dat iemand iets aardigs over je zegt,' kaatste ze terug, maar op vriendelijke toon. Haar hele lijf tintelde van die opnieuw toegelaten ge-

voelens, haar buikspieren waren gespannen. 'Maar als je naar complimentjes vist, mij best. Je hebt een heel mooi overhemd aan, Ross. Het staat je goed.'
Zijn donkere ogen glinsterden met een mengeling van pret en verlangen. 'Dank je. Het was niet precies waar ik op hoopte, maar het is een begin. Voor iemand die al zo lang niet meer geoefend heeft, kan het ermee door. Denk nu eens goed na, Tess, of je nog een ander compliment kunt bedenken. Ik ben vooral erg gevoelig voor complimenten over mijn uiterlijk.'
'Dat is niet eerlijk,' protesteerde ze, zich duizelend bewust van de warmte van zijn hand en de manier waarop hij met zijn duim de binnenkant van haar pols streelde. 'Oog om oog, compliment om compliment.'
'Goed dan, je bent het mooiste, moeilijkste, begeerlijkste, gecompliceerdste, liefste meisje van de wereld,' verklaarde hij met iets triomfantelijks. Toen dempte hij zijn stem en voegde eraan toe: 'En ik hou van je.'
Tessa's hart kromp ineen. Ze sloeg haar ogen neer en slikte moeizaam. 'Dat was helemáál niet eerlijk.'
'Nu jij weer,' drong Ross, oneindig teder. 'Je kunt het best.'
'Je hebt... mooie handen?' zei ze hulpeloos, beseffend dat haar weerstand absoluut en volkomen gebroken was. Met humor was niets meer te bereiken, Ross zou wel zorgen dat ze zich hier niet meer uit wurmde. En het besef dat ze dat ook niet langer meer wílde, was zo'n opluchting, zo onbeschrijflijk heerlijk, dat ze niet wist of ze moest lachen of huilen.
'Bij lange na niet goed genoeg,' fluisterde Ross. Hij kneep bemoedigend in haar hand. 'Probeer het nog eens.'
'Meneer Monahan,' zei de maître d'hotel met een verontschuldigend kuchje, 'telefoon voor u aan de balie.'
Ross noch Tessa hadden zijn komst opgemerkt. Tessa schrok en Ross keek met nauw verholen ongeduld naar hem op. Toen ontspande hij zich en begon te lachen omdat het er eigenlijk niet toe deed; Tessa was eindelijk weer de zijne en de rest was niet belangrijk.
'Ik moet zeggen dat u wel op een ongelegen moment komt,' zei hij tegen de maître d'hotel, maar met een vriendelijk schouderophalen om te tonen dat deze het ook niet kon helpen. 'Wilt

u misschien de naam en het nummer van de beller laten noteren? Dan bel ik straks wel terug.'
'Degene die belt staat erop dat u aan de telefoon komt,' antwoordde de man, zijn toon was hoffelijk maar beslist. 'Het schijnt erg dringend te zijn.'
'Ga maar even, Ross,' zei Tessa, die met een smak in de werkelijkheid terugviel en zich afvroeg wat er zo dringend zou kunnen zijn. 'Misschien is er een probleem in The Grange.'
'Het zal Theo wel zijn,' zei Ross met een knipoog, terwijl hij zijn stoel achteruit schoof. 'Hij is naar het casino. Misschien dat hij een paar duizendjes wil lenen.'
Toen hij een minuut of tien later terugkwam, zag Tessa meteen dat er iets ergs gebeurd was.
'Wat is er?' vroeg ze, opeens angstig.
Ross, bleek en zichtbaar geschokt, ging zitten. 'Richard Seymour-Smith is dood. Vanmiddag gestorven.'
'O!' Ze zag zijn verontruste blik en ademde langzaam uit. Richard Seymour-Smith. De accountant van Ross. Antonia's man. Een dergelijke voortijdige en plotselinge dood was natuurlijk tragisch, maar omdat ze zich op iets veel ergers had voorbereid, was ze inwendig opgelucht. Er was in elk geval niets met Max of Holly. Toch scheen het nieuws Ross erg aangegrepen te hebben, en ze nam zijn hand. 'Wat verschrikkelijk. Arme... Antonia.'
Maar Ross, doodsbleek, schudde zijn hoofd. 'Er is een probleem, Tess. Max was aan de telefoon. En Antonia. Ze is vanavond in overspannen toestand in The Grange gekomen. Ze is buiten zichzelf van verdriet... nou ja, dat is niet meer dan natuurlijk, lijkt me. Maar ze wilde met alle geweld mij spreken en nu wil ze dat ik naar haar toe kom. Ze wil met niemand anders praten. Ze was niet om aan te horen... ze huilt onafgebroken en geeft zichzelf de schuld en zegt dat ze zonder Richard niet verder kan leven. Tess, ze zegt dat ik de enige ben die haar kan helpen.'
'Ik begrijp het,' zei Tessa afgemeten. Het was haast niet te geloven dat alles een kwartier geleden nog zo fijn was geweest. 'Ze wil dat je overkomt. Onmiddellijk?'
'Ik wíl niet naar haar toe,' riep Ross uit. 'Maar ik vind niet dat

ik mag weigeren! Tess, jij hebt haar niet gehoord... ze is helemaal overstuur... ze is niet zo flink als jij... ze heeft nooit op eigen benen moeten staan en nu dit gebeurd is, is ze volkomen in elkaar geklapt.' Hij zweeg en keek haar recht aan. 'Toe, maak dit niet moeilijker voor me dan het al is, Tess. Antonia's man is dood en ze heeft me nodig. Ik moet naar haar toe.'

50

Mattie, die vreselijk slecht had geslapen, gaf de strijd uiteindelijk maar op en kwam om halfzeven haar bed uit, terwijl ze zichzelf telkens weer voorhield dat ze zich niet ongerust hoefde te maken. Als Richard de vorige dag niet had gebeld en niet was gekomen, dan was dat omdat hij er geen gelegenheid voor had gehad en niet omdat hij bij nader inzien toch niet bij zijn vrouw wegging. Antonia had waarschijnlijk een vreselijke scène gemaakt, alle registers opengetrokken, getierd, gehuild... Mattie had eigenlijk toch wel met haar te doen. Aan de kant gezet worden was geen plezierige ervaring, wat Antonia ook mocht hebben gedaan om het te verdienen. Maar o, het was zo akelig dat ze niet wíst wat er gebeurd was. Met een blik op de telefoon, en in stilte hopend dat hij zou bellen, zette ze water op en probeerde haar gedachten af te leiden met het vooruitzicht van thee en geroosterd brood met aardbeienjam, ofschoon ze aardbeienjam eigenlijk niet meer zo'n traktatie vond. Ze voelde zich een heel klein beetje onpasselijk en ze wist niet of dit het begin van ochtendmisselijkheid was of gewoon zenuwen. Stel dat Richard toch niet de moed had gehad om door te zetten? Stel dat zij hier stond te wachten en te tobben terwijl hij op dit moment na een idyllische verzoening in Antonia's armen lag te slapen? Maar hij had eergisteren zo vastbesloten geleken, en zo intens gelukkig dat hij vader zou worden... Op dat moment werd het ochtendblad in de brievenbus geschoven. Mattie schrok toen het met een klap op de tegelvloer viel. De thee was klaar, dus haalde Mattie de krant en ging aan de keukentafel zitten om hem te lezen. Alles was ten slotte beter dan alsmaar over haar eigen malle angsten blijven piekeren, en een beetje plaatselijk nieuws en roddels waren een uitstekend middel om de gedachten af te leiden.

Antonia was er inderdaad verschrikkelijk aan toe. Nadat ze botweg had geweigerd het hotel te verlaten, had Max haar in een van de suites op de tweede verdieping ondergebracht. Ross, die met de vroege lijnvlucht teruggekomen was en in de stromende regen van Heathrow naar Bath was gereden, kwam tegen de middag in The Grange aan.

Antonia lag ineengekrompen onder een berg dekens in het midden van het bed, haar anders zo onberispelijke blonde haar tot een onherkenbare pruik verward, haar gezicht vlekkerig van tranen en besmeurd met de uitgelopen make-up van gisteren. Toen ze Ross zag, barstte ze opnieuw in een gierend huilen uit en wierp zich aan zijn borst, waarbij ze onverstaanbare woorden mompelde en zich aan zijn overhemd vastklampte.

Ross, die vreselijk tegen deze beproeving had opgezien, probeerde zich in te denken hoe hij zich zou voelen als Tessa dood was. Geremdheid en verlegenheid verdwenen toen hij zich de omvang van zijn eigen verdriet bij een dergelijk verlies voorstelde. Hij hield Antonia in zijn armen en liet haar huilen, hij hoorde haar hartverscheurend snikken aan en fluisterde de troostwoorden die ze zo bitter hard nodig had.

'Stil maar, liefje, huil nu maar uit... ik ben er nu immers...'

Na een tijdje nam de tranenvloed af en kreeg hij haar zover dat ze wat melk dronk en twee van de kalmeringspillen innam die haar huisarts de vorige avond had achtergelaten. Hij verkoelde haar gezicht met een vochtig washandje, bracht haar in een zittende houding in het enorme bed en hield haar trillende handen vast.

'Wil je erover praten of ga je liever een poosje slapen?'

'Natuurlijk wil ik erover praten,' zei Antonia zwakjes. 'Daarom heb ik zo naar je komst uitgekeken, om erover te kunnen praten. O, Ross, het is zo vreselijk. Ik denk steeds dat ik wakker zal worden en merken dat het allemaal een boze droom is geweest.'

'Vertel me maar wat er gebeurd is. Praat zoveel je wilt, huil zoveel je wilt, doe wat je maar wilt,' zei hij geruststellend. 'Ik ben nu bij je en ik blijf bij je.'
'Het was zo afschuwelijk.' Antonia trok een papieren zakdoek uit de doos naast het bed en veegde haar roodbehuilde ogen af. Maar de drang tot praten was zo allesoverheersend dat ze niet meer te stuiten was. 'Richard en ik hadden samen geluncht. Hij was zo opgewekt en het was zulk prachtig weer... hij mankeerde niets, zo te zien. We spraken af dat we 's avonds uit eten zouden gaan. Hij... hij zei dat ik nog maar iets leuks moest kopen om die avond aan te trekken – hij zou een tafel reserveren bij Zizi – en ik gaf hem een kus en zei tegen hem dat hij de liefste man van de wereld was... en toen stapte hij in zijn auto en ging naar zijn kantoor. Ik ruimde de tafel af en kneuterde nog wat in huis rond en daarna ben ik in mijn eigen auto gestapt om naar de stad te gaan en een jurk te kopen. Maar toen ik bij die parkeerplaats op Channon's Hill kwam zag ik... zag ik Richards auto staan, er stond een politieauto bij en een ambulance... o god... en toen ik stopte, schoven ze net zijn... hem net achterin de ambulance en toen ik de politie vroeg wat hij mankeerde, zeiden ze dat hij d... dood was.' Op dat punt gekomen, barstte ze in een nieuwe tranenvloed uit, wierp zich in Ross' armen en verborg haar gezicht tegen zijn overhemd. En Ross, aangegrepen door de tragiek van de situatie, had diep medelijden met haar en zei maar weer, omdat dat het enige was dat hij kon zeggen: 'Stil maar, ik ben nu bij je. Ik zal wel voor je zorgen, ik ben bij je.'

God, wat was hij moe. Hij had de afgelopen nacht niet geslapen – en niet vanwege de redenen waarop hij had gehoopt – en het enige waar hij naar verlangde was zijn bed. Antonia bijstaan putte hem emotioneel volkomen uit, maar hij voelde het als zijn plicht om bij haar te blijven tot ze in slaap viel; zodoende was hij niet in de gelegenheid om Tessa te bellen en zich ervan te vergewissen dat ze werkelijk begreep dat hij wel naar The Grange terug had gemoeten.
Een klopje op de deur herinnerde hem eraan dat hij tien minuten geleden koffie had besteld. Antonia's hand klemde zich

krampachtig om zijn arm en belette hem op te staan, dus riep hij, inwendig zuchtend: 'Binnen.'

Toen Grace de kamer binnenkwam nam hij met vermoeide ergernis de afkeurende uitdrukking op haar bleke gezicht waar en wist opeens weer dat dit het meisje was dat een schaal kreeftsalade over hem heen had gegooid. Hij had zich toen verontschuldigd voor het veroorzaken van het ongelukje, maar door haar opmerking daarna had hij zich afgevraagd of ze het soms met opzet had gedaan.

Zijn ergernis groeide uit tot boosheid toen ze hem met bijna laatdunkende afkeer bleef aanstaren.

'Zet de koffie maar op tafel,' zei hij kortaf. 'En als je hier wilt blijven werken, zou ik je aanraden een andere houding aan te nemen. Beleefd personeel is toch wel het minste dat gasten in dit hotel mogen verwachten.'

Rotvent, dacht Grace met een koude rilling van walging toen ze naar het tafereel voor haar keek. Haar vader zat daar, met zijn das los en de twee bovenste twee knopen van zijn overhemd open, met zijn arm om Antonia Seymour-Smith op het bed. En dan durfde híj nog te zeggen dat zíj zich beter moest gedragen.

'Ik ben beleefd,' zei ze hem nog steeds recht aankijkend, terwijl ze het koffieblad met een klap op tafel zette. 'Tegen de gasten van dit hotel. En tegen ieder ander,' voegde ze er opzettelijk brutaal aan toe: 'die dat verdient.'

Ross was het beu. De situatie was te gek voor woorden. 'Zo is het genoeg,' zei hij, zonder nog moeite te doen zijn kwaadheid te verbergen. Hij had op het moment wel andere dingen aan zijn hoofd. 'Je bent ontslagen.'

'Mij best,' zei Grace. Hij was haar vader... ze zou het er niet bij laten zitten... hij was haar váder... 'Mij best,' herhaalde ze met klem, om te tonen dat ze het echt meende. 'Ik ben blij toe.'

Een van de voordelen van ontslag op staande voet, dacht ze bijna onnatuurlijk opgewekt, was dat je ineens tijd had om naar de kapper te gaan. Haar uiterlijk had nooit boven aan haar lijst met prioriteiten gestaan, maar nu leek het haar ineens belangrijk, iets waar ze echt eens werk van moest maken.

En ofschoon de prijs exorbitant hoog was geweest, was ze erg tevreden over het resultaat, een asblond, ultrakort kapsel, dat haar volgens de enthousiaste kapster een guitig uiterlijk gaf.
Toen ze om drie uur thuiskwam waren de gordijnen van de huiskamer gesloten. Bevreemd, want ze had gedacht dat Mattie naar haar werk zou zijn, ging Grace het huis binnen en riep zacht: 'Mam, ben je thuis?'
Ze deed de deur van de huiskamer open en zag dat het er bijna helemaal donker was. Mattie lag in haar oude roze peignoir ineengerold op de bank, een opengevouwen krant naast haar op de grond.
'Mam, ben je ziek?' vroeg ze, terwijl ze onwillekeurig het grote licht aandraaide. Bij het zien van haar moeders gezicht deinsde ze terug en zei geschrokken: 'Wat is er gebeurd?'
Langzaam en zo te zien met veel moeite, draaide Mattie haar hoofd om en keek haar aan. Haar zwijgende, radeloze smart joeg Grace een panische angst aan. Ze viel naast Mattie op haar knieën, niet in staat zich voor te stellen wat er in vredesnaam gebeurd kon zijn en vroeg vertwijfeld: 'Wat is er? Zeg me toch wat er is!'
'O Grace,' zei Mattie zwakjes. 'Hij is dood. Ik hield van hem. Ik hield zo ontzettend veel van hem... en nu is hij dood. Ik kan het gewoon niet geloven.'
Dus het was de minnaar van wiens bestaan Grace wel had geweten, maar wiens identiteit haar verborgen was gebleven. Door haar ogen goed open te houden (en haar werk in The Grange had haar op dat gebied genoeg geleerd) was Grace tot de conclusie gekomen dat geheimhouding noodzakelijk was omdat de man in kwestie wel getrouwd zou zijn, en ofschoon ze er in principe op tegen was geweest, had ze de verandering in Mattie toegejuicht. De liefde deed haar zichtbaar goed.
En nu zag haar moeder, die de laatste tijd zoveel jonger had geleken, er zo oud en door verdriet overmand uit dat het gewoon oneerlijk leek.
Grace was niet iemand die haar genegenheid makkelijk uitte, maar nu sloeg ze haar armen om Mattie heen en trok haar tegen zich aan. Mattie, wier ogen droog waren omdat ze niet kon huilen, zei: 'Hij wilde bij zijn vrouw weggaan en met mij trouwen..'

'O, mam.'
Mattie knikte en zei, als tot zichzelf: 'Dat wilde hij werkelijk.'
'Hoe ben je aan de weet gekomen... wat er gebeurd is?'
'Het stond in de krant. Schat, je zit erop... kreuk hem niet.'
Grace nam de plaatselijke krant op en las vluchtig de pagina's waarop hij open had gelegen. Daar stond het, met als kop: DOOD IN AUTO. Ze las zwijgend de halve kolom eronder.
'Richard Seymour-Smith?' zei ze tenslotte. 'Was dat... die man waar je mee omging?'
Mattie kon niets zeggen. Ze bedekte haar pijnlijke ogen – waarom, wáárom kon ze niet huilen? – en knikte.
'En wilde hij bij Antonia weg om met jou te trouwen?'
'Ja.'
'Had me dat maar eerder verteld,' zei Grace, niet wetend of ze moest lachen of huilen. 'Ik zou zo blij zijn geweest.'
Het had nu geen zin meer om nog iets voor haar te verzwijgen, dacht Mattie moedeloos. Ze moest het vroeg of laat toch weten.
'En ik ben zwanger,' zei ze, terwijl ze de troost van Grace' warme hand zocht. Ze had Grace en ze had de baby. De enige die ze niet had was Richard.

51

De bijna hoorbare stilte in Hunter's Lodge wedijverde met de leegte die kort geleden nog zo drukkend had geleken. Nu was Ross er echter dankbaar voor. Holly had haar best gedaan om hem op te monteren tijdens de korte ogenblikken dat hij bij Antonia weg kon, maar de afgelopen drie dagen waren een dodelijk vermoeiende nachtmerrie geweest, en aangezien Tessa nog steeds in Edinburgh was, wilde hij alleen maar rust en stilte. En misschien een grote whisky...
Toen er nog geen tien minuten later op de voordeur werd geklopt, vloekte hij binnensmonds en vroeg zich af wie hem in

vredesnaam wilde spreken. Holly was de enige die wist dat hij hier was.

Maar omdat hij moeilijk niet open kon doen – de schemering was gevallen, de lichten in de zitkamer brandden en zijn auto stond op de oprit – stond hij op en liep naar de hal.

'Zo, ben jij daar?'

'Ik moet u spreken. Het is heel belangrijk.'

Hij schudde zijn hoofd en streek vermoeid door zijn haar. 'Beste kind, ik vind het, in tegenstelling tot wat je misschien denkt, niet leuk om mensen te ontslaan. Maar als je bent gekomen om je baan terug te vragen, heb je een vergeefse reis gemaakt. Denk je echt dat je het verdient?'

Grace stak uitdagend haar kin omhoog en schudde haar hoofd. En op dat moment zag hij opeens waarom ze er zo anders uitzag. Het schouderlange, lichtbruine haar was verdwenen, ze had het heel kort laten knippen en blonderen en dat stond haar niet erg goed. Ze was ook te zwaar en bovendien onkundig opgemaakt. Waar had hij deze nutteloze confrontatie aan verdiend, dacht hij mismoedig. Waarom konden ze hem verdorie niet met rust laten?

'Ik wil mijn baan niet terug,' zei Grace, vastbesloten zich niet te laten intimideren. 'Ik moet u spreken.'

'Waarover?'

'Over iets héél belangrijks.'

Ross zuchtte. 'Kom dan maar binnen.'

'Graag.' Ze liep achter hem aan naar de zitkamer, beklemd door de stilte, ontsteld over haar eigen durf. Eindelijk, eindelijk dééd ze toch iets. En dat was een goed gevoel.

'Waarom zeg je niet waarvoor je gekomen bent,' zei Ross kortaf, terwijl hij zich nog iets inschonk en haar demonstratief niets aanbood. De belediging ontging Grace niet, en ontlokte haar een heimelijk glimlachje. Ze wilde trouwens niets drinken, ze had er al een paar op.

'Ik wou alleen maar zeggen hoe dom u bent geweest,' zei ze, haar handen in de zakken van haar jasje stekend. 'U had nu met Tessa getrouwd kunnen zijn, maar u moest zo nodig met Antonia Seymour-Smith rotzooien. En toen bent u met die actrice, Francine Lalonde, naar bed gegaan. En nu,' zei ze rad, voor hij haar in de rede kon vallen, 'ligt u weer met Antonia Seymour-Smith te rotzooien. Staat u er nooit eens bij stil hoe stom dat allemaal is?'

Ross kon zijn oren niet geloven. Dat kind was niet goed snik. 'Zo kan-ie wel weer,' zei hij scherp, terwijl hij op haar af kwam. 'Hoepel nou maar op.'

Grace deed een paar stappen terug en glimlachte tegen hem. 'En hoe zit dat met mij? Zou u ook niet eens met mij naar bed willen?'

Hij keek haar ijzig aan. 'Jezus, kind, denk je soms dat ik compleet geschift ben?'

'Ik denk,' kaatste ze hatelijk terug, 'dat u een gemene egoïst bent, die naar bed gaat met elke vrouw die u kunt grijpen.'

Dit werd te gek. Wat moest hij doen? De politie bellen? 'Hoor eens even, zo is het welletjes.' Het meisje was beslist gestoord; hij moest het met diplomatie proberen. 'Ik begrijp dat je het vervelend vindt dat je je baan kwijt bent, maar dit is geen manier om...'

'Nee!' riep Grace. Haar grijze ogen fonkelden, haar zelfbeheersing knapte als elastiek. 'Ik ben hels over de manier waarop u vrouwen behandelt. De manier waarop u mijn moeder hebt behandeld!'

Ross stak zijn handen omhoog in een poging haar minder hard te laten roepen. Als hij haar niet tot kalmte kon brengen, zou ze wel eens iets heel doms kunnen doen. 'Grace,' zei hij op sussende toon, 'ik heb je moeder zelfs nooit ontmoet.'

'Ja, dat hebt u wel!' Zich bewust van het gewicht van dat wat ze ging zeggen, en omdat haar hart zo bonsde, haalde Grace diep adem voor ze zei: 'Ze heet Mattie Jameson.'

Ross keek haar niet begrijpend aan. De naam zei hem absoluut niets. Toen vroeg hij op verzoenende toon: 'En wat heb ik haar aangedaan? Haar afgewezen voor een baan in het hotel?'

Ze had kunnen weten dat hij het zich niet zou herinneren. Ze beet op haar lip en zei vlak: 'Nee. U hebt haar lang geleden gekend.'

'En?' Hij keek haar vragend maar niet bepaald bezorgd aan. Om zo achteloos, volkomen vergeten te zijn door iemand die

je zo goed had gekend, dat was, dacht Grace, het toppunt van vernedering. Hoe dúrfde deze man haar moeder – en haar zelf – zo schandalig te behandelen?
'En,' antwoordde ze, terwijl haar eigen stem in haar oren weergalmde toen haar woede en haar lang onderdrukte frustratie zich eindelijk baan braken, 'u hebt met haar geslapen. Haar zwanger gemaakt. En haar toen in de steek gelaten.'
Op zijn hoede nu, een blik van oprecht ongeloof in zijn donkere ogen, zei Ross: 'Nee, nu vergis je je. Je hebt het bij het verkeerde eind. Ik heb nog nooit van mijn leven een vriendinnetje, zwanger of niet, gehad dat Mattie heette.'
'Ik zei ook niet dat ze een vriendinnetje was,' wierp Grace kil tegen. 'Ik zei dat u met haar geslapen hebt en haar zwanger hebt gemaakt en domweg nooit meer aan haar hebt gedacht. Dus denk eens goed na – wat ben ik dan? U bent mijn vader, meneer Monahan, mijn váder.'
Er viel een korte, griezelige stilte waarin ze – volslagen niet ter zake doend – merkte dat het buiten donker was geworden. Maar ze had het gezegd. Eindelijk wist hij het, en het enige dat ze nu nog moest doen, was op zijn reactie wachten. Een ding wist ze echter zeker; hij kon haar niet langer negeren.
Ze was op elke soort reactie voorbereid, behalve op een lach. Toen Ross begon te lachen voelde ze zich zo gekwetst alsof hij een dolk in haar hart boorde.
Het volgende ogenblik hield hij abrupt op met lachen. 'Natuurlijk ben ik dat. We lijken immers sprekend op elkaar. Ziezo, nu hangt het me de keel uit. Jij gaat weg... en ik ook. Ik zou je wel een lift willen aanbieden,' voegde hij er hatelijk aan toe, 'maar ik ga weer naar The Grange'.
'Gemene rotvent!' krijste Grace nu ze begreep dat hij haar niet eens serieus nam en dat ze gauw iets moest doen voor hij haar bij de arm pakte en de deur uit zette.
Zonder één moment na te denken schoot ze de hal in en vloog naar de trap. Voor Ross haar kon tegenhouden, was ze naar boven gerend. Daar aangekomen keek ze naar het schilderij – waarschijnlijk een van Tessa – dat aan de muur tegenover haar hing, toen draaide ze zich om en keek triomfantelijk op Ross neer. 'Ik ben je dochter en je komt niet zomaar van me af. Je

hebt mijn moeder behandeld als oud vuil, haar in de steek gelaten... en nu is het weer gebeurd... ze is weer in de steek gelaten... maar denk niet dat je dat zomaar kunt doen! Het wordt tijd dat je dat eens gaat beseffen. O, *shit*, je bent mijn vader en je bent er niet eens blíj om...'
'Je bent stapelgek,' zei Ross bot, gedecideerd. 'En als je niet onmiddellijk naar beneden komt...'
'Jij ziet de waarheid nog niet al word je er met je neus bovenop gedrukt,' krijste Grace buiten zichzelf van woede. 'Maar hoe zou je dat ook kunnen wanneer je zelf nooit de waarheid spreekt? Je bent een leugenaar en een bedrieger en ik zal zorgen dat je spijt krijgt dat je mijn moeder ooit hebt ontmóét!'
Het was een belachelijke situatie. Ross begreep dat hij haar zou moeten paaien, haar kalmeren voor hij een dokter kon bellen. De gedachte dat hij, als hij haar moeder al had ontmoet, er nu al spijt van had, hield hij maar voor zich. Maar het meisje, dat blijkbaar gedachten kon lezen, slaakte een kreet van ellende en rende het portaal over, in de richting van de badkamer. Ross, die bang was dat ze zichzelf iets zou aandoen, vloog haar achterna.
Hij had haar snel ingehaald, greep haar om haar middel en sleurde haar half dragend naar de trap terug.
'Ik haat je!' gilde ze, terwijl ze hem sloeg en schopte en zich in honderd bochten kronkelde. Ross zei niets, liet zich het slaan en schoppen verbeten welgevallen en kwam eindelijk weer boven aan de trap te staan.
Maar terwijl hij alleen probeerde Grace in bedwang te houden, vocht zij met alle kracht die ze in zich had. Wild schoppend wrong ze zich los en deed met uitgestoken armen een uitval naar Ross, haar klauwende vingers op zijn gezicht gericht. De onverwachte aanval, de uitdrukking op haar gezicht en de akelig snerpende gil deden zijn aandacht een moment verslappen en hij deinsde een stap terug.
Maar de grond was verdwenen. Zijn voet, die een steunpunt zocht, vond niets. Hij verloor zijn evenwicht en viel achterover. En toen, terwijl Grace' gegil nog in zijn oren klonk, raakte zijn rug de harde, eikenhouten rand van een van de treden en barstte de pijn als een explosie in zijn lichaam los. De ondraaglijke

pijn nam nog toe toen hij alle volgende treden raakte. En toen vervaagde alles... zijn omgeving, dat snerpende gegil... zijn gedachten, en ging onder in grauwheid.
Tegen de tijd dat hij de laatste tree bereikte, verloor hij gelukkig het bewustzijn.

Ik heb hem vermoord, dacht Grace, op het roerloze lichaam neerkijkend. Langzaam, met knikkende knieën ging ze de brede trap af en knielde bij Ross neer. Hij lag voorover maar ze wist zeker dat hij dood was. Hij lag daar, gekleed in een wit sweatshirt en een verkleurde spijkerbroek, volkomen roerloos. Het leek wel of hij niet meer ademde. En toen ze zich over hem heen boog om zijn gezicht te zien, bewogen zijn wimpers zelfs niet.
'O, god,' fluisterde ze, terwijl ze op haar vader neerkeek en besefte dat alles helemaal verkeerd was gelopen. 'O, god, het spijt me. Ik had je niet willen vermoorden. Ik wilde alleen dat je me zou geloven...'

52

'Als ik geweten had dat ik je op deze manier voor me kon winnen, had ik mezelf al maanden geleden van de dichtstbijzijnde trap gegooid,' mompelde Ross met een flauw glimlachje.
Tessa, vastbesloten niet te huilen, streelde zijn gebruinde onderarm. 'Waarom denk je dat je me voor je hebt gewonnen?' vroeg ze luchtig.
Hij keek naar haar hand. 'Je bent nog nooit eerder zo lief geweest.'
Ze voelde een brok in haar keel en slikte krachtig. 'Kun je het voelen?'
'Nee, maar hou alsjeblieft niet op. Ik vind het zo'n fijn gezicht.'
Ze begreep niet hoe hij zo dapper, zo kalm, zo verdomd opgewekt kon zijn. Toen Holly haar vanmorgen had gebeld en haar had verteld dat Ross in het ziekenhuis lag, was ze on-

middellijk uit Edinburgh teruggekomen, zich nog niet bewust van de ernst en de omvang van zijn letsel.
Nu ze hem had gezien en de voorzichtige prognose van de dokter had gehoord, begon de ernst van het gebeurde... en de eventuele gevolgen... pas tot haar door te dringen. Want ofschoon er niets gebroken was, hadden ze haar uitgelegd, was het bovengedeelte van de kwetsbare wervelkolom dermate beschadigd dat deze gekneusd en gezwollen was, waardoor Ross letterlijk van het gebruik van zijn armen en benen was beroofd. In een dergelijk geval van wervelkolombeschadiging was het enige dat ze konden doen, proberen de zwelling met ontstekingsremmende medicijnen te verminderen. En wachten. Alleen de tijd kon leren of de beschadiging onherstelbaar was. En als dat zo was, zou Ross voor zijn leven vanaf de hals verlamd zijn.
'Ik begrijp nog steeds niet hoe het gebeurd is,' zei Tessa peinzend, terwijl ze aldoor zijn arm bleef strelen. 'Hoe ben je in vredesnaam van die trap gevallen? Je bent helemaal geen vallerig type.'
Ross, niet in staat zijn schouders op te halen, trok zijn wenkbrauwen op. 'Ik denk dat ik m'n dag niet had. Ik keek niet waar ik liep. Eén misstap... en daar ging ik. Ik ben alleen blij dat Holly even later kwam opdagen, anders lag ik er misschien nu nog.'
Tessa huiverde bij de gedachte. Antonia, die blijkbaar om Ross had liggen gillen, had Holly bevolen naar hem op zoek te gaan, en zodoende had ze hem gevonden. Ze bedacht dat ze Antonia op de een of andere rare manier eigenlijk nog dankbaar moest zijn. Maar ze bewaarde haar dankbaarheid liever voor Holly, die haar schrik bij het zien van de bewusteloze Ross opzij had gezet en met bewonderenswaardige kalmte en tegenwoordigheid van geest de nodige maatregelen had genomen.
Tessa voelde een nieuwe golf van paniek in zich opwellen die haar façade van opgewektheid een moment overspoelde en de tranen naar haar ogen joeg.
'O, Ross, en wat nu? Ik ben zo bang...'
'Stil maar. Bij het zien van haar verdriet had hij zelf een ogenblik moeite zijn zelfbeheersing te bewaren. Hij zou haar zo

graag in zijn armen nemen en haar troosten. Maar zijn lichaam liet hem in de steek. Hij kon zich niet verroeren. En de artsen hadden hem al gewaarschuwd dat de verlamming blijvend zou kunnen zijn. 'Niet huilen. Ik ben allang blij dat je bij me bent, dat je teruggekomen bent.'
'Natuurlijk ben ik teruggekomen! Dacht je nu heus dat ik dat niet zou doen?'
Hij lachte, in een poging haar tranen te verjagen. 'Ik dacht dat je misschien bij Theo gebleven zou zijn. Die gedachte moet toch ook bij jou opgekomen zijn. Hij is rijk, Tess, ontzettend rijk.'
'En ontzettend klein van stuk,' antwoordde ze, terwijl ze haar tranen droogde en een glimlach tevoorschijn bracht omdat hij dat kennelijk graag wilde.
Hij keek haar quasi opgelucht aan. 'Ik heb dus geen concurrentie.'
'Tja, ik zou niet willen zeggen géén concurrentie...'
Hij werd opeens ernstig, zijn donkere ogen keken haar om hulp zoekend aan.
'Tess, ik wil je iets vragen. Zou je me iets willen beloven? En die belofte ook willen houden?'
Ze drukte zijn hand, nauwelijks in staat een woord uit te brengen. 'Ja. Natuurlijk... natuurlijk wil ik dat.'
'Fijn,' zei Ross, en op zijn gezicht verscheen zijn breedste, ondeugendste lach. 'Zodra ik uit mijn bed ben en weer normaal kan functioneren, moet je me verleiden. Zonder voorbehoud. En het moet vierentwintig uur duren, anders wil ik mijn geld terug.'
'Dat is chantage!' riep Tessa uit, vurig hopend dat zijn optimisme niet ongegrond zou zijn. 'Ik dacht dat je serieus was!'
'Ben ik ook! Bloedserieus,' antwoordde hij met een gezicht van de vermoorde onschuld. 'Als dat geen aansporing is om beter te worden, dan weet ik niet wat dan wel. Maar intussen mankeert er niets aan mijn mond. Dus als je vast in training wilt gaan, zou je kunnen beginnen met me te kussen.'

Ross kreeg elke dag meer bezoek dan hij mocht hebben. Tussen de bezoeken door werd hij onderworpen aan de zorgen van artsen, verpleegsters, fysiotherapeuten, neurofysiologische technici en nog meer fysiotherapeuten. De enige psychiater die hem bezocht om met hem te praten over mentale aanpassing ingeval hij voorgoed en volledig gehandicapt zou blijven, stond na vijf minuten weer op de gang. Ross had hem kort en goed gezegd dat hij niet van plan was gehandicapt te blijven, dus dat dit soort adviezen tijdverspilling was, zowel voor hemzelf als voor de psychiater, dus of die maar als de bliksem wilde ophoepelen.

Maar wanneer hij 's nachts alleen in de kale, witte, eenpersoonskamer lag en de ziekenhuislucht rook en naar de putjes in het zachtboardplafond keek, had hij tijd in overvloed om na te denken. En veel om over na te denken. Het enige waar hij niet over hoefde na te denken, was aan de manier waarop hij zich mentaal moest aanpassen aan voorgoed gehandicapt blijven. Want ofschoon hij met heel zijn hart van Tessa en Olivia hield... of misschien daarom juist... wist hij dat hij liever dood zou zijn dan de rest van zijn leven in een rolstoel doorbrengen.

Op de zesde dag kwam Mattie hem bezoeken.

'Bedankt dat je gekomen bent,' zei Ross, terwijl hij haar aandachtig opnam en een kleine gezette vrouw zag van begin veertig, die een donkerblauwe jurk en makkelijke schoenen droeg en een aangenaam parfum had gebruikt. Haar ogen, gereserveerd en tegelijk trots, namen op hun beurt hem aandachtig op.

'Je zei aan de telefoon dat het belangrijk was,' antwoordde ze kalm. 'Ik neem aan dat het over Grace gaat.'

'Ja. Tja. Ze kwam een week geleden bij me. Ze vertelde me iets dat ik niet geloofde.'

'En?' zei Mattie, weinig behulpzaam.

Ross zuchtte. Het bleek moeilijker dan hij had gedacht. 'En,' zei hij, haar koele, kalme blik ontmoetend, 'als jij begrijpt waar ik het over heb, dan zou je me misschien kunnen vertellen of het wel of niet waar is.'

'Als ik begrijp waar je het over hebt,' antwoordde ze stijfjes, 'dan weet je dat het waar is. Je denkt toch niet dat Grace een dergelijk verhaal verzint en mij dan probeert aan te praten dat het waar is, wel?'

Er viel een lange stilte, waarin Ross de simpele logica van haar woorden verwerkte – en onwillekeurig bewonderde. Ten slot-

te zei hij: 'Dus ik ben haar vader. God, wat een rare situatie. Het spijt me, maar ik kan me je totaal niet herinneren. Wanneer hebben we... elkaar ontmoet?'
'Op een zomerbal, in Bristol,' zei Mattie met een relativerend handgebaar. 'Ach, het is echt niet belangrijk. Jij was dronken en ik was ongelukkig. Ik heb je het gebeurde niet kwalijk genomen.'
'Maar ik vind het wel erg,' zei Ross. 'Je zult het niet makkelijk hebben gehad. Als je me iets had laten weten zou ik... je geholpen hebben.'
Ik wilde je hulp niet, dacht Mattie, zich herinnerend hoe vreselijk vernederd ze zich had gevoeld. Ik wilde dat jij net zoveel van mij hield als ik dacht dat ik van jou hield.
Maar ze zei: 'Het doet er niet meer toe. En het was niet altijd makkelijk, maar ik heb het gered. Wé hebben het gered. En deze hele toestand had vermeden kunnen worden, als Grace niet in je hotel was gaan werken. Daar was ik het bepááld niet mee eens.'
Ross fronste zijn wenkbrauwen. 'Als je het er niet mee eens was, begrijp ik niet waarom je haar hebt verteld wie ik was. Zou het niet eenvoudiger zijn geweest als je...'
'Natuurlijk zou het dat niet zijn geweest!' barstte Mattie uit. Toen zag ze de blik van onbegrip in zijn ogen en besefte opeens dat hij zich nooit van Grace' tienerverliefdheid op hem bewust was geweest. Het bloed vloog naar haar wangen en ze zakte op de stoel neer die achter haar stond. 'Het spijt me,' bekende ze, van haar stuk gebracht. 'Ja, het was misschien beter geweest als ik het haar niet had verteld, maar op dat moment vond ik dat ik het wel moest doen.'
'Arme meid, geen wonder dat ze zo overstuur was.' Ross dacht even na voor hij zei: 'Waar is ze nu? Heeft ze al ander werk gevonden?'
'Dat weet ik niet. Ze is vorige week verdwenen.' Matties gezicht kreeg een gespannen uitdrukking toen ze vervolgde: 'Ze had een briefje neergelegd dat ze naar de zuidkust ging om daar werk te zoeken, en sindsdien heb ik niets van haar gehoord.'
'Als ze je belt of zo,' zei Ross voorzichtig, 'wil je dan tegen haar zeggen dat je bij me bent geweest en dat alles... in orde is?'

Mattie, die de verandering in zijn stemming aanvoelde, keek hem onderzoekend aan. 'Wanneer zei je dat Grace bij je was geweest?'
Ross moest onwillekeurig glimlachen. Hij mocht deze moedige, flinke vrouw wel. Ze deed hem in zekere zin aan Tessa denken. 'Dat doet er niet toe,' zei hij geruststellend. 'Dat is iets tussen Grace en mij. Maar zeg haar alsjeblieft dat ik het begrijp. En dat het me heel erg spijt. Ik vrees dat ik haar niet erg aardig behandeld heb, maar nu we allemaal weten waar we staan, kunnen we misschien tot een oplossing komen.'
Mattie keek naar zijn roerloze ledematen, bedekt door een laken, en bedacht hoe vreemd het kon gaan in het leven. Nadat de volmaaktheid van dat lichaam haar jarenlang was bijgebleven, had ze van Richard moeten gaan houden om tot de ontdekking te komen hoe onbelangrijk fysieke volmaaktheid was. Voor haar tranen de kans kregen haar blik te vertroebelen, beantwoordde ze zijn glimlach. 'Dat zal ik zeker hopen. En ik hoop van harte dat jij weer gauw op de been zult zijn.'
'Komt in orde,' zei Ross, terwijl hij zich afvroeg of de vage tinteling in zijn vingers werkelijkheid was of verbeelding. 'Ik moet wel. Ik heb namelijk een belofte in te lossen.'

53

'Holly? Met Max.'
'Ja?' vroeg Holly op haar hoede. Haar hart maakte nog steeds een buiteling bij het horen van zijn stem maar ze was er de afgelopen maanden in geslaagd een beetje afstand te nemen. Eeuwigdurend optimisme kon veel verdriet opleveren, zoals ze met schade en schande had geleerd. Nu begon ze langzaamaan het feit onder ogen te zien dat de vurig verhoopte liefdesgeschiedenis nooit zou plaatsvinden.
'Tja,' zei Max met iets van teleurstelling over haar gebrek aan enthousiasme. 'Ik vroeg me af of je misschien zin had om vanavond met me te gaan eten.'

'Mij best,' antwoordde ze, terwijl ze de afstandsbediening opnam en van het ene kanaal naar het andere schakelde. Mooi, er begon net een film met Gary Grant.
'Fijn, dan...eh... kom ik je over een uur afhalen, goed?'
'Oké,' zei Holly en legde de hoorn neer. Ze trok haar blote voeten op de bank en ging op haar gemak naar de film zitten kijken.
Vijfenvijftig minuten later, toen Gary Grant en Deborah Kerr net op het punt stonden elkaar eindelijk in de armen te vallen, ging de bel.
'Nee maar,' zei Max, toen ze de deur opendeed. 'Wat krijgen we nou?'
Holly, haar rosblonde krullen los op haar schouders, droeg een oude spijkerbroek, een tot op de draad versleten sweatshirt van de Miami Dolphins en totaal geen make-up.
'O, Gary Grant heeft zojuist ontdekt dat Deborah Kerr toch niet getrouwd is, en nu gaan ze...'
'Ik heb het over jou,' viel hij haar in de rede. 'Ben je ziek? Ik heb een tafel gereserveerd bij Zizi en je bent nog niet eens kláár.'
'Ik had niet verwacht dat je zou komen opdagen,' zei Holly eenvoudig, zonder een duimbreed toe te geven, terwijl ze het best leuk begon te vinden. Voor het eerst, voor de allereerste keer in haar leven herstelde zij het evenwicht. En dat was een fantastisch gevoel.
'Maar ik had toch gezegd dat ik zou komen!' riep Max met een mengsel van ontreddering en ergernis. Toen herinnerde hij het zich en begreep ineens wat hier speelde. 'Ah, nu begrijp ik het. Je neemt wraak voor die avond dat ik je heb laten zitten.'
Veel meer dan dat, dacht Holly, maar ze zei het niet. In plaats daarvan knikte ze alleen maar.
'En is wraak zo zoet als men beweert?'
'O ja.'
Max glimlachte. 'Nou dat is dan prettig voor je. Maar mag ik binnenkomen of had je je er ook op verheugd om de deur voor mijn neus dicht te gooien?'
Terwijl Holly de film uitkeek, annuleerde Max de tafel bij Zizi, belde de pizza-expres en ging op een holletje naar het dichtstbijzijnde café. Holly weerstond dapper de drang om tijdens zijn

afwezigheid lipstick en mascara op te doen en een roze gloeilamp in het lampje naast haar bed te draaien en bleef als vastgegroeid op de bank zitten. Ze had geen flauw idee waarom Max gekomen was maar deze keer, déze keer zou ze hem niet de kans geven haar voor gek te zetten.

'Hoe was het vandaag met Ross?' vroeg ze, toen Max teruggekeerd was met twee flessen Chianti. De pizza's, die dampend en naar knoflook geurend over de borden bloesden, beloofden een en al zaligheid. Zonder zich er iets van aan te trekken wat Max zou denken maakte ze de bovenste knoop van haar Levi's los en nam nog een punt.

'Heel goed. De fysiotherapeuten zijn doodmoe. Hij herstelt blijkbaar veel vlugger dan de artsen voor mogelijk hadden gehouden. Het is nog maar vijf weken geleden en hij heeft alweer vijfenzeventig procent van zijn spierkracht terug.'

'Arme Tessa,' zei Holly met een lachje. Ross had Jan en Alleman welgemoed het verhaal van de beloofde seksmarathon gedaan; het was een standaardgrap onder zijn vaste bezoekers geworden.

'Bofferd Ross,' zei Max en lachte om de verontwaardigde uitdrukking op haar gezicht. 'Oké, oké, kijk maar niet zo kwaad. Het was een grapje, hoor. En zelfs al zou ik het willen, dan zou ik haar niet kunnen verleiden – ze is veel te gek op mijn broer.'

'Weet je nog wat een hekel je aan haar had?' vroeg Holly, tussen twee teugjes wijn.

'Ik had geen hekel aan haar, ik vertrouwde haar alleen niet.'

'Hmm. Zoals ik Antonia niet vertrouw. Kwam ze vandaag weer aanzetten?'

Het was een tweesnijdend zwaard dat onverwacht onder de ribben het lijf binnendrong. Nu Tessa bijna voortdurend aan Ross' bed zat was Antonia haar onwelkome attenties op Max gaan richten. Ze was na Richards begrafenis naar haar eigen huis teruggekeerd, maar ze kwam bijna dagelijks naar The Grange – en Max. Iedereen had natuurlijk met haar te doen, maar publiekelijk getoond verdriet vermengd met schaamteloos geflirt wekte toch wel enige bevreemding. Max, die tijdens de afwezigheid van Ross de leiding van het hotel overgenomen

had, sloot zich in zijn kantoor op als hij haar auto met gierende remmen hoorde stoppen. Iedereen wist dat Ross fysiotherapie als excuus gebruikte om haar zijn kamer uit te krijgen.
Tessa, die de situatie probeerde te nemen zoals hij was, vond Antonia's houding moeilijk te accepteren – Antonia deed ijskoud of Tessa niet bestond.
'Hmmm?' zei Max, die aan iets anders had zitten denken. Hij merkte opeens dat hij zich afvroeg waarom hij tot nu toe altijd zo onverschillig jegens Holly was geweest. Ze mocht dan niet chic en mondain zijn, maar ze had ook haar goede eigenschappen en nu hij had ervaren hoe volledig ze zich de afgelopen weken had ingezet om zowel in het ziekenhuis als in The Grange het moreel te handhaven, was hij gaan inzien dat Holly King heel wat meer in haar mars had dan je op het eerste gezicht zou denken. Bovendien was hem al eerder opgevallen dat hoe minder ze haar uiterlijk probeerde te veranderen met die afgrijselijk opzichtige make-up waar ze zo dol op was, hoe beter ze eruit zag.
'Antonia,' herhaalde Holly, die merkte dat ze gevaar liep de greep op zichzelf te verliezen. Waarom bleef Max haar zo aankijken? Dat bracht haar van haar stuk, en dat was niet eerlijk.
'Ja, die was er weer,' zei hij achteloos. 'Maar ik vind niet dat wij onze avond moeten bederven met gesprekken over de wenende weduwe. Zeg, ik heb een uitnodiging voor Goodwood, volgend weekend. Crazy Daisy loopt niet mee, maar het kan een leuk uitstapje worden... heb je zin om mee te gaan?' Toen, bij het zien van de doodongelukkige uitdrukking op Holly's gezicht, keek hij haar quasi bedroefd aan. 'Of voel je er niets voor?'
Holly, niet het type dat ergens doekjes om wond, kon zich niet langer inhouden. Het was zo goed gegaan, ze had gedacht dat ze inmiddels wel immuun was en nu liet Max al zijn charmes op haar los. Ze voelde zich onzeker worden. Dit was meer dan oneerlijk... dit was domweg gemeen.
'Je doet ineens zo áárdig,' zei ze onomwonden. 'Ik weet niet waarom je dat doet en ik word er nerveus van. Waarom ben je nu ineens zo aardig, terwijl je dat anders nooit bent?'

Max glimlachte berouwvol. 'Ik weet dat ik op dat gebied niet bepaald hoog heb gescoord. Maar ik mag je echt graag, Holly. Ik denk dat ik alleen bang ben een relatie aan te gaan met iemand die meer van me vraagt dan ik bereid ben te geven.'
'Wie zei dat ik een relatie wilde?' vroeg Holly koel, terwijl ze onder de tafel haar vingers kruiste om de schandelijke leugen ongedaan te maken.
'Dat heeft niemand gezegd,' antwoordde hij schouderophalend. 'Maar ik denk nu eenmaal gauw zoiets. Ik ben waarschijnlijk een achterdochtige rotzak.'
Haar ogen fonkelden van gerechtvaardigde verontwaardiging toen ze zei: 'Nou, dan heb je je vergist. Ik dacht dat we het misschien een beetje leuk konden hebben, meer niet.' De gekruiste vingers, voor zijn blik verborgen, spanden zich nog meer aan. 'Een vaste relatie is niets voor mij, beslist niet.'
Toen Max zich, nog steeds glimlachend voorover boog en haar hand in de zijne nam, hem omdraaide en een kus in de palm drukte, wist ze dat ze zich weer op het hellend vlak bevond. Ze kon hem niet weerstaan. Misschien, dacht ze radeloos, dat ze hem hierdoor voorgoed uit haar hart kon bannen. Maar de kans bestond ook dat ze Max' achterdochtige instelling kon veranderen en hem doen inzien dat een vaste relatie toch niet zo'n vreselijk lot was...
'Welnu, dan spijt het me,' zei hij, zich nog verder naar haar toe buigend. Zijn mond was nog maar een paar centimeter van de hare verwijderd, en de klank van zijn stem plus de geur van die aftershave werkte benevelend als een verdovend middel.
Holly gaf zich willoos over aan zijn kus. Toen ze zich eindelijk, duizelig van zaligheid, terugtrok, mompelde Max: 'Mag ik, aangezien je deze keer niet dronken bent, aannemen dat je de eerstvolgende twee uur niet in slaap zult vallen?'
Ze schudde haar hoofd, licht blozend bij de herinnering aan die afschuwelijke nacht.
'Mooi. En nu we elkaar begrijpen... geen beloften, geen bindingen... zou ik je willen zeggen dat ik vreselijk graag met je wil vrijen.'
Een zwak geluid, een kruising tussen een snik en een zucht, ontsnapte aan Holly's lippen. Terwijl hij haar in zijn armen

trok, vroeg hij langzaam: 'Was dat een "ja" of een "nee"?'
Het was, dacht ze, zoiets als de verjaardagen van een heel leven gecomprimeerd in één. Ze liet haar vingers voorzichtig langs de lijn van zijn sleutelbeen glijden, vol bewondering voor zijn prachtig gespierde schouders, en wist dat dit het was waar ze altijd op had gewacht, dit was een droom die werkelijkheid werd.
'Ja,' fluisterde ze, maar toen ze het eindelijk kon uitbrengen was hij al met zijn trage, verrukkelijke, weergaloze verleidingskunst begonnen.

54

'Ik kan nog steeds niet geloven dat je zoveel hebt gedaan,' zei Ross, terwijl hij een pas terug deed en naar de schilderijen keek. Sommige hingen aan de muren, andere lagen opgestapeld in een hoek van de kleine zitkamer. Het trof hem opnieuw dat ze zo ongelooflijk veel stijlen beheerste; hier hingen sombere aquarellen in vage tinten, daar fleurige olieverfschilderijen met heldere kleuren; pentekeningen wedijverden met sobere studies van bekende gebouwen die, op hun beurt, concurreerden met de knappe, geestige gezelschapstaferelen waar ze het beste in was. 'Ze zijn stuk voor stuk fantastisch goed, Tess, eerlijk.'
'Dank je,' zei ze, terwijl ze Olivia knuffelde en probeerde haar gezicht in de plooi te houden.
Ross, leunend op de ebbenhouten wandelstok die zo in tegenspraak leek met zijn verder van gezondheid blakende verschijning, liep langzaam naar een van de kleinere schilderijen en bekeek het enkele ogenblikken aandachtig. Toen, met die uitdrukking op zijn gezicht die ze langzamerhand zo goed kende, zei hij: 'Nu moeten we onderhand toch echt iets organiseren. Je moet een eigen expositie hebben.'
'Vind je?' vroeg Tessa, blij dat Holly er niet was. Die zou zich nu ongetwijfeld bescheurd hebben.
'Natuurlijk!' Hij omvatte de vier muren met een weids armge-

baar en vervolgde: 'Je hebt hier minstens honderd schilderijen. Laat mij nu eens met een paar mensen praten en hun interesse wekken, en dan kunnen we eens naar een geschikte ruimte gaan uitkijken. Ik zal om te beginnen Marcus Devenish opbellen. Die kan...'

'Over veertien dagen,' onderbrak ze zijn woordenstroom, 'is er in de Devenish Gallery een expositie die ik dolgraag zou willen zien. Misschien dat we daar samen naar toe kunnen gaan en dat je dan eens met hem kunt praten.'

'Waarom zouden we zo lang wachten? We kunnen vandaag nog naar hem toegaan. God, je weet niet hoe blij ik ben dat ik eindelijk uit dat ziekenhuis ben... ik wil weer van alles dóén...'

Tessa moest uit het raam kijken om niet in lachen uit te barsten. Buiten hing een loodgrijze oktoberhemel boven de met een laagje rijp bedekte heuvels. Terwijl Ross in het ziekenhuis lag, had de kleurige herfst plaats gemaakt voor het begin van de winter die dit jaar uitzonderlijk vroeg was ingevallen. En terwijl hij uitgeschakeld was, had zij initiatieven ontplooid en van alles gedaan. Ze verplaatste de spartelende Olivia naar de andere heup, bukte zich naar haar tas en haalde er een brochure uit die ze hem met een stalen gezicht overhandigde. 'Dit is de tentoonstelling die ik wilde gaan zien. Hij lijkt me erg interessant.'

'Als het maar niet zo een met van die lelijke abstracte werken is,' mopperde Ross, terwijl hij de brochure aannam. 'Als je denkt dat ik mijn tijd ga verspillen aan het bezichtigen van een troep gekleurde vierkanten...'

Hij stokte. Tessa, nog steeds niet in staat hem aan te kijken, zette zich schrap.

'Is dit waar?' vroeg hij ten slotte, en ze wendde zich om en keek hem aan.

'Ja.'

'Wie heeft dit georganiseerd?'

'Ik.'

'Expositie van het werk van Tessa Duvall,' las hij hardop. Toen keek hij haar streng aan. 'Dit is toch niet weer een van je geintjes, is het wel?'

'Natuurlijk niet.'

'Maar je hebt me niet eens gevraagd of ik je wilde helpen.'
'Ik vond,' antwoordde ze rustig, 'dat het tijd werd dat ik zelf iets ondernam. Dit is voor mij het bewijs dat mijn werk een tentoonstelling waard is. Ik denk dat ik voor mezelf moest weten,' verklaarde ze schouderophalend, 'dat ik die voor mijn eigen verdiensten kreeg en niet omdat jij een vriendendienst van iemand had gevraagd.'
Hij keek opnieuw naar de mooie, stijlvolle brochure in zijn hand en toen naar de mooie, stijlvolle jonge vrouw die voor hem stond. Ze begon dus eindelijk, eindelijk, dacht hij met een mengeling van trots en opluchting, in haar eigen talent te geloven.
'Betekent dit dat je nu rijk en beroemd gaat worden?'
'Die kans zit er dik in,' antwoordde ze met een lachje.
'In dat geval,' antwoordde Ross met zijn eigen ondeugende lach, 'zouden we het moeten vieren. Op traditionele wijze.'
'Een prima idee,' beaamde ze. 'Zet jij water op of zal ik het doen?'
'Niet dat soort traditionele wijze.' Hij kwam naar haar toe, zijn donkere ogen met een verlokkende uitdrukking strak op haar gericht, sloeg zijn vrije arm om haar middel en mompelde: 'Dit soort traditionele wijze.'
Het was een verleidelijk voorstel... te verleidelijk... maar iemand moest een beetje zelfbeheersing betrachten. Ze kende Ross goed genoeg om te weten dat het vieren dat hij bedoelde niet viel onder het hoofdstuk dat de fysiotherapeuten 'beheerste lichaamsbeweging' noemden.
Ze was met een snelle stap buiten zijn bereik en zei: 'Je bent nog niet weer helemaal de oude.'
'Dat zal ik je eens laten zien.'
Tessa weigerde hoofdschuddend op de uitdaging in te gaan. 'Nee, Ross,' zei ze op een toon die haar oprechte spijt moest maskeren, 'dat zou niet eerlijk zijn.'
'Is dit wel eerlijk?' vroeg hij, zijn wenkbrauwen in goedmoedige wanhoop optrekkend. Ze vond het jammer voor hem, maar ook voor zichzelf, en klopte hem op zijn arm.
'Je functioneert nog niet weer optimaal,' bracht ze hem in herinnering. Want dat was de voorwaarde waaronder hij haar de

argeloze belofte had afgedwongen. 'Laten we nog een paar weken wachten. En intussen een beetje geduld oefenen.'
'Ik had gehoopt,' wierp Ross droevig tegen, 'dat we vast een beetje samen konden oefenen.'

'Ik ben niet geschikt voor zoiets,' riep Holly, terwijl ze het autoportier dichtknalde en de sleutel in het slot stak. 'Ik dacht dat ik het aankon... maar ik voel me ellendiger dan eerst, en het is allemaal zo deprimerend, dat ik echt niet meer weet waarom ik er nog mee doorga.'
'Vorige week vertelde je me nog dat alles zo fantastisch fijn was,' weerlegde Tessa bedaard.
'Dat was vorige week. Deze week schijnt hij mijn bestaan totaal vergeten te zijn. En op het moment,' besloot Holly somber, 'voel ik me net een werkeloze callgirl.'
Een stemmig geklede voorbijganger die deze ontboezeming hoorde, wierp haar steels een belangstellende blik toe. Holly keek hem woedend aan.
'Je zult moeten toegeven,' zei Tessa, terwijl ze de uiteinden van haar witte sjaal over haar schouders wierp en haar handen in haar jaszakken stopte, 'dat hij je niet onder valse voorwendsels heeft verleid. Hij heeft je gezegd wat je kon verwachten.'
'O ja,' erkende Holly verbolgen. 'Dat maakt het juist nog moeilijker. We zijn gewoon goede vrienden die elkaar af en toe ontmoeten, van elkaars gezelschap genieten en lekker vrijen. Geen gebondenheid, geen beloften, geen verplichtingen.'
'En?'
'En de keren dat we samen zijn is alles zo fijn dat alle andere keren – dat ik niet bij hem ben – extra deprimerend zijn. Ik ben niet iemand voor dat vrijblijvende gedoe, Tess. En net doen of ik alleen dat soort relatie wil, begint me danig op m'n zenuwen te werken.'
'Maak het dan uit,' zei Tessa, verwachtend dat een dergelijke raad een ogenblikkelijk protest zou uitlokken en dat Holly zou jammeren: 'Maar dat kan ik niet! Ik hou van hem!'
De verwachte reactie bleef echter uit. Holly haalde mismoedig haar schouders op en zei zacht: 'Je hebt gelijk. Ik denk dat ik dat maar doe.'

Toen ze de hoek om sloegen kwam de Devenish Gallery in zicht. Gelegen aan een van de mooiste straten van Bath, schitterden zijn hoge ramen onder donkerrood-met-wit gestreepte markiezen. De schilderijen die er hingen, waren zo vernuftig tentoongesteld dat ze tot nauwkeuriger bekijken noodden. En morgenmiddag, dacht Tessa met een heftige opwelling van trots, zou haar solo-expositie de hele galerie in beslag nemen. Dat was iets waar ze altijd van had gedroomd. En nu zou die droom eindelijk werkelijkheid worden.

'Ik ben een egoïstische zeur,' zei Holly, die de uitdrukking op het gezicht van haar vriendin zag en haar even tegen zich aantrok. 'Kijk toch eens aan, je staat op het punt een ster te worden. Ik ben echt trots op je, Tess.'

'Het kan best een hopeloos fiasco worden,' zei Tessa haastig. 'Trouwens, kunstschilders worden geen sterren.'

'Dan zal jij de eerste zijn. Maar hoe wil je in vredesnaam al je schilderijen hier krijgen? Zeventien ritten met de Mercedes?'

'De vriend van Sylvie Nash heeft een bestelwagen.' Tessa nam Holly's arm en trok haar mee naar de galerie. 'Hij haalt ze vanavond bij mij thuis op en brengt ze hier. En ik ga ze morgenochtend ophangen. Kom mee, ik wil nog eens goed rondkijken en beslissen waar sommige moeten hangen.'

Mattie, die in de krant had gelezen dat Tessa in de Devenish Gallery zou exposeren, was dodelijk verlegen toen Tessa haar een kwartier later buiten in het oog kreeg. Omdat ze niet wist of Ross haar over Grace had verteld, had ze geen flauw idee hoe ze moest reageren. Maar toen ze weg wilde glippen, werd haar dat belet door Tessa, die naar buiten vloog en haar enthousiast begroette.

'Hallo, wat leuk u weer eens te zien! Ik had Grace nog willen bellen om haar uit te nodigen voor de opening, morgenavond, maar ik had zoveel te doen...'

Mattie herademde. Tessa wist blijkbaar van niets.

'Maar nu ik u hier tref kan, ik jullie allebei uitnodigen,' vervolgde ze opgewekt. 'En denk alstublieft niet dat jullie iets moeten kopen – jullie hoeven alleen maar te eten en te drinken en vrolijk te kijken. Ik zal zo doodnerveus zijn dat ik een heleboel

vriendelijke gezichten om me heen moet hebben als morele steun. Toe, jullie komen toch, hè?'
Mattie weifelde. Uit haar ooghoek zag ze een paar meter verderop Max en Ross uit Max' auto stappen. 'Het is erg aardig van u om ons uit te nodigen,' zei ze onzeker, 'maar ik weet niet of...'
'Ross!' Tessa draaide zich om toen hij achter haar kwam staan. En in dat ene ogenblik zag en voelde Mattie de band van liefde die hen verenigde. Terwijl ze hen benijdde en tegelijkertijd bedacht dat datgene wat Richard en haar had verbonden, net zo wondermooi was geweest, trok ze instinctief haar mantel dichter om zich heen. Het gebaar ontging Ross echter niet, zijn blik flitste even in de richting van haar buik, maar tot Matties opluchting zei hij niets.
'Ross, dit is Mattie Jameson, de moeder van Grace. Ik heb hen uitgenodigd voor de opening morgenavond, maar ze aarzelt nog. Zeg eens dat ze móéten komen!'
'Jullie móéten komen,' zei hij met iets geestigs in zijn stem omwille van Tessa. Toen ontmoette hij Matties bezorgde ogen en zei: 'Ofschoon ik heb begrepen dat Grace een tijdje weg was. Is ze weer terug?'
Mattie knikte. 'Twee dagen geleden.'
Hij zag dat Tessa's aandacht werd afgeleid – een parkeerwachter kwam doelbewust in hun richting en Tessa en Max zochten koortsachtig kleingeld voor de meter – en vervolgde op gedempte toon: 'Dan zou ik graag vanmiddag even langs komen.'
Mattie kon niets zeggen en knikte weer.
'En ik hoop dat jullie allebei naar de opening komen. Dat meen ik. Geen uitvluchten meer,' voegde hij eraan toe terwijl Tessa weer naast hem kwam staan.
'Geen uitvluchten meer,' herhaalde Mattie, terwijl ze tegen Tessa glimlachte en zich afvroeg hoe ze zou reageren wanneer Ross – wat hij nu wel moest – haar vertelde dat Grace zijn dochter was.
'O, fijn,' zei Tessa. 'Dan zien we jullie dus morgen. Ik verheug me er echt op om Grace weer te zien.'
Toen Mattie weg was, probeerde Ross Tessa in de richting van de auto te loodsen. Kom, laten we naar jouw huis gaan.'

Ze zette zich schrap. 'Holly is nog in de galerie. Ik kan haar niet zomaar in de steek laten.'
'Ja, dan kun je wel,' kwam Max goedgehumeurd tussenbeide. Hij had niet geweten dat Holly er ook was. 'Ik ga wel ergens met Holly lunchen.'

55

'Enfin, dat is het,' besloot Ross, terwijl hij zich afvroeg wat er werkelijk in Tessa's hoofd omging en probeerde dat van haar gezicht af te lezen. 'Ik had het je misschien eerder moeten vertellen, maar het is niet bepaald een fraaie geschiedenis.'
Toen Tessa geen antwoord gaf, boog hij zich naar voren en zei dringend: 'Zeg iets.'
Ze schudde haar hoofd. De wetenschap dat Olivia een halfzusje had... en dat dat halfzusje Grace was... was harder aangekomen dan ze voor mogelijk had gehouden. Het was zo'n vreemd idee. Het was haar nu ook duidelijk waarom Grace zoveel belangstelling voor Olivia had en waarom haar houding jegens Ross zo onberekenbaar was. Bovenal wist Tessa hoe makkelijk zoiets kon gebeuren. Matties ontmoeting met Ross was net zo gegaan als de hare, en het was alleen aan het toeval – dat Holly haar situatie argeloos aan Ross had uiteengezet – te danken dat hij niet onwetend was gebleven van het feit dat hij weer vader was geworden. Hoeveel mannen verkeerden in diezelfde situatie? Honderdduizenden? Miljoenen? En voor elk van die mannen bleef er een vrouw met een baby achter. Ze vroeg zich onwillekeurig af of Grace en Olivia ergens op de wereld misschien nog een broer of zusje hadden... die mogelijkheid was ten slotte allerminst denkbeeldig.
'Toe,' drong Ross aan, 'vertel me wat je denkt.'
'Een heleboel,' zei ze bedachtzaam. 'Maar ik geloof dat ik voornamelijk te doen heb met Mattie en Grace, om alles wat ze hebben doorgemaakt.' Toen glimlachte ze. 'En ik besef nu hoe blij ik voor Olivia en mij ben dat het voor ons anders is gegaan. Ik

ben blij dat jij bij ons bent... en dat Olivia weet wie haar vader is en ze niet tot haar achttiende hoeft te wachten voor ze het aan de weet komt...' Ze zweeg even, haar gezicht had een peinzende uitdrukking. 'En hoe moet dat nu met Grace?'
'Ik ga vanmiddag naar haar toe.'
Tessa knikte. Ze wist dat het niet makkelijk voor hem zou zijn, maar ze voelde dat alles in orde zou komen. 'Zeg tegen haar,' zei ze langzaam, 'dat ik me erop verheug haar morgenavond te zien.'

'Wat is er?' vroeg Max lichtelijk fronsend toen hij zag dat Holly haar vrijwel onaangeroerde bord opzij schoof. Hij had haar nog nooit zo stil meegemaakt. Hij had zelfs niet geweten dat ze zo stil kon zíjn. Het meest verontrustende was echter haar gebrek aan eetlust. Van alle vrouwen die hij ooit had gekend, had niet een zo echt smakelijk kunnen eten als Holly.
'Niets,' zei ze zo bedrukt dat hij zich afvroeg of ze op het punt stond in tranen uit te barsten.
Maar Holly had zich vast voorgenomen om niet te gaan huilen. Het was droevig, maar het was in elk geval haar eigen beslissing en ze wist dat het de juiste was. Het was net zoiets als een voet amputeren om te voorkomen dat het hele been door gangreen aangetast werd, dacht ze, zichzelf dwingend om flink te zijn. Deze zogenaamde relatie verbreken zou pijn doen, maar niet half zoveel pijn als wachten... steeds meer van Max gaan houden... terwijl hij niet van haar hield... Ze moest dit doen. Het was gewoon jammer, dacht ze, met een snelle blik door het gezellige, drukke restaurant, dat ze niets kon doen om Max meer voor haar te laten voelen dan hij deed.
Max, die zag dat ze doodongelukkig met haar vork figuurtjes in het donkerroze tafellaken zat te trekken, zei opeens: 'Hoor eens, jij hebt kennelijk geen honger. Ik hoef pas om zes uur weer in het hotel te zijn – zullen we naar jouw huis gaan?'
En vrijblijvend en gewoon als goede vrienden samen vrijen, dacht ze, terwijl een plotseling oplaaiende woede zich vermengde met een automatische opwelling van verlangen. Nou ja, waarom ook niet? Het nummer was altijd fantastisch goed geweest. Misschien zou het haar opmonteren, net zoals je nog

eens flink volstoppen op de avond voor je aan een streng dieet begint.
'Oké,' zei ze, terwijl ze haar vork neerlegde en een glimlachje tevoorschijn bracht. 'Dat lijkt me een leuk idee.'
Max, blij dat hij een lachje zag, gaf haar hand een kneepje. Hij had wel geweten dat ze zou bijdraaien. 'Alleen maar leuk?' vroeg hij, haar quasi guitig aankijkend. 'Als het niet meer is dan dat ga ik nog denken dat ik er niet veel meer van terecht breng.'
Nu lachte ze hardop, en verborg haar verdriet. Als ze van dit, hun laatste, samenzijn niet het beste wist te maken, zou het een schandelijke verspilling van de middag zijn.
'Sorry, ik zei het verkeerd,' verzekerde ze hem luchtig. 'Ik weet zeker dat het... onvergetelijk zal zijn.'

Mattie, die aanvoelde dat ze zich beter tactvol kon terugtrekken, had Ross in de zitkamer gelaten en was discreet verdwenen. Grace zat slecht op haar gemak in een van de stoelen bij de haard. Ze had sinds die noodlottige ontmoeting met Ross geen druppel alcohol meer gedronken en wist dat ze, als ze deze definitieve beproeving doorstond zonder te zwichten, de strijd gewonnen zou hebben. Ze had nog nooit zo hevig naar een borrel verlangd, en ze was nog nooit zo vastbesloten geweest er geen te nemen.
'Tja,' zei Ross, terwijl hij tegenover haar ging zitten en zijn stok tegen de schoorsteenmantel zette. 'Ik geloof dat ik je mijn verontschuldigingen moet aanbieden.'
En opeens voelde Grace haar angst verdwijnen. Hij was hier eindelijk en ze hoefde niet bang te zijn. Het gevoel van opluchting maakte haar bijna duizelig.
'Ik geloof dat ik jou de mijne ook moet aanbieden,' antwoordde ze zacht. 'Ik was die avond zo bang dat ik in paniek gevlucht ben. En toen ik in de krant las dat je verlamd was werd ik nog banger.'
'Je was niet de enige,' zei Ross met een vluchtig glimlachje. 'Enfin, ik heb er spijt van. En ik ben blij dat alles nu weer goed met je is.'
'Ja.'

De stilte die volgde, werd alleen verbroken door het luide tikken van de klok op de schoorsteenmantel. Ross ging verzitten en begreep dat hij gewoon moest zeggen wat hij dacht.
'Hoor eens, ik weet niet wat je hiervan hebt verwacht. Dit is niet bepaald gemakkelijk voor me. Mijn verstand accepteert het feit dat ik je vader ben, maar ik voel me niet je vader. Als je weer in The Grange wilt komen werken, vind ik dat prima, en misschien dat we dan geleidelijk aan elkaar gewend kunnen raken. Ik zal jou... en Mattie... zo veel mogelijk helpen, op alle mogelijke manieren, maar echt kennen doen we elkaar nog niet. Als je had gedacht dat ik vandaag hier was gekomen om je vaderlijk in mijn armen te sluiten dan vrees ik...' Hij haalde hulpeloos zijn schouders op. '... dat zoiets me nu eenmaal niet ligt. Dus als je dat had verwacht, dan spijt het me, maar het zou niet...'
'Maak je geen zorgen,' viel Grace hem opgelucht in de rede. 'Dat zou ook niets voor mij zijn. Ik zou me alleen maar vreselijk opgelaten voelen.'
Ross grinnikte. 'Misschien hebben we toch meer van elkaar weg dan we dachten. Wat denk je ervan om weer aan het werk te gaan?
Wil je weer in The Grange komen?'
Opnieuw was haar opluchting duidelijk zichtbaar. Nu ze niet meer zo gespannen was, zag hij dat ze er beter uitzag dan ooit tevoren. Het nieuwe kapsel, niet meer zo militant kort, omlijstte haar gezicht op een manier die haar fijne trekken voordelig liet uitkomen. Met een beetje hulp, dacht hij, zou ze kunnen leren er op haar voordeligst uit te zien. Ze mocht dan uiterlijk niet op hem lijken, maar ze scheen de energie en de durf van de Monahans te hebben. En Mattie had hem verteld dat ze een goed stel hersens had; misschien dat ze met de juiste leiding een carrière voor zichzelf in het hotel zou kunnen opbouwen.
'Graag,' zei Grace. 'Ik wil niets liever.'
'Goed, dat is dan geregeld. En nu,' zei hij, terwijl hij op zijn gemak ging zitten en haar recht aankeek, 'moet je een paar vragen voor me beantwoorden. Over je moeder.'

56

Tegen de tijd dat de politie Marcus Devenish de volgende morgen om kwart over zeven eindelijk kon bereiken, was er zowat niets van zijn dierbare galerie over. De brand, vermoedelijk ontstaan door een losse draad in de zekeringkast, had zich razendsnel verspreid en het rookalarm in gang gezet, legde de brandweercommandant hem uit, maar in die korte tijd was al zoveel schade aangericht, dat de hele eerste verdieping in lichterlaaie stond tegen de tijd dat de brandweer arriveerde. Het had drie uur geduurd voor men de brand meester was en het pand – of wat ervan over was – was nu nauwelijks meer te herkennen.

Goed verzekerd, maar niettemin diep verslagen, dacht Marcus Devenish terug aan de vorige avond. Omdat hij niet te laat wilde komen voor een afspraak met een New Yorkse koper, had hij de sleutels van de galerie toevertrouwd aan Colin Rowlands, de jongeman die later die avond terug zou komen met de lading schilderijen die vanaf de volgende dag geëxposeerd zouden worden. Hij herinnerde zich met een huivering zijn joviale, gekscherende vermaning om vooral niet te vergeten de boel goed af te sluiten, omdat ze niet zaten te wachten op een bende inbrekers die er met de inventaris van de galerie vandoor gingen. ‘Onze Tessa zou het vast niet leuk vinden,’ had hij er jolig aan toegevoegd, ‘als ze morgenochtend kwam opdagen en een lege galerie aantrof. Zet alle schilderijen maar tegen de muren en zet het inbraakalarm weer aan voor je weggaat. Oké?’

Maar het aanzetten van het inbraakalarm had niet veel geholpen. Terwijl Marcus Devenish, diep in zijn overjas gedoken, midden op straat voor de rokende, zwartgeblakerde resten van zijn galerie stond, vroeg hij zich af hoe hij in vredesnaam de woorden moest vinden Tessa op de hoogte te stellen.

‘O god,’ fluisterde ze, zich aan Ross’ arm vastklampend toen de ramp in zijn volle omvang tot haar doordrong. De eerste wilde hoop dat er misschien nog iets van haar werk gered zou zijn, was nu vervlogen; de honderdzesentwintig schilderijen, waarop ze haar hoop, haar aspiraties, haar hele toekomst had gevestigd, waren weg. Vernietigd. Verworden tot natte as.

Ze rilde zo hevig dat Ross niet anders kon doen dan haar stevig omvat houden. In de grauwe novemberschemering was de ravage zo volslagen, dat er geen woorden te vinden waren om haar te troosten. Het had zo'n gelukkige dag moeten worden...

De tranen rolden langs Tessa's wangen, ze veegde ze af met de achterkant van haar mouw en ademde de scherpe reuk van verbrand hout in die nog in de lucht hing. 'Ik zou me eigenlijk moeten schamen,' zei ze ten slotte met stokkende stem terwijl ze zich probeerde te beheersen. 'Het is geen echte ramp. Er zijn geen slachtoffers gevallen. Ik kan alleen niet geloven dat al die schilderijen... weg zijn. Ik wilde zo graag dat die expositie een succes zou worden, zodat je trots op me kon zijn, en nu is er niets meer.'

Colin Rowland trok een pijnlijk gezicht toen de bestelwagen de hoek omsloeg en de zwenking zijn toch al gemene kater nog kwaadaardiger maakte. Hij was gisteravond behoorlijk doorgezakt, en als Sylvie erachter kwam dat hij met Barry Edgeson was wezen stappen – 'die kwal' noemde ze hem – zou er wat zwaaien. Maar hij had er in elk geval wel aan gedacht de wekker te zetten voor hij rond halfdrie in zijn bed was geploft. Hij bedacht enigszins onbehaaglijk dat hij Ross Monahan gisteravond nog had moeten bellen en hem vertellen hoe de vork in de steel zat, maar het was nu nog maar halfnegen en met een beetje geluk zou hij bij de galerie arriveren voor er iemand was. Als hij dan gauw de bestelwagen uitlaadde, zou alles voor mekaar zijn en zou niemand ooit weten hoe het gegaan was.

'Godallemachtig!'

Zijn kater was vergeten. Colin trapte zo hard op de rem dat de bestelwagen met een schok tot stilstand kwam. Hij sprong eruit en staarde met open mond naar de verwoesting voor hem. Brandweerlieden, die over de nu natte puinhopen klauterden, waren bezig hun slangen op te rollen en op het trottoir stonden geschokte voorbijgangers te kijken naar de resten van wat eens de meest vooraanstaande galerie van Bath was.

Toen zag hij Tessa, die door Ross Monahan getroost werd. En uit de diepte van zijn door alcohol uitgedroogd brein rees heel langzaam de gedachte op dat zijn nalatigheid bij het afleveren van de schilderijen achteraf bezien misschien helemaal niet zo'n ramp was.

Colin Rowland rook niet erg lekker – verschaalde whiskywalm vermengd met de reuk van een nachtelijke kerrieschotel – maar dat kon Tessa niets schelen. Toen ze eindelijk wijs kon worden uit zijn onsamenhangend relaas en begreep dat haar schilderijen niet in de galerie waren geweest toen die tot de grond toe afbrandde, zoende ze eerst Colin, toen Ross, toen Colin weer. En ten slotte, om niet krenterig te zijn, zoende ze een van de brandweermannen die daarstraks had geprobeerd haar te troosten.

'Ik begrijp nog steeds niet waarom je ze niet hebt afgeleverd,' zei Ross, blij dat hij Colin niet hoefde te zoenen. Maar Colin, die zichzelf binnen vijf minuten de rol van de zegevierende held had toebedeeld, stond zijn verhaal al te vertellen aan verslaggevers van de regionale omroep, die zich kennelijk niet lieten afschrikken door de reuk van kerrie.

'Dus we hadden bij Tessa thuis de bestelwagen geladen, maar toen ik terugreed, zag ik dat ik niet veel benzine meer had,' verklaarde hij gewichtig, terwijl zijn toch al platte plaatselijke tongval nog platter werd nu hij het middelpunt van de belangstelling was. 'Dus ik stop bij een benzinestation en daar tref ik zowaar me ouwe maat Barry Edgeson. Affijn, we hadden mekaar in geen tijden gezien – hij hep in dienst gezeten – en omdat we zowat naast de Golden Lion stonden, die vroeger onze stamkroeg was, zijn we d'r een gaan nemen om het te vieren. Affijn, voor we 't wisten was het sluitingstijd, en omdat ik er 'n paar op had, leek het me beter om de bestelwagen op de parking van die pub te laten staan. Toen zijn Barry en ik in een nachtzaak kip met kerrie gaan eten – verrekte heet spul, zeg – en ik ben met een taxi naar huis gegaan. En ik hoorde pas datter brand was geweest toen ik daarnet hier voorreed met de bestelwagen... met alle schilderijen veilig en wel achterin. Potverdorie, als ik ze niet bij me had gehouwen, waren ze met de rest van die tent hier in de fik gegaan. Reuze bof hoor, dat me ouwe maat Barry net was afgezwaaid...'

'Als mijn geheugen me niet in de steek laat,' zei Holly om kwart voor zes die middag, 'heeft je moeder me eens verteld dat ze een hekel had aan party's met veel vreemden. En nu, nog geen jaar later, geeft ze er zelf een. Wat zeg je me daarvan?' vroeg ze aan Olivia en trok een gek gezicht om haar aan het lachen te maken. 'Wat is er het laatste jaar met die rare moeder van jou gebéúrd? Zou je haar herkennen als je haar op straat tegenkwam?'

Ze zaten in de serre van het hotel te genieten van een korte, welverdiende pauze. Na de bijna wonderbaarlijke opstanding van de schilderijen had Ross de verzamelde persfotografen, radio- en tv-ploegen meegedeeld dat de expositie toch zou doorgaan en dat hij in The Grange gehouden zou worden. En omdat de brand in de Devenish Gallery belangrijk nieuws was, was Tessa's expositie ook belangrijk nieuws geworden. De voorpubliciteit was veel groter dan hij ooit geweest zou kunnen zijn als de galerie intact was gebleven.

Ze hadden nog nooit in hun leven zo hard gewerkt. De zeven uur die het had gekost om de balzaal van het hotel te veranderen in een tentoonstellingsruimte, hadden ongelooflijk veel van iedereen gevergd – bloemisten, cateringbedrijf, elektriciens en zelfs een enkele journalist inbegrepen. De fonkelende kroonluchter, anders het meest spectaculaire ornament in de zaal, wedijverde nu met onopvallende maar effectief gerichte spots, die de schilderijen aan de wanden op hun best deden uitkomen. In het midden van de zaal stond een overvloedig koud buffet op een ovale tafel, geflankeerd door kratten champagne. De driehonderd luxe catalogi die bij de brand verloren waren gegaan, waren vervangen door vijfhonderd blaadjes die Max inderhaast op zijn tekstverwerker had vervaardigd. Het was bijna zes uur en, het was niet geloven, alles was klaar voor de opening.

'Je zou haar niet herkend hebben, is het wel?' kweelde Holly nog eens, terwijl Olivia een graai naar haar oorbellen deed.

Tessa nam een slokje witte wijn en lachte. 'Ik denk van wel; ik draag ten slotte dezelfde jurk.'

'Maar dat kun je niet meer maken wanneer je een megaster geworden bent! Maak je maar geen zorgen, ik kan andermans geld net zo vlot uitgeven als dat van mezelf – dan ga ik met je winkelen en ik zal je aankleden.' Tessa, die zichzelf al in fluorescerend oranje en met stras bezette hoge hakken zag, veranderde van onderwerp.
'En hoe is het gistermiddag afgelopen?' vroeg ze rechtuit. Aangezien Holly er niets meer over had gezegd, veronderstelde ze dat de crisis voorbij was. 'Heb je het uitgemaakt met Max of ben je van gedachte veranderd?'
Holly's gezicht betrok. 'Het is maar goed dat we het vandaag zo druk hebben gehad,' zei ze met een triest lachje. 'Daardoor had ik gelukkig geen tijd om te merken hoe rot ik me voelde. Het was afschuwelijk, Tess, maar ik heb het gedaan. Ik heb tegen hem gezegd dat ik niet langer met hem wilde omgaan.'
'Grote genade!' Perplex, niet in staat te geloven dat Holly werkelijk zo flink was geweest om het uit te maken, schoof Tessa dichter naar haar toe. 'Wat zei hij?'
'Nou, hij was niet bepaald kapot van verdriet,' antwoordde Holly een beetje bitter. 'Verwonderd, dat wel natuurlijk. Hij had blijkbaar niet verwacht dat iemand een man als hij aan de kant zou zetten. Maar uiteindelijk haalde hij zijn schouders op en zei dat als ik er zo over dacht, hij het prima vond.'
'En?' informeerde Tessa vol medeleven.
'En toen ben ik opgestaan, ik heb me aangekleed en ben weggegaan. Toen ik een uur later weer thuiskwam, was hij weg. Ik geloof dat ik het hem in bed wilde vertellen in de hoop dat hij dan zou proberen me op andere gedachten te brengen,' zei ze. Haar ogen vulden zich met tranen. 'De hemel mag weten wat ik had gehoopt, maar het heeft niet zo mogen zijn. Hij is de hele dag akelig beleefd tegen me en ik ben aldoor akelig beleefd tegen hem en het is allemaal even afschuwelijk. Ik weet dat ik verstandig heb gehandeld,' besloot ze, iets uitzoekend van het blad met hapjes dat Tessa van het buffet had meegenomen, 'maar dat maakte het heus niet makkelijker. Ik kan nog steeds niet geloven dat ik het heb gedaan... en dat ik het mezelf heb áángedaan.'
Tessa, die maar al te goed wist hoe dat voelde, zei troostend:

'Maar je wist dat dit het béste was, en dat zal het wel makkelijker maken. Op den duur kom je eroverheen... en dan ontmoet je een ander...

'O, vast wel.' Holly spietste met een moedeloos gebaar een stukje zeeduivel aan haar vork. 'Er is tenslotte geen handvol maar een land vol. Dat kunnen toch niet allemaal lammelingen zijn.'

'Natuurlijk niet. Er zijn zelfs heel aardige kerels bij.' Tessa was benieuwd of Adam Perry nog zou komen. Ze had hem een uitnodiging gestuurd, maar Holly had vorige week terloops verteld dat hij naar Portugal was.

'Het probleem is,' antwoordde Holly somber, 'dat dat niet degenen zijn op wie ik verliefd word.'

57

Om halfzeven was het overduidelijk dat de expositie een daverend succes zou worden. De sfeer in de balzaal, die overliep van de gasten, was geanimeerd. De onverwachte verandering van plaats maakte het geheel alleen maar extra interessant. Tessa merkte dat het een echt feest beloofde te worden. En de bedwelmende vreugde om haar werk te horen prijzen, werd nog vergroot toen ze merkte dat de mensen het echt meenden. Er werden al schilderijen gekocht – zowel door kunsthandelaren als door privéverzamelaars – die geen spier van hun gezicht vertrokken bij het horen van de prijzen die ze van Ross en Marcus Devenish had moeten vaststellen en die zij zelf afschrikwekkend hoog had gevonden.

'Je bent het wáárd,' had Ross voor de zoveelste keer die middag gezegd, toen ze er nog eens voor teruggeschrokken was, bang dat er niet één schilderij verkocht zou worden. 'Tess, vertrouw nu op ons. Dit zijn geen schandelijk hoge prijzen; het zijn de prijzen voor je werk en je talent. Om nog maar te zwijgen,' had hij er met een ondeugende knipoog aan toegevoegd, 'van mijn commissie.'

Nu merkte ze tot haar enorme opluchting dat haar vrees inderdaad ongegrond was geweest. Overal in de balzaal verschenen rode 'verkocht'-stickers op de lijsten en Holly schoot telkens op haar af om haar te onthalen op de nieuwtjes en roddels die ze her en der hoorde en om haar voldaan te vertellen wie wat had gekocht.

'Gelukkig?' vroeg Ross, op zijn zwarte stok leunend, terwijl hij haar met een geamuseerde blik opnam. Hij zag er in zijn donkere pak en met zijn glanzende, bijna zwarte haar zo adembenemend knap uit dat ze even een brok in haar keel kreeg. De gedachte dat hij bijna voor het leven gehandicapt was geweest, gevangen in een uiterlijk volmaakt maar immobiel lichaam, leek nu haast onvoorstelbaar. Hij had geluk gehad... ze hadden allebei geluk gehad...

'Zielsgelukkig,' beaamde ze, terwijl ze een arm om zijn middel sloeg. 'Maar dat kan natuurlijk ook van de champagne komen.'

'Of van het feit dat die kunsthandelaren uit Bond Street jou omschrijven als een belangrijk nieuw talent,' kon hij fluisteren omdat hij even tevoren onbeschaamd hun gesprek had afgeluisterd. 'Kom hier, belangrijk nieuw talent, geef me een kus.'

Terwijl zijn warme mond zich over de hare sloot, legde een explosie van flitslampen het moment voor het nageslacht en de ochtendbladen vast. De pers, die in volle sterkte was uitgerukt, wist feilloos wat een goed artikel kon opleveren.

'Het is wel jammer van Drumlachan,' fluisterde Tessa, terwijl haar lippen langs zijn oorlelletje streken. Het kasteel was de week tevoren openbaar verkocht aan een Londens consortium.

Ross keek haar met scheefgehouden hoofd van opzij aan. 'Hmm. Ach, niet zo erg, hoor. Er zijn nog meer kastelen.'

Maar Tessa kon het daar niet bij laten. 'Zeg eens,' vroeg ze opzettelijk achteloos, 'zou je werkelijk al die tijd in Schotland zijn gebleven om toezicht te houden op de renovatie?'

Hij kon het niet helpen dat hij in de lach schoot. Dat moest haar al die weken toch behoorlijk hoog hebben gezeten.

'Natuurlijk niet, schat. Voor dat soort klussen huur je anderen in. Ik zei het alleen om te zien hoe je zou reageren.'

Toen, voor ze hem in de haren kon vliegen, kuste hij haar opnieuw, vurig.

'Ze kijken naar ons.' Tessa maakte zich uit zijn omhelzing los en probeerde alles weer op het normale vlak te brengen. 'Waar is Olivia?'
'Adam liep daarnet met haar rond, en ze had een rode sticker op. Ik geloof dat ze verkocht is.'
Dus Adam was er ook. Tessa glimlachte bij zichzelf en hoopte dat het lot een handje zou helpen. Holly hing op meesterlijke wijze het zorgeloze vrije meisje uit, maar ze had iemand nodig. En Adam was zo'n fijne vent...
Op dat moment gleed er een gebruinde arm om haar middel en fluisterde een zachte stem in haar oor: 'En hoe voelt het om beroemd te zijn?'
Ze draaide zich om en zoende, zonder op de uitdrukking op Ross' gezicht te letten, Dominic op beide wangen. 'Ik dacht al dat je niet zou komen!'
'Dacht je nu heus dat ik dit zou willen missen?' vroeg hij, de balzaal met een weids armgebaar omvattend. 'Dacht je dat ik zou zeggen: "Het kan me geen bliksem schelen en hoe moet ik uit de rimboe van Cornwall in Bath komen als ik niet eens geld voor een buskaartje heb?" Trouwens,' vervolgde hij, duidelijk hoorbaar fluisterend, 'ik heb mijn nieuwste aanstaande vrouw bij me. We zijn hier in haar Lotus naar toe gekomen. En ze is nog knap op de koop toe...'
Ross, die Dominic nog steeds niet helemaal vertrouwde, liep door. Dominic verstevigde zijn greep om haar middel. 'Ben je gelukkig, schat? Echt gelukkig?'
Tessa, die merkte dat haar haar uit de kammetjes begon te zakken, knikte en drukte hem even tegen zich aan. 'Heel gelukkig,' verzekerde ze hem. De twijfel die haar af en toe nog kwelde... Antonia... haar eigen vermogen om Ross te kunnen binden... zijn vroegere avontuurtjes met andere vrouwen... deden er niet langer toe. 'Heel gelukkig,' herhaalde ze. 'Meer dan ik ooit voor mogelijk had gehouden. Maar gelukkig ben ik. En ik ben bang dat ik vreselijk burgerlijk ben.'
Zich ervan bewust dat Ross hen nog steeds van een afstandje gadesloeg – iets wat hij hem niet echt kwalijk kon nemen – keek Dominic vol genegenheid naar haar stralend gezicht.
'Zolang je dat zeker weet, schat, en zolang je maar zeker weet

dat je het niet uit dankbaarheid doet, is alles in orde. Als iemand verdient om gelukkig te zijn, ben jij het wel.'

Adam gaf Olivia aan Holly en wilde wel dat hij háár in zijn armen kon nemen. Ze kwam hem een beetje moe voor – haar ogen hadden een vermoeide blik – maar ze zag er verder magnifiek uit in een jurk van klapkauwgomroze tafzijde met een lila weerschijn. Het was Adam, met zijn scherpe opmerkingsgave, niet ontgaan dat Max en zij zorgvuldig bij elkaar uit de buurt bleven, en als gevolg daarvan was zijn stemming aanmerkelijk verbeterd. Maar hij begreep ook dat hij omzichtig te werk moest gaan. Zijn vroegere pogingen om haar voor zich te winnen – via de bulldozerbenadering – waren op niets uitgelopen. En op het moment scheen ze eerder medeleven nodig te hebben dan een wagonlading complimenten.

'Je ziet eruit of je een week lang zou kunnen slapen, troel,' zei hij, terwijl hij haar naar een stoel loodste en onderweg twee glazen champagne van het blad van een passerende dienster nam. 'Je hebt zeker hard gewerkt.'

Holly, blij dat ze kon gaan zitten, hield haar glas behendig buiten het bereik van Olivia's grijpgrage vingertjes en schonk hem een wrang glimlachje.

'Je wilt zeggen dat ik eruitzie als een geestverschijning, is het niet?'

'Doe niet zo mal. A propos, heb je gezien dat Tessa's portret van jou verkocht is?'

Hij maakte een hoofdbeweging in de richting waar het portret hing, een geestige, kleurige studie van Holly, haar rosblonde krullen bijeengehouden door een groene sjaal, die op de grond gezeten verdiept was in het lakken van haar teennagels.

'Werkelijk? Wie heeft het gekocht?' Eén ogenblik herleefde de hoop. Misschien was het Max.

'Ik.'

Het was niet bepaald bemoedigend, dacht hij bij het zien van de teleurgestelde blik in die prachtige grijze ogen.

'O. Waarom?'

Hij haalde zijn schouders op en zei eenvoudig: 'Omdat ik graag naar je kijk.'

Holly kon het niet laten om met haar ogen de zaal af te zoeken naar Max. Ze zag dat hij met Caroline Newman stond te lachen, hij amuseerde zich blijkbaar uitstekend. Het was akelig duidelijk dat de verbroken relatie hem niets deed. Max liet er geen gras over groeien, hij zocht onmiddellijk een opvolgster.

En de gedachte dat ze die gang van zaken – en alle volgende – zou moeten aanzien, werd steeds ondraaglijker.

Adam, die haar gedruktheid even ondraaglijk vond, kon zich niet langer inhouden. 'Ach schat, die vent behandelt je als oud vuil, en hij is jou niet eens waard. Je moet hier weg. Je kunt niet doorgaan met hem elke dag te moeten zien en jezelf nodeloos te kwellen.'

'Dat kan ik best,' antwoordde Holly werktuiglijk. Toen schoten haar ogen vol tranen. 'Ik werk hier graag.'

'Je zou ook ergens anders met plezier kunnen werken, uit de buurt van Max Monahan,' zei hij ronduit. 'Telkens wanneer je hem ziet, doet het opnieuw pijn. Als je hem werkelijk wilt vergeten, moet je in een heel andere omgeving gaan werken.'

Dat had ze zichzelf de laatste paar slapeloze nachten ook voorgehouden. Het plotseling doorsnijden van de band – wreed, onbeschrijflijk pijnlijk maar uitermate doeltreffend – was de beste oplossing, maar alleen het verbreken van de relatie met Max had meer moed vereist dan ze had gedacht te bezitten, en nu had ze niets meer over. Ze was ten slotte geen supervrouw. Ze was gewoon Holly, vermaard om haar opzichtige kleren, haar grote borsten en haar verkeerde keuze in mannen.

Ze kuste Olivia's donkere hoofdje omdat ze Adam niet aan durfde te kijken. 'Ik weet best dat ik dat zou moeten. Maar ik kan er de moed niet voor opbrengen.'

'Dat kun je wel,' zei hij nadrukkelijk. Terwijl hij het zei, waren zijn gedachten al voortgesneld. 'Moet je horen, ik heb zojuist een restaurant in de Algarve gekocht. Daar zou je kunnen werken. Je zou de bar kunnen doen. Ik méén het, Holly. Het zou een prima kans zijn. Je zou het er best naar je zin hebben...'

Het was zo'n raar idee dat ze in de lach schoot. 'Ik kan toch onmogelijk een bar in Portugal runnen.'

'Waarom niet?'
Heel even kwam de oude Holly weer boven. Ze legde haar hand op zijn arm en boog zich naar hem toe om hem in het oor te fluisteren: 'Domoor, omdat ik geen Portugees spreek.'

'Je zegt het maar als het me niets aangaat,' zei Ross, 'maar het viel me gisteren op dat je dikker geworden was sinds ik je voor het laatst had gezien. Toen heb ik er Grace naar gevraagd. Ze vertelde me dat je zwanger was.'
In Matties glimlach lag een vleugje weemoed. De vorige keer dat ze in The Grange was, had ze Richard leren kennen en toen ze vanavond over de verlichte oprit liep, waren alle herinneringen aan die heerlijke avond weer bovengekomen. Ze had er nooit toe kunnen komen de roze jurk met het brandgat in de mouw weg te gooien.
'Ik heb haar ook gevraagd wie de vader was,' vervolgde Ross vriendelijk.
Haar ogen namen hem onderzoekend op. 'En heeft ze het je verteld?'
'Ik ben haar vader. Natuurlijk heeft ze het me gezegd. Mattie, ik ben niet trots op het feit dat ik een verhouding met Antonia heb gehad. Richard was een goed mens. Het moet vreselijk voor je zijn geweest toen je hoorde dat hij dood was... nu ben je, buiten je schuld, weer in dezelfde situatie geraakt.'
'Niet helemaal dezelfde,' zei ze kalm, terwijl ze over zijn schouder naar een houtskooltekening van Olivia keek. 'Ik weet dat Richard van me hield. Soms maakt dat het zwaarder te dragen, maar meestal is het een troost.'
'Jullie zouden een ideaal stel zijn geweest,' zei Ross naar waarheid. Ze was oprecht, ze was hartelijk en meelevend. Ze was in elk opzicht het tegenovergestelde van Antonia. 'Mattie, toen Grace op komst was, was ik er niet om je bij te staan, en ik weet dat ik achttien jaar te laat ben, maar ik zou het op prijs stellen als je nu mijn hulp zou willen accepteren. Nee, zeg alsjeblieft niets. Ik heb contact opgenomen met mijn advocaat en er is een regeling getroffen. Je hoeft je geen zorgen te maken over je financiële positie, goed?'
Mattie keek bedenkelijk. 'Ik wil geen liefdadigheid...'

'Dit is geen liefdadigheid,' zei Ross haastig. 'Dit is het inlossen van een oude schuld. Bovendien,' voegde hij er met iets ondeugends aan toe, 'kan de opvoeding van een briljante kleine accountant veel geld kosten. Tegen de tijd dat hij drie is, krijst hij om nieuwe batterijen voor zijn rekenmachientje. En voor zijn vierde verjaardag wil hij natuurlijk een computer hebben.'
'Ja,' zei Mattie glimlachend. 'Best mogelijk dat ze dat wil.'

Terwijl Mattie en Ross stonden te praten, kwam Grace verlegen op Tessa af.
'Hallo.'
'Grace! Wat fijn dat jullie konden komen.' Tessa zette haar woorden kracht bij met een vluchtige omhelzing. Toen deed ze een pas achteruit en nam Grace aandachtig op. Met haar kunstenaarsoog voor detail, plus het voordeel van wijsheid achteraf, zag ze de gelijkenis tussen vader en dochter die Ross niet had kunnen zien. Huid- en haarkleur waren totaal verschillend, maar de wilskrachtige kin en de hoge jukbeenderen waren hetzelfde. En ofschoon geen lichaamskenmerk, was de vastberadenheid om van het leven te krijgen wat ze wilden, eveneens ongetwijfeld een eigenschap die ze beiden bezaten.
'Het doet vreemd aan om hier weer terug te zijn,' zei Grace, om toch iets te zeggen. 'Ik heb aldoor het gevoel dat ik borden moet afruimen of zo.'
'Geniet er maar gewoon van. Dat doe ik ook. En, Grace,' vervolgde Tessa, haar stem enigszins dempend, 'ik ben echt blij dat alles tussen Ross en jou nu opgehelderd is. Ik was wel verbaasd toen hij het me gisteren vertelde, maar ik begin al aan het idee te wennen. Hoe gaat het nu tussen jullie tweeën?'
'Wel goed, eigenlijk.' Grace haalde haar schouders op. Toen begon ze te lachen. 'Het feit in aanmerking genomen dat ik aldoor moet oppassen om hem geen meneer Monahan te noemen.'
'Dat zal best even moeten wennen,' zei Tessa in een poging haar gerust te stellen. 'Voor hem ook. Hij is er nog maar pas aan gewend dat hij Olivia's vader is. En nu heeft hij er opeens ook nog een volwassen dochter bij. Gun hem een beetje tijd. Verwacht niet te veel in een te korte tijd, dat is alles.'

'Dat doe ik ook niet,' zei Grace eenvoudig. 'Ik weet dat het niet makkelijk voor hem is. Maar ik ben wel erg blij dat hij het weet.'

'En zou jij nu ook iets willen zeggen?' vroeg een van de vrouwelijke journalisten met een veelzeggend lachje. Max Monahan was in levende lijve nog spetterender dan wanneer hij op de televisie kwam om zijn nieuwste boek te pluggen. Dat knappe donkere uiterlijk was juist in combinatie met die koele arrogantie zo onweerstaanbaar. 'Wat is er eigenlijk tussen jou en Francine Lalonde? Ben je haar in Zwitserland gaan bezoeken? Zijn er toekomstplannen, hmm?'

Max zag vanuit zijn ooghoek Holly in druk gesprek met Dominic, haar glanzende haar omringd door een stralenkrans van licht uit de deuropening achter haar. Hij verbeeldde zich heel even dat hij haar parfum kon ruiken. Toen wendde hij zich weer tot de journaliste. 'Ik heb een filmscenario voor haar geschreven; dat is ze aan het lezen. Ik verwacht haar over een week of twee hier... maar voorlopig wil ik alleen zeggen dat we goede vrienden zijn.'

'Saai-aai,' kweelde de journaliste, terwijl ze haar glas ophield om het nog eens te laten vullen. 'Toe, Max, laat jij nu ook eens wat los. Je kunt tegen mij toch wel indiscreet zijn. Zit er een huwelijk in?'

Max, die vanaf twee uur had gedronken – vijfhonderd exemplaren van Tessa's brochure op zijn printer uitdraaien was verdraaid dorstig werk – was zich ervan bewust dat hij op het punt stond gevaarlijk loslippig te worden. Maar ach, dacht hij, wat deed het er ook toe? Hij hield van Francine en Francine van hem; dat had ze, toen hij haar de vorige week belde, nog gezegd.

Dus zei hij met een flauw glimlachje: 'Tja, dat zou ik niet willen uitsluiten...'

'Hoe het met me is?' echode Holly, niet wetend of ze moest lachen of huilen. 'Hoe het met me is? Ik hou van Max, die me behandelt als een oud vod. Wat hem betreft ben ik niet meer dan een reeks vluchtige avontuurtjes dat hem het ongerief bespaart allemaal verschillende namen te moeten onthouden. Ik heb tegen hem gezegd dat ik niet meer met hem wil omgaan, en hij moest echt zijn best doen om de indruk te wekken dat hij teleurgesteld was. Ik geloof ook niet dat ik nog langer voor hem kan werken, en ik kan een baan in het buitenland krijgen, maar ik geloof dat ik dat ook niet aankan, omdat dat betekent dat ik Max dan niet meer zie. Maar afgezien van dat alles is het prima met me.'

Hij had haar vrijwel niet meer gezien sinds de nacht die ze samen in haar flat hadden doorgebracht. De enkele keren dat ze elkaar daarna bij Tessa hadden ontmoet, was de sfeer tussen hen op zijn minst gezegd gespannen geweest, omdat die ontmoetingen bij beiden de gedachte aan impotentie opriepen. Dominic herinnerde zich maar al te goed hoe zijn vernedering, gepaard aan Holly's overtuiging dat zij dus waarschijnlijk evenveel fysieke aantrekkingskracht bezat als een tuinkabouter, een ellendige nacht tot gevolg had gehad. Hun wederzijds fiasco – want zij had volgehouden dat de fout natuurlijk bij haar lag – was hun duister, beschamend geheim gebleven. Dat hoopte hij althans; als ze het ook maar aan iemand had verteld, zou hij haar nooit weer aankijken.

Maar nu had haar eigen verdriet dat onbehagen tussen hen weggevaagd en hij had diep medelijden met haar.

'Nou, hij hield in elk geval van je lijf,' zei hij met een scheef lachje. 'Dat moet toch een kleine troost voor je zijn.'

'Dat maakt het juist erger,' weerlegde Holly triest. 'Seks was het enige waar hij in geïnteresseerd was. Ik voelde me net een opblaaspop. Het was afschuwelijk.'

'Ga dan weg.'

'Ik wil niet weg.'

'In dat geval,' zei Dominic een beetje wrevelig, 'zul je moeten blijven.'

'Hoe kan ik nou blijven?' jammerde ze, witte wijn op de mouw van zijn spijkershirt morsend. 'Hij houdt niet van me. Dat is nog veel erger.

Nadat ze zich door het gedrang van de warme, overvolle zaal had geworsteld – Max stond nu met Sylvie en Colin te praten, maar Caroline Newman bleef als een klit aan hem hangen –

duwde Holly de deur naar het terras open en ging naar buiten. De koele avondlucht streek langs haar wangen. De door schijnwerpers verlichte gazons glooiden de inktzwarte duisternis in en herinnerden haar aan de stap in het onbekende die ze nu zelf moest zetten.

Even later voegden Tessa en Adam zich bij haar. Adam, die zo verstandig was geweest een fles wijn mee te brengen, vulde hun glazen nog eens bij.

'Ik zou eigenlijk niet meer moeten drinken,' zei Tessa. 'Als ik dronken word, ga ik Max misschien vertellen hoe ik over hem denk.'

'Foei!' zei Adam spottend. 'Net nu hij je heeft vergeven dat je hem op dat schilderij hebt gezet dat je voor Ross hebt gemaakt.'

'Het Feest,' het enige schilderij op de expositie dat niet te koop was, trok nog steeds veel belangstelling, zowel van handelaren en critici als van kunstminnaars. Als Ross had gewild had hij het al twintig keer kunnen verkopen. Ofschoon bang om zichzelf in een hokje te plaatsen, was Tessa toch gaan inzien dat dit de stijl was waar men de voorkeur aan gaf; schilderijen als 'Het Feest' waren het meest in trek. Ook hier had Ross, dacht ze met een spottend lachje haar toekomst bezegeld, zij het deze keer onbewust.

'Het doet er niet meer toe,' zei Holly, terwijl ze tegen de rand van een tafel leunde. Het ijskoude metaal schrijnde tegen de achterkant van haar dijen. 'Adam, is het om deze tijd van het jaar warm in de Algarve?'

Hij kon in het donker haar gezicht niet zien. Om vooral niet te happig over te komen zei hij alleen maar: 'Ja.'

'En is Portugees een taal die makkelijk te leren is?'

'Ja hoor.' Hij vermoedde van wel. Het kon hem niet schelen of het wel of niet zo was. Als Holly met hem naar Portugal ging, was de rest niet belangrijk. Maar om aan de veilige kant te blijven loog hij: 'De makkelijkste taal van de wereld.'

'Hmm.' Ze nam een peinzend slokje wijn. 'In dat geval zal ik toch maar een poging wagen.'

'Dus je gaat naar Vilamoura!' riep Tessa uit, die blijkbaar *au fait* was met de situatie. *Tjee,* dacht Holly, *au fait*. Misschien kon ze beter een baan in Frankrijk zoeken.

'Als Adam er geen bezwaar tegen heeft,' zei ze, zich opeens onverklaarbaar verlegen voelend.
Bezwaar? Adam dacht even over haar woordkeus na, schudde zijn hoofd en glimlachte in het donker. Misschien dat hij eindelijk, met Max uit de buurt, een kans zou hebben om haar voor zich te winnen. Wie weet zat die mogelijkheid erin.
'Ik zou er wel mee weten te leven.'
Tessa sloeg een arm om Holly heen. 'Ik vind het een verstandig besluit,' verzekerde ze haar. 'Maar ik zal je verschrikkelijk missen. Nou, wanneer vertrek je?'
Bijna opgetogen over het feit dat ze eindelijk een beslissing had genomen, zei Holly: 'Morgen.' Toen zweeg ze en beet op haar lip. 'Ja, morgen zou wel leuk zijn, maar ik zal hier natuurlijk eerst mijn ontslag moeten indienen.'
Grace was met Olivia op de arm in de deuropening verschenen. De gedachte trof haar en Tessa gelijktijdig, maar Grace zou hem nooit durven uitspreken.
Tessa zag echter meteen de oplossing die voor de hand lag. 'We zullen eens met Ross praten,' zei ze, terwijl ze haar spartelende dochter van Grace overnam en een lachje van verstandhouding met haar wisselde. 'Ik weet zeker dat er wel iets geregeld kan worden.'

58

Antonia huiverde toen ze uit de taxi stapte. Tijdens de rit naar het hotel had ze stiekem nog een flinke slok wodka genomen, net toen de chauffeur plotseling zwenkte om een konijn te ontwijken, en de ijskoude drank was over de voorkant van haar witte Jasper Conran-jurk gegulpt. Nu plakte de natte zijde tegen haar borsten, wat niet bepaald chic stond. Maar daarom niet getreurd; ze zou vijf minuten buiten blijven rondhangen en die tijd gebruiken om weer greep op zichzelf te krijgen. En dan natuurlijk niet te dronken worden. Ze moest een geweldig schokeffect teweegbrengen en daarvoor moest ze haar hersens bij elkaar houden. Bovendien wilde ze zich er later elk moment van kunnen herinneren. Wat was er voor aardigheid aan om een gigantische opschudding te veroorzaken als alles de volgende morgen in een troebele nevel opgelost was?

Haar gedachtegang werd nog geen minuut later ruw verstoord. Terwijl ze met onzekere stappen over het smalle, onverlichte pad naar de achteringang van het hotel liep, struikelde ze over een weggegooide schoen.

Ze raapte hem op en smeet hem in de struiken, waar hij precies tussen Colin Rowlands schouderbladen terechtkwam.

'Jezus! Wat is dat?' bulderde hij.

Onder hem giechelde Sylvie. Colin, die zichzelf nog steeds als de held van de dag beschouwde, had met alle geweld een nummertje in de open lucht willen maken, wat in de koude novemberlucht en op een matras van dode bladeren veel aan comfort te wensen overliet. En zolang het niet door Ross was, vond Sylvie het helemaal niet erg om gestoord te worden.

'Walgelijk,' riep Antonia, die een glimp opving van witte billen en een rode onderbroek toen Colin overeind krabbelde en zijn broek ophees.

'Goeie genade, het is Antonia Seymour-Smith,' fluisterde Sylvie, die de in witte zijde gehulde gestalte en de afgebeten, geringschattende toon herkende. 'Dat zal Tessa niet leuk vinden.'

'Ik ben er ook niet kapot van.' Colin, die zichzelf als Tessa's redder beschouwde, had genoeg over Antonia gehoord om te weten dat hij haar niet mocht. En aangezien hij, in tegenstelling tot Sylvie, geen baan te verliezen had, draaide hij zich om en keek haar onvriendelijk aan.

'Hoor es dame, geen mens zit er op te wachten dattu hier herrie komt schoppe. Ga toch naar huis.'

Hij was knap op een ruige manier, dacht Antonia. Ze nam hem keurend van hoofd tot voeten op en schudde haar hoofd. De gebruikelijke ruwe diamant, en dat ontzettende accent... 'Ik zal doen wat ik wil,' antwoordde ze uit de hoogte, terwijl ze haar half opgerookte sigaret voor Colins voeten wierp. 'En er is heel wat meer voor nodig dan zo'n ongelikte beer als jij om me daarvan te weerhouden. Zeker als het een ongelikte beer is die copuleert zonder de moeite te nemen zijn cowboylaarzen uit te trekken.'

Holly zag haar het eerst. Ze schonk zichzelf een glas wijn in, waar bijna de helft weer uit klotste toen ze zich omdraaide om het tafereel te overzien.

Verdorie, dacht Holly, en haar ergernis vermengde zich met onbehagen. Het was niet de bedoeling dat Antonia ook kwam; Ross had gezegd dat hij er met haar over zou spreken en uitleggen dat dit Tessa's avond was. Ze zaten bepaald niet te wachten op een ex-geliefde die een rel kwam schoppen en de hele avond zou bederven.

Even later kreeg Max haar ook in het oog. Hij vloekte binnensmonds en was met een paar snelle passen bij haar.

Nou wordt het leuk, dacht Antonia, met een vriendelijke glimlach tegen een middelbare man in een afzichtelijke, kastanjebruine fluwelen smoking. Het feest gaat beginnen, ééénig.

'Antonia, wat kom jij hier doen?' vroeg Max met gedempte stem. Zijn hand sloot zich om haar onderarm en Antonia richtte er demonstratief haar blik op.

'Sta ik onder arrest?' Haar wenkbrauwen schoten verbaasd omhoog. Haar pruilende rode lippen tuitten zich met sluw plezier. 'Mijn beste Max, jij weet toch hoe groot mijn liefde is...' ze zweeg uitdagend voor ze er liefjes aan toevoegde: '...voor de schone kunsten.'

'Je had niet mogen komen, dat weet je best.' Ze kon moeilijk gaan doen; hij wist dat hij heel voorzichtig te werk moest gaan. 'Je moet toch begrijpen hoe pijnlijk de situatie is.'

Antonia lachte en nam nog een slok wijn. 'Neem me niet kwalijk, maar ik meende dat dit een openbare tentoonstelling was. Heb ik niet evenveel recht als ieder ander om Tessa's werk te bewonderen en misschien een paar van haar alleraardigste schilderijen te kopen als ik dat zou willen?'

Ze was blij dat ze de fles wodka niet helemaal leeg had gedronken. Ze sprak de woorden nog steeds onberispelijk uit – god, zelfs Julie Andrews zou er jaloers op zijn – en haar hoofd was nog steeds helder genoeg om te beseffen dat als ze Max' achterdocht onmiddellijk kon sussen, ze de eerste, belangrijk-

ste hindernis zou hebben genomen. Als ze nu ging schelden en vervolgens zonder plichtplegingen het hotel werd uitgezet, zou ze een vergeefse reis hebben gemaakt.
Dus bleef ze glimlachend naar Max opkijken, zich bewust van de nieuwsgierige ogen die op hen gericht werden, en zag hem met zijn geweten worstelen. Ze was ten slotte de zielige jonge weduwe. En niemand zou een weduwe overstuur willen maken. Zoiets dééd men eenvoudig niet.
'Maak je maar geen zorgen,' zei ze vertrouwelijk fluisterend. 'Ik blijf niet lang. Ik wil alleen even rondkijken ... mijn keus maken... en dan ben ik weer weg.'
Het was zo'n redelijk verzoek dat Max er onmogelijk tegen in kon gaan. Hij liet met een schouderophalen haar arm los. Hij had zijn plicht gedaan, vond hij. Als het Ross niet aanstond, moest hij die rotklus zelf maar klaren.
'Nou, goed dan,' zei hij terwijl hij een stap terug deed en gedurende een fractie van een seconde Holly's strakke blik aan de andere kant van de zaal opving. 'Maar maak het niet te lang. En wees een beetje... aardig, oké?'
Een beetje aardig, dacht Antonia. Aardig feest. Aardige mensen. Aárdige Tessa Duvall. Elk normaal mens zou ervan gaan kotsen.
Zich nu meer dan ooit bewust van de aandacht die ze allerwegen trok, liep ze gehoorzaam naar het dichtstbijzijnde schilderij en bestudeerde met gepaste belangstelling het middelgrote portret van Holly King – opgeblazen en opgedirkt, zoals gewoonlijk – die de nagels van haar tenen lakte. Zonde van de lak.

Vastbesloten haar avond niet door Antonia's komst te laten bederven, verborg Tessa haar ongerustheid en wendde zich weer tot de jonge journaliste die de gebeurtenis voor de plaatselijke krant versloeg.
'Neem me niet kwalijk. Waar waren we?'
'Ik zei zojuist,' vervolgde het meisje ernstig, 'wat een geluk het voor u is dat u een vriend hebt die u zijn hotel ter beschikking stelt. Als Ross Monahan er niet was, had deze tentoonstelling geen doorgang kunnen vinden, nietwaar?'

Tessa was er geweldig trots op geweest dat ze de tentoonstelling zelf, zonder hulp van wie dan ook, met Marcus Devenish had geregeld. Hoe dankbaar ze Ross ook was, het stak haar nog steeds een beetje dat haar soloprestatie nu teniet werd gedaan. Dit was in drie uur tijds de vierde keer dat ze deze zelfde constatering te horen kreeg.
'Die tentoonstelling zou toch wel plaats hebben gevonden,' zei ze op een rustige, afgemeten toon, waarachter ze haar ergernis wist te verbergen. 'Vanavond niet, uiteraard, maar toch in de naaste toekomst...'
'Evengoed,' onderbrak het meisje haar, 'moet het prettig zijn om een rijke vriend te hebben die je uit de problemen helpt.'
'O ja.' Tessa, die Antonia met onzekere tred naar het buffet zag gaan om haar glas opnieuw te vullen, was niet langer in staat het sarcasme uit haar stem te weren. 'Heel prettig. Trouwens, als hij niet zoveel geld had, zou ik gewoon nooit met hem naar bed zijn gegaan.'

Alle donders, dacht Ross die na een intercontinentaal telefoontje uit zijn kantoor terugkwam en stokstijf in de deuropening bleef staan toen de menigte even uiteenweek en hij Antonia aan de andere kant van de zaal voor een van de schilderijen zag staan.
Grace dook plotseling naast hem op, eveneens met een weinig vrolijk gezicht. 'Ze is vijf minuten geleden binnengekomen. Max heeft met haar gepraat,' zei ze scherp. 'Hij zegt dat ze zich behoorlijk zal gedragen, maar ik vertrouw haar niet. Die komt de boel op stelten zetten.'
Ross leunde op zijn stok om de pijn in zijn linkerbeen te verlichten. Het gevoel van drukkende verantwoordelijkheid jegens Antonia stak de kop weer op. Ze was alleen, ze maakte een opvallend eenzame indruk, en ofschoon hij haar had gevraagd om niet te komen, was de stille droefheid die achter de koele façade schuilging, onmiskenbaar.
'Misschien blijft ze niet lang,' zei hij met een vluchtig, geruststellend glimlachje tegen Grace.
'Hmm,' zei Grace, zonder zijn glimlach te beantwoorden.

Ofschoon ze haar uiterste best deed om niet naar haar te kijken, merkte Mattie dat haar blik zonder dat ze het wilde telkens in Antonia's richting ging. Dit was dus Richards weduwe, dacht ze, terwijl ze de slanke, in glanzend wit geklede gestalte aandachtig opnam en zich afvroeg hoe Antonia het zou vinden als ze wist dat Richards maîtresse, zwanger van zijn kind, nog geen twee meter van haar af stond. Die ijskoude schoonheid, gepaard aan de scherpe tong waar Antonia om vermaard was, zou haar met één klap kapot kunnen maken. Maar het deed er niet toe hoe ze het zou vinden, dacht Mattie, want Richard had van háár gehouden, niet van Antonia, en dat geheim was te waardevol om prijs te geven...

Ze stonden allemaal naar haar te kijken, dacht Antonia, terwijl ze zich onverhoeds omdraaide. Het was werkelijk amusant om ze daar te zien staan: Max, Hugh Stone, Holly King... daar was Ross, stond met dat stomme dienstertje te praten, en Tessa Duvall, zelfs Adam Perry... ze stonden haar verdomme allemaal als cipiers in het oog te houden...

'En waarom sta jij me zo aan te gapen?' vroeg ze op hoge toon, terwijl ze de vrouw die rechts van haar stond, doordringend aankeek.

Mattie, kriebelig van verlegenheid, deed of ze het niet had gehoord en wendde zich haastig af.

'Ik vroeg,' herhaalde Antonia met tergend genoegen, 'waarom je me zo aangaapt. Kennen wij elkaar soms?'

'Nee... het spijt me...' Het mens werd zo rood als een kreeft.

Antonia grinnikte; ze amuseerde zich kostelijk. 'Wat ben jij eigenlijk?' dramde ze door. 'Dik of zwanger?'

Mattie begroef haar nagels in haar handpalmen. Richard had van háár gehouden... de rest deed er niet toe. Haar ogen schoten vol tranen en haar stem stokte. 'Ik?' zei ze, zichzelf dwingend recht in Antonia's fonkelende blauwe ogen te kijken. 'Ik ben zwanger.'

'Wat zei ze tegen je?' Grace, een en al bezorgdheid voor haar moeder, keek woedend naar Antonia's verdwijnende rug.

'Niets.' Mattie schudde haar hoofd. Ze wilde vooral geen problemen maken. 'Ze... ze vroeg me of ik zwanger was, anders niet.'

'Je had haar moeten vertellen dat het Richards kind was.'
'Grace!'
'Nou ja, misschien ook niet,' vond haar dochter schouderophalend. Toen glimlachte ze. 'Maar Richard heeft dat zijden broekje betaald dat jij aan hebt, niet? Jammer dat je haar dat niet hebt verteld.'

Het was zo oneerlijk, dacht Antonia, verteerd door jaloezie, toen ze Ross en Tessa samen zag. Als het dat geraffineerde kreng niet was gelukt zich zwanger te laten maken, had het allemaal zo anders kunnen zijn. Ze was die eerste dagen na Richards dood zo kapot geweest van verdriet, maar tegelijkertijd zo gelukkig omdat Ross weer bij haar was. Het was eigenlijk bijna volmaakt geweest ... net als vroeger... tot hij dat stomme ongeluk had gekregen en Tessa terug was gekomen en alles bedorven had en haar van het toneel had verdrongen. En nu behandelde Ross haar, Antonia, als een soort ziekelijke oude tante; hij was vriendelijk, bezorgd... en afstandelijk. Maar ze vertikte het om die onnozele komedie nog langer mee te spelen. Daarvoor was ze te gek op hem. Het werd tijd dat hij weer eens notitie van haar nam. Echt notitie van haar nam. Haar op deze manier negeren, net doen of ze niet bestond, was gewoon niet éérlijk.

Het was in minder dan vijf seconden gebeurd. Voor Tessa, die het zag gebeuren, leken het eerder vijf minuten, afgedraaid in *slow motion*. Het ene moment stond Antonia nog rustig met haar glas in de hand naar 'De Party' te kijken. Het volgende moment had ze zich zomaar ineens gebukt om haar linkerschoen uit te trekken en een manke stap naar voren gedaan. De stilettohak had het glas verbrijzeld en een gat midden in het doek gestoken. Iemand gilde. Het geluid van de stiletto die omlaag getrokken werd, van het linnen dat scheurde en langs het houten steunpaneel schraapte, scheen door de hele zaal te weerklinken. Er viel een vreselijke, ontredderde stilte die alleen werd verbroken door Antonia, die een stap terug deed en de gevallen glasscherven met haar voet kapot stampte.
Adam was als eerste bij haar, zijn anders zo blozend gezicht

wit van woede. Omdat hij zijn stem niet vertrouwde, greep hij haar domweg bij haar arm en sleurde haar half van de grond tillend naar de uitgang.
Ziezo, dacht Antonia triomfantelijk. Dit was precies dat waar ze op had gemikt om Ross te tonen dat hij haar niet zomaar kon afdanken wanneer hem dat uitkwam. De uitdrukking op Tessa's gezicht was het allemaal dubbel en dwars waard.
'Ross houdt niet van jou,' zei ze zo hard dat iedereen het kon horen. 'Hij houdt van mij, en hij zal altijd van mij blijven houden...'
Adams sterke hand legde zich zilt en verstikkend op haar mond. Ze probeerde erin te bijten, maar dat lukte haar niet. Ze hadden binnen enkele ogenblikken de deur naar het terras bereikt. En ze merkte tot haar opluchting dat Ross vlak achter hen liep. Dan was het goed, hij was er, alles kwam in orde...
'Ik ga de politie bellen,' zei Adam grimmig, maar Ross schudde zijn hoofd.
'Jezus, is het nog niet erg genoeg? Dit is Tessa's expositie; laten we omwille van haar de politie erbuiten laten, voorlopig tenminste.' Zijn hand sloot zich niet bepaald teder om haar arm, maar alles was beter dan die wrede, berenklauwgreep van Adam. Nu ze eindelijk weer adem kon halen, wierp Antonia hem een zijdelingse glimlach toe terwijl hij haar naar de serre leidde.
'Ik wist wel dat je het zou begrijpen.'
Hij deed de deur open, duwde haar naar binnen en draaide de deur hoofdschuddend op slot. De uitdrukking in zijn donkere ogen, een mengeling van woede en volslagen ongeloof, joeg een rilling langs haar rug.
'Ik begrijp er niets van,' zei hij langzaam. 'Ik begrijp bij god niet wat jou bezielt. Je bent gek.'
'Nee, dat ben ik niet.' Ze viel bevend in een van de rieten stoelen. Waarom begreep hij het niet? Waarom stelde hij haar niet gerust? Waarom sloeg hij zijn armen niet om haar heen en vertelde haar dat alles goed kwam? 'Nee, dat ben ik niet,' zei ze nadrukkelijk. 'Ik hou van je.'
Ten einde raad en omdat hij zo hels was dat hij vreesde haar te zullen slaan, wendde Ross zich haastig af. 'Klets niet zo stom!'

'Ik klets níét stom,' snikte Antonia, terwijl ze haar tas openrukte en blindelings naar een zakdoek graaide. 'En jij houdt van mij. We waren gelukkig tot zíj kwam. Zij heeft alles bedorven. En toen Richard s...stierf kwam je bij me terug en toen waren we weer ge...gelukkig. Je houdt niet van haar, je mag niet van haar houden... dat is niet éérlijk!'

Het ging helemaal verkeerd. Ze kon zelfs geen zakdoek vinden. Nog steeds wanhopig onder in haar tas grabbelend sloten haar vingers zich om het bruine flesje slaaptabletten die de dokter haar na Richards dood had voorgeschreven.

'Als je dat denkt,' klonk Ross' verachtelijke stem, 'dan ben je werkelijk stapelgek. Jezus nog toe, je stapt hier binnen en verknalt Tessa's hele tentoonstelling, en dan verwacht je van mij dat ik dat práchtig vind?'

Hij stond nog steeds met zijn rug naar haar toe. Zonder een ogenblik aarzelen schroefde Antonia de dop van het flesje en schudde de inhoud in haar hand. Er zaten nog ongeveer twintig tabletjes in, glimmende tabletjes, net kleine snoepjes en heel gemakkelijk in te nemen. Iemand had een onaangeroerd glas wijn op het tafeltje naast haar laten staan, wat het innemen bijna prettig maakte. Toen ze ze had doorgeslikt, toch even kokhalzend omdat hun bittere smaak achter in haar keel bleef steken, glimlachte ze voor zich heen. Nu zou Ross wel iets moeten doen. Nu zou hij haar moeten tonen dat hij van haar hield.

'Kijk eens,' zei ze, bijna op conversatietoon. Toen hij zich omdraaide hield ze het lege flesje omhoog. 'Deze pillen heb ik zojuist ingenomen. Allemaal.'

'Mooi zo,' antwoordde Ross nors. 'Laten we hopen dat ze werken.'

59

'Het spijt me dat ik zo mal doe.' Tessa trok, onbedwingbaar rillend, Adams jasje vaster om haar schouders en sloot het om zichzelf en Olivia heen. 'Maar ik kon daar echt niet blijven.

Dat is toch niet zo gek hè? En het kan me verdomme ook niks schelen als het wél gek is – ik ben het beu en spuugzat om nog langer geduldig en begrijpend te zijn. Dat vreselijke mens doet precies wat ze wil en wat doet Ross? Holt haar achterna en laat mij in m'n eentje voor schut staan!'
Holly wist niet wat ze moest zeggen. Ze had Tessa nog nooit zo kwaad gezien. Zij had het ook koud. Maar Adam had maar één jasje. Enfin, in de auto zou ze wel warm worden.
Adam ontsloot de portieren en hielp Tessa en Olivia zich op de achterbank te installeren. 'Waar wil je heen? Naar huis?'
'Kan me niet schelen waarheen,' zei Tessa tussen opeengeklemde tanden die maar niet wilden ophouden met klapperen. Toen legde ze haar hand op haar ogen en schudde haar hoofd. 'Sorry, kunnen we hier even blijven staan? Misschien dat Ross haar weggestuurd heeft... misschien loopt hij mij te zoeken... ik kan niet zomaar verdwijnen zonder hem iets te zeggen...'
'Natuurlijk,' zei Adam gedecideerd. 'En hou op met je te verontschuldigen. We blijven zo lang als je wilt hier wachten.'

'Vertel het nu nog eens,' zei Ross, beseffend dat de situatie inderdaad heel ernstig zou kunnen zijn. Huilbuien kon hij wel aan – daar was hij de laatste paar maanden bijna immuun voor geworden – maar deze nieuwe waanzinnige gelukzaligheid was angstaanjagend. Antonia was gewoon trots op wat ze had gedaan. En ze had met zoveel woorden gezegd dat als hij haar nu niet hielp, niemand anders het zou doen.
'Mogadontabletten, een stuk of veertig,' loog Antonia. Ze glimlachte stralend maar ze begon wel met een dikke tong te praten. 'Paracetamols... stuk of dertig. Had ik al genomen voor ik hier kwam. En hoeveel ik gedronken heb? Acht of negen glazen wijn, misschien wat meer. Misschien ga ik nou wel dood, liefste, hier, in je mooie serre. Dan zou je telkens als je hier binnenkwam aan mij moeten denken...'
Ross herinnerde zich nog heel goed het knappe zusje van een oude schoolvriend van hem. Toen haar verloofde het uit had gemaakt, had ze vijftien paracetamols ingenomen, en haar noodkreet was op haarzelf teruggeslagen, omdat ze niet wist dat het een dodelijke dosis was. Het middel had een sluipende

uitwerking; ze had de volgende dag in haar ziekenhuisbed gezeten, de hand van haar verloofde in de hare, en gelachen om haar eigen domheid. Twee dagen later had haar lever het laten afweten. Nog geen week later was ze dood.
En Antonia had twee keer zoveel paracetamol geslikt, plus een heel flesje slaaptabletten.
'Ik zal een ambulance bellen,' zei hij, al naar de deur lopend.
'Als je bij me weggaat,' zei Antonia liefjes, 'sla ik deze serre kort en klein en snijd ik met een scherf mijn polsen door.'
Ross durfde niet te riskeren dat het allemaal bluf was. Hij was evenmin sterk genoeg om haar te overmeesteren. Maar als hij wachtte tot ze in het onvermijdelijke coma zou raken, kon het wel eens te laat zijn.
'Wat wil je dan?' vroeg hij vermoeid.
Antonia glimlachte. 'Jou. Alleen jou. Ik ga wel naar het ziekenhuis als jij me brengt. Maar alleen jij.'

'... hij heeft er niet eens bij nagedacht hoe ik me moest voelen, met al die mensen die stonden te fluisteren en me aanstaarden. Ik kan nog niet geloven dat ik daar voor paal stond te wachten tot hij terug zou komen.' Tessa ratelde maar door, ze kon gewoon niet meer ophouden. Alle frustraties van de afgelopen maanden, zo lang onderdrukt, kwamen nu naar boven. En het kon haar niets schelen. Ze was doodziek van Antonia Seymour-Smith en verbijsterd over Ross' vernederend verraad. Ze had hem nodig gehad en hij was verdwenen. De maat was vol.
'De pers zal wel lachen,' vervolgde ze bitter. 'Ik ben benieuwd wat voor fraais ze ervan maken.'
'Maar liefje, Ross wilde alleen...'
'Toe, Adam,' viel ze hem bits in de rede, 'verzin geen excuses voor hem. Ik wil weg.'
Ze hield abrupt op met spreken. Holly volgde haar blik en zag tot haar schrik Ross en Antonia over de schemerig verlichte parking lopen.
'O god,' zei Tessa vertwijfeld. 'En ik dacht nog wel dat hij zich zorgen over mij zou maken. Wat een mop.'
Adams warme hand streek langs haar schouder. 'Laat mij even met hem gaan praten.'

'Nee! Moet je hen zien.' Door het getinte glas van de achterruit zag ze Antonia tegen Ross geleund voortstrompelen. Zijn arm lag om haar middel en ofschoon hij zelf moeizaam vooruitkwam, bleek uit alles dat hij haar ondersteunde en haar bemoedigend toesprak terwijl ze naar zijn auto liepen die nog geen tien meter van Adams Rolls Royce af stond. 'Ze heeft de hele avond bedorven,' fluisterde Tessa ongelovig. 'Ze heeft een van de belangrijkste avonden van mijn hele leven bedorven en hij troost haar in plaats van mij.'

'Maar Tess, je kunt hier toch niet moederziel alleen blijven,' jammerde Holly, toen ze achter haar aan het donkere huisje binnenging. Terwijl Tessa het licht aanknipte, ging de telefoon. Ondanks alles voelde ze een vleugje hoop.

'Hallo?'

'Met Tessa Duvall? Met Andy Llewellyn van de *Evening Post*. Wilt u iets zeggen over...'

Ze gooide de telefoon neer en trok de stekker eruit.

'Holly heeft gelijk,' zei Adam kortaf. 'Wat wil je doen?'

Bleek, maar met droge ogen klemde Tessa Olivia vaster tegen zich aan. Zolang ze Olivia had, deed de rest er niet toe. Met iets van medelijden jegens Holly en Adam, die nu in haar narigheid verzeild waren geraakt en nu bezorgd over haar waren, bracht ze een glimlachje tevoorschijn.

'Tja, mijn paspoort ligt boven.'

Adam kwam naar haar toe en nam de verbaasd kijkende Olivia van haar over. 'Nou,' antwoordde hij met zijn gebruikelijke doortastendheid, 'ga dan je koffer pakken.'

'Het was maar een grapje,' protesteerde Tessa zwakjes.

'Kletskoek,' zei hij. 'Hier is niks grappigs aan. Je gaat met ons naar Vilamoura.'

'Geen commentaar,' snauwde Ross, toen hij de volgende morgen naar beneden gehinkt kwam, waar een walgelijk vroege Andy Llewellyn voor hem opdoemde.

'Kunt u me dan zeggen waar Tessa Duvall is?' vroeg de journalist, vastbesloten zijn primeur te krijgen. 'Thuis is ze niet en...'

'*Shit.*' Na nog geen twee uur slaap had Ross geen geduld om wakkere journalisten te woord te staan. Hij wist dat Tessa niet thuis was. En ze was ook niet bij Holly. Nadat hij Antonia in het ziekenhuis had afgeleverd, had hij – dwars tegen het verbod van de dokter in – heel Bath afgereden om haar te zoeken. Ze was nergens te vinden. 'Geen enkel klotecommentaar,' herhaalde hij bitter, aangezien Andy Llewellyn stokstijf bleef staan. 'En dat méén ik. Lazer alsjeblieft op.'
'Koffie,' zei Grace, toen de journalist onwillig was vertrokken. Ze stond om de een of andere onverklaarbare reden achter de balie, gekleed in donkerblauw mantelpakje. Hij nam de mok van haar aan en bezag haar nijdig.
'Wat doe jij daar?'
'Holly is weg,' zei Grace, die zich de afgelopen twee uur mentaal had voorbereid, kalm. Iemand moest tenslotte kalm blijven. 'Je hebt een receptioniste nodig. Sylvie heeft me geleerd wat ik moet doen.'
Sylvie kon nog geen jonge hond leren piesen, dacht Ross, maar aangezien Grace blijkbaar het heft in handen genomen had, liet hij het er maar bij. Hij had wel belangrijker dingen aan zijn hoofd. Tessa en Olivia waren verdwenen. Holly was verdwenen. Het sprak vanzelf dat ze er samen vandoor waren.
'Waar is Holly naar toe?' vroeg hij, zichzelf dwingend om het louter belangstellend te laten klinken. Grace nam hem duidelijk misprijzend op. 'Dat weet ik niet,' antwoordde ze naar waarheid. 'Maar ik weet wel dat ze bij Tessa is, als je dat soms wilde uitvissen.'
'Natuurlijk wil ik dat uitvissen,' snauwde Ross. 'Ze is verdwenen. Alweer. En ik zal haar vinden.'
'Jij bent degene die gisteravond verdween,' bracht Grace hem pinnig in herinnering. 'Ze was overstuur. En dat kan ik haar niet kwalijk nemen.'
De herinnering aan Antonia, die bewusteloos op de spoedopname van het ziekenhuis lag, terwijl haar maag leeggepompt werd en ze infusen in haar armen kreeg, flitste door zijn brein. Het zou nog wel even kantje boord zijn, had de dokter gezegd. Ze wisten nog niet of ze het zou halen.
'Ik kan het haar ook niet kwalijk nemen,' zei hij toonloos, ter-

wijl hij zich probeerde voor te stellen hoe Tessa zich gevoeld moest hebben toen hij niet terugkwam. 'Maar ik had op dat moment geen andere keus. Wanneer ik haar zie, kan ik het allemaal uitleggen.'

Voor het eerst in haar leven had Grace met haar vader te doen. Hij had donkere kringen onder zijn ogen en zag er verschrikkelijk uit. 'Het is alleen de vraag wanneer je haar zult zien,' zei ze, wat vriendelijker nu. 'Toen ik gisteravond dat telefoontje van Holly kreeg, belde ze vanaf Heathrow.'

Max, die zich pas tegen de middag beneden vertoonde, keek Grace aan en zei: 'Wat doe jij hier? Waar is Holly?'

'Holly werkt hier niet meer,' antwoordde Grace, deze keer met veel genoegen. Hij had Holly de laatste maanden schandalig behandeld, dus medeleven was wel het laatste dat hij verdiende. 'Ze is vertrokken.'

'Wat? Dat bestaat niet!' Max keek ongelovig over de balie alsof hij verwachtte dat Holly zich achter de archiefkast verstopt had. 'Waar is ze naar toe?'

'Dat weet ik niet.' Grace vond het jammer dat ze geen camera had. Zijn gezicht was goud waard. 'Naar het buitenland.'

'Maar dat kan ze toch niet dóén.'

'Ja dat kan ze best,' antwoordde Grace effen. 'Ze heeft het al gedaan.'

60

Tessa, blij met het frisse, zilte briesje dat uit zee kwam, bond een sjaal om haar haar om het uit haar gezicht te houden. Naast haar, op een rood dekentje, lag Olivia zielsvergenoegd op haar vingers te sabbelen en met haar voetjes te trappelen. Wanneer bezoekers van Adams strandrestaurant haar zagen, namen ze automatisch aan dat ze een dochtertje was van Juliette, de zwartharige dienster met de donkerbruine ogen. Olivia zag er met haar van top tot teen gebruinde lijfje Portugeser uit dan

de Portugezen en gedijde zienderogen in het zoele, gematigde klimaat van de Algarve.
Er was tenminste iemand gelukkig, dacht Tessa, terwijl ze haar schetsblok en een doos potloden tevoorschijn haalde en probeerde een beetje enthousiasme op te trommelen. Maar enthousiasme was de laatste vijf weken een schaars artikel geworden. Haar verdriet verwerken was al moeilijk genoeg geweest, maar een schijn van vrolijkheid ophouden was een ware kwelling.
Ze voelde zich echter verplicht om het vol te houden. Adam en Holly, roerend bezorgd om haar welzijn, waren zo hartelijk voor haar dat het verbergen van haar ware gevoelens de enige manier leek om haar waardering voor hun goedheid te tonen. Ze had zichzelf geleerd niet te huilen – tenminste niet wanneer iemand haar kon horen – en zo oprecht mogelijk te glimlachen wanneer er een glimlach vereist was.
Maar gevoelens die niemand zag, of zelfs maar vermoedde, woelden onophoudelijk in haar binnenste als een nest jonge slangen. Ze lieten haar geen minuut met rust, ze waren er onafgebroken, elke dag opnieuw, vanaf het moment dat ze wakker werd tot aan het tijdstip waarop ze eindelijk in een onrustige slaap viel. Het verrukkelijke Portugese eten kon haar eetlust niet opwekken en ze was afgevallen. Holly stak haar afgunst niet onder stoelen of banken, terwijl Tessa alleen maar naar haar ingevallen buik kon kijken en zichzelf uitfoeteren over haar gebrek aan flinkheid. Zij, die nooit had toegegeven aan zelfmedelijden, werd er nu volkomen door verteerd.
En dat afschuwelijke gevoel scheen niet te verdwijnen of zelfs maar af te nemen. Elke dag was even hopeloos, even ellendig moeilijk door te komen als de vorige. De tijd scheen deze wond niet te genezen.
Op haar potlood kauwend keek Tessa naar de vissersboten die op het strand waren getrokken, hun netten als spinnenwebben uitgespreid op het witte zand. Het was zo'n vredig tafereel dat ze niet begreep waarom ze niet iets van die vredige rust kon overnemen, waarom ze niet gewoon haar zegeningen kon tellen en haar leven voortzetten.
Maar de herinneringen aan Ross bleven haar achtervolgen. Tel-

kens wanneer ze zichzelf voorhield dat hij onbetrouwbaar was, speelde haar brein haar parten en liet herinneringen bovenkomen aan gezamenlijk beleefde momenten van vrolijkheid, vertrouwelijkheid en gewone, innige liefde. Telkens wanneer ze zichzelf voorhield dat hij haar had bedrogen, werd die gedachte weggevaagd door herinneringen aan zijn moed, zijn tolerantie en zijn talloze royale gebaren.
Het was een uitzichtloze situatie, onzegbaar deprimerend. En net doen of alles prima in orde was – of ze, zoals altijd, meester was over haar gevoelens – maakte haar met de dag moedelozer.

Adam wilde bijna net zo graag dat Tessa gelukkig was als dat Holly van hem zou gaan houden. Helaas moest hij gaan inzien dat die wensen geen van beide vervuld zouden worden. Holly was geweldig populair bij de bezoekers van het restaurant en ze deed op roerende wijze haar best om haar Portugese woordenschat zo snel mogelijk uit te breiden, maar het wonder – de geheimzinnige aantrekkingskracht van de liefde – was tot nu toe uitgebleven. Ze sprak nooit over Max, maar hij voelde dat Max nooit uit haar gedachten was. Zijn enige troost was, dacht Adam droogjes, dat hij niet de enige man in Vilamoura was die geen ondefinieerbare aantrekkingskracht voor haar bezat. Zowel autochtonen als toeristen, verrukt van Holly's weelderige vormen en rosblonde krullen, stelden alles in het werk om haar voor zich te winnen en werden telkens vriendelijk afgewezen. Hun geflikflooi deed haar niets. Die knappe, donkere mannen interesseerden haar geen zier, wat dan al een hele geruststelling was, dacht Adam, al zou hij heel wat gelukkiger zijn wanneer hij niet langer geplaagd werd door het vermoeden dat dit opgewekte, hard werkende, zich onberispelijk gedragende lid van zijn personeel eigenlijk een tweedimensionale kloon van de echte Holly King was.
Het was halverwege de middag, de rustige uren tussen lunch en diner, en het restaurant was bijna leeg. Holly zat achter de bar over een boek gebogen. Toen Adam naderde, glimlachte ze geschrokken, het boek gleed van haar knieën en viel met een klap op de vloer.

'Ik dacht dat je dat al gelezen had,' zei hij, drommels goed wetend dat dat zo was. Max Monahans vlot geschreven, goed in elkaar zittende thrillers besloegen de hele bovenste plank van haar boekenkast thuis, en ze had een paar maanden geleden openlijk toegegeven dat ze ze allemaal had gelezen en talloze malen herlezen.
'Ja, maar dat is jaren geleden,' loog Holly, in verlegenheid geraakt. Die dierbare boeken wáren Max; ze gaven haar het gevoel dat ze wat dichter bij hem was. Ze sprong op en stopte het boek onder de bar weg, pakte een theedoek en begon glazen op te wrijven of haar leven ervan afhing. Over haar gebruind gezicht kroop een blos omhoog. 'Waar is Tessa?' vroeg ze.
'Naar het strand.' Adam trok een kruk bij, schonk zich een biertje in en ging zitten. 'Ik maak me nog steeds zorgen over haar. Denk jij dat ze hier gelukkig is?'
Ze hadden het onderwerp al vaker aangeroerd en het werd bemoeilijkt door het feit dat Tessa zelf beweerde dat ze heel gelukkig was. Holly, in beslag genomen door het in stand houden van haar eigen façade, had moeite Tessa's gemoedsgesteldheid in te schatten. Ze vroeg zich soms af of ze iets weg hadden van twee actrices in een bijzonder slecht stuk, die hard zwoegen om de hardwerkende producer – Adam, natuurlijk – tevreden te stellen, omdat die er ook niets aan kan doen dat ze met zo'n hemeltergend belabberd scenario moeten werken.
'Zo te zien wel.' Holly haalde haar schouders op. 'We hebben elkaar altijd alles verteld. Als ze echt ongelukkig was, zou ik het weten.' Ze zweeg even, niet overtuigd door haar eigen redenatie. 'Ik weet in elk geval wel, dat ze hier zeker zo gelukkig is als ze thuis zou zijn. En ze schijnt niet terug te willen...'
'Jij wel?'
Hij had het boek gezien, haar betrapt als een vader die zijn zoontje stiekem de *Playboy* ziet lezen. Nog steeds met gedachteloze ijver glazen opwrijvend, beantwoordde ze zijn kalme blik.
'Ja. Maar alleen omdat ik een sentimenteel doetje ben.'
'Ga je terug?'
Ze haalde opnieuw haar schouders op en wendde zich af. 'Nee,

want het zou toch niets helpen. Er zit hoe dan ook geen happy end in, maar hier ben ik tenminste in een andere omgeving.'
Er zou een happy end in kunnen zitten, dacht Adam triest, terwijl hij zijn bier uitdronk. Híj zou voor een happy end kunnen zorgen. Als Holly Max maar kon vergeten en beseffen hoe ontzettend veel hijzelf van haar hield.

Tegen de tijd dat Max ophield met werken, was het buiten helemaal donker en werd de kamer alleen verlicht door de groene weerschijn van zijn tekstverwerker.
Hij leunde achterover in zijn stoel, viste zijn half opgerookte sigaret uit de overvolle asbak en keek met intense voldoening naar de tekst op het scherm voor zich. Al het andere mocht dan op het moment een grote puinhoop zijn, het schrijven ging vlot van de hand; het leek wel of deze nieuwe roman uit zichzelf aan zijn brein ontsproot. Max, die zich allang niet meer aan het zorgvuldig opgezette schema hield, leerde nu op zijn intuïtie te vertrouwen; hij had geen idee hoe het verder zou gaan, maar hij wist wel dat het hoe dan ook verdomd goed zou worden.
En dat mocht ook wel, dacht hij somber. Dit boek was het enige positieve dat de afgelopen weken hadden opgeleverd. Ofschoon het pas begin december was, waren de eerste kerstparty's al begonnen en er werden elke avond rumoerige personeelsfeesten in The Grange gehouden. Ross, die met de dag chagrijniger werd, had de gewoonte aangenomen zich met stapels papierwerk in zijn kantoor op te sluiten, tot diepe teleurstelling van zijn vrouwelijke gasten en intense opluchting van zijn veel geplaagde personeel. Als Ross Kerstmis had kunnen afschaffen, zou hij het hebben gedaan. Nu dat niet ging, weigerde hij eenvoudigweg om er iets aan te doen. Tessa, dacht Max met een mengeling van medeleven en ergernis, had heel wat op haar geweten. Waar zij en dat kleine kreng van een Holly ook mochten uithangen.
De andere ergernissen in zijn leven waren op het moment Francine en Grace. Francine omdat hij haar nu al bijna twee maanden niet had kunnen bereiken. Grace daarentegen was er eeuwig en altijd. En terwijl Ross kennelijk begon te wennen aan

het idee dat ze zijn dochter was – hun vriendschap, ofschoon nog aarzelend, begon geleidelijk hechter te worden – kon Max zich nog niet neerleggen bij het feit dat deze serieuze, intelligente, kordate tiener zijn nicht was.
Gelukkig was Caroline Mortimer er nog, dacht hij, terwijl hij een schakelaar omzette en de printer het reeds voltooide gedeelte van het manuscript begon uit te draaien. Zijn agente zou morgen uit Londen overkomen en haar bezoek was hem uitermate welkom. Hij popelde om haar te laten zien wat hij geschreven had. En nu Francine en Holly geen van beiden te bereiken waren, verheugde hij zich erop om met haar naar bed te gaan.

Toen de telefoon hem de volgende morgen om halfacht uit een halve bewusteloosheid wekte, nam hij met een slaperig gemopper de hoorn op. Maar bij het horen van Francines stem was hij onmiddellijk klaar wakker.
'Max! Je klinkt als iemand die half dood is. Is alles goed met je?'
Hij hees zich op zijn ene elleboog. Opeens was alles weer goed. Francine belde op een rottig tijdstip, maar het feit dat ze hem belde, was het enige dat ertoe deed.
'Ja, prima. Waar ben je?' Hij vroeg zich af of ze misschien weer in Engeland was, maar wist meteen dat, of ze dat was of niet, hij haar in elk geval wilde zien. En nu hij zo goed opgeschoten was met zijn boek, kon hij er makkelijk een tijdje uitbreken.
'Op Barbados, liefste! Een prachtig eiland, en zo heerlijk warm... ik heb het idee dat ik in het paradijs ben! En je zou het uitzicht vanuit mijn kamer eens moeten zien...'
Barbados. Het was een aanlokkelijk idee, zelfs zonder de extra attractie van Francines aanwezigheid. Grote genade, de gedachte alleen bezorgde hem al bijna een erectie.
Hij keek uit zijn eigen raam naar de bepaald onaanlokkelijk grauwe hemel en de in nevel gehulde heuvels en zei glimlachend: 'Ik zou op een tropisch eiland wel leukere dingen weten dan het uitzicht bewonderen. Als ik daar was, zou je geen tijd hebben om...'

'O, Max,' zuchtte Francine op die beroemde zwoele toon. 'Wat ben je toch een stouterd! En je hebt gelijk, het zou heerlijk zijn als je hier ook kon wezen, maar...'
'Dat kan immers,' viel hij haar triomfantelijk in de rede. 'Geef me het adres, Francine, dan neem ik het eerste het beste vliegtuig naar je toe.'
'Liefste Max!' Deze keer klonk de zucht bedroefd. 'Je begrijpt het niet. Je begrijpt het niet. Je mag echt niet komen.'
Zijn erectie verdween als bij stilzwijgende overeenkomst. Hij kon even niets zeggen.
'Ik bel je namelijk om je te zeggen dat ik je film niet kan doen,' vervolgde Francine. Haar zwoele accent werd sterker, zoals altijd het geval scheen wanneer ze wist dat datgene wat ze ging zeggen niet goed zou vallen.
Zijn vingers die de hoorn omklemden, werden wit. 'Waarom niet?'
'Omdat ik vorige week verliefd ben geworden op een ontzéttend knappe man – je hebt vast wel eens van hem gehoord, zijn naam is Pietro Giannini – en morgenochtend trouwen we. Ik ben zo gelukkig, Max! Hij is de man van mijn dromen... ik zou voor hem kunnen sterven... maar hij heeft je filmscenario gelezen en hij vindt het geen rol voor mij.' Het bleef even stil, toen vervolgde Francine vrolijk: 'En ik moet natuurlijk doen wat hij zegt, zoals een goede aanstaande vrouw betaamt, en jou vertellen dat het niet doorgaat.'
Max kon zijn oren niet geloven. Pietro Giannini was helemaal niet knap; hij was walgelijk rijk – biljonair, beweerde men – en minstens vijfenzestig. Hij was ook – vanzelfsprekend – een van de invloedrijkste filmproducenten van de wereld.
'Ik begrijp het,' zei hij ten slotte, zich afvragend waarom hij de telefoon niet neerlegde. Hij had immers alles gehoord wat hij moest weten.
'Ik wist wel dat je het zou begrijpen,' koerde Francine. 'Wij hebben elkaar altijd zo goed begrepen, nietwaar, Max? En ik weet zeker dat je film een succes wordt, ook zonder mij. Je vindt vast wel iemand anders voor die rol.'
'Ja, vast en zeker.'
'O, en Max! Ik moet je zoiets grappigs vertellen.' Zich niet be-

wust van zijn gebrek aan enthousiasme, kwetterde ze maar door. 'Mijn persagent stuurde me laatst een krantenknipsel waarin stond dat jij en ik gingen trouwen! Is het niet om te gillen, schat? Nou vráág ik je, waar hálen ze het vandaan? Kun jij je voorstellen dat íémand zo'n mal verhaal serieus neemt...?'

Ross, die schoon genoeg had van het werk en van het dronkenmanslawaai dat uit de balzaal kwam, waar een verzekeringsmaatschappij de jaarlijkse kerstparty hield, schoof de stapel mappen in zijn bureaula en greep zijn jasje.

'Zeg tegen Hugh dat hij een oogje op dat stel daar houdt,' zei hij met een hoofdknik in de richting van het feest tegen Grace. 'Ik ga er een paar uur tussenuit.'

'Goed. Vergeet niet dat je om halfdrie een bespreking hebt met die man van Comsel.'

Ross was het vergeten.

'Jack Dreyfuss,' voegde Grace er behulpzaam aan toe. 'Hij wil een conferentie voor tweehonderd man organiseren, half januari.'

'O ja.' Hij glimlachte even. De zilveren rand aan Holly's onverwacht vertrek was Grace, zonder wie het hotel waarschijnlijk zou hebben opgehouden te functioneren. Ze wist alles, vaak nog eerder dan hij het zelf wist, en hij was intens dankbaar voor haar discrete efficiency. 'Dank je.'

Terwijl hij naar de uitgang liep, riep ze hem na: 'Wil je tegen mams zeggen dat ik vanavond niet voor achten thuis ben?'

Hij draaide zich om. 'Hoe wist je dat ik naar je moeder ga?'

Grace kleurde en haalde even haar schouders op. 'Sorry. Gewoon. Je zag eruit of je eraan toe was.'

Gek eigenlijk, dacht hij, toen hij een kwartier later voor het huis stilhield, dat Mattie degene was bij wie hij zich nu het meest op zijn gemak voelde. Nadat hij de gewoonte had aangenomen haar een keer of twee per week te bezoeken, gewoon om te zien of alles goed was met haar, was haar gezelschap steeds meer voor hem gaan betekenen, en tegenwoordig leek het zijn enige steunpunt te zijn.

Alleen bij Mattie kon hij zich echt ontspannen, alleen zij begreep wat hij doormaakte. Hun gesprekken – zij praatte over

Richard, hij over Tessa – waren uitermate vertrouwelijk en hadden een eigenaardige, zij het tijdelijke, zuiverende werking. Niemand begreep beter dan zij hoe hij zich voelde, omdat zij zich precies net zo voelde. Het was misschien masochistisch, dacht hij, maar ook opbeurend. En een wonderlijke speling van het lot...

61

'En?' vroeg Max, niet bepaald in een zonnig humeur. Zelfs Caroline Martimers aanwezigheid – en haar reputatie als de meest bedgrage agente in Londen – konden hem vanmiddag niet opmonteren. Hij was in een stemming om te bekvechten en naar de blik in haar ogen te oordelen was zij dat ook.

'Het is goed, Max,' antwoordde Caroline kalm. Toen verschoof ze de schoudervullingen van haar kastanjebruine suède jasje, een teken dat er problemen waren. 'Maar het is niet goed, als je begrijpt wat ik bedoel.'

Ze waren nog niet naar bed geweest, hield hij zichzelf voor. Ze was waarschijnlijk gewoon een beetje kriegel. Een haastige lunch, gevolgd door een uur razendsnel lezen, waar ze eveneens om vermaard was, waren niet bepaald bevorderlijk voor het humeur. Of misschien, dacht hij somber, was het een soort grap. Verdomme, hij wist dat dit nieuwe boek fantastisch goed was.

'Waar heb je het over?' vroeg hij nijdig, met een handgebaar naar het gelezen manuscript dat keurig opgestapeld voor haar lag. 'Het is briljant. Ik heb nog nooit iets met zoveel gemak geschreven. Het ging min of meer vanzelf...'

Caroline leunde in de draaistoel achterover, ze stak een sigaret op en keek Max met haar grijze ogen lichtelijk geamuseerd aan.

'Ik moet de dingen zien zoals ze zijn. Daar verdien ik die schamele tien procent mee. Als roman is het prima, Max, maar het is niet jouw soort roman. Hij zal niet aanslaan. Jouw lezers

verwachten actie, seks, spanning, geweld en nog meer seks. En hiermee schotel je ze godbetert een liefdesgeschiedenis voor.'
'Wat?' Max, die voor de tweede keer die dag zijn oren niet kon geloven, stond op en keek haar verontwaardigd aan. 'Waar heb je het over?'
Hij griste de sigaret uit haar vingers. Caroline nam onverstoorbaar een nieuwe uit het open pakje en stak hem aan.
'Heus,' zei ze, een keurig kringetje blazend. 'Ik heb er verstand van, dus je kúnt me geloven. We zouden deze roman natuurlijk best kunnen uitgeven, maar het is niet wat je lezers van Max Monahan verwachten, dus als ik je een raad mag geven, breng hem dan uit onder een andere naam. Hij ís goed, Max, fantastisch goed zelfs. Als ik geen literair agent was zou hij me tot tranen toe ontroeren. Maar het is een liefdesgeschiedenis, en wat mij op het moment vooral interesseert, is de vraag wie deze vrouw is waar jij zo gek op bent? Toe, Max, daar ben ik razend benieuwd naar. Vertel me eens wie ze is. Je weet immers dat je me kunt vertrouwen.'
Ze begreep er geen snars van. Dit was goddomme een gemene dreun. Max, niet gewend aan kritiek, van wie dan ook, bleef haar woedend aankijken.
'Ik ben op niemand gek,' snauwde hij, maar Caroline haalde alleen haar schouders op en glimlachte op de irritante manier van iemand die wel beter weet.
'Je vergist je!' wierp Max tegen, terwijl hij zijn half opgerookte sigaret uitdrukte en de knagende gedachte dat ze misschien gelijk had, met geweld van zich af zette. Het was een verdomd goed verhaal, anders niet, en het feit dat er wat meer liefde in voorkwam dan anders had niets te betekenen.
'Ik vergis me nooit,' antwoordde Caroline, terwijl ze met haar linkerhand haar achterover geborsteld haar gladstreek en intussen op haar horloge keek. 'Denk er eens over na, Max. Misschien wordt het tijd dat je trouwt. Dat is heus niet zo'n slecht idee, dus verzet je er niet langer tegen. Enfin, mijn trein gaat over een dik uur. Brengen we dat uur in bed door of niet?'
'Beslist niet,' grauwde Max, onzegbaar geërgerd over haar houding. Ze moest niet denken dat zij de enige was die dwars kon liggen.

'Goeie genade, en hij is nog trouw ook,' zei Caroline met een licht spottend glimlachje. Ze stond op, streek haar onberispelijke rok glad en tikte met een perfect gemanicuurde, glanzend beige nagel op het manuscript. 'Geloof het of niet, het doet me genoegen het te horen, Max. Mannen zoals jij zijn niet het type van de eeuwige vrijgezel.'

'Je bent niet goed snik.'

'Lees het nog maar eens, jochie.' Ze pakte haar tas en zwaaide die opgewekt over haar schouder. 'Wanneer je een beetje gekalmeerd bent. Als je ook maar half zoveel hersens hebt als ik denk, kom je daar zelf ook wel achter.'

Max vloekte binnensmonds. Dit was te veel voor hem. Hij kon het niet meer aan.

'En denk nou niet langer dat het iets is om je voor te schamen,' besloot Caroline, met haar hand al op de deurklink. 'Het is niet meer dan normaal. En als het je een troost kan zijn, ik benijd haar een beetje. Wie het ook is, die meid boft.'

Met de telefoon van de haak en de fles goede wijn die hij eigenlijk samen met Caroline Mortimer had willen leegdrinken, had Max vier en een half uur nodig om de vijfhonderd pagina's manuscript te lezen. Tegen de tijd dat hij dat had gedaan, was de fles leeg, waren zijn sigaretten op en deed zijn rug pijn. Maar wat erger was, hij moest toegeven dat Caroline gelijk had.

Godallemachtig, dacht hij, terwijl hij wrevelig naar de over het bed verspreide pagina's keek. Hij begreep niet hoe dit had kunnen gebeuren.... hij had werkelijk niet geweten wat hij deed... hij kon met geen mogelijkheid begrijpen hoe zo'n personage zich in zíjn roman had kunnen dringen en er de hoofdfiguur in was geworden. Vooral omdat dat personage, tot in de kleinste details, zo onmiskenbaar Holly King was.

Toegegeven, hij had geen hekel meer aan haar. De ware Holly was heel wat beter dan de eerste indruk die hij van haar had gekregen; haar praatjes en haar opzichtige manier van kleden irriteerden hem al lang niet meer, en ze was in elk geval prettig gezelschap, zowel in bed als daarbuiten. In het begin, toen ze zo vreselijk haar best had gedaan om indruk op hem te maken, had hij zich instinctief terughoudend opgesteld, afgeschrikt door haar hinderlijke jonge-honden-aanhankelijkheid. Maar toen ze wat kalmer was geworden en gewoon tegen hem had gedaan was ze, vond hij, sterk in haar voordeel veranderd. Je kon plezier met haar hebben. Als ze samen waren, konden ze uitstekend met elkaar opschieten. En het beste van alles was dat ze elkaar begrepen. Max kon zich goed indenken dat een man, als hij een trouwlustig type was, op Holly verliefd zou worden en met haar zou willen trouwen.

Maar nu moest hij zijn houding bepalen ten aanzien van het idee dat hij zonder het te weten meer op haar gesteld was geraakt dan hij had verwacht of beseft.

Wie had dat ooit kunnen denken, peinsde hij, terwijl hij zijn wijsvinger langs de rand van zijn lege wijnglas liet glijden. Het leven was inderdaad vreemd, maar als Caroline dacht dat hij zijn hart de voorrang gaf boven zijn verstand, dan kende ze hem niet zo goed als ze dacht. Hij vond dat hij in elk geval dankbaar moest zijn voor het feit dat hij beslist géén trouwlustig type was.

Het was maar goed, dacht Ross, dat Grace geen dienst had. Zelfs Sylvie, die zich toch tot het uiterste kon beheersen, had ijzig geklonken toen ze over de intercom zei dat er bezoek voor hem was.

Even later was de deur open gegaan en was Antonia zijn kantoor binnengekomen, met een behoedzame blik in haar ogen en een gezicht dat star was van trots.

Hij had haar in geen zes weken gezien. Die overdosis Mogadon had ze inderdaad ingenomen, maar dat van de paracetamoltabletten had ze gelogen. Na de maagspoeling was ze vlot bij haar positieven gekomen en nog geen week later mocht ze het ziekenhuis uit. Volgens de psychiater die haar begeleidde, leed ze aan een reactieve depressie. Ze moest zich de tijd gunnen om haar verdriet te verwerken en het verleden als afgedaan te beschouwen. Impulsief, antisociaal gedrag loste niets op...

'Je moet het verleden als afgedaan beschouwen,' had Ross haar voorgehouden toen ze hem van het gesprek vertelde. Een restant schuldgevoel vermengd met woede en opluchting. Antonia had haar eigen leven niet verwoest, maar ze had het zijne wel behoorlijk in de war geschopt. 'Ik wil je in elk geval nooit meer zien.'

En nu stond ze daar, in een olijfgroene trenchcoat, crèmekleurige leren laarzen en een kasjmier sjaal, en keek hem angstig maar vastberaden aan. Maar als ze hem ook maar een greintje last zou bezorgen, zou hij haar oppakken en door het dichtstbijzijnde raam smijten. Als er iemand het recht had impulsief antisociaal gedrag te vertonen, was hij het wel.

'Ik weet dat je me nooit meer wilde zien,' zei Antonia, 'maar ik wilde je toch even komen vertellen dat ik vanmiddag naar de Verenigde Staten vertrek.'

'O ja?'

'Naar Florida. Miami. Mijn tante heeft gevraagd of ik bij haar kom... voorgoed.'

Dank zij Antonia had Ross Tessa en Olivia al in geen zeven weken gezien. Hij wist niet wanneer en of hij hen ooit weer zou zien. Hij was blij dat Antonia wegging, maar als ze dacht dat hij zijn armen om haar heen zou slaan en haar een afscheidskus zou geven, dan zat ze er toch lelijk naast.

'Gelukkig.'

'Ik dacht wel dat je er blij om zou zijn,' zei Antonia met een scheef lachje. Ze zweeg even en vervolgde schielijk: 'Het leek me de beste oplossing. Ze zien mij hier liever gaan dan komen, dat weet ik best, en daar kan ik een nieuw leven beginnen, zonder dat iedereen me met de vinger nawijst. Bovendien,' besloot ze met iets uitdagends, 'denk ik dat Miami Beach echt iets voor mij is. En ik heb Amerikaanse mannen altijd aantrekkelijk gevonden. Wie weet ben ik volgend jaar om deze tijd weer getrouwd.'

God sta de stakker bij, dacht Ross, maar hij was zo wijs het niet te zeggen. In plaats daarvan vroeg hij op onpersoonlijke toon: 'Dus je hebt je huis verkocht.'

'Dat wordt verkocht, ja.' Ze knikte. 'Mijn advocaat regelt alles.'

'Mooi.' Zijn geduld begon op te raken. Waarom ging ze nou niet weg? Hij keek op en zag dat ze haar handtas opende. Heel

even dacht hij dat ze er een revolver uit zou halen en hem neerschieten.
'Dan ga ik nu maar,' zei Antonia haastig. Ze legde met trillende vingers een opgevouwen papiertje op zijn bureau. 'Ik weet dat je me haat en ik weet dat ik niet beter verdien, maar ik ben niet in elk opzicht een loeder en ik heb mijn schulden altijd betaald. Je gelooft het misschien niet, maar ik heb er spijt van dat ik dat schilderij heb vernield. Geef dit aan Tessa...'
Haar stem stierf weg. Ross staarde haar aan, zonder iets te zeggen.
Toen ze weg was, vouwde hij het papiertje open en zag dat het een cheque voor drieduizend pond was. Aangezien het schilderij van hem was, vond hij dat hij recht had op deze vergoeding. En aangezien Tessa die, als ze hier zou zijn, ongetwijfeld geweigerd zou hebben, en het geld toch eigenlijk van Richard afkomstig was, vond hij het niet meer dan billijk dat het naar Mattie en haar ongeboren kind zou gaan.
Terwijl hij de cheque wegborg, verscheen er voor de eerste keer die dag een glimlach op zijn gezicht.

62

Sadie Labelle leunde, in een voor haar ongewone vakantiestemming, achterover in haar stoel en zei tegen de ober: 'We hebben heerlijk gegeten. Me dunkt dat we onze koffie en cognac maar buiten drinken, om nog een beetje van de zon te profiteren.'
'Uitstekend, mevrouw,' antwoordde Jose, terwijl hij dacht dat deze vrouw hem het type leek dat in staat was overal en van iedereen te profiteren als ze daar zin in had. Het eten en de wijn hadden haar in een goede stemming gebracht, maar ze was ongetwijfeld gewend in alles haar zin te krijgen, en hij was niet van plan zijn kans op een dikke fooi te vergooien door haar te vertellen dat de ruime veranda op dit moment het domein was van een halfnaakte schilderes en een baby die tandjes kreeg.

Maar toen Sadie op de zonovergoten veranda kwam, met zijn bakken vol weelderige, zoetgeurende planten en elegante witte tuinmeubels, vond ze daar alleen een baby die hen, in half zittende houding, over de rand van een reiswieg ernstig aankeek.
'Nee maar, dáág!' riep Sadie, terwijl ze haar tas op een van de tafeltjes gooide en op haar knieën zakte. 'Kijk toch eens, wat ben jij een schatje. En wat heb jij een mooie ógen...'
'Als je vrienden je zo konden zien,' merkte haar metgezellin droogjes op, terwijl ze ging zitten en een sigaret opstak.
'Nou, ze zien me niet,' kaatste Sadie uitdagend terug. 'Bovendien ben ik met vakantie, en dan kan ik doen wat ik wil. Of niet soms?' En zich weer tot de baby wendend vervolgde ze in een babytaaltje: 'Dan mag ik lekker doen wattik wil want zelfs als jij al kon praten, dan zou je het toch niet in het Engels doen, dus kan je het niet verklappen.'
Het mondje ging bij de hoeken omlaag en de baby dreigde een keel op te zetten. Sadie begon te lachen en nam de hummel uit de reiswieg. 'O nee, nee, nee,' kirde ze, en kuste het zijige donkere hoofdje. 'Niet huilen, toe nou, grote jongen zijn, niet...'
'Het is een meisje, hoor.'
Tessa, die met Olivia's flesje terugkwam, had al bijna een minuut in de deuropening gestaan om tot zich door te laten dringen dat het onwaarschijnlijkste tafereel van de twintigste eeuw geen hersenschim was.
Nu trok haar mond even omdat ze zich afvroeg of Sadie Labelle haar zou herkennen, en naar haar gezicht te oordelen was dat inderdaad het geval.
'Daar gaat je geheimhouding,' merkte haar metgezellin op, waarna ze een aantal fraaie kringetjes blies.
'Nou ja,' verweerde Sadie zich, 'ze stond op het punt te gaan huilen.'
Tessa kwam met iets van een binnenpretje over Sadies verlegenheid naar haar toe en reikte haar de zuigfles aan. 'Hier, geef haar dit maar. Ze heeft honger.'
'Zo,' zei Sadie, toen ze even later, op een wonderlijk vriendschappelijke manier, met elkaar om de tafel zaten. 'Dus hier heb jij je verstopt.'

'Ik verstop me niet.' Tessa's stem was kalm, maar uit haar ogen sprak verdriet. 'Ik had behoefte om er een tijdje uit te zijn.'
'Ook toevallig dat jullie elkaar kennen,' zei Sadies metgezellin. 'Het spijt me, maar ken ik je soms? Ben je beroemd?'
Tessa schudde glimlachend haar hoofd. 'Mijn naam is Tessa Duvall, en dit is mijn dochtertje Olivia.'
Haar uitgestoken hand werd stevig gedrukt. 'Hoe maak je het, lieve kind. Ik ben Barbara Labelle, en dit slecht gemanierde wezen is míjn dochter, Sadie.'
Het was nooit bij Tessa opgekomen dat Sadie een moeder zou kunnen hebben.
'En waar kennen jullie elkaar van?' wilde Barbara weten, terwijl ze met smaak haar cognac uitdronk en haar breedgerande hoed een tikje naar achter schoof.
'Ik heb haar eens geïnterviewd,' zei Sadie, en haar moeder begon hard te lachen.
'Ha! In dat geval zeg ik maar niets meer.' Ze keek Tessa onderzoekend aan en vroeg: 'Heeft ze je aan het huilen gemaakt?'
'Nee. Ze bleek een behoorlijke dosis mensenkennis te bezitten. Met haar oordeel over mij zat ze ernaast,' vervolgde Tessa, en wendde zich tot Sadie: 'Maar wat Ross betrof had je volkomen gelijk.'
Het bericht dat het Monahan-Duvall-huwelijk op het laatste moment was afgesprongen, had Sadie een bij haar zelden voorkomend schuldgevoel bezorgd. Het was beslist niet haar bedoeling geweest zo'n dramatische reactie te ontketenen. Ze schrok soms van haar eigen macht.
Alsof ze haar gedachten had kunnen lezen, zei Tessa: 'Het kwam niet door jouw artikel. Zo onnozel ben ik niet.'
'O, gelukkig.' Sadie begon zich bepaald onbehaaglijk te voelen; dit soort onverwachte ontmoetingen was ze niet gewend. En de aanwezigheid van haar moeder, die altijd geweldig van dit soort pijnlijke situaties genoot, maakte het er niet beter op.
'Hoezo?' kwam Barbara tussenbeide. Pientere loodgrijze ogen namen het slanke, in bikini geklede meisje naast haar aandachtig op. 'Wat was er gebeurd? Ik vermoed dat we het hier over een man hebben.'
'Moeder...' Sadie wierp haar een waarschuwende blik toe.

Barbara haalde haar schouders op. 'Maar schat, het interesseert me!'
'Ik vind het best, hoor,' zei Tessa, op haar beurt hevig geamuseerd over het gesprek en over het feit dat de beruchte Sadie Labelle opeens zo stuntelig deed. Dat ze een moeder hád, was al een onthulling op zich. Dat ze zo duidelijk bij haar onder de plak zat, was verdraaid leuk. 'Ik heb iets met Olivia's vader gehad,' vervolgde Tessa, zich nu weer tot de formidabele Barbara wendend. 'En ik heb net op het nippertje ontdekt dat hij niet... de juiste voor me was.'
'Ik heb gehoord wat er op die expositie gebeurd is,' mengde Sadie zich in het gesprek. Ze was, als bedreven waarnemer, in staat om verder te kijken dan de kalme oppervlakte. Tessa kon haar niets wijsmaken, en nu ze elkaar onder zulke andere omstandigheden ontmoetten was de oude animositeit – waarschijnlijk gepaard aan een restje schuldgevoel – bezig weg te smelten. 'Antonia Seymour-Smith had een overdosis medicijnen geslikt en Ross moest haar naar het ziekenhuis brengen.'
'Dat weet ik, dat stond in de kranten,' zei Tessa langzaam. 'Maar het feit blijft dat hij mij in de steek liet toen ik hem het meest nodig had, en ik zag niet in waarom ik dat nog langer zou dulden. Antonia kwam altijd weer opdagen, telkens wanneer het goed ging tussen ons kwam Antonia uit het niets opduiken om alles te bederven...'
Sadie keek naar Olivia die in haar arm lag. Ze had haar flesje achter elkaar leeggedronken en lag nu tevreden en verzadigd te soezen, de donkere wimpers slaperig knipperend tegen de zon, het roze mondje getuit van welbehagen, de garnalenvingers wriemelend onder het kinnetje.
'Ross zal haar wel missen,' zei ze tegen Tessa, maar ze glimlachte naar de doezelende baby op haar schoot.
Tessa, opeens met haar ogen vol tranen, schudde haar hoofd. 'Dat zal wel, maar ik kan niet teruggaan. Als ik een leven voor mezelf wil opbouwen... voor ons tweetjes... moet ik de tijd nemen om hem te vergeten. En mijn vrienden hier zijn zo hartelijk voor me...'
'Vriendschap is erg mooi,' zei Barbara Labelle, die een verleden had waar de meeste biografen hun vingers voor zouden af-

likken. Zelfs haar eigen gewiekste, intelligente dochter wist niet alles. Ze dronk haar zwarte koffie uit en doofde met een resoluut gebaar haar tweede sigaret. 'Maar geloof me, lieve meid, het is niet het belangrijkste in het leven.'
'Ik ga niet terug,' herhaalde Tessa triest. 'Ik heb veel van Ross gehouden, maar het is beter zo, heus. Ik wil niet voor de rest van mijn leven doodongelukkig zijn.'
'Je bent koppig,' zei Barbara Labelle met een klopje op haar hand. 'Ik vind dat een goede eigenschap in een meisje. En dat is ongetwijfeld,' besloot ze droogjes, 'wat je vriend ook in jou heeft aangetrokken.'

63

'Kan ik Ross Monahan even spreken?' zei Sadie Labelle een week later. Het was de drieëntwintigste december en ze had veel over de kwestie nagedacht. Uiteindelijk had ze zichzelf er echter van weten te overtuigen dat ze juist handelde. En als dat niet het geval was... nou ja, ze kon eenvoudig niet anders.
'Die is er op het moment niet,' antwoordde Grace, de telefoon tussen oor en schouder klemmend terwijl ze een blocnote en pen greep. 'Als u mij uw nummer geeft, kan ik vragen of hij u terugbelt. Maar als het een zakelijke aangelegenheid betreft, kan ik u doorverbinden met Max Monahan. Die zal u dan ook wel van dienst kunnen zijn.'
Het was niet de eerste keer dat ze dit soort telefoontjes tactvol afwimpelde. Sinds Tessa's vertrek was het aantal vrouwen dat belde om Ross uit te nodigen voor dinertjes en party's, gestadig toegenomen, en ofschoon het deze keer niet Clarissa Fox was – de meest vasthoudende van het stel – vermoedde Grace toch dat het mens aan de andere kant van de lijn de zoveelste in een lange reeks opdringerige, drammerige vrouwen was waar Ross toch geen greintje belangstelling voor had.
Verdomme, dacht Sadie, die haar boodschap aan Ross zelf had willen overbrengen. Maar ze moest binnen een uur op de eer-

ste van drie berucht rumoerige kerstparty's zijn. Het was nu of pas op de morgen van tweede kerstdag. Misschien was het niet eens zo gek om Max op de hoogte te stellen, dacht ze, met haar vingers op de leuning van haar stoel trommelend. Ten slotte was er altijd een mogelijkheid dat Ross, om haar onbekende redenen, niet eens wilde weten waar Tessa uithing.
'Goed,' zei ze bruusk. 'Geef me Max dan maar.'
'Alstublieft,' zei Grace er binnensmonds achteraan.

Toen ze een kwartier later aanklopte en het kantoor binnenging, zat Max achterovergeleund in zijn stoel, met zijn voeten op het bureau, peinzend voor zich uit te staren.
'Neem me niet kwalijk dat ik je stoor,' zei Grace terwijl ze een stapel orderformulieren voor hem neerlegde, 'maar Ross is er niet. Als jij deze even wilt contrasigneren, dan kan ik ze vanmiddag nog wegsturen.'
Hij richtte zijn sombere blik op haar en vroeg kortaf: 'Waar is Ross?'
'Die is een halfuur geleden weggegaan.' Ze leek slecht op haar gemak. 'Even naar een kennis.'
'Je moeder, bedoel je.' Hij greep met een geïrriteerde zucht een pen en zette zijn handtekening op het bovenste formulier. 'Wat is er eigenlijk gaande, hebben ze een verhouding of zo?'
'Natuurlijk niet,' zei Grace heftig. 'Dat weet je best! Ross houdt van Tessa en mams weet wat hij doormaakt, dat is alles.'
'Hmm.'
Terwijl ze zich voorover boog, bang dat de pen die hij zo krachtig hanteerde, door de hele stapel formulieren zou krassen, viel haar oog op een papiertje dat naast zijn elleboog lag. Het volgende ogenblik had ze het opgepakt.
'Nee maar! Is Tessa daar op het moment? Wil je zeggen dat je al die tijd hebt geweten waar ze is en dat je het Ross niet hebt verteld...?'
Ze was wit van woede. Max' eerste opwelling was het papiertje uit haar vingers te grissen. Toen begreep hij dat het te laat was. Ze wist dat hij het had, en ze wás tenslotte de dochter van Ross. En nu zat hij tenminste niet meer alleen met het dilemma.

'Natuurlijk heb ik dat niet al die tijd geweten,' zei hij vermoeid, Grace met een hoofdknik beduidend te gaan zitten. 'Dat telefoontje dat je zojuist aan me hebt doorgegeven, was van Sadie Labelle, nota bene. Toen ze vorige week met vakantie was, is ze Tessa tegen het lijf gelopen. Ze schijnt haar mening over Tessa gewijzigd te hebben en ze heeft me het adres gegeven.'

'Maar dat is geweldig!' riep Grace. Haar vingers jeukten om de telefoon te grijpen. 'Bel Ross nu meteen even. Ik zal je mams' nummer geven.'

'Niet zo haastig, Grace. Ik heb eens rustig over de kwestie nagedacht.'

'O ja?' Ze keek hem uitdagend aan, en op dat moment zag Max opeens de flauwe maar onmiskenbare gelijkenis met Ross. Die had als tiener precies zo gekeken wanneer iemand tegen hem zei dat iets onmogelijk was. En dan had hij toch doorgezet en steevast bewezen dat ze ongelijk hadden.

'Ja,' antwoordde hij gedecideerd. 'Morgen is het kerstavond. Het hotel zit stampvol... we moeten ons allemaal tot na Nieuwjaar te pletter werken... Ross kan er onmogelijk een paar dagen tussenuit trekken om zijn meningsverschil met Tessa bij te leggen.'

'Maar...'

'Ik bekijk het gewoon logisch,' vervolgde hij op strenge toon. 'Val me niet in de rede, ik weet drommels goed dat hij haar mist, maar ze is nu al bijna twee maanden weg en hij is onderhand gewend geraakt aan het feit dat hij haar mist. Als hij haar nu belde, vanavond of morgen, en ze kregen een daverende ruzie, dan zou dat de kerstdagen voor hen allebei alleen maar moeilijker maken. Dus ik wil maar zeggen,' besloot hij, 'dat we dit voorlopig voor onszelf moeten houden. De status quo handhaven, zo je wilt. Zodra Kerstmis en Nieuwjaar achter de rug zijn, zullen we Ross dit adres geven. Dan kan hij doen wat hij wil.'

De blik waarmee Grace hem aankeek, was er een van verbazing vermengd met medelijden.

'Max,' zei ze ten slotte op de toon van een teleurgestelde schooljuffrouw, 'je hebt een heleboel boeken geschreven, dus ik weet dat je intelligent moet zijn. Maar voor een intelligente man is dit wel het meest stomste idee dat je ooit hebt gehad.'

'Het stomste idee.' Hij keek haar nijdig aan. Haar taalgebruik verbeteren scheen de enige manier om haar op haar plaats te zetten.
'Precies,' zei Grace met iets triomfantelijks.
Beseffend dat hij erin was getrapt – die bijdehante ka had hem lelijk zitten – leunde Max achterover in zijn stoel en begon te lachen.
Grace reageerde met een voorzichtig glimlachje.
'En wat vind jíj dan dat we moeten doen?' vroeg hij, terwijl er in zijn binnenste een onwillige bewondering begon te ontluiken voor het bleke, kordate jonge meisje dat daar voor hem zat. Misschien dat Grace, zijn nichtje, toch best meeviel.
'Dat zal ik je vertellen,' zei ze kalm en weloverwogen. 'Het is doodsimpel.'

Dit zou niet de gelukkigste Kerstmis van haar leven worden, dacht Holly, en dat was voor haar doen zwak uitgedrukt, maar Tessa en zij waren in elk geval bij elkaar.
En het feit dat de Algarve totaal geen kerstsfeer bood, was ook iets om dankbaar voor te zijn. Zon, zand en Ambre Solaire waren genoeg om zelfs het meest Engelse brein om de tuin te leiden, en zelfs Adam had nergens een kerstboom op de kop kunnen tikken. Wat ook maar goed was, stelde ze somber vast, terwijl ze een oude, verkleurde denim blouse aantrok en de slippen nonchalant bij een even verkleurde Levi's instopte. Als ze gewoon deden of er niets aan de hand was – dat het morgen, de vijfentwintigste december, een dag was als alle andere – dan zou het misschien niet helemaal ondraaglijk zijn.

64

Toen Holly tien minuten later beneden kwam, zaten Adam en Tessa al met Jose, Luisa en Ana aan de bar. Nu de lunch achter de rug was, bleef het restaurant tot tweede kerstdag gesloten en iedereen was in feeststemming of gaf daar een bijna geslaagde imitatie van. Adam opende de derde fles champagne en Ana had een grote schaal zeevruchtenpaella uit de keuken gehaald. Olivia, die zielstevreden op Luisa's brede schoot zat, rolde olijven als knikkers over de bar en kraaide van plezier wanneer Adam ze terugpikte. Toen even later een van die olijven in het gleufje tussen Luisa's weelderige borsten belandde, onderschepte Holly het steelse glimlachje dat Adam en Luisa wisselden en begreep met een schok dat de geheimzinnige aantrekkingskracht die nooit tussen Adam en haarzelf had bestaan, tussen die twee wel scheen op te bloeien.

Het had haar moeten opvrolijken – het feit dat ze niet in staat was geweest Adams gevoelens te beantwoorden had haar wekenlang dwars gezeten – maar de schok was niet bepaald aangenaam. Hij zorgde dat ze zich eenzamer voelde dan ooit. Ze nam met een bewust uitdagend gebaar haar glas op, dronk het achter elkaar leeg en liet het meteen weer volschenken. Over tweeëndertig uur zou Kerstmis voorbij zijn. Met een beetje geluk, en genoeg drank, zou ze twaalf ervan kunnen slapen.

Even later kreeg ze weer een schok, maar nu een heel andere. Want in de deuropening was, zonder dat de rest van het gezelschap het merkte, een lange donkere gestalte verschenen. Zijn gezicht, afgetekend tegen het gouden licht van de namiddagzon, was niet te onderscheiden. Maar Holly, met haar mond vol paella, zag onmiddellijk wie het was. Haar hele lichaam prikte toen ze hem herkende, haar maag verdween en het doorslikken van de paella werd volkomen onmogelijk. Het enige dat ze kon doen, was Tessa's aandacht trekken, zwakjes met haar vork in de richting van de deur wijzen en: 'Phmghh...' zeggen.

Holly had onmiddellijk geweten wie het was omdat het beeld van de man die daar stond, tot in de kleinste bijzonderheden onuitwisbaar in haar geheugen geprent was. Maar Tessa, die een onberedeneerde hoop in zich voelde opwellen en even door het licht werd bedrogen, keek naar het silhouet van de lange, donkere man in de deuropening, de ene hand achteloos in zijn broekzak, en zag Ross. Terwijl haar hart raasde als een sneltrein, was ze al half opgestaan voor ze besefte dat ze zich vergiste.

Max, die naar hen toekwam, wierp zelfs geen blik in Holly's richting. Nadat hij vluchtig tegen Adam had geknikt, wendde hij zich met een ondoorgrondelijke uitdrukking in zijn bruine ogen tot Tessa. Toen aarzelde hij, want al had hij de afgelopen vierentwintig uur gerepeteerd wat hij zou zeggen, nu wist hij niet meer hoe hij moest beginnen.

Tessa was echter degene die de leegte overbrugde. Woedend op zichzelf omdat ze had gedacht dat het Ross was, en haar teleurstelling nijdig verbijtend, nam ze haar toevlucht tot spot. 'Wat krijgen we nu? Het vuurgevecht in de OK Corral? Als je gaat schieten, Max, kunnen we beter naar buiten gaan.'

'Dank je,' zei Max tegen Adam, die hem zwijgend een drankje had aangereikt. Aangezien hij nog steeds niet naar Holly had gekeken, wier gezicht zo wit was als het marmeren bovenblad van de bar, schonk Adam haar glas ook nog maar eens vol. Ze zag eruit of ze het nodig had.

'Doe maar niet zo sarcastisch,' vervolgde Max, terwijl hij diep ademhaalde en Tessa zwijgend tartte hem in de rede te vallen. 'Ik weet waarom je weg bent gegaan, maar je had Ross de kans moeten geven alles uit te leggen. Hij had die avond geen andere keus: als hij niet bij Antonia was gebleven zou ze misschien gestorven zijn. En nu is er geen land met hem te bezeilen omdat hij zoveel van je houdt en je zo verschrikkelijk mist dat hij met zichzelf geen raad weet. Hij wil geen ander, Tess. Alleen jou. En ik ben hier naar toe gevlogen omdat ik wil dat je... dat je er goed over nadenkt wat jíj wilt. En om je mee naar huis te nemen, vandaag nog.'

Deze keer duurde de stilte een tijdje voort. Alle ogen waren op Tessa gericht. Een enkele traan rolde onopgemerkt langs Holly's wang, omdat ze nooit had geweten dat Max tot zo'n aangrijpende toespraak in staat zou zijn. Och heden, wat hield ze toch van hem... waarom had hij nooit zoiets tegen haar kunnen zeggen...?

Maar Tessa was al een paar keer bedrogen uitgekomen en ze stelde zich gereserveerd op. Ze richtte haar groene ogen met een doordringende blik op Max en zei: 'Wat ik níét wil, is een derde van een bizarre driehoeksverhouding zijn. Ik wil mezelf niet nog belachelijker maken dan ik al gedaan heb. En ik wil me zeker niet de rest van mijn leven moeten afvragen wat Antonia Seymour-Smith nu weer gaat zeggen... of doen... of kapotmaken. Jij beseft waarschijnlijk niet eens wat het geweest is, Max. Vanaf de dag dat Ross en ik elkaar leerden kennen, heeft ze...'

'Ze is naar Florida vertrokken,' onderbrak Max haar. 'Ze weet dat er in Bath niets meer voor haar te halen is. Ze komt niet meer terug.'

Tessa streek haar haar uit haar gezicht. 'En als Ross me zo mist,' vervolgde ze met iets verwijtends in haar stem, 'waarom is hij dan zelf niet gekomen? Waarom heeft hij jou gestuurd? Heeft hij het soms te druk met dat stomme hotel?'

Ze zou dadelijk door haar argumenten heen zijn, dacht Max. Tessa was uiterlijk kalm, maar hij zag dat ze haar gebruinde benen zo stijf tegen de barkruk drukte, dat de huid wit werd. Ze was zo gespannen als een veer. En hij durfde er de royalty's van zijn volgende boek om te verwedden dat haar hart onder dat uitgezakte zwarte T-shirt raasde als een pneumatische boor.

'Ross weet niet dat je hier bent,' zei hij kalm. 'Hij weet niet eens dat ík hier ben. Dat is namelijk een idee van Grace.' Hij wachtte en om zijn mond verscheen een flauw glimlachje. 'We wisten niet wat we hem anders voor Kerstmis moesten geven.'

Nu glinsterden er tranen in Tessa's ogen. Ze wist dat ze zou gaan. Ze had geprobeerd haar poot stijf te houden, maar het was niet gelukt. Soms was het leven gewoon niet zo simpel. Haar liefde voor Ross Monahan was iets waar ze niets tegen kon doen; hoe ze ook haar best had gedaan, ze had haar liefde voor hem nooit kunnen verdringen, geen moment.

'Dus ik ben het goedkope kerstcadeau van het laatste nippertje,' zei ze met haar hoofd een beetje scheef en zonder haar lach te kunnen verbergen.

'Noem dat maar goedkoop!' Max keek quasi geërgerd op zijn horloge. 'Heb jij enig idee, Tessa Duvall, wat het kost om een vliegtuig te charteren en het op het vliegveld van Faro te laten wachten terwijl jij hier over geld zit te bekvechten en al die peperdure minuten wegtikken? Allemachtig, mens, we moeten ons aan een vliegplan houden! En wil je nou wel eens van die kruk af komen en gaan pakken, of moet ik dat soms ook nog voor je doen?'

Terwijl Tessa boven haar spullen in een paar tassen smeet gingen Ana en Jose naar de keuken om de laatste borden en glazen af te wassen en was Adam met Luisa en Olivia naar buiten gegaan, zodat Holly alleen met Max in het restaurant achterbleef. Ze voelde zich net het laatste, beduimelde cakeje in de gebakkraam van de zendingsbazaar, wat niet bepaald bevorderlijk was voor haar gevoel van eigenwaarde.

Doodnerveus, bang van de stilte die plotseling rond hen gevallen was, schraapte ze haar keel... probeerde iets te bedenken om te zeggen maar kon zo gauw niets bedenken en schraapte nogmaals haar keel.

'Wat is er, ben je verkouden?' vroeg Max.

Echt een opmerking om het ijs te breken.

Ze boog haar hoofd. 'Nee.'

'Hmmm.' Hij trok een kruk bij, ging zitten en stak een sigaret op. Zijn donkere ogen leken eindelijk, voor het eerst, in haar richting te kijken.

Holly wilde wel dat ze zich daarstraks een beetje had opgemaakt, of desnoods alleen een vleugje parfum had gebruikt. Ze voelde zich kaal en zo onaantrekkelijk dat ze het liefst in elkaar was gedoken en gestorven.

'Tja.' Max probeerde het opnieuw. Hij wist niet of ze met opzet zo afwerend deed, maar ze maakte het er voor hem niet gemakkelijker op om te zeggen wat hij te zeggen had. 'Tja, hoe is het met je? Heb je het naar je zin hier in de Algarve?'

'Ja,' mompelde Holly triest.

'Goed zo. Fijn.' Hij drukte zijn sigaret uit en stak meteen een nieuwe op. 'Prettig klimaat... loopt het restaurant goed?'

Dit was afschuwelijk. Max kon niet eens meer met haar práten. Hij zat over onbenulligheden te leuteren of ze een vreemde was.

Ze knikte. 'Ja, heel goed.'

'En hoe staat het met jou en Adam?' dramde hij door, bedrieglijk kalm. 'Gaat dat ook "heel goed"?'

Holly hief met een ruk haar hoofd op. 'We hebben niets samen,' zei ze, niet wetend of ze opgelucht moest zijn of kwaad omdat Max dacht dat ze wel iets met elkaar hadden. De opluchting won; hij wist tenminste niet dat hij de enige reden was waarom ze bij The Grange was weggegaan. Wanhopig genoeg om de dunste strohalm te grijpen, besefte ze dat ze zichzelf niet totaal vernederd had. Het was een schrale troost, maar beter dan geen.

'Dus jullie hebben niets met elkaar,' echode hij peinzend en zweeg een ogenblik om een trekje aan zijn sigaret te doen. Een rookspiraaltje kringelde traag omhoog. 'Wáárom ben je hier dan eigenlijk naar toe gegaan?'

'Omdat... omdat ik daar zin in had.' Ze voelde dat ze een kleur kreeg. 'Zoals je al zei, het is een prettig klimaat... je kunt hier zwemmen... zonnen... op het strand liggen...' Haar stem stokte, ze kon niet verder praten. Max zou het maar al te goed begrijpen, hij kende haar te goed. Holly boog opnieuw haar hoofd, verslagen door de wetenschap dat ze zichzelf, zoals ze had gevreesd, voor schut had gezet. Volkomen.

Het moment was gekomen, dacht Max, voor de tweede van de beide toespraken die hij had voorbereid. Aangezien spontane verklaringen niet zijn fort waren, had hij de woorden zorgvuldig overwogen en ze in gedachten steeds herhaald – deze keer zonder Grace' hulp – tot hij er zeker van was dat het de juiste waren. Het was niet zo dat hij Holly King zijn eeuwige liefde wilde verklaren en haar alsnog ten huwelijk vragen. Hij wilde niet dat ze hem dan misschien over een half jaar zou aanklagen wegens woordbreuk.

'Goed,'zei hij bruusk, terwijl hij de tweede sigaret uitdrukte en merkte dat zijn hand niet helemaal vast was. 'Tja, het valt me niet makkelijk om dit te zeggen, maar nu Tessa naar Bath terugkomt, weet ik niet hoe jij er tegenover staat om nog langer hier te blijven. Als je echt graag wilt blijven, is dat natuurlijk prima. Maar ik dacht dat je er nu misschien over zou denken om ook terug te komen... zie je, toen jij weg was, is er iets gebeurd waardoor ik ben gaan beseffen dat mijn gevoelens voor jou niet zo... ofschoon je weet hoe ik over vaste relaties denk... ik praat ook niet over trouwen omdat je mijn opvatting op dat punt ook wel kent... maar aan de andere kant, gewoon samen zijn met iemand die je kent en graag mag... nou ja, meer dan dat, eigenlijk, ofschoon dat niet automatisch inhoudt dat je dan ook maar moet trouwen... maar bij zo iemand zijn is toch wel prettig, wat ik geloof ik altijd wel gevonden heb, dus ik dacht dat als je erover zou denken om terug te komen, dat we dan... nou ja, je weet wel... het maar moesten proberen.'

Het zweet liep in straaltjes langs zijn nek. Hij kon zich niet herinneren dat hij de derde sigaret had aangestoken, die nu vrolijk tussen zijn vingers opbrandde. Hij had eens, jaren geleden, onverwacht en zonder enige voorbereiding een symposium van zevenhonderd mensen uit de uitgeverswereld moeten toespreken. Vergeleken hierbij was dat een fluitje van een cent geweest.

Maar het was eruit; hij had eindelijk – duidelijk en beknopt – gezegd wat hij op zijn hart had. De rest was aan Holly, zijn benauwend stil gehoor van één persoon.

Ze knipperde met haar ogen, toen zei ze eindelijk iets.

'Wat?'

'Verdomme, Holly! Heb je dan niet eens gelúísterd?'

Ze keek hem wezenloos aan. 'Natuurlijk heb ik geluisterd. Maar ik kon er geen touw aan vastknopen. Misschien als je het nog eens probeert, en dan wat langzamer...'

De moed ontzonk hem. Ze maakte echt geen grapje.

Max streek met een uit wanhoop geboren gebaar zijn vochtige haar van zijn voorhoofd. Dit was net zoiets als Russische roulette met nog maar twee schoten.

'Ik vraag je niet of je met me wil trouwen, ik vraag je alleen om het nog eens met me te proberen. Maar deze keer serieus, Holly. Ik geloof dat ik van je hou.'

Stilte.

'Nou?' vroeg hij. Zijn witte overhemd plakte aan zijn rug en er zat nog maar één sigaret in het pakje. 'Zeg in godsnaam iets.'

Holly zwaaide heen en weer op de kruk en greep zich aan de rand van de bar vast. 'Ik weet het niet zeker,' fluisterde ze, 'maar ik geloof dat ik flauwval.

'Je moet niet huilen,' zei Adam zacht. Door het raam van Hol-

ly's slaapkamer zag hij hoe Max Tessa's spullen in de wachtende taxi laadde.
Holly, die bezig was geweest haar eigen boeltje in een verzameling koffers te proppen, was daarmee opgehouden, had Adam aangekeken toen hij op de drempel van haar kamer verscheen en was prompt in luidruchtig huilen uitgebarsten.
'Dit heb je toch altijd graag gewild,' bracht hij haar in herinnering. 'Je zou blij moeten zijn.
'Dat b...b...ben ik ook,' snikte Holly. 'Dit is de g...g...gelukkigste dag.... van mijn leven... o, Adam je bent zo lief voor me geweest en ik heb je zo gemeen behandeld... je moet wel een hartgrondige hekel aan me hebben...'
Terwijl ze hulpeloos met haar armen vol kleren midden in het kamertje bleef staan, kwam Adam naar haar toe.
'Malle meid,' zei hij op een toon vol genegenheid, 'natuurlijk heb ik geen hekel aan je. En je hebt me ook niet gemeen behandeld. Het lukte je alleen niet om verliefd op me worden.'
'Ik heb het heus geprobeerd,' snufte Holly en droogde haar tranen met een gekreukte witzijden blouse. 'Ik wou dat ik het had gekund. Iedereen zei maar steeds dat je zo'n fijne vent was...'
'Liefde wordt geboren, niet gemaakt,' stelde Adam vast. Waarna hij er breed lachend aan toevoegde: 'Ofschoon het verdomd lang heeft geduurd voor Max wist wat hij wilde.'
'Je bent echt een fijne vent.' De tranen begonnen opnieuw te vloeien. Holly gooide de zijden blouse bij de rest en zei: 'Misschien is het maar goed dat het niets geworden is tussen ons. Jij bent veel te goed voor me.'
En toen was ze in zijn armen en jammerde tussen haar snikken door: 'Maar we blijven toch vrienden, hè? We zullen elkaar toch niet uit het oog verliezen, hè... ik wil dat we altijd vrienden blijven.'
'We zijn altijd al vrienden geweest.' Adam gaf haar een kus op haar kruin en hield haar een eindje van zich af om haar aan te kunnen kijken. Hij was een tijdje geleden al gaan beseffen dat Holly nooit voor hem zou kunnen voelen wat hij voor haar voelde, en hij had zich met zijn gebruikelijke blijmoedige wijsgerigheid bij dat feit neergelegd. 'Wat je ook doet, liefje, verspil geen tijd met over mij te tobben. Ik hoop dat het geen al

te harde dreun voor je ego is, maar ik ben niet van plan de rest van mijn leven te zitten kniezen.'

'Je vindt vast wel een lieve vrouw, dat weet ik zeker,' zei Holly vol vuur. 'En dan word je de beste echtgenoot van de wereld.'

'Natuurlijk word ik dat,' beaamde Adam met zijn gebruikelijke bescheidenheid. Hij keek glimlachend op haar neer en besloot: 'En als ik ooit een getuigschrift moet hebben waar dat zwart op wit in staat, dan kom ik bij jou, dat beloof ik je.'

'Ik zal je een schitterend getuigschrift geven,' beloofde Holly grootmoedig.

'Fijn zo.' Hij drukte een laatste kus op haar betraande wang. Over haar schouder zag hij Max en Tessa bij de taxi staan wachten. 'Eh... zou je dat misschien in het Portugees kunnen schrijven?'

Holly hapte even naar adem, toen barstte ze in lachen uit. 'Jij stiekemerd! Luisa?'

Adam trok een gezicht als de vermoorde onschuld en zei: 'Ja zeg, wat dacht jij dan dat wij de laatste weken 's nachts hadden gedaan? Tweetalig scrabble spelen?'

65

'Het is hier een compleet gekkenhuis,' zei Ross geërgerd toen de jachtmeester van de plaatselijke jachtvereniging aan het hoofd van een luidruchtige, wanordelijke polonaise door de receptie trok en een spoor van vernielde kerstbomen achterliet. 'En waar blijft Max, verdomme? Je zei toch dat hij alleen nog een paar cadeaus moest gaan halen?'

Het was halftien. Grace, die zich de hele dag uit de naad had gewerkt, legde de telefoon neer en nam Ross haastig haar glas sinaasappelsap weer af. 'Hij kan elk ogenblik hier zijn. En blijf alsjeblieft van mijn drankje af – het kan wel uren duren voor ik weer iets krijg.'

Ross, die al een slok had genomen, trok een vies gezicht. 'Bah, geen wodka. En ik dacht nog wel dat ik de enige was die niet in kerststemming was.'

'Kop op,' zei Grace met een bemoedigende glimlach. Het telefoontje daarnet was van Max geweest, die vanuit zijn auto had opgebeld dat ze zojuist de M4 hadden verlaten en binnen tien minuten thuis konden zijn. 'Het is een fantastisch leuk feest. En het is kerstavond, Ross. Probeer gezellig mee te feesten. Kun je niet net doen of je plezier hebt?'

'Ho, ho, ho,' zei hij boosaardig, terwijl hij moed verzamelde om de balzaal weer binnen te gaan. 'Je wordt bedankt, hoor, je bent een geweldige steun voor me.'

'Geen dank,' zei Grace, met de zoveelste steelse blik op haar horloge. 'Daar zijn dochters immers voor.'

'Ik ben nerveus,' zei Tessa, toen ze aan het eind van de oprijlaan stopten. 'Ontzettend nerveus. Lieve god, stel dat het allemaal een afgrijselijke vergissing is?'

'Tja, in dat geval,' zei Max doodgemoedereerd, 'zou ik onmiddellijk moeten omkeren en je weer op dat vliegtuig zetten.'

'Lach me nou niet uit,' jammerde Tessa. 'Dit is doodeng. Moet je zien, er staan hier honderden auto's, dus er is een feest. En je weet best dat er, telkens wanneer ik in dit hotel op een feest kom, iets akeligs gebeurt.'

'Niks hoor,' weerlegde Holly monter. 'Denk eens aan die eerste keer. Dat was toch niet akelig?'

'Bedoel je toen ik de volgende morgen wakker werd en tot de ontdekking kwam dat ik alleen in Ross' bed lag? Hij had twintig pond voor me achtergelaten en een briefje waarop stond dat ik zelf maar thuis moest zien te komen, maar hij kon dat briefje niet aan mij richten, want hij wist mijn naam niet eens.' Ze had de feiten een beetje verdraaid, maar alleen om haar gelijk te bewijzen. Ze schoot bijna in de lach om Holly's gezicht. 'Zie je,' besloot ze verwijtend, 'ik heb je toch gezegd dat het akelig was.'

'Ik geloof er niets van,' riep Holly. 'Hier heb je me niets van verteld.'

Tessa haalde haar schouders op. 'Zou jij zoiets hebben verteld?' Toen zag ze vanaf haar plaats op de achterbank de snelle blik die Holly en Max wisselden.

'Vast niet,' zei Holly lachend. Ze dacht, evenals Max, aan de avond toen ze in Max' bed buiten westen was geraakt en fluisterde: 'Voor mij had je geen twintig pond neergelegd.'
'Je had ook niets gedaan om die te verdienen,' antwoordde hij met een knipoog, terwijl hij zijn riem losgespte. 'Van een Monahan krijg je niets voor niets. Als het op zaken aankomt zijn wij keiharde jong...'
'Wil je nou wel eens ophouden en mij uit de auto helpen?' riep Tessa, nog steeds nerveus maar tegelijkertijd plotseling popelend van ongeduld. Nu ze er waren, wilde ze ook meteen doorzetten. Als Ross haar wilde vertellen dat hij haar niet meer moest – wat ze in weerwil van wat Max had gezegd toch niet onmogelijk achtte – dan kon dat maar het beste zo gauw mogelijk gebeuren.
'Hmmm,' zei Max, en zijn kennersblik gleed langs haar slanke lichaam toen hij het achterportier voor haar opendeed.
Tessa, met Olivia in haar armen, keek hem achterdochtig aan. 'Wat hmmm?'
'Twintig pond,' zei Max met een brede grijns. 'Da's een hoop geld, hoor. Ik kan alleen maar zeggen dat het een geweldig goed nummer geweest moet zijn.'

Ross stond aan het andere eind van de balzaal toen hij Max in het oog kreeg. Het zou tijd worden, dacht hij. Nu zou die troep vrienden van Max die de laatste paar uur om zijn kop hadden gemaald, hem tenminste met rust laten.
Toen zag hij Holly, en zijn hand met het glas erin bleef halverwege naar zijn mond steken. De doffe apathie die hem de laatste paar weken had bevangen, was op slag verdwenen. Wat deed zij hier...? Hoe en waarom was ze hier gekomen...? En betekende dat dat Tessa ook in Bath was?
Hij liet zijn blik hoopvol over de groep rond Holly en Max dwalen, maar Tessa was nergens te bekennen. Zonder zich om te draaien – vastbesloten zijn blik geen moment van hen af te wenden – zette hij zijn glas op de tafel achter zich neer. Het balanceerde heel even op de rand van de tafel voor een andere hand te hulp schoot, langs de zijne streek en het glas belette te vallen.

'Bedankt,' mompelde Ross afwezig, met zijn gedachten elders. Toen, terwijl de eigenaar van de hand naar voren kwam, nam hij iets waar aan de uiterste rand van zijn gezichtsveld. Een glimp van goudblond haar... een slanke bruine arm die met een schrijnend bekend gebaar het haar uit haar gezicht streek....
'Graag gedaan,' zei Tessa, met een wanhopige poging om haar stem gewoon te laten klinken. 'Het zou zonde zijn geweest het om te gooien.'
Ross kon niet geloven dat zij het werkelijk was. Niet in staat iets te zeggen bleef hij haar aanstaren.
'Je kunt zo te zien wel een borrel gebruiken,' vervolgde Tessa, terwijl ze zich afvroeg of haar benen haar zouden blijven dragen. Ze bleef aan het kwebbelen, maar ze kon het niet helpen. 'Het is toch geen sinaasappelsap, wel? Op kerstavond? Ik zou denken...'
'Tess, hou op.'
Ze knikte opgelucht. 'Oké.'
Het enige dat van belang was, dacht Ross, was aan de weet te komen waarom ze teruggekomen was. Voor hij zichzelf hopeloos voor schut zette. Zijn donkere ogen verrieden geen enkele emotie toen ze langs haar slanke gebruinde gestalte gleden. Ze droeg een gruwelijk onpraktisch, strak wit katoenen jurkje, dat niet veel meer was dan een lang hemd, en een halssnoer van iriserende witte schelpjes. Haar benen waren bloot en erg bruin. Zijn blik gleed omlaag naar de eenvoudige, laaggehakte goudkleurige sandalen aan haar voeten en vandaar weer omhoog. Hoe onpraktisch het geheel ook mocht zijn, het was onmiskenbaar Tessa's stijl. Ze zag er adembenemend mooi uit.
'Waar is Olivia?'
'Die wordt schandelijk verwend door Grace,' antwoordde Tessa, geen duimbreed wijkend nu ze merkte dat ze op geen stukken na wist of hij blij of kwaad was haar te zien.
'Waar hebben jullie eigenlijk gezeten?'
'Portugal. De Algarve.'
'Met Holly.'
'Met Holly,' beaamde ze, met ingehouden adem.
'En waarom zijn jullie nu hier?'
Ze voelde zich of ze op het matje moest komen bij de hoofd-

onderwijzer. Ze begon te denken dat Max het helemaal bij het verkeerde eind had gehad. Maar aangezien ze hier nu eenmaal was, moest ze wel doorbijten. Dan wist ze tenminste waar ze stond...

'Omdat ik je zo miste,' zei ze eenvoudig, haar heldergroene ogen recht in de zijne. 'Ik heb geprobeerd je niet te missen, maar dat lukte me niet. En ik denk dat ik teruggekomen ben...' Ze maakte een vaag gebaar, zocht naar woorden maar kon ze niet vinden. '... omdat ik het niet klaarspeelde níét terug te komen. Verdorie, wat is dit moeilijk... ik miste je gewoon en moest je terugzien. Ik had niet moeten vluchten. Vluchten lost niets op... O, Ross... zeg jij nu in hemelsnaam ook eens iets! Je weet hoe vervelend ik het vind wanneer je me zo aankijkt en niets zegt. Dat is niet eerlijk.'

'Je geeft me niet de kans om iets te zeggen,' antwoordde hij, de belangstelling van de mensen om hen heen voelend. Verscheidene mensen die Tessa hadden herkend, stonden onbeschaamd mee te luisteren. 'Kom, laten we ergens heen gaan...'

'Nee!' riep Tessa geschrokken. 'Dan ga je me misschien uitkafferen.'

Ze keek zo echt angstig dat hij zijn gezicht niet langer in de plooi kon houden. 'Tja, wat wil je dan dat ik doe?'

'Dat je me vertelt wat jij wilt. Wil je dat ik weer wegga... of niet?' Ze wiebelde onrustig van de ene voet op de andere. 'Het spijt me, maar ik moet het weten. Liefst dit jaar nog.'

'Oké.' Hij zweeg even alsof hij over de vraag nadacht. 'Ik wil jóú. Dat moest je toch onderhand weten. Heb ik je niet altijd gewild, van de eerste dag af?'

Ze voelde zich bijna misselijk van opluchting. Het kwam uiteindelijk dus toch goed.

'En wat wil je nu dat ik doe?' vroeg Ross door, toen ze geen antwoord gaf. 'Moet ik het bewijzen?'

Langzaam, met een zweem van een glimlach, knikte Tessa ja.

'Hier? In het openbaar?'

Hij zag haar een moment angstig worden. Maar ze had a gezegd, nu moest ze ook b zeggen. Dus knikte ze weer.

'Misschien moesten we toch maar ergens heen gaan waar we alleen zijn.'

'Nee.'
'Weet je heel zeker dat je je niet opgelaten zult voelen?'
'Heel zeker.'
'Oké.' Terwijl hij een stap naar haar toe deed ging zijn hand in de richting van de rits voorin zijn broek. 'Vooruit dan...'
Met een gesmoorde kreet weerhield Tessa hem. 'Nu voel ik me toch opgelaten,' fluisterde ze, terwijl ze probeerde niet te lachen. En opeens – ze wist niet hoe het kwam – was ze in zijn armen en leek iedereen in de balzaal naar hen te kijken. Het feestgedruis was verstomd. Enige honderden paren feestlongen leken gezamenlijk de adem in te houden.
'Ik had toch gezegd dat we ergens heen moesten gaan waar we alleen konden zijn,' fluisterde Ross met een zelfvoldaan gezicht.
Ze knikte, haar hoofd tegen de warme, geruststellende stevigheid van zijn borst. 'Probeer nooit een slimmerd te slim af te zijn,' fluisterde ze terug. 'Je zou denken dat ik die les intussen toch wel geleerd zou hebben. Ross, iedereen staat ons aan te gapen en ik voel me erger opgelaten dan ooit. Waarom gaan we niet naar je kantoor?'
'Dan ga je me misschien uitkafferen,' deed hij haar goedmoedig na. 'Nee, ik voel me hier echt plezierig, en het kan me niet schelen wie er kijkt. Hoe meer zielen hoe meer vreugd, zeg ik altijd maar...'
Tessa deed haar mond open om te protesteren, maar zo ver kwam ze niet. Ross hief haar hoofd naar hem op en kuste haar lang en innig, en de oude zaligheid... die onweerstaanbare zaligheid... kwam terug. Ze klemde zich aan hem vast, zich niet storend aan het feit dat ze het middelpunt van de belangstelling waren, en dat alle feestgangers verrukt toekeken. Ross was het enige dat erop aankwam... bij hem zijn was al wat ze nodig had om volmaakt gelukkig te zijn... en het geluk was haar al zo vaak ontglipt, dat ze haast niet kon geloven dat ze het eindelijk weer gevonden had.
'Neem me niet kwalijk.' De betovering werd verbroken toen Max' stem door de zaal schalde. 'Kennen jullie elkaar soms?'
Ross' mond, nog steeds op die van Tessa, plooide zich tot een glimlach. 'Nog lang niet voldoende,' fluisterde hij. Toen legde hij zijn handen op Tessa's schouders en deed een stap terug.

Zijn verlokkende donkere ogen namen haar een paar seconden op voor hij iets zei. Tessa, bevend als een riet, en verlangend naar zijn volgende kus, vroeg zich af wat hij nu weer zou doen.
'Ik hou van je,' zei Ross, en ofschoon hij zacht sprak konden degenen die om hen heen stonden, hem goed verstaan. 'Ik wil met je trouwen. En ik wil dat je nooit of te nimmer meer bij me wegloopt.'
In Tessa's ogen blonken tranen. Ross was heus niet helemaal vrij van schuld geweest, maar ze wist ook hoe diep ze hem had gekwetst – en hem publiekelijk voor schut gezet – toen ze hem, bijna voor het altaar, had laten zitten. Dat hij nog steeds van haar hield, was op zich al verbazingwekkend, niet alleen zijn trots in aanmerking genomen maar ook gezien het feit dat hij een van de meest begeerde vrijgezellen was. Dat hij toch nog met haar wilde trouwen mocht gewoon een wonder heten.
Intussen stonden echter de vierhonderd gasten van de party op haar antwoord te wachten.
'Duidelijk spreken, anders horen we het niet,' riep Holly. Ross zag nu pas dat Max zijn arm om haar middel had. Als hij niet zo door zijn eigen zaken in beslag was genomen, zou hij zich erover verbaasd hebben.
'Ja, je moet duidelijk spreken,' zei hij binnensmonds tegen Tessa. 'Dit is uit het leven gegrepen. Mooier dan *Eastenders*.'
Tessa wist waarom hij het op deze manier had gedaan. Die zelfverzekerdheid was maar schijn. Achter dat kalme, alom bekende, spottende uiterlijk bevond zich een man die helemaal niet zo zeker van zichzelf was, en ze hield daarom des te meer van hem. Hoe zou ze hem onder deze omstandigheden ooit kunnen afwijzen?
Gelukkig zou ze daar onder andere omstandigheden ook niet over gepiekerd hebben.
'Natuurlijk hou ik van je,' zei ze ten slotte, en uit alle hoeken van de balzaal steeg een koor van 'aaahs' op. 'En als je zeker weet dat je nog steeds met me wilt trouwen, dan trouw ik met je. En ik belóóf je dat ik nooit meer weg zal lopen.'
Hun publiek werd dol van enthousiasme. De zaal daverde van het gejuich en het applaus. Om zijn waardering te tonen – en

omdat hij niet wist wat hij anders moest doen – trok Ross Tessa weer in zijn armen en kuste haar nogmaals, wat hem opnieuw een daverende bijval opleverde.
'De hemel zij dank,' fluisterde hij tegen haar wang. 'Je hebt me een ogenblik goed voor paal gezet.'
'In dat geval,' antwoordde Tessa, 'moesten we misschien maar gauw naar je kantoor gaan, voor die paal opvalt.'
'Je zou vaker dergelijke ideeën moeten hebben. Ik ben in elk geval blij dat ik een lang jasje aan heb dat mijn probleem verbergt.'
'Zal ik je eens wat vertellen,' zei Tessa, terwijl ze hem in zijn hals kuste, 'je bent vergeten het dicht te doen.'
Terwijl ze zich een weg door de menigte baanden, fluisterde Ross: 'Bedenk toch eens hoeveel moeilijkheden je ons zou hebben bespaard als je meteen de eerste keer toen ik je ten huwelijk vroeg, had geaccepteerd.'
'En al dit plezier mislopen?' zei Tessa quasi verontwaardigd. 'Dit is pas romantisch. Ik had het voor geen geld willen missen!'
'Van romantiek gesproken.' Ross kuchte en keek veelbetekenend in de richting van Max en Holly. 'Hoe zit het met die twee? Ik dacht eerst dat ik aan hallucinaties leed, maar ik zie nu dat er geen twijfel mogelijk is. Mijn oudere broer kust jouw beste vriendin.'
'Vraag dat maar aan Rosa Polonowski,' zei Tessa, die zich afvroeg of ze ooit in haar leven zo gelukkig was geweest en wist dat dat beslist niet het geval was. Daar vóór hem in de deuropening stond Grace met Olivia in haar armen. 'O, Ross, ik vind het zo afschuwelijk om in het openbaar te huilen.' Ze viste een zakdoek uit de zak van zijn jasje. 'Maar ik geloof dat ik het niet kan helpen.'
'Niet huilen,' zei hij resoluut. 'En ik heb goed nieuws. Ik heb je schilderij naar een restaurateur in Londen gebracht en hij heeft het kunnen restaureren. "De Party" is weer als nieuw.'
'Heus?' snufte Tessa, en glimlachte door haar tranen heen. 'Ik heb er nog een geschilderd. "Party-Twee" heet dat.'
Terwijl hij haar tranen droogde en zijn andere arm stevig om haar middel hield, zei Ross lachend: 'Ik ben alleen blij dat dit

feest vanavond een besloten bijeenkomst is. Geen pers, gelukkig. Dit is tenminste iets dat we uit de kranten kunnen houden.'

'Je kunt niet alles hebben zoals je het graag wilt,' riep Andy Llewellyn triomfantelijk, toen ze bij de deur kwamen en Ross Olivia met een zwaai in zijn armen nam. 'Lach eens tegen de camera. En nog eens. Bedankt...!'